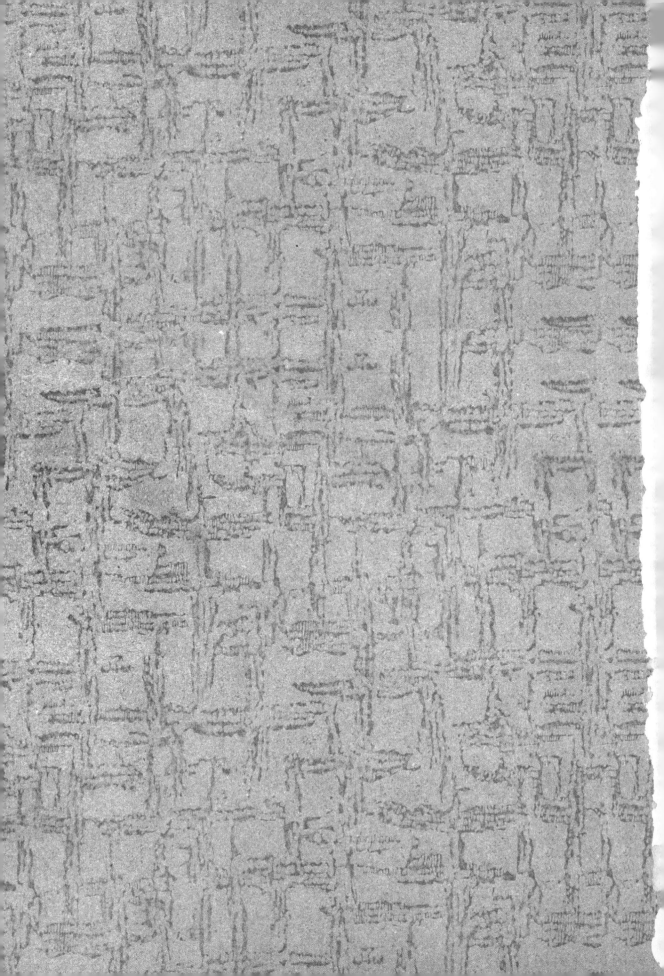

第十六卷

中华经典藏书

北京出版社

史学经典（五）

北京出版社

本 卷 目 录

史学经典（五）

史学经典

（五）

辽　史

（选录）

〔元〕脱脱等　撰

太祖本纪上

太祖大圣大明神烈天皇帝，姓耶律氏，讳亿，字阿保机，小字啜里只，契丹迭剌部霞濑益石烈乡耶律弥里人，德祖皇帝长子，母曰宣简皇后萧氏，唐咸通十三年生。初，母梦日堕怀中，有娠。及生，室有神光异香，体如三岁儿，即能匍匐。祖母简献皇后异之，鞠为己子①，常匿于别幕，涂其面，不令他人见。三月能行，晬而能言②，知未然事，自谓左右，若有神人翼卫；虽龆龀③，言必及世务。时伯父当国，疑，辄咨焉。既长，身长九尺，丰上锐下，目光射人，开弓三百斤。为挞马狘沙里④。时小黄室韦不附，太祖以计降之。伐越兀及乌古、六奚、比沙狘诸部，克之。国人号阿主沙里。

唐天复元年，岁辛酉，痕德堇可汗立，以太祖为本部夷离堇，专征讨，连破室韦、于厥及为奚帅辖剌哥，俘获甚众。冬十月，授大迭烈府夷离堇。

明年秋七月，以兵四十万伐河东伐北⑤，攻下九郡，获生口九万五千⑥，驼马牛羊不可胜纪。九月，城龙化州于潢河之南，始建开教寺。

明年春，伐女直，下之，获其户三百。九月，复攻下河东怀远等军。冬十月，引军略至蓟北，俘获以还。先是，德祖俘奚七千户，徙饶乐之清河，至是创为奚迭剌部，分十三县。遂拜太祖于越、总知军国事。

明年岁甲子，三月，广龙化州之东城。九月，讨黑车子室韦，唐卢龙军节度使刘仁恭发兵数万，遣养子赵霸来拒。霸至武州，太祖谍知之，伏劲兵桃山下，遣室韦人牟里，诈称其酋长所遣，约霸兵会平原。既至，四面伏发，擒霸，歼其众，乘胜大破室韦。

明年七月，复讨黑车子室韦。唐河东节度使李克用遣通事康令德乞盟。冬十月，太祖以骑兵七万会克用于云州，宴酣，克用借兵以报刘仁恭木瓜涧之役，太祖许之。易袍马，约为兄弟。及进兵击仁恭，拔数州，尽徙其民以归。

明年二月，复击刘仁恭。还，袭山北奚，破之。汴州朱全忠遣人浮海，奉书币、衣带、珍玩来聘⑦。十一月，遣偏师讨奚、霫诸部⑧，及东北女直之未附者，悉破降之。十二月，痕德堇可汗殂，群臣奉遗命，请立太祖，曷鲁等劝进⑨，太祖三让，从之。

元年春正月庚寅，命有司设坛于如迂王集会埚⑩，燔柴告天⑪，即皇帝位。尊母萧氏为皇太后，立皇后萧氏。北宰相萧辖剌、南宰相耶律欧里思率群臣上尊号曰天皇帝，后曰地皇后。庚子，诏皇族承遥辇氏九帐为第十帐⑫。

二月戊午，以从弟迭栗底为迭烈府夷离堇。是月，征黑车子室韦，降其八部。

夏四月丁未朔，唐梁王朱全忠废其主，寻弑之⑬，自立为帝，国号梁，遣使来告。刘仁恭子守光囚其父，自称幽州卢龙军节度使。

秋七月乙酉，其兄平州刺史守奇率其众数千人来降，命置之平卢城。

冬十月乙巳，讨黑车子室韦，破之。

二年春正月癸酉朔，御正殿，受百官及诸国使朝。辛巳，始置惕隐，典族属，以皇弟撒剌为之。河东李克用⑭，子存勖袭⑮，遣使吊慰。

夏五月癸酉，诏撒剌讨乌丸、黑车子室韦。

秋八月壬子，幽州进合欢瓜。

冬十月己亥朔，建明王楼。筑长城于镇东海口。遣轻兵取吐浑叛人室韦者。

三年春正月，幸辽东。

二月丁酉朔，梁遣郎公远来聘。

三月，沧州节度使刘守文为弟守光所攻，遣人来乞兵讨之，命皇弟舍利素、夷离堇萧敌鲁，以兵会守文于北淖口。进至横海军近淀，一鼓破之，守光溃去，因名北淖口为会盟口。

夏四月乙卯，诏左仆射韩知古建碑龙化州大广寺，以纪功德。

五月甲申，置羊城于炭山之北，以通市易。

冬十月己巳，遣鹰军讨黑车子室韦，破之。西北嗢娘改部族进挽车人⑯。

四年秋七月戊子朔，以后兄萧敌鲁为北府宰相。后族为相自此始。

冬十月，乌马山奚库支及查剌底、锄勃德等叛，讨平之。

五年春正月丙戌朔，日有食之。丙申，上亲征西部奚。奚阻险，叛服不常，数招谕，弗听。是役所向辄下，遂分兵讨东部奚，亦平之。于是尽有奚、霫之地，东际海，南暨白檀⑰，西逾松漠，北抵潢水，凡五部，咸入版籍。

三月，次泺河，刻石纪功。复略地蓟州。

夏四月壬申，遣人使梁。

五月，皇弟剌葛、迭剌、寅底石、安端谋反。安端妻粘睦姑知之，以告，得实，上不忍加诛，乃与诸弟登山刑牲⑱，告天地为誓，而赦其罪。出剌葛为迭剌部夷离堇，封粘睦姑为晋国夫人。

秋七月壬午朔，斜离底及诸蕃使来贡。

八月甲子，刘守光僭号幽州⑲，称燕。

冬十月戊午，置铁冶。

十一月壬午，遣人使梁。

六年春正月，以化葛为惕隐。

二月戊午，亲征刘守光。

三月，至自幽州。

夏四月，梁郢王友珪杀父自立。

秋七月丙午，亲征术不姑，降之，俘获以数万计。命弟剌葛分兵攻平州。

八月壬辰，上次恩德山。皇子李胡生。

冬十月戊寅，剌葛破平州，还，复与迭剌、寅底石、安端等反。甲申，遣人使梁致祭。壬辰，还次北阿鲁山，闻诸弟以兵阻道，引军南趋十七泺。是日燔柴。翼日⑳，次七渡河，诸弟各遣人谢罪，上犹矜怜，许以自新。

是岁，以兵讨两冶，以所获僧崇文等五十人归西楼，建天雄寺以居之，以示天助雄武。

七年春正月甲辰朔，以用兵免朝。晋王李存勖拔幽州，擒刘守光。甲寅，王师次赤水城，弟剌葛等乞降。上素服，乘赭白马，以将军耶律乐姑、辖剌仅阿钵为御，解兵器、肃侍卫以受之，因加慰谕。剌葛等引退，上复数遣使抚慰。

二月甲戌朔，梁均王友贞讨杀其兄友珪，嗣立。

三月癸丑，次芦水，弟迭剌哥图为奚王，与安端拥千余骑而至，给称入觐㉑。上怒曰："尔曹始谋逆乱㉒，朕特恕之，使改过自新，尚尔反覆，将不利于朕！"遂拘之，以所部分隶诸军。而剌葛引其众至乙室堇淀，具天子旗鼓，将自立，皇太后阴遣人谕令避去。会弹姑乃、怀里阳言车驾且至㉒，其众惊溃，掠居民北走，上以兵追之。剌葛遣其党寅底石，引兵径趋行宫，焚其辎重、庐帐，纵兵大杀，皇后急遣蜀古鲁救之，仅得天子旗鼓而已。其党神速姑复劫西楼，焚明王楼。上至土河，秣马休兵㉓，若不为意，诸将请急追之，上曰："俟其远遁，人各怀土，怀土既切，其心必离，我军乘之，破之必矣！"尽以先所获资畜分赐将士，留夷离毕直里姑总政务。

夏四月戊寅，北追剌葛。己卯，次弥里，问诸弟面木叶山，射鬼箭厌禳㉕，乃执叛人解里向彼，亦以其法厌之。至达里淀，选轻骑追及培只河，尽获其党辎重、生口。先遣室韦及吐浑酋长拔剌、迪里姑等五人，分兵伏其前路，命北宰相迪里古为先锋进击之，剌葛率兵逆战，迪里古以轻兵薄之㉖。其弟遏古只临阵，射数十人毙，众莫敢前，相拒至晡㉗，众乃溃。追至柴河，遂自焚其车乘庐帐而去㉘，前遇拔剌、迪里姑等伏发，合击，遂大败之。剌葛奔溃，遗其所夺神帐于路，上见而拜奠之。所获生口尽纵归本土，其党库古只、磨朵皆面缚请罪。师次札堵河，大雨暴涨。

五月癸丑，遣北宰相迪辇率骁骑先渡。甲寅，奏擒剌葛、涅里衮阿钵于榆河，前北宰相萧实鲁、寅底石自刭不殊㉙。遂以黑白羊祭天地。壬戌，剌葛、涅里衮阿钵诣行在㉚，以槀索自缚㉛，牵羊望拜。上还至大岭。时大军久出，辎重不相属，士卒煮马驹、采野菜以为食，孳畜道毙者十七八，物价十倍，器服资货委弃于楚里河，狼藉数百里，因更剌葛名暴里。丙寅，至库里，以青牛白马祭天地。以生口六百、马二千三百，分赐大、小鹘军。

六月辛巳，至榆岭，以辖赖县人扫古非法残民，磔之㉜。甲申，上登都庵山，抚其先奇首可汗遗迹，徘徊顾瞻而兴叹焉。闻狱官涅离擅造大校，人不堪其苦，有至死者，命诛之。壬辰，次狼河，获逆党雅里、弥里，生埋之铜河南轨下。放所俘还，多为于骨里所掠，上怒，引轻骑驰击，复遣骁将分道追袭，尽获其众并掠者。庚子，次阿敦泺，以养子涅里思附诸弟叛，以鬼箭射杀之，其余党六千，各以轻重论刑。于厥掠生口者三十余人，亦俾赎其罪㉟，放归本部。至石岭西，诏收回军乏食所弃兵仗，召北府兵验而还之。以夷离堇涅里衮附诸弟为叛，不忍显戮，命自投崖而死。

秋八月己卯，幸龙眉宫，斩逆党二十九人㊱，以其妻女赐有功将校，所掠珍宝、孳畜还主㊲；亡其本物者，命责偿其家；不能偿者，赐以其部曲㊳。

九月壬戌，上发自西楼。

冬十月庚午，驻赤崖。戊寅，和州回鹘来贡。癸未，乙室府人迪里古、迷骨离部人特里，以从逆诛。诏群臣分决滞讼，以韩知古录其事，只里姑掌捕亡。

十一月，祠木叶山。还次昭乌山，省风俗，见高年㊴，议朝政，定吉凶仪。

十二月戊子，燔柴于莲花泺。

八年春正月甲辰，以曷鲁为迭剌部夷离堇，忽烈为惕隐。于骨里部人特离敏执逆党怖胡、亚里只等十七人来献，上亲鞫之㊵，辞多连宗室及有胁从者，乃杖杀首恶怖胡，余并原释。于越率懒之子化哥屡蓄奸谋，上每优容之，而反覆不悛㊶，召父老群臣正其罪，并其子戮之，分其财以给卫士。有司所鞫逆党三百余人，狱既具，上以人命至重，死不复生，赐宴一日，随其平生之好，使为之。酒酣，或歌、或舞、或戏射、角抵，各极其意。明日，乃以轻重论刑。首恶剌葛，其次迭剌哥，上犹弟之㊷，不忍置法，杖而释之。以寅底石、安端性本庸弱，为剌葛所使，皆释其罪。前于越赫底里子解里、剌葛妻辖剌已，实预逆谋，命皆绞杀之。寅底石妻涅离胁从，安端妻粘睦姑尝有忠告，并免。因谓左右曰："诸弟性虽敏黠，而蓄奸稔恶㊸，尝自矜有出人之智，安忍凶狠㊹，溪壑可塞而贪黩无厌。求人之失，虽小而可恕，谓重如泰山；身行不义，虽入大恶，谓轻于鸿毛。昵比群小㊺，谋及妇人，同恶相济，以危国祚㊻，虽欲不败，其可得乎？北宰相实鲁妻余卢睹姑于国至亲，一旦负朕，从于叛逆，未置之法而病死，此天诛也。觧里自幼与朕常同寝食，眷遇之厚⁴⁷，冠于宗属，亦与其父背大恩而从不轨，兹可恕乎！"

秋七月丙申朔，有司上诸帐族与谋逆者三百余人罪状，皆弃市⁴⁸。上叹曰："致人于死，岂朕所欲？若止负朕躬，尚可容贷。此曹恣行不道，残害忠良，涂炭生民，剽掠财产，民间昔有万马，今皆徒步，有国以来所未尝有。实不得已而诛之。"

冬十月甲子朔，建开皇殿于明王楼基。

九年春正月，乌古部叛，讨平之。

夏六月，幽州军校齐行本，举其族及其部曲男女三千人请降，诏授检校尚书、左仆射，赐名兀欲，给其廪食。数日亡去，幽帅周德威纳之。及诏索之，德威语不逊，乃议南征。

冬十月戊申，钩鱼于鸭绿江。新罗遣使贡方物，高丽遣使进宝剑，吴越王钱镠遣滕彦休来贡。

是岁，君基太一神数见，诏图其像。

神册元年春二月丙戌朔，上在龙化州，迭烈部夷离堇耶律曷鲁等率百僚请上尊号，三表乃允。丙申，群臣及诸属国筑坛州东，上尊号曰大圣大明天皇帝，后曰应天大明地皇后。大赦，建元神册。初，阙地为坛⁴⁹，得金铃，因名其地曰金铃冈。坛侧满林曰册圣林。

三月丙辰，以迭烈部夷离堇曷鲁为阿卢朵里于越，百僚进秩、颁赉有差⁵⁰，赐酺三日⁵¹。立子倍为皇太子。

夏四月乙酉朔，晋幽州节度使卢国用来降，以为幽州兵马留后。甲辰，梁遣郎公远来贺。

六月庚寅，吴越王遣滕彦休来贡。

秋七月壬申，亲征突厥、吐浑、党项、小蕃、沙陀诸部，皆平之，俘其酋长及其户万五千六百，铠甲、兵仗、器服九十余万，宝货、驼马、牛羊不可胜算。

八月，拔朔州，擒节度使李嗣本，勒石纪功于青冢南⁵²。

冬十月癸未朔，乘胜而东。

十一月，攻蔚、新、武、妫、儒五州⁵³，斩首万四千七百余级。自代北至河曲逾阴山，尽有其地。遂改武州为归化州，妫州为可汗州，置西南面招讨司，选有功者领之。其围蔚州，敌楼无故自坏，众军大噪乘之，不逾时而破。时梁及吴越二使皆在焉，诏引环城观之，因赐滕彦休名曰述吕。

十二月，收山北八军。

二年春二月，晋新州裨将卢文进杀节度使李存矩来降。进攻其城，刺史安金全遁，以文进部将刘殷为刺史。

三月辛亥，攻幽州，节度使周德威以幽、并、镇、定、魏五州之兵，拒于居庸关之西，合战于新州东，大破之，斩首三万余级，杀李嗣本之子武八。以后弟阿骨只为统军，实鲁为先锋，东出关，略燕、赵，不遇敌而还。己未，于骨里叛，命室鲁以兵讨之。

夏四月壬午，围幽州，不克。

六月乙巳，望城中有气如烟火状，上曰："未可攻也。"以大暑霖潦⁵⁴，班师，留曷鲁、卢国用守之。刺葛与其子赛保里叛入幽州。

秋八月，李存勖遣李嗣源等救幽州，曷鲁等以兵少而还。

三年春正月丙申，以皇弟安端为大内惕隐⁵⁵，命攻云州及西南诸部。

二月，达旦国来聘。癸亥，城皇都，以礼部尚书康默记充版筑使⁵⁶。梁遣使来聘。晋、吴、越、渤海、高丽、回鹘、阻卜、党项及幽、镇、定、魏、潞等州，各遣使来贡。

夏四月乙巳，皇弟迭烈哥谋叛，事觉，知有罪当诛，预为营圹㊲，而诸戚请免。上素恶其弟寅底石妻涅里衮，乃曰："涅里衮能代其死，则从。"涅里衮自缢圹中，并以奴女古、叛人曷鲁只，生瘗其中㊳，遂赦迭烈哥。

五月乙亥，诏建孔子庙、佛寺、道观。

秋七月乙酉，于越曷鲁薨，上震悼久之㊴，辍朝三日，赠赙有加㊵。

冬十二月庚子朔，幸辽阳故城。辛丑，北府宰相萧敌鲁薨。戊午，以于越曷鲁弟汙里轸为迭烈部夷离堇，萧阿古只为北府宰相。甲子，皇孙隈欲生。

---

①鞠：抚养，养育。

②晬（zuì，音醉）：婴儿满日或一年。

③龆龀（tiáo chèn，音条趁）：儿童换牙，意指年幼。

④狘（xuè），音血。

⑤伐：疑应为"代"。

⑥生口：活人。古指俘虏、奴隶以及被贩卖的人口。

⑦聘：国间遣使访问。

⑧霫（xí），音习。

⑨劝进：劝使登皇位。

⑩堨（wō），音窝。

⑪燔（fán，音凡）柴：古时一种祭祀仪式，将牺牲、玉帛放在柴上，焚之以祭天。燔：烧。

⑫帐：辽代皇族机构的名称。

⑬弑（shì，音试）：臣杀君，子杀父母。

⑭据下文意，"李克用"后应补"卒"。

⑮勖（xù），音序。

⑯嘔（wà），音袜。

⑰暨：及，到。

⑱刑：杀。

⑲僭（jiàn，音建）：地位下者冒用地位上者之称号或器物。

⑳翼日：明日。翼，通"翌"。

㉑绐（dài，音怠）：欺骗。

㉒尔曹：你们，汝辈。

㉓阳：佯。

㉔秣：饲料，此处用作动词。

㉕问：疑为"闻"。　　厌禳：以巫术祈鬼神除灾降福，或降伏某物，或致祸于人。

㉖薄：迫近。

㉗晡（bū，音捕第一声）：申时，黄昏时。

㉘庐帐：用毡帐作居室。

㉙刭（jǐng，音颈）：割颈。　　殊：死。

㉚行在：天子所在的地方。

㉛稁（gǎo，音搞）：谷类的茎秆。

㉜磔（zhé，音哲）：古时一种酷刑，即分尸。

㉝校：刑具。

㉞轨：路。

㉟俾：使。

㊱轘（huàn，音换）：古时一种酷刑，即用车肢解人体。

㊲部曲：家仆，也指私人军队。

㊳孳：生育，繁殖。

㊴高年：年老的人。

㊵鞫：审问。

㊶悛：悔改。

㊷弟之：以之为弟。

㊸稔（rěn，音忍）：事物久积养成或酝酿成熟。

㊹安忍：安于做残忍之事。

㊺昵比：亲近勾结。

㊻祚（zuò，音做）：国统，皇位。

㊼眷遇：殊遇，优待。

㊽弃市：古时在闹市执行死刑，并把尸体暴于街头。

㊾阙（jué，音觉）：挖掘。

㊿有差：不等。

51酺（pú，音葡）：聚会饮酒。

52勒：刻。

53妫：（guī，音归）。

54霖：连绵大雨。　　潦（lǎo，音老）：雨水大。

55大内：皇宫内殿。

56版筑：土木营造之事。

57圹（kuàng，音矿）：墓穴。

58瘗（yì，音亦）：掩埋。

59震悼：震动悲悼。

60赙（fù，音付）：以财物助办丧事人家。

太祖本纪下

四年春正月丙申，射虎东山。

二月丙寅，修辽阳故城，以汉民、渤海户实之，改为东平郡，置防御使。

夏五月庚辰，至自东平郡。

秋八月丁酉，谒孔子庙，命皇后、皇太子，分谒寺观。

九月，征乌古部，道闻皇太后不豫①，一日驰六百里还，侍太后，病间②，复还军中。

冬十月丙午，次乌古部，天大风雪，兵不能进，上祷于天，俄顷而霁。命皇太子将先锋军进击，破之，俘获生口万四千二百，牛马、车乘，庐帐、器物二十余万，自是举部来附。

五年春正月乙丑，始制契丹大字。

夏五月丙寅，吴越王复遣滕彦休贡犀角、珊瑚，授官以遣。庚辰，有龙见于拽剌山阳水上，上射获之，藏其骨内府。

闰六月丁卯，以皇弟苏为惕隐，康默记为夷离毕。

秋八月己未朔，党项诸部叛。辛未，上亲征。

九月己丑朔，梁遣郎公远来聘。壬寅，大字成，诏颁行之。皇太子率迭剌部夷离堇汗里轸等，略地云内、天德。

冬十月辛未，攻天德。癸酉，节度使宋瑶降，赐弓矢、鞍马、旗鼓，更其军曰应天。甲戌，班师。宋瑶复叛。丙子，拔其城，擒宋瑶，俘其家属，徙其民于阴山南。

十二月己未，师还。

六年春正月丙午，以皇弟苏为南府宰相，迭里为惕隐。南府宰相，自诸弟构乱，府之名族多罹其祸③，故其位久虚，以锄得部辖得里、只里古摄之。府中数请择任宗室，上以旧制不可辄变，请不已，乃告于宗庙而后授之，宗室为南府宰相自此始。

夏五月丙戌朔，诏定法律，正班爵。丙申，诏画前代直臣像为《招谏图》，及诏长吏④，四孟月询民利病⑤。

六月乙卯朔，日有食之。

冬十月癸丑朔，晋新州防御使王郁以所部山北兵马内附。丙子，上率大军入居庸关。

十一月癸卯，下古北口。丁未，分兵略檀、顺、安远、三河、良乡、望都、潞、满城、遂城等十余城，俘其民徙内地。

十二月癸丑，王郁率其众来朝，上呼郁为子，赏赉甚厚，而徙其众于潢水之南。庚申，皇太子率王郁略地定州，康默记攻长芦。晋义武军节度使王处直养子都囚其父⑥，自称留后。癸亥，围涿州，有白兔缘垒而上，是日破其郛。癸酉，刺史李嗣弼以城降。乙亥，存勖至定州，王都迎谒马前。存勖引兵趋望都，遇我军秃馁五千骑，围之，存勖力战数四，不解。李嗣昭领三百骑来救，我军少却，存勖乃得出，大战，我军不利，引归。存勖至幽州，遣二百骑蹑我军后，我军反击，悉擒之。己卯，还次檀州，幽人来袭，击走之，擒其裨将。诏徙檀、顺民于东平、渖州。

天赞元年春二月庚申，复徇幽、蓟地。癸酉，诏改元，赦军前殊死以下⑧。

夏四月甲寅，攻蓟州。戊午，拔之，擒刺史胡琼，以卢国用、涅鲁古典军民事⑨。壬戌，大飨军士⑩。癸亥，李存勖围镇州，张文礼求援，命郎君迭烈、将军康末怛往击，败之，杀其将李嗣昭。辛未，攻石城县，拔之。

五月丁未，张文礼卒，其子处瑾遣人奉表来谢。

六月，遣鹰军击西南诸部，以所获赐贫民。

冬十月甲子，以萧霞的为北府宰相。分迭剌部为二院：斜涅赤为北院夷离堇，绾思为南院夷离堇。诏分北大浓兀为二部，立两节度使以统之。

十一月壬寅，命皇子尧骨为天下兵马大元帅，略地蓟北。

二年春正月丙申，大元帅尧骨克平州，获刺史赵思温、裨将张崇。

二月，如平州。甲子，以平州为卢龙军，置节度使。

三月戊寅，军于箭笴山⑪，讨叛奚胡损，获之，射以鬼箭⑫，诛其党三百人，沉之狗河。置奚堕瑰部，以勃鲁恩权总其事。

夏四月己酉，梁遣使来聘，吴越王遣使来贡。癸丑，命尧骨攻幽州，迭剌部夷离堇觌烈徇山西地⑬。庚申，尧骨军幽州东，节度使符存审遣人出战，败之，擒其将裴信父子。

闰月庚辰，尧骨抵镇州。壬午，拔曲阳。丙戌，下北平。是月，晋王李存勖即皇帝位，国号唐。

五月戊午，尧骨师还。癸亥，大飨军士，赏赉有差。

六月辛丑，波斯国来贡。

秋七月，前北府宰相萧阿古只及王郁，徇地燕、赵。

冬十月辛未朔，日有食之。己卯，唐兵灭梁。

三年春正月，遣兵略地燕南。

夏五月丙午，以惕隐迭里为南院夷离堇。是月，徙蓟州民实辽州地。渤海杀其刺史张秀实而掠其民。

六月乙酉，召皇后、皇太子、大元帅及二宰相、诸部头等，诏曰："上天降监[14]，惠及烝民[15]；圣主明王，万载一遇。朕既上承天命，下统群生，每有征行，皆奉天意，是以机谋在己，取舍如神，国令既行，人情大附，舛讹归正[16]，遐迩无怨[17]，可谓大含溟海，安纳泰山矣！自我国之经营，为群方之父母。宪章斯在；胤嗣何忧[18]？升降有期，去来在我。良筹圣会，自有契于天人；众国群王，岂可化其凡骨？三年之后，岁在丙戌，时值初秋，必有归处。然未终两事，岂负亲诚？日月非遥，戒严是速。"闻诏者皆惊惧，莫识其意。是日，大举征吐浑、党项、阻卜等部。诏皇太子监国，大元帅尧骨从行。

秋七月辛亥，曷剌等击素昆那山东部族，破之。

八月乙酉，至乌孤山，以鹅祭天。甲午，次古单于国，登阿里典厌得斯山，以麀鹿祭[19]。

九月丙申朔，次古回鹘城，勒石纪功[20]。庚子，拜日于蹛林。丙午，遣骑攻阻卜。南府宰相苏、南院夷离堇迭里略地西南。乙卯，苏等献俘。丁巳，凿金河水，取乌山石[21]，辇致潢河、木叶山，以示山川朝海宗岳之意。癸亥，大食国来贡。甲子，诏砻阔遏可汗故碑[22]，以契丹、突厥、汉字纪其功。是月，破胡母思山诸蕃部，次业得思山，以赤牛青马祭天地。回鹘霸里遣使来贡。

冬十月丙寅朔，猎寓乐山，获野兽数千，以充军食。丁卯，军于霸离思山。遣兵逾流沙，拔浮图城，尽取西鄙诸部[23]。

十一月乙未朔，获甘州回鹘都督毕离遏，因遣使谕其主乌母主可汗。射虎于乌剌邪里山，抵霸室山。六百余里且行且猎，日有鲜食，军士皆给。

四年春正月壬寅，以捷报皇后、皇太子。

二月丙寅，大元帅尧骨略党项。丁卯，皇后遣康末怛问起居，进御服、酒膳。乙亥，萧阿古只略燕、赵还，进牙旗兵仗。辛卯，尧骨献党项俘。

三月丙申，飨军于水精山。

夏四月甲子，南攻小蕃，下之。皇后、皇太子迎谒于札里河。癸酉，回鹘乌母主可汗遣使贡谢。

五月甲寅，清暑室韦北陉[24]。

秋九月癸巳，至自西征。

冬十月丁卯，唐以灭梁来告，即遣使报聘。庚辰，日本国来贡。辛巳，高丽国来贡。

十一月丁酉，幸安国寺，饭僧，赦京师囚，纵五坊鹰鹘。己酉，新罗国来贡。

十二月乙亥，诏曰："所谓两事，一事已毕，惟渤海世仇未雪，岂宜安驻！"乃举兵亲征渤海大諲譔[25]。皇后、皇太子、大元帅尧骨皆从。

闰月壬辰，祠木叶山。壬寅，以青牛白马祭天地于乌山。己酉，次撒葛山，射鬼箭。丁巳，次商岭，夜围扶余府。

天显元年春正月己未，白气贯日。庚申，拔扶余城，诛其守将。丙寅，命惕隐安端、前北府宰相萧阿古只等，将万骑为先锋，遇諲譔老相兵，破之。皇太子、大元帅尧骨、南府宰相苏、北院夷离堇斜涅赤、南院夷离堇迭里，是夜围忽汗城。己巳，諲譔请降。庚午，驻军于忽汗城南。辛未，諲譔素服，槁索牵羊，率僚属三百余人出降，上优礼而释之。甲戌，诏谕渤海郡县。丙子，遣近侍康末怛等十三人，入城索兵器，为逻卒所害。丁丑，諲譔复叛，攻其城，破之。驾幸城中，諲譔请罪马前，诏以兵卫諲譔及族属以出。祭告天地，复还军中。

二月庚寅，安边、郑颉、南海、定理等府[26]，及诸道节度、刺史来朝，慰劳遣之。以所获器币诸物赐将士。壬辰，以青牛白马祭天地。大赦，改元天显。以平渤海遣使报唐。甲午，复幸忽汗城，阅府库物，赐从臣有差，以奚部长勃鲁恩、王郁自回鹘、新罗、吐蕃、党项、室韦、沙陀、乌古等从征有功，优加赏赉。丙午，改渤海国为东丹，忽汗城为天福，册皇太子倍为人皇王，以主之。以皇弟迭剌为左大相，渤海老相为右大相，渤海司徒大素贤为左次相，耶律羽之为右次相，赦其国内殊死以下。丁未，高丽、濊貊、铁骊、靺鞨来贡。

三月戊午，遣夷离毕康默记、左仆射韩延徽攻长岭府。甲子，祭天。丁卯，幸人皇王宫。己巳，安边、鄚颉、定理三府叛，遣安端讨之。丁丑，三府平。壬午，安端献俘，诛安边府叛帅二人。癸未，宴东丹国僚佐，颁赐有差。甲申，幸天福城。乙酉，班师，以大諲譔举族行。

夏四月丁亥朔，次伞子山。辛卯，人皇王率东丹国僚属辞。是月，唐养子李嗣源反，郭存谦弑其主存勖，嗣源遂即位。

五月辛酉，南海、定理二府复叛，大元帅尧骨讨之。

六月丁酉，二府平，丙午，次慎州，唐遣姚坤以国哀来告。

秋七月丙辰，铁州刺史卫钧反。乙丑，尧骨攻拔铁州。庚午，东丹国左大相迭剌卒。辛未，卫送大諲譔于皇都西，筑城以居之。赐諲譔名曰乌鲁古，妻曰阿里只。卢龙行军司马张崇叛，奔唐。甲戌，次扶余府，上不豫①。是夕，大星陨于幄前。辛巳平旦，子城上见黄龙缭绕，可长一里，光耀夺目，入于行宫。有紫黑气蔽天，逾日乃散。是日，上崩，年五十五。天赞三年，上所谓"丙戌秋初，必有归处"，至是乃验。壬午，皇后称制㉗，权决军国事。

八月辛卯，康默记等攻下长岭府。甲午，皇后奉梓宫西还。壬寅，尧骨讨平诸州，奔赴行在。乙巳，人皇王倍继至。

九月壬戌，南府宰相苏薨。丁卯，梓宫至皇都，权殡于子城西北。己巳，上谥升天皇帝，庙号太祖。

冬十月，卢龙军节度使卢国用叛，奔于唐。

十一月丙寅，杀南院夷离堇耶律迭里、郎君耶律匹鲁等。

二年八月丁酉，葬太祖皇帝于祖陵，置祖州天城军节度使以奉陵寝。统和二十六年七月，进谥大圣大明天皇帝。重熙二十一年九月，加谥大圣大明神烈天皇帝。太祖所崩行宫在扶余城西南两河之间，后建升天殿于此，而以扶余为黄龙府云。

赞曰：辽之先㉘，出自炎帝，世为审吉国，其可知者，盖自奇首云。奇首生都庵山，徙潢河之滨。传至雅里，始立制度，置官属，刻木为契，穴地为牢，让阻午而不肯自立。雅里生毗牒，毗牒生颏领，颏领生耨里思㉙，大度寡欲，令不严而人化，是为肃祖。肃祖生萨剌德，尝与黄室韦挑战，矢贯数札㉚，是为懿祖。懿祖生匀德实，始教民稼穑，善畜牧，国以殷富，是为玄祖。玄祖生撒剌的，仁民爱物，始置铁冶，教民鼓铸㉛，是为德祖，即太祖之父也。世为契丹遥辇氏之夷离堇，执其政柄。德祖之弟述澜，北征于厥、室韦，南略易、定、奚、霫，始兴板筑，置城邑，教民种桑麻，习织组㉜，已有广土众民之志。而太祖受可汗禅㉝，遂建国。东征西讨，如折枯拉朽。东自海，西至于流沙，北绝大漠，信威万里，历年二百，岂一日之故哉！周公诛管、蔡，人未有能非之者，剌葛、安端之乱，太祖既贷其死而复用之，非人君之度乎？旧史扶余之变，亦异矣夫！

---

①豫：安乐。

②间：病愈。

③罹：遭受。

④长吏：地位较高的官吏。

⑤孟：四季的第一个月。

⑥晋：应为"唐"。

⑦郛（fú，音佛）：外城，郭。

⑧殊死：古时一种死刑，即斩首。

⑨典：掌管。

⑩飨（xiǎng，音享）：用酒食款待。

⑪笴（gě），音葛。

⑫鬼箭：武器名。

⑬觌：dí，音敌。

⑭降临：下视。

⑮烝民：众民。烝（zhēng，音征）：众多。

⑯舛（chuǎn，音喘）：不幸，　不顺。讹：错。

⑰愆（qiān，音牵）：失误，过失。

⑱胤嗣：后嗣。胤：后代。

⑲麃（páo，音袍）：一种兽。

⑳勒：刻。

㉑"取"与上文之"凿"似互相倒错。

㉒砻（lóng，音龙）：磨。

㉓鄙：边远之地。

㉔清暑：避暑。

㉕禋（yīn），音因。　譔（zhuàn），音传。

㉖莈（mò），音末。　颉（jié），音洁。

㉗称制：代行皇帝职权。

㉘先：先人，祖先。

㉙耨（nòu）。

㉚札：铠甲上的小铁片。

㉛鼓铸：鼓风熔炼金属以铸造器物。

㉜组：编织。

㉝禅：以帝位相让。

天祚皇帝本纪一

　　天祚皇帝，讳延禧，字延宁，小字阿果，道宗之孙，父顺宗大孝顺圣皇帝，母贞顺皇后萧氏，大康元年生。六岁封梁王，加守太尉，兼中书令。后三年，进封燕国王。大安七年，总北南院枢密使事，加尚书令，为天下兵马大元帅。

　　寿隆七年正月甲戌，道宗崩，奉遗诏即皇帝位于枢前，群臣上尊号曰天祚皇帝。

　　二月壬辰朔，改元乾统，大赦。诏为耶律乙辛所诬陷者，复其官爵，籍没者出之，流放者还之。乙未，遣使告哀于宋，及西夏、高丽。乙巳，以北府宰相萧兀纳为辽兴军节度使，加守太傅。

　　三月丁卯，诏有司，以张孝杰家属分赐群臣。甲戌，召僧法颐放戒于内庭。

夏四月，旱。

六月庚寅朔，如庆州①。甲午，宋遣王潜等来吊祭。丙申，高丽、夏国各遣使慰奠。戊戌，以南府宰相斡特剌兼南院枢密使。庚子，追谥懿德皇后为宣懿皇后。壬寅，以宋魏国王和鲁斡为天下兵马大元帅。乙巳，以北平郡王淳进封郑王。丁未，北院枢密使耶律阿思加于越。辛亥，葬仁圣大孝文皇帝、宣懿皇后于庆陵。

秋七月癸亥，阻卜、铁骊来贡。

八月甲寅，谒庆陵。

九月壬申，谒怀陵。乙亥，驻跸藕丝淀②。

冬十月壬辰，谒乾陵。甲辰，上皇考昭怀太子谥曰大孝顺圣皇帝③，庙号顺宗，皇妣曰贞顺皇后④。

十二月戊子，以枢密副使张琳知枢密院事，翰林学士张奉珪参知政事兼同知枢密院事。癸巳，宋遣黄实来贺即位。丁酉，高丽、夏国并遣使来贺。乙巳，诏先朝已行事，不得陈告⑤。

初，以杨割为生女直部节度使，其俗呼为太师。是岁杨割死，传于兄之子乌雅束，束死，其弟阿骨打袭。

二年春正月，如鸭子河。

二月辛卯，如春州。

三月，大寒，冰复合。

夏四月辛亥，诏诛乙辛党，徙其子孙于边；发乙辛、得里特之墓，剖棺，戮尸，以其家属分赐被杀之家。

五月乙丑，斡特剌献耶睹刮等部捷。

六月壬辰，以雨罢猎，驻跸散水原。丙午，夏国王李乾顺复遣使请尚公主⑥。丁未，南院大王陈家奴致仕⑦。壬子，李乾顺为宋所攻，遣李造福、田若水求援。

闰月庚申，策贤良。壬申，降惠妃为庶人。

秋七月，猎黑岭，以霖雨，给猎人马。阻卜来侵，斡特剌等战败之。

冬十月乙卯，萧海里叛，劫乾州武库器甲，命北面林牙郝家奴捕之，萧海里亡入陪术水阿典部。丙寅，以南府宰相耶律斡特剌为北院枢密使，参知政事牛温舒知南院枢密使事。

十一月乙未，郝家奴以不获萧海里，免官。壬寅，以上京留守耶律慎思为北院枢密副使。有司请以帝生日为天兴节。

三年春正月辛巳朔，如混同江。女直函萧海里首，遣使来献。戊申，如春州。

二月庚午，以武清县大水，弛其陂泽之禁⑧。

夏五月戊子，以猎人多亡，严立科禁⑨。乙巳，清暑赤勒岭⑩。丙午，谒庆陵。

六月辛酉，夏国王李乾顺复遣使请尚公主。

秋七月，中京雨雹，伤稼。

冬十月甲辰，如中京。己未，吐蕃遣使来贡。庚申，夏国复遣使求援。己巳，有事于观德殿。

十一月丙申，文武百官加上尊号，曰惠文智武圣孝天祚皇帝。大赦。以宋魏国王和鲁斡为皇太叔，梁王挞鲁进封燕国王，郑王淳为东京留守，进封越国王，百官各进一阶。丁酉，以惕隐耶律何鲁扫古为南院大王。戊戌，以受尊号，告庙。乙巳，谒太祖庙，追尊太祖之高祖曰昭烈皇帝，庙号肃祖，妣曰昭烈皇后；曾祖曰庄敬皇帝，庙号懿祖，妣曰庄敬皇后。召监修国史耶律俨纂太祖诸帝《实录》⑪。

十二月戊申，如藕丝淀。

是年，放进士马恭回等百三人。

四年春正月戊子，幸鱼儿泺。壬寅，猎木岭。癸卯，燕国王挞鲁薨。

二月丁丑，鼻骨德遣使来贡。

夏六月甲辰，驻跸旺国崖。甲寅，夏国遣李造福、田若水求援。癸亥，吐蕃遣使来贡。

秋七月，南京蝗。庚辰，猎南山。癸未，以西北路招讨使萧得里底、北院枢密副使耶律慎思，并知北院枢密使事。辛卯，以同知南院枢密使事萧敌里为西北路招讨使。

冬十月己酉，凤凰见于潳阴。己未，幸南京。

十一月乙亥，御迎月楼，赐贫民钱。

十二月辛丑，以张琳为南府宰相。

五年春正月乙亥，夏国遣李造福等来求援，且乞伐宋。庚寅，以辽兴军节度使萧常哥为北府宰相。丁酉，遣枢密直学士高端礼等，讽宋罢伐夏兵⑫。

二月癸卯，微行，视民疾苦。丙午，幸鸳鸯泺。

三月壬申，以族女南仙封成安公主，下嫁夏国王李乾顺。

夏四月甲申，射虎炭山。

五月癸卯，清暑南崖。壬子，宋遣曾孝广、王戬报聘。

六月甲戌，夏国遣使来谢，及贡方物。己丑，幸候里吉。

秋七月，谒庆陵。

九月辛亥，驻跸藕丝淀。乙卯，谒乾陵。

冬十一月戊戌，禁商贾之家应进士举。丙辰，高丽三韩国公王颙薨，子俣遣使来告。

十二月己巳，夏国复遣李造福、田若水求援。癸酉，宋遣林洙来议与夏约和。

六年春正月辛丑，遣知北院枢密使萧得里底、知南院枢密使事牛温舒使宋，讽归所侵夏地。

夏五月，清暑散水原。

六月辛巳，夏国遣李造福等来谢。

秋七月癸巳，阻卜来贡。甲午，如黑岭。庚子，猎鹿角山。

冬十月乙亥，宋与夏通好，遣刘正符、曹穆来告。庚辰，以皇太叔、南京留守和鲁斡兼惕隐，东京留守、越国王淳为南府宰相。

十一月乙未，以谢家奴为南院大王，马奴为奚六部大王。丙申，行柴册礼⑬。戊戌，大赦。以和鲁斡为义和仁圣皇太叔，越国王淳进封魏国王，封皇子敖卢斡为晋王，习泥烈为饶乐郡王。己亥，谒太祖庙。甲辰，祠木叶山。

十二月己巳，封耶律俨为漆水郡王，余官进爵有差。

七年春正月，钩鱼于鸭子河。

二月，驻跸大鱼泺。

夏六月，次散水原。

秋七月，如黑岭。

冬十月，谒乾陵，猎医巫闾山。

是年，放进士李石等百人。

八年春正月，如春州。

夏四月丙申，封高丽王俣为三韩国公，赠其父颙为高丽国王。

五月，清暑散水原。

六月壬辰，西北路招讨使萧敌里率诸蕃来朝。丙申，射柳祈雨。壬寅，夏国王李乾顺以成安公主生子，遣使来告。丁未，如黑岭。

秋七月戊辰，以雨罢猎。

冬十二月己卯，高丽遣使来谢。

九年春正月丙午朔，如鸭子河。

二月，如春州。

三月戊午，夏国以宋不归地，遣使来告。

夏四月壬午，五国部来贡。

六月乙亥，清暑特礼岭。

秋七月，阴霜，伤稼。甲寅，猎于候里吉。

八月丁酉，雪，罢猎。

冬十月癸酉，望祠木叶山⑭。丁丑，诏免今年租税。

十二月甲申，高丽遣使来贡。

是年，放进士刘桢等九十人。

十年春正月辛丑，预行立春礼。如鸭子河。

二月庚午朔，驻跸大鱼泺。

夏四月丙子，五国部长来贡。丙戌，预行再生礼。癸巳，猎于北山。

六月甲戌，清暑玉丘。癸未，夏国遣李造福等来贡。甲午，阻卜来贡。

秋七月辛丑，谒庆陵。

闰月辛亥，谒怀陵。己未，谒祖陵。壬戌，皇太叔和鲁斡薨。

九月甲戌，免重九节礼。

冬十月，驻跸藕丝淀。

十二月己酉，改明年元。

是岁，大饥。

天庆元年春正月，钩鱼于鸭子河。

二月，如春州。

三月乙亥，五国部长来贡。

夏五月，清暑散水原。

秋七月，猎。

冬十月，驻跸藕丝淀。

二年春正月己未朔，如鸭子河。丁丑，五国部长来贡。

二月丁酉，如春州，幸混同江钩鱼，界外生女直酋长在千里内者，以故事皆来朝。适遇"头鱼宴"，酒半酣，上临轩，命诸酋次第起舞，独阿骨打辞以不能，谕之再三，终不从。他日，上密谓枢密使萧奉先曰："前日之燕，阿骨打意气雄豪，顾视不常，可托以边事诛之，否则，必贻后患。"奉先曰："粗人不知礼义⑮，无大过而杀之，恐伤向化之心，假有异志，又何能为？"其弟吴乞买、粘罕、胡舍等尝从猎，能呼鹿，刺虎，搏熊，上喜，辄加官爵。

夏六月庚寅，清暑南崖。甲午，和州回鹘来贡。戊戌，成安公主来朝。甲辰，阻卜来贡。

秋七月乙丑，猎南山。

九月己未，射获熊，燕群臣⑯，上亲御琵琶。初，阿骨打混同江宴归，疑上知其异志，遂称兵，先并旁近部族。女直赵三、阿鹘产拒之，阿骨打虏其家属，二人走诉咸州，详稳司逓北枢密院。枢密使萧奉先作常事以闻上，仍送咸州诘责，欲使自新。后数召，阿骨打竟称疾不至。

冬十月辛亥，高丽三韩国公王俣之母死，来告，即遣使致祭，起复⑰。是月，驻跸奉圣州。

十一月乙卯，幸南京。丁卯，谒太祖庙。

是年，放进士韩昉等七十七人。

三年春正月丙寅，赐南京贫民钱。丁卯，如大鱼泺。甲戌，禁僧尼破戒。丙子，猎狗牙山，大寒，猎人多死。

三月，籍诸道户，徙大牢古山围场地居民于别土。阿骨打一日率五百骑，突至咸州，吏民大惊。翌日，赴详稳司，与赵三等面折庭下⑱，阿骨打不屈，送所司问状。一夕遁去。遣人诉于上，谓详稳司欲见杀，故不敢留。自是召不复至。

夏闰四月，李弘以左道聚众为乱，支解，分示五京。

六月乙卯，斡朗改国遣使来贡良犬。丙辰，夏国遣使来贡。

秋七月，幸秋山。

九月，驻跸藕丝淀。

十一月甲午，以三司使虞融知南院枢密使事，西南面招讨使萧乐古为南府宰相。

十二月庚戌，高丽遣使来谢致祭。癸丑，回鹘遣使来贡。甲寅，以枢密直学士马人望参知政事。丙辰，知枢密院事耶律俨薨。癸亥，高丽遣使来谢起复。

四年春正月，如春州。初，女直起兵，以纥石烈部人阿疏不从，遣其部撒改讨之，阿疏弟狄故保来告，诏谕使勿讨，不听，阿疏来奔。至是女直遣使来索，不发。

夏五月，清暑散水原。

秋七月，女直复遣使取阿疏，不发，乃遣侍御阿息保问境上多建城堡之故，女直以慢语答曰："若还阿疏，朝贡如故；不然，城未能已。"遂发浑河北诸军，益东北路统军司。阿骨打乃与弟粘罕、胡舍等谋，以银术割、移烈、娄室、阇母等为帅，集女直诸部兵，擒辽障鹰官。及攻宁江州，东北路统军司以闻。时上在庆州射鹿，闻之略不介意，遣海州刺史高仙寿统渤海军应援。萧挞不也遇女直，战于宁江东，败绩。

十月壬寅，以守司空萧嗣先为东北路都统，静江军节度使萧挞不也为副，发契丹奚军三千人，中京禁兵及土豪二千人，别选诸路武勇二千余人，以虞候崔公义为都押官，控鹤指挥邢颖为副，引军屯出河店。两军对垒，女直军潜渡混同江，掩击辽众，萧嗣先军溃，崔公义、邢颖、耶律佛留、萧葛十等死之，其获免者十有七人。萧奉先惧其弟嗣先获罪，辄奏东征溃军所至劫掠，若不肆赦，恐聚为患，上从之，嗣先但免官而已。诸军相谓曰："战则有死而无功，退则有生而无罪。"故士无斗志，望风奔溃。

十一月壬辰，都统萧敌里等营于斡邻泺东，又为女直所袭，士卒死者甚众。甲午，萧敌里亦坐免官。辛丑，以西北路招讨使耶律斡里朵为行军都统，副点检萧乙薛、同知南院枢密使事耶律章奴副之。

十二月，咸、宾、祥三州及铁骊、兀惹，皆叛入女直。乙薛往援宾州，南军诸将实娄、特烈等往援咸州，并为女直所败。

---

①如：往，去。

②驻跸（bì，音毕）：帝王出行时停留暂住。

③皇考：称皇帝之亡父。

④皇妣（bǐ，音比）：称皇帝之亡母。

⑤陈告：陈述，陈诉。

⑥尚：匹配，多用于皇家女儿。

⑦致仕：辞官。

⑧陂（bēi，音杯）泽：湖泽。陂，池塘湖泊。

⑨科：征税。

⑩清暑：避暑。

⑪实录：中国古代记录每个皇帝在位时的编年大事记。

⑫讽：用委婉的语言劝告，暗示或责备。

⑬柴册礼：古代一种礼仪，积薪为坛，皇帝受群臣玉册，然后烧柴祭天。

⑭望：古晨祭祀山川的专名，望山川而祀，所以称为望。

⑮麄（cū，音粗）：同"粗"。

⑯燕：通"宴"，宴饮。

⑰起复：古时官员父母故去，守孝期未满，又应召任职，称为"起复"。

⑱面折：当面指责人的过失。

天祚皇帝本纪二

五年春正月，下诏亲征，遣僧家奴持书约和，斥阿骨打名。阿骨打遣赛剌复书，若归叛人阿疏，迁黄龙府于别地，然后议之。都统耶律斡里朵等与女直兵战于达鲁古城，败绩。

二月，饶州渤海古欲等反，自称大王。

三月，以萧谢佛留等讨之。遣耶律张家奴等六人，赍书使女直①，斥其主名，冀以速降②。

夏四月癸丑，萧谢佛留等为渤海古欲所败，以南面副部署萧陶苏斡为都统，赴之。

五月，陶苏斡及古欲战，败绩。张家奴等以阿骨打书来，复遣之往。

六月己亥朔，清暑特礼岭。壬子，张家奴等还，阿骨打复书，亦斥名谕之使降。癸丑，以亲征谕诸道。丙辰，陶苏斡招获古欲等。癸亥，以惕隐耶律末里为北院大王。是月，遣萧辞剌使女直，以书辞不屈见留③。

秋七月辛未，宋遣使致助军银绢。丙子，猎于岭东。是月，都统斡里朵等与女直战于白马泺，败绩。

八月甲子，罢猎，趋军中。以斡里朵等军败，免官。丙寅，以围场使阿不为中军都统，耶律张家奴为都监，率番、汉兵十万；萧奉先充御营都统，诸行营都部署耶律章奴为副，以精兵二万为先锋。余分五部为正军，贵族子弟千人为硬军④，扈从百司为护卫军，北出骆驼口；以都点检萧胡睹姑为都统，枢密直学士柴谊为副，将汉步骑三万，南出宁江州。自长春州分道而进，发数月粮，期必灭女直。

九月丁卯朔，女直军陷黄龙府。己巳，知北院枢密使萧得里底出为西南面招讨使。辞剌还，女直复遣赛剌以书来报：若归我叛人阿疏等，即当班师。上亲征。粘罕、兀术等以书来上，阳为卑哀之辞⑤，实欲求战。书上，上怒，下诏有"女直作过，大军剪除"之语。女直主聚众，劈面仰天恸哭曰⑥："始与汝等起兵，盖苦契丹残忍，欲自立国，今主上亲征，奈何？非人死战，莫能当也，不若杀我一族，汝等迎降，转祸为福。"诸军皆曰："事已至此，惟命是从。"乙巳，耶律章奴反，奔上京，谋迎立魏国王淳。上遣驸马萧昱领兵诣广平淀护后妃，行宫小底乙信持书驰报魏国王。时章奴先遣王妃亲弟萧谛里以所谋说魏国王，王曰："此非细事，主上自有诸王当立，北、南面大臣不来，而汝言及此，何也？"密令左右拘之。有顷，乙信等赍御札至，备言章奴等欲废立事，魏国王立斩萧谛里等首以献，单骑间道诣广平淀待罪，上遇之如初。章奴知魏国王不听，率麾下掠庆、饶、怀、祖等州，结渤海群盗，众至数万，趋广平淀犯行宫。顺国女直阿鹘产以三百骑一战而胜，擒其贵族二百余人，并斩首以徇，其妻子配役绣院，或散诸近侍为婢，余得脱者皆奔女直。章奴诈为使者，欲奔女直，为逻者所获，缚送行在⑦，腰斩于市，剖其心以献祖庙，支解以徇五路。

冬十一月，遣驸马萧特末、林牙萧察剌等，将骑兵五万、步卒四十万、亲军七十万至驼门。

十二月乙巳，耶律张家奴叛。戊申，亲战于护步答冈，败绩，尽亡其辎重。己未，锦州刺史耶律术者叛应张家奴。庚申，北面林牙耶律马哥讨张家奴。癸亥，以北院宣徽使萧韩家奴知北院枢密使事，南院宣徽使萧特末为汉人行宫都部署。

六年春正月丙寅朔，东京夜有恶少年十余人，乘酒执刃，逾垣入留守府，问留守萧保先所在："今军变，请为备。"萧保先出，刺杀之。户部使大公鼎闻乱，即摄留守事，与副留守高清明集奚、汉兵千人，尽捕其众，斩之，抚定其民。东京故渤海地，太祖力战二十余年乃得之，而萧保先严酷，渤海苦之，故有是变。其裨将渤海高永昌僭号，称隆基元年，遣萧乙薛、高兴顺招之，不从。

闰月己亥，遣萧韩家奴、张琳讨之。戊午，贵德州守将耶律余睹以广州渤海叛附永昌，我师击败之。

二月戊辰，侍御司徒挞不也等讨张家奴，战于祖州，败绩。乙酉，遣汉人行宫都部署萧特末，率诸将讨张家奴。戊子，张家奴诱饶州渤海及中京贼侯概等万余人，攻陷高州。

三月，东面行军副统酬斡等擒侯概于川州。

夏四月戊辰，亲征张家奴。癸酉，败之。甲戌，诛叛党，饶州渤海平。丙子，赏平贼将士有差；而萧韩家奴、张琳等复为贼所败。

五月，清暑散水原。女直军攻下沈州，复陷东京，擒高永昌。东京州县族人痕孛、铎剌、吴十、挞不也、道剌、酬斡等十三人，皆降女直。

六月乙丑，籍诸路兵，有杂畜十头以上者皆从军。庚辰，魏国王淳进封秦晋国王，为都元帅，上京留守萧挞不也为契丹行宫都部署兼副元帅。丁亥，知北院枢密使事萧韩家奴为上京留守。

秋七月，猎秋山。春州渤海二千余户叛，东北路统军使勒兵追及⑧，尽俘以还。

八月，乌古部叛，遣中丞耶律挞不也等招之。

九月丙午，谒怀陵。

冬十月丁卯，以张琳军败，夺官。庚辰，乌古部来降。

十一月，东面行军副统马哥等攻曷苏馆，败绩。

十二月乙亥，封庶人萧氏为太皇太妃。辛巳，削副统耶律马哥官。

七年春正月甲寅，减厩马粟，分给诸局。是月，女直军攻春州，东北面诸军不战自溃，女古、皮室四部及渤海人皆降，复下泰州。

二月，涞水县贼董庞儿聚众万余，西京留守萧乙薛、南京统军都监查剌与战于易水，破之。

三月，庞儿党复聚，乙薛复击破之于奉圣州。

夏五月庚寅，东北面行军诸将涅里、合鲁、涅哥、虚古等弃市。乙巳，诸围场隙地，纵百姓樵采。

六月辛巳，以同知枢密院事余里也为北院大王。

秋七月癸卯，猎秋山。

八月丙寅，猎狨斯那里山，命都元帅秦晋王赴沿边，会四路兵马防秋⑨。

九月，上自燕至阴凉河，置怨军八营：募自宜州者曰前宜、后宜，自锦州者曰前锦、后锦，自乾自显者曰乾曰显，又有乾显大营、岩州营，凡二万八千余人，屯卫州蒺藜山。丁酉，猎辋子山。

冬十月乙卯朔，至中京。

十二月丙寅，都元帅秦晋国王淳遇女直军，战于蒺藜山，败绩，女直复拔显州旁近州郡。庚午，下诏自责。癸酉，遣夷离毕查剌，与大公鼎诸路募兵。丁丑，以西京留守萧乙薛为北府宰相，东北路行军都统奚霞末知奚六部大王事。

是岁，女直阿骨打用铁州杨朴策，即皇帝位，建元天辅，国号金。杨朴又言，自古英雄开国或受禅，必先求大国封册，遂遣使议和，以求封册。

八年春正月，幸鸳鸯泺。丁亥，遣耶律奴哥等使金议和。庚寅，保安军节度使张崇以双州二百户降金。东路诸州盗贼蜂起，掠民自随以充食。

二月，耶律奴哥还自金，金主复书曰："能以兄事朕，岁贡方物，归我上、中京、兴中府三路州县，以亲王、公主、驸马、大臣子孙为质，还我行人及元给信符，并宋、夏、高丽往复书诏、表牒，则可以如约。"

三月甲午，复遣奴哥使金。

夏四月辛酉，以西南面招讨使萧得里底为北院枢密使。

五月壬午朔，奴哥以书来，约不逾此月见报。戊戌，复遣奴哥使金，要以酌中之议⑩。是月，至纳葛泺。贼安生儿、张高儿聚众二十万，耶律马哥等斩生儿于龙化州，高儿亡入懿州，与霍六哥相合。金主遣胡突衮与奴哥持书，报如前约。

六月丁卯，遣奴哥等赍宋、夏、高丽书诏、表牒至金。霍六哥陷海北州，趣义州⑪，军帅回离保等击败之。通、祺、双、辽四州之民八百余户降于金。

秋七月，猎秋山。金复遣胡突衮来，免取质子及上京、兴中府所属州郡，裁减岁币之数，"如能以兄事朕，册用汉仪，可以如约。

八月庚午，遣奴哥、突迭使金，议册礼。

九月，突迭见留，遣奴哥还，谓之曰："言如不从，勿复遣使。"

闰月丙寅，遣奴哥复使金，而萧宝、讹里等十五人，各率户降于金。

冬十月，奴哥、突迭持金书来。龙化州张应古等四人率众降金。

十一月，副元帅萧挞不也薨。

十二月甲申，议定册礼，遣奴哥使金。宁昌军节度使刘宏以懿州户三千降金。时山前诸路大饥，乾、显、宜、锦、兴中等路，斗粟直数缣⑫，民削榆皮食之，既而人相食。

是年，放进士王翚等百三人。

九年春正月，金遣乌林答赞谟持书来迎册。

二月，至鸳鸯泺。贼张撒八诱中京射粮军，僭号，南面军帅余睹擒撒八。

三月丁未朔，遣知右夷离毕事萧习泥烈等，册金主为东怀国皇帝。已酉，乌林答赞谟、奴哥等先以书报。

夏五月，阻卜补疏只等叛，执招讨使耶律斡里朵，都监萧斜里得死之。

秋七月，猎南山。金复遣乌林答赞谟来，责册文无"兄事"之语，不言"大金"而云"东怀"，乃小邦怀其德之义；及册文有"渠材"二字⑬，语涉轻侮，若"遥芬多戬"等语⑭，皆非善意，殊乖体式，如依前书所定，然后可从。杨询卿、罗子韦率众降金。

八月，以赵王习泥烈为西京留守。

九月，至西京。复遣习泥烈、杨立忠先持册藁使金⑮。

冬十月甲戌朔，耶律陈图奴等二十余人谋反，伏诛。是月，遣使乌林答赞谟持书以还。

十年春二月，幸鸳鸯泺。金复遣乌林答赞谟持书及册文副本以来，仍责乞兵于高丽。

三月己酉，民有群马者，十取其一，给东路军。庚申，以金人所定"大圣"二字，与先世称号同，复遣习泥烈往议，金主怒，遂绝之。

夏四月，猎胡土白山，闻金师再举，耶律白斯不等选精兵三千，以济辽师。

五月，金主亲攻上京，克外郛，留守挞不也率众出降。

六月乙酉，以北府宰相萧乙薛为上京留守、知盐铁内省两司、东北统军司事。

秋，猎沙岭。

冬，复至西京。

---

①赍（jī，音基）：抱着，带着。

②冀：希望。

③见：被。

④硬军：古代女真军中持戈的前锋。

⑤阳：通"佯"，假。

⑥劙（lí，音离）面：古时北方某些少数民族的一种割破面颊使流血，以示忠诚伤痛的风俗。劙，划破，划开。

⑦行在：天子所在之地。

⑧勒：统率。

⑨防秋：古时西北游牧部落常秋天南侵，届时边军特加警卫，调兵防守，称为"防秋"。

⑩酌中：适中，折中。

⑪趣：赴，奔往。

⑫直：值。　　缣（jiān，音兼）：双丝的细绢，古时可作货币。

⑬渠材：大材。

⑭戬（jiǎn），音检。

⑮藁：同"稿"。稿（gǎo，音搞），此处意为诗文草底。

天祚皇帝本纪三

保大元年春正月丁酉朔，改元，肆赦。初，金人兴兵，郡县所失几半。上有四子：长赵王，母赵昭容；次晋王，母文妃；次秦王、许王，皆元妃生。国人知晋王之贤，深所属望。元妃之兄枢密使萧奉先恐秦王不得立，潜图之。文妃姊妹三人：长适耶律挞葛里①，次文妃，次适余睹。一日，其姊若妹俱会军前②，奉先讽人诬驸马萧昱及余睹等谋立晋王③，事觉，昱、挞葛里等伏诛，文妃亦赐死，独晋王未忍加罪。余睹在军中，闻之大惧，即率千余骑叛入金。上遣知奚王府事萧遏买、北府宰相萧德恭、大常衮耶律谛里姑、归州观察使萧和尚奴、四军太师萧干,将所部兵追之,及诸闾山县。诸将议曰:"主上信萧奉先言,奉先视吾辈蔑如也,余睹乃宗室豪俊,常不肯为奉先下,若擒余睹,他日吾党皆余睹也,不若纵之。"还,即绐曰④:"追袭不及。"奉先既见余睹之亡,恐后日诸校亦叛,遂劝骤加爵赏,以结众心。以萧遏买为奚王,萧德恭试中书门下平章事兼判上京留守事,耶律谛里姑为龙虎卫上将军,萧和尚奴金吾卫上将军,萧干镇国大将军。

二月,幸鸳鸯泺。

夏五月,至曷里狨⑤。

秋七月,猎炭山。

九月,至南京。

冬十一月癸亥,以西京留守赵王习泥烈为惕隐。

二年春正月乙亥,金克中京,进下泽州。上出居庸关,至鸳鸯泺。闻余睹引金人娄室字董奄至,萧奉先曰:"余睹乃王子班之苗裔,此来欲立甥晋王耳,若为社稷计,不惜一子,明其罪诛之,可不战而余睹自回矣。"上遂赐晋王死,素服三日,耶律撒八等皆伏诛。王素有人望,诸军闻其死,无不流涕,由是人心解体。余睹引金人逼行宫,上率卫兵五千余骑幸云中,遗传国玺于桑乾河。

二月庚寅朔,日有食之,既。甲午,知北院大王事耶律马哥、汉人行宫都部署萧特末,并为都统,太和宫使耶律补得副之,将兵屯鸳鸯泺。己亥,金师败奚王霞末于北安州,遂降其城。

三月辛酉,上闻金师将出岭西,遂趋白水泺。乙丑,群牧使谟鲁斡降金。丙寅,上至女古底仓。闻金兵将近,计不知所出,乘轻骑入夹山,方悟奉先之不忠,怒曰:"汝父子误我至此,今欲诛汝,何益于事!恐军心忿怨,尔曹避敌苟安,祸必及我,其勿从行。"奉先下马,哭拜而去。行未数里,左右执其父子,缚送金兵。金人斩其长子昂,以奉先及其次子昱械送金主。道遇辽军,夺以归国,遂并赐死。逐枢密使萧得里底。召挞不也典禁卫。丁卯,以北院枢密副使萧僧孝奴知北院枢密使事,同知北院枢密使事萧查剌为左夷离毕。戊辰,同知殿前点检事耶律高八率卫士降金。己巳,侦人萧和尚、牌印郎君耶律哂斯为金师所获。癸酉,以诸局百工多亡,凡扈从不限吏民,皆官之。初,诏留宰相张琳、李处温,与秦晋国王淳守燕。处温闻上入夹山,数日命令不通,即与弟处能、子奭,外假怨军,内结都统萧干,谋立淳。遂与诸大臣耶律大石、左企弓、虞仲文、曹勇义、康公弼集蕃汉百官、诸军及父老数万人,诣淳府。处温邀张琳至,白其事,琳曰:"摄政则可。"处温曰:"天意人心已定,请立班耳。"处温等请淳受礼,淳方出,李奭持赭袍被之,令百官拜舞山呼。淳惊骇,再三辞,不获已而从之。以处温守太尉,左企弓守司徒,曹勇义知枢密院事,虞仲文参知政事,张琳守太师,李处能直枢密院,李奭为少府少监、提举翰林医官⑥,李爽、陈秘十余人曾与大计,并赐进士及第,授官有差。萧干为北枢密使,驸马都尉萧旦知枢密院事。改怨军为常胜军。于是肆赦,自称天锡皇帝,改元建福,降封天祚为湘阴王,遂据有燕、云、平及上京、辽西六路。天祚所有,沙漠已北,西南、西北路两都招讨府、诸蕃部族而已。

夏四月辛卯,西南面招讨使耶律佛顶降金,云内、宁边、东胜等州皆降。阿疏为金兵所擒。金已取西京,沙漠以南部族皆降。上遂遁于讹莎烈。时北部谟葛失赆马、驼、食羊⑦。

五月甲戌,都统马哥收集散亡,会于沤里谨。丙子,以马哥知北院枢密使事,兼都统。

六月,淳寝疾⑧,闻上传檄天德、云内、朔、武、应、蔚等州,合诸蕃精兵五万骑,约以八月入燕,并遣人问劳,索衣裘、茗药。淳甚惊,命南、北面大臣议。而李处温、萧干等有迎秦拒湘之说，集蕃汉百官议之，从其议者，东立，惟南面行营都部署耶律宁西立。处温等问故，宁曰："天祚果能以诸蕃兵大举夺燕，则是天数未尽，岂能拒之？否则，秦、湘，父子也，拒则皆拒，自古安有迎子而拒其父者？"处温等相顾微笑，以宁扇乱军心，欲杀之。淳欹枕长叹曰⑨："彼忠臣也，焉可杀？天祚果来，吾有死耳，复何面目相见耶！"已而淳死，众乃议立其妻萧氏为皇太后，主军国事。奉遗命，迎立天祚次子秦王定为帝。太后遂称制⑩，改元德兴。处温父子惧祸，南通童贯，欲挟萧太后，纳土于宋，北通于金，欲为内应，外以援立大功自陈。萧太后骂曰："误秦晋国王者，皆汝父子！"悉数其过数十，赐死，脔其子奭而磔之⑪，籍其家，得钱七万缗⑫，金玉宝器称是⑬，为宰相数月之间所取也。谟葛失以兵来援，为金人败于洪灰水，擒其子陀古及其属阿敌音。夏国援兵至，亦为金所败。

秋七月丁巳朔，敌烈部皮室叛，乌古部节度使耶律棠古讨平之，加太子太保。乙丑，上京毛八十率二千户降金。辛未，夏国遣曹价来问起居。

八月戊戌，亲遇金军，战于石辇驿，败绩，都统萧特末及其侄撒古被执。辛丑，会军于欢挞新查剌，金兵追之急，弃辎重以遁。

九月，敌烈部叛，都统马哥克之。

冬十月，金兵攻蔚州，降。

十一月乙丑，闻金兵至奉圣州，遂率卫兵屯于落昆髓。秦晋王淳妻萧德妃五表于金，求立秦王，不许，以劲兵守居庸。及金兵临关，厓石自崩⑭，戍卒多压死，不战而溃，德妃出古北口，趋天德军。

十二月，知金主抚定南京，上遂由扫里关出居四部族详稳之家。

三年春正月丁巳，奚王回离保僭号，称天复元年，命都统马哥讨之。甲子，初，张毂为辽兴军节度副使⑮，民推毂领州事。秦晋王淳既死，萧德妃遣时立爱知平州。毂知辽必亡，练兵畜马，籍丁壮为备。立爱至，毂弗纳。金帅粘罕入燕，首问平州事于故参知政事康公弼，公弼曰："毂狂妄寡谋，虽有乡兵，彼何能为？示之不疑，图之未晚。"金人招时立爱赴军前，加毂临海军节度使，仍知平州。既而又欲以精兵三千先下平州，擒张毂。公弼曰："若加兵，是趣之叛也。"公弼请自往觇之⑯。毂谓公弼曰："辽之八路，七路已降，独平州未解甲者，防萧干耳。"厚赂公弼而还。公弼复粘罕曰："彼无足虑。"金人遂改平州为南京，加毂试中书门下平章事，判留守事。庚辰，宜、锦、乾、显、成、川、豪、懿等州，相继皆降。上京卢彦伦叛，杀契丹人。

二月乙酉朔，兴中府降金。来州归德军节度使田颢、权隰州刺史杜师回、权迁州刺史高永昌、权润州刺史张成，皆籍所管户降金。丙戌，诛萧德妃，降淳为庶人，尽释其党。癸巳，兴中、宜州复城守。

三月，驻跸于云内州南。

夏四月甲申朔，以知北院枢密使事萧僧孝奴为诸道大都督。丙申，金兵至居庸关，擒耶律大石。戊戌，金兵围辎重于青冢，硬寨太保特母哥窃梁王雅里以遁，秦王、许王、诸妃、公主、从臣皆陷没。庚子，梁宋大长公主特里亡归。壬寅，金遣人来招。癸卯，答言请和。丙午，金兵送族属辎重东行，乃遣兵邀战于白水泺，赵王习泥烈、萧道宁皆被执。上遣牌印郎君谋卢瓦送兔纽金印伪降，遂西遁云内。驸马都尉乳奴诣金降。己酉，金复以书来招，答其书。壬子，金帅书来，不许请和。是月，特母哥挈雅里至，上怒不能尽救诸子，诘之。

五月乙卯，夏国王李乾顺遣使，请临其国。庚申，军将耶律敌烈等夜劫梁王雅里奔西北部，立以为帝，改元神历。辛酉，渡河，止于金肃军北。回离保为众所杀。

六月，遣使册李乾顺为夏国皇帝。

秋九月，耶律大石自金来归。

冬十月，复渡河东还，居突吕不部。梁王雅里殁，耶律术烈继之。

十一月，术烈为众所杀。

四年春正月，上趋都统马哥军，金人来攻，弃营北遁，马哥被执。谟葛失来迎，赆马、驼、羊，又率部人防卫。时侍从乏粮数日，以衣易羊。至乌古敌烈部，以都点检萧乙薛知北院枢密使事，封谟葛失为神于越王。特母哥降金。

二月，耶律遥设等十人谋叛，伏诛。

夏五月，金人既克燕，驱燕之大家东徙，以燕空城及涿、易、檀、顺、景、蓟州与宋以塞盟。左企弓、康公弼、曹勇义、虞仲文皆东迁。燕民流离道路，不胜其苦，入平州，言于留守张瑴曰："宰相左企弓不谋守燕，使吾民流离，无所安集，公今临巨镇，握强兵，尽忠于辽，必能使我复归乡土，人心亦惟公是望。"瑴遂召诸将领议，皆曰："闻天祚兵势复振，出没漠南，公若仗义勤王[17]，奉迎天祚，以图中兴，先责左企弓等叛降之罪而诛之，尽归燕民，使复其业，而以平州归宋，则宋无不接纳，平州遂为藩镇矣。即后日金人加兵，内用平山之军，外得宋为之援，又何惧焉！"瑴曰："此大事也，不可草草，翰林学士李石智而多谋，可召与议。"石至，其言与之合。乃遣张谦率五百余骑，传留守令，召宰相左企弓、曹勇义、枢密使虞仲文、参知政事康公弼至涞河西岸，遣议事官赵秘校往数十罪，曰："天祚播迁夹山[18]，不即奉迎，一也；劝皇叔秦晋王僭号，二也；诋讦君父[19]，降封湘阴，三也；天祚遣知阁王有庆来议事而杀之，四也；檄书始至，有迎秦拒湘之议，五也；不谋守燕而降，六也；不顾大义，臣事于金，七也；根括燕财[20]，取悦于金，八也；使燕人迁徙失业，九也；教金人发兵先下平州，十也。尔有十罪，所不容诛。"左企弓等无以对，皆缢杀之。仍称保大三年，画天祚象，朝夕谒，事必告而后行，称辽官秩。

六月，榜谕燕人复业，恒产为常胜军所占者，悉还之。燕民既得归，大悦。翰林学士李石更名安弼，偕故三司使高党往燕山，说宋王安中曰："平州带甲万余，瑴有文武材，可用为屏翰[21]，不然，将为肘腋之患[22]。"安中深然之，令安弼与党诣宋。宋主诏帅臣王安中、詹度厚加安抚，与免三年常赋。瑴闻之，自谓得计。

秋七月，金人屯来州。阇母闻平州附宋，以二千骑问罪，先入营州，瑴以精兵万骑击败之。宋建平州为泰宁军，以瑴为节度使，以安弼、党为徽猷阁待制，令宣抚司出银绢数万犒赏。瑴喜，远迎，金人谍知，举兵来袭，瑴不得归，奔燕。金人克三州，始来索瑴，王安中讳之[23]。索急，斩一人貌类者去，金人曰，非瑴也，以兵来取。安中不得已，杀瑴，函其首送金。天祚既得林牙耶律大石兵归，又得阴山室韦谟葛失兵，自谓得天助，再谋出兵，复收燕、云。大石林牙力谏曰："自金人初陷长春、辽阳，则车驾不幸广平淀，而都中京；及陷上京，则都燕山；及陷中京，则幸云中；自云中而播迁夹山。向以全师不谋战备，使举国汉地皆为金有。国势至此，而方求战，非计也，当养兵待时而动，不可轻举。"不从。大石遂杀乙薛及坡里括，置北、南面官属，自立为王，率所部西去。上遂率诸军出夹山，下渔阳岭，取天德、东胜、宁边、云内等州；南下武州，遇金人，战于奄遏下水，复溃，直趋山阴。

八月，国舅详稳萧挞不也、笔砚祗候察剌降金。是月，金主阿骨打死。

九月，建州降金。

冬十月，纳突吕不部人讹哥之妻谐葛，以讹哥为本部节度使。昭古牙率众降金。金攻兴中府，降之。

十一月，从行者举兵乱，北护卫太保术者、舍利详稳牙不里等击败之。

十二月，置二总管府。

---

①适：古指女子出嫁。

②若：与，和。

③讽人：劝告之人。

④绐（dài，音待）：欺骗。

⑤狘（xuè），音谑。

⑥奭（shì），音试。

⑦赆：（jìn，音浸）：献纳，赠送。

⑧寝：同"浸"，渐渐。

⑨敧（qī，音期）：通"攲"，倾斜。

⑩称制：代行皇帝之职。

⑪脔（luán，音李）：把肉切成块状。　磔（zhé，音哲）：古代酷刑的一种，即分尸。

⑫缗（mín，音民）：成串的铜钱，一千文为一缗。

⑬称是：与此相当。是：此。

⑭厓（yá，音牙）：山边。

⑮觉（jué），音觉。

⑯觇（chān，音搀）：看，窥看。

⑰勤：帮助。

⑱播迁：流离迁徙。

⑲诋（dǐ，音底）：毁谤，诬蔑。　讦（jié，音结）：攻击别人短处，揭发别人阴私。

⑳根括：彻底清查，彻底搜求。

㉑屏翰：比喻卫国的重臣。

㉒肘腋：比喻切近的地方。

㉓讳：隐瞒。

天祚皇帝本纪四

五年春正月辛巳，党项小斛禄遣人请临其地。戊子，趋天德，过沙漠，金兵忽至，上徒步出走，近侍进珠帽，却之，乘张仁贵马得脱，至天德。己丑，遇雪，无御寒具，术者以貂裘帽进；途次绝粮①，术者进麦与枣；欲憩，术者即跪坐，倚之假寐。术者辈惟啮冰雪以济饥②。过天德，至夜，将宿民家，绐曰侦骑，其家知之，乃叩马首，跪而大恸，潜宿其家。居数日，嘉其忠，遥授以节度使，遂趋党项。以小斛禄为西南面招讨使，总知军事，仍赐其子及诸校爵赏有差。

二月，至应州新城东六十里，为金人完颜娄室等所获。

八月癸卯，至金。丙午，降封海滨王。以疾终，年五十有四，在位二十四年。金皇统元年二月，改封豫王。五年，葬于广宁府间阳县乾陵傍。

耶律淳者，世号为北辽。淳小字涅里，兴宗第四孙，南京留守、宋魏王和鲁斡之子。清宁初，太后鞠育之③。既长，笃好文学。昭怀太子得罪，上欲以淳为嗣。上怒耶律白斯不，知与淳善，出淳为彰圣等军节度使。

天祚即位，进王郑④。乾统二年，加越王。六年，拜南府宰相，首议制两府礼仪。上喜，徙王魏。其父和鲁斡薨，即以淳袭父守南京。冬夏入朝，宠冠诸王。

天庆五年，东征，都监章奴济鸭子河，与淳子阿撒等三百余人亡归，先遣敌里等，以废立之谋报淳，淳斩敌里首以献。进封秦晋国王，拜都元帅，赐金券，免汉拜礼，不名。许自择将士，乃募燕、云精兵。东至锦州，队长武朝彦作乱，劫淳，淳匿而免，收朝彦诛之。会金兵至，聚兵战于阿里轸斗，败绩，收亡卒数千人拒之，淳入朝，释其罪，诏南京刻石纪功。

保大二年，天祚入夹山，奚王回离保、林牙耶律大石等引唐灵武故事，议欲立淳，淳不从，官属劝进曰⑤：“主上蒙尘，中原扰攘，若不立王，百姓何归？宜熟计之。”遂即位。百官上号天锡皇帝，改保大二年为建福元年，大赦。放进士李宝信等一十九人，遥降天祚为湘阴王。以燕、云、平、上京、中京、辽西六路，淳主之，沙漠以北、南北路两都招讨府、诸蕃部族等，仍隶天祚，自此辽国分矣。封其妻普贤女为德妃，以回离保知北院枢密使事，军旅之事悉委大石。又遣使报宋，免岁币，结好，宋人发兵问罪，击败之。寻遣使奉表于金，乞为附庸。事未决，淳病死，年六十。百官伪谥曰孝章皇帝，庙号宣宗，葬燕西香山永安陵。

遗命遥立秦王定以存社稷，德妃为皇太后，称制⑥，改建福为德兴元年，放进士李球等百八人。时宋兵来攻，战败之，由是人心大悦，兵势日振。宰相李纯等潜纳宋兵，居民内应，抱关者被杀甚众。翌日，攻内东门，卫兵力战，宋军大溃，逾城而走，死者相藉。五表于金，求立秦王，不从。而金兵大至，德妃奔天德军，见天祚，天祚怒，诛德妃，降淳庶人，除其属籍。

耶律雅里者，天祚皇帝第二子也，字撒鸾。七岁，欲立为皇太子，别置禁卫，封梁王。

保大三年，金师围青冢寨，雅里在军中，太保特母哥挟之出走，间道行至阴山。闻天祚失利趋云内，雅里驰赴。时扈从者千余人，多于天祚，天祚虑特母哥生变，欲诛之。责以不能全救诸王，将讯之。仗剑召雅里问曰：“特母哥教汝何为？”雅里对曰：“无他言。”乃释之。

天祚渡河奔夏，队帅耶律敌列等劫雅里北走，至沙岭，见蛇横道而过，识者以为不祥。后三日，群僚共立雅里为主，雅里遂即位，改元神历，命士庶上便宜。

雅里性宽大，恶诛杀，获亡者，笞之而已，有自归者，即官之。因谓左右曰：“欲附来归，不附则去，何须威逼耶？”每取唐《贞观政要》及林牙资忠所作《治国诗》，令侍从读之。乌古部节度使纠哲、迭烈部统军挞不也、都监突里不等，各率其众来附，自是诸部继至。而雅里日渐荒怠，好击鞠⑦，特母哥切谏，乃不复出。以耶律敌列为枢密使，特母哥副之。敌列劾西北路招讨使萧纠里荧惑众心，志有不臣，与其子麻涅并诛之。以遥设为招讨使，与诸部战，数败，杖免官。

从行有疲困者，辄振给之。直长保德谏曰：“今国家空虚，赐赉若此，将何以相给耶？”雅里怒曰：“昔畋于福山，卿诬猎官，今复有此言，若无诸部，我将何取？”不纳。初，令群牧运盐泺仓粟，而民盗之，议籍以偿。雅里乃自为直：每粟一车，偿一羊；三车一牛；五年一马；八车一驼。左右曰：“今一羊易粟二斗且不可得，乃偿一车！”雅里曰：“民有则我有，若令尽偿，民何堪？”

后猎查剌山，一日而射黄羊四十，狼二十一，因致疾，卒，年三十。

耶律大石者，世号为西辽。大石字重德，太祖八代孙也，通辽、汉字，善骑射，登天庆五年进士第，擢翰林应奉，寻升承旨。辽以翰林为林牙，故称大石林牙。历泰、祥二州刺史，辽兴军节度使。

保大二年，金兵日逼，天祚播越⑧，与诸大臣立秦晋王淳为帝。淳死，立其妻萧德妃为太后，以守燕。及金兵至，萧德妃归天祚，天祚怒诛德妃而责大石曰：“我在，汝何敢立淳？”对曰："陛下以全国之势，不能一拒敌，弃国远遁，使黎民涂炭，即立十淳，皆太祖子孙，岂不胜乞命于他人耶？"上无以答，赐酒食，赦其罪。

大石不自安，遂杀萧乙薛、坡里括，自立为王，率铁骑二百宵遁⑨。北行三日，过黑水，见白达 达详稳床古儿，床古儿献马四百，驼二十，羊若干。西至可敦城，驻北庭都护府，会威武、崇德、会蕃、新、大林、紫河、驼等七州，及大黄室韦、敌剌、王纪剌、茶赤剌、也喜、鼻古德、尼剌、达剌乖、达密里、密儿纪、合主、乌古里、阻卜、普速完、唐古、忽母思、奚的、糺而毕十八部王众，谕曰："我祖宗艰难创业，历世九主，历年二百，金以臣属，逼我国家，残我黎庶，屠翦我州邑，使我天祚皇帝蒙尘于外，日夜痛心疾首。我今仗义而西，欲借力诸蕃，翦我仇敌，复我疆宇。惟尔众亦有轸我国家⑩，忧我社稷，思共救君父，济生民于难者乎？"遂得精兵万余，置官吏，立排甲，具器仗。

明年二月甲午，以青牛白马祭天地祖宗，整旅而西。先遗书回鹘王毕勒哥曰："昔我太祖皇帝北征，过卜古罕城，即遣使至甘州，诏尔祖乌母主曰：'汝思故国耶，朕即为汝复之，汝不能返耶，朕则有之，在朕，犹在尔也。'尔祖即表谢，以为迁国于此，十有余世，军民皆安土重迁，不能复返矣。是与尔国非一日之好也。今我将西至大食，假道尔国，其勿致疑。"毕勒哥得书，即迎至邸，大宴三日，临行，献马六百，驼百，羊三千，愿质子孙为附庸，送至境外。所过，敌者胜之，降者安之，兵行万里，归者数国，获驼马牛羊财物，不可胜计，军势日盛，锐气日倍。

至寻思干，西域诸国举兵十万，号忽儿珊，来拒战。两军相望二里许，谕将士曰："彼军虽多而无谋，攻之，则首尾不救，我师必胜。"遣六院司大王萧斡里剌、招讨副使耶律松山等，将兵二千五百攻其右；枢密副使萧剌阿不、招讨使耶律术薛等，将兵二千五百攻其左；自以众攻其中。三军俱进，忽儿珊大败，僵尸数十里⑪。驻军寻思干凡九十日，回回国王来降，贡方物。

又西至起儿漫，文武百官册立大石为帝，以甲辰岁二月五日即位，年三十八，号葛儿罕。复上汉尊号曰天祐皇帝，改元延庆，追谥祖父为嗣元皇帝，祖母为宣义皇后，册元妃萧氏为昭德皇后。因谓百官曰："朕与卿等行三万里，跋涉沙漠，夙夜艰勤，赖祖宗之福，卿等之力，冒登大位。尔祖尔父宜加恤典，共享尊荣。"自萧斡里剌等四十九人祖父，封爵有差。

延庆三年，班师东归，马行二十日，得善地，遂建都城，号虎思斡耳朵，改延庆为康国元年。三月，以六院司大王萧 斡里剌为兵马都元帅，敌剌部前同知枢密院事萧查剌阿不副之，茶赤剌部秃鲁耶律燕山为都部署，护卫耶律铁哥为都监，率七万骑东征。以青牛白马祭天，树旗以誓于众曰："我大辽自太祖、太宗，艰难而成帝业，其后嗣君耽乐无厌，不恤国政，盗贼蜂起，天下土崩。朕率尔众，远至朔漠⑫，期复大业，以光中兴。此非朕与尔世居之地。"申命元帅斡里剌曰："今汝其往，信赏必罚，与士卒同甘苦，择善水草以立营，量敌而进，毋自取祸败也。"行万余里无所得，牛马多死，勒兵而还。大石曰："皇天弗顺，数也！"康国十年殁，在位二十年，庙号德宗。

子夷列年幼，遗命皇后权国。后名塔不烟，号感天皇后，称制，改元咸清，在位七年。子夷列即位，改元绍兴。籍民十八岁以上，得八万四千五百户。在位十三年殁，庙号仁宗。

子幼，遗诏以妹普速完权国，称制，改元崇福，号承天太后。后与驸马萧朵鲁不弟朴古只沙里通，出驸马为东平王，罗织杀之⑬。驸马父斡里剌以兵围其宫，射杀普速完及朴古只沙里。普速完在位十四年。

仁宗次子直鲁古即位，改元天禧，在位三十四年。时秋出猎，乃蛮王屈出律以伏兵八千擒之，而据其位。遂袭辽衣冠⑭，尊直鲁古为太上皇，皇后为皇太后，朝夕问起居，以侍终焉，直鲁古死，辽绝。

耶律淳在天祚之世，历王大国，受赐金券，赞拜不名，一时恩遇，无与为比。当天祚播越，以都元帅留守南京，独不可奋大义以激燕民及诸大臣，兴勤王之师，东拒金，而迎天祚乎？乃自取之，是篡也，况忍王天祚哉？

大石既帝淳而王天祚矣，复归天祚。天祚责以大义，乃自立为王而去之。幸藉祖宗余威遗智，建号万里之外，虽寡母弱子，更继迭承，几九十年，亦可谓难矣。

然淳与雅里、大石之立，皆在天祚之世，有君而复君之，其可乎哉？诸葛武侯为献帝发丧，而后立先主为帝者，不可同年语矣。故著以为戒云。

赞曰：辽起朔野，兵甲之盛，鼓行寰外[15]，席卷河朔，树晋植汉，何其壮欤？太祖、太宗乘百战之势，辑新造之邦，英谋睿略，可谓远矣。虽以世宗中才，穆宗残暴，连遭弑逆，而神器不摇。盖由祖宗威令，犹足以震叠其国人也[16]。

圣宗以来，内修政治，外拓疆宇，既而申固邻好，四境乂安，维持二百余年之基，有自来矣。

降臻天祚[17]，既丁末运[18]，又觖人望[19]，崇信奸回[20]，自椓国本[21]，群下离心。金兵一集，内难先作，废立之谋，叛亡之迹，相继蜂起，驯致土崩瓦解[22]，不可复支，良可哀也！耶律与萧，世为甥舅，义同休戚。奉先挟私灭公，首祸构难，一至于斯。天祚穷蹙，始悟奉先误己，不几晚乎！

淳、雅里，所谓名不正，言不顺，事不成者也；大石苟延，彼善于此，亦几何哉？

---

①途次：旅途中居住之地。

②啮（niè，音聂）：用牙咬或啃。

③鞠：抚养。

④进：进封。

⑤劝进：劝使登皇帝位。

⑥称制：代行皇帝职权。

⑦鞠：古时一种革制皮球。

⑧播越：流离失所，流亡。

⑨宵遁：乘夜逃走。

⑩轸（zhěn，音诊）：通"紾"，悲痛。

⑪僵：死。

⑫朔漠：北方的沙漠地区。

⑬罗织：虚构罪名，陷害无辜。

⑭衣冠：引申为世族。

⑮寂（cuì，音脆）：《说文》释曰"塞"。

⑯震叠：震慑。叠：通"慑"，恐惧。

⑰臻：至。

⑱丁：当，遭逢。

⑲觖（jué，音决）：用同"缺"，少。

⑳回：邪僻。

㉑椓（zhuó，音浊）：伤害。

㉒驯：渐进。

金　史

（选录）

〔元〕脱脱等　撰

太 祖 本 纪

　　太祖应乾兴运昭德定功仁明庄孝大圣武元皇帝，讳旻①，本讳阿骨打，世祖第二子也。母曰翼简皇后拿懒氏。辽道宗时，有五色云气屡出东方，大若二千斛囷仓之状②，司天孔致和窃谓人曰：“其下当生异人，建非常之事，天以象告，非人力所能为也。”咸雍四年戊申，七月一日，太祖生。幼时与群儿戏，力兼数辈，举止端重，世祖尤爱之。世祖与腊醅、麻产战于野鹊水，世祖被四创，疾困，坐太祖于膝，循其发而抚之，曰：“此儿长大，吾复何忧。”十岁，好弓矢，甫成童③，即善射。一日，辽使坐府中，顾见太祖手持弓矢，使射群鸟，连三发，皆中，辽使矍然曰：“奇男子也。”太祖尝宴纥石烈部活离罕家，散步门外，南望高阜④，使众射之，皆不能至，太祖一发过之，度所至逾三百二十步。宗室谩都诃最善射远，其不及者犹百步也。天德三年，立射碑以识焉。

　　世祖伐卜灰，太祖因辞不失请从行，世祖不许而心异之。乌春既死，窝谋罕请和。既请和，复来攻，遂围其城。太祖年二十三，被短甲，免胄，不介马⑤，行围号令诸军⑥，城中望而识之。壮士太峪乘骏马持枪出城，驰刺太祖，太祖不及备，舅氏活腊胡驰出其间，击太峪，枪折，刺中其马，太峪仅得免。尝与沙忽带出营杀略，不令世祖知之，且还，敌以重兵追之，独行隘巷中，失道，追者益急，值高岸与人等，马一跃而过，追者乃还。

　　世祖寝疾⑦，太祖以事如辽统军司⑧。将行，世祖戒之曰：“汝速了此事，五月未半而归，则我犹及见汝也。”太祖往见曷鲁骚古统军，既毕事，前世祖没一日还至家。世祖见太祖来，所请事皆如志，喜甚，执太祖手，抱其颈而抚之，谓穆宗曰：“乌雅束柔善，惟此子足了契丹事。”穆宗亦雅重太祖，出入必俱⑨。太祖远出而归，穆宗必亲逆之⑩。

　　世祖已擒腊醅，麻产尚据直屋铠水。肃宗使太祖先取麻产家属，康宗至直屋铠水围之。太祖会军，亲获麻产，献馘于辽⑪。辽命太祖为详稳⑫，仍命穆宗、辞不失、欢都皆为详稳。久之，以偏师伐泥厖古部跋黑、播立开等，乃以达涂阿为乡导，沿帅水夜行袭之，卤其妻子⑬。

　　初，温都部跋忒杀唐括部跋葛，穆宗命太祖伐之，太祖入辞，谓穆宗曰：“昨夕见赤祥⑭，此行必克敌。”遂行。是岁大雪，寒甚。与乌古论部兵沿土温水，过末邻乡，追及跋忒于阿斯温山北泺之间，杀之。军还，穆宗亲逆太祖于霭建村。

　　撒改以都统伐留可，谩都诃合石土门伐敌库德。撒改与将佐议，或欲先平边地部落城堡，或欲径攻留可城，议不能决，愿得太祖至军中。穆宗使太祖往，曰：“事必有可疑。军之未发者，止有甲士七十，尽以畀汝⑮。”谩都诃在米里迷石罕城下，石土门未到，土人欲执谩都诃以与敌，使来告急，遇太祖于斜堆甸。太祖曰：“国兵尽在此矣，使敌先得志于谩都诃，后虽种诛之，何益也。”乃分甲士四十与之，太祖以三十人诣撒改军。道遇人曰：“敌已据盆搦岭南路矣。”众欲由沙偏岭往，太祖曰：“汝等畏敌邪？”既度盆搦岭，不见敌，已而闻敌乃守沙偏岭以拒我。及至撒改军，夜急攻之，迟明破其众。是时留可、坞塔皆在辽。既破留可，还攻坞塔城，城中人以城降。初，太祖过盆搦岭，经坞塔城下，从骑有后者，坞塔城人攻而夺之釜。太祖驻马呼谓之曰：“毋取我炊食器。”其人谩言曰：“公能来此，何忧不得食。”太祖以鞭指之曰：“吾破留可，即于汝乎取之。”至是，其人持釜而前曰：“奴辈谁敢毁详稳之器也。”遣蒲家奴招诈都，诈都乃降，释之。

　　穆宗将伐萧海里，募兵得千余人。女直兵未尝满千，至是，太祖勇气自倍，曰："有此甲兵，何事不可图也？"海里来战，与辽兵合，因止辽人，自为战。勃海留守以甲赠太祖，太祖亦不受，穆宗问何为不受，曰："被彼甲而战，战胜，则是因彼成功也。"穆宗末年，令诸部，不得擅置信牌驰驿讯事，号令自此始一，皆自太祖启之。

　　康宗七年，岁不登，民多流莩[16]，强者转而为盗。欢都等欲重其法，为盗者皆杀之。太祖曰："以财杀人，不可，财者，人所致也。"遂减盗贼征偿法为征三倍。民间多逋负[17]，卖妻子不能偿，康宗与官属会议。太祖在外庭以帛系杖端，麾其众，令曰："今贫者不能自活，卖妻子以偿债，骨肉之爱，人心所同。自今三年勿征，过三年，徐图之。"众皆听令，闻者感泣，自是，远近归心焉。

　　岁癸巳十月，康宗梦逐狼，屡发不能中，太祖前，射中之。且日，以所梦问僚佐，众皆曰："吉。兄不能得，而弟得之之兆也。"是月，康宗即世[18]，太祖袭位，为都勃极烈[19]。

　　辽使阿息保来，曰："何以不告丧？"太祖曰："有丧不能吊，而乃以为罪乎？"他日，阿息保复来，径骑至康宗殡所，阅赗马[20]，欲取之，太祖怒，将杀之，宗雄谏而止。既而辽命久不至。辽主好畋猎淫酗，怠于政事，四方奏事，往往不见省。纥石烈阿疏既奔辽，穆宗取其城及其部众。不能归，遂与族弟银术可、辞里罕阴结南江居人浑都仆速，欲与俱亡入高丽。事觉，太祖使夹古撒喝捕之，而银术可、辞里罕先为辽戍所获，浑都仆速已亡去，撒喝取其妻子而还。

　　二年甲午，六月，太祖至江西，辽使使来致袭节度之命。初，辽每岁遣使，市名鹰"海东青"于海上，道出境内，使者贪纵，征索无艺[21]，公私厌苦之，康宗尝以不遣阿疏为言，稍拒其使者[22]。太祖嗣节度，亦遣蒲家奴往索阿疏，故常以此二者为言，终至于灭辽，然后已。至是，复遣宗室习古乃、完颜银术可往索阿疏，习古乃等还，具言辽主骄肆废弛之状。于是召官僚耆旧，以伐辽告之，使备冲要，建城堡，修戎器，以听后命。辽统军司闻之，使节度使挞哥来问状，曰："汝等有异志乎？修战具，饬守备，将以谁御？"太祖答之曰："设险自守，又何问哉？"辽复遣阿息保来诘之，太祖谓之曰："我小国也，事大国不敢废礼。大国德泽不施，而逋逃是主，以此字小[24]，能无望乎[25]？若以阿疏与我，请事朝贡，苟不获已，岂能束手受制也？"阿息保还，辽人始为备，命统军萧挞不野，调诸军于宁江州。

　　太祖闻之，使仆聒剌复索阿疏，实观其形势。仆聒剌还言："辽兵多，不知其数。"太祖曰："彼初调兵，岂能遽集如此？"复遣胡沙保往，还言："惟四院统军司与宁江州军及渤海八百人耳。"太祖曰："果如吾言。"谓诸将佐曰："辽人知我将举兵，集诸路军备我，我必先发制之，无为人制。"众皆曰："善。"乃入见宣靖皇后，告以伐辽事，后曰："汝嗣父兄，立邦家，见可则行。吾老矣，无贻我忧，汝必不至是也。"太祖感泣，奉觞为寿。即奉后率诸将出门，举觞东向，以辽人荒肆，不归阿疏，并己用兵之意，祷于皇天后土。酹毕[26]，后命太祖正坐，与僚属会酒，号令诸部。使婆卢火征移懒路迪古乃兵，斡鲁古、阿鲁抚谕斡忽、急赛两路系辽籍女直，实不迭往完睹路，执辽障鹰官达鲁古部副使辞列、宁江州渤海大家奴。于是达鲁古部实里馆来告曰："闻举兵伐辽，我部谁从？"太祖曰："吾兵虽少，旧国也，与汝邻境，固当从我，若畏辽人，自往就之。"

　　九月，太祖进军宁江州，次寥晦城。婆卢火征兵后期，杖之，复遣督军。诸路兵皆会于来流水，得二千五百人。致辽之罪，申告于天地，曰："世事辽国，恪修职贡，定乌春、窝谋罕之乱，破萧海里之众，有功不省，而侵侮是加；罪人阿疏，屡请不遣。今将问罪于辽，天地其鉴佑之。"遂命诸将传梃而誓[27]，曰："汝等同心尽力，有功者，奴婢部曲为良，庶人官之，先有官者叙进，轻重视功。苟违誓言，身死梃下，家属无赦。"师次唐括带斡甲之地，诸军襀射㉘，介而立，有光如烈火，起于人足及戈矛之上，人以为兵祥。明日，次扎只水，光见如初。

将至辽界，先使宗干督士卒夷堑㉙。既度，遇渤海军攻我左翼七谋克㉚，众少却，敌兵直犯中军。斜也出战，哲垤先驱。太祖曰："战不可易也。"遣宗干止之。宗干驰出斜也前，控止哲垤马，斜也遂与俱还，敌人从之。耶律谢十坠马，辽人前救，太祖射救者毙，并射谢十，中之。有骑突前，又射之，彻扎洞胸。谢十拔箭走，追射之，中其背，饮矢之半，偾而死㉛，获所乘马。宗干与数骑陷辽军中，太祖救之，免胄战。或自傍射之，矢拂于颡㉜。太祖顾见射者，一矢而毙。谓将士曰："尽敌而止。"众从之，勇气自倍。敌大奔，相蹂践死者十七八。撒改在别路，不及会战，使人以战胜告之，而以谢十马赐之。撒改使其子宗翰、完颜希尹来贺，且称帝，因劝进㉝，太祖曰："一战而胜，遂称大号，何示人浅也？"

进军宁江州，诸军填堑攻城，宁江人自东门出，温迪痕阿徒罕邀击㉞，尽殪之㉟。十月朔，克其城，获防御使大药师奴，阴纵之，使招谕辽人。铁骊部来送款㊱。次来流城，以俘获赐将士。召渤海梁福、斡荅剌使之伪亡去，招谕其乡人，曰："女直、渤海，本同一家，我兴师伐罪，不滥及无辜也。"使完颜娄室招谕系辽籍女直。

师还，谒宣靖皇后，以所获颁宗室耆老，以实里馆赀产给将士。初命诸路，以三百户为谋克，十谋克为猛安㊲。酬斡等抚定逤诲水女直。鳖古酋长胡苏鲁以城降。

十一月，辽都统萧糺里、副都统挞不野将步骑十万，会于鸭子河北，太祖自将击之。未至鸭子河，既夜，太祖方就枕，若有扶其首者三㊳，寤而起，曰："神明警我也。"即鸣鼓举燧而行㊴。黎明及河，辽兵方坏凌道，选壮士十辈，击走之。大军继进，遂登岸，甲士三千七百，至者才三之一。俄与敌遇于出河店，会大风起，尘埃蔽天，乘风势击之，辽兵溃。逐至斡论泺，杀获首虏及车马甲兵珍玩不可胜计，遍赐官属将士，燕犒弥日㊵。辽人尝言，女直兵若满万则不可敌，至是始满万云。

斡鲁败辽兵，斩其节度使挞不野。仆虺等攻宾州㊶，拔之。兀惹雏鹘室来降。辽将赤狗儿战于宾州，仆虺、浑黜败之。铁骊王回离保以所部降。吾睹补、蒲察复败赤狗儿、萧乙薛军于祥州东。斡忽、急塞两路降。斡鲁古败辽军于咸州西，斩统军娄实于阵。完颜娄室克咸州。

是月，吴乞买、撒改、辞不失率官属诸将劝进，愿以新岁元日恭上尊号，太祖不许。阿离合懑、蒲家奴、宗翰等进曰："今大功已建，若不称号，无以系天下心。"太祖曰："吾将思之。"

收国元年正月壬申朔，群臣奉上尊号，是日，即皇帝位。上曰："辽以宾铁为号㊷，取其坚也。宾铁虽坚，终亦变坏，惟金不变不坏。金之色白，完颜部色尚白。"于是国号大金，改元收国。

丙子，上自将攻黄龙府，进临益州，州人走保黄龙，取其余民以归。辽遣都统耶律讹里朵、左副统萧乙薛、右副 统耶律张奴、都监萧谢佛留，骑二十万、步卒七万戍边。留娄室、银术可守黄龙，上率兵趋达鲁古城，次宁江州西。辽使僧家奴来议和，国书斥上名，且使为属国。庚子，进师，有火光正圆，自空而坠，上曰："此祥征，殆天助也㊸。"酹白水而拜，将士莫不喜跃。进逼达鲁古城。上登高，望辽兵若连云灌木状，顾谓左右曰："辽兵心贰而情怯㊹，虽多不足畏。"遂趋高阜为阵。宗雄以右翼先驰辽左军，左军却。左翼出其阵后，辽右军皆力战，娄室、银术可冲其中坚，凡九陷阵，皆力战而出。宗翰请以中军助之。上使宗干往为疑兵。宗雄已得利，击辽右军，辽兵遂败，乘胜追蹑，至其营，会日已暮，围之。黎明，辽军溃围出㊺，逐北至阿娄冈。辽步卒尽殪，得其耕具数千，以给诸军。是役也，辽人本欲屯田，且战且守，故并其耕具获之。

二月，师还。

三月辛未朔，猎于寥晦城。

四月，辽耶律张奴以国书来，上以书辞慢侮，留其五人，独遣张奴回报，书亦如之。

五月庚午朔，避暑于近郊。甲戌，拜天射柳。故事，五月五日、七月十五日、九月九日拜天射柳，岁以为常。

六月己亥朔，辽耶律张奴复以国书来，犹斥上名；上亦斥辽主名以复之，且谕之使降。

七月戊辰，以弟吴乞买为谙班勃极烈，国相撒改为国论勃极烈，辞不失为阿买勃极烈，弟斜也为国论勃极烈㊻。甲戌，辽使辞剌以书来，留之不遣。九百奚营来降。

八月戊戌，上亲征黄龙府。次混同江，无舟，上使一人道前，乘赭白马径涉，曰："视吾鞭所指而行。"诸军随之，水及马腹。后使舟人测其渡处，深不得其底。熙宗天眷二年，以黄龙府为济州，军曰利涉，盖以太祖涉济故也。

九月，克黄龙府，遣辞剌还，遂班师。至江，径渡如前。丁丑，至自黄龙府。己卯，黄龙见空中。癸巳，以国论勃极烈撒改为国论忽鲁勃极烈，阿离合懑为国论乙室勃极烈。

十一月，辽主闻取黄龙府，大惧，自将七十万至驼门㊼。驸马萧特末、林牙萧查剌等将骑五万，步四十万，至斡邻泺，上自将御之。

十二月己亥，行次爰剌，会诸将议，皆曰："辽兵号七十万，其锋未易当。吾军远来，人马疲乏，宜驻于此，深沟高垒以待。"上从之。遣迪古乃、银术可镇达鲁古。丁未，上以骑兵视候辽军，获督饷者，知辽主以张奴叛，西还二日矣。是日，上还至熟结泺，有光见于矛端。戊申，诸将曰："今辽主既还，可乘怠追击之。"上曰："敌来不迎战，去而追之，欲以此为勇邪？"众皆悚愧，愿自效。上复曰："诚欲追敌，约赍以往㊽，无事饟馈㊾，若破敌，何求不得？"众皆奋跃，追及辽主于护步荅冈。是役也，兵止二万。上曰："彼众我寡，兵不可分。视其中军最坚，辽主必在焉，败其中军，可以得志。"使右翼先战，兵数交，左翼合而攻之，辽兵大溃，我师驰之，横出其中。辽师败绩，死者相属百余里，获舆辇帟幄兵械军资，他宝物马牛不可胜计㊿。是战，斜也援矛杀数十人，阿离本被围，温迪罕迪忽迭以四谋克兵出之，完颜蒙刮身被数创，力战不已，功皆论最。萧特末等焚营遁去，遂班师。夹谷撒喝取开州。婆卢火下特邻城，辞里罕降。

二年正月戊子，诏曰："自破辽兵，四方来降者众，宜加优恤。自今契丹、奚、汉、渤海、系辽籍女直、室韦、达鲁古、兀惹、铁骊诸部官民，已降或为军所俘获，逃遁而远者，勿以为罪，其酋长仍官之，且使从宜居处。"

闰月，高永昌据东京，使挞不野来求援。高丽遣使来贺捷，且求保州。诏许自取之。

二月己巳，诏曰："比以岁凶，庶民艰食，多依附豪族，因为奴隶，及有犯法，征偿莫办，折身为奴者，或私约立限，以人对赎，过期则为奴者，并听以两人赎一为良，若元约以一人赎者，即从元约。"

四月乙丑，以斡鲁统内外诸军，与蒲察、迪古乃会咸州路都统斡鲁古，讨高永昌。胡沙补等被害。

五月，斡鲁等败永昌，挞不野擒永昌以献，戮之于军。东京州县及南路系辽女直皆降。诏除辽法，省税赋，置猛安谋克一如本朝之制。以斡鲁为南路都统、迭勃极烈。阿徒罕破辽兵六万于照散城。

九月己亥，上猎近郊。乙巳，南路都统斡鲁来见于婆卢买水。始制金牌。

十二月庚申朔，谙班勃极烈吴乞买及群臣上尊号，曰大圣皇帝，改明年为天辅元年。

天辅元年正月，开州叛，加古撒喝等讨平之。国论吴勃极烈斜也以兵一万取泰州。

四月，辽秦晋国王耶律捏里来伐，迪古乃、娄室、婆卢火将兵二万，会咸州路都统斡鲁古击之。

五月丁巳，诏自收宁江州已后同姓为婚者，杖而离之。

七月戊申，以完颜斡论知东京事。

八月癸亥，高丽遣使来请保州。

十二月甲子，斡鲁古等败耶律捏里兵于蒺藜山，拔显州，乾、懿、豪、徽、成、川、惠等州皆降。是月，宋使登州防御使马政以国书来，其略曰："日出之分，实生圣人。窃闻征辽，屡破勍敌⑤。若克辽之后，五代时陷入契丹汉地，愿畀下邑。"

二年正月庚寅，辽双州节度使张崇降。使散睹如宋报聘⑤，书曰："所请之地，今当与宋夹攻，得者有之。"

二月癸丑朔，辽使耶律奴哥等来议和。辛酉，孛堇迪古乃、娄室来见，上以辽主近在中京，而敢辄来，皆杖之。劾里保、双古等言，咸州都统斡鲁古知辽主在中京而不进讨，刍粮丰足而不以实闻⑤，攻显州时所获生口财畜多自取。

三月癸未朔，命阇哥代为都统而鞫治之⑤，斡鲁古坐降谋克。壬辰，辽使耶律奴哥以国书来。庚子，以娄室言黄龙府地僻且远，宜重戍守，乃命合诸路谋克，以娄室为万户镇之。

四月辛巳，辽使以国书来。

五月丙申，命胡突衮如辽。

六月甲寅，诏有司，禁民凌虐典雇良人，及倍取赎直者。甲戌，辽通、祺、双、辽等州八百余户来归，命分置诸部，择膏腴之地处之。

七月癸未，诏曰："匹里水路完颜术里古、渤海大家奴等六谋克贫乏之民，昔尝给以官粮，置之渔猎之地。今历日已久，不知登耗⑤，可具其数以闻。"胡突衮还自辽。耶律奴哥复以国书来。丙申，胡突衮如辽。辽户二百来归，处之泰州。诏遣阿里骨、李家奴、特里底招谕未降者。仍诏达鲁古部勃堇辞列："凡降附新民，善为存抚，来者各令从便安居，给以官粮，毋辄动扰。"

八月，胡突衮还自辽。耶律奴哥、突迭复以国书来。

九月戊子，诏曰："国书诏令，宜选善属文者为之。其令所在访求博学雄才之士，敦遣赴阙。"

闰月庚戌朔，以降将霍石、韩庆和为千户。九百奚部萧宝、乙辛，北部讹里野，汉人王六儿、王伯龙，契丹特末、高从祐等，各率众来降。辽耶律奴哥以国书来。

十月癸未，以龙化州降者张应古、刘仲良为千户。乙未，咸州都统司言，汉人李孝功、渤海二哥率众来降，命各以所部为千户。

十二甲辰，遣孛堇术孛以定辽地谕高丽。耶律奴哥以国书来。辽懿州节度使刘宏以户三千，并执辽候人来降⑤，以为千户。川州寇二万已降复叛，纥石烈照里击破之。

三年正月甲寅，东京人为质者永吉等五人结众叛，事觉，诛其首恶，余皆杖百，没入在行家属资产之半。诏知东京事斡论，继有犯者并如之。丙辰，诏鳖古孛堇酬斡曰："胡鲁古、迭八合二部来送款，若等先时不无交恶⑤，自今毋相侵扰。"

三月，耶律奴哥以国书来。

四月丙子朔，日有食之。

五月壬戌，诏咸州路都统司曰："兵兴以前，曷苏馆、回怕里与系辽籍、不系辽籍女直户民，有犯罪流窜边境，或亡入于辽者，本皆吾民，远在异境，朕甚悯之。今既议和，当行理索，可明谕诸路千户、谋克，遍与询访其官称、名氏、地里，具录以上。"

六月辛卯，辽遣太傅习泥烈等奉册玺来，上摘册文不合者数事复之㊳。散睹还自宋。宋使马政及其子宏来聘。散睹受宋团练使，上怒，杖而夺之㊴。宋使还，复遣孛堇辞列、曷鲁等如宋。

七月辛亥，辽人杨询卿、罗子韦各率众来降，命各以所部为谋克。

八月己丑，颁女直字。

九月，以辽册礼使失期，诏诸路军过江屯驻。

十一月，习泥烈等复以国书来。曷懒甸长城，高丽增筑三尺。诏胡剌古、习显慎固营垒。

四年二月，辞列、曷鲁还自宋。宋使赵良嗣、王晖来议燕京、西京地。

三月甲辰，上谓群臣曰：“辽人屡败，遣使求成㊵，惟饰虚辞，以为缓师之计，当议进讨。其令咸州路统军司治军旅、修器械，具数以闻。”辛酉，诏咸州路都统司曰：“朕以辽国和议无成，将以四月二十五日进师。”令斜葛留兵一千镇守，阇母以余兵来会于浑河。辽习泥烈以国书来。

四月乙未，上自将伐辽，以辽使习泥烈、宋使赵良嗣等从行。

五月甲辰，次浑河西，使宗雄先趋上京，遣降者马乙持诏谕城中。壬子，至上京，诏官民曰：“辽主失道，上下同怨。朕兴兵以来，所过城邑负固不服者，即攻拔之，降者抚恤之，汝等必闻之矣。今尔国和好之事，反覆见欺，朕不欲天下生灵久罹涂炭，遂决策进讨。比遣宗雄等相继招谕，尚不听从，今若攻之，则城破矣。重以吊伐之义㊶，不欲残民，故开示明诏，谕以祸福，其审图之。”上京人恃御备储蓄为固守计。甲寅，亟命进攻。上谓习泥烈、赵良嗣等曰：“汝可观吾用兵，以卜去就㊷。”上亲临城，督将士诸军鼓噪而进，自旦及巳，阇母以麾下先登，克其外城，留守挞不野以城降。赵良嗣等奉觞为寿，皆称万岁。是日，赦上京官民。诏谕辽副统余睹。壬戌，次沃黑河。宗干率群臣谏曰：“地远时暑，军马罢乏，若深入敌境，粮馈乏绝，恐有后艰”。上从之，乃班师，命分兵攻庆州。余睹袭阇母于辽河，完颜背苔、乌塔等战却之，完颜特虎死焉。

七月癸卯，上至自伐辽。

九月，烛隈水部实里古达等杀孛堇酬斡、仆忽得以叛。

十月戊辰朔，日有食之。戊寅，命斡鲁分胡剌古、乌春之兵，以讨实里古达。

十一月，东京留守司乞本京官民质子增数番代，上不许，曰：“诸质子已各受田庐，若复番代，则往来动摇，可并仍旧。”

十二月，宋复使马政来请西京之地。

五年春正月，斡鲁败实里古达于合挞剌山，诛首恶四人，余悉抚定。

二月，遣昱及宗雄，分诸路猛安谋克之民万户屯泰州，以婆卢火统之，赐耕牛五十。

四月乙丑朔，宗翰请伐辽。诏诸路预戒军事。

五月，辽都统耶律余睹等诣咸州降。

闰月辛巳，国论胡鲁勃极烈撒改薨。

六月癸巳，余睹与其将吏来见。丙申，千户胡离苔坐擅署部人为蒲里衍，杖一百，罢之。庚子，诏谙版勃极烈吴乞买贰国政㊸。以昊勃极烈斜也为忽鲁勃极烈，蒲家奴为昊勃极烈，宗翰为移赍勃极烈。

七月庚辰，诏咸州都统司曰：“自余睹来，灼见辽国事宜㊹，已决议亲征，其治军以俟师期。”寻以连雨罢亲征。命昊勃极烈昱为都统，移赍勃极烈宗翰副之，帅师而西。

十一月辛丑㊺，以忽鲁勃极烈杲为内外诸军都统，以昱、宗翰、宗干、宗望、宗盘等副之。甲辰，诏曰：“辽政不纲，人神共弃，今欲中外一统，故命汝率大军，以行讨伐。尔其慎重兵事，择用善谋，赏罚必行，粮饷必继，勿扰降服，勿纵俘掠，见可而进，无淹师期⑥⑥，事有从权，毋须申禀。”戊申，诏曰：“若克中京，所得礼乐仪仗图书文籍并先次，津发赴阙。”

六年正月癸酉，都统杲克高、恩、回纥三城。乙亥，取中京，遂下泽州。

二月庚寅朔，日有食之。己亥，宗翰等败辽奚王霞末于北安州，降。奚部西节度使讹里剌以本部降。壬寅，都统杲遣使来奏捷，并献所获货宝，诏曰：“汝等提兵于外⑥⑦，克副所任，攻下城邑，抚安人民，朕甚嘉之。所言分遣将士招降山前诸部，计悉已抚定，续遣来报。山后若未可往，即营田牧马，俟及秋成，乃图大举。更当熟议，见可则行。如欲益兵，具数来上，不可恃一战之胜，辄有弛慢。新降附者当善抚存。宣谕将士，使知朕意。”宗翰驻北安，遣希尹等略地，获辽护卫耶律习泥烈，知辽主猎鸳鸯泺，以其子晋王贤而有人望，恶而杀之，众益离心。虽有西北、西南两路兵马，皆羸弱。遂遣耨盌温都等报都统杲，进兵袭之。

三月，都统杲出青岭，宗翰出瓢岭，追辽主于鸳鸯泺，辽主奔西京。宗翰复追至白水泺，不及，获其货宝。己巳，至西京。壬申，西京降。希尹追辽主于乙室部，不及。乙亥，西京复叛。是月，辽秦晋国王耶律捏里即位于燕。

四月辛卯，复取西京。壬辰，遣徒单吴甲、高庆裔如宋。戊戌，都统杲自西京趋白水泺，昊勃极烈昱袭毗室部于铁吕川，为敌所败。还会察剌兵，追至黄水北，大破之。耶律坦招徕西南诸部，西至夏，其招讨使耶律佛顶降。金肃、西平二 郡汉军四千余人叛去，耶律坦等袭取之。阇母、娄室招降天德、云内、宁边、东胜等州，获阿疏而还。是时，山西城邑诸部虽降，人心未固，辽主保阴山，耶律捏里在燕京，都统杲遣宗望入奏，请上临军。

五月辛酉，宗望来奏捷，百官入贺，赐宴欢甚。先是，获辽枢密使得里底，节度使和尚、雅里斯、余里野等，都统杲使阿邻护送赴阙。得里底道亡，阿邻坐诛。耶律捏里遣使请罢兵。戊寅，使杨勉以书谕捏里，使之降。谋葛失遣其子菹泥刮失贡方物。

六月戊子朔，上亲征辽，发自上京，诏班勃极烈吴乞买监国。辛亥，诏谕上京官民曰：“朕顺天吊伐，已定三京，但以辽主未获，兵不能已。今者亲征，欲由上京路进，恐抚定新民，惊疑失业，已出自笃密曰。其先降后叛逃入险阻者，诏后出首，悉免其罪；若犹拒命，孥戮无赦。”是月，耶律捏里卒。斡鲁、娄室败夏人于野谷。

七月甲子，诏诸将无得远迎，以废军务。乙丑，上京汉人毛八十率二千余户降，因命领之。丙寅，以斡苔剌招降者众，命领八千户，以忽薛副之。壬午，希尹以阿疏见，杖而释之。

八月己丑，次鸳鸯泺。都统杲率官属来见。癸巳，上追辽主于大鱼泺，昱、宗望追及辽主于石辇铎，与战，败之，辽主遁。己亥，次居延北。辛丑，中京将完颜浑黜败契丹、奚、汉六万于高州，孛董麻吉死之。得里得满部降。昱、宗望追辽主于乌里质铎，不及。

九月庚申，次草泺。阇母平中京部族之先叛者，及招抚沿海郡县。节度使耶律慎思领诸部入内地。乙丑，诏六部奚曰：“汝等既降复叛，扇诱众心，罪在不赦，尚以归附日浅，恐绥怀之道有所未孚，故复令招谕。若能速降，当释其罪，官皆仍旧。”归化州降。戊辰，次归化州。甲戌，宗雄薨。丁丑，奉圣州降。

十月丙戌朔，次奉圣州。诏曰：“朕屡敕将臣，安辑怀附，无或侵扰，然愚民无知，尚多逃匿山林，即欲加兵，深所不忍。今其逃散人民，罪无轻重，咸与矜免⑥⑧；有能率众归附者，授之世官；或奴婢先其主降，并释为良。其布告之，使谕朕意。”蔚州降。庚寅，余睹等遣蔚州降臣翟昭彦、徐兴、田庆来见。命昭彦、庆皆为刺史，兴为团练使。诏曰：“比以幽、蓟一方，招之不服，今欲师师以往，故先安抚山西诸部。汝等既已怀服，宜加抚存。官民未附已前，罪无轻重及系官逋负，皆与释免，诸官各迁叙之⑥⑨。”丁酉，蔚州翟昭彦、田庆杀知州事萧观宁等以叛。

丙午，复降。

十一月，诏谕燕京官民，王师所至，降者赦其罪，官皆仍旧。

十二月，上伐燕京，宗望率兵七千先之，迪古乃出得胜口，银术哥出居庸关，娄室为左翼，婆卢火为右翼，取居庸关。丁亥，次妫州。戊子，次居庸关。庚寅，辽统军都监高六等来送款。上至燕京，入自南门，使银术哥、娄室阵于城上，乃次于城南。辽知枢密院左企弓、虞仲文，枢密使曹勇义，副使张彦忠，参知政事康公弼，金书刘彦宗奉表降。辛卯，辽百官诣军门，叩头请罪，诏一切释之。壬辰，上御德胜殿，群臣称贺。甲午，命左企弓等抚定燕京诸州县。诏西京官吏曰："乃者师至燕都，已皆抚定，唯萧妃与官属数人遁去，已发兵追袭，或至彼路，可执以来。"黄龙府叛，宗辅讨平之。

七年正月丁巳，辽奚王回离保僭称帝⑦。甲子，辽平州节度使时立爱降。诏曲赦平州。又诏谕班勃极烈曰："比遣昂徙诸部民人于岭东，而昂悖戾⑦，骚动烦扰，致多怨叛，其违命失众，当置重典，若或有疑，禁锢以待⑦。"庚午，诏中京都统斡论曰："闻卿抚定人民，各安其业，朕甚嘉之。回离保聚徒逆命，汝宜计画，无使滋蔓。"壬申，诏招谕回离保。癸酉，以时立爱言招抚诸部。己卯，宋使来议燕京、西京地。庚辰，宜、锦、乾、显、成、川、豪、懿等州皆降。甲申，诏曰："诸州部族归附日浅，民心未宁，今农事将兴，可遣分谕典兵之官，无纵军士动扰人民，以废农业。"

二月乙酉朔，命撒八诏谕兴中府，降之。辽来州节度使田颢、隰州刺史杜师回、迁州刺史高永福、润州刺史张成⑦，皆降。壬辰，诏谕版勃极烈曰："郡县今皆抚定，有逃散未降者，已释其罪，更宜招谕之。前后起迁户民，去乡未久，岂无怀土之心？可令所在有司，深加存恤，毋辄有骚动，衣食不足者，官赈贷之。"癸巳，诏曰："顷因兵事未息，诸路关津绝其往来，今天下一家，若仍禁之，非所以便民也。自今显、咸、东京等路往来，听从其便。其间被虏及鬻身者⑦，并许自赎为良。"仍令驰驿布告。兴中、宜州复叛。宋使赵良嗣来，请加岁币以代燕税，及议画疆与遣使贺正旦生辰、置榷场交易⑦，并计议西京等事。癸卯，银术哥、铎剌如宋。乙巳，诏都统杲曰："新附之民有材能者，可录用之。"戊申，诏平州官，与宋使同分割所与燕京六州之地。癸丑，大赦。是月，改平州为南京，以张觉为留守。

三月甲寅朔，将诛昂，以习不失谏，杖之七十，仍拘泰州。戊午，都统杲等言耶律麻哲余睹、吴十、铎剌等谋叛⑦，宜早图之，上召余睹，从容谓之曰："朕得天下，皆我君臣同心同德，以成大功，固非汝等之力。今闻汝等谋叛，若诚然耶，必须鞍马甲胄器械之属，当悉付汝，朕不食言。若再为我擒，无望免死；欲留事朕，无怀异志，吾不汝疑。"余睹皆战慄不能对⑦。命杖铎剌七十，余并释之。宋使卢益、赵良嗣、马宏以国书来。

四月丁亥，遣斡鲁、宗望，袭辽主于阴山。壬辰，复书于宋。师初入燕，辽兵复犯奉圣州，林牙大石壁龙门东二十五里⑦。都统斡鲁闻之，遣照立、娄室、马和尚等率兵讨之，生获大石，悉降其众。癸巳，诏曰："自今军事，若皆中覆⑦，不无留滞，应此路事务申都统司，余皆取决枢密院。"契丹九斤聚党兴中府作乱，擒之，九斤自杀。命习古乃、婆卢火监护长胜军，及燕京豪族工匠，由松亭关徙之内地。己亥，次儒州。斡鲁、宗望等袭辽权六院司喝离质于白水泺，获之，其宗属秦王、许王等十五人降。闻辽主留辎重青冢，以兵万人往应州，遣照里、背苔、宗望、娄室、银术哥等追袭之。宗望追及辽主，决战，大败之，获其子赵王习泥烈及传国玺。

五月甲寅，南京留守张觉据城叛。丙寅，次野狐岭。己巳，次落藜泺。斡鲁等以赵王习泥烈、林牙大石、驸马乳奴等来献，并上所获国玺。宗隽以所俘辽主子秦王、许王，女奥野等来见。奚路都统挞懒攻速古、啜里、铁尼所部十三岩，皆平之。又遣奚马和尚攻下品、达鲁古并五院司诸部，执其节度乙列。回离保为其下所杀。辛巳，诏谕南京官民。

六月壬午朔，次鸳鸯泺。是日，阁母败张觉于营州。丙申，上不豫㉚，将还上京，命移赉勃极烈宗翰为都统，昊勃极烈昱、迭勃极烈斡鲁副之，驻兵云中，以备边。己酉，次斡独山驿，召谙班勃极烈吴乞买。

七朋辛酉，次牛山。宗翰还军中。

八月辛巳朔，日有食之。乙未，次浑河北。谙班勃极烈吴乞买率宗室百官上谒。戊申，上崩于部堵泺西行宫，年五十六。

九月癸丑，梓宫至上京㉛。乙卯，葬宫城西南，宁神殿㉜。丙辰，谙班勃极烈即皇帝位。天会三年三月，上尊谥曰武元皇帝，庙号太祖，立原庙于西京。天会十三年二月辛酉，改葬和陵，立《开天启祚睿德神功之碑》于燕京城南尝所驻跸之地㉝。皇统四年，改和陵曰睿陵。五年十月，增谥应乾兴运昭德定功睿神庄孝仁明大圣武元皇帝。贞元三年十一月，改葬于大房山，仍号睿陵。

赞曰：太祖英谟睿略㉞，豁达大度，知人善任，人乐为用。世祖阴有取辽之志，是以兄弟相授，传及康宗，遂及太祖，临终以太祖属穆宗，其素志盖如是也。初定东京，即除去辽法，减省租税，用本国制度。辽主播越㉟，宋纳岁币，以幽、蓟、武、朔等州与宋，而置南京于平州。宋人终不能守燕、代，卒之辽主见获，宋主被执。虽功成于天会间，而规摹运为实自此始㊱。金有天下百十有九年，太祖数年之间，算无遗策，兵无留行，底定大业㊲，传之子孙，呜呼，雄哉！

①旻（mín），音民。

②囷（qūn，音群，第一声）：圆形的谷仓。

③甫：方。

④阜：土山。

⑤介：甲，给（马）披甲。

⑥行围：打猎。

⑦寖：同"浸"，逐渐。

⑧如：往，去。

⑨俱：在一起。

⑩迓：迎。

⑪馘（guó，音国）：古时战时割下所杀敌人的左耳，以为记功。这里指割下的左耳。

⑫详稳：诸官府监治长官。

⑬卤：通"掳"。

⑭赤祥：古时五行家指兵火干旱等灾变的征兆。

⑮畀（bì，音必）：给。

⑯莩（piǎo，音瞟）：通"殍"，饿死。

⑰逋（bū，音捕，第一声）：拖欠。

⑱即世：去世。

⑲都勃极烈：女真族称部落联盟长为"都勃极烈"。"勃极烈"在金初构成职官体系。

⑳赗（fèng，音奉）：送给丧家送葬之物。

㉑艺：标准，引申为限度。

㉒稍：逐渐。

㉓逋：逃亡。

㉔字：爱。此处为反语。

㉕望：怨恨。

㉖酹（lèi，音累）：把酒洒在地上以示祭奠。

㉗梃：棍棒。

㉘禳（ráng，音攘）：射。

㉙夷：平。

㉚谋克：金基层军政合一的政权单位。

㉛偾（fèn，音奋）：仆倒。

㉜颡（sǎng，音嗓）：额。

㉝劝进：劝做皇帝。

㉞邀击：截击。

㉟殪（yì，音意）：死。

㊱送款：传送情意。

㊲猛安：金初军政合一的基层政权单位。

㊳若：好象。　三：多次。

㊴燧（suì，音遂）：夜间举火告警。

㊵燕：通“宴”。

㊶虺（huǐ）：音毁。

㊷宾铁：精炼之铁。宾：用同“镔”。

㊸殆：副词，表示肯定，相当于“必定”。

㊹贰：有二心。

㊺溃：破，突破。

㊻国论勃极烈：据下文，“论”后应补“昊”。昊：同“昃”。昃，（zè），音仄。

㊼驰（tuó），音驮。

㊽约赍：轻装。

㊾恽（yùn，音运）馈：运送粮食。恽：运。

㊿他：另外的，别的。

(51)勍（qíng，音擎）：强力。

(52)报聘：他国遣使访问，遣使酬答。

(53)刍粮：粮草。刍：饲草。

(54)鞫（jū，音居）：查问。

(55)登耗：增减。

(56)候人：军中侦察敌情之人。

(57)不无：有些。

(58)擿（tì，音惕）：挑，挑剔。

(59)夺：削除。

(60)成：讲和。

(61)吊伐：慰问受害的百姓，讨伐有罪的人。

(62)卜：选择。

(63)贰：辅佐。

(64)灼见：明彻见到。

(65)十一月：应为“十二月”。

(66)淹：迟。

(67)提：率领。

(68)矜：怜悯。

(69)迁叙：调动官职，奖授官职。

(70)僭（jiàn，音建）：地位下者冒用地位上者之器物或称号。

(71)戾（lì，音利）：违反。

(72)禁锢：限制不准做官。

⑦田显：疑为"田颢"。颢，(hào)，音号。

⑦鬻（yù，音欲）：卖。

⑦榷：专卖。

⑦据另文与文意，"余睹"前应加"告"字。

⑦据文意，应补"等"字于"皆"前。

⑦壁：驻守。

⑦中覆：向朝廷请示。

⑧豫：安乐。

⑧梓宫：皇帝的棺材。

⑧据文意，应加"建"字于"宁神殿"前。

⑧驻跸：帝王出行时，在途中停留暂住。

⑧谟：谋略。

⑧播越：流离失所，流亡。播：迁徙，流亡。越，远离。

⑧规摹：即"规模"，格局，规制。

⑧底定：犹奠定。

元　史

（选录）

〔明〕宋濂等　撰

太 祖 本 纪

太祖法天启运圣武皇帝，讳铁木真，姓奇渥温氏，蒙古部人。

其十世祖孛端叉儿母曰阿兰果火，嫁脱奔咩哩犍，生二子，长曰博寒葛答黑，次曰博合睹撒里直。既而夫亡，阿兰寡居。夜寝帐中，梦白光自天窗中入，化为金色神人，来趋卧榻，阿兰惊觉，遂有娠，产一子，即孛端叉儿也。孛端叉儿状貌奇异，沉默寡言，家人谓之痴，独阿兰语人曰："此儿非痴，后世子孙必有大贵者。"阿兰没，诸兄分家赀不及之①。孛端叉儿曰："贫贱富贵，命也，赀财何足道。"独乘青白马至八里屯阿懒之地居焉。食饮无所得，适有苍鹰搏野兽而食，孛端叉儿以缗设机取之②，鹰即驯狎，乃臂鹰猎兔禽以为膳③，或阙即继④，似有天相之⑤。居数月，有民数十家自统急里忽鲁之野逐水草来迁。孛端叉儿结茅与之居，出入相资，自此生理稍足。一日，仲兄忽思之⑥，曰"孛端叉儿独出而无赍⑦，近者得无冻馁乎？"即自来访，邀与俱归。孛端叉儿中路谓其兄曰："统急里忽鲁之民无所属附，若临之以兵，可服也。"兄以为然，至家，即选壮士，令孛端叉儿帅之前行，果尽降之。

孛端叉儿殁，子八林昔黑刺秃合必畜嗣⑧，生子曰咩撚笃敦。咩撚笃敦妻曰莫拏伦，生七子而寡。莫拏伦性刚急，时押剌伊而部有群小儿掘田间草根以为食，莫拏伦乘车出，适见之，怒曰："此田乃我子驰马之所，群儿辄敢坏之邪。"驱车径出，辗伤诸儿，有至死者。押剌伊而忿怨，尽驱莫拏伦马群以去，莫拏伦诸子闻之，不及被甲，往追之，莫拏伦私忧曰："吾儿不甲以往，恐不能胜敌。"令子妇载甲赴之，已无及矣。既而果为所败，六子皆死。押剌伊而乘胜杀莫拏伦，灭其家，唯一长孙海都尚幼，乳母匿诸积木中，得免。先是⑨，莫拏伦第七子纳真，于八剌忽民家为赘婿，故不及难，闻其家被祸⑩，来视之，见病妪十数与海都尚在，其计无所出。幸驱马时，兄之黄马三次掣套竿逸归⑪，纳真至是得乘之。乃伪为牧马者，诣押剌伊而⑫。路逢父子二骑先后行，臂鹰而猎，纳真识其鹰，曰："此吾兄所擎者也⑬。"趋前给其少者曰："有赤马引群马而东⑭，汝见之乎？"曰："否。"少者乃问曰："尔所经过有凫雁乎？"曰："有。"曰："汝可为吾前导乎？曰："可。"遂同行。转一河隈，度后，骑相去稍远，刺杀之，縶马与鹰⑮，趋迎后骑，给之如初。后骑问曰："前射凫雁者吾子也，何为久卧不起耶？"纳真以鼻衄对⑯，骑者方怒，纳真乘隙刺杀之。复前行至一山下，有马数百，牧者唯童子数人，方击髀石为戏⑰。纳真熟视之，亦兄家物也，给问童子，亦如之，于是登山四顾，悄无来人，尽杀童子，驱马臂鹰而还，取海都并病妪，归八剌忽之地止焉。海都稍长，纳真率八剌忽怯谷诸民，共立为君。海都既立，以兵攻押剌伊而，臣属之。形势浸大⑱。列营帐于八剌合黑河上，跨河为梁，以便往来。由是四傍部族归之者渐众。

海都殁，子拜姓忽儿嗣。拜姓忽儿殁，子敦必乃嗣。敦必乃殁，子葛不律寒嗣。葛不律寒殁，子八哩丹嗣。八哩丹殁，子也速该嗣，并吞诸部落，势愈盛大。也速该崩，至元三年十月，追谥烈祖神元皇帝。

初，列祖征塔塔儿部，获其部长铁木真，宣懿太后月伦适生帝，手握凝血如赤石，烈祖异之，因以所获铁木真名之，志武功也。

族人泰赤乌部旧与烈祖相善，后因塔儿不台用事，遂生嫌隙，绝不与通。及烈祖崩，帝方幼冲[19]，部众多归泰赤乌。近侍有脱端火儿真者亦将叛，帝自泣留之，脱端曰："深池已干矣，坚石已碎矣，留复何为？"竟帅众驰去。宣懿太后怒其弱己也，麾旗将兵，躬自追叛者，驱其太半而还[20]。

时帝麾下搠只别居萨里河，札木合部人秃台察儿居玉律哥泉，时欲相侵凌，掠萨里河牧马以去。搠只麾左右匿群马中，射杀之。札木合以为怨，遂与泰赤乌诸部合谋，以众三万来战。帝时驻军答阑版朱思之野，闻变，大集诸部兵，分十有三翼以俟[21]。已而札木合至，帝与大战，破走之。

当是时，诸部之中，唯泰赤乌地广民众，号为最强，其族照烈部，与帝所居相近。帝尝出猎，偶与照烈猎骑相属[22]。帝谓之曰："今夕可同宿乎？"照烈曰："同宿固所愿，但从者四百因糗粮不具[23]，已遣半还矣，今将奈何？"帝固邀与宿。凡其留者，悉饮食之。明日再合围，帝使左右驱兽向照烈，照烈得多获以归，其众感之，私相语曰："泰赤乌与我虽兄弟，常攘我车马，夺我饮食，无人君之度，有人君之度者，其惟铁木真太子乎？"照烈之长玉律，时为泰赤乌所虐，不能堪，遂与塔海答鲁领所部来归，将杀泰赤乌以自效。帝曰："我方熟寐，幸汝觉我，自今车辙人迹之涂[24]，当尽夺以与汝矣。"已而二人不能践其言，复叛去，塔海答鲁至中路，为泰赤乌部人所杀，照烈部遂亡。

时帝功德日盛，泰赤乌诸部多苦其主非法，见帝宽仁，时赐人以裘马，心悦之，若赤老温、若哲别、若失力哥也不干诸人，若朵郎吉、若札剌儿、若忙兀诸部，皆慕义来降。

帝会诸族薛彻、大丑及薛彻别吉等，各以旃车载湩酪[25]，宴于斡难河上。帝与诸族及薛彻别吉之母忽儿真之前，共置马湩一革囊；薛彻别吉次母野别该之前，独置一革囊，忽儿真怒曰："今不尊我，而贵野别该乎？疑帝之主膳者失丘儿所为，遂笞之，于是颇有隙。时皇弟别里古台掌帝乞列思事（乞列思，华言禁外系马所也[26]），播里掌薛彻别吉乞列思事。播里从者因盗去马靽[27]，别里古台执之，播里怒斫别里古台[28]，伤其背。左右欲斗，别里古台止之，曰："汝等欲即复雠乎？我伤幸未甚，姑待之。"不听，各持马乳橦疾斗，夺忽儿真、火里真二哈敦以归[29]。薛彻别吉遣使请和，因令二哈敦还。会塔塔儿部长蔑兀真笑里徒背金约，金主遣丞相完颜襄帅兵逐之北走。帝闻之，发近兵自斡难河迎击，仍谕薛彻别吉帅部人来助。候六日，不至，帝自与战，杀蔑兀真笑里徒，尽虏其辎重。

帝之麾下有为乃蛮部人所掠者，帝欲讨之，复遣六十人征兵于薛彻别吉，薛彻别吉以旧怨之故，杀其十人，去五十人衣而归之。帝怒曰："薛彻别吉曩笞我失丘儿[30]，斫伤我别里古台，今又敢乘敌势以陵我耶！"因帅兵逾沙碛攻之，杀虏其部众，唯薛彻、大丑仅以妻孥免。越数月，帝复伐薛彻、大丑，追至帖烈徒之隘灭之。

克烈部札阿绀孛来归。札阿绀孛者，部长汪罕之弟也。汪罕名脱里，受金封爵为王，番言音重[31]，故称王为汪罕。

初，汪罕之父忽儿札胡思杯禄既卒，汪罕嗣位，多杀戮昆弟。其叔父菊儿帅兵与汪罕战，逼于哈剌温隘败之，仅以百余骑脱走，奔于烈祖，烈祖亲将兵逐菊儿走西夏，复夺部众归汪罕。汪罕德之，遂相与盟，称为按答（按答，华言交物之友也）。烈祖崩，汪罕之弟也力可哈剌怨汪罕多杀之故，复叛归乃蛮部。乃蛮部长亦难赤为发兵伐汪罕，尽夺其部众与之。汪罕走河西、回鹘、回回三国，奔契丹，既而复叛归，中道粮绝，挏羊乳为饮，刺橐驼血为食[32]，困乏之甚。帝以其与烈祖交好，遣近侍往招之。帝亲迎抚劳，安置军中，振给之[33]。遂会于土兀剌河上，尊汪罕为父。

未几[34]，帝伐蔑里乞部，与其部长脱脱战于莫那察山。遂掠其资财田禾，以遗汪罕，汪罕因此部众稍集。

居亡何㉟，汪罕自以其势足以有为，不告于帝，独率兵复攻蔑里乞部，部人败走，脱脱奔八儿忽真之隘。汪罕大掠而还，于帝一无所遗，帝不以屑意。

会乃蛮部长不鲁欲罕不服，帝复与汪罕征之，至黑辛八石之野，遇其前锋也的脱孛鲁者，领百骑来战，见军势渐逼，走据高山，其马鞍转坠，擒之。会未几何，帝复与乃蛮骁将曲薛吾撒八剌二人遇㊱，会日暮，各还营垒，约明日战。是夜，汪罕多燃火营中，示人不疑，潜移部众于别所。及旦，帝始知之，因颇疑其有异志，退师萨里河。既而汪罕亦还至土兀剌河，汪罕子亦剌合及札阿绀孛来会。曲薛吾等察知之，乘其不备，袭虏其部众于道。亦剌合奔告汪罕，汪罕命亦剌合与卜鲁觯共追之，且遣使来，曰："乃蛮不道，掠我人民，太子有四良将，能假我以雪耻乎？"帝顿释前憾，遂遣博尔术、木华黎、博罗浑、赤老温四人，帅师以往。师未至，亦剌合已追及曲薛吾，与之战，大败，卜鲁忽觯成擒。流矢中亦剌合马胯，几为所获。须臾四将至，击乃蛮走，尽夺所掠归汪罕。已而，与皇弟哈撒儿再伐乃蛮，拒斗于忽阑盏侧山，大败之，尽杀其诸将族众，积尸以为京观㊲。乃蛮之势遂弱。

时泰赤乌犹强。帝会汪罕于萨里河，与泰赤乌部长沉忽等大战斡难河上，败走之，斩获无算。

哈答斤部、散只兀部、朵鲁班部、塔塔儿部、弘吉剌部闻乃蛮、泰赤乌败，皆畏威不自安，会于阿雷泉，斩白马为誓，欲袭帝及汪罕。弘吉剌部长迭夷恐事不成，潜遣人告变，帝与汪罕自虎图泽逆战于杯亦烈川，又大败之。

汪罕遂分兵，自由怯绿怜河而行㊳。札阿绀孛谋于按敦阿述、燕火脱儿等曰："我兄性行不常，既屠绝我昆弟，我辈又岂得独全乎？"按敦阿述泄其言，汪罕令执燕火脱儿等至帐下，解其缚，且谓燕火脱儿曰："吾辈由西夏而来，道路饥困，其相誓之语，遽忘之乎？"因唾其面，坐上之人皆起而唾之。汪罕又屡责札阿绀孛，至于不能堪。札阿绀孛与燕火脱儿等俱奔乃蛮。

帝驻军于彻彻儿山，起兵伐塔塔儿部，部长阿剌兀都儿等来逆战，大败之。

时弘吉部欲来附，哈撒儿不知其意，往掠之，于是弘吉剌归札木合部，与朵鲁班、亦乞剌思、哈答斤、火鲁剌思、塔塔儿、散只兀诸部会于犍河，共立札木合为局儿罕，盟于秃律别儿河岸。为誓曰："凡我同盟，有泄此谋者，如岸之摧，如林之伐。"誓毕，共举足蹋岸，挥刀斫林，驱士卒来侵。塔海哈时在众中，与帝麾下抄吾儿连姻，抄吾儿偶往视之，具知其谋，即还至帝所，悉以其谋告之。帝即起兵，逆战于海剌儿、帖尼火鲁罕之地，破之。札木合脱走，弘吉剌部来降。

岁壬戌，帝发兵于兀鲁回失连真河，伐按赤塔塔儿、察罕塔塔儿二部。先誓师曰："苟破敌逐北，见弃遗物，慎无获㊳，俟军事毕散之。"既而果胜，族人按弹、火察儿、答力台三人背约，帝怒，尽夺其所获，分之军中。

初，脱脱败走八儿忽真隘，既而复出为患，帝帅兵讨走之。至是，又会乃蛮部不鲁欲罕约朵鲁班、塔塔儿、哈答斤、散只兀诸部来侵。帝遣骑乘高四望，知乃蛮兵渐至，帝与汪罕移军入塞。亦剌合自北边来据高山结营，乃蛮军冲之不动，遂还，亦剌合寻亦入塞㊵。将战，帝迁辎重于他所，与汪罕倚阿兰塞为壁，大战于阙奕坛之野，乃蛮使神巫祭风雪，欲因其势进攻。既而反风，逆击其阵，乃蛮军不能战，欲引还，雪满沟涧，帝勒兵乘之，乃蛮大败。是时札木合部起兵援乃蛮，见其败，即还。道经诸部之立己者，大纵掠而去。

帝欲为长子术赤求昏于汪罕女抄儿伯姬㊶，汪罕之子秃撒合亦欲尚帝女火阿真伯姬㊷，俱不谐，自是颇有违言。初，帝与汪罕合军攻乃蛮，约明日战。札木合言于汪罕曰："我于君是白翎雀，他人是鸿雁耳，白翎雀寒暑常在北方，鸿雁遇寒则南飞就暖耳。"意谓帝心不可保也。汪罕闻之疑，遂移部众于别所。及议昏不成，札木合复乘隙谓亦剌合曰："太子虽言是汪罕之子，尝通信于乃蛮，将不利于君父子，君若能加兵，我当从傍助君也。"亦剌合信之。会答力台、火察儿、按弹等叛归亦剌合，亦说之曰："我等愿佐君讨宣懿太后诸子也[43]，亦剌合大喜，遣使言于汪罕，汪罕曰："札木合，巧言寡信人也，不足听。亦剌合力言之，使者往返者数四。汪罕曰："吾身之存，实太子是赖[44]。髭鬓已白，遗骸冀得安寝[45]，汝乃喋喋不已耶？汝善自为之，毋贻吾忧可也。"札木合遂纵火焚帝牧地而去。

岁癸丑，汪罕父子谋欲害帝，乃遣使者来曰："向者所议姻事，今当相从，请来饮布浑察儿。"（布浑察儿，华言许亲酒也。）帝以为然，率十骑赴之，至中道，心有所疑，命一骑往谢，帝遂还。汪罕谋既不成，即议举兵来侵。围人乞力失闻其事[46]，密与弟把带告帝。帝即驰军阿兰塞，悉移辎重于他所，遣折里麦为前锋，俟汪罕至，即整兵出战。先与朱力斤部遇，次与董哀部遇，又次与火力失烈门部遇，皆败之，最后与汪罕亲兵遇，又败。亦剌合见势急，突来冲阵，射之中颊，即敛兵而退。怯里亦部人遂弃汪罕来降。

汪罕既败而归，帝亦将兵还至董哥泽驻军。遣阿里海致责于汪罕曰："君为叔父菊儿所逐，困迫来归，我父即攻菊儿，败之于河西，其土地人民尽收与君，此大有功于君一也。君为乃蛮所攻，西奔日没处。君弟札阿绀孛在金境，我亟遣人召还，比至，又为蔑里乞部人所逼，我请我兄薛彻别及及我弟大丑往杀之，此大有功于君二也。君困迫来归时，我过哈丁里，历掠诸部羊马资财，尽以奉君，不半月间，令君饥者饱，瘠者肥，此大有功于君三也。君不告我往掠蔑里乞部，大获而还，未尝以毫发分我，我不以为意。及君为乃蛮所倾覆，我遣四将夺还尔民人[47]，重立尔国家，此大有功于君四也。我征朵鲁班、塔塔儿、哈答斤、散只兀、弘吉剌五部，如海东鹘禽之于鹅雁，见无不获，获则必致于君，此大有功于君五也。是五者皆有明验，君不报我则已，今乃易恩为仇，而遽加兵于我哉！"汪罕闻之，语亦剌合曰："我向者之言何如？吾儿宜识之。"亦剌合曰："事势至今日，必不可已，唯有竭力战斗，我胜则并彼，彼胜则并我耳，多言何为？"

时帝诸族按弹、火察儿皆在汪罕左右。帝因遣阿里海消责汪罕，就令告之曰；"昔者吾国无主，以薛彻、太丑二人实我伯祖八剌哈之裔，欲立之，二人既已固辞，乃以汝火察儿为伯父聂坤之子，又欲立之，汝又固辞。然事不可中辍，复以汝按弹为我祖忽都剌之子，又欲立之，汝又固辞。于是汝等推戴吾为之主，初岂我之本心哉？不自意相迫至于如此也。三河，祖宗肇基之地，毋为他人所有。汝善事汪罕，汪罕性无常，遇我尚如此，况汝辈乎？我今去矣，我今去矣。"按弹等无一言。

帝既遣使于汪罕，遂进兵虏弘吉利别部溺儿斤以行，至班朱尼河，河水方浑，帝饮之以誓众。有亦乞烈部人孛徒者，为火鲁剌部所败，因遇帝，与之同盟，哈撒儿别居哈剌浑山，妻子为汪罕所虏，挟幼子脱虎走，粮绝，探鸟卵为食，来会于河上，时汪罕形势盛强，帝微弱，胜败未可知，众颇危惧，凡与饮河水者，谓之饮浑水，言其会同艰难也。汪罕兵至，帝与战于哈阑真沙陀之地，汪罕大败。其臣按弹、火察儿、札木合等谋杀汪罕，弗克[48]，往奔乃蛮。答力台、把怜等部稽颡来降[49]。

帝移军斡难河源，谋攻汪罕，复遣二使往汪罕，伪为哈撒儿之言曰："我兄太子今既不知所在，我之妻孥又在王所，纵我欲往，将安所之耶？王傥弃我前愆[50]，念我旧好，即束手来归矣。"汪罕信之，因遣人随二使来，以皮囊盛血与之盟。及至，即以二使为向导，令军士衔枚夜趋折折连都山[51]，出其不意，袭汪罕，败之，尽降克烈部众。汪罕与亦剌合挺身遁去。汪罕叹曰；"我为吾儿所误，今日之祸悔将何及！"汪罕出走，路逢乃蛮部将，遂为其所杀。亦剌哈走西夏，日剽掠以自资。既而亦为西夏所攻走，至龟兹国，龟兹国主以兵讨杀之。

帝既灭汪罕，大猎于帖麦该川，宣布号令，振凯而归。时乃蛮部长太阳罕心忌帝能，遣使谋于白达达部主阿剌忽思曰："吾闻东方有称帝者，天无二日，民岂有二王邪？君能益吾右翼，吾将夺其弧矢也。"阿剌忽思即以是谋报帝，居无何，举部来归。

岁甲子，帝大会于帖麦该川，议伐乃蛮。群臣以方春马瘦，宜俟秋高为言②。皇弟斡赤斤曰："事所当为，断之在早，何可以马瘦为辞？"别里古台亦曰："乃蛮欲夺我弧矢，是小我也，我辈义当同死，彼恃其国大而言夸，苟乘其不备而攻之，功当可成也。"帝悦，曰："以此众战，何忧不胜。"遂进兵伐乃蛮。驻兵于建忒该山。先遣虎必来、哲别二人为前锋。太阳罕至自按台③，营于沆海山，与蔑里乞部长脱脱、克烈部长阿怜太石、猥剌部长忽都花别吉，暨秃鲁班、塔塔儿、哈答斤、散只兀诸部合④，兵势颇盛。时我队中羸马有惊入乃蛮营中者⑤，太阳罕见之，与众谋曰："蒙古之马瘦弱如此，今当诱其深入，然后战而擒之。"其将火力速八赤对曰："先王战伐，勇进不回，马尾人背，不使敌人见之，今为此迁延之计，得非心中有所惧乎⑥，苟惧之，何不令后妃来统军也。"太阳罕怒，即跃马索战。帝以哈撒儿主中军。时札木合从太阳罕来，见帝军容整肃，谓左右曰："乃蛮初举兵，视蒙古军若羝羔儿⑰，意谓蹄皮亦不留，今吾观其气势，殆非往时矣。"遂引所部兵遁去。是日，帝与乃蛮军大战至晡⑱，禽杀太阳罕⑲，诸部军一时皆溃，夜走绝险，坠崖死者不可胜计。明日，余众悉降。于是朵鲁班、塔塔儿、哈答斤、散只兀四部亦来降。

已而复征蔑里乞部，其长脱脱奔太阳罕之兄卜鲁欲罕，其属带儿兀孙献女迎降，俄复叛去。帝至泰寒寨，遣孛罗欢、沈白二人领右军往平之。

岁乙丑，帝征西夏，拔力吉里寨，经落思城，大掠人民及其橐驼而还。

元年丙寅，帝大会诸王群臣，建九游白旗，即皇帝位于斡难河之源。诸王群臣共上尊号曰成吉思皇帝。是岁实金泰和之六年也。

帝既即位，遂发兵复征乃蛮。时卜鲁欲罕猎于兀鲁塔山，擒之以归。太阳罕子屈出律罕与脱脱奔也儿的石河上。

帝始议伐金。初，金杀帝宗亲咸补海罕，帝欲复仇。会金降俘等具言金主璟肆行暴虐，帝乃定议致讨，然未敢轻动也。

二年丁卯秋，再征西夏，克斡罗孩城。

是岁，遣按弹、不兀剌二人使乞力吉思。既而野牒亦纳里部、阿里替也儿部，皆遣使来献名鹰。

三年戊辰春，帝至自西夏。

夏，避暑龙庭。

冬，再征脱脱及屈出律罕。时斡亦剌部等遇我前锋，不战而降，因用为向导，至也儿的石河，讨蔑里乞部，灭之。脱脱中流矢死，屈出律奔契丹。

四年己巳春，畏吾儿国来归。帝入河西。夏主李安全遣其世子率师来战，败之，获其副元帅高令公，克兀剌海城，俘其太傅西壁氏。进至克夷门，复败夏师，获其将嵬名令公。薄中兴府⑳，引河水灌之，堤决，水外溃，遂撤围还。遣太傅讹答入中兴，招谕夏主，夏主纳女请和。

五年庚午春，金谋来伐，筑乌沙堡。帝命遮别袭杀其众，遂略地而东㉑。

初，帝贡岁币于金㉒，金主使卫王允济受贡于静州。帝见允济不为礼。允济归，欲请兵攻之，会金主璟殂㉓，允济嗣位，有诏至国㉔，传言当拜受。帝问金使曰："新君为谁？"金使曰："卫王也。"帝遽南面唾曰："我谓中原皇帝是天上人做，此等庸懦亦为之耶，何以拜为！"即乘马北去。金使还言，允济益怒⑥，欲俟帝再入贡，就进场害之。帝知之，遂与金绝，益严兵为备。

六年辛未春，帝居怯绿连河；西域哈剌鲁部主阿昔兰罕来降；畏吾儿国主亦都护来觐⑥。

二月，帝自将南伐，败金将定薛于野狐岭，取大水泺、丰利等县。金复筑乌沙堡。

秋七月，命遮别攻乌沙堡及乌月营，拔之⑥。

八月，帝及金师战于宣平之会河川，败之。

九月，拔德兴府，居庸关守将遁去，遮别遂入关，抵中都。

冬十月，袭金群牧监，驱其马而还。耶律阿海降，入见帝于行在所⑥。皇子尤赤、察合台、窝阔台分徇云内、东胜、武、朔等州，下之⑥。

是冬，驻跸金之北境⑦。刘伯林、夹谷长哥等来降。

七年壬申春正月，耶律留哥聚众于隆安，自为都元帅，遣使来附。帝破昌、桓、抚等州，金将纥石烈九斤等率兵三十万来援，帝与战于獾儿觜，大败之。

秋，围西京，金元帅左都监奥屯襄率师来援，帝遣兵诱至密谷口逆击之，尽殪⑦。复攻西京，帝中流矢，遂撤围。

九月，察罕克奉圣州。

冬十二月甲申，遮别攻东京不拔，即引去，夜驰还，袭克之。

八年癸酉春，耶律留哥自立为辽王，改元元统。

秋七月，克宣德府，遂攻德兴府，皇子拖雷、驸马赤驹先登，拔之。帝进至怀来。及金行省完颜纲、元帅高琪战，败之，追至北口。金兵保居庸，诏可忒、薄刹守之。遂趋涿鹿。金西京留守忽沙虎遁去。帝出紫荆关，败金师于五回岭，拔涿、易二州。契丹谕鲁不儿等献北口，遮别遂取居庸，与可忒、薄刹会。

八月，金忽沙虎弑其主允济，迎丰王珣立之。

是秋，分兵三道。命皇子尤赤、察合台、窝阔台为右军，循太行而南⑦，取保、遂、安肃、安、定、邢、洺、磁、相、卫、辉、怀、孟，掠泽、潞、辽、沁、平阳、太原、吉、隰，拔汾、石、岚、忻、代、武等州而还；皇弟哈撒儿及斡陈那颜、拙赤䚟、薄刹为左军，遵海而东⑦，取蓟州、平、滦、辽西诸郡而还；帝与皇子拖雷为中军，取雄、霸、莫、安、河间、沧、景、献、深、祁、蠡、冀、恩、濮、开、滑、博、济、泰安、济南、滨、棣、益都、淄、潍、登、莱、沂等郡。复命木华黎攻密州，屠之⑦。史天倪萧勃迭率众来降，木华黎承制并以为万户⑦。帝至中都，三道兵还，合屯大口⑦。

是岁，河北郡县尽拔，唯中都、通、顺、真定、清、沃、大名、东平、德、邳、海州十一城不下。

九年甲戌春三月，驻跸中都北郊。诸将请乘胜破燕，帝不从，乃遣使谕金主曰：“汝山东、河北郡县悉为我有，汝所守惟燕京耳。天既弱汝，我复迫汝于险，天其谓我何⑦？我今还军，汝不能犒师以弭我诸将之怒耶⑦？”金主遂遣使求和，奉卫绍王女岐国公主及金帛、童男女五百、马三千以献，乃遣其丞相完颜福兴送帝出居庸。

夏五月，金主迁汴，以完颜福兴及参政抹撚尽忠辅其太子守忠，留守中都。

六月，金乣军斫答等杀其主帅，率众来降，诏三摸合、石抹明安与斫答等围中都。帝避暑鱼儿泺。

秋七月，金太子守忠走汴。

冬十月，木华黎征辽东，高州庐琮、金扑等降。锦州张鲸杀其节度使，自立为临海王，遣使来降。

十年乙亥春正月，金右副元帅蒲察七斤以通州降，以七斤为元帅。

二月，木华黎攻北京，金元帅寅答虎、乌古伦以城降。以寅答虎为留守，吾也而权兵马都元帅镇之[79]。兴中府元帅石天应来降，以天应为兴中府尹。

三月，金御史中丞李英等率师援中都，战于霸州，败之。

夏四月，克清、顺二州。诏张鲸总北京十提控兵从南征[80]。鲸谋叛伏诛[81]，鲸弟致遂据锦州，僭号汉兴皇帝[82]，改元兴龙。

五月庚申，金中都留守完颜福兴仰药死[83]，抹撚尽忠弃城走，明安人守之。是月，避暑桓州凉泾。遣忽都忽等籍中都帑藏[84]。

秋七月，红罗山寨主杜秀降，以秀为锦州节度使。遣乙职里往谕金主以河北、山东未下诸城来献[85]，及去帝号为河南王，当为罢兵。不从。诏史天倪南征，授右副都元帅，赐金虎符。

八月，天倪取平州，金经略使乞住降。木华黎遣史进道等攻广宁府，降之。

是秋，取城邑凡八百六十有二[86]。

冬十月，金宣抚蒲鲜万奴据辽东，僭称天王，国号大真，改元天泰。

十一月，耶律留哥来朝，以其子斜阁人侍。史天祥讨兴州，擒其节度使赵守玉。

十一年丙子春，还庐朐河行宫。张致陷兴中府[87]，木华黎讨平之。

秋，撒里知兀䚟三摸合拔都鲁率师由西夏趋关中，遂越潼关，获金西安军节度使尼庞古蒲鲁虎，拔汝州等郡，抵汴京而还。

冬十月，蒲鲜万奴降，以其子帖哥人侍，既而复叛，僭称东夏。

十二年丁丑夏，盗祁和尚据武平[88]，史天祥讨平之，遂擒金将巢元帅以献。察罕破金监军夹谷于霸州。金求和，察罕乃还。

秋八月，以木华黎为太师，封国王，将蒙古、乣、汉诸军南征，拔遂城、蠡州。

冬，克大名府，遂东定益都、淄、登、莱、潍、密等州。

是岁，秃满部民叛，命钵鲁完、朵鲁伯讨平之。

十三年戊寅秋八月，兵出紫荆口，获金行元帅事张柔，命还其旧职，木华黎自西京人河东，克太原、平阳及忻、代、泽、潞、汾、霍等州。金将武仙攻满城，张柔击败之。

是年，伐西夏，围其王城，夏主李遵顼出走西凉。契丹六哥据高丽江东城，命哈真、札剌率师平之。高丽王暾遂降，请岁贡方物[89]。

十四年己卯春，张柔败武仙，降祁阳、曲阳、中山等城。

夏六月，西域杀使者，帝率师亲征，取讹答剌城，擒其酋哈只儿只兰秃[90]。

秋，木华黎克岢岚、吉、隰等州，进攻绛州，拔其城，屠之。

十五年庚辰春三月，帝克蒲华城。

夏五月，克寻思干城，驻跸也石的石河。

秋，攻斡脱罗儿城，克之。木华黎徇地至真定，武仙出降。以史天倪为河北西路兵马都元帅、行府事，仙副之[91]。东平严实籍彰德、大名、磁、洺、恩、博、滑、濬等州户三十万来归，木华黎承制授实金紫光禄大夫、行尚书省事。

冬，金邢州节度使武贵降。木华黎攻东平不克，留严实守之，撤围趋洺州，分兵徇河北诸郡。

是岁，授董俊龙虎卫上将军、右副都元帅。

十六年辛巳春，帝攻卜哈儿、薛迷思干等城，皇子尤赤攻养吉干、八儿真等城，并下之。

夏四月，驻跸铁门关。金主遣乌古孙仲端奉国书请和，称帝为兄，不允。金东平行省事忙古弃城遁，严实入守之。宋遣苟梦玉来请和。

夏六月，宋涟水忠义统辖石珪率众来降，以珪为济、兖、单三州总管。

秋，帝攻班勒纥等城，皇子尤赤、察合台、窝阔台分攻玉龙杰赤等城，下之。

冬十月，皇子拖雷克马鲁察叶可、马鲁、昔剌思等城。木华黎出河西，克葭、绥德、保安、鄜、坊、丹等州，进攻延安，不下。

十一月，宋京东安抚使张琳以京东诸郡来降，以琳为沧、景、滨、棣等州行都元帅。

是岁，诏谕德顺州。

十七年壬午春，皇子拖雷克徒思、匿察兀儿等城，还经木剌夷国，大掠之。渡搠搠阑河，克也里等城，遂与帝会，合兵攻塔里寨寨，拔之。木华黎军克乾、泾、邠、原等州，攻凤翔不下。

夏，避暑塔里寨寨。西域主札阑丁出奔，与灭里可汗合，忽都忽与战不利。帝自将击之，擒灭里可汗。札阑丁遁去，遣八剌追之，不获。

秋，金复遣乌古孙仲端来请和，见帝于回鹘国，帝谓曰："我向欲汝主授我河朔地，令汝主为河南王，彼此罢兵，汝主不从，今木华黎已尽取之，乃始来请耶？"仲端乞哀，帝曰："念汝远来，河朔既为我有，关西数城未下者，其割付我，令汝主为河南王，勿复违也。"仲端乃归。金平阳公胡天祚以青龙堡降。

冬十月，金河中府来附，以石天应为兵马都元帅守之。

十八年癸未春三月，太师国王木华黎薨⑫。

夏，避暑八鲁弯川，皇子尤赤、察合台、窝阔台及八剌之兵来会，遂定西域诸城，置达鲁花赤监治之。

冬十月，金主珣殂，子守绪立。

是岁，宋复遣苟梦玉来。

十九年甲申夏，宋大名总管彭义斌侵河北，史天倪与战于恩州，败之。

是岁，帝至东印度国，角端见，班师。

二十年乙酉春正月，还行宫。

二月，武仙以真定叛，杀史天倪。董俊判官李全亦以中山叛。

三月，史天泽击仙走之，复真定。

夏六月，彭义斌以兵应仙，天泽御于赞皇，擒斩之。

二十一年春正月，帝以西夏纳仇人赤腊喝翔昆及不遣质子⑬，自将伐之。

二月，取黑水等城。

夏，避暑于浑垂山，取甘、肃等州。

秋，取西凉府搠罗、河罗等县，遂逾沙陀⑭，至黄河九渡，取应里等县。

九月，李全执张琳，郡王带孙进兵围全于益都。

冬十一月庚申，帝攻灵州，夏遣嵬名令公来援。丙寅，帝渡河击夏师，败之。丁丑，五星聚见于西南。驻跸盐州川。

十二月，李全降。授张柔行军千户、保州等处都元帅。

是岁，皇子窝阔台及察罕之师围金南京。遣唐庆责岁币于金。

二十二年丁亥春，帝留兵攻夏王城，自率师渡河攻积石州。

二月，破临洮府。

三月，破洮河、西宁二州。遣斡陈那颜攻信都府，拔之。

夏四月，帝次龙德⑮，拔德顺等州，德顺节度使爱申、进士马肩龙死焉。

五月，遣唐庆等使金。

闰月，避暑六盘山。

六月，金遣完颜合周、奥屯阿虎来请和。帝谓群臣曰："朕自去冬五星聚时，已尝许不杀掠，遽忘下诏耶，今可布告中外，令彼行人亦知朕意。"是月，夏主李睍降。帝次清水县西江。

秋七月壬午，不豫⑯。己丑，崩于萨里川哈老徒之行宫⑰。临崩，谓左右曰："金精兵在潼关，南据连山，北限大河，难以遽破。若假道于宋⑱，宋、金世雠，必能许我，则下兵唐、邓，直捣大梁。金急，必征兵潼关。然以数万之众，千里赴援，人马疲弊，虽至弗能战，破之必矣。"言讫而崩⑲，寿六十六，葬起辇谷。至元三年冬十月，追谥圣武皇帝。至大二年冬十一月庚辰，加谥法天启运圣武皇帝。庙号太祖，在位二十二年。

帝深沉有大略，用兵如神，故能灭国四十，遂平西夏。其奇勋伟迹甚众，惜乎当时史官不备，或多失于纪载云。

戊子年，是岁，皇子拖雷监国。

---

①赀（zī，音滋）：同"资"。财产。

②缗（mín，音民）：古代用来穿铜钱的绳子。

③臂（鹰）：让（鹰）停在胳膊上。

④或：稍微。　阙：同"缺"。

⑤相：帮助，辅助。

⑥仲兄：二哥。　仲：弟兄中排行第二。

⑦赍（jī，音基）：外出之人携带衣食等物。

⑧嗣：继承，承袭。

⑨是：这，这个。

⑩被：遭遇。

⑪掣：拉，拽。

⑫诣：到……去。

⑬擎：举，向上托起。

⑭绐（dài，音代）：欺骗。

⑮絷（zhí，音植）：捆住，拴住。

⑯衄（nǜ，音女，第四声）：辱，侮辱。

⑰髀（bì，音必）：古代测量日影的表。

⑱浸：逐渐。

⑲冲：年幼，年少。

⑳太半：大半。

㉑俟：等待。

㉒属：接连，此处引申为跟着。

㉓糇粮：粮食。糇（qiǔ，音囚，第三声），干粮。

㉔车辙人迹之涂：有车轮印和人踪迹的道路，意指凡是有人的地方。涂，道路。

㉕旄（máo，音毛）：用牦牛尾巴装饰旗杆头的旗帜。　湩（dòng，音动）：乳汁。

㉖括号内文字为原文注解。

㉗靷（yǐn，音引）：拉车前进的皮带。

㉘斫：用刀等利器砍。

㉙哈敦：蒙古语，王妃；娘子。

㉚曩（nǎng，音攘）：从前，过去。

㉛番言音重：外族人的口音重。

③②橐（tuó，音鸵）驼：骆驼。

③③振给：救济，供给。振，救济。

③④未几：没有多长时间。

③⑤亡何：不久。

③⑥"二人"疑为"一人"。

③⑦京：大。

③⑧自由：经由，从。

③⑨获：缴获，俘获。

④⑩寻：不久，随后，随即。

④①昏：结婚，婚姻。后写作"婚"。

④②"汪罕之子"应为"汪罕之孙"。

④③说〔shuì，音税）：劝说，说服。

④④赖：依靠，依赖。

④⑤冀：希望。

④⑥圉（yǔ，音雨）：养马，养马之地。

④⑦尔：你。

④⑧克：攻破，攻克，战胜。

④⑨稽（qǐ，音起）：古时一种礼节，下跪后，拱手并头至地。　　颡（sǎng，音嗓）：额头。

⑤⑩傥（tǎng，音淌）：假使，如果。　　愆（qiān，音牵）：错误，过失。

⑤①衔枚：古时行军时，为防止出声喧哗，让士兵口衔木片或竹子（即"枚"）。

⑤②言：主张，建议。

⑤③至自：从……到来。

⑤④暨：与，同，和。

⑤⑤羸（léi，音雷）：又瘦又弱。

⑤⑥得非：莫非是。

⑤⑦羖（gǔ，音骨）：公羊。　　羭（lì，音历）：阉割过的羊。

⑤⑧晡（bū，音补，第一声）：申时，相当于现代午后三时到五时。

⑤⑨禽：同"擒"。

⑥⑩薄：逼近，迫近。

⑥①略：夺取，掠夺。

⑥②岁币：每年贡奉的钱币。

⑥③殂：死去。

⑥④国：指蒙古国。

⑥⑤益：更加。

⑥⑥觐：朝见，朝拜。

⑥⑦拔：夺取。

⑥⑧行在所：又作"行在"，皇帝所在的地方。

⑥⑨徇（xùn，音迅）：原意指巡行，特指率军巡行并占领某地。

⑦⑩跸（bì，音毕）：古代帝王出行时，清道开路禁止旁人通行。驻为停留意，驻跸指帝王出行时沿途暂停留住。

⑦①殪：死，杀死。

⑦②循：顺着，沿着。

⑦③遵：意同"循"。

⑦④屠：杀。

⑦⑤承制：因袭原制。

⑦⑥屯：防守，驻扎。

⑦⑦天其谓我何：即使是老天，又能说我什么呢？

⑦⑧弭：消灭，平息。

⑦权：代理官职。

⑧总：统领。

⑧伏诛：被杀。伏意为受到（惩罚）。

⑧僭（jiàn，音鉴）。下等地位之人超越了本分，冒用上等地位之人的器物或名号等。

⑧仰药：服毒药。

⑧籍：此处意指登记在册。　帑（tǎng，音淌）：指国家收藏财物钱币的仓库。帑藏意指国库所收钱物。

⑧乙职里：疑为蒙古语音译，即使臣。见中华书局本校勘记。

⑧凡：总共。

⑧陷：攻克。

⑧盗：强盗，古代指反抗统治者之人，非小偷之意。

⑧方物：土特产。

⑩酋：部落的首领。

⑨副：帮助，辅助。

⑧薨（hōng，音轰）：指天子侯王或大官之死。

⑧质子：人质。

⑨陀（tuó，音驼）：山冈。

⑤次：临时留住驻扎。

⑥豫：安适；愉快。

⑨崩：指古时帝王或王后之死。

⑧假：借。

⑨讫：结束，完毕。

世祖本纪一

　　世祖圣德神功文武皇帝，讳忽必烈，睿宗皇帝第四子，母庄圣太后，怯烈氏，以乙亥岁八月乙卯生。及长，仁明英睿，事太后至孝，尤善抚下①，纳弘吉剌氏为妃。

　　岁甲辰，帝在潜邸②，思大有为于天下，延藩府旧臣及四方文学之士③，问以治道。

　　岁辛亥，六月，宪宗即位，同母弟惟帝最长且贤，故宪宗尽属以漠南汉地军国庶事④，遂南驻爪忽都之地。

　　邢州有两答剌罕言于帝曰："邢吾分地也，受封之初，民万余户，今日减月削，才五七百户耳，宜选良吏抚循之⑤。"帝从其言。承制以脱兀脱及张耕为邢州安抚使，刘肃为商榷使，邢乃大治。

　　岁壬子，帝驻桓、抚间。宪宗令断事官牙鲁瓦赤与不只儿等总天下财赋于燕，视事一日，杀二十八人。其一人盗马者，杖而释之矣⑥，偶有献环刀者，遂追还所杖者，手试刀斩之。帝责之曰："凡死罪必详谳而后行刑⑦，今一日杀二十八人，必多非辜⑧，既杖复斩，此何刑也？"不只儿错愕不能对。

　　太宗朝立军储所于新卫，以收山东、河北丁粮⑨，后惟计直取银帛⑩，军行则以资之。帝请于宪宗，设官筑五仓于河上，始令民入粟。

　　宋遣兵攻虢之卢氏、河南之永宁、卫之八柳渡。帝言之宪宗，立经略司于汴，以忙哥、史天泽、杨惟中、赵璧为使，陈纪、杨果为参议，俾屯田唐、邓等州①，授之兵、牛，敌至则御，敌去则耕。仍置屯田万户于邓，完城以备之②。

夏六月，入觐宪宗于曲先恼儿之地，奉命帅师征云南。

秋七月丙午，祃牙西行③。

岁癸丑，受京兆分地，诸将皆筑第京兆④，豪侈相尚⑤。帝即分遣，使戍兴元诸州。又奏割河东解州盐池以供军食，立从宜府于京兆，屯田凤翔，募民受盐入粟，转漕嘉陵⑥。

夏，遣王府尚书姚枢立京兆宣抚司，以孛兰及杨惟中为使。关陇大治。又立交钞提举司，印钞以佐经用⑰。

秋八月，师次临洮，遣玉律尥、王君候、王鉴谕大理，不果行⑱。

九月壬寅，师次忒剌，分三道以进。大将兀良合带率西道兵，由晏当路；诸王抄合、也只烈帅东道兵，由白蛮；帝由中道。乙巳，至满陀城，留辎重。

冬十月丙午，过大渡河，又经行山谷二千余里，至金沙江，乘革囊及筏以渡⑲。摩娑蛮主迎降，其地在大理北四百余里。

十一月辛卯，复遣玉律尥等使大理。丁酉，师至白蛮打郭寨，其主将出降，其侄坚壁拒守，攻拔，杀之，不及其民。庚子，次三甸。辛丑，白蛮送款。

十二月丙辰，军薄大理城。初，大理主段氏微弱，国事皆决于高祥、高和兄弟。是夜，祥率众遁去，命大将也古及拔突儿追之。帝既入大理，曰：“城破而我使不出，计必死矣。”己未，西道兵亦至，命姚枢等搜访图籍⑳，乃得三使尸。既瘗㉑，命枢为文祭之。辛酉，南出龙首城，次赵睑。癸亥，获高祥，斩于姚州。留大将兀良合带戍守，以刘时中为宣抚使，与段氏同安辑大理㉒，遂班师。

岁甲寅，夏五月庚子，驻六盘山。

六月，以廉希宪为关西道宣抚使，姚枢为劝农使。

秋八月，至自大理，驻桓、抚间，复立抚州。

冬，驻爪忽都之地。

岁乙卯，春，复驻桓、抚间。

冬，驻奉圣州北。

岁丙辰，春三月，命僧子聪卜地于桓州东、滦水北㉓，城开平府，经营宫室㉔。

冬，驻于合剌八剌合孙之地。宪宗命益怀州为分地。

岁丁巳，春，宪宗命阿蓝答儿、刘太平会计京兆、河南财赋㉕，大加钩考㉖。其贫不能输者㉗，帝为代偿之。

冬十二月，入觐于也可迭烈孙之地，议分道攻宋，以明年为期。

岁戊午，冬十一月戊申，祃牙于开平东北，是日启行。

岁己未，春二月，会诸王于邢州。

夏五月，驻小濮州。徵东平宋子贞、李昶，访问得失。

秋七月甲寅，次汝南，命大将拔都儿等前行，备粮汉上，戒诸将毋妄杀㉘。命杨惟中、郝经宣抚江淮，必阇赤孙贞督军须蔡州㉙。有军士犯法者，贞缚致有司，白于帝，命戮以徇㉚，诸军凛然，无敢犯令者。

八月丙戌，渡淮。辛卯，入大胜关，宋戍兵皆遁。壬辰，次黄陂。甲午，遣廉希宪招台山寨㉛，比至㉜，千户董文炳等已破之。时淮民被俘者众，悉纵之㉝。庚子，先锋茶忽得宋沿江制置司榜来上，有云：“今夏谍者闻北兵会议㉞，取黄陂民船系筏，由阳逻堡以渡，会于鄂州。”帝曰；"此事前所未有，愿如其言。"辛丑，师次江北。

九月壬寅朔，亲王穆哥自合州钓鱼山遣使以宪宗凶问来告㉟，且请北归以系天下之望，帝曰："吾奉命南来，岂可无功遽还？"甲辰，登香炉山㊱，俯瞰大江，江北曰武湖，湖之东曰阳逻堡，其南岸即浒黄洲。宋以大舟扼江渡，帝遣兵夺二大舟。是夜，遣木鲁花赤、张文谦等具舟楫。乙巳迟明㊲，至江岸，风雨晦冥，诸将皆以为未可渡，帝不从，遂申敕将帅扬旗伐鼓㊳，三道并进，天为开霁㊴。与宋师接战者三㊵，杀获甚众，迳达南岸。军士有擅入民家者，以军法从事。凡所俘获，悉纵之。丁未，遣王冲道、李宗杰、訾郊招谕鄂城。比至东门，矢下如雨，冲道坠马，为敌所获，宗杰、郊奔还。帝驻浒黄洲。己酉，抵鄂，屯兵教场。庚戌，围鄂。壬子，登城东北压云亭，立望楼，高可五丈，望见城中出兵，趣兵迎击㊶，生擒二人，云："贾似道率兵救鄂，事起仓卒，皆非精锐。"遂命官取逃民弃粮，聚之军中，为攻取计。戊午，顺天万户张柔兵至。大将拔突儿等以舟师趋岳州，遇宋将吕文德自重庆来，拔都儿等迎战，文德乘夜入鄂城，守愈坚。

冬十月辛未朔，移驻乌龟山。甲戌，拔突儿还自岳。

十一月丙辰，移驻牛头山。兀良合带略地诸蛮，由交趾历邕、桂，抵潭州，闻帝在鄂，遣使来告。时先朝诸臣阿蓝答儿、浑都海、脱火思、脱里赤等谋立阿里不哥。阿里不哥者，睿宗第七子，帝之弟也。于是阿蓝答儿发兵于漠北诸部，脱里赤括兵于漠南诸州㊷，而阿蓝答儿乘传调兵㊸，去开平仅百余里㊹。皇后闻之，使人谓之曰："发兵大事，太祖皇帝曾孙真金在此，何故不令知之？"阿蓝答儿不能答。继又闻脱里赤亦至燕，后即遣脱欢、爱莫干驰至军前密报㊺，请速还。丁卯，发牛头山，声言趋临安，留大将拔突儿等师诸军围鄂。

闰月庚午朔，还驻青山矶。辛未，临江岸，遣张文谦还谕诸将曰："迟六日，当去鄂退保浒黄洲㊻。"命文谦发降民二万北归。宋贾似道遣宋京请和，命赵璧等语之曰："汝以生灵之故来请和好㊼，其意甚善，然我奉命南征，岂能中止？果有事大之心，当请于朝。"是日，大军北还，己丑，至燕。脱里赤方括民兵㊽，民甚苦之，帝诘其由㊾，托以宪宗临终之命㊿。帝察其包藏祸心，所集兵皆纵之，人心大悦。

是冬，驻燕京近郊。

中统元年春三月戊辰朔，车驾至开平。亲王合丹、阿只吉率西道诸王，塔察儿、也先哥、忽剌忽儿、爪都率东道诸王，皆来会，与诸大臣劝进[51]，帝三让，诸王大臣固请。辛卯，帝即皇帝位，以祃祃、赵璧、董文炳为燕京路宣慰使。陕西宣抚使廉希宪言："高丽国王尝遣其世子倎入觐，会宪宗将兵攻宋，倎留三年不遣，今闻其父已死，若立倎，遣归国，彼必怀德于我，是不烦兵而得一国也。"帝是其言，改馆倎[52]，以兵卫送之，仍敕其境内[53]。

夏四月戊戌朔，立中书省，以王文统为平章政事，张文谦为左丞，以八春、廉希宪、商挺为陕西四川等路宣抚使，赵良弼参议司事，粘合南合、张启元为西京等处宣抚使。己亥，诏谕高丽国王王倎，仍归所俘民及其逃户，禁边将勿擅掠。辛丑，以即位诏天下，诏曰：

"朕惟祖宗肇造区宇[54]，奄有四方[55]，武功迭兴[56]，文治多缺，五十余年于此矣。盖时有先后，事有缓急，天下大业，非一圣一朝所能兼备也。先皇帝即位之初，风飞雷厉，将大有为，忧国爱民之心虽切于己，尊贤使能之道未得其人。方董夔门之师[57]，遽遄鼎湖之泣。岂期遗恨，竟勿克终[58]。

肆予冲人[59]，渡江之后，盖将深入焉，乃闻国中重以签军之扰，黎民惊骇，若不能一朝居者。予为此惧，驲骑驰归[60]。目前之急虽纾[61]，境外之兵未戢[62]，乃会群议，以集良规[63]。不意宗盟，辄先推戴。左右万里，名王巨臣，不召而来者有之，不谋而同者皆是，咸谓国家之大统不可久旷㉔，神人之重寄不可暂虚。求之今日，太祖嫡孙之中，先皇母弟之列，以贤以长，止予一人。虽在征伐之间，每存仁爱之念，博施济众，实可为天下主，天道助顺，人谟与能㉕。祖训传国大典，于是乎在，孰敢不从。朕峻辞固让㉖，至于再三，祈恳益坚，誓以死请，于是俯徇舆情，勉登大宝。自惟寡昧，属时多艰，若涉渊冰，罔知攸济㉗。爰当临御之始㉘，宜新弘远之规㉙，祖述变通㉚，正在今日。务施实德，不尚虚文。虽承平未易遽臻㉛，而饥渴所当先务，呜呼！历数攸归㉜，钦应上天之命；勖亲斯托㉝，敢忘烈祖之规㉞？体极建元㉟，与民更始。朕所不逮，更赖我远近宗族、中外文武，同心协力，献可替否之助也㊱。诞告多方㊲，体予至意！"

丁未，以翰林侍读学士郝经为国信使，翰林待制何源、礼部郎中刘人杰副之，使于宋。丙辰，收辑中外官吏宣扎牌面㊳。遣帖木儿、李舜钦等行部，考课各路诸色工匠㊴。置急递铺。乙丑，征诸道兵六千五百人赴京师宿卫。置互市于涟水军㊵，禁私商不得越境，犯者死。是月，阿里不哥僭号于和林城西按坦河㊶。召贾居贞、张德、王焕、完颜愈乘传赴阙㊷。"

五月戊辰朔，招燕帖木儿、忙古带节度黄河以西诸军。丙戌，建元中统，诏曰：

"祖宗以神武定四方，淳德御群下。朝廷草创㊸，未遑润色之文㊹；政事变通，渐有纲维之目㊺。朕获缵旧服㊻，载扩丕图㊼，稽列圣之洪规㊽，讲前代之定制㊾，建元表岁㊿，示人君万世之传；纪时书王㊒，见天下一家之义。法春秋之正始㊓，体大易之乾元，炳焕皇猷㊔，权舆治道㊕。可自庚申年五月十九日，建元为中统元年。惟即位体元之始，必立经陈纪为先㊖，故内立都省，以总宏纲，外设总司，以平庶政。仍以兴利除害之事、补偏救弊之方，随诏以颁。于戏！秉箓握枢㊗，必因时而建号，施仁发政，期 与物以更新。敷宣恳恻之辞㊘，表著忧劳之意，凡在臣庶，体予至怀！"

诏安抚寿春府军民。甲午，以阿里不哥反，诏赦天下。乙未，立十路宣抚司：以赛典赤、李德辉为燕京路宣抚使，徐世隆副之；宋子贞为益都济南等路宣抚使，王盘副之；河南路经略使史天泽为河南宣抚使；杨果为北京等路宣抚使，赵晒副之；张德辉为平阳太原路宣抚使，谢瑄副之；孛鲁海牙、刘肃并为真定路宣抚使；姚枢为东平路宣抚使，张肃副之；中书左丞张文谦为大名彰德等路宣抚使，游显副之；粘合南合为西京路宣抚使，崔巨济副之；廉希宪为京兆等路宣抚使。以汪惟正为巩昌等处便宜都总帅，虎阑箕为巩昌路元帅。诏谕成都路侍郎张威安抚元、忠、绵、资、邛、彭等州。西川、潼川、隆庆、顺庆等府及各处山寨归附官吏，皆给宣命、金符有差。诏平阳、京兆两路宣抚司签兵七千人，于延安等处守隘，以万户郑鼎、昔剌忙古带领之，贫不能应役者，官为资给。征诸路兵三万驻燕京近地，命诸路市马万匹送开平府㊙，以总帅汪良臣统陕西汉军于沿河守隘，立望云驿，非军事毋得辄入。荧惑入南斗㊚，留五十余日。

六月戊戌，诏燕京、西京、北京三路宣抚司运米十万石，输开平府及抚州、沙井、靖州、鱼儿泺，以备军储。以李璮为江淮大都督。刘太平等谋反，事觉伏诛，并诛乞带不花于东川，明里火者于西川。浑都海反。乙巳，李璮言："获宋谍者，言贾似道调兵，声言攻涟州，遣人觇之㊛，见许浦江口及射阳湖兵船二千艘，宜缮理城堑以备㊜。"罢阿蓝带儿所签解盐户军百人。壬子，诏陕西四川宣抚司八春节制诸军。乙卯，诏东平路万户严忠济等发精兵一万五千人赴开平。乙丑，以石长不为大理国总管，佩虎符㊝。诏十路宣抚司造战袄、裘、帽，各以万计，输开平。是月，召真定刘郁、邢州郝子明、彰德胡祗通、燕京冯渭、王光益、杨恕、李彦通、赵和之，东平韩文献、张昉等，乘传赴阙。高丽国王王倎遣其子永安公僖、判司宰事韩即来贺即位，以国王封册、王印及虎符赐之。

秋七月戊辰，敕燕京、北京、西京、真定、平阳、大名、东平、益都等路宣抚司造羊裘、皮帽、袴、靴，皆以万计，输开平。己巳，以万户史天泽扈从先帝有功㊞，赐银万五千两。遣灵州种田民还京兆。庚午，赐山东行省大都督李璮金符二十、银符五，俾给所部有功将士。癸酉，以燕京路宣慰使祃祃行中书省事，燕京路宣慰使赵璧平章政事，张启元参知政事，王鹗翰林学士承旨兼修国史，河南路宣抚使史天泽兼江淮诸翼军马经略使。丙子，诏中书省给诸王塔察儿益都、平州封邑岁赋、金帛，并以诸王白虎、袭剌门所属民户、人匠、岁赋给之。诏造中统元宝交钞。立互市于颍州、涟水、光化军。北京路都元帅阿海乞免所部军士征徭，从之。宋兵攻边城，诏遣太丑、怯列、忙古带率所部，合兵击之。下诏褒赏行省大都督李璮。帝自将讨阿里不哥。敕刘天麟规措中都析津驿传马[®]。

八月丙午，授中书左丞、行大名等路宣抚使张文谦虎符。丁未，诏都元帅纽璘所过毋擅捶掠官吏[®]。己酉，立秦蜀行中书省，以京兆等路宣抚使廉希宪为中书省右丞，行省事。宋兵临涟州，李璮乞诸道援兵。癸丑，赐必阇亦塔剌浑银二千五百两。李璮乞遣将益兵，渡淮攻宋，以方遣使修好，不从。癸亥，泽州、潞州旱，民饥，敕赈之。

九月丁卯，帝在转都儿哥之地，以阿里不哥遗命，下诏谕中外。乙亥，李璮复请攻宋，复谕止之。壬午，初置拱卫仪仗。是月，阿蓝答儿率兵至西凉府，与浑都海军合，诏诸王合丹、合必赤与总帅汪良臣等率师讨之，丙戌，大败其军于姑臧，斩阿蓝答儿及浑都海，西土悉平。

冬十月丁未，李璮言宋兵复军于涟州。癸丑，初行中统宝钞。戊午，车驾驻昔光之地，命给官钱，雇在京橐驼[®]，运米万石，输行在所。

十一月戊子，发常平仓赈益都、济南、滨棣饥民。

十二月丙申，以礼部郎中孟甲、礼部员外郎李文俊使安南、大理。乙巳，李璮上将士功，命璮以益都官银赏之。帝至自和林，驻跸燕京近郊。始制祭享太庙祭器、法服[®]。以梵僧八合思八为帝师，授以玉印，统释教。立仙音院，复改为玉宸院，括乐工。立仪凤司，又立符宝局及御酒库、群牧所。升卫辉为总管府。赐亲王穆哥银二千五百两；诸王按只带、忽剌忽儿、合丹、忽剌出、胜纳合儿银各五千两，文绮帛各三百匹，金素半之[®]；诸王塔察、阿尤鲁钞各五十九锭有奇，绵五千九十八斤，绢五千九十八匹，文绮三百匹，金素半之；海都银八百三十三两，文绮五十匹，金素半之；睹儿赤、也不干银八百五十两；兀鲁忽带银五千两，文绮三百匹，金素半之；只必帖木儿银八百三十三两；爪都、伯木儿银五千两，文绮三百匹，金素半之；都鲁、牙忽银八百三十三两，特赐绵五十斤；阿只吉银五千两，文绮三百，金素半之；先朝皇后帖古伦银二千五百两，罗绒等折宝钞二十三锭有奇[®]；皇后斡者思银二千五百两；兀鲁忽乃妃子银五千两。自是岁以为常。

二年春正月辛未夜，东北赤气照人，大如席。乙酉，宋兵围涟州，己丑，李璮率将士迎战，败之。赐诏奖谕，给金银符以赏将士。庚寅，璮擅发兵修益都城堑。

二月丁酉，太阴掩昴[⑪]。己亥，宋兵攻涟水，命阿尤等帅兵赴之。丙午，车驾幸开平，诏减免民间差发，罢守隘诸军。秦蜀行省借民钱给军，以今年税赋偿之。免平阳、太原军站户重科租税。丁未，诏行中书省平章祃祃及王文统等率各路宣抚使赴阙。丁巳，李璮破宋兵于沙湖堰。

三月壬戌朔，日有食之[®]。

夏四月丙午，诏军中所俘儒士，听赎为民[⑬]。辛亥，遣弓工往教鄯阐人为弓[⑭]。乙卯，诏十路宣抚使量免民间课程[⑮]。命宣抚司官劝农桑，抑游惰，礼高年[®]，问民疾苦，举文学才识可以从政及茂才异等[®]，列名上闻，以听擢用；其职官污滥及民不孝悌者[®]，量轻重议罚。辛酉，诏太康弩军二千八百人戍蔡州。以礼部郎中刘芳使大理等国。

五月乙丑，禁使臣毋入民家，令止顿析津驿[®]。遣崔明道、李全义为详问官，诣宋淮东制司，访问国信使郝经等所在，仍以稽留信使、侵扰疆场诘之[®]。庚辰，敕使臣及军士所过城邑，官给廪气^㉕，毋扰于民。丁亥，申严沿边军民越境私商之禁。唐庆子政臣入见，诏复其家。弛诸路山泽之禁^㉖，禁私杀马牛。申严越境私商、贩马匹者罪死。以河南经略宣抚使史天泽为中书右丞相，河南军民并听节制。诏成都路置惠民药局。遣王祐于西川等路採访医、儒、僧、道^㉗。

六月癸巳，括漏籍老幼等户，协济编户赋税^㉘。丙申，赐新附人王显忠、王谊等衣物有差^㉙。李璮遣人献涟水捷。罢诸路拘收孛兰奚^㉚，禁诸王擅遣使招民及征私钱。戊戌，太阴犯角。诏谕十路宣抚司并管民官，定盐酒税课等法。癸卯，以严忠范为东平路行军万户兼管民总管，仍谕东平路达鲁花赤等官并听节制。诏定中外官所乘马数各有差。乙巳，赈火少里驿户之乏食者，赏钦察所部将校有功者银二千五百两及币帛有差。己酉，命窦默仍翰林侍讲学士。默与王鹗面论王文统不宜在相位，荐许衡代之，帝不怿而罢。辛亥，转懿州米万石赈亲王塔察儿所部饥民，赐亲王合丹所部军币帛九百匹、布千九百匹。乙卯，敕平阳路安邑县蒲萄酒自今毋贡。诏："宣圣庙及管内书院，有司岁时致祭，月朔释奠^㉛，禁诸官员使臣军马，毋得侵扰亵渎，违者加罪。"丙辰，以汪良臣同金巩昌路便宜都总帅，凡军民官并听良臣节制。丁巳，敕诸路造人马甲及铁装具万二千，输开平。戊午，诏毋收卫辉、怀孟赋税，以偿其所借刍粟^㉜。庚申，宋泸州安抚使刘整举城降，以整行夔府路中书省兼安抚使，佩虎符。仍谕都元帅纽璘等使存恤其民^㉝。赐故金翰林修撰魏璠谥靖肃。秦蜀行省言青居山都元帅钦察等所部将校有功，诏降虎符一、金符五、银符五十七，令行省铨定职名给之^㉞。城临洮^㉟。升真定鼓城县为晋州，以鼓城、安平、武强、饶阳隶焉。赐僧子聪怀孟、邢州田各五十顷。罢金、银、铜、铁、丹粉、锡、碌坑冶所役民夫及河南舞阳姜户、藤花户^㊱，还之州县。赐大理国主段实虎符，优诏抚谕之^㊲。命李璮领益都路盐课。出工局绣女，听其婚嫁。怀孟广济渠提举王允中、大使杨端仁凿沁河渠成，溉田四百六十余所^㊳。高丽国王倎更名禃，遣其世子愖奉表来朝，命宿卫将军孛里察、礼部郎中高逸民持诏往谕，仍以玉带赐之。以不花为中书右丞相，耶律铸为中书左丞相，张启元为中书右丞。授管领崇庆府、黎、雅、威、茂、邛、灌七处军民小太尉虎符。

秋七月辛酉朔，立军储都转运使司，以马月合乃为使，周错为副使。癸亥，初立翰林国史院。王鹗请修辽、金二史，又言："唐太宗置弘文馆，宋太宗设内外学士院，今宜除拜学士院官^㊴，作养人才^㊵。乞以右丞相史天泽监修国史，左丞相耶律铸、平章政事王文统监修《辽、金史》，仍採访遗事。"并从之。赈和林饥民。赏巩昌路总帅汪惟正将校斩浑都海功银二千五百两、马价银四千九百两。诸王昌童招河南漏籍户五百，命付之有司。命总管王青制神臂弓、柱子弓。谕河南管军官于近城地量存牧场，余听民耕。巴思答儿乞于高丽鸭绿江西立互市，从之。乙丑，遣使持香币祀狱渎^㊶。丁丑，渡江新附民留屯蔡州者，徙居怀孟，贷其种食。以万家奴为安抚高丽军民达鲁花赤，赐虎符。庚辰，西京、宣德陨霜杀稼。辛巳，诏许衡即其家教怀孟生徒。命西京宣抚司造船备西夏漕运。壬午，遣纳速剌丁、孟甲等使安南。乙酉，以牛驿雨雪，道途泥泞，改立水驿。己丑，命炼师王道归于真定筑道观，赐名玉华。谕将士举兵攻宋，诏曰："朕即位之后，深以戢兵为念，故年前遣使于宋，以通和好。宋人不务远图，伺我小隙，反启边衅，东剽西掠，曾无宁日^㊷。朕今春还宫，诸大臣皆以举兵南伐为请。朕重以两国生灵之故，犹待信使还归，庶有悛心^㊸，以成和议。留而不至者，今又半载矣。往来之礼遽绝，侵扰之暴不已。彼尝以衣冠礼乐之国自居，理当如是乎？曲直之分，灼然可见。今遣王道贞往谕。卿等当整尔士卒，砺尔戈矛^㊹，矫尔弓矢，约会诸将，秋高马肥，水陆分道而进，以为问罪之举。尚赖宗庙社稷之灵，其克有勋^㊺。卿等当宣布朕心，明谕将士，各当自勉，毋替朕命。"鄂州青山矶、浠黄洲所招新民迁至江北者，设官领之。敕怀孟牧地听民耕垦。

八月壬辰，赐故金补阙李大节谥贞肃。丁酉，命开平守臣释奠于宣圣庙。戊戌，以燕京等路宣抚使赛典赤为平章政事。敕以贺天爵为金齿等国安抚使，忽林伯副之，仍招谕使安其民。己亥，谕武卫军都指挥使李伯祐汰本军疲老者⑭，选精锐代之，给海青银符一，有奏，驰驿以闻。辛丑，以宣抚使粘合南合为中书右丞，阔阔为中书左丞，贾文备为开元女直水达达等处宣抚使，赐虎符。以宋降将王青为总管，教武卫军习射。乙巳，禁以俘掠妇女为娼。丙午，太白犯岁星⑱。以许衡为国子祭酒。丁未，以姚枢为大司农，窦默仍翰林侍讲学士。先是，以枢为太子太师，衡为太子太傅，默为太子太保，枢等以不敢当师傅礼，皆辞不拜，故复有是命。初立劝农司，以陈邃、崔斌、成仲宽、粘合从中为滨棣、平阳、济南、河间劝农使，李士勉、陈天锡、陈膺武、忙古带为邢洺、河南、东平、涿州劝农使。己酉，命大名等路宣抚使岁给翰林侍讲学士窦默、太医副使王安仁衣粮，赐田以为永业。甲寅，赏董文炳所将渡江及北征有功者二十二人银各五十两。封顺天等路万户张柔为安肃公，济南路万户张荣为济南公。陕西四川行省乞就决边方重刑⑲，不允。诏陕西四川行省存恤归附军民。诏："自今使臣有矫称上命者，有司不得听受。诸王、后妃、公主、驸马非闻奏，不许擅取官物。"赐庆寿寺、海云寺陆地五百顷。敕西京运粮于沙井，北京运粮于鱼儿泊。立檀州驿。颁斗斛权衡⑳。赈桓州饥民。赐诸王塔察儿金千两、银五千两、币三百匹。给阿石寒甲价银千二百两㉑。核实新增户口。措置诸路转输法。命刘整招怀夔府、嘉定等处民户。宋私商七十五人入宿州，议置于法，诏宥之㉒，还其货，听榷场贸易㉓。仍檄宋边将还北人之留南者㉔。

九月庚申朔，诏以忽突花宅为中书省署。奉迁祖宗神主于圣安寺。癸亥，邢州安抚使张耕告老，诏以其子鹏翼代之。武卫亲军都指挥使李伯祐、董文炳言："武卫军疲老者，乞补换，仍存恤其家。"从之。丙寅，诏以粘合南合行中兴府中书省。戊辰，大司农姚枢请以儒人杨庸教孔、颜、孟三氏子孙，东平府详议官王镛兼充礼乐提举，诏以庸为教授，以镛特兼太常少卿。辛未，以清、沧盐课银偿往岁所贷民钱给公费者。置和籴所于开平㉕，以户部郎中宋绍祖为提举和籴官。丙子，谕诸王、驸马，凡民间词讼无得私自断决，皆听朝廷处置。河南民王四妻靳氏一产三男，命有司量给赡养。敕今岁田租输沿河近仓，官为转漕，不可劳民。癸未，以甘肃等处新罹兵革㉖，民务农安业者为戍兵所扰，遣阿沙、焦端义往抚治之。以海青银符二、金符十给中书省，量军国事情缓急，付乘驿者佩之。以开元路隶北京宣抚司㉗。真定路官民所贷官钱，贫不能偿，诏免之。王鹗请于各路选委博学老儒一人，提举本路学校，特诏立诸路提举学校官，以王万庆、敬铉等三十人充之。敕燕京、顺天等路续制人甲五千、马甲及铁装具各二千。

冬十月庚寅朔，诏凤翔府种田户隶平阳兵籍，毋令出征，务耕屯以给军饷。辛卯，陕西四川行省上言："军务急速，若待奏报，恐失事机。"诏与都元帅纽璘会议行之。遣道士訾洞春代祀东海广德王庙。壬辰，敕火儿赤、奴怀率所部略地淮西。丁酉，敕爱亦伯等及陕西宣抚司检核不鲁欢、阿蓝塔儿所贷官银。庚子，以右丞张启元行中书省于平阳、太原等路。括西京两路官民，有壮马皆从军，令宣德州杨庭训统之，有力者自备甲仗，无力者官与供给。两路奥鲁官并在家军人，凡有马者并付新军刘总管统领。昂吉所管西夏军，并丰州荨麻林、夏水阿剌浑皆备鞍马甲仗㉘，及孛鲁欢所管兵，凡徒行者市马给之，并令从军，违者以失误军期论。修燕京旧城。命平章政事赵璧、左三部尚书怯烈门率蒙古、汉军驻燕京近郊、太行一带，东至平滦，西控关陕，应有险阻㉙，于附近民内选谙武事者㉚，修立堡寨守御。以河南屯田万户史权为江汉大都督，依旧戍守。又选锐卒三千付史枢管领，于燕京近郊屯驻。壬寅，命亳州张柔、归德邸浃、睢州王文幹、水军解成、张荣实、东平严忠嗣、济南张宏七万户，以所部兵来会。罢东平会计前任官侵用财赋。甲辰，宋兵攻泸州，刘整击败之，诏赏整银五千两、币帛二千匹，失里答、刘元振守御有功，各赏银五百两，将士银万两、币帛千匹。乙巳，诏指挥副使郑江将千人赴开平，指挥使董文炳率善射者千人由鱼儿泊赴行在所，指挥使李伯祐率余兵屯潮河川。壬子，诏霍木海、乞带等自得胜口至中都预备粮饷刍粟。丙辰，诏平章政事塔察儿率军士万人，由古北口西便道赴行在所。

十一月壬戌，大兵与阿里不哥遇于昔木土脑儿之地，诸王合丹等斩其将合丹火儿赤及其兵三千人，塔察儿与合必赤等复分兵夹击，大破之，追北五十余里。帝亲率诸军以蹑其后⑧，其部将阿脱等降，阿里不哥北遁。庚午，太阴犯昴。壬申，诏免今年赋税。癸酉，驻跸帖买和来之地。以尚书怯烈门、平章赵璧兼大都督，率诸军从塔察儿北上。分蒙古军为二，怯烈门从麦肖出居庸口，驻宣德德兴府；讷怀从阿忽带出古北口，驻兴州。帝亲将诸万户汉军及武卫军，由檀、顺州驻潮河川。敕官给刍粮，毋扰居民。罢十路宣抚司，止存开元路。命诸路市马二万五千余匹，授蒙古军之无马者。丁丑，征诸路宣抚司官赴中都。移跸于速木合打之地。诏汉军屯怀来、晋山。鹰坊阿里沙及阿散兄弟二人，以擅离扈从伏诛⑤。

十二月庚寅，诏封皇子真金为燕王，领中书省事，辛卯，荧惑犯房⑱。壬辰，荧惑犯钩钤⑲。癸巳，以昌、抚、盖利泊等处荐罹兵革⑳，免今岁租赋。甲午，师还，诏撤所在戍兵，放民间新签军。命太常少卿王镛教习大乐。壬寅，以隆寒命诸王合必赤所部军士无行帐者，听舍民居㉑。命陕蜀行中书省给绥德州等处屯田牛、种、农具。初立宫殿府，秩正四品㉔，专职营缮㉕。立尚食局、尚药局。初设控鹤五百四人㉖，以刘德为军使领之。立异样局达鲁花赤，掌御用织造，秩正三品，给银印。赐诸王金银币帛如岁例。

是岁，天下户一百四十一万八千四百九十有九，断死罪四十六人。

---

①抚下：抚养后代。

②潜邸：指帝王即位之前居住的地方。

③延：邀请。

④属：委托，交付，嘱托。后写作"嘱"。　　　庶事：各种事情。

⑤抚循：安抚，抚慰。循：这里指安抚。

⑥杖：古代一种刑罚。这里指拷打。

⑦详：审慎。　　　谳（yàn，音艳）：审判量刑。

⑧辜：罪过，过错。

⑨丁：兵丁，兵士。

⑩直取：直接收取。

⑪俾：使。

⑫完：保全，使完好。

⑬祃（mà，音骂）：古代行军打战时，在驻扎的地方举行的祭祀活动。　　　牙：指牙旗，古代将军的一种大旗。

⑭第：宅第，房屋。

⑮尚：超过，赶超。

⑯漕：即漕运，利用河流来运输。

⑰经用：常规费用。

⑱不果行：此行无结果。

⑲栰（fá，音乏）：同"筏"。

⑳图籍：地图和户籍。

㉑瘗（yì，音意）：埋葬。

㉒安辑：按抚。

㉓卜：占卜。

㉔经营：经度营造，经指测量等。

㉕会计：核算。

㉖钩考：探求考核。

㉗输：原意为报告，送达，引申为缴纳，献纳。

㉘戒：命令。

㉙阇：dū，音都。

㉚徇：对众宣示，示众。

㉛招：招抚，劝使归顺。

㉜比：等到，及。

㉝纵：释放。

㉞谍：间谍。

㉟凶问：死讯，噩耗。

㊱垆（lú），音卢。

㊲迟明：侵晨，将近天明。迟（zhí，音直），未。

㊳申：一再，重复。

㊴霁（jì，音记）：原指雨停，引申为风雨停止，云雾散开，天气变晴。

㊵三：指多次，非确指。

㊶趣：通“趋”。

㊷括：搜括，搜求，此处指征集。

㊸乘传：乘驿站的传车。传（zhuàn，音转），指古代驿站的车马或房屋。

㊹去：距离。

㊺后：指皇后。

㊻去：离开。

㊼生灵：生民，指老百姓。

㊽方：正在。

㊾诘：问。

㊿托：推托。

(51)劝进：劝登帝位。

(52)改馆倛：改为以宾馆留住倛。

(53)仍：乃，于是。

(54)惟：思。　肇：开始。

(55)奄：拥有，占领。

(56)迭：连着，多次。

(57)董：监督管理。

(58)克：终了，完成，成功。

(59)肆：故。　予：我。　冲人：古代帝王年幼在位时的自称，谦词，犹言小子。冲，幼小。

(60)驲（rì，音日）：古代驿站用车。

(61)纾（shū，音舒）：解除。

(62)戢（jī，音基）：收藏兵器，引申为止息，收兵。

(63)规：谋划。

(64)旷：空缺。

(65)谟：用如“无”。

(66)峻：严厉，严峻。

(67)攸：助词，无实义。

(68)爰：连词，起承接作用，无实义。　临御：将要统治。

(69)宜：应该。　弘：扩展，光大。

(70)祖述：仿效和尊崇先人之言行。

(71)承平：太平。　臻：达到，来到。

(72)历数：天数，天命。

⑦勋：大功劳。

⑦烈：通"列"。

⑦建极：建立法度。极，准则，法度。　　元：此处指一个国家的开始。　　"体极建"应为"建极体"。

⑦替：更，换。

⑦诞：本义为大言，引申为广阔，大。

⑦劄（zhá，音闸）：古时的一种公文，多用于上奏。

⑦课：考核，考试。

⑧急递铺：专门用来传送紧急公文的驿站。

⑧互市：中国古代封建王朝与少数民族或外国人之间贸易的场所。

⑧僭：超出本分，冒用地位高的人名号或礼器等。

⑧阙：宫殿，又指帝王居住地。

⑧草创：事情刚开始，刚开始做。

⑧遑：闲暇，空闲。　　润色：加以修饰，这里指朝廷刚建立，各方面都有待完善。

⑧纲维之目：比喻事物的关键部分。

⑧获：得以，能够。　　缵（zuǎn，音纂）：继承。　　旧服：旧有的属地。

⑧载：开始。　　丕：大。

⑧稽：议论，计议。

⑨讲：评议，论说。

⑨建元表岁：建立新纪元，彰显新年岁。

⑨纪时书王：记录时代与王朝。

⑨法：效法，仿效。

⑨炳焕：光明，光亮。　　皇：大。　　猷（yóu，音尤）：法则，道。

⑨权舆：本义指草木萌芽的状态，引申为初期，起始。

⑨立经陈纪：设立并宣示法度。

⑨箓（lù，音录）：古代帝王们自称受命于天的文书。　　枢：开发机关，引申为关键。

⑨敷：宣布，陈述。

⑨市：买。

⑩荧惑：指火星。　　南斗：二十八星宿之一。

⑩觇（chān，音搀）：观测，窥视。

⑩缮理：修补整理。

⑩虎符：中国古代调动军队时使用的凭证。

⑩扈从：帝王或官吏的随从人员。扈（hù，音护），随从。

⑩规措：规划处理。

⑩捶：原意为用棍棒等打。

⑩橐驼：骆驼。　　橐：tuó，音驼。

⑩祭享，祭祀。享，用祭品供奉鬼神祖先。

⑩金素：秋天。

⑩有奇：有余。奇，零数。

⑪太阴：月亮。　　昂：二十八星宿之一。

⑫日有食之：发生日食。

⑬听：允许。

⑭工：工匠。

⑮量：估计，估量。　　课程：元代一些商税的总称。

⑯高年：老年人。

⑰茂才：即秀才。后汉时避光武帝刘秀名讳，改秀才为茂才。

⑱擢：提升，提拔。

⑲悌（tì，音替）：弟弟服从兄长。

(120)止顿：停，停留。

(121)稽：稽留，停留，拖延。　　疆埸：边境。埸（yì，音意），边境。

(122)廪：米仓，又指粮食。　　饩（xì，音细）：给养。

(123)弛：放松，放宽。

(124)採：通“采”，搜集。

(125)协济：中国旧时地方政府按照中央政府的规定，把所征税款拨交给其他地方政府的部分。

(126)有差：有差别，各有不同。

(127)孛兰奚：元代对逃亡而无主认领的驱口的称呼。驱口即驱户，指蒙古军队和金军队在战争中俘获的汉族人。

(128)角：二十八星宿之一。

(129)朔：农历每月初一。　　释奠：我国古代学校摆设酒食以祭祀先师先圣的一种仪式。

(130)刍：喂牲口的草料。

(131)存恤：尉问救济。

(132)铨：衡量才能之大小以授相应官职。

(133)城；修筑城墙。

(134)坑冶：唐宋以来称金属矿藏的开采与冶炼。

(135)优：优厚，优待。

(136)所：处，处所。

(137)除：拜官授职。

(138)作养：培养，培育。

(139)岳渎：五岳和四渎的并称。　　币：古代祭祀用的束帛。

(140)曾：加强语气，无实义。

(141)悛（quān，音圈）。停止。

(142)砺：磨刀石，此处指磨。

(143)克：能够。

(144)汰：淘汰。

(145)太白：金星。　　岁星：木星。

(146)边方：边疆。

(147)斗：量器。　　斛：量器。　　权：秤锤。　　衡：秤杆。　　“颁半斛权衡”指颁布计量容积和轻重的标准。

(148)甲：衣甲。　　价：价值。

(149)宥（yòu，音又）：原谅，宽恕。

(150)榷：专营，专卖。

(151)檄：古时用来声讨或晓谕的文书，此处用作动词。

(152)和籴：古时官府向人民征粮的措施。籴（dí，音敌），买（粮食）。

(153)罹（lí，音离）：遭受，遭难。

(154)隶：隶属。

(155)仗：兵器之总称。

(156)应有险阻：相当于有险阻的地方（建“堡寨”）。

(157)谙：熟悉。

(158)蹑：追踪。

(159)鹰坊：古代宫廷饲养猎鹰的官署。

(160)房：二十八星宿之一。

(161)钩钤：星名。

(162)荐：屡次，一再。

(163)舍：住宿。

(164)秩：官吏的俸禄，引申为官吏的品级次第。此处用作动词。

(165)营：料理。

(166)控鹤：宿卫近侍之官。

世祖本纪二

三年春正月癸亥，修宣圣庙成。庚午，罢高丽互市。诸王塔察儿请置铁冶，从之；请立互市，不从。忽剌忽儿所部民饥，罢上供羊。命银冶户七百、河南屯田户百四十，赋税输之州县。命匠户为军者仍为军，其军官当考第富贫①，存恤无力者。耶律铸诣北京，饷诸王军，仍遣宣抚使柴祯等，增价籴米三万石益之。赐高丽国历②。辛未，禁诸道戍兵及势家纵畜牧犯桑枣禾稼者。癸酉，以军兴人民劳苦，敕停公私逋负毋征③。癸未，赐广宁王瓜都驼钮金镀银印及诸王合必赤行军印。宋制置使贾似道以书诱总管张元等，李璮获其书上之。丙戌，命江汉大都督史权、亳州万户张弘彦，将兵八千赴燕。备宫悬钟磬、乐舞、籥翟④，凡用三百六十二人。高丽遣使奉表来谢，优诏答之。李璮质子彦简逃归。

二月丁亥朔，元籍军审名为民者⑤，命有司还正之。括诸道逃亡军。己丑，李璮反，以涟海三城献于宋，尽杀蒙古戍军，引麾下趋益都。前宣抚副使王磐脱身走至济南，驿召磐，令姚枢问计，磐对："竖子狂妄⑥，即成擒耳。"帝然之。庚寅，宋兵攻新蔡。辛卯，始定中外官俸，命大司农姚枢讲定条格⑦。甲午，李璮入益都，发府库犒其将校。乙未，诏诸道以今岁民赋市马。丙申，郭守敬造宝山漏成⑧，徙至燕京。以兴、松、云三州隶上都。辛丑，李璮遣骑寇蒲台⑨，癸卯，诏发兵讨之。以赵璧为平章政事。修深、冀、南宫、枣强四城。甲辰，发诸蒙古、汉军讨李璮，命水军万户解成、张荣实、大名万户王文干及万户严忠范会东平，济南万户张宏、归德万户邸浃，武卫军炮手元帅薛军胜等会滨棣。诏济南路军民万户张宏、滨棣路安抚使韩世安，各修城堑，尽发管内民为兵以备。召张柔及其子弘范率兵二千诣京师。丙午，命诸王合必赤总督诸军。以不只爱不干及赵璧行中书省事于山东，宋子贞参议行中书省事。以董源、高逸民为左右司郎中，许便宜纵事。真定、顺天、河间、平滦、大名、邢州、河南诸路兵皆会济南⑩。以中书左丞阔阔、尚书怯烈门、宣抚游显行宣慰司于大名，洺磁、怀孟、彰德、卫辉、河南东西两路皆隶焉。己酉，王文统坐与李璮同谋⑪，伏诛，仍诏谕中外。王演等以妖言诛。辛亥，敕元帅阿海分兵戍平湾、海口及东京、广宁、懿州、以余兵诣京师。诏诸道括逃军还屯田，严其禁。壬子，李璮据济南。癸丑，诏大名、洺磁、彰德、卫辉、怀孟、河南、真定、邢州、顺天、河间、平滦诸路皆籍兵守城⑫。宋兵攻滕州。丙辰，诏拔都抹台将息州戍兵诣济南，移其民于蔡州；东平万户严忠范留兵戍宿州及蕲县⑬，以余兵自随。

三月戊午，有旨："非中书省文移，及兵民官申省者⑭，不许入递"。己未，括木速蛮、畏吾儿、也里可温、答失蛮等户丁为兵⑮。庚申，括北京鹰坊等户丁为兵，蠲其赋⑯，令赵炳将之。辛酉，宗拔突言河南有自愿从军者，命即令将之。遣郑鼎、赡思丁、答里带、三岛行宣慰司事于平阳、太原。签见任民官及捕鹰坊、人匠等军。徙弘州锦工绣女于京师⑰。敕河东两路元括金州兵付郑鼎将之⑱。诏以平章政事祃祃、廉希宪⑲，参政商挺，断事官麦肖行中书省于陕西、四川。获私商南界者四十余人，命释之。敕燕京至济南置海青驿凡八所。壬申，命户部尚书刘肃专职钞法，平章政事赛典赤兼领之。以撒吉思、柴祯行宣慰司事于北京。免今岁丝银，止输田租⑳。癸酉，命史枢、阿尤各将兵赴济南，遇李璮军，邀击大破之㉑，斩首四千，璮退保济南。乙亥，宋将夏贵攻符离。戊寅，万户韩世安率镇抚马兴、千户张济民，大破李璮兵于高苑，获其权府傅珏。赐济民、兴金符,诏以李璮兵败谕诸路。禁民间私藏军器。壬午,始以畏吾字书给驿玺书[22]。免西京今年丝银税。甲申,免高丽酒课。乙酉,宋夏贵攻蕲县。谕诸路管民官,毋令军马使臣入州城、村居、镇市,扰及良民。

夏四月丙戌朔,大军树栅凿堑,围璮于济南。丁亥,诏博兴、高苑等处军民尝为李璮胁从者,并释其罪。庚寅,命怯烈门、安抚张耕分邢州户隶两答剌罕。辛卯,修河中禹庙,赐名建极宫。壬辰,以大梁府渠州路军民总帅蒲元圭为东夔路经略使。丙申,宋华路分、汤太尉攻徐、邳二州。诏分张柔军千人还戍亳州。庚子,江汉大都督史权以赵百户絜众逃归[23],斩之。诏:“自今部曲犯重罪[24],鞠问得实[25],必先奏闻,然后置诸法。”诏安辑徐、邳民,禁征戍军士及势官[26],毋纵畜牧,伤其禾稼桑枣。以米千石、牛三百,给西京蒙古户。癸卯,宋兵攻亳州。甲辰,命行中书省,宣慰司、诸路达鲁花赤、管民官,劝诱百姓开垦田土,种植桑枣,不得擅兴不急之役,妨夺农时。乙巳,以北京、广宁、豪、懿州军兴劳弊,免今岁税赋。命诸路详谳冤狱[27]。诏河东两路并平阳、太原路达鲁花赤及兵民官抚安军民,各安生业,毋失岁计。丁未,李璮遣柴牛儿,招谕部民卢广,广缚以献,杀之。以广权威州军判,兼捕盗官。戊申,赐诸王也相哥金印。庚戌,赐诸王合必赤金银海青符各二。免松州、兴州、望云州新旧差赋,以望云、松山、兴州课程隶开平府。壬子,敕非军情,毋行望云驿。乙卯,河南路王豁子、张无僧、杜信等谋为不轨,并伏诛。诏右丞相史天泽专征,诸将皆受节度。

五月戊午,蕲县陷,权万户李义、千户张好古死之。庚申,筑环城围济南,璮不复得出。诏撒吉思安抚益都路百姓,各务农功,仍禁蒙古、汉军剽掠。癸亥,史权妄奏徐、邳总管李呆哥完复邳州城,诏由呆哥以下并原其罪[28]。时宋将夏贵攻邳州,呆哥出降,贵既去,呆哥自陈能保全州城,史权以闻,故有是命。甲子,宋兵攻利津县。蠲滨棣今岁田租之半,东平蠲十之三。自燕至开平立牛驿,给钞市车牛[29]。戊辰,以右丞相忽鲁不花兼中书省都断事官[30],赐虎符。真定、顺天、邢州蝗[31]。以平章政事赛典赤兼领工部及诸路工作。以孟烈所献蹶张弩藏于中都。丙子,晋山至望云立海青驿。丁丑,李呆哥等伏诛。命史天泽选考徐、邳总管。甲申,真定路不眼里海牙擅杀造伪钞者三人,诏诘其违制之罪。西京、宣德、咸宁、龙门霜,天顺、平阳、河南、真定雨雹,东平、滨棣旱。诏核实逃户、输纳丝银税租户,口增者赏之,隐匿者罪之,逃民苟免差税,重加之罪[32]。大司农姚枢辞赴省议事,帝勉留之,命枢与左三部尚书刘肃,依前商议中书省事。

六月乙酉朔,宋兵攻沧州、雅州、泸山,民既降复叛,命诛其首乱者七人,余令安业。割辽河以东隶开元路。戊子,滨棣安抚使韩安世败宋兵于滨州丁河口[33]。己丑,遣塔察儿帅兵击宋军。仍安谕濒海军民。乙未,禁女直侵轶高丽国民[34],其使臣往还,官为护送。命婆娑府屯田军移驻鸭绿江之西,以防海道。丙申,高丽国王王禃遣使来贡。壬寅,陕西行省言西京、宣德、太原匠军困乏,乞以民代之。有旨:“军籍已定,不宜动摇,宜令贫富相资,果甚贫者,令休息一岁。”癸卯,太原总管李毅奴哥、达鲁花赤戴曲薛等领李璮伪檄,傅行旁郡,事觉诛之。敕武宁军岁输所产铁。河西民及诸王忽撒吉所部军士乏食,给钞赈之。壬子,申严军官及兵伍扰民之禁。癸丑,立小峪、芦子、宁武军、赤泥泉铁冶四所。东平严忠济向为民贷钱输赋四十三万七千四百锭[35],借用课程、钞本、盐课银万五千余两,诏勿征。

秋七月戊午,复蒙古军站户差赋[36],农民包银征其半[37],俘户止令输丝[38],民当输赋之月,毋徵私债。敕私市金银应支钱物,止以钞为准。丙寅,赐襄州路行省杨大渊金符十、银符十九,赏麾下将士。别给海青符二,事有急速,驰以上闻。立枪杆岭驿,以便转输。癸酉,甘州饥,给银以赈之。甲戌,李璮穷蹙[39],入大明湖,投水中不即死,获之,并蒙古军囊家伏诛,体解以徇㊵。戊寅，以夔府行省刘整行中书省于成都、潼川两路，仍赐银万两，分给军士之失业者。

八月己丑，郭守敬请开玉泉水以通漕运，广济河渠司王允中请开邢、洺等处漳、滏、澧河、达泉以溉民田㊶，并从之。甲午，博都欢等奏请以宣德州、德兴府等处银冶付其匠户，岁取银及石绿、丹粉输官，从之。丙午，立诸路医学教授。戊申，敕王鹗集廷臣商榷史事㊷，鹗等乞以先朝事迹录付史馆。河间、平滦、广宁、西京、宣德、北京陨霜害稼。

九月戊午，亳州万户张略破宋兵于蕲县，复宿、蕲二城。以侍卫亲军都指挥使董文炳兼山东路经略使，收集益都旧军充武卫军，戍南边。诏益都行省大都督撒吉思，与董文炳会议兵民籍，每十户惟取其二充武卫军㊸，其海州、东海、涟水移入益都者，亦隶本卫。己未，罢霸州海青驿。安南国陈光昞遣使贡方物㊹。壬戌，改邢州为顺德府，立安抚司，洺、磁、威三州隶焉。听太原民食小盐㊺，岁输银七千五百两。己巳，以马月合乃饷军功㊻，授礼部尚书，赐金符。壬申，授安南国王陈光昞及达鲁花赤诃刺丁虎符。敕济南官吏，凡军民公私逋负，权阁毋征㊼。癸酉，都元帅阔阔带卒于军，以其兄阿尤代之，授虎符，将南边蒙古、汉军。

闰月甲申朔，沙、肃二州乏食，给米钞赈之。丁亥，立古北口驿。己丑，济南民饥，免其赋税。免诸路军户他徭。庚寅，敕京师顺州至开平置六驿。辛卯，严忠范奏请补东平路庙学太常乐工，从之。敕武卫军及黑军会于京师。庚子，中翼千户九住破宋兵于虎脑山。庚戌，发粟三十万赈济南饥民。

冬十月丙辰，放金州所屯军士二千人，及大明河南新签防城军为民。庚申，分益都军民为二，董文炳领军，撒吉思治民。禁诸王、使臣、师旅敢有恃势扰民者，所在执以闻。诏以李璮所掠民马还其主，以郝经、刘人杰使宋未还，廪其家㊽。中书省奏与宋互市，庶止私商㊾，及复通民之陷于宋者㊿，且觇涟、海二州，不允[51]。以刘仁杰不附李璮，擢益都路总管[52]，仍以金帛赐之。壬戌，授益都行中书省都督府所统州郡官金符十七、银符十一。乙丑，诏禁京畿畋猎[53]。丙寅，分东西两川都元帅府为二，以帖的及刘整等为都元帅及左右副都元帅。诏责高丽欺慢之罪，又诏赐高丽王禃历。以战功赏渠州达鲁花赤王璋等金五十两，银一千五百五十两。赏阆、蓬等路都元帅合州战功银五千两。丁卯，诏凤翔府屯田军隶兵籍，仍屯田凤翔。放刁国器所签平阳军九百一十五人为民。阆、蓬、广安、顺庆、夔府等路都元帅钦察戍青居山，请益兵，诏陕西行省及巩昌总帅汪惟正以兵益之。戊辰，杨大渊乞于利州大安军以盐易军粮，从之。庚午，敕巩昌总帅汪惟正将戍青居军还，屯田利州。乙亥，分中书左右部。丁丑，敕宿州百户王达等所擒宋王用、夏珍等八人赴京师。命百家奴所将质子军民入侍[55]。戊寅，命不里刺所统固安、平滦质子军自益都徙还故地。诏益都府路官吏军民为李璮胁从者，并赦其罪。敕万户严忠范修复宿州、蕲县，万户忽都虎、怀都、何总管修完邳州城郭。

十一月乙酉，太白犯钩钤。丁亥，敕圣安寺作佛顶金轮会[56]，长春宫设金箓周天醮[57]。辛丑，日有背气重晕三珥[58]。敕济南人民为李璮禅校掠取财物者[59]，诣都督撒吉思所，讼之。真定民郝兴雠杀马忠，忠子荣受兴银，令兴代其军役，中书省以荣纳赂忘雠，无人子之道，杖之，没其银，事闻，诏论如法。有司失出之罪，俾中书省议之[60]。三叉沽灶户经宋兵焚掠[61]，免今年租赋。汰少府监工匠，存其良者千二百户。遣官审理陕西重刑。敕河西民徙居应州，其不能自赡者百六十户，给牛具及粟麦种，仍赐布，人二匹。乙巳，诏都元帅阿尤分兵三千人同阿鲜不花、怀都兵马，复立宿州、蕲县、邳州。有旨谕史天泽："朕或乘怒欲有所诛杀[62]，卿等宜迟留一二日，覆奏行之[63]。"丙午，诏特征人员，宜令乘传[64]。戊申，升抚州为隆兴府，以昔刺斡脱为总管，割宣德之怀安、天成及威宁、高原隶焉。

十二月甲寅，封皇子真金为燕王，守中书令[65]。丙辰，敕诸王塔察儿等所部猎户，止收包银，其丝税输之有司。立河南、山东统军司，以塔刺浑火儿赤为河南路统军使，卢升副之，东距亳州，西至均州，诸万户隶焉；茶不花为山东路统军使，武秀副之，西自宿州，东至宁海州，诸万户隶焉。罢各路急递铺。丁巳，立十路宣慰司，以真定路达鲁花赤赵瑨等为之。己未，犯罪应死者五十三人，诏重加详谳。辛酉，诏给怀州新民耕牛二百，俾种水田。立诸路转运司，以燕京路监榷官曹泽等为之使。癸亥，享太庙⑥。诏：“各路总管兼万户者，止理民事⑥，军政勿预⑧，其州县官兼千户、百户者仍其旧。”乙丑，复立息州城，以安其民。召真定、顺德等路宣慰使王盘，乘传赴京师。丙寅，申严屠杀牛马之禁。己巳，诏：“诸路管民总管子弟，有分管州、府、司、县及鹰坊、人匠诸色事务者，罢之。”壬申，遣使收辑诸路军民官海青牌及驿券。戊寅，诏：“诸路管民官理民事，管军官掌兵戎，各有所司⑥，不相统摄。”作佛事于昊寺七昼夜，赐银万五千两。割北京、兴州隶开平府，建行宫于兴隆路，升太原临泉县为临州，降宁陵为下县，仍隶归德，赐诸王金、银、币、帛如岁例。

是岁，天下户一百四十七万六千一百四十六，断死罪六十六人。

四年春正月乙酉，禁蒙古军马扰民。宋贾似道遣杨琳赍空名告身及蜡书⑦、金币，诱大获山杨大渊南归，大渊部将执琳，诏诛之。以宋忽儿、灭里及沙只回回鹰坊等兵戍商州、蓝田诸隘。军民官各从统军司及宣慰选举。岳天辅乞复立息州，不允。丙戌，以姚枢为中书左丞。改诸路监榷课税所为转运司。甲午，给公主拜忽符印，其所属设达鲁花赤。给钞赈益都路贫民之无牛者。立十路奥鲁总管。丁酉，益都路行省大都督撒吉思，上李璮所伤涟水军民及陷宋蒙古、女直、探马赤军数，男女凡七千九百二十二人。癸卯，领部阿合马请兴河南等处铁冶，及设东平等路巡禁私盐军，从之。召商挺、赵良弼赴阙⑦。乙巳，敕李平阳以所部西川出征军士戍青居山，其各翼军在青居山者悉还成都。诏陕西行省塔刺海等收恤离散军户。诏：“以诸路汉军奥鲁毋隶各万户管领；其科征差税，山东、河南隶统军司，东西两川隶征东元帅府，陕西隶行户部；凡奥鲁官内有各万户弟、男及私人⑦，皆罢之。”敕总帅汪忠臣都元帅帖的及刘整等，益兵付都元帅钦察，戍青居山。仍以解州盐课给军粮。丙午，诏诸翼万户简精兵四千充武卫军⑦。罢古北口新置驿。增万户府监战一员、参议一员。以马合麻所俘济南老僧口之民文面为奴者⑦，付元籍为民。汪忠臣、史权械系宋谍者六人至京师，有旨释之。辛亥，申禁民家兵器及蒙古军扰民者。陵州达鲁花赤蒙哥战死济南，以其子忙兀带袭职⑦。召云顶山侍郎张威赴阙。

二月壬子朔，命河东宣慰司市马百二十九匹，赐诸王八刺军士之无马者。甲寅，诏诸路官员子弟入质，以高丽不答诏书，诘其使者。以民杜匸翁先朝旧功，复其家。庚申，赏万户怯来所部将士讨李璮有功者银二千七百五十两。甲子，车驾幸开平。以王德素充国信使，刘公谅副之，使于宋，致书宋主，诘其稽留郝经之故。诏：“诸路置局造军器，私造者处死；民间所有，不输官者，与私造同。”

三月戊子，沂州胡节使、范同知陷于宋，命存恤其家⑦，或言其尝为宋兵向导⑦，乃分其妻孥资产，赐有功将士。辛卯，敕撒吉思招集益都逃民。命董文炳以所获宋谍及俘八十一人赴隆兴府。听诸路猎户及捕盗巡盐者执弓矢⑦。壬辰，遣扎马刺丁和朵东京⑦。己亥，诸路包银以钞输纳，其丝料入本色⑧，非产丝之地，亦听以钞输入。凡当差户包银钞四两，每十户输丝十四斤，漏籍老幼钞三两、丝一斤。庚子，亦黑迭儿丁请修琼华岛，不从。壬寅，关东蒙古、汉军官未经训敕者，令各乘传赴开平。癸卯，初建太庙。乙巳，赐迭怯那延等银七千九十两。命北京元帅阿海发汉军二千人赴开平。己酉，高丽国王王禃遣其臣朱英亮入贡，上表谢恩。复立宿州。

夏四月庚戌朔，以漏籍户一万一千八百、附籍户四千三百，于各处起冶，岁课铁四百八十万七千斤。癸丑，选益都兵千人充武卫军。甲寅，偿河西阿沙赈赡所部贫民银三千七百两。己未，以完颜端田宅赐益都千户傅国忠，国忠父天祐为端所杀，故命以其田宅赐之。宣德至开平置驿。罢开元路宣慰司。丙寅，西京武州陨霜杀稼。戊寅，召窦默、许衡乘驿赴开平。诸王阿只吉所部贫民远徙者，赐以马牛车币。以东平为军行蹂践，赈给之。改沧清深盐提领所为转运司。王鹗请延访太祖事迹付史馆㉛。

五月癸未，诏北京运米五千石赴开平，其车牛之费，并从官给。乙酉，初立枢密院，以皇子燕王守中书令，兼判枢密院事。戊子，升开平府为上都，其达鲁花赤兀良吉为上都路达鲁花赤㉜，总管董铨为上都路总管兼开平府尹。辛卯，诏立燕京平准库，以均平物价，通利钞法㉝。乙未，敕商州民就戍本州，毋禁弓矢。丙申，立上都马、步驿。丁酉，以元帅杨大渊、张大悦复神山有功，降诏奖谕。戊戌，以礼部尚书马月合乃兼领颍州、光化互市，及领已括户三千，兴煽铁冶㉞，岁输铁一百三万七千斤，就铸农器二十万事㉟，易粟四万石输官。河南随处城邑市铁之家，令仍旧鼓铸㊱。庚子，河南路总管刘克兴矫制括户㊲，罢其职，籍家资之半㊳。升上都路望云县为云州，松山县为松州。赏前讨浑都海战功，撒里都、阔阔出等钞二千一百七十四锭、币帛一千四百二十匹。

六月壬子，河间、益都、燕京、真定、东平诸路蝗。乙卯，以管民官兼统怀孟等军俺撒战殁汴梁㊴，命其子忙兀带为万户，佩金符。戊午，赐线真田户六百。己未，赐高丽国王王禃羊五百。癸酉，赐拜忽公主所部钞千锭。立上都惠民药局。建帝尧庙于平阳，仍赐田十五顷。以线真为中书右丞相，塔察儿为中书左丞相。

秋七月癸未，诏诸投下㊵，毋擅勾摄燕京路州县官吏㊶。乙酉，禁野狐岭行营民，毋入南、北口纵畜牧，损践桑稼。给公主拜忽银五万两，合剌合纳银千两。乙未，以故东平权万户吕义死王事㊷，赐谥贞节。戊戌，诏弛河南沿边军器之禁。升燕京属县安次为东安州，固安为固安州。河南统军司言："屯田民为保甲丁壮射生军，凡三千四百人，分戍沿边州郡，乞蠲他徭。"从之。庚子，诏赐诸王爪都牛马价银六万三千一百两。壬寅，诏禁益都路探马赤扰民㊸。以成都经略司隶西川行院。禁蒙古、汉军诸人煎、贩私盐㊹。诏山东经略司徙胶、莱、莒、密之民及灶户居内地。中书省臣以妨煮盐为言，遂令统军司完复边戍，居民灶户毋徙。诏阿尤戒蒙古军，不得以民田为牧地。燕京、河间、开平、隆兴四路属县雨雹害稼。

八月戊申朔，诏霍木海总管诸路驿，佩金符。辛亥，置元帅府于大理。诏东平、大名、河南宣慰司市马千五百五十匹，给阿尤等军。升宣德州为宣德府，隶上都。以淄、莱、登三州为总管府，治淄州。命昔撒昔总制鬼国、大理两路。兵部郎中刘芳前使大理，至吐蕃遇害，命恤其家。壬子，命中书省给北京、西京转运司车牛价钞。彰德路及洺、磁二州旱，免彰德今岁田租之半，洺、磁十之六。冀州蒙古百户阿昔等犯盐禁，没入马百二十余匹，以给军士之无马者。甲寅，命成都路运米万石饷潼川。给钞付刘整市牛屯田。分刘元礼等军戍潼川，命按敦将之。丙辰，诏以成都路绵州隶潼川。戊午，以阿脱、商挺行枢密院于成都，凡成都、顺庆、潼川都元帅府，并听节制。庚申，以史天倪前为武仙所杀，以武仙第赐其子楫㊺。癸亥，敕京兆路给赐刘整第一区、田二十顷㊻。以梦八剌所部贫乏，赐银七千五百两给之。甲子，以西凉经兵㊼，居民困弊，给钞赈之，仍免租赋三年。敕诸臣传旨，有疑者须复奏。丙寅，以诸王只必帖木儿部民困乏，赐银二万两给之。壬申，复置急递铺。滨、棣二州蝗，真定路旱。诏西凉流民复业者，复其家三年㊽。车驾至自上都。

九月壬午，河南、大名两道宣慰司所获宋谍王立、张达、刁后等十八人㊾，遇赦释免，给衣服遣还。乙酉，立漕运河渠司。己丑，赐诸王阿只吉所部种、食、牛具。庚寅，谕高丽、上京等处毋重科敛民。招谕济南、滨棣流民。遣使征诸路赋税钱帛。民间所卖布帛，有疏薄狭短者，禁之。

冬十月戊午，初置隆兴路驿。

十一月甲申，诏以岁不登^⑩，量减阿述、怯烈各军行饷。东平、大名等路旱，量减今岁田租。丙戌，享于太庙，以合丹、塔察儿、王磐、张文谦行事。高丽国王王禃以免置驿、籍民等事，遣其臣韩就奉表来谢，赐中统五年历并蜀锦一，仍命禃入朝。立御衣、尚食二局。

十二月丁未朔，以凤翔屯军、汪惟正青居等军、刁国器平阳军，令益都元帅钦察统之，戍虎啸寨。甲戌，敕驸马爱不花蒲萄户依民例输赋^⑪。也里可温、答失蛮、僧、道种田入租^⑫，贸易输税。丙子，赐诸王金银币帛如岁例。

是岁，天下户一百五十七万九千一百一十。赋，丝七十万六千四百一斤，钞四万九千四百八十七锭。断死罪七人。

至元元年春正月丁丑朔，高丽国王王禃遣使奉表贺。壬午，敕诸路宣慰司，非奉旨，无辄入觐^⑬。以千户张好古殁王事，命其弟好义、好礼并袭职为千户。癸巳，以益都武卫军千人屯田燕京，官给牛具。以邓州保甲军二千三百二十九户隶统军司。戊戌，杨大渊进花罗、红边绢各百五十段，优诏谕之。己亥，立诸路平准库。癸卯，命诸王位下工匠已籍为民者，并征差赋；儒、释、道、也里可温、达失蛮等户，旧免租税，今并征之；其蒙古、汉军站户所输租减半。西北诸王率部民来归。敕北京、西京宣慰司、隆兴总管府和籴以备粮饷。筑冷水河城，命千户土虎等戍之。罢南边互市。申严持军器、贩马、越境私商之禁。

二月辛亥，贺福等六人告平阳、太原漏籍户，诏赏以官，廷臣以非材对^⑭，给钞与之。敕选儒士编修国史，译写经书，起馆舍，给俸以赡。壬子，修琼花岛。发北京都元帅阿海所领军疏双塔漕渠。甲寅，以故亳州千户邸闰陷于宋，命其子荣祖袭职。丙辰，罢陕西行户部。丁卯，太阴犯南斗^⑮。癸酉，车驾幸上都，诏诸路总管史权等二十三人赴上都大朝会。弛边城军器之禁。

三月庚辰，设周天醮于长春宫。己亥，命尚书宋子贞陈时事，子贞条具以闻^⑯，诏奖谕，命中书省议行之。辛丑，诏四川行院，命阿脱专掌军政，其刑名钱谷，商挺任之^⑰。立漕运司，以王光益为使。

夏四月戊申，以彰德、洺磁路引漳、滏、洹水灌田^⑱，致御河浅涩，盐运不通，塞分渠以复水势。辛亥，太阴犯轩辕御女星。壬子，东平、太原、平阳旱，分遣西僧祈雨。己卯^⑲，诏高丽国王王禃来朝上都，修世见之礼。辛酉，以四川茶盐商酒竹课充军粮。杨大渊以部将王仲得宋将昝万寿书，杀之。诏以其事未经鞫问，或堕宋人行间之计^⑳，岂宜辄施刑戮，诘责大渊，仍存恤仲家。御苑官南家带请修驻跸凉楼并广牧地^㉑，诏凉楼俟农隙，牧地分给农之无田者。丁卯，追治李璮逆党万户张邦直兄弟，及姜郁、李在等二十七人罪。戊辰，给新附戍军粮饷。高丽国王王禃遣其臣金禄来贡。

五月乙亥，诏遣唆脱颜、郭守敬行视西夏河渠，俾具图来上。庚辰，敕剑州守将分军守剑门，置驿于人头山。丙戌，太阴犯房^㉒。丁亥，释宋私商五十七人，给粮遣归其国。己丑，以平阴县尹马钦发私粟六百石赡饥民，又给民粟种四百余石，诏奖谕，特赐西锦一端以旌其义。乙未，初置四川急递铺。丙申，赐诸王钦察银万两，济其所部贫乏者。己亥，太阴犯昴^㉓。以中书右丞粘合南合为平章政事。邛部川六番安抚招讨使都王明亚为邻国建都所杀，敕其子伯佗袭职，赐金符。

六月乙巳，召王鹗、姚枢赴上都。宋制置夏贵率兵欲攻虎啸山，敕以万户石抹乣札剌一军益钦察戍之。戊申，高丽国王王禃来朝。

秋七月甲戌，彗星出舆鬼^㉔，昏见西北^㉕，贯上台^㉖，扫紫微、文昌及北斗^㉗，旦见东北，凡四十余日。以阿合马言，益解州盐课，均赋诸色僧道军匠等户；其太原小盐，听从民便。癸未，改新凤州为徽州。以西番十八族部立安西州，行安抚司事。丁亥，诸王算吉所部营账军民被火⑪，发粟赈之。庚寅，给诸王也速不花印。壬辰，特诏谕巩昌路总帅汪惟正劳勉之，赐元宝交钞三万贯⑫，仍戍青居。赐诸王玉龙答失印，仍以先朝猎户赐之。丁酉，龙门禹庙成，命侍臣阿合脱因代祀。己亥，定用御宝制⑬。凡宣命，一品、二品用玉，三品至五品用金，其文曰"皇帝行宝"者，即位时所铸，惟用之诏诰⑭；别铸宣命金宝行之。庚子，阿里不哥自昔木土之败，不复能军，至是与诸王玉龙答失、阿速带、昔里给，其所谋臣不鲁花、忽察、秃满、阿里察、脱忽思等来归。诏诸王皆太祖之裔，并释不问，其谋臣不鲁花等皆伏诛。

八月壬寅朔，陕西行省臣上言："川蜀戍兵军需，请令奥鲁官征入官库，移文于近戍官司，依数取之。宋新附民宜拨地土衣粮，给其牛种，仍禁边将分匿人口。商州险要，乞增戍兵。陕西猎户移猎商州。河西、凤翔屯田军迁戍兴元。四川各翼军，有地者征其税，给无田者粮。"皆从之。甲辰，诏秦蜀行省发银二十五万两给沿边岁用。乙巳，立诸路行中书省，以中书左丞相耶律铸、参知政事张惠等行省事。诏新立条格。省并州县，定官吏员数，分品从官职，给俸禄，颁公田，计月日以考殿最⑳。均赋役，招流移。禁勿擅用物，勿以官物进献，勿借易官钱，勿擅科差役。凡军马不得停泊村坊，词讼不得隔越陈诉。恤鳏寡㉑，劝农桑，验雨泽，平物价。具盗贼、囚徒起数㉒，月申省部。又颁陕西四川、西夏中兴、北京三处行中书条格。定立诸王使臣驿传税赋差发，不许擅招民户，不得以银与非投下人为斡脱，禁口传敕旨及追呼省臣官属。诏："蒙古户种田，有马牛羊之家，其粮住支㉓，无田者仍给之。"庚戌，命燕王署敕、诸王设僚属及说书官。诸站户限田四顷，免税，供驿马及祗应㉔，命各路总管府兼领其事。癸丑，命僧子聪同议枢密院事，诏子聪复其姓刘氏，易名秉忠，拜太保，参领中书省事。乙卯，诏改燕京为中都，其大兴府仍旧；增都省参佐掾史月俸。丙辰，刘秉忠、王鹗、张文谦、商挺言："燕王既署相衔㉕，宜于省中别置幕位，每月一再至㉖，判署朝政㉗。"其说书官，皇子忙安以李磐为之㉘，南木合以高道为之。丁巳，以改元大赦天下，诏曰：

"应天者惟以至诚，拯民者莫如实惠。朕以菲德㉗，获承庆基㉘。内难未戢㉙，外兵未戢㉚，夫岂一日，于今五年。赖天地之畀矜㉛，暨祖宗之垂裕，凡我同气，会于上都。虽此日之小康，敢朕心之少肆㉜。

比者星芒示儆㉝，雨泽愆常㉞，皆阙政之所繇㉟，顾斯民之何罪㊱？宜布惟新之令，溥施在宥之仁㊲。据不鲁花、忽察、秃满、阿里察、脱火思辈构祸我家，照依太祖皇帝扎撒正典刑讫。可大赦天下，改中统五年为至元元年。于戏！否往泰来㊳，迓续亨嘉之会；鼎新革故，正资辅弼之良㊴。咨尔臣民，体予至意！"

戊午，给益都武卫军千人冬衣。己未，凤翔府龙泉寺僧超过等谋乱遇赦，没其财，羁管京兆僧司㊵。同谋苏德，责令从军自效。发万户石抹乣札剌所部千人赴商州屯田，亳州军六百八人及河南府军六十人助钦察戍青居。敕山东经略副使武秀选益都新军千人充武卫军，赴中都。城郊，以沂州监战塔思、万户孟义所部兵戍之。太原路总管攸忙兀带坐藏甲匿户，罢职为民。

九月壬申朔，立翰林国史院。以改元诏谕高丽国，并赦其境内。辛巳，车驾至处上都。庚寅，益都毛璋谋逆，二子及其党崔成并伏诛，籍其家赀，赐行省撒吉思。

冬十月壬寅朔，高丽国王王禃来朝。乙巳，禁上都畿内捕猎。庚戌，有事于太庙㊶。壬子，恩州历亭县进嘉禾，一茎五穗。戊辰，改武卫军为侍卫亲军。

十一月丙子，诏宋人归顺及北人陷没来归者，皆月给粮食。辛巳，征骨嵬。先是，吉里迷内附，言其国东有骨嵬、亦里于两部，岁来侵疆，故往征之。乙丑㊷，以至元二年历日赐高丽国王王植。禁登州、和州等处并女直人入高丽界剽掠。辛卯，召卫州太一五代度师李居素赴阙。壬辰，罢领中书左右部，并入中书省，以领中书省左右部兼诸路都转运使、知太府监事阿合马，为平章政事，领中书省左右部兼诸路都转运使阿里，为中书右丞。丁酉，太原路临州进嘉禾二茎。以元帅按敦、刘整、刘元礼、钦察等将士获功，赏赉有差[⊗]。

十二月乙巳，罢各投下达鲁花赤，定中外百官仪从。丁未，敕遣宋谍者四人还其国。戊午，赏拔都军人银五十万两。甲子，太阴犯房。乙丑，以王鉴昔使大理，没于王事，其子天赦不能自存，优恤之。丁卯，敕邓州沿边增立茱萸、常平、建陵、季阳四堡。戊辰，命选善水者一人，沿黄河计水程达东胜可通漕运，驰驿以闻。庚午，诏罢枢密院断事官及各路奥鲁官，令总管府兼总押所。始罢诸侯世守，立迁转法[⊗]。

是岁，真定、顺天、洺、磁、顺德、大名、东平、曹、濮州、泰安、高唐、济州、博州、德州、济南、滨、棣、淄、莱、河间大水。赐诸王金银币帛如岁例。户一百五十八万八千一百九十五。断死罪七十三人。

---

①考第：考核定等第。

②历：历法。

③逋负：拖欠。逋（bū，音捕，第一声），拖欠。

④备：全，整个。　篇（yuè，音悦）：古代一种象笛子的乐器。　翟（dí，音狄）：古代乐舞时所拿的雉羽。

⑤窜：改动。

⑥竖子：小子。骂人的话。

⑦条格：条例，法规。

⑧漏：古时计时工具。

⑨寇：侵犯，掠夺。

⑩滦（luán），音峦。

⑪坐：因为。

⑫籍：征集。

⑬蕲：qí，音齐。

⑭移：旧时的一种公文。

⑮括：清查。

⑯蠲（juān，音捐）：免除，免去。

⑰徙：迁移，调动。

⑱元：原本，原来。后作"原"。

⑲祃（mà），音骂。

⑳输：交纳，献出。

㉑邀击：在对方行军途中加以攻击。邀，拦住。

㉒玺：印章。秦朝以后，专用于帝王之印。

㉓絜：通"挈"。带领。

㉔部曲：古代军队编制单位。后也指军队或士兵。

㉕鞫（jū，音居）：审问。

㉖势官：有权势的官吏。

㉗谳：审定判罪。

㉘由：自。　原：追究。

㉙市：买。

㉚"右丞相"应为"左丞相"。

㉛蝗：发生蝗灾。

㉜苟：随便，苟且。
㉝“韩安世”应为“韩世安”。
㉞轶：袭击。
㉟向：从前，过去。
㊱站户：元代专供驿站役使的人户。
㊲包银：元代对汉民户征收的赋税项目之一。
㊳俘户：被俘人户。
㊴蹙（cù，音促）：窘迫，紧迫。
㊵徇：示众。
㊶澧（lǐ，音里）：此处应为沣，沣古字为澧，与澧形近。
㊷商榷：商讨。
㊸惟：只。
㊹方物：土特产品。
㊺听：听凭。　小盐：即硝盐。
㊻饷：赠食于人。
㊼阁：放置。后作“搁”。
㊽廪：政府供给粮食。
㊾庶：副词，表示期望。
㊿逋：逃亡。
(51)觇：窥视，察看。
(52)擢：提升，提拔。
(53)京畿：国都及其周围地区。畿（jī，音激），古代国都所在的千里地面。　畋猎：打猎。畋（tián，音田），打猎。
(54)易：换。
(55)质子：人质。
(56)佛顶金较会：一种佛事活动。
(57)金箓：道场的名称。　醮：祭礼。
(58)珥：光晕。
(59)裨：副佐的。
(60)俾：使。
(61)灶户：以煮盐为业的人户。
(62)或：也许。
(63)覆：回，回复。
(64)乘传：乘驿站的传车。
(65)守：职守，此处作动词。
(66)享：祭祀。
(67)止：仅，只。
(68)预：干预，参预。
(69)司：主管，主持。
(70)赍（jī，音基）：带着，拖着。　空名告身：未填姓名的补官文凭。　蜡书：封在蜡丸中的文书。
(71)阙：宫殿。此处指皇帝居所。
(72)弟男：泛指晚辈男子。　私人：古时称公卿、大夫或王室的家臣。
(73)简：选择。
(74)文面：在脸上刺字。
(75)袭：继承。
(76)存恤：救济慰问。
(77)或：有人，某人。
(78)巡：往来视察。

⑦籴（dí，音敌）：买进（粮食）。

⑧本色：古时原定征收的实物田赋称本色，如改征其他实物或货币称折色。

⑧延访：延请求教。

⑧据后文，"兀良吉"应为"兀良吉带"。

⑧通利钞法：使钱币之法规通顺完善。

⑧煽：鼓动。

⑧事：件，副。

⑧鼓铸：鼓风冶铸。

⑧矫：诈，假托君命。

⑧籍：籍没，一种重刑。除惩罚当事人之外，再把财物充公，亲属转为奴。

⑧殁（mò，音默）：死。

⑨投下：元朝诸王、驸马、勋臣下属人口。

⑨勾摄：拘捕，传拿。

⑨死王事：死于王事，为了王事而死。

⑨赤：蒙古语中表示"人"的后缀，相当于汉语"者"字。

⑨煎：煮（盐）。

⑨第：达官贵人的住宅。

⑨一区：一处。区，地区，引申为划出的一块地区。

⑨经兵：遭受战灾之兵。

⑨复：免除徭役。

⑨谍：间谍。

⑩登：成熟。

⑩蒲萄：即葡萄。

⑩也里可温：蒙古语音译，元代称传入我国的基督教。

⑩觐：朝见。

⑩材：（当官的）材料。

⑩南斗：二十八星宿之一。

⑩条具：分条列举陈述。具，列举，陈述。

⑩刑名：即刑名师爷，指古时官署中负责处理刑事判牍的幕友。

⑩滏：fǔ，音斧。

⑩己卯：应为"乙卯"，见中华书局本。

⑩间：离间。

⑪驻跸：帝王出行时沿路暂停留住。

⑫房：二十八星宿之一。

⑬旌：表彰。

⑭昴（mǎo，音卯）：二十八星宿之一。

⑮鬼：二十八星宿之一。

⑯见：出现。

⑰上台：星名。

⑱紫微：星官名。　　文昌：星座名。

⑲被：遭遇。

⑳交钞：钱币。

㉑御宝：天子的印玺。

㉒诰：帝王授官封赠的命令。

㉓省：减。　　并：合。

㉔殿最：古时考核政绩与军功，上等为"最"，下等为"殿"。

㉕隔越陈诉：越级诉讼陈言。

㉖鰥：丧妻或者没有妻子的。

㉗起：批，次。

㉘申：申报。

㉙投下：诸马、驸马、勋臣等所属人户。

㉚住支：停止支付。

㉛祗应：侍从。

㉜掾（yuàn），音院。

㉝署：暂任。

㉞一再：一次以后再加一次。

㉟判署：签字画押，此处意谓治理。

㊱李磐：据上下文，当为"李槃"。

㊲菲：谦词，菲薄。

㊳庆基：幸福的根基。

㊴戡：以武力平叛。

㊵戢：收，止。

㊶畀：给，给以。　　矜：此处为怜悯、怜惜之意。

㊷凡：指普通人。

㊸肆：恣纵，放纵。

㊹比：近来。　　儆（jǐng，音警）：警告，使戒惧。

㊺愆（qiān，音千）：失去。

㊻繇（yóu，音邮）：通"由"。

㊼顾：难道。

㊽惟：助词，无义。

㊾溥：普遍。

㊿否（pǐ，音匹）：不通，不顺。　　泰：平安，平顺。

(51)迓（yà，音讶）：迎接。

(52)弼：辅助。

(53)羁：拘束，约束。

(54)事：侍奉。

(55)"己丑"应为"乙丑"。

(56)赉（lài，音赖）：赏赐。

(57)迁移：官吏移住他地做官。

世祖本纪三

　　二年春正月辛未朔，日有食之。癸酉，山东廉访使言："真定路总管张宏，前在济南，乘变盗用官物。"诏以宏尝告李璮反，免宏死罪，罢其职，征赃物偿官。邓州万户张邦直等违制贩马，并处死。敕徙镇海、百里八、谦谦州诸色匠户于中都，给银万五千两为行费；又徙奴怀、忒木带儿炮手人匠八百名，赴中都，造船运粮。己卯，北京路行省给札剌赤户东徙行粮万石。以邓州监战讷怀、新旧军万户董文炳，并为河南副统军。甲申，诏申严越界贩马之禁，违者处死。乙酉，以河南北荒田分给蒙古军耕种。戊子，诸王塔察儿使臣阔阔出至北京花道驿，手杀驿吏郝用、郭和尚，有旨征钞十锭，给其主赎死。庚寅，城西番匣答路①。癸巳，八东乞儿部牙西来朝，贡银鼠皮二千，赐金、素币各九、帛十有八。武城县王氏妻崔一产三男。丁酉，给亲王玉龙答失部民粮二千石。高丽国王王禃遣其弟广平公珦奉表来贡。

二月辛丑朔，元帅按东与宋兵战于钓鱼山，败之，获战舰百四十六艘。甲辰，初立宫闱局。戊申，赐亲王兀鲁带河间王印，给所部米千石。丁巳，车驾幸上都。癸亥，并六部为四，以麦术丁为吏礼部尚书，马亨户部尚书，严忠范兵、刑部尚书，别鲁丁工部尚书。禁山东东路私煎硝碱。甲子，以蒙古人充各路达鲁花赤，汉人充总管，回回人充同知，永为定制。以同知东平路宣慰使宝合丁为平章政事，山东廉访使王晋为参知政事，廉希宪、商挺罢。诏并诸王只必帖木儿所设管民官属。诏谕总统所："僧人通五大部经者为中选，以有德业者为州郡僧录、判、正副都纲等官，仍于各路设三学讲、三禅会。"

三月癸酉，骨嵬国人袭杀吉里迷部兵，敕以官粟及弓甲给之。丁亥，敕边军习水战、屯田。诛宋谍李富住。乙未，罢南北互市，括民间南货，官给其直②。辽东饥，发粟万石、钞百锭赈之。

夏四月戊午，赐诸王合必赤、亦怯烈金、素币各四，拜行金币一。

五月壬午，赏万户晃里答儿所部征吐蕃功银四百五十两。戊子，禁北京、平滦等处人捕猎。庚寅，令军中犯法，不得擅自诛戮，罪轻断遣，重者闻奏。敕上都商税酒醋诸课毋征，其榷盐仍旧③。诸人自愿徙居永业者，复其家。诏西川、山东、南京等路成边军屯田。

闰五月癸卯，升蓨县为景州④。辛亥，检核诸王兀鲁带部民贫无孳畜者三万七百二十四人⑤，人月给米二斗五升，四阅月而止⑥。丙辰，雅州碉门宣抚使请复碉门城邑，诏相度之⑦。癸亥，移秦蜀行省于兴元。丙寅，命四川行院分兵屯田。丁卯，分四亲王南京属州，郑州隶合丹，钧州隶明里，睢州隶孛罗赤，蔡州隶海都，他属县复还朝廷。以平章政事赵璧行省于南京、河南府、大名、顺德、洺磁、彰德、怀孟等路，平章政事廉希宪行省事于东平、济南、益都、淄莱等路，中书左丞姚枢行省事于西京、平阳、太原等路。诏诸路州府，若自古名郡，户数繁庶，且当冲要者，不须改并；其户不满千者，可并则并之；各投下者，并入所隶州城；其散府州郡户少者，不须更设录事司及司候司；附郭县止令州府官兼领；括诸路未占籍户任差职者以闻⑧。

六月戊申朔⑨，新得州安抚向良言："顷以全城内附⑩，元领军民流散南界者，多欲归顺，并乞招徕。"从之。又敕良以所领新降军民移戍通江县，行新得州事。辛未，赐阿术所部马价钞一千二十三锭有奇。丙子，太阴犯心大星⑪。戊寅，移山东统军司于沂州，万户重喜立十字路。复正阳，命秃剌戍之。己卯，以淇州隶怀孟路。高丽国王王禃遣其臣荣彻伯奉表来贺圣诞节。千户阔阔出部民乏食，赐钞赈之。王晋罢。枢密院臣言："各路出征逃亡汉军及贫难未起户，并投下隐匿事故者，宜一概发遣应役。"从之。敕行院及诸军将校卒伍⑫，须正身应役，违者罪之。

秋七月辛酉，益都大蝗，饥，命减价粜官粟以赈。癸亥，安南国王陈光昞遣使奉表来贡。甲子，诏赐光昞至元三年历。

八月丙子，济南路邹平县进芝草一本。戊寅，高丽国王王禃遣使来贡方物。己卯，诸宰职皆罢。以安童为中书右丞相，伯颜为中书左丞相。戊子，召许衡于怀孟，杨诚于益都。车驾至自上都。

九月戊戌，以将有事太庙，取大乐工于东平，预习仪礼。敕江淮沿边树栅，徐、宿、邳三州助役徒。庚子，皇孙铁穆尔生。丁巳，赏诸王只必帖木儿麾下河西战功银二百五十两。

冬十月己卯，享于太庙。癸未，敕顺天张柔、东平严忠济、河间马总管、济南张林、太原石抹总管等户，改隶民籍。统军抄不花、万户怀都麾下军士所俘宋人九十三口，官赎为民；其私越禁界掠获者四十五人，许令亲属完聚，并种田内地。戊子，诏随路私商会入南界者，首实免罪充军^⑬。

十一月丙申，召李昶于东平。辛丑，赐诸王只必帖木儿银二万五千两、钞千锭。癸丑，赏杨文安战功金五十两，所部军银六百两及币帛有差。甲子，诏事故贫难军不堪应役者，以两户或三户合并正军一名，其丁单力备者，许顾人应役。

十二月己巳，省并州县凡二百二十余所。庚午，宋子贞言：“朝省之政，不宜数行数改。又刑部所掌，事干人命^⑮，尚书严忠范年少，宜选老于刑名者为之。”又请罢北京行中书省，别立宣慰司，以控制东北州郡。并从之。禁朝省告讦^⑯，以息争讼。辛未，以诸王也速不花所部戍西蕃军屡有战功，赏银三百两。癸酉，召张德辉于真定，徙单公履于卫州。丁丑，诏谕高丽，赐至元三年历日。癸未，赐刘秉忠金五十两。甲申，赐伯颜、宋子贞、杨诚银千两、钞六十锭。丁亥，敕选诸翼军富强才勇者万人，充侍卫亲军。己丑，渎山大玉海成，敕置广寒殿。

是岁，户一百五十九万七千六百一，丝九十八万六千二百八十八斤，包银钞五万七千六百八十二锭。赐诸王金银币帛如岁例。彰德、大名、南京、河南府、济南、淄莱、太原、弘州雹，西京、北京、益都、真定、东平、顺德、河间、徐、宿、邳蝗旱，太原霜灾。断死罪四十二人。

三年春正月乙未，高丽国王王禃遣使来贺。丙午，遣朵端、赵璧持诏抚谕四川将吏军民。壬子，立制国用使司，以阿合马为使。癸丑，选女直军二千为侍卫军。四川行枢密院谋取嘉定，请益兵，命朵端、赵璧摘诸翼蒙古、汉军六千人付之^⑰。

二月丙寅，廉希宪、宋子贞为平章政事，张文谦复为中书左丞，史天泽为枢密副使。癸酉，立浻州以处高丽降民^⑱。壬午，平阳路僧官以妖言惑众，伏诛。以中书右丞张易同知制国用使司事，参知政事张惠为制国用副使。癸未，车驾幸上都。甲申，罢西夏行省，立宣慰司。初制太常礼乐工冠服。立东京、广宁、懿州、开元、恤品、合懒、婆娑等路宣抚司。乙酉，蠲中都今年包银四分之一。诏理断阿尤部下所俘人口、畜牧及其草地为民侵种者^⑲。以制国用使司条画谕中外官吏^⑳。

三月辛巳，分卫辉路为亲王玉龙答失分地。戊戌，赈水达达民户饥。己未，王晋及侍中和哲斯、济南益都转运使王明，以隐匿盐课，皆伏诛。

夏四月丁卯，五山珍御榻成，置琼华岛广寒殿。亳州水军千户胡进等领骑兵渡淝水，逾荆山，与宋兵战，杀获甚众，赏钞币有差。庚午，敕僧道祈福于中都寺观，诏以僧机为总统，居庆寿寺。己卯，申严濒海私盐之禁。敕宫烛毋彩绘。

五月乙未，遣使诸路虑囚^㉑。庚子，敕太医院领诸路医户、惠民药局。辛丑，以黄金饰浑天仪。丙午，浚西夏中兴汉延、唐来等渠。凡良田为僧所据者，听蒙古人分垦。丙辰，罢益都行省。蠲平添、益都质子户赋税之半。

六月丁卯，封皇子南木合为北平王，以印给之。辛未，徙归化民于清州兴济县屯田，官给牛具。壬申，赐刘整畿内地五十顷。癸酉，以千户札剌儿没于王事，赐其妻银二百五十两。丙子，立漕运司。戊寅，以陕西行省平章赛典赤等政事修治，赐银五千两。命山东统年副使王仲仁督造战船于汴。申严陕西、河南竹禁。立拱卫司。

秋七月丙申，罢息州安抚司。壬寅，诏上都路总管府，遇车驾巡幸，行留守司事；车驾还，即复旧。丙午，遣使祠五岳四渎^㉒。甲寅，添内外巡兵。外路每百户选中产者一人充之，其赋令余户代输，在都增武卫军四百。己未，以崞代坚台四州隶忻州^㉓。诏令西夏避乱之民还本籍，成都新民为豪家所庇者，皆归之州县。诏招集逃亡军，限百日诣所属陈首^㉔，原其罪，贫者并户应役。

八月癸亥，赐丞相伯颜第一区^㉕。丁卯，以兵部侍郎黑的、礼部侍郎殷弘使日本，赐书曰：

"皇帝奉书日本国王：朕惟自古小国之君㉖，境土相接，尚务讲信修睦㉗，况我祖宗受天明命，奄有区夏㉘，遐方异域畏威怀德者㉙，不可悉数。朕即位之初，以高丽无辜之民，久瘁锋镝㉚，即令罢兵，还其疆场，反其旄倪㉛，高丽君臣，感戴来朝㉜，义虽君臣，而欢若父子。计王之君臣亦已知之㉝。高丽，朕之东藩也㉞。日本密迩高丽㉟，开国以来，时通中国，至于朕躬㊱，而无一乘之使，以通和好。尚恐王国知之未审㊲，故特遣使持书，布告朕心，冀自今以往㊳，通问结好，以相亲睦。且圣人以四海为家，不相通好，岂一家之理哉？以至用兵，夫孰所好，王其图之。"又诏高丽导去使至其国。戊子，高丽国王王禃遣其大将军朴琪来贺圣诞节。阿术略地蕲、黄㊴，俘获以万计。

九月戊午，车驾至自上都。

冬十月庚申朔，降德兴府为奉圣州。癸亥，高丽使还。以王禃病，诏和药赐之。丁丑，徙平阳经籍所于京师。更敕牒旧式㊵。太庙成，丞相安童、伯颜言："祖宗世数、尊谥庙号、增祀四世、各庙神主、配郭功臣、法服祭器等事，皆宜定议。"命平章政事赵璧等集群臣议，定为八室。申禁京畿畋猎。壬午，命制国用使司造神臂弓千张、矢六万。

十一月辛卯，初给京、府、州、县、司官吏俸及职田。戊戌，濒御河立漕仓㊶。丁未，申严杀牛马之禁。宋子贞致仕。辛亥，以忽都答儿为中书左丞相。诏禁天文图谶等书㊷。丙辰，千户散竹带以嗜酒失所守大良平，罪当死，录其前功，免死，令往东川军前自效。诏建都使复归朝；又诏嘉定等府沿江一带城堡早降；又诏四川行枢密院，遣人告谕江、汉、庸、蜀等效顺，具官吏姓名，对阶换授㊸，有功者迁，有才者用；民无生理者，以衣粮赈之㊹，愿迁内地者，给以田庐，毋令失所㊺。

十二月庚申，给诸王合必赤行军印。辛酉，诏改四川行枢密院为行中书省，以赛典赤、也速带儿等佥行中书省事㊻。甲子，立诸路洞冶所㊼。以梁成生擒宋总辖官，授同知开州事，佩金符。减辉州竹课㊽，先是，官取十之六，至是减其二。丁亥，诏安肃公张柔、行工部尚书段天佑等同行工部事，修筑宫城。并太府监入宣徽院，仍以宣徽使专领监事。诏赐高丽至元四年历日，仍慰谕之。建大安阁于上都。凿金口，导卢沟水以漕西山木石。敕："诸越界私商及谍人与伪造钞者，送京师审核。"

是岁，天下户一百六十万九千九百三。东平、济南、益都、平泺、真定、洺磁、顺天、中都、河间、北京蝗，京兆、凤翔旱。断死罪九十六人。赐诸王金银币帛如岁例。

四年春，正月甲午，陕西行省以开州新得复失，请益兵。敕平阳、延安等处签民兵三千人，山东、河南、怀孟、潼川调兵七千人益之。丁酉，申严平阳等处私盐之禁。壬寅，立茶速秃水十四驿。癸卯，敕修曲阜宣圣庙。乙巳，百济遣其臣梁浩来朝，赐以锦绣有差。禁僧官侵理民讼㊾。辛亥，封安肃公张柔为蔡国公。以赵璧为枢密副使。立诸路洞冶都总管府。癸丑，敕封昔木土山为武定山，其神曰武定公；泉为灵渊，其神曰灵渊候。签蒙古军，户二丁三丁者出一人为军，四丁五丁者二人，六丁七丁者三人。乙卯，高丽国王王禃遣使来朝，诏抚慰之。戊午，立提点宫城所。析上都隆兴府自为一路㊿，行总管府事。立开元等路转运司。城大都。

二月庚申，粘合南合复平章事，阿里复为中书右丞。丁卯，改经籍所为弘文院，以马天昭知院事。丁亥，括西夏民田，征其租。车驾幸上都。诏陕西行省招谕宋人。又诏嘉定、泸州、重庆、夔府、涪、达、忠、万及钓鱼、礼义、大良等处官吏军民[51]，有能率众来降者，优加赏擢[52]。

三月己丑，复以耶律铸为中书左丞相。辛卯，自潼关至蕲县立河渡官八员，以察奸伪。乙未，敕中都路建习乐堂，使乐工隶业其中。己亥，赐皇子燕王、忙阿剌、那没罕、忽哥赤银三万两。辛丑，夏津县大雨雹。壬寅，安童言："比者省官员数[53]，平章、左丞各一员，今丞相五人，素无此例。臣等议拟设二丞相，臣等蒙古人三员，惟陛下所命。"诏以安童为长，史天泽次之，其余蒙古、汉人参用，勿令员数过多；又诏宜用老成人如姚枢等一二员，同议省事。丁巳，耶律铸制宫县乐成，诏赐名大成。

夏四月甲子，新筑宫城。辛未，遣使祀岳渎。

五月丁亥朔，日有食之。敕上都重建孔子庙。乙未，应州大水。丙申，威州山后大番弄麻等十一族来附，赐以玺书、金银符。己酉，以捕猎户达鲁花赤伪造银符，处死。壬子，敕诸路官吏俸，令包银民户⑤，每四两增纳一两以给之。丙辰，析东平之博州五城别为一路。

六月壬戌，以中都、顺天、东平等处蚕灾，免民户丝料轻重有差。乙丑，复以史天泽为中书左丞相，忽都答儿、耶律铸并降平章政事，伯颜降中书右丞，廉希宪降中书左丞，阿里、张文谦并降参知政事。乙酉，赐诸王玉龙答失银五千两、币三百，岁以为常。罢宣徽院。黑的、殷弘以高丽使者宋君斐、金赞不能导达至日本来奏，降诏责高丽王王禃，仍令其遣官至彼宣布，以必得要领为期⑤。

秋七月丙戌朔，敕自中兴路至西京之东胜立水驿十。戊戌，罢息州安抚岳林，以其民隶南京路。罢怀孟路安抚李宗杰，以其民隶本路。发巩昌、凤翔、京兆等处未占籍户一千，修治四川山路、桥梁、栈道。大名路达鲁花赤爱鲁、总管张弘范等盗用官钱，罢之。壬寅，申严京畿牧地之禁。甲寅，诏亦即纳新附贫民，从人借贷困不能偿者，官为偿之，仍给牛具、种实及粮食。签东京军千八百人充侍卫军。

八月庚申，填星犯天罇⑤。辛酉，申严平滦路私盐酒醋之禁。丙寅，复立宣徽院，以前中书右丞相线真为使。丁丑，封皇子忽哥赤为云南王，赐驼钮金镀银印。壬午，太白犯轩辕大星⑤。命怯绵征建都。高丽国王王禃遣其秘书监郭汝弼来贺圣诞节。阿尤略地至襄阳，俘生口五万⑧、马牛五千，宋人遣步骑来拒，阿尤率骑兵败之。

九月壬辰，作玉殿于广寒殿中。乙未，总帅汪良臣请立寨于母章德山，控扼江南，以当钓鱼之冲，从之。戊申，以许衡为国子祭酒。安南国王陈光昞遣使来贡，优诏答之。立大理等处行六部，以阔阔带为尚书兼云南王傅，柴祯尚书兼府尉，宁源侍郎兼司马。庚戌，遣云南王忽哥赤镇大理、鄯阐、茶罕章、赤秃哥儿、金齿等处，诏抚谕吏民。又诏谕安南国，俾其君长来朝⑤，子弟入质⑥，编民出军役纳赋税，置达鲁花赤统治之。癸丑，申严西夏中兴等路僧尼道士商税酒醋之禁。车驾至自上都。王鹗请立选举法，有旨令议举行，有司难之，事遂寝⑥。

冬十月辛酉，制国用司言："别怯赤山石绒织为布⑫，火不能然⑬。"诏采之。壬戌，赐驸马不花银印。鱼通岩州等处达鲁花赤李福招谕西番诸族酋长，以其民入附，以阿奴版的哥等为喝吾等处总管，并授玺书及金银符。铁旗城后番官官折兰遣其子天郎，持先受宪宗玺书金符，乞改授新命，从之。甲子，岁星犯轩辕大星⑭。辛未，太原进嘉禾二本，异亩同颖⑮。甲戌，赈新附民陈忠等钞。丁丑，制国为使司请量节经用⑯，从之。庚辰，定品官子孙荫叙格⑰。

十一月乙酉，享于太庙⑱。戊戌，立新蔡县，以忽察、李家奴统所部兵戍之。甲辰，立夔府路总帅府，戍开州。乙巳，填星犯天罇距星。申严京畿畋猎之禁。南京宣慰刘整赴阙，奏攻宋方略，宜先从事襄阳⑲。

十二月甲戌，赏河南路统军使讹怀所部将士战功银九千六百五十两，钞币鞍勒有差⑳。丙子，赈亲王移相哥所部饥民。丁丑，给辽东新答军布六万匹。己卯，立辽东路水驿七。赏元帅阿尤部下有功将士二千二十五人银五万五千三百两，金五十两，及锦彩、鞍勒有差㉑。庚辰，签女直、水达达军三千人。立诸位斡脱总管府。省平阳路岳阳、和二县入冀氏㉒，复置霸州益津县，省安西路栎阳县入临潼。

是岁，天下户口一百六十四万四千三十。山东、河南北诸路蝗，顺天束鹿县旱，免其租。断死罪一百十四人。赐诸王金银币帛如岁例。

五年春正月甲午，太阴犯井⁷³。庚子，上都建城隍庙。辛丑，敕陕西五路四川行省造战舰五百艘，付刘整。高丽国王王禃遣其弟淐来朝⁷⁴，诏以禃饰辞见欺⁷⁵，面数其事于淐，切责之⁷⁶。复遣北京路总管于也孙脱、礼部朗中孟甲持诏往谕，令具表遣海阳公金俊、侍郎李藏用与去使同来以闻。庚戌，赐高丽国新历。

闰月戊午，以陈、亳、颍、蔡等处屯田户充军。令益都漏籍户四千淘金登州栖霞县，每户输金岁四钱。

二月戊子，太阴犯天关⁷⁷。己丑，太阴犯井。给河南、山东贫乏军士钞。戊戌，改军器局为军器监。辛丑，百户浑都速驻营济南路属县三年，胁取民饮食粮料当粟五千石⁷⁸，敕杖决之，仍偿粟千石。析甘州路之肃州自为一路。

三月丙寅，罢诸路四品以下子孙入质者。田禹妖言，敕减死，流之远方⁷⁹。禁民间兵器，犯者验多寡定罪。甲子，敕怯绵率兵二千招谕建都。壬申，改母章德山为定远城，武群山为武胜军。丁丑，敕阿里等诣军前阅视军籍⁸⁰。罢诸路女直、契丹、汉人为达鲁花赤者，回回、畏兀、乃蛮、唐兀人仍旧。

夏四月壬寅，遣使祀岳渎。

五月辛亥朔，以太医院、拱卫司、教坊司及尚食、尚果、尚酝三局隶宣徽院。癸亥，都元帅百家奴拔宋嘉定五花、石城、白马三寨⁸¹。癸酉，赐诸王禾忽及八剌合币帛六万匹。

六月辛巳朔，济南王保和以妖言惑众，谋作乱，敕诛首恶五人，余勿论。甲申，中山大雨雹。阿尤言：“所领者蒙古军，若遇山水寨栅，非汉军不可，宜令史枢率汉军协力征进。”从之。戊申，东平等处蝗。己酉，封诸王习怯吉为河平王，赐驼钮金印。

秋七月辛亥，召翰林真学士高鸣，顺州知州刘瑜，中都郝谦、李天辅、韩彦文、李佑赴上都。以山东统军副使王仲仁成眉州。壬子，诏陕西统军司兼领军民钱谷。罢各路奥鲁官，令管民官兼领。癸丑，立御史台，以右丞相塔察儿为御史大夫，诏谕之曰：“台官职在直言，朕或有未当，其极言无隐⁸²，毋惮他人，朕当尔主。”仍以诏谕天下。立高州北二驿。戊辰，罢西夏宣抚司。庚午，省诸路打捕鹰坊工匠洞冶总管府，令转运兼领之。丙子，立西夏惠民局。高丽国王王禃遣其臣崔东秀来言备兵一万造船千只，诏遣都统领脱朵儿往阅之，就相视黑山日本道路⁸³，仍命耽罗别造船百艘以伺调用⁸⁴。诏四川行省赛典赤自利州还京兆。立东西二川统军司，以刘整为都元帅，与都元帅阿尤同议军事。整至军中，议筑白河口、鹿门山，遣使以闻，许之。罢军中诸司参议。

八月乙酉，程思彬以投匿名书言斥乘舆⁸⁵，伏诛。己丑，亳州大水。庚子，敕京师濒河立十仓。命忙古带率兵六千征西番、建都。

九月癸丑，中都路水，免今年田租，罢中都路和顾所。丁巳，阿尤统兵围樊城。敕长春宫修设金箓周天大醮七昼夜。建尧庙及后土太宁宫⁸⁶。庚申，赐安南国王陈光昞锦绣，及其诸臣有差。己丑，立河南屯田。命兵部侍郎黑的、礼部侍郎殷弘赍国书复使日本⁸⁷，仍诏高丽国遣人导送，期于必达，毋致如前稽阻⁸⁸。诏谕安南国陈光昞：“来奏称占城、真腊二寇侵扰，已命卿调兵与不干并力征讨。今复命云南王忽哥赤统兵南下，卿可遵前诏，遇有叛乱不庭为边寇者⁸⁹，发兵一同进讨，降服者善为抚绥⁹⁰。”车驾至自上都。益都路饥，以米三十一万八千石赈之。复以史天泽为枢密副使。

冬十月戊寅朔，日有食之。己卯，敕中书省、枢密院，凡有事，与御史台官同奏。立河南等路行中书省，以参知政事阿里行中书省事。庚辰，以御史中丞阿里为参知政事。壬午，诏恤沿边诸军，其横科差赋⑨，责奥鲁官偿之。庚寅，敕从臣秃忽思等录《毛诗》、《孟子》、《论语》。乙未，享于太庙。中书省臣言："前代朝廷必有起居注，故善政嘉谟不致遗失⑫。"即以和礼霍孙、独胡剌充翰林待制兼起居注。敕给黎、雅、嘉定新附民田。戊戌，宫城成。刘秉忠辞领中书省事，许之，为太保如故。

十一月己酉，签河南、山东边城附籍诸色户充军。庚申，宋兵自襄阳来攻沿山诸寨，阿尤分诸军御之，斩获甚众，立功将士千三百四人，诏首立战功生擒敌军者，各赏银五十两，其余赏赍有差。癸酉，御史台臣言："立台数月，发擿甚多⑬，追理侵欺粮粟近二十万石⑭，钱物称是⑮。"有诏褒谕。免南京、河南两路来岁修筑都城役夫。

十二月戊寅，以中都、济南、益都、淄莱、河间、东平、南京、顺天、顺德、真定、恩州、高唐、济州、北京等处大水，免今年田租。敕二分、二至及圣诞节日，祭星于司天台。诏谕四川行省沿边屯戍军士逃役者处死。复置乾州奉天县，省好畤、永寿入焉。以凤州隶兴元路，德兴府改奉圣州，隶宣德。

是岁，京兆大旱。天下户一百六十五万二百八十六，断死罪六十九人。赐诸王金银币帛如岁例。

六年春正月癸丑，高丽国王王禃遣使以诛权臣金佼来告㊱，赐历日、西锦。立四道按察司。戊午，阿尤军入宋境，至复州、德安府、荆山等处，俘万人而还。庚申，以参知政事杨果为怀孟路总管。甲戌，益都、淄莱大水，恩州饥，命赈之。敕史天泽与枢密副使驸马忽剌出董师襄阳㊲。

二月壬午，以立四道提刑按察司诏谕诸道。己丑，诏以新制蒙古字颁行天下。丙申，罢宣德府税课所，以上都转运司兼领。改河南、怀孟、顺德三路税课所为转运司。丁酉，签民兵二万赴襄阳。赈欠州人匠贫乏者米五千九百九十九石。敕："鞍靴箭镞等物㊳，自今不得以黄金为饰。"开元等路饥，减户赋布二匹，秋税减其半，水达达户减青鼠二㊴，其租税被灾者免征。免单丁贫乏军士一千九百余户为民。癸卯，给河南行省钞千锭犒军。

三月甲寅，诏益都路签军万人，人给钞二十五贯。戊午，赈曹州饥。筑堡鹿门山。

夏四月辛巳，制玉玺大小十纽㊵。甲午，遣使祀岳渎。大名等路饥，赈米十万石。

五月丙午东平路饥，赈米四万一千三百余石。辛酉，诏禁戍边军士牧践屯田禾稼。

六月辛巳，以招讨怯绵征建都败绩，又擅追唆火儿玺书、金符，处死。壬午，免益都新签军单丁者千六百二十一人为民。丁亥，河南、河北、山东诸郡蝗。癸巳，敕："真定等路旱蝗，其代输筑城役夫户赋悉免之。"丙申，高丽国王王禃遣其世子愖来朝，赐禃玉带一，愖金五十两，从官银币有差。壬寅，阿尤率兵万五千人厄宋万山、射垛冈、鬼门关樵苏之路㊶。癸卯，诏董文炳等率兵二万二千人南征。东昌路饥，赈米二万七千五百九十石。

秋七月丁巳，遣宋私商四十五人还其国。庚申，水军千户邢德立、张志等生擒宋荆鄂都统唐永坚，赏银币有差。辛酉，制太常寺祭服。壬戌，西京大雨雹。己巳，立诸路蒙古字学。癸酉，立国子学。诏遣官审理诸路冤滞，正犯死罪明白者，各正典刑㊷，其杂犯死罪以下，量断遣之。又诏谕宋国官吏军民，示以不欲用兵之意。复遣都统领脱朵儿、统领王昌国等往高丽点阅所备兵船，及相视耽罗等处道路。立西蜀四川监榷茶场使司。宋将夏贵率兵船三千至鹿门山，万户解汝楫、李庭率舟师败之，俘杀二千余人，获战舰五十艘。

八月己卯，立金州招讨司。丙申，以沙、肃州钞法未行，降诏谕之。诏诸路劝课农桑㊸。命中书省采农桑事列为条目，仍令提刑按察司与州县官相风土之所宜，讲究可否，别颁行之。高丽国世子惶奏，其国臣僚擅废国王王禃，立其弟安庆公淐，诏遣斡朵思不花、李谔等往其国详问，条具以闻。

九月癸丑，恩州进嘉禾，一茎三穗。戊午，敕民间贷钱取息，虽逾限止偿一本息。己未，授高丽世子王惶特进上柱国、东安公。壬戌，丰州、云内、东胜旱，免其租赋。戊辰，敕高丽世子惶率兵三千赴其国难。惶辞东安公，乃授特进上柱国。辛未，敕管军万户宋仲义征高丽。以忽剌出、史天泽并平章政事，阿里中书右丞，行河南等路中书省事，赛典赤行陕西五路西蜀四川中书省事。车驾至自上都。斡朵思不花、李谔以高丽刑部尚书金方庆至[10]，奉权国王淐表[2]，诉国王王禃遘疾[8]，令弟淐权国事[19]。

冬十月己卯，定朝仪服色。壬午，升高唐、冠氏并为州。丁亥，广平路旱，免租赋。诏遣兵部侍郎黑的、淄莱路总管府判官徐世雄，召高丽国王王禃、王弟淐及权臣林衍俱赴阙。命国王头辇哥以兵压其境，赵璧行中书省于东京。仍降诏谕高丽国军民。庚子，太阴犯辰星[11]。宋遣馈盐粮入襄阳，我军获之。赐诸王奥鲁赤驼钮金镀银印。

十一月癸卯，高丽都统领崔坦等，以林衍作乱，挈西京五十余城来附[1]。丁未，签王綧、洪茶丘军三千人往定高丽。高丽西京都统李延龄乞益兵，遣忙哥都率兵二千赴之。庚午，敕："诸路鳏寡废疾之人，月给米二斗。"安南国王陈光昺遣使来贡。济南饥，以米十二万八千九百石赈之。高丽国王王禃遣其尚书礼部侍郎朴烋从黑的入朝，表称受诏已复位，寻当入觐[18]。筑新城于汉江西。

十二月戊子，筑东安浑河堤。己丑，作佛事于太庙七昼夜。高唐、固安二州饥，以米二万六百石赈之。析彰德、怀孟、卫辉为三路，升林虑县为林州，改桢州复为韩城县，并省冯翊等州县十所，以懿州、广宁等府隶东京。

是岁，天下户一百六十八万四千一百五十七。赐诸王金银币帛如岁例。断死罪四十二人。

---

①城：修筑城墙。

②直：通"值"。

③榷：专卖。

④蓧（tiáo），音条。

⑤孳：繁殖。

⑥四阅月：经历四个月。

⑦相度：观察估量。

⑧括：检查，清查。

⑨"戊申"应为"戊辰"。

⑩顷：近来。

⑪心：二十八星宿之一。

⑫卒：完成，到底。

⑬本：量词，此处作"棵"之意。

⑭首实：向官府交代本人或别人的犯罪情实。

⑮干：涉及，牵涉。

⑯讦（jié，音洁）：斥责他人之过错，揭发他人所做的坏事。

⑰摘：选择。

⑱沈（shěn），音审。

⑲理断：审理判决。

⑳条画：条规，法令。

㉑虑囚：详细审查囚犯而平反之。虑，其用同录，讯察、记录之意。

㉒五岳：我国五大名山总称，古书记载不一。　　四渎：长江、黄河、淮河、济水之并称。

㉓崞（guō），音锅。

㉔陈首：自己供认所犯罪行。

㉕第：住宅。

㉖惟：思。

㉗务：致力。　　讲信修睦：讲求信用，睦邻修好。

㉘区夏：华夏，中国。

㉙遐方：远方。　　怀：思念，想念。

㉚瘁：劳伤，劳损。　　锋镝（dí，音敌）：比喻战争。刀刃为锋，箭头为镝。

㉛旄（máo，音毛）：老人。　　倪：幼儿。

㉜感戴：感激并拥戴。

㉝计：估计。

㉞东藩：东边的属国。

㉟密迩：距离很近。

㊱躬：亲自（做了皇帝）。

㊲审：详细，详尽。

㊳冀：希望。

㊴略：夺取。

㊵更：更换。　　敕牒：皇帝发布命令的文书。

㊶漕仓：从水路运输粮食用的粮仓。

㊷图谶（chèn，音衬）：预测吉凶，发出预言一类的迷信书籍。

㊸换授：量酌才能调任官职。

㊹生理：产业，财富。

㊺所：住处。

㊻佥（qiān，音签）：全，都。

㊼洞冶：矿藏冶炼。

㊽课：赋税。

㊾侵理：越权审理。

㊿析：分割出来。

51涪：fú，音扶。

52擢：提拔。

53比：近来。

54包银：元代对汉民户征收的赋税。

55要领："腰"领，比喻关键。

56填星：土星的别称。　　天罇：星名。

57轩辕：星座名。

58生口：俘虏。

59俾：使。

60质：人质。

61寝：停止，平息。

62石绒：即石棉。

63然：通"燃"。

64岁星：木星。

65亩：根源。

66经用：经常用度。

67定品：定主品评。　　荫：古代因为先辈有功或者做官，给予后代子孙做官或者入学的权利。　　叙：评议等级规格。

⑱享：祭祀。

⑲从事：处理。

⑳勒：带有嚼口的马笼头。

㉑彩：多色的丝绸。

㉒省：去掉，废去。　　和州：应为"和川"。

㉓井：二十八星宿之一。

㉔淐（chāng），音昌。

㉕饰：伪饰。

㉖切：谴责。

㉗无关：星名。

㉘胁：胁迫，威胁。

㉙流：流放。

㉚诣：到……去。

㉛拔：夺取。

㉜其：副词，表祈使意。

㉝就：就使。

㉞伺：守候，等候。

㉟乘（shèng，音盛）舆：旧指帝王所坐的车子，代指帝王。

㊱后土：此处指祭祀土地神的社坛。

㊲赍：携，持。

㊳稽：拖延。

㊴不庭：不来朝觐。

㊵绥：安抚。

㊶横科：横征暴敛。

㊷谟：计划，策略。

㊸发擿（tī，音梯）：揭发。擿，揭发。

㊹追理：追查处理。

㊺称是：与此相称或相当。是，此。

㊻"金佼"应为"金俊"。

㊼董：监督。

㊽镞（zú，音足）：箭头。

㊾青鼠：即灰鼠，皮毛可作衣。

⑩纽：量词，枚，颗。

⑩厄：控制，拒守。　　樵苏：打柴割草。苏：割草。

⑩典刑：正法，执行死刑。

⑩劝：勉励。

⑩以：和。

⑩权：持，秉。

⑩疾：缺点。

⑩权：代理。

⑩辰星：二十八星宿之一。

⑩挈：带领。

⑩寻：不久。

世祖本纪四

七年春正月辛丑朔，高丽国王王禃遣使来贺。丙午，耶律铸、廉希宪罢。立尚书省，罢制国用使司。以平章政事忽都答儿为中书左丞相，国子祭酒许衡为中书左丞，制国用使阿合马平章尚书省事，同知制国用使司事张易同平章尚书省事，制国用使司副使张惠、金制国用使司事李尧咨、麦尤丁并参知尚书省事。己酉，太阴犯毕①。敕诸投下官隶中书省②。壬子，敕驿券无印者不许乘传。甲寅，高丽国王王禃遣使来言："比奉诏臣已复位③，今从七百人入觐。"诏令从四百人来，余留之西京。诏高丽西京内属，改东宁府，画慈悲岭为界④。丁巳，以蒙哥为安抚高丽使，佩虎符，率兵戍其西境。戊午，均、房州总管孙嗣擒宋统制朱兴祖等。丙寅，赈兀鲁吾民户钞。丁卯，定省、院、台文移体式⑤。

二月辛未朔，以前中书右丞相伯颜为枢密副使。甲戌，筑昭应宫于高梁河。丙子，帝御行宫，观刘秉忠、孛罗、许衡及太常卿徐世隆所起朝仪⑥，大悦，举酒赐之。丁丑，以岁饥，罢修筑宫城役夫。甲申，置尚书省署。乙酉，立纸甲局。申严畜牧损坏禾稼桑果之禁。壬辰，立司农司，以参知政事张文谦为卿，设四道巡行劝农司。乙未，宋襄阳出步骑万余人、兵船百余艘，来趋万山堡，万户张弘范、千户脱脱击却败之⑦。事闻，各赐金纹绫有差。高丽国王王禃来朝，求见皇子燕王。诏曰："汝一国主也，见朕足矣。"禃请以子愖见，从之。诏谕禃曰："汝内附在后，故班诸王下⑧。我太祖时亦都护先附，即令齿诸王上⑨，阿思兰后附，故班其下，卿宜知之。"又诏令国王头辇哥等举军入高丽旧京，以脱脱朵儿、焦天翼为其国达鲁花赤，护送禃还国。仍下诏："林衍废立，罪不可赦，安庆公淐，本非得已，在所宽宥。有能执送衍者，虽旧在其党，亦必重增官秩⑩。"世子愖奏乞随朝及尚主⑪，不许，命随其父还国。

三月庚子朔，日有食之。改河南等路，及陕西五路西蜀四川、东京等路行中书省为行尚书省。尚书省臣言："河西和余，应僧人、豪官、富民一例行之。"制可⑫。甲寅，车驾幸上都。丙辰，浚武清县御河⑬。丁巳，定医官品从。戊午，益都、登、莱蝗旱，诏减其今年包银之半。阿尤与刘整言："围守襄阳，必当以教水军、造战舰为先务。"诏许之。教水军七万余人，造战舰五千艘。

夏四月壬午，檀州陨黑霜三夕⑭。设诸路蒙古字学教授。敕："诸路达鲁花赤子弟荫叙充散府诸州达鲁花赤，其散府诸州子弟充诸县达鲁花赤，诸县子弟充巡检。"改御史台典事为都事。癸未，定军官等级，万户、总管、千户、百户、总把以军士为差。己丑，省终南县入盩厔⑮，复真定赞皇县、太原乐平县。高丽行省遣使来言："权臣林衍死，其子惟茂擅袭令公位⑯，为尚书宋宗礼所杀，岛中民皆出降，已迁之旧京。衍党裴仲孙等复集余众，立禃庶族承化侯为王，窜入珍岛。"

五月辛丑，怀州河内县大雨雹。癸卯，陕西金省也速带儿、严忠范与东西川统军司率兵及宋兵战于嘉定、重庆、钓鱼山，马湖江⑰，皆败之，拔三寨，擒都统牛宣，俘获人民及马牛战舰无算⑱。甲辰，威州汝凤川番族八千户内附，其酋长来朝，授宣命，赐金符。丁未，东京路饥，兼运粮造船劳役，免今年丝银十之三。以同知枢密院事合答为平章政事。乙卯，复平滦路抚宁县，以海山、昌黎入之。丙辰，括天下户。尚书省臣言："诸路课程，岁银五万锭，恐疲民力，宜减十分之一。运司官吏俸禄，宜与民官同。其院务官量给工食，仍禁所司多取于民。岁终，较其增损而加黜陟[19]。上都地里遥远，商旅往来不易，特免收税以优之。惟市易庄宅、奴婢、孳畜[20]，例收契本工墨之费。管民官迁转，以三十月为一考[21]，数于变易，人心苟且[22]，自今请以六十月迁转。诸王遣使取索诸物及铺马等事[23]，自今并以文移，毋得口传教令。"并从之。改宣徽院为光禄司，秩正三品，以宣徽使綫真为光禄使。庚申，命枢密院阅实军数。壬戌，东平府进瑞麦，一茎二穗、三穗、五穗者各一本。省中都打捕鹰坊总管府入工部。大名、东平等路桑蚕皆灾，南京、河南等路蝗，减今年银丝十之三。

六月丙子，敕西夏中兴市马五百匹。庚辰，敕："戍军还，有乏食及病者，令所过州城村坊主者给饮食医药。"丁亥，罢各路洞冶总管府，以转运司兼领。徙谦州甲匠于松山，给牛具。赐皇子南木合马六千、牛三千、羊一万，赐北边戍军马二万、牛一千、羊五万。丙申，立籍田大都东南郊[24]。禁民擅入宋境剽掠。

秋七月辛丑，设上林署。乙卯，赐诸王拜答寒印及海青、金符二。庚申，初给军官俸。壬戌，签诸道回回军。乙丑，阅实诸路炮手户[25]。都元帅也速带儿等略地光州，败宋兵于金刚台。以辽东开元等路总管府兼本路转运司事。山东诸路旱蝗。免军户田租，戍边者给粮。命达鲁花赤兀良吉带给上都扈从畋猎粮。

八月戊辰朔，筑环城以逼襄阳。己巳，赈应昌府饥。诸王拜答寒部曲告饥，命有车马者徙居黄忽儿玉良之地，计口给粮，无车马者，就食肃、沙、甘州。戊寅，隆兴府总管昔剌斡脱以盗用官钱罢。庚辰，以御史大夫塔察儿同知枢密院事，御史中丞帖只为御史大夫。高丽世子王愖来贺圣诞节。辛巳，设应昌府官吏。辛卯，保定路霖雨伤禾稼[26]。

九月庚子，敕僧、道、也里可温有家室不持戒律者，占籍为民。丁巳，太阴犯井。丙寅，括河西户口，定田税。宋将范文虎以兵船二千艘来援襄阳。阿术、合答、刘整率兵逆战于灌子滩[27]，杀掠千余人，获船三十艘，文虎引退。西京饥，敕诸王阿只吉所部就食太原。山东饥，敕益都、济南酒税以十之二收粮。

冬十月戊辰朔，敕两省以已奏事报御史台。庚午，太白犯右执法[27]。癸酉，敕宗庙祭祀祝文，书以国字。乙亥，宋人攻莒州[28]。乙酉，享于太庙。丁亥，以南京、河南两路旱蝗，减今年差赋十之六。发清、沧盐二十四万斤，转南京米十万石，并给襄阳军。己丑，敕来年太庙牲牢[29]，勿用豢豕[30]，以野豕代之。时果勿市[31]，取之内园。车驾至自上都。降兴中府为州。赈山东淄莱路饥。

十一月壬寅，荧惑犯太微西垣上将[32]。壬子，河西诸郡诸王顿舍[33]，僧、民协力供给。丁巳，敕益兵二千，合前所发军为六千，屯田高丽。以忻都及前左壁总帅史枢，并为高丽金州等处经略使，佩虎符，领屯田事。仍诏谕高丽国王立侍仪司。安南国王陈光昞遣使来贡，优诏答之。复赈淄莱路饥。

闰月丁卯朔，高丽世子王愖还，赐王禃至元八年历。戊辰，禁缯段织日月龙虎，及以龙犀饰马鞍者。己巳，给河西行省钞万锭，以充岁费。以义州隶婆娑府。癸未，诏谕西夏提刑按察司管民官，禁僧徒冒据民田。壬辰，申明劝课农桑赏罚之法。诏设诸路脱脱禾孙。

十二月丙申朔，改司农司为大司农司，添设巡行劝农使、副各四员，以御史中丞孛罗兼大司农卿。安童言孛罗以台臣兼领，前无此例。有旨："司农非细事，朕深谕此，其令孛罗总之。"命陕西等路宣抚使赵良弼为秘书监，充国信使，使日本。敕岁祀太社、太稷、风师、雨师、雷师。戊戌，徙怀孟新民千八百余户居河西。壬寅，升御史大夫秩正二品。降河南韶州为渑池县。宋重庆制置朱禩孙遣谍者持书榜来诱安抚张大悦等，大悦不发封[34]，并谍者送致东川统军司。丁未，金齿、骠国三部酋长阿匿福、勒丁、阿匿爪来内附，献驯象三、马十九匹。己酉，鱼通路知府高曳失获宋谍者，诏赏之。辛酉，以都水监隶大司农司。以诸王伯忽儿为札鲁赤之长。建大护国仁王寺于高良河。敕更定僧服色。

是岁，天下户一百九十三万九千四百四十九。赐先朝后妃及诸王金银币帛如岁例。断死刑四十四人。

八年春正月乙丑朔，高丽国王王禃遣其秘书监朴恒、郎将崔有渰来贺⑮，兼奉岁贡。丙寅，太阴犯毕。己卯，以同金河南等路行中书省事阿里海牙参知尚书省事。中书省臣言："前有旨，令臣与枢密院、御史台议河南行省阿里伯等所置南阳等处屯田，臣等以为，凡屯田人户，皆内地中产之民，远徙失业，宜还之本籍。其南京、南阳、归德等民赋，自今悉折输米粮，贮于便近地，以给襄阳军食。前所屯田，阿里伯自以无效引伏⑯，宜令州郡募民耕佃⑰。"从之。史天泽告老，不允。敕："前筑都城，徙居民三百八十二户，计其直偿之。"设枢密院断事官。遣尢都蛮率蒙古军镇西方当当。丙戌，高丽安抚阿海略地珍岛，与逆党遇，多所亡失。中书省臣言："谍知珍岛余粮将竭，宜乘弱攻之。"诏不许，令巡视险要，常为之备。丁亥，管如仁，费正寅以国机事为书，谋遣崔继春、贾靠山、路坤入宋，事觉，穷治⑱，正寅、如仁，继春皆正典刑，靠山、坤并流远方。壬辰，敕："诸路鳏寡孤独疾病不能自存者，官给庐舍薪米。"高丽国王王禃遣使奉表，为世子愖请昏⑲。诏禁边将受略放及科敛。赈北京、益都饥。

二月乙未朔，定民间婚聘礼币，贵贱有差。丁酉，发中都、真定、顺天、河间、平滦民二万八千余人筑宫城。己亥，罢诸路转运司入总管府。以尚书省奏定条画颁天下。移陕蜀行中书省于兴元。癸卯，四川行省也速带儿言："比因饥馑，盗贼滋多，宜加显戮⑳。"诏令群臣议。安童以为，强窃盗贼，一皆处死，恐非所宜，罪至死者，仍旧待命。以中书左丞、东京等路行尚书省事赵璧为中书右丞。甲辰，添设监察御史六员。命忽都答儿持诏招谕高丽林衍余党裴仲孙。乙巳，大理等处宣慰都元帅宝合丁、王傅阔阔带等，协谋毒杀云南王，火你赤、曹桢发其事。宝合丁、阔阔带及阿老瓦丁、亦速夫并伏诛，赏桢、火你赤及证左人金银有差㉑。以沙州、瓜州鹰坊三百人充军。戊申，诏以治事日程谕中外官吏。敕往畏吾儿地市米万石。庚戌，申严东川井盐之禁。己未，敕军官佩金银符，其民官工匠所佩者，并拘入，勿复给。敕海青符用太祖皇帝御署㉒。庚申，奉御九住旧以梳枥奉太祖㉓，奉所落须发束上，诏椟之㉔，藏于太庙夹室。辛酉，敕："凡讼而自匿及诬告人罪者，以其罪罪之。"分归德为散府，割宿、亳、邳、徐等州隶之。升申州为南阳府，割唐、邓、裕、嵩、汝等隶之。赈西京饥。

三月乙丑，增治河东山西道按察司㉕。改河东陕西道为陕西四川道，山北东西道为山北辽东道。甲戌，敕："元正、圣节、朝会，凡百官表章、外国进献、使臣陛见、朝辞礼仪，皆隶侍仪司。"丙子，改山东、河间、陕西三路盐课都转运司为都转运盐使司。己卯，中书省臣言："高丽叛臣裴仲孙乞诸军退屯，然后内附，而忻都未从其请，今愿得全罗道以居，直隶朝迁。"诏以其饰词迁延岁月，不允。辛巳，复立夏邑县，以砀山入焉。省谷熟入睢阳。滨棣万户韩世安，坐私储粮食、烧毁军器、诈乘驿马及擅请诸王塔察儿益都四县分地等事㉖，有司屡以为言，诏诛之，仍籍其家。甲申，车驾幸上都。乙酉，许衡以老疾辞中书机务，除集贤大学士、国子祭酒。衡纳还旧俸，诏别以新俸给之。命设国子学，增置司业、博士、助教各一员，选随朝百官近侍蒙古、汉人子孙及俊秀者充生徒。丁亥，荧惑犯太微西垣上将。己丑，立西夏中兴等路行尚书省，以趁海参知行尚书省事。命尚书省阅实天下户口，颁条画，谕天下。赈益都等路饥。敕："有司毋留狱滞讼，以致越诉，违者官民皆罪之。"制封皇子燕王乳母赵氏豳国夫人㉗，夫巩德禄追封德育公。

夏四月壬寅，高丽凤州经略司忻都言：“叛臣裴仲孙，稽留使命，负固不服，乞与忽林赤、王国昌分道进讨。”从之。平滦路昌黎县民生子，中夜有光，诏加鞠养⑱。或以为非宜⑲，帝曰：“何幸生一好人，毋生嫉心也。”命高丽签军征珍岛。癸卯，给河南行中书省岁用银五十万两。仍敕襄樊军士自今人月给米四斗。甲辰，签壮丁备宋。戊午，阿尤率万户阿剌罕等与宋将范文虎等战于湍滩，败之，获统制朱胜等百余人，夺其军器。赏阿尤、阿剌罕等金帛有差。以至元七年诸路灾，蠲今岁丝料轻重有差⑳。

五月乙丑，以东道兵围守襄阳，命赛典赤、郑鼎提兵，水陆并进，以趋嘉定；汪良臣、彭天祥出重庆，札剌不花出泸州，曲立吉思出汝州，以牵制之。改金省也速带儿、郑鼎军前行尚书事，赛典赤行省事于兴元，转给军粮。丙寅，牢鱼国来贡。己巳，修佛事于琼华岛。辛未，分大理国三十七部为三路，以大理八部蛮酋新附㉑，降诏抚谕。壬申，造内外仪仗。丁丑，赈蔚州饥。己卯，命史天泽平章军国重事。升太府监为正三品。忻都、史枢表言珍岛贼徒败散，余党窜入耽罗。辛巳，赐河西行省金符、银海青符各一。令蒙古官子弟好学者，兼习算术。癸未，升济州为济宁府。以玉宸院隶宣徽院㉒。高丽国王王禃遣使贡方物。

六月甲午，敕枢密院：“凡军事径奏，不必经由尚书省，其干钱粮者议之㉓。”上都、中都、河间、济南、淄莱、真定、卫辉、洺磁、顺德、大名、河南、南京、彰德、益都、顺天、怀孟、平阳、归德诸州县蝗。癸卯，宋将范文虎率苏刘义、夏松等舟师十万援襄阳，阿尤率诸将迎击，夺其战船百余艘，敌败走。平章合答又遣万户解汝楫等邀击，擒其总管朱日新、郑皋，大破之。辛亥，敕：“凡管民官所领钱谷公事，并俟年终考较㉔。”乙卯，招集河西、斡端、昂吉呵等处居民。己未，山东统军司塔出、董文炳侦知宋人欲据五河口，请筑城守之，既而坐失事机㉕，宋兵已树栅其地。事闻，敕决罚塔出、文炳等有差。辽州和顺县、解州闻喜县好蚄生㉖。

秋七月壬戌朔，尚书省请增太原盐课，岁以钞千锭为额，仍令本路兼领，从之。设回回司天台官属，以札马剌丁为提点。签女真、水达达军。以郑元领祠祭岳渎，授司禋大夫㉗。丁卯，南人李忠进言，运山侍郎张大悦尝与宋交通㉘，以其事无实，诏谕大悦：“宋善用间，朕不轻信，毋怀疑惧。”以国王头辇哥行尚书省于北京、辽东等路。辛未，置左右中三卫亲军都指挥使司。乙亥，巩昌、临洮、平凉府、会、兰等州陨霜杀禾。乙酉，宋将来兴国攻百丈山营，阿尤击破之，追至湍滩，斩首二千余级㉙。高丽世子王愖入质，珍岛胁从民户来降。

八月壬辰朔，日有食之。癸巳，敕：“军站户地四顷以上，依例输租。”己亥，诏招谕宋襄阳守臣吕文焕。壬子，车驾至自上都。迁成都统军司于眉州。己未，圣诞节，初立内外仗及云和署乐位。东川统兵司引兵攻宋铜钹寨，守寨总管李庆等降，以庆知梁山军事。

九月壬戌朔，敕都元帅阿尤以所部兵略地汉南。癸亥，高丽世子王愖辞归，赐国王王禃西锦，优诏谕之。甲子，赐刘整钞五百锭、邓州田五百顷，整辞，改赐民田三百户，科调如故㉚。给河南行省岁用钞二万八千六百锭。丙寅，罢陕西五路西蜀四川行尚书省，以也速答儿行四川尚书省事于兴元，京兆等路直隶尚书省。败宋军于涡河。戊辰，升成都府德阳县为德州，降虢州为虢略县。壬申，选胄子脱脱木儿等十人肄业国学㉛。癸酉，益都府济州进芝二本。甲戌，签西夏回回军。太庙殿柱朽坏，监察御史劾都水刘晸监造不敬㉜，晸以忧卒。张易请先期告庙㉝，然后完葺㉞，从之。丙子，敕今岁享太庙毋用牺牛。太阴犯毕。庚辰，右卫亲军都指挥使忽都等言：“五河城堡已成，唯庐舍未完。凡材甓皆出宋境㉟，请率精兵分道抄掠。”从之。壬午，山东路统军司言宋兵攻胶州，千户蒋德等逆战败之，俘统制范广等五十余人，获战船百艘。癸未，诏忙安仓失陷米五千余石，特免征，仍禁诸王非理需索。诏以四川民力困弊，免茶盐等课税，以军民田租给沿边军食。仍敕：“有司自今有言茶盐之利者，以违制论。”

冬十月癸巳，大司农臣言："高唐州达鲁花赤忽都纳、州尹张廷瑞、同知陈思济劝课有效，河南府陕县尹王仔怠于劝课，宜加黜陟，以示劝惩。"从之。丁酉，享于太庙。己未，檀、顺等州风潦害稼⑥⑥。赐高丽至元九年历。

十一月辛酉朔，敕品官子孙 儤直⑥⑦。敕遣阿鲁忒儿等抚治大理。壬戌，罢诸路交钞都提举司。乙亥，刘秉忠及王磐、徒单公履等言："元正、朝会、圣节、诏赦及百官宣敕，具公服迎拜行礼。"从之。禁行金泰和律。建国号曰大元，诏曰：

"诞膺景命⑥⑧，奄四海以宅尊⑥⑨；必有美名，绍百王而纪统⑦⑩。肇从隆古⑦①，匪独我家⑦②。且唐之为言荡也⑦③，尧以之而著称；虞之为言乐也⑦④，舜因之而作号。驯至禹兴而汤造⑦⑤，互名夏大以殷中⑦⑥。世降以还，事殊非古⑦⑦。虽乘时而有国，不以利而制称⑦⑧。为秦为汉者⑦⑨，著从初起之地名⑧⑩；曰隋曰唐者，因即所封之爵邑。是皆徇百姓见闻之狃习⑧①，要一时经制之权宜⑧②，概以至公⑧③，不无少贬⑧④。

我太祖圣武皇帝，握乾符而起朔土⑧⑤，以神武而膺帝图，四震天声，大恢土宇⑧⑥，舆图之广，历古所无。顷者，耆宿诣庭，奏章申请，谓既成于大业，宜早定于鸿名。在古制以当然，于朕心乎何有？可建国号曰大元，盖取易经"乾元"之义。兹大冶流形于庶品⑧⑦，孰名资始之功⑧⑧；予一人底宁于万邦⑧⑨，尤切体仁之要⑨⑩。事从因革⑨①，道协天人⑨②。于戏！称义而名⑨③，固匪为之溢美；孚休惟永⑨④，尚不负于投艰⑨⑤。嘉与敷天⑨⑥，共隆大号。"

丙戌，置四川省于成都。上都万安阁成。

十二月辛卯朔，诏天下兴起国字学。宣徽院请以阑遗、漏籍等户淘金⑨⑦。帝曰："姑止，毋重劳吾民也。"乙巳，减百官俸。括西夏田。召塔出、董文炳赴阙。辛亥，并太常寺入翰林院，宫殿府入少府监。甲寅，诏尚书省迁入中书省。

是岁，天下户一百九十四万六千二百七十。赐先朝后妃及诸王金银币帛如岁例，赐囊家等羊马价钞万千一百六十七锭。断死罪一百五人。

九年春正月庚申朔，高丽国王王 禃遣其臣礼宾卿宣文烈来贺，兼奉岁贡。甲子，并尚书省入中书省；平章尚书省事阿合马、同平章尚书省事张易并中书平章政事；参知尚书省事张惠为中书左丞；参知尚书省事李尧咨、麦尤丁并参知中书政事。罢给事中、中书舍人、检正等官，仍设左右司；省六部为四，改称中书。丙寅，诏遣不花及马璘谕高丽具舟粮助征耽罗。河南省请益兵，敕诸路签军三万。丁丑，敕皇子西平王奥鲁赤、阿鲁帖木儿、秃哥及南平王秃鲁所部与四川行省也速带儿部下，并忙古带等十八族、欲速公弄等土番军，同征建都。新安州初隶雄州，诏为县入顺天。庚辰，改北京、中兴、四川、河南四路行尚书省为行中书省。京兆复立行省，仍命诸王只必帖木儿设省断事官。给西平王奥鲁赤马价弓矢。赐南平王秃鲁银印及金银符各五。辛巳，移凤州屯田于盐、白二州。敕董文炳时巡掠南境，毋令宋人得立城堡。敕："军民讼田者，民田有余则分之军，军田有余亦分之民。仍遣能臣听其直，其军奴入民籍者，还正之。"敕燕王遣使持香幡，祠岳渎、后土、五台兴国寺。命刘整总汉军。壬午，改山东东路都元帅府统军司为行枢密院，以也速带儿、塔出并为行枢密院副使。乙酉，定受宣敕官礼仪。诏元帅府统军司、总管万户府阅实军籍。

二月庚寅朔，奉使日本赵良弼，遣书状官张铎同日本二十六人，至京师求见。辛卯，诏："札鲁忽赤乃太祖开创之始所置，位百司右，其赐银印，立左右司。"壬辰，高丽国王王 禃遣其臣齐安侯王淑来贺改国号。改中都为大都。甲午，命阿尤典蒙古军⑧⑧，刘整、阿里海牙典汉军。戊戌，以去岁东平及西京等州县旱蝗水潦，免其租赋。庚子，复唐州秘阳县。建中书省署于大都。戊申，始祭先农如祭社之仪。诏诸路开浚水利。车驾幸上都。

三月乙丑，谕旨中书省，日本使人速议遣还。安童言："良弼请移金州戍兵，勿使日本妄生疑惧，臣等以为金州戍兵，彼国所知，若复移戍，恐非所宜。但开谕来使，此戍乃为耽罗暂设，尔等不须疑畏也。"帝称善。甲戌，括民间《四教经》，焚之。蒙古都元帅阿尤、汉军都元帅刘整、阿里海牙督本军破樊城外郛，斩首二千级，生擒将领十六人，增筑重围守之。赈济南路饥。诏免医户差徭。

夏四月己丑，诏于土蕃、西川界立宁河驿。辛卯，赐皇子爱牙赤所部马。丙午，给西平王奥鲁赤所部米。甲寅，赈大都路饥。

五月戊午朔，立和林转运司，以小云失别为使，兼提举交钞使。己未，给阔阔出海青银符二。辛酉，罢签回回军。癸亥，敕拔都军于怯鹿难之地开渠耕田。丙寅，签徐、邳二州丁壮万人，戍邳州。庚午，减铁冶户，罢西蕃秃鲁干等处金银矿户为民。禁汉人聚众，与蒙古人斗殴。诏议取耽罗及济州。辛巳，敕修筑都城，凡费悉从官给，毋取诸民，并蠲伐木役夫税赋。甲申，敕诸路军驱丁，除至元七年前从良人民籍者当差㊵，余虽从良，并令助本户军力。乙酉，太白犯毕距星㊶。宫城初建东西华、左右掖门。诏安集答里伯所部流民。

六月壬辰，遣高丽国西京属城诸达鲁花赤及质子金镒等归国。减乞里吉思屯田所入租，仍遣南人百名，给牛具以往。是夜，京师大雨，坏墙屋，压死者众。癸巳，敕以籍田所储粮赈民；不足，又发近地官仓济之。甲午，高丽告饥，转东京米二万石赈之。己亥，山东路行枢密院塔出，于四月十三日遣步骑趋涟州，攻破射龙沟、五港口、盐场，白头河四处城堡，杀宋兵三百余人，虏获人牛万计，第功赏赉有差㊷。辛亥，高丽国王王椹请讨耽罗余寇。

秋七月丁巳朔，河南省臣言："往岁徙民实边屯耕㊸，以贫苦悉散还家。今唐、邓、蔡、息、徐、邳之民，爱其田庐，仍守故屯，愿以丝银准折输粮，而内地州县转粟饷军者，反厌苦之。臣议今岁沿边州郡，宜仍其旧输粮，内地州郡，验其户数，俾折钞就沿边和籴，庶几彼此交便㊹。"制曰"可"。拘括开元、东京等路诸漏籍户。禁私鬻《回回历》。赈水达达部饥。戊寅，赐诸王八八部银钞。集都城僧诵《大藏经》九会。壬午，和礼霍孙奏："蒙古字设国子学，而汉官子弟未有学者，及官府文移犹有畏吾字。"诏自今凡诏令并以蒙古字行，仍遣百官子弟入学。乙酉，免徙大罗镇居民，令倍输租米给鹰坊。诏分阅大都、京兆等处探马赤奴户名籍。

八月丙戌朔，日有食之。戊子，立群牧所，掌牧马及尚方鞍勒。壬辰，敕忙安仓及靖州预储粮五万石，以备弘吉剌新徙部民及西人内附者廪给。调兵增戍全罗州。乙未，禁诸人以己事，辄呼至尊称号者。丁酉，立斡脱所。己亥，诸王阔阔出请以分地宁海、登、莱三州自为一路，与他王比㊺，岁赋惟入宁海，无输益都，诏从之。癸卯，千户崔松败宋襄阳援兵，斩其将张顺，赐松等将士有差。乙巳，车驾至自上都。丁未，改延州为延津县，与阳武同隶南京。癸丑，赈辽东等路饥。

九月甲子，宋襄阳将张贵以轮船出城，顺流突战。阿尤、阿剌海牙等举烽燃火，烛江如书㊻，率舟师转战五十余里，至柜门关，生获贵及将士二千余人。丙寅，敕枢密院："诸路正军贴户，及同籍亲戚奴仆，丁年既长，依诸王权要以避役者，并还之军，惟匠艺精巧者以名闻。"癸酉，同金河南省事崔斌讼右丞阿里安奏军数二万，敕杖而罢之。甲戌，罢水军总管府。东川元帅李吉等略地开州，拔石羊寨，擒宋将一人。统军使合剌等兵掠合州及渠江口，获战船五十艘。赏银币有差。丙子，发民夫三千人伐巨木辽东，免其家徭赋。戊寅，太阴犯御女㊼。赈益都路饥。

冬十月丙戌朔，封皇子忙哥剌为安西王，赐京兆为分地，驻兵六盘山。遣使持诏谕扮卜、忻都国。壬辰，享于太庙。癸巳，赵璧为平章政事，张易为枢密副使。乙未，筑浑河堤。戊戌，焚惑犯填星⑩。己亥，敕自七月至十一月终，听捕猎，余月禁之。癸卯，立文州。初立会同馆。

十一月乙卯朔，诏以至元十年历赐高丽。壬戌，发北京民夫六千，伐木乾山，蠲其家徭赋。诸王只必帖木儿筑新城成，赐名永昌府。丙寅，蠲昔剌斡脱所负官钱。丁卯，太阴犯毕。城光州。遣无籍军掠宋境。己巳，敕发屯田军二千、汉军二千、高丽军六千，仍益武卫军二千，征耽罗。辛未，召高陆儒者杨恭懿⑩，不至。癸酉，以前拔樊城外郛功⑩，赏千户刘深等金银符。己卯，并中书省左右司为一。宋荆湖制置李庭芝为书，遣永宁僧赍金印牙符，来授刘整卢龙军节度使，封燕郡王。僧至永宁，事觉上闻，敕张易、姚枢杂问。适整至自军中，言："宋患臣用兵襄阳⑩，欲以是杀臣，臣实不知。"敕令整为书复之，赏整，使还军中，诛永宁僧及其党友。参知行省政事阿里海牙言："襄阳受围久未下，宜先攻樊城，断其声援。"从之。回回亦思马因创作巨石炮来献，用力省而所击甚远，命送襄阳军前用之。

十二月乙酉朔，诏诸路府州司县达鲁花赤管民长官，兼管诸军奥鲁。丁亥，立肃州等处驿。以东平府民五万余户，复为东平路。辛丑，诸王忽剌出拘括逃民高丽界中，高丽达鲁花赤上其事。诏高丽之民犹未安集，禁罢之。遣宋议互市使者南归。戊午，赐北平王南木合军马一万二千九百九十一、羊六万一千五百三十一，及诸王塔察儿军币帛。辛亥，宋将昝万寿来攻成都，金省严忠範出战失利，退保子城，同知王世英等八人弃城遁。诏以边城失守，罪在主将，世英虽遁，与免其罪⑩，惟遣使缚忠範至京师。癸丑，升拱卫司为拱卫直都指挥使司。

是岁，天下户一百九十五万五千八百八十。赐先朝后妃及诸王金银币帛如岁例。断死罪三十九人。建大圣寿万安寺。

---

① 毕：二十八星宿之一。

② 投下：元代称诸王、驸马，勋臣听属之人户为"投下"。

③ 比：最近。

④ 画：划分界限。

⑤ 移：古时一种文体。

⑥ 起：建立，设置。

⑦ 却：使退，退。

⑧ 班：序列，排列等级。

⑨ 齿：列，列次，排列。

⑩ 秩：官吏的品级，职位。

⑪ 尚：奉。

⑫ 制：令。

⑬ 浚：疏通。

⑭ 黑霜：暗霜。夕：夜。

⑮ 盩厔：zhōuzhì，音舟志。

⑯ 令：对他人亲属之敬称。

⑰ 及：和。

⑱ 无算：无数。

⑲ 黜：罢免。　陟（zhì，音质）：晋升。

⑳ 市易：买卖和交换。

㉑ 考：考核官吏的成绩。古时考核决定升降，以任满一年者为一考。

㉒ 苟且：得过且过。

㉓ 铺：驿站。

㉔ 籍：古时一种仪式。春天时，帝王在划定的田地（"籍田"）象征性地耕作，以奉祀宗庙，并且劝勉农事。

㉕霖雨：连下几天的大雨。

㉖逆战：迎战。

㉗右执法：星名。

㉘莒（jǔ），音举。

㉙牢：祭祀用的牲畜。

㉚豢豕：喂养的猪。

㉛市：买。

㉜太微：古星官名。

㉝顿：坏，败坏。

㉞发封：打开信封。

㉟渰（yǎn），音眼。

㊱引伏：认罪，服罪。

㊲佃：租种。

㊳穷治：彻底查办。

㊴昏：婚。

㊵显戮：明正典刑，暴尸示众。

㊶证左人：证人。左，证据，证人。

㊷署：署名。

㊸栉（zhì，音至）：梳子等梳发用工具。

㊹椟：匣子。此处为珍藏于匣内。

㊺治：应为"置"。

㊻坐：因为。

㊼傧（bīn），音宾。

㊽鞠养：抚养。鞠，养育。

㊾或：有人。

㊿蠲（juān，音捐）：免除。

(51)蛮酋，南方少数民族的首领。

(52)宸（chén），音臣。

(53)干：涉及，牵涉。

(54)俟：等候。　　考较：稽查，检查。

(55)既而：不久。

(56)蚜（zǐ），音子。　　蚄（fāng，音方）：粘虫，一种粮食作物的害虫。

(57)禋（yīn），音因。

(58)交通：勾结，串通。

(59)级：量词，多用于砍下的人头。

(60)课调：征收。调，征收。

(61)胄（zhòu，音昼）：古代称贵族或帝王的子孙。　　肄：学习。

(62)晸（zhěng），音整。

(63)告：祷告，祭告。

(64)葺（qì，音器）：修理。

(65)甓（pì，音僻）：砖。

(66)潦（lǎo，音老）：雨水大。

(67)儤（bào，音抱）直：官吏连日值班。儤，连日值班。

(68)诞膺：承受（天命或帝位）。　　景命：大命，授予帝王之位的天命。

(69)宅：古时所谓皇帝以天下为宅，以四海为家。

(70)绍：继续，继承。　　纪统：常道，准则。

(71)肇：开始。　　隆古：远古。

⑫匪：非。

⑬唐：传说中由尧所建朝代。

⑭虞：传说中由舜所建朝代。

⑮驯至：逐渐达到。　　造：产生，兴起。

⑯互名：犹互称。　　夏、殷：朝代名。

⑰殊：不同，变化。

⑱利：应为"义"。

⑲秦、汉：朝代名。

⑳著：记。

㉑徇：曲从，顺从。　　狃（niǔ，音扭）：因袭，拘泥。　　习：积习。

㉒要：求取。　　经制：治国的制度。

㉓至公：最公正。

㉔贬：减损。

㉕乾符：帝王受命于天的吉祥征兆。　　朔土：北方地区。

㉖恢：宽大，广大。

㉗大冶：比喻造化。　　流行：万物受自然之滋育而变化其形体。　　庶品：万物，众物。

㉘资始：借以发生，开始。

㉙底宁：安定。

㉚体仁：躬行仁道。

㉛因革：因袭或改革。

㉜协：和。

㉝称：相称。

㉞孚：诚信。　　休：美善、福禄。

㉟投艰：赋予重任。

㊱敷：给。

㊲阑遗：丢在路上的无主之物。

㊳典：主持，主管。

㊴人：应为"入"。

⓪毕距：星名。

⓪第：品评，品定。

⓪实：充实，加强。

⓪庶几：表示希望，也许可以。

⓪鬻：（yù，音预）：卖。

⓪比：紧靠着，紧挨着。

⓪烛：照亮。

⓪御女：星名。

⓪荧惑：火星。　　填星：土星。

⓪高陆：疑为"高陵"。

⑩外郛（fú，音伏）：外城。

⑪患：担忧。

⑫与：语助词，无义。

世祖本纪五

十年春正月乙卯朔，高丽国王王 禃遣其世子 愖来朝。戊午，敕自今并以国字书宣命。命忻都、郑温、洪茶丘征耽罗。宿州万户爱先不花请筑堡牛头山，以厄两淮粮运，不允。爱先不花因言：“前宋人城五河，统军司臣皆当得罪。今不筑，恐为宋人所先。”帝曰：“汝言虽是，若坐视宋人戍之，罪亦不免也。”安南使者还，言陈光昺受诏不拜。中书移文责问①，光昺称从本俗。改回回爱薛所立京师医药院，名广惠司。己未，禁鹰坊扰民，及阴阳图谶等书。癸亥，阿里海牙等大攻樊城，拔之，守将吕文焕惧而请降。中书省驿闻，遣前所俘唐永坚持诏谕之。丁卯，立秘书监。戊辰，给皇子北平王甲一千。置军器、永盈二库，分典弓矢、甲胄。庚午，签陕西探马赤军。己卯，川蜀省言：“宋眘万寿攻成都，也速带儿所部骑兵征建都未还，拟于京兆等路签新军六千为援。”从之。诏遣扎尤呵押失寒、崔杓持金十万两，命诸王阿不合市药狮子国。壬午，赏东川统军合剌所部有功者。合剌请于渠江之北云门山及嘉陵西岸虎头山立二戍，以其图来上，仍乞益兵二万，诏给京兆新签军五千益之。

二月丙戌，以皇后、皇太子受册宝，遣太常卿合丹告于太庙。丙申，云南罗羽酋长阿旭叛。诏有司安集其民，募能捕斩阿旭者赏之。遣断事官麦肖，勾校川陕行省钱谷②。诏勘马剌失里、乞带脱因、刘源使缅国，谕遣子弟近臣来朝。高丽国王王 禃以王师征耽罗，乞下令禁俘掠，听自制兵仗，从之。丁未，宋京西安抚使、知襄阳府吕文焕以城降。

三月甲寅朔，诏申谕大司农司遣使巡行劝课，务要农事有成。乙丑，敕枢密院以襄阳吕文焕率将吏赴阙。熟券军并城居之民，仍居襄阳③，给其田牛；生券军分隶各万户翼④。文焕等发襄阳，择蒙古、汉人有才力者，护视以来。丙寅，帝御广寒殿，遣摄太尉、中书右丞相安童授皇后弘吉剌氏玉册玉宝，遣摄太尉、同知枢密院事伯颜授皇太子真金玉册金宝。辛未，以皇后、皇太子受册宝，诏告天下。刘整请教练水军五六万，及于兴元金、洋州、汴梁等处造船二千艘，从之。壬申，分金齿国为两路。癸酉，客星青白如粉絮⑤，起毕，度五车北⑥，复自文昌贯斗杓⑦，历梗河⑧，至左摄提⑨，凡二十一日。以前中书左丞相耶律铸平 章军国重事，中书左丞张惠为中书右丞。车驾幸上都。西蜀严忠範以罪罢，遣察不花等抚治军民。罢中兴等处行中书省。

夏四月癸未朔，阿里海牙以吕文焕入朝。授文焕昭勇大将军、侍卫亲军都指挥使、襄汉大都督，赐其将校有差。时将相大臣皆以声罪南伐为请。驿召姚枢、许衡、徒单公履等问计。公履对曰：“乘破竹之势，席卷三吴，此其时矣。”帝然之。诏罢河南等路行中书省，以平章军国重事史天泽、平章政事阿尤、参知政事阿里海牙行荆湖等路枢密院事，镇襄阳；左丞相合丹，参知行中书省事刘整，山东都元帅塔出、董文炳行淮西等路枢密院事，守正阳。天泽等陛辞，诏谕以襄阳之南多有堡寨，可乘机进取。仍以钞五千锭赐将士及赈新附军民。甲申，免隆兴路榷课三年。丁酉，敕南儒为人掠卖者，官赎为民。辛丑，罢四川行省，以巩昌二十四处便宜总帅汪良臣行西川枢密院，东川阆、蓬、广安、顺庆、夔府、利州等路统军使合剌行东川枢密院⑩，东川副统军王仲仁同佥行枢密院事，仍命汪良臣就率所部军以往。

五月壬子朔，定内外官复旧制，三岁一迁。甲寅，禁无籍军从大军杀掠，其愿为军者听。戊辰，诏：“天下狱囚，除杀人者待报，其余一切疏放，限以八月内自至大都，如期而至者皆赦之。”乙亥，诏：“免民代输签军户丝银及伐木夫户赋税；负前朝官钱不能偿者，毋征；主守失陷官钱者，杖而释之；陈亡军及营缮工匠无丁产者，量加廪给。”以雄、易州复隶大都。庚辰，赏襄阳有功万户奥鲁赤等银钞衣服有差。

六月乙酉，赈诸王塔察儿部民饥。丁亥，以各路弓矢甲匠并隶军器监。免大都、南京两路赋役，以纾民力[11]。赈甘州等处诸驿。辛卯，汰陕西贫难军。以刘整、阿里海牙不相能[12]，分军为二，各统之。癸巳，敕襄阳造战船千艘。甲午，改资用库为利用监。丁酉，置光州等处招讨司。戊申，经略忻都等兵至耽罗[13]，抚定其地。诏以失里伯为耽罗国招讨使，尹邦宝副之。升拱卫直为都指挥司。使日本赵良弼，至太宰府而还，具以日本君臣爵号、州郡名数、风俗土宜来上[14]。

闰月癸丑，敕诸道造甲一万、弓五千，给淮西行枢密院。己巳，罢东西两川统军司。辛未，以翰林院纂修国史，敕采录累朝事实以备编集。丙子，以平章政事赛典赤行省云南，统合剌章、鸭赤、赤科、金齿、茶罕章诸蛮，赐银贰万五千两、钞五百锭。

秋七月辛巳，以金州军八百人及统军司还成都，忽朗吉军千人隶东川。壬午，以修太庙，将迁神主别殿，遣兀鲁忽奴带、张文谦祭告。丙戌，敕枢密院：“襄阳生券军无妻子者，发至京师，仍益兵卫送，其老疾者遣还家。”庚寅，河南水，发粟赈民饥，仍免今年田租。省西凉府入永昌路[15]。戊申，高丽国王王禃遣其顺安公王悰、同知枢密院事宋宗礼，贺皇后、皇太子受册礼成。

八月庚戌朔，前所释诸路罪囚，自至大都者凡二十二人，并赦之。甲寅，凤翔宝鸡县刘铁妻一产三男，复其家三年[16]。丁丑，圣诞节，高丽王王禃遣其上将军金诜来贺[17]。己卯，赐襄阳生熟券军冬衣有差。

九月辛巳，辽东饥，弛猎禁[18]。以合伯为平章政事。壬午，立河南宣慰司，供给荆湖、淮西军需。甲申，襄阳生券军至大都，诏伯颜谕之，释其械系[19]，免死罪，听自立部伍，俾征日本。仍敕枢密院具铠仗[20]，人各赐钞娶妻，于蒙古、汉人内选可为率领者。丙戌，刘秉忠、姚枢、王磐、窦默、徒单公履等上言：“许衡疾归，若以太子赞善王恂主国学，庶几衡之规模不致废坠[21]”。又请增置生员，并从之。秉忠等又奏置东宫宫师府詹事以次官属三十八人。戊子，遣官诣荆湖行省，差次有功将士[22]。禁京畿五百里内射猎。己丑，敕自今秋猎鹿豕，先荐太庙[23]。壬辰，中书省臣奏：“高丽王王禃屡言小国地狭，比岁荒歉[24]，其生券军乞驻东京。”诏令营北京界，仍敕东京路运米二万石，以赈高丽。丁酉，立正阳诸驿。敕河南宣慰司运米三十万石，给淮西合答军。仍给淮西、京湖军需有差[25]。壬寅，敕会同馆专居降附之人觐者。以翰林学士承旨和礼霍孙兼会同馆事，以主朝廷咨访，及降臣奏请。征东招讨使塔匣剌请征骨嵬部，不允。丙午，置御药院。车驾至自上都。给诸王塔察儿所部布万匹。

冬十月乙卯，享于太庙。丙辰，以西川编民、东川义士军屯田，饷潼川、青居戍兵。敕伯颜、和礼霍孙以史天泽、姚枢所定新格，参考行之。庚申，御史台臣言，没入赃罚[26]，为钞一千三百锭。诏有贫乏不能存者，以此赈之。有司断死罪五十人，诏加审覆，其十三人因斗殴杀人，免死充军，余令再三审覆以闻。禁牧地纵火。以合答带为御史大夫。升襄阳府为路。罢广宁府新签军。初建正殿、寝殿、香阁、周庑两翼室。西蜀都元帅也速答儿与皇子奥鲁赤合兵攻建都蛮，擒酋长下济等四人，获其民六百。建都乃降，诏赏将士有差。

十一月癸未，命布只儿修起居注。丁未，大司农司言：“中书移文，以畿内秋禾始收，请禁农民覆耕，恐妨刍牧[27]。”帝以农事有益，诏勿禁。

十二月己酉朔，安童等言：“昔博赤伯都谓总管府权太重，宜立运司并诸军奥鲁以分之。臣以今之民官，循例迁徙，保无邪谋，别立官府，于民未便。”帝然之。壬子，赐襄樊被伤军士钞千锭。甲寅，宋夏贵攻正阳，淮西行院击走之。壬戌，召阿术同吕文焕入觐。大司农司请罢西夏世官，括诸色户，从之。安南国王陈光昞遣使来贡方物。诸王薛阇秃以罪从军，累战皆捷，召赴阙。己巳，省陕州虢略、朱阳二县入灵宝。赐万户解汝楫银万五千两。诸王孛兀儿出率所部兵与皇子北平王合军，讨叛臣聂古伯，平之，赏立功将士有差。赐诸王金银币帛如岁例。

是岁，诸路虫蝻灾五分㉘，霖雨害稼九分，赈米凡五十四万五千五百九十石。天下户一百九十六万二千七百九十五。

十一年春正月己卯朔，宫阙告成，帝始御正殿，受皇太子诸王百官朝贺。高丽国王王禃遣其少卿李义孙等来贺，兼奉岁贡。乙酉，以金州招讨使钦察率襄阳生熟券军千人戍鸭池。庚寅，初立军官以功升散官格。免诸路军杂赋。以忙古带等新旧军一万一千五百人戍建都，立建都宁远都护府，兼领互市监。壬辰，置西蜀四川屯田经略司。丁酉，长春宫设周天金箓醮七昼夜。敕荆湖行院以军三万，水弩炮手五千，隶淮西行院。丙午，彰德赵当道等以谋逆伏诛，余从者论罪有差。立于阗、鸦儿看两城水驿十三，沙州北陆驿二。免于阗采玉工差役。阿里海牙言："荆襄自古用武之地，汉水上流已为我有，顺流长驱，宋必可平。"阿术又言："臣略地江淮，备见宋兵弱于往昔，今不取之，时不能再。"帝趣召史天泽同议㉒。天泽对曰："此国大事，可命重臣一人如安童、伯颜，都督诸军，则四海混同，可计日而待矣。臣老矣，如副将者，犹足为之。"帝曰："伯颜可以任吾此事矣。"阿术、阿里海牙因言："我师南征，必分为三，旧军不足，非益兵十万不可。"诏中书省签军十万人。

二月戊申朔，赐阿术所部将士及茶罕章阿吉老耆等银钞有差。甲寅，太阴犯井宿。庚申，新德副元帅杨尧元战没，以其子袭职。初立仪鸾局，掌宫门管钥，供帐灯烛。壬申，造战船八百艘于汴梁。以廉希宪为中书右丞、北京等处行中书省事。车驾幸上都。

三月己卯，诏以劝课农桑谕高丽国王王禃，仍命安抚高丽军民总管洪茶丘提点农事。己丑，吕文焕随司千户陈炎谋叛，诛首恶二人，其随司军并其妻子，皆令内徙。庚寅，敕凤州经略使忻都、高丽军民总管洪茶丘等，将屯田军及女直军，并水军，合万五千人，战船大小合九百艘，征日本。移磡门兵戍合答城。辛卯，改荆湖、淮西二行枢密院为二行中书省。伯颜、史天泽并为左丞相，阿术为平章政事，阿里海牙为右丞，吕文焕为参知政事，行中书省于荆湖；合答为左丞相，刘整为左丞，塔出、董文炳为参知政事，行中书省于淮西。遣使代祀岳渎后土㉚。河南宣慰司言："军兴转输烦重㉛，宜赋军匠诸户，权助财用。"从之。癸巳，获嘉县尹常德，课最诸县㉜，诏优赏之。亦乞里带强取民租产、桑园、庐舍、坟墓，分为探马赤军牧地，诏还其民。万户阿里必尝发李璮逆谋，为璮所杀，以其子剌剌吉袭职。改金州招讨司为万户府。遣要速木，咱兴憨失招谕八鲁国。帝师八合思八归土番国，以其弟亦邻真袭位。建大护国仁王寺成。

夏四月辛亥，分陕西陇右诸州，置提刑按察司，治巩昌。癸丑，初建东宫。甲寅，诛西京讹言惑众者。括诸路马五万匹。辛未，诏安慰斡端、鸦儿看、合失合儿等城。赐襄樊战死之士二百四十九人之家，每家银百两。乙亥，命也速带儿将千人，同撒吉思所部五州丁壮，戍益都。

五月丙戌，汪惟正以所部军逃亡，乞于民站户选补，从之。敕北京、东京等路新签军恐不宜暑，权驻上都㉝。乙未，枢密院臣言："旧制，蒙古军每十人月食粮者，惟拔都二人㉞。今遣怯薛丹合丹核其数，多籍二千六百七十人。"敕杖合丹㉟，斥无人宿卫，谪往西川效死军中，余定罪有差。丙申，以皇女忽都鲁揭里迷失下嫁高丽世子王愖。辛丑，敕随路所签新军，其户丝银均配于民者，并除之。

六月丙午朔，刘整乞益甲仗及水弩手，给之。庚戌，赐建都合马里战士银钞有差。癸丑，敕合答选部下蒙古军五千人，与汉军分戍尚江堡隘，为使传往来之卫。仍以古不来拔都、翟文彬主兵万人，掠荆南鸦山，以缀宋之西兵㊱。丙辰，免上都、隆兴两路签军。庚申，问罪于宋，诏谕行中书省及蒙古、汉军万户千户军士曰：

"爰自太祖皇帝以来㊲，与宋使介交通。宪宗之世，朕以藩职奉命南伐。彼贾似道复遣宋京诣我，请罢兵息民。朕即位之后，追忆是言，命郝经等奉书往聘㊳，盖为生灵计也。而乃执之㊴，以致师出连年，死伤相藉，系累相属㊵，皆彼宋自祸其民也。襄阳既降之后，冀宋悔祸，或起令图㊶，而乃执迷，罔有悛心㊷，所以问罪之师，有不能已者。

今遣汝等，水陆并进，布告遐迩，使咸知之。无辜之民，初无预焉，将士毋得妄加杀掠。有去逆效顺，别立奇功者，验等第迁赏。其或固拒不从及逆敌者，俘戮何疑。"

甲子，分遣忙古带、八都、百家奴率武卫军南征。丙寅，以合剌合孙为中书左丞，崔斌参知政事，仍行河南道宣慰司事。敕有司阅核延安新军，贫无力者免之。戊辰，监察御史言："江淮未附，将帅阙人，今首用阿里海牙子忽失海牙、刘整子垓，素不知兵，且缺人望㊸，宜依弟男例，罢去㊹。"从之。

秋七月乙亥朔，敕山北辽东道提刑按察使兀鲁失不花，同参知政事廉希宪行省北京，国王头辇哥毋署事，有大事，则希宪等就议。乙酉，徙生券军八十一人屯田和林。癸巳，高丽国王王禃薨，遣使以遗表来上，且言世子愖孝谨，可付后事。敕同知上都留守司事张焕册愖为高丽国王。乙未，伯颜等陛辞，帝谕之曰："古之善取江南者，唯曹彬一人，汝能不杀，是吾曹彬也。"兴元凤州民献麦，一茎四穗至七穗，谷一茎三穗。

八月甲辰朔，颁诸路立社稷坛壝仪式㊺。丁未，史天泽言："今大师方兴，荆湖、淮西各置行省，势位既不相下，号令必不能一，后当败事。"帝是其言。复改淮西行中书省为行枢密院。癸丑，行中书省言："江汉未下之州，请令吕文焕率其麾下临城谕之，令彼知我宽仁，善遇降将，亦策之善者也㊻。"从之。甲寅，弛河南军器之禁。辛未，高丽王愖遣其枢密使朴璆来贺圣诞节㊼。诏太原新签军远戍两川，诚可悯恤，谕枢密院遣使分括廪粟，给其家。

九月丙戌，行中书省以大军发襄阳，檄谕宋州郡官吏将校士民㊽。癸巳，师次盐山㊾，距郢州二十里。宋兵十余万当郢，夹汉水，城万胜堡，两岸战舰千艘，铁絙横江㊿，贯大舰数十，遏我舟师不得下。惟黄家湾有溪，经鹳子山入唐港，可达于江。宋又为坝[51]，筑堡其处，驻兵守之，集舟数百，与坝相依。伯颜督诸军攻拔之，凿坝挽舟入溪，出唐港，整列而进。车驾至自上都。

冬十月己酉，享于太庙。庚申，长河西千户必剌冲剽掠甲仗，集众为乱。火你赤移戍未还，副元帅覃澄率属吏赴之。帝曰："澄不必独往，趣益兵三千付火你赤，合力讨之。"壬戌，岁星犯垒壁阵[51]。乙丑，伯颜督诸将破沙洋堡，生擒守将串楼王。翌日，次新城，总制黄顺缒城降[52]。伯颜遣顺招都统边居谊，不出，总管李庭破其外堡，诸军蚁附而登，拔之，居谊自焚死。辛未，赐北平王南木合马三万、羊十万。

十一月庚辰，断死罪三十九人。壬午，敕西川行枢密院也速带儿取嘉定府。癸未，符宝郎董文忠言："比闻益都，彰德妖人继发，其按察司、达鲁花赤及社长不能禁止，宜令连坐[53]。"诏行之。乙酉，军次复州，宋安抚使翟贵出降。丁亥，诏宋嘉定安抚昝万寿，及凡守城将校纳款来降[54]，与避罪及背主叛亡者，悉从原免。癸巳，东川元帅杨文安与青居山蒙古万户怯烈乃、也只里等会兵达州，直趣云安军，至马湖江与宋兵遇，大破之。遂拔云安、罗拱、高阳城堡，赐文安等金银有差。以香河荒地千顷置中卫屯。伯颜遣万户帖木儿、译史阿里奏沙洋、新城之捷，且以新城总制黄顺来见。赐顺黄金锦衣及细甲，授湖北道宣慰使，佩虎符。敕："京师盗诈者众，宜峻立治法。"召征日本忽敦、忽察、刘复亨、三没合等赴阙。壬寅，安童以阿合马擅财赋权，蠹国害民[57]，凡官属所用非人，请别加选择。其营作宫殿，夤缘为奸[58]，亦宜诘问。帝命穷治之。

起阁南直大殿及东西殿。增选乐工八百人,隶教坊司。

十二月丙午,伯颜大军次汉口。宋淮西制置使夏贵,都统高文明、刘仪以战船万艘,分据诸隘,都统王达守阳罗堡,荆湖宣抚朱祀孙,以游击军扼中流⑤,师不得进。用千户马福言,自汉口开坝,引船会沧河口,径趋沙芜,遂入大江。癸丑,以诸路逃奴之无主者二千人,隶行工部。甲寅,赏忻都等征耽罗功,银钞币帛有差。乙卯,阿里海牙督万户张弘范等攻武矶堡。宋夏贵以兵来援,阿尤率万户晏彻儿等四翼军对青山矶泊。丙辰,万户史格以一军先渡,为宋荆鄂诸军都统程鹏飞所败。总管史塔剌浑等率众赴敌,鹏飞败走。进军沙州,抵观音山,夏贵东走,遂破武矶堡,斩宋都统王达,始达南岸,追至鄂州南门而还。丁巳,伯颜登武矶山,宋朱祀孙遁归江陵。己未,师次鄂州。宋直秘阁湖北提举张晏然、权知汉阳军王仪、知德安府来兴国并以城降,程鹏飞以本军降。伯颜承制以宋鄂州民兵总制王该知鄂州事,王仪、来兴国仍旧任,撤其戍兵,分隶诸军。下令禁侵暴,凡逃民悉纵还之。以阿里海牙兵四万镇鄂汉。伯颜、阿尤将大军,水陆东下。以侍卫亲军都指挥使秃满带为诸军殿⑧。以襄阳路总管贾居贞为宣抚使,商议行中书省事。庚申,淮西正阳火,庐舍甲仗焚荡无余。杖万户爱先不花等有差。癸亥,赐太一真人李居素第一区,仍赐额曰太乙广福万寿宫。行中书省以渡江捷闻。敕纵吕文焕随司军悉还家。割南阳卢氏县隶嵩州,置归德永城县,长武县省入泾川,良原县省入灵台。

是岁,天下户一百九十六万七千八百九十八。诸路蛑蝱等虫灾凡九所⑨。民饥,发米七万五千四百一十五石、粟四万五百九十九石以赈之。

十二年春正月癸酉朔,高丽国王王愖遣其判阁事李信孙来贺,及奉岁币。甲戌,大军次黄州,宋沿江制置副使、知黄州陈奕以城降,伯颜承制授奕沿江大都督。其子岩知涟州,奕遣人以书谕之,书至,岩即出降。乙亥,徙襄阳新民七百户于河北。东川副都元帅张德润拔礼义城,杀宋安抚使张资,招降军民千五百余人。继遣元帅张桂孙略地,俘总管郭武及都辖唐惠等六人以归。赐德润金五十两及西锦、金鞍,细甲、弓矢,部下将士钞三百锭。戊寅,刘整卒。安西王相府乞给钞万锭为军需,敕以千锭给之。癸未,师次蕲州,宋安抚使管景模以城降。乙酉,敕枢密院以纳忽带儿、也速带儿所统戍军及再签登莱丁壮八百人,付五州经略司,其郯城、十字路亦听经略司节度。丙戌,大军次江州,宋江西安抚使、知江州钱真孙及淮西路六安军曹明以城降。丁亥,枢密院臣言:“宋边郡如嘉定、重庆、江陵、郢州、涟海等处,皆阻兵自守,宜降玺书招谕。”从之。宋知南康军叶闾以城降。敕以侍卫亲军指挥使札的失、襄加带将蒙古军二千,百家奴、唐古、忙兀儿将汉军万人,赴蔡州。秃满带、贾忙古带复将余兵赴阙。己丑,遣伯尤、唐永坚赍诏招谕郢州,仍敕襄阳统军司调兵三千人卫送永坚等。选蒙古、畏吾、汉人十四人赴行中书省,为新附州郡民官。庚寅,遣左卫指挥副使郑温、唐古、帖木儿率卫军万人,同札的失、襄加带戍黄州。诏谕重庆府制置司并所属州郡城寨官吏军民举城归府。壬辰,以宣抚使贾居贞金书行中书省事,戍鄂州。安南国使者还,敕以旧制籍户、设达鲁花赤、签军、立站、输租及岁贡等事谕之。乙未,遣兵部尚书廉希贤、工部侍郎严忠范、秘书监丞柴紫芝,奉国书使于宋。丁酉,以万家奴所募愿为军者万人南征。己亥,云南总管信苴日⑥、石买等刺杀合剌章舍里威之为乱者,以金赏之。命土鲁至云南,趣阿鲁帖木儿入觐。以蛮夷未附者尚多,命宣慰司兼行元帅府事,并听行省节度,置郡县,尹长选廉能者任之。置云南诸路规措所,以赡思丁为使。益卫送唐永坚兵,永坚求拜都、忙古带偕行,许之。敕追诸王海都、八刺金银符三十四。

二月癸卯,大军次安庆府,宋殿前都指挥使、知安庆府范文虎以城降。伯颜承制授文虎两浙大都督。甲辰,以中书右丞博鲁欢为淮南都元帅⑥,中书右丞阿里左右副都元帅。仍命阿里、撒吉思等各部蒙古、汉军会邳州。又发蕲、宿戍兵,将河南战船千艘赴之。遣必阇赤字罗检核西夏榷课。命开元宣抚司赈吉里迷新附饥民。敕畏吾地春夏毋猎孕字野兽[62]。立后土祠于平阳之临汾，伏羲、女娲、舜、汤、河渎等庙于河中、解州、洪洞、赵城。丙午，大军次池州，宋权州事赵卬发自经死[63]，都统制张林以城降。省西夏中兴都转运司入总管府。议以中统钞易宋交会，并发蔡州盐，贸易药材。丁未，禁无籍自效军俘掠新附复业军民。戊申，诏谕江、黄、鄂、岳、汉阳、安庆等处归附官吏士民军匠僧道人等，令农者就耒[64]，商者就途[65]，士庶缁黄[66]，各安已业。如或镇守官吏妄有搔扰，诣行中书省陈告。史天泽卒。召游显、杨庭训赴阙。赐陈言人霍升、张和钞十锭，俾从淮东元帅府南征。庚戌，遣礼部侍郎杜世忠、兵部郎中何文著，赍书使日本国。辛亥，遣同知济南府事张汉英，持诏谕淮东制置使李廷芝。壬子，洺磁路总管姜毅捕获农民郝进等四人，造妖言惑众。敕诛进，余减死流远方。宋都督贾似道遣计议宋京、承宣使阮思聪诣行中书省，请还已降州郡，约贡岁币。伯颜使囊加带同阮思聪还报命，留宋京以待，使谓似道曰：“未渡江时，入贡议和则可，今沿江诸郡皆已内属，欲和，则当来面议也。”囊加带还，乃释宋京。以同金枢密院事倪德政赴鄂州省，治财赋。癸丑，御史台臣劾前南京路总管田大成以其弟妇赵氏为妻，废绝人伦。敕杖八十，三年不齿[67]。时大成已死，惟市杖赵氏八十[68]。丙辰，赏征东元帅府日本战功锦绢、弓矢、鞍勒。庚申，遣塔不带、斡鲁召鄂汉降臣张晏然等赴阙，仍谕之曰：“朕省卿所奏云：‘宋之权臣不践旧约，拘留使者，实非宋主之罪。倘蒙圣慈[69]，止罪擅命之臣，不令赵氏乏祀者。’卿言良是。卿既不忘旧主，必能辅弼我家。比卿奏上，已遣伯颜按兵不进，仍遣兵部尚书廉希贤等持书往使。果能悔过来附，既往之愆，朕复何究？至于权臣贾似道，尚无罪之之心，况肯令赵氏乏祀乎？若其执迷罔悛，未然之事，朕将何言？天其鉴之。”辛酉，以阔阔出率其部下军千人及亲附军五百，听阿剌海牙节制。凡湖南州县及濒水之民，有来附者，俾阔阔出统之，拒敌不降者，就为招集。诏令大洪山避兵民，还归汉阳，复业农亩，命阿剌海牙镇守之。又命阿失罕、唐永坚、綦公直等与脱烈将甲骑千人，持诏招谕郢州。大军次丁家洲，战船蔽江而下。宋贾似道分遣步帅孙虎臣及督府节制军马苏刘义，集兵船于江之南北岸，似道与淮西制置使夏贵将后军，战船二千五百余艘，横亘江中。翌日，伯颜命左右翼万户率骑兵，夹岸而进，继命举巨炮击之，宋兵阵动，夏贵先遁。似道错愕失错[69]，鸣钲斥诸军散[70]，宋兵遂大溃。阿尤与镇抚何玮、李庭等舟师及步骑，追杀百五十里，得船二千余艘，及军资器仗、督府图籍符印。似道东走扬州。阿先不花言：“夏贵纵北军岳全还，称欲内附，宜降玺书招谕。”遂遣其甥胡应雷持诏往谕之。甲子，大军芜湖县，宋江东运判、知太平州孟之缙以城降。都元帅博鲁欢次海州，知州丁顺以城降。乙丑，阿里海牙言：“江陵宋巨镇，地居大江上流，屯精兵不啻数十万[71]，若非乘此破竹之势取之，江水泛溢，鄂汉之城亦恐难守。”从其请。仍降玺书，遣使谕江陵府制置司及高达已下官吏军民。宋福州团练使、知特摩道事农士贵，率知那寡州农天或、知阿吉州农昌成、知上林州农道贤，州县三十有七，户十万，诣云南行中书省请降。丙寅，枢密院言：“渡江初，亳州万户史格、毗阳万户石抹绍祖，以轻进致败，乞罪之。”有旨，或决罚降官，或以战功自赎，其从行省裁处。禁民间赌博，犯者流之北地。戊辰，师次采石镇，知和州王善以城降[72]。都元帅博鲁欢次涟州，宋知州孙嗣武以城降。己巳，复遣伯尤、唐永坚等宣谕郢州官吏士庶。庚午，大军次建康府，宋沿江制置使赵晋南走，都统、权兵马司事徐王荣、翁福、茅世雄等及镇军曹旺以城降。宋贾似道至扬州，始遣总管段佑送国信使郝经、刘人杰等来归。敕枢密院迎经等，由水路赴阙。诏安南国王陈光昞，仍以旧制六事谕之，趣其来朝。命怯薛丹察罕不花、侍仪副使关思义、真人李德和，代祀岳渎后土。车驾幸上都。

三月壬申朔，宋镇江府马军总管石祖忠以城降。行中书省分遣淮西行枢密院阿塔海驻京口。宋诛殿帅韩震。其部将李大明等二百人，携震母、妻并诸子文焴、文炌[73]，自临安来奔。甲戌，宋江阴军佥判李世修以城降。乙亥，谕枢密院："比遣建都都元帅火你赤征长河西，以副都元帅覃澄镇守建都，付以玺书，安集其民。"仍敕安西王忙兀剌、诸王只必帖木儿、驸马长吉，分遣所部蒙古军从西平王奥鲁赤征吐蕃。命万执中、唐永坚同前所遣阿失罕等，将锐兵千人，同往招谕郢州。已降，则镇之；不降，则从陆路与阿里海牙、忽不来会于荆南。丙子，国信使廉希贤等至建康，传旨令诸将各守营垒，毋得妄有侵掠。宋知滁州王文虎以城降。戊寅，赐皇子安西王币帛八千匹、丝万斤。乙巳⑭，改平阴县新镇寨为肥城县，隶济宁府。庚辰，宋知宁国府颜绍卿以城降。江东路得府二、州五、军二、县四十三、户八十三万一千八百五十二、口一百九十一万九千一百六。甲申，于中兴路置怀远、灵武二县，分处新民四千八百余户。丙戌，宋常州安抚戴之泰、通判王虎臣以城降。国信使廉希贤、严忠范等至宋广德军独松关，为宋人所杀。丁亥，免诸路军杂赋。辛卯，宋将高世杰复据岳州，质知州孟之绍妻子。又取复州降将翟贵妻子，送之江陵。世杰会郢、复、岳三州及上流诸军战船数千艘，兵数万人，扼荆江口。壬辰，阿里海牙以军屯于东岸。世杰夜半遁去，黎明至洞庭湖口，兵船成列而阵。阿里海牙督诸翼万户及水军张荣实、解汝楫等，逐世杰于湖口之夹滩，遣郎中张鼎召世杰，世杰降。阿里海牙以世杰招岳州，孟之绍亦以城降。以世杰力屈而降⑮，诛之。赐北平王南木合所部马二千一百八十、羊三百。癸巳，敕郯城、沂州、十字路戍兵从博鲁欢征淮南。丙申，侧布蕃官税昔、确州蕃官庄寮男车甲等，率四十三族，户五千一百六十，诣四川行枢密院来附。戊戌，遣山东路经略使王俨戍岳州。庚子，从王磐、窦默等请，分置翰林院，专掌蒙古文字，以翰林学士承旨撒的迷底里主之；其翰林兼国史院，仍旧纂修国史、典制诰、备顾问，以翰林学士承旨兼修起居注和礼霍孙主之。辛丑，敕阿尤分兵取扬州。

夏四月壬寅朔，赏讨长河西必剌充有功者及阵亡者金银钞币帛各有差。乙巳，改西夏中兴道按察司为陇右河西道。丙午，立涟州、新城、清河三驿。阿里海牙驻军江陵城南沙市，攻其栅，破之。知荆门军刘懋降。丁未，阿里海牙遣郎中张鼎赍诏入江陵，宋荆湖制置朱祀孙、湖北制置副使高达、京西湖北提刑青阳梦炎、李湜始出降。阿里海牙入江陵，分道遣使招谕未下州郡。知峡州赵真、知归州赵仔、权澧州安抚毛浚、常德府新城总制鲁希文、旧城权知府事周公明等，悉以城降。辛亥，遣使招谕宋五郡镇抚使吕文福使降。甲寅，谕中书省议立登闻鼓⑯，如为人杀其父母兄弟夫妇，冤无所诉，听其来击。其或以细事唐突者⑰，论如法。辛酉，宋郢州安抚赵孟、复州安抚翟贵以城降。宋度支尚书吴浚移书建康徐王荣等，述其丞相陈宜中语，请罢兵通好。伯颜遣中书议事官张羽、淮西行院令史王章，同宋来使马驭，持徐王荣复书至平江府驿亭，悉为宋所杀。癸亥，阿尤师驻瓜洲，距扬州四十五里。宋淮东制置司尽焚城中庐舍，迁其居民而去。阿尤创立楼橹战具以守之。丙寅，立尚牧监。赐降臣丁顺等衣服。免京畿百姓今岁丝银。丁卯，以大司农、御史中丞字罗为御史大夫。罢随路巡行劝农官，以其事入提刑按察司。括诸寺阑遗人口⑱。庚午，以高达为参知政事，仍诏慰谕之。遣兵部郎中王世英、刑部郎中萧郁，持诏召嗣汉四十代天师张宗演赴阙。

五月辛未朔，阿里海牙以所俘童男女千人、牛万头来献。枢密院言："峡州宜以战船扼其津要。又郢、复二州戍兵不足，今拟襄阳等处选五千七百人，隶行中书省，听阿里海牙调遣。"从之。诏中书右丞廉希宪、参知政事脱博忽鲁秃花行中书省于江陵府。阿里海牙还鄂州。立襄阳至荆南三驿。丁丑，阿尤立木栅于扬子桥，断淮东粮道，且为瓜州藩蔽⑲。庚辰，诏谕参知政事高达曰："昔我国家出征，所获城邑，即委而去之⑳，未尝置兵戍守，以此连年征伐不息。夫争国家者，取其土地人民而已，虽得其地而无民，其谁与居？今欲保守新附城壁，使百姓安业力农，蒙古人未之知也。尔熟知其事，宜加勉旃㉑。湖南州郡皆汝旧部曲，未归附者何以招怀，生民何以安业？听汝为之。"宋嘉定安抚昝万寿遣部将 李立奉书请降，言累负罪愆，乞加赦免。诏遣使招谕之。辛巳，宋知辰州吕文兴、黄仙洞行隋州事傅安国、仙人寨行均州事徐鼎、知沅州文用圭、知靖州康玉、知房州李鉴等，皆以城降。荆南湖北路凡得府三、州十一、军四、县五十七、户八十万三千四百一十五、口一百九十四万三千八百六十。丙戌，以三卫新附生券军赴八达山屯田。丁亥，召伯颜赴阙。以蒙古万户阿剌罕权行中书省事。遣肃州达鲁花赤阿沙签河西军。万户爱先不花违伯颜节制，擅撤戍兵，诏追夺符印，使从军自效。淮东宣抚陈岩乞解官㉒，终丧三年㉓，不许。申严屠牛马之禁。庚寅，宋五郡镇抚使吕文福来降。壬辰，宋都统制刘师勇、殿帅张彦据常州。癸巳，谕高丽国王王愖，招珍岛余党之在耽罗者。

六月庚子朔，日有食之。宋嘉定安抚使昝万寿以城降，赐名顺。癸卯，遣两浙大都督范文虎，持诏往谕安丰、寿州、招信、五河等处镇戍官吏军民。遣刑部侍郎伯尤谕朱祀孙，以年老多病，不任朝谒，权留大都，无自疑惧。谕廉希宪等，元没青阳梦炎、李湜家赀，如籍还之，并徙其家赴都。甲辰，以万户阿剌罕为行中书省参知政事。获知开州张章，赦其罪。章二子柱、楫先来降，以其子故，免死。敕失里伯、史枢率襄阳熟券军二千、猎户丁壮二千，同范文虎招安丰军，各赐马十匹。其故尝从丞相史天泽者十九人，愿宣劳军中㉔，令从枢以行。戊申，签平阳、西京、延安等路达鲁花赤弟男为军。辛亥，赏诸王兀鲁所部获功建都者三十五人银钞有差，定兀鲁卫士人各马二匹，从者一匹。敕淮东元帅府发兵，及鄂州戍兵与李璮旧部曲，并前河南已签军万人后免为民者，复籍为兵，并付行中书省。戊午，诏遣使招谕宋四川制置赵定应："比者毕再兴、青阳梦炎赴阙，面陈蜀闽事宜，奏请缓师，令自纳款，姑从所请。今遣再兴宣布大信，若能顺时达变，可保富贵，毋为涂炭生灵，自贻后悔。"庚申，遣重庆府招讨使毕再兴，持诏招谕宋合州节使张珏、江安潼川安抚张朝宗、涪州观察阳立、梁山军防马墍㉕。辛酉，宋潼川安抚使、知江安州梅应春以城降。乙丑，以涟、海新附丁顺等括船千艘，送淮东都元帅府。丙寅，宋扬州都统姜才、副将张林步骑二万人，乘夜攻扬子桥木栅，守栅万户史弼来告急，阿尤自瓜洲以兵赴之。诘旦至栅下㉖，才军夹水为阵，阿尤麾骑兵渡水击之，阵坚不动，阿尤军引却，才军来逼，我军与力战，才军遂走，阿尤麾步骑并进，大败之。才仅以身免，生擒张林，斩首万千级。戊辰，敕塔出率阿塔海、也速带儿两军赴涟水。以逊摊为耽罗国达鲁花赤。罢山东经略司。

秋七月庚午朔，阿尤集省诸翼万户兵船于瓜洲，阿塔海、董文炳集行院诸翼万户兵船于西津渡。宋沿江制置使赵溍、枢密都承旨张世杰、知泰州孙虎臣等陈舟师于焦山南北。阿尤分遣万户张弘范等，以拔都兵船千艘，西掠珠金沙。辛未，阿尤、阿塔海登南岸石公山，指授诸军水军万户刘琛循江南岸，东趋夹滩，绕出敌后；董文炳直抵焦山南麓，以掎其右㉗；招讨使刘国杰趣其左；万户忽剌出捣其中；张弘范自上流继至，趣焦山之北。大战自辰至午，呼声震天地，乘风以火箭射其箸篷㉗。宋师大败，世杰、虎臣等皆遁走。追至圌山㉘，获黄鹄白鹞船数百艘。宋人自是不复能军。翌日，宋平江都统刘师勇、殿帅张彦，以两浙制司军至吕城，复为阿塔海行院兵所败。壬申，签云南落落、蒲纳烘等处军万人，隶行中书省。癸酉，太白犯井。诏取茶罕章未附种落㉘。丁丑，立卫州至杨村水驿五。己卯，增置燕南河北道提刑按察司。以蔡州驿蒙古军四百隶阿里海牙，汉军六百从万户宋都带赴江西。壬午，遣使招宋淮安安抚使朱焕。癸未，诏遣使江南，搜访儒医僧道阴阳人等。敕左丞相伯颜率诸将直趋临安；右丞阿里海牙取湖南；蒙古万户宋都带，汉军万户武秀、张荣实、李恒，兵部尚书吕师夔行都元帅府，取江西。罢淮西行枢密院，以右丞阿塔海、参政董文炳同署行中书省事。辛卯，太阴犯毕。甲午，遣使持诏招谕宋李庭芝及夏贵。以伯颜为中书右丞相，阿尤为中书左丞相。

八月己亥，免北京、西京、陕西等路今岁丝银。癸卯，伯颜陛辞南行，奉诏谕宋君臣，相率来附，则赵氏族属可保无虞[90]，宗庙悉许如故。授故奉使大理王君候子如珪正八品官。己未，升任城县为济州。辛酉，车驾至自上都。丙寅，高丽王王愖遣其枢密副使许珙、将军赵珪来贺圣诞节。

九月己巳，太白犯少民[91]。庚午，阿合马等以军兴国用不足，请复立都转运司九，量增课程元额[92]，鼓铸铁器，官为局卖，禁私造铜器。乙亥，赏清河、新城战士及死事者银千两、钞百锭。赐西平王所部鸭城戍兵，人马三匹。丁丑，以襄阳官牛五千八百赐贫民。驰河南鬻马之禁[93]。赐东西川屯戍蒙古军粮钞有差。戊寅，谕太常卿合丹："去冬享太宫，敕牲无用牛，今其复之。"己卯，太白犯太微西垣上将。壬午，阿尤筑湾头堡。乙酉，罢襄阳统军司。甲午，宋扬州都统姜才将步骑万五千人攻湾头堡，阿尤、阿塔海击败之。赏淮安招讨使乞里迷失及有功将士锦衣银钞有差。丙申，以玉昔帖木儿为御史大夫。括江南诸郡书版及临安秘书省乾坤宝典等书。

冬十月戊戌朔，享于太庙。辛丑，驰北京、义、锦等处猎禁。癸丑，太阴犯毕。

十一月丁卯，阿里海牙以军攻潭州。乙亥，伯颜分军为三，趋临安。阿剌罕率步骑自建康、四安、广德以出独松岭，董文炳率舟师循海趋许浦、澉浦，以至浙江，伯颜、阿塔海由中道节度诸军，期并会于临安。丙子，宋权融、宜、钦三州总管岑从毅、沿边巡检使、广西节制军马李维屏等，诣云南行中书省降。丁丑，阿合马奏立诸路转运司凡十一所。己卯，宋都带等军次隆兴府，宋江西转运使、知府刘槃以城降。都元帅府檄谕江西诸郡相继归附，得府州六、军四、县五十六、户一百五万一千八百二十九、口二百七万六千四百。壬午，伯颜大军至常州，督诸军登城，四面并进，拔其城，刘师勇变服单骑南走。改顺天府为保定府。枢密院言："两都、平滦猎户新签军二千，皆贫无力者，宜存恤其家。又，新附郡县有既降复叛、及纠众为盗犯罪至死者，既已款伏[94]，乞听权宜处决。"皆从之。中书省臣议断死罪。诏："今后杀人者死，问罪状已白，不必待时，宜即行刑。其奴婢杀主者，具五刑论[95]。"乙酉，阿剌罕克广德，趋独松关。丙戌，太阴犯轩辕大星。己丑，遣太常卿合丹以所获涂金爵三献于太庙。庚寅，伯颜遣降人游介实奉玺书副本使于宋，仍以书谕宋大臣。甲午，以高丽国官制僭滥，遣使谕旨，凡省、院、台、部官名爵号，与朝廷相类者改正之。

十二月戊戌，填星犯亢[96]。己亥，金书四川行枢密院事昝顺言："绍庆府、施州、南平及诸蛮吕告、马蒙、阿永等，有向化之心。又播州安抚杨邦宪、思州安抚田景贤，未知逆顺，乞降诏使之自新，并许世绍封爵[97]。"从之。辛丑，董文炳军次许浦，宋都统制祁安以本军降。宋主为书，介国信副使严忠范俾焕请和。甲辰，伯颜次平江府，宋都统王邦杰以城降。乙巳，免江陵等处今岁田租。丁未，改诸站提领司为通政院。戊申，中书左丞相忽都带儿与内外文武百寮及缁黄耆庶[98]，请上皇帝尊号曰宪天述道仁文义武大光孝皇帝[99]，皇后曰贞懿顺圣昭天睿文光应皇后，不许。太阴犯毕。庚子，宋主复遣尚书夏士林、右史陆秀夫奉书，称侄乞和。西川沧溪知县赵龙遣间使入宋，敕流远方，籍其家。癸亥，敕枢密院："靖州既降复叛，今已平定，其遣张通判、李信家属并同叛者赴都。"甲子，答宋国主书，令其来降。丙寅，阿剌罕军次安吉州，宋安抚使赵与可以城降。升高丽东宁府为路。割江东南康路隶江西省。置马湖路总管府。省重庆路隆化县入南川，滦州海山县入昌黎县。复华州郑县。

是岁，卫辉、太原等路旱，河间霖雨伤稼，凡赈米三千七百四十八石、粟二万四千二百六石。天下户四百七十六万四千七十七。断死罪六十八人。

①移，古时一种公文，用于不相属隶的官署之间。

②勾校：查考校核。

③熟券军：宋、元军名。南宋军士持券领军饷，其券名"熟券"。

④生券军：见上注③。而戍边或实战军士，则加发领军饷的口券，称"生券"。领此双饷的军队称"生券军"。

⑤客星：古代指慧星和新星。

⑥五车：星名。

⑦文昌：星座名。　　斗杓：斗柄，北斗星柄。

⑧梗河：星座名。

⑨摄提：星名。

⑩阆：làng，音浪。

⑪纾：缓和，宽缓。

⑫能：亲善，友善。

⑬忻（xīn），音欣。

⑭土宜：土产物品。

⑮省：减去。

⑯复：免除徭役。

⑰诜（shēn），音身。

⑱弛：放松。

⑲械系：拘系，使人不得自由。械，桎梏。

⑳仗：兵器之总称。

㉑规模：规制，格局。

㉒差（cǐ，音疵）次：分别班次等级。

㉓荐：进，献。

㉔比岁：连年。比，连，每。

㉕京湖：疑为"荆湖"。

㉖没：没收。

㉗刍：割草。

㉘蝻：蝗虫的若虫。

㉙趣：急。

㉚后土：大地，又指土地神。

㉛兴：征发。

㉜课最：古时朝迁对官吏定期考核，政绩最好，称"课最"。

㉝权：权且。

㉞拔都：勇士之美称。

㉟杖：杖刑。

㊱缀（chuò，音辍）：牵制。

㊲爰：助词，无义。

㊳聘：国家之间派使访问。

㊴乃：竟。

㊵系累：拘禁。　　属（zhǔ，音主）：接连。

㊶令：美，善。

㊷悛（quān，音圈）：悔改。

㊸望：声望。

㊹弟男：泛指晚辈男子。

㊺壝（wěi，音伟）：祭坛的矮墙，坛的通称。

㊻策：帝王对臣下封官授爵或者免官时，记语于简册之上。

㊼璆（qiú），音球。

㊽檄：檄文，晓谕，声讨之文书，此处作动词用。
㊾次：行军途中停留。
㊿絚（gēng，音耕）：粗索。
(51)垒壁陈：星名。
(52)縋（zhuì，音坠）：系在绳子上放下去。
(53)连坐：旧时一人犯法，其家属、亲友与邻里等连带受罚。
(54)纳款：投诚。
(55)蠹（dù，音杜）：损害。
(56)夤（yín，音银）缘：拉拢关系，攀附上升。夤，攀附。
(57)中流：江河中央，水中。
(58)殿：殿后，走在行军队伍最后面。
(59)所：处。
(60)苴（jū），音拘。
(61)据下文，疑“淮南”为“淮东”。
(62)字：怀孕，生育。
(63)经：缢死，上吊。
(64)耒（lěi，音垒）：古时一种农具。
(65)涂：道路。
(66)缁（zī音滋）黄：代指僧道。古时和尚多穿的是黑衣，道士戴黄冠。缁，黑色。
(67)齿：录用。
(68)市杖：当指在闹市区公开行杖刑。
(69)错愕：仓卒惊诧。　　失错：犹失措。
(70)钲（zhēng，音征）：古时军队用的打击乐器。
(71)胥：止。
(72)王善：应为“王喜”。
(73)焴（yù），音育。　　炌（kài），音忾。
(74)乙巳：应为“己卯”。
(75)屈（jué，音决）：穷尽，竭。
(76)登闻鼓：古代统治者为示听取臣民谏议或冤情，在朝堂外所悬之鼓，以让臣民击之。
(77)细事：琐粹之事。　　唐突：轻率行动。
(78)阑遗：丢在路上无主之物。
(79)藩：屏障，隐蔽。
(80)委：抛弃。
(81)旃（zhān，音沾）：助词，“之焉”合音。
(82)解：脱去，解去。
(83)宣劳：效劳。
(84)壄（yě），音野。
(85)诘旦：清晨。
(86)掎（jǐ，音挤）：牵住，拖住。
(87)箬（ruò，音若）：一种竹子。
(88)篅（chuán），音船。
(89)种落：种族部落。
(90)虞：忧虑，担心。
(91)少民：星名。
(92)元：原本的，原先的。
(93)鬻（yù，音预）：卖。
(94)款伏：服罪，招认。

㉟五刑：古代五种刑罚之总称，即墨刑、劓刑、剕刑、宫刑、大辟。
㊱亢：二十八星宿之一。
㊲绍：继承。
㊳寮：通"僚"。官僚。
㊴宪：效法。

世祖本纪六

十三年春正月丁卯朔，克潭州，宋安抚使李芾尽室自焚死。阿里海牙分遣官属招徕未附者①。旬日间，湖南州郡相继悉降，得府一、州六、军二、县四十、户五十六万一千一百一十二、口百五十三万七千七百四十。伯颜军次嘉兴府，安抚刘汉杰以城降。董文炳军至乍浦，宋统制官刘英以本军降。辛未，董文炳军至海盐，知县事王与贤及澉浦镇统制胡全、福建路马步军总管沈世隆皆降。壬申，改都统领司为通政院，以兀良合带等领之。立回易库于诸路，凡十有一，掌市易币帛诸物。敕大都路总管府和顾和买②，权豪与民均输③。癸酉，宋相陈宜中遣军器监刘庭瑞赍宋主称藩表章，诣军前禀议；又致宜中等书于伯颜，伯颜以书答之。乙亥，诏谕四川制置使赵定应来朝。徙大都等路猎户戍大洪山之东，符宝郎董文忠请贫病者勿徙，从之。宋复遣监察御史刘岊赍宋主称藩表至军前④，且致书伯颜为宗社生灵请命。丙子，赏合儿鲁带所部将士征建都功银钞锦衣。丁丑，宋遣都统洪模赍陈宜中、吴坚等书，请俟宗长福王至，同诣军前。戊寅，伯颜以军出嘉兴府，留万户忽都虎、千户王秃林察戍之，刘汉杰仍为其府安抚使。辛巳，命云南行省给建都屯军弓矢。军次崇德县，宋遣侍郎刘庭瑞、都统洪模来迓⑤。行都元帅府宋都带言："江西隆兴、建昌、抚州等郡虽附，而闽、广诸州尚阻兵，乞增兵进讨。"敕以襄汉军四千俾将之⑥。壬午，军次长安镇，董文炳以兵来会。宋陈宜中、吴坚等违约不至。癸未，军次临平镇。甲申，次高亭山，阿刺罕以兵来会。宋主遣其保康军承宣使尹甫、和州防御使吉甫等，赍传国玉玺及降表诣军前，其辞曰："大宋国主㬎，谨百拜奉表于大元仁明神武皇帝陛下：臣昨尝遣侍郎柳岳、正言洪雷震，捧表驰诣阙庭，敬伸卑悃⑦，伏计已彻圣听⑧。臣眇焉幼冲⑨，遭家多难，权奸似道，背盟误国，臣不及知，至勤兴师问罪⑩，宗社阽危⑪，生灵可念。臣与太皇日夕忧惧，非不欲迁辟以求两全⑫，实以百万生民之命寄臣一身，今天命有归，臣将焉往？惟是世传之镇宝，不敢爱惜，谨奉太皇命戒，痛自贬损，削帝号，以两浙、福建、江东西、湖南北、二广、四川见在州郡，谨悉奉上圣朝，为宗社生灵祈哀请命。欲望圣慈垂哀⑬，祖母太后耄及⑭，卧病数载，臣茕茕在疚⑮，情有足矜⑯，不忍臣祖宗三百年宗社遽至殒绝，曲赐裁处⑰，特与存全，大元皇帝再生之德，则赵氏子孙世世有赖，不敢弭忘⑱。臣无任感天望圣⑲，激切屏营之至⑳。"伯颜既受降表玉玺，复遣囊加带以赵尹甫、贾余庆等还临安，召宰相出议降事。乙酉，师次临安北十五里。囊加带、洪模以总管殷俊来报，宋陈宜中、张世杰、苏刘义、刘师勇等挟益、广二王出嘉会门，渡浙江遁去，惟太皇太后、嗣君在宫。伯颜亟使谕阿刺罕、董文炳、范文虎率诸军先据守钱塘口㉑，以劲兵五千人追陈宜中等，过浙江不及而还。丙戌，伯颜下令禁军士入城，违者以军法从事。遣吕文焕赍黄榜安谕临安中外军民，俾按堵如故㉒。时宋三司卫兵白昼杀人，张世杰部曲尤横闾里㉓，小民乘时剽杀，令下，民大悦。伯颜又遣宣抚程鹏飞，计议孙鼎亨、囊加带、洪君祥入宫，安谕太皇谢氏。丁亥，云南行省赛典赤，以改定云南诸路名号来上。又言云南贸易与中州不同，钞法实所未谙㉔，莫若以交会、贮子公私通行㉕，庶为民便。并从之。戊子，中书省臣言："王孝忠等以罪命往八答山，采宝玉自效，道经沙州，值火忽叛㉖，孝忠等自拔来归㉗，令于瓜、沙等处屯田。"从之。大名路达鲁花赤小铃部坐奸赃伏诛，没其家。宋主祖母谢氏遣其丞相吴坚、文天祥，枢密谢堂，安抚贾余庆，中贵邓惟善，来见伯颜于明因寺。伯颜顾文天祥举动不常，疑有异志，遂令万户忙古带、宣抚唆都羁留军中㉘，且以其降表不称臣，仍书宋号，遣程鹏飞、洪君祥偕来使贾余庆复往易之。己丑，军次湖州市。遣千户囊加带、省掾王祐，赍传国玉玺赴阙。敕高丽国以有官子弟为质。中书省臣言："赋民旧籍已有定额，至元七年新括协济合并户，为数凡二十万五千一百八十。"敕减今岁丝赋之半。庚寅，伯颜建大将旗鼓，率左右翼万户巡临安城，观潮浙江。于是宋宗室大臣以次来见，暮还湖州市。辛卯，张弘范、孟祺、程鹏飞赍所易宋主称臣降表至军前。甲午，复蓟州平谷县。立随路都转运司，仍诏谕诸处管民官。以瓮吉剌带丑汉所部军五百戍哈答城，不吉带所部军六百移戍建都，其兀儿秃、唐忽军前在建都者，并遣还翼。穿济州漕渠。以真定总管昔班为中书右丞。

二月丁酉，诏刘颜、程德辉招淮西制置使夏贵。己亥，克临江军。庚子，宋主㬎率文武百僚诣祥曦殿，望阙上表，乞为藩辅。遣右丞相兼枢密使贾余庆、枢密使谢堂、端明殿学士佥枢密院事家铉翁、端明殿学士同佥枢密院事刘岊奉表以闻。宋主祖母太皇太后亦奉表及笺㉒。是日宋文武百司出临安府，诣行中书省，各以其职来见。行省承制以临安为两浙大都督府，都督忙古带、范文虎入城视事。辛丑，伯颜令张惠、阿剌罕、董文炳、左右司官石天麟、杨晦等入城，取军民钱谷之数，阅实仓库，收百官诰命符印，悉罢宋官府，散免侍卫禁军。宋主㬎遣其右丞相贾余庆等充祈请使，诣阙请命。右丞相命吴坚、文天祥同行。行中书省右丞相伯颜等，以宋主㬎举国内附，具表称贺。两浙路得府八、州六、军一、县八十一、户二百九十八万三千六百七十二、口五百六十九万二千六百五十。丁未，诏谕临安新附府州司县官吏士民军卒人等曰：

"间者，行中书省右丞相伯颜遣使来奏，宋母后、幼主暨诸大臣百官，已于正月十八日赍玺绶奉表降附。朕惟自古降王必有朝觐之礼，已遣使特往迎致。尔等各守职业，其勿妄生疑畏。凡归附前犯罪，悉从原免；公私逋欠㉝，不得征理。应抗拒王师及逃亡啸聚者㉛，并赦其罪。百官有司、诸王邸第、三学、寺、监、秘省、史馆及禁卫诸司，各宜安居。所在山林河泊，除巨木花果外，余物权免征税。秘书省图书，太常寺祭器、乐器、法服、乐工、卤簿、仪卫，宗正谱牒，天文地理图册，凡典故文字并户口版籍，尽仰收拾㉒。前代圣贤之后，高尚儒医僧道卜筮，通晓天文历数并山林隐逸名士，仰所在官司，具以名闻。名山大川，寺观庙宇，并前代名人遗迹，不许拆毁。鳏寡孤独不能自存之人，量加赡给。"

伯颜就遣宋内侍王野入宫，收宋国衮冕、圭璧、符玺，及宫中图籍、宝玩、车辂、辇乘、卤簿、麾仗等物。戊申，立浙东西宣慰司于临安，以户部尚书麦岁、秘书监焦友直为宣慰使，吏部侍郎杨居宽同知宣慰司事，并兼知临安府事。乙卯，诏谕淮东制置使李庭芝、淮西制置使夏贵，及所辖州军县镇官吏军民。丁巳，命焦友直括宋秘书省禁书图籍。戊午，祀先农东郊。淮西制置夏贵以淮西诸郡来降，唯镇巢军复叛。贵遣使招之，守将洪福杀其使，贵亲至城下，福始降，阿尤斩之军中。淮西路得府二、州六、军四、县三十四、户五十一万三千八百二十七、口一百二万一千三百四十九。庚申，召伯颜偕宋君臣入朝。辛酉，车驾幸上都。设资戒大会于顺德府开元寺。伯颜遣不伯、周青招泉州蒲寿庚、寿晟兄弟㉝。甲子，董文炳、唆都发宋随朝文士刘褒然及三学诸生赴京师㉞。太学生徐应镳父子四人同赴井死。帝既平宋，召宋诸将，问曰："尔等何降之易耶？"对曰："宋有强臣贾似道擅国柄，每优礼文士，而独轻武官，臣等久积不平，心离体解，所以望风而送款也㉟。"帝命董文忠答之曰："借使似道实轻汝曹㊱，特似道一人之过耳，且汝主何负焉？正如所言，则似道之轻汝也固宜。”

三月丁卯，命枢密副使张易兼知秘书监事。伯颜入临安，遣郎中孟祺籍宋太庙四祖殿，景灵宫礼乐器、册宝暨郊天仪仗，及秘书省、国子监、国史院、学士院、太常寺图书祭器乐器等物。戊辰，括江南已附州郡军器。甲戌，阿术遣使报庐州夏贵已降，文天祥自镇江遁去，追之弗获。荆湖南路行中书省言：“潭州既定，湖南州郡降者相继，即分命诸将镇守其地。”从之。宋福王与芮自浙东至伯颜军中。以独松关守将张濡尝杀奉使廉希贤，斩之，籍其家。乙亥，伯颜等发临安。丁丑，阿塔海、阿剌罕、董文炳诣宋主宫，趣宋主㬎同太后入觐。郎中孟祺奉诏宣读，至“免系颈牵羊”之语，太后全氏闻之泣，谓宋主㬎曰：“荷天子圣慈活汝㉘，当望阙拜谢。”宋主㬎拜毕，子母皆肩舆出宫，唯太皇太后谢氏以疾留。戊寅，敕诸路儒户通文学者三千八百九十，并免其徭役；其富实以儒户避役者为民；贫乏者五百户，隶太常寺。敕淮西庐州置总管万户府，以中书右丞、河南等路宣慰使合剌合孙、襄阳管军万户邸浃并行府事。庚辰，襄加带以宋玉玺来上。乙酉，赣、吉、袁、南安四郡内附。庚寅，赐郡王瓜都银印。敕上都和顾和买并依大都例。以中书右丞昔班为户部尚书。

闰月丙申，置宣慰司于济宁路，掌印造交钞，供给江南军储。以前西夏中兴金行中书省事暗都剌即思、大都路总管张守智，并为宣慰使。东川行枢密院总帅汪惟正略地涪州，克山寨谿洞，凡二十有三所㉙。丁酉，召湖广阿里海牙、忽都帖木儿赴阙，令脱拨忽鲁秃花、崔斌并留后鄂州。辛亥，命副枢张易遣宋降臣吴坚、夏贵等赴上都。戊午，淮西万户府招降方山等六寨。甲子，禁西番僧持军器。以中书省左右司郎中郝祯参知政事。

夏四月乙丑朔，阿术以宋高邮、宝应尝馈饷扬州，遣蒙古军将苫彻及史弼等守之。别遣都元帅孛鲁欢等，攻泰州之新城。丁卯，赐诸王都鲁金印。戊辰，以河南兵事未息，开元路民饥，并驰正月五月屠杀之禁。庚午，敕南商贸易京师者，毋禁。辛未，行江西都元帅宋都带以应诏儒生医卜士郑梦得等六人进，敕隶秘书监。丙子，省东川行枢密院及成都经略司，以其事入西川行院。复石人山寨居民于信阳军。免大都医户至元十二年丝银。己卯，以侍卫亲军征戍岁久，放令还家，期六月，各归其军。庚辰，以水达达分地岁输皮革，自今并入上都。壬午，召嗣汉天师张宗演赴阙。乙酉，召昭文馆大学士姚枢、翰林学士王磐、翰林侍讲学士徒单公履，赴上都。庚寅，修太庙。以北京行中书省廉希宪为中书右丞，行中书省事于荆南府。

五月乙未朔，伯颜以宋主㬎至上都，制授㬎开府仪同三司、检校大司徒，封瀛国公。以平宋，遣官告天地祖宗于上都之近郊。遣使代祀岳渎。己亥，伯颜请罢两浙宣慰司，以忙古带、范文虎仍行两浙大都督府事，从之。庚子，定度量。壬寅，宋三学生四十六人至京师。癸卯，复沂、莒、胶、密、宁海五州所括民为防城军者为民，免其租徭二年。乙巳，赐伯颜所部有功将校银二万四千六百两。阿术遣总管陈杰攻拔泰州之新城，遣万户乌马儿守之，以逼泰州。丁未，宋扬州都统姜才攻湾头堡，阿里别击走之，杀其步骑四百人，右卫亲军千户董士元战死。戊申，宋冯都统等自真州率兵二千、战船百艘，袭瓜州。阿术遣万户昔里罕、阿塔赤等出战，大败之，追至珠金沙，得船七十七艘，冯都统等赴水死。改博州为东昌路。己酉，括猎户、鹰坊户为兵。乙卯，靖州张州判及李信、李发焚其城，退保飞山新城。行中书省发兵攻杀之，徙其党及家属于大都。宋江西制置黄万石率其军来附，敕令入觐。辛酉，安西王相府请颁诏招合州张珏，不从。癸亥，升异样局为总管府，秩三品。

六月甲子朔，敕新附三卫兵之老弱者，放还其家。己巳，以孔子五十三世孙曲阜县尹孔治兼权主祀事。命东征元帅府选襄阳生券军五百，充侍卫军。置行户部于大名府，掌印造交钞，通江南贸易。庚午，敕西京僧、道、也里可温、答失蛮等有室家者，与民一体输赋。辛未，命阿里海牙出征广西，请益兵，选军三万俾将之。壬申，罢两浙大都督府。立行尚书省于鄂州、临安。设诸路宣慰司，以行省官为之，并带相衔，其立行省者，不立宣慰司。甲戌，以《大明历》浸差③，命太子赞善王恂与江南日官置局，更造新历，以枢密副使张易董其事④。易、恂奏："今之历家，徒知历术，罕明历理，宜得者儒如许衡者商订。"诏衡赴京师。宋扬州姜才夜率步骑数千趋丁村堡，守将史弼、苦彻出战，斩首百余级，获马四十匹。诘旦，阿尔、都督陈岩以湾头堡兵邀其后④。伯颜察儿踵至④，所将皆阿尔麾下兵，姜才军遥望旗帜，亟走，遂大破之，获米五千余石。阿尔又以宋人高邮水路不通，必由陆路馈运，千户也先忽都以千骑邀之，数日米运果来，杀负米卒数千，获米三千石。戊寅，诏作《平金》、《平宋录》，及诸国臣服传记，仍命平章军国重事耶律铸监修国史。戊子，枢密院上言："陈宜中、张世杰聚兵福建，以攻我师，江西都元帅宋都带求援。"命以安庆、蕲、黄等郡宿兵，付宋都带将之。己丑，宋都带言福建魏天佑、游义荣弃家来附，以天佑为管军总管兼知邵武军事，义荣遥授建宁路同知，充管军千户。壬辰，下诏招谕宋扬州制置李庭芝以次军官，及通、泰、真、滁、高邮大小官员。又诏谕陈宜中、张世杰、苏刘义、刘师勇等，使降。李庭芝留朱焕守扬州，与姜才率步骑五千东走。阿尔亲率百余骑驰去，督右丞阿里、万户刘国杰分道追及泰州西，杀步卒千人。庭芝等仅得入，遂筑长围堑而守之。阿尔独当东南面，断其走路。以户部尚书张澍参知政事，行中书省事于北京。

秋七月乙未，行中书省左右司郎中孟祺，以亡宋金玉宝及牌印来上，命太府监收之。丙申，淮安、宝应民流寓邳州者万余口，听还其家。丁酉，宋涪州观察阳立子嗣荣，请降诏招谕其父，从之。戊戌，升阆州为保宁府。敕山丹城直隶省部，以达鲁花赤行者仍领之。壬寅，以李庭出征，赏其部将李承庆等钞、马、衣服、甲仗有差。乙巳，朱焕以扬州降。丁未，诏谕广西路静江府等大小州城官吏使降。甲寅，赐诸王字罗印。以杨村至浮鸡泊，漕渠洄远，改从孙家务。乙卯，宋泰州守将孙良臣与李庭芝帐下卒刘发、郑俊，开北门以降，执李庭芝、姜才，系扬州狱。丙辰，阿尔以总管乌马儿等守泰州，其通、滁、高邮等处相继来附。淮东路得州十六、县三十三、户五十四万二千六百二十四、口一百八万三千二百一十七。遣使持香币祠岳渎后土。以中书右丞阿里海牙为平章政事，佥书枢密院事、淮东行枢密院别乞里迷失为中书右丞，参知政事董文炳为中书左丞，淮东左副都元帅塔出、两浙大都督范文虎、江东江西大都督知江州吕师夔、淮东淮西左副都元帅陈岩并参知政事。

八月己巳，穿武清蒙村漕渠。敕汉军都元帅阔阔带、李庭将侍卫军二千人西征。升漯阴县为漯州。乙亥，斩宋淮东制置使李庭芝、都统姜才于扬州市。庚辰，罢襄阳统军司。车驾至自上都。遣太常卿脱忽思以铜爵一、豆二④，献于太庙。以四万户总管奥鲁赤参知政事。

九月壬辰朔，命国师益怜真作佛事于太庙。己亥，享于太庙，常馔外，益野豕鹿羊蒲萄酒。庚子，命姚枢、王磐选宋三学生之有实学者，留京师，余听还家。辛丑，遣泸州屯田军四千，转漕重庆。癸卯，以平宋赦天下。乙巳，高丽国王王愖上参议中赞金方庆功，授虎符。丙午，敕常德府岁贡包茅④。丁未，谕西川行枢南南斗。乙卯，以吐蕃合答城为宁远府。辛酉，召宋宗臣鄂州教授赵与票赴阙。设资戒会于京师。阿尔入觐。江淮及浙东西、湖南北等路，得府三十七、州一百二十八、关一、监一④、县七百三十三、户九百三十七万四百七十二、口千九百七十二万一千一十五。

冬十月甲子，以陈岩拔新城、丁村功，赐金五十两，部将刘忠等赐银有差。乙亥，赐皇子北平王出征军士贫乏者羊马币帛有差。申明以良为娼之禁。丁亥，两浙宣抚使焦友直以临安经籍、图画、阴阳秘书来上。戊子，淮西安抚使夏贵请入觐，乞令其孙贻孙权领宣抚司事，从之。以淮东左副都元帅阿里为平章政事，河南等路宣慰使合剌合孙为中书右丞，兵部尚书王仪、吏部尚书兼临安府安抚使杨镇、河南河北道提刑按察使迷里忽辛并参知政事。参知政事陈岩行中书省事于淮东。

十一月癸巳，安西王所部军克万州。丙午，赐阿尤所部有功将士二百三十九人各银二百五十两。西川行院忽敦言："所部军士久围重庆，逃亡者众，乞益军一万，并降诏招诱逋民之在大良平者[47]。"并从之。壬子，赐龙答温军有功及死事者银钞有差。癸丑，并省内外诸司。丁卯，太阴犯填星。庚申，敕管民及理财之官由中书铨调[48]，军官由枢密院定议。隳襄汉、荆湖诸城。南平招抚使兼知峡州事赵真，请降诏招谕夔州安抚张起岩，从之。高丽国王王愖遣其臣判秘书寺朱悦，来告更名睶[49]。

十二月辛卯朔[50]，荧惑掩钩钤。以十四年历日赐高丽。丁卯，改云南萝葡甸为元江府路。辛未，赐塔海所部战士及死事者银钞有差。赐忽不来等战功十九人银千二百两。壬申，李思敬告运使姜毅所言悖妄，指毅妻子为证，帝曰："妻子岂为证者耶？"诏勿问。乙亥，定江南所设官府。辛巳，以军士围守崇庆劳苦，赐钞六千锭。庚寅，诏谕浙东西、江东西、淮东西、湖南北府州军县官吏军民："昔以万户、千户渔夺其民，致令逃散，今悉以人民归之元籍州县；凡管军将校及宋官吏，有以势力夺民田庐产业者，俾各归其主，无主则以给附近人民之无生产者；其田租商税、茶盐酒醋、金银铁冶、竹货湖泊课程，从实辨之。凡故宋繁冗科差、圣节上供、经总制钱等百有余件，悉除免之。"伯颜言："张惠守宋府库，不俟命擅启管钥。"诏阿尤诘其事，仍谕江之东西、浙之东西、淮之东西官吏等，检核新旧钱谷。除浙西、浙东、江西、江东、湖北五道宣慰使。升江陵为上路，瑞安府仍为温州，陇州为散府，蓟州复置丰闰县，升临洮渭源堡为县，赐诸王金银币帛如岁例。赐诸王乃蛮带等羊马价。赏阿尤等战功，及赐降臣吴坚、夏贵等银钞币帛各有差。赐伯颜、阿尤等青鼠、银鼠、黄鼬只孙衣[51]，余功臣赐豹裘、獐裘及皮衣帽各有差。

是岁，东平、济南、泰安、德州、涟海、清河、平滦、西京西三州以水旱缺食，赈军民站户米二十二万五千五百六十石，粟四万七千七百十二石，钞四千二百八十二锭有奇。平阳路旱，济宁路及高丽涃州水，并免今年田租。断死罪三十四人。

十四年春正月癸巳，行都元帅府军次广东，知循州刘兴以城降。丙申，以江南平，百姓疲于供军，免诸路今岁所纳丝银。赐嗣汉天师张宗演演道灵应冲和真人，领江南诸路道教。戊戌，高丽金方庆等为乱，命高丽王治之，仍命忻都、洪茶丘饬兵御备[51]。癸卯，复立诸道提刑按察司。甲辰，命阿尤选锐军万人赴阙。丁未，知梅州钱荣之以城降。戊申，赐三卫军士之贫乏者八千三百五十二人各钞二锭、币十匹。己酉，赐耶律铸钞千锭。甲寅，敕宋福王赵与芮家赀之在杭、越者，有司挈至京师，付其家。丙辰，立建都、罗罗斯四路，守戍乌木等处，并置官属。己未，以白玉碧玉水晶爵六，献于太庙。括上都、隆兴、北京、西京四路猎户二千为兵。置江淮等路都转运盐使司，及江淮榷茶都转运使司。命嗣汉天师张宗演修周天醮于长春宫，宗演还江南，以其弟子张留孙留京师。

二月辛酉，命征东都元帅洪茶丘将兵二千赴上都。壬戌，瑞州安抚姚文龙率张文显来降，其家属为宋人所害，赐文龙、文显等钞有差。癸亥，彗星出东北，长四尺余。甲子，遣使代祀岳渎后土。丙寅，改安西王傅铜印为银印。立永昌路山丹城等驿，仍给钞千锭为本，俾取息以给驿传之须。诸王只必铁木儿言："永昌路驿百二十户，疲于供给，质妻孥以应役。"诏赐钞百八十锭赎还之。丁卯，荆湖北道宣慰使塔海拔归州山寨四十七所。戊辰，祀先农东郊。甲戌，西川行院不花率众数万至重庆，营浮屠关，造梯冲将攻之[52]，其夜都统赵安以城降。张珏舣船江中[53]，与其妻妾顺流走涪州。元帅张德润以舟师邀之，珏遂降。车驾幸上都。辛巳，命北京选福住所统军三百赴上都。壬午，隳吉抚二州城，隆兴滨西江，姑存之。仍选汀州军马守御瑞金县。丙戌，连州守过元龙已降复叛，塔海将兵讨之，元龙弃城遁。丁亥，知南恩州陈尧道、佥判林叔虎以城降。诏以僧亢吉祥、怜真加加瓦并为江南总摄，掌释教，除僧租赋，禁扰寺宇者。以大司农、御史大夫、宣徽使兼领侍仪司事孛罗为枢密副使，兼宣徽使，领侍仪司事。

三月庚寅朔，以冬无雨雪，春泽未继，遣使问便民之事于翰林国史院。耶律铸、姚枢、王磐、窦默等对曰："足食之道，唯节浮费，靡谷之多，无逾醪醴曲蘖(54)，况自周、汉以来，尝有明禁。祈赛神社(55)，费亦不赀(56)，宜一切禁止。"从之。辛卯，湖广行中书省言："广西二十四郡并已内附，议复行中书省于潭州，置广南西路宣抚司于静江。"诏郑鼎所将侍卫军万人还京师，崔斌、阿里海牙同驻静江，忽都铁木儿、郑鼎同驻鄂汉，贾居贞、脱博忽鲁秃花同驻潭州。癸巳，以行都水监兼行漕运司事。甲午，以郑鼎所部军士抚定静江之劳，命还家少休，期六月赴上都。乙未，福建漳、泉二郡蒲寿庚、印德傅、李珏、李公度，皆以城降。丁酉，括马三万二千二百六四，孕驹者还其主。壬寅，广东肇庆府新封等州皆来降。癸卯，寿昌府张之纲以从叛弃市(57)。乙巳，命中外军民官所佩金银符，以色组系于肩腋(58)，庶无亵渎，具为令。庚戌，建宁府通判郭缵以城降。黄州归附官史胜入觐，以所部将校于跃等三十一人战功闻，命官之。佥书东西川行枢密院事昝顺言："比遣同知隆州事赵孟烯，赍诏招谕南平军都掌蛮、罗计蛮，及凤凰、中垅、罗韦、高崖等四寨皆降。田、杨二家、豕鹅夷民，亦各遣使纳款。"壬子，宝应军人施福杀其守将，降于淮东都元帅府，诏以福为千户，佩金符。癸丑，命汪惟正自东川移镇巩昌。行中书省承制，以闽浙温、处、台、福、泉、汀、漳、剑、建宁、邵武、兴化等郡降官，各治其郡。潭州行省遣使上言："广南西路庆远、郁林、昭、贺、藤、梧、融、宾、柳、象、邕、廉、容、贵、浔皆降(59)，得府一、州十四。"复立襄阳府襄阳县。平章政事、浙西道宣慰使阿塔海为平章政事，行中书省事于江淮；郡王合答为平章政事，行中书省事于北京。

夏四月甲子，宋特磨道将农士贵、知安平州李惟屏、知来安州岑从毅等(60)，以所属州县溪洞百四十七、户二十五万六千来附。癸酉，省各路转运司事入总管府，设盐转运司四，置榷场于碉门、黎州，与吐蕃贸易。丙子，召安抚赵与可、宣抚陈岩入觐。丙戌，禁江南行用铜钱。均州复立南漳县。

五月癸巳，申严大都酒禁，犯者籍其家赀(61)，散之贫民。辛丑，千户合剌合孙死于浑都海之战，命其子忽都带儿袭职。癸卯，改广南西路宣抚司为宣慰司，广西钦、横二州改立安抚司。各道提刑按察司兼劝农事。敕江南归附官，三品以上者，遣质子一人入侍。西番长阿立丁宁占等三十一族来附，得户四万七百。丙子，融州安抚使谭昌谋为不轨，伏诛。辛亥，以河南、山东水旱，除河泊课，听民自渔。乙卯，选蒙古、汉军相参宿卫。诏谕思州安抚使田景贤，又诏谕泸州西南番蛮王阿永，筠连、腾串等处诸族蛮夷，使其来附。命真人李德和代祀济渎。

六月丙寅，涪州安抚阳立及其子嗣荣相继来附，命立为夔路安抚使，嗣荣为管军总管，并佩虎符，仍赐钞百锭。壬寅，赏征广战死之家银各五十两。丁丑，置尚膳院，秩三品，以提点尚食、尚药局忽林失为尚膳使，其属司有七。庚辰，赏阳立所部战士钞千锭。甲申，荆湖北道宣慰使黑的 得谍者，言夔府将出兵攻荆南，谕阳立等与塔海会兵御之。丁亥，升崇明沙为崇明州。以行省参政、行江东道宣慰使阿剌罕为中书左丞、行江东道宣慰使，湖北道宣慰使奥鲁赤参知政事、行湖北道宣慰使。

秋七月戊子朔，罢大名、济宁印钞局。壬辰，敕犯盗者皆弃市，符宝郎董文忠言："盗有强窃，赃有多寡，似难悉置于法。"帝然其言，遽命止之。丁酉，敕自今非佩符使臣及军情急速，不听乘传。戊戌，申禁羊马群之在北者，八月内毋纵出北口诸隘，践食京畿之禾，犯者没其畜。癸卯，诸王昔里吉劫北平王于阿力麻里之地，械系右丞相安童，诱胁诸王以叛，使通好于海都，海都弗纳，东道诸王亦弗从，遂率西道诸王至和林城北。诏右丞相伯颜帅军往御之。诸王忽鲁带率其属来归，与右丞相伯颜等军合。丙午，置行御史台于扬州，以都元帅相威为御史大夫。置八道提刑按察司。戊申，东川都元帅张德润等攻取涪州，大败之，擒安抚程听、陈广。置行中书省于江西，以参知政事、行江西宣慰使塔出为右丞，参知政事、行江西宣慰使麦尤丁为左丞，淮东宣慰使彻里帖木儿、江东宣慰使张荣实、江西宣慰使李恒、招讨使也的迷失、万户昔里门、荆湖路宣抚使程鹏飞、闽广大都督兵马招讨使蒲寿庚并参知政事，行江西省事。壬子，榷大都商税。丁巳，湖北宣慰司调兵攻司空山，复寿昌、黄州二郡。赐平宋将帅军士及简州军士广西死事者银钞各有差。回水窝渊圣广源王加封善佑，常山灵济昭应王加封广惠，安丘雹泉灵霈侯追封灵霈公。以参知政事、行江东道宣慰使吕文焕为中书左丞。

八月戊午朔，诏不花行院西川。丁卯，成都路仓收羡余五千石[52]，按察司已治其罪，命以其米就给西川兵。辛未，常德府总管鲁希文与李三俊结构为乱[53]，事觉，命行省诛之。车驾畋于上都之北。

九月壬辰，制镔铁海青圆符[54]。丙申，广南东路广、连、韶、德庆、惠、潮、南雄、英德等郡皆内附。甲辰，福建行省以宋二王在其疆境，调都督忙兀带、招讨高兴领兵讨之。昂吉儿、忻都、唐兀带等引兵攻司空山寨，破之，杀张德兴，执其三子以归。壬子，福建路宣慰使、行征南都元帅唆都，遣招讨使百家奴、丁广取建宁之崇安等县及南剑州。

冬十月丙辰朔，日有食之。己未，享于太庙。庚申，湖北宣慰使塔海略地至夔府之太原坪，禽其将[55]，诛之。辛酉，驰盖州猎禁。乙亥，以宋张世杰、文天祥犹未降，命阿塔海选锐兵防遏隆兴诸城。禁无籍军随大军剽掠者，勿过关渡。己卯，降臣郭晓、魏象祖入觐，赐币帛有差。壬午，置宣慰司于黄州。甲申，播州安抚使杨邦宪言："本族自唐至宋，世守此土，将五百年，昨奉旨许令仍旧，乞降玺书。"从之。以行省参政忽都帖木儿、脱博忽鲁秃花、崔斌并为中书左丞，鄂州总管府达鲁花赤张鼎、湖北道宣慰使贾居贞并参知政事。

十一月戊子，枢密院臣言："宋文天祥与其徒赵孟溍同起兵，行中书发兵攻之，杀孟溍，天祥仅以身免。"诏以其妻孥赴京师。右副都元帅张德润上涪州功，赐钞千锭。乙未，凡伪造宝钞、同情者并处死[56]，分用者减死杖之，具为令。庚子，命中书省檄谕中外，江南既平，宋宜曰亡宋，行在宜曰杭州[57]。以吏部尚书别都鲁丁参知政事。

十二月丙辰，置中滦、唐村、淇门驿。丁卯，以大都物价翔踊[58]，发官廪万石，赈粜贫民。庚午，梁山军袁世安以其城及金石城军民来降。壬申，潭州行省复祁阳县。斩首贼罗飞，余党悉平。乙亥，都元帅杨文安攻咸淳府，克之。以十五年历日赐高丽国。以参议中书省事耿仁参知政事。冠州及永年县水，免今年田租。导任河，复民田三千余顷。赐诸王金银币帛等物如岁例；赐诸王也不干、燕帖木儿等五百二十九人羊马价，钞八千四百五十二锭；赏拜答儿等千三百五十五人战功，金百两、银万五千一百两、钞百三十锭及纳失失、金素币帛、貂鼠豹裘、衣帽有差。

是岁，赈东平、济南等郡饥民，米二万一千六百十七石、粟二万八千六百十三石、钞万一百十二锭。断死罪三十二人。

---

①招徕：招揽。

②和顾：古时官府出价雇佣人力。　　　和买：古时官府按价向民间购买实物。

③权：权衡。　　均输：平均缴纳（数量）。

④㟅（jié，音结。

⑤迓：（yà，音讶）：迎接。

⑥俾：从。

⑦悃（kǔn，音捆）：真心诚意。

⑧彻：达，到。

⑨眇（miǎo，音秒）：渺小，微小。　　幼冲：年龄小。冲：年幼。

⑩勤：经常，多次。

⑪阽危：临近危险。阽（diàn，音电），临近。

⑫辟：退避。

⑬哀：怜悯。

⑭耄及：及耄，到了高龄。耄（mào，音冒），老年。

⑮茕茕（qióng，音穷）：忧愁。

⑯矜：怜悯，怜惜。

⑰曲赐：称尊长的赐予和关怀等，敬词。　　裁处：裁决处理。

⑱弭：遗忘。

⑲无任：敬词，相当于"不胜"。

⑳屏营：惶惧。

㉑亟：急，迫切。

㉒按堵：同"安堵"，安居，定居之意。堵，墙壁。

㉓闾（lǘ，音驴）里：乡里。

㉔谙：熟悉。

㉕交会：古时纸币交子和会子的并称。　　贝八：即"蚆"（bā，音八）：一种贝类，中国古代曾用其壳做货币。

㉖值：碰上，遇到。

㉗拔：脱离，摆脱。

㉘羁：使停留。

㉙笺：一种文体。

㉚逋：拖欠。

㉛应：应和，响应。

㉜仰：古时用于公文中，表示上级命令下级，希望遵行之意。

㉝晟：shèng，音盛。

㉞褎（xiù），音袖。

㉟款：诚恳，恳切。

㊱借使：假使。　　曹：辈。

㊲荷：承受。　　活汝：让你生。

㊳豀（xī，音西）：同"溪"。

㊴浸差：渐渐误差。

㊵董：监督，管理。

㊶邀：阻截。

㊷躅：追逐，追随。

㊸豆：古代一种装食物用的似盘的器具。

㊹包茅：古代制办祭祀用酒时，用束着的青茅滤去酒中的渣滓，以此称束着的青茅为包茅。

㊺南斗：二十八星宿之一。

㊻监：古时一种行政区制。

㊼逋：逃亡。

㊽铨：选拔。

㊾瞗（chǔn，音蠢）：据中华书局本校勘，应为赌（chǔn，音蠢）。

㊿辛卯：应为"辛酉"。

51饬（chì，音斥）：整顿，整饬。

52冲：古代一种用来冲击敌城的战车。

㊾ 舣（yǐ，音乙）：便船靠岸。

�554 醪（láo，音劳）：醇酒。　　醴（lǐ，音理）：甜酒。　　曲蘖（niè，音聂）：酿酒用曲。

�555 赛：古代祭祀以报神灵恩德。

�556 赀（zī，音兹）：计算。

�557 弃市：古时于闹市处罪犯死刑，并暴尸于街头。

�558 组：丝织的阔带子，用来作佩玉或佩币的绶带。

�559 爩：yù，音郁。

�660 李惟屏：据上下文应为"李维屏"。

�661 赀：同"资"。

�662 羡余：古时地方官以增加赋税、赎卖商品等致财物，并以赋税盈余之名上贡朝廷。羡，余，有余。

�663 结构（gòu，音够）：勾结起来，图谋不轨。

�664 镍铁：精炼的铁。

�665 禽：同"擒"。

�666 同情：同气，同心。

�667 行在：天子所在的地方。

�668 翔踊：物价飞涨。踊，上涨。

世祖本纪七

十五年春正月辛卯，阿老瓦丁将兵戍斡端，给米三千石、钞三十锭。以千户郑鄢有战功①，升万户，佩虎符。癸巳，西京饥，发粟一万石赈之。仍谕阿合马广贮积，以备阙乏。顺德府总管张文焕、太原府达鲁花赤太不花，以按察司发其奸赃，遣人诣省自首，反以罪诬按察司。御史台臣奏："按察司设果有罪，不应因事而告，宜待文焕等事决，方听其诉。"从之。己亥，收括阑遗官也先、阔阔带等坐易官马、阑遗人畜，免其罪，以诸路州县管民官兼领其事。官吏隐匿及擅易马匹、私配妇人者，没其家。禁官吏军民卖所娶江南良家子女及为娼者，卖买者两罪之，官没其直，人复为良。赐湖州长兴县金沙泉名为瑞应泉。金沙泉不常出，唐时用此水造紫笋茶进贡。有司具牲币祭之②，始得水，事讫辄涸。宋末屡加浚治，泉迄不出③，至是中书省遣官致祭，一夕水溢，可溉田千亩。安抚司以事闻，故赐今名。封磁州神崔府君为齐圣广佑王。壬寅，弛女真、水达达酒禁。丙午，安西王相府言："万户秃满答儿、郝札剌不花等攻克泸州，斩其主将王世昌、李都统。"戊申，从阿合马请，自今御史台非白于省，毋擅召仓库吏，亦毋究钱谷数，及集议中书不至者罪之。授宋福王赵与芮金紫光禄大夫、检校大司农、平原郡公。庚戌，东川副都元帅张德闰大败涪州兵④，斩州将王明及其子忠训、总辖韩文广、张遇春。诏军官不能抚治军士及役扰致逃亡者，没其家赀之半。以阿你哥为大司徒，兼领将作院。

二月戊午，祀先农。蒙古胄子代耕籍田。癸亥，咸淳府等郡及良平民户饥，以钞千锭赈之。命平章政事阿塔海、阿里，选择江南廉能之官，去其冗员与不胜任者。复立河中府万泉县。辛未，以川蜀地多岚瘴⑤，弛酒禁。丁丑，荧惑犯天街⑥。庚辰，征别十八里军士，免其徭役。壬午，参知政事、福建路宣慰使唆都率师攻潮州，破之。置太史院，命太子赞善王恂掌院事，工部郎中郭守敬副之，集贤大学士兼国子祭酒许衡领焉。改华亭县为松江府。遣使代祀岳渎。以参知政事夏贵、范文虎、陈岩并为中书左丞，黄州路宣慰使唐兀带、史弼并参知政事。

三月乙酉，诏蒙古带、唆都、蒲寿庚行中书省事于福州，镇抚濒海诸郡。以沿海经略副使合剌带领舟师南征，升经略使兼左副都元帅，佩虎符。丁亥，太阴犯太白。戊子，太阴犯荧惑。己丑，行中书省请考核行御史台文卷，不从。甲午，西川行枢密院招降西蜀、重庆等处，得府三、州六、军一、监一、县二十、栅四十、蛮夷一。乙未，宋广王昺遣倪坚以表来上⑦，令俟命大都。命扬州行省选铁木儿不花所部兵，助隆兴进讨。丁酉，命塔海毁夔府城壁。戊戌，刘宗纯据德庆府，梧州万户朱国宝攻之，焚其寨栅，遂拔德庆。诏中书左丞吕文焕遣官招宋生、熟券军，堪为军者，月给钱粮，不堪者，给牛屯田。庚子，汉军都元帅李庭自愿将兵击张世杰，从之。西川行枢密院招宜胜、土恢等城及石榴寨，相继来降。壬寅，以诸路岁比不登⑧，免今年田租丝银。癸卯，都元帅杨文安遣兵攻克绍庆，执其郡守鲜龙，命斩之。乙巳，广南西道宣慰司遣管军总管崔永、千户刘潭、王德用招降雷、化、高三州，即以永等镇守之。宋张世杰、苏刘义挟广王昺奔碙洲。参知政事密立忽辛、张守智并行大司农司事。

夏四月乙卯，命元帅刘国杰将万人北征，赐将士钞二万六百七十一锭。修会川县盘古王祠，祀之。丙辰，诏以云南境土旷远，未降者多，签军万人进讨。戊午，以江南土寇窃发，人心未安，命行中书省左丞夏贵等，分道抚治军民，检核钱谷。察郡县被旱灾甚者、吏廉能者，举以闻。其贪残不胜任者，劾罢之。甲子，命不花留镇西川，汪惟正率获功蒙古、汉军官及降臣入觐，大都巡军之戍西川者遣还。立云南、湖南二转运司。以时雨霑足⑨，稍弛酒禁，民之衰疾饮药者，官为酝酿，量给之⑩。辛未，置光禄寺，以同知宣徽院事秃剌铁木儿为光禄卿。广州张镇孙叛，犯广州，守将张雄飞弃城走。出兵临之，镇孙乞降，命遣镇孙及其妻赴京师。丁丑，云南行省招降临安、白衣、和泥分地城寨一百九所，威楚、金齿、落落分地城寨军民三万二千二百，秃老蛮、高州、筠连州等城寨十九所。庚辰，以许衡言，遣使至杭州等处，取在官书籍版刻至京师。壬午，立行中书省于建康府。中书左丞崔斌言："比以江南官冗，委任非人，命阿里等沙汰之⑩，而阿合马溺于私爱，一门子弟，并为要官。"诏并黜之。又言："阿老瓦丁，台臣劾其侵欺官钱，事犹未竟，今复授江淮参政，不可。"诏止其行。敕自今罢免之官，宰执为宣慰，宣慰为路官，路官为州官。淮、浙盐课直隶行省，宣慰司官勿预。改北京行省为宣慰司。追江南工匠官虎符。

五月癸未朔，诏谕翰林学士和礼霍孙，今后进用宰执及主兵重臣，其与儒臣老者同议。乙酉，行中书言："近讨邵武、建昌、吉、抚等岩洞山寨，获聂大老、戴巽子，余党皆下。独张世杰据碙洲，攻傍郡，未易平，拟遣宣慰使史格进讨。"诏以也速海牙总制之。敕："主兵官若已擢授，其旧职宜别授有功者，勿复以子孙承袭。"申严无籍军虏掠及佣奴代军之禁⑩。甲午，诸职官犯罪，受宣者闻奏，受敕者，从行台处之，受省札者，按察司治之；其宣慰司官吏，奸邪非违及文移案牍，从本道提刑按察司磨刷⑫；应有死罪，有司勘问明白，提刑按察司审覆无冤，依例结案，类奏待命⑬；自行中书以下应行公务，小事限七日，中事十五日，大事三十日。选江南锐军为侍卫亲军。乙未，以乌蒙路隶云南行省，仍诏谕乌蒙路总管阿牟，置立站驿，修治道路，其一应事务，并听行省平章赛典赤节制。立川蜀水驿，自叙州达荆南府。己亥，江东道按察使阿八赤求江东宣慰使吕文焕金银器皿及宅舍子女不获，诬其私匿兵仗，诏行台大夫相威诘之。事白，免阿八赤官。辛亥，制授张留孙江南诸路道教都提点。赐拱卫司官及其所部四百五十人钞二千六十锭。

六月乙卯，改西蕃李唐城为李唐州。庚申，敕博儿赤、答剌赤及司粮、司币等官，并勿授符，已授者收之。壬戌，赐泸州降臣薛旺等钞有差。丙寅，以江南防拓关隘一十三所设官太冗，选军民官廉能者各一人分领。升济南府为济南路，降西凉府为西凉州。丁卯，置甘州和籴提举司，以备给军饷、赈贫民。甲戌，诏汰江南冗官。江南元设淮东、湖南、隆兴、福建四省，以隆兴并入福建。其宣慰司十一道，除额设员数外，余并罢去。仍削去各官旧带相衔。罢茶运司及营田司，以其事隶本道宣慰司。罢漕运司，以其事隶行中书省。各路总管府依验户数多寡，以上中下三等设官。宋故官应入仕者，付吏部录用。以史塔剌浑、唐兀带骤升执政，忙古带任无为军达鲁花赤，复遥领黄州宣慰使，并罢之。时淮西宣慰使昂吉儿入觐，言江南官吏太冗，故有是命。帝谕昂吉儿曰：“宰相明天道，察地理，尽人事，能兼此三者，乃为称职。尔纵有功，宰相非可觊者[14]。回回人中阿合马才任宰相，阿里年少亦精敏，南人如吕文焕、范文虎率众来归，或可以相位处之。”又顾谓左右曰：“汝可谕姚枢等，江南官吏太冗，此卿辈所知，而皆未尝言，昂吉儿乃为朕言之。”近侍刘铁木儿因言：“阿里海牙属吏张鼎，今亦参知政事。”诏即罢去。遂命平章政事哈伯等谕中书省、枢密院、御史台：“翰林院及诸南儒今为宰相、宣慰，及各路达鲁花赤佩虎符者，俱多谬滥，其议所以减汰之者。凡小大政事，顺民之心所欲者行之，所不欲者罢之。”乙亥，敕省、院、台诸司应闻奏事，必由起居注。丁丑，太庙殿柱朽腐。命太常少卿伯麻思告于太室，乃易之。戊寅，全州西延溪洞徭蛮二十所内附。己卯，发蒙古军千人，从江东宣慰使张弘范由海道讨宋余众。参知政事蒙古带请颁诏招宋广王昺及张世杰等，不从。庚辰，处州张三八、章焱、季文龙等为乱，行省遣宣慰使谒只里率兵讨之。辛巳，达实都收括中兴等路阑遗。安南国王陈光昺遣使奉表来贡。

秋七月壬午朔，湖南制置张烈良、提刑刘应龙与周隆、贺十二起兵。行省调兵往讨，获周隆、贺十二斩之。烈良等举家及余兵奔思州乌罗洞，为官军所袭，二人皆战死。甲申，赐亲王爱牙赤所部建都戍军贫乏者，钞千二百七十七锭。行御史台增设监察御史四员。江南湖北道、岭南广西道、福建广东道并增设提刑按察司。乙酉，改江南诸路总管府为散府者七、为州者一，散府为州者二。丙戌，以江南事繁，行省官未有知书者，恐于吏治非便，分命崔斌至扬州行省，张守智至潭州行省。丁亥，诏虎符旧用畏吾字，今易以国字。癸巳，以塔海征夔军旅之还戍者，及扬州、江西舟师，悉付水军万户张荣实将之，守御江口。丙申，以右丞塔出、吕师夔、参知政事贾居贞行中书省事于赣州，福建、江西、广东皆隶焉。丁酉，赐江西军与张世杰力战者三十人，各银五十两。以江西参知政事李恒为都元帅，将蒙古、汉军征广。命扬州行中书省分军三千付李恒。复上都守戍军二千人为民[15]。壬寅，改铸高丽王王愖驸马印。丙午，改开元宣抚司为宣慰司，太仓为御廪，资成库为尚用监，皮货局入总管府。定江南俸禄职田。戊申，濮州蝗。己酉，禁使人经行纳怜驿。辛亥，改京兆府为安西府。诏江南、浙西等处，毋非理征科扰民。建汉祖天师正一祠于京城。以参知政事李恒为蒙古、汉军都元帅，忙古带为福建路宣慰使，张荣实、张鼎并为湖北道宣慰使，也的迷失为招讨使。

八月壬子朔，追毁宋故官所受告身[16]。以嘉定、重庆、夔府既平，还侍卫亲军归本司。遣礼部尚书柴椿等使安南国，诏切责之，仍俾其来朝。丁巳，沿海经略司、行左副都元帅刘深言：“福州安抚使王积翁既已降附，复通谋于张世杰。”积翁上言：“兵力单弱，若不暂从，恐为阖郡生灵之患[17]。”诏原其罪。壬戌，有首高兴匿宋金者[18]，诏置勿问。两淮运粮五万石赈泉州军民。乙丑，济南总管张宏以代输民赋，尝贷阿里、阿答赤等银五百五十锭，不能偿，诏依例停征。辛未，复给漳州安抚使沈世隆家赀。世隆前守建宁府，有郭赞者受张世杰檄，诱世隆，世隆执赞斩之，蒙古带以世隆擅杀，籍其家。帝曰：“世隆何罪，其还之。”仍授本路管民总管。中书省臣言：“近有旨追诸路管民官所授金虎符，其江南降臣宜仍所授。”从之。制封泉州神女号护国明著灵惠协正善庆显济天妃。甲戌，安西王相府言：“川蜀悉平，城邑山寨洞穴凡八十三，其渠州礼义城等处凡三十三所，宜以兵镇守，余悉撤毁。”从之。己卯，初立提刑按察司于畏吾儿分地。

庚辰，以四川平，劳赏军士钞二万一千三百三十九锭⑲。辛巳，升洺磁为广平府路。监察御史韩昺劾同知大都路总管府事舍里甫丁殴部民至死⑳。诏杖之，免其官，仍籍没家赀十之二。诏行中书省唆都、蒲寿庚等曰："诸蕃国列居东南岛屿者，皆有慕义之心，可因蕃舶诸人宣布朕意，诚能来朝，朕将宠礼之，其往来互市，各从所欲。"诏谕军前及行省以下官吏，抚治百姓，务农乐业，军民官毋得占据民产，抑良为奴㉑。以中书左丞董文炳金书枢密院事，参知政事唆都、蒲寿庚并为中书左丞。

九月壬午朔，敕以总管张子良所签军二千二百人为侍卫军，俾张亨、陈瑾领之。癸未，省东西川行枢密院，其成都、潼川、重庆、利州四处皆设宣慰司。诏分拣诸路所括军，验事力乏绝者为民，其恃权豪避役者复为兵。所遣分拣官及本府州县官，能核正无枉者，升爵一级。又减至元九年所括三万军半以为民，其商户余丁军并除之。戊子，以征东元帅府治东京。庚寅，昭信达鲁花赤李海剌孙言，愿同张弘略取宋二王，调汉军、水军俾将之。以中书左丞、行江东道宣慰吕文焕为中书右丞。

冬十月己未，享于太庙，常设牢醴外，益以羊鹿豕蒲萄酒。庚申，车驾至自上都。辛酉，赈别十八里、日忽思等饥民钞二千五百锭。分夔府汉军二千、新军一千付塔海将之。赐合答乞带军士马价币帛二千匹，其军士力战者赏赍有差。乙丑，正一祠成，诏张留孙居之。丁卯，弛山场樵采之禁。己巳，趣行省造海船付乌马儿、张弘范，增兵四千俾将之。庚午，敕御史台，凡军官私役军士者，视数多寡定其罪。诏："河西、西京、南京、西川、北京等宣慰司案牍，宜依江南近例，令按察司磨照㉒。"移河南河北道提刑按察司治南京。御史台臣言："失里伯之弟阿剌与王权府等俘掠良民，失里伯纵弗问，及遣御史掾诘问㉓，不伏㉔。"诏执而鞫之㉕。

十一月庚辰朔，枣阳万户府言："李均收抚大洪山寨，为宋朱统制所害。"命赐银千两赙其家㉖。丁亥，以辰、沅、靖、镇远等郡与蛮獠接壤，民不安业，命塔海、程鹏飞并为荆湖北道宣慰使，置司常德路，余官属留荆南府，供给粮食军需。壬辰，江东道宣慰使囊加带言："江南既平，兵民宜各置官属。蒙古军宜分屯大河南北，以余丁编立部伍，绝其虏掠之患。分拣官僚，本以革阿合马滥设之弊。其将校立功者，例行沙汰，何以劝后？新附军士，宜令行省赐其衣粮，无使阙乏。"帝嘉纳之。征宋相马廷鸾、章鉴赴阙。甲午，开酒禁。复阿合马子忽辛、阿散先等官。始忽辛等以崔斌论列而免㉘，至是以张惠请，故复之。惠又请复其子麻速忽及其侄别都鲁丁、苦思丁前职，帝疑惠，不从。敕已除官僚不之任者，除名为农。丁酉，召陈岩入觐。己亥，贷侍卫军屯田者钞二千锭市牛具。辛丑，建宁、政和县人黄华，集盐夫，联络建宁、括苍及畲民妇自称许夫人为乱，诏调兵讨之。丁未，行中书省自扬州移治杭州。立淮东宣慰司于扬州，以阿剌罕为宣慰使。诏谕沿海官司通日本国人市舶㉙。以参知政事程鹏飞行荆湖北道宣慰使。

闰月庚戌朔，罗氏鬼国主阿榨、西南蕃主韦昌盛并内附，诏阿榨、韦昌盛各为其地安抚使，佩虎符。辛亥，太白、荧惑、填星聚于房。甲寅，幸光禄寺。丙辰，诏秃鲁赤同潭州行省官一员，察戍还病军所过州县，不加顾恤者按之㉚。甲子，发蒙古、汉军都元帅张弘范攻漳州，得山寨百五十、户百万一。是日，谍报文天祥见屯潮阳港㉛，亟遣先锋张弘正、总管囊加带率轻骑五百人，追及于五坡岭麓中，大败之，斩首七千余，执文天祥及其将校四人赴都。

十二月己卯，金书西川行枢密院眘顺招诱都掌蛮夷及其属百一十人内附，以其长阿永为西南番蛮安抚使，得兰纽为都掌蛮安抚使，赐虎符，余授宣敕、金银符有差。庚辰，思州安抚使田景贤、播州安抚使杨邦宪请归宋旧借镇远、黄平二城，仍彻戍卒㉜，不允。景贤等请降诏，禁戍卒毋扰思、播之民，从之。鸭池等处招讨使钦察所领南征新军，不能自赡者千人，命屯田于京兆。乙酉，伯颜以渡江收抚沙阳、新城、阳罗堡、闽、浙等郡获功军士及降臣姓名来上，诏授虎符者入觐，千户以下并从行省授官。丙戌，扬州行省上将校军功凡百三十四人，授官有差。丙申，从播州安抚杨邦宪请，以鼎山仍隶播州。庚子，敕长春宫修金箓大醮七昼夜。丙午，禁玉泉山樵采渔弋㉝。戊申，以叙州等处秃老蛮杀使臣撒里蛮，命发兵讨之。封伯夷为昭义清惠公，叔齐为崇让仁惠公。以十六年历日赐高丽。海州赣榆县雹伤稼，免今年田租。南宁、吉瑞、万安三郡内附。开城路置屯田总管府，广安县隶之。临淄、临朐、清河复为县㉞。导肥河入于鄮㉟，淤陂尽为良田。会诸王于大都，以平宋所俘宝玉器币分赐之，赐诸王等金银币帛如岁例。

是岁，西京奉圣州及彰德等处水旱民饥，赈米八万八百九十石、粟三万六千四十石、钞二万四千八百八十锭有奇。断死罪五十二人。

十六年春正月己酉朔，高丽国王王愖遣其金议中赞金方庆来贺，兼奉岁币。壬子，罢五翼探马赤重役军。癸丑，汪良臣言："西川军官父死子继，勤劳四十年，乞显加爵秩。"诏从其请。诏以海南、琼崖、儋、万诸郡俱平，令阿里海牙入觐。泸州降臣赵金、吴大才、袁禹绳等从征重庆，其家属为叛者所杀，诏赐钞有差，仍以叛者妻孥付金等。敕高丽国置大灰艾州、东京、柳石、孛落四驿。甲寅，无籍军侵掠平民，而诸王只必帖木儿所部为暴尤甚，命捕为首者置之法。敕移赣州行省还隆兴。高丽国来献方物。辛酉，合州安抚使王立以城降。先是立遣间使降安西王相李德辉，东川行院与德辉争功，德辉单舸至城下，呼立出降，川蜀以平。东川行院遂言，立久抗王师，尝指斥宪宗，宜杀之。枢密院以其事闻，而降臣李谅亦讼立前杀其妻子，有其财物。遂诏杀立，籍其家赀偿谅。既而安西王具立降附本末来上，且言东川院臣愤李德辉受降之故，诬奏诛立。枢密院臣亦以前奏为非。帝怒曰："卿视人命若戏耶！前遣使计杀立久矣，今追悔何及？卿等妄杀人，其归待罪。"斥出之。会安西王使再至，言未杀立，即召立入觐，命为潼川路安抚使，知合州事。壬戌，分川蜀为四道：以成都等路为四川西道，广元等路为四川北道，重庆等路为四川南道，顺庆等路为四川东道，并立宣慰司。赏重庆等处从征蒙古、汉军钞三万九千九百五十一锭。改播州鼎山县为播川县。丁卯，赐参知政事咎顺田民百八十户于江津县。戊辰，立河西屯田，给耕具，遣官领之。甲戌，张弘范将兵追宋二王至崖山寨，张世杰来拒战，败之，世杰遁去，广王昺偕其官属俱赴海死，获其金宝以献。丙子，诏谕又巴、散毛等四洞番蛮酋长，使降。以中书左丞别乞里迷失同知枢密院事。禁中书省文册奏检用畏吾字书。赐异样等局官吏工匠银二千两。赐皇子奥鲁赤及诸王拜答罕下军士，与思州田师贤所部军，衣服及钞有差。

二月戊寅朔，祭先农于籍田。壬午，升溧州为路。遣使访求通皇极数番阳祝泌子孙㊱，其甥傅立持泌书来上。拨民万户隶明里淘金。以江南漕运旧米赈军民之饥者。癸未，增置五卫指挥司。诏遣塔黑麻合儿、撒儿答带括中兴户。太史令王恂等言："建司天台于大都，仪象圭表皆铜为之，宜增铜表高至四十尺，则景长而真。"又请上都、洛阳等五处分置仪表，各选监候官。从之。甲申，平章阿里伯乞行中书省检核行御史台文案，且请行台呈行省，比御史台呈中书省例，从之。以征日本，敕扬州、湖南、赣州、泉州四省造战船六百艘。移绍兴宣慰司于处州。己丑，调潭州行省军五千，戍沿海州郡。庚寅，张弘范以降臣陈懿兄弟破贼有功，且出战船百艘，从征宋二王，请授懿招讨使，兼潮州路军民总管，及其弟忠、义、勇三人，为管军总管；十夫长塔剌海获文天祥有功，请授管军千户，佩金符。并从之。壬辰，诏谕宗师张留孙，悉主淮东、淮西、荆襄等处道教。乙未，玉速帖木儿言："行台文卷令行省检核，于事不便。"诏改之。其运司文卷听御史台检核。饶州路达鲁花赤玉古伦擅用羡余粮四千四百石，杖之，仍没其家。诏湖南行省于戍军还涂，每四五十里立安乐堂，疾者医之，饥者廪之，死者薧葬之㊲，官给其需。遣官核实益都、淄莱、济南逃亡民地之为行营牧地者。禁诸奥鲁及汉人持弓矢，其出征所持兵仗，还即输之官库。壬寅，赐太史院银一千七十八两。癸卯，发嘉定新附军千人屯田脱里北之地。甲辰，升大都兵马都指挥使司秩四品。诏大都、河间、山东管盐运司并兼管酒醋商税等课程。中书省臣请以真定路达鲁花赤蒙古带为保定路达鲁花赤，帝曰："此正人也，朕将别以大事付之。"赏汪良臣所部蒙古、汉军收附四川功钞五万锭。命嘉定以西新附州郡及田、杨二家诸贵官子，俱充质子入侍。车驾幸上都。乙巳，命同知太史院事郭守敬访求精天文历数者。西蜀四川道立提刑按察司。丙午，遣使代祀岳渎后土。诏河南、西京、北京等路课程，令各道宣慰司领之。赏西川新附军钞三千八百五十锭。以斡端境内蒙古军耗乏，并汉军、新附军等，赐马牛羊及马驴价钞、衣服、弓矢、鞍勒各有差。

三月戊申朔，诏禁归德、亳、寿、临淮等处畋猎。庚戌，敕郭守敬繇上都、大都㊳，历河南府抵南海，测验晷景㊴。壬子，襄加带括两淮造回回炮新附军匠六百，及蒙古、回回、汉人、新附人能造炮者，俱至京师。庚申，给千户马乃部下拔突军及土浑川军屯田牛具。丙寅，敕中书省，凡掾史文移稽缓一日二日者杖，三日者死。甲戌，潭州行省遣两淮招讨司经历刘继昌招下西南诸番，以龙方零等为小龙蕃等处安抚使，仍以兵三千戍之。中书省下太常寺讲究州郡社稷制度，礼官折衷前代，参酌《仪礼》，定拟祭祀仪式及坛壝祭器制度，图写成书，名曰《至元州县社稷通礼》，上之。以保定路旱，减是岁租三千一百二十石。

夏四月己卯，立江西榷茶运司及诸路转运盐使司、宣课提举司。癸巳，以给事中兼起居注，掌随朝诸司奏闻事。戊戌，以池州路达鲁花赤阿塔赤战功升招讨使，兼本军万户。癸卯，填星犯键闭㊵。乙巳，汪良臣言："昔昝顺兵犯成都，掠其民以归，今嘉定既降，宜还其民成都。"制曰"可"。敕以上都军四千卫都城，凡他所来戍者皆遣归。从唆都请，令泉州僧依宋例输税，以给军饷。诏谕扬州行中书省，选南军精锐者三万人充侍卫军，并发其家赴京师，仍给行费钞万六千锭。大都等十六路蝗。

五月己酉，中书省请复授宣慰司官虎符，不允。又请各路设提举、同提举、副提举各一员，专领课程，从之。辛亥，蒲寿庚请下诏招海外诸蕃，不允。诏谕漳、泉、汀、邵武等处，暨八十四畲官吏军民，若能举众来降，官吏例加迁赏，军民按堵如故㊶。以泉州经张世杰兵，减今年租赋之半。丙辰，以五台僧多匿逃奴及逋赋之民，敕西京宣慰司、按察司搜索之。命畏吾界内计亩输税。以各道按察司地广事繁，并劝农官入按察司；增副使、佥事各一员，兼职劝农水利事。甲子，御史台臣言："先是，省臣阿里伯言，有罪者与台臣相威同问，有旨从之，臣等谓行省断罪，以意出入，行台何由举正㊷？宜从行省问讫，然后体察为宜。"制曰"可"。高兴侵用宋二王金三万一千一百两有奇、银二十五万六百两，诏遣使追理。诏涟、海等州募民屯田，置总管府及提举司领之。乙丑，敕江陵等路拔突户一万，凡千户置达鲁花赤一员，直隶省部。丙寅，敕江南僧司文移，毋辄入递。临洮、巩昌、通安等十驿，非有海青符，不听乘传。丁卯，改云南宝山、嵓渠二县为州㊸。己巳，诏沿路驿店民家，凡往来使臣不当乘传者，毋给人畜饮食刍料。完都、河南七驿民贫乏，给其马牛羊价钞千八百锭。庚午，赐乃蛮带战功、及攻围重庆将士、及宣慰使刘继昌等钞衣服各有差。壬申，以吕虎来归，授顺庆府总管，佩虎符，仍赐钞五十锭。徙丁子峪所驻侍卫军万人，屯田昌平。癸酉，兀里养合带言："赋北京、西京车牛俱至㊹，可运军粮。"帝曰："民之艰苦，汝等不问，但知役民㊺。使今年尽取之，来岁禾稼何由得种？其止之。"甲戌，给要束合所领工匠牛二千，就令运米二千石供军。诏谕脱儿赤等管甘州路宣课，诸人毋或沮扰㊻。潭州行省上言："琼州宣慰马旺已招降海外四州，寻有土寇黄威远等四人为乱，今已擒获。"诏置之极刑。丙子，进封桑乾河洪济公为显应洪济公。命宗师张留孙即行宫作醮事，奏赤章于天㊼，凡五昼夜。赐皇子奥鲁赤、拨里答等、及千户伯牙兀带所部军、及和州站户羊马钞各有差。

六月丁丑朔，阿合马言："常州路达鲁花赤马恕告金浙西按察司事高源不法四十事，源亦劾恕。"事闻，诏令廷辩。诏发新附军五百人、蒙古军百人、汉军四百人戍碉门、鱼通、黎、雅。诏谕王相府及四川行中书省，四道宣慰司抚治播川、务川西南诸蛮夷，官吏军民各从其俗，无失常业。壬午，以浙东宣慰使陈祐没王事⑩，命其子爕为管军总管，佩虎符。甲申，宋张世杰所部将校百五十八人，诣琼、雷等州来降。敕造战船征日本，以高丽材用所出，即其地制之，令高丽王议其便以闻。乙酉，榆林、洪赞、刁窝，每驿益马百五十、车二百，牛如车数给之。丙戌，左右卫屯田蝗螟生。庚寅，升济宁府为路。壬辰，以参知政事、行河南等路宣慰使忽辛为中书左丞，行中书省事。癸巳，以新附军二万分隶六卫屯田。彻里帖木儿言其部军多为盗劫掠赀财，有司不即理断，乞遣官诘治，诏兀鲁带往治之。以不花行西川枢密院事，总兵入川，平宋诸城之未下者。仍令东川行枢密院调兵守钓鱼山寨。西川既平，复立屯田，其军官第功升擢，凡授宣敕、金银符者百六十一人。诏以高州、筠连州腾川县新附户，于溆州等处治道立驿。云南都元帅爱鲁、纳速剌丁招降西南诸国。爱鲁将兵分定亦乞不薛。纳速剌丁将大理军抵金齿、蒲骠、曲蜡、缅国界内，招忙木、巨木秃等寨三百，籍户十一万二百。诏定赋租，立站递，设卫送军。军还，献驯象十二。戊戌，改宣德府龙门镇复为县。庚子，拘括河西、西番阑遗户⑩。辛丑，以通州水路浅，舟运甚艰，命枢密院发军五千，仍令食禄诸官雇役千人开浚，以五十日讫工。癸卯，以临洮、巩昌、通安等十驿岁饥，供役繁重，有质卖子女以供役者，命选官抚治之。甲辰，以襄阳屯田户四百代军当驿役。赐征北诸郡蒙古军阔阔八都等力战有功者银五十两，战殁者家，给银百两，从行伍者，钞一锭，其余衣物有差。禁伯颜察儿诸峒寨捕猎。诏免四川差税。以参知政事、行中书省事别都鲁丁为河南等路宣慰使。以阿合马子忽辛为潭州行省左丞，忽失海牙等并复旧职。占城、马八儿诸国遣使，以珍物及象犀各一来献。赐诸王所部银钞、衣服、币帛、鞍勒、弓矢及羊马价钞等各有差。五台山作佛事。

秋七月戊申，宁国路新附军百户詹福谋叛，福论死，授告者何士青总把、银符，仍赐钞十锭。罢西川行省。庚戌，禁脱脱和孙搜取乘传者私物⑩。乙卯，应昌府依例设官。置东宫侍卫军。定江南上、中路置达鲁花赤二员，下路一员。敕发西川蒙古军七千、新附军三千，付皇子安西王。丁巳，交趾国遣使来贡驯象。己未，以朵哥麻思地之算木多城为镇西府。敕以蒙古军二千、益都军二千、诸路军一千、新附军五千，合万人，令李庭将之。壬戌，赏瓮吉剌所部力战军，人银五十两，死事者，人百两，给其家。阿里海牙入觐，献金三千五百八十两、银五万三千一百两。罢潭州行省造征日本及交趾战船。丙寅，填星犯键闭。癸酉，西南八番、罗氏等国来附，洞寨凡千六百二十有六，户凡十万一千一百六十有八。诏遣牙纳尤、崔或至江南访求艺术之人⑩。以中书左丞、行四川行中书省事汪良臣为安西王相。赐诸王纳里忽所部有功将校银钞、衣装、币帛、羊马有差。以赵州等处水旱，减今年租三千一百八十一石。命散都修佛事十有五日。

八月丁丑，车驾至自上都。庚辰，太阴犯房距星⑩。戊子，范文虎言："臣奉诏征讨日本，比遣周福、栾忠与日本僧赍诏往谕其国，期以来年四月还报，待其从否，始宜进兵。"又请简阅旧战船以充用⑩。皆从之。海贼贺文达率众来归文虎，文虎以所得银三千两来献。有旨释其前罪，官其徒四十八人，就以银赐文虎。己丑，宋降臣王虎臣陈便宜十七事⑩，令张易等议，可者行之。庚寅，敕沅州路蒙古军总管乞答台征取桐木笼、犵狫、伯洞诸蛮未附者⑩。调江南新附军五千驻太原，五千驻大名，五千驻卫州。以每岁圣延节及元辰日，礼仪费用皆敛之民，诏天下罢之。丁酉，以江南所获玉爵及坫凡四十九事⑩，纳于太庙。己亥，海贼金通精死，获其从子温。有司欲论如法，帝曰："通精已死，温何预焉⑩?"特赦其罪。庚子，岁星犯轩辕大星。甲辰，诏汉军出征逃者罪死，且没其家。置大护国仁王寺总管府，以散扎儿为达鲁花赤，李光祖为总管。赐范文虎僚属二十一人金纹绫及西锦衣。赏征重庆将校币帛有差。赐诸王阿只吉粮五千石、马六百匹、羊万口。

九月乙巳朔，范文虎荐可为守令者三十人，诏："今后所荐，朕自择之，凡有官守不勤于职者，勿问汉人、回回，皆论诛之，且没其家。"女直、水达达军不出征者，令隶民籍输赋。己酉，罢金州守船军千人，量留监守，余皆遣还。庚戌，诏行中书省左丞忽辛兼领杭州等路诸色人匠，以杭州税课所入，岁造缯段十万以进。杭、苏、嘉兴三路办课官吏，额外多取分例，今后月给食钱，或数外多取者，罪之⑤。阿合马言："王相府官赵炳云：陕西课程岁办万九千锭，所司若果尽心措办，可得四万锭。"即命炳总之。同知扬州总管府事董仲威坐赃罪，行台方按其事，仲威反诬行台官以他事，诏免仲威官，仍没其产十之二。戊午，王相府言："四川宣慰司有籍无军虚受赏者一万七千三百八人。"命诘治之。议罢汉人之为达鲁花赤者。御史台臣言："江南三路管课官，于分例外支用钞一千九百锭。"命尽征之。诏遣使招谕西南诸蛮部族酋长，能率所部归附者，官不失职，民不失业。乙丑，以忽必来、别速台为都元帅，将蒙古军二千人、河西军一千人，戍斡端城。己巳，枢密院臣言："有唐兀带者，冒禁引军千余人，于辰溪、沅州等处劫掠新附人千余口，及牛马、金银、币帛等，而麻阳县达鲁花赤武伯不花为之乡导。"敕斩唐兀带、武伯不花，余减死论，以所掠者还其民。给河西行省钞万锭，以备支用。

冬十月己卯，享于太庙。辛巳，叙州、夔府至江陵界立水驿。乙酉，帝御香阁。命大乐署令完颜椿等肄文武乐⑤。戊子，张融诉西京军户和买和雇，有司匿所给价钞计万八千余锭。官吏坐罪，以融为侍卫军总把。千户脱略、总把忽带擅引军入婺州永康县界，杀掠吏民，事觉，自陈扈从先帝出征有功⑥，乞贷死⑥，敕没入其家赀之半，杖遣之。辛卯，赈和州贫民钞。乙未，纳碧玉爵于太庙。丙申，太阴犯太微西垣上将。辛丑，以月直元辰⑥，命五祖真人李居寿作醮事，奏赤章⑥，凡五昼夜。毕事，居寿请间言："皇太子春秋鼎盛⑥，宜预国政。"帝喜曰："寻将及之。"明日，下诏皇太子燕王参决朝政，凡中书省、枢密院、御史台及百司之事，皆先启后闻⑥。甲辰，赐高丽国王至元十七年历日。

十一月戊申，敕诸路所捕盗，初犯赃多者死，再犯赃少者从轻罪论。阿合马言："有盗以旧钞易官库新钞百四十锭者，议者谓罪不应死；且盗者之父执役臣家，不论如法，宁不自畏。"诏处死。壬子，遣礼部尚书柴椿偕安南国使杜中赞赍诏往谕安南国世子陈日烜，责其来朝。癸丑，太阴犯荧惑。乙卯，罢太原、平阳、西京、延安路新签军还籍。罢招讨使刘万奴所管无籍军愿从大军征讨者。赵炳言陕西运司郭同知、王相府郎中令郭叔云盗用官钱，敕尚书秃速忽、侍御史郭祐检核之。戊辰，命湖北道宣慰使刘深教练鄂州、汉阳新附水军。诏谕四川宣慰司括军民户数。己巳，以梧州妖民吴法受扇惑藤州、德庆府泷水徭蛮为乱，获其父诛之。并教坊司入拱卫司。

十二月戊寅，发粟钞赈盐司灶户之贫者。括甘州户。庚辰，安南国贡药材。甲申，祀太阳。丙申，敕枢密、翰林院官，就中书省与唆都议招收海外诸番事。丁酉，八里灰贡海青。回回等所过供食，羊非自杀者不食，百姓苦之，帝曰："彼，吾奴也，饮食敢不随我朝乎？"诏禁之，诏谕海内海外诸番国主。赐右丞张惠银五千四百两。敕自明年正月朔日，建醮于长春宫，凡七日，岁以为例。命李居寿告祭新岁。诏谕占城国主，使亲自来朝。唆都所遣阇婆国使臣治中赵玉还。改单州、兖州隶济宁路；复置万泉县，隶河中府；改垣曲县隶绛州；降归州路为州；升沔阳、安陆各为府；改京兆为安西路；改惠州、建宁、梧州、柳州、象州、邕州、庆远、宾州、横州、容州、浔州并为路。建圣寿万安寺于京城。帝师亦怜真卒。敕诸国教师禅师百有八人，即大都万安寺设斋圆戒，赐衣。

是岁，断死罪百三十二人。保定等二十余路水旱风雹害稼。

①郿（xún），音驯。

②币：此处为帛，丝织物，用来作祭祀礼物。

③迄：始终，一直。

④张德闰：应为"张德润"。

⑤岚瘴：山林之中的雾气，能因湿热而致人疾病。

⑥天街：星名。

⑦昺（bǐng），音炳。

⑧比：连，每每。

⑨霑：雨水浸润。

⑩沙汰：淘汰。

⑪傭（yōng，音拥）：被雇佣的劳动者，仆役。

⑫磨刷：察看。

⑬类：类次，分类编列。

⑭觊（jì，音即）：期望，希图。

⑮成：应为"城"。

⑯告身：古时授官的凭证，类似现时的委任状。

⑰阖（hé，音河）：全。

⑱首：出面告发。

⑲劳：慰劳，犒劳。

⑳殴：殴打。

㉑抑：枉屈。

㉒磨照：查核。

㉓掾（yuàn，音院）：古代属官的通称。

㉔伏：通"服"。

㉕鞫（jū，音居）：审问，审讯。

㉖赒（zhōu，音周）：救济，周济。

㉗獠（lǎo，音老）：同"獠"，魏晋后对居住于四川、贵州、云南、广东、广西等地的少数民族的称呼。

㉘始：原先。　　论列：议论，陈述。

㉙市舶：古代指中外互市商船，又指海外贸易。

㉚顾恤：照顾抚恤。　　按：审察。

㉛见：通"现"。

㉜彻：通"撤"，撤除。

㉝弋：用带绳子的箭射猎，泛指射猎。

㉞朐（qú），音渠。

㉟酅（xǐ），音西。

㊱皇极：指有关天文、五行等方面的专门方术。

㊲藁（gǎo，音搞）葬：草草埋葬。藁，禾秆。

㊳繇：由。

㊴晷（guǐ，音鬼）景：日影。景，影。

㊵按赌：同"安堵"，安居，定居。堵，墙壁。

㊶键闭：星名。

㊷举正：列举其罪而正之以法。

㊸移：一种公文。

㊹崀：làng，音浪。

㊺赋：给予，授予。

㊻但：只。

㊼沮挠：沮丧不安。

㊽章：彰明，表彰。
㊾没王事：为王事而死。
㊿拘括：搜捕。
(51)乘传：乘驿站的车。
(52)彧（yù），音育。
(53)比：最近。
(54)简阅：检查，挑选。
(55)便宜：合适，方便。
(56)犵（gē，音戈）狫（lǎo，音老）：我国西南地区一个少数民族。
(57)坫（diàn，音店）：古时置于堂中用来放置食物、酒器的土台子。　事：件，套。
(58)预：相干。
(59)或：有人。
(60)肆：学习，研习。
(61)扈从：随从护驾。
(62)贷：宽免，饶恕。
(63)直：通"值"，当。
(64)赤章：指道家向天宫祷告禳灾的章本。
(65)春秋：年龄。
(66)先启后闻：先教导启发（太子），然后再奏知（皇上）。

世祖本纪八

十七年春正月癸卯朔，高丽国王王睶遣其佥议中赞金方庆来贺，兼奉岁贡。丙午，命万户綦公直戍别失八里①，赐钞一万二千五百锭。辛亥，磁州、永平县水，给钞贷之。丙辰，立迁转官员法：凡无过者，授见阙，物故及过犯者②，选人补之，满代者③，令还家以俟。又定诸路差税课程，增益者即上报，隐漏者罪之，不须履亩增税④，以摇百姓⑤。诏括江淮铜及铜钱铜器。辛酉，以海贼贺文达所掠良妇百三十余人还其家，广西廉州海贼霍公明、郑仲龙等伏诛。甲子，敕泉州行省，所辖州郡山寨未即归附者，率兵拔之，已拔复叛者，屠之。以总管张瑄、千户罗壁收宋二王有功，升瑄沿海招讨使，虎符；壁管军总管，金符。丁卯，畋近郊。诏毋以侍卫军供工匠役。戊辰，敕相威检核阿里海牙、忽都帖木儿等所俘丁三万二千余人，并放为民。置行中书省于福州。改德庆府为总管府⑥。赐开滦河五卫军钞。

二月乙亥，张易言："高和尚有秘术，能役鬼为兵，遥制敌人。"命和礼霍孙将兵与高和尚同赴北边。丙子，立北京道二驿。丁丑，答里不罕以云南行省军攻定昌路，擒总管谷纳杀之。诏令答里不罕还，以阿答代之。敕非远方归附人，毋入会同馆⑦。诏纳速剌丁将精兵万人征缅国。乙酉，赏纳速剌丁所部征金齿功银五千三百二十两。己丑，命梅国宾袭其父应春泸州安抚使职。泸州尝叛，应春为前重庆制置使张珏所杀，国宾诣阙诉冤，诏以珏畀国宾⑧，使复其父雠，珏时在京兆，闻之自经死，国宾请赎还泸州军民之为俘者，从之。日本国杀国使杜世忠等，征东元帅忻都、洪茶丘请自率兵往讨，廷议姑少缓之⑨。丙申，诏谕真人祁志诚等焚毁《道藏》伪妄经文及板⑩。庚子，阿里海牙及纳速剌丁招缅国及洞蛮降臣，诏就军前定录其功以闻。江淮行省左丞夏贵请老，从之，仍官其子孙。合剌所部和州等城为叛兵所掠者，赐钞给之，仍免其民差役三年。发侍卫军三千浚通州运粮河。畏吾户居河西界者，令其屯田。辛丑，以广中民不聊生，召右丞塔出、左丞吕师夔廷诘坏民之由，命也的迷失、贾居贞行宣慰司往抚之。师夔至，廷辩无验，复令还省治事。诏王相府于诸奥鲁市马二万六千三百匹。遣使代祀岳渎。赐诸王阿八合、那木干所部，及征日本行省阿剌罕、范文虎等西锦衣、银钞、币帛各有差。又赐四川贫民及兀剌带等马牛羊价钞。

三月癸卯，命福建王积翁入领省事，中书省臣以为不可，改户部尚书。甲辰，车驾幸上都。思、播州军侵镇远、黄平界，命李德辉等往视之。罢通政院官不胜任者。丙午，敕东西两川发蒙古、汉军戍鱼通、黎、雅。乙卯，立都功德使司，从二品，掌奏帝师所统僧人并吐番军民等事。己未，诏讨罗氏鬼国，命以蒙古军六千，哈剌章军一万，西川药剌海、万家奴军万人，阿里海牙军万人，三道并进。癸亥，高邮等处饥，赈粟九千四百石。辛未，立畏吾境内交钞提举司。给月脱古思八部屯田牛具。赐忙古带等羊马及皇子南木合羊马价。

夏四月壬申朔，中书省臣言：“唆都军士扰民，故 南剑等路民复叛，及忙古带往招徕之，民始获安。”诏以忙古带仍行省福州。癸酉，南康杜可用叛，命史弼讨擒之。定杭州宣慰司官四员，以游显、管如德、忽都虎、刘宣充之。丙子，隆兴路杨门站复为怀安县。庚辰，四川宣慰使也罕的斤请赐海青符，命以二符给之。壬午，史弼入朝。乙酉，以宋太常乐付太常寺。改泗州灵壁县仍隶宿州。丁亥，立杭州路金玉总管府。甲午，敕军户贫乏者还民籍。丙申，以罗佐山道梗⑪，敕阿里海牙发军千人戍守。以隆兴、泉州、福建置三省不便，命廷臣集议以闻。己亥，诸王只必帖木儿请各投下设官，不从。庚子，岁星犯轩辕大星。敕权停百官俸。宁海、益都等四郡霜，真定七郡虫，皆损桑。

五月辛丑朔，枢密院调 兵六百，守居庸南、北口。甲辰，作行宫于察罕脑儿。丙午，升沙州为路。癸丑，括沙州户丁，定常赋，其富户余田，令所戍汉军耕种。诏云南行省，发四川军万人，命药剌海领之，与前所遣将同征缅国。高丽国王王睶以民饥，乞贷粮万石，从之。福建行省移泉州。甲寅，汀、漳叛贼廖得胜等伏诛。造船三千艘，敕耽罗发材木给之。庚申，赐诸王别乞帖木儿银印。辛酉，赐国师掌教所印。赏伯颜将士战功银二万八千七百五十两。真定、咸平、忻州、涟、海、邳、宿诸州郡蝗。

六月辛未朔，以忽都带儿远籍阑遗人民牛畜，拨荒地，令屯田。壬申，复招谕占城国。丁丑，唆都部下顾总管聚党于海道，劫夺商货，范文虎招降之，复议置于法，命文虎等集议处之。阿答海等请罢江南所立税课提举司，阿合马力争，诏御史台选官检核，具实以闻。阿合马请立大宗正府。罢上都奥鲁官，以留守司兼管奥鲁事。西安王矣⑫，罢其王相府。遣吕告蛮部安抚使王阿济同万户眘坤招谕罗氏鬼国。壬辰，召范文虎议征日本。戊戌，高丽王王睶遣其将军朴义来贡方物。江淮等处颁行钞法，废宋铜钱。遣不鲁合答等检核江淮行省阿里伯、燕帖木儿钱谷。改泗州隶淮安路。赐忽烈秃、忽不剌等将士力战者银钞，及给折可察儿等军士羊马价钞各有差。

秋七月辛丑，广东宣慰使帖木儿不花言：“诸军官宜一例迁转。江淮郡县，首乱者诛，没其家。官豪隐庇佃民，不供徭役，宜别立籍。各万户军交参重役⑬，宜发还元翼⑭。”诏中书省、枢密院、翰林院集议以闻。敕思州安抚司还旧治。戊申，太阴掩房距星。以高丽 国初置驿，站民乏食，命给粮一岁；仍禁使臣往来，勿求索饮食。己酉，立行省于京兆，以前安西相李德辉为参知政事，兼领钱谷事。徙泉州行省于隆兴。以秃古灭军劫食火拙畏吾城禾，民饥，命官给驿马之费，仍免其赋税三年。太阴犯南斗。甲寅，发卫兵八百治沙岭桥，敕毋践民田。戊午，从阿合马言，以参知政事郝祯、耿仁并为中书左丞。用姚 演言，开胶东河及收集逃民屯田涟、海。甲子，遣安南国王子倪还。括蒙古军成丁者。救亦来等率万人人罗氏鬼国，如其不附，则人讨之。乙丑，罢江南财赋总管府。丁卯，并大都盐运司入河间为一，仍减汰冗员。割建康民二万户种稻，岁输酿米三万石，官为运至京师。戊辰，诏括前愿从军者及张世杰溃军，使征日本。命范文虎等招集避罪附宋蒙古、回回等军。己巳，遣中使咬难历江南名山，访求高士，且命持香币诣信州龙虎山、临江阁皂山、建康三茅山，皆设醮。赐阿赤黑等及怯薛都等战功银钞。赐招收散毛等洞官吏衣段[15]。

八月庚午朔，萧简等十人历河南五路，擅招阑遗户，事觉，谪其为首者从军自效，余皆杖之。乙亥，改蒙古侍卫总管为蒙古侍卫亲军都指挥使司。丙子，太阴犯心东星。丁丑，唆都请招三佛齐等八国，不从。镇守南剑路万户吕宗海窃兵亡去[16]，诏追捕之。戊寅，占城、马八儿国皆遣使奉表称臣，贡宝物犀象。以前所括愿从军者为军，付茶忽领之，征日本。丁亥，许衡致仕，官其子师可为怀孟路总管，以便侍养。纳碧玉盏六、白玉盏十五于太庙。癸巳，赐西平王所部粮。戊戌，高丽王王晫来朝，且言将益兵三万征日本。以范文虎、忻都、洪茶丘为中书右丞，李庭、张拔突为参知政事，并行中书省事。赐阔里吉思等钞，迷里兀合等羊马，怯鲁怜等牛羊马价，及东宫位下怯怜口等粟帛。大都、北京、怀孟、保定、南京、许州、平阳旱，濮州、东平、济宁、磁州水。

九月壬子，车驾至自上都。壬戌，也罕的斤进征斡端。癸亥，命沿途廪食和林回军。甲子，太阴掩右执法并犯岁星[17]。乙丑，守库军盗库钞，八剌合赤分其赃，纵盗遁去，诏诛之。丁卯，罗氏鬼国主阿察及阿里降，安西王相李德辉遣人偕入觐。赐八剌合赤等羊马价二万八千三锭，及秃浑下贫民粮三月。

冬十月庚午，塔剌不罕军与贼力战者，命给田赏之。癸酉，加高丽国王王晫开府仪同三司、中书左丞相、行中书省事。甲戌，遣使括开元等路军三千征日本。丙子，赐云南王忽哥赤印。丁丑，以湖南兵万人伐亦奚不薛，亦奚不薛降。戊寅，发兵十万，命范文虎将之。赐右丞洪茶丘所将征日本新附军钞及甲。辛巳，立营田提举司，从五品，俾置司柳林，割诸色户千三百五十五隶之，官给牛种农具。壬午，诏立陕西四川等处行中书省，以不花为右丞，李德辉、汪惟正并左丞；时德辉已卒。甲申，诏龙虎山天师张宗演赴阙。己丑，命都实穷黄河源。辛卯，以汉军屯田沙、甘。壬辰，亦奚不薛病，遣其从子入觐。帝曰："亦奚不薛不禀命[18]，辄以职授其从子，无人臣礼；宜令亦奚不薛出，乃还军。"癸巳，诏谕和州诸城招集流移之民。丙申，命在官者，任事一月，后月乃给俸，或发事者斥之[19]。遣使谕瓜哇国及交趾国。始制象轿。给怯烈等粮。赐火察家贫乏者。

十一月己亥朔，翰林学士承旨和礼霍孙等言："俱蓝、马八、阇婆、交趾等国，俱遣使进表，乞答诏。"从之，仍赐交趾使人职名及弓矢鞍勒。降诏招谕瓜哇国。乙巳，置泉府司，掌领御位下及皇太子、皇太后、诸王出纳金银事。救别置局院以处童匠，有贫乏者，给以钞币。诏："有罪配役者，量其程远近；犯罪当死者，详加审谳。"戊申，中书省臣议："流通钞法，凡赏赐宜多给币帛，课程宜多收钞。"制曰："可"。庚戌，命和礼霍孙柬汰交趾国使[20]，除可留者，余皆放还。辛亥，救缓营建工役。壬子，诏谕俱蓝国使来归附。甲寅，太原路坚州进嘉禾六茎。壬戌，诏江淮行中书省括巧匠。甲子，诏颁《授时历》。丁卯，诏以末甘孙民贫，除仓站税课外，免其役三年。复遣宣慰使教化、孟庆元等，持诏谕占城国主，令其子弟或大臣入朝。诏江南、江北、陕西、河间、山东诸盐场增拨灶户。赐将作院吕合剌工匠银钞币帛。

十二月庚午，以江淮行省平章政事阿里伯、左丞燕铁木儿擅易命官八百员，自分左右司官，铸银、铜印，复违命不散防守军，救诛之。辛未，以熟券军还襄阳屯田。高丽国王王晫领兵万人、水手万五千人、战船九百艘、粮一十万石，出征日本。给右丞洪茶丘等战具、高丽国铠甲战袄。谕诸道征日本兵，取道高丽，毋扰其民。以高丽中赞金方庆为征日本都元帅，密直司副使朴球、金周鼎为管高丽国征日本军万户，并赐虎符。癸酉，以高丽国王王晫为中书右丞相。甲戌，复授征日本军官元佩虎符。丁丑，用忽辛言，以民当站役，十户为率②，官给一马，死则买马补之。戊寅，以奉使木剌由国速剌蛮等为招讨使，佩金符。己卯，罗氏鬼国土寇为患，思、播道路不通，发兵千人与洞蛮开道。甲申，甘州增置站户，诏于诸王户籍内签之。乙酉，敕民避役窜名匠户者，复为民。淮西宣慰使昂吉儿请以军士屯田。阿塔海等以发民兵非便，宜募民愿耕者耕之，且免其租三年，从之。丁亥，复诏管民官兼管诸军奥鲁。戊子，以征也可不薛军千五百复还塔海，戍八番、罗甸。壬辰，陈桂龙据漳州反，唆都率兵讨之，桂龙亡入畲洞②。甲午，大都重建太庙成，自旧庙奉迁神主于祐石室，遂行大享之礼。置镇北庭都护府于畏吾境，以脱脱木儿等领其事。丙申，辽东路所益兵，以妻子易马，敕以合输赋税赎还之。敕镂板印造帝师八合思八新译《戒本》五百部，颁降诸路僧人。左丞相阿尢巡历西边，至别十八里以疾卒。敕擅据江南逃亡民田者有罪。修桐柏山淮渎祠。以三茅山上清四十三代宗师许道杞祈祷有验，命别主道教。安南国来贡驯象。赐蛮洞主银钞衣物有差。赈巩昌、常德等路饥民，仍免其徭役。改拱卫司为都指挥司；升尚舍监秩三品；立太仓提举司，秩五品。改建宁、雷州、封州、廉州、化州、高州为路；以肇庆路隶广南西道；迁峡州路于江北旧治；复置郓县，隶巩昌路；宿州灵璧县复隶归德。

是岁，断死罪一百二人。

十八年春正月戊戌朔，高丽国王王晫遣其金议中赞金方庆来贺，兼奉岁币。辛丑，召阿剌罕、范文虎、囊加带同赴阙受训谕，以拔都、张珪、李庭留后。命忻都、洪茶丘军陆行抵日本，兵甲则舟运，所过州县给其粮食。用范文虎言，益以汉军万人。文虎又请马二千给秃失忽思军及回回炮匠，帝曰："战船安用此？"皆不从。癸卯，发钞及金银付孛罗，以给贫民。丁未，畋于近郊。敕江南州郡兼用蒙古、回回人。凡诸王位下合设达鲁花赤，并令赴阙，仍诏谕诸王阿只吉等知之。己酉，改黄州阳罗堡复隶鄂州。辛亥，遣使代祀岳渎后土。壬子，高丽王王晫遣使，言日本犯其边境，乞兵追之，诏以戍金州隰口军五百付之。丙辰，车驾幸漷州。改符宝局为典瑞监，收天下诸司职印。丁巳，制以六祖李全佑嗣五祖李居寿祭斗。癸亥，邵武民高日新据龙楼寨为乱，擒之。赏忻都等战功。赐征日本诸军钞。

二月戊辰，发侍卫军四千完正殿。赐征日本善射军及高丽火长水军钞四千锭。辛未，车驾幸柳林。高丽王王晫以尚主，乞改宣命益驸马二字，制曰"可"。乙亥，敕以耽罗新造船付洪茶丘出征。诏以刑徒减死者付忻都为军。扬州火，发米七百八十三石赈被灾之家。诏谕范文虎等以征日本之意，仍申严军律。立上都留守司。升叙州为路，隶安西省。移潭州省治鄂州，徙湖南宣慰司于潭州。乙酉，改畏吾断事官为北庭都护府，升从二品。丙戌，征日本国军启行。浙东饥，发粟千二百七十余石赈之。己丑，发肃州等处军民，凿渠溉田。给征日本军衣甲、弓矢、海青符。敕通政院官浑都与郭汉杰整治水驿，自叙州至荆南凡十九站，增户二千一百、船二百十二艘。诏谕乌琐纳空等，毋扰罗氏鬼国，违者令国主阿利具以名闻。福建省左丞蒲寿庚言："诏造海船二百艘，今成者五十，民实艰苦。"诏止之。乙未，贞懿顺圣昭天睿文光应皇后弘吉剌氏崩。

丙申，车驾还宫。诏三茅山三十八代宗师蒋宗瑛赴阙。遣丹八八合赤等诣东海及济源庙修佛事。以中书右丞、行江东道宣慰使阿剌罕为中书左丞相，行中书省事，江西道宣慰使兼招讨使也的迷失参知政事，行中书省事。以辽阳、懿、盖、北京、大定诸州旱，免今年租税之半。三月戊戌，许衡卒。己亥，敕黄平隶安西行省，镇远隶潭州行省，各遣兵戍守。甲辰，命天师张宗演即宫中奏赤章于天七昼夜。丙午，车驾幸上都。丙辰，升军器监为三品。辛酉，立登闻鼓院，许有冤者挝鼓以闻②。

夏四月辛未，益云南军征合剌章。癸酉，复颁中外官吏俸。辛巳，通泰二州饥，发粟二万一千六百石赈之。戊子，置蒙古汉人新附军总管。甲午，命太原五户丝就输太原。自太和岭至别十八里，置新驿三十。赐征日本河西军等钞。

五月癸卯，禁西北边回回诸人越境为商。甲辰，遣使赈瓜、沙州饥。戊申，罢霍州畏兀按察司。己酉，禁甘肃瓜、沙等州为酒。壬子，免耽罗国今岁入贡白纻②。丙辰，以乌蒙阿谋宣抚司隶云南行省。岁星犯右执法。庚申，严鬻人之禁，乏食者量加赈贷。壬戌，诏括契丹户。敕耽罗国达鲁花赤塔儿赤，禁高丽全罗等处田猎扰民者。

六月丙寅，敕赛典赤、火尼赤，分管乌木、拔都怯儿等八处民户。谦州织工百四十二户贫甚，以粟给之，其所鬻妻子⑤，官与赎还。以太原新附军五千屯田甘州。丁丑，以按察司所劾羡余粮四万八千石饷军。己卯，以顺庆路隶四川东道宣慰司。安西等处军站，凡和顾和买，与民均役。增陕西营田粮十万石，以充常费。壬午，命耽罗成力田以自给。日本行省臣遣使来言："大军驻巨济岛，至对马岛获岛人，言太宰府西六十里，旧有戍军已调出战，宜乘虚捣之。"诏曰："军事，卿等当自权衡之。"癸未，命中书省会计姚演所领涟、海屯田官给之资与岁入之数，便则行之，否则罢去。丁亥，放乞赤所招猎户七千为民。庚寅，以阿剌罕有疾，诏阿塔海统率军马征日本。壬辰，高丽国王王晫言，本国置驿四十，民畜凋弊，敕并为二十站，仍给马价八百锭。奉使木剌由国苦思丁至占城，船坏，使人来言，乞给舟粮及益兵，诏给米一千四百余石。以中书左丞忽都帖木儿为中书右丞，行中书省事；御史中丞、行御史台事忽剌出为中书左丞，行尚书省事。赐皇子南木合所部工匠羊马价钞。

秋七月甲午朔，命万户綦公直分宣慰使刘恩所将屯肃州汉兵千人，入别十八里，以尝过西川兵百人为向导。丁酉，敕甘州置和中所，以给兵粮。京兆四川分置行省于河西。己亥，阿剌罕卒。庚子，括回回炮手散居他郡者，悉令赴南京屯田。癸卯，太阴犯房距星。庚戌，以忻都戍大和岭所将蒙古军还，复令汉军戍守。以松州知州仆散秃哥前后射虎万计，赐号万虎将军。赐贵赤合八儿秃所招和、真、滁等户二千八百二十，俾自领之。辛酉，唆都征占城，赐驼蓬以辟瘴毒。占城国来贡象犀。命天师张宗演等，即寿宁宫奏赤章于天，凡五昼夜。

八月甲子朔，招讨使方文言择守令、崇祀典、戢奸吏、禁盗贼、治军旅、将忠义六事⑥，诏廷臣及诸老，议举行之。丙寅，荧惑犯诸侯西第三星②。庚午，忙古带为中书右丞，行中书省事。辛未，敕隆兴行省参政刘合拔儿秃，凡金谷造作专领之。乙亥，甘州凡诸投下户，依民例应站役。申严大都总管府、兵马司、左右巡院敛民之禁。庚寅，以阿剌罕既卒，命阿塔海等分戍三海口，令阿塔海就招海中余寇。高丽国王王晫遣其密直司使韩康来贺圣诞节。壬辰，以开元等路六驿饥，命给币帛万二千匹，其鬻妻子者，官为赎之。诏征日本军回，所在官为给粮。忻都、洪茶丘、范文虎、李庭、金方庆诸军，船为风涛所激，大失利，余军回至高丽境，十存一二。设醮于上都寿宁宫。赐欢只兀部及灭乞里等羊马价，及众家奴等助军羊马钞。赐常河部军贫乏者，给过西川军粮。海南诸国来贡象犀方物。给怯薛丹粮，拘其所占田为屯田。

闰月癸巳朔，荧惑犯司怪南第二星②。阿塔海乞以戍三海口军击福建贼陈吊眼，诏以重劳不从。敕守缙山道侍卫军还京师。壬辰，瓜州屯田进瑞麦，一茎五穗。丙午，车驾至自上都。庚戌，太阴犯昴。丁巳，命播州每岁亲贡方物。改思州宣抚司为宣慰司，兼管内安抚使。升高丽金议府为从三品。敕中书省减执政及诸司冗员。遣兀良合带运沙城等粮六千石入和林。括江南户口税课。庚申，安南国贡方物。江西行省荐举兵官，命罢之。壬戌，诏谕斡端等三城官民及忽都带儿，括不阑奚人口。两淮转运使阿剌瓦丁坐盗官钞二万一千五百锭，盗取和买马三百四十四匹，朝迁宣命格而弗颁㉒，又以官员所佩符擅与家奴往来贸易等事，伏诛。赐谦州屯田军人钞币衣裘等物，及给农具渔具。偿站匠等助军羊马价。

九月癸亥朔，畋于近郊。甲子，增大都巡兵千人。给钞赈上都饥民。癸酉，商贾市舶物货已经泉州抽分者㉚，诸处贸易，止令输税。益耽罗戍兵，仍命高丽国给战具。庚辰，还宫。辛巳，大都立蒙古站屯田，编户岁输包银者及真定等路阑遗户，并令屯田，其在真定者，与免皮货。癸未，京兆等路岁办课额，自一万九千锭增至五万四千锭，阿合马尚以为未实，欲核之。帝曰："阿合马何知？"事遂止。大都、新安县民复和顾和买。甲申，太阴犯轩辕大星。壬辰，占城国来贡方物。赐修大都城侍卫军钞币帛有差；赏北征军银钞；赐怯怜口及四斡耳朵下与范文虎所部将士羊马、衣服、币帛有差。

冬十月乙未，享于太庙，贞懿顺圣昭天睿文光应皇后祔㉛。丙申，募民淮西屯田。己亥，议封安南王号，易所赐安南国畏吾字虎符，以国字书之。仍降诏谕安南国，立日烜之叔遗爱为安南国王。庚子，溪洞新附官镇安州岑从毅；纵兵杀掠，迫死知州李显祖，召从毅入觐。壬寅，赐征日本将校衣装、币帛、靴帽等物有差。乙巳，命安西王府协济户及南山隘口军，于安西、延安、凤翔、六般等处屯田。河西置织毛段匠提举司。丁未，安南国置宣慰司，以北京路达鲁花赤孛颜帖木儿参知政事，行安南国宣慰使，都元帅、佩虎符柴椿、忽哥儿副之。给钞万锭，付河西行省以备经费。己酉，张易等言："参校道书，惟《道德经》系老子亲著，余皆后人伪撰，宜悉焚毁。"从之，仍诏谕天下。给隆兴行省海青符。命失里咱牙信合八剌麻合迭瓦为占城郡王，加荣禄大夫，赐虎符。立行中书省占城，以唆都为右丞，刘深为左丞，兵部侍郎也黑迷失参知政事。庚戌，敕以海船百艘，新旧军及水手合万人，期以明年正月，征海外诸番，仍谕占城郡王给军食。以安南国王陈遗爱入安南，发新附军千人卫送。诏谕干不昔国来归附㉘。壬子，用和礼霍孙言，于扬州、隆兴、鄂州、泉州四省，置蒙古提举学校官各二员。以翰林学士承旨撒里蛮兼领会同馆、集贤院事；以平章政事、枢密副使张易兼领秘书监、太史院、司天台事；以翰林学士承旨和礼霍孙守司徒。改大都南阳真定等处屯田孛兰奚总管府为农政院。癸丑，皇太子至自北边。丙辰，以兀良合带言，上都南四站人畜困乏，赐钞给之。庚申，籍西川户。辛酉，邵武叛人高日新降。给征日本回侍卫新附军冬衣。赐刘天锡等银币、胜兀剌等羊马钞、诸王阿只吉等马牛羊，各有差。

十一月癸亥朔，诏谕探马礼，令归附。甲子，敕诛陈吊眼首恶者，余并收其兵仗，系送京师。己巳，敕军器监，给兵仗付高丽沿海等郡。奉使占城孟庆元、孙胜夫并为广州宣慰使，兼领出征调度。高丽国、金州等处置镇边万户府，以控制日本。高日新及其弟鼎新等至阙。以日新两为叛首，授山北路民职㉜。文庆之属，遣还泉州。赐有功将校二百二十三员银十万两，及币帛、弓矢、鞍勒有差。诏安南国王给占城行省军食。高丽国王请完滨海城，防日本，不允。辛未，给诸王阿只吉粮六千石。甲戌，太阴犯五车次南星㉝。乙亥，召法师刘道真，问祠太乙法。丁丑，太阴犯鬼㉞。壬午，诏谕爪哇国主，使亲来觐。昌州及盖里泊民饥，给钞赈之。丙戌，给钞二万锭付和林贸易。敕征日本回军后至者，分戍沿海。丁亥，太阴掩心东星。给扬州行省新附军将校钞，人二锭。己酉㉟，赐安南国出征新附军钞，赐礼部尚书留梦炎，及出使马八国俺都剌等钞各有差。

十二月甲午，以瓮吉剌带为中书右丞相。己亥，罢日本行中书省。丙午，太阴犯轩辕大星。丁未，议选侍卫军万人练习，以备扈从。升太常寺为正三品。辛亥，命西川行省给万家奴所部兵仗。癸丑，敕免益都、淄莱、宁海开河夫今年租赋，仍给其佣直㊱。乙卯，以诸王札忽儿所占文安县地给付屯田。丙辰，调新附军屯田。获福州叛贼林天成，戮于市。免福州路今年税二分，十八年以前租税并免征。以汉州德阳县隶成都路。改漳州为路。赐礼部尚书谢昌元钞。赏捏古伯战功银有差。偿阿只吉等助军马价。赐塔剌海籍没户五十。

　　是岁，保定路清苑县水，平阳路松山县旱，高唐、夏津、武城等县蟊害稼[37]，并免今年租，计三万六千八百四十石。断死罪二十二人。

---

①綦：qí，音棋。

②物故：死亡，殁故。

③代：一往一复为代。

④须：应当。　履亩：实地观察并丈量田亩。

⑤摇：动。

⑥德庆路：据中华书局本订，应为德庆府。

⑦会同馆：掌管外事活动的官署。

⑧畀（bì，音毕）：给，给以。

⑨少：稍微，暂时。

⑩板：印板。

⑪梗：阻塞。

⑫"西安"应为"安西"。

⑬交参：交错。

⑭翼：元代军事编制和行政区划的单位。

⑮段：通"缎"。

⑯窃：暗暗地，暗中。

⑰右执法：星名。

⑱禀命：受于王的命运。

⑲"发事者"应为"废事者"。

⑳柬（jiǎn，音简）：选择。

㉑率（lǜ，音绿）：标准。

㉒畲（shē），音奢。

㉓挝（zhuā，音抓）：打（鼓），敲。

㉔纻（zhù，音注）：用苎麻纤维织成的布。

㉕妻子：妻子和儿子。

㉖戢：约束。

㉗诸候：星名。

㉘司怪：星名。

㉙格：被阻隔，被阻碍。

㉚抽分：旧时对沿海进出口贸易所征的税。

㉛祔（fù，音付）：后死之人附祭于先祖庙。

㉜职：掌管。

㉝五车：星名。

㉞鬼：二十八星宿之一。

㉟"己酉"应为"己丑"。

㊱直：值。

㊲蟊（máo，音矛）：吃苗根的害虫。

世祖本纪九

十九年春正月壬戌朔，高丽国王王睶遣其大将军金子廷来贺。丙寅，罢征东行中书省。丁卯，诸王札剌忽至自军中。时皇子北平王以军镇阿里麻里之地，以御海都。诸王昔里吉与脱脱木儿、篡木忽儿①、撒里蛮等，谋劫皇子北平王以叛，欲与札剌忽结援于海都，海都不从，撒里蛮悔过，执昔里吉等，北平王遣札剌忽以闻。妖民张圆光伏诛。立太仆院。拨信州民四百八户，隶诸王柏木儿。丙子，车驾畋于近郊。丁丑，高丽国王贡绸布四百匹②。丙戌，赐西平王怯薛那怀等钞一万一千五百二十一锭。

二月辛卯朔，车驾幸柳林。饶州总管姚文龙言，江南财赋岁可办钞五十万锭，诏以文龙为江西道宣慰使，兼措置茶法。命司徒阿你哥、行工部尚书纳怀制饰铜轮仪表刻漏③。敕改给驸马昌吉印。修宫城、太庙、司天台。癸巳，调军一万五千、马五千匹，征也可不薛。遣使代祀岳渎后土。甲午，甘州逃军二千二百人，自陈愿挈家四千九百四十口还戍，敕以钞一万六百二十锭、布四千九百四十匹、驴四千九百四十头给之。议征缅国，以太卜为右丞，也罕的斤为参政，领兵以行。戊戌，给别十八里元帅綦公直军需。遣使往乾山，造江南战船千艘。庚子，赐诸王塔剌海籍没五十户，愿受十二户。孛罗欢理算未征粮二十七万石，诏征之。壬寅，升军器监秩三品。命军官阵亡者，其子袭职；以疾卒者，授官降一等，具为令。授溪洞招讨使郭昂等九人虎符，仍赏张温、颜义显银各千两。收晃兀儿塔海民匠九百五十三户入官。乙巳，立广东按察司。戊申，车驾还宫。己酉，减省部官冗员。改上都宣课提领为宣课提举司。立铁冶总管府，罢提举司。减大都税课官十四员为十员。改罗罗斯宣慰司隶云南省。徙浙东宣慰司于温州。分军戍守江南，自归州以及江阴至三海口，凡二十八所。庚戌，以参知政事唐兀带等六人，镇守黄州、建康、江陵、池州、兴国。壬子，诏签亦奚不薛及播、思、叙三州军，征缅国。癸丑，大良平元帅蒲元圭遣其男世能入觐。甲寅，车驾幸上都。申严汉人军器之禁。丁巳，安州张拗驴以诈敕，及伪为丞相孛罗署印，伏诛。戊午，赐云南使臣及陕西金省八八以下银钞、衣服有差。籍福建户数。

三月辛酉朔，乌蒙民叛，敕那怀、火鲁思迷率蒙古、汉人新附军讨之。赏忽都答儿等战功牛羊马。益都千户王著，以阿合马蠹国害民④，与高和尚合谋杀之。壬午，诛王著、张易、高和尚于市，皆醢之⑤，余党悉伏诛。甲申，的斤帖林以己赀充屯田之费，诸王阿只吉以闻，敕酬其直。丙戌，禁益都、东平、沿淮诸郡军民官捕猎。戊子，立塔儿八合你驿，以乌蒙阿谋岁输骒马给之⑥。以领北庭都护阿必失哈为御史大夫，行御史台事。

夏四月辛卯，敕和礼霍孙集中书省部、御史台、枢密院、翰林院等官，议阿合马所管财赋，先行封籍府库⑦。丁酉，以和礼霍孙为中书右丞相，降右丞相瓮吉剌带为留守，仍同金枢密院事。戊戌，征蛮元帅完者都等平陈吊眼巢穴，班师，赏其军钞，仍令还家休息。遣扬州射士戍泉州。陈吊眼父文桂及兄弟桂龙、满安纳款，命护送赴京师；其党吴满、张飞迎敌，就诛之。敕以大都巡军隶留守司。壬寅，立回易库。中书左丞耿仁等言："诸王公主分地所设达鲁花赤，例不迁调，百姓苦之。依常调，任满，从本位下选代为宜。"从之。以留守司兼行工部。敕自今岁用官车，勿赋于民，可即滦河造之，给其粮费。甲辰，以甘州、中兴屯田兵逃还太原，诛其拒命者四人，而赏不逃者。乙巳，以阿合马家奴忽都答儿等久总兵权，令博敦等代之，仍隶大都留守司。弛西山薪炭禁。以阿合马之子江淮行中书省平章政事忽辛罪重于父，议究勘之⑧。考核诸处平准库，汰仓库官。御史台臣言：“见在赃，罚钞三万锭，金银、珠玉、币帛称是⑨。”诏留以给贫乏者。丙午，收诸王别帖木儿总军银印。敕也里可温，依僧例给粮。戊申，宁国路太平县饥，民采竹实为粮，活者三百余户。敕出使人迁，不即以所给符上⑩，与上而有司不即收者，皆罪之。凡文书并奏，可始用御宝。己酉，刊行蒙古畏吾儿字所书《通鉴》。以和礼霍孙为右丞相，诏天下。庚戌，行御史台言：“阿里海牙占降民为奴，而以为征讨所得。”有旨降民还之有司；征讨所得，籍其数量，赐臣下有功者。以兴兵问罪海外，天下供给繁重，诏慰谕军民，应有逋欠钱粮及官吏侵盗，并权停罢⑪。设怀孟路管河渠使、副各一员。拘括江南官豪隐匿逃军。壬子，罢江南诸司自给驿券。丙辰，敕以妻女姊妹献阿合马得仕者，黜之。核阿合马占据民田，给还其主；庇富强户输赋其家者，仍输之官。北京宣慰使阿老瓦丁滥举非才为管民官，命选官代之。议设盐使司卖盐引法，择利民者行之，仍令按察司磨刷运司文卷⑫。定民间贷钱取息之法，以三分为率。定内外官，以三年为考⑬，满任者迁叙⑭，未满者，不许超迁。禁吐蕃僧给驿太繁，扰害于民，自今非奉旨勿给。给控鹤人钞一万五锭，及其官吏有差。

五月己未朔，钩考万亿库及南京宣慰司⑮。沙汰省部官。阿合马党人七百十四人，已革者百三十三人，余五百八十一人并黜之。泸州管军总管李从，坐受军士贿，纵其私还，致万户爪难等为贼所杀，伏诛。籍阿合马马驼牛羊驴等三千七百五十八。追治阿合马罪，剖棺，戮其尸于通玄门外。罢南京宣慰司及江南财赋总管府。丁卯，降各省给驿玺书。戊辰，并江西、福建行省。去江南冗滥官。免福建山县镇店宣课。禁当路私人权府州司县官⑯。招谕畬洞人，免其罪。禁差戍军防送。禁人匠提举擅招匠户。己巳，遣浙西道宣慰司同知刘宣等，理算各盐运司及财赋府茶场都转运司出纳之数。籍阿合马妻子亲属所营资产，其奴婢纵之为民。罢宣慰使所带相衔。壬申，锁系耿仁至大都，命中书省鞫之。庚辰，议于平滦州造船，发军民合九千人，令探马赤伯要带领之，伐木于山，及取于寺观坟墓，官酬其直，仍命桑哥遣人督之。癸未，给大都拔都儿正军夏衣。和礼霍孙言：“省部滥官七百十四员，其无过者五百八十一员姑存之。”沿海左副都元帅石国英请以税户赡军⑰，军逃死者，令其补足；站户苗税，贫富不均者，宜均其役；又请行盐法，汰官吏，罢捕户。诏中书集议行之。张惠、阿里罢。以甘肃行省左丞麦尤丁为中书右丞，行御史台御史中丞张雄飞参知政事。乙酉，元帅綦公直言：“乞黥逃军⑱，仍使从军，及设立冶场于别十八里，鼓铸农器⑲。”从之。丙戌，别十八里城东三百余里蝗害麦。

六月己丑朔，日有食之。芝生眉州⑳。甲午，阿合马滥设官府二百四所，诏存者三十三，余皆罢。又江南宣慰司十五道，内四道已立行中书省，罢之。乙未，发六般山屯田军七百七十人，以补刘恩之军。敕宣慰司等官毋役官军。丙申，发射士百人卫丞相，他人不得援例㉑。戊戌，以占城既服复叛，发淮、浙、福建、湖广军五千、海船百艘、战船二百五十，命唆都为将讨之。亡宋军有手号及无手号者㉒，并听为民㉓。己亥，命何子志为管军万户，使暹国㉔。辛丑，籍阿合马妻子婿奴婢财产。癸卯，禁滥保军功㉕。乙巳，招无籍军给衣粮。己酉，赏太子府宿卫军御盗之功，给钞马有差，无妻者以没官寡妇配之。以阿合马居第赐和礼霍孙㉖。壬子，申敕中外百官立限决事。癸丑，从和礼霍孙言，罢司徒府及农政院。锁系忽辛赴扬州鞫治。丁巳，征亦奚不薛，尽平其地，立三路达鲁花赤，留军镇守，命药剌海总之，以也速带儿为都元帅宣慰使。

秋七月戊午朔，日有食之。立行枢密院于扬州、鄂州。庚申，命行御史台拣汰各道按察司官。辛酉，剖郝祯棺，戮其尸。壬戌，命以官钱给戍军费，而以各奥鲁所征还官。禁诸位下营运钱货差军护送。高丽国王请自造船一百五十艘，助征日本。戊辰，征鸭池回军屯田安西，以钞给之。庚午，令蒙古军守江南者，更番还家㉗。壬申，发察罕脑儿军千人治晋山道。立马湖路总管府。癸酉，赐高丽王王睶金印。癸酉，宣慰孟庆元、万户孙胜夫使爪哇回，为忙古带所囚，诏释之。丁丑，罢汪札剌儿带总帅，收其制命、虎符。以巩昌路达鲁花赤别速帖木儿为巩昌平凉等处二十四处军前便宜都总帅府达鲁花赤。以蒙古人孛罗领湖北辰、沅等州淘金事。戊寅，议筑阿失答不速皇城。枢密院言，用木十二万，地远难致，依察罕脑儿，筑土为墙便，从之。乙酉，赐诸王塔海帖木儿、忽都帖木儿等金银币帛有差。阇婆国贡金佛塔。发米赈乞里吉思贫民。

八月丁亥朔，给乾山造船军匠冬衣及新附军钞。庚寅，忙古带征罗氏鬼国还，仍佩虎符，为管军万户。辛卯，以阿八赤督运粮。癸巳，发罗罗斯等军助征缅国。辛亥，并淄莱路田、索二镇，仍于驿台立新城县治。大驾驻跸龙虎台。江南水，民饥者众，真定以南旱，民多流移。和礼霍孙请所在官司发廪以赈，从之。申严以金饰车马服御之禁。又禁诸监官，不得令人匠私造器物。甲寅，圣诞节，是日还宫。乙卯，御正殿，授皇太子、诸王、百官朝贺[28]。丙辰，谪捏兀迭纳戍占城以赎罪[29]。

九月丁巳朔，赈真定饥民，其流移江南者，官给之粮，使还乡里。敕中书省穷治阿合马之党。别速带请于罗卜、阇里辉立驿，从之。以阿合马没官田产充屯田。籍阿里家。戊午，诛阿合马第三子阿散，仍剥其皮以徇。庚申，汰冗官。游显乞罢涟、海州屯田，以其事隶管民官，从其请。仍以显平章政事，行省扬州。福建宣慰司获倭国谍者，有旨留之。辛酉，诛耿仁、撒都鲁丁及阿合马第四子忻都。招讨使杨庭坚招抚海外，南番皆遣使来贡。俱蓝国主遣使奉表，进宝货、黑猿一。那旺国主忙昂，以其国无识字者，遣使四人，不奉表。苏木都速国主土汉八的亦遣使二人。苏木达国相臣那里八合剌摊赤，因事在俱蓝国，闻诏，代其主打古儿遣使奉表，进指环、印花绮段及锦衾二十合[30]。寓俱蓝国也里可温主兀咱儿撇里马亦遣使奉表，进七宝项牌一、药物二瓶。又管领木速蛮马合马亦遣使奉表，同日赴阙。壬戌，禁诸人不得阻挠课程。敕："官吏受贿及仓库官侵盗，台察官知而不纠者，验其轻重罪之；中外官吏赃罪，轻者杖决，重者处死；言官缄默[31]，与受赃者一体论罪[32]。"仍诏谕天下。乙丑，签亦奚不薛等处军。丁卯，安南国进贡犀兕[33]、金银器、香药等物。增给元帅綦公直军冬衣钞。己巳，命军站户出钱，助民和顾和买。籍云南新附户。自兀良合带镇云南，凡八籍民户，四籍民田，民以为病[34]。至是，令已籍者勿动，新附者籍之。定云南税赋，用金为则[35]，以贝子折纳[36]，每金一钱直贝子二十索[37]。罢云南宣慰司。壬申，敕平滦、高丽、耽罗及扬州、隆兴、泉州，共造大小船三千艘。亦奚不薛之北，蛮洞向世雄兄弟及散毛诸洞叛，命四川行省就遣亦奚不薛军，前往招抚之，使与其主偕来。癸酉，阿合马侄宰奴丁伏诛。罢忽辛党马璘江淮行省参知政事。丁亥，遣使括云南所产金，以孛罗为打金洞达鲁花赤。戊寅，给新附军贾祐衣粮。祐言为日本国焦元帅婿，知江南造船，遣其来候动静，军马压境，愿先降附。辛巳，敕各行省止用印一，余者拘之，及拘诸位下印。发钞三万锭，于隆兴、德兴府、宣德州和米粮九万石。壬申，赐诸王阿只吉金五千两、银五万两。厘正选法[38]，置黑簿以籍阿合马党人之名。令诸路岁贡儒吏各一人，各道提刑按察司举廉能者升等迁叙。

冬十月丁亥朔，增两浙盐价，诏整治钞法。己丑，敕河西僧、道、也里可温有妻室者，同民纳税。庚寅，以岁事不登[39]，听诸军捕猎于汴梁之南。辛卯，以平章军国重事、监修国史耶律铸为中书左丞相。壬辰，享于太庙。罢西京宣慰司。丙申，初立詹事院，以完泽为右詹事，赛阳为左詹事。由大都至中滦，中滦至瓜州，设南北两漕运司。立芦台越支三叉沽盐使司，河间沧清、山东滨、乐安及胶莱、莒密盐使司五。敕籍没财物精好者及金银币帛，入内帑[40]，余付刑部，以待给赐。禁中出纳分三库[41]：御用宝玉、远方珍异，隶内藏；金银、只孙衣段，隶右藏；常课衣段、绮罗、缣布，隶左藏。设官吏掌钥者三十二人，仍以宦者二十三人董其事[42]。减太府监官。

癸卯，命崔彧等钩考枢密院文卷。甲辰，占城国纳款使回，赐以衣服。乙巳，遣阿耽招降法里郎、阿鲁、乾伯等国。罢屯田总管府，以其事隶枢密院，令管军万户兼之。丙午，以汪惟孝为总帅。丁未，女直六十自请造船运粮，赴鬼国赡军，从之。议征叉巴洞。庚戌，以四川民仅十二万户，所设官府二百五十余，令四川行省议减之。移成都宣慰司于碉门。罢利州及顺庆府宣慰司。禁大都及山北州郡酒。诏两广、福建五品以下官，从行省就便铨注㊹。耶律铸言：“有司官吏以采室女㊺，乘时害民。如令大郡岁取三人，小郡二人，择其可者，厚赐其父母，否则遣还为宜。”从之。籍京畿隐漏田，履亩收税。命游显专领江浙行省漕运。乙卯，命坚童专掌奏记。诛阿合马长子忽辛、第二子抹速忽于扬州，皆醢之。

十一月戊午，上都建利用库。赐太常礼乐、籍田等三百六十户钞千二百锭。甲子，给欠州屯田军衣服。丁卯，给和林戍还军校银钞币帛。江南袭封衍圣公孔洙入觐，以为国子祭酒，兼提举浙东道学校事，就给俸禄与护持林庙玺书。诏以阿合马罪恶，颁告中外，凡民间利病，即与兴除之。壬申，以势家为商贾者阻遏官民船，立沿河巡禁军，犯者没其家。癸酉，分元帅綦公直军戍曲先。甲戌，中书省臣言：“天下重囚，除谋反大逆，杀祖父母、父母，妻杀夫，奴杀主，因奸杀夫，并正典刑外，余犯死罪者，令充日本、占城、缅国军。”从之。改铸省印。丙子，四川行省招谕大般洞主向臭友等来朝。戊寅，耶律铸言：“前奉诏杀人者死，仍征烧埋银五十两，后止征钞二锭，其事太轻。臣等议，依蒙古人例，犯者没一女入仇家，无女者征钞四锭。”从之。以袁州、饶州、兴国军复隶隆兴省。马八儿国遣使，以金叶书及土物来贡。罢都功德使脱烈，其修设佛事，妄费官物，皆征还之。赐贫乏者合纳塔儿、八只等羊马钞。

十二月丁亥，命阿剌海领范文虎等所有海船三百艘。壬寅，中书左丞张文谦为枢密副使。乙未，中书省臣言：“平原郡公赵与芮、瀛国公赵㬎、翰林直学士赵与票，宜并居上都。”帝曰：“与芮老矣，当留大都，余如所言。”继有旨，给瀛国公衣粮，发遣之，唯与票勿行。以中山薛保住上匿名书告变，杀宋丞相文天祥。癸卯，御史中丞崔彧言：“台臣于国家政事得失、生民休戚、百官邪正，虽王公将相亦宜纠察。近唯御史有言，臣以为台官皆当建言，庶于国家有补。选用台察官，若由中书，必有偏徇之弊，御史宜从本台选择，初用汉人十六员，今用蒙古人十六员，相参巡历为宜。”从之。浚济川河。降拱卫司复正四品，仍收其虎符。罢湖广行省金银铁冶提举司，以其事隶各路总管府。以建康淘金总管府隶建康路。中书右丞札散为平章政事。罢解盐司及诸盐司，令运司官亲行调度盐引。罢南京屯田总管府，以其事隶南阳府。阿里海牙复镇远军，发军千人戍守，以其地与西川行省接，就以隶焉。诏立帝师答耳麻八剌剌吉塔，掌玉印，统领诸国释教；造帝师八合思八舍利塔。免巩昌等处积年所欠田租税课。赐皇子北安王位下塔察儿等马牛羊各有差。

二十年春正月丙辰朔，高丽国王王晫遣其大将军俞洪慎来贺。己未，纳皇后弘吉剌氏。辛酉，赐诸王出伯印。赏诸王必赤帖木儿、驸马昌吉军钞。敕诸王、公主、驸马得江南分地者，于一万户田租中，输钞百锭，准中原五户丝数。癸亥，敕药剌海领军征缅国。乙丑，高丽国王王晫遣使兀剌带贡䌷布线䌷等物四百段㊻。和礼霍孙言：“去冬，中山府奸民薛宝住为匿名书来上，妄效东方朔书，欺罔朝廷，希觊官赏㊼。”敕诛之。又言：“自今应诉事者，必须实书其事，赴省、台陈告；其敢以匿名书告事，重者处死，轻者流远方；能发其事者，给犯人妻子，仍以钞赏之。又，阿合马专政时，衙门太冗，虚费俸禄，宜依刘秉忠、许衡所定，并省为便。”皆从之。设务农司。敕诸事赴省、台诉之，理决不平者，许诣登闻鼓院，击鼓以闻。预备征日本军粮，令高丽国备二十万石。以阿塔海依旧为征东行中书省丞相。丙寅，发五卫军二万人征日本。发钞三千锭米粮于察罕脑儿，以给军匠。以燕南、河北、山东诸郡去岁旱，税粮之在民者，权停勿征。

仍谕："自今管民官，凡有灾伤，过时不申，及按察司不即行视者，皆罪之。"刑部尚书崔彧言时政十八事，诏中书省与御史大夫玉速帖木儿议行之。罢上都回易库。丁卯，伯要带等伐船材于烈埚都山、乾山，凡十四万二千有奇，起诸军贴户年及丁者五千人、民夫三千人运之。己巳，太阴犯轩辕御女⑱。赐诸王也里干、塔纳合、奴木赤金各五十两、金衣袄一。庚午，以平滦造船去运木所远，民疲于役，徙于阳河造之。壬申，御史台言："燕南、山东、河北去年旱灾，按察司已尝阅视，而中书不为奏免，民何以堪？请权停税粮。"制曰："可"。移巩昌按察司治甘州。命右丞阁里帖木儿及万户三十五人、蒙古军习舟师者二千人、探马赤万人、习水战者五百人征日本。丁丑，以招讨杨廷璧为宣慰使，赐弓矢鞍勒，使谕俱蓝等国。己卯，命诸军习舟楫，给钞八千锭于隆兴、宣德等处和米以赡之。庚辰，太阴入南斗。壬午，车驾畋于近郊。以四川归附官杨文安为荆南道宣慰使。改广东提刑按察司为海北广东道，广西按察司为广西海北道，福建按察司为福建闽海道，巩昌按察司为河西陇北道。癸未，拨忽兰及塔剌不罕等四千户隶皇太子位下。壬戌，敕于秃烈秃等富户内贷牛六百头，给乞里吉思之贫乏者。

二月戊子，定两广、四川戍军二三年一更，廪其家属，军官给俸以赡之。赐俱蓝国王瓦你金符。赐驸马阿秃江南民千户。以春秋仲月上戊日，祭社稷及武成王。庚寅，太阴掩昴。癸巳，敕斡脱钱仍其旧。丁酉，给别十八里屯田军战袄。庚子，敕权贵所占田土，量给各户之外，余者，悉以与怯薛带等耕之。减四川官府，并西川东、西、北三道宣慰司，及潼川等路镇守万户府、新军总管府，威、灌、茂等州安抚司十四处。是夜，太白犯昴。辛丑，定军官选格，立官吏赃罪法。壬寅，太白犯昴。乙巳，令隆兴行省遣军护送占城粮船。太阴犯心⑲。丁未，定安洞酋长遣其兄弟入觐，敕给驿马。己酉，升阐遗监，秩正五品。癸丑，谕中书省："大事奉闻，小事便宜行之，毋致稽缓。"甲寅，降太医院为尚医监，改给铜印。立江南等处官医提举司。赐日本军官八忽带及军士银钞有差。敕遣官录扬州囚徒。

三月丁巳，诸王胜纳合儿设王府官三员。以万户不都蛮镇守金齿。罢女直造日本出征船。罢河西行御史台。立巩昌等处行工部。罢福建市舶总管府，存提举司。并泉州行省入福建行省。免福建归附后未征苗税。以阔阔你敦治江淮行省，或言其过，命兀奴忽带、伯颜佐之。戊午，以新附洞蛮酋长为千户。己未，岁星犯键闭。罢京兆行省，立行工部。御史台臣言："平滦造船，五台山造寺伐木，及南城建新寺，凡役四万人，乞罢之。"诏："伐木建寺即罢之，造船一事，其与省臣议。"前后卫军自愿征日本者，命选留五卫汉军千余，其新附军令悉行。庚申，太阴犯井。辛酉，赏诸王合班弟忙兀带所部军士战功，银钞币帛衣服各有差。给甘州戍军钞。壬戌，太阴犯鬼。乙丑，命兀奴忽鲁带往扬州录囚，遣江北重囚，谪征日本。立云南按察司，照刷行省文卷⑳。罢淮安等处淘金官，惟计户取金。以阿合马绵绢丝线给贫民工匠。给王傅兀讷忽帖只印。给西川、福建、两广之任官驿马。以湖南宣慰使张鼎新、行省参知政事樊楫等尝阿附阿里海牙㉑，敕罢之。丙寅，车驾幸上都。江西行省参政完颜那怀，坐越例骤升及妄举一百九十八人入官，罢之。罢河西办课提举司。丁卯，增置蒙古监察御史六员。己巳，岁星犯房。癸酉，岁星掩房。广州新会县林桂方、赵良钤等聚众，伪号罗平国，称延康年号。官军擒之，伏诛，余党悉平。乙亥，罢诸处役夫。遣阿塔海戍曲先，汉都鲁迷失帅甘州新附军往斡端。己卯，给各卫军出征马价钞。辛巳，立畏吾儿四处驿及交钞库。壬午，祀太一㉒。罢福建道宣慰司，复立行中书省于漳州，以中书右丞张惠为平章政事，御史中丞也先帖木儿为中书左丞，并行中书省事。赐迷里札蛮、合八失钞。赈八鲁怯薛、八剌合赤等贫乏。赐皇子北平王所部马牛羊各有差。

夏四月丙戌，立别十八里、和州等处宣慰司。庚寅，敕药剌海戍守亦奚不薛。都元帅也速答儿还自亦奚不薛，驻军成都，求入见，许之。仍遣人屯守险隘。以侍卫新军二万人助征日本。辛卯，枢密院臣言："蒙古侍卫军于新城等处屯田，砂砾不可种，乞改拨良田。"从之。壬辰，阿塔海求军官习舟楫者，同征日本，命元帅张林、招讨张瑄、总管朱清等行。以高丽王就领行省，规画日本事宜[33]。甲午，减江南诸道医学提举司，四省各存其一。免京畿所括豪势田旧税三之二、新税三之一。高丽国王王晛请以蒙古人同行省事。禁近侍为人求官，紊乱选法。申严酒禁，有私造者，财产、女子没官，犯人配役。申私盐之禁，许按察司纠察盐司。己亥，太阴犯房。壬寅，太阴犯南斗。癸卯，授高丽国王王晛征东行中书省左丞相，仍驸马、高丽国王。乙巳，命枢密院集军官议征日本事宜。程鹏飞请明赏罚，有功者军前给凭验，候班师日改授，从之。庚戌，右丞也速带儿招抚筠连州、定州、阿永、都掌等处蛮。独山都掌蛮不降，进军讨之，生擒酋长得兰纽，遂班师。发大都所造回回炮及其匠张林等，付征东行省。辛亥，以征日本，给后卫军衣甲，及大名、卫辉新附军钞。麦尤丁等检核万亿库，以罪监系者多，请付蒙古人治。有旨："蒙古人为利所汩[34]，亦异往日矣，其择可任者使之。"

五月乙卯，给甘州戍军夏衣。戊午，丞相伯颜、诸王相吾答儿等言，征缅国军宜参用蒙古、新附军，从之。己未，免五卫军征日本，发万人赴上都。纵平滦造船军归耕，拨大都见管军代役。庚申，灭隆兴府昌州盖里泊管盐官吏九十九人，以其事隶隆兴府。定江南民官及转运司官公田。甲子，徙扬州淘金夫赴益都。立征东行中书省，以高丽国王与阿塔海共事。给高丽国征日本军衣甲。御史中丞崔彧言："江南盗贼相继而起，皆缘拘水手、造海船，民不聊生，日本之役，宜姑止之。江南四省应办军需，宜量民力，勿强以土产所无。凡给物价及民者，必以实。召募水手，当从所欲。伺民之气稍苏，我之力粗备，三二年复东征未晚。"不从。丙寅，太阴掩心东星。免江南税粮三之二。敕阿里海牙调汉军七千、新附军八千，以付唆都从征。辛未，占城行省已破占城，其国主补底遁去，降玺书招徕之。甲戌，发征日本重囚往占城、缅国等处从征。设高丽国劝农官四员。丙子，诏谕诸王相吾答儿："先是，云南重囚，令便宜处决，恐滥及无辜，自今凡大辟罪[35]，仍须待报。"并省江淮、云南州郡。以耶律老哥为中书参知政事。免戍军差税。禁诸王奥鲁官科扰军户。以西南蛮夷有谋叛未附者，免西川征缅军，令专守御。支钱令各驿供给。戊寅，诸陈言者，从都省集议，可行者以闻，不可则明以谕言者。许按察司官用弓矢。监察御史阿刺浑坐擅免赃钱、不纠私酿等罪罢。用御史中丞崔彧言，罢各路选取室女。颁行宋文思院小口斛。敕以陕西按察司赃罚钱输于秦王。省北京提刑按察司副使、佥事各一员。立海西辽东提刑按察司，按治女直、水达达部。己卯，酬诸王只必帖木儿给军羊马钞十万锭。海南四州宣慰使朱国宝请益兵讨占城国主，诏以阿里海牙军万五千人应之。用王积翁言，诏江南运粮，于阿八赤新开神山河及海道两道运之。立斡脱总管府。辛巳，给占城行省唆都弓矢甲仗。

六月丙戌，申严私易金银之禁。以甘州行省参政王椅为中书参知政事。免大都及平滦路今岁丝料。江南迁转官不之任者，杖之，追夺所受宣敕。戊子，以征日本，民间骚动，盗贼窃发，忽都帖木儿、忙古带乞益兵御寇，诏以兴国、江州军付之。己丑，增官吏俸给。庚寅，定市舶抽分例，舶货精者取十之一，粗者十之五。差五卫军人修筑行殿外垣。命诸王忽牙都设断事官。丙申，发军修完大都城。辛丑，发军修筑堤堰。戊申，用伯颜等言，所括宋手号军八万三千六百人，立牌甲设官以统之，仍给衣粮。庚戌，流叛贼陈吊眼叔陈桂龙于憨答孙之地。辛亥，四川行省参政曲立吉思等讨平九溪十八洞，以其酋长赴阙，定其地立州县，听顺元路宣慰司节制。以向世雄等为叉巴诸洞安抚大使及安抚使。

秋七月癸丑朔，蠲建宁路至元十七年前未纳苗税。丙辰，免征骨嵬军赋。谕阿塔海所造征日本船，宜少缓之。所拘商船，其悉给还。阿里沙坐虚言惑众诛。太白犯井。丁巳，赐揑古带等珠衣。庚申，调军益戍云南。丙寅，立亦奚不薛宣慰司，益兵戍守。开云南驿路。分亦奚不薛地为三，设官抚治之。癸亥，太阴南斗。乙丑，太白犯井。丁卯，罢淮南淘金司，以其户还民籍。庚午，荧惑犯司怪㊿。新附官周文英入见，其贽礼银万两、金四十锭㊼，铁木儿不花匿为己有，诏即其家搜阅，没入官帑。敕捕阿合马妇翁尚书蔡仲英，征偿所贷官钞二十万锭。阿八赤、姚演以开神山桥渠，侵用官钞二千四百锭，折阅粮米七十三万石㊽，诏征偿，仍议其罪。壬申，亦奚不薛军民千户宋添富，及顺元路军民总管兼宣抚司阿里等来降㊾。班师，以罗鬼酋长阿利及其从者入觐。立亦奚不薛总官府，命阿里为总管。丙子，减江南十道宣慰司官一百四十员为九十三员。敕上都商税六十分取一。免大都、平滦两路今岁俸钞。立总教院，秩正三品。丁丑，命按察司照刷吐蕃宣慰司文卷。立铺军捕淮西盗贼。淮东宣慰同知宋廷秀私役军四十人，杖而罢之。庚辰，给忽都帖木儿等军贫乏。偿怯儿合思等羊马价钞。

八月癸未，以明理察平章军国重事，商议公事。立怀来淘金所。甲午，敕大名、真定、北京、卫辉四路屯驻新附军，于东京屯田。安南国遣使以方物入贡。丙午，太白犯轩辕。丁未，岁星犯钩钤。浙西道宣慰使史弼言：“顷以征日本船五百艘科诸民间，民病之，宜取阿八赤所有船，修理以付阿塔海，庶宽民力，并给钞于沿海募水手。”从之。济州新开河成，立都漕运司。庚戌，赏还役宿卫军。赐皇子北安王所部军钞羊马。

九月壬子，太白犯轩辕少女㊻。戊午，合剌带等招降象山县海贼尤宗祖等九千五百九十二人，海道以宁。太阴犯斗。壬戌，调黎兵同征日本。丙寅，古答奴国因商人阿剌畏等来言，自愿效顺。并占城、荆湖行省为一。徙旧城市肆局院，税务皆入大都，减税征四十分之一。赏朱云龙漕运功，授七品总押，仍以币帛给之。己巳，太白犯右执法。辛未，以岁登，开诸路酒禁。广东盗起，遣兵万人讨之。壬申，太阴掩井。癸酉，荧惑犯鬼。甲戌，太阴犯鬼，荧惑犯积尸气㊼，太白犯左执法。戊寅，史弼陈弭盗之策㊽，为首及同谋者死，余屯田淮上，帝然其言，诏以其事付弼，贼党耕种内地，其妻孥送京师以给鹰坊人等。

冬十月庚寅，给征日本新附军钞三万锭。壬辰，车驾由古北口路至自上都。癸巳，斡端宣慰使刘恩进嘉禾，同颖九穗、七穗、六穗者各一。甲午，以平章政事札散为枢密副使。诏：“五卫军，岁以冬十月，听十之五还家备资装，正月，番上代其半还㊽，四月毕入役。”时各卫议先遣七人，而以三人自代，从之。乙未，享于太庙。丙申，太阴犯昴。丁酉，诛占城逃回军。忙兀带请增蒙古、汉军戍边，从之。以忽都忽总扬州行省唛都新益军。庚子，许阿速带军以兄弟代役。建宁路管军总管黄华叛，众几十万，号头陀军，伪称宋祥兴五年，犯崇安、浦城等县，围建宁府，诏卜怜吉带、史弼等将兵二万二千人讨平之。耶律铸罢。壬寅，立东阿至御水陆驿，以便递运。徙济州潭口驿于新河鲁桥镇。给甘州纳硫黄贫乏户钞。癸卯，诸王只必帖木儿请括阅常府分地民户，不许。中书省臣言：“阿八赤新开河二处，皆有仓，宜造小船分海运。”从之。中书省臣言：“押亦迷失尝请谕江南诸郡，募人种淮南田，今乃往各郡转收民户，行省官阔阔你敦言其非便，宜令其于治所召募，不可强民。”从之。戊申，给水达达鳏寡孤独者绢千匹、钞三百锭。立和林平准库。遣官检核益都淘金欺弊。罢中兴管课提举司及北京盐铁课程提举司。己酉，签河西质子军年及丁者充军。庚戌，各道提刑按察司增设判官二员。

十一月壬子，赏太不花、脱欢等战功银币。癸丑，总管陈义愿自备海船三十艘，以备征进，诏授义万户，佩虎符。义初名五虎，起自海盗，内附后，其兄为招讨，义为总管。敕凡盗贼必由管民官鞠问，仍不许私和。丁巳，命各省印《授时历》。诸王只必帖木儿请于分地二十四城自设管课官，不从。又请立拘榷课税所，其长从都省所定，次则王府差设，从之。诏：“大都田土，并令输税。甘州新括田土，亩输租三升。”己未，吏部尚书刘好礼以吉利吉思风俗事宜来上。壬戌，复立南京宣慰司。乙丑，罢开成路屯田总管府入开成路，隶京兆宣慰司。戊辰，立司农司，掌官田邸舍人民。给诸王所部撒合儿、兀鲁等羊马，以周其乏⑩。河西官府参用汉人。徙甘肃沙州民户复业。大都城门设门尉。丁丑，禁云南管课官于常额外多取余钱。戊寅，禁云南权势多取债息，仍禁没人口为奴，及黥其面者。太白岁星相犯。己卯，从诸王尤白、蒙古带等请，赏也秃古等银钞，以旌战功。赐皇太子钞千锭。以御史台赃罚钞赐怯怜口。

十二月庚辰，赐诸王浑都帖木儿衣物，忽都儿所部军银钞币帛。甲申，赐别速带所部军衣服币帛七千、马二千。赏西番军官爱纳八斯等战功。辛卯，以茶忽所管军六千人，备征日本。壬辰，给诸王阿只吉牛价。以中书参议温迪罕秃鲁花廉贫，不阿附权势，赐钞百锭。罢女直出产金银禁。甲午，给钞四万锭，和籴于上都。给司阍卫士贫者，人钞二十锭。辛丑，赐诸王昔烈门等银。以海道运粮招讨使朱清为中万户，赐虎符；张瑄子文虎为千户，赐金符。徙新附官仕内郡。以蠡州还隶真定府路。癸卯，发粟赈水达达四十九站。甲辰，太阴掩荧惑。丙午，罢云南造卖金箔规措所。罢云南都元帅府及重设官吏。定质子令，凡大官子弟，遣赴京师。戊申，云南施州子童兴兵为乱，敕参知政事阿合八失帅兵，合罗罗斯脱儿世合讨之。给布万匹赈女直饥民一千户。

是岁，断死罪二百七十八人。

---

①籥（yuè），音越。
②绸（chóu，音绸）：粗绸。
③轮：车。刻漏：古代记时的器具。
④蠹：损害，危害。
⑤醢（hǎi，音海）：把人剁成肉酱。
⑥骒（chéng，音乘）：已经阉过的马。
⑦封籍：将查抄的资财登记入册。
⑧勘：审讯，问罪。
⑨称量：与此相称或相当。
⑩符：盖有官符的印信的下行公文之一种。
⑪权：权衡。
⑫磨刷：察看。
⑬考：考核官吏的政绩。
⑭叙：评定等级次序。
⑮钩考：探求考核。
⑯私人：古时公卿、大夫等的家臣。
⑰赡：充足，丰富。
⑱黥：（qíng，音情）：古代在士兵、奴婢身上刻记号，以防止逃亡。
⑲鼓铸：鼓风扇火，冶炼金属，铸造器物。
⑳芝：灵芝，香草。
㉑援例：引用旧例。援，引用。
㉒手号：手上的雕青记号。
㉓听：允许。
㉔暹（xiān），音仙。
㉕保：据有，居。
㉖第：住宅。
㉗更番：轮流更替。
㉘授：当为"受"之误。
㉙谪：贬谪。
㉚合：即盒子。后为作"盒"。

㉛缄默：闭口不言。缄：封闭。

㉜体：准则。

㉝兕（sì，音似）：雌的犀牛。

㉞病：困乏，苦患。

㉟则：准则。

㊱贝子：古时云南用贝做货币，称"贝子"。

㊲索：计算钱币单位，铜钱千文为一索，或称一贯。

㊳厘：整理，治理。

㊴登：成熟。

㊵帑（tǎng，音倘）：国库。

㊶禁中：宫中。

㊷董：管理监督。

㊸叉巴洞：疑为"又巴洞"。

㊹铨注：对官吏的考选登录。

㊺室女：未出嫁之女子。

㊻氎（dié，音叠）：棉布。　　线：同"线"。

㊼希觊：希望。觊（jì，音冀）：希图。

㊽轩辕御女：星名。

㊾心：星名。

㊿照刷：查核，清查。

51阿附：附和迎合。

52太一：此处指天神。道教以之称北极星神。

53规画：谋划，安排。

54汩（gǔ，音古）：淹没，湮没。

55大辟：死刑。辟，法，法律。

56贽（zhì，音帜）：初次拜见上级或长辈时所送的礼品。

58折阅：折本，亏本。

59司：当为"使"。

60轩辕少女：星名。

61积尸：星名。

62弭：消灭，平息。

63番上：京师宿卫。　　代：更迭，替。

64周：周济，接济。

世祖本纪十

　　二十一年春正月乙卯，帝御大明殿，右丞相和礼霍孙率百官奉玉册玉宝，上尊号曰宪天述道仁文义武大光孝皇帝，诸王百官朝贺，如朔旦仪①，赦天下。丁巳，敕："自今凡奏事者，必先语同列以所奏②；既奏，其所奉旨云何，令同列知而后书之簿；不明以告而辄书簿者，杖必阇赤③。"己未，罢云南都元帅府，所管军民隶行省。甲子，罢扬州等处理算官，以其事付行省。

江浙行省平章忙忽带进真珠百斤。丙寅，阔阔你敦言："屯田芍陂兵二千，布种二千石，得粳糯二万五千石有奇④，乞增新附军二千。"从之。丁卯，建都王、乌蒙及金齿一十二处俱降。建都先为缅所制，欲降未能。时诸王相吾答儿，及行省右丞太卜、参知政事也罕的斤分道征缅，于阿昔、阿禾两江造船二百艘，顺流攻之，拔江头城，令都元帅袁世安成之，遂遣使招谕缅王，不应。建都太公城乃其巢穴，遂水陆并进，攻太公城，拔之，故至是皆降。庚午，立江淮、荆湖、江西、四川行枢密院，治建康、鄂州、抚州、成都。立耽罗国安抚司。辛未，相吾答儿遣使进缅国所贡珍珠、珊瑚、异采及七宝束带。甲戌，遣蒙古官及翰林院官各一人，祠岳渎后土⑤。遣王积翁赍诏使日本⑥，赐锦衣、玉环、鞍辔。积翁由庆元航海至日本近境，为舟人所害。御史台臣言："罪黜之人，久忘其名，又复奏用，乞戒约⑦。"帝曰："卿等所言固是，然其间岂无罪轻可录用者？"御史大夫玉速帖木儿对曰："以各人所犯罪状明白敷奏⑧，用否，当取圣裁。"从之。丙子，建宁叛贼黄华自杀。丁丑，云南诸路按察司官陛辞，诏谕之曰："卿至彼，当宣明朕意，勿求货财，名成则货财随之，徇财则必失其名，而性命亦不可保矣。"己卯，马八儿国遣使贡珍珠、异宝、缣段。

二月辛巳，以福建宣慰使管如德为泉州行省参知政事，征缅。浚扬州漕河。罢高丽造征日本船。丁亥，命翰林学士承旨撒里蛮，祀先农于籍田⑨。壬辰，以江西叛寇妻子赐鹰坊养虎者。以别速带逃军七百余人付安西王屯田，给以牛具。邕州、宾州民黄大成等叛，梧州、韶州、衡州民相挺而起⑩，湖南宣慰使撒里蛮将兵讨之。甲午，罢群牧所。己亥，瑞州获叛民晏顺等三十二人，并妻孥送京师。罢阿八赤开河之役，以其军及水手各万人，运海道粮。放檀州淘金五百人还家。丁未，括江南乐工⑪。命阿塔海发兵万五千人、船二百艘，助征占城，船不足，命江西省益之。戊申，徙江淮行省于杭州，徙浙西宣慰司于平江，省黄州宣慰司入淮西道⑫。立法输竿于大内万寿山，高百尺。漳州盗起，命江浙行省调兵进讨。秦州总管刘发有罪，尝欲归黄华，事觉伏诛。迁故宋宗室及其大臣之仕者于内地。

三月辛亥，敕思、播管军民官自今勿迁。丁巳，皇子北平王南忽合至自北边。王以至元八年建幕庭于和林北野里麻里之地，留七年，至是始归。右丞相安童继至。以张弘范等将新附军。壬戌，更定虎符。丙寅，乘舆幸上都。丁卯，太庙正殿成，奉安神主。甲戌，置潮、赣、吉、抚、建昌戍兵。乙亥，高丽国王王晫以皇帝尊号礼成，遣使来贺。

夏四月壬午，令军民同筑堤堰，以利五卫屯田。乙酉，省泉府司入户部。立大都留守司兼少府监。立大都路总管府。立西川、延安、凤翔、兴元宣课司。从迷里火者、蜜剌里等言，以钞万锭为市于别十八里及河西、上都。以火者赤依旧扬州盐运使，岁市盐八十万石以赎过。己亥，涿州巨马河决，冲突三十余里。庚子，湖广行省平章阿里海牙请身至海滨，收集占城散军，复使南征，且趣其未行者⑬，许之。壬寅，江淮行省进各翼童男女百人。忽都铁木儿征缅之师，为贼冲溃。戊申，高丽王王晫及公主，以其世子源来朝。敕发思、播田、杨二家军二千，从征缅。籍江南盐徒军，藏匿者有罪。火儿忽等所部民户告饥，帝曰："饥民不救，储粮何为？"发万石赈之。命开元等路宣慰司造船百艘，付狗国戍军。云南行省为破缅国江头城，进童男女八十人，并银器币帛。

五月己酉，从秃秃合言，立二千户，总钦察、康里子弟愿为国宣劳者。壬子，拘征东省印。癸丑，枢密院臣言："唆都溃军，已令李恒收集；江淮、江西两省溃军，别遣使招谕，凡至者皆给之粮，舟楫损者修之，以俟阿里海牙调用。"从之。戊午，敕中书省："奏目及文册，皆不许用畏吾字，其宣命、答付并用蒙古书⑭。"己未，荆湖占城行省言：忽都虎、忽马儿等将兵征占城，前锋舟师至舒眉莲港，不知所向，令万户刘君庆进军次新州，获占蛮，始知我军已还矣。就遣占蛮向导至占城境，其国主遣阿不兰以书降，且言其国经唆都军马虏掠，国计已空，俟来岁，遣嫡子以方物进，继遣其孙路司理勒蛰等，奉表诣阙⑮。"乙丑，取高丽所产铁。蠲江南今年田赋十分之二；其十八年已前，逋欠未征者⑯，尽免之。阿鲁忽奴言："曩于江南民户中拨匠户三十万⑰，其无艺业者多，今已选定诸色工匠，余十九万九百余户，宜纵令为民。"从之。诏谕各道提刑按察司分司事宜。庚午，荆湖占城行省以兵进据乌马境，地近安南，请益兵，命鄂州达鲁花赤赵翥等，奉玺书往谕安南。河间任丘县民李移住谋叛，事觉伏诛。括天下私藏天文图谶《太乙雷公式》、《七曜历》、《推背图》、《苗太监历》，有私习及收匿者罪之。丁丑，忽都虎、乌马儿、刘万户等率扬州省军二万，赴唆都军前，遇风船散，其军皆溃。敕追乌马儿等诰命、虎符及部将所受宣敕，以河西字鲁合答儿等代之，听阿里海牙节制。

闰五月己卯，封法里剌王为郡王，佩虎符。改思、播二州隶顺元路宣抚司。罢西南番安抚司，立总管府。给西川蒙古军钞，使备铠仗，耕遂宁沿江旷土以食⑱，四顷以下者免输地税。命总帅汪惟正括四川民户。辛巳，加封卫辉路小清河神曰洪济威惠王。壬午，蒙古侍卫亲军都指挥使八忽带征黄华回，进人口百七十一。乙酉，以云南境内洪城并察罕章，隶皇太子。丙戌，行御史台自扬州迁于杭州。庚寅，赐归附洞蛮官十八人衣，遣还。癸巳，赐北安王螭纽金印。罢皮货所。理算江南诸行省造征日本船隐弊⑲，诏按察司毋得沮挠⑳。甲辰，安南国王世子陈日烜，遣其中大夫陈谦甫贡玉杯、金瓶、珠绦、金领，及白猿、绿鸠、币帛等物。丙午，以侍卫亲军万人修大都城。

六月壬子，遣使分道寻访测验暑景、日月交食、历法。增官吏俸，以十分为率，不及一锭者，量增五分。甲寅，诏封皇子脱欢为镇南王，赐涂金银印，驻鄂州。庚申，改蒙古都元帅府为蒙古都万户府，炮手元帅府为炮手万户府，炮手都元帅府为回回炮手军匠万户府。甲子，命也速带儿所部军六十人淘金双城。从憨答孙请，移阿剌带和林屯田军，与其所部相合，屯田五河。乙丑，中卫屯田蝗。甲戌，赐皇子爱牙赤怯薛带孛折等，及兀剌海所部民户钞二万一千六百四十三锭，皇子南木合怯薛带、怯怜口一万二百四十六锭。以马一万一百九十五、羊一万六十，赐朵鲁朵海扎剌伊儿所部贫军。

秋七月丁丑朔，敕荆湖、西川两省合兵讨叉巴、散毛洞蛮。云南省臣言："腾越、永昌、罗必丹，民心携贰㉑，宜令也速带儿或汪总帅将兵讨之。"制曰"可"。命枢密院差军修大都城。己卯，立衍福司。中书省臣言："宰相之名，不宜轻授，今占城省臣已及七人，宜汰之。"诏军官勿带相衔。赐皇子北安王印。复扬州管匠提举司。丁亥，江淮行省以占城所遣太半达连扎赴阙，及其地图来上。塔剌赤言："头辇哥国王出戍高丽，调旺速等所部军四百以往，今头辇哥已回，留军耽罗，去其妻子已久，宜令他军更戍。"伯颜等议，以高丽军千人屯耽罗，其留戍四百人纵之还家，从之。戊子，诏镇南王脱欢征占城。遣所留安南使黎英等还其国，日烜遣其中大夫阮道学等，以方物来献。总帅汪惟正言："一门兄弟从仕者众，乞仍于秦、巩州置便宜都总帅府，仍用元帅印，即其兄弟四人，择一人为总帅，总帅之下总管府令其兼之。汪氏二人西川典兵者㉒，亦择其一为万户，余皆依例迁转。"从之。赐贫乏者阿鲁浑、玉龙帖木儿等钞，共七千四百八十锭。

八月丁未，云南行省言："华帖、白水江、盐井三处土老蛮叛，杀诸王及行省使者。"调兵千人讨之。定拟军官格例，以河西、回回、畏吾儿等依各官品，充万户府达鲁花赤，同蒙古人；女直、契丹，同汉人。若女直、契丹生西北不通汉语者，同蒙古人；女直生长汉地，同汉人。己酉，御史台臣言："无籍之军愿从军杀掠者，初假之以张渡江兵威㉓，今各持弓矢，剽劫平民，若不分隶各翼，恐生他变。"诏遣之还家。辛亥，征东招讨司聂古带言："有旨进讨骨嵬，而阿里海牙、朵剌带、玉典三军皆后期。七月之后，海风方高，粮仗船重，深虞不测，姑宜少缓。"从之。占城国王乞回唆都军，愿以土产岁修职贡，使大盘亚罗日加䚟、大巴南等十一人，奉表诣阙，献三象。甲子，放福建畲军，收其军器，其部长于近处州郡民官迁转。庚午，车驾至自上都。甲戌，挩完上言："建都女子沙智治道立站有功，已授虎符，管领其父元收附民为万户，今改建昌路总管，仍佩虎符。"从之。

九月甲申，京师地震。并市舶司入盐运司，立福建等处盐课市舶都转运司。中书省言："福建行省军饷绝少，必于扬州转输，事多迟误，若并两省为一，分命省臣治泉州为便。"诏以中书右丞、行省事忙兀台为江淮等处行中书省平章政事，其行省左丞忽剌出、蒲寿庚，参政管如德分省泉州。癸巳，太白犯南斗。丙申，以江南总摄杨琏真加发宋陵冢所收金银宝器，修天衣寺。甲辰，海南贡白虎、狮子、孔雀。

冬十月丁未，享于太庙。戊申，四川行省言金齿遗民，尚多未附，以要剌海将探马赤军二千人讨之。己酉，敕："管军万户为行省宣慰使者，毋兼管军事；仍为万户者，毋兼莅民政㉔。"壬子，定涟海等处屯田法。辛酉，征东招讨司以兵征骨嵬。宋有手记军，死则以兄弟若子继㉕，诏依汉军籍之，毋文其手。丁卯，和礼霍孙请设科举，诏中书省议，会和礼霍孙罢，事遂寝。以招讨使张万为征缅招讨使，佩三珠虎符。戊辰，立常平仓，以五十万石价钞给之。甲戌，诏谕行中书省，凡征日本船及长年篙手，并官给钞增价募之。赐贫乏者押失、忻都察等钞一万四千三锭。

十一月甲申，封南木里、忙哥赤郡公。戊子，命北京宣慰司修浤河道。己丑，江西行省参知政事也的迷失，禽获海盗黎德及招降余党百三十三人，即其地诛黎德以徇，以黎德弟黎浩及伪招讨吴兴等，槛送京师。迁转官员薄而不就者㉗，其令归农当役。庚寅，占城国王遣使大罗盘亚罗日加䚟等，奉表来贺圣诞节，献礼币及象二。占城旧州主宝嘉娄亦奉表人附。庚子，以范文虎为左丞，商量枢密院事。太阴犯心。辛丑，和礼霍孙、麦术丁、张雄飞、温迪罕皆罢。前右丞相安童复为右丞相，前江西榷茶运使卢世荣为右丞，前御史中丞史枢为左丞，不鲁迷失海牙、撒的迷失并参知政事，前户部尚书拜降参议中书省事。敕中书省整治钞法，定金银价，禁私自回易，官吏奉行不虔者，罪之。壬寅，安童、卢世荣言："阿合马专政时所用大小官员，例皆奏罢，其间岂无通才？宜择可用者仍用之。"诏依所言汰选，毋徇私情。癸卯，福建行省遣使人八合鲁思，招降南巫里、别里剌、理伦、大力等四国，各遣其相奉表以方物来贡。以江淮间自襄阳至于东海多荒田，命司农司立屯田法，募人开耕，免其六年租税，并一切杂役。赐蒙古贫乏者也里古、薛列海、察吉儿等钞十二万四千七百二十二锭。

十二月甲辰朔，中书省臣言："江南官田为权豪寺观欺隐者多，宜免其积年收入，限以日期，听人首实㉘，逾限为人所告者，征以其半给告者。"从之。立常平盐局。乙巳，崔彧言卢世荣不可为相，忤旨罢㉙。以丁壮万人开神山河，立万户府以总之。辛亥，以仪凤司隶卫尉院。癸亥，卢世荣言："京师富豪户酿酒，价高而味薄，以致课不时输，宜一切禁罢，官自酤卖，向之岁课㉛，一月可办。"从之。甲子，以高丽提举司隶工部。乙丑，祀太一。丙寅，荆湖占城行省遣八番刘继昌，谕降龙昌宁、龙延万等赴阙，奉羊马白毡来贡，各授本处安抚使。立宣慰司，招抚西南诸蕃等处酋长。癸酉，命翰林承旨撒里蛮、翰林集贤大学士许国祯，集诸路医学教授增修《本草》。是月，镇南王军至安南，杀其守兵，分六道以进，安南兴道王以兵拒于万劫，进击败之。万户倪闰战死于刘村。以泾州隶都总帅府。赐蒙古贫乏者兀马儿等钞二千八百八十五锭、银四十锭。

二十二年春正月戊寅，以命相诏天下。民间买卖金银、怀孟诸路竹货、江淮以南江河鱼利，皆弛其禁。诸处站赤饮食，官为支给。遣官诸路虑囚㉜，罪轻者释之。徙屯卫辉新附军六千家，廪之京师，以完仓廪。发五卫军及新附军浚蒙村漕渠。庚辰，立别十八里驿传。毁宋郊天台。桑哥言："杨琏真加云，会稽有泰宁寺，宋毁之，以建宁宗等攒宫㉝；钱唐有龙华寺，宋毁之以为南郊，皆胜地也，宜复为寺，以为皇上、东宫祈寿。"时宁宗等攒宫已毁建寺，敕毁郊天台，亦建寺焉。壬午，诏立市舶都转运司。立上都等路群牧都转运使司、诸路常平盐铁坑冶都转运司。甲申，遣使代祀五岳、四渎、东海、后土。戊子，阔阔你敦言："先有旨，遣军二千屯田芍陂，试土之肥硗㉞，去秋已收米二万余石，请增屯士二千人。"从之。徙江南乐工八百家于京师。封驸马唆郎哥为宁昌郡王，赐龟纽银印。西川赵和尚自称宋福王子广王以诳民，民有信者。真定民刘驴儿有三乳，自以为异，谋不执。事觉，皆磔裂以徇㉟。移五条河屯田军五百于兀失蛮、扎失蛮。辛卯，发诸卫军六千八百人，给护国寺修造。广御史台赃罚库。癸巳，枢密臣言："旧制，四宿卫各选一人参决枢密院事，请以脱列伯为佥院。"从之。诏括京师荒地，令宿卫士耕种。乙未，中书省臣请以御史大夫玉速怗木儿为左丞相，中丞撒里蛮为御史大夫；罢行御史台，以其所属按察司隶御史台，行御史台大夫拨鲁罕为中书省平章政事。帝曰："玉速怗木儿，朕当思之；拨鲁罕宽缓，不可。"安童对曰："阿必赤合何如？"帝曰："此事朕自处之，罢行御史台者，当如所奏。"卢世荣请罢福建行中书省，立宣慰司，隶江西行中书省。又言："江南行中书省事繁，恐致壅滞，今随行省立枢密院总兵，以分其务为便。"帝曰："行院之事，前日已言，由阿合马欲其子忽辛兼兵柄而止，今议行之。"流征占城擅还将帅二十三人于远方。丙申，帝畋于近郊。升武备监为武备寺，尚医监为太医院，职俱三品。升六部为二品。以合必赤合为中书平章政事。命礼部领会同馆。初，外国使至，常令翰林院主之，至是改正。荆湖占城行省平叛蛮百六十六洞。诏禁私酒。己亥，分江浙行省所治南康隶江西省。辛丑，以杨兀鲁带为征骨嵬招讨使，佩二珠虎符。壬寅，造大樽于殿㊱，樽以木为质，银内而金外，镂为云龙，高一丈七寸。是月壬午，乌马儿领兵与安南兴道王遇，击败之，兵次富良江北。乙酉，安南世子陈日烜，领战船千余艘以拒。丙戌，与战，大破之，日烜遁去，入其城，还屯富良江北。唆都、唐古带等引兵与镇南王会。

二月乙巳，驻跸柳林。增济州漕舟三千艘，役夫万二千人。初，江淮岁漕米百万石于京师，海运十万石，胶、莱六十万石，而济之所运三十万石，水浅舟大，恒不能达，更以百石之舟，舟用四人，故夫数增多。塞浑河堤决，役夫四千人。诏改江淮、江西元帅招讨司为上中下三万户府，蒙古、汉人、新附诸军相参，作三十七翼。上万户：宿州、蕲县、真定、沂郯、益都、高邮、沿海七翼；中万户：枣阳、十字路、邳州、邓州、杭州、怀州、孟州、真州八翼；下万户：常州、镇江、颍州、庐州、亳州、安庆、江阴水军、益都新军、湖州、淮安、寿春、扬州、泰州、弩手、保甲、处州、上都新军、黄州、安丰、松江、镇江水军、建康二十二翼。翼设达鲁花赤、万户、副万户各一人，以隶所在行院。江西盗黎德等余党悉平。以应放还五卫军穿河西务河。旧例，五卫军十人为率，七人三人，分为二番，十月放七人者还，正月复役，正月放三人者还，四月复役，更休息之。丙午，以荆湖行省所隶八番、罗甸隶西川行省。分岚、管为二州。加封桑乾河神洪济公为显应洪济公。己酉，为皇孙阿难答立衍福司，职四品，使、同知、副使各一员。辛亥，广东宣慰使月的迷失讨潮、惠二州盗郭逢贵等四十五寨，皆平，降民万余户、军三千六百一十人，请将所获渠帅入觐㊲，面陈事宜，从之。丙辰，诏罢胶、莱所凿新河，以军万人隶江浙行省习水战，万人载江淮米泛海，由利津达于京师。辛酉，御史台臣言："近中书奏罢行御史台，改按察司为提刑转运司，俾兼钱谷，而纠弹之职废矣㊳，请令安童与老臣议。"从之。壬戌，太阴犯心。中书省臣卢世荣请立规措所，经营钱谷，秩五品，所用官吏以善贾为之，勿限白身人㊴，帝从之。参知政事不鲁迷失海牙等，因奏世荣姻党有牛姓者，前为提举，今浙西运司课程颇多，拟升转运副使，亦从之。诏旧城居民之迁京城者，以赀高及居职者为先，仍定制以地八亩为一分；其或地过八亩，及力不能作室者，皆不得冒据，听民作室。升御带库为章佩监。徙右千户只儿海迷失分地泉州。赐合剌失都儿新附民五千户，合剌赤、阿速、阿塔赤、昔宝赤、贵由赤等尝从征者，亦皆赐之。以民八十户赐皇太子宿卫臣尝从征者。用卢世荣言，回买江南民土田。诏天下拘收铜钱。申禁私造酒曲。戊辰，车驾幸上都。帝问省臣："行御史台何故罢之？"安童曰："江南盗贼屡起，行御史台镇遏居多，臣以为不可罢。然与江浙行中书省并在杭州，地甚远僻，徙之江州，居江浙、湖南、江西三省之中为便。"从之。立真定、济南、太原、甘肃、江西、江淮、湖广等处宣慰司兼都转运使司，以治课程，仍立条制。禁诸司不得擅追管课官吏，有敢沮扰者，具姓名以闻。增济州漕运司军万二千人。立江西、江淮、湖广造船提举司。令江浙行省参政冯珪，湖广行省右丞要束木、参政潘杰，龙兴行省左丞伯颜、参政杨居宽、佥省陈文福，专领课程事。以瓮吉剌带为中书左丞相。己巳，复立按察司。拨民二万七千户与驸马唆郎哥。以忽都鲁为平章政事。诏："各道提刑按察司，能遵奉条画，莅事有成者，任满升职；赃污不称任者，罢黜除名。"诏立供膳司，职从五品，达鲁花赤、令、丞各一员。罢融州总管府为州。

三月丙子，遣太史监候张公礼、彭质等往占城，测候日晷。癸未，罢甘州行中书省，立宣慰司，隶宁夏行中书省。荆湖占城行省请益兵。时陈日烜所逃天长、长安二处兵力复集，兴道王船千余艘聚万劫，阮盝在永平，而官兵远行久战，悬处其中，唆都、唐古带之兵又不以时至，故请益兵。帝以水行为危，令遵陆以往。庚子，诏依旧制，凡盐一引四百斤，价银十两，以折今钞为二十贯，商上都者，六十而税一。增契本为三钱⑩。立上都规措所回易库，增坏钞工墨费每贯二分为三分。

夏四月癸卯，立行枢密院都镇抚司。置畏兀驿六所。丙午，以征日本船运粮江淮及教军水战。庚戌，监察御史陈天祥劾中书右丞卢世荣罪恶，诏世荣、天祥皆赴上都。壬子，江陵民张二妻邓氏一产三男。癸丑，诏追捕宋广王及陈宜中。遣中书省、枢密院、御史台官各一员，决大都及诸路罪囚。大都、汴梁、益都、庐州、河间、济宁、归德、保定蝗。辛酉，以耽罗所造征日本船百艘赐高丽。壬戌，御史中丞阿剌怙木儿、郭佑、侍御史白秃剌怙木儿、参知政事撒的迷失等，以卢世荣所招罪状奏，阿剌帖木儿等与世荣对于帝前，世荣悉款服。改六部依旧为三品。诏："安童与诸老臣议世荣所行，当罢者罢之，更者更之，其所用人实无罪者，朕自裁决。"癸亥，敕以麦术丁所行清洁，与安童治省事。

五月甲戌，以御史中丞郭佑为中书省参知政事。丁丑，减上都商税。戊寅，广平、汴梁、钧、郑旱。以远方历日取给京师，不以时至，荆湖等处四行省所用者，隆兴印之，合剌章、河西、西川等处所用者，京兆印之。诏甘州每地一顷，输税三石。壬午，以军千人修阿失盐场仓。以忻都为踢里玉招讨使，佩虎符。有旨："不可兴兵远攻，近地有不服者，讨之。"右巴等洞蛮平。甲申，立汴梁宣慰司，依安西王故事，汴梁以南至江，以亲王镇之。丁亥，中书省臣言："六部官冗甚，可止以六十八员为额，余悉汰去。"诏择其廉洁有干局者存之⑪。分汉地及江南所拘弓箭兵器为三等，下等毁之，中等赐近居蒙古人，上等贮于库。有行省、行院、行台者掌之，无省、院、台者，达鲁花赤、畏兀、回回居职者掌之，汉人、新附人虽居职无有所预。戊子，改升江、乌定、朵里灭该等府为路。云南行省臣脱怙木儿言蠲逋赋、征侵隐、戍叛民、明黜陟、罢转运、给亲王、赋豪户、除重税、决盗贼、增驿马、取质子、定俸禄、教农桑、优学者、恤死事、捕逃亡十余事，命中书省议其可者行之。庚寅，真定、广平、河间、恩州、大名、济南蚕灾。增大都诸门尉、副各一人。敕朵儿只招集甘、沙、速等州流徙饥民。行御史台复徙于杭州。丁酉，徙行枢密院于建康。戊戌，汴梁、怀孟、濮州、东昌、广平、平阳、彰德、卫辉旱。罢江南造船提举司。陈日烜走海港，镇南王命李恒追袭，败之。适暑雨疫作，兵欲北还思明州，命唆都等还乌里。安南以兵追蹑，唆都战死。恒为后距㉒，以卫镇南王，药矢中左膝，至思明，毒发而卒。

六月庚戌，命女直、水达达造船二百艘，及造征日本迎风船。辛亥，扬州进芝草。丙辰，遣马速忽、阿里赍钞千锭，往马八图求奇宝，赐马速忽虎符，阿里金符。高丽遣使来贡方物。庚午，诏减商税，罢牙行，省市舶司入转运司。左丞昌师夔乞假五月，省母江州，帝许之，因谕安童曰："此事汝蒙古人不知，朕左右复无汉人，可否皆自朕决，汝当尽心善治百姓，无使重困致乱，以为朕羞。"参知政事张德润献其家人四百户于皇太子。马湖部田鼠食稼殆尽，其总管祠而祝之，鼠悉赴水死。

秋七月壬申，造温石浴室及更衣殿。癸酉，诏禁捕猎。甲戌，敕秘书监修《地理志》。乙亥，安南降者昭国王、武道、文义、彰宪、彰怀四侯赴阙。戊寅，京师蝗。分甘州屯田新附军三百人，田于亦集乃之地。己卯，以米千石廪瓮吉剌贫民。壬午，陕西四川行中书省左丞汪惟正入见。甲申，改阔里吉思等所平大小十溪洞，悉为府、州、县。修汴梁城。丁亥，广东宣慰使月的迷失入觐，以所降渠帅郭逢贵等至京师，言山寨降者百五十余所。帝问："战而后降邪，招之即降邪？"月的迷失对曰："其首拒敌者，臣已磔之矣，是皆招降者也。"因言："塔尤兵后，未尝抚治其民，州县官复无至者，故盗贼各据土地，互相攻杀，人民渐耗，今宜择良吏往治之。"从之。庚寅，枢密院言："镇南王脱欢所总征交趾兵，久战力疲，请于奥鲁赤等三万户，分蒙古军千人，江淮、江西、荆湖三行院分汉军、新附军四千人，选良将将之，取镇南王脱欢、阿里海牙节制，以征交趾。"从之。复以唐兀带为荆湖行省左丞。唐兀带请放征交趾军还家休憩，诏从脱欢、阿里海牙处之。给诸王阿只吉分地贫民农具牛种，令自耕播。乙未，云南行省言："今年未暇征缅，请收获秋禾，先伐罗北甸等部。"从之。庚子，改开、达、梁山州隶夔州路。给钞万二千四百锭为本，取息以赡甘、肃二州屯田贫军。

辛丑，命有司祭斗三日㊸。戊申，分四川镇守军万人屯田成都。丙辰，车驾至自上都。己未，诏复立泉府司，秩从二品，以答失蛮领之。初，和礼霍孙以泉府司商贩者，所至官给饮食，遣兵防卫，民实厌苦不便，奏罢之，至是，答失蛮复奏立之。丙寅，遣蒙古军三千人屯田清、沧、靖海。戊辰，罢禁海商。省合剌章、金齿二宣抚司为一，治永昌。立临安广西道宣抚司。中书省臣奏："近奉旨括江淮水手，江淮人皆能游水，恐因此动摇者众。"从之。罢榷酤㊹。初，民间酒听自造，米一石，官取钞一贯。卢世荣以官钞五万锭立榷酤法，米一石取钞十贯，增旧十倍，至是，罢榷酤，听民自造，增课钞一贯为五贯。敕拘铜钱，余铜器听民仍用。令福建黄华畲军有恒产者为民，无恒产与妻子者，编为守城军。汪惟正言巩昌军民站户并诸人奴婢，因饥岁流入陕西、四川者，彼即括为军站。帝曰："信如所言，当鸠集与之㊺；如非己有而强欲得之者，岂彼于法不知惧邪？"

乙亥，听民自实两淮荒地，免税三年。中书省以江北诸城课程钱粮听杭、鄂二行省节制，道途迂远，请改隶中书，从之。永昌、腾冲二城在缅国、金齿间，摧圮不可御敌㊻，敕修之。敕："自今贡物，惟地所产，非所产者毋辄上。"丙子，真蜡、占城贡乐工十人及药材、鳄鱼皮诸物。辛巳，收集工匠之隐匿者。丙戌，速木都剌、马答二国遣使来朝。庚寅，敕征交趾诸军，除留蒙古军百、汉军四百为镇南王脱欢宿卫，余悉遣还。别以江淮行枢密院所总蒙古兵戍江西。癸巳，云南贡方物。乌蒙叛，命四川行院也速带儿将兵讨之，马湖总管汝作以蛮军三百为助。降西崖门酋长阿者等百余户。

冬十月己亥，以钞五千锭和籴于应昌府。复分河间、山东盐课转运司为二。遣合撒儿海牙使安南。遣雪雪的斤领畏兀儿户一千戍合剌章。庚子，享于太庙。甲辰，修南岳庙。乙巳，枢密院臣言："脱脱木儿遣使言，阿沙、阿女、阿则三部欲叛，宜遣人往召，如不至，乘隙伐之。"不允。因敕谕之："事不议于云南王也先帖木儿者，毋辄行。"诏征东招讨使塔塔儿带、杨兀鲁带，以万人征骨鬼，因授杨兀鲁带三珠虎符，为征东宣慰使都元帅。壬子，长葛、郾城各进芝草。癸丑，立征东行省，以阿塔海为左丞相，刘国杰、陈岩并左丞，洪茶丘右丞，征日本。赐脱里察安、答即古阿散等印，令考核中书省，其制如三品。丙辰，以参议怗木儿为参知政事，位郭佑上，且命之曰："自今之事，皆责于汝。"马法国入贡。戊午，以江淮行省平章忙兀带为江浙省左丞相。初，西川止立四路，阿合马滥用官，增而为九。台臣言其地民少，留广元、成都、顺庆、重庆、夔府五路，余悉罢去。后以山谷险要，蛮夷杂处，复置嘉定路、叙州宣抚司以控制之。升大理寺为都护府，职从二品。都护府言，合刺禾州民饥，户给牛二头、种二石，更给钞一十一万六千四百锭，籴米六万四百石，为四月粮赈之。癸亥，以答即古阿散理算积年钱谷，别置司署，与省部敌，干扰政务，并入省中。丁卯，敕枢密院计胶、莱诸处漕船，高丽、江南诸处所造海舶，括佣江淮民船，备征日本。仍敕习泛海者，募水工至千人者为千户，百人为百户。塔海弟六十言："今百姓及诸投下民，俱令造船于女真，而女真又复发为军，工役繁甚，乃颜、胜纳合儿两投下鹰坊、采金等户独不调。"有旨遣使发其民。乌蒙蛮夷宣抚使阿蒙叛，诏止征罗必丹兵，同云南行省出兵讨之。郭佑言："自平江南，十年之间，凡钱粮事八经理算，今答即古阿散等又复钩考，宜即罢去。"帝嘉纳之。

十一月己巳朔，广东宣慰使月的迷失以英德、循、梅三路民少，请改为州，又请以管军总管于跃为惠州总管，蔚州知州木八剌为潮州达鲁花赤。帝疑其专，不允。御史台臣言："御史台、按察司以纠察百官为职，近钩校钱谷者，恐发其奸，私聚群不逞之徒，欲沮其事，愿陛下依旧制谕之。"制曰："可"。庚午，赐皇子爱牙赤银印。壬申，以讨日本，遣阿八剌督江淮行省军需，遣察忽督辽东行省军需。甲戌，置合剌章、四川、建都等驿。戊寅，遣使告高丽发兵万人、船六百五十艘，助征日本。仍令于近地多造船。己丑，籍重庆府不花家人百二十三户为民。御史台臣奏："昔宋以无室家壮士为盐军，数凡五千，今存者一千一百二十二人，性习凶暴，民患苦之，宜给以衣粮，使屯田自赡。"诏议行之。癸巳，敕漕江淮米百万石，泛海贮于高丽之合浦，仍令东京及高丽各贮米十万石，备征日本，诸军期于明年三月，以次而发，八月会于合浦。乙未，以秃鲁欢为参知政事。卢世荣伏诛。丙申，赦囚徒，黥其面，及招宋时贩私盐军习海道者为水工，以征日本。

十二月，敕减天下罪囚。以占城遁还忽都虎、刘九、田二复旧职，从征日本。增阿塔海征日本战士万人、回回炮手五十人。己亥，从枢密院请，严立军籍条例，选壮士及有力家充军。敕枢密院："向以征日本故，遣五卫军还家治装，今悉选壮士，以正月一日到京师。"江淮行省以战船千艘，习水战江中。辛丑，诛答即古阿散党人蔡仲英、李蹊。丁未，皇太子薨。戊午，以中卫军四千人，伐木五万八千六百，给万安寺修造。己未，丹太庙楹⑰。乙酉，立集贤院，以扎里蛮领之。戊子，罢合剌章打金规运所及都元帅。敕合剌章酋长之子入质京师，千户、百户子，留质云南王也先怗木儿所。中书省臣奏："纳速丁言，减合剌章冗官，可岁省俸金九百四十六两。又屯田课程，专人主之，可岁得金五千两。"皆从之。遣只必哥等考核云南行省。庚寅，诏毋迁转工匠官。辛卯，敕有司祭北斗。

是岁，命江浙转运司通管课程。集诸路僧四万于西京普恩寺，作资戒会七日夜。并省重庆等处州县。占城行省参政亦黑迷失等以军还，驻海外四州，遣使以闻，敕放其军还。赐皇子脱欢，诸王阿鲁灰、只吉不花、公主襄家真等，钞计七千七百三十二锭，马六百二十九匹，衣段百匹、弓千、矢二万发。赐诸王阿只吉、合儿鲁、忙兀带、宋忽儿、阿沙、合丹、别合剌等及官户散居河西者，羊马价钞三万七千七百五十七锭、布四千匹、绢二千匹。以伯八刺等贫乏，给钞七万六千五百二锭。赏诸王阿只吉、小厮、汪总帅、别速带、也先等所部及征缅、占城等军，钞五万三千五百四十一锭、马八千一百九十七匹、羊一万六千六百三十四、牛十一、米二万二千一百石、绢帛八万一千匹、绵五百三十斤、木绵二万七千二百七十九匹、甲千被、弓千张、衣百七十九袭。命帝师也怜八合失甲自罗二思八等，递藏佛事于万安、兴教、庆寿等寺，凡一十九会。断死罪二百七十一人。

---

①朔旦：旧历每月初一，也专指正月初一。

②同列：犹同僚。

③阇（shé，音蛇）：城门上的台。

④粳糯：两种稻。　　有奇：有余。

⑤岳渎：五岳四渎之并称。　　后土：古时称大地为后土，又指土地神。

⑥赍：怀着，带着。

⑦约：节制。

⑧敷：陈述。

⑨籍田：帝王行籍亲自耕种的田地。籍，指春耕时，帝王地划定之田地耕种，以祀宗庙，兼及劝农。

⑩挻（shān，音山）：引发。

⑪括：搜求，搜括。

⑫省：减，去。

⑬趣：催促。

⑭劄（zhá，音闸）：同"札"，旧时公文的一种。

⑮阙：宫殿，帝王居地。

⑯逋：拖欠。

⑰曩：以往，以前。

⑱旷：荒弃。

⑲弊：欺骗蒙混之事。

⑳沮：阻止。

㉑携贰：有二心，离心。携，背叛。

㉒典：掌管。

㉓张：扩大。

㉔莅：掌管，治理。

㉕若：与。

㉖禽：即"擒"。

㉗薄：轻视。

㉘首：有罪自陈。

㉙忤（wǔ，音伍）：不顺从。

㉚酤（gū，音姑）：通"沽"，买酒，卖酒。

㉛向：以前。

㉜虑囚：即"录囚"，向囚犯讯察决狱情况。

㉝攒宫：帝、后暂殡之所。

㉞硗（qiāo，音敲）：土地坚硬而瘠薄。

㉟磔（zhé，哲）：古时一种酷刑，即分尸。

㊱樽（zūn，音尊）：盛酒器。

㊲渠帅：首领，魁首。旧时统治者称武装反抗者的首领。渠，通"巨"，大。

㊳纠弹：也作"弹纠"，弹劾。

㊴白身：无功名。

㊵本：母金，本钱。

㊶干局：才干气度。局，胸襟器量。

㊷距：通"拒"。

㊸斗：星。

㊹榷：专刊，专卖。

㊺鸠集：聚集，搜集。

㊻摧圮（pǐ，音匹）：毁坏。圮，毁坏。

㊼丹：涂朱红漆。

世祖本纪十一

二十三年春正月戊辰朔，以皇太子故，罢朝贺。禁赍金银铜钱越海互市。甲戌，帝以日本孤远岛夷，重困民力，罢征日本，召阿八赤赴阙，仍散所雇民船。以江南废寺土田为人占据者，悉付总统杨琏真加修寺。己卯，立罗不、怯台、阇鄽、斡端等驿。吕文焕以江淮行省右丞告老，许之，任其子为宣慰使。庚辰，马八国遣使进铜盾。壬午，太阴犯轩辕太民①。遣使代祀岳渎东海。癸未，罢巩昌二十四城拘榷所，以其事入有司。发钞五千锭，籴粮于沙、静、隆兴。从桑哥请，命杨琏真加遣宋宗戚谢仪孙、全允坚、赵沂、赵太一人质。甲申，忽都鲁言："所部屯田新军二百人，凿河渠于亦集乃之地，役久功大，乞以傍近民、西僧余户，助其力。"从之。憨答孙遣使言："军士疲乏者八百余人，乞赈赡，宜于朵鲁朵海处验其虚实。"帝曰："比遣人往，事已缓矣。其使赡之。"丁亥，焚阴阳伪书《显明历》。辛卯，命阿里海牙等议征安南事宜。癸巳，升福州长溪县为福宁州，以福安、宁德二县隶之。丙申，以新附军千人屯田合思罕关东旷地，官给农具牛种。丁酉，畋于近郊。降叙州为县，隶蛮夷宣抚司。诏禁沮扰盐课②。设诸路推官以审刑狱，上路二员，中路一员。升龙兴武宁县为宁州，以分宁隶之。

二月己亥，敕中外，凡汉民持铁尺、手挝及杖之藏刃者③，悉输于官。辛丑，遣使以钞五千锭，赈诸王小薛所部饥民。甲辰，以雪雪的斤为缅中行省左丞相，阿台董阿参知政事，兀都迷失金行中书省事。以阿里海牙仍安南行中书省左丞相，奥鲁赤平章政事，都元帅乌马儿、亦里迷失、阿里、咎顺、樊楫，并参知政事。遣使谕皇子也先铁木儿④，调合剌章军千人或二三千，付阿里海牙从征交趾，仍具将士姓名以闻。乙巳，廷议，以东北诸王所部杂居其间，宣慰司望轻⑤，罢山北辽东道、开元等路宣慰司，立东京等处行中书省，以阔阔你敦为左丞相，辽东道宣慰使塔出右丞，同金枢密院事杨仁风、宣慰使亦而撒合并参知政事。敕中书省："太府监所储金银，循先朝例，分赐诸王。"复立大司农司，专掌农桑。升宣徽院正二品。降镇巢府为巢州。丁未，用御史台臣言，立按察司巡行郡县法，除使二员留司，副使以下，每岁二月分莅按治，十月还司。丙午，太阴犯井。戊申，枢密院奏："前遣蒙古军万人屯田，所获除岁费之外，可粜钞三千锭，乞分廪诸翼军士之贫者。"帝悦，令从便行之。调京师新附军二千，立营屯田。癸丑，复置隰州大宁县。丁巳，命湖广行省，造征交趾海船三百，期以八月会钦、廉州。戊午，并江南行枢密院四处入行省。命荆湖占城行省，将江浙、湖广、江西三行省兵六万人伐交趾。荆湖行省平章奥鲁赤以征交趾事宜，请入觐，诏乘传赴阙。集贤直学士程文海言："省院诸司皆以南人参用，惟御史台按察司无之。江南风俗，南人所谙，宜参用之，便。"帝以语玉速铁木儿，对曰："当择贤者以闻。"帝曰："汝汉人用事者，岂皆贤邪？"江南诸路学田昔皆隶官，诏复给本学，以便教养。封陈益稷为安南王，陈秀嵝为辅义公，仍下诏谕安南吏民。复立岳、鄂、常德、潭州、静江榷茶提举司。癸亥，太史院上《授时历经》、《历议》，敕藏于翰林国史院。甲子，复以平原郡公赵与芮江南田隶东宫。立甘州行中书省。丙寅，以编地理书，召曲阜教授陈俨、京兆萧斟、蜀人虞应龙⑥，唯应龙赴京师。

三月己巳，御史台臣言："近奉旨按察司参用南人，非臣等所知，宜令侍御史、行御史台等程文海与行台官⑦，博采公洁知名之士，具以名闻。"帝命赍诏以往。太阴犯娄⑧。浚治中兴路河渠。省云和署入教坊司。辛未，降梅、循为下州。甲戌，雄、霸二州及保定诸县，水泛溢，冒官民田⑨，发军民筑河堤御之。乙亥，以麦尤丁仍中书右丞，与郭佑并领钱谷，杨居宽典铨选⑩。立钦察卫亲军都指挥使司。赐诸王脱忽帖木儿羊二万。丙子，大驾幸上都。诏行御史台按察司，以八月巡行郡县。中书省臣言："阿合马时，诸王驸马往来饷给之费，悉取于万亿库，后征百官俸入以偿，最非便。"诏在籍者，除之勿征。以榷茶提举李起南为江西榷荣转运使。起南尝言："江南茶每引价三贯六百文，今宜增每引五贯。"事下中书议，因令起南为运使，置达鲁花赤处其上。丁丑，徙东京行中书省于咸平府。癸巳，岁星犯垒壁阵。以临江路为北安王分邑。

夏四月庚子，中书省臣请立汴梁行中书省，及燕南、河东、山东宣慰司。有旨："南京户寡盗息，不必置省，其宣慰司如所请。济南乃胜纳合儿分地，太原乃阿只吉分地，其令各位委官一人，同治之。"敕免云南从征交趾蒙古军屯田租。立乌蒙站。江南诸路财赋并隶中书省。云南省平章纳速剌丁上便宜数事：一曰弛道路之禁，通民来往；二曰禁负贩之徒⑪，毋令从征；三曰罢丹当站赋民金为饮食之费；四曰听民伐木贸易；五曰戒使臣勿扰民居，立急递铺，以省驲骑⑫。诏议行之。辛丑，陕西行省言："延安置屯田鹰坊总管府，其火失不花军逃散者，皆入屯田，今复供秦王阿难答所部阿黑答思饲马及输他赋。"有旨皆罢之，其不悛者，罪当死。甲辰，行御史台自杭州徙建康。以山南、淮东、淮西三道按察司隶内台。增置行台色目御史员数。丁未，江东宣慰司进芝一本。庚戌，制谥法。壬子，枢密院纳速剌丁言："前所统渐丁军五千人，往征打马国，其力已疲；今诸王复籍此军征缅，宜取进止。"帝曰："苟事力未损，即遣之。"仍谕纳速剌丁分阿剌章、蒙古军千人，以能臣将之，赴交趾助皇子脱欢。己未，遣要束木勾考荆湖行省钱谷。中书拟要束木平章政事，脱脱忽参知政事。有旨："要束木小人，事朕方五年，授一理算官足矣。脱脱忽人奴之奴，令史、宣使才也。读卿等所进拟，令人耻之，其以朕意谕安童。"以汉民就食江南者多，又从官南方者，秩满多不还，遣使尽徙北还。仍设脱脱禾孙于黄河、江、淮诸津渡，凡汉民非赍公文适南者，止之，为商者听。中书省臣言："比奉旨，凡为盗者毋释。今窃钞数贯及佩刀微物⑭，与童幼窃物者，悉令配役。臣等议，一犯者杖释，再犯，依法配役为宜。"帝曰："朕以汉人徇私，用《泰和律》处事，致盗贼滋众，故有是言。人命至重，今后非详谳者，勿辄杀人。"

五月丁卯朔，枢密院臣言："臣等与玉速帖木儿议别十八里军事，凡军行，并听伯颜节制，其留务，委孛乐带及诸王阿只吉官属统之为宜。"从之。己巳，荧惑犯太微西垣上将。荆湖行省阿里海牙上言："要束木在鄂省钩考，岂无贪贿？臣亦请钩考之。"诏遣参知政事秃鲁罕、枢密院判李道、治书侍御史陈天祥偕行。甲戌，汴梁旱。徙江东按察司于宣州。庚辰，岁星犯垒壁阵。乙酉，荧惑犯太微右执法。敕遣耽罗戍兵四百人还家。庚寅，广平等路蚕灾。辛卯，霸州、潮州蝻生。安南国遣使来贡方物。癸巳，京畿旱。

六月丙申朔，太白犯御女。辛丑，中书省臣言："秃鲁罕来奏，前要束木、阿里海牙互请钩考，今阿里海牙虽已死，事之是非，当令暴白⑯。"帝曰："卿言良是，其连引诸人，近者即彼追逮，远者宜以上闻，此事自要束木所发，当依其言究行之。"乙巳，以立大司农司诏谕中外。皇孙铁木儿不花驻营亦奚不薛，其粮饷仰于西川，远且不便，徙驻重庆府。诏以大司农司所定《农桑辑要》书，颁诸路。命云南、陕西二行省籍定建都税赋。戊申，括诸路马，凡色目人有马者，三取其二，汉民，悉入官，敢匿与互市者，罪之。辛亥，以亦马剌丹忒忽里使交趾。癸丑，湖广行省缐哥言："今用兵交趾，分本省戍兵二万八千七百人，期以七月悉会静江。今已发精锐启行，余万七千八百人，皆羸病、屯田等军，不可用。"敕今岁姑罢之。丁巳，设陕西等路诸站总管府，从三品。庚申，甘肃新招贫民百一十八户，敕廪给之。敕路、府、州、县捕盗者持弓矢，各路十副，府、州七副，县五副。以薛阇干为中书省平章政事。辛酉，封杨邦宪妻田氏为永安郡夫人，领播州安抚司事。遣镇西平缅等路招讨使怯烈，招谕缅国。广元路阆中麦秀两岐。高丽国遣使来贡。

秋七月丙寅朔，遣必剌蛮等使爪哇。己巳，用中书省臣言，以江南隶官之田多为强豪所据，立营田总管府，其所据田仍履亩计之⑱。复尚酝监为光禄寺。罢辽阳等处行中书省。复北京、咸平等三道宣慰司。给铁古思合敦贫民币帛各二千、布千匹。庚午，江淮行省忙兀带言："今置省杭州，两淮、江东诸路财赋军实，皆南输又复北上，不便。扬州地控海，宜置省，宿重兵镇之，且转输无往返之劳，行省徙扬州便。"从之。立淮南洪泽、芍陂两处屯田。壬申，平阳饥民就食邻郡者，所在发仓赈之。置中尚监。右丞拜答儿将兵讨阿蒙，并其妻子禽之⑲，皆伏诛。丁丑，斡脱吉思部民饥，遣就食北京，其不行者，发米赈之。以雄、易二州复隶保定。给和林军储，自京师输米万石，发钞即其地籴米万石。辛巳，八都儿饥民六百户驻八剌忽思之地，给米千石赈之。壬午，总制院使桑哥具省臣姓名以上，帝曰："右丞相安童，右丞麦尤丁，参知政事郭佑、杨居宽，并仍前职，以铁木儿为左丞，其左丞相瓮吉剌带、平章政事阿必失合、忽都鲁皆别议。"仍谕中书选可代者以闻。给金齿国使臣圆符。癸巳，铨定省、院、台、部官，诏谕中外："中书省，除中书令外，左、右丞相并二员，平章政事二员，左、右丞并一员，参知政事二员。行中书省，平章政事二员，左、右丞并一员，参知政事、金行省事并二员。枢密院，除密院使外，同知枢密院事一员，枢密院副使、金枢密院事并二员，枢密院判一员。御史台，御史大夫一员，中丞、侍御史、治书侍御史并二员。行台同。六部，尚书、侍郎、郎中、员外郎并二员。其余诸衙门，并委中书省斟酌裁减。"

八月丙申，发钞二万九千锭、盐五万引，市米赈诸王阿只吉所部饥民。己亥，敕枢密院遣侍卫军千人，扈从北征。平阳路岁比不登⑳，免贫民税赋。罢淮东、蕲黄宣慰司，以黄、蕲、寿昌隶湖广行省，安庆、六安、光州隶淮西宣慰司。招集宋盐军。以市舶司隶泉府司。乙卯，太白犯轩辕右角。辛酉，婺州永康县民陈巽四等谋反㉑，伏诛。甘州饥，禁酒。罢德平、定昌二路，置德昌军民总管府。

九月乙丑朔，马八儿、须门那、僧急里、南无力、马兰丹、那旺、丁呵儿、来来、急阑亦带、苏木都剌十国，各遣子弟上表来觐，仍贡方物。以太庙雨坏，遣瓮吉剌带致告，奉安神主别殿。甲申，太阴犯天关。壬辰，高丽遣使献日本俘。是月，南部县生嘉禾，一茎九穗。芝产于苍溪县。

冬十月甲午朔，太白犯右执法。以南康路隶江西行省。徙浙西按察司治杭州。罢诸道提刑按察司判官。行御史台监察御史及按察司官，虽汉人并毋禁弓矢。襄邑县尹张玘为治有绩，邹平县达鲁花赤回回能捕盗理财，进秩有差㉒。丁酉，享于太庙。戊戌，太阴犯建星。己亥，车驾至自上都。壬寅，太白犯左执法。遣兵千人戍畏吾境。乙巳，赐合迷里贫民及合剌和州民牛种，给钞万六千二百锭，当其价，合迷里民加赐币帛并千匹。己酉，遣塔塔儿带、杨兀鲁带以兵万人、船千艘征骨嵬。中书省具宣徽、大司农、大都、上都留守司存减员数以闻，帝曰："在禁近者②，朕自沙汰㉔，余从卿等议之。"辛亥，太阴犯东井。河决开封、祥符、陈留、杞、太康、通许、鄢陵、扶沟、洧川、尉氏、阳武、延津、中牟、原武、睢州十五处，调南京民夫二十万四千三百二十三人，分筑堤防。癸丑，谕江南各省所统军官，教练水军。遣侍卫新附兵千人，屯田别十八里，置元帅府，即其地总之。甲寅，太白犯进贤。以征缅功，调招讨使张万为征缅副都元帅，也先铁木儿征缅招讨司达鲁花赤，千户张成征缅招讨使，并虎符，敕造战船，将兵六千人以征缅，俾秃满带为都元帅总之。乙卯，给皇子脱欢马四千匹、部曲人三匹。庚申，济宁路进芝二茎。壬戌，改河间盐运司为都转运使司。徙戍甘州新附军千人，屯田中兴，千人屯田亦里黑。高丽遣使来献日本俘十六人。马法国进鞍勒、毡甲。兴化路仙游县虫伤禾。

十一月乙丑，中书省臣言："朱清等海道运粮，以四岁计之，总百一万石，斗斛耗折，愿如数以偿，风浪覆舟，请免其征。"从之。遂以昭勇大将军、沿海招讨使张瑄，明威将军、管军万户兼管海道运粮船朱清，并为海道运粮万户，仍佩虎符。敕禽兽字孕时无畋猎㉕。戊辰，太白犯亢。遣蒙古千户曲出等，总新附军四百人，屯田别十八里。己巳，改思明等四州并为路。以阿八赤为征交趾行省右丞。丙子，以涿、易二州，良乡、宝坻县饥，免今年租，给粮三月。平滦、太原、汴梁水旱为灾，免民租二万五千六百石有奇。改广东转运市舶提举司为盐课市舶提举司。丁丑，命塔叉儿、忽难使阿儿浑。戊寅，遣使阅实宣宁县饥民，周给之㉖。己卯，太阴犯井。辛巳，岁星犯垒壁阵。

十二月乙未，辽东开元饥，赈粮三月。戊戌，太白犯东咸。癸卯，要束木籍阿里海牙家赀，运致京师。赐诸王尤伯所部军五千人，银万五千两、钞三千锭，探马赤二千人、羊七万口。丙午，置燕南、河东、山东三道宣慰司。罢大有署。丁未，太阴犯井。乙卯，诸道宣慰司，在内地者，设官四员，江南者六员。以阿里海牙所芘逃民无主者千人屯田㉗。遣中书省断事官秃不申复钩考湖广行省钱谷。复置泉州市舶提举司。大都饥，发官米低其价粜贫民。丙辰，遣蒲昌赤贫民垦甘肃闲田，官给牛、种、农具。赐安南国王陈益稷羊马钞百锭。丁巳，太阴犯氐。戊午，翰林承旨撒里蛮言："国史院纂修太祖累朝实录㉘，请以畏吾字翻译，俟奏读，然后纂定。"从之。诸路分置六道劝农司。庚申，置尚珍署于济宁等路，秩从五品。

是岁，以亦摄思怜为帝师。赐皇子奥鲁赤、脱欢、诸王尤伯、也不干等，羊马钞一十五万一千九百二十三锭，马七千二百九十匹，羊三万六千二百六十九口，币帛、罴段㉙、木绵三千二百八十八匹，貂裘十四。又赐皇子脱欢所部怜牙思不花等，及欠州诸局工匠，钞五万六千一百三十九锭一十二两。命西僧递作佛事于万寿山、玉塔殿、万安寺，凡三十会。大司农司上诸路学校，凡二万一百六十六所，储义粮九万五百三十五石，植桑枣杂果诸树㉚，二千三百九万四千六百七十二株。断死刑百一十四人。

二十四年春正月乙丑，复云南石梁县。戊辰，以修筑柳林河堤南军三千，浚河西务漕渠。皇子奥鲁赤部曲饥，命大同路给六十日粮。免唐兀卫河西地元籍徭赋㉛。壬申，御正殿，受诸王百官朝贺。癸酉，俱蓝国遣使不六温乃等来朝。甲戌，太阴犯东井。乙酉，太阴犯房。丙戌，以参政程鹏飞为中书右丞，阿里为中书左丞。丁亥，以不颜里海牙为参知政事。发新附军千人从阿八赤讨安南。弛女直、水达达地弓矢之禁。复改江浙省为江淮行省。戊子，以钞万锭赈斡端贫民。西边岁饥民困，赐绢万匹。庚寅，遣使代祀岳、渎、后土、东海。辛卯，以淮东、淮西、山南三道按察司隶行御史台。立上林署，秩从七品。诏发江淮、江西、湖广三省蒙古、汉券军，及云南兵，及海外四州黎兵，命海道运粮万户张文虎等，运粮十七万石，分道以讨交趾。置征交趾行尚书省，奥鲁赤平章政事，乌马儿、樊楫参知政事，总之，并受镇南王节制。

二月壬辰朔，遣使持香币诣龙虎、阁皂、三茅设醮[32]，召天师张宗演赴阙。癸巳，雍古部民饥，发米四千石赈之，不足，复给六千石米价。甲午，畋于近郊。乙未，以麦尤丁为平章政事。真定路饥，发沿河仓粟，减价粜之。以真定所牧官马四万余匹，分牧他郡。禁畏吾地禽兽孕孳时畋猎。庚子，太阴犯天关。辛丑，太阴犯东井。甲辰，升江淮行大司农司事秩二品，设劝农营田司六，秩四品，使副各二员，隶行大司农司。以范文虎为中书右丞，商议枢密院事。壬子，封驸马昌吉为宁濮郡王。设都总管府以总皇子北安王民匠、斡端大小财赋。中书省臣言："自正旦至二月中旬，费钞五十万锭，臣等兼总财赋，自今侍臣奏请赐赉[33]，乞令臣等预议。"帝曰："此朕所常虑。"仍谕玉速铁木儿、月赤彻儿知之。丙辰，马八儿国贡方物。戊午，敕诸王阇里铁木儿节制诸军。以赵与芮子孟桂袭平原郡公。乃颜遣使征东道兵，谕阇里铁木儿毋辄发。

闰二月癸亥，太阴犯辰星。以女直、水达达部连岁饥荒，移粟赈之，仍尽免今年公赋，及减所输皮布之半。以宋畲军将校授管民官，散之郡邑。敕春秋二仲月上丙日，祀尧帝祠。西京等处管课官马合谋，自言岁以西京、平阳、太原课程额外羡钱[34]，市马驼千输官，而实盗官钱市之，按问有迹，伏诛。乙丑，畋于近郊。召麦尤丁、铁木儿、杨居宽等，与集贤大学士阿鲁浑撒里及叶李、程文海、赵孟頫论钞法。麦尤丁言："自制国用使司改尚书省，颇有成效，今仍分两省为便。"诏从之，各设官六员。其尚书，以桑哥、铁木儿平章政事，阿鲁浑撒里右丞，叶李左丞，马绍参知政事，余一员，议选回回人充。中书，宜设丞相二员、平章政事二员、参知政事二员。省陇右河西道提刑按察司，分置巩昌者入甘州，设官五员；以巩昌改隶京兆提弄按察司，设官六员。省太原提刑按察司，分置西京者入太原。辛未，以复置尚书省诏天下。除行省与中书议行，余并听尚书省从便以闻。设国子监，立国学监官，祭酒一员，司业二员，监丞一员，学官博士二员，助教四员，生员百二十人，蒙古、汉人各半，官给纸劄、饮食，仍隶集贤院。设江南各道儒学提举司。甲申，太阴犯牵牛。车驾还宫。乙酉，改淄莱路为般阳路，置录事司。大都饥，免今岁银俸钞，诸路半征之。罢江南竹木柴薪及岸例鱼牙诸课[35]。停不给之务。敕行省宣慰司勿滥举官吏。受除官延引岁月不即之任者[36]，追所受宣敕。镇南王脱欢徙镇南京。改福建市舶都漕运司为都转运盐使司。范文虎改尚书右丞，商议枢密院事。改行中书省为行尚书省，六部为尚书六部，以吏部尚书忻都为尚书省参知政事。庚寅，大驾幸上都。札鲁忽赤合剌合孙等言："去岁审囚官所录囚数，南京、济南两路应死者已一百九十人。若总校诸路，为数必多，宜留札鲁忽赤数人，分道行刑。"帝曰："囚非群羊，岂可遽杀耶！宜悉配隶淘金。"

三月甲午，更造至元宝钞，颁行天下，中统钞通行如故。以至元宝钞一贯文当中统交钞五贯文，子母相权，要在新者无冗[37]，旧者无废。凡岁赐、周乏、饷军，皆以中统钞为准。禁无籍自效军扰民，仍籍充军。丙申，太阴犯东井。乙卯，幸凉陉。辽东饥，弛太子河捕鱼禁。丙辰，马八儿国遣使进奇兽一，类骡而巨，毛黑白间错，名阿塔必即。降重庆路定远州为县。命都水监开汶、泗水以达京师。汴梁河水泛溢，役夫七千修完故堤。

夏四月癸酉，太阴犯氐。甲戌，太阴犯房。甲申，忻都奏发新钞十一万六百锭、银千五百九十三锭、金百两，付江南各省与民互市。是月，诸王乃颜反。

五月己亥，遣也先传旨谕北京等处宣慰司，凡隶乃颜所部者，禁其往来，毋令乘马持弓矢。庚子，以不鲁合罕总探马赤军三千人出征。移济南宣慰司治益都，燕南按察司治大名，南京按察司治南阳，太原按察司治西京。复立丰州亦剌真站。壬寅，以御史台吏王良弼等诽讪尚书省政事，诛良弼，籍其家，余皆断罪。用桑哥言，置上海、福州两万户府，以维制沙不丁、乌马儿等海运船。户、工两部，各增尚书二员。授高丽王晰行尚书省平章政事。罢诸路站脱脱禾孙。括江南诸路匠户。沙不丁言："江南各省南官多，每省宜用一二人。"帝曰："除陈岩、吕师夔、管如德、范文虎四人，余从卿议。"帝自将征乃颜，发上都。括江南僧道马匹。诏范文虎将卫军五百镇平滦，以钦察为亲军都指挥使也速带儿、右卫佥事王通副之㊳。甲辰，免北京今岁丝银，仍以军旅经行，给钞三千锭赈之。壬子，高丽王睶请益兵征乃颜，以五百人赴之。

六月庚申朔，百官以职守不得从征乃颜，愿献马以给卫士。壬戌，至撒儿都鲁之地。乃颜党塔不带率所部六万，逼行在而阵㊴，遣前军败之。乙丑，敕辽阳省督运军储。壬申，发诸卫军万人、蒙古军千人，戍豪、懿州。诸王失都儿所部铁哥，率其党取咸平府，渡辽，欲劫取豪、懿州，守臣以乏军求援，敕以北京戍军千人赴之。括平滦路马。北京饥，免丝银、租税。乙亥，霸州益津县霖雨伤稼。以陕西泾、邠、乾及安西属县闲田立屯田总管府，置官属，秩三品。车驾驻于大利翰鲁脱之地。获乃颜辎重千余，仍禁秋毫无犯。

秋七月癸巳，乃颜党失都儿犯咸平，宣慰塔出从皇子爱牙亦㊵，合兵出渖州进讨，宣慰亦儿撒合分兵趣懿州，其党悉平。丁酉，弘州匠官以犬兔毛制如西锦者以献，授匠官知弘州。戊戌，太阴犯南斗。枢密院奏："金征缅行省事合撒儿海牙言，比至缅国，谕其王赴阙，彼言邻番数叛，未易即行，拟遣阿难答剌奉表赍土贡入觐。"辛丑，太阴犯牵牛。壬寅，荧惑犯与鬼。庚戌，云南行省爱鲁言，金齿酋打奔等兄弟求内附，且乞入觐。壬子，太阴犯司怪㊶。癸丑，日晕连环，白虹贯之。罢乃颜所署益都、平滦，也不干河间分地达鲁花赤，及胜纳合儿济南分地所署官。移北京道按察司置豪州。免东京等处军民徭赋。升福建盐运使司，依两淮等例，为都转运使司。以中兴府隶甘州行省。以河西管牙赤所部屯田军同沙州居民㊷，修城河西瓜、沙等处。立阇鄽屯田。

八月癸亥，太白犯亢。浚州进瑞麦，一茎九穗。乙丑，车驾还上都。以李海剌孙为征缅行省参政，将新附军五千、探马赤军一千以行，仍调四川、湖广行省军五千赴之。召能通白夷、金齿道路者张成，及前占城军总管刘全，并为招讨使，佩虎符，从征。以脱满答儿为都元帅，将四川省兵五千赴缅省，仍令其省驻缅近地，以俟进止。置江南四省交钞提举司。己巳，谪从叛诸王，赴江南诸省从军自效。谕镇南王脱欢，禁载从征诸王及省官奥鲁赤等，毋纵军士焚掠，毋以交趾小国而易之。癸酉，朵儿朵海获叛王阿赤思，赦之。亦集乃路屯田总管忽都鲁，请疏浚管内河渠，从之。丙子，填星南犯垒壁阵。己卯，太阴犯天关。辛巳，太阴犯东井。甲申，太白犯房。丁亥，沈州饥，又经乃颜叛兵蹂践，免其今岁丝银租赋。以北京伐木三千户屯田平滦。立丰赡、昌国、济民三署，秩五品，设达鲁花赤、令、丞、直长各一员。女人国贡海人。置河西务马站。

九月辛卯，东京、谊、静、麟、威远、婆娑等处大霖雨，江水溢，没民田。大定、金源、高州、武平、兴中等处霜雹伤稼。丁酉，荧惑犯长垣。己亥，湖广省臣言："海南琼州路安抚使陈仲达、南宁军总管谢有奎、延栏总管符庇成，以其私船百二十艘、黎兵千七百余人，助征交趾。"诏以仲达仍为安抚使，佩虎符，有奎、庇成亦仍为沿海管军总管，佩金符。庚子，太白犯天江。给诸王八八所部穷乏者钞万一千锭。禁市毒药者。以西京、平滦路饥，禁酒。乙巳，太阴犯毕。以米二万石、羊万口给阿沙所统唐兀军。丁未，安南国遣其中大夫阮文彦、通侍大夫黎仲谦贡方物。戊申，咸平、懿州、北京以乃颜叛，民废耕作，又霜雹为灾，告饥，诏以海运粮五万石赈之。辛亥，荧惑犯太微西垣上将。壬子，太白犯南斗。禁沮挠江南茶课。高丽王王睶来朝。

冬十月戊午朔，日有食之。壬戌，太阴犯牵牛大星。甲子，享于太庙。桑哥请赐叶李、马绍、不忽木、高翥等钞，诏赐李钞百五十锭，不忽木、绍、翥各百锭。又言："中书省旧在大内前，阿合马移置于北，请仍旧为宜。"从之。癸酉，江西行院月的迷失言："广东穷边险远，江西、福建诸寇出没之窟，乞于江南诸省分军一万益臣。"诏江西忽都帖木儿以军五千付之。丙子，诛郭佑、杨居宽。戊寅，桑哥言："北安王王相府无印，而安西王相独有印，实非事例，乞收之。诸王胜纳合儿印文曰'皇侄贵宗之宝'，宝非人臣所宜用，因其分地改为'济南王印'为宜。"皆从之。从总帅汪惟和言，分所部戍四川军五千人屯田六般。乙酉，荧惑犯左执法。立陕西宝钞提举司。罗北甸土官火者、阿禾及维摩合剌孙之子，并内附。丙戌，范文虎言："豪、懿、东京等处，人心未安，宜立省以抚绥之⑬。"诏立辽阳等处行尚书省，以薛阇干、阇里帖木儿，并行尚书省平章政事，洪茶丘右丞，亦儿撒合左丞，杨仁风、阿老瓦丁并参知政事。

十一月壬辰，太白犯垒壁阵，月晕金、土二星。云南省右丞爱鲁兵次交趾木兀门，其将昭文王以四万人守之，爱鲁击破之，获其将黎石、何英。弛太原、保德河鱼禁。以桑哥为金紫光禄大夫、尚书右丞相，兼统制院使，领功德使司事。从桑哥请，以平章帖木儿代其位，右丞阿剌浑撒里升平章政事，叶李升右丞，参知政事马绍升左丞。升集贤院秩正二品。丙申，荧惑犯太微东垣上相。丁酉，桑哥言："先是，皇子忙哥剌封安西王，统河西、土番、四川诸处，置王相府，后封秦王，绾二金印⑭。今嗣王 安难答仍袭安西王印，弟按摊不花别用秦王印，其下复以王傅印行，一藩而二王，恐于制非宜。"诏以阿难答嗣为安西王，仍置王傅，而上秦王印，按摊不花所署王傅罢之。戊戌，以别十八里汉军及新附军五百人，屯田合迷玉速曲之地。己亥，镇南王次思明，程鹏飞与奥鲁赤等，从镇南王分道并进，阿八赤以万人为前锋。庚子，太白昼见。大都路水，赐今年田租十二万九千一百八十石。辛丑，乌马儿、樊楫及程鹏飞等，遂趋交趾，所向克捷。改卫尉院为太仆寺，秩三品，仍隶宣徽，以月赤彻儿、秃秃合领之。丙午，镇南王次界河，交趾发兵拒守，前锋皆击破之。己酉，诏议弭盗。桑哥、玉速帖木儿言："江南归附十年，盗贼迄今未靖者，宜降旨，立限招捕，而以安集责州县之吏⑮，其不能黜之。"叶李言："臣在漳州十年，详知其事。大抵军官嗜利与贼通者，尤难弭息，宜令各处镇守军官，例以三年转徙，庶革斯弊。"帝皆从其议，诏行之。封驸马帖木儿济宁郡王。壬子，以江西行 省平章忽都帖木儿督捕广东等处盗贼。甲寅，命京畿、济宁两漕运司分掌漕事。镇南王次万劫，诸军毕会。获福建首贼张治团，其党皆平。谕江南四省招捕盗贼。丙辰，荧惑犯进贤。

十二月癸亥，立尚乘寺。顺元宣慰使秃鲁古言，金竹寨主搔驴等，以所部百二十五寨内附。甲子，皇子北安王置王傅，凡军需及本位诸事，并以王傅领之。丙寅，太阴犯毕，太白昼见。丁卯，减扬州省岁额米十五万石，以盐引五十万易粮。免浙西鱼课三千锭，听民自渔。发河西、甘肃等处富民千人往阇鄽地，与汉军、新附军杂居耕植。从安西王阿难答请，设本位诸匠都总管府。升万亿库官秩四品。癸酉，镇南王次茅罗港，攻浮山寨，破之。诸王薛彻都等所驻之地，雨土七昼夜，羊畜死不可胜计，以钞暨币帛绵布杂给之，其直计钞万四百六十七锭⑯。丁丑，以朱清、张瑄海漕有劳，遥授宣慰使。乙酉，镇南王以诸军渡富良江，次交趾城下，败其守兵。日烜与其子弃城走敢喃堡。

是岁，命西僧监臧宛卜卜思哥等作佛事坐静于大殿、寝殿、万寿山、五台山等寺，凡三十三会。断天下死刑百二十一人。浙西诸路水，免今年田租十之二。西京、北京、隆兴、平滦、南阳、怀孟等路，风雹害稼。保定、太原、河间、般阳、顺德、南京、真定、河南等路，霖雨害稼，太原尤甚，屋坏压死者众。平阳春旱，二麦枯死，秋种不入土。巩昌雨雹，蚜蚄为灾。分赐皇子、诸王、驸马、怯薛带等羊马钞，总二十五万三千五百余锭，又赐诸王、怯薛带等军人，马一万二千二百、羊二万二千六百、驼百余。赈贫乏者合剌忽答等钞四万八千二百五十锭。

---

①轩辕太民：星名。

②沮：阻止。

③挝（zhuā），音抓。

④子：据《元史》后文，疑为"孙"。

⑤望轻：声望不高。

⑥椒（jū），音居。

⑦等：文不通，疑为"事"，见中华书局本。

⑧娄：二十八星宿之一。

⑨昌：漫溢。

⑩典：主持，掌管。　铨：量才以授官。

⑪负贩：负货买卖。

⑫馹（rì，音日）：古时驿站所用之车。

⑬悛：悔改。

⑭微物：小东西。

⑮谳：审判定案。

⑯暴：显露。

⑰秀：开花。　岐（qí，音其）：物分两支。

⑱履亩：实地观察，丈量田亩。

⑲禽：擒。

⑳比：连。　登：成熟。

㉑婺（wù），音务。

㉒秩：官的品级。

㉓禁：皇帝居住的地方。

㉔沙汰：淘汰。

㉕字：怀孕，生育。

㉖周：周济。

㉗芘（bì，音必）：通"庇"，庇护。

㉘实录：中国古代所修每代皇帝的编年大事记。

㉙毳（cuì，音脆）：鸟兽之细毛。

㉚菓（guǒ，音果）：同"果"。

㉛元：原。

㉜醮（jiào，音叫）：祀神的祭礼，后专指僧道为禳除灾祸而设的道场。

㉝赉（lài，音赖）：赏赐。

㉞羡：余剩。

㉟鱼牙：鱼行。

㊱受：收回。

㊲要：关键。

㊳为：疑为"卫"，见中华书局本。

㊴行在：皇帝所在的地方。

㊵亦：应为"赤"。

㊶司怪：星名。

㊷管：应为"爱"。

㊸绥：安抚。

㊹绾（wǎn，音碗）：系，佩。

㊺安集：安定辑睦。

㊻直：值。

世祖本纪十二

二十五年春正月，日烜复走入海，镇南王以诸军追之，不及，引兵还交趾城。命乌马儿将水兵迎张文虎等粮船，又发兵攻其诸寨，破之。己丑，诏江淮省管内并听忙兀带节制。庚寅，祭日于司天台。赐诸王火你赤银五百两、珠一索、锦衣一袭，玉都银千两、珠一索、锦衣一袭。辛卯，尚书省臣言：“初，以行省置丞相与内省无别，罢之，今江淮省平间政事忙兀带所统，地广事繁，乞依前为丞相。”诏以忙兀带为左丞相①。以蕲、黄二州、寿昌军隶湖广省。毁中统钞板。乙未，赏征东功：从乘舆②，将吏升散官二阶，军士钞人三锭；从皇孙，将吏升散官一阶，军士钞人二锭；死事者，给其家十锭。凡为钞四万一千四百二十五锭。丁酉，遣使代祀岳、渎、东海、后土。戊戌，大赦。敕弛辽阳渔猎之禁，惟毋杀孕兽。壬寅，高丽遣使来贡方物。贺州贼七百余人，焚掠封州诸郡。循州贼万余人掠梅州。癸卯，海都犯边。敕驸马昌吉，诸王也只烈、察乞儿、合丹两千户，皆发兵，从诸王尤伯北征。赐诸王亦怜真部曲钞三万锭。掌吉举兵叛，诸王拜答罕遣将追之，至八立浑，不及而还。甲辰，也速不花谋叛，逮捕至京师，诛之。乙巳，太阴犯角。蛮洞十八族饥饿，死者二百余人，以钞千五百锭有奇市米赈之。丙午，畋于近郊。以平江盐兵屯田于淮东、西。杭、苏二州连岁大水，赈其尤贫者。戊申，太阴犯房。己酉，诏中兴、西凉无得沮坏河渠，两淮、两浙无得沮坏岁课。发海运米十万石，赈辽阳省军民之饥者。辛亥，省器盒局入诸路金玉人匠总管府。癸丑，诏：“行大司农司、各道劝农营田司，巡行劝课，举察勤惰，岁具府、州、县劝农官实迹，以为殿最③。路经历官、县尹以下，并听裁决，或怙势作威侵官害农者④，从提刑按察司究治。”募民能耕江南旷土及公田者，免其差役三年，其输租免三分之一。江淮行省言：“两淮土旷民寡，兼并之家皆不输税。又，管内七十余城，止屯田两所，宜增置淮东、西两道劝农营田司，督使耕之。”制曰“可”。

二月丁巳，改济州漕运司为都漕运司，并领济之南北漕；京畿都漕运司惟治京畿。镇南王引兵还万劫。乌马儿迎张文虎等粮船不至，诸将以粮尽师老，宜全师而还，镇南王从之。戊午，命李庭整汉兵五千东征。赐叶李平江、嘉兴田四顷。庚申，司徒撒里蛮等进读《祖宗实录》。帝曰：“太宗事则然，睿宗少有可易者，定宗固日不暇给，宪宗汝独不能忆之耶？犹当询诸知者。”征大都南诸路所放扈从马赴京，官给刍粟价，令自粲之，无扰诸县民。辽阳、武平等处饥，除今年租赋及岁课貂皮。浚沧州盐运渠。辛酉，忙兀带、忽都忽言其军三年荐饥⑤，赐米五百石。壬戌，省辽东海西道提刑按察司入北京，江南湖北道提刑按察司入京南⑥。敕江淮勿捕天鹅。弛鱼泺禁⑦。丙寅，赐云南王涂金驼钮印。改南京路为汴梁路，北京路为武平路，西京路为大同路，东京路为辽阳路，中兴路为宁夏府路。改江西茶运司为都转运使司，并榷酒醋税。改河渠提举司为转运司。江淮总摄杨琏真加言，以宋宫室为塔一，为寺五，已成，诏以水陆地百五十顷养之。诏征葛洪山隐士刘彦深。甲戌，盖州旱，民饥，蠲其租四千七百石。己卯，以高丽国王王睶复为征东行尚书省左丞相。豪、懿州饥，以米十五万石赈之。禁辽阳酒。京师水，发官米，下其价粜贫民。以江南站户贫富不均，命有司料简⑧。合户税至七十石，当马一匹，并免杂徭；独户税逾七十石，愿入站者听；合户税不得过十户，独户税无上百石。辛巳，以杭州西湖为放生池。壬午，镇南王命乌马儿、樊楫将水兵先还，程鹏飞、塔出将兵护送之。以御史台监察御史、提刑按察司多不举职，降诏申饬之⑨。命皇孙云南王也先铁木儿帅兵镇大理等处。

三月丙戌，诸王昌童部曲饥，给粮三月。丁亥，荧惑犯太微东垣上相。戊子，太阴犯毕。车驾还宫。淞江民曹梦炎愿岁以米万石输官，乞免他徭，且求官职，桑哥以为请，遥授浙东道宣慰副使。改曲靖路总管府为宣抚司。庚寅，大驾幸上都。改阑遗所为阑遗监，升正四品。敕辽阳省亦乞列思、吾鲁兀、札剌儿探马赤，自懿州东征。李庭遥授尚书左丞，食其禄，将汉兵以行。江淮行省忙兀带言："宜除军官更调法，死事者增散官，病故者降一等。"帝曰："父兄虽死事，子弟不胜任者，安可用之？苟贤矣，则病故者，亦不可降也。"辛卯，以六卫汉兵千二百、新附军四百、屯田兵四百，造尚书省。镇南王以诸军还。张文虎粮船遇贼兵船三十艘，文虎击之，所杀略相当。费拱辰、徐庆以风不得进，皆至琼州，凡亡士卒二百二十人、船十一艘、粮万四千三百石有奇。癸巳，赐诸王尤伯银五万两、币帛各一万匹，兀鲁台、爪忽儿银五千两、币帛各一百。甲午，禁捕鹿羔。镇南王次内傍关，贼兵大集，以遏归师，镇南王遂由单巳县趋孟州，间道以出。乙未，以往岁北边大风雪，拔突古伦所部牛马多死，赐米千石。丁酉，驻跸野狐岭，命阿束、塔不带总京师城守诸军。己亥，太阴掩角。壬寅，礼部言："会同馆蕃夷使者时至，宜令有司仿古《职贡图》，绘而为图，及询其风俗、土产、去国里程，籍而录之，实一代之盛事。"从之。镇南王次思明州，命爱鲁引兵还云南，奥鲁赤以诸军北还。日烜遣使来谢，进金人代己罪。乙巳，诏江西管内并听行尚书省节制。戊申，改山东转运使司为都转运使司，兼济南路酒税醋课。己酉，徐、邳屯田及灵壁、濉宁二屯，雨雹如鸡卵，害麦。甲寅，循州贼万余人寇漳浦，泉州贼二千人寇长泰、汀、赣，畲贼千余人寇龙溪，皆讨平之。

夏四月丙辰，莱县、蒲台旱饥，出米，下其直赈之。戊午，太阴犯井。庚申，以武冈、宝庆二路荐经寇乱，免今年酒税课及前岁逋租。辛酉，从行泉府司沙不丁、乌马儿请，置镇抚司、海船千户所、市舶提举司。省平阳投下总管府入平阳路，杂造提举司入杂造总管府。桑哥言："自至元丙子置应昌和籴所，其间必多盗诈，宜加钩考。扈从之臣，种地极多，宜依军站例，除四顷之外，验亩征租。"并从之。癸亥，浑河决，发军筑堤捍之。乙丑，广东贼董贤举等七人，皆称大老，聚众反，剽掠吉、赣、瑞、抚、龙兴、南安、韶、雄、汀诸郡，连岁击之不能平，江西行枢密院副使月的米失请益兵，江西行省平章忽都铁木儿亦以地广兵寡为言，诏江淮省分万户一军诣江西，俟贼平还翼。戊辰，浚怯烈河以溉口温脑儿黄土山民田。庚午，立弘吉剌站。癸酉，尚书省臣言："近以江淮饥，命行省赈之，吏与富民，因缘为奸，多不及于贫者。今杭、苏、湖、秀四州复大水，民鬻妻女易食⑩，请辍上供米二十万石，审其贫者赈之。"帝是其言。甲戌，万安寺成，佛像及窗壁皆金饰之，凡费金五百四十两有奇、水银二百四十斤。辽阳省新附军逃还各卫者，令助造尚书省，仍命分道招集之。增立直沽海运米仓。命征交趾诸军还家休息一岁。敕缅中行省，比到缅中，一禀云南王节制⑪。庚辰，安南国王陈日烜遣中大夫陈克用来贡方物。赐诸王小薛金百两、银万两、钞千锭，及币帛有差。辛巳，赐诸王阿赤吉金二百两、银二万二千五百两、钞九千锭，及纱罗绢布有差。命甘肃行省发新附军三百人，屯田亦集乃，陕西省督巩昌兵五千人，屯田六盘山。癸未，云南省右丞爱鲁上言："自发中庆，经罗罗、白衣入交趾，往返三十八战，斩首不可胜计，将士自都元帅以下获功者四百七十四人"。甲申，诏皇孙抚诸军讨叛王火鲁火孙、合丹秃鲁干。

五月丙戌，敕武平路括马千匹。戊子，诸王察合子阔阔带叛，床兀儿执之以来。己丑，汴梁大霖雨，河决襄邑，漂麦禾⑫。以左右怯薛卫士及汉军五千三百人，从皇孙北征。甲午，发五卫汉兵五千人北征。乙未，桑哥言："中统钞行垂三十年⑬，省官皆不知其数，今已更用至元钞，宜差官分道置局，钩考中统钞本。"从之。丙申，赐诸王八八金百两、银万两、金素段五百、纱罗绢布等四千五百。兀马儿来献璞玉。丁酉，平江水，免所负酒课。减米价，赈京师。改云南乌撒宣抚司为宣慰司，兼管军万户府。戊戌，复芦台、越支、三叉沽三盐使司。王家奴、火鲁忽带、察罕复举兵反。己亥，云南行省言："金沙江西通安等五城，宜依旧隶察罕章宣抚司，金沙江东永宁等处五城宜废，以北胜施州为北胜府。"从之。壬寅，浑天仪成。运米十五万石诣懿州，饷军及赈饥民。乙巳，罢兴州采蜜提举司。营上都城内仓。丁未，奉安神主于太庙。戊申，太白犯毕。赐拔都不伦金百五十两、银万五千两，及币帛纱罗等万匹。辛亥，盂州乌河川雨雹五寸，大者如拳。癸丑，诏湖广省管内，并听平章政事秃满、要束木节制。迁四川省治重庆，复迁宣慰司于成都。高丽遣使来贡方物。诏四川管内，并听行尚书省节制。河决汴梁，太康、通许、杞三县，陈、颍二州皆被害[14]。

六月甲寅，以新附军修尚食局。庚申，赈诸王答儿伯部曲之饥者，及桂阳路饥民。辛酉，禁上都、桓州、应昌、隆兴酒。壬戌，赐诸王尤伯金银皆二百五十两、币帛纱罗万匹。乙丑，诏蒙古人总汉军，阅习水战。丁卯，又赐诸王尤伯银二万五千两、币帛纱罗万匹。复立咸平至建州四驿。以延安屯田总管府复隶安西省。戊辰，海都将暗伯、著暖以兵犯业里干脑儿，管军元帅阿里带战却之。壬申，睢阳霖雨，河溢害稼，免其租千六十石有奇。命诸王怯怜口及扈从臣，转米以馈将士之从皇孙者。太医院、光禄寺、仪凤寺[15]、侍仪司、拱卫司，皆毋隶宣徽院。罢教坊司入拱卫司。癸酉，诏加封南海明著天妃为广祐明著天妃。甲戌，太白犯井。改西南番总管府为永宁路。乙亥，以考城、陈留、通许、杞、太康五县大水，及河溢没民田，蠲其租万五千三百石。丙子，给兵五十人，卫浙西宣慰使史弼，使任治盗之责。丁丑，太阴犯岁星。发兵千五百人，诣汉北浚井。癸未，处州贼柳世英寇青田、丽水等县，浙东道宣慰副使史耀讨平之。资国、富昌等一十六屯雨水，蝗害稼。

秋七月甲申朔，复葺兴、灵二州仓，始命昔宝赤、合剌赤、贵由赤、左右卫士转米输之，委省官督运，以备赈给。丙戌，真定、汴梁路蝗。运大同、太原诸仓米至新城，为边地之储。以南安、瑞、赣三路连岁盗起，民多失业，免逋税万二千六百石有奇。弛宁夏酒禁。发大同路粟赈流民。保定路霖雨害稼，蠲今岁田租。改储偫所为提举司[16]。敕征交趾兵官还家休息一岁。壬辰，遣必阇赤以钞五千锭，往应昌和籴军储。改会同馆为四宾库。戊戌，驻跸许泥百牙之地。同知江西行枢密院事月的迷失上言："近以盗起广东，分江西、江淮、福建三省兵万人，令臣将之讨贼，臣愿万人内得蒙古军三百，并臣所籍降户万人，置万户府，以撒木合儿为达路花赤，佩虎符。"诏许之。以沐川等五寨割隶嘉定者，还隶马湖蛮部总管府。己亥，荧惑犯氐。庚子，太白犯鬼。胶州连岁大水，民采橡而食，命减价粜米以赈之。霸、漷二州霖雨害稼，免其今年田租。乙巳，太阴掩毕。诸王也真部曲饥，分五千户就食济南。保定路唐县野蚕茧丝可为帛[17]。壬子，命斡端戍兵三百一十人屯田。命六卫造兵器。

八月癸丑，诸王也真言："臣近将济宁投下蒙古军东征，其家皆乏食，愿赐济南路岁赋银，使易米而食。"诏辽阳省给米万石赈之。丙辰，荧惑犯房。袁之萍乡县进嘉禾。诏安童以本部怯薛蒙古军三百人北征。己未，太白犯轩辕大星。辛酉，免江州学田租。癸亥，尚书省成。壬申，安西省管内大饥，蠲其田租二万一千五百石有奇，仍贷粟赈之。癸酉，以河间等路盐运司兼管顺德、广平、綦阳三铁冶。丙子，发米三千石赈灭吉儿带所部饥民。赵、晋、冀三州蝗。丁丑，嘉祥、鱼台、金乡三县霖雨害稼，蠲其租五千石。庚辰，车驾次孛罗海脑儿。以咸平荐经兵乱，发沈州仓赈之。分万亿库为宝源、赋源、绮源、广源四库。

九月癸未朔，荧惑犯天江。大驾次野狐岭。甘州旱饥，免逋税四千四百石。丙戌，置汀、梅二州驿。己丑，献、莫二州霖雨害稼，免田租八百余石。壬辰，大驾至大都。乙未，罢檀州淘金户。都哇犯边。庚子，太阴犯毕。鬼国、建都皆遣使来贡方物。从桑哥请，营五库禁中[18]，以贮币帛。癸卯，荧惑犯南斗。命忽都忽民户履地输税。尚书省臣言："自立尚书省，凡仓库诸司无不钩考，宜置征理司，秩正三品，专治合追财谷，以甘肃等处行尚书省参政秃烈羊呵、金省吴诚，并为徽理使。"从之。升宝钞总库、永盈库并为从五品。改八作司为提举八作司，秩正六品。增元宝、永丰及八作司官吏俸。庚戌，太医院新编《本草》成。

冬十月己未，享于太庙。庚申，从桑哥请，以省院台官十二人理算江淮、江西、福建、四川、甘肃、安西六省钱谷，给兵使以为卫。乌思藏宣慰使软奴汪尤，尝赈其管内兵站饥户，桑哥请赏之，赐银二千五百两。甲子，置虎贲司，复改为武卫司。丙寅，赐瀛国公赵㬎钞百锭。以甘州转运司隶都省。湖广省言："左、右江口溪洞蛮獠，置四总管府，统州、县、洞百六十，而所调官畏惮瘴疠[19]，多不敢赴，请以汉人为达鲁花赤，军官为民职，杂土人用之。"就拟夹谷三合等七十四人以闻，从之。大同民李伯祥、苏永福八人，以谋逆伏诛。庚午，海都犯边。桑哥请明年海道漕运江南米，须及百万石。又言："安山至临清，为渠二百六十五里，若开浚之，为工三百万，当用钞三万锭、米四万石、盐五万斤。其陆运夫万三千户，复罢为民，其赋入及刍粟之估为钞二万八千锭，费略相当，然渠成亦万世之利，请以今冬备粮费，来春浚之。"制可。丙子，始造铁罗圈甲。瀛国公赵㬎学佛法于土番。己卯，也不干入寇，不都马失引兵奋击之。塔不带反，忽剌忽、阿塔海等战却之。诏免儒户杂徭。尚书省臣请令集贤院诸司，分道钩考江南郡学田所入羡余，贮之集贤院，以给多才艺者，从之。给仓官俸。高丽遣使来贡方物。

十一月壬午，巩昌路荐饥，免田租之半，仍以钞三千锭赈其贫者。以忽撒马丁为管领甘肃陕西等处屯田等户达鲁花赤，督斡端、可失合儿工匠千五十户屯田。丁亥，金齿遣使贡方物。以山东东西道提刑按察使何荣祖，为中书省参知政事。修国子监以居胄子。禁有分地臣私役富室为柴米户，及赋外杂徭。柳州民黄德清叛，潮州民蔡猛等拒杀官军，并伏诛。庚寅，床哥里合引兵犯建州，杀三百余人，咸平大震。辛卯，兀良合儿民多殍死[20]，给三月粮。壬辰，罢建昌路屯田总管府。癸巳，赐诸王也里千金五十两、银五千两、钞千锭、币帛纱罗等二千匹。也速带儿、牙林海剌孙执捏坤、忽都答儿两叛王以归。甲午，北兵犯边。诏福建省管内，并听行尚书省节制。丙申，合迷裹民饥，种不入土，命爱牙赤以屯田余粮给之。己亥，命李思衍为礼部待郎，充国信使，以万奴为兵部郎中副之，同使安南，诏谕陈日烜亲身入朝，否则，必再加兵。大都民史吉等，请立桑哥德政碑，从之。辛丑，马八儿国遣使来朝。帖列灭入寇。甲辰，以巩昌便宜都总帅府统五十余城兵民事繁，改为宣慰使司，兼便宜都总帅府。改释教总制院为宣政院，秩从一品，印用三台，以尚书右丞相桑哥兼宣政使。庚戌，益咸平府戍兵三百。

十二月乙卯，赐按答儿秃等，金千二百五十两、银十二万五千两、钞二万五千锭、币帛布氎布二万三千六百六十六匹[21]。命上都募人运米万石赴和林，应昌府运米三万石给弘吉剌军。丁巳，海都兵犯边，拔都也孙脱迎击，死之。先是，安童将兵临边，为失里吉所执，一军皆没，至是八邻来归，从者凡三百九十人，赐钞万二千五百一十三锭。辛酉，太阴犯毕。癸亥，置大都等路打捕民匠等户总管府。甲子，太阴犯井。辛未，桑哥言："有分地之臣，例以贫乏为辞，希觊赐与[22]，财非天坠地出，皆取于民，苟不慎其出入，恐国用不足。"帝曰："自今不当给者，汝即画之，当给者宜覆奏，朕自处之。"甲戌，太阴犯亢，荧惑犯垒壁阵。安西王阿难答来告兵士饥，且阙橐驼[23]，诏给米六千石及橐驼百。乙亥，湖头贼张治团掠泉州，免泉州今岁田租。丙子，也速不花以昔列门叛。甘肃行省官约诸王八八、拜答罕、驸马昌吉，合兵讨之，皆自缚请罪，独昔列门以其属西走，追至朵郎不带之地，邀而获之[24]，以归于京师。庚辰，六卫屯田饥，给更休三千人六十日粮。高丽国王遣使来贡方物。赐诸王爱牙合赤等，金千两、银一万八千三百六十两、丝万两、绵八万三千二百两、金素币一千二百匹、绢五千九十八匹。赐皇子爱牙赤部曲等，羊马钞二十九万九百四十七锭、马二万六千九百一十四、羊一万二百一十、驼八、牛九百。赒诸王贫乏者，钞二十一万六百锭、马六千七百二十五、羊一万二千八百五十七、牛四十。赐妻子家赀没于寇者，钞三万二千八百八十锭、马羊百。偿以羊马诸物供军者，钞千六百七十四锭、马四千三百二十五、羊三万四千百九十九、驼七十二、牛三十。赏自寇中拔归者⑤，钞四千七十八锭。因雨雹、河溢害稼，除民租二万二千八百石。命亦思麻等七百余人作佛事坐静于玉塔殿、寝殿、万寿山、护国仁王等寺，凡五十四会。命天师张宗演设醮三日。以光禄寺直隶都省。置醴源仓，分太仓之麹米药物隶焉。以沧州之军营城为沧溟县，以施州之清江县隶夔路总管府。罢安和署。大司农言，耕旷地三千五百七十顷。立学校二万四千四百余所。积义粮三十一万五千五百余石。断死罪九十五人。

二十六年春正月丙戌，地震。诏江淮省忙兀带与不鲁迷失海牙及月的迷失，合兵进讨群盗之未平者。己丑，发兵塞沙陀间铁烈儿河。辛卯，拔都不伦言其民千一百五十八户贫乏，赐银十万五千一百五十两。徙江州都转运使司治龙兴。沙不丁上市舶司岁输珠四百斤、金三千四百两，诏贮之以待贫乏者。合丹入寇。戊戌，以荆湖占城省左丞唐兀带副按的忽都合为蒙古都万户，统兵会江淮、福建二省，及月的迷失兵，讨盗于江西。蠲漳、汀二州田租。辛丑，遣使代祀岳渎、后土、东南海。立武卫亲军都指挥使司，以侍卫军六千吉、屯田军三千、江南镇守军一千，合兵一万隶焉。太阴犯氐。壬寅，海船万户府言："山东宣慰使乐实所运江南米，陆负至淮安，易闸者七，然后入海，岁止二十万石，若由江阴入江，至直沽仓，民无陆负之苦，且米石省运估八贯有奇。乞罢胶莱海道运粮万户府，而以漕事责臣，当岁运三十万石。"诏许之。癸卯，高丽遣使来贡方物。贼钟明亮寇赣州，掠宁都，据秀岭，诏发江淮省及邻郡戍兵五千，迁江西省参政管如德为左丞，使将兵往讨。畲民丘大老集众千人，寇长泰县，福州达鲁花赤脱欢，同漳州路总管高杰讨平之。甲辰，复立光禄寺。戊申，徙广州按察司于韶州。以荆南按察司所统辽远，割三路入淮西，二路入江西。立咸平至聂延驿十五所。废甘州路宣课提举司入宁夏都转运使司。遣参知政事张守智、翰林直学士李天英使高丽，督助征日本粮。

二月辛亥朔，诏籍江南户口，凡北方诸色人寓居者，亦就籍之。浚沧州御河。癸丑，爱牙合赤请以所部军屯田咸平、懿州，以省粮饷。己未，发和林粮千石，赈诸王火你赤部曲。置延禧司，秩正三品。壬戌，合木里饥，命甘肃省发米千石赈之。癸亥，诏立崇福司，为从二品。徙江淮省治杭州。改浙西道宣慰司为淮东道宣慰司，治扬州。丙寅，尚书省臣言："行泉府所统海船万五千艘，以新附人驾之，缓急殊不可用，宜招集乃颜及胜纳合儿流散户为军，自泉州至杭州，立海站十五，站置船五艘、水军二百，专运番夷贡物及商贩奇货，且防御海道，为便。"从之。命福建行省拜降、江西行院月的迷失、江淮行省忙兀带，合兵击贼江西。大都路总管府判官萧仪尝为桑哥掾⑥，坐受赇事觉⑦，帝贷其死⑧，欲徙为淘金。桑哥以仪尝钩考万亿库，有追钱之能，足赎其死，宜解职，杖遣之，帝曲从之。丁卯，幸上都。以中书右丞相伯颜知枢密院事，将北边诸军。成都管军万户刘德禄上言，愿以兵五千人，招降八番蛮夷，因以进取交趾。枢密院请立元帅府，以药刺罕及德禄，并为都元帅，分四川军万人隶之，帝从之。以伯答儿为中书平章政事。绍兴大水，免未输田租。合丹兵寇胡鲁口，开元路治中兀颜牙兀格战连日⑨，破之。己巳，立左右翼屯田万户府，秩从三品。玉昌鲁奏，江南盗贼凡四百余处，宜选将讨之。帝曰："月的迷失屡以捷闻，忙兀带已往，卿无以为虑。"皇孙甘不刺所部军乏食，发大同路榷场粮赈之。甲戌，命巩昌便宜都总帅汪惟和，将所部军万人北征，令过阙受命。乙亥，省屯田六署为营田提举司。

三月庚辰朔，日有食之。台州贼杨镇龙聚众宁海，僭称大兴国，寇东阳、义乌，浙东大震。

诸王瓮吉带时谪婺州，帅兵讨平之。立云南屯田，以供军储。桑哥言："省部成案皆财谷事，当令监察御史即省部稽照㉚，书姓名于卷末，仍命侍御史坚童视之，失则连坐。"从之。安西饥，减估粜米二万石。甘州饥，发钞万锭赈之。己丑，赐陕西屯田总管府农器种粒。癸巳，东流县献芝。甲午，太阴犯亢。乙未，铸浑天仪成。癸巳，金齿人塞完以其民二十万一千户有奇来归，仍进象三。

夏四月己酉，复立营田司于宁夏府。辽阳省管内饥，贷高丽米六万石以赈之。壬子，孛罗带上别十八里招集户数，令甘肃省赈之。癸丑，命塔海发忽都不花等所部军，屯狗站北以御寇。宝庆路饥，下其估粜米万一千石。丙辰，命甘肃行省给合的所部饥者粟。丁巳，遣官验视诸王按灰贫民，给以粮。戊午，禁江南民挟弓矢，犯者，籍而为兵。置江西福建打捕鹰坊总管府，福建转运司及管军总管，言其非宜，诏罢之。省江淮屯田打捕提举司七所，存者徐邳、海州、扬州、两淮、淮安、高邮、昭信、安丰、镇巢、蕲黄、鱼网、石湫，犹十二所。甲子，池州贵池县民王勉进紫芝十二本。戊辰，安南国王陈日烜遣其中大夫陈克用等，来贡方物。己巳，乞儿乞思户居和林，验其贫者赈之。庚午，沙河决，发民筑堤以障之。癸酉，以高丽国多产银，遣工即其地，发旁近民冶以输官。以莱芜铁冶提举司隶山东盐运司。甲戌，以御史大夫玉昌鲁为太傅，加开府仪同三司，金江西等处行尚书省事。召江淮行省参知政事忻都赴阙，以户部尚书王巨济专理算江淮省，左丞相忙兀带总之。置浙东、江东、江西、湖广、福建木绵提举司，责民岁输木绵十万匹，以都提举司总之。罢皇孙按摊不花所设断事官也先，仍收其印。尚书省臣言："巩昌便宜都总帅府已升为宣慰使司，乞以旧兼府事别立散府，调官分治。"从之。立诸王爱牙赤投下人匠提举司于益都。并省云南大理、中庆等路州县。丁丑，升市令司为从五品。改大都路甲匠总管府为军器人匠都总管府。尚书省臣言："乃颜以反诛，其人户，月给米万七千五百二十三石，父母妻子俱在北方，恐生它志，请徙置江南，充沙不丁所请海船水军。"从之。

五月庚辰，发武卫亲军千人，浚河西务至通州漕渠。癸未，移诸王小薛饥民，就食汴梁。发大同、宣德等路民筑仓于昴兀剌。壬辰，太白犯鬼。软奴玉术私以金银器皿给诸王出伯、合班等，且供馈有劳。命有司如数偿之，复赏银五万两、币帛各二千匹。丙申，诏："季阳、益都、淄莱三万户军，久戍广东，疫死者众，其令二年一更。"贼钟明亮率众万八千五百七十三人来降。江淮、福建、江西三省所抽军，各还本翼。行御史台复徙于扬州，浙西提刑按察司徙苏州。以参知政事忻都为尚书左丞，中书参知政事何荣祖为参知政事，参议尚书省事张天祐为中书参知政事。己亥，设回回国子学。升利用监为从三品。辽阳路饥，免往岁未输田租。尚书省臣言："括大同、平阳、太原无籍民及人奴为良户，略见成效；益都、济南诸道，亦宜如之。"诏以农时民不可扰，俟秋冬行之。罢永盈库，以所贮上供币帛，入太府监及万亿库。辛丑，御河溢入会通渠，漂东昌民庐舍。以庄浪路去甘肃省远，改隶安西省。省流江县入渠州。泰安寺屯田大水，免今岁租。青山猫蛮以不莫台、卑包等三十三寨，相继内附。

六月戊申朔，发侍卫军二千人，浚口温脑儿河渠。己酉，巩昌汪惟和言："近括汉人兵器，臣管内已禁绝，自今臣凡用兵器，乞取之安西官库。"帝曰："汝家不与它汉人比，弓矢不汝禁也，任汝执之。"辛亥，诏以云南行省地远，州县官多阙，六品以下，许本省选辟以闻㉛。桂阳路寇乱水旱，下其估粜米八千七百二十石以赈之。己未，西番进黑豹。庚申，诸王乃蛮带败合丹兵于托吾儿河。丙寅，要忽儿犯边。辛巳，诏遣尚书省断事官秃烈羊呵，理算云南。复立云南提刑按察司。月的迷失请以降贼钟明亮为循州知州，宋士贤为梅州判官，丘应祥等十八人为县尹、巡尉。帝不允，令明亮、应祥并赴都。大都增设倒钞库三所。辽阳等路饥，免今岁差赋。移八八部曲饥者就食甘州。海都犯边，和林宣慰使怯伯、同知乃满带、副使八黑铁儿，皆反应之㉜，合剌赤饥，出粟四千三百二十八石有奇以赈之。甲戌，西南夷中下烂土等处洞长忽带等，以洞三百、寨百一十来归，得户二千余。乙亥，金刚奴寇折连怯儿。立江淮等处财赋总管府，掌所籍宋谢太后赀产，隶中宫。丁丑，汲县民朱良进紫芝。济宁、东平、汴梁、济南、棣州、顺德、平滦、真定霖雨害稼，免田租十万五千七百四十九石。

秋七月戊寅朔，海都兵犯边，帝亲征。尚珍署屯田大水，从征者给其家。己卯，驸马爪忽儿部曲饥，赈之。辛巳，两淮屯田雨雹害稼，蠲今岁田租。雨坏都城，发兵民各万人完之。开安山渠成，河渠官礼部尚书张孔孙、兵部郎中李处选、员外郎马之贞言：“开魏博之渠，通江淮之运，古所未有。”诏赐名会通河，置提举司，职河渠事。甲申，四川山齐蛮民四寨五百五十户内附。丙戌，命百官市马助边。敕以秃鲁花及侍卫兵百人为桑哥导从。丁亥，发至元钞万锭，市马于燕南、山东、河南、太原、平阳、保定、河间、平滦。戊子，太白经天四十五日。庚寅，黄兀儿月良等驿乏食，以钞赈之。辛卯，太阴犯牛。诏遣牙牙住僧诣江南，搜访术艺之士。发和林所屯乞儿乞思等军北征。癸巳，平滦屯田霖雨损稼。甲午，御河溢。东平、济宁、东昌、益都、真定、广平、归德、汴梁、怀孟蝗。乙未，太阴犯岁星。丁酉，命辽阳行省益兵戍咸平、懿州。戊戌，诛信州叛贼鲍惠日等三十三人。右丞李庭等北征③。辛丑，发侍卫亲军万人赴上都。河间大水害稼。壬寅，赋百官家，制战袄。癸卯，沙河溢。铁灯杆堤决。

八月壬子，霸州大水，民乏食，下其估枭直估仓米五千石。乙卯，郴之宜章县为广东寇所掠，免今岁田租。辛酉，大都路霖雨害稼，免今岁租赋，仍减价枭诸路仓粮。壬戌，潮州饥，发河西务米二千石，减其价赈枭。癸亥，诸王铁失、孛罗带所部皆饥，敕上都留守司、辽阳省发粟赈之。甲子，月的迷失以钟明亮贡物来献。辛未，岁星昼见。癸酉，以八番罗甸宣慰使司隶四川省。台、婺二州饥，免今岁田租。甲戌，诏两淮、两浙都转运使司，及江西榷茶都转运司诸人，毋得沮办课。改四川金竹寨为金竹府。徙浙东道提刑按察司治婺州，河东山西道提刑按察司治太原，宣慰司治大同。

九月戊寅，岁星犯井。己卯，置高丽国儒学提举司，从五品。丙戌，罢济州泗汶漕运使司。丁亥，罢斡端宣慰使元帅府。癸巳，以京师籴贵，禁有司拘顾商车。乙未，太阴犯毕。丙申，荧惑犯太微西垣上将。增浙东道宣慰使一员。江淮省平章沙不丁言：“提调钱谷，积犯于众，乞如要束木例，拨戍兵三百人为卫。”从之。平滦、昌国等屯田，霖雨害稼。甲辰，以保定、新城、定兴屯田粮赈其户饥贫者。乙巳，诏福建省及诸司，毋沮扰魏天祐银课。

冬十月癸丑，营田提举司水害稼。太阴犯牛宿距星。甲寅，荧惑犯右执法。以驼运大都米五百石有奇，给皇子北安王等部曲。乙卯，以八番、罗甸隶湖广省。丙辰，禁内外百官受人馈酒食者，没其家赀之半。甲子，享于太庙。己巳，赤那主里合花山城置站一所。癸酉，尚书省臣言：“沙不丁以便宜增置浙东二盐司，合浙东、西旧所立者为七，乞官知盐法者五十六人。”从之。平滦水害稼。以平滦、河间、保定等路饥，弛河泊之禁。

闰十月戊寅，车驾还大都。尚书省臣言：“南北盐均以四百斤为引，今权豪家多取至七百斤，莫若先贮盐于席，来则授之，为便。”从之。庚辰，桑哥言：“初改至元钞，欲尽收中统钞，故令天下盐课以中统、至元钞相半输官，今中统钞尚未可急敛，宜令税赋并输至元钞，商贩有中统料钞，听易至元钞以行，然后中统钞可尽。”从之。月的迷失以首贼丘应祥、董贤举，归于京师。癸未，命辽阳行省给诸王乃蛮带民户乏食者。乙酉，命自今所授宣敕，并付尚书省。通州河西务饥，民有鬻子、去之他州者，发米赈之。丙戌，西南夷生番心梭等八族③，计千二百六十户内附。广东贼钟明亮复反，以众万人寇梅州，江罗等以八千人寇漳州，又韶、雄诸贼二十余处，皆举兵应之，声势张甚。诏月的迷失复与福建、江西省，合兵讨之，且谕旨月的迷失：“钟明亮既降，朕令汝遣之赴阙，而汝玩常不发⑤，致有是变，自今降贼，其即遣之。"丁亥，安南国王陈日烜遣使来贡方物。左、右卫屯田新附军，以大水伤稼乏食，发米万四百石赈之。辰星犯房。己丑，太阴犯毕，荧惑犯进贤。庚寅，江西宣慰使胡颐孙援沙不丁例㊱，请至元钞千锭为行泉府司，岁输珍异物为息，从之。以胡颐孙遥授行尚书省参政、泉府大卿、行泉府司事。诏籍江南及四川户口。丙申，宝坻屯田大水害稼。河南宣慰司请给管内河间、真定等路流民六十日粮，遣还其土，从之。婺州贼叶万五以众万人寇武义县，杀千户一人，江淮省平章不邻吉带将兵讨之。遣使钩考大同钱谷及区别给粮人户。庚子，取石泗滨为磬，以补宫县之乐。辛丑，罗斛、女人二国遣使来贡方物。癸卯，禁杀羔羊。浙西宣慰使史弼请讨浙东贼，以为浙东道宣慰使，位合剌带上。甲辰，武平路饥，发常平仓米万五千石。赈保定等屯田户饥，给九十日粮。檀州饥民刘德成犯猎禁，诏释之。湖广省臣言："近招降赣州贼胡海等，令将其众屯田自给，今过耕时，不恤之，恐生变。"命赣州路发米千八百九十石赈之。丙午，缅国遣委马刺菩提班的等来贡方物。

十一月丙午朔，回回、昔宝赤百八十六户居汴梁者，申命宣慰司给其田。丁未，禁江南、北权要之家，毋沮盐法。戊申，敕尚书省，发仓赈大都饥民。壬子，漳州贼陈机察等八千人寇龙严，执千户张武义，与枫林贼合。福建行省兵大破之。陈机察、丘大老、张顺等以其党降，行省请斩之以警众，事下枢密院议。范文虎曰："贼固当斩，然既降乃杀之，何以示信？宜并遣赴阙。"从之。癸丑，建宁贼黄华弟福，结陆广、马胜复谋乱，事觉，皆论诛。甲寅，瓜、沙二州城坏，诏发军民修完之。丙辰，罢阿你哥所领采石提举司。发米五百八十七石，给昔宝赤五百七十八人之乏食者。丁巳，平滦、昌国屯户饥，赈米千六百五十六石。改播州为播南路。丁卯，诏山东东路毋得沮淘金。赈文安县饥民。陕西凤翔屯田大水。戊辰，太阴犯亢。己巳，发米千石赈平滦饥民。改平恩镇为丘县。武平路饥，免今岁田租。桓州等驿饥，以钞给之。

十二月丁丑，蠡州饥㊲，发义仓粮赈之。戊寅，罢平州望都、榛子二驿，放其户为民。辛巳，诏括天下马。一品二品官许乘五匹，三品三匹，四品五品二匹，六品以下皆一匹。平滦大水伤稼，免其租。小薛坐与合丹秃鲁干通谋叛，伏诛。绍兴路总管府判官白絮矩言："宋赵氏族人散居江南，百姓敬之不衰，久而非便，宜悉徙京师。"桑哥以闻，请擢絮矩为尚书省舍人，从之。给玉吕鲁所招集户五百人九十日粮。徙瓮吉刺民户贫乏者，就食六盘。乙酉，命四川蒙古都万户也速带所部军万人西征。太白犯南斗。丁亥，封皇子阔阔出为宁远王。河间、保定二路饥，发义仓粮赈之，仍免今岁田租。木邻站经乱乏食，给九十日粮。命回回司天台祭荧惑。庚寅，秃木合之地霜杀稼，秃鲁花之地饥，给九十日粮。甲午，以官军万户汪惟能为征西都元帅，将所部军入漠，其先戍漠兵，无令还翼。乙未，蠲大名、清丰逋租八百四十石。命甘肃行省赈千户也先所部人户之饥者。给钞赈黄兀儿月良站人户。庚子，武平饥，以粮二万三千六百石赈之。伯颜遣使来言边民乏食，诏赐网罟㊳，使取鱼自给。拔都昔剌所部阿速户饥，出粟七千四百七十石赈之。癸卯，发麦赈广济署饥民。

是岁，马八儿国进花驴二。宁州民张世安进嘉禾二本。诏天下梵寺所贮《藏经》，集僧看诵，仍给所费，俾为负例。幸大圣寿万安寺，置旃檀佛像㊴，命帝师及西僧作佛事坐静二十会。免灾伤田租：真定三万五千石，济宁二千一百五十四石，东平一百四十七石，大名九百二十二石，汴梁万三千九十七石，冠州二十七石。赐诸王、公主、驸马如岁例，为金二千两、银二十五万二千六百三十两、钞一十一万二百九十锭、币十二万二千八百匹。断死罪五十九人。

---

①左：疑为"右"。

②乘舆：帝王所用车舆，代指帝王。

③殿最：古时称上等政绩或军功为"最"，下等为"殿"。

④怙：依持。

⑤荐饥：连年灾荒。荐，接连，屡次。

⑥京：疑为"荆"。

⑦泺（pō，音坡）：同"泊"，湖泊。

⑧料简：衡量择别。料，揣度。

⑨申饬：告戒。

⑩鬻（yù，音预）：卖。

⑪一：都，一概。　　禀：领受。

⑫漂：冲毁，冲走。

⑬垂：将近。

⑭被：遭受。

⑮寺：疑为"司"。

⑯偫（zhì，至）：储备。

⑰茧：蚕或某些昆虫在变成蛹之前吐丝做成的壳。

⑱禁中：宫中。

⑲瘴疠：南方山林湿热之气致人疾病。

⑳殍（piǎo，音缥）：饿死。

㉑氎（dié，音叠）：棉布。

㉒觊：希图。

㉓阙：缺。

㉔邀：截击。

㉕拔：回。

㉖掾（yuàn，音愿）：属员。

㉗坐：因为。　　赇（qiú，音球）：贿赂。

㉘贷：饶恕，宽免。

㉙格：打。

㉚稽照：考查，核察。照，察看。

㉛辞：召。

㉜反应：响应反叛。

㉝右：疑为"左"。

㉞生番：旧时称文明程度较低的人，多指少数民族或外族。

㉟玩常：犹玩法，玩忽法令。

㊱援：引据。

㊲蠡（lǐ），音理。

㊳罟（gǔ，音古）：捕鱼之网。

㊴旃檀：檀香。旃（zhān），音沾。

世祖本纪十三

　　二十七年春正月戊申，改大都路总管府为都总管府。庚戌，太白犯牛。改储 偫提举司为军储所①，秩从三品。以河东山西道宣慰使阿里火者为尚书右丞，宣慰使如故。癸丑，太阴犯井。

敕从臣子弟入国子学。安南国王陈日烜遣其中大夫陈克用，来贡方物。乙卯，造祀天幄殿。高丽国王王暙遣使来贡方物。丁巳，遣使代祀岳渎、海神、后土。戊午，辽阳自乃颜之叛，民甚疲敝，发钞五千八十锭赈之。己未，赐镇远王牙忽都、靖远王合带涂金银印各一。章吉寇甘木里，诸王尤伯、拜答寒、亦怜真击走之。庚申，赈马站户饥。给滕竭儿回回屯田三千户牛、种。辛酉，营懿州仓。壬戌，造长甲给北征军。乙丑，伸思、八儿尤答儿、移剌四十、石抹蛮忒四人，以谋不执伏诛。丙寅，合丹余寇未平，命高丽国发耽罗戍兵千人讨之。赐河西质子军五百人马。丁卯，荧惑犯房。高丽国王王暙言："臣昔宿卫京师，遭林衍之叛，国内大乱，高丽民居大同者，皆籍之，臣愿复以还高丽为民。"从之。己巳，改西南番总管府为永宁路。辛未，赐也速带儿所部万人钞万锭。丰闰署田户饥，给六十日粮。无为路大水，免今年田租。癸酉，忻都所部别箭儿田户饥，给九十日粮。降临淮府为盱眙县，隶泗州。复立兴文署，掌经籍板及江南学田钱谷。合丹寇辽东海阳。

二月乙亥朔，立全罗州道万户府。江西诸郡盗未平，诏江淮行省，分兵一千益之。命太仆寺毋隶宣徽院。丙子，新附屯田户饥，给六十日粮。顺州僧、道士四百九十一人饥，给九十日粮。戊寅，太阴犯毕。开元路宁远等县饥，民、站户逃徙，发钞二千锭赈之。播州安抚使杨汉英进雨毡千，驸马铁别赤进罗罗斯雨毡六十、刀五十、弓二十。己卯，兴州兴安饥，给九十日粮。庚辰，伯答罕民户饥，给六十日粮。辛巳，括河间昔宝赤户口。癸未，泉州地震。乙酉，赈新附民居昌平者。丙戌，改奉先县为房山县。泉州地震。己丑，江西群盗钟明亮等复降，诏徙为首者至京师，而给其余党粮。浙东诸郡饥，给粮九十日。庚寅，太阴犯亢。辛卯，复立南康、兴国榷茶提举司，秩从五品。发虎贲更休士二千人，赴上都修城。河间路任丘饥，给九十日粮。癸巳，晋陵、无锡二县霖雨害稼，并免其田租。江西贼华大老、黄大老等，掠乐昌诸郡，行枢密院讨平之。阇兀所部阇遗户饥，给六十日粮。常宁州民遭群盗之乱，免其田租。己亥，保定路定兴饥，发粟五千二百六十四石赈之。辛丑，唆欢禾稼不登，给九十日粮。

三月乙巳，中山畎户饥，给六十日粮。戊申，广济署饥，给粟二千二百五十石以为种。壬子，荧惑犯钩钤。蓟州渔阳等处稻户饥，给三十日粮。戊午，出忙安仓米，赈燕八撒儿所属四百二十人。己未，改云南蒙怜甸为蒙怜路军民总管府，蒙莱甸为蒙莱路。放罢福建猎户、沙鱼皮户为民，以其事付有司总之。发云州民夫凿银洞。永昌站户饥，卖子及奴产者甚众，命甘肃省赎还，给米赈之。并福、泉二州人匠提举司为一，仍放无役者为民。庚申，升御史台侍御史正四品，治书侍御史正五品，增蒙古经历一员，从五品。罢行司农司，及各道劝农营田司；增提刑按察司佥事二员，总劝农事。四川行省旧移重庆，成都之民，苦于供给，诏复徙治成都。立江南营田提举司，秩从五品，掌僧寺赀产。放寿、颍屯田军千九百五十九户为民，撤江南戍兵代之。凡工匠隶吕合剌、阿尼哥、段贞无役者，皆区别为民。诏风宪之选，仍归御史台，如旧制。置金竹府大隘等四十二寨蛮夷长官。癸亥，建昌贼丘元等称大老，集众千余人，掠南丰诸郡，建昌副万户斩之。甲子，杨震龙余众剽浙东。总兵官讨贼者，多俘掠良民，敕行御史台分拣之，凡为民者千六百九十五人。庚午，以建昌路广昌经钟明亮之乱，免其田租九千四百四十七石。辛未，太平县贼叶大五，集众百余人寇宁国，皆擒斩之。

夏四月癸酉朔，大驾幸上都。婺州螟害稼，雷雨大作，螟尽死。丙子，太阴犯井。辛巳，命大都路以粟六万二千五百六十四石，赈通州、河西务等处流民。芍陂屯田，以霖雨河溢，害稼二万二千四百八十亩有奇，免其租。癸未，罢海道运粮万户府。江淮行省言："近朝廷遣白絜矩来，与沙不丁议，令发兼并户偕宋宗族赴京，人心必致动摇，江南之民方患增课、料民、括马之苦，宜俟它日行之。"从之。阿速敦等二百九十五人乏食，命验其实，给粮赈之。改利津海道运粮万户府为临清御河运粮上万户府。诸王小薛部曲万二千六十一户饥，给六十日粮。发六卫汉军万人，伐木为修城具。甲申，以荐饥③，免今岁银俸钞，其在上都、大都、保定、河间、平滦者，万一百八十锭，在辽阳省者，千三百四十八锭有奇。丙戌，遣桑吉剌失等，诣马八儿国访求方伎士。壬辰，荧惑守氐十余日。癸巳，河北十七郡蝗。千户也先、小阔阔所部民，及喜鲁、不别等民户并饥，敕河东储郡量赈之。千户也不干所部乏食，敕发粟赈之。太傅玉吕鲁言："招集斡者所属亦乞烈，今已得六百二十一人，令与高丽民屯田，宜给其食。"敕辽阳行省，验实给之。平山、真定、枣强三县旱，灵寿、元氏二县大雨雹，并免其租。丁酉，以钞二千五百锭赈昌平至上都站户贫乏者。定兴站户饥，给三十日粮。己亥，命考大都路贫病之民在籍者，二千八百三十七人，发粟二百石赈之。庚子，合丹复寇海阳。复立安和署，从六品。

五月乙巳，罢秦王典藏司，收其印。括江南阑遗人杂畜、钱帛。合丹寇开元。戊申，江西行省管如德、江西行院月的迷失，合兵讨反寇钟明亮，明亮降，诏缚致阙下，如德等留不遣，明亮复率众寇赣州，枢密院以如德等违诏纵贼，请诘之，从之。诏罢江西行枢密院。庚戌，陕西南市屯田陨霜杀稼，免其租。壬子，赐诸王铁木儿等军一万七百人粮，一人一从者五石，二人一从者七石五斗。丙辰，发粟赈御河船户。叙州等处诸部蛮夷，进雨毡八百。戊午，移江西行省于吉州，以便捕盗。尚书省遣人行视云南银洞，获银四千四十八两。奏立银场官，秩从七品。出鲁等千一百一十五户饥，给六十日粮。癸亥，敕："诸王分地之民有讼，王傅与所置监郡同治，无监郡者，王傅听之。"平滦民万五千四百六十五户饥，赈粟五千石。徽州绩溪贼胡发、饶必成伏诛。乙丑，太阴犯填星。丙寅，罢奉宸库。迁江西行尚书省参政杨文璨为左丞，文璨逾岁不之官，诏以外剌带代之。外剌带至，文璨复署事，桑哥乃奏文璨升右丞。江西行省言："吉、赣、湖南、广东、福建，以禁弓矢，贼益发，乞依内郡例，许尉兵持弓矢。"从之。己巳，立云南行御史台。命彻里铁木儿所部女直、高丽、契丹、汉军输地税外，并免他徭。江阴大水，免田租万七百九十石。庚午，复置诸王也只里王傅，秩正四品。尚珍署广备等屯大水，免其租。伯要民乏食，命撒的迷失以车五百辆运米千石赈之。婺州永康、东阳，处州缙云贼昌重二、杨元六等反，浙东宣慰使史弼禽斩之。泉州南安贼陈七师反，讨平之。括天下阴阳户口，仍立各路教官，有精于艺者，岁贡各一人。

六月壬申朔，升闰盐州为柏兴府，降普乐州为闰盐县，金州为金县。河溢太康，没民田三十一万九千八百余亩，免其租八千九百二十八石。纳邻等站户饥，给九十日粮。甲戌，桑州总管黄布蓬、那州长罗光寨、安郡州长闭光过，率蛮民万余户内附。丙子，放保定工匠楚通等三百四十一户为民。庚辰，从江淮行省请，升广济库为提举司，秩从五品。用江淮省平章沙不丁言，以参政王巨济钩考钱谷有能，赏钞五百锭。缮写金字《藏经》，凡糜金三千二百四十四两④。广州增城、韶州乐昌以遭畲贼之乱，并免其田租。杭州贼唐珍等伏诛。己丑，荧惑犯房。辛卯，敕应昌府，以米千二百石给诸王亦只里部曲。壬辰，别给江西行省印，以便分省讨贼。泉州大水。丙申，发侍卫兵万人完都城。丁酉，大司徒撒里蛮、翰林学士承旨兀鲁带，进《定宗实录》。己亥，棣州厌次、济阳大风雹害稼，免其租。庚子，从江西省请，发各省戍兵讨贼。辛丑，免河间、保定、平滦岁赋丝之半。怀孟路武陟县、汴梁路祥符县皆大水，蠲田租八千八百二十八石。

秋七月，终南等屯，霖雨害稼万九千六百余亩，免其租。丙午，禁平地、忙安仓酿酒，犯者死。戊申，江西霖雨，赣、吉、袁、瑞、建昌、抚水皆溢，龙兴城几没。癸丑，罢缅中行尚书省。江淮省平章沙不丁，以仓库官盗欺钱粮，请依宋法，黥而断其腕。帝曰："此回回法也。"不允。免大都路岁赋丝。戊午，贵州猫蛮三十余人作乱，劫顺元路，入其城，遂攻阿牙寨，杀伤官吏，其众遂盛。湖广省檄八番蔡州、均州二万户府，及八番罗甸宣慰司，合兵讨之。凤翔屯田霖雨害稼，免其租。建平贼王静照伏诛。辛酉，荧惑犯天江。壬申，驻跸老鼠山西。乙丑，芜湖贼徐汝安、孙惟俊等伏诛。丙寅，云南阇力白衣甸酋长，凡十一甸内附。丁卯，用桑哥言，诏遣庆元路总管毛文豹，搜括宋时民间金银诸物，已而罢之。沧州乐陵旱，免田租三万三百五十六石。江夏水溢，害稼六千四百七十余亩，免其租。魏县御河溢，害稼五千八百余亩，免其租百七十五石。

八月辛未朔，日有食之。并广东道真阳、浛光二县为英德州。沁水溢，害冀氏民田，免其租。禁诸人毋沮平阳、太原、大同宣课。丁丑，广州清远大水，免其租。庚辰，免大都、平滦、河间、保定四路流民租赋及酒醋课。丁亥，复徙四川南道宣慰司于重庆府。以南安、赣、建昌、丰州尝罹钟明亮之乱⑤，悉免其田租。癸巳，地大震，武平尤甚，压死按察司官及总管府官王连等及民，七千二百二十人，坏仓库局四百八十间，民居不可胜计。己亥，帝闻武平地震，虑乃颜党入寇，遣平章政事铁木儿、枢密院官塔鲁忽带，引兵五百人往视。

九月壬寅，河东山西道饥，敕宣慰使阿里火者炒米赈之。癸卯，岁星犯鬼。申严汉人田猎之禁。乙巳，禁诸王遣僧建寺扰民。敕河东山西道宣慰使阿里火者，发大同钞本二十万锭，籴米赈饥民。平章政事阇里铁木儿帅师，与合丹战于瓦法，大破之。丁未，御河决高唐，没民田，命有司塞之。戊申，武平地震，盗贼乘隙剽劫，民愈忧恐。平章政事铁木儿以便宜蠲租赋，罢商税，弛酒禁，斩为盗者。发钞八百四十锭，转海运米万石以赈之。金竹府知府扫间贡马及雨毡，且言："金竹府虽内附，蛮民多未服。近与赵坚招降竹古弄、古鲁花等三十余寨，乞立县，设长官、总把，参用土人。"从之。己酉，福建省以管内盗贼蜂起，请益戍兵，命江淮省调下万户一军赴之。发蒙古都万户府探马赤军五百人，戍鄂州。辛亥，修东海广德王庙。丙辰，赦天下。丁卯，命江淮行省钩考行教坊司所总江南乐工租赋。置四巡检司于宿迁之北。以所罢陆运夫为兵，护送会通河上供之物，禁发民挽舟。

冬十月壬申，封皇孙甘麻剌为梁王，赐金印，出镇云南。癸酉，享于太庙。甲戌，立会通汶泗河道提举司，从四品。丁丑，尚书省臣言："江阴、宁国等路大水，民流移者四十五万八千四百七十八户。"帝曰："此亦何待上闻，当速赈之！"凡出粟五十八万二千八百八十九石。己卯，增上都留守司副留守、判官各一员。从甘肃行省请，签管内民千三百人为兵，以戍其境。辛巳，太白犯斗。只深所部八鲁剌思等饥，命宁夏路给米三千石赈之。禁大同路酿酒。乙酉，门答占自行御史台入觐。梁洞梁宫朝、吴曲洞吴汤暖等凡二十洞，以二千余户内附。丁亥，赐北边币帛十万匹。己丑，新作太庙登歌、宫悬乐。以昔宝赤岁取鸬鹚成都扰民，罢之。

十一月辛丑，广济署洪济屯大水，免租万三千一百四十一石。兴、松二州陨霜杀禾，免其租。隆兴苦盐泺等驿饥，发钞七千锭赈之。丁未，大同路蒙古多冒名支粮，置千户、百户十员，以达鲁花赤总之，食粮户以富为贫者，籍家赀之半。戊申，太阴掩镇星。桑哥言："向奉诏，内外官受命不赴及受代官，居五年不赴铨者，罢不复叙。臣谓苟无大故，不可终弃。"帝复允其请。江淮行省平章不怜吉带言："福建盗贼已平，惟浙东一道，地极边恶，贼所巢穴。复还三万户，以合剌带一军戍沿海明、台，亦怯烈一军戍温、处，札忽带一军戍绍兴、婺。其宁国、徽，初用士兵，后皆与贼通，今以高邮、泰两万户汉军，易地而戍。扬州、建康、镇江三城，跨据大江，人民繁会，置七万户府。杭州行省诸司府库所在，置四万户府。水战之法，旧止十所，今择濒海沿江要害二十二所，分兵阅习，伺察诸盗。钱塘控扼海口，旧置战船二十艘，故海贼时出，夺船杀人，今增置战船百艘、海船二十艘，故盗贼不敢发。"从之。庚戌，罢云南会川路采碧甸子。甲寅，禁上都酿酒。乙卯，贵赤三百三十户乏食，发粟赈之。己未，禁山后酿酒。庚申，赐伯颜所将兵，币帛各万三千四百匹、绵三千四百斤。辛酉，太阴掩左执法。隆兴路陨霜杀稼，免其田租五千七百二十三石。壬戌，大司徒撒里蛮、翰林学士承旨兀鲁带，进《太宗实录》。癸亥，河决祥符义唐湾，太康、通许，陈、颖二州，大被其患。甲子，御史台言："江南盗起，讨贼官利其剽掠，复以生口充赠遗⑥，请给还其家。"帝嘉纳之。徙河北河南道提刑按察司治许州。罢大都东西二驿脱脱禾孙，以通政院总之。乙丑，易水溢，雄、莫、任丘、新安田庐漂没无遗，命有司筑堤障之。丙寅，括辽阳马六千匹，择肥者给阇里铁木儿所部军。丁卯，立新城榷场、平地脱脱禾孙。遣使钩考延安屯田。降南雄州为保昌县，韶州为曲江县。

十二月辛未，以卫尉院为太仆寺。戊寅，免大都、平滦、保定、河间自至元二十四年至二十六年逋租十三万五百六十二石。己卯，命枢密院括江南民间兵器及将士习武，如戊子岁诏。甲申，遣兵部侍郎靳荣等，阅实安西、凤翔、延安三道军户，元籍四千外，复得三万三千二百八十丁，枢密院欲以为兵，桑哥不可，帝从之。丙戌，兴化路仙游贼朱三十五，集众寇青山，万户李纲讨平之。京兆省上屯田所出羊价钞六百九锭，敕以赐札散、暗伯民贫乏者。辛卯，太阴犯亢。乙未，初，分万亿为四库，以金银输内府，至是，立提举富宁库，秩从五品，以掌之。大同路民多流移，免其田租二万一千五百八石。洪赞、滦阳驿饥，给六十日粮。不耳答失所部灭乞里饥，给九十日粮。诏诸王乃蛮带、辽阳行省平章政事薛阇干、右丞洪察忽，摘蒙古军万人，分戍双城及婆娑府诸城，以防合丹兵。己亥，省溧阳路为县，入建康。湖广省上二年宣课珠九万五百一十五两。处州青田贼刘甲乙等，集众万余人寇温州平阳。

是岁，赐诸王、公主、驸马金银钞币如岁例。命帝师西僧，递作佛事坐静于万寿山厚载门、茶罕脑儿、圣寿万安寺、桓州南屏庵、双泉等所，凡七十二会。断死罪七十二人。

二十八年春正月壬寅，太白、荧惑、镇星聚奎⑦。癸卯，给诸王爱牙赤印。命玄教宗师张留孙，置醮祠星三日。上都民仰食于官者众⑧，诏佣民运米十万石致上都，官价石四十两，命留守木八剌沙总其事。辛亥，罢汴梁至正阳、杞县、睢州、中牟、郑、唐、邓十二站站户为民。癸丑，高丽国遣使来贡方物。丁巳，遣贵由赤四百人北征。辛酉，罢江淮漕运司，并于海船万户府，由海道漕运。并浙西金玉人匠提举司入浙西道金玉人匠总管府。降无为、和州二路、六安军为州，巢州为县，入无为，并隶庐州路。升安丰府为路，降寿春府、怀远军为县，怀远入濠州，并隶安丰路。升各处行省理问所为四品。免江淮贫民至元十二年至二十五年所逋田租，二百九十七万六千余石，及二十六年未输田租十三万石、钞千一百五十锭、丝五千四百斤、绵千四百三十余斤。罢淘金提举司。立江东两浙都转运使司。壬戌，以札散、秃秃合总兵于瓮古之地，命有司供其军需。敕大同路发米赈瓮古饥民。尚书省臣桑哥等，以罪罢。

二月辛未，赐也速带儿所部兵骒马万匹⑨。徙万亿库金银入禁中富宁库。尚书省言："大同仰食于官者七万人，岁用米八十万石，遣使覆验，不当给者万三千五百人，乞征还官。"从之。癸酉，以陇西四川总摄辇真尤纳思为诸路释教都总统。改福建行省为宣慰司，隶江西行省。诏："行御史台勿听行省节度。"云南行省言："叙州、乌蒙水路险恶，舟多破溺，宜自叶稍水站出陆，经中庆，又经盐井、土老、必撒诸蛮，至叙州庆符，可治为驿路，凡立五站。"从之。也速带儿、汪总帅言："近制，和雇和买不及军家，今一切与民同。"诏自今军勿输。丙子，罢征理司。上都、太原饥，免至元十二年至二十六年民间所逋田租，三万八千五百余石。遣使同按察司赈大同、太原饥民，口给粮两月或三月。以桑哥党与，罢扬州路达鲁花赤唆罗兀思。遣官覆验水达达、咸平贫民，赈之。丁丑，以太子右詹事完泽为尚书右丞相，翰林学士承旨不忽木平章政事，诏告天下。以列兀难粳米赈给贫民。己卯，遣官持香诣中岳、南海、淮渎致祷。立金齿等处宣慰司都元帅府。以上都虎贲士二千人屯田，官给牛具农器，用钞二万锭。以云南曲靖路宣抚司所辖地广，民心未安，改立曲靖等处宣慰司、管军万户府以镇之。辛巳，以湖广行省八番罗甸司复隶四川省。壬午，以桑哥沮抑台纲，又箠监察御史[10]，命御史大夫月儿鲁辨之[11]。癸未，太阴犯左执法。大驾幸上都。是日次大口，复召御史台及中书、尚书两省官，辨论桑哥之罪。复以阑遗监隶宣徽院。诏毋沮扰山东转运使司课程。甲申，太白犯昴。命江淮行省钩考沙不丁所总詹事院江南钱谷。乙酉，立江淮、湖广、江西、四川等处行枢密院，诏谕中外；江淮治广德军，湖广治岳州，江西治汀州，四川治嘉定。丙戌，诏："改提刑按察司为肃政廉访司，每道仍设官八员，除二使留司以总制一道，余六人分临所部，如民事、钱谷、官吏奸弊，一切委之，俟岁终，省、台遣官考其功效。"以集贤大学士何荣祖为尚书右丞，集贤学士贺胜为尚书省参知政事。诏江淮行省，遣蒙古军五百、汉兵千人，从皇子镇南王镇扬州。执河间都转运使张庸，仍遣官钩考其事。丁亥，营建宫城南面周庐，以居宿卫之士。执湖广要束木诣京师。戊子，籍要束木家赀，金凡四千两。辛卯，封诸王铁木儿不花为肃远王，赐之印。壬辰，雨坏太庙第一室，奉迁神主别殿。癸巳，籍桑哥家赀。遣行省、行台官发粟，赈徽之绩溪，杭之临安、余杭、於潜、昌化、新城等县饥民。命江淮行省参政燕公楠，整治盐法之弊。丁酉，诏加岳渎、四海封号，各遣官诣祠致告。

三月己亥朔，真定、河间、保定、平滦饥，平阳、太原尤甚，民流移就食者六万七千户，饥而死者三百七十一人。桑哥妻弟八吉由为燕南宣慰使，以受赂积赃伏诛。仆桑哥辅政碑[12]。太原饥，严酒禁。丁未，太阴犯御女。己酉，太阴犯右执法。庚戌，太阴犯太微东垣上相。甲寅，常德路水，免田租二万三千九百石。乙卯，太白犯五车。乃颜所属牙儿马兀等，同女直兵五百人，追杀内附民余千人，遣塔海将千人平之。辛酉，吕连站木赤五十户饥，赈三月粮。发侍卫兵营紫檀殿。壬戌，以甘肃行省右丞崔彧为中书右丞。南丹州莫国麟入觐，授国麟安抚使、三珠虎符。杭州、平江等五路饥，发粟赈之，仍驰湖泊蒲、鱼之禁[13]。溧阳、太平、徽州、广德、镇江五路亦饥，赈之如杭州。武平路饥，百姓困于盗贼军旅，免其去年田租。凡州郡田尝被灾者，悉免其租，不被灾者，免十之五。罢甘州转运司。江淮豪家多行贿权贵，为府县卒史，容庇门户，遇有差赋，惟及贫民[14]，诏江淮行省严禁之。赈辽阳、武平饥民，仍驰捕猎之禁。

夏四月己巳，禁屠宰牝羊[15]。甲戌，诏各路府、州、司、县长次官，兼管诸军奥鲁。以地震故，免侍卫兵籍武平者今岁徭役。增置钦察卫经历一员，用汉人为之。余不得为例。庚辰，弛杭州西湖禽鱼禁，听民网罟。丙戌，诏凡负斡脱银者，入还皆以钞为则。乙未，岁星犯舆鬼。以沙不丁等米赈江南饥民。召朱清、张瑄诣阙。庚寅，并总制院入宣政院。以钞法故，召叶李还京师。乙未，徙湖广行枢密院治鄂州。丙申，以米三千石赈阔里吉思吉思饥民。

五月戊戌，召江西行枢密院副使阿里诣阙。升章佩监秩三品。遣脱脱、塔剌海、忽辛三人，追究僧官江淮总摄杨琏真伽等盗用官物。以参知政事廉希恕为湖广等处行省右丞，行海北海南道宣慰使都元帅，琼州安抚使陈仲达海北海南道宣慰使都元帅，湖广行省左右司郎中不颜于思、别十八里副元帅王信，并同知海北海南道宣慰司事副元帅，并佩虎符，将二千二百人以征黎蛮，僚属皆从仲达辟置[16]。立左右两江宣慰司都元帅府。壬寅，太阴犯少民。徙江淮行枢密院治建康。甲辰，中书省臣麦术丁、崔彧言："桑哥当国四年，诸臣多以贿进，亲旧皆授要官，唯以欺蔽九重、朘削百姓为事[17]，宜令两省严加考核，并除名为民。"从之。要束木以桑哥妻党为湖广行省平章，至是坐不法者数十事，诏械致湖广省，诛之。辛亥，以太原及杭州饥，免今岁田租。增河东道宣慰使一员。征太子赞善刘因。因前为太子赞善，以继母病去，至是母亡，以集贤学士征之，不起[18]。罢脱脱、塔剌海、忽辛等理算僧官钱谷。罢江南六提举司岁输木绵。巩昌旧惟总帅府，桑哥特升为宣慰司，以其弟答麻剌答思为使，桑哥败，惧诛自杀，至是复总帅府。增置异珍、御带二库，秩从五品，并设提点、使、副各一员。减中外冗官三十七员。宫城中建蒲萄酒室及女工室。诏以桑哥罪恶，系狱按问，诛其党要束木、八吉等。发兵塞晃火儿月连地河渠，修城堡，令蒙成兵屯田川中以御寇。癸丑，罢尚书省事，皆入中书。改尚书右丞相、右詹事完泽为中书右丞相，平章政事麦术丁、不忽木并中书平章政事，尚书右丞何荣祖中书右丞，尚书左丞马绍中书左丞，参知政事贺胜、高觽，并参知中书政事；征东行尚书省左丞相、驸马高丽国王王晭，为征东行中书省左丞相。罢大都烧钞库，仍旧制，各路昏钞，令行省官监烧。增置户部司计、工部司程，正七品。甲寅，太阴犯牛。赈上都、桓州、榆林、昌平、武平、宽河、宣德、西站、女直等站饥民。乙卯，以政事悉委中书，仍遣使布告中外。诏禁失陷钱粮者托故诣京师。丁巳，建白塔二，各高一丈一尺，以居咒师朵四的性吉等七人。何荣祖以公规、治民、御盗、理财等十事，缉为一书，名曰《至元新格》，命刻版颁行，使百司遵守。桑哥尝以刘秉忠无子，收其田土，其妻窦氏言秉忠尝鞠犹子兰章为嗣⑲，敕以地百顷还之。己未，以门答占复为御史大夫，行御史台事。高丽国王王晭乞以其子源为世子，诏立源为高丽王世子⑳，授特进上柱国，赐银印。

六月丁卯朔，禁蒙古人往回回地为商贾者。湖广饥，敕以剌里海牙米七万石赈之。辛巳，洞蛮镇远立黄平府。乙酉，以云南诸路行省参知政事兀难为梁王傅。洗国王洞主、市备什王弟同来朝。益江淮行院兵二万，击郴州、桂阳、宝庆、武冈四路盗贼。以汴梁逃人男女配偶成家，给农具耕种。丙戌，敕："屯田官以三岁为满，互于各屯内调用。"宣谕江淮民恃总统琏真加力不输租者，依例征输。辛卯，太阴犯毕。癸巳，以涟、海二州隶山东宣慰司。

秋七月丙申朔，云南省参政怯剌言："建都地多产金，可置冶，令旁近民炼之以输官。"从之。己亥，太白犯井。诏谕尚州等处诸洞蛮夷。庚子，徙江西行枢密院治赣州。乙巳，大都饥，出米二十五万四千八百石赈之。戊申，扬州路学正李淦上言："人皆知桑哥用群小之罪㉑，而不知尚书右丞叶李妄举桑哥之罪，宜斩叶李，以谢天下。"有旨驿召淦诣京师。淦至而李卒，除淦江阴路教授㉒，以旌直言。给还行台监察御史周祚妻子。祚尝劾行尚书省官，桑哥诬以他罪，流祚于憨答孙，妻子家赀入官，及是还之。禁屠宰马牛。敕："江南重囚，依旧制闻 奏处决。"罢江南诸省买银提举司。遣官招集宋时涅手军可充兵者八万三千六百人，以蒙古、汉人、宋人参为万户、千户、百户领之。辽阳诸路连岁荒，加以军旅，民苦饥，发米二万石赈之。己酉，召交趾王弟陈益稷、右丞陈岩、郑鼎子那怀，并诣京师。癸丑，赐师壁洞安抚司、师壁镇抚所、师罗千户所印，安抚司从三品，余皆五品。丁巳，桑哥伏诛。募民耕江南旷土，户不过五顷，官授之券，俾为永业，三年后征租。遣憨散总兵讨平江南盗贼。己未，降江阴路为州，宜兴府为县，并隶常州路。移扬子县治新城，分华亭之上海为县，松江府隶行省。罢淘金提举司、江淮人匠提举司凡五，以其事并隶有司。雨坏都城，发兵二万人筑之。增置各卫经历一员，俾汉人为之。壬戌，弛畿内秋耕禁。

八月乙丑朔，平阳地震，坏民庐舍万有八百二十六区，压死者百五十人。丙寅，太白犯舆鬼㉓。己巳，置中书省检校二员，秩正七品，俾考核户、工部文案疏缓者。罢江西等处行泉府司、大都甲匠总管府、广州人匠提举司、广德路录事司。罢泉州至杭州海中水站十五所。抚州路饥，免去岁未输田租四千五百石。马八儿国遣使进花牛二、水牛土豹各一。丙子，太阴犯牵牛。大名之清河、南乐诸县霖雨害稼，免田租万六千六百六十九石。己卯，诏谕思州提省溪洞官杨都要，招安叛蛮，悔过来归者，与免本罪。罢云南四州，立东川府。癸未，岁星犯轩辕大星。乙酉，遣麻速忽、阿散乘传诣云南，捕黑虎。戊子，太白犯轩辕大星，并犯岁星。咀喃番邦遣马不剌罕丁，进金书、宝塔及黑狮子、番布、药物。婺州水，免田租四万一千六百五十石。辛卯，命工部造飞车五辆。癸巳，太阴掩荧惑。

九月辛丑，以平章政事麦兀丁商议中书省事，复以咱喜鲁丁平章政事代之。乙巳，景州、河间等县霖雨害稼，免田租五万六千五百九十五石。丙午，立行宣政院，治杭州。己酉，设安西、延安、凤翔三路屯田总管府。庚戌，太白犯右执法。襄阳南障县民李氏妻黄，一产三男。辛亥，安南王陈日烜遣使上表贡方物，且谢不朝之罪。徽州绩溪县贼未平，免二十七年田租。禁宣德府田猎。壬子，酒醋课不兼隶茶盐运司，仍隶各府县。立乞里台思至外剌等六驿。命海船副万户杨祥、合迷、张文虎，并为都元帅，将兵征瑠求。置左右两万户府，官属皆从祥选辟。既又用福建吴志斗言"祥不可信，宜先招谕之"，乃以祥为宣抚使，佩虎符，阮监兵部员外郎，志斗礼部员外郎，并银符，赍诏往瑠求。明年，杨祥、阮监果不能达瑠求而还，志斗死于行，时人疑为祥所杀。诏福建行省按问，会赦，不治。乙卯，以岁荒，免平滦屯田二十七年田租三万六千石有奇。丙辰，荧惑犯左执法。戊午，太白犯荧惑。徙四川行枢密院治成都。以八忽答儿、秃鲁欢、唆不阑、脱儿赤四翼蒙古兵，复隶蒙古都万户府。庚申，以铁里为礼部尚书，佩虎符，阿老瓦丁、不剌并为侍郎，遣使俱蓝。辛酉，岁星犯少民。免大都今岁田租。保定、河间、平滦三路大水，被灾者全免，收成者半之。以别铁木儿、亦列失金为礼部侍郎，使马八儿国；陕西脱西为礼部侍郎，佩金符，使于马都。尚衣局织无缝衣。

冬十月乙丑朔，赐薛彻温都儿等九驿贫民三月粮。己巳，修太庙在真定倾坏者。壬申，以前缅中行尚书省平章政事雪雪的斤为中书省平章政事。癸酉，享太庙。遣使发仓，赈大同屯田兵，及教化的所部军士之饥者。江淮行省言："盐课不足，由私鬻者多，乞付兵五千巡捕。"从之。塔剌海、张忽辛、崔同知并坐理算钱谷受赇[22]，论诛。辛巳，召高丽国王王晫、公主忽都鲁揭里迷失诣阙。癸未，罗斛国王遣使上表，以金书字，仍贡黄金、象齿、丹顶鹤、五色鹦鹉、翠毛、犀角、笃缛、龙脑等物。高丽国饥，给以米二十万斛。罢各处行枢密院，事入行省。割八番洞蛮自四川隶湖广行省。丙戌，太阴犯轩辕大星并御女。丁亥，洞蛮烂土立定云府，改陈蒙洞为陈蒙州，合江为合江州。严山后酒禁。中书省臣言："洞蛮请岁进马五十匹、雨毡五十被、刀五十握；丹砂、雌雄黄等物，率二岁一上。"有诏从其所为。己丑，太阴犯太微东垣上相。敕没入琏真加、沙不丁、乌马儿妻，并遣诣京师。召行省转运司官赴京师，集议治赋法。辛卯，诸王出伯部曲饥，给米赈之。癸巳，武平路饥，免今岁田租。以武平路总管张立道为礼部尚书，使交趾。免卫辉种仙茅户徭役。从辽阳行省言，以乃颜、合丹相继叛，诏给蒙古人内附者，及开元、南京、水达达等三万人牛畜、田器。诏严益都、般阳、泰安、宁海、东平、济宁畋猎之禁，犯者，没其家赀之半。

十一月丙申，以甘肃旷土赐昔宝赤合散等，俾耕之。壬寅，遣左吉奉使新合剌的音。甲辰，太白犯房。减太府监冗员三十一人。罢器备、行内藏二库。诏："回回以答纳珠充献及求售者还之，留其估以济贫者。"塔叉儿、塔带民饥，发米赈之。给按答儿民户四月粮。罢海道运粮镇抚司。丙午，荧惑犯亢。丁未，太阴犯毕。耽罗遣使贡东纻百匹。太史院灵台上修祀事三昼夜。甲寅，太阴犯岁星。郴州路达鲁花赤曲列有罪论诛。复置会同馆。禁沮扰益都淘金。乙卯，新添葛蛮宋安抚率洞官阿汾、青贵，来贡方物。监察御史言："沙不丁、纳速剌丁灭里、乌里儿、王巨济、琏真加、沙的、教化的[6]，皆桑哥党与，受赇肆虐，使江淮之民愁怨载路，今或系狱，或释之，此臣下所未能喻[28]。"帝曰："桑哥已诛，纳剌丁灭里在狱，唯沙不丁，朕姑释之耳。"武平、平滦诸州饥，弛猎禁，其孕字之时勿捕。谕中书议增中外官吏俸。戊午，金齿国遣阿腮入觐。庚申，荧惑犯氐。辛酉，升宣德龙门镇为望云县，割隶云州。置望云银冶。

十二月乙丑，复都水监，秩从三品。遣官迳云南鸭池所遣使。辽阳洪宽女直部民饥，借高丽粟赈给之。籍探马赤八忽带儿等六万户成丁者为兵。丁卯，高丽国鸭绿江西十九驿，经乃颜反，掠其马畜，给以牛各四十。大都饥，下其价粜米二十万石赈之。己巳，诏罢遣官招集畏兀氏。改辰、沅、靖州转运司为湖北湖南道转运司。立葛蛮军民安抚司。宣政院臣言："宋全太后、瀛国公母子以为僧、尼，有地三百六十顷，乞如例免征其租。"从之。辛未，以铁灭为兵部尚书；佩虎符，明思昔 答失为兵部侍郎，佩金符，使于罗孛卜儿。御史台臣言："钩考钱谷，自中统初至今余三十年，更阿合马、桑哥当国，设法已极，而其余党公取贿赂，民不堪命，不如罢之。"有旨："议拟以闻。"壬申，立河南江北行中书省，治汴梁。撒里蛮、老寿并为大司徒，领太常寺。中书省臣言："江南在宋时，差徭为名七十有余，归附后，一切未征，今分隶诸王城邑，岁赐之物仰给京师，又中外官吏俸少，似宜量添，可令江南依宋时诸名，征赋尽输之。"何荣祖言："宜召各省官任钱谷者，诣京师，集议科取之法以闻。"从之。甲戌，诏："罢钩考钱谷，应昔年通负钱谷文卷，聚置一室，非朕命而视之者，有罪。"仍遣使布告中外。庚辰，太阴犯御女。江北州郡割隶河南江北行中书省。改江淮行省为江浙等处行中书省，治杭州。赈阔阔出饥民米。阇里带言："乃颜余党窜女直之地，臣与月儿鲁议，乞益兵千五百人，可平之。"从之。癸未，太阴犯东垣上相。广济署大昌等屯水，免田租万九千五百石。平滦路及丰赡、济民二署饥，出米万五千石赈之。别都儿丁前以桑哥专恣不肯仕，命仍为中书左丞。丙戌，八番洞官吴金叔等，以所部二百五十寨民二万有奇内附，诣阙贡方物。戊子，诏释天下囚非杀人抵罪者。己丑，荧惑犯房。庚寅，荧惑犯钩钤。升营田提举司为规运提点所，正四品。辛卯，浚运粮坝河，筑堤防。授吃剌思八斡节儿为帝师，统领诸国僧尼释教事。赐亲王、公主、驸马金银钞币如岁例。令僧罗藏等递作佛事坐静于圣寿万安、涿州寺等所，凡五十度。遣真人张志仙持香诣东北海岳、济渎致祷。户部上天下户数，内郡百九十九万九千四百四十四，江淮、四川一千一百四十三万八百七十八，口五千九百八十四万八千九百六十四，游食者四十二万九千一百一十八。司农司上诸路所设学校二万一千三百余，垦地千九百八十三顷有奇，植桑枣诸树二千二百五十二万七千七百余株，义粮九万九千九百六十石。宣政院上天下寺宇四万二千三百一十八区，僧、尼二十一万三千一百四十八人。断死刑五十五人。

---

①偫（zhì），音至。

②风宪：风纪法度。

③荐：连连。

④糜：耗费。

⑤罹：遭遇，遭受。

⑥生口：牲口。

⑦奎：二十八星宿之一。

⑧仰：依靠。

⑨骒马：已阉之马。

⑩笞：鞭打。

⑪辨：辨别，明察。

⑫仆：使倒。

⑬蒲：一种植物。

⑭惟：只。

⑮牝：雌性。

⑯辟：召。

⑰九重：古指帝王所居之处，这里指帝王。　　　朘（juān，音捐）削：剥削，削弱减少。

⑱起：出任。

⑲鞠：抚养。　　　犹子：侄子。

⑳世子：天子、诸侯的嫡长子。

㉑群小：众小人。

㉒除：拜官授职。

㉓舆鬼：星名。

㉔坐：因为。

㉕乌里尔：应为"乌马尔"。

㉖喻：通晓，了解。

世祖本纪十四

二十九年春正月甲午朔，以日食免朝贺。日食时，左右有珥，上有抱气。丙申，云南行中书省言："罗甸归附后，改普定府，隶云南省三十余年，今创罗甸宣慰安抚司，隶湖南省，不便，乞罢之，仍以其地隶云南省。"制曰"可"。戊戌，清州饥，就陵州发粟四万七千八百石赈之。己亥，命太史令郭守敬兼领都水监事，仍置都水监少监、丞、经历、知事凡八员。八作司官旧制六员，今分为左右二司，增官二员。庚子，江西行省左丞高兴言："江西、福建汀、漳诸处连年盗起，百姓入山以避，乞降旨招谕复业。福建盐课既设运司，又设四盐使司，今若设提举司专领盐课，其酒税课悉归有司为便。福建银铁又各立提举司，亦为冗滥，请罢去。"诏皆从之。禁商贾私以金银航海。壬寅，以武平地震，全免去年税四千五百三十六锭，今年量输之，止征二千五百六十九锭。癸卯，命玉典赤阿里置司邕州，以便粮饷，而以轻军逻思明州。以汉天师张宗演男与棣，嗣其教。升利用监正三品。甲辰，诏："江南州县学田，其岁入，听其自掌，春秋释奠外①，以廪师生及士之无告者②。贡士庄田，则令核数入官。"乙巳，赐诸王失都儿金千两。丙午，河南、福建行中书省臣请诏用汉语，有旨以蒙古语谕河南，汉语谕福建。罢河南宣慰司。以汴梁、襄阳、河南、南阳、归德皆隶河南行省。复割湖广省之德安、汉阳、信阳，隶荆湖北道，蕲黄隶淮西道，并淮东道三宣慰司，咸隶河南省。其荆湖北道宣慰司旧领辰、沅、澧、靖、归、常德，直隶湖广省。从葛蛮军民安抚使宋子贤请，诏谕未附平伐、大瓮眼、紫江、皮陵、潭溪、九堡等处诸洞猫蛮。戊申，太阴犯岁及轩辕左角。己酉，兴州之兴安、宜兴两县饥，赈米五千石。罢南雄、韶州、惠州三路录事司。壬子，桓州至赤城站户告饥，给钞计口赈之。癸丑，罢四宾库。复会同馆。初置织造段匹提举司五。八番都元帅刘德禄言："新附洞蛮十五寨，请置官府以统之。"诏设陈蒙、烂土军民安抚司。江西行省伯颜、阿老瓦丁言："蒙山岁课银二万五千两。初制，炼银一两，免役夫田租五斗，今民力日困，每两拟免一石。"帝曰："重困吾民，民何以生！"从之。丙辰，播州洞蛮因籍户怀疑窜匿，降诏招集之。以行播州军民安抚使杨汉英为绍庆珍州南平等处沿边宣慰使、行播州军民宣抚使、播州等处管军万户，仍佩虎符。壬戌，召嗣汉天师张与棣赴阙。

二月甲子朔，金竹酋长骚驴贡马、毡各二十有七，从其请减所部贡马，降诏招谕之。赐新附黑蛮衣袄，遣回，命进所产朱砂、雄黄之精善者，无则止。遣使代祀岳渎、后土、四海。乙丑，给辉州龙山、里州和中等县饥民粮一月。丁卯，畋于近郊。命宿卫受月廪及蒙古军以艰食受粮者，宣徽院仍领之。己巳，太阴犯毕。发通州、河西务粟，赈东安、固安、蓟州、宝坻县饥民。申禁鞭背。庚午，斡罗思招附桑州生猫、罗甸国古州等峒酋长三十一，所部民十一万九千三百二十六户，诣阙贡献。壬申，敕遣使分行诸路，释死罪以下轻囚。泽州献嘉禾。乙亥，立总管高丽女直汉军万户府，颁银印，总军六千人。以泉府太卿亦黑迷失、邓州旧军万户史弼、福建行省右丞高兴，并为福建行中书省平章政事，将兵征爪哇，用海船大小五百艘、军士二万人。戊寅，立征行左、右军都元帅府，都元帅四、副都元帅二。上万户府达鲁花赤四、万户皆四、副万户八、镇抚四，各佩虎符。诏加高丽王王睶太保，仍锡功臣之号③。诏从诸王阿秃作乱者，朵罗带以付阔里吉思，脱迭出以付阿里，抄儿赤以付月的迷失，合麦以付亦黑迷失，使从军自效。又诏诸王从合丹作乱者，讷 答儿之镇南王所，聂怯来之合剌合孙答剌罕所，阿秃之云南王所，朵列秃之阿里所，八里带之月的迷失所，斡里罗、忽里带之东海。发义仓官仓粮，赈德州、齐河、清平、泰安州饥民。庚辰，月儿鲁等言：“纳速剌丁灭里、忻都、王巨济党比桑哥④，恣为不法，楮币、铨选、盐课、酒税，无不更张变乱之⑤。衔命江南理算者，皆严急输期，民至嫁妻卖女，祸及亲邻，维扬、钱塘，受害最惨，无故而陨其生五百余人。其初，士民犹疑事出国家，今乃知天子仁爱元元⑥，而使民至此极者，实桑哥及其凶党之为，莫不愿食其肉。臣等议，此三人既已伏辜⑦，乞依条论坐，以谢天下。”从之。牙亦迷失招无籍民千四百三十六户，请隶东宫，诏命之耕田。辛巳，从枢密院臣暗伯等请，就襄阳给曲先塔林合剌鲁六百三十七户田器种粟，俾耕而食。丁亥，以汪惟和为巩昌等二十四处便宜都总帅，兼巩昌府尹，仍佩虎符。御史台月儿鲁、崔彧等言：“冯子振、刘道元指陈桑哥同列罪恶，诏令省台臣及董文用、留梦炎等议。其一言：翰林诸臣撰《桑哥辅政碑》者，廉访使阎复近已免官，余请圣裁。”帝曰：“死者勿论，其存者，罚不可恕也。”乞台不花等使缅国，诏令遥授左丞。迁议以尚书行使事，其副以郎中处之。制曰“可”。戊子，禁杭州放鹰。己丑，岁星犯轩辕大星。庚寅，宣政院臣言，授诸路释教都总统辇真尤纳思为太中大夫、土蕃等处宣慰使都元帅。敕畴零拔都儿三百四十七户⑧，佃益都闲田，给牛种农具，官为屋居之。壬辰，山东廉访司申：“棣州境内春旱且霜，夏复霖涝，饥民啖藜藿木叶，乞赈恤。”敕依东平例，发附近官廪，计口以给。

　　三月甲午，诏遣脱忽思、依独赤昔烈门至合敦奴孙界，与驸马阔里吉思，议行屯田。己亥，枢密院臣言：“出征女直纳里哥，议于合思罕三千新附军内，选拔千人。”诏先调五百人，行中书省具舟给粮，仍设征东招讨司。壬寅，御史大夫月儿鲁等奏：“比监察御史商琥举昔任词垣风宪⑨，时望所属而在外者，如胡祗遹、姚燧、王恽、雷膺、陈天祥、杨恭懿、高道、程文海、陈俨、赵居信十人，宜召置翰林，备顾问。”帝曰：“朕未深知，俟召至以闻。”丙午，中书省臣言：“京畿荐饥，宜免今岁田租。上都、隆兴、平滦、河间、保定五路，供亿视他路为甚，宜免今岁公赋。汉地河泊隶宣徽院，除入太官外，宜弛其禁，便民取食。”并从之。丁未，纳速剌丁灭里以盗取官民钞一十三万余 锭，忻都以征理逋负迫杀五百二十人，皆伏诛。王巨济虽无赃，帝以与忻都同恶，并诛之。中书省与御史台共定赃罪十三等，枉法者五，不枉法者八，罪入死者以闻。制曰“可”。戊申，以威宁、昌等州民饥，给钞二千锭赈之。己酉，以大司农、同知宣徽院事兼领尚膳监事铁哥，翰林学士承旨、通政院使兼知尚乘寺事剌真，并为中书平章政事，兼领旧职。中书省臣言：“右丞何荣祖以疾，平章政事麦尤丁以久居其任，乞令免署，惟食其禄，与议中书省事。”从之。以阿里为中书右丞，梁暗都剌为参知政事。中书省臣言：“亦奚不薛及八番罗甸，既各设宣慰司，又复立都元帅府，其地甚狭而官府多，宜合二司帅府为一。”诏从之，且命奚不薛与思、播州同隶湖广省⑩，罗甸还隶云南，以八番罗甸宣慰使斡罗思等，并为八番顺元等处宣慰使都元帅，佩虎符。以安南国王陈益稷遥授湖广等处行中书省平章政事，佩虎符，居鄂州。庚戌，车驾幸上都。赐速哥、斡罗思、赛因不花蛮夷之长五十六人，金纹绫绢各七十九匹及弓矢、鞍辔。壬子，枢密院臣奏：“延安、凤翔、京兆三路籍军三千人，桑哥皆罢为民，今复其军籍，屯田六盘。”从之。敕都水监分视黄河堤堰，罢河渡司。庚申，免宝庆路邵阳县田租万三千七百九十三斛。壬戌，给还杨琏真加土田、人口之隶僧坊者。初，琏真加重赂桑哥，擅发宋诸陵，取其宝玉，凡发冢一百有一所，戕人命四，攘盗诈掠诸赃为钞十一万六千二百锭①，田二万三千亩，金银、珠玉、宝器称是。省台诸臣乞正典刑以示天下，帝犹贷之死，而给还其人口、土田。隆兴府路饥，给钞二千锭，复发粟以赈之。

夏四月丙子，太阴犯氐。己卯，复典瑞监三品。弛甘肃酒禁，榷其酤。辛巳，弛太原酒禁，仍榷酤。辛卯，设云南诸路学校，其教官以蜀士充。

五月甲午，辽阳水达达、女直饥，诏忽都不花趣海运给之。丙午，敕："云南边徼入朝⑫，非初附者，不听乘传，所进马，不给刍豆。"丁未，中书省臣言："妄人冯子振，尝为诗誉桑哥，且涉大言，及桑哥败，即告词臣撰碑引谕失当，国史院编修官陈孚发其奸状，乞免所坐遣还家。"帝曰："词臣何罪？使以誉桑哥为罪，则在廷诸臣，谁不誉之？朕亦尝誉之矣。"诏以杨居宽、郭佑死非其罪，给还其家资。改思州安抚司为军民宣抚司，隶湖广省，诏谕其民因阅户惊逃者，各使安业。以陕西盐运司酒税等课已入州县，罢诸子盐司。并罢东平路河道提举司事入都水监。己未，龙兴路南昌、新建、进贤三县水，免田租四千四百六十八石。是月，真定之中山新乐、平山、获鹿、元氏、灵寿，河间之沧州无棣，景之阜城、东光，益都之潍州北海县，有虫食桑叶尽，无蚕。

六月甲子，平江、湖州、常州、镇江、嘉兴、松江、绍兴等路水，免至元二十八年田租十八万四千九百二十八石。戊辰，诏听僧食盐不输课。己巳，日本来互市，风坏三舟，惟一舟达庆元路。壬申，江西省臣言："肇庆、德庆二路，封、连二州，宋时隶广东，今隶广西不便，请复隶广东。"从之。铁旗城后察昔折乙烈率其族类部曲三千余户来附。甲戌，设司籍库，秩从五品，隶太府监，储物之籍人者。丙子，太宁路惠州连年旱涝，加以役繁，民饿死者五百人，诏给钞二千锭及粮一月赈之，仍遣使责辽阳省臣阿散。壬午，敕以海南新附四州洞寨五百一十九、民二万余户，置会同、定安二县，隶琼州，免其田租二年。癸未，以征爪哇，暂禁两浙、广东、福建商贾航海者，俟舟师已发后，从其便。丁亥，湖州、平江、嘉兴、镇江、扬州、宁国、太平七路大水，免田租百二十五万七千八百八十三石。己丑，太白犯岁星。铁木塔儿、薛阇秃、捏古带、阔阔所部民饥，诏给米四千石，付铁木塔儿、薛阇秃，一千石付捏古带、阔阔，俾以赈之。

闰六月辛卯朔，升上都兵马司四品，如大都。丁酉，辽阳、沈州、广宁、开元等路雹害稼，免田租七万七千九百八十八石。岳州华容县水，免田租四万九百六十二石。东昌路蝗。壬寅，以东安、海宁改隶淮安路⑬。诏大都事繁，课税改隶转运司。通州造船毕，罢提举司。罢福建岁造象齿罝带⑭。戊申，荧惑犯狗国⑮。庚戌，回回人忽不木思售大珠，帝以无用却之。辛亥，河西务水，给米赈饥民。江北河南省既立，诏江北诸城悉隶其省。诏汉阳隶湖广省。左江总管黄坚言："其管内黄胜许聚众二万，据忠州，乞调军万人、土兵三千人，命刘国杰讨之，臣愿调军民万人以从。"诏许之。太平、宁国、平江、饶、常、湖六路民艰食，发粟赈之。高丽饥，其王遣使来请粟，诏赐米十万石。中书省臣言："今岁江南海运粮至京师者一百五万石，至辽阳者十三万石，比往岁无耗折不足者。"甲寅，右江岑从毅降，从毅老疾，诏以其子斗荣袭，佩虎符，为镇安路军民总管。广南西路安抚副使赛甫丁等诽谤朝政，沙不丁复资给之，以风闻三十余事，安告省官。帝以有伤政体，捕恶党下吏如法。乙卯，济南、般阳蝗。是月，诏谕廉访司巡行劝课农桑。礼部尚书张立道、郎中歪头使安南回，以其使臣阮代乞、何维岩至阙。陈日燇拜表笺，修岁贡。

秋七月庚申朔，诏以史弼代也黑迷失、高兴，将万人征爪哇，仍召三人者至阙。遣使检核审名鹰坊受粮者。辛酉，河北河南道廉访司还治汴梁。癸亥，完大都城。也里虫里、沙沙尝签僧、道、儒、也里可温、答赤蛮为军，诏令止隶军籍。甲子，降诏申严牛马践稼之禁。乙丑，阿里愿自备船，同张存从征爪哇军，往招占城、甘不察，诏授阿里三珠虎符，张存一珠虎符，仍蠲阿里父布伯所负斡脱钞三千锭。丙寅，罢徽州路录事司。免屯田租一万二千八百一十一石。辛未，太阴犯牛。壬申，建社稷和义门内，坛各方五丈，高五尺，白石为主，饰以五方色土；坛南植松一株，北墉瘗坎壝垣⑯，悉仿古制，别为斋庐，门庑三十三楹。戊寅，黎兵百户邓志愿谋叛，伏诛。庚辰，敕云南省，拟所辖州县官如福建、二广例，省台委官铨选以姓名闻，随给授宣敕。

八月己丑朔，赛甫丁处死，余党杖而徒之，仍籍其家产。壬辰，敕礼乐户仍与军站、民户均输赋。丁酉，辰星犯右执法。己亥，太白犯房。辛丑，宁夏府屯田成功，升其官脱儿赤。壬寅，括唐兀秃鲁花所部阔象赤及河西逃人入蛮地者。甲辰，车贺至自上都。讨浙东孟总把等贼，敕诸军之驻福建者，听平章政事阇里节度。乙巳，岁星犯右执法。丙午，用郭守敬言，浚通州至大都漕河十有四，役军匠二万人，又凿六渠灌昌平诸水。以广济署屯田既蝗复水，免今年田租九千二百一十八石。丁未，也黑迷失乞与高兴等同征爪哇。帝曰："也黑迷失惟熟海道，海中事当付之，其兵事，则委之史弼可也。"以史弼为福建等处行中省平章政事，统领出征军马。庚戌，高苑县高希允以非所宜言，伏诛。壬子，诏塔剌赤、程鹏飞讨黄圣许，刘国杰驻马军戍守。戊午，福建行省参政魏天祐献计，发民一万，凿山炼银，岁得万五千两。天祐赋民钞市银输官，而私其一百七十锭，台臣请追其赃而罢炼银事，从之。改燕南河北廉访司还治真定。高丽、女直界首双城告饥⑰，敕高丽王于海运内以粟赈之。弛平滦州酒禁。诏不敦、忙兀鲁迷失以军征八百媳妇国。

九月己未朔，治书侍御史裴居安言："月的迷失遇盗起，不即加兵，盗去，乃延诛平民。"诏台院遣官杂问之。辛酉，诏谕安南国陈日燇，使亲入朝。选湖南道宣慰副使梁曾，授吏部尚书，佩三珠虎符，翰林国史院编修官陈孚，授礼部郎中，佩金符，同使安南。山东东西道廉访司劾："宣慰使乐实盗库钞百二十锭，买库银九百五十两，官局私造弓勒等物，受屯田钞百八十锭，乐实宜解职。"从之。丁卯，中书省臣言："茆鹚、十围、安化等新附洞蛮凡八万⑱，宜设管军民司，以其土人蒙意、蒙世、莫仲文为长官，以吕天佑、塔不带为达鲁花赤。八番斡罗思招附光兰州洞蛮，宜置定远府，就用其所举秃干、高守文、黄世曾、燕只哥为达鲁花赤、知府、同知、判官。"制曰"可"。癸酉，徙沔州治铎水县，废新得州置通江县，复汉州绵竹县。沙州、瓜州民徙甘州，诏于甘、肃两界，画地使耕，无力者，则给以牛具农器。宁夏户口繁多，而土田半藝红花⑲，诏令尽种谷麦，以补民食。丁丑，以平滦路大水且霜，免田租二万四千四十一石。辛巳，太白犯南斗。罢云南行台，徙置西川，设云南廉访司。壬午，水达达、女直民户由反地驱出者，押回本地，分置万夫、千夫、百夫内屯田。甲申，乌思藏宣慰司言："由必里公反后，站驿遂绝，民贫无可供亿⑳。"命给乌思藏五驿各马百、牛二百、羊五百，皆以银；军七百三十六户，户银百五十两。丁亥，从宣政院言，置乌思藏纳里速古儿孙等三路宣慰使司都元帅。

冬十月戊子朔，诏福建廉访司知事张师道赴阙。师道至，乞汰内外官府之冗滥者，诏麦尤丁、何荣祖、马纪、燕公楠等，与师道同区别之。数月，授师道翰林直学士。日本舟至四明，求互市，舟中甲仗皆具，恐有异图，诏立都元帅府，令哈剌带将之，以防海道。诏浚浙西河道，导水入海。庚寅，两淮运使纳速剌丁坐受商贾贿，多给之盐，事觉，诏严加鞫问。癸巳，弛上都酒禁。燕公楠言："岁终，各行省臣赴阙奏事，亦宜令行台臣赴阙，奏一岁举刺之数。"制曰"可"。丙申，四川行省以洞蛮酋长向思聪等七人入朝。壬寅，从朱清、张瑄请，授高德诚管领海船万户，佩双珠虎符，复以殷实、陶大明副之，令将出征水手。甲辰，信合纳帖音国遣使入觐。广东道宣慰司遣人，以暹国主所上金册诣京师。乙巳，太阴犯井。丁未，太阴犯鬼。己酉，枢密院臣言："六卫内领汉军万户，见存者六千户，拨分为三：力足以备车马者二千五百户，每甲令备马十五匹、牛车二辆；力足以备车者五百户，每甲令备牛车三辆；其三千户，惟习战斗，不他役之。六千户外，则供他役。庶能各勤乃事，而兵亦精锐。"诏施行之。诏择囚徒罪轻者，释之。癸丑，完泽等言："凡赐诸人物，有二十万锭者，为数既多，先赐者尽得之，及后将赐，或无可给，不均为甚。今计怯薛带、怯怜口、昔博赤、哈剌赤，凡近侍人，上等以二百户为率，次等半之，下等又半之，于下等，择尤贫者岁加赏赐，则无不均之失矣。一岁天下所入，凡二百九十七万八千三百五锭，今岁已办者，才一百八十九万三千九百九十三锭，其中有未至京师而在道者，有就给军旅及织造物料馆传俸禄者，自春至今，凡出三百六十三万八千五百四十三锭，出数已逾入数六十六万二百三十八锭矣。怀孟竹课，岁办千九十三锭，尚书省分赋于民，人实苦之，宜停其税。"帝皆嘉纳其言。命赵德泽、吴荣领逃奴无主者二百四十户，淘银耕田于广宁、沈州。乙卯，太阴犯氐。

十一月庚申，岳州华容县水，发米二千一百二十五石赈饥民。壬戌，太阴犯垒壁阵。戊寅，枢密院奏："一卫万人，尝调二千屯田，木八剌沙上都屯田二年有成，拟增军千人。"从之。己卯，太阴犯太微东垣上相。癸未，禁所在私渡，命关津讥察奸宄㉑。丙戌，提省溪、锦州、铜人等洞酋长杨秀朝等六人入见，进方物。

十二月庚寅，中书省臣言："皇孙晋王甘麻剌昔镇云南，给梁王印，今进封晋王，请给晋王印。北安王府慰也里古带、司马荒兀，并为晋王中尉，仍命不只答鲁带、狄琮并为司马。金齿适当忙兀秃儿迷失出征军马之冲，资其刍粮，立为木来府。"敕应昌府给乞答带粮五百石，以赈饥民。癸巳，中书省臣言："宁国路民六百户凿山冶银，岁额二千四百两，皆市银以输官，未尝采之山，乞罢之。"制曰"可"。庚子，太阴犯井。甲辰，太阴犯太微西垣。己酉，故鹿川路军民总管达鲁花赤阿散男布八同赵升等，招木忽鲁甸金齿土官忽鲁马男阿鲁来入见，贡方物。阿鲁言其地东南邻境未附者，约二十万民，慕化愿附，请颁诏旨，命布八、赵升谕之，从之。壬子，敕中书省用乌思藏站例，给合里、忽必二站马牛羊，凡为银九千五百两。丁巳，敕都水监修治保定府沙塘河堤堰。

是岁，赐皇子、皇孙、诸王、藩戚、禁卫、边庭将士等，钞四十六万六千七百一十三锭。给军士畸零口粮五千五百二十三石，赈其乏者，为钞三十六万八千四百二十八锭。命国师、诸僧、咒师修佛事七十二会。断死狱七十四。

三十年春正月壬戌，诏遣使招谕漆头、金齿蛮。乙丑，敕福建毋进鹇。戊戌，和林汉军四百，留百人，余令耕屯杭海。丙寅，太阴犯毕。命中书汰冗员，凡省内外官府二百五十五所，总六百六十九员。丁卯，安西王请仍旧设常侍，不允。罢云南延庆司，以洛波、卜儿二蛮酋遥授知州，各赐玺书。戊辰，枢密院臣奏："兀浑察部兀末鲁罕军，每岁运米六千四百二十六石以给之，计佣直为钞万二千八百五十二锭。"诏边境无事，令本军屯耕以食。庚午，验洞酋长杨总国等来朝。捏怯烈女直二百人以渔自给，有旨："与其渔于水，曷若力田㉒，其给牛价、农具使之耕。"甲戌，河南江北行省平章伯颜言："扬州忙兀台所立屯田，为田四万余顷，官种外，宜听民耕垦。扬州盐转运一司设三重官府，宜削去盐司，止留管勾。襄阳旧食京兆盐，以水陆难易计之，莫若改食扬州盐。蔡州去汴梁地远，宜升散府，以颍、息、信阳、光州隶之。"诏皆从其议。升广州为上路总管府。罢纳速剌丁灭里所立鱼盐局。割江西兴国路隶湖广行省。乙亥，谥皇太子曰明孝。丙子，西番一甸蛮酋三人来觐，各授以蛮夷军民官，仍以招谕人张道明为达鲁花赤。丁丑，太阴犯氐。戊寅，诏旧隶乃颜、胜纳答儿女直户四百，虚糜廪食㉒，令屯田扬州。庚辰，岁星犯左执法。立豪、懿州七驿。辛巳，置辽阳路庆云至合里宾二十八驿，驿给牛三十头、车七辆。壬午，淮西道宣慰使昂吉儿，敛军钞六百锭、银四百五十两、马二匹，敕省台及扎鲁火赤鞫问。丁亥，遣使代祀岳、渎、东海及后土。

二月己丑，从阿老瓦丁、燕公楠之请，以杨琏真加子宣政院使暗普，为江浙行省左丞。诏："上都管仓库者无资品俸秩，故为盗诈，宜于六品、七品内委用，以俸给之。"高丽国王王晞请易名曰昛，其金议府请升金议司，降二品印，从之。减河南、江浙海运米四十万石。中书省添设检校二员。免大都今岁公赋。益上都屯田军千人，给农具、牛价钞五千锭，以木八剌沙董之。诏以只速灭里与鬼蛮之民隶詹事院。壬辰，太阴犯毕。丙申，却江淮行枢密院官不怜吉带进鹰，仍敕自今禁戢军官，无从禽扰民，违者论罪。丁酉，回回字可马合谋沙等献大珠，邀价钞数万锭⑳，帝曰："珠何为！当留是钱，以赒贫者。"敕海运米十万石给辽阳戍兵，仍谕其省官薛阇干，令伯铁木部钦察等，耕渔自养，粮不须给。甲辰，中书省臣言："侍臣传旨予官者，先后七十人，臣今欲加汰择，不可用者不敢奉诏。"帝曰："率非朕言。凡来奏者朕只令谕卿等，可用与否，卿等自处之。"又言："今岁给饷上都、大都，及甘州、西京，经费浩繁，自今赏赐，悉宜姑止。"从之。乙巳，荧惑犯天街。丁未，车驾幸上都。以新附洞蛮吴动鳌为潭溪等处军民官，佩金符。给新附军三百人，人钞十锭，屯田真定。庚戌，太阴犯牛。辛亥，诏发总帅汪惟和所部军三千征土番，又发陕西、四川兵万人，以行枢密官明安答儿统之，征西番。敕以韶、赣相去地远，分赣州行院官一员镇韶州。复立云南行御史台。诏沿海置水驿，自耽罗至鸭渌江口凡十一所，令洪君祥董之⑤。癸丑，太白犯垒壁阵。江西行院官月的迷失言："江南豪右多庇匿盗贼⑥，宜诛为首者，余徙内县。"从之。申严江南兵器之禁。

三月庚申，以同知枢密院事扎散知枢密院事。以平章政事范文虎董疏漕河之役。平章政事李庭率诸军扈从上都。雨坏都城，诏发侍卫军三万人完之，仍命中书省给其佣直。甲子，括天下马十万匹。己巳，立行大司农司。洪泽、芍陂屯田，旧委四处万户，诏存其二，立民屯二十。辛未，太阴犯氐。

夏四月己亥，行大司农燕公楠、翰林学士承旨留梦炎言："杭州、上海、澉浦、温州、庆元、广东、泉州，置市舶司凡七所，唯泉州物货三十取一，余皆十五抽一，乞以泉州为定制。"从之。仍并温州舶司入庆元，杭州舶司入税务。江南行大司农司自平江徙扬州，兼管两淮农事。省八番重设州县官。罢徽州录事司。皇孙晋王位立内史府。诏诸二品官府，自今与各部文移相关。巩昌二十四城，依旧例，于总帅汪氏弟兄子侄内选用二人。壬寅，枢密院臣言："去年征爪哇军二万，各给钞二锭，其后，只以五千人往，宜征元给钞三万锭入官。"帝曰："非其人不行，乃朕中止之耳⑰，勿征。"癸丑，太白犯填星。广东肃政廉访司复治广州。甲寅，诏遣使招谕暹国。斡罗思请以八番见户合思、播之民兼管，徙宣慰司治辰、沅、靖州，常赋外，岁输钞三千锭，不允。光州蛮人光龙等一十二人，及邦崖王文显等二十八人、金竹府马麟等一十六人、大龙番秃卢忽等五十四人、永顺路彭世强等九十人、安化州吴再荣等一十三人、师壁散毛洞勾答什王等四人，各授蛮夷官，赐以玺书遣归。敕江南毁诸道观圣祖天尊祠。

五月丙辰朔，给四部更番卫士马万匹，又给其必阇赤四百匹。壬戌，定云洞蛮酋长来附。癸亥，括思、播等处亡宋涅手军。丙寅，诏委官与行省官，阅核蛮夷军民官。以江南民怨杨琏真珈，罢其子江浙行省左丞暗普。诏以浙西大水冒田为灾㉑，令富家募佃人疏决水道。辛未，敕僧寺之邸店，商贾舍止，其物货依例收税。丁丑，中书省臣言："上都工匠二千九百九十九户，岁廪官粮万五千二百余石，宜择其不切于用者，俾就食大都。"从之。甲申，真定路深州静安县大水，民饥，发义仓粮二千五百七十四石赈之。

六月丙戌，敕选河西质子军精锐者八百，给以铠仗鞍勒、狐貉衣裘，遣赴皇孙阿难答所出征。己丑，岁星犯左执法。庚寅，诏云南旦当仍属西番宣慰司。改淮西蕲、黄等路隶河南江北行省。丙申，太阴犯斗。乙巳，以皇太子宝授皇孙铁穆耳，总兵北边。己酉，诏浚太湖。壬子，大兴县蝗。易州雨雹，大如鸡卵。

秋七月丁巳，敕中书省官一员监修国史。己未，诏皇曾孙松山出镇云南，以皇孙梁王印赐之。诏免福建岁输皮货，及泉州织作纻丝。庚申，命知鹤庆府昔宝赤赍玺书，招谕农顺未附蛮寨。甲子，太阴犯建星。己巳，命刘国杰从诸王亦吉里督诸军，征交趾。免云南屯田军逋租万石。壬申，以月失察儿知枢密院事。丁丑，赐新开漕河名曰通惠。壬申，以只儿合忽所汰乞儿吉思户七百，屯田合思合之地。辛巳，太阴犯鬼。

八月丙戌，括所在荒田无主名者，令放良、漏籍等户屯田㉑。庚寅，奉使安南国梁曾、陈孚，以安南使人陶子奇、梁文藻偕来。敕福建行省，放爪哇出征军归其家。甲午，辰星犯太微西垣上将。戊戌，给安西王府断事官印。甲辰，太阴犯毕。丁未，湖广行省臣言海南、海北多旷土，可立屯田，诏设镇守黎蛮海北海南屯田万户府以董之。戊申，太阴犯鬼。营田提举司所辖屯田百七十七顷，为水所没，免其租四千七百七十二石。

九月癸丑朔，大驾至自上都。戊午，敕各路达鲁花赤、总管董驿事。己未，明安答儿率军万人征土蕃，近遣使来言，乞引茂州先附寨官赴阙，不允。乙丑，立海北海南博易提举司，税依市舶司例。丙寅，遣金齿人还归。丁卯，太阴犯毕。癸酉，敕以御史台赃罚钞五万锭，给卫士之贫者。辛巳，登州蝗，恩州水，百姓阙食，赈以义仓米五千九百余石。

冬十月癸未朔，以侍卫亲军千户张邦瑞为万户，佩虎符，将六盘山军千人及皇子西平王等军，共为万人，西征。赐冠城疏河董役军官衣各一袭。赐交趾陶子奇等十七人冬衣，荆南安置。戊子，诏修汴堤。己丑，遣兵部侍郎忽鲁秃花等使阇蓝、可儿纳答、信合纳帖音三国，仍赐信合纳帖音酋长三珠虎符。庚寅，飨于太庙。彗星入紫微垣，抵斗魁，光芒尺许，凡一月乃灭。丙申，荧惑犯亢。己亥，太阴犯天关。辛丑，太阴犯井。壬寅，敕减米直，粜京师饥民，其鳏寡孤独不能自存者，给之。甲辰，赦天下。戊申，僧官总统以下有妻者，罢之。以段贞董开河、修仓之役，加平章政事。庚戌，造象蹄掌甲。辛亥，禁江南州郡以乞养良家子，转相贩鬻，及强将平民略卖者。平滦水，免田租万一千九百七十七石。广济署水，损屯田百六十五顷，免田租六千二百一十三石。

十一月壬子朔，改德安府隶黄州路。丁巳，孙民献尝附桑哥，助要束木为恶，及同知上都留守司事，又受赇，减诸从臣粮，诏籍其家赀妻奴。复因潭州吕泽诉其刻虐，械送民献至湖广，如泽所诉穷治之。立海北海南道肃政廉访司，治雷州。庚申，敕中书省，凡出征军，毋以和顾和买烦其家。乙丑，太阴犯毕。乙卯，太阴犯井。戊辰，以金齿木朵甸户口增，立下路总管府，给其为长者双珠虎符。真定路达鲁花赤合散言："廉访司官检责民官太苛，乞以民官复检责廉访司文卷。"从之。庚午，太阴犯鬼。免江南都作院军匠出征。丙子，荧惑犯钩钤。戊寅，岁星犯亢。己卯，河南江北行省平章伯颜入为中书省平章政事，位帖哥、剌真、不忽木上。

十二月丁亥，禁汉军更番者，毋鬻军器。辛卯，武平路达鲁花赤塔海言："女直地至今未定，贼一人入境，百姓离散，臣愿往安集之。"诏以塔海为辽东道宣慰使。壬辰，中书左丞马绍疾，以詹事丞张九思代之。乙未，太阴犯井。遣使督思、播二州及镇远、黄平，发宋旧军八千人，从征安南。庚子，平章政事亦黑迷失、史弼、高兴等无功而还，各杖而耻之，仍没其家赀三之一。癸卯，敕以桑哥没入官田三百九十一顷八十余亩，给阿合兀阑所司匠户。丙午，以铁赤、脱脱木儿、咬住、拜延四人，并安西王傅。

是岁，天下路、府、州、县等二千三十八。路一百六十九，府四十三，州三百九十八，县千一百六十五，宣抚司十五，安抚司一，寨十一，镇抚所一，堡一，各甸部管军民官七十三，长官司五十一，录事司百三，巡院三。官府大小二千七百三十三处，随朝二百二十一，员万六千四百二十五，随朝千六百八十四，户一千四百万二千七百六十。赐皇后、亲王、公主如岁例。赐诸臣羊马价，钞四十三万四千五百锭、币五万五千四百一十锭。周贫乏，钞三万七千五百二十锭。作佛事祈福五十一。真定、宁晋等处，被水旱蝗雹为灾者二十九。断死罪四十一。

三十一年春正月壬子朔，帝不豫㉚，免朝贺。癸亥，知枢密院事伯颜至自军中。庚午，帝大渐㉛。癸酉，帝崩于紫檀殿。在位三十五年，寿八十。亲王、诸大臣发使告哀于皇孙。乙亥，灵驾发引㉜，葬起辇谷，从诸帝陵。

夏四月，皇孙至上都。甲午，即皇帝位。丙午，中书右丞相完泽及文武百官议上尊谥。壬寅，始为坛于都城南七里。甲辰，遣司徒兀都带、平章政事不忽木、左丞张九思，率百官请谥于南郊。

五月戊午，遣摄太尉臣兀都带奉册上尊谥曰圣德神功文武皇帝，庙号世祖，国语尊称曰薛禅皇帝。是日，完泽等议，同上先皇后弘吉剌氏尊谥曰昭睿顺圣皇后。

世祖度量弘广，知人善任使，信用儒术，用能以夏变夷㉝，立经陈纪，所以为一代之制者，规模宏远矣。

---

①释奠：古时学校的一种祭奠先圣先师的典礼。

②无告：有苦无处可告，特指鳏寡孤独。

③锡：赐。

④党比：结党朋比。

⑤楮（chǔ，音楚）：纸币。

⑥元元：庶民，众民。

⑦辜：罪。

⑧畸零：残余，零星。

⑨词垣：泛指词臣的官署。垣，此作官署之代称。

⑩奚不薛：据上文，应为"亦奚不薛"。

⑪攘：窃取。

⑫徼（jiào，音叫）：边界。

⑬东安：应为"安东"。

⑭鎜：pán，音盘。

⑮狗国：古星名。

⑯堳：城墙。　瘞（yì，音益）：掩埋。　壝（wěi，音伟）：坛等的矮墙。

⑰界首：边界前缘，交界之地。

⑱洞蛮：古时对南方少数民族的蔑称。

⑲葘（zī，音子第二声）：草木生貌。　红花：一种植物，花可入药。

⑳供亿：供给。亿，满足。

㉑讥：查问。　宄（guǐ，音轨）：犯法作乱之人。

㉒曷若：何如，表示不如。

㉓虚縻：白白地损耗、浪费。

㉔邀：求。

㉕董：管理。

㉖豪右：豪门大族。右，古时以右为高，引申为高贵，重要等。

㉗中止：中途停止。

㉘昌：漫溢。

㉙放良：遣散奴婢，使脱奴籍，成为平民。

㉚豫：安乐，安适。

㉛大渐：病势加剧。渐，进。

㉜发引：出殡时，柩车出发，送丧者执引前导。引，挽柩车的绳索。

㉝夏：指中原地区和民族。　夷：指中原之外的各民族。

顺帝本纪一

顺帝名妥欢贴睦尔，明宗之长子。母罕禄鲁氏，名迈来迪，郡王阿儿厮兰之裔孙也。初，太祖取西北诸国，阿儿斯兰率其众来降，乃封为郡王，俾领其部族①，及明宗北狩，过其地，纳罕禄鲁氏②。延佑七年四月丙寅，生帝于北方。

当泰定帝之崩，太师燕铁木儿与诸王大臣迎立文宗。文宗既即位，以明宗嫡长，复遣使迎立之。明宗即位于和宁之北，而立文宗为皇太子，及明宗崩，文宗复正大位。至顺元年四月辛丑，明宗后八不沙被谗遇害③，遂徙帝于高丽，使居大青岛中，不与人接。阅一载，复诏天下，言明宗在朔漠之时④，素谓非其己子⑤，移于广西之静江。

三年八月己酉，文宗崩，燕铁木儿请文宗后立太子燕帖古思，后不从，而命立明宗次子懿璘只班，是为宁宗。十一月壬辰，宁宗崩，燕铁木儿复请立燕帖古思。文宗后曰："吾子尚幼，妥欢贴睦尔在广西，今年十三矣，且明宗之长子，礼当立之。"乃命中书右丞阔里吉思迎帝于静江。至良乡，具卤簿以迓之⑥。燕铁木儿既见帝，并马徐行，具陈迎立之意。帝幼且畏之，一无所答，于是燕铁木儿疑之。故帝至京，久不得立。适太史亦言帝不可立，立则天下乱，以故议未决。迁延者数月，国事皆决于燕铁木儿，奏文宗后而行之。俄而燕铁木儿死⑦，后乃与大臣定议立帝，且曰："万岁之后⑧，其传位于燕帖古思，若武宗、仁宗故事⑨。"诸王宗戚奉上玺劝进⑩。

四年六月己巳，帝即位于上都，诏曰：

"洪惟我太祖皇帝⑪，受命于天，肇造区夏⑫；世祖皇帝，奄有四海⑬，治功大备；列圣相传，丕承前烈⑭。我皇祖武宗皇帝入纂大统⑮，及致和之季⑯，皇考明宗皇帝远居朔漠，札牙笃皇帝戡定内难⑰。让以天下。我皇考宾天⑱，札牙笃皇帝复正宸极。治化方隆，奄弃臣庶⑳。

今皇太后召大臣燕铁木儿、伯颜等曰：'昔者阔彻、脱脱木儿、只儿哈郎等谋逆，以明宗太子为名，又先为八不沙始以妒忌，妄构诬言㉑，疏离骨肉。'逆臣等既正其罪，太子遂迁于外。札牙笃皇帝后知其妄。寻至大渐㉒，顾命有曰：'朕之大位，其以朕兄子继之。'时以朕远征南服，以朕弟懿璘只班登大位，以安百姓，乃遽至大故㉓。皇太后体承札牙笃皇帝遗意，以武宗皇帝之元孙，明宗皇帝之世嫡，以贤以长，在予一人，遣使迎还。征集宗室诸王来会，合辞推戴。今奉皇太后勉进之笃，宗亲大臣恳请之至，以至顺四年六月初八日，即皇帝位于上都。

於戏！惟天、惟祖宗全付予有家，慄慄危惧，若涉渊冰，罔知攸济。尚赖宗亲臣邻，交修不逮㉔，以底隆平㉕。其赦天下。"

时有阿鲁辉帖木儿者，明宗亲臣也，言于帝曰："天下事重，宜委宰相决之，庶可责其成功；若躬自听断，则必负恶名。"帝信之，由是深居宫中，每事无所专焉。辛未，命伯颜为太师、中书右丞相、上柱国、监修国史，兼奎章阁大学士，领学士院、太史院、回回、汉人司天监事；撒敦为太傅、左丞相。是月，大霖雨㉖，京畿水平地丈余，饥民四十余万，诏以钞四万锭赈之。泾河溢，关中水灾；黄河大溢，河南水灾；两淮旱，民大饥。"

秋七月，霖雨。潮州路水。己亥，太阴犯房宿㉗。

八月壬申，巩昌徽州山崩。是月，立燕铁木儿女伯牙吾氏为皇后。

九月甲午，太阴犯填星。乙未，太阴犯天江㉘。甲寅，中书省臣言："官员递升㉙，窒碍选法。今请自省院台官外，其余不许递升。"从之。丁巳，太阴犯填星。己未，太阴犯氐宿㉛。庚申，诏太师、右丞相伯颜，太傅、左丞相撒敦，专理国家大事，其余官不得兼领三职。秦州山崩。赈恤宁夏饥民五万三千人一月。诏免儒人役。

冬十月甲子，太阴犯斗宿㉜。丙寅，凤州山崩。戊辰，改元，诏曰：

"在昔世祖皇帝，绍开丕图㉝，稽古建元㉞，立经陈纪，列圣相承，恪遵成宪㉟。肆予冲人㊱，嗣大历服㊲，兹图治之云初，嘉与民而更始。乃新纪号，诞告多方㊳，其以至顺四年为元统元年。於戏！一元运于四时，惟裁成之有道㊴；大统绵于万世㊵，思保佑无疆。"

中书省臣言："凡朝贺遇雨，请便服行礼。"从之。己巳，加知枢密院事、答剌罕答里金紫光禄大夫。庚午，诏以察罕脑儿宣慰司人民，止令应当徽政院差发。癸酉，云南儸罗土官浑邓马弄来贡方物㊶，诏以其地升立散府。丁丑，依皇太后行年之数㊷，释放罪囚二十七人。庚辰，奉文宗皇帝及太皇太后御容于大承天护圣寺㊸。命左丞相撒敦为隆祥使，奉其祭祀。乙酉，诏以高邮府为伯颜食邑㊹。戊子，封撒敦为荣王，食邑庐州。唐其势袭父封为太平王，进阶金紫光禄大夫。庚寅，中书省臣请集议武宗、英宗、明宗三朝皇后升祔㊺。

十一月辛卯朔，罢富州金课㊻。甲午，太阴犯垒壁阵㊼。丙申，巩昌成纪县地裂山崩，令有司赈被灾人民㊽。丁酉，享于太庙㊾。辛丑，起棕毛殿。丙午，申饬盐运司。辛亥，江西、湖广、江浙、河南复立榷茶运司。追谥札牙笃皇帝为圣明元孝皇帝，庙号文宗。时寝庙未建㊿，于英宗室次权结彩殿，以奉安神主。封伯颜为秦王，锡金印。是日，秦州山崩地裂。夜，太阴犯太微东垣上相。壬子，太阴犯填星。癸丑，太阴犯亢宿㊿。乙卯，以燕铁木儿平江所赐田五百顷，复赐其子唐其势。罢河间大报恩寺诸色人匠总管府。江浙旱饥，发义仓粮、募富人入粟以赈之。诏秦王、右丞相伯颜，荣王、左丞相撒敦，统百官，总庶政。

十二月庚申，命伯颜提调彰德威武卫。乙丑，广西猺寇湖南，陷道州，千户郭震战死，寇焚掠而去。壬申，遣省、台官分理天下囚，罪状明者处决，冤者辨之，疑者谳之，淹滞者罪其有司。以奴列你他代其父塔剌赤，为耽罗国军民安抚使司达鲁花赤，锡三珠虎符。癸酉，太阴犯鬼宿。甲戌，秃坚帖木儿致仕，锡太尉印，置僚属。乙亥，为皇太后置徽政院，设官属三百六十有六员。太白犯垒壁阵。太阴犯轩辕。己卯，太阴犯进贤。癸未，太阴犯东咸。

元统二年春正月庚寅朔，雨血于汴梁，着衣皆赤。辛卯，东平须城县、济宁济州、曹州济阴县水灾，民饥，诏以钞六万锭赈之。以御史大夫脱别台为中书平章政事，阿里海牙为河南行省左丞相。丁酉，享于太庙。戊戌，四川大盘洞蛮谋谷什用遣男谋者什用来贡方物，即其地立盘顺府，命谋谷什用为知府。遣吏部尚书帖住、礼部郎中智熙善使交趾，以《授时历》赐之。太阴犯轩辕。癸卯，敕僧道与民一体充役。己酉，以上文宗皇帝谥号，遣官告祭于南郊。庚戌，太阴犯房宿。甲寅，罢广教总管府，立行宣政院。乙卯，云南土酋姚安路总管高明来献方物，锡符印遣之。

二月己未朔，诏内外兴举学校。癸亥，广西猺寇边，杀官吏。广海官已除而未上者，罪之。甲子，塞北东凉亭雹，民饥，诏上都留守发仓廪赈之。乙丑，命有司以时给宿卫冬衣。以燕不邻为太保，置僚属。戊辰，封也真也不干为昌宁王，锡金印。癸酉，太阴犯太微上相。丁丑，封皇姑妥妥辉为英寿大长公主。癸未，安丰路旱饥，敕有司赈粜麦万六千七百石。甲申，太庙木陛坏，遣官告祭。丁亥，太白经天。是月，滦河、漆河溢，永平诸县水灾，赈钞五千锭。瑞州路水，赈米一万石。

三月己丑朔，诏："科举取士，国子学积分、膳学钱粮⑥⑥，儒人免役，悉依累朝旧制。学校官，选有德行学问之人以充。"辛卯，以阴阳家言，罢造作四年⑥⑦。太阴犯填星。癸巳，广西猺贼复起，杀同知元帅吉烈思，掠库物，遣右丞秃鲁迷失将兵讨之。复立西番巡捕都元帅府。罢广谊司，复立覆实司。赠吉烈思官，令其子孙袭职。庚子，杭州、镇江、嘉兴、常州、松江、江阴水旱疾疫，敕有司发义仓粮，赈饥民五十七万二千户。癸卯，月食既。甲辰，中书省臣言："兴和路起建佛事，一路所费，为钞万三千五百三十余锭，请依上都、大都例，给膳僧钱，节其冗费。"从之。乙巳，中书省臣言："益都、真定盗起，请选省、院官，往督捕之，仍募能擒获者，倍其赏，获三人者与一官。"从之。丁未，以河南行省左丞相阿里海牙为江浙行省左丞相。壬子，广西庆远府猺贼寇全州，诏平章政事探马赤统兵二万人击之。丁巳，诏："蒙古、色目犯奸盗诈伪之罪者⑥⑧，隶宗正府；汉人、南人犯者，属有司。"是月，山东霖雨，水涌，民饥，赈粜米二万二千石。淮西饥，赈粜米二万石。湖广旱，自是月不雨至于八月。

夏四月戊午朔，日有食之。庚申，封宗室蛮子为文济王。乙丑，命顺元等处军民宣抚使、八番等处边宣慰使伯颜溥花承袭父职。丙寅，罢龙庆州黑峪道上胜火儿站。庚午，诏："云南出征军士亡殁者⑥⑨，人赐钞二锭以葬。"壬申，命唐其势为总管高丽女直汉军万户府达鲁花赤，与马札儿台并为御史大夫。丁丑，太白经天。戊寅，太白昼见⑦⑩。己卯，奉圣明元孝皇帝文宗神主祔于太庙，躬行告祭之礼，乐用宫悬⑦⑪，礼三献。先是御史台臣言："郊庙⑦⑫，国之大典，王者必行亲祀之礼，所以尽尊尊、亲亲之诚，宜因升祔，有事于太庙。"帝从之。是日，罢夏季时享。诏加荣王、左丞相撒敦开府仪同三司、上柱国、录军国重事，食邑庐州。复立杭州四隅录事司。太白昼见。壬午，复如之。帝嘉许衡辅世祖以不杀一天下⑦⑬，特录其孙从宗为章佩监异珍库提点。癸未，立盐局于京师南北城，官自卖盐，以革专利之弊。乙酉，中书省臣言："佛事布施，费用太广，以世祖时较之，岁增金三十八锭、银二百三锭四十两、绢帛六万一千六百余匹、钞二万九千二百五十余锭。请除累朝期年忌日之外⑦⑭，余皆罢。"从之。是月，车驾时巡上都。益都、东平路水，设酒禁。大名路桑麦灾。成州旱饥，诏出库钞及发常平仓米赈之。河南旱，自是月不雨至于八月。

五月己丑，诏威武西宁王阿哈伯之子亦里黑赤袭其父封。宦者孛罗帖木儿传皇后旨，取盐一十万引入中政院。辛卯，以唐其势代撒敦为中书左丞相，撒敦仍商量中书省事。壬辰，命中书平章政事撒的领蒙古国子监。癸巳，罢洪教提点所。戊申，诏文济王蛮子镇大名，云南王阿鲁镇云南，给银字团牌。是月，中书省臣言："江浙大饥，以户计者五十九万五百六十四，请发米六万七百石、钞二千八百锭，及募富人出粟，发常平、义仓赈之，并存海运粮七十八万三百七十石以备不虞⑦⑮。"从之。诏："王侯宗戚军站、人匠、鹰房、控鹤，但隶京师诸县者⑦⑯，令所在一体役之。"赠故中书平章政事王泰亨谥清宪。旧令，三品以上官，立朝有大节⑦⑰，及有大功勋于王室者，得赐功臣号及谥。时浸冗滥失实⑦⑱，惟泰亨在中书时，安南请佛书，乞以《九经》赐之，使高丽不受礼遗，为尚书贫不能自给，故特赐是谥。赠漳州万户府知事阚文兴英毅侯，妻王氏贞烈夫人，庙号双节。

六月丁巳朔，中书省臣言："云南大理、中庆诸路，曩因脱肩、败狐反叛⑦⑨，民多失业，加以灾伤，民饥，请发钞十万锭，差官赈恤。"从之。戊午，淮河涨，淮安路山阳县满浦、清冈等处民畜房舍多漂溺。丙寅，宣德府水灾，出钞二千锭赈之。乙亥，唐其势辞左丞相不拜⑧⑩，复命撒敦为左丞相。辛巳，诏蒙古、色目人行父母丧。癸未，复立缮工司，造绢帛。乙酉，赠燕铁木儿公忠开济弘谟同德翊运佐命功臣、开府仪同三司、太师、中书右丞相，追封德王，谥忠武。是月，彰德雨白毛。大宁、广宁、辽阳、开元、沈阳、懿州水旱蝗㉛，大饥，诏以钞二万锭，遣官赈之。

秋七月丁亥，戒阴阳人，毋得于贵戚之家妄言祸福。辛卯，祭太祖、太宗、睿宗三朝御容。罢秋季时享。壬辰，帝幸大安阁。是日，宴侍臣于奎章阁。甲午，太白昼见。己亥，太白经天。壬寅，诏："蒙古、色目人犯盗者，免刺。"甲辰，太白经天。丙午，复如之。帝幸楠木亭。己酉，太白昼见。夜，有流星大如酒杯，色赤，长五尺余，光明烛地，起自天津，没于离宫之南。庚戌，太白经天。壬子，复如之。夜，荧惑犯鬼宿㉜。癸丑、甲寅，太白复经天。是月，池州青阳、铜陵饥，发米一千石及募富民出粟赈之。

八月丙辰朔，太白经天，凡四日。戊午，祭社稷㉝。癸亥，太白经天。丙寅至戊辰，太白复经天。辛未，赦天下。京师地震，鸡鸣山崩陷为池，方百里，人死者甚众。自是日至甲戌，太白经天，丁丑、己卯，复如之；夜，犯轩辕。庚辰至壬午，太白复经天。癸未，中书平章政事阿里海牙罢。是月，南康路诸县旱蝗，民饥，以米十二万三千石赈粜之。

九月庚寅，太白经天。辛卯，车驾还自上都。壬辰，太阴入南斗㉞。癸巳，太白犯灵台㉟。甲午，太白经天。徭贼陷贺州，发河南、江浙、江西、湖广诸军及八番义从军，命广西宣慰使、都元帅章伯颜将以击之。乙未，太白经天。己亥、壬寅，复如之。乙巳，太白犯太微垣㊱。壬子，吉安路水灾，民饥，发粮二万石赈粜。夜，太白犯太微垣。

冬十月乙卯朔，正内外官朝会仪班次，一依品从。戊午，享于太庙。辛酉，以侍御史许有壬为中书参知政事。癸亥，太白犯太微上相，复犯进贤。丁卯，立湖广黎兵屯田万户府，统千户一十三所，每所兵千人，屯户五百，皆土人为之，官给田土牛种农器，免其差徭。又创立武安县。移石山寨巡检司于清水寨。立霍丘县淮阴乡临水山巡检司。改乾宁军民安抚司曰乾宁安抚司。乙亥，太阴犯轩辕，太白犯填星。己卯，奉玉册玉宝，上皇太后尊号曰赞天开圣仁寿徽懿昭宣皇太后。诏曰："朕登大宝㊲，君临万方，永惟大母拥佑之勤㊳；神器奠安㊴，海宇宁谧，实慈训之致然也。爰协众议，再举徽称㊵，而皇太后以文宗皇帝未祔于庙，至诚谦抑，弗赐俞允㊶。今告祔礼成，亦既阅岁，始徇所请，乃以吉日奉上尊号，思与普天同兹大庆，其赦天下。"免今年民租之半。内外官四品以下减一资。却天鹅之献㊷。癸未，命台宪部官各举材堪守令者一人㊸。

十一月戊子，中书省臣请发两艅艎船下番㊹，为皇后营利。济南莱芜县饥，罢官冶铁一年。辛卯，赐行宣政院废寺钱一千锭以营公廨㊺。乙未，填星犯亢宿。庚戌，荧惑犯太微垣。是月，镇南王孛罗不花来朝。

十二月，立道州永明县白面墟、江华县涛墟巡检司各一，以镇遏徭贼㊻。甲戌，诏整治学校。

是岁，禁私创寺观庵院。僧道入钱五十贯，给度牒㊼，方听出家。

至元元年春，正月癸巳，申命廉访司察郡县劝农官勤惰，达大司农司，以凭黜陟㊽。乙未，立徽政院属官侍正府。丙午，云南妇人一产三男。

二月甲寅朔，革冗官。乙卯，车驾将田于柳林㊾。御史台臣谏曰："陛下春秋鼎盛㊿，宜思文皇付托之重，致天下于隆平。况今赤县之民①，供给繁劳，农务方兴，而驰骋冰雪之地，倘有衔橛之变②，奈宗庙社稷何！"遂止。丁巳，立缥甸散府一，穆由甸、范陵甸军民长官司二。以蓟州宝坻县稻田提举司所辖田土赐伯颜。戊午，祭社稷。甲戌，荧惑逆行入太微。己卯，以上皇太后册宝，遣官告祭天地。

三月癸未朔，诏遣五府官决天下囚。御史台臣言："丞相已领军国重事，省院台官，俱不得兼领各卫。"从之。平伐、都云、定云酋长宝郎、天都虫等来降，即其地复立宣抚司，参用其土酋为官。辛卯，以上皇太后宝册，遣官告祭太庙。壬辰，河州路大雪十日，深八尺，牛羊驼马冻死者十九，民大饥。丙申，中书省臣言："甘肃甘州路十字寺，奉安世祖皇帝母别吉太后于内，请定祭礼。"从之。丁酉，以沾益州所辖罗山、石梁、交水三县并归巡检司。月食。己亥，龙兴路饥，出粮九万九千八百石赈其民。庚子，御史台臣言："高丽为国首效臣节，而近年屡遣使往选取媵妾⑳，至使生女不举，女长不嫁，乞赐禁止。"从之。中书省臣言，帝生母太后神主宜于太庙安奉，命集议其礼。甲辰，山东、河间、两淮、福建四处增盐课一十八万五千引㉑，中书请权罢征，止令催办正额。乙巳，以中书左丞王结、参知政事许有壬知经筵事。封安南世子陈端午为安南国王。是月，益都路沂水、日照、蒙阴、莒县旱饥，赈米一万石。

夏四月癸丑朔，诏："诸官非节制军马者，不得佩金虎符。"辛酉，享于太庙。以江南行御史台中丞不花为中书省参知政事。壬戌，太阴犯左执法㉒。丙寅，诏以钞五十万锭，命徽政院散给达达兀鲁思、怯薛丹、各爱马。己巳，加唐其势开府仪同三司。己卯，诏翰林国史院纂修累朝实录及后妃、功臣列传㉓。庚辰，罢功德、典瑞、营缮、集庆、翊正、群玉、缮工、金玉珠翠诸提举司。以撒的为御史大夫。禁犯御名。是月，河南旱，赈恤芍陂屯军粮两月。

五月壬午朔，皇太后以膺受宝册㉔，恭谢太庙。丙戌，占城国遣其臣刺忒纳瓦儿撒来献方物，且言交趾遏其贡道，诏遣使宣谕交趾。戊子，车驾时巡上都。遣使者诣曲阜孔子庙致祭㉕。加伯撒里金紫光禄大夫。壬辰，命严谥法，以绝冒滥。京畿民饥，诏有司议赈恤。癸卯，太阴犯垒壁阵。甲辰，伯颜请以右丞相让唐其势，诏不允。命唐其势为左丞相。是月，永新州饥，赈之。

六月辛酉，有司言甘肃撒里畏产金银，请遣官税之。壬戌，太阴犯心宿。癸酉，禁服色不得僭上㉖。乙亥，罢江淮财赋总管府所管杭州、平江、集庆三处提举司，以其事归有司。诏湖南宣慰使司兼都元帅府，总领所辖诸路镇守军马。庚辰，伯颜奏唐其势及其弟塔刺海谋逆，诛之。执皇后伯牙吾氏幽于别所。大霖雨。

秋七月辛巳朔，以马札儿台、阿察赤并为御史大夫。壬午，伯颜杀皇后伯牙吾氏于开平民舍。丁亥，享于太庙。壬辰，加马札儿台银青荣禄大夫、开府仪同三司，领承徽寺。乙未，太阴犯垒壁阵。壬寅，专命伯颜为中书右丞相，罢左丞相不置。癸卯，立脱脱禾孙于察罕脑儿之地。乙巳，罢燕铁木儿、唐其势举用之人。戊申，诛答里及刺刺等于市。诏曰："曩者，文宗皇帝以燕铁木儿尝有劳伐，父子兄弟显列朝廷，而辄造事衅，出朕远方㉗。文皇寻悟其妄㉘，有旨传次于予。燕铁木儿贪利幼弱，复立朕弟懿璘质班，不幸崩殂㉙。今丞相伯颜，追奉遗诏，迎朕于南。既至大都，燕铁木儿犹怀两端，迁延数月，天陨厥躬㉚。伯颜等同辞翊戴，乃正宸极。后撒敦、答里、唐其势相袭用事，交通宗王晃火帖木儿，图危社稷，阿察赤亦尝与谋。赖伯颜等以次掩捕㉛，明正其罪。元凶构难，贻我太皇后震惊㉜，朕用兢惕。永惟皇太后后其所生之子㉝，一以至公为心，亲挈大宝，畀予兄弟㉞，迹其定策两朝㉟，功德隆盛，近古罕比。虽尝奉上尊号，揆之朕心㊱，犹为未尽，已命大臣特议加礼。伯颜为武宗捍御北边，翼戴文皇㊲，兹又克清大憝，明饬国宪，爰赐答刺罕之号，至于子孙，世世永赖。可赦天下。"是月西和州、徽州雨雹，民饥，发米赈贷之。

八月辛亥朔，荧惑犯氐宿。戊午，祭社稷。癸亥，诏以岐阳王完者帖木儿、知枢密院事帖木儿不花并为御史大夫。甲子，加完者帖木儿太傅。戊寅，道州、永兴水灾，发米五千石及义仓粮赈之。己卯，议尊皇太后为太皇太后，许有壬谏以为非礼，不从。是月，广西徭反，命湖广行省右丞完者讨之。沅州等处民饥，赈米二万七千七百石。

九月庚辰朔，车驾驻扼胡岭。丙戌，赦。丁亥，封知枢密院事阔里吉思为宜国公，太保、中书平章政事定住为宣德王。夜，太阴犯斗宿。庚寅，太阴犯垒壁阵。庚子，加中书平章政事彻里帖木儿银青荣禄大夫。命有司造太皇太后玉册玉宝。御史台臣言："国朝初用宦官，不过数人，今内府执事不下千余，乞依旧制，裁减冗滥，广仁爱之心，省糜费之患。"从之。丙午，诏以乌撒、乌蒙之地隶四川行省。是月，耒阳、常宁、道州民饥，以米万六千石并常平米，赈粜之。车驾还自上都。以京畿盐换羊二万口。

冬十月甲寅，荧惑犯南斗。丙辰，以大司农塔失海牙为太尉，置僚属，商议中书省事。丁巳，以塔失帖木儿为太禧院使，议军国重事。流晃火帖木儿、答里、唐其势子孙于边地。诏海道都漕运万户府船户，与民一体充役。壬戌，加御史大夫帖木儿不花银青荣禄大夫。癸亥，流御史大夫完者帖木儿于广海安置。完者帖木儿乃贼臣也先铁木儿骨肉之亲，监察御史以为言，故斥之。选省、院、台、宗正府通练刑狱之官，分行各道，与廉访司审决天下囚。甲子，太阴犯昂宿㉒。丁卯，太阴犯斗宿。戊辰，太白昼见。以宗王亦思干儿弟撒昔袭其兄封。监察御史吕思诚等十九人，劾奏彻里帖木儿之罪，不听，皆辞去，惟陈允文以不署名留。辛未，太皇太后玉册玉宝成，遣官告祭于太庙。是月，以伯颜独任中书右丞相诏天下。

十一月庚辰，敕以所在儒学贡士庄田租给宿卫衣粮。诏罢科举。甲申，太白经天。乙酉，伯颜请内外官悉循资铨注㉘，今后毋得保举，涩滞选法，从之。癸巳，命知枢密院事马札儿台领武备寺。丙戌，太白经天。己丑，辰星犯房宿。甲午，以燕铁木儿、唐其势、答里所夺高丽田宅，还其王阿剌忒纳失里。丁酉，以户部尚书徐奭、吏部尚书定住参议中书省事㉟。戊戌，召前知枢密院事福丁、失剌不花、撒儿的哥还京师。初，二人以帝未立，谋诛燕铁木儿，为所诬贬，故正之。己亥，太阴犯太微垣。庚子，太阴犯左执法。辛丑，下诏改元，诏曰：

"朕祗绍天明㊱，入纂丕绪㊲，于今三年，夙夜寅畏，罔敢怠荒。兹者年谷顺成，海宇清谧。朕方增修厥德，日以敬天恤民为务，属太史上言，星文示徵㊳。将朕德菲薄，有所未逮欤？天心仁爱，俾予以治，有所告戒欤？弭灾有道，善政为先；更号纪年，实惟旧典。惟世祖皇帝，在位长久，天人协和，诸福咸至，祖述之志㊴，良切朕怀。今特改元统三年，仍为至元元年。通遵成宪，诞布宽条，庶格祯祥㊵，永绥景祚㊶。赦天下。"

立常平仓。丁未，赐知枢密院事彻里帖木儿三珠虎符。

十二月己酉朔，荆门州献紫芝。以廪给司属通政院。加知枢密院事阔里吉思银青荣禄大夫，兼左翊蒙古侍卫亲军都指挥使。壬子，太阴犯垒壁阵。乙卯，命云南行省造军士钱粮新旧之籍。丙辰，制省诸王、公主、驸马饮膳之费㊲。诏征高丽王阿剌忒纳失里入朝。丁巳，诏伯颜领宫相府。戊午，日赤如赭。辛酉，太白犯垒壁阵。壬戌，拨庐州、饶州牧地一百顷，赐宣让王帖木儿不花。命四川、云南、江西行省保选蛮夷官，以俟铨注㊳。乙丑，奉玉册玉宝，上太皇太后尊号曰：赞天开圣徽懿宣昭贞文慈佑储善衍庆福元太皇太后。诏曰："钦惟太皇太后，承九庙之托，启两朝之业，亲以大宝，付之眇躬㊴。尚依拥佑之慈，恪遵仁让之训，爰极尊崇之典，以昭报本之忱。庸上徽称㊵，宣告中外。"命宣政院使末吉以司徒就第。太白犯轩辕夫人星。丙寅，太白经天。丁卯，复如之。夜，太阴犯右执法㊶。庚午，太白经天。壬申，复如之。癸酉，岁星昼见。乙亥，太白、岁星皆昼见。丙子，安庆、蕲、黄地震。丁丑，西番贼起，遣兵击之。戊寅，蒙古国子监成。是日，太白经天，岁星昼见。是月，宝庆路饥，赈粜米三千石。

闰月乙酉，诏四川盐运司于盐井仍旧造盐，余井听民煮造，收其课十之三。荧惑犯垒壁阵。丁亥，日赤如赭，凡三日。戊子，复以宗正府为大宗正府。壬辰，诏宗室脱脱木儿袭封荆王，赐金印，命掌忙来诸军，设立王府官属。丁酉，御史大夫撒的加银青荣禄大夫，领奎章阁，知经筵事。戊戌，御史台臣复劾奏中书平章政事彻里帖木儿罪，罢之。庚子，太阴犯心星。壬寅，流彻里帖木儿于南安。太阴犯箕宿⑥。癸卯，太阴犯南斗。丙午，诏平章政事塔失海牙领都水、度支二监。

是年，江西大水，民饥，赈粜米七万七千石。赐天下田租之半。凡有妻室之僧，令还俗为民，既而复听为僧。移犍为县还旧治。

①俾：使。

②纳：娶妻。

③后：皇后。

④朔漠：北方沙漠地区。朔，北方。

⑤素：向来。

⑥卤簿：古代帝王出行时前后的仪仗队。　　迓（yà，音讶）：迎接。

⑦俄而：不久。

⑧万岁：帝王死之讳称。

⑨若……故事：如同……成例。

⑩劝进：劝做皇帝。

⑪洪：语气词，用于句首。　　惟：思。

⑫肇：始。　　区夏：诸夏之地，指华夏；中国。

⑬奄：包括，覆盖。

⑭丕：奉，承。　　烈：烈祖。

⑮纂：通"缵"，继承。

⑯季：末。

⑰戡（kān，音刊）：用武力平定。

⑱考：（死去的）父亲。　　宾天：帝王之死。

⑲宸极：北极星，借称君位。

⑳奄：突然。

㉑构：图谋。

㉒大渐：病情加剧。渐，进。

㉓大故：父母死亡。

㉔交修：天子要求臣下匡助之词。

㉕底：同"厎"，引致，达到。　　隆平：昌盛太平。

㉖霖雨：连下几天的大雨。

㉗太阴：月亮。　　房宿：星名。

㉘天江：星名。

㉙迁：官职的调动，一般指升职。

㉚窒碍：有障碍，行不通。

㉛氐宿：星名。

㉜斗宿：星名。

㉝绍：继承。　　丕：大。

㉞稽古：考古，研考古代。

㉟宪：效法。

㊱肆：表因果关系，相当于"因此"。　　冲人：谦词，犹言小人。冲，年幼。

㊲嗣：继承。　　历服：久远之业，指王位。历，久。服，事。

㊳诞：大，广阔。

㊴裁成：又作"财成"，筹谋并成就之。裁，估量。

㊵绵：延续。

㊶方物：土产。
㊷行年：经历过的年岁。
㊸容：仪容，容貌。
㊹食邑：君主赐给臣下作为世禄的封地。
㊺祔（fù，音付）：死者附祭于先祖。
㊻课：税。
㊼垒壁阵：星名。
㊽被：遭遇，遭受。
㊾享：祭祀。
㊿寝庙：古时统治者的宗庙由庙和寝两部分组成，合称寝庙。
(51)太微：古代星官名。
(52)亢宿：星名。
(53)庶政：各种政事。
(54)寇：侵犯。
(55)谳（yàn，音厌）：审判定罪。
(56)淹滞：沉滞。淹，滞留，迟。　有司：古时设立官职，各有专司，所以称官吏为“有司”。
(57)鬼宿：星名。
(58)致仕：旧指交还官职，辞官。
(59)锡：赐。
(60)太白：金星。　壁垒：应为“垒壁”。
(61)轩辕：星名。
(62)进贤：星名。
(63)东咸：星名。
(64)授时历：一种历法。
(65)粜（tiào，音跳）：卖出粮食。　石：古代一种重量单位。
(66)积分：元明清三代国子监考核学生成绩、选拔人才的方法。　膳：养。
(67)造作：制作。
(68)色目：元朝实行种族歧视政策，把属民分为蒙古人、色目人、汉人、南人四等。
(69)殁：死。
(70)见：现。
(71)宫悬：古时钟磬等乐器悬挂在架上，其形制因用乐者身份地位不同而不同。
(72)郊：祭天。
(73)嘉：夸赞，赞许。　一：统一。
(74)期年：一整年。
(75)虞：料想，臆度。
(76)但：只，仅。
(77)大节：大纲。
(78)浸：渐渐地。
(79)曩（nǎng，音攮）：从前，以往。
(80)拜：授于官职。
(81)蝗：蝗灾。
(82)荧惑：火星。
(83)社稷：“社”指土神，“稷”指谷神。
(84)南斗：二十八星宿之一。
(85)灵台：星名。
(86)垣：我国古时天文学术语，指划定的星座范围。
(87)大宝：帝位。

⑧⑧大母：太后。　　佑：辅助，保护。

⑧⑨神器：政权，帝位。　　奠：定。

⑨⓪徽称：美好的称号。徽，美好。

⑨①俞允：允诺，指帝王的许可。俞，表示应允，犹言"然"。

⑨②却：拒绝。

⑨③材：能力，资质。

⑨④艅（zōng，音宗）：船队，船。

⑨⑤廨（xiè，音懈）：官吏办事的地方。

⑨⑥遏：阻止。

⑨⑦度牒：古时经政府允许而颁发允许出家为僧尼的证明书。

⑨⑧达：传达，传告。　　黜陟（zhì，音至）：官吏升降进退。陟，升。

⑨⑨田：通"畋"，打猎。

⑩⓪春秋：年龄。

⑩①赤县：简称"赤县神州"，指中国。

⑩②衔橛之变：指车马倾覆的危险。衔橛，驰骋游猎。

⑩③媵（yìng，音映）：妾。

⑩④引：古代纸币名。

⑩⑤执法：星名。

⑩⑥实录：中国历代所修每个朝代的编年大事记。

⑩⑦膺：受。

⑩⑧诣：到……去。

⑩⑨僭（jiàn，音贱）：地位低的冒用地位高的名号或器物，超出本分。

⑩⑩出朕远方：使朕出远方。

⑪①寻：不久。

⑪②崩殂：皇帝死。

⑪③天陨厥躬：意指上天让自己登上皇位。

⑪④翊（yì，音易）：辅助。

⑪⑤交通：交接，往还。

⑪⑥掩：乘人不备而进袭或逮捕。

⑪⑦太皇后：应为"皇太后"。

⑪⑧用：因而。兢（jīng，音睛）：小心谨慎。

⑪⑨惟：思。后其所生之子；以其所生之子为后。

⑫⓪畀（bì，音毕）：给，给以。

⑫①迹：据实迹考知。

⑫②揆（kuí，音睽）：揣度。

⑫③翼戴：辅佐拥戴。翼：辅助。

⑫④大憝（duì，音对）：大奸恶之人，元恶。憝，奸恶。

⑫⑤昴宿：星名。

⑫⑥铨注：量才授官并登记在册。铨，量才授官。注，登记。

⑫⑦奭：shì，音式。

⑫⑧祗（zhī，音支）：恭敬。

⑫⑨绪：业，事业。

⑬⓪寅畏：敬畏。寅，敬。

⑬①兹：现在。

⑬②儆（jīng，音景）：通"警"，警报。

⑬③祖述：遵循，仿效先人的言论和做法。

⑬④遹（yù，音预）：遵循。

㉟祯祥：吉兆。
㊱绥：安。　景祚：大统。景，大。祚，国统，皇位。
㊲省：减。
㊳俟：候。
㊴眇（miǎo，音秒）：微小，自谦之词。
㊵庸：以。
㊶右执法：星官名。
㊷箕宿：星名。

顺帝本纪二

二年春正月壬戌，太阴犯右执法。甲子，太阴犯角宿①。乙丑，宿松县地震，山裂。丁卯，太阴犯房宿。是月，置都水庸田使司于平江。

二月戊寅朔，祭社稷。辛巳，太阴犯昴宿。甲申，太白经天。戊子，诏以世祖所赐王积翁田八十顷，还其子都中。初，积翁赍诏谕日本②，死于王事，尝受赐，后收入官，故复赐之。己丑，立穆陵关巡检司。壬辰，日赤如赭。乙未、丙申，复如之。丁酉，追尊帝生母迈来迪为贞裕徽圣皇后。庚子，分衡州路衡阳县，立新城县。进封宣靖王买奴为益王。甲辰，宗王也可札鲁忽赤添孙薨③，赐钞一百锭以葬。乙巳，诏赏劳广海征徭将卒④，有官者升散阶⑤，殁于王事者优加褒赠。金山甘肃兵士在逃者，听复业，免其罪。

三月戊申，以阿里海牙家藏书尽赐伯颜。甲寅，以按灰为大宗正府也可札鲁忽赤，总掌天下奸盗诈伪。丁巳，以累朝御服珠衣、七宝项牌赐伯颜。庚申，日赤如赭。壬戌，复如之。赐征东元帅府军士冬衣及甲。诸军讨广西徭，久无功，敕行省、行台、廉访司官共督之。顺州民饥，以钞四千锭赈之。夜，太阴犯心宿。癸亥，日赤如赭。甲子，太阴犯箕宿。乙丑，太阴犯南斗。赐宗王火儿灰母答里钞一千锭。以撒敦上都居第赐太保定住，仍敕有司籍撒敦家财⑥。甲戌，复四川盐井之禁。以按答木儿家人田宅赐太保定住。以汪家奴为宣政院使，加金紫光禄大夫。造武宗、英宗、明宗三朝皇后玉册玉宝。是月，陕西暴风，旱，无麦。

夏四月丁丑朔，日赤如赭。禁民间私造格例⑦。戊寅，封驸马亭罗帖木儿为毓德王。丙戌，太阴犯角宿。丁亥，禁服麒麟、鸾凤、白兔、灵芝、双角五爪龙、八龙、九龙、万寿、福寿字、赭黄等服。庚寅，以知枢密院事帖木儿不花为中书平章政事，撒迪为御史大夫。甲午，遣使以香、币赐武当、龙虎二山。诏以太平路为郯王彻彻秃食邑⑧。以集庆、庐州、饶州秃秃哈民户赐伯颜，仍于句容县设长官所领之。戊戌，车驾时巡上都⑨。拜中书左丞耿焕为侍御史，王德懋为中书左丞⑩。赐宗室灰里王金一锭、钞一千锭，毓德王亭罗帖木儿钞三千锭，公主八八钞二千锭。

五月丙午朔，黄河复于故道。庚戌，太阴犯灵台。乙卯，南阳、邓州大霖雨，自是日至于六月甲申，湍河、白河大溢，水为灾。丙辰，太白昼见。丁巳，亦如之。壬申，秦州山崩。是月，婺州不雨，至于六月。

六月丁丑，禁诸王驸马从卫服只孙衣⑪，系条环。赠宗王忽都答儿为云安王，谥忠武；罗罗歹为保宁王，谥昭勇。庚辰，命中书平章政事阿吉剌知经筵事。戊子，以铁木儿补化为江浙行省左丞相。太白犯井宿⑫。辛卯，以汴梁、大名诸路脱别台地土赐伯颜。礼部侍郎忽里台请复科举取士之制，不听。庚子，泾水溢。辛丑，以钞五千锭赐吴王搠失江。

秋七月丙午，诏以公主奴伦引者思之地五千顷赐伯颜。以卫辉路赐卫王宽彻哥为食邑。己酉，太白犯鬼宿。庚戌，以定住、锁南参议中书省事。壬子，发阿鲁哈、不兰奚骆驼一百一十，上供太皇太后乘舆之用⑬。乙卯，太白犯荧惑。庚申，禁隔越中书口传敕旨，冒支钱粮。甲子，命有司以所籍撒敦宝器，分赐伯颜及太保定住。乙丑，中书平章政事字罗徙宅，赐金二锭、银十锭。庚午，敕赐上都孔子庙碑，载累朝尊崇之意。省诸王、公主、驸马从卫粮赐之数⑭。癸酉，命宗王不兰奚，驸马月鲁不花、帖古思、教化镇薛连哥、怯鲁连之地，各赐钞六百锭及银牌遣之。是月，黄州蝗，督民补之，人日五斗。以钞二千锭赈新收阿速军扈从车驾者，每户钞二锭，死者人一锭。

八月甲戌朔，日有食之。高邮大雨雹。诏：“云南、广海、八番及甘肃、四川边远官，死而不能归葬者，有司给粮食舟车，护送还乡。去乡远者⑮，加钞二十锭。无亲属者，官为瘗之⑯。”命威顺王宽彻不花还镇湖广。先是，伯颜矫制召之至京，至是，帝遣归藩。戊寅，祭社稷。大都至通州霖雨，大水，敕军人修道。己卯，太阴犯心宿。辛巳，太阴犯箕宿。辛卯，以徽政院、中政院财赋府田租六万三千三百石，补本年海运未敷之数⑱，令有司归其直⑲。壬辰，立屯卫于马札罕之地。庚子，诏：“强盗皆死。盗牛马者劓⑳。盗驴骡者黥额㉑，再犯劓。盗羊豕者墨项㉒，再犯黥，三犯劓。劓后再犯者死。盗诸物者，照其数估价。省、院、台、五府官三年一次审决。著为令。”辛丑，减湖马路泥溪、平夷、蛮夷、夷都、沐川、雷坡六长官司，并为三。

九月庚戌，荧惑犯太微垣。癸亥，弛巩昌总帅府汉人军器之禁。戊辰，车驾还自上都。海运粮至京，遣官致祭天妃。是月，台州路饥，发义仓，募富人出粟赈之。沅州路卢阳县饥，赈粜米六千石。

冬十月丙子，荧惑犯左执法。己卯，享天太庙。丙申，命参知政事纳麟监绘明宗皇帝御容。丁酉，太阴犯昴宿。己亥，诏：“每日，右丞相伯颜，太保定住，中书平章政事字罗、阿吉剌聚议于内廷。平章政事塔夫海牙，右丞巩卜班，参知政事纳麟、许有壬等聚议于中书。”太阴犯进贤。是月，抚州、袁州、瑞州诸路饥，发米六万石赈粜之。

十一月己酉，太阴犯垒壁阵。壬子，以那海为湖广行省平章政事，讨广西叛猺。武宗、英宗、明宗三朝皇后升祔入庙，命官致祭。丁巳，遣河南行省平章政事玥珞普华于西番为僧。己未，太阴犯垒壁阵。辛酉，赐宣让王帖木儿不花市宅钱四千锭㉓。诏帖木儿不花王府官属，朝贺班次列于有司之右。壬戌，命同知枢密院事者燕不花兼宫相都总管府达鲁花赤，领隆镇卫、左阿速卫诸军。癸亥，安置宗王不兰奚于梧州。丁卯，太阴犯房宿。辛未，禁弹弓、弩箭、袖箭。壬申，国公买住卒，赐钞三百锭。印造至元三年钞本一百五十万锭。是月，松江府上海县饥，发义仓粮及募富人出粟赈之。安丰路饥，赈粜麦四万二千四百石。

十二月甲戌，日赤如赭。丙子，命兴元府凤州留坝镇及晋宁路辽山县十八盘各立巡检司。宗王也孙帖木儿进西马三匹。赐文济王蛮子金印、驿券，及从卫者衣并粮五千石。诏省、院、台、翰林、集贤、奎章阁、太常礼仪院、礼部官定议宁宗皇帝尊谥、庙号。是月，江州诸县饥，总管王大中贷富人粟，以赈贫民，而免富人杂徭以为息，约年丰还之，民不病饥。庆元慈溪县饥，遣官赈之。

是岁，诏整治驿传。以甘肃行省白城子屯田之地赐宗王喃忽里。以燕铁木儿居第赐灌顶国师曩哥星吉，号大觉海寺，塑千佛于其内。江浙旱，自春至于八月不雨，民大饥。

三年春正月癸卯，广州增城县民朱光卿反，其党石昆山、钟大明率众从之，伪称大金国，改元赤符。命指挥狗札里、江西行省左丞沙的讨之。戊申，大都南北两城设赈粜米铺二十处。辛亥，升祔懿璘只班皇帝于庙，谥冲圣嗣孝皇帝，庙号宁宗。豫王阿剌忒纳失里买池州铜陵产银地一所，请用私财煅炼㉔，输纳官课，从之。癸丑，立宣镇侍卫屯田万户府于宁夏。丙辰，月食。丁巳，日有交晕，左右珥上有白虹贯之㉕。戊午，帝猎于柳林，凡三十五日。监察御史丑的、宋绍明进谏，帝嘉纳之，赐金币㉖，丑的等固辞。帝曰："昔魏征进谏，唐太宗未尝不赏，汝其受之。"是月，临江路新淦州、新喻州，瑞州民饥，赈粜米二万石。封晋郭璞为灵应侯。

二月壬申朔，日有食之。棒胡反于汝宁信阳州。棒胡本陈州人，名闰儿，以烧香惑众，妄造妖言作乱，破归德府鹿邑，焚陈州，屯营于杏冈。命河南行省左丞庆童领兵讨之。绍兴路大水。丙子，立船户提举司十处，提领二十处。定船户科差，船一千料之上者㉗，岁纳钞六锭，以下递减。壬午，以上太皇太后玉册玉宝，恭谢太庙。甲申，定服色、器皿、舆马之制。己丑，汝宁献所获棒胡弥勒佛、小旗、伪宣敕并紫金印、量天尺。辛卯，发钞四十万锭，赈江浙等处饥民四十万户，开所在山场、河泊之禁，听民樵采。广西猺贼复反，命湖广行省平章那海、江西行省平章秃儿迷失海牙总兵捕之。丙申，太保定住薨，给赐殡葬诸物。庚子，中书参知政事纳麟等请立采珠提举司。先是，尝立提举司，泰定间以其烦扰罢去，至是纳麟请复立之，且以采珠户四万赐伯颜。是月，发义仓米赈蕲州及绍兴饥民。

三月辛亥，太阴犯灵台。发钞一万锭，赈大都宝坻饥民。戊午，以玉宝玉册立弘吉剌氏伯颜忽都为皇后，因雨辍贺。诏以完者帖木儿苏州之田二百顷赐郯王彻彻秃。己未，大都饥，命于南北两城赈粜糙米。癸亥，加封晋周处为英义武惠正应王。己丑㉘，命宗王燕帖木儿为大宗正府札鲁忽赤。是月，天雨线。发义仓粮赈溧阳州饥民六万九千二百人。

夏四月壬申，遣使降香于龙虎、三茅、阁皂诸山㉙。癸酉，禁汉人、南人、高丽人，不得执持军器，凡有马者拘入官。甲戌，有星孛于王良㉚，至七月壬寅没于贯索㉛。皇后以受玉册玉宝，恭谢太庙。命伯颜领宣镇侍卫军，赐钞三千锭，建宣镇侍卫府。以太皇太后受册宝诏天下。己卯，车驾时巡上都。壬午，高丽王阿剌忒纳失里朝贺还国，赐金一锭、钞二千锭，从官赐与有差㉜。辛卯，合州大足县民韩法师反，自称南朝赵王。太阴犯垒壁阵。丁酉，谥唐杜甫为文贞。己亥，惠州归善县民聂秀卿、谭景山等造军器，拜戴甲为定光佛，与朱光卿相结为乱，命江西行省左丞沙的捕之。庚子，太白昼见。是月，诏："省、院、台、部、宣慰司、廉访司及郡府幕官之长，并用蒙古、色目人。禁汉人、南人不得习学蒙古、色目文字。"以米八千石、钞二千八百锭，赈哈剌奴儿饥民。龙兴路南昌、新建县饥，太皇太后发徽政院粮三万六千七百七十石赈粜之。

五月辛丑，民间讹言朝廷拘刷童男、童女㉝，一时嫁娶殆尽。壬寅，太白犯鬼宿。癸卯，给平伐、都云定云二处安抚司达鲁花赤暗都剌等虎符。乙巳，以兴州、松州民饥，禁上都、兴和造酒。太阴犯轩辕。戊申，诏："汝宁棒胡，广东朱光卿、聂秀卿等，皆系汉人，汉人有官于省、台、院及翰林、集贤者，可讲求诛捕之法以闻㉞。"太白昼见。壬子，太阴犯心宿。甲寅，诏哈八儿秃及秃坚帖木儿为太尉，各设僚属幕官。西番贼起，杀镇西王子党兀班。立行宣政院，以也先帖木儿为院使，往讨之。戊午，太白昼见。己未，太阴犯垒壁阵。辛酉，太白昼见。壬戌，命四川行省参知政事举理等，捕反贼韩法师。丁卯，彗星见于东北，大如天船星，色白，约长尺余，彗指西南，至八月庚午始灭。

六月庚午，太白经天。辛未、甲戌，复如之。乙亥，太白犯灵台。戊寅，赠丞相安童推忠佐运开国元勋、东平忠宪王，于所封城内建立祠庙，官为致祭。己卯，太白经天。夜，太白犯太微垣。辛巳，大霖雨，自是日至癸巳不止，京师、河南、北水溢，御河、黄河、沁河、浑河水溢，没人畜庐舍甚众。壬午，太白昼见。太阴犯斗宿。癸未，设醮长春宫㉟。丁亥，太白犯太微垣。戊子，加封文始尹真人为无上太初博文文始真君，徐甲为垂玄感圣慈化应御真君，庚桑子洞灵感化超蹈混然真君，文子通玄光畅升元敏诱真君，列子冲虚至德遁世游乐真君，庄子南华至极雄文弘道真君。己丑，太白昼见。庚寅，复如之，至七月辛酉方息。壬辰，彰德大水，深一丈。立高密县潍川乡景芝社巡检司。

秋七月己亥，漳河泛溢至广平城下。赐巩卜班西平王印。癸卯，车驾出猎。太白经天。乙巳，复如之。丙午，车驾幸失剌斡耳朵。太白复经天。丁未，车驾幸龙冈，洒马乳以祭。戊申，召朵儿只国王入朝。庚戌，太白昼见。河南武陟县禾将熟，有蝗自东来。县尹张宽仰天祝曰：“宁杀县尹，毋伤百姓。”俄有鱼鹰群飞啄食之。壬子，车驾幸乾元寺。甲寅，太白经天。乙卯，怀庆水。庚申，诏：“除人命重事之外，凡盗贼诸罪，不须候五府官审录，有司依例决之。”辛酉，太白昼见。壬戌，赐宗王桑哥八剌七宝系腰㊱。太白经天。癸亥、甲子，复如之。是月，狗札里、沙的擒朱光卿，寻追擒石昆山、钟大明㊲，

八月戊辰，祭社稷。遣使赈济南饥民九万户。庚午，彗星不见，自五月丁卯始见，至是凡六十三日，自昴至房，凡历一十五宿而灭。甲戌，太阴犯心宿。辛巳，京畿盗起。壬午，京师地大震。太庙梁柱裂，各室墙壁皆坏，压损仪物，文宗神主及御床尽碎。西湖寺神御殿壁仆，压损祭器。自是累震，至丁亥方止，所损人民甚众。癸未，日有交晕，左右珥白虹贯之。河南地震。弛高丽执持军器之禁，仍令乘马。戊子，汉人镇遏生蕃处，亦开军器之禁。修理文宗神主并庙中诸物。是月，车驾至自上都。

九月己亥，荧惑犯斗宿。甲辰，太白犯斗宿㊳。丁未，太阴犯垒壁阵。己酉，立皮货所于宁夏，设提领使、副主之。立四川、湖广江西、江浙行枢密院。文宗新主、玉册及一切神御之物皆成，诏依典礼祭告。太阴犯垒壁阵。辛亥，太阴犯轩辕。丙寅，大都南北两城添设赈粜米铺五所。

冬十月庚午，太白昼见。癸酉，日赤如赭。乙亥，命江浙行省丞相搠思监提调海运。丙子，太阴犯垒壁阵。壬午，太阴犯昴宿。丁亥，太白昼见。太阴犯鬼宿。庚寅，太白昼见。辛卯，亦如之。丙申，复如之。

十一月丁酉，太白经天。戊戌，太白犯亢宿。己亥，太白经天。壬寅，太阴犯荧惑。癸卯，太阴犯垒壁阵。丙午，立屯田于雄州。丁未，填星犯键闭㊵。辛亥，太白犯五车㊶。甲寅，太白犯鬼宿㊷。丙辰，太阴犯轩辕。丁巳，太白经天。太阴犯太微垣。诏脱脱木儿袭脱火赤荆王位，仍命其妃忽剌灰同治兀鲁思事。戊午，太白经天。癸亥，发钞万五千锭，赈宣德等处地震死伤者。太白经天。甲子、乙丑，复如之。

十二月己巳，享于太庙。岁星退犯天樽。填星犯罚星。甲戌，荧惑犯垒壁阵。太白犯东咸。乙亥，吏部仍设考功郎中、员外郎、主事各一员。庚辰，命阿鲁图袭广平王爵。壬午，集贤大学士羊归等言：“太上皇、唐妃影堂在真定玉华宫㊸，每年宜于正月二十日致祭。”从之。丙戌，命阿速卫探马赤军屯田。是月，以马札儿台为太保，分枢密院镇北边。

是岁，诏赐孝子靳曷碑。伯颜请杀张、王、刘、李、赵五姓汉人，帝不从。征西域僧加剌麻至京师，号灌顶国师，赐玉印。

四年春正月丙申，以地震，赦天下。诏：“内外廉能官，父母年七十无侍丁者，附近铨注，以便侍养。”以宣政院使不兰奚年七十致仕㊹，授大司徒，给全俸终身。癸卯，太白犯建星。甲辰，复如之。丙午，太白犯五车㊺。辛亥，太阴犯轩辕。己未，填星犯东咸。江浙海运粮数不足，拨江西、河南五十万石补之。庚申，太阴入南斗。太白犯牛宿㊻。辛酉，分命宗王乃马歹为

知行枢密院事。癸亥，印造钞本百二十万锭。是月，诏修曲阜孔子庙。

二月丁卯，罢河南、江西、江浙、湖广、四川等处行枢密院。戊辰，祭社稷。庚午，车驾猎于柳林。戊寅，太阴犯轩辕。己卯，太阴犯灵台。乙酉，奉圣州地震。是月，赈京师、河南、北被水灾者。龙兴路南昌州饥，以江西海运粮赈粜之。

三月戊申，填星退犯东咸。辛酉，命中书平章政事阿吉剌，监修《至正条格》。告祭南郊。以国王朵儿只为辽阳行省左丞相，宗王玉里不花为知枢密院事，赐钞一千锭、金一锭、银十锭。

夏四月辛未，京师天雨红沙，昼晦。以探马赤、只儿瓦歹为中书平章政事。癸酉，以脱脱为御史大夫。乙亥，命阿吉剌为奎章大学士兼知经筵事。己卯，车驾时巡上都。河南执棒胡至京师，诛之。癸巳，车驾薄暮至八里塘，雨雹，大如拳，其状有小儿、环玦、狮、象、龟、卵之形。

五月乙未，立五台山等处巡检司。庚戌，升两淮屯田打捕总管府为正三品。甲寅，赠湖广行省平章政事燕赤推诚翊戴安边制胜功臣、太傅、开府仪同三司、上柱国，追封永平王，谥忠襄。辛酉，诏："土番宣慰司军士，许令乘马执兵器。"湖广行省元领新化洞、古州、潭溪、龙里、洪州诸洞三百余处，洞民六万余户，分隶靖州，立叙南、横江巡检司。是月，命佛家闾为考功郎中，乔林为考功员外郎，魏宗道为考功主事，考较天下郡县官属功过。命阿剌吉复为中书平章政事。彰德献瑞麦，一茎三穗。临沂、费县水，发米三万石赈粜之。

六月庚午，广东廉访司佥事恩莫绰言："处决重囚，宜命五府官斟酌地理远近，预选官分行各道，比到秋分时毕事[47]。"从之。辛巳，袁州民周子旺反，僭称周王，伪改年号，寻擒获，伏诛。填星退犯键闭。壬午，立重庆路垫江县。己丑，邵武路大雨，水入城郭，平地二丈。是月，信州路灵山裂。漳州路南胜县民李志甫反，围漳城。守将㧪思监与战，失利，诏江浙行省平章别不花，总浙闽、江西、广东军讨之。

秋七月壬寅，诏以伯颜有功，立生祠于涿州、汴梁。己酉，奉圣州地大震，损坏人民庐舍。丙辰，巩昌府山崩，压死人民。戊午，为伯颜立打捕鹰房诸色人户总管府。

八月癸亥朔，日有食之。戊辰，祭社稷。己巳，申取高丽女子及阉人之禁。赠伯颜察儿守诚佐治安惠世美功臣、太师、开府仪同三司、上柱国，追封奉元王，谥忠宣。辛未，宣德府地大震。癸酉，山东盐运司于济南历城立滨洛盐仓东西二场。丙子，京师地震，日二三次，至乙酉乃止。丁丑，白虹贯天。癸未，改宣德府为顺宁府，奉圣州为保安州。赠太保曲出推忠翊运保宁一德功臣、太师、开府仪同三司、上柱国，追封广阳王，谥忠惠。赠平章伯帖木儿宣忠济美协诚正德功臣、太傅、开府仪同三司、上柱国，追封文安王，谥忠宪。甲申，云南老告土官八那遣侄那赛赍象马来朝，为立老告军民总管府。是月，车驾还自上都。

闰八月戊戌，日赤如赭。己亥，复如之。填星犯罚星。太阴犯斗宿。壬寅，日赤如赭。庚戌，太阴犯斗宿[48]。乙卯，太阴犯鬼宿。

九月丙寅，太阴犯斗宿。戊辰，太白犯东咸。癸酉，奔星如杯大，色白，起自右旗之下[49]，西南行，没于近浊[50]。甲申，太阴犯轩辕。乙酉，太阴犯灵台。庚寅，日赤如赭。太白犯斗宿。

冬十月辛卯，享于太庙。辛亥，太阴犯酒旗[51]。

十一月丙寅，改英宗殿名昭融。丁卯，立绍熙府军民宣抚都总使司，命御史大夫脱脱兼都总使，治书侍御史吉当普为副都总使，世袭其职。本府元领六州、二十县、一百五十二镇[52]。国初，以其地荒而废之，至是，居民二十余万，故立府治之。乙巳[53]，命平章政事字罗领太常礼仪院使。荧惑犯氐宿。丁丑，太阴犯鬼宿。戊寅，太阴犯垒壁阵[54]。壬午，四川散毛洞蛮反，遣使赈被寇人民[55]。

十二月甲午，大都南城等处设米铺二十，每铺日粜米五十石，以济贫民，俟秋成乃罢㊱。戊戌，立邦牙等处宣慰司都元帅府并总管府。先是，世祖既定缅地，以其处云南极边，就立其酋长为帅，令三年一人贡，至是来贡，故立官府。庚子，荧惑犯房宿。壬寅，以宣徽使别儿怯不花为御史大夫。癸卯，太白经天。已酉，复如之。庚戌，加荆王脱脱木儿元德上辅广忠宣义正节振武佐运功臣之号。太白经天。辛亥，复如之。壬子，荧惑犯东咸。乙卯，太白犯外屏㊲。太阴犯斗宿。丙辰，太白经天。

---

①角宿：星名。

②赍（jī，音机）：带着。

③薨（hōng，音哄）：古时称诸侯或大官之死。

④劳：慰劳。

⑤散阶：指无固定职权的官员品阶。

⑥籍：古时一种刑罚，除罚当事人之外，又把家财充公。

⑦格例：规则条例。

⑧食邑：君主赐给臣下作为世禄的封地。

⑨车驾：代称皇帝。

⑩据中华书局本，"德懋"应为"懋德"。

⑪从卫：随从护卫之人。

⑫井宿：星名。

⑬乘舆：坐车子。

⑭省：减，减少。

⑮去：离。

⑯瘗（yì，音益）：掩埋。

⑰矫：假托。　制：皇帝的命令。

⑱敷：足，够。

⑲直：值。

⑳劓（yì，音义）：古代割掉鼻子的刑罚。

㉑黥（qíng，音情）：在脸上刺上记号、文字并涂上墨的刑罚。

㉒墨：一种刑罚，在面额上刺刻，染以墨色。

㉓市：买。

㉔煅炼：冶炼金属。煅，同"锻"。

㉕珥：日、月两旁的光晕。

㉖币：此处指帛。

㉗料：载重计量单位，每料重为一石。

㉘己丑：应为"乙丑"。

㉙降香：进香，烧香。

㉚孛：星芒四射。　王良：星名。

㉛贯索：星座名。

㉜有差：各有不同。

㉝拘刷：全部收禁，收檄或扣留。

㉞讲求：修习研究。

㉟醮（jiào，音叫）：僧道为禳除祸祟而设立的道场。

㊱七宝：原为佛教名词，指七种宝物。泛指多种宝物，后又称凡用多种宝物装饰的器物。

㊲寻：不久。

㊳太白：应为"太阴"。

㊴辛亥：应为“辛酉”。

㊵键闭：星名。

㊶太白：疑为“太阴”。　五车：星名。

㊷太白：应为“太阴”。

㊸影：像，图像。

㊹致仕：辞官。

㊺太白：疑为“太阴”。

㊻牛宿：星名。

㊼比：及，等到。

㊽斗宿：应为“昴宿”。

㊾旗：星名。

㊿浊：星名。

(51)酒旗：星名。

(52)元：原，本。

(53)乙巳：应为“己巳”。

(54)太阴：应为“太白”。

(55)被：遭受，遭到。

(56)成：（庄稼）成熟。

(57)外屏：星宿名。

顺帝本纪三

五年春正月癸亥，禁滥予僧人名爵。庚午，太阴犯井宿。乙亥，荧惑犯天江①。濮州鄄城、范县饥，赈钞二千一百八十锭；冀宁路交城等县饥，赈米七千石；桓州饥，赈钞二千锭；云需府饥，赈钞五千锭；开平县饥，赈米两月；兴和宝昌等处饥，赈钞万五千锭。

二月庚寅，信州雨土。甲午，太阴犯昴宿。戊戌，祭社稷。庚子，免广海添办盐课万五千引②，止办元额③。壬寅，太阴犯灵台。

三月辛酉，八鲁剌思千户所民被灾，遣太禧宗禋院断事官塔海发米赈之。戊辰，滦河住冬怯怜口民饥，每户赈粮一石、钞二十两。

夏四月辛卯，革兴州兴安县。癸巳，立伯颜南口过街塔二碑。乙未，加封孝女曹娥为慧感灵孝昭顺纯懿夫人。壬寅，太阴犯日星及房宿。己酉，申汉人、南人、高丽人不得执军器弓矢之禁。是月，车驾时巡上都。

五月己未朔，晃火儿不剌、赛秃不剌、纽阿迭烈孙、三卜剌等处六爱马大风雪④，民饥，发米赈之。庚午，太阴犯心宿。壬申，太阴犯斗宿。丙子，太白犯昴宿。丙戌，加封浏阳州道吾山龙神崇惠昭应灵显广济侯。

六月壬寅，月食。甲辰，荧惑退入南斗。庚戌，汀州路长汀县大水，平地深可三丈余，没民庐八百家，坏民田二百顷。户赈钞半锭，死者一锭。乙卯，达达民饥，赈粮三月。是月，沂、莒二州民饥，发粮赈粜之。

秋七月辛酉、壬戌，荧惑犯南斗。甲子，荧惑犯南斗。太阴犯房宿。甲戌，太白经天。丙子，开上都、兴和等处酒禁。丁丑，封皇姊月鲁公主为昌国大长公主。戊寅，太白经天。诏：

"诸王位下官毋入常选。"甲申，常州宜兴山水出，势高一丈，坏民庐。乙酉，太白经天。丙戌，太白复经天。

八月丁亥，车驾至自上都。戊子，太白经天。祭社稷。己丑，太白复经天。庚寅，宗王脱欢脱木尔各爱马人民饥，以钞三万四千九百锭赈之；宗王脱怜浑秃各爱马人民饥，以钞万一千三百五十七锭赈之。太白经天。辛卯，太白复经天。甲午，太阴犯斗宿。丁酉，太白犯轩辕。戊戌、己亥，太白经天。壬寅至甲辰，太白复经天。乙巳，太阴犯昴宿。

九月丁巳，沈阳饥，民食木皮，赈粜米一千石。戊午，太白经天。己未，太白复经天。

冬十月辛卯，享于太庙。壬辰，禁倡优盛服⑤，许男子裹青巾，妇女服紫衣，不许戴笠乘马。甲午，诏伯颜为大丞相，加元德上辅功臣之号，赐七宝玉书龙虎金符。己亥，荧惑犯垒壁阵。是月，衡州饥，赈粜米五千石。辽阳饥，赈米五百石。文登、牟平二县饥，赈粜米一万石。

十一月丁巳，荧惑犯垒壁阵。禁宰杀。戊辰，开封杞县人范孟反，伪传帝旨，杀河南行省平章政事月禄帖木儿、左丞劫烈、廉访使完者不花等，已而捕诛之⑥。癸酉，瑞州路新昌州雨木冰，至明年二月始解。是月，八番顺元等处饥，赈钞二万二十锭。

十二月辛卯，复立都水庸田使司于平江，先是尝置而罢，至是复立。甲午，太阴犯昴宿。癸卯，荧惑犯外屏。

是岁，敕赐曲阜宣圣庙碑。工部厅梁上出芝草，一本七茎。袁州饥，赈粜米五千石。胶、密、莒、潍等州饥⑦，赈钞二万锭。

六年春正月丁卯，太阴犯鬼宿。甲戌，立司禋监，奉太祖、太宗、睿宗三朝御容于石佛寺。乙亥，太阴犯房宿。戊寅，追封阔儿吉思宣诚戡难翊运致美功臣、太师、开府仪同三司、上柱国，追封晋宁王，谥忠襄。是月，察忽、察罕脑儿等处马灾，赈钞六千八百五十八锭。邠州饥，赈米两月。

二月甲申朔，诏权止今年印钞⑧。戊子，祭社稷。己丑，太阴犯昴宿。丙申，太阴犯太微垣。己亥，黜中书大丞相伯颜为河南行省左丞相，诏曰："朕践位以来，命伯颜为太师、秦王、中书大丞相，而伯颜不能安分，专权自恣，欺朕年幼，轻视太皇太后及朕弟燕帖古思，变乱祖宗成宪，虐害天下。加以极刑，允合舆论。朕念先朝之故，尚存悯恤，今命伯颜出为河南行省左丞相，所有元领诸卫亲军并怯薛丹人等，诏书到时，即许散还。"以太保马札儿台为太师、中书右丞相，太尉塔失海牙为太傅，知枢密院事塔马赤为太保，御史大夫脱脱为知枢密院事，汪家奴为中书平章政事，岭北行省平章政事也先帖木儿为御史大夫。增设京城米铺，从便赈粜。壬寅，诏除知枢密院事脱脱之外，诸王侯不得悬带弓箭环刀，辄入内府。癸卯，太阴犯心宿。乙巳，罢各处船户提举、广东采珠提举二司。丁未，太阴犯罗堰⑨。立延徽寺，以奉宁宗祀事。罢司禋监。罢通州、河西务等处抽分按利房，大都东里山查提领所。戊申，荧惑犯月星。己酉，彗星如房星大，色白，状如粉絮，尾迹约长五寸余，彗指西南，渐向西北行。是月，福宁州大水，溺死人民。京畿五州十一县水，每户赈米两月。

三月甲寅，漳州义士陈君用袭杀反贼李志甫，授君用同知漳州路总管府事。乙卯，益都、般阳等处饥，赈之。丙辰，赦漳、潮二州民为李志甫、刘虎仔胁从之罪，褒赠军将死事者。丁巳，大斡耳朵思风雪为灾，马多死，以钞八万锭赈之。癸亥，四怯薛役户饥，赈米一千石、钞二千锭。成宗潜邸四怯薛户饥⑩，赈米二百石、钞二百锭。以知枢密院事脱脱、御史大夫别儿怯不花、知枢密院事牙不花知经筵事，中书参议阿鲁佛住兼经筵官。太阴犯轩辕。丁卯，诏赐江南行台御史中丞史惟良、御史中丞耿焕、山东廉访使张友谅、中书参知政事许有壬上尊、束帛⑪。庚午，太阴犯房宿。辛未，诏徙伯颜于南恩州阳春县安置。壬申，太阴犯南斗。丁丑，以治书侍御史达识帖睦迩为奎章阁大学士，翰林直学士揭傒斯为奎章阁供奉学士。戊寅，太白犯月星。辛巳，彗星见，自二月己酉至三月庚辰，凡三十二日。是月，淮安路山阳县饥，赈钞二千五百锭，给粮两月。顺德路邢台县饥，赈钞三千锭。

夏四月己丑，享于太庙。庚寅，诏大天元延寿寺立明宗神御殿碑。以同知枢密院事铁木儿塔识为中书右丞。丙午，诏封马札儿台为忠王及加答剌罕之号，马札儿台辞。

五月癸丑，禁民间藏军器。乙卯，监察御史普鲁台言："右丞相马札儿台辞答剌罕及王爵名号，宜示天下，以劝廉让。"从之。己未，诏以党兀巴太子擒贼阿答理胡，殁于王事，追封凉王，谥忠烈。漳州龙岩尉黄佐才获李志甫余党郑子箕。佐才因与贼战，妻子四十余口皆遇害。以佐才为龙岩县尹。丁卯，太阴犯斗宿。辛未，降钞万锭，给守卫宫阙内外门禁唐兀、左右阿速、贵赤、阿儿浑、钦察等卫军。丙子，车驾时巡上都。置月祭各影堂香于大明殿。遇行礼时，令省臣就殿迎香祭之。以宦者伯不花为长宁寺卿。是月，济南饥，赈钞万锭。

六月丙申，诏撤文宗庙主，徙太皇太后不答失里东安州安置，放太子燕帖古思于高丽，其略曰：

"昔我皇祖武宗皇帝升遐之后[12]，祖母太皇太后惑于恇愶[13]，俾皇考明宗皇帝出封云南[14]。英宗遇害，正统浸偏[15]。我皇考以武宗之嫡，逃居朔漠[16]。宗王大臣同心朔戴[17]，肇启大事。于时以地近，先迎文宗，暂总机务。继知天理人伦之攸当，假让位之名[18]，以宝玺来上，皇考推诚不疑，即授以皇太子宝。文宗稔恶不悛[19]，当躬迓之际[20]，乃与其臣月鲁不花、也里牙、明里董阿等谋为不轨，使我皇考饮恨上宾[21]。归而再御宸极[22]，思欲自解于天下，乃谓夫何数日之间，宫车弗驾。海内闻之，靡不切齿。

又私图传子，乃构邪言，嫁祸于八不沙皇后，谓朕非明宗之子，遂俾出居遐陬[23]。祖宗大业，几于不继。内怀愧慊[24]，则杀也里牙以杜口[25]。上天不祐，随降殒罚。叔婶不答失里，怙其势焰[26]，不立明考之冢嗣[27]，而立孺稚之弟懿璘质班。奄复不年，诸王大臣以贤以长，扶朕践位。国之大政，属不自遂者，讵能枚举[28]。

每念治必本于尽孝，事莫先于正名。赖天之灵，权奸屏黜[29]，尽孝正名，不容复缓。永惟鞠育罔极之恩[30]，忍忘不共戴天之义。既往之罪，不可胜诛。其命太常彻去脱脱木儿在庙之主。不答失里本朕之婶，乃阴构奸臣，弗体朕意，僭膺太皇太后之号[31]，迹其闺门之祸[32]，离间骨肉，罪恶尤重，揆之大义[33]，削去鸿名，徙东安州安置。燕帖古思昔虽幼冲，理难同处，朕终不陷于覆辙，专务残酷，惟放诸高丽。当时贼臣月鲁不花、也里牙已死，其以明里董阿等明正典刑。"

监察御史崔敬言燕帖古思不宜放逐，不报[34]。己亥，秦州成纪县山崩地坼[35]。癸卯，太白昼见。己酉，太白复昼见。辛亥，太白昼见，夜犯岁星。是月，济南路历城县饥，赈钞二千五百锭。

秋七月甲寅，太白昼见。诏封微子为仁靖公，箕子为仁献公，比干加封为仁显忠烈公。乙卯，奉元路盩厔县河水溢[36]，漂流人民。丁巳，太白昼见。戊午，以星文示异，地道失宁，蝗旱相仍[37]，颁罪己诏于天下。享于太庙。己未，以亦怜真班为御史大夫。庚申，太阴犯心宿。壬戌至癸亥，太白昼见。甲子，太阴犯罗堰。乙丑至丙寅，太白复昼见。丁卯，燕帖古思薨，诏以钞一百锭备物祭之。癸酉，太白昼见。戊寅，命翰林学士承旨腆哈、奎章阁学士巎巎等删修《大元通制》。庚辰，达达之地大风雪，羊马皆死。赈军士钞一百万锭，并遣使赈怯烈干十三站，每站一千锭。是月，禁色目人勿妻其叔母。

八月壬午，以也先帖木儿为御史大夫。戊子，祭社稷。是月，车驾至自上都。

九月辛亥，明里董阿伏诛。癸丑，加封汉张飞武义忠显英烈灵惠助顺王。辛酉，太白犯虚梁㊳。丙寅，诏："今后有罪者，毋籍其妻女以配人。"丁卯，太阴犯昴宿。荧惑犯岁星。甲戌，太阴犯轩辕。

冬十月甲申，奉玉册玉宝，尊皇考为顺天立道睿文智武大圣孝皇帝，亲祼太室㊴。庚寅，奉符、长清、元城、清平四县饥，诏遣制国用司官验而赈之。辛卯，各爱马人不许与常选。壬辰，立曹南王阿剌罕、淮安王伯颜、河南王阿术祠堂。丁酉，太白入南斗。己亥，太白犯斗宿。壬寅，马札儿台辞右丞相职，仍为太师。以脱脱为中书右丞相，宗正札鲁忽赤铁木儿不花为中书左丞相。是月，河南府宜阳等县大水，漂没民庐，溺死者众，人给殡葬钞一锭，仍赈义仓粮两月。

十一月甲寅，监察御史世图尔言，宜禁答失蛮、回回、主吾人等叔伯为婚姻。乙卯，太阴犯虚梁。以亲祼大礼庆成㊵，御大明殿受群臣朝。戊午，荧惑犯氐宿。甲子，月食。辰星犯东咸。辛未，以孔克坚袭封衍圣公。戊寅，辰星犯天罡㊶。是月，处州、婺州饥，以常平、义仓粮赈之。

十二月，复科举取士制。国子监积分生员，三年一次，依科举例入会试，中者取一十八名。癸未，太阴犯虚梁。乙酉，太阴犯土公㊷。丁亥，荧惑犯钩钤。戊子，罢天历以后增设太禧宗禋等院及奎章阁。乙未，荧惑犯东咸。戊戌，太阴犯明堂㊸。是月，东平路民饥，赈之。宝庆路大雪，深四尺五寸。

至正元年春正月己酉朔，改元。诏曰：

"朕惟帝王之道，德莫大于克孝，治莫大于得贤。朕早历多难，入绍大统㊹，仰思祖宗付托之重，战兢惕励，于兹八年。慨念皇考，久劳于外，甫即大命㊺，四海觖望㊻，夙夜追慕，不忘于怀。乃以至元六年十月初四日，奉玉册玉宝，追上皇考曰顺天立道睿文智武大圣孝皇帝。被服衮冕，祼于太室，式展孝诚㊼。十有一月六日，勉徇大礼庆成之请，御大明殿受群臣朝。

爰自去春，畴咨于众㊽，以知枢密院事马札儿台为太师、右丞相，以正百官，以亲万民。寻即控辞㊾，养疾私第，再三谕旨，勉令就位，自春徂秋㊿，其请益固。朕悯其劳日久，察其至诚，不忍烦之以政，俾解机务，仍为太师。而知枢密院事脱脱，早岁辅朕，克著忠贞，乃命为中书右丞相。宗正札鲁忽赤帖木儿不花，尝历政府，嘉绩著闻，为中书左丞相，并录军国重事。夫三公论道，以辅予德，二相总政，以弼予治[51]。其以至元七年为至正元年，与天下更始。"

甲寅，荧惑犯天江。丁巳，享于太庙。庚申，太阴犯井宿。癸亥，诏天寿节禁屠宰六日。辛未，太阴犯心宿。癸酉，太阴犯斗宿。甲戌，太白昼见，凡四日。是月，命脱脱领经筵事。命永明寺写金字经一藏。免天下税粮五分。湖南诸路饥，赈枭米十八万九千七十六石。

二月戊寅，祭社稷。己卯，太白昼见。庚辰，太白复昼见。辛巳，立广福库，罢藏珍等库。乙酉，济南滨州沾化等县饥，以钞五万三千锭赈之。丙戌，太白昼见。癸巳，太阴犯明堂。乙未，加封皇姊不答昔你明惠贞懿大长公主。是月，大都宝坻县饥，赈米两月。河间莫州、沧州等处饥，赈钞三万五千锭。晋州饶阳、阜平、安喜、灵寿四县饥，赈钞二万锭。印造至元钞九十九万锭、中统钞一万锭。

三月庚戌，罢两淮屯田手号打捕军役，令属本所领之。癸丑，命屯储御军于河南芍陂、洪泽、德安三处屯种。甲寅，给还帖木儿不花宣让王印，镇淮西。己未，汴梁地震。大都路涿州范阳、房山饥，赈钞四千锭。丙子，以行省平章政事燕帖木儿就佩虎符，提调屯田。是月，般阳路长山等县饥，赈钞万锭；彰德路安阳等县饥，赈钞万五千锭。

夏四月丁丑，道州土贼蒋丙等反，破江华县，掠明远县。戊寅，彰德有赤风自西北起，昼晦如夜。甲申，享于太庙。丁亥，临贺县民被傜寇钞掠[52]，发义仓粮赈之。庚寅，帝幸护圣寺。命中书右丞铁木儿塔识为平章政事，阿鲁为右丞，许有壬为左丞。癸巳，立富昌库，隶资正院。复立卫候司。丁酉，以两浙水灾，免岁办余盐三万引。己亥，立吏部司绩官。庚子，复封太师马札儿台为忠王。罢潭州河西务。彰德饥，赈钞万五千锭。是月，车驾时巡上都。

五月戊申，以崇文监属翰林国史院。己未，罢河西务行用库。壬戌，月食。是月，赈阿剌忽等处被灾之民三千九百一十三户，给钞二万一千七百五锭。

闰五月丁丑，改封徽州土神汪华为昭忠广仁武烈灵显王。甲午，赏赐扈从明宗诸王官属八百七人金银钞币各有差。壬寅，诏刻宣文、至正二宝。

六月戊午，禁高丽及诸处民以亲子为宦者，因避赋役。戊辰，改旧奎章阁为宣文阁。庚午，太阴犯井宿。是月，扬州路崇明、通、泰等州，海潮涌溢，溺死一千六百余人，赈钞万一千八百二十锭。

秋七月己卯，享于太庙。乙酉，太阴犯填星。庚寅，太阴犯云雨㉝。

八月戊申，祭社稷。是月，车驾至自上都。

九月庚辰，太阴犯建星。壬午，赐文臣燕于拱辰堂。己丑，冀宁路嘉禾生，异亩同颖㉞。壬辰，太阴犯钺星，又犯井宿。壬寅，许有壬进讲明仁殿，帝悦，赐酒宣文阁中，仍赐貂裘、金织纹币。

冬十月丁未，享于太庙。己酉，封阿沙不花顺宁王、昔宝赤寒食顺国公。甲寅，中书省臣奏："海运不给，宜令江浙行省于中政院财赋府，拨赐诸人寺观田粮，总运二百六十万石。"从之。乙卯，岁星犯氐宿。丁巳，太阴犯月星。戊午，月食既。

十一月丙子，道州路贼何仁甫等反。戊寅，彰德属县各添设县尉一员。庚辰，分吏部、礼部、兵部、刑部为二库，户部、工部为二库，各设管勾一员。己亥，太阴犯东井㉟。庚子，太阴犯天江。傜贼寇边㊱，诏湖广行省平章政事巩卜班总兵讨平之，定赏有差。

十二月乙卯，诏："民年八十以上，蒙古人赐缯帛二表里；其余州县，旌以高年耆德之名㊲，免其家杂役。"丁巳，太白犯垒壁阵。己未，立四川安岳县。增设嘉兴等处盐仓。壬戌，云南车里寒赛、刀等反，诏云南行省平章政事脱脱木儿讨平之。癸亥，以在库至元、中统钞二百八十二万二千四百八十八锭，可支二年，住造明年钞本㊳。诏革王伯颜察儿等所献檀、景等处产金地土。山东、燕南强盗纵横，至三百余处，选官捕之。复立拱仪局。己巳，以翰林学士承旨张起岩知经筵事。是月，复立司禋监。加封真定路滹沱河神为昭佑灵源侯。

二年春正月丁丑，享于太庙。丙戌，开京师金口河，深五十尺，广一百五十尺，役夫一十万。戊子，太阴犯明堂。癸巳，遣翰林学士三保等代祀五岳四渎。甲午，荧惑犯月星。是月，大同饥，人相食，运京师粮赈之；顺宁保安饥，赈钞一万锭；广平磁、威州饥，赈钞五万锭。降咸平府为县。升懿州为路，以大宁路所辖兴中、义州属懿州。

二月壬寅，颁《农桑辑要》。戊申，祭社稷。乙卯，李沙的伪造御宝圣旨，称枢密院都事，伏诛。己巳，织造明宗御容。是月，彰德路安阳、临漳等县饥，赈钞二万锭；大同路浑源州饥，以钞六万二千锭、粮二万石兼赈之；大名路饥，以钞万二千锭赈之；河间路饥，以钞五万锭赈之。

三月戊寅，亲试进士七十八人，赐拜住、陈祖仁及第，其余出身有差。辛巳，冀宁路饥，赈粜米三万石。戊子，太阴犯房宿。是月，顺德路平乡县饥，赈钞万五千锭；卫辉路饥，赈钞万五千锭；杭州路火灾，给钞万锭赈之。

夏四月辛丑，冀宁路平晋县地震，声鸣如雷，裂地尺余，民居皆倾。乙巳，享于太庙。己酉，罢云南蒙庆宣慰司。庚申，太阴犯罗堰。是月，车驾时巡上都。

五月甲申，太白经天。丁亥，以江浙行省平章政事只而瓦台为河南行省平章政事。东平雨雹如马首。

六月戊申，命江浙拨赐僧道田还官征粮，以备军储。壬子，济南山崩，水涌。乙丑，罢邦牙宣慰司。是月，汾水大溢。

秋七月庚午，惠州路罗浮山崩。辛未，享于太庙。乙未，太阴掩太白。丁酉，太白昼见。己亥，庆远路莫八聚众反，攻陷南丹、左右两江等处，命脱脱赤颜讨平之。立司狱司于上都，比大都兵马司⑨。是月，拂郎国贡异马，长一丈一尺三寸，高六尺四寸，身纯黑，后二蹄皆白。

八月庚子朔，日有食之。癸卯，罢上都事产提举司。丙午，太白昼见。戊申，祭社稷。是月，冀宁路饥，赈粜米万五千石。

九月己巳，诏遣湖广行省平章政事巩卜班，领河南、江浙、湖广诸军讨道州贼，平之，复平嶂峒堡寨二百余处。辛未，车驾至自上都。丁丑，太阴犯罗堰。京城强贼四起。戊子，太阴犯井宿。是月，归德府睢阳县因黄河为患，民饥，赈粜米万三千五百石。

冬十月己亥朔，日有食之。癸卯，太阴犯建星。陕西行省平章政事朵朵辞职侍亲，不允。丁未，享于太庙。甲寅，太阴犯天关。壬戌，诏遣官致祭孔子于曲阜。罢织染提举司。甲子，杭州、嘉兴、绍兴、温州、台州等路各立检校批验盐引所。权免两浙额盐十万引，福建余盐三万引。

十一月甲申，诏免云南明年差税。辛卯，岁星、荧惑、太白聚于尾宿⑳。

十二月壬寅，申服色之禁。丙午，命中书右丞太平、枢密副使姚庸、御史中丞张起岩知经筵事。己酉，京师地震。辛亥，封晃火帖木儿之子彻里帖木儿为抚宁王。丙辰，赐云南行省参知政事不老三珠虎符，以兵讨死可伐。癸亥，阿鲁、秃满等以谋害宰臣，图为叛逆，伏诛。

---

①天江：星名。

②引：古代纸币名。

③元：原。

④爱：蒙古语，指诸王、驸马等的下属人户。

⑤倡优：古代以乐舞戏谑为业之艺人。倡，称歌舞之人。优，谐戏之人。

⑥已而：不久。

⑦潍（wéi），音为。

⑧权：权衡。

⑨罗堰：星名。

⑩潜邸：皇帝即位之前的居所。

⑪上尊：上等酒。

⑫升遐：古代帝王死去。

⑬惑：欺骗，蒙蔽。　　慝（tè，音特）：邪恶。

⑭俾：使。

⑮浸：逐渐。

⑯朔漠：北方沙漠地区。

⑰翊戴：辅助拥戴。

⑱假：借。

⑲稔（rěn，音忍）：事物积久养成或酝酿成熟。　　悛（quān，音圈）：悔改。

⑳躬迎：亲自迎接。

㉑上宾：古时称帝王之死。

㉒宸极：君位。

㉓陬（zōu，音邹）：山脚，角落。

㉔慊（qiàn，音欠）：憾，恨。

㉕杜：堵塞。

㉖怙：（hù，音户）：凭恃，依靠。

㉗冢：大，引申为嫡长。

㉘讵（jù，音巨）：无，不。

㉙屏：除去。罢弃，即"摒"。

㉚鞠育：抚养。鞠，养育。　　罔：无。

㉛膺：受，承。

㉜迹：推究。　　闺门：家门。

㉝揆：揣度。

㉞报：判决；断狱。

㉟坼（chè，音彻）：裂开。

㊱盩厔（zhōu zhì），音舟至。

㊲仍：从，随。

㊳太白：应为"太阴"。　　虚粱：星名。

㊴祼（guàn，音贯）：古时酌酒灌地的祭礼。

㊵庆：纪念庆贺之事。

㊶天罡：应为"天汇"。

㊷士公：古星名。

㊸明堂：星名。

㊹绍：续承。

㊺甫：方。

㊻觊（kuì，音愧）望：企望。觊，希望，企求。

㊼式：以，以此。

㊽畴咨：访求。

㊾控辞：请求辞免。

㊿徂（cú，音粗二声）：往，到。

51弼：辅助。

52钞：强取，强夺，也作"抄"。

53云雨：星名。

54亩：同"母"，根本，根源。

55东井：应为"东咸"。

56寇：侵犯，掠夺。

57旌：表彰。　　耆：老。

58住：停止。

59比：辅助。

60尾宿：星名。

顺帝本纪四

三年春正月丙子，中书左丞许有壬辞职。丁丑，享于太庙。乙酉，中书平章政事纳麟辞职。庚寅，沙汰怯薛丹名数①。

二月戊戌，祭社稷。甲辰，太阴犯井宿。填星犯牛宿②。荧惑犯罗堰。丁未，立四川省检校官。辽阳吾者野人叛。乙卯，太阴犯氐宿。是月，汴梁路新郑、密二县地震。宝庆路饥，判官文殊奴以所受敕牒贷官粮万石赈之③。秦州成纪县，巩昌府宁远、伏羌县山崩，水涌，溺死人无算④。

三月壬申，造鹿顶殿。监察御史成遵等言：“可用终场下第举人，充学正、山长⑤，国学生会试不中者，与终场举人同。”戊寅，诏：“作新风宪⑥。在内之官有不法者，监察御史劾之。在外之官有不法者，行台监察御史劾之。岁以八月终出巡，次年四月中还司。”壬午，太阴犯氐宿。是月，诏修辽金宋三史，以中书右丞相脱脱为都总裁官，中书平章政事铁木儿塔识、中书右丞太平、御史中丞张起岩、翰林学士欧阳玄、侍御史吕思诚、翰林侍讲学士揭 傒斯为总裁官。

夏四月丙申朔，日有食之。乙巳，享于太庙。是月，两都桑果叶皆生黄色龙文。车驾时巡上都。

五月，河决白茅口。

六月壬子，命经筵官月进讲者三。是月，回回剌里五百余人，渡河寇掠解、吉、隰等州。中书户部以国用不足，请撙节浮费⑦。

秋七月丁卯，享于太庙。戊辰，修大都城。戊寅，立永昌等处宣慰司。庚辰，太白犯右执法。是月，兴国路大旱。河南自四月至是月，霖雨不止。户部复言撙节钱粮。

八月甲午朔，晋宁路临汾县献嘉禾，一茎有八穗者。命朵思麻同知宣慰司事锁儿哈等，讨四川上蓬琐吃贼。戊戌，祭社稷。山东有贼焚掠兖州。是月，车驾还自上都。

九月甲子，湖广行省平章政事巩卜班，擒道州、贺州猺贼首唐大二、蒋仁五至京，诛之；其党蒋丙，自号顺天王，攻破连、桂二州。甲申，修理太庙，遣官告祭，奉迁神主于后殿。

冬十月乙未，增立巡防捕盗所于永昌。丁酉，告祭太庙，奉安神主。戊戌，帝将祀南郊，告祭太庙。至宁宗室，问曰：“朕，宁宗兄也，当拜否？”太常博士刘闻对曰：“宁宗虽弟，其为帝时，陛下为之臣。春秋时，鲁闵公弟也，僖公兄也，闵公先为君，宗庙之祭，未闻僖公不拜。陛下当拜。”帝乃拜。丁未，月食。己酉，帝亲祀上帝于南郊，以太祖配⑧。癸丑，命金枢密院事韩元善为中书参知政事，中书参议买尤丁同知宣徽院事。己未，以郊祀礼成，诏大赦天下。文官普减一资，武官升散官一等⑨，蠲民间田租五分⑩，赐高年帛⑪。以湖广行省平章政事巩卜班为宣徽院使，行枢密院知院剌剌为翰林学士承旨。

十一月辛未，享于太庙。

十二月丙申，诏写金字《藏经》。丁未，以别儿怯不花为中书左丞相。是月，胶州及属邑高密地震。河南等处民饥，赈粜麦十万石。

是岁，诏立常平仓，罢民间食盐。征遗逸脱因、伯颜、张瑾、杜本⑫，本辞不至。

四年春正月辛未，享于太庙。辛巳，诏：“定守令黜陟之法⑬，六事备者升一等，四事备者减一资，三事备者平迁，六事俱不备者降一等。"庚寅，河决曹州，雇夫万五千八百修筑之。是月，河又决汴梁。

二月戊戌，祭社稷。辛丑，四川行省立惠民药局。是月，中书右丞太平升平章政事。

闰月辛酉朔，永平、澧州等路饥，赈之。乙亥，月食。

三月丁酉，复立武功县。壬寅，特授八秃麻朵儿只征东行省左丞相，嗣高丽国王。癸丑，以河南行省平章政事纳麟为中书平章政事，集贤大学士姚庸为中书左丞。

夏四月丁亥，复立广样局。是月，车驾时巡上都。

五月乙未，右丞相脱脱辞职，不许。甲辰，许之，以阿鲁图为中书右丞相。乙巳，封脱脱为郑王，食邑安丰，赐金印及海青、文豹等物，俱辞不受。是月，大霖雨，黄河溢，平地水二丈，决白茅堤、金堤、曹、濮、济、兖皆被灾。

六月戊辰，巩昌陇西县饥，每户贷常平仓粟三斗，俟年丰还官。己巳，赐脱脱松江田，为立松江等处稻田提领所。

秋七月戊子朔，温州飓风大作，海水溢，地震。益都濒海盐徒郭火你赤作乱。己丑，享于太庙。是月，滦河水溢。

八月戊午，祭社稷。丁卯，山东霖雨，民饥相食，赈之。丙戌，赐脱脱金十锭、银五十锭、钞万锭、币帛二百匹，辞不受。是月，陕西行省立惠民药局。莒州蒙阴县地震。郭火你赤上太行，由陵川入壶关，至广平，杀兵马指挥，复还益都。车驾还自上都。

九月丁亥朔，日有食之。丙午，命太平提调都水监。辛亥，以南台治书侍御史秦从德为江浙行省参知政事，提调海运。癸丑，命御史大夫也先帖木儿、平章政事铁木儿塔识知经筵事，右丞达识帖睦迩提调宣文阁、知经筵事。

冬十月乙酉，议修黄河、淮河堤堰。

十一月丁亥朔，以各郡县民饥，不许抑配食盐。复令民入粟补官，以备赈济。戊子，禁内外官民宴会不得用珠花。己亥，保定路饥，以钞八万锭、粮万石赈之。戊申，河南民饥，禁酒。

十二月己未，四川廉访司建言："广元等五路，广安等三府，永宁等两宣抚司，请依内郡，设置推官一员。"从之。壬戌，太阴犯外屏⑭。癸亥，汉阳地震。戊寅，猺贼寇靖州。是月，东平地震。禁淫祠⑮。赈东昌、济南、般阳、庆元、抚州饥民。

是岁，傜贼寇浔州，同知府事保童率民兵击走之。

五年春正月辛卯，享于太庙。是月，蓟州地震。

二月戊午，祭社稷。

三月辛卯，帝亲试进士七十有八人，赐普颜不花、张士坚进士及第，其余赐出身有差。是月，以陈思谦参议中书省事。先是，思谦建言："所在盗起，盖由岁饥民贫，宜大发仓廪赈之，以收人心，仍分布重兵镇抚中夏。"不听。大都、永平、巩昌、兴国、安陆等处并桃温万户府各翼人民饥，赈之。

夏四月丁卯，大都流民，官给路粮，遣其还乡。是月，汴梁、济南、邠州、瑞州等处民饥，赈之。募富户出米五十石以上者，旌以义士之号。车驾时巡上都。

五月己丑，诏以军士所掠云南子女一千一百人放还乡里，仍给其行粮，不愿归者听。丁未，河间转运司灶户被水灾，诏权免余盐二万引，候年丰补还官。

六月，庐州张顺兴出米五百余石赈饥，旌其门。

秋七月丁亥，河决济阴。己丑，享于太庙。丙午，命也先帖木儿、铁木儿塔识并为御史大夫。诏作新风纪⑯。

八月戊午，祭社稷。是月，车驾还自上都。

九月壬午，日有食之⑰。戊戌，开酒禁。辛丑，以中书右丞达识帖睦迩为翰林学士承旨，中书参知政事搠思监为右丞，资政院使朵儿直班为中书参知政事。是月，革罢奥鲁。

冬十月壬子，以中书平章政事太平为御史大夫。乙卯，享于太庙。辛酉，命奉使宣抚巡行天下，诏曰：

"朕自践祚以来⑱，至今十有余年，托身亿兆之上，端居九重之中，耳目所及，岂能周知？故虽夙夜忧勤，觊安黎庶⑲，而和气未臻⑳，灾眚时作㉑，声教未洽㉒，风俗未淳，吏弊未祛㉓，民瘼滋甚㉔。岂承宣之寄，纠劾之司，奉行有所未至欤？若稽先朝成宪㉕，遣官分道奉使宣抚，布朕德意，询民疾苦，疏涤冤滞，蠲除烦苛。体察官吏贤否，明加黜陟。有罪者，四品以上停职申请㉖，五品以下就便处决。民间一切兴利除害之事，悉听举行。"

命江西行省左丞忽都不丁、吏部尚书何执礼巡两浙江东道，前云南行省右丞散散、将作院使王士弘巡江西福建道，大都路达鲁花赤拔实、江浙行省参知政事秦从德巡江南湖广道，吏部尚书定僧、宣政金院魏景道巡河南江北道，资政院使蛮子、兵部尚书李献巡燕南山东道，兵部尚书不花、枢密院判官靳义巡河东陕西道，宣政院同知伯家奴、宣徽金院王也速迭儿巡山北辽东道，荆湖北道宣慰使阿乞剌、两淮运使杜德远巡云南省，上都留守阿牙赤、陕西行省左丞王绅巡甘肃永昌道，大都留守答尔麻失里、河南行省参知政事王守诚巡四川省，前西台中丞定定、集贤侍讲学士苏天爵巡京畿道，平江路达鲁花赤左答纳失里、都水监贾惟贞巡海北海南广东道。黄河泛溢。辛未，辽、金、宋三史成，右丞相阿鲁图进之。帝曰："史既成书，前人善者，朕当取以为法，恶者取以为戒。然岂止激劝为君者，为臣者亦当知之。卿等其体朕心，以前代善恶为勉。"己卯，监察御史不答失里请罢造作不急之务。是月，以吕思诚为中书参知政事。

十一月甲午，《至正条格》成。奉元路陈望叔伪称燕帖古思太子，伏诛。

十二月丁巳，诏定荐举守令法。

是岁，宣徽院使笃怜铁穆迩知枢密院事，冯思温为御史中丞。

六年春二月庚戌朔，日有食之。辛未，兴国雨雹，大者如马首。是月，山东地震，七日乃止。

三月辛未，盗扼李开务之闸河，劫商旅船。两淮运使宋文瓒言："世皇开会通河千有余里，岁运米至京者五百万石，今骑贼不过四十人，劫船三百艘而莫能捕，恐运道阻塞，乞选能臣，率壮勇千骑捕之。"不听。戊申，京畿盗起。范阳县请增设县尉及巡警兵，从之。山东盗起，诏中书参知政事锁南班至东平镇遏。八番龙宜来进马。

夏四月壬子，辽阳为捕海东青烦扰，吾者野人及水达达皆叛。癸丑，以长吉为皇太子宫傅官。颁《至正条格》于天下。甲寅，以中书参知政事吕思诚为左丞。乙卯，享于太庙。丁卯，车驾时巡上都。发米二十万石赈粜贫民。万户买住等讨吾者野人遇害，诏恤其家。以中书左丞吕思诚知经筵事。命左右二司、六部吏属，于午后讲习经史。

五月壬午，陕西饥，禁酒。象州盗起。江西田赋提举司扰民，罢之。丁亥，盗窃太庙神主。遣火儿忽答讨吾者野人。丁酉，以黄河决，立河南山东都水监。

六月己酉，汀州连城县民罗天麟、陈积万叛。陷长汀县，福建元帅府经历真宝、万户廉和尚等讨之。丁巳，诏以云南贼死可伐盗据一方，侵夺路甸㉗，命亦秃浑为云南行省平章政事，讨之。

秋七月己卯，享于太庙。丙戌，以辽阳吾者野人等未靖㉘，命太保伯撒里为辽阳行省左丞相，镇之。丁亥，降诏招谕死可伐。散毛洞蛮覃全在叛，招降之。以为散毛誓崖等处军民宣抚使，置官属，给宣敕、虎符，设立驿铺㉒。癸巳，诏选怯薛官为路、府、县达鲁花赤。丙申，以朵儿直班为中书右丞，答儿麻为参知政事。壬寅，以御史大夫亦怜真班等知经筵事。甲辰，京畿奉使宣抚定定奏言御史撒八儿等罪，杖黜之。时诸道奉使，皆与台宪互相掩蔽，惟定定与湖广道拔实纠举无避。

八月丙午，命江浙行省右丞忽都不花、江西行省右丞秃鲁统军合讨罗天麟。戊申，祭社稷。是月，车驾还自上都。

九月乙酉，克复长汀㉚。戊子，邵武地震，有声如鼓，至夜复鸣。

冬十月，思、靖猺寇犯武冈，诏湖广省臣及湖南宣慰元帅完者帖木儿讨之，俘斩数百级㉛，猺贼败走。

闰月乙亥，诏赦天下，免差税三分，水旱之地全免。靖州猺贼吴天保陷黔阳。癸未，汀州贼徒罗德用杀首贼罗天麟、陈积万，以首级送官，余党悉平。

十二月丁丑，省臣改拟明宗母寿童皇后徽号曰庄献嗣圣皇后。己卯，改立山东东西道宣慰使司都元帅府，开设屯田，驻军马。甲申，诏复立大护国仁王寺昭应宫财用规运总管府，凡贷民间钱二十六万余锭。辛卯，有司以赏赉泛滥，奏请恩赐必先经省、台、院定拟。甲午，设立海海剌秃屯田二处。诏："犯赃罪之人，常选不用。"复立八百宣慰司，以土官韩部袭其父爵。辛丑，以吉剌班为太尉，开府，置僚属。壬寅，山东、河南盗起，遣左、右阿速卫指挥不儿国等讨之。

是岁，黄河决。尚书李绗请躬祀郊庙，近正人，远邪佞，以崇阳抑阴，不听。

七年春正月甲辰朔，日有食之。大寒而风，朝官仆者数人㉜。己酉，享于太庙。壬子，命中书左丞相别儿怯不花为右丞相，寻辞职。丁巳，复立东路都蒙古军都元帅府。庚申，云南老丫等蛮来降，立老丫耿冻路军民总管府。丙寅，以广西宣慰使章伯颜讨猺、獠有功，升湖广行省左丞。诏以怯薛丹支给浩繁，除累朝定额外，悉罢之。

二月甲戌朔，兴圣宫作佛事，赐钞二千锭。己卯，山东地震，坏城郭，棣州有声如雷。河南、山东盗蔓延济宁、滕、邳、徐州等处。庚辰，以中书参知政事锁南班为中书右丞，道童为中书参知政事。丙戌，以宦者伯帖木儿为司徒。是月，猺贼吴天保寇沅州。以阿吉剌为知枢密院事，整治军务。

三月甲辰，中书省臣言："世祖之朝，省台院奏事，给事中专掌之，以授国史纂修，近年废弛，恐万世之后，一代成功无从稽考，乞复旧制。"从之。乙巳，遣使铨选云南官员。修光天殿。庚戌，试国子监，会食弟子员，选补路府及各卫学正。戊午，诏编《六条政类》。庚申，监察御史王士点劾集贤大学士吴直方，躐进官阶㉝，夺其宣命。乙丑，云南王孛罗来献死可伐之捷。壬申，遣使修上都大乾元寺。命有司定吊赙诸王、公主、驸马礼仪之数㉞。

夏四月乙亥，命江浙省臣讲究役法㉟。己卯，享于太庙。辛巳，遣达本、贺方使于占城。以通政院使朵郎吉儿为辽阳行省参知政事，讨吾者野人。己丑，发米二十万石赈枭贫民。以翰林学士承旨定住为中书右丞。庚寅，复命别儿怯不花为中书右丞相，以中书平章政事铁木儿塔识为左丞相。临清、广平、滦河等处盗起，遣兵捕之。通州盗起，监察御史言："通州密迩京城，而盗贼蜂起，宜增兵讨之，以杜其源㊱。"不听。是月，河东大旱，民多饥死，遣使赈之。车驾时巡上都。

五月庚戌，猺贼吴天保陷武冈路，诏遣湖广行省右丞沙班，统军讨之。乙丑，右丞相别儿怯不花，以调燮失宜㊲、灾异迭见罢，诏以太保就第。是月，临淄地震，七日乃止。

六月，诏免太师马札儿台官，安置西宁州，其子脱脱请与父俱行。以御史大夫太平为中书平章政事。彰德路大饥，民相食。

　　秋七月甲寅，召隐士完者图、执礼哈琅为翰林待制，张枢、董立为翰林修撰，李孝光为著作郎，张枢不至。丙辰，太阴犯垒壁阵。丁巳，以江南行台大夫纳麟为御史大夫。是月，徭贼吴天保复寇沅州，陷溆浦、辰汉县，所在焚掠无遗。徙马札儿台于甘肃，以别儿怯不花之谮也㊳。

　　九月癸卯，八怜内哈刺那海、秃鲁和伯贼起，断岭北驿道。甲辰，辽阳霜早伤禾，赈济驿户。戊申，车驾还自上都。癸丑，上都斡耳朵成，用钞九千余锭。甲寅，诏举材能学业之人，以备侍卫。丁巳，中书左丞相铁木儿塔识薨。辛酉，以御史大夫朵儿只为中书左丞相。甲子，集庆路盗起，镇南王孛罗不花讨平之，丁卯，徭寇吴天保复陷武冈，延及宝庆，杀湖广行省右丞沙班于军中。

　　冬十月辛未，享于太庙。丁丑，诏："左右丞相、平章、枢密知院、御史大夫，得赐玉押字印，余官不与。"庚辰，诏建木华黎、伯颜祠堂于东平。丙戌，亦怜只答儿反，遣兵讨之。辛卯，开东华射圃。戊戌，西蕃盗起，凡二百余所，陷哈刺火州，劫供御蒲萄酒，杀使臣。是月，徭贼吴天保复寇沅州，州兵击走之。

　　十一月辛丑，监察御史曲曲，以宦者陇普凭藉宠幸㊴，骤升荣禄大夫，追封三代，田宅逾制，上疏劾之㊵。甲辰，沿江盗起，剽掠无忌㊶，有司莫能禁。两淮运使宋文瓒上言："江阴、通、泰，江海之门户，而镇江、真州次之，国初设万户府以镇其地，今戍将非人，致使贼舰往来无常。集庆花山劫贼才三十六人，官军万数，不能进讨，反为所败。后竟假手盐徒，虽能成功，岂不贻笑！宜亟选知勇㊷，以任兵柄，以图后功，不然，东南五省租赋之地，恐非国家之有。"不听。拨山东地土十六万二千余顷，属大承天护圣寺。乙巳，中书户部言："各处水旱，田禾不收，湖广、云南盗贼蜂起，兵费不给，而各位怯薛冗食甚多，乞赐分拣㊸。"帝牵于众请，令三年后减之。庚戌，太阴犯天廪㊹。怀庆路饥。徭贼吴天保复陷武冈，命湖广行省平章政事苟尔领兵讨之。以河决，命工部尚书迷儿马哈谟行视金堤。甲寅，徭贼吴天保陷靖州，命威顺王宽彻不花、镇南王孛罗不花，及湖广、江西二省以兵讨之。丁巳，命中书平章政事太平为左丞相，辞，不允。戊午，命河南、山东都府发兵讨湖广洞蛮。己未，以中书省平章政事韩嘉讷为陕西行台御史大夫。迤北荒旱缺食，遣使赈济驿户。丁卯，海北、湖南徭贼窃发，两月余，有司不以闻。诏罪之，并降散官一等。是月，马札儿台薨，召脱脱还京师。

　　十二月庚午，以中书左丞相朵儿只为右丞相，平章政事太平为左丞相，诏天下。丙子，以连年水旱，民多失业，选台阁名臣二十六人，出为郡守县令，仍许民间利害实封呈省㊺。壬午，晋宁、东昌、东平、恩州、高唐等处民饥，赈钞十四万锭、米六万石。丙戌，中书省臣建议，以河南盗贼出入无常，宜分拨达达军与扬州旧军，于河南水陆关隘戍守，东至徐、邳，北至夹马营，遇贼掩捕㊻，从之。是月，陕西行御史台臣劾奏，别儿怯不花乃逆臣之亲子，不可居太保之职，不从。

　　是岁，置中书议事平章四人。隆福宫三皇后弘吉剌氏木纳失里薨。

　　八年春正月戊戌朔，命也先帖木儿知枢密院事。丁未，享于太庙。辛亥，黄河决，迁济宁路于济州。诏："各官府谙练事务之人㊼，毋得迁调。"诏翰林国史院纂修后妃、功臣列传，学士承旨张起岩、学士杨宗瑞、侍讲学士黄溍为总裁官，左丞相太平、左丞吕思诚领其事。甲子，木怜等处大雪，羊马冻死，赈之。是月，诏给铜虎符，以宫尉完者不花、贵赤卫副指挥使寿山监湖广军。命湖广行省右丞秃赤、湖南宣慰都元帅完者帖木儿讨莫磐洞诸蛮，斩首数百级，其余二十余洞，缚其洞首杨鹿五赴京师。

　　二月癸酉，御史大夫纳麟加太尉致仕。乙亥，以北边沙土苦寒，罢海海刺秃屯田。丙子，命太子爱猷识理达腊习读畏吾儿文字。庚辰，太阴犯轩辕。癸未，太阴犯平道㊽。甲申，命星吉为江南行台御史大夫。壬辰，太平言：“孛答、乃秃、忙兀三处屯田，世祖朝以行营旧站拨属虎贲司，后为豪有力者所夺，遂失其利，今宜仍前拨还。”从之。是月，以前奉使宣抚贾惟贞称职，特授永平路总管。会岁饥，惟贞请降钞四万余锭赈之。诏济宁郓城立行都水监，以贾鲁为都水。

三月丁酉，诏以束帛旌郡县守令之廉勤者。辽东锁火奴反，诈称大金子孙，水达达路脱脱禾孙唐兀火鲁火孙讨擒之。壬寅，土番盗起，有司请不拘资级，委官讨之。福建盗起，地远，难于讨捕，诏汀、漳二州立分元帅府辖之。癸卯，帝亲试进士七十有八人，赐阿鲁辉帖木儿、王宗哲进士及第，余出身有差。己酉，湖广行省遣使献石壁洞蛮捷。丙辰，太阴犯建星。己未，遣使诣江浙、江西、湖广、四川、云南，铨福建、番、广蛮夷等处官员选。辛酉，辽阳兀颜拨鲁欢妄称大金子孙，受玉帝符文，作乱，官军讨斩之。壬戌，《六条政类》书成。京畿民饥。徽州路达鲁花赤哈剌不花以政绩闻，诏赐金帛旌之。是月，徭贼吴天保复寇沅州。

夏四月辛未，河间等路以连年河决，水旱相仍，户口消耗，乞减盐额，诏从之。乙亥，帝幸国子学，赐衍圣公银印，升秩从二品。定弟子员出身及奔丧、省亲等法。诏：“守令选立社长，专一劝课农桑。”诏：“京官三品以上，岁举守令一人，守令到任三月，亦举一人自代。其玉典赤、拱卫百户，不得授县达鲁花赤，止授佐贰㊾，久著廉能则用之。”平江、松江水灾，给海运粮十万石赈之。丁丑，辽阳董哈剌作乱，镇抚钦察讨擒之。己卯，海宁州沭阳县等处盗起，遣翰林学士秃坚不花讨之。是月，享于太庙。车驾时巡上都。命脱脱为太傅。湖广章伯颜引兵捕土寇莫万五、蛮雷等。已而广西峒贼乘隙入寇，伯颜退走。

五月丁酉朔，大霖雨，京城崩。庚子，广西山崩，水涌，漓江溢，平地水深二丈余，屋宇、人畜漂没。壬子，宝庆大水。丁巳，四川旱，饥，禁酒。

六月丙寅朔，升徐州为总管府，以邳、宿、滕、峄四州隶之。丙戌，立司天台于上都。是月，山东大水，民饥，赈之。

秋七月丙申朔，日有食之。辛丑，复立五道河屯田。乙巳，享于太庙。旌表大都节妇巩氏门。戊申，西北边军民饥，遣使赈之。壬子，量移窜徙官于近地安置，死者听归葬。乙卯，遣使祭曲阜孔子庙。江州路总管刘恒有政绩，升授山东宣慰使。丙辰，以阿剌不花为大司徒。

八月丙子，太阴犯垒壁阵。己卯，山东雨雹。是月，车驾还自上都。

九月己未，太阴犯灵台。

冬十月丁亥，广西蛮掠道州。

十一月辛亥，徭贼吴天保率众六万掠全州。

是岁，诏赐高年帛。设分元帅府于沂州，以买列的为元帅，备山东寇。台州方国珍为乱，聚众海上，命江浙行省参知政事朵儿只班讨之。监察御史张桢劾太尉阿乞剌欺罔之罪，又言：“明里董阿、也里牙、月鲁不花，皆陛下不共戴天之仇，伯颜贼杀宗室嘉王、郯王一十二口，稽之古法，当伏门诛，而其子、兄弟尚仕于朝，宜急诛窜(50)。别儿怯不花阿附权奸，亦宜远贬。今灾异迭见，盗贼蜂起，海寇敢于要君(51)，阃帅敢于玩寇(52)，若不振举，恐有唐末藩镇噬脐之祸(54)。”不听。监察御史李泌言：世祖誓不与高丽共事，陛下践世祖之位，何忍忘世祖之言，乃以高丽奇氏亦位皇后，今灾异屡起，河决地震，盗贼滋蔓，皆阴盛阳微之象，乞仍降为妃，庶几三辰奠位(55)，灾异可息。”不听。

---

①沙汰：淘汰。

②牛宿：星名。

③贷：借出。

④算：计数。

⑤终场：科法取试最后一场称终场。

⑥风宪：风纪法度。

⑦撙（zǔn，音遵，三声）：节省。

⑧配：配享，祭祀的次要对象。

⑨散官：闲职官员。

⑩蠲（juān，音捐）：免除。

⑪高年：老年人。

⑫遗逸：弃置不用。

⑬守令：指太守、刺史、县令等地方官。　　陟：升。

⑭外屏：星宿名。

⑮淫祠：古时不合礼制而设立的祠庙。

⑯风纪：法度纲纪。

⑰壬午：中华书局本为"辛巳朔"。

⑱践祚：登位。祚，皇位。

⑲觊（jì，音寄）：希望。

⑳臻（zhēn，音真）：达到。

㉑眚（shěng，音省）：灾异。

㉒声教：风气教化。

㉓祛（qū，音区）：除去。

㉔民瘼（mò，音莫）：人民的疾苦。瘼，疾苦。

㉕若：乃。　　稽：查考。

㉖申请：向上级说明理由，提出请求。

㉗路甸：路与甸均为行政区划，此意指地方。

㉘靖：平定。

㉙驿铺：驿站。

㉚克复：以兵力收复失地。

㉛级：指砍下的人头。

㉜仆：倒下，向前跌倒。

㉝躐（liè，音猎）：超越。

㉞吊赙：吊唁并送礼给办丧事之家。赙（fù，音富），向办丧事的人家送礼。

㉟讲究：研究。

㊱杜：堵塞，断绝。

㊲燮（xiè，音谢）：和。

㊳潜（zèn，音怎，四声）：诬陷，中伤。

㊴藉：同"借"，凭借。

㊵疏：奏章。

㊶剽（piào，音票）：抢劫。

㊷亟：急。

㊸分拣：区分。

㊹天廪：星名。

㊺实封：密封，固封。

㊻掩：乘人不备而进袭或逮捕。

㊼谙：熟悉。

㊽平道：星宿名。

㊾佐贰：辅佐主司的官员。

(50)窜：放逐。

(51)要：要挟。

(52)阃（kǔn，音捆）：统兵在外的将帅或机构。

(53)玩：忽视，因习见而不注意。

(54)噬脐：比喻后悔不及。脐，肚脐。

(55)三辰：指日、月、星。　　奠：安。

顺帝本纪五

九年春正月丁酉，享于太庙。癸卯，立山东河南等处行都水监，专治河患。乙巳，广西徭贼复陷道州，万户郑均击走之。丙午，命中书平章政事太不花提调会同馆。庚戌，太白犯建星。辛亥，太白犯平道。

二月戊辰，祭社稷。辛巳，太不花辞职，不允。甲申，太阴犯建星。

三月丁酉，坝河浅涩，以军士、民夫各一万浚之。己亥，太白犯垒壁阵。己巳，命大司农达识帖睦迩为湖广行省平章政事。是月，河北溃。陈州麒麟生，不乳而死。贼吴天保复寇沅州。

夏四月丁卯，享于太庙。丁丑，以知枢密院事钦察台为中书平章政事。己卯，以燕南廉访使韩元善为中书左丞。立镇抚司于直沽海津镇。壬午，以河间盐运司水灾，住煎盐三万引①。是月，车驾时巡上都。

五月戊戌，命太傅脱脱提调大斡耳朵内史府。庚子，诏修黄河金堤，民夫日给钞三贯。辛丑，罢瑞州路上高县长官司。庚戌，命翰林国史院等官荐举守令。丙辰，定守令督摄之法②，路督摄府，府督摄州，州督摄县。是月，白茅河东注沛县，遂成巨浸③。蜀江大溢，浸汉阳城④，民大饥。

六月丙子，刻小玉印，以“至正珍秘”为文，凡秘书监所掌书画，皆识之⑤。

秋七月庚寅，监察御史斡勒海寿劾奏殿中侍御史哈麻，及其弟雪雪罪恶，御史大夫韩嘉讷以闻，不省⑥；章三上，诏夺哈麻、雪雪官，出海寿为陕西廉访副使，韩家讷为宣政院使。壬辰，诏命太子爱猷识理达腊习学汉人文书，以李好文为谕德，归旸为赞善，张冲为文学，李好文等上书辞，不许。赐公主不答昔你平江田五十顷。甲午，以也先帖木儿为御史大夫。乙未，以湖广行省左丞相亦怜真班，知枢密院事。丙午，太阴犯垒壁阵。癸丑，太阴犯天关。甲寅，以柏颜为集贤大学士。乙卯，罢右丞相朵儿只，依前为国王，左丞相太平为翰林学士承旨。是月，大霖雨，水没高唐州城，江、汉溢，漂没民居禾稼。

闰月辛酉，诏脱脱为中书右丞相，仍太傅；韩家讷为江浙行省平章政事。庚午，以也可扎鲁忽赤搠思监为中书右丞，同知枢密院事玉枢虎儿吐华为中书参知政事。辛巳，诏赦湖广猺贼诖误者⑦。戊子，命岐王阿剌乞镇西番。

八月甲辰，以集贤大学士柏颜为中书平章政事，河南行省平章政事月鲁不花为宣政院使。庚戌，以司徒雅普化提调太史院、知经筵事。是月，车驾还自上都。

九月甲子，凡建言中外利害者，诏委官，选其可行之事以闻。丙寅，命平章政事柏颜提调留守司⑧。丙子，中书平章政事定住，以疾辞职，不允。辛巳，命知枢密院事亦怜真班提调武备寺。丙戌，荧惑犯灵台。是月，遣御史中丞李献代祀河渎。

冬十月辛卯，享于太庙。丁酉，命皇太子爱猷识理达腊，自是日为始，入端本堂肄业⑨。命脱脱领端本堂事，司徒雅普化知端本堂事。端本堂虚中座，以俟至尊临幸⑩；太子与师傅分东西，向坐授书，其下僚属，以次列坐。

十一月戊午朔，日有食之。戊辰，太阴犯毕宿。庚辰，太白犯垒壁阵。

十二月戊戌，太白复犯垒壁阵。丁未，徭贼吴天保陷辰州。

是岁，诏汰冗官，均俸禄，赐致仕官及高年帛⑪。漕运使贾鲁建言便益二十余事⑫，从其八事。其一曰京畿和籴⑬，二曰优恤漕司旧领漕户，三曰接运委官，四曰通州总治豫定委官⑭，五曰船户困于坝夫、海粮坏于坝户，六曰疏浚运河，七曰临清运粮万户府当隶漕司，八曰宜以宣忠船户，付本司节制。冀宁平遥等县曹七七反，命刑部郎中八十、兵马指挥沙不丁讨平之。

十年春正月丙辰朔，以中书右丞搠思监为平章政事，玉枢虎儿吐华为中书右丞。壬戌，立四川容美洞军民总管府。壬申，太阴犯荧惑。甲戌，陨石棣州，色黑，中微有金星，先有声自西北来，至州北二十里乃陨。

二月丙戌，诏加封天妃父种德积庆侯，母育圣显庆夫人。辛丑，太阴犯平道⑮。甲辰，太阴犯键闭。

三月己卯，荧惑犯太微垣。是月，奉化州山石裂，有禽鸟、草木、山川、人物之形。

夏四月己丑，左司都事武祺建言更钞法。丁酉，赦天下，其略曰："朕纂承洪业，抚临万邦，夙夜厉精，靡遑暇逸。比缘倚注失当⑯，治理乖方⑰，是用图任一相⑱，俾赞万机⑲。爰命脱脱为中书右丞相，统正百官，允釐庶绩⑳，曾未期月㉑，百废具举，中外协望，朕甚嘉焉。尚虑军国之重，民物之繁，政令有未孚㉒，生息有未遂，可赦天下。"丙午，太白犯鬼宿。是月，车驾时巡上都。

六月壬子，星大如月，入北斗，震声若雷，三日复还。

秋七月辛酉，太阴犯房宿。癸亥，以大护国仁王寺昭应宫财用规运总管府，仍属宣政院。辛未，太白昼见。丁丑，太白复昼见。

八月壬寅，车驾还自上都。

九月癸丑朔，太白昼见。辛酉，祭三皇㉓，如祭孔子礼。先是，岁祀，以医官行事，江西廉访使文殊讷建言，礼有未备。乃敕工部具祭器，江浙行省造雅乐，太常定仪式，翰林撰乐章，至是用之。壬戌，荧惑犯天江。庚午，命枢密院，以军士五百修筑白河堤。壬午，脱脱以吏部选格条目繁多，莫适据依，铨选者得以高下之，请编类为成书，从之。

冬十月癸巳，岁星犯轩辕。乙未，吏部尚书偰哲笃建言更钞法，命中书省，御史台，集贤、翰林两院之臣，集议之。丙申，太阴犯昴宿。辛丑，置诸路宝泉都提举司于京城。是月，大名、东平、济南、徐州，各立兵马指挥司，以捕上马贼。

十一月壬子朔，日有食之。丙辰，以高丽沈王之孙脱脱不花等为东宫怯薛官。辛酉，罢辽阳滨海民煎熬野盐。戊辰，太阴犯鬼宿。己巳，诏天下，以中统交钞壹贯文权铜钱壹千文㉔，准至元宝钞贰贯，仍铸至正通宝钱并用，以实钞法，至元宝钞通行如故。是月，三星陨于耀州，化为石，如斧形，削之有屑，击之有声。

十二月壬午朔，修大都城。辛卯，以大司农秃鲁等兼领都水监，集河防正官议黄河便益事。命前同知枢密院事不颜不花等，讨广西徭贼。乙未，太阴犯鬼宿。己酉，方国珍攻温州。

是岁，京师丽正门楼上，忽有人妄言灾祸，鞫问之㉕，自称蓟州人，已而不知所往。

十一年春正月乙卯，享于太庙。丙辰，辰星犯牛宿。庚申，命江浙行省左丞孛罗帖木儿，讨方国珍。丁卯，兰阳县有红星大如斗，自东南坠西北，其声如雷。己卯，命搠思监提调大都留守司。

二月庚寅，太阴犯鬼宿。乙未，太阴犯太微。丁酉，太阴犯亢宿。是月，命游皇城，中书省臣谏止之，不听。立湖南元帅府分府于宝庆路。

三月庚戌，立山东分元帅府于登州。丙辰，亲策进士八十三人㉖，赐朵烈图、文允中进士及第，其余赐出身有差。壬戌，征建宁处士彭炳为端本堂说书，不至。丁卯，太阴犯东咸。戊辰，太阴犯天江。是月，遣使赈湖南、北被寇人民㉗，死者钞五锭，伤者三锭，毁所居屋者一锭。

夏四月壬午，诏开黄河故道，命贾鲁以工部尚书为总治河防使，发汴梁、大名十三路民十五万，庐州等戍十八翼军二万，自黄陵冈南达白茅，放于黄固、哈只等口；又自黄陵西至阳青村，合于故道，凡二百八十里有奇，仍命中书右丞玉枢虎儿吐华、同知枢密院事黑厮以兵镇之。冀宁路属县多地震，半月乃止。乙酉，享于太庙。诏加封河渎神为灵源神祐弘济王，仍重建河渎及西海神庙。改永顺安抚司为宣抚司。丁酉，孟州地震。庚子，罢海西辽东道巡防捕盗所，立镇宁州。辛丑，师壁安抚司土官田驴什用、盘顺府土官墨奴什用降，立长官司四、巡检司七。乙巳，彰德路雨雹，形如斧，伤人畜。是月，罢沂州分元帅府，改立兵马指挥使司，复分司于胶州。车驾时巡上都。

五月己酉朔，日有食之。辛亥，颍州妖人刘福通为乱，以红巾为号，陷颍州。初，栾城人韩山童祖父，以白莲会烧香惑众，谪徙广平永平县㉘。至山童，倡言天下大乱，弥勒佛下生，河南及江淮愚民，皆翕然信之㉙。福通与杜遵道、罗文素、盛文郁、王显忠、韩咬儿复鼓妖言，谓山童实宋徽宗八世孙，当为中国主。福通等杀白马、黑牛，誓告天地，欲同起兵为乱。事觉，县官捕之急，福通遂反，山童就擒，其妻杨氏，其子韩林儿，逃之武安。癸丑，文水县雨雹。壬申，命同知枢密院事秃赤，以兵讨刘福通，授以分枢密院印。丙子，命大都至汴梁二十四驿，凡马一匹，助给钞五锭。

六月，发军一千，从直沽至通州，疏浚河道。是月，刘福通据朱皋，攻破罗山、真阳、确山，遂犯舞阳、叶县等处。江浙左丞孛罗帖木儿，为方国珍所败。

秋七月丙辰，广西大水。丁巳，罢四川大奴管勾洞长官司，改立忠孝军民府。己未，太阴犯斗宿。壬戌，太阴犯右执法㉚。己巳，太白犯左执法。荧惑入鬼宿。是月，开河功成，乃议塞决河。命大司农达识帖睦迩，及江浙行省参知政事樊执敬、浙东廉访使董守悫，同招谕方国珍。

八月丁丑朔，中兴地震。戊寅，祭社稷。乙酉，太阴犯天江。丙戌，萧县李二及老彭、赵君用，攻陷徐州。李二号芝麻李，与其党亦以烧香聚众而反。是月，车驾还自上都。蕲州罗田县人徐贞一，名寿辉，与黄州麻城人邹普胜等，以妖术阴谋聚众，遂举兵为乱，以红巾为号。

九月戊申，以中书平章政事朵儿直班，提调宣文阁、知经筵事，平章政事定住提调会同馆事。壬子，命御史大夫也先帖木儿，知枢密院事，及卫王宽彻哥总率大军，出征河南妖寇，各赐钞一千锭，从征者，赐予有差。乙卯，辰星犯左执法。丁巳，太白犯房宿。壬戌，诏以高丽国王不答失里之弟伯颜帖木儿，袭其王封，不答失里之子遂废。戊辰，太阴犯鬼宿。是月，刘福通陷汝宁府及息州、光州，众至十万。徐寿辉陷蕲水县及黄州路。

冬十月戊寅，荧惑犯太微垣。己卯，享于太庙。辛巳，太阴犯斗宿。癸未，立宝泉提举司于河南行省及济南、冀宁等路，凡九，江浙、江西、湖广行省等处，凡三。命知枢密院事老章以兵同也先帖木儿，讨河南妖寇。乙酉，太白犯斗宿。己丑，太白昼见。荧惑犯岁星。辛卯，太白犯斗宿。立中书分省于济宁。癸巳，岁星犯右执法。癸卯，以宗王神保克复睢宁、虹县有功，赐金带一，从征者赏银有差。丙午，荧惑犯左执法。是月，天雨黑子于饶州，大如黍菽。徐寿辉据蕲水为都，国号天完，僭称皇帝，改元治平，以邹普胜为太师。

十一月癸丑，有星孛于娄宿。甲寅，孛星见于胃宿。乙卯、丙辰，亦如之。丁巳，太阴犯填星。孛星微见于毕宿。黄河堤成，散军民役夫。庚午，监察御史彻彻帖木儿等言，右丞相脱脱治河功成，宜有异数以旌其劳③。甲戌，江西妖人邓南二作乱，攻瑞州，总管禹苏福擒斩之。是月，遣使以治河功成，告祭河伯②。召贾鲁还朝，超授荣禄大夫、集贤大学士，赐金系腰一、银十锭、钞千锭、币帛各二十匹。都水监并有司官，有功者三十七员，皆升迁其职。诏赐脱脱答剌罕之号，俾世袭之，以淮安路为其食邑。命立《河平碑》。

十二月丙子朔，太白昼见。丁丑，太白经天。己卯，立河防提举司，隶行都水监。庚辰，太白经天，是夜，犯垒壁阵。甲申，太阴犯填星。丙戌，太白复经天，是夜，复犯垒壁阵。以治书侍御史乌古孙良桢为中书参知政事。辛卯，太白经天。壬辰，复如之。丁酉，太白昼见。太阴犯荧惑。命脱脱于淮安立诸路打捕鹰房民匠钱粮总管府，秩从三品③。庚子，太白经天。辰星犯天江。辛丑，太白经天。也先帖木儿复上蔡县，擒韩咬儿等至京师，诛之。壬寅，太白昼见。

是岁，括马。

十二年春正月丙午朔，诏印造中统元宝交钞一百九十万锭、至元钞十万锭。戊申，竹山县贼陷襄阳路，总管柴肃死之。是日，荆门州亦陷。己酉，时享太庙。庚戌，以宣政院使月鲁不花为中书平章政事。壬子，中书省臣言："河南、陕西、腹里诸路，供给繁重。调兵讨贼，正当春首耕作之时，恐农民不能安于田亩，守令有失劝课。宜委通晓农事官员，分道巡视，督勒守令，亲诣乡都，省谕农民，依时播种，务要人尽其力，地尽其利。其有曾经盗贼、水患、供给之处，贫民不能自备牛、种者，所在有司给之。仍令总兵官，禁止屯驻军马，毋得踏践，以致农事废弛。"从之。乙卯，淮东宣慰司添设同知宣慰司事，及都事各一员。丙辰，徐寿辉遣伪将丁普郎、徐明远陷汉阳。丁巳，陷兴国府。己未，徐寿辉遣邹普胜陷武昌，威顺王宽彻普化、湖广行省平章政事和尚弃城走。刑部尚书阿鲁收捕山东贼，给敕牒十一道，使分赏有功者。辛酉，徐寿辉伪将曾法兴陷安陆府，知府丑驴战不胜，死之。癸亥，刑部添设尚书、侍郎、郎中、员外郎各一员，五爱马添设忽剌罕赤二百名。乙丑，太阴犯荧惑。丙寅，以河复故道，大赦天下。己巳，岁星犯右执法。辛未，徐寿辉兵陷沔阳府。壬申，中兴路陷，山南宣慰司同知月古轮失，领兵出战，众溃，宣慰使锦州不花、山南廉访使卜礼月敦皆遁走。是月，命逯鲁曾为淮东添设元帅，统领两淮所募盐丁五千讨徐州。拘刷河南、陕西、辽阳三省④，及上都、大都、腹里等处汉人马。命四川行省平章政事月鲁帖木儿为总兵官，与四川行省右丞长吉，讨兴元、金州等处贼。宣政院同知桑哥率领亦都护畏吾儿军，与荆湖北道宣慰使朵儿只班，同守襄阳。济宁兵马指挥使宝童统领右都卫军，从知枢密院事月阔察儿讨徐州。

二月乙亥朔，诏许溪洞蛮猺自新。丁丑，以集贤大学士贾鲁为中书添设左丞。以河南廉访使哈蓝朵儿只，为荆湖北道宣慰使都元帅，守襄阳。癸未，命诸王秃坚领从官百人，驰驿守扬州，赐金一锭、钞一千锭。命宁王牙安沙镇四川。赐镇南王孛罗不花钞一万锭。甲申，邹平县马子昭为乱，捕斩之。乙酉，徐寿辉兵陷江州，总管李黼死之⑤，遂陷南康路。丙戌，霍州灵石县地震。徐寿辉兵陷岳州，房州贼陷归州。戊子，诏："徐州内外群聚之众，限二十日，不分首从，并与赦原。"置安东、安丰分元帅府。己丑，游皇城。庚寅，太阴犯太微垣。癸巳，太阴犯氐宿。辛丑，邓州贼王权、张椿陷澧州，龙镇卫指挥使俺都剌哈蛮等，帅师复之。褒赠伏节死义宣徽使帖木儿等二十七人。壬寅，以御史大夫纳麟为江南行台御史大夫，仍太尉。命翰林学士承旨八剌，与诸王孛兰奚领军守大名。癸卯，命中书平章政事月鲁不花知经筵事，左丞贾鲁、参知政事帖理帖木儿、乌古孙良桢，并同知经筵事。是月，贼侵滑、浚，命德住为河南右丞，守东明。德住时致仕于家，闻命，驰至东明，浚城隍⑥，严备御，贼不敢犯。徐寿辉伪将欧祥陷袁州。命帖理帖木儿以中书参知政事分省济宁。

三月乙巳朔，追封太师、忠王马扎儿台为德王。丁未，徐寿辉伪将许甲攻衡州，洞官黄安抚败之；徐寿辉伪将陶九陷瑞州，总管禹苏福、万户张岳败之。壬子，河南左丞相太不花克复南阳等处。癸丑，中书省臣请行纳粟补官之令："凡各处士庶，果能为国宣力，自备粮米供给军储者，照依定拟地方实授常选流官，依例升转、封荫；及已除茶盐钱谷官，有能再备钱粮供给军储者，验见授品级，改授常流。"从之。戊午，太阴犯进贤。辛酉，命亲王阿儿麻，以兵讨商州等处贼。以巩卜班知行枢密院事。壬戌，太阴犯东咸。甲子，徐寿辉伪将项普略陷饶州路，遂陷徽州、信州。四川未附生蛮向亚甲洞主墨得什用出降，立盘顺府。丁卯，江南行台御史大夫帖木哥乞致仕，不允，以为甘肃行省平章政事。以出征马少，出币帛各一十万匹，于迤北万户、千户所易马。戊辰，太白昼见。诏："南人有才学者，依世祖旧制，中书省、枢密院、御史台皆用之。"中书省臣言："张理献言，饶州德兴三处，胆水浸铁㊲，可以成铜，宜即其地各立铜冶场，直隶宝泉提举司，宜以张理就为铜冶场官。"从之。以江浙行省左丞相亦怜真班，为江西行省左丞相，领兵收捕饶、信贼。庚午，诏："随朝一品职事，及省、台、院、六部、翰林、集贤、司农、太常、宣政、宣徽、中政、资正、国子、秘书、崇文、都水诸正官，各举循良材干㊳、智勇兼全、堪充守令者二人。知人多者，不限员数。各处试用守令，并授兼管义兵防御诸军奥鲁劝农事，所在上司不许擅差；守令既已优升，其佐贰官员，比依入广例，量升二等；任满，验守令全治者，与真授；不治者，全削二等，依本等叙；半治者，减一等叙。杂职人员，其有知勇之士，并依上例。凡除常选官于残破郡县㊴，及迫近贼境之处，升四等；稍近贼境，升二等。"是月，方国珍复劫其党下海，入黄岩港，台州路达鲁花赤泰不花率官军与战，死之。陇西地震百余日，城郭颓夷㊵，陵谷迁变，定西、会州、静宁、庄浪尤甚。会州公宇中墙崩，获弩五百余张，长者丈余，短者九尺，人莫能挽。改定西为安定州，会州为会宁州。诏定军民官不守城池之罪。

闰三月辛巳，以台州路达鲁花赤泰不花，为江浙行省参知政事，行台州路事。命下，泰不花已死。壬午，以大理宣慰使答失八都鲁，为四川行省添设参知政事，与本省平章政事咬住，讨山南、湖广等处贼。乙酉，徐寿辉伪将陈普文陷安吉路，乡民罗明远起义兵复之。命工部尚书朵来、兵部侍郎马某火者，分诣上都、察罕脑儿、集宁等处，给散出征河南达达军口粮。立淮南江北等处行中书省，治扬州，辖扬州、高邮、淮安、滁州、和州、庐州、安丰、安庆、蕲州、黄州。壬辰，以大都留守兀忽失为江浙行省添设右丞，讨饶、信贼。丙申，阿速爱马里纳忽台，擒滑州、开州贼韩兀奴罕有功，授资用库大使。丁酉，湖广行省参知政事铁杰，以湖南兵复岳州。戊戌，诏淮南行省，设官二十五员，以翰林学士承旨晃火儿不花、湖广平章政事失列门，并为平章政事，淮东元帅蛮子为右丞，燕南廉访使秦从德为左丞，陕西行台侍御史答失秃、山北廉访使赵琏，并为参知政事。庚子，以枢密副使悟良哈台为中书添设参知政事、同知经筵事。辛丑，命淮南行省平章政事晃火儿不花，提调镇南王傅事。是月，诏四川行省平章政事咬住，以兵东讨荆襄贼，克复忠、万、夔、云阳等州。命江西行省左丞相亦怜真班，以兵守江东、西关隘。命诸王亦怜真班、爱因班，参知政事也先帖木儿，与陕西行省平章政事月鲁帖木儿讨南阳、襄阳贼，刑部尚书阿鲁讨海宁贼，江西行省右丞火你赤与参知政事朵觯，讨江西贼。以浙东宣慰使恩宁普代江浙行省左丞左答纳失里，守芜湖。命江西行省右丞兀忽失、江浙行省左丞老老，与星吉、不颜帖木儿、蛮子海牙，同讨饶、信等处贼。方国珍不受招安之命，命江浙左丞左答纳失里讨之。命典瑞院给淮南行省银字圆牌三面、驿券五十道。诏江西行省左丞相亦怜真班、淮南行省平章政事晃火儿不花、江浙行省左丞左答纳失里、湖广行省平章政事也先帖木儿、四川行省平章政事八失忽都，及江南行台御史大夫纳麟与江浙行省官，并以便宜行事。也先帖木儿驻军沙河，军中夜惊，军溃，退屯朱仙镇，诏以中书平章政事蛮子代总其兵，也先帖木儿还京师，仍命为御史大夫。

夏四月癸卯朔，日有食之。江西临川贼邓忠陷建昌路。己酉，时享太庙。甲寅，以御史大夫掤思监为中书平章政事，提调留守司。乙卯，铁杰及万户陶梦桢复武昌、汉阳、寻再陷。丙辰，江西宜黄贼涂佑与邵武建宁贼应必达等，攻陷邵武路，总管吴按摊不花以兵讨之，千户魏淳以计擒涂佑、应必达，复其城。辛酉，翰林学士承旨浑都海牙乞致仕，不允，以为中书平章政事。四川行省参知政事桑哥失里复渠州。甲子，翰林学士承旨欧阳玄以湖广行省右丞致仕，锡玉带及钞一百锭，给全俸终其身。戊辰，诸王秃坚帖木儿、平章政事也先帖木儿，讨和州有功，各赐金系腰并钞一千锭。辛未，荆门知州聂炳复荆门州。平章政事忽都海牙年老有疾，诏免其朝贺。是月，大驾时巡上都。永怀县贼陷桂阳。咬住复归州，进攻峡州，与峡州总管赵余裻大破贼兵，诛贼将李太素等，遂平之。诏天下完城郭，筑堤防。命亦都护月鲁帖木儿领畏吾儿军马，同豫王阿剌忒纳失里、知枢密院事老章，讨襄阳、南阳、邓州贼。陕西行台监察御史蒙古鲁海牙、范文等，纠言也先帖木儿丧师辱国[41]，乞明正其罪，诏不允。左迁西台御史大夫朵尔直班为湖广行省平章政事[42]，蒙古鲁海牙十二人为各路添设佐贰官。

五月癸酉朔，太白犯　镇星。戊寅，命龙虎山张嗣德为三十九代天师，给印章。海道万户李世安建言权停夏运，从之。命江南行台御史大夫纳麟，给宣敕与台州民陈子由、杨恕卿、赵士正、戴甲，令其集民丁夹攻方国珍。己卯，咬住复中兴路。庚辰，监察御史彻彻帖木儿等言：“河南诸处群盗，辄引亡宋故号，以为口实，宜以瀛国公子和尚赵完普及亲属，徙沙州安置，禁勿与人交通。”从之。罢芘儿棚等处金银场课[43]。癸未，建昌民戴良起乡兵克复建昌路。乙酉，命留守帖木哥与诸王朵儿只，守口北龙庆州。是月，答失八都鲁至荆门，增募兵，趋襄阳，与贼战，大败克之。命左答纳失里仍守芜湖险隘。

六月丙午，中书省臣言，大名路开、滑、浚三州、元城十一县，水旱虫蝗，饥民七十一万六千九百八十口，给钞十万锭赈之。戊申，命治书侍御史杜秉彝、中书参议李稷，并兼经筵官。辛亥，太白犯井宿。河南行省左丞匜納禄、参知政事王也速迭儿，并以失误军需，左迁添设淮西宣慰使，随军供给。命河南行平章政事秃鲁、参知政事李猷，供给汝宁军需。丁巳，赐中书参知政事悟良哈台珠衣并帽。乙丑，宣让王帖木儿不花，诸王乞塔歹、曲怜帖木儿及淮南廉访使班祝儿，并平贼有功，赐金系腰、银、钞有差。绍庆宣慰使杨延礼不花遥授湖广左丞，杨伯颜卜花为绍庆宣慰使，换文资；杨城为沿边溪洞招讨使，兼征行万户，回赐先所拘收牌面。丙寅，红巾周伯颜陷道州。修太庙西神门。

秋七月丁丑，时享太庙。庚辰，饶、徽贼犯昱岭关，陷杭州路。辛巳，命通政院使答儿麻失里与枢密副使秃坚不花，讨徐州贼，给敕牒三十道以赏功。己丑，湘乡贼陷宝庆路。庚寅，以杀获西番首贼功，锡岐王阿剌乞巴钞一千锭[44]，邠王魁厘、诸王班的失监、平章政事锁南班各金系腰一。以征西元帅斡罗为章佩添设少监，讨徐州。脱脱请亲出师讨徐州，诏许之。辛卯，命脱脱台为行枢密院使，提调二十万户，赐金系腰一、银钞币帛有差。丁酉，辰星犯灵台。以杜秉彝为中书添设参知政事。湖南元帅副使小云失海牙、总管兀颜思忠复宝庆路。是月，徐寿辉伪将王善、康寿四、江二蛮等陷福安、宁德等县。

八月癸卯，命中书参知政事帖理帖木尔、淮南行省右丞蛮子，供给脱脱行军一应所需。方国珍率其众攻台州城，浙东元帅也忒迷失、福建元帅黑的儿击退之。甲辰，以同知枢密院事哈麻为中书添设右丞。齐王失列门献马一万五千匹于京师。赐脱脱金三锭，银三十锭，钞一万锭，币帛各一千匹。丁未，日本国白高丽贼过海剽掠，身称岛居民，高丽国王伯颜帖木儿调兵剿捕之，赐金系腰一、钞二千锭。己酉，命知枢密院事咬咬、中书平章政事搠思监、也可扎鲁忽赤福寿，并从脱脱出师征徐州，锡金系腰及银钞币帛有差。翰林学士承旨阔怯镇遏五投下百姓，赐金系腰一。壬子，以扎撒温孙为河南行省右丞，偰哲笃为淮南行省左丞，各赐钞五十锭。丙辰，以秃思迷失为淮南行省平章政事。丁巳，命中书平章政事普化知经筵事。脱脱将出师，六部尚书密迩麻和谟等上言："大臣，天子之股肱⑮，中书庶政之根本，不可以一日离，乞诏留贤相，弼亮天工⑯，如此，则内外有兼治之宜，社稷有倚重之寄。"不报。脱脱言："皇后斡耳朵思支用不敷，自今为始，每年宜给金一十锭、银五十锭。"以同知枢密院事雪雪出军南阳，同知枢密院事秃赤出军河南，皆有功，各进阶荣禄大夫。中书右丞哈麻进阶荣禄大夫。庚申，命哈麻等提调各怯薛、各爱马口粮。丁卯，太白犯岁星。诏："脱脱以答剌罕、太傅、中书右丞相分省于外，督制诸处军马，讨徐州，中书省、枢密院、御史台，分官属从行，禀受节制，爵赏有功，诛杀有罪，绥顺讨逆，悉听便宜从事。"是日，发京师。是月，大驾还大都。安陆贼将俞君正复陷荆门州，知州聂炳死之。贼将党仲达复陷岳州。

九月乙亥，俞君正复陷中兴，咬住领兵与战于楼台，败绩，奔松滋，本路判官上都死之。己卯，监察御史及河南分御史台，行枢密院、河南廉访司、巩昌总帅府、陕西都府、义兵万户府等官，交章言御史大夫也先帖木儿出征河南功绩⑰。庚辰，赐也先帖木儿金系腰一、金一锭、银一十锭、钞五千锭、币帛各一百匹。癸未，中兴义士范忠，借荆门僧李智，率义兵复中兴路，俞君正败走，龙镇卫指挥使俺都剌哈蛮领兵入城，咬住自松滋还，屯兵于石马。乙酉，脱脱至徐州。丁亥，命知行枢密院事阿剌吉从脱脱讨徐州，赐金系腰一，金一锭，银五锭，钞币有差。辛卯，脱脱复徐州，屠其城，芝麻李等遁走。壬辰，太阴犯轩辕。戊戌，赐哈麻钞三百锭买玉带。己亥，贼攻辰州，达鲁花赤和尚击走之。庚子，诏加脱脱为太师，班师还京。

冬十月丁未，时享太庙。庚戌，知枢密院事老章进阶金紫光禄大夫。命平章定住、右丞哈麻同知经筵事。癸丑，命和籴粟豆五十万石于辽阳。甲寅，拜知行枢密院事阿乞剌为太尉、淮南行省平章政事。戊午，太阴犯鬼宿。甲子，太阴犯岁星。乙丑，太阴犯亢宿。

十一月辛未，命江浙行省平章政事庆童收捕常州贼。乙亥，以星吉为江西行省平章政事，出师湖广。丙子，中书省臣请为脱脱立《徐州平寇碑》，及加封王爵。癸未，命江浙行省右丞帖理帖木儿总兵讨方国珍。乙丑，以脱脱平徐功，锡金一十锭、银一百锭、钞五万锭、币帛各三千匹，上表辞，从之。庚寅，太阴犯太微垣。

十二月壬寅，答失八都鲁复襄阳。辛亥，诏以杭、常、湖、信、广德诸路皆克复，赦诖误者，蠲其夏税秋粮，命有司抚恤其民。辛酉，以湖广行省参知政事卜颜不花、右丞阿儿灰讨徭贼，复湖南潭、岳等处有功，卜颜不花升散阶从一品，阿儿灰升正二品。癸未，脱脱言："京畿近地水利，召募江南人耕种，岁可得粟麦百万余石，不烦海运而京师足食。"帝曰："此事有利于国家，其议行之。"

是岁，海运不通。立都水庸田使司于汴梁，掌种植之事。颍州沈丘人察罕帖木儿，与信阳州罗山人李思齐同起义兵，破贼有功，授察罕帖木儿中顺大夫、汝宁府达鲁花赤，李思齐知汝宁府。

①住：停止。　　煎：煮。　　引：购销货物的重量单位。

②督摄：监督摄理。

③浸：大的河泽。

④浸：淹没。

⑤识（zhì，音志）：标志，记号。

⑥省：察看，认识。

⑦诖（guà，音挂）误：因被别人牵连而受到损害或处分。诖：欺骗。

⑧肄：学习。

⑨至尊：至高无上的地位。代称皇帝。

⑩致仕：辞职。

⑪便益：有利国家、合乎时宜之事。

⑫京畿：都城及其附近的地方。　　和籴（dí，音敌）：古时官府以议价交易为名，向民间强制征购粮食。

⑬提调：管领，调度。

⑭豫定：事先决定。

⑮平道：星名。

⑯倚注：依赖器重。

⑰乖：违背。

⑱是用：因此。

⑲赞：助。

⑳厘：治理，厘正。　　庶绩：各种事功。

㉑期：周期。这里指一整月。

㉒孚：使人信服。

㉓三皇：古代传说中的三个帝王。

㉔权：此处意为"当"。

㉕鞫：查问。

㉖策：帝王对属下封官授爵等，记其语于简册。

㉗被：遭。

㉘永平：疑为"永年"。

㉙翕然：形容言论、行为一致。

㉚太阴：应为"太白"。

㉛异数：皇帝赏给臣下的特殊优遇。

㉜河伯：传说中的河神。

㉝秩：官吏的职位与品级。

㉞拘刷：全部收缴或扣留。

㉟黼（fǔ）音抚。

㊱城隍：护城河。隍，无水的护城壕。

㊲胆水：古时称含胆矾的水，用来炼铜。

㊳循良：旧指官吏守法循礼，并且有治功者。

㊴除：拜官授职。

㊵夷：平。

㊶纠：连合，结集。

㊷左迁：降职。

㊸苽（gū），音姑。

㊹锡：赐。

㊺股肱：喻辅助君王得力之臣下。

㊻弼亮：辅佐。

㊼交：俱，共。

㊽右丞：疑为"左丞"。

顺帝本纪六

　　十三年春正月庚午朔，用帝师请，释放在京罪囚。以中书添设平章政事哈麻为平章政事，参知政事悟良哈台为右丞，参知政事乌古孙良桢为左丞。诏印造中统元宝交钞一百九十万锭、至元钞一十万锭。辛未，命悟良哈台、乌古孙良桢兼大司农卿，给分司农司印。西自西山，南至保定、河间，北至檀、顺州，东至迁民镇，凡系官地及元管各处屯田，悉从分司农司立法佃种，合用工价、牛具、农器、谷种、召募农夫诸费，给钞五百万锭，以供其用。旌表真定路藁城县董氏妇贞节。壬申，命陕西行省平章政事卜答失里为总兵管。癸酉，享于太庙。以皇第二子育于太尉众家奴家，赐众家奴及乳母钞各一千锭。甲戌，重建穆清阁。乙亥，命中书右丞秃秃以兵讨商州贼。丙子，方国珍复降。以司农司旧署赐哈麻。庚辰，中书省臣言："近立分司农司，宜于江浙、淮东等处，召募能种水田及修筑围堰之人，各一千名为农师，教民播种。宜降空名添设职事敕牒一十二道，遣使赍往其地，有能募农民一百名者，授正九品，二百名者正八品，三百名者从七品，即书填流官职名给之，就令管领所募农夫，不出四月十五日，俱至田所，期年为满，即放还家；其所募农夫，每名给钞十锭。"从之。以杜秉彝为中书参知政事。乙酉，太阴犯太微垣。丙戌，以武卫所管盐台屯田八百顷，除军见种外，荒闲之地，盖付分司农司。答失八都鲁克复襄阳、樊城有功，升四川行省右丞，赐金系腰一。庚寅，知枢密院事老章克复南阳唐州，赐金一锭、银一十锭、钞一千锭、币帛各五十匹。戊戌，荧惑、太白、辰星聚于奎宿。

　　二月丁未，祭先农。己酉，太阴犯轩辕。庚戌，太白犯荧惑。壬子，太阴犯太微垣。甲寅，中书省臣言，徐州民愿建庙宇，生祠右丞相脱脱，从之，诏仍立脱脱《平徐勋德碑》。壬戌，以宣政院使为笃怜帖木儿知经筵事，中书右丞悟良哈台、左丞乌古孙良桢、参知政事杜秉彝，并同知经筵事。

　　三月己卯，命脱脱领大司农司。甲申，诏修大承天护圣寺，赐钞二万锭。丁亥，命脱脱以太师开府，提调太史院、回回、汉儿司天监。己丑，以各衙门系官田地，并宗仁等卫屯田地土，并付司农分司播种。是月，会州、定西、静宁、壮浪等州地震。命江浙行省左丞帖里帖木儿、江南行台侍御史左答纳失里，招谕方国珍。

　　夏四月戊戌朔，命南北兵马司各分官一员，就领通州、漷州、直沽等处巡捕官兵，往来巡逻，给分司印，一同署事，半载一更①。特命乌古孙良桢得用军器。庚子，以礼部所辖掌薪司并地土，给付司农分司。以甘肃行省平章政事锁南班为永昌宣慰使，总永昌军马，仍给平章政事俸。先是，永昌愚鲁罢等为乱，锁南班讨平之，至是复起，故有是命。辛丑，太白犯井宿。乙巳，时享太庙。己酉，诏取勘徐州、汝宁、南阳、邓州等处荒田，并户绝籍没入官者。立司牧署，掌司农分司耕牛。又立玉田屯署。降徐州路为武安州，以所辖县属归德府，其滕州、峄州仍属益都路。辛亥，太阴犯房宿。是月，车驾时巡上都。

　　五月己巳，命东安州、武清、大兴、宛平三县正官添给河防职名，从都水监官巡视浑河堤岸，或有损坏②，即修理之。辛未，江西行省左丞相亦怜真班、江浙行省左丞老老，引兵取道自信州，元帅韩邦彦、哈迷取道由徽州、浮梁，同复饶州，蕲、黄等贼闻风皆奔溃。癸酉，以太尉阿剌吉为岭北行省左丞相。知行枢密院事伯家奴封武国公，与诸王孛罗帖木儿同出军。甲戌，行枢密院添设佥院二员。乙亥，太阴犯岁星。乙未，泰州白驹场亭民张士诚及其弟士德、士信为乱，陷泰州及兴化县，遂陷高邮，据之，僭国号大周，自称诚王，建元天祐。

六月丙申朔，立詹事院，设詹事三员、同知二员、副詹事二员、丞二员。命四川行省平章政事玉枢虎儿吐华便宜行事。丁酉，立皇子爱猷识达达腊为皇太子、中书令、枢密使，授以金宝，告祭天地、宗庙。命右丞相脱脱兼詹事。己亥，诏征西都元都汪只南③，发本处精锐勇敢军一千人从征讨，以千户二员、百户一十员领之。庚子，知枢密院事失剌把都总河南军，平章政事答失八都鲁总四川军，自襄阳分道而下，克复安陆府。辛丑，罢宫傅府，以所掌钱帛归詹事院。癸卯，诏以敕牒二十道、钞五万锭，给付淮南行省平章政事达世帖睦迩，于淮南、淮北等处召募壮丁，并总领汉军、蒙古守御淮安。辽东㧓羊哈及干帖困、尤赤尤等五十六名吾者野人，以皮货来降，给㧓羊哈等三人银牌一面，管领吾者野人。甲辰，以立皇太子诏天下，大赦。乙酉，亦都护高昌王月鲁帖木儿薨于南阳军中，命其子桑哥袭亦都护高昌王爵。辛亥，亲王完者秃泰州阵亡，八秃亳州阵亡，各赙钞五百锭④。命前河西廉访副使也先不花，为淮西添设宣慰副使，讨泰州。丙辰，诏皇太子位下立仪卫司，设指挥二员，给二珠金牌，副指挥二员，一珠金牌。赐吴王㧓思监金二锭、银五锭、钞二千锭、币帛各九匹。以资政院所辖左、右都威卫属詹事院。是月，命淮南行省平章政事达世帖睦迩便宜行事。诏淮南行省平章政事福寿讨兴化。

是夏，蓟州大水。

秋七月丁卯，泉州天雨白丝，海潮日三至。时享太庙。戊辰，太白昼见。宦官至一品二品者，依常例给俸禄。壬申，湖广行省参知政事阿鲁辉复武昌及汉阳府。癸酉，诏詹事院自行铨注本院属官。壬辰，亲王只儿哈忽薨于海宁军中，以其子宝童继袭王爵。

八月癸卯，亲王阔儿吉思、帖木儿献马。辛亥，赐脱脱东泥河田一十二顷。亲王只儿哈郎讨捕金山贼，薨于军中，命其子秃鲁帖木儿入备宿卫。庚申，命不花帖木儿袭封文济王。是月，车驾还自上都。资政院使脱火赤以兵复江州路。以四川行省平章政事玉枢虎儿吐华、右丞完者不花守镇中兴路。左迁平章政事咬住为淮西元帅⑤。供给乌撒军，进讨蕲、黄。

九月乙丑朔，日有食之。乙亥，以怯薛官广平王咬咬征讨慢功，削其王爵，降为河南行省平章政事。己丑，广宁王浑都帖木儿薨，赙钞一千锭。建皇太子鹿顶殿于圣安殿西。歪剌歹桑哥失里献马一百匹，赐金系腰一、币帛各九。庚寅，太阴犯荧惑。辛卯，扎你别之地献大撒哈剌、察赤儿、米西儿刀、弓、锁子甲，及青、白西马各二匹，赐钞二万锭。壬辰，太白经天，荧惑犯左执法。南台御史大夫纳麟以老疾辞职，从之，命太尉如故。

丁酉，享于太庙。庚子，太白经天。冬十月癸卯⑥，以江浙行省参知政事买住丁升本省右丞，提调明年海运。甲辰，岁星犯氐宿。丁未，广西元帅甄崇福复道州，诛贼将周伯颜。庚戌，从帖里帖木儿、左答纳失里之请，授方国珍徽州路治中，国璋广德路治中，国瑛信州路治中，督遣之任，国珍疑惧，不受命。立水军都万户府于昆山州，以浙东宣尉使纳麟哈剌为正万户，宣慰使董抟霄为副万户。庚申，赐皇太子妃钞十万锭。壬戌，赐皇太子五爱马怯薛丹二百五十人，钞各一百一十锭。癸亥，太白犯亢宿。是月，撤世祖所立毡殿，改建殿宇。

十一月壬申，太阴犯垒壁阵。乙酉，立典藏库，贮皇太子钱帛。丁亥，江西左丞火你赤以兵平富州、临江，遂引兵复瑞州。是月，立义兵千户、水军千户所于江西，事平，愿还为民者听。

十二月丁酉，太白犯东咸。己亥，宁王旭灭该还大斡耳朵思，赐金系腰一、钞一千锭。庚子，荧惑入氐宿。癸卯，脱脱请以赵完普家产田地，赐知枢密院事桑哥失里。庚戌，京城天无云而雷鸣，少顷，有火坠于东南。怀庆路及河南府西北，有声如击鼓者数四，已而雷声震地。癸丑，以西安王阿剌忒纳失里为豫王。弟答儿麻讨南阳贼有功，以西安王印与之，命镇宠吉儿之地。丁巳，太阴犯心宿。西宁王牙罕沙镇四川，还沙州，赐钞一千锭。是月，大同路疫，死者太半⑦。江浙行省平章政事卜颜帖木儿、南台御史中丞蛮子海牙，及四川行省参知政事哈临秃、左丞桑秃失里、西宁王牙罕沙，合军讨徐寿辉于蕲水，败之，寿辉遁走，获其伪官四百余人。陕西行省平章政事孛罗、四川行省右丞答失八都鲁，复均、房等州，诏孛罗等守之，答失八都鲁讨东正阳。

是岁，自六月不雨至于八月。造清宁殿前山子、月宫诸殿宇，以宦官留守也先帖木儿、留守同知也速迭儿，及都水少监陈阿木哥等，董其役⑧。哈麻及秃鲁帖木儿等，阴进西天僧于帝，行房中运气之术，号演揲儿法；又进西番僧善秘密法，帝皆习之。

十四年春正月甲子朔，汴梁城东汴河冰，皆成五色花草，如绘画，三日方解。乙丑，荧惑犯岁星，丁卯，太白犯建星。辛未，享于太庙。壬申，命帖木不花袭封广宁王，赐钞一千锭。癸酉，荧惑犯房宿。立辽阳等处漕运庸田使司，属分司农司。丁丑，帝谓脱脱曰："朕尝作朵思哥儿好事，迎白伞盖游皇城，实为天下生灵之故。今命剌麻选僧一百八人，仍作朵思哥儿好事，凡所用物，官自给之，毋扰于民。"丙戌，以答儿麻监臧遥授陕西行省平章政事，实授行宣政院使，整治西番人民。是月，命桑哥失里、哈临秃守中兴。答失八都鲁复峡州。

二月戊戌，祭社稷。乙卯，命中书平章政事搠思监提调规运总管府。戊午，太白犯垒壁阵。己未，以湖广行省平章政事苟儿为淮南行省平章政事，以兵攻高邮。是月，以吕思诚为湖广行省左丞。命湖广行省右丞伯颜普化、江南行台中丞蛮子海牙、江浙行省平章政事卜颜帖木儿、参知政事阿里温沙，会合湖广行省平章政事也先帖木儿，讨沿江贼。立镇江水军万户府，命江浙行省右丞佛家闾领之。诏河南、淮南两省，并立义兵万户府。建清河大寿元忠国寺，以江浙废寺田归之。

三月癸亥朔，日有食之。己巳，廷试进士六十二人，赐薛朝晤、牛继志进士及第，余授官出身有差。壬申，以皇太子行幸⑨，和买驼马。甲戌，命亲王速哥帖木儿以兵讨宿州贼。丙子，颍州陷。是月，中书定拟义兵立功者，权任军职，事平，授以民职，从之。命四川行省右丞答失八都鲁，升本省平章政事兼知行枢密院事，总荆、襄诸军，从宜调遣。诏和买马于北边，以供军用，凡有马之家，十匹内和买二匹，每匹给钞一十锭。

夏四月癸巳朔，汾州介休县地震，泉涌。以武祺参议中书省事。是月，车驾时巡上都。江西、湖广大饥，民疫疠者甚众。御史台臣纠言江浙行省左丞帖里帖木儿等罪⑩。先是，帖里帖木儿与江南行台侍御史左答纳失里，奉旨招谕方国珍，报国珍已降，乞立巡防千户所，朝廷授以五品流官，令纳其船，散遣徒众。国珍不从，拥船一千三百余艘，仍据海道，阻绝粮运，以故归罪二人。以江浙行省参知政事阿儿温沙升本省右丞，浙东宣慰使恩宁普为江浙行省参知政事，皆总兵讨方国珍。发陕西军讨河南贼，给钞令自备鞍马军器，合二万五千人，马七千五百匹，永昌、巩昌沿边人匠杂户亦在遣中。造过街塔于卢沟桥，命有司给物色人匠，以御史大夫也先不花督之。复立应昌、全宁二路。先是，有诏罢之，以拨属鲁王马某沙王傅府，至是有司以为不便，复之。诏复起永昌、巩昌、嗬巴、临洮等处军。命各卫军人修白浮、瓮山等处堤堰。

五月甲子，安丰、正阳贼围庐州。是月，诏修砌北巡所，经色泽岭、黑石头河西沿山道路，创建龙门等处石桥。皇太子徙居宸德殿，命有司修葺之。立南阳、邓州等处毛胡芦义兵万户府，募土人为军，免其差役，令讨贼自效。因其乡人自相团结，号毛胡芦，故以名之。诏以玉枢虎儿吐华募兵万人下蜀江，代答失八都鲁守中兴、荆门，命答失八都鲁以兵赴汝宁。升湖广行省参知政事阿儿灰为右丞，讨庐州。募宁夏善射者，及各处回回、尤忽殷富者，赴京师从军。复发秃卜军万人，命太傅阿剌吉领之。命荆王答儿麻失里代阔瑞阿合镇河西，讨西番贼。

六月辛卯朔，蓟州雨雹。高邮张士诚寇扬州。丙申，达识帖睦迩以兵讨张士诚，败绩，诸军皆溃。诏江浙行省参知政事佛家闾，会达识帖睦迩，复进兵讨之。甲辰，太阴入斗宿。己酉，盱眙县陷。庚戌，陷泗州，官军溃。

秋七月甲子，潞州襄垣县大风拔木偃禾①。乙丑，太阴犯角宿。壬申，诏免大都、上都、兴和三路今年税粮。命刑部尚书阿鲁于海宁州等处，募兵讨泗州。壬午，太阴犯昴宿。是月，汾州孝义县地震。

八月，冀宁路榆次县桃李花。车驾还自上都。

九月己未朔，赐亲王撒蛮答失金二锭、银二十锭、钞一万锭、币帛表里各三百匹。创设奥剌赤二十名，仍给衣粮草料。庚申，以湖广行省左丞吕思诚复为中书左丞。辛酉，以知枢密院事月赤察儿为中书平章政事⑫。诏脱脱以太师、中书右丞相，总制诸王各爱马、诸省各翼军马，董督总兵、领兵大小官将，出征高邮。甲子，封高丽王脱脱不花为沈王。丁卯，普颜忽都皇后母殁，赙钞三百锭。立宁宗影堂。戊子，免河南蒙古军人难泛差役。是月，赐穆清阁工匠皮衣各一领。盖海青鹰房。禁河南、淮南酒。阶州西番贼起，遣兵击之。方国珍拘执元帅也忒迷失、黄严州达鲁花赤宋伯颜不花、知州赵宜浩⑬，以俟诏命。

冬十月甲午，享于太庙。戊戌，诏答失八都鲁及泰不花等，会军讨安丰。甲辰，诏加号海神为辅国护圣庇民广济福惠明著天妃。壬子，太阴犯太微垣。

十一月丙寅，敕：“中书省、枢密院、御史台，凡奏事，先启皇太子。”诏：“江浙应有诸王、公主、后妃、寺观、官员拨赐田粮，及江淮财赋、稻田、营田各提举司粮，盖数赴仓，听候海运，以备军储，价钱依本处十月时估给之。”丁卯，脱脱领大兵至高邮。辛未，战于高邮城外，大败贼众。丙子，太阴犯鬼宿。癸未，赐亲王喃答失金镀银印。乙酉，脱脱遣兵平六合县。是月，答失八都鲁复苗军所掳郑、均、许三州。皇太子修佛事，释京师死罪以下囚。

十二辛卯，绛州北方有红气，如火蔽天。丙申，以中书平章政事定住为左丞相，宣政院使哈麻、永昌宣慰锁南班，并为中书平章政事，进阶光禄大夫。监察御史袁赛困不花等劾奏：“脱脱出师三月，略无寸功，倾国家之财以为己用，半朝廷之官以为自随；又其弟也先帖木儿，庸材鄙器，玷污清台，纲纪之政不修，贪淫之心益著。”章三上，诏令也先帖木儿出都门听旨，以宣徽使汪家奴为御史大夫。丁酉，诏以脱脱老师费财，已逾三月，坐视寇盗，恬不为意⑭，削脱脱官爵，安置淮安路，弟御史大夫也先帖木儿安置宁夏路。以河南行省平章政事泰不花为本省左丞相，中书平章政事月阔察儿加太尉，集贤大学士雪雪知枢密院事，一同总兵，总领诸处征进军马，并在军诸王、附马、省、院、台官，及大小出军官员，其灭里、卜亦失你山、哈八儿秃、哈怯来等拔都儿、云都赤、秃儿怯里兀、孛可、西番军人、各爱马朵怜赤、高丽、回回民义丁壮等军人，并听总兵官节制。诏被灾残破之处，令有司赈恤，仍蠲租税三年，赐高年帛。罢庸田、茶运、宝泉等司。戊戌，以定住领经筵事，中政院使桑哥失里为中书添设右丞。己亥，太阴掩昴宿。庚子，以桑哥失里同知经筵事。冀国公秃鲁加太尉，进阶金紫光禄大夫。癸卯，命哈麻提调经正监、都水监、会同馆，知经筵事，就带元降虎符。甲辰，以桑哥失里提调宣文阁；哈麻兼大司农，吕思诚兼司农卿，提调农务。己酉，绍兴路地震。是月，命织造世祖御容。诏威顺王宽彻普化还镇湖广。先是，以贼据湖广，命夺其王印，至是，宽彻普化讨贼累立功，故诏还其印，仍守旧镇。命甘肃右丞鬼的讨捕西番贼。答失八都鲁复河阴、巩县。徭贼自耒阳寇衡州，万户许脱因死之。

是岁，诏谕：“民间私租太重，以十分为率，普减二分，永为定例。”降钞十万锭，赏江西守城官吏军民。京师大饥，加以疫疠，民有父子相食者。帝于内苑造龙船，委内官供奉少监塔思不花监工。帝自制其样，船首尾长一百二十尺，广二十尺，前瓦帘棚、穿廊、两暖阁，后吾殿楼子；龙身并殿宇用五彩金妆，前有两爪；上用水手二十四人，身衣紫衫，金荔枝带，四带头巾，于船两旁下各执篙一。自后宫至前宫山下海子内，往来游戏。行时，其龙首眼口爪尾皆动。又自制宫漏，约高六七尺，广半之，造木为匮，阴藏诸壶其中，运水上下；匮上设西方三圣殿，匮腰立玉女捧时刻筹，时至，辄浮水而上；左右列二金甲神人，一悬钟，一悬钲，夜则神人自能按更而击，无分毫差；当钟钲之鸣，狮凤在侧者皆翔舞；匮之西东有日月宫，飞仙六人立宫前，遇子午时，飞仙自能耦进，度仙桥，达三圣殿，已而复退立如前。其精巧绝出，人谓前代所鲜有。时帝怠于政事，荒于游宴，以宫女三圣奴、妙乐奴、文殊奴等一十六人按舞，名为十六天魔，首垂发数辫，戴象牙佛冠，身被缨络、大红绡金长短裙、金杂袄、云肩、合袖天衣、绶带鞋袜，各执加巴剌般之器，内一人执铃杵奏乐。又宫女一十一人，练槌髻，勒帕，常服，或用唐帽，窄衫。所奏乐用龙笛、头管、小鼓、筝、篱、琵琶、笙、胡琴、响板、拍板。以宦者长安迭不花管领，遇宫中赞佛，则按舞奏乐。宫官受秘戒者得人，余不得预。

①更：换。

②或：如果。

③都元都：应为"都元帅。"

④赙（fù，音富）：赠送财物给办丧事的人家。

⑤左迁：降职。

⑥冬十月：据中华书局本，应在上句"丁酉"前。

⑦太半：大半。

⑧董：管理监督。

⑨行幸：皇帝出行。

⑩纠：俱。

⑪偃：使倒下。

⑫月赤察尔：应为月阔察尔。

⑬拘执：拘捕。

⑭恬：无动于衷。

顺帝本纪七

十五年春正月戊午朔，以中书平章政事搠思监提调留守司，宣徽使黑厮为中书平章政事，河南行省左丞许有壬为集贤大学士，辽阳行省左丞奇伯颜不花升本省平章政事。壬戌，以宣政院副使忻都为太子詹事。癸亥，享于太庙。甲子，亲王秃坚帖木儿殁于军中，赐钞五百锭。江西行省平章政事道童加大司徒。戊辰，太阴犯五车。辛未，太阴犯鬼宿。大翰耳朵儒学教授郑咺建言："蒙古乃国家本族，宜教之以礼，而犹循本俗，不行三年之丧，又收继庶母、叔婶、兄嫂，恐贻笑后世，必宜改革，绳以礼法。"不报。丙子，上都饥，赈粜米二万石。丁丑，徐寿辉伪将倪文俊复陷沔阳府，威顺王宽彻普化令王子报恩奴等，同湖南元帅阿思蓝水陆并进，讨之。至汉川，水浅，文俊用火筏烧船，报恩奴遇害。庚辰，复设仁虞、云需、尚供三总管府。丙戌，大同路饥，出粮一万石，减价粜之。是月，诏以湖广行省平章政事乞剌班慢功，削其官爵，令从军自效。诏安置脱脱于亦集乃路，收所赐田土。命河南行省参知政事洪丑驴守御河南，陕西行省参知政事述律朵儿只守御潼关，宗王扎牙失里守御兴元，陕西行省参知政事阿鲁温沙守御商州，通政院使朵来守御山东。诏豫王阿剌忒纳失里与陕西行省平章政事搠思监，从宜商议军事。

闰月壬寅，以各卫军人屯田京畿，人给钞五锭，以是日入役，日支钞二两五钱，仍给牛、种、农器，命司农司令本管万户督其勤惰。丙午，太阴犯心宿。丙辰，太白经天。是月，上都路饥，诏严酒禁。命河南行省参知政事塔失帖木尔领元管陕西军马，守御河南。

二月己未，刘福通等自砀山夹河迎韩林儿至，立为皇帝，又号小明王，建都亳州，国号宋，改元龙凤；以其母杨氏为皇太后，杜遵道、盛文郁为丞相，罗文素、刘福通为平章，刘六知枢密院事；拆鹿邑县太清宫材建宫阙；遵道等各遣子入侍。遵道得宠专权，刘福通疾之，命甲士挝杀遵道①，福通遂为丞相，后称太保。丙寅，以中书平章政事黑厮、左丞许有壬并知经筵事。戊辰，命太傅、御史大夫汪家奴为中书右丞相，中书平章政事定住为左丞相，诏天下。庚午，以河南行省平章政事咬咬为辽阳行省左丞相。壬申，立淮东等处宣慰使司都元帅府于天长县，统濠、泗义兵万户府，并洪泽等处义兵，听富民愿出丁壮义兵五千名者为万户②，五百名者为千户，一百名者为百户，仍降宣敕牌面。丙子，以达识帖睦迩为中书平章政事，提调留守司。平章政事黑厮兼大司农。是月，命刑部尚书董铨等，与江西行省平章政事火你赤，专任征讨之务，便宜从事，遣使先降曲赦，谕以祸福，如能出降，释其本罪，执迷不悛，克日进讨③。

三月庚寅，太阴犯五车。癸巳，徐寿辉兵陷襄阳路。甲午，命汪家奴摄太尉，持节授皇太子爱猷识理达腊玉册，锡以冕服九旒④，祗谒太庙⑤。丙申，太阴犯房宿。辛丑，以监察御史言，安置脱脱于云南镇西路，也先帖木儿于四川碉门，脱脱长男哈剌章安置肃州，次男三宝奴安置兰州，仍籍其家产。己酉，命知枢密院事众家奴知经筵事，知枢密院事捏兀失该提调内史府。癸丑，太白经天。

夏四月壬戌，中书省臣言："江南因盗贼阻隔，所在阙官⑥，宜遣人与各省及行台官，以广东、广西、海北、海南三品以下，通行迁调，五品以下，先行照会之任⑦，江浙行省三年一次迁调，福建等处阙官，亦依前例。"从之。命彰德等处分枢密院，添设同知、副使、都事各一员。癸亥，以中书平章政事达识帖睦迩知经筵事。命枢密院添设佥院一员、判官二员，直沽分枢密院添设副使一员、都事一员。以御史中丞扎撒兀孙同知经筵事。乙丑，以中书右丞藏卜、左丞乌古孙良桢，分省彰德。辛未，命御史中丞伯家奴同知经筵事，中书参议成遵兼经筵官。癸酉，以左丞相定住为右丞相，平章政事哈麻为左丞相，太子詹事桑哥失里为中书平章政事，雪雪为御史大夫。丁丑，加知枢密院事众家奴太傅。辛巳，亲王脱脱薨，赐钞二百锭。是月，车驾时巡上都。诏翰林待制乌马儿、集贤待制孙㧑，招安高邮张士诚；仍赍宣命、印信、牌面，与镇南王孛罗不花及淮南行省、廉访司等官，商议给付之。御史台劾奏中书左丞吕思诚，罢之。诏四川等处立宣化镇南军民府。改四川忠孝军民府为忠孝军民安抚司。罢盘顺府，改立盘顺军民安抚司。罢四川羊母甲洞、臭南王洞长官司，改立忠义军民安抚司。立汴梁等处义兵万户府。

五月壬辰，复襄阳路。监察御史也里忽都等，劾奏河南行省左丞相太不花慢功虐民，诏削其官职，仍令率领火赤温，从总兵官、平章政事答失八都鲁征进，答失八都鲁管领太不花一应军马。庚戌，倪文俊自沔阳陷中兴路，元帅朵儿只班死之。是月，命淮南行省平章政事咬住、淮东廉访使王也先迭儿，抚谕高邮。

六月丙辰，命御史大夫雪雪提调端本堂。癸亥，太白经天。丁卯，监察御史哈林秃劾奏脱脱之师集贤大学士吴直方，及其参军黑汉、长史火里赤等，并宜追夺，从之。监察御史歪哥等辩明中书左丞吕思诚，给付元追所授宣命、玉带。戊辰，命中书平章政事搠思监兼大司农，桑哥失里知经筵事。己巳，靖安王阔不花薨，无后，命其侄袭封靖安王。癸酉，以四川行省平章政事答失八都鲁为河南行省平章政事。乙亥，命将作院判官乌马儿招安濠、泗等处，章佩监丞普颜帖木儿招安沔阳等处。诸王倒吾没于军中，赙钞二百锭⑧。丁丑，保德州地震。己卯，陕西行省平章政事秃秃加答剌罕。庚辰，征徽州隐士郑玉为翰林待制，不至。江浙省臣言："至正十五年税课等钞，内除诏书已免税粮等钞，较之年例，海运粮并所支钞不敷，乞减海运，以苏民力。户部定拟本年税粮，除免之外，其寺观并拨赐田粮，十月开仓，尽行拘收，其不敷粮，拨至元折中统钞一百五十万锭，于产米处籴一百五十万石，贮濒河之仓，以听拨运，从之。癸未，中书参知政事实理门言："旧立蒙古国子监，专教四怯薛并各爱马官员子弟，今宜谕之，依先例入学，俾严为训诲。"从之。是月，大明皇帝起兵，自和州渡江，取太平路。自红巾妖寇倡乱之后，南北郡县多陷没，故大明从而取之。荆州大水。命湖广行省平章政事阿鲁灰领军，与淮南行省平章政事蛮子海牙、淮西道宣慰使完者不花，以兵攻和州等处。命郡王只儿哈伯、湖广行省右丞卜兰奚，攻讨河南。以湖广行省平章政事咬住为总兵官，领本省军马并江州杨完者、黄州李胜等军，守御湖广。江浙行省参知政事纳麟哈剌统领水军万户等军，会本省平章政事定定，进攻常州、镇江等处。命将作院判官乌马儿、利用监丞八十奴，招谕濠、泗，淮南行省左丞相太平助之；章佩监丞普颜帖木儿、翰林修撰烈瞻招谕沔阳，四川行省平章政事玉枢虎儿吐华等助之。以怯薛丹泼皮等六十名从江南行御史台大夫福寿，守御集庆路。国王朵儿只薨于扬州军中，命郡王只儿哈伯管领其所部军马。

秋七月辛卯，享于太庙。壬寅，倪文俊复陷武昌、汉阳等路。是月，命亲王失里门以兵守曹州，山东宣慰马某火者以兵分府沂州、莒州等处。命知枢密院事答儿麻监藏，及四川行省左丞沙剌班、湖南同知宣慰使刘答儿麻失里，以兵屯中兴，诏谕诸处，有不降者，与亲王秃鲁及玉枢虎儿吐华讨之。命湖广行省平章政事桑哥、亦秃浑及秃秃守御襄阳，参知政事哈林秃及王塔失帖木尔，守御沔阳，如贼徒不降，即进兵讨之。升台州海道巡防千户所为海道防御运粮万户府。

八月庚申，命南阳等处义兵万户府，召募毛胡芦义兵万人，进攻南阳。戊辰，以中书平章政事达识帖睦迩为江浙行省左丞相，便宜行事，赐钞一千锭。甲戌，以大宗正府扎鲁忽赤迭里迷失为甘肃行省平章政事。戊寅，太白经天。云南死可伐等降，令其子莽三以方物来贡⑨，乃立平缅宣抚司。四川向思胜降，以安定州改立安定军民安抚司。是月，车驾还自上都。诏淮南行省左丞相太平统淮南诸军，讨所陷郡邑，仍命湖广行省平章政事阿鲁灰，以所部苗军听其节制。立吾者野人乞列迷等处诸军万户府，于哈儿分之地。命亲王宽彻班守兴元，永昌宣慰使完者帖木儿讨西番贼。以淮南行省平章政事蛮子海牙，与同知枢密院事绊住马等，自芜湖至镇江南岸守御，同阿鲁灰所部军马，协力卫护江南行台。命答失八都鲁从便调度湖广行省左丞卜兰奚所领苗军，江浙行省平章政事卜颜帖木儿守御蕲、黄、兰溪等处。

九月癸未，命搠思监提调武卫。以知岭北行枢密院事纽的该为中书平章政事。乙酉，立分海道防御运粮万户府于平江路。己丑，太白犯太微垣。辛卯，命秘书卿答兰提调别吉太后影堂祭祀，知枢密院事野仙帖木儿提调世祖影堂祭祀，宣政院使蛮子提调裕宗、英宗影堂祭祀。己亥，倪文俊围岳州路。壬子，命桑哥失里提调宣文阁，吕思诚知经筵事，集贤大学士许有壬兼太子谕德。是月，移置脱脱于阿轻乞之地。命答失八都鲁移军住陈留。

冬十月丁巳，立淮南行枢密院于扬州。己未，太阴犯垒壁阵。甲子，命兵、工二部尚书撒八儿、王安童，以金银牌一百六十五面，给淮东宣慰使司等处义兵官员。命哈麻领大司农司。帝谓右丞相定住等曰："敬天地，尊祖宗，重事也，近年以来，阙于举行。当选吉日，朕将亲祀郊庙，务尽诚敬，不必繁文。卿等其议典礼，从其简者行之。"遂命右丞斡栾、左丞吕思诚领其事。以中书右丞拜住为平章政事。庚午，以袭封衍圣公孔克坚同知太常礼仪院事，以克坚子希学为袭封衍圣公。癸酉，太阴犯轩辕。哈麻奏言："郊祀之礼，以太祖配[10]。皇帝出宫，至郊祀所，便服乘马，不设内外仪仗、教坊队子，斋戒七日，内散斋四日于别殿，致斋三日，二日于大明殿西崌殿，一日在南郊祀所。"丙子，以郊祀，命皇太子爱猷识理达腊祭告太庙。己卯，以翰林学士承旨庆童为淮南行省平章政事。立黄河水军万户府于小清口。

十一月甲申，荧惑犯氐宿。庚寅，填星犯井宿。壬辰，亲祀上帝于南郊，以皇太子爱猷识理达腊为亚献，摄太尉、右丞相定住为终献。甲午，以太不花为湖广行省左丞相，总兵招捕胡广、沔阳等处，湖广、荆襄诸军悉听节制，给还元追夺河南行省丞相宣命，仍给以功赏宣敕、金银牌面。戊戌，介休县桃杏花。己亥，太阴犯鬼宿。戊申，右丞相定住以病辞职，命以太保就第治病。庚戌，贼陷饶州路。辛亥，赐高丽国王伯颜帖木儿为亲仁辅义宣忠奉国彰惠靖远功臣。是月，答失八都鲁攻夹河贼，大破之。贼陷怀庆，命河南行省右丞不花讨之。以湖广归州改隶四川行省。

十二月壬子朔，荧惑犯房宿。给湖广行省分省印。丁巳，命中书参知政事月伦失不花、陈敬伯，分省彰德。癸亥，立忠义、忠勤万户府于宿州、武安州。己巳，以诸郡军储供饷繁浩，命户部印造明年钞本六百万锭，给之。壬申，以平章政事帖里帖木儿、右丞斡栾，并知经筵事，参议丁好礼兼经筵官。乙亥，以天下兵起，下诏罪己，大赦天下。是月，答失八都鲁大败刘福通等于太康，遂围亳州，伪宋主遁于安丰。立兴元等处宣慰使司都元帅府于兴元路。

是岁，蓟州雨血。诏："凡有水田之处，设大兵农司，招集人夫，有警，乘机进讨，无事，栽植播种。"诏浚大内河道[11]，以宦官同知留守野先帖木儿董其役[12]。野先帖木儿言，自十一年以来，天下多事，不宜兴作。帝怒，命往使高丽，改命宦官答失蛮董之。以中书平章政事拜住分省济宁，设四部。

是岁，察罕帖木儿与贼战于河南北，屡有功，除中书刑部侍郎[13]。

十六年春正月壬午，改福建宣慰使司都元帅府为福建行中书省。戊子，亲享太庙。命中书平章政事帖里帖木儿提调国子监。己丑，太阴犯昴宿。丁酉，太保定住以病辞职；太尉、大宗正府扎鲁忽赤月阔察儿，以出军中伤辞职。皆不允。乙亥[14]，诏命太尉阿吉剌开府设官属。乙巳，以辽阳行省左丞相咬咬为太子詹事，翰林学士承旨朵列帖木儿同知詹事院事。丙子[15]，以知枢密院事实理门兼大府监卿。戊申，云南土官阿芦降，遣侄腮斡以方物来贡。庚戌，左丞相哈麻罢。辛亥，御史大夫雪雪亦罢，以搠思监为御史大夫。复以定住为右丞相。是月，蓟州地震。倪文俊建伪都于汉阳，迎徐寿辉据之。

二月癸酉[16]，秃鲁帖木儿辞职，不允。搠思监纠言哈麻及其弟雪雪等罪恶。帝曰："哈麻兄弟虽有罪，然侍朕日久，与朕弟懿璘质班皇帝实同乳，且缓其罚，令之出征自效。"甲寅，命右丞相定住依前太保，中书一切机务，悉听总裁，诏天下。丙辰，以镇南王孛罗不花自兵兴以来，率怯薛丹讨贼，累立战功，赐钞一万锭。定住及平章政事桑哥失里等，复奏哈麻兄弟罪恶，遂命贬哈麻惠州安置，雪雪肇州安置，寻杖杀之[17]。壬戌，詹事伯撒里辞职。乙丑，禁销毁、贩卖铜钱。丙寅，命翰林国史院、太常礼仪院，定拟皇后奇氏三代功臣谥号、王爵。甲戌，命六部、大司农司、集贤翰林国史两院、太常礼仪院、秘书、崇文、国子、都水监、侍仪司等正官，各举才堪守令者一人，不拘蒙古、色目、汉、南人，从中书省斟酌用之，或任内害民受赃者，举官量事轻重降职。命蛮蛮为靖安王，赐金印，置王傅等官。己卯，命集贤直学士杨俊民致祭曲阜孔子庙，仍葺其庙宇。诏谕："山东盐法，军民毋得沮坏[18]。"赐定住笃怜赤、怯薛丹三十名，给衣粮、马匹、草料。是月，高邮张士诚陷平江路，据之，改平江路为隆平府，遂陷湖州、松江、常州。

三月辛巳，复立酒课提举司。命中书平章政事帖里帖木儿、参知政事成遵等议钞法。壬午，徐寿辉复寇襄阳⑲。癸未，台臣言："系官牧马草地，俱为权豪所占，今后除规运总管府见种外，余尽取勘，令大司农召募耕垦，岁收租课，以资国用。"从之。丁亥，以今秋出师，诏和买马六万匹。戊子，命宣让王帖木儿不花、威顺王宽彻普化，以兵镇遏怀庆路，各赐金一锭、银五锭、币帛九匹、钞二千锭。庚寅，大明兵取集庆路，江南行台御史大夫福寿死之。丙申，倪文俊陷常德路，总兵官俺都剌遁。命搠思监提调承徽寺。丁酉，立行枢密院于杭州。命江浙行省左丞相达识帖睦迩兼知行枢密院事，节制诸军，省、院等官并听调遣，凡赏功、罚罪、招降、讨逆，许以便宜行事。大明兵取镇江路。戊申，方国珍复降，以为海道运粮漕运万户，兼防御海道运浪万户；其兄方国璋为衢州路总管，兼防御海道事。是月，有两日相荡。

夏四月辛亥，以搠思监为中书左丞相。丙辰，以资正院使普化为御史大夫。丁巳，命左丞相搠思监领经筵事，中书平章政事悟良哈台、御史大夫普化并知经筵事。庚申，以河南行省左丞卜兰奚为湖广行省平章政事。答失八都鲁加金紫光禄大夫。丙寅，命阿因班太子与陕西行省官，同讨均、房、南阳。辽阳行省平章政事奇伯颜不花加大司徒。丁卯，以陕西行台御史大夫朵朵为陕西行省左丞相，大司农咬咬为辽阳行省左丞相。以知枢密院事实理门分院济宁，翰林学士承旨脱脱同知詹事院事。壬申，命豫王阿剌忒纳失里与陕西行省官，商议军机，从宜攻讨。己卯，命悟良哈台兼太子谕德。是月，车驾时巡上都。

五月壬辰，太白犯鬼宿。癸巳，亦如之。甲午，太阴入斗宿。丙申，倪文俊陷澧州路。丁酉，太阴犯垒壁阵。乙巳，贼寇辰州，守将和尚以乡兵击败之。

六月甲寅，江浙行省平章政事三旦八、参知政事杨完者，以兵守嘉兴路，御张士诚。乙丑，大明兵取广德路。

秋七月癸未，以翰林学士秃鲁帖木儿为侍御史。丁酉，太阴犯垒壁阵。是月，张士诚遣兵陷杭州，江浙行省平章政事左答纳失里战死，丞相达识帖睦迩遁，杨完者及万户普贤奴击败之，复其城。

八月丙辰，奉元路判官王渊等，以义兵复商州，升渊同知关商襄邓等处宣慰司事。己未，贼侵河南府路，参知政事洪丑驴以兵败之。丁卯，太阴犯昴宿。庚午，倪文俊陷衡州路，元帅甄崇福战死。甲戌，彗星见张宿，色青白，彗指西南，长尺余，至十二月戊午始灭。是月，车驾还自上都。黄河决，山东大水。

九月庚辰，汝、颍贼李武、崔德等破潼关，参知政事述津杰战死。壬午，豫王阿剌忒纳失里、同知枢密院事定住，引兵复潼关，河南行省平章政事伯家奴以兵守之。丙申，潼关复陷，伯家奴兵溃，豫王阿剌忒纳失里复以兵取之，李武、崔德败走。戊戌，贼陷陕州及虢州。诏以太尉纳麟复为江南行台御史大夫，迁行台治绍兴。是月，察罕帖木儿复陕州及虢州。复袭败贼兵于平陆、安邑，以功由兵部尚书升金河北行枢密院事。

冬十月丁未，大名路有星如火，从东南流，芒尾如曳彗，坠地有声，火焰蓬勃，久之乃息，化为石，青黑色，光莹，形如狗头，其断处如新割者，命藏于库。壬辰，太阴犯井宿。是月，诏罢太尉也先帖木儿。

十一月丙戌，以老的沙、答里麻失并为詹事。丁亥，流星大如酒杯，色青白，尾迹约长五尺余，光明烛地，起自东北，东南行，没于近浊，有声如雷。壬辰，太阴犯井宿。是月，河南陷，河南廉访副使俺普遁。置河南廉访司于沂州，又于沂州设分枢密院，以兵马指挥使司隶之。

十二月，倪文俊陷岳州路，杀威顺王子歹帖木儿。湖广参知政事也先帖木儿，与左江义兵万户邓祖胜合兵复衡州。

是岁，诏："沿海州县为贼所残掠者，免田租三年，赐高年帛。"河南行省左丞相太不花驻军于南阳嵩、汝等州，叛民皆降，军势大振。陕西行台监察御史李尚绅上《关中形胜急论》，凡十有二事。命大司农司屯种雄、霸二州，以给京师，号京粮。

---

①挝（zhuā 音抓）：同"抓"，捉拿。

②听：允许。

③克日：约定或限定日期。克，严格限定。　　旒（liú，音流）：古代帝王礼帽前后的玉串。

④锡：赐。

⑤祗（zhǐ，音脂）：恭敬。

⑥阙：同"缺"。

⑦照会：官署通知的文件。

⑧赙：赠财物给办丧事之家。

⑨方物：土产。

⑩配：配享，祭祀的次要人物。此处作动词用。

⑪大内：皇帝宫殿。

⑫董：监督管理。

⑬除：拜官授职。

⑭乙亥：当为"己亥"。

⑮丙子：应为"丙午"。

⑯癸酉：应为"癸丑"。

⑰寻：不久。　　杖：古时一种刑罚。

⑱沮：败坏。

⑲寇：侵犯。

顺帝本纪八

十七年春正月丙子朔，日有食之。以伯颜秃古思为大司徒。辛卯，命山东分省团结义兵①，每州添设判官一员，每县添设主簿一员，专率义兵以事守御，仍命各路达鲁花赤提调，听宣慰使司节制。丙申，监察御史哈剌章言："淮东道廉访使褚不华，徇忠尽节②，宜加褒赠，优恤其家。"从之。

二月壬子，贼犯七盘、蓝田，命察罕帖木儿以军会答儿麻亦儿，守陕州、潼关；哈剌不花由潼关抵陕西，会豫王阿剌忒纳失里及定住等，同进讨。癸丑，太阴犯五车。以征河南许、亳、太康、嵩、汝大捷，诏赦天下。戊辰，知枢密院事脱脱复邓州，调客省使撒儿答温等，攻黄河南岸贼，大破之。壬申，刘福通遣其党毛贵陷胶州，金枢密院事脱欢死之。甲戌，倪文俊陷峡州。是月，李武、崔德陷商州，察罕帖木儿与李思齐，以兵自陕、虢援陕西。以察罕帖木儿为陕西行省左丞，李思齐为四川行省左丞。诏以高宝为四川行省参知政事，将兵取中兴，不克，贼遂破辘轳关。

三月乙亥，义兵万户赛甫丁、阿迷里丁叛据泉州。庚辰，毛贵陷莱州，守臣山东宣慰副使释嘉讷死之。壬午，大明兵取常州路。甲申，太阴犯鬼宿。壬辰，岁星犯垒壁阵。甲午，毛贵陷益都路，益王买奴遁，自是山东郡邑皆陷。乙未，以江淮行枢密院副使董抟霄为山东宣慰使。丁酉，毛贵陷滨州。戊戌，以中书平章政事帖里帖木儿为御史大夫，悟良哈台、斡栾并为中书平章政事。

夏四月丙午，监察御史五十九言：“今京师周围，虽设二十四营，军卒疲弱，素不训练，诚为虚设，倘有不测，诚可寒心，宜速选择骁勇精锐，卫护大驾，镇守京师，实当今奠安根本、固坚人心之急务③。况武备莫重于兵，而养兵莫先于食，今朝廷拨降钞锭，措置农具，命总兵官于河南克复州郡，且耕且战，甚合万寓兵于农之意。为今之计，权命总兵官，从宜于军官内选委能抚字军民者④，兼路府州县之职，务要农事有成，军民得所，则扰民之害亦除，而匮乏之忧亦释矣。”帝嘉纳之。乙卯，毛贵陷莒州。丙辰，京师立便民六库，倒易昏钞。辛酉，以咬咬为甘肃行省左丞相。答失八都鲁加太尉、四川行省左丞相。汉中道廉访司纠陕西行省左丞萧家奴⑤，遇贼逃窜，失陷所守郡邑，诏正其罪。是月，车驾时巡上都。封江西行省平章政事火你赤为营国公。大明兵取宁国路。

五月乙亥，命知枢密院事孛兰奚，进兵讨山东。戊寅，平章政事亦老温帖木儿复武安州等三十余城。丙申，命搠思监为右丞相，太平为左丞相，诏天下。免民今岁税粮之半。诏以永昌宣慰司属詹事院。

六月甲辰朔，以实理门为中书分省右丞，守济宁。丙辰，监察御史脱脱穆而言：“去岁，河南之贼窥伺河北，惟河南与山东互相策应，为害尤大。为今之计，中书当遴选能将，就太不花、答失八都鲁、阿鲁三处军马内，择其精锐，以守河北，进可以制河南之侵，退可以攻山东之寇，庶几无虞。”从之。己未，以帖里帖木儿、老的沙并为御史大夫。庚申，大明兵取江阴州。壬申，帖里帖木儿纠陕西知行枢密院事也先帖木儿，遂命罢陕西行枢密院，令也先帖木儿居于草地。癸酉，温州路乐清江中龙起，飓风作，有火光如球。是月，刘福通犯汴梁，其军分三道，关先生、破头潘、冯长舅、沙刘二、王士诚寇晋、冀，白不信、大刀敖、李喜喜趋关中，毛贵据山东，其势大振。

秋七月己卯，帖里帖木儿奏续集《风宪宏纲》。庚辰，大明兵取徽州路。癸未，太白犯鬼宿。甲申，太阴犯斗宿。乙酉，命右丞相搠思监领宣政院事，平章政事臧卜知经筵事，参知政事李稷同知经筵事，参知政事完者帖木儿兼太府卿。丁亥，填星犯鬼宿。戊子，以李稷为御史中丞。中书省臣言：“山东般阳、益都相次而陷，济南日危，宜选将练卒，信赏必罚，为保燕赵计，以卫京师。”不报。己丑，镇守黄河义兵万户田丰叛，陷济宁路，分省右丞实理门遁，义兵万户孟本周攻之，田丰败走，本周还守济宁。甲午，以御史中丞完者帖木儿为中书右丞，河南廉访使俺普为中书参知政事。监察御史迭里弥实、刘杰言：“疆域日蹙，兵律不严，陕西、汴梁、淮颍、山东之寇，有窥伺燕赵之志，宜俯询大臣⑥，共图克复之宜，预定守备之策。”不报。是月，立四方献言详定使司，秩正三品。归德府知府林茂、万户时公权叛，以城降于贼，归德府及曹州皆陷。

八月癸卯，填星犯鬼宿。太白犯轩辕。癸丑，刘福通兵陷大名路，遂自曹、濮陷卫辉路，答失八都鲁之子孛罗帖木儿，与万户方脱脱击之。甲子，太阴犯五车。乙丑，以陕西行台御史中丞伯嘉讷为陕西行省平章政事，淮南行省参知政事余阙为淮南行省左丞，江浙行省参知政事杨完者升左丞，方国珍为江浙行省参知政事，海道运粮万户如故。丙寅，庆阳府镇原州大雹。是月，大驾还自上都。蓟州大水。诏知枢密院事纽的该，进讨山东。大明兵取扬州路。平江路张士诚，俾前江南行台御史中丞蛮子海牙为书请降，江浙左丞相达识帖睦迩承制令参知政事周伯琦等，至平江抚谕之。诏以士诚为太尉，士德为淮南行省平章政事，时士德已为大明兵所擒。

九月丙子，命同知枢密院事寿童，以兵讨冠州。以老的沙为中书省平章政事，兼兀良海牙指挥使。甲午，泽州陵川县陷，县尹张辅死之。戊戌，太不花复大名路并所属郡县。辛丑，诏中书右丞也先不花、御史中丞成遵奉使宣抚彰德、大名、广平、东昌、东平、曹、濮等处，奖厉将帅。是月，命纽的该加太尉，总诸军守御东昌。时田丰据济、濮，率众来寇，击走之。倪文俊谋杀其主徐寿辉，不果，自汉阳奔黄州，寿辉伪将陈友谅袭杀之，友谅遂自称平章。

闰九月癸卯，有飞星如盂，青色，光烛地，尾约长尺余，起自王良⑦，没于勾陈⑧。监察御史朵儿只等，劾奏知枢密院使哈剌八秃儿失陷所守郡县，诏正其罪。丙午，太阴犯斗宿。右丞相搠思监、左丞相太平，并加开府仪同三司。平章政事完者不花兼大司农。庚申，太阴犯井宿。乙丑，路州陷。丙寅，贼攻冀宁，察罕帖木儿以兵击走之。

冬十月乙亥，荧惑犯氐宿。戊寅，设分詹事院。甲申，太阴掩昴宿。戊戌，曹州贼入太行山。是月，白不信、大刀敖、李喜喜陷兴元，遂入凤翔，察罕帖木儿、李思齐屡击破之，其党走入蜀。答失八都鲁与知枢密院事答里麻失里，以军讨曹州贼，官军败溃，答里麻失里死之。静江路山崩，地陷，大水。

十一月辛丑，山东道宣慰使董抟霄建言："请令江淮等处各枝官军，分布连珠营寨于隘口，屯驻守御，宜广屯田，以足军食。"从之。汾州桃杏花。壬寅，贼侵壶关，察罕帖木儿大破之。戊午，以河南行省平章政事答兰为中书平章政事，御史中丞李献为中书左丞，陕西行台中丞卜颜帖木儿、枢密院副使哈剌那海、司农少卿崔敬、侍御史陈敬伯皆为参知政事。癸亥，豫王阿剌忒纳失里与陕西行省左丞相朵朵、陕西行台御史中丞伯嘉讷，分道攻讨关陕。己巳，以中书参知政事八都麻失里为右丞。

十二月庚午，荧惑犯天江。辛未，山东道廉访使伯颜不花建言："严保伍⑨，集勇健，汰冗官。"戊寅，太白犯岁星。甲申，太阴犯鬼宿。丁亥，岁星犯垒壁阵。庚寅，太白犯垒壁阵。癸巳，太阴犯心宿。丁酉，庆元路象山县鹅鼻山崩。己亥，流星如金星大，尾约长三尺余，起自太阴，近东而没，化为青白气。庚子，答失八都鲁卒于军中。

是岁，诏天下团结义兵，路、府、州、县正官俱兼防御事。诏淮南行知枢密院事脱脱领兵讨淮南⑩。诏谕济宁李秉彝、田丰等，令其出降，叙复元任⑪，啸乱士卒，仍给资粮，欲还乡者听。倪文俊陷川蜀诸郡，命伪元帅明玉珍守据之。赵君用及彭大之子早住，同据淮安，赵僭称永义王，彭僭称鲁淮王。义兵千户余宝杀其知枢密院事宝童以叛，降于毛贵，余宝遂据棣州。河南大饥。

十八年春正月辛丑，填星犯鬼宿。乙巳，察罕帖木儿、李思齐合兵于凤翔。丙午，太阴犯昴宿。陈友谅陷安庆路，守将余阙死之。庚戌，大明兵取婺源州。甲子，以不兰奚知枢密院事。乙丑，大风起自西北，益都土门万岁碑仆而碎。丙寅，田丰陷东平路。丁卯，不兰奚与毛贵战于好石桥，败绩，走济南。是月，诏答失八都鲁子孛罗帖木儿为河南行省平章政事，总领其父元管军马。诏察罕帖木儿屯陕西，李思齐屯凤翔。

二月己巳朔，议团结西山寨大小十一处，以为保障，命中书右丞塔失帖木儿、左丞乌古孙良桢等，总行提调，设万夫长、千夫长、百夫长，编立牌甲，分守要害，互相策应。毛贵陷清、沧州，遂据长芦镇。中书省臣奏以陕西军旅事剧务殷⑫，去京师道远，供费艰难，请就陕西印造宝钞为便，遂分户部宝钞库等官，置局印造。仍命诸路拨降钞本，畀平准行用库，倒易昏币⑬，布于民间。癸酉，毛贵陷济南路，守将爱的战死。毛贵立宾兴院，选用故官，以姬宗周等分守诸路。又于莱州立三百六十屯田，每屯相去三十里，造大车百辆，以挽运粮储，官民田十止收二分，冬则陆运，夏则水运。乙亥，填星犯鬼宿。辛巳，诏以太不花为中书右丞相，总兵山东。壬午，田丰复陷济宁路。甲申，辉州陷。丙戌，纽的该闻田丰逼近东昌，弃城走。丁亥，察罕帖木儿调兵复泾州、平凉，保巩昌。戊子，田丰陷东昌路。庚寅，王士诚自益都犯怀庆路，周全击败之。辛卯，以安童为中书参知政事。丁酉，兴元路陷。

三月己亥朔，日色如血。加右丞相搠思监太保。庚子，毛贵陷般阳路。辛丑，大同路夜黑气蔽西方，有声如雷，少顷，东北方有云如火，交射中天，遍地俱见火，空中有兵戈之声。癸卯，王士诚陷晋宁路，总管杜赛因不花死之。甲辰，察罕帖木儿遣赛因赤等复晋宁路。己酉，刘福通遣兵犯卫辉，孛罗帖木儿击走之。庚戌，毛贵陷蓟州，诏征四方兵入卫。乙卯，毛贵犯漷州，至枣林，枢密副使达国珍战死，遂略柳林，同知枢密院事刘哈剌不花以兵击败之，贵走据济南。丙辰，大明兵取建德路。以周全为湖广行省参知政事，统奥鲁等军，移镇嵩州白龙寨。冀宁路陷。丁巳，田丰陷益都路，辛酉，大同诸县陷，察罕帖木儿遣关保等往击之。是时，贼分二道犯晋、冀，一出沁州，一侵绛州。乙丑，以老章为太子少保。

夏四月甲申，陈友谅陷龙兴路，省臣道童、火尔赤弃城遁。壬午，田丰陷广平路，大掠，退保东昌。诏令元帅方脱脱，以兵复广平。癸未，以诸处捷音屡至，诏颁军民事宜十一条。庚寅，以翰林学士承旨蛮子为岭北行省平章政事。辛卯，太白犯鬼宿。甲午，陈友谅遣王奉国陷瑞州路。是月，车驾时巡上都。察罕帖木儿、李思齐，会宣慰张良弼、郎中郭择善、宣慰同知拜帖木儿、平章政事定住、总帅汪长生奴，各以所部兵讨李喜喜于巩昌，李喜喜败入蜀。察罕帖木儿驻清湫，李思齐驻斜坡，张良弼驻秦州，郭择善驻崇信，拜帖木儿等驻通渭，定住驻临洮，各自除路府州县官，征纳军需。李思齐、张良弼又同袭杀拜帖木儿，分总其兵。

五月戊戌朔，察罕帖木儿遣董克昌等，以兵复冀宁。以方国珍为江浙行省左丞，兼海道运粮万户。诏察罕帖木儿还兵镇冀宁。李思齐杀同佥枢密院事郭择善。庚子，贼兵逾太行，察罕帖木儿部将关保击败之。以察罕帖木儿为陕西行省右丞，兼陕西行台侍御史、同知河南行枢密院事。刘福通攻汴梁。壬寅，太白犯填星。汴梁守将竹贞弃城遁，福通等遂入城，乃自安丰迎其伪主，居之以为都。陈友谅遣康泰、赵琮、邓克明等，以兵寇邵武路。甲辰，命太尉阿吉剌为甘肃行省左丞相。乙巳，关保与贼战于高平，大败之。庚戌，陈友谅陷吉安路。壬子，太阴犯斗宿。癸丑，监察御史七十等，纠劾太保、中书右丞相太不花。乙卯，诏削太不花官爵，安置盖州。时太不花总兵山东，以知行枢密院悟良哈台代之。命悟良哈台节制河北诸军，河南行省平章政事周全节制河南诸军。辛酉，陈友谅兵陷抚州路。甲子，监察御史七十、燕赤不花等劾中书参知政事燕只不花。是月，辽州蝗。山东地震，天雨白毛。察罕帖木儿自以刘尚质为冀宁路总管。

六月戊辰朔，太不花伏诛。察罕帖木儿调虎林赤、关保同守潞州。拜察罕帖木儿陕西行省平章政事，便宜行事。庚辰，关先生、破头潘等陷辽州，虎林赤以兵击走之。关先生等遂陷冀宁路。乙酉，命左丞相太平督诸军，守御京城，便宜行事。是月，汾州大疫。

秋七月丁酉朔，周全据怀庆路以叛，附于刘福通。时察罕帖木儿驻军洛阳，遣伯帖木儿以兵守碗子城。周全来战，伯帖木儿为其所杀，周全遂尽驱怀庆民渡河，入汴梁。丁未，太阴犯斗宿。不兰奚以兵复般阳路，已而复陷。戊申，太白昼见。癸丑，有贼兵犯京城，刑部郎中不花守西门，夜，开门击退之。己未，刘福通遣周全引兵攻洛阳。守将登城，以大义责全，全愧谢退兵，刘福通杀之。丙寅，以完卜花、脱脱帖木儿为中书平章政事。是月，京师大水，蝗，民大饥。

八月丁卯朔，江浙行省平章政事三旦八遁于福建。先是，三旦八讨饶州，贪财玩寇[14]，久而无功，遂妄称迁职福建行省，至福建，为廉访佥事般若帖木儿所劾，拘之兴化路。壬申，太阴掩心宿。庚辰，陈友谅兵陷建昌路。辛巳，义兵万户王信以滕州叛，降于毛贵。甲申，太阴掩昴宿。庚寅，以老的沙为御史大夫。诏作新风纪。

九月丁酉朔，诏授昔班帖木儿同知河东宣慰司事，其妻刺八哈敦云中郡夫人，子观音奴赠同知大同路事，仍旌表其门闾⑮。先是，昔班帖木儿为赵王位下同知怯怜口总管府事，其妻尝保育赵王，及是，部落灭里叛，欲杀王，昔班帖木儿与妻谋，以其子观音奴服王平日衣冠，居王宫，夜半，夫妻卫赵王微服遁去⑯，比贼至，遂杀观音奴，赵王得免。事闻，故旌其忠焉。褒封唐赠谏议大夫刘蕡为文节昌平侯。关先生攻保定路，不克，遂陷完州，掠大同、兴和塞外诸郡。中书左丞张冲请立团练安抚劝农使司二道，一奉元延安等处，一巩昌等处，从之。壬寅，诏命中书参知政事普颜不花、治书侍御史李国凤，经略江南。癸卯，诏以福建行中书省平章政事庆童，为江南行台御史大夫。丙午，贼兵攻大同路。壬戌，平定州陷。乙丑，陈友谅陷赣州路。江西行省参知政事全普庵撒里及总管哈海赤死之。

冬十月丙寅朔，诏豫王阿剌忒纳失里徙居白海，寻迁六盘。壬申，大明兵取兰溪州。己卯，太阴犯昴宿。壬午，监察御史燕帖不花劾右丞相搠思监罪状，诏收其印绶。乙酉，监察御史答儿麻失里、王彝等复劾之，请正其罪，帝不听。壬辰，大同路陷，达鲁花赤完者帖木儿弃城遁。

十一月乙未朔，以普化帖木儿为福建行省平章政事。癸卯，陈友谅陷汀州路。丙午，太阴犯昴宿。太白犯房宿。丁未，田丰陷顺德路。先是，枢密院判官刘起祖守顺德，粮绝，劫民财，掠牛马，民强壮者令充军，弱者杀而食之。至是城陷，起祖遂尽驱其民，走于广平。辛酉，太阴掩心宿。

十二月乙丑朔，日有食之。癸酉，关先生、破头潘等陷上都，焚宫阙，留七日，转略往辽阳，遂至高丽。戊寅，太白经天。庚辰，察罕帖木儿遣枢密院判官琐住，进兵于辽阳。癸未，太白经天。甲申，大明兵取婺州路，达鲁花赤僧住、浙东廉访使杨惠死之。戊子，太阴犯房宿。

十九年春正月甲午朔，陈友谅兵陷信州路，守臣江东廉访副使伯颜不花的斤力战，死之。大明兵取诸暨州。辛丑，太阴犯昴宿。乙巳，以朵儿只班为中书平章政事。丙午，辽阳行省陷，懿州路总管吕震死之，赠震河南行省左丞，追封东平郡公。察罕帖木儿遣枢密院判官陈秉直、八不沙，将兵二万守冀宁。癸丑，流星如酒杯大，有声如雷。

三月辛巳⑰，枢密副使朵儿只以贼犯顺宁，命张立将精锐，由紫荆关出讨，命鸦鹘由北口出迎敌。甲申，叛将梁炳攻辰州，守将和尚击败之。以和尚为湖广行省参知政事。贼由飞狐、灵丘犯蔚州。庚寅，御史台臣言：“先是召募义兵，费用银钞一百四十万锭，多近侍、权幸冒名关支⑱，率为虚数。乞令军士，凡已领官钱者，立限出征。”诏从之，已而复止不行。是月，诏孛罗帖木儿移兵镇大同，以为京师捍蔽。置大都督兵农司，仍置分司十道，专督屯种，以孛罗帖木儿领之。所在侵夺民田，不胜其扰。太不花溃散之兵数万钞掠山西⑲，察罕帖木儿遣陈秉直分兵驻榆次，招抚之，其首领悉送河南屯种。

三月癸巳朔，陈友谅遣兵由信州略衢州，复遣兵陷襄阳路。辛丑，京城北兵马司指挥周哈剌歹，与林智和等谋叛，事觉，伏诛。庚戌，太阴犯房宿。壬戌，诏定科举流寓人名额⑳，蒙古、色目、南人各十五名，汉人二十名。

夏四月癸亥朔，汾水暴涨。贼陷金、复等州，司徒、知枢密院事佛家奴调兵平之。甲子，毛贵为赵君用所杀。帝以天下多故，却天寿节朝贺，诏群臣曰：“朕方今宜敬天地、法祖宗，以自修省。朕初度之日㉑，群臣毋贺。”庚午，左丞相太平暨文武百官奏曰：“天寿节朝贺，乃臣子报本，实合礼典，今谦让不受，固陛下盛德，然今军旅征进，君臣名分，正宜举行。”不允。壬申，皇太子复率群臣上奏曰："朝贺祝寿，是祖宗以来旧行典故，今不行，有乖于礼。"帝曰："今盗贼未息，万姓荼毒，正朕恐惧、修省、敬天之时，奈何受贺以自乐！"乙亥，御史大夫帖里帖木儿复奏曰："天寿朝贺之礼，盖出臣子之诚，伏望陛下曲徇所请，若朝贺之后，内庭燕集㉒，特赐除免，亦古者人君减膳之意㉓，仍乞宣示中书，使内外知圣天子忧勤惕厉，至于如此。"帝曰："为朕缺于修省，以致万姓涂炭㉔，今复朝贺燕集，是重朕之不德，当候天下安宁，行之未晚，卿等其毋复言。"卒不听。己丑，贼陷宁夏路，遂略灵武等处。

五月壬辰朔，以陕西行台御史大夫完者帖木儿为陕西行省左丞相，便宜行事。丙申，荧惑犯鬼宿。丁酉，皇太子奏请巡北边，以抚绥军民，御史台臣上疏固留，诏从之。壬寅，察罕帖木儿请今岁八月乡试河南举人及避兵儒士，不拘籍贯，依河南省元定额数，就陕州置贡院应试，诏从之。丙午，太阴犯天江。丁未，太阴犯斗宿。是月，察罕帖木儿大发秦、晋诸军讨汴梁，围其城，山东、河东、河南、关中等处蝗飞蔽天，人马不能行，所落沟堑尽平，民大饥。

六月辛巳，诏以宣徽使燕古儿为御史大夫。

秋七月壬辰朔，出搠思监为辽阳行省左丞相，便宜行事。丁酉，太白犯上将。庚子，诏以察罕脑儿宣慰司之地属资正院，有司毋得差占㉕。察罕脑儿之地，在世祖时，隶忙哥歹太子四千户，今从皇后奇氏请，故以属之资正院。甲辰，太白犯右执法。戊申，命国王襄加歹、中书平章政事佛家奴、也先不花、知枢密院事黑驴等，统领探马赤军，进征辽阳。己酉，太白犯左执法。丙辰，赵君用既杀毛贵，其党续继祖自辽阳入益都，杀君用，遂与其所部自相仇敌。是月，霸州及介休、灵石县蝗。

八月辛酉朔，倪文俊余党陷归州。戊寅，察罕帖木儿督诸将闫思孝、李克彝、虎林赤、赛因赤、答忽、脱因不花、吕文、完哲、贺宗哲、孙翥等，攻破汴梁城，刘福通奉其伪主遁，退据安丰。己卯，蝗自河北飞渡汴梁，食田禾一空。诏以察罕帖木儿为河南行省平章政事，兼同知河南行枢密院事、陕西行台御史中丞，依前便宜行事，仍赐御衣、七宝腰带，以旌其功。是月，大同路蝗。襄垣县螟蝝㉖。

九月癸巳，以中书平章政事帖里帖木儿为陕西行省左丞相，便宜行事。乙巳，以湖南、北，江东、西四道廉访司所治之地皆陷，诏任其所便之地置司。丙午，夜，白虹贯天。丁未，禁军人不得私杀牛马。甲寅，太白犯天江。是月，大明兵取衢州路。诏遣兵部尚书伯颜帖木儿、户部尚书曹履亨，以御酒、龙衣赐张士诚，征海运粮。

冬十月庚申朔，诏京师十一门，皆筑瓮城㉗，造吊桥。以方国珍为江浙行省平章政事。壬申，太白犯斗宿。辛巳，流星大如桃。

十一月癸卯，大明兵取处州路。戊申，陈友谅兵陷杉关。

十二月戊辰，太白犯垒壁阵。是月，知枢密院事兀良哈台领太不花军，其所部方脱脱与弟方伯帖木儿，时保辽州，兀良哈台同唐琬、高脱因等屯孟州，与察罕帖木儿部将八不沙等交兵。已而兀良哈台独引达达军还京师，方脱脱等乃从孛罗帖木儿。皇太子憾太平忤己㉘，以中书左丞成遵、参知政事赵中皆太平所用，使监察御史诬成遵、赵中以赃罪，杖杀之。

是岁以后，因上都宫阙尽废，大驾不复时巡。陈友谅以江州为都，迎伪主徐寿辉居之，自称汉王。

二十年春正月己丑朔，察罕帖木儿请以巩县改立军州万户府，招民屯种，从之。御史大夫老的沙、御史中丞咬住奏："今后各处从宜行事官员，毋得阴挟私仇，明为举索㉙，辄将风宪官吏擅自迁除，侵扰行事，沮坏台纲。"从之。己亥，太阴犯井宿。癸卯，大宁路陷。壬子，以危素为参知政事。乙卯，会试举人，知贡举平章政事八都麻失里、同知贡举翰林学士承旨李好文、礼部尚书许从宗、考试官国子祭酒张翥、同考官太常博士傅亨等奏："旧例，各处乡试举人，三年一次，取三百名，会试取一百名，今岁乡试所取，比前数少，止有八十八名，会试三分内取一分，合取三十名，如于三十名外，添取五名为宜。"从之。丙辰，五色云见移时㉚。

二月戊午朔，左丞相太平罢为太保，守上都。

三月戊子朔，田丰陷保定路。彗星见东方。甲午，廷试进士三十五人，赐买住、魏元礼进士及第，其余出身有差。乙巳，冀宁路陷。壬子，以搠思监为中书右丞相。

夏四月庚申，命大司农司都事乐元臣招谕田丰，至其军，为丰所害。丁卯，太阴犯明堂。辛未，金行枢密院事张居敬复兴中州。癸酉，太阴犯东咸。

五月丁亥朔，日有食之。雨雹。陈友谅杀其伪主徐寿辉于太平路，遂称皇帝，国号大汉，改元大义，已而回驻于江州。乙未，陈友谅遣罗忠显陷辰州。己亥，以绊住马为中书平章政事。壬寅，太阴犯建星。是月，张士诚海运粮十一万石至京师。

闰月己未，以太尉也先帖木儿知经筵事。以甘肃行省左丞相阿吉剌为太尉。乙亥，流星大如桃。

六月己丑，命孛罗帖木儿部将方脱脱，守御岚、兴、保德州等处。诏："今后察罕帖木儿与孛罗帖木儿部将，毋得互相越境，侵犯所守信地，因而仇杀，方脱脱不得出岚、兴州境界，察罕帖木儿亦不得侵其地。"癸巳，太白犯井宿。戊戌，太阴犯建星。是月，大明兵取信州路。

秋七月辛酉，命辽阳行省参知政事张居敬，讨义州贼。孛罗帖木儿败贼王士诚于台州。乙丑，太阴犯井宿。乙亥，诏孛罗帖木儿总领达达、汉儿军马，为总兵官，仍便宜行事。

八月戊子，命孛罗帖木儿守石岭关以北，察罕帖木儿守石岭关以南。辛卯，太阴犯天江。壬辰，加封福建镇闽王为护国英仁武烈忠正福德镇闽尊王。乙未，永平路陷。壬辰㉛，填星犯太微。甲辰，太阴犯井宿。诏："诸处所在权摄官员，专务渔猎百姓，今后非朝廷允许，不得之任。"庚戌，诏江浙行省左丞相达识帖睦迩加太尉，兼知江浙行枢密院事，提调行宣政院事，便宜行事。

九月乙卯朔，诏遣参知政事也先不花，往谕孛罗帖木儿、察罕帖木儿，令讲和。时孛罗帖木儿调兵，自石岭关直抵冀宁，围其城三日，复退屯交城。察罕帖木儿调参政阎奉先，引兵与战，已而各于石岭关南北守御。壬戌，贼陷孟州，又陷赵州，攻真定路。癸未，贼复犯上都，右丞忙哥帖木儿引兵击之，败绩。

冬十月甲申朔，甘露降于国子监大成殿前柏木。以张良弼为湖广行省参知政事，讨南阳、襄樊。诏孛罗帖木儿守冀宁，孛罗帖木儿遣保保、殷兴祖、高脱因，倍道趋冀宁㉜，守者不纳。丙戌，命迭儿必失为太尉，守卫大斡耳朵思。戊子，荧惑犯井宿。己亥，察罕帖木儿遣陈秉直、琐住等，以兵攻孛罗帖木儿之军于冀宁，与孛罗帖木儿部将脱列伯战，败之。时帝有旨，以冀宁界孛罗帖木儿，察罕帖木儿以为用兵数年，惟藉冀、晋以给其军，而致盛强，苟奉旨与之，则彼得以足其兵食，乃托言用师汴梁，寻渡河就屯泽、潞拒之，调延安军交战于东胜州等处，再遣八不沙兵援之，八不沙谓彼军奉旨而来，我何敢抗王命。察罕帖木儿怒，杀之。

十一月甲寅朔，黄河清，凡三日。孛罗帖木儿以兵侵汾州，察罕帖木儿以兵拒之。癸酉，贼犯易州。

十二月丙戌，诏："太庙、影堂祭祀，乃子孙报本重事，近兵兴岁歉，品物不能丰备，累朝四祭，减为春秋二祭，今宜复四祭。"后竟不行。辛卯，广平路陷。

是岁，阳翟王阿鲁辉帖木儿拥兵数十万，屯于木儿古彻兀之地，将犯京畿，使来言曰："祖宗以天下付汝，汝已失其太半，若以国玺付我，我当自为之。"帝遣报之曰："天命有在，汝欲为则为之。"命知枢密院事秃坚帖木儿等将兵击之，不克，军士皆溃，秃坚帖木儿走上都。

---

①团结：组织，集结。

②徇：通"殉"。

③奠定：安定。

④抚字：对子女的爱护养育，此指官吏治理民政。字，爱。

⑤俯：俯就。

⑥纠：检举，告发。

⑦王良：古星名。

⑧勾陈：星官名。

⑨保伍：基层。

⑩行知：应为"知行"。

⑪叙：按等级次第授官。

⑫事剧务殷：事务繁多。剧，繁多。殷，众多。

⑬畀：给。

⑭玩：忽视。

⑮门闾：家庭，门庭。

⑯微服：帝王、官吏为隐藏身分而改穿平民衣服。

⑰三月：应为"二月"。

⑱关支：领取。

⑲钞：也作"抄"，掠夺。

⑳流寓：流落他乡居住。

㉑初度：指初生之时。后指生日。

㉒内庭：宫禁以内。　　燕集：集宴。燕，宴。

㉓减膳：吃素食或减少肴品。指古时帝王在发生天灾或天象变异之时，用素服，减膳等形式来表示自责之意。

㉔涂炭：比喻极其困苦的境地。涂，泥淖。炭，炭火。

㉕差占：犹差使。

㉖蝝（yuán，音缘）：蝗的幼虫。

㉗瓮城：围绕在城门外的小城。

㉘憾：恨。　　忤（wǔ，音五）：违逆。

㉙举索：选拨、选取。

㉚见：现。　　移时：历时。

㉛壬辰：应为"壬寅"。

㉜信道：兼程。

顺帝本纪九

　　二十一年春正月癸丑朔，诏赦天下。命中书参知政事七十往谕孛罗帖木儿，罢兵还镇。复遣使往谕察罕帖木儿，亦令罢兵。孛罗帖木儿纵兵掠冀宁等处，察罕帖木儿以兵拒之，故有是命。庚申，太阴犯岁星。乙丑，河南贼犯杞县，察罕帖木儿讨平之。丁卯，李思齐进兵平伏羌县等处。癸酉，石州大风拔木，六畜俱鸣，民所持枪，忽生火焰，抹之即无，摇之即有。

　　二月癸未朔，填星退犯太微垣。甲申，同金枢密院事迭里帖木儿复永平、滦州等处。己丑，察罕帖木儿驻兵霍州，攻孛罗帖木儿。壬寅，太阴犯天江。是月，江南行台侍御史八撒剌不花，杀广东廉访使完者笃、副使李思诚、金事迭麦赤，以兵自卫，据广州。时八撒剌不花以廉访使久居广东，专恣自用，诏乃以完者笃等为廉访司官，而除八撒剌不花侍御史①，八撒剌不花不受命，怒完者笃等代己，即诬以罪，尽杀之，惟廉访使董钥哀请得免。

　　三月丙辰，太阴犯井宿。癸酉，察罕帖木儿调兵讨永城县，又驻兵宿州，擒贼将梁绵住。庚辰，荧惑犯鬼宿。是月，张士诚海运粮一十一万石至京师。孛罗帖木儿罢兵还，遣脱列伯等，引兵据延安，以谋入陕。张良弼出南山义谷，驻蓝田，受节制于察罕帖木儿。良弼又阴结陕西行省平章政事定住，听丞相帖里帖木儿调遣，营于鹿台。

　　夏四月辛巳朔，日有食之。是月，以张良弼为陕西行省参知政事。察罕帖木儿遣其子副詹事扩廓帖木儿，贡粮至京师，皇太子亲与定约，遂不复疑。

　　五月癸丑，四川明玉珍陷嘉定等路，李思齐遣兵击败之。壬戌，太阴犯房宿。癸酉，太白犯轩辕。甲戌，荧惑犯太白。乙亥，察罕帖木儿以兵侵孛罗帖木儿所守之地。是月，李思齐受李武、崔德等降。

　　六月乙未，荧惑、岁星、太白聚于翼宿②。丙申，察罕帖木儿总兵讨山东，发晋军，下井陉，出邯郸，过磁、相、怀、卫，逾白马津，发其军之在汴梁者继之，水陆并进。戊戌，太阴犯云雨。甲辰，太白昼见。

　　秋七月辛亥，察罕帖木儿平东昌。己巳，沂州西北有赤气，蔽天如血。是月，察罕帖木儿进兵复冠州。

　　八月乙酉，大同路北方，夜有赤气蔽天，移时方散③。庚子，以福建行省平章政事普化帖木儿为江南行台御史大夫。癸卯，大明兵取江州路。时伪汉陈友谅据江州为都，至是，退都武昌。是月，察罕帖木儿遣其子扩廓帖木儿、阎思孝等，会关保、虎林赤等，将兵由东河造浮桥以济，贼以二万余众夺之，关保、虎林赤且战且渡，拔长清，讨东平，东平伪丞相田丰遣崔世英等出战，大破之。乃遣使招谕田丰，丰降，东平平，令丰为前锋，从大军东讨。棣州俞宝降，东平王士诚、东昌杨诚等皆降，鲁地悉定。进兵济南，刘珪降，遂围益都。

　　九月戊午，阳翟王阿鲁辉帖木儿伏诛。阿鲁辉帖木儿以宗亲，见天下盗贼并起，遂乘间隙，肆为异图。④诏少保、知枢密院事老章，率诸军讨之，老章遂败其众，寻为部将同知太常礼仪院事脱驭所擒，送阙下；诏诛之。于是诏加老章太傅、和宁王，以阿鲁辉帖木儿之弟忽都帖木儿，袭封阳翟王。宗王囊加、玉枢虎儿吐华与脱驭，悉议加封。壬戌，四川贼兵陷东川郡县，李思齐调兵击之。壬申，命孛罗帖木儿于保定以东，河间以南，从便屯种。是月，命兵部尚书彻彻不花、侍郎韩祺，征海运粮于张士诚。大明取建昌、饶州二路。

　　冬十月癸巳，绛州有赤气见北方如火。以察罕帖木儿为中书平章政事，兼知河南、山东等处行枢密院事、陕西行御史台中丞。察罕帖木儿调参知政事陈秉直、刘珪等，守御河南。

　　十一月戊申朔，温州乐清县雷。庚戌，太阴犯建星。癸亥，太阴犯井宿。戊辰，黄河自平陆三门碛，下至孟津，五百余里皆清，凡七日。命秘书少监程徐祀之。壬申，太阴犯氐宿。是月，察罕帖木儿、李思齐遣兵围鹿台，攻张良弼，诏和解之，俾各还信地⑤，兵乃解。

　　是岁，京师大饥，屯田成，收粮四十万石。赐司农丞胡秉彝尚尊、金币⑥，以旌其功。

　　二十二年春正月戊申朔，太白犯建星。甲寅，诏李思齐讨四川，张良弼平襄汉，时两军不和，故有是命。乙卯，填星退犯左执法。庚申，大明取江西龙兴诸路。时江西诸路皆陈友谅所据。丁卯，诏以太尉完者帖木儿为陕西行省左丞相。仍命察罕帖木儿屯种于陕西。申谕李思齐、张良弼等，各以兵自效⑦。以也先不花为中书右丞。

二月丁丑朔，盗杀陕西行省右丞塔不歹。己卯，太白犯垒壁阵。乙酉，慧星见于危宿，光芒长丈余，色青白。丁酉，慧星犯离宫西星⑧，至二月终，光芒长二丈余。是月，知枢密院事秃坚帖木儿奉诏谕李思齐讨四川，时思齐退保凤翔，使至，思齐进兵益门镇，使还，思齐复归凤翔。

三月戊申，慧星不见星形，惟有白气，形曲竟天；西指扫大角⑨。壬子，慧星行过太阳前，惟有星形，无芒，在昴宿，至戊午始灭。甲寅，四川明玉珍陷云南省治，屯金马山，陕西行省参知政事车力帖木儿等击败之，擒明玉珍弟明二。己未，御史大夫老的沙辞职，不许。是月，命孛罗帖木儿为中书平章政事，位第一，加太尉。张良弼受节制于孛罗帖木儿。李思齐遣兵攻良弼，至于武功，良弼以伏兵大破之。

夏四月丙子朔，长星见，其形如练，长数十丈，在虚、危之间⑩，后四十余日乃灭。丁亥，荧惑离太阳三十九度，不见，当出不出。己丑，诏诸王、驸马、御史台各衙门，不许占匿人民，不当差役。乙未，贼新桥张陷安州，孛罗帖木儿来请援兵。是月，绍兴路大疫。

五月乙巳朔，泉州赛甫丁据福州路，福建行省平章政事燕只不花击败之，余众航海还据泉州。福建行省参知政事陈有定复汀州路。己未，中书参知政事陈祖仁上章，乞罢修上都宫阙。辛酉，太阴犯建星。辛未，明玉珍据成都，自称陇蜀王，遣伪将杨尚书守重庆，分兵寇龙州、青州，犯兴元、巩昌等路。是月，张士诚海运粮一十三万石至京师。

六月辛巳，慧星见紫微垣⑪，光芒长尺余，东南指，西南行。戊子，慧星光芒扫上宰⑫。田丰及王士诚刺杀察罕帖木儿，遂走入益都城，众乃推察罕帖木儿之子扩廓帖木儿为总兵官，复围益都。诏赠察罕帖木儿推诚 定远宣忠亮节功臣、开府仪同三司、上柱国、河南行省左丞相，追封忠襄王，谥献武，食邑沈丘县，令河南、山东等处立庙，长吏岁时致祭。其父司徒阿都温，赐良田二百顷；其子扩廓帖木儿，授光禄大夫、中书平章政事，兼知河南山东等处行枢密院事、同知詹事院事，一应军马，并听节制。仍诏谕其将士曰："凡尔将佐，久为察罕帖木儿从事，惟恩与义，实同骨肉，视彼逆党，不共戴天，当力图报复，以伸大义。"己亥，益都贼兵出战，扩廓帖木儿生擒六百余人，斩首八百余级。

秋七月乙卯，慧星灭迹。丙辰，荧惑见西方，须臾，成白气如长蛇，光炯有文，横亘中天，移时乃灭，是月，河决范阳县，漂民居。

八月己亥，扩廓帖木儿言："孛罗帖木儿、张良弼据延安，掠黄河上下，欲东渡以夺晋宁，乞赐诏谕。"癸巳，太白犯毕宿⑬。

九月癸卯朔，刘福通以兵援田丰，至火星埠，扩廓帖木儿遣关保邀击，大破之。甲辰，以山北廉访司权置于惠州。丁未，太白犯亢宿。己酉，太阴犯斗宿。癸亥，岁星犯轩辕。丙寅，荧惑犯鬼宿。戊辰，以也速为辽阳行省左丞相，依前总兵，抚安迤东郡县。己巳，有流星如酒杯，色青白，光明烛地。荧惑犯鬼宿积尸气。

冬十月壬申朔，江西行省平章朵列不花移檄讨八撒剌不花。时朵列不花分省广州，适邵宗愚陷广州，执八撒剌不花，杀之。甲戌，孛罗帖木儿南侵扩廓帖木儿所守之地，遂据真定路。己卯，太阴犯牛宿。丁亥，辰星犯亢宿。戊子，太阴犯毕宿。

十一月乙巳，扩廓帖木儿复益都，田丰等伏诛。自扩廓帖木儿既袭父职，身率将士，誓必复仇，人心亦思自奋，围城益急。贼悉力拒守，乃以壮士穴地通道而入，遂克之，尽诛其党，取田丰、王士诚之心，以祭察罕帖木儿。庚戌，扩廓帖木儿遣关保复莒州，山东悉平。庚申，诏授扩廓帖木儿太尉、银青荣禄大夫、中书平章政事、知枢密院事、太子詹事，便宜行事，袭总其父兵，将校、士卒，论赏有差。察罕帖木儿父阿鲁温，进封汝阳王，察罕帖木儿改赠宣忠兴运弘仁效节功臣，追封颍川王，改谥忠襄。癸亥，四川贼兵陷清州。

十二月壬辰，太阴犯角宿。庚子，以中书平章政事佛家奴为御史大夫。

是岁，枢密副使李士瞻上疏，极言时政，凡二十条：一曰悔己过，以诏天下；二曰罢造作⑭，以快人心；三曰御经筵⑮，以讲圣学；四曰延老成⑯，以询治道；五曰去姑息⑰，以振乾刚；六曰开言路，以求得失；七曰明赏罚，以厉百司⑱；八曰公选举，以息奔竞⑳；九曰察近幸，以杜奸弊；十曰严宿卫，以备非常；十一曰省佛事，以节浮费；十二曰绝滥赏，以足国用；十三曰罢各宫屯种，俾有司经理；十四曰减常岁计置㉑，为诸宫用度；十五曰招集散亡，以实八卫之兵；十六曰广给牛具，以备屯田之用；十七曰奖励守令，以劝农务本；十八曰开诚布公，以礼待藩镇；十九曰分遣大将，急保山东；二十曰依唐广宁故事，分道进取。先是，蓟国公脱火赤上言，乞罢三宫造作，帝为减军匠之半，还隶宿卫，而造作如故，故士瞻疏首及之㉒。皇太子尝坐清宁殿，分布长席，列坐西番、高丽诸僧，皇太子曰："李好文先生教我儒书多年，尚不省其义，今听佛法，一夜即能晓焉。"于是颇崇尚佛学。帝以谗废高丽王伯颜帖木儿，立塔思帖木儿为王。国人上书，言旧王不当废、新王不当立之故。初，皇后奇氏宗族在高丽，恃宠骄横，伯颜帖木儿屡戒饬不悛，高丽王遂尽杀奇氏族。皇后谓太子曰："尔年已长，何不为我报仇！"时高丽王昆弟有留京师者㉓，乃议立塔思帖木儿为王，而以奇族子三宝奴为元子，以将作同知崔帖木儿为丞相，以兵万人送之国，至鸭绿江，为高丽兵所败，仅余十七骑还京师。诏加封唐抚州刺史南庭王危全讽为南庭忠烈灵惠王。

二十三年春正月壬寅朔，四川明玉珍僭称皇帝，建国号曰大夏，纪元曰天统。乙巳，大宁陷。庚戌，岁星犯轩辕。

二月戊戌，太白昼见。庚子，亦如之。是月，扩廓帖木儿自益都领兵还河南，留锁住，以兵守益都，以山东州县立屯田万户府。

三月辛丑朔，慧星见东方，经月乃灭。诏中书平章政事爱不花分省冀宁，扩廓帖木儿遣兵据之。丙午，大赦天下。丁未，亲试进士六十二人，赐宝宝、杨辁进士及第，余出身有差。丙辰，太白犯氐宿㉔。壬戌，大同路夜有赤气亘天，中侵北斗。是月，立广西行中书省，以廉访使也儿吉尼为平章政事。时南方郡县多陷没，惟也儿吉尼独保广西者十五年。立胶东行中书省及行枢密院，总制东方事。以袁宏为参知政事。

是春，关先生余党复自高丽还寇上都，孛罗帖木儿击降之。

夏四月辛丑，荧惑犯岁星。孛罗帖木儿、李思齐互相交兵。庚申，岁星犯轩辕。是月，扩廓帖木儿遣貊高等，以兵击张良弼。

五月己巳朔，张士诚海运粮十三万石至京师。壬午，太白昼见。甲午，亦如之。乙未，荧惑犯右执法。是月，爪哇遣使淡濛加加殿进金表，贡方物。

六月戊戌朔，孛罗帖木儿遣方脱脱，迎匡福于彰德，扩廓帖木儿遣兵追之，败还，匡福遂保定路。己亥，扩廓帖木儿部将歹驴等，驻兵蓝田、七盘，李思齐攻围兴平，遂据盩厔。孛罗帖木儿时奉诏进讨襄汉，而歹驴阻道于前，思齐蹑袭于后，乃请催督扩廓帖木儿，东出潼关，道路既通，即便南讨。戊申，孛罗帖木儿遣竹贞等入陕西，据其省治。时陕西行省右丞答失铁木儿，与行台有隙，且恐陕西为扩廓帖木儿所据，阴结于孛罗帖木儿，请竹贞入城，劫御史大夫完者帖木儿及监察御史张可遵等印。其后屡使召完者帖木儿，贞拘留不遣。扩廓帖木儿遣部将貊高，与李思齐合兵攻之，竹贞出降，遂从扩廓帖木儿。庚戌，星陨于济南龙山，入地五尺。甲寅，诏授江南下第及后期举人，为路、府、州儒学教授。乙卯，太白犯井宿。丁巳，绛州有白虹二道，冲斗牛间。庚申，平阳路有白气三道，一贯北极，一贯北斗，一贯天汉，至夜分乃灭。壬戌，太白昼见，夜犯井宿。

秋七月戊辰朔，京师大雹，伤禾稼。丁丑，以马良为中书参知政事。乙酉，太白昼见。有星坠于庆元路西北，声如雷，光芒数十丈，久之乃灭。

八月丁酉朔，倭人寇蓬州^㉕，守将刘暹击败之。自十八年以来，倭人连寇濒海郡县，至是海隅遂安。辛丑，扩廓帖木儿遣兵侵孛罗帖木儿所守之境。壬寅，太白犯轩辕。乙巳，太阴犯建星。丁未，太白犯轩辕。己酉，太白昼见。丙辰，太阴犯毕宿。沂州有赤气亘天，中有白色如蛇形，徐徐西行，至夜分乃灭。戊午，孛罗帖木儿言："扩廓帖木儿踵袭父恶，有不臣之罪，乞赐处置。"己未，太白昼见。辛酉，太白犯岁星。乙丑，太白犯右执法。是月，大明兵与伪汉兵大战于鄱阳湖，陈友谅败绩而死。其子理自立，仍据武昌为都，改元德寿，大明兵遂进围武昌。

九月丁卯朔，遣爪哇使淡濛加加殿还国，诏赐其国主三珠金虎符及织金纹币。辛未，太白犯左执法。乙亥，岁星犯右执法。丁丑，辰星犯填星。丁亥，太白犯填星。辰星犯亢宿。是月，张士诚自称吴王，来请命，不报。遣户部侍朗博罗帖木儿等，征海运于张士诚，士诚不与。

冬十月丙申朔，青齐一方赤气千里。癸卯，太白犯氐宿。甲辰，湖广伪姚平章、张知院阴遣人言于扩廓帖木儿，设计擒杀伪汉主陈理，及伪夏主明玉珍，不果。己酉，监察御史米只儿海牙劾奏太傅太平罪状，诏安置太平于陕西之西，仍拘收宣命并御赐等物。戊午，太白犯房宿。是月，扩廓帖木儿遣金枢密院事任亮复安陆府。孛罗帖木儿遣兵攻冀宁，至石岭关，扩廓帖木儿大破走之，擒其将乌马儿、殷兴祖，孛罗帖木儿军由是不振。

十一月壬申，御史台臣言："故右丞相脱脱有大臣之体。向在中书，政务修举；深惧满盈，自求引退，加封郑王，固辞不受。再秉钧轴^㉖，克济艰危。统军进征，平徐州，收六合，大功垂成，浮言构难，奉诏谢兵，就贬以没^㉗。已蒙录用其子，还所籍田宅，更乞悯其勋旧，还其所授宣命。"从之。癸未，太阴犯轩辕。岁星犯左执法。

是岁，御史大夫老的沙与知枢密院事秃坚帖木儿，得罪于皇太子，皆奔大同，孛罗帖木儿匿之营中。

二十四年春正月戊寅，太白犯轩辕^㉘。庚辰，保德州民家产猪，一头两身。

二月壬子，岁星犯左执法^㉙。癸丑，太阴犯西咸池^㉚。是月，大明灭伪汉，其所据湖南北、江西诸郡，皆降于大明。

三月乙亥，监察御史王朵列秃、崔卜颜帖木儿等，谏皇太子勿亲征。辛卯，诏以孛罗帖木儿匿老的沙，谋为悖逆，解其兵权，削其官爵，候道路开通，许还四川田里，孛罗帖木儿拒命不受。

夏四月甲午朔，命扩廓帖木儿讨孛罗帖木儿。乙未，太阴犯西咸池。孛罗帖木儿悉知诏令调遣之事，非出帝意，皆右丞相搠思监所为，遂令秃坚帖木儿兴兵向阙。壬寅，秃坚帖木儿兵入居庸关。癸卯，知枢密院事也速、詹事不兰奚迎战于皇后店。不兰奚力战，也速不援而退，不兰奚几为所获，脱身东走。甲辰，皇太子率侍衙兵出光熙门，东走古北口，趋兴、松。乙巳，秃坚帖木儿兵至清河列营。时都城无备，城中大震，令百官吏卒分守京城，使达达国师至其军问故，以必得搠思监及宦官朴不花为对，诏慰解之，不听。丁未，诏屏搠思监于岭北，窜朴不花于甘肃^㉛，执而与之。复孛罗帖木儿前官，仍总兵。以也速为左丞相。庚戌，秃坚帖木儿陈兵^㉜，自健德门入，觐帝于延春阁，恸哭请罪，帝就宴赉之。加孛罗帖木儿太保，依前守御大同，秃坚帖木儿为中书平章政事。辛亥，秃坚帖木儿军还。皇太子至路儿岭，诏追及之，还宫。癸丑，太白犯井宿。

甲子，黄河清。戊辰，扩廓帖木儿奉命讨孛罗帖木儿，屯兵冀宁，其东道，以白锁住领兵三万，守御京师，中道，以貂高、竹贞领兵四万，西道，以关保领军五万，合击之。关保等兵逼大同，孛罗帖木儿留兵守大同，而自率兵与秃坚帖木儿、老的沙复大举向阙。甲戌，太白犯鬼宿。乙亥，又犯积尸气。岁星犯左执法㉝。

六月癸卯，三星昼见，白气横突其中。甲辰，河南府有大星夜见南方，光如昼。丁未，大星陨，照夜如昼，及旦，黑气晦暗如夜。甲寅，白锁住以兵至京师，请皇太子西行。丁巳，太白犯右执法。是月，保德州黄龙见井中。

秋七月癸亥，太白与岁星合于翼宿。甲子，岁星犯左执法。丙戌，孛罗帖木儿前锋军入居庸关，皇太子亲率军御之清河，也速军于昌平，军士皆无斗志，皇太子驰还都城，白锁住引兵入平则门。丁亥，白锁住扈从皇太子，出顺承门，由雄、霸、河间，取道往冀宁。戊子，孛罗帖木儿驻兵健德门外，与秃坚帖木儿、老的沙人见帝于宣文阁，诉其非罪，皆泣，帝亦泣，乃赐宴。孛罗帖木儿欲追袭皇太子，老的沙止之。庚寅，诏以孛罗帖木儿为中书左丞相，老的沙为中书平章政事，秃坚帖木儿为御史大夫，其部属布列省台百司。以也速知枢密院事。诏谕："孛罗帖木儿、扩廓帖木儿俱朕股肱㉞，视同心膂㉟，自今各弃宿怨，弼成大勋。"是月，大明兵取庐州路。

八月壬辰朔，日有食之。乙未，荧惑犯鬼宿。壬寅，诏以孛罗帖木儿为中书右丞相、监修国史，节制天下军马。乙巳，皇太子至冀宁。乙卯，张士诚自以其弟士信，代达识帖睦迩为江浙行省左丞相。是月，孛罗帖木儿请诛狎臣秃鲁帖木儿、波迪哇儿祃，罢三宫不急造作，沙汰宦官，减省钱粮，禁止西番僧人好事㊱。

九月辛酉朔，宦官思龙宜潜送宫女伯忽都，出自顺承门，以达于皇太子。乙丑，太白昼见。癸酉，夜，天西北有红光，至东而散。甲申，太阴犯轩辕。是月，大明兵取中兴，及归、峡、潭、衡等路。

冬十月丙午，太阴犯毕宿。己酉，太阴犯井宿。己未，诏皇太子还京师。命也速、老的沙分道总兵。

十二月乙卯，太阴犯太白。

二十五年春正月癸亥，封李思齐为许国公。丙寅，太白昼见。戊辰，亦如之。己巳，大明兵取宝庆路，守将唐隆道遁走。伪汉守将熊天瑞以赣州及韶州、南雄，降于大明。甲戌，太白犯建星。壬午，监察御史孛罗帖木儿、贾彬等辩明哈麻、雪雪之罪。

二月辛丑，汴梁路见日傍有一月一星。丙午，太阴犯填星。戊午，皇太子在冀宁，命甘肃行省平章政事朵儿只班以岐王阿剌乞儿军马，会平章政事臧卜、李思齐，各以兵守宁夏。

三月庚申，皇太子下令于扩廓帖木儿军中曰："孛罗帖木儿袭据京师，余既受命总督天下诸军，恭行显罚㊲，少保、中书平章政事扩廓帖木儿，躬勒将士㊳，分道进兵，诸王、驸马、及陕西平章政事李思齐等，各统军马，尚其奋义戮力㊴，克期恢复㊵。"丙寅，孛罗帖木儿幽置皇后奇氏于诸色总管府。丁卯，命老的沙、别帖木儿并为御史大夫。戊辰，太白犯垒壁阵。

夏四月庚寅，孛罗帖木儿至诸色总管府，见皇后奇氏，令还宫取印章，作书遗皇太子，遣内侍官完者秃持往冀宁，复出皇后，幽之。乙巳，关保等兵进围大同。壬子，荧惑犯灵台。乙卯，关保入大同。

五月辛酉，荧惑犯太微垣。甲子，京师天雨氂㊶，长尺许，或言于帝曰："龙丝也。"命拾而祀之。乙亥，大明兵破安陆府，守将任亮迎战，被执。己卯，大明兵破襄阳路。是月，侯卜延答失奉威顺王，自云南经蜀转战而出，至成州，欲之京师㊷，李思齐俾屯田于成州。

六月戊子，以黎安道为中书参知政事。辛丑，湖广行省左丞周文贵复宝庆路。乙巳，皇后奇氏自幽所还宫。乙卯，以太尉火你赤为御史大夫。是月，皇太子加李思齐银青荣禄大夫、邠国公、中书平章政事、皇太子詹事，兼四川行枢密院事、虎符招讨使。分中书四部。

秋七月丁丑，填星、岁星、荧惑聚于角、亢。太阴犯毕宿[43]。己卯，太阴犯毕宿。乙酉，孛罗帖木儿伏诛，秃坚帖木儿、老的沙皆遁走。丙戌，遣使函孛罗帖木儿首，往冀宁，召皇太子还京师。大赦天下。黎安道、方脱脱、雷一声皆伏诛。是月，京师大水。河决小流口，达于清河。

八月丁亥朔，京城门至是不开者三日。竹贞、貊高军至城外，命军士缘城而上，碎平则门键，悉以军入，占民居，夺民财。乙未，太阴犯建星。己亥，太白犯垒壁阵[44]。癸卯，诏命皇太子，分调将帅，裁定未复郡邑，即还京师，行事之际，承制用人，并准正授。丁未，皇后弘吉剌氏崩。壬子，以洪宝宝、帖古思不花、捏烈秃，并为中书平章政事。

九月，扩廓帖木儿扈从皇太子至京师。丁丑，太阴犯井宿。壬午，诏以伯撒里为太师、中书右丞相、监修国史。扩廓帖木儿为太尉、中书左丞相、录军国重事、同监修国史、知枢密院事，兼太子詹事。是月，以方国珍为淮南行省左丞相，分省庆元。

冬十月辛卯，荧惑犯天江。壬寅，以哈剌章为知枢密院事。丁未，益王浑都帖木儿、枢密副使观音奴擒老的沙，诛之。秃坚帖木儿以余兵往八儿思之地，命岭北行省左丞相山僧及知枢密院事魏赛因不花，同讨之。戊申，以资政院使秃鲁为御史大夫。己酉，荧惑犯斗宿。太阴获右执法。庚戌，太阴犯太微垣。

闰月庚申，以宾国公五十八为知枢密院事。诏张良弼、俞宝、孔兴等，悉听调于扩廓帖木儿。戊辰，太白、辰星、荧惑聚于斗宿。太阴犯毕宿。辛未，诏封扩廓帖木儿河南王，代皇太子亲征，总制关陕、晋冀、山东等处并迤南一应军马，诸王各爱马应该总兵、统兵、领兵等官，凡军民一切机务、钱粮、名爵、黜陟、予夺，悉听便宜行事。壬申，太白犯辰星。辛巳，以脱脱木儿为中书右丞，达识帖木儿为参知政事。

己丑，太白犯荧惑。太阴犯垒壁阵。丙申，太阴犯毕宿。癸卯，太阴犯太微垣。是月，大明兵取泰州。时泰州、通州、高邮、淮安、徐州、宿州、泗州、濠州、安丰诸郡，皆张士诚所据。

十二月乙卯，诏立次皇后奇氏为皇后，改奇氏为肃良合氏，诏天下，仍封奇氏父以上三世，皆为王爵。癸亥，太阴犯毕宿。以帖林沙为中书参知政事。庚子[45]，岁星掩房宿。辛未，太阴犯右执法。是月，秃坚帖木儿伏诛。

---

①除：拜官。

②翼宿：星宿名。

③移时：历时。

④肆：于是，遂。

⑤信地：军队驻扎和管辖的地区。

⑥尚尊：加饰的盛酒器皿。尚，饰。

⑦自效：愿为别人或集团贡献自己的力量或生命。

⑧离宫：星名。

⑨大角：星名。

⑩虚：星宿名。　危：星宿名。

⑪紫微：星名。

⑫上宰：星名。

⑬太白：应为"太阳"。

⑭造作：制作。

⑮经筵：为皇帝讲解经传史鉴而特设的讲席。

⑯老成：阅历多而世事练达之人。

⑰姑息：无原则地宽容。

⑱乾刚：天道刚健，引申为君主的威权。

⑲厉：劝勉，通"励"。

⑳奔竞：为名利而奔走竞争。

㉑设置：筹画措办。

㉒疏首：陈奏要领。

㉓昆弟：即兄与弟，亦包括近房和远房的弟兄。

㉔太白：应为"太阴"。

㉕倭（wō，音窝）：日本。

㉖钧轴：指国家政务重任。

㉗没：通"殁"，死。

㉘太白：应为"太阴"。

㉙左执法：应为"右执法"。

㉚咸池：星名。

㉛窜：放逐。

㉜陈：陈列，布置。

㉝左：应为"右"。

㉞股肱：比喻帝王左右得力的臣子。

㉟心膂：犹言股肱，比喻亲信得力之人。膂（lǚ，音旅），脊骨。

㊱好事：佛事。

㊲显罚：公开处分。

㊳勒：统率。

㊴奋：发扬。　戮力：并力，尽力。

㊵克期：约定或限定的日期。

㊶氂（máo，音毛）：长毛。

㊷之：往。

㊸太阴犯毕宿：应为衍文。

㊹太白：应为"太阴"。

㊺庚子：应为"庚午。"

顺帝本纪十

二十六年春正月己酉，以崇政院使孛罗沙为御史大夫。壬子，以完者木知枢密院事。是月，以沙蓝答里为中书左丞相。命燕南、河南、山东、陕西、河东等处举人会试者，增其额数，进士及第以下，递升官一级。

二月癸丑朔，立河淮水军元帅府于孟津县。甲戌，诏天下，以比者逆臣孛罗帖木儿、秃坚帖木儿、老的沙等，干纪乱伦，内外之民经值军马①，致使困乏，与免一切杂泛差徭。是月，扩廓帖木儿还河南，分立省部以自随，寻居怀庆，又居彰德，调度各处军马，陕西张良弼拒命。

三月癸未朔，罢洛阳嵩县宣慰司。丁亥，白虹五道亘天，其第三道贯日，又有气横贯东南，良久始灭。甲午，扩廓帖木儿遣关保、虎林赤，以兵西攻张良弼于鹿台。李思齐、脱烈伯、孔兴等兵皆与良弼合。以蛮子、脱脱木儿知枢密院事。乙未，廷试进士七十二人，赐赫德溥化、张栋进士及第，余出身有差。监察御史玉伦普建言八事：一曰用贤，二曰申严宿卫，三曰保全臣子，四曰八卫屯田，五曰禁止奏请，六曰培养人才，七曰罪人不孥②，八曰重惜名爵。帝嘉纳之。是月，大明兵取高邮府。

夏四月辛酉，诏立皇太子妃瓦只剌孙答里氏。是月，大明兵取淮安路、徐州、宿州、濠州、泗州、颍州、安丰路。

五月壬午朔，洛阳瑞麦生，一茎四穗。甲辰，以脱脱不花为御史大夫。

六月壬子朔，汾州介休县地震。平遥县大雨雹。绍兴路山阴县卧龙山裂。己未，命知枢密院事买闾以兵守直沽，命河间监运使拜住、曹履亨抚谕沿海灶户，俾出丁夫，从买闾征讨。丙寅，诏英宗时谋为不轨之臣，其子孙或成丁者，可安置旧地，幼者随母居草地，终身不得入京城，及不得授官，止许于本爱马应役。皇后肃良合氏生日，百官进笺，皇后谕沙蓝答里等曰："自世祖以来，正宫皇后寿日，不曾进笺，近年虽行，不合典故。"却之。

秋七月辛巳朔，日有食之。徐沟县地震。介休县大水。石州大星如斗，自西南而落。甲申，以李思齐为太尉。甲午，太白经天。丙申，扩廓帖木儿遣朱珍、卢旺屯兵河中，遣关保、虎林赤合兵渡河，会竹贞、商暠，且约李思齐以攻张良弼。良弼遣子弟质于思齐，与良弼拒守③。关保等不利，思齐请诏和解之。丙午，太白经天。

八月戊寅，以李国凤为中书左丞，陈有定为福建行省平章政事。

九月甲申，李思齐兵下盐井，获川贼余继隆，诛之。礼部侍朗满尚宾、吏部侍朗掩笃剌哈自凤翔还京师。先是，尚宾等持诏谕思齐，开通川蜀道路，思齐方兵争，不奉诏，尚宾等留凤翔一年，至是始还。丙戌，以方国珍为江浙行省左丞相，弟国瑛、国珉，侄明善，并为江浙行省平章政事。己亥，以中书平章政事失列门为御史大夫。辛丑，孛星见东北方。

冬十月甲子，扩廓帖木儿遣其弟脱因帖木儿，及貊高、完哲等，驻兵济南，以控制山东。

十一月甲申，大明兵取湖州路。丙申，大明兵取杭州路及绍兴路。辛丑，大明兵取嘉兴路。时湖州、杭州、绍兴、嘉兴、松江、平江诸路及无锡州，皆张士诚所据。

十二月庚午，蒲城洛水和顺崖崩。

二十七年春正月乙未，绛州夜闻天鼓鸣，将旦复鸣，其声如空中战斗者。庚子，大明兵取松江府。癸卯，大明兵取沅州路。是月，李思齐、张良弼、脱列伯自会于含元殿基，推李思齐为盟主，同拒扩廓帖木儿。

二月庚申，以买住为云国公，七十为中书平章政事，月鲁不花为御史大夫。乙丑，以詹事月鲁帖木儿为御史大夫。

三月丁丑朔，莱州大风，有大鸟至，其翅如席。扩廓帖木儿遣兵屯滕州，以御王信。庚子，京师大风，自西北起，飞砂扬砾，白日昏暗。

夏五月丙子朔，白气二道亘天。以去岁水潦霜灾④，严酒禁。戊寅，以空名宣敕遣付福建行省，命平章政事曲出、陈有定同验有功者给之。辛巳，大同陨霜杀麦。癸未，福建行宣政院以废寺钱粮，由海道送京师。乙酉，以完者帖木儿为中书右丞相，辞以老病，不许。辛卯，以知枢密院事失列门为岭北行省左丞相，提调分通政院。己亥，以俺普为中书平章政事。辛丑，扩廓帖木儿定拟其所属官员二千六百一十人，从之。是月，山东地震，雨白氄。李思齐遣张良弼部将郭谦等守黄连寨，扩廓帖木儿部将关保、虎林赤、商暠、竹贞，引兵拔其寨，郭谦走。会貊高等为变，关保、虎林赤夜遁，李思齐遂解而西。

六月丙午朔，日有食之，昼晦。丁巳，皇太子寝殿后新甃井中有龙出⑤，光焰烁人，宫人震慑仆地。又长庆寺有龙缠绕槐树飞去，树皮皆剥。丁卯，沂州山崩。是月，知枢密院事寿安，奉空名宣敕与侯伯颜达世，令其以兵援扩郭帖木儿。时李思齐据长安，与商暠拒战，侯伯颜达世进兵攻李思齐，秦州守将萧公达降思齐。思齐知关保等兵退，遣蔡琳等破其营，侯伯颜达世奔溃。

秋七月甲申，命也速提调武备寺。丁酉，绛州星陨，光耀如昼。是月，李思齐遣许国佐、薛穆飞，会张良弼、脱列伯兵，屯于华阴。时命秃鲁为陕西行省左丞相，思齐不悦，遣其部将郑应祥守陕西，而自还凤翔。龙见于临朐龙山，大石起立。

八月丙午，诏命皇太子总天下兵马，其略曰：“元良重任⑥，职在抚军，稽古征今，卓有成宪。曩者障塞决河，本以拯民昏垫⑦，岂期妖盗横造讹言，簧鼓愚顽⑧，涂炭郡邑，殆遍海内，兹逾一纪⑨。故察罕帖木儿仗义兴师，献功敌忾，汛扫汴洛⑩，克平青齐，为国捐躯，深可哀悼。其子扩廓帖木儿克继先志，用成骏功⑪。爰猷识理达腊计安宗社，累请出师，朕以国本至重，讵宜轻出⑫，遂授扩廓帖木儿总戎重寄⑬，畀以王爵，俾代其行。李思齐、张良弼等，各怀异见，搆兵不已⑭，以致盗贼愈炽，深遗朕忧，况全齐密迩辇毂⑮，倘失早计，恐生异图。询诸众谋，佥谓皇太子聪明仁孝，文武兼资，聿遵旧典⑯，爰命以中书令、枢密使，悉总天下兵马，诸王、驸马、各道总兵、将吏，一应军机政务，生杀予夺，事无轻重，如出朕裁。其扩廓帖木儿，总领本部军马，自潼关以东，肃清江淮。李思齐总统本部军马，自凤翔以西，与侯伯颜达世进取川蜀。以少保秃鲁为陕西行中书省左丞相，本省驻札，总本部及张良弼、孔兴、脱列伯各枝军马，进取襄樊。王信本部军马，固守信地，别听调遣。诏书到日，汝等悉宜洗心涤虑，同济时艰。”庚戌，貊高杀卫辉守御官余仁辅、彰德守御官范国英，引军至清化，闻怀庆有备，遂还彰德，上疏言：“人臣以尊君为本，以尽忠为心，以爱民为务。今总兵官扩廓帖木儿，岁与官军仇杀，臣等乃朝延培养之人，素知忠义，焉能俯首听命？乞降明诏，别选重臣，以总大兵。”诏以扩廓帖木儿不遵君命，宜黜其兵权，就命貊高讨之。辛亥，帖木儿不花进封淮王，赐金印，设王傅等官。壬子，为皇太子立大抚军院，秩从一品，知院四员，同知二员，副使、同金各一员，经历、都事各二员，管勾一员。癸丑，封太师伯撒里永平王。甲寅，以右丞相完者帖木儿、翰林承旨答尔麻、平章政事完帖木儿，并知大抚军院事。丙辰，完者帖木儿言：“大抚军院专掌军机，今后迤北军务⑰，仍旧制枢密院管，其余内外诸王、驸马、各处总兵、统兵、行省、行院、宣慰司，一应军情，不许隔越，径行移大抚军院。”詹事院同知李国凤同知大抚军院事，参政完帖木儿为副使，左司员外朗咬住、枢密参议王弘远为经历。庚申，完者帖木儿言：“诸军将士，有能用命效力建立奇功者，请所赏宣敕依常制外，加以忠义功臣之号。”从之。辛酉，以完者帖木儿仍前少师、知枢密院事，也速仍前太保、中书右丞相，帖里帖木儿以太尉、添设中书左丞相。丙寅，立行枢密院于阿难答察罕脑儿，命陕西行省左丞相秃鲁，仍前少保兼知行枢密院事。壬申，命帖里帖木儿仍前太尉、左丞相，为知大抚军院事；中书右丞陈敬伯为中书平章政事。

九月甲戌朔，义士戴晋生上皇太子书，言治乱之由。命右丞相也速以兵往山东，命参知政事法都忽剌分户部官，一同供给。丁亥，以兵兴，迤南百姓供给繁重，其真定、河南、陕西、山东、冀宁等处，除军人自耕自食外，与免民间今年田租之半，其余杂泛，一切住罢。辛巳，大明兵取平江路，执张士诚。乙酉，大明兵取通州。丁亥，大明兵取无锡州。己丑，诏也速以中书右丞相分省山东；沙蓝答里以中书左丞相分省大同。丙申，太师汪家奴追封兖王，谥忠靖。己亥，命帖里帖木儿提调端本堂及领经筵事。辛丑，大明兵取台州路。时台州、温州、庆元三路，皆方国珍所据。

冬十月甲辰朔，貊高以兵入山西，定孟州、忻州，下潞州，遂攻真定。诏也速自河间以兵会貊高，取真定，已而不克，命也速还河间，貊高还彰德。乙巳，皇太子奏以淮南行省平章政事王信，为山东行省平章政事兼知行枢密院事。立中书分省于真定路。丙午，加司徒、淮南行省平章政事王宣为沂国公。丁未，享于太庙。壬子，诏扩廓帖木儿落太傅、中书左丞相并诸兼领职事⑱，仍前河南王，锡以汝州为其食邑。其弟脱因帖木儿以集贤学士，同扩廓帖木儿于河南府居。其帐前诸军，命琐住、虎林赤一同统之。其河南诸军，命中书平章政事、内史李克彝统之。关保本部诸军仍旧统之。山东诸军，命太保、中书右丞相也速统之。山西诸军，命少保、中书左丞相沙蓝答里统之。河北诸军，命知枢密院事貊高统之。赦天下。甲寅，以火里赤为中书平章政事。乙丑，命集贤大学士丁好礼为中书添设平章政事。丙寅，平章、内史关保封许国公。己巳，大明兵取温州。

十一月壬午，大明兵取沂州，守臣王信遁，其父宣被执。癸未，大明兵取庆元路。丙戌，以平章政事月鲁帖木儿，知枢密院事完者帖木儿，平章政事伯颜帖木儿、帖林沙并知抚军院事。戊子，大明兵取峰州。乙未，以知枢密院事貊高为中书平章政事。命太尉、中书左丞相帖里帖木儿为抚军院使。丁酉，命帖里帖木儿同监修国史。命关保分省于晋宁。辛丑，大明兵取益都路，平章政事保保降，宣慰使普颜不花、总管胡浚、知院张俊皆死之。

十二月癸卯朔，日有食之。丁未，大明兵取般阳路。戊申，大明兵取济宁路，陈秉直遁。己酉，大明兵取莱州，遂取济南及东平路。丁巳，大明兵入杉关，取邵武路。时邵武、建宁、延平、福州、兴化、泉、漳、汀、潮诸路，皆陈友定所据。庚申，以杨诚、陈秉直并为国公、中书平章政事。甲子，命右丞相也速，太尉知院脱火赤，中书平章政事忽林台，平章政事貊高，知枢密院事小章、典坚帖木儿、江文清、驴儿等，会杨诚、陈秉直、伯颜不花、俞胜各部诸军，同守御山东，又命关保往援山东。丙寅，以庄家为中书参知政事。庚午，大明兵由海道取福州，守臣平章政事曲出遁，行宣政院使朵耳死之。是月，方国珍归于大明。诏命陕西行省左丞相秃鲁，总统张良弼、脱列伯、孔兴各枝军马，以李思齐为副总统，御关中，抚安军民；脱列伯、孔兴等出潼关，及取顺便山路，渡黄河、合势东行，共勤王事。思齐等皆不奉命。

是岁，诏分潼关以西属李思齐，以东属扩廓帖木儿，各罢兵还镇。于是关保退屯潞州，商暠留屯潼关。

二十八年春正月壬申朔，皇太子命关保固守晋宁，总统诸军，如扩廓帖木儿拒命，当以大义相裁，就便擒击。以中书平章政事不颜帖木儿为御史大夫。辛巳，诏谕扩廓帖木儿曰："比者，也速上奏，卿以书陈情，深自悔悟，及省来意，良用恻然。朕视卿犹子，卿何惑于憸言，不体朕心，隳其先业！卿今能自悔，固朕所望。卿其思昔委任肃清江淮之意，即将冀宁、真定诸军，就行统制渡河，直捣徐沂，以康靖齐鲁⑲，则职任之隆，当悉还汝。卫辉、彰德、顺德，皆为王城，卿无以貊高为名，纵军侵暴。其晋宁诸军，已命关保总制策应，戡定山东，将帅各宜悉心。"庚寅，慧星见于昴、毕之间。是月，大明兵取建宁、延平二路，陈有定被执。

二月壬寅朔，诏削扩廓帖木儿爵邑，命秃鲁、李思齐等讨之。诏曰："扩廓帖木儿本非察罕帖木儿之宗，俾嗣职任，冀承遗烈⑳，畀以相位，陟以师垣㉑，崇以王爵，授以兵柄。顾乃凭藉宠灵㉒，遂肆跋扈，搆兵关陕，专事吞并。貊高倡明大义，首发奸谋，关保弗信邪言，乃心王室，陈其罪恶，请正邦典。今秃鲁、李思齐，其率兵东下，共行天讨。"癸卯，武库灾。癸丑，大明兵取东昌路，守将申荣、王辅元死之。丙辰，扩廓帖木儿自泽州退守晋宁，关保守泽、潞二州，与貊高军合。己未，大明兵取宝庆路。甲子，汀州路总管陈谷珍以城降于大明。丙寅，大明兵取棣州。是月，大明兵至河南。李思齐、张良弼等解兵西还。诏命知枢密院事脱火赤、平章政事魏赛因不花，进兵攻晋宁。李思齐次渭南，张良弼次栎阳。兴化、泉州、漳州、潮州四路皆降于大明。

三月庚寅，慧星见于西北。壬辰，翰林学士承旨王时、太常院使陈祖仁上章，乞抚谕扩廓帖木儿，以兵勤王赴难②。是月，有星流于东北，众小星随之，其声大震。大明兵取河南。李思齐、张良弼会兵驻潼关，火焚良弼营，思齐移军葫芦滩，调其所部张德敛、穆薛飞守潼关。大明兵入潼关，攻李思齐营，思齐弃辎重，奔于凤翔。是月，大明兵取永州路，又取惠州路。

夏四月辛丑朔，大明兵取英德州。丙午，陨霜杀菽。戊申，大明兵取广州路，又取嵩、陕、汝等州。

五月庚午朔，大明兵取道州。李克彝弃河南城，奔陕西，推李思齐为总兵，驻兵岐山。是月，李思齐部将忽林赤、脱脱、张意据盩厔，商暠据武功，李克彝据岐山，任从政据陇州。

六月庚子朔，徐沟县地震，癸丑，大明兵取全州、郴州、梧州、藤州、寻州、贵、象、郁林等郡。甲寅，雷雨中有火自天坠，焚大圣寿万安寺。壬戌，临州、保德州地震，五日不止。大明兵取静江路。是月，广西诸郡县皆附于大明。

秋七月癸酉，京城红气满空，如火照人，自旦至辰方息。乙亥，京城黑气起，百步内不见人，从寅至巳方消。貊高、关保以兵攻晋宁。是月，李思齐会李克彝、商暠、张意、脱列伯等于凤翔。海南、海北诸郡县皆降于大明。

闰月己亥朔，扩廓帖木儿与貊高、关保战，败之，擒关保、貊高，遣其继事官以闻。诏："关保、貊高，间谍构兵②，可依军法处治。"关保、貊高皆被杀。辛丑，大明兵取卫辉路。癸卯，大明兵取彰德路。乙巳，左江、右江诸路皆降于大明。丁未，大明兵取广平路。丁巳，诏罢大抚军院，诛知大抚军院事伯颜帖木儿等。诏复命扩廓帖木儿，仍前河南王、太傅、中书左丞相，统领见部军马⑥，由中道直抵彰德、卫辉；太保、中书右丞相也速统率大军，经由东道，水陆并进；少保、陕西行省左丞相秃鲁统率关陕诸军，东出潼关，攻取河洛；太尉、平章政事李思齐统率军马，南出七盘、金、商，克复汴洛。四道进兵，掎角剿捕，毋分彼此。秦国公、平章、知院俺普，平章琐住等军，东西布列，乘机扫珍⑥。太尉、辽阳左丞相也先不花，郡王、知院厚孙等军，捍御海口，藩屏畿辅⑦。皇太子爱猷识理达腊悉总天下兵马，裁决庶务。具如前诏。壬戌，白虹贯日。癸亥，罢内府河役。甲子，扩廓帖木儿自晋宁退守冀宁。大明兵至通州，知枢密院事卜颜帖木儿力战，被擒，死之。左丞相失列门传旨，令太常礼仪院使阿鲁浑等，奉太庙列室神主与皇太子，同北行。阿鲁浑等即至太庙，与署令王嗣宗、太祝哈剌不华袭护神主毕⑧，仍留室内。乙丑，白虹贯日。罢内府兴造。诏淮王帖木儿不花监国，庆童为中书左丞相，同守京城。丙寅，帝御清宁殿，集三宫后妃、皇太子、皇太子妃，同议避兵北行，失列门及知枢密院事黑斯、宦者赵伯颜不花等谏，以为不可行，不听。伯颜不花恸哭谏曰："天下者，世祖之天下，陛下当以死守，奈何弃之！臣等愿率军民及诸怯薛歹，出城拒战，愿陛下固守京城。"卒不听。至夜半，开健德门北奔。

八月庚申，大明兵入京城②，国亡。

后一年，帝驻于应昌府。又一年，四月丙戌，帝因痢疾殂于应昌，寿五十一，在位三十六年。太尉完者、院使观音奴奉梓宫北葬③。五月癸卯，大明兵袭应昌府，皇孙买的里八剌及后妃并宝玉，皆被获，皇太子爱猷识礼达腊从十数骑遁。大明皇帝以帝知顺天命，退避而去，特加其号曰顺帝，而封买的里八剌为崇礼侯。

---

①经值：经历遭遇。

②孥（nú，音奴）：通"奴"，以为奴婢。

③此句文意不通，或有脱文。

④潦：同"涝"。

⑤甃（zhòu，音绉）：用砖修井。

⑥元良：旧时指代太子。

⑦昏垫：迷惘沉溺，指被困水灾。垫，因地面低下而浸于水中。

⑧簧鼓：用动听的语言迷惑人。

⑨纪：古时从十二年为一纪。

⑩汛扫：洒扫，清除。汛，洒。

⑪用：以。　骏：大。

⑫讵：岂。

⑬戎：军队。

⑭搆兵：交战。

⑮辇毂（gǔ，音骨）：皇帝的车舆，代指京城。

⑯聿（yù，音玉）：助词，用于句首。

⑰迤北：往北。

⑱落：除去。

⑲康靖：安定，平定。

⑳冀：希望。　烈：功业。

㉑陟：进用。　师垣：指宰相的职位。

㉒灵：宠。

㉓勤王：尽力于王事。

㉔间谍：离间，搬弄事非。

㉕见：同"现"。

㉖殄（tiǎn，音舔）：灭绝。

㉗畿辅：指京都周围附近的地区。

㉘袭：遮护。

㉙庚申：应为"庚午"。

㉚梓宫：皇帝的棺材。

脱 脱 传

脱脱，字大用，生而岐嶷①，异于常儿。及就学，请于其师浦江吴直方曰："使脱脱终日危坐读书，不若日记古人嘉言善行服之终身耳。"稍长，膂力过人，能挽弓一石。年十五，为皇太子怯怜口怯薛官。天历元年，袭授成制提举司达鲁花赤。二年，入觐，文宗见之悦，曰："此子后必可大用。"迁内宰司丞，兼前职。五月，命为府正司丞。至顺二年，授虎符、忠翊侍卫亲军都指挥使。元统二年，同知宣政院事，兼前职。五月，迁中政使。六月，迁同知枢密院事。

至元元年，唐其势阴谋不轨，事觉伏诛，其党答里及刺刺等称兵外应②，脱脱选精锐与之战，尽禽以献③。历太禧宗禋院使，拜御史中丞、虎符亲军都指挥使，提调左阿速卫。四年，进御史大夫，仍提调前职，大振纲纪，中外肃然。扈从上都还，至鸡鸣山之浑河，帝将畋于保安州，马蹶，脱脱谏曰："古者，帝王端居九重之上，日与大臣宿儒讲求治道，至于飞鹰走狗，非其事也。"帝纳其言，授金紫光禄大夫，兼绍熙宣抚使。

是时，其伯父伯颜为中书右丞相，既诛唐其势，益无所忌，擅爵人，赦死罪，任邪佞，杀无辜，诸卫精兵收为己用，府库钱帛听其出纳，帝积不能平。脱脱虽幼养于伯颜，常忧其败④，私请于其父曰："伯父骄纵已甚，万一天子震怒，则吾族赤矣⑤，曷若于未败图之。"其父以为然，复怀疑，久未决。质之直方，直方曰："《传》有之，'大义灭亲'，大夫但知忠于国家耳，余复何顾焉？"当是时，帝之左右前后皆伯颜所树亲党，独世杰班、阿鲁为帝腹心，日与之处，脱脱遂与二人深相结纳。而钱唐杨瑀尝事帝潜邸⑥，为奎章阁广成局副使，得出入禁中，帝知其可用，每三人论事，使瑀参焉。

五年秋，车驾留上都⑦。伯颜时出赴应昌，脱脱与世杰班、阿鲁谋，欲御之东门外⑧，惧弗胜而止。会河南范孟矫杀省臣，事连廉访使段辅，伯颜风台臣言汉人不可为廉访使⑨。时别儿怯不花亦为御史大夫，畏人之议己，辞疾不出，故其章未上。伯颜促之急，监察御史以告脱脱，脱脱曰："别儿怯不花位吾上，且掌印，我安敢专邪？"别儿怯不花闻之惧，且将出。脱脱度不能遏，谋于直方，直方曰："此祖宗法度，决不可废，盍先为上言之⑩？"脱脱入告于帝，及章上，帝如脱脱言。伯颜知出于脱脱，大怒，言于帝曰："脱脱虽臣之子，其心专佑汉人，必当治之。"帝曰："此皆朕意，非脱脱罪也。"及伯颜擅贬宣襄、威顺二王，帝不胜其忿，决意逐之。一日，泣语脱脱，脱脱亦泣下。归与直方谋，直方曰："此宗社安危所系，不可不密，议论之际，左右为谁？"曰："阿鲁及脱脱木儿。"直方曰："子之伯父，挟震主之威，此辈苟利富贵，其语一泄，则主危身戮矣。"脱脱乃延二人于家，置酒张乐，昼夜不令出。遂与世杰班、阿鲁议，候伯颜入朝禽之。戒卫士，严宫门出入，螭坳悉为置兵⑪。伯颜见之大惊，召脱脱责之，对曰："天子所居，防御不得不尔。"伯颜遂疑脱脱，益增兵自卫。

六年二月，伯颜请太子燕帖古思猎于柳林，脱脱与世杰班、阿鲁合谋，以所掌兵及宿卫士拒伯颜。戊戌，遂拘京城门钥，命所亲信列布城门下。是夜，奉帝御玉德殿，召近臣汪家奴、沙剌班及省院大臣，先后入见，出五门听命。又召瑀及江西范汇入草诏，数伯颜罪状。诏成，夜已四鼓，命中书平章政事只儿瓦歹赍赴柳林。己亥，脱脱坐城门上，而伯颜亦遣骑士至城下问故，脱脱曰："有旨逐丞相。"伯颜所领诸卫兵皆散，而伯颜遂南行。详见《伯颜传》中。事定，诏以马扎儿台为中书右丞相，脱脱知枢密院事，虎符，忠翊卫亲军都指挥使，提调武备寺、阿速卫千户所，兼绍熙等处军民宣抚都总使、宣忠兀罗思护卫亲军都指挥使司达鲁花赤、昭功万户府都总使。十月，马扎儿台移疾辞相位⑫，诏以太师就第。

至正元年，遂命脱脱为中书右丞相、录军国重事，诏天下。脱脱乃悉更伯颜旧政，复科举取士法，复行太庙四时祭，雪郯王彻彻秃之冤，召还宣让、威顺二王，使居旧藩，以阿鲁图正亲王之位，开马禁，减盐额，蠲负逋⑬，又开经筵⑭，遴选儒臣以劝讲，而脱脱实领经筵事。中外翕然⑮，称为贤相。二年五月，用参议孛罗等言，于都城外开河置闸，放金口水，欲引通州船至丽正门，役丁夫数万，讫无成功⑯。事见《河渠志》。

三年，诏修辽、金、宋三史，命脱脱为都总裁官。又请修《至正条格》，颁天下。帝尝御宣文阁，脱脱前奏曰："陛下临御以来，天下无事，宜留心圣学。颇闻左右多沮挠者⑰，设使经史不足观，世祖岂以是教裕皇哉？"即秘书监，取裕宗所授书以进，帝大悦。皇太子爱猷识理达腊尝保育于脱脱家，每有疾饮药，必尝之而进。帝尝驻跸云州⑱，遇烈风暴雨，山水大至，车马人畜皆漂溺，脱脱抱皇太子单骑登山，乃免。至六岁还，帝慰抚之曰："汝之勤劳，朕不忘也。"脱脱乃以私财造大寿元忠国寺于健德门外，为皇太子祝釐⑲，其费为钞十二万二千锭。

四年闰月，领宣政院事。诸山主僧请复僧司，且曰："郡县所苦，如坐地狱。"脱脱曰："若复僧司，何异地狱中复置地狱邪？"时有疾渐赢，且术者亦言年月不利，乃上表辞位，帝不允，表凡十七上，始从之。有旨封郑王，食邑安丰，赏赉巨万，俱辞不受。乃赐松江田，为立稻田提领所以领之。

七年，别儿怯不花为右丞相，以宿憾潜其父马扎儿台⑳，诏徙甘肃。脱脱力请俱行，在道则阅骑乘庐帐㉑，食则视其品之精粗，及至其地，马扎儿台安之。复移西域撒思之地，至河，召还甘州就养。十一月，马扎儿台薨。帝念脱脱勋劳，召还京师。

八年，命脱脱为太傅，提调宫傅，综理东宫之事。九年，朵儿只、太平皆罢相，遂诏脱脱复为中书右丞相，赐上尊、名马、袭衣、玉带。脱脱既复入中书，恩怨无不报。时开端本堂，皇太子学于其中，命脱脱领端本堂事。又提调阿速、钦察二卫、内史府、宣政院、太医院事。

十年五月，居母蓟国夫人忧㉒。帝遣近臣喻之，俾出理庶务㉓，于是脱脱用乌古孙良桢、龚伯遂、汝中柏、伯帖木儿等为僚属，皆委以腹心之寄，小大之事悉与之谋，事行而群臣不知也。吏部尚书偰哲笃建言更造至正交钞，脱脱信之，诏集枢密院、御史台、翰林、集贤院诸臣议之，皆唯唯而已㉔，独祭酒吕思诚言其不可，脱脱不悦。既而终变钞法，而钞竟不行。事见《思诚传》。

河决白茅堤，又决金堤，方数千里，民被其患，五年不能塞。脱脱用贾鲁计，请塞之，以身任其事。出告群臣曰："皇帝方忧下民，为大臣者职当分忧，然事有难为，犹疾有难治，自古河患即难治之疾也，今我必欲去其疾。"而人人异论，皆不听。乃奏以贾鲁为工部尚书，总治河防，使发河南北兵民十七万役之，筑决堤成，使复故道，凡八月功成。事见《河渠志》。于是天子嘉其功，赐世袭答剌罕之号。又敕儒臣欧阳玄制《河平碑》，以载其功。仍赐淮安路为其食邑，郡邑长吏听其自用。

已而汝、颍之间，妖寇聚众反，以红巾为号，襄、樊、唐、邓皆起而应之。十一年，脱脱乃奏以弟御史大夫也先帖木儿为知枢密院事，将诸卫兵十余万讨之。克上蔡。既而驻兵沙河，军中夜惊，也先帖木儿尽弃军资器械，北奔汴梁，收散卒，屯朱仙镇。朝廷以也先帖木儿不习兵，诏别将代之。也先帖木儿径归，昏夜入城，仍为御史大夫。陕西行台监察御史十二人劾其丧师辱国之罪，脱脱怒，乃迁西行台御史大夫朵儿直班为湖广行省平章政事，而御史皆除各府添设判官，由是人皆莫敢言事。

十二年，红巾有号芝麻李者，据徐州，脱脱请自行讨之。以逯鲁曾为淮南宣慰使，募盐丁及城邑趫捷㉕，通二万人，与所统兵俱发。九月，师次徐州，攻其西门，贼出战，以铁翎箭射马首，脱脱不为动，麾军奋击之，大破其众，入其外郭。明日，大兵四集，亟攻之，贼不能支，城破，芝麻李遁去。获其黄伞旗鼓，烧其积聚，追擒其伪千户数十人，遂屠其城。帝遣中书平章政事普化等，即军中命脱脱为太师，依前右丞相，趣还朝，而以枢密院同知秃赤等进师平颍、亳。师还，赐上尊、珠衣、白金、宝鞍。皇太子锡燕于私第㉖。诏改徐州为武安州，而立碑以著其绩。

十三年三月，脱脱用左丞乌古孙良桢、右丞悟良哈台议，屯田京畿，以二人兼大司农卿，而脱脱领大司农事。西至西山，东至迁民镇，南至保定、河间，北至檀、顺州，皆引水利，立法佃种，岁乃大稔㉗。

十四年，张士诚据高邮，屡招谕之不降。诏脱脱总制诸王诸省军讨之，黜陟予夺㉘，一切庶政，悉听便宜行事，省台院部诸司，听选官属从行，禀受节制。西域、西番皆发兵来助。旌旗累千里，金鼓震野，出师之盛，未有过之者。师次济宁，遣官诣阙里祀孔子，过邹县祀孟子。十一月，至高邮。辛未至乙酉，连战皆捷，分遣兵平六合，贼势大蹙。俄有诏，罪其老师费财㉙，以河南行省左丞相太不花、中书平章政事月阔察儿、知枢密院事雪雪代将其兵，削其官爵，安置淮安。

先是，脱脱之西行也，别儿怯不花欲陷之死。哈麻屡言于帝，召还近地，脱脱深德之，至是引为中书右丞。而是时脱脱信用汝中柏，由左司朗中参议中书省事，平章以下见其议事，莫敢异同，惟哈麻不为之下。汝中柏因谮之脱脱，改为宣政院使，位居第三，于是哈麻深衔之㉚。哈麻尝与脱脱议授皇太子册宝礼，脱脱每言："中宫有子，将置之何所？"以故久不行。脱脱将出师也，以汝中柏为治书侍御史，使辅也先帖木儿居中。汝中柏恐哈麻必为后患，欲去之，脱脱犹豫未决，令与也先帖木儿谋，也先帖木儿以其有功于己，不从。哈麻知之，遂谮脱脱于皇太子及皇后奇氏。会也先帖木儿方移疾家居，监察御史袁赛因不花等承哈麻风旨，上章劾之，三奏乃允。夺御史台印，出都门外听旨，以汪家奴为御史大夫；而脱脱亦有淮安之命。

十二月辛亥，诏至军中，参议龚伯遂曰："将在军，君命有所不受。且丞相出师时，尝被密旨，今奉密旨一意进讨可也。诏书且勿开，开则大事去矣。"脱脱曰："天子诏我而我不从，是与天子抗也，君臣之义何在？"弗从。既听诏，脱脱顿首谢曰："臣至愚，荷天子宠灵㉛，委以军国重事，蚤夜战兢㉜，惧弗能胜，一旦释此重负，上恩所及者，深矣。"即出兵甲及名马三千，分赐诸将，俾各帅所部，以听月阔察儿、雪雪节制。客省副使哈剌答曰："丞相此行，我辈必死他人之手，今日宁死丞相前。"拔刀刎颈而死。初命脱脱安置淮安，俄有旨，移置亦集乃路。

十五年三月，台臣犹以谪轻，列疏其兄弟之罪㉝，于是诏流脱脱于云南大理宣慰司镇西路，流也先帖木儿于四川碉门。脱脱长子哈剌章，肃州安置；次子三宝奴，兰州安置。家产簿录入官。脱脱行至大理腾冲，知府高惠见脱脱，欲以女事之，许筑室一程外以居，虽有加害者，可以无虞。脱脱曰："吾罪人也，安敢念及此！"巽辞以绝之㉞。九月，遣官移置阿轻乞之地，高惠以脱脱前不受其女，故首发铁甲军围之。十二月己未，哈麻矫诏，遣使鸩之㉟，死，年四十二。讣闻，中书遣尚舍卿七十六至其地，易棺衣以殓。

脱脱仪状雄伟，顾然出于千百人中，而器宏识远，莫测其蕴。功施社稷而不伐㊱，位极人臣而不骄，轻货财，远声色，好贤礼士，皆出于天性。至于事君之际，始终不失臣节，虽古之有道大臣，何以过之？惟其惑于群小，急复私仇，君子讥焉。

二十二年，监察御史张冲等上章雪其冤，于是诏复脱脱官爵，并给复其家产。召哈剌章、三宝奴还朝。而也先帖木儿先是亦已死，乃授哈剌章中书平章政事，封申国公，分省大同，三宝奴知枢密院事。二十六年，监察御史圣奴、也先、撒都失里等复言："奸邪构害大臣，以致临敌易将，我国家兵机不振从此始，钱粮之耗从此始，盗贼继横从此始，生民之涂炭从此始，设使脱脱不死，安得天下有今日之乱哉！乞封一字王爵，定谥及加功臣之号。"朝廷皆是其言。然以国家多故，未及报而国亡。

---

① 岐嶷（yí，音疑）：幼年聪颖。

② 称：举。

③ 禽：擒。

④ 败：败露。

⑤ 赤：诛灭。

⑥ 潜邸：皇帝即位之前所居之地。

⑦ 车驾：代称皇帝。

⑧ 御：抗拒。

⑨ 风：通"讽"，劝。

⑩ 盍（hé，音河）：何不。

⑪ 螭（chī，音痴）：传说中一种动物，古时建筑中常用其形状做装饰。

⑫移：书写，著录。

⑬蠲（juān，音捐）：免除。　　逋（bū，音捕，第一声）：欠。

⑭经筵：为皇帝讲解经传史鉴的讲席。

⑮翕：统一，一致。

⑯讫：终。

⑰沮：阻止。

⑱驻跸（bì，音必）：皇帝出行时停留暂住。

⑲釐（xī，音希）：通"禧"，福。

⑳宿憾：旧恨。　　譖（zèn，音怎，第四声）：说人坏话。

㉑庐帐：用毡帐作居室。

㉒居：安。

㉓俾：使。

㉔唯唯：一味顺从。

㉕趫捷：矫健敏捷（之人）。趫（qiáo，音乔），矫健。

㉖锡：赐。　　燕：宴。

㉗稔：庄稼成熟。

㉘黜陟：罢免进用。　　予夺：赐予剥夺。

㉙老师：军队出征日久而疲惫。老，疲惫。

㉚衔：恨，怀恨在心。

㉛灵：宠。

㉜蚤：通"早"。

㉝疏：条陈。

㉞巽（xùn，音逊）：通"逊"，谦恭。

㉟鸩（zhèn，音朕）：用毒酒杀人。

㊱伐：自我夸耀。

耶律楚材传

耶律楚材，字晋卿，辽东丹王突欲八世孙。父履，以学行事金世宗，特见亲任[1]，终尚书右丞。

楚材生三岁而孤，母杨氏教之学，及长，博极群书，旁通天文、地理、律历、术数及释老、医卜之说，下笔为文，若宿搆者[2]。金制，宰相子例试补省掾[3]。楚材欲试进士科，章宗诏如旧制。问以疑狱数事，时同试者十七人，楚材所对独优，遂辟为掾[4]。后仕为开州同知。

贞佑二年，宣宗迁汴，完颜复兴行中书事[5]，留守燕，辟为左右司员外郎。太祖定燕，闻其名，召见之。楚材身长八尺，美髯宏声，帝伟之，曰："辽、金世仇，朕为汝雪之。"对曰："臣父祖尝委质事之，既为之臣，取仇君耶！"帝重其言，处之左右，遂呼楚材曰吾图撒合里而不名，吾图撒合里，盖国语长髯人也。

己卯夏六月，帝西讨回回国。祃旗之日[6]，雨雪三尺，帝疑之，楚材曰："玄冥之气，见于盛夏，克敌之征也。"庚辰冬，大雷，复问之，对曰："回回国主当死于野。"后皆验。夏人常八斤，以善造弓，见知于帝，因每自矜曰："国家方用武，耶律儒者何用？"楚材曰："治弓尚须用弓匠，为天下者，岂可不用治天下匠耶？"帝闻之甚喜，日见亲用。西域历人奏：五月望夜[7]，月当蚀。楚材曰："否。"卒不蚀。明年十月，楚材言月当蚀，西域人曰不蚀，至期果蚀八分。壬午八月，长星见西方，楚材曰："女直将易主矣。"明年，金宣宗果死。帝每征讨，必命楚材卜，帝亦自灼羊胛，以相符应。指楚材谓太宗曰："此人，天赐我家，尔后军国庶政，当悉委之。"甲申，帝至东印度，驻铁门关，有一角兽，形如鹿而马尾，其色绿，作人言，谓侍卫者曰："汝主宜早还。"帝以问楚材，对曰："此瑞兽也，其名角端，能言四方语，好生恶杀，此天降符，以告陛下。陛下天之元子，天下之人，皆陛下之子，愿承天心，以全民命。"帝即日班师。

丙戌冬，从下灵武，诸将争取子女金帛，楚材独收遗书及大黄药材，既而士卒病疫，得大黄辄愈。帝自经营西土，未暇定制，州郡长吏，生杀任情，至孥人妻女，取货财，兼土田。燕蓟留后长官石抹咸得卜尤贪暴，杀人盈市。楚材闻之泣下，即入奏，请禁州郡，非奉玺书，不得擅征发，囚当大辟者必待报[8]，违者罪死，于是贪暴之风稍戢[9]。燕多剧贼，未夕，辄曳牛车指富家，取其财物，不与则杀之。时睿宗以皇子监国，事闻，遣中使偕楚材往穷治之。楚材询察，得其姓名，皆留后亲属及势家子，尽捕下狱，其家赂中使，将缓之，楚材示以祸福，中使惧，从其言，狱具，戮十六人于市，燕民始安。

己丑秋，太宗将即位，宗亲咸会，议犹未决。时睿宗为太宗亲弟，故楚材言于睿宗曰："此宗社大计，宜早定。"睿宗曰："事犹未集，别择日，可乎？"楚材曰："过是，无吉日矣。"遂定策，立仪制，乃告亲王察合台曰："王虽兄，位则臣也，礼当拜，王拜，则莫敢不拜。"王深然之。及即位，王率皇族及臣僚拜帐下，既退，王抚楚材曰："真社稷臣也。"国朝尊属有拜礼，自此始。时朝集后期应死者众，楚材奏："陛下新即位，宜宥之[10]。"太宗从之。

中原甫定[11]，民多误触禁网，而国法无赦令。楚材议请肆宥，众以云迁，楚材独从容为帝言。诏自庚寅正月朔日，前事勿治。且条便宜一十八事颁天下，其略言："郡宜置长吏牧民，设万户总军，使势均力敌，以遏骄横。中原之地，财用所出，宜存恤其民，州县非奉上命，敢擅行科差者，罪之。贸易借贷官物者，罪之。蒙古、回鹘、河西诸人，种地不纳税者死。监主自盗官物者死。应犯死罪者，具由申奏待报，然后行刑。贡献礼物，为害非轻，深宜禁断。"帝悉从之，唯贡献一事不允[12]，曰："彼自愿馈献者，宜听之。"楚材曰："蠹害之端[13]，必由于此。"帝曰："凡卿所奏，无不从者，卿不能从朕一事耶？"

太祖之世，岁有事西域，未暇经理中原，官吏多聚敛自私，赀至钜万，而官无储待[14]。近臣别迭等言："汉人无补于国，可悉空其人，以为牧地。"楚材曰："陛下将南伐，军需宜有所资，诚均定中原地税、商税、盐、酒、铁冶、山泽之利，岁可得银五十万两、帛八万匹、粟四十余万石，足以供给，何谓无补哉？"帝曰："卿试为朕行之。"乃奏立燕京等十路征收课税使，凡长贰悉用士人[15]，如陈时可、赵昉等，皆宽厚长者，极天下之选，参佐皆用省部旧人。辛卯秋，帝至云中，十路咸进廪籍及金帛，陈于廷中，帝笑谓楚材曰："汝不去朕左右，而能使国用充足，南国之臣，复有如卿者乎？"对曰："在彼者，皆贤于臣，臣不才，故留燕，为陛下用。"帝嘉其谦，赐之酒，即日拜中书令，事无钜细，皆先白之。

楚材奏："凡州郡，宜令长吏专理民事，万户总军政，凡所掌课税，权贵不得侵之。"又举镇海、粘合，均与之同事，权贵不能平。咸得卜以旧怨，尤疾之，谮于宗王曰："耶律中书令率用亲旧，必有二心，宜奏杀之。"宗王遣使以闻，帝察其诬，责使者，罢遣之。属有讼咸得卜不法者，帝命楚材鞫之[16]，奏曰："此人倨傲，故易招谤。今将有事南方，他日治之未晚也。"帝私谓侍臣曰："楚材不较私仇，真宽厚长者，汝曹当效之。"中贵可思不花奏采金银役夫及种田西域与栽蒲萄户，帝令于西京宣德徙万余户充之。楚材曰："先帝遗诏，山后民质朴，无异国人，缓急可用，不宜轻动。今将征河南，请无残民以给此役。"帝可其奏。

　　壬辰春，帝南征，将涉河，诏逃难之民，来降者免死。或曰："此辈急则降，缓则走，徒以资敌，不可宥。"楚材请制旗数百，以给降民，使归田里，全活甚众。旧制，凡攻城邑，敌以矢石相加者，即为拒命，既克，必杀之。汴梁将下，大将速不台遣使来言："金人抗拒持久，师多死伤，城下之日，宜屠之。"楚材驰入奏曰："将士暴露数十年，所欲者，土地人民耳，得地无民，将焉用之！"帝犹豫未决，楚材曰："奇巧之工，厚藏之家，皆萃于此，若尽杀之，将无所获。"帝然之，诏罪止完颜氏，余皆勿问。时避兵居汴者得百四十七万人。

　　楚材又请遣人入城，求孔子后，得五十一代孙元措，奏袭封衍圣公，付以林庙地。命收太常礼乐生，及召名儒梁陟、王万庆、赵著等，使直释九经，进讲东宫。又率大臣子孙，执经解义，俾知圣人之道[17]。置编修所于燕京、经籍所于平阳，由是文治兴焉。

　　时河南初破，俘获甚众，军还，逃者十七八。有旨：居停逃民及资给者，灭其家，乡社亦连坐[18]。由是逃者莫敢舍，多殍死道路[19]。楚材从容进曰："河南既平，民皆陛下赤子[20]，走复何之！奈何因一俘囚，连死数十百人乎？"帝悟，命除其禁。金之亡也，唯秦、巩二十余州久未下，楚材奏曰："往年吾民逃罪，或萃于此，故以死拒战，若许以不杀，将不攻自下矣。"诏下，诸城皆降。

　　甲午，议籍中原民，大臣忽都虎等议，以丁为户。楚材曰："不可，丁逃，则赋无所出，当以户定之。"争之再三，卒以户定。时将相大臣有所驱获，往往寄留诸郡，楚材因括户口，并令为民，匿占者死。

　　乙未，朝议将四征不廷[21]，若遣回回人征江南，汉人征西域，深得制御之术。楚材曰"不可，中原、西域，相去辽远，未至敌境，人马疲乏，兼水土异宜，疾疫将生，宜各从其便。"从之。

　　丙申春，诸王大集，帝亲执觞，赐楚材曰："朕之所以推诚任卿者，先帝之命也，非卿，则中原无今日，朕所以得安枕者，卿之力也。"西域诸国及宋、高丽使者来朝，语多不实，帝指楚材示之曰："汝国有如此人乎？"皆谢曰："无有，殆神人也！"帝曰："汝等唯此言不妄，朕亦度必无此人。"有于元者，奏行交钞[22]，楚材曰："金章宗时，初行交钞，与钱通行，有司以出钞为利，收钞为讳，谓之老钞，至以万贯唯易一饼[24]，民力困竭，国用匮乏，当为鉴戒。今印造交钞，宜不过万锭。"从之。

　　秋七月，忽都虎以民籍至，帝议裂州县，赐亲王功臣。楚材曰："裂土分民，易生嫌隙，不如多以金帛与之。"帝曰："已许奈何？"楚材曰："若朝廷置吏，收其贡赋，岁终颁之，使毋擅科征，可也。"帝然其计，遂定天下赋税。每二户出丝一斤，以给国用；五户出丝一斤，以给诸王功臣汤沐之资。地税，中田每亩二升又半，上田三升，下田二升，水田每亩五升；商税，三十分而一；盐价，银一两四十斤。既定常赋，朝议以为太轻，楚材曰："作法于凉[25]，其弊犹贪，后将有以利进者，则今已重矣。"

　　时工匠制造，糜费官物，十私八九，楚材请皆考核之，以为定制。时侍臣脱欢奏简天下室女，诏下，楚材尼之不行[26]，帝怒。楚材进曰："向择美女二十有八人，足备使令，今复选拔，臣恐扰民，欲覆奏耳。"帝良久曰："可罢之。"又欲收民牝马[27]，楚材曰："田蚕之地，非马所产，今若行之，后必为人害。"又从之。

　　丁酉，楚材奏曰："制器者必用良工，守成者必用儒臣，儒臣之事业，非积数十年，殆未易成也。"帝曰："果尔，可官其人。"楚材曰："请校试之。"乃命宣德州宣课使刘中随郡考试，以经义、词赋、论分为三科，儒人被俘为奴者，亦令就试，其主匿弗遣者死。得士凡四千三十人，免为奴者四之一。

先是，州郡长吏，多借贾人银以偿官，息累数倍，曰羊羔儿利，至奴其妻子，犹不足偿。楚材奏令本利相侔而止㉘，永为定制，民间所负者，官为代偿之。至一衡量，给符印，立钞法，定均输，布递传，明驿券，庶政略备，民稍苏息焉。

有二道士争长，互立党与，其一诬其仇之党二人为逃军。结中贵及通事杨惟忠，执而虐杀之。楚材按收惟忠，中贵复诉楚材违制，帝怒，系楚材，既而自悔，命释之。楚材不肯解缚，进曰：“臣备位公辅，国政所属，陛下初令系臣，以有罪也，当明示百官，罪在不赦。今释臣，是无罪也，岂宜轻易反覆，如戏小儿。国有大事，何以行焉？”众皆失色。帝曰：“朕虽为帝，宁无过举耶？”乃温言以慰之。楚材因陈时务十策，曰：信赏罚，正名分，给俸禄，官功臣，考殿最㉙，均科差，选工匠，务农桑，定土贡，制漕运。皆切于时务，悉施行之。

太原路转运使吕振、副使刘子振，以赃抵罪。帝责楚材曰：“卿言孔子之教可行，儒者为好人，何故乃有此辈？”对曰：“君父教臣子，亦不欲令陷不义。三纲五常，圣人之名教，有国家者，莫不由之，如天之有日月也，岂得缘一夫之失，使万世常行之道独见废于我朝乎？”帝意乃解。

富人刘忽笃马、涉猎发丁、刘廷玉等，以银一百四十万两扑买天下课税㉚，楚材曰：“此贪利之徒，罔上虐下，为害甚大。”奏罢之。常曰：“兴一利不如除一害，生一事不如省一事。任尚以班超之言为平平耳，千古之下，自有定论，后之负谴者，方知吾言之不妄也。”帝素嗜酒，日与大臣酣饮，楚材屡谏，不听，乃持酒槽铁口进曰：“麹蘖能腐物㉛，铁尚如此，况五脏乎！”帝悟，语近臣曰：“汝曹爱君忧国之心，岂有如吾图撒合里者耶？”赏以金帛，敕近臣日进酒三钟而止。

自庚寅定课税格，至甲午平河南，岁有增羡㉜，至戊戌课银增至一百一十万两。译史安天合者，谄事镇海，首引奥都剌合蛮扑买课税，又增至二百二十万两。楚材极力辨谏，至声色俱厉，言与涕俱，帝曰：“尔欲搏斗耶？”又曰：“尔欲为百姓哭耶？姑令试行之”。楚材力不能止，乃叹息曰：“民之困穷，将自此始矣！”

楚材尝与诸王宴，醉卧车中，帝临平野见之，直幸其营，登车手撼之，楚材熟睡未醒，方怒其扰己，忽开目视，始知帝至，惊起谢，帝曰：“有酒独醉，不与朕同乐耶？”笑而去。楚材不及冠带，驰诣行宫，帝为置酒，极欢而罢。

楚材当国日久，得禄分其亲族，未尝私以官。行省刘敏从容言之，楚材曰：“睦亲之义，但当资以金帛，若使从政而违法，吾不能徇私恩也。”

岁辛丑二月三日，帝疾笃㉝，医言脉已绝，皇后不知所为，召楚材问之，对曰：“今任使非人，卖官鬻狱，囚系非辜者多。古人一言而善，荧惑退舍，请赦天下囚徒。”后即欲行之㉞，楚材曰：“非君命，不可。”俄顷，帝少苏，因入奏，请肆赦，帝已不能言，首肯之。是夜，医者候脉复生，适宣读赦书时也，翌日而瘳㉟。冬十一月四日，帝将出猎，楚材以太乙数推之，亟言其不可，左右皆曰：“不骑射，无以为乐。”猎五日，帝崩于行所。皇后乃马真氏称制㊱，崇信奸回㊲，庶政多紊。奥鲁剌合蛮以货得政柄，廷中悉畏附之，楚材面折廷争㊳，言人所难言，人皆危之。

癸卯五月，荧惑犯房，楚材奏曰：“当有惊扰，然讫无事。”居无何，朝廷用兵，事起仓卒，后遂令授甲选腹心，至欲西迁以避之。楚材进曰：“朝廷天下根本，根本一摇，天下将乱，臣观天道，必无患也。”后数日乃定。后以御宝空纸，付奥都剌合蛮，使自书填行之，楚材曰：“天下者，先帝之天下，朝廷自有宪章，今欲紊之，臣不敢奉诏。”事遂止。又有旨：“凡奥都剌合蛮所建白㊴，令史不为书者，断其手。”楚材曰：“国之典故，先帝悉委老臣，令史何与焉？事若合理，自当奉行，如不可行，死且不避，况截手乎！"后不悦，楚材辩论不已，因大声曰："老臣事太祖、太宗三十余年，无负于国，皇后亦岂能无罪杀臣也？"后虽憾之⑩，亦以先朝旧勋，深敬惮焉。

甲辰夏五月，薨于位，年五十五。皇后哀悼，赙赠甚厚⑪。后有谮楚材者，言其在相位日久，天下贡赋，半入其家。后命近臣麻里扎覆视之，唯琴阮十余，及古今书画、金石、遗文数千卷。至顺元年，赠经国议制寅亮佐运功臣、太师、上柱国，追封广宁王，谥文正。子铉、铸。

铸字成仲，幼聪敏，善属文，尤工骑射，楚材薨，嗣领中书省事，时年二十三。铸上言宜疏禁纲，遂采历代德政合于时宜者八十一章以进。戊午，宪宗征蜀，诏铸领侍卫骁果以从⑫，屡出奇计，攻下城邑，赐以尚方金锁甲及内厩骢马。乙未，宪宗崩，阿里不哥叛，铸弃妻子，挺身自朔方来归，世祖嘉其忠，即日召见，赏赐优厚。中统二年，拜中书左丞相。是年冬，诏将兵备御北边，后征兵扈从，败阿里不哥于上都之北。

至元元年，加光禄大夫。奏定法令三十七章，吏民便之。二年，行省山东，未几征还。初，清庙雅乐，止有登歌，诏铸制宫悬八佾之舞⑬。四年春三月，乐舞成，表上之，仍请赐名《大成》，制曰：可。六月，改荣禄大夫、平章政事。五年，复拜光禄大夫、中书左丞相。十年，迁平章军国重事。十三年，诏监修国史。朝廷有大事，必咨访焉。十九年，复拜中书左丞相。二十年冬十月，坐不纳职印、妄奏东平人聚谋为逆、间谍幕僚、及党罪囚阿里沙，遂罢免，仍没其家赀之半，徙居山后。二十二年卒，年六十五。

子十一人：希徵，希勃，希亮，希宽，希素，希固，希周，希光，希逸淮 东宣慰使，余失其名。至顺元年，赠推忠保德宣力佐治功臣、太师、开府仪同三司、上柱国、懿宁王，谥文忠。

---

①见：被。

②宿：年老的，久于其事的。

③掾（yuàn，音院）：古代属官的通称。

④辟：召，征召。

⑤复、中：应为"福"、"尚"，见中华书局本。

⑥祃（mà，音骂）：古代出兵祭礼。

⑦望：农历十五日。

⑧大辟：死刑。

⑨戢（jí，音集）：收敛，止息。

⑩宥（yòu，音又）：宽宥，赦罪。

⑪甫：方。

⑫贡献：进贡，进献。

⑬蠹（dù，音妒）：损害。

⑭偫（zhì，音至）：储备。

⑮长贰：指官的正副职。

⑯鞫：审讯。

⑰俾：使。

⑱连坐：旧时一人犯法，家属、亲友、邻里等连带受罚。

⑲殍（piǎo，音缥）：饿死。

⑳赤子：封建时代为宣扬君民、官民关系如同父子，故称百姓为"赤子"。

㉑不廷：叛逆。

㉒殆：助词，乃。

㉓交钞：纸币。

㉔饼：量词，用于饼状物，此处指货币。

㉕凉：通"谅"，信。

㉖尼：阻止。

㉗牝：母。

㉘侔：等。

㉙殿最：古代考核政绩或军功，上等为"最"，下等为"殿"。

㉚扑买：包税制度。官府核计征税额，招商承包，承包者按定额交税，余归自己。

㉛糵：酒曲。

㉜羡：余。

㉝笃：病重。

㉞后：指皇后。

㉟瘳（chōu，音抽）：病愈。

㊱称制：代行皇帝职权。

㊲奸回：奸恶邪僻。回，邪僻。

㊳面折：当面指摘人的过失。

㊴建白：陈述意见。

㊵憾：恨。

㊶赙：赠财物给有丧事人家。

㊷果：果敢。

㊸宫悬：古时钟磬等乐器悬挂在架上，其形制因用乐者身份地位不同而有别。帝王悬挂四面，象征宫室四面的墙壁，故称"宫悬"。　　　八佾（yì，音意）：纵横八人组成的乐舞队列。佾，指乐舞队列。

新 元 史

（选录）

〔民国〕柯劭忞 撰

札木合列传

札木合，札只剌氏。太祖九世祖孛端察儿生札只剌歹，其母乃札儿赤兀惕兀良合之妇，已有身①，为孛端察儿所掠。及生子，名以札只剌歹，义谓他人子也，是为札只剌氏之祖。札只剌歹生土古兀歹，土古兀歹生不里不勒术鲁，不里不勒术鲁生合剌合答安，合剌合答安生札木合。

札木合幼与太祖亲密，约为按答②。太祖十一岁，于斡难河冰上为髀石之戏，札木合以狍子髀石赠太祖，太祖以灌铜髀石报之；又与太祖习射，以牛角觚箭赠太祖，太祖以柏木髅头觚箭报之，二人情好甚笃。

烈祖卒，部众多叛去。札木合亦率所部归于泰亦兀赤。太祖光献皇后为蔑儿乞人所掠，太祖求救于王汗，约札木合助太祖。太祖使合撒儿、别勒台告于札木合，札木合允之，且曰："吾闻三种蔑儿乞：托黑脱阿在不兀剌客额儿之地，答儿兀孙在斡儿洹、薛凉格两河间塔勒浑阿剌勒之地，答儿马剌在合剌只客额儿之地。若以猪鬃草缚筏，径渡勤勒豁河，至托黑脱阿所居，犹从天窗入室，其部众可袭而虏之③。"议定，使王汗取道不儿罕合勒敦，太祖待札木合于孛脱罕孛斡儿只之地，札木合率二万骑溯斡难河而西，来会师④。既而，王汗与其弟札合敢不分率二万骑，东逾不儿罕合勒敦，趋太祖行营客鲁涟河源不儿吉之地。太祖至不儿罕山塔纳河边，逆王汗不遇⑤。乃改道至乞沐儿合阿因勒合剌合纳，始与王汗军合。遂溯斡难河源至孛脱罕孛斡儿只，则札木合已先三日至矣。札木合愠曰："吾与人期会不避风雨，达达辈一诺如盟，何后也？"王汗愧谢。乃合军而北结筏夜渡勤勒豁河，袭蔑儿乞部众，大破之。脱黑脱阿与答亦儿兀孙遁走，获其妻孥，并执答儿马剌。太祖遂迎归光献皇后。王汗返土兀剌河之黑林。太祖与札木合返豁儿豁纳黑主不儿。

太祖以金带牝马赠札木合，札木合亦以金带有角白马赠太祖，重与太祖约为按答，岁余无间言。一日，太祖与札木合同游于忽勒答合儿崖，札木合曰："吾缘崖而下，则放马者有营帐可居；至涧底，则牧羊者有水可饮，真形势之地也。"太祖不答。俟宣懿皇后至，告之。时光献皇后在侧，言于太祖曰："吾闻札木合喜新厌旧，彼殆厌我矣⑥。向所言，得勿有图我之意乎？不如去之。"太祖以为然，乘夜间行，西还阔阔浯儿。及太祖为可汗，使阿儿该合撒儿、察兀儿罕三人告于札木合。札木合以太祖之去归咎于阿勒坛、忽察儿之离间，以好言复太祖，然心实忌之⑦。

后札木合之弟给察儿居于斡列该不剌合之地，与太祖部下答儿马剌牧地相近。给察儿掠答儿马剌之马，答儿马剌追之，伏于马鬃上射杀给察儿，夺马而回。札木合怒，率所统十三部共三万人来伐。十三部者，曰泰亦赤兀、亦乞列思、兀鲁兀特、布鲁特、忙忽特、那牙勤歹、巴鲁剌思、巴阿邻歹、合塔斤、撒勒只兀特、朵儿边、塔塔儿及札答兰本部也。是时，太祖在古连勒古之地，驸马孛秃父捏坤在泰亦兀赤部下，遣使来告变。太祖亟召集部众，为十三翼，以拒之。战于答兰巴泐渚纳，太祖兵败退。札木合断捏兀歹部人察合剌安之首，系于马尾而去。

辛酉，宏吉剌、亦乞列思、豁罗剌思、朵儿边、塔塔儿、撒勒只兀特、合塔斤等部会于刊河，立札木合为古儿汗。至秃拉河，举足蹋岸土⑧，挥刀斩林木，而誓曰："有泄此谋，如土崩，如木断。"遂潜师来袭⑨。有火力台者闻之，以语其妻舅麦儿吉台⑩。麦儿吉台使告于太祖，骑以剪耳白马。夜经一古阑，其将曰忽兰把阿秃儿，曰哈剌蔑儿巴歹，见而执之。然二将亦心附太祖，赠以良马使去。火力台遇载札木合白帐者，疾驰得免，见太祖，具告其事。太祖自古连勒古起兵，迎战于亦提火儿罕之地，大败之，札木合遁走⑪。

明年，札木合又合乃蛮、蔑儿乞、斡亦剌、泰亦兀赤、朵儿边、塔塔儿、合塔斤、撒勒只兀特诸部攻太祖，太祖与王汗合兵拒之。太祖以阿勒坛等为前锋，王汗使其子桑昆为前锋。阿勒坛漏师于札木合将阿不出。次日，两军阵于阔亦田之地，札木合军中有不亦鲁黑、忽都合者，能以巫术致风雨，欲顺风纵击太祖。忽反风，雨雪，天地晦冥，诸部兵不能进，多坠死涧谷中。札木合见事败，乃言："天不佑我！"策马溃围而去。诸部皆溃散。札木合遂大掠合答斤等部。自此札木合不能复振，降于王汗。

太祖与王汗伐乃蛮。札木合言于王汗曰："帖木真按答曾遣使于乃蛮，今迁延不进，必与乃蛮通。"王汗始疑太祖。

及太祖灭王汗，札木合复奔于乃蛮。太祖亲征乃蛮，札木合见太祖军容甚盛，谓太阳汗曰："汝初视蒙古兵如粘罷羔儿，谓蹄皮亦不留。今吾观其气势，殆非昔比矣。"遂引所部遁去。又遣使以乃蛮军事告于太祖。太祖擒杀太阳汗，朵儿边、塔塔儿、合塔斤、撒勒只兀惕等部皆降。

札木合部众尽溃，率左右五人遁入倘鲁山。一日，左右炙源羊而食，札木合呵之，五人怒，乃缚札木合致于太祖。札木合使谓太祖曰："鸦获家鹜，奴执主人，按答必有以处之⑫。"太祖以辜恩卖主，不可恕，并其子孙诛之，命莅杀五人于札木合之前。使人谓札木合曰："我昔与汝为按答，如车之有辕。汝自离我而去，今又相合，可以从我矣。"札木合曰："吾两人自幼为按答，因为人离间，故参差至此。吾羞赧不敢与按答相见⑬。今按答大位已定，如不杀我，则似领有虮，衿有刺⑭，必使按答不能安寝。愿赐速死为幸，若使不见血而死，吾魂魄有知，犹当护按答子孙。"太祖乃令其自杀。或云太祖卜杀札木合不入，乃送于伊而乞歹，伊而乞歹截其手足。札木合曰："此事之当然，使我获彼，亦必出此也。"札木合谲诈有口辨，时人以"薛禅"称之⑮。尝为蔑儿乞人所败，只余三十人，无所归。使人告脱黑脱阿，请为其子；许之。乃往依脱黑脱阿。一日，见树间有雀巢，默识之。越日，复过其地，乃谓众曰："前年我至此，见有雀哺殼于此树，不知是此否⑯？"往视之，果有雀巢，众服其强记。后脱黑脱阿独居一帐，无左右，札木合与三十人径入。脱黑脱阿疑惧，问其来何为。札木合曰："我来视护卫何如耳。"脱黑脱阿益惧，以金怀爵马漼于地，与之盟，尽返其部众焉⑰。

时太祖仇人附札木合者曰泰赤兀赤部长塔而忽台、蔑儿乞部长脱黑脱阿，俱为太祖所灭。

塔而忽台，太祖五世祖海都次子扯儿黑领昆之后。令稳，辽官名，蒙古语讹为领昆。领昆长子莎儿郭都鲁赤那，与托迈乃汗同时。其子俺巴该，继哈不勒之汗位，娶妇至塔塔儿部。塔塔儿执之，送于金，金人杀之。俺巴该子哈丹太石。哈丹太石子布达归附太祖。布达子速敦诸颜领速而图斯部众。塔而忽台乃泰亦赤兀阿达尔汗之子，与同祖兄弟忽力儿把阿秃儿、盎库兀库楚，皆为泰亦赤兀部长。初，阿达尔汗与烈祖亲好，继而不叶，至以兵相攻。

烈祖崩，太祖方十三岁，塔而忽台兄弟强盛，太祖部众多叛从泰亦赤兀，札木合亦归之。于是塔而忽台遂与太祖相仇，塔而忽台性狠毒，人称之曰开勒而秃克。太祖尝为所获，枷太祖项。一老妪怜之，为梳发，以毡裹其项。既而，太祖逸去，遇速而图斯人锁而干失剌救之，事具《赤老温传》。

后札木合与塔而忽台等集三万人攻太祖，战于答兰巴泐渚纳，太祖失利。泰亦兀赤部下失里耶人出猎，遇太祖于乌者儿哲儿们山。朱里耶队以粮糗不给，已归其半⑱。太祖坚留之。次日，再猎，分以饮食，复驱兽向之，俾多获。朱里耶人感之，相谓曰："泰亦赤兀薄待我，帖木真素与我疏，乃厚我如此，真人君之度也。"其部长遂率所部来归。诸族皆谓泰亦赤兀无道，帖木真能抚众,亦相率降附。

巴邻部长述儿哥图额不干与其子纳牙阿擒塔而忽台,欲献于太祖。中道,复纵之,惟父子来降。太祖义之。

时蔑儿乞酋脱黑脱阿遣使纠合泰亦赤兀各部,塔而忽台、忽都答儿、忽里儿把阿秃儿、盎库兀库楚等,共会于斡难河沙漠中。太祖与王罕兵至,败之,追及于特秃剌思之地。赤老温以枪掷塔而忽台,中之,坠马。塔而忽台曰:"我固当死,然为锁儿干失剌之子标枪中我,我死不甘心。"遂为赤老温所杀。忽都答儿亦死。盎库儿库楚奔巴儿古真,忽里儿把阿秃儿奔乃蛮。泰亦赤兀部遂灭。

脱黑脱阿,蔑儿乞部长也。蔑儿乞为白达达之一种,一名兀都亦,又曰梅格林,居鄂勒昆河、色楞格河之间。脱黑脱阿为兀都亦部长。兀都亦之别部:曰兀洼思,塔亦儿兀孙为部长;曰合阿惕,答儿马剌为部长。是为三种蔑儿乞。

先是,脱黑脱阿之弟也客赤列都娶于斡勒忽纳氏,曰诃额仑;返至中道,遇烈祖与其兄捏坤太石、弟答里台,劫之,也客赤列都惧而逃。烈祖以诃额仑归纳之,是为宣懿皇后。故脱黑脱阿仇烈祖父子。

蔑儿乞部众喜掠人勒赎,太祖幼尝为所掠赎归。及娶光献皇后孛儿台,脱黑脱阿率部众来袭,太祖匿于不而罕山,获孛儿台,以妻赤列都之弟赤勒格儿。太祖求援于王汗及札木合,大败蔑儿乞之众,获答儿马剌,迎孛儿台以归。有蔑儿乞人猎于勒勒谿河,见兵至,走告脱黑脱阿,故脱黑脱阿与塔亦儿兀孙得逸去,奔于巴儿忽真。赤勒格儿谓孛儿台曰:"我如慈乌欲食雁与鹕老,宜有此祸也[19]。"亦挺身走免。

丁巳,太祖与王汗合兵攻蔑儿乞,战于孟察之地,悉以俘获归于王汗。

戊午,王汗复自攻脱黑脱阿于不兀剌客额儿之地,杀其长子土古思,又获其二子忽图、赤老温,脱黑脱阿复奔巴儿忽真。

辛酉,脱黑脱阿遣忽敦忽儿章与泰亦兀赤等部会于斡难河沙漠中,太祖与王汗兵至,败之。脱黑脱阿从札木合及乃蛮不鲁黑汗等合众来攻,又为太祖与王汗所败。

甲子,太祖亲征乃蛮,脱黑脱阿以兵助太阳汗。太祖擒杀太阳汗,脱黑脱阿遁走。

冬,太祖再征蔑儿乞至塔而合,塔亦儿兀孙来降,献女忽兰可敦,谓部众无马不能从。太祖令散其众于辎重后营,每营百人,以分其势[20]。后其众复叛去,塔亦兀儿孙逃至呼鲁哈卜察之地,筑城以守。太祖遣博尔忽、沈伯率右翼兵讨平之,以其妻士拉基乃赐太宗。太祖围脱黑脱阿于台哈勒忽儿罕,尽取麦丹、脱塔黑林、哈俺诸部众,脱黑脱阿与其子奔于不亦鲁黑。

太祖元年,不亦鲁黑败死,脱黑脱阿与太阳汗子古出鲁奔也儿的失河。

三年,太祖以卫拉特人为向导,至也儿的失河。脱黑脱阿中流矢死,部众溃,渡也儿的失河溺死大半。其子忽图、赤老温、赤攸克、呼图罕蔑而根不能得父全尸,函其首去,奔于畏兀儿[21]。畏兀儿不纳,与忽图等战于崭河,逐之。忽图等奔钦察。

十一年,太祖命速不台征之,用铁钉密布车轮上以利山行。复命脱忽察儿率二千骑同往。至吹河,尽歼其众,生擒呼图罕蔑而根,槛送于术赤。术赤命之射,首矢中的,次矢劈首矢之竿,而亦中的[22]。术赤大喜,驰使告太祖,请赦之。太祖曰:"蔑而乞,吾深仇。留善射仇人,将为后患。"仍命术赤杀之。

史臣曰:札木合率十三部之众,与太祖争衡,可谓劲敌矣。然矜凶挟狡,反覆无常,卒为左右所卖,非不幸也。泰亦兀赤或谓出于勃端察儿之孙纳勤,拉施特曰:"蒙古金字谱,泰亦兀赤之祖为扯而黑领昆,纳勤救海都免于札剌亦之难,其牧地又近于领昆,故讹为泰亦兀赤之祖焉。"

①有身：怀孕。

②约为按答：结拜兄弟。

③鬃（zōng，音宗）：马、猪等颈上的长毛。　　　径：直往。

④溯（sù，音宿）：逆流而上。

⑤逆：迎着。

⑥殆（dài，音带）：近于。

⑦复：回答。　　　忌：憎恨。

⑧蹋：同踏，踩。

⑨潜师：隐蔽地派军队。

⑩语：告诉。

⑪遁（dùn，音钝）：逃。

⑫鹜·（wù，音物）：鸭子。

⑬赧（nǎn，音蝻）：羞愧脸红。

⑭衿：同襟，衣裳的带子。

⑮谲（jué，音决）诈：奸诈。

⑯鷇（kòu，音扣）：初生的小鸟。

⑰酹（lèi，音累）：把酒浇在地上。　　　湩（dòng，音动）：乳汁。

⑱糗（qiǔ）：古代指干粮。

⑲鹚（cí，音词）：一种鸟。

⑳辎（zī，音资）重：外出时所带衣物箱笼。

㉑函：包着，包容。

㉒竿（gǎn，音敢）：箭。

客烈亦王罕　乃蛮太阳罕列传

客烈亦部，未详所出，或谓始居唐麓岭北谦谦州之地，后徙于土拉河。相传其祖生子七人，面黝黑，蒙古语"黑"为"喀喇"，故名其部为"喀喇"，又讹为"客烈"。后族类繁衍，如只儿起特、董鄂亦特、土马乌特、萨起牙特、哀里牙特，皆其支派，而统名为客烈亦特。言语风俗，大率类蒙古。

其酋有默尔忽斯不亦鲁罕，为塔塔儿部酋挈乌尔不亦鲁黑所诱执，献于金，金人钉于木驴毙之。默尔忽斯之妻思复仇，伪降于塔塔儿，愿往献牛酒，挈乌尔许之。乃馈牛十、羊百、皮囊百，皮囊不盛酒而藏壮士于内。挈乌尔宴之，壮士自囊中突出，杀挈乌尔而返。默而忽斯二子：一曰忽儿察忽思不亦鲁黑，一曰古儿堪。默尔忽斯死于金，忽儿察忽思嗣。生八子，脱斡邻勒最长。

脱斡邻勒七岁，尝为蔑儿乞人所掠，使舂碓①。忽儿察忽思赎归。十三岁，又尝同其母为塔塔儿人所掠，使牧驼、羊，乘间逸去。忽儿察忽思卒，脱斡邻勒嗣。脱斡邻勒助金人征塔塔儿有功，受王封，故部众称为王罕。王罕性猜忌，好杀，以事诛其弟台帖木儿、不花帖木儿，又欲杀母弟额儿格喀剌，额儿格喀剌奔乃蛮。其叔父古尔堪举兵逐之，王罕败遁哈喇温山，纳女忽札兀儿于蔑儿乞酋脱黑脱阿，假道奔于烈祖。烈祖伐古尔堪，古尔堪奔西夏，王罕复其有部众，以是德烈祖，约为按答。

　　烈祖崩，所部多叛归泰亦兀赤。太祖既壮，娶皇后孛而台。新妇觐诃额仑太后，以黑貂裘为贽②。太祖用其贽以谒王罕于哈喇屯③，王罕大悦，温言抚慰，许为收集旧部。未几，蔑儿乞修烈祖旧怨，袭攻太祖，掠孛而台而去。太祖求救于王罕，并约札只剌部长札木合为应，大败蔑儿乞，迎后返。或云王罕有一妃，为后之妹，蔑儿乞人送后于王罕，王罕乃归之太祖焉。王罕为太祖父执，太祖尊之如父，至是情好益笃。

　　金遣宰相完颜襄讨塔塔儿，谕游牧诸部出兵。太祖与王罕攻杀塔塔儿部酋蔑古真薛兀勒图，由是王罕受封于金为夷离堇④，译义王也。

　　既而，王罕弟额儿格喀剌以乃蛮兵攻王罕。王罕奔西辽，闻太祖强盛，思归于太祖。道远粮绝，仅有五乳羊，以绳勒羊口，夺其乳饮之，刺橐驼血为食⑤。独骑眇一目之马⑥，行至客苏孤淖尔⑦。太祖往迎之，令各部分以牛羊宴王罕于图而阿河滨。遂与王罕合兵攻布而斤，又合攻蔑而乞，太祖分所获于王罕。王罕势渐振，再往攻蔑儿乞，杀脱黑脱阿长子土古思，获其忽秃黑台、察勒浑二女，又降其二子忽图、赤老温，俘虏甚众，无所遗于太祖。

　　金承安四年，又与太祖合攻乃蛮，乃蛮不亦鲁黑罕奔于谦谦州，其部将可克薛兀撒卜剌黑不援，战竟日，胜负未决。王罕夜爇火于原⑧，潜移其众以去。太祖不得已，亦退至撒里罕哈儿之地。可克薛兀撒卜剌黑追王罕，遇其弟必而嘎、札合敢不，获二人之妻子，又入客烈亦界搭而都阿马舍拉之地，大掠。王罕使其子伊而克桑昆御之，又乞援于太祖曰：“乃蛮掠我部众，我子能以四良将助我乎？”四良将者，博尔术、木华黎、博尔忽、赤老温也。太祖遣四人赴援。未至，桑昆已败，其部将的斤火里、赤土儿干约塔黑俱战没。博尔术等反败为胜，尽夺所获以归王罕。王罕大悦，遣使告太祖曰：“昔也速该俺答曾救我，今其子帖木真复然。欲报之德，惟天知之。吾老矣，一子伊而克孤立。若令伊而克兄事帖木真，是吾不啻有二子⑨，可以高枕卧矣。”遂会太祖于忽剌阿讷兀之地，重申父子之盟，矢之曰：“有敌同征，有兽同猎，毋为谗言所间。”未几，蔑儿乞酋脱黑脱阿使其二弟忽敦忽而章，约泰亦兀赤部长盍库兀库楚等，在沙漠中相会。王罕与太祖攻败之。事具《塔而忽台传》。太祖军威大振，蒙古别部皆畏惧不自安。

　　承安五年，喀答斤、萨而助特、都尔班、宏吉拉特与塔塔儿部众会议，杀一马、一牛、一犬、一牡羊，立誓共袭太祖。已而宏吉拉特部长背约，遣使告于太祖。太祖与王罕自库而各湖进，至不月儿湖，大败之。

　　是年冬，王罕沿克鲁伦河至库塔海牙之地。札合敢不与王罕部将阿勒屯阿速儿、额勒忽秃儿、伊儿晃火儿、忽勒巴里、纳邻太石等窃议曰：“吾兄心性无常，杀戮诸弟殆尽，又虐我部众，今将何以处之？”阿勒屯阿速儿以其言密告王罕，王罕怒，尽执札合敢不及诸将至帐下，面诘之曰：“昔日相誓云何？今汝曹如此，吾不与校也。”语毕，唾其面，帐下人亦唾之，而释其缚。阿勒屯阿速儿出语人曰：“吾亦与谋，惟不忍于故主，故告之。”后王罕屡责札合敢不，谓：“汝，心最叵测者。”札合敢不不自安，与额勒忽秃儿、伊儿晃光儿、纳邻太石奔乃蛮。

　　札木合忌太祖与王罕并力难制，至是侦知二人分兵，乃会宏吉剌等十有一部盟于刊河，欲袭攻太祖，为太祖所败。王罕中立不相助也。既而不亦鲁黑、脱黑脱阿等复合兵攻太祖，太祖乞援于王罕。王罕以兵来会。太祖与王罕自库而库夷河至额喇温赤敦山，桑昆殿后。行及山之隘口，不亦鲁黑已至，见桑昆兵少，谓其左右曰：“是可聚而歼之。”遣其将阿忽出及脱黑脱阿之弟为前锋。未阵，桑昆兵已逾隘。不亦鲁黑等从之，遇风雪不能进，乃退至奎腾之地，士马冻死无算，札木合率所部归于王罕。是时，太祖与王罕同居阿拉儿之地，金泰和二年也。冬，太祖又移帐于阿儿怯宏哥儿之地，王罕西还者者额儿温都儿、折儿合不赤孩。太祖欲为术赤聘王罕女超尔别乞。王罕欲为其孙库世布喀聘太祖女库勒别乞。独桑昆不欲曰：“吾妹至彼家，北面倚户立；彼女来，南面正坐，可乎？"不许。由是太祖与王罕有隙。太祖怨王罕收纳札木合，告王罕曰："吾等如白翎雀，他人乃告天雀耳。"蒙古称鸿雁为告天雀，意谓白翎雀寒暑居北方，鸿雁南北无常，喻札木合之反覆也。札木合亦与阿勒坛、忽察儿、合儿答乞歹、额不格真那牙勤、雪格额台、脱斡邻勒、合赤温别乞等说桑昆曰："帖木真与乃蛮通举动如此，岂复可恃，若不早备之，且为君父子后患。"阿勒坛、忽察儿曰："我为君讨诃额仑诸子可也。"额不格真那牙勤与合儿答乞歹曰："我请为君缚其手足。"脱斡邻勒曰："不如先虏其部众，失众则彼将自败。"合赤温别乞曰："桑昆吾子欲何如？高者山，深者水，吾与汝共之。"桑昆遣撒亦罕脱迭额以札木合之言闻于王罕。王罕曰："札木合巧言寡信人也，不足听。"桑昆又使人说，王罕不为动。桑昆乃自见王罕曰："吾父在，彼犹蔑视吾，如不可讳。吾祖父之业，彼能容吾自主乎？"王罕曰："儿辈一家，何忍相弃。况彼有德于我，背之不祥。"桑昆咈然而出。王罕呼使反曰："吾老矣，但思聚骸骨于一处，汝乃喋喋不已，好自为之，毋贻吾忧可也。"桑昆遂决意杀太祖。

泰和三年，桑昆伪为许婚，邀太祖饮酒，欲伏兵杀之。蒙力克劝太祖勿往，太祖从之。桑昆见事不就，又欲乘太祖不备掩袭之。王罕部将也客扯阑归语其妻阿剌黑因特，且曰："如有人告于帖木真，当若何酬之。"有牧人乞失力克送马湩至帐外，闻之，以告同牧者巴歹，二人即夜至太祖处告变。太祖移营于赛鲁特而奇特山，分兵至卯温都尔狄斯山侦敌。王罕兵至匿于红柳林中，适伊而乞歹奴牧马见之，奔告太祖。太祖在客兰津阿而忒之地，仓卒拒战。有忙古特部将畏答儿，请绕出敌后，树帜奎腾山上，为前后夹攻之计。从之。将战，王罕问札木合曰："帖木真部下孰善战？"札木合曰"兀鲁兀特、忙古特也。一花纛⑩，一黑纛，当者慎之。"王罕曰："令我只克斤把阿秃儿合答吉当之，以土棉秃别干阿赤黑失仑及斡栾董合亦特巴阿秃儿、豁里失烈门太石率护卫千人为应，最后我以中军之士攻之，蔑不济矣。"然札木合知王罕非太祖敌，自引去，而阴以王罕军事输于太祖。及战，太祖果以兀鲁兀特、忙古特为前锋。合答吉率只克斤人冲其阵，不动。阿赤黑失仑以土棉秃别干兵继进，刺畏答儿堕马。兀鲁兀特将术赤台援之，阿赤黑失仑败却。斡栾董合亦特、失烈门太石并为兀鲁兀特一军所败。桑昆见事亟，径前搏斗，术赤台射之中颊，桑昆创甚。王罕乃敛兵而退。王罕怒责桑昆。阿赤黑失仑曰："今日之战，忙豁仑部众大半从札木合暨阿勒坛、忽察儿，少半从帖木真，人无兼骑，去亦不远，入夜必宿林中，吾往取如拾马粪耳。"王罕以子受伤，不欲进兵，乃退舍于只惕豁罗罕沙陀。

有塔儿忽人合答安答勒都儿罕自王罕处奔于太祖，以阿赤黑失仑之言告。太祖乃自答阑捏木儿格思之地，引军夹哈勒哈河而下，营于董嘎淖尔脱尔哈火鲁罕，是地水草茂美，因休息士马。遣阿儿海者温告于王罕曰："我今驻董格淖尔脱尔哈火鲁罕，水草皆足矣。父王罕，昔汝叔古儿堪责汝，谓'我兄忽儿察忽思不亦鲁黑罕之位，不我与，而汝自据之。汝又杀台帖木儿太石、不花帖木儿二弟。'古儿堪乃逐汝至哈剌温哈卜察，汝仅有数人相从。斯时救汝者何人？乃我父也。汝往哈剌不花，又往土拉坛秃朗古特，后由哈卜察尔而至古苏儿淖尔，以遇汝叔古儿堪。其时古儿堪在忽尔奔塔剌速特，势败而遁，自此入合申不复返。我父夺古儿堪之国以复于汝，由是结为按答，我遂尊汝为父。此有德于汝者一也。再者，父王罕，汝避居于日入之地，隐没于中，汝弟札合敢不在察富古特之地，我举帽招之，大声呼之，以致彼来。彼欲来，而蔑儿乞迫之。我遣将往援，杀薛撒别乞、泰出勒，则我又以汝故而杀我兄弟二人。此有德于汝者二也。再者，父王罕，汝如云中日影，缓缓而升；如火焰缓缓而腾，以来就我。我不及半日，而使汝得食；不及一月，而使汝得衣。人问此何以故，汝宜告之曰：'在木里察克速儿，大掠蔑儿乞之辎重，悉以与汝，故不及半日而饥者饱，不及一月而裸者衣。'此有德于汝者三也。曩者⑪，蔑儿乞在不兀剌客额儿　我使人往觇脱黑脱阿虚实。汝知有机可乘，不告于我而自进兵，虏忽秃黑台哈敦、察勒浑哈敦并其子忽图、赤老温，取其奥鲁思而无丝毫遗我。汝后与我共攻乃蛮，在拜答剌黑别勒赤儿之地，忽图、赤老温率其部众离汝而去，可克薛兀撒卜剌黑遂掠汝之奥鲁思。我令博尔术、木华黎、博儿忽、赤老温尽夺之归，以致于汝。此有德于汝者四也。昔者，我等在哈剌河滨与忽剌安必儿答秃兀特相近之卓儿格儿痕山，彼此明约，如有毒牙之蛇在我二人中经过，我二人必不为所中伤，必以唇舌互相剖诉，未剖诉之先，不可遽离⑫。今有人谗构汝，并未询察，而即离我，何也？再者，父王罕，我如鸷鸟，自赤而古山飞越捕鱼儿淖尔，擒灰色足之鹤，以致于汝。此鹤为谁？朵儿奔、塔塔儿诸人是也。我又如海东青鹘，越古兰淖尔，擒蓝色足之鹤以致于汝。此鹤为谁？哈答斤、撒儿助特、宏吉拉特诸人是也。今汝乃仗彼以惊畏我乎？此有德于汝者五也。父王罕，汝之所以遇我者，何一能如我之遇汝？我为汝子，曾未嫌所得之少，而更欲其多者，嫌所得之恶，而更欲其美者。譬如车有二轮，去其一则牛不能行，弃车于道，则车中之物将为盗有；系牛于车，则牛困守于此，将至饿毙，强欲其行而鞭箠之⑬，徒使牛破额折项，跳跃力尽而已。以我二人方之，我非车之一轮乎？"

又使谓阿勒坛、火察儿曰："汝二人疾恶我，将仍留我地上乎？抑埋我地下乎？我尝告把儿坛把阿秃儿之子及薛撒别乞、泰出二人，斡难河地讵可无主，我劝其为主而不从。我因汝火察儿为捏坤太石之子，劝汝为主，又不从。汝等必以让我，我由汝等推戴，故思保祖宗之土地，守先世之风俗，不使废坠。我既为主，则我之心必以俘掠之营帐、牛马、男女丁口悉分于汝，郊原之兽围之以与汝，山林之兽驱之以向汝也。今汝乃弃我，而从王罕！三河之地，我祖实兴，慎毋令他人居之。"

又使告脱忽鲁儿曰："汝祖乃我祖俘为奴仆，故我称汝为弟。汝父之祖塔塔为扯勒黑领昆都迈乃所虏。塔塔生雪也哥，雪也哥生阔阔出黑儿思安，阔阔出黑儿思安生也该晃脱合儿，也该晃脱合儿生汝。汝思得我之基业，阿勒坛、火察儿必不汝与也。在昔王罕所饮之青马乳，我以起早，亦得饮之，汝辈殆由是妒我。我今去矣，汝辈恣饮之，量汝能饮几何也！"

又谓阿勒坛、火察儿曰："汝二人今从我父王罕毋有始无终，使人议汝向日所为皆札兀特忽里之力也。今如有人以我故而痛我，将来亦必有人以汝故而痛汝。纵今岁不及汝等，明冬将及汝等矣。"

又告王罕曰："请遣阿勒屯阿速黑、忽勒巴尔二人为使，或一人来。昔者战时木华黎忙纳儿失银鞍辔黑马⑭，请以归我。桑昆按答当遣必勒格别乞、脱端二人来，或一人，札木合按答、哈赤温、阿赤黑失仑、阿刺不花带、阿勒坛、火察儿亦各遣二人，否则遣一人。使人之来，可在捕鱼儿淖尔遇我。如我他适，则可在哈泼哈儿哈达儿罕之路寻我。"

使者既致各词。王罕曰："彼言诚有理，惟我子桑昆有以答之。"桑昆曰："彼称我父为好杀人之额不干，詈我为脱黑脱阿师巫⑮，撒儿塔黑臣之羊衔尾而行。今日不能遣使，惟有一战。我胜则并彼，彼胜则并我耳。"即令必勒克别乞、脱端建旗鸣鼓，秣马以待。

太祖既遣使，遂率部众掠宏吉拉特而至巴泐渚纳⑯。王罕亦徙帐于喀尔特库而格阿而特之地。有答力台斡赤斤、阿勒坛者温、火察儿别乞、札木合、忽勒巴里、苏克该、脱忽鲁儿、图海忽剌海、忽都呼特谋杀王罕。事觉，王罕先捕之。于是答力台、斡赤斤、忽勒巴里与撒哈夷特部、呼真部俱降于太祖。阿勒坛者温、火察儿别乞、忽都呼特、札木合奔乃蛮。

是年秋，太祖自巴泐渚纳誓师，将自斡难河以攻王罕。哈里兀答儿、察兀儿罕本在哈萨儿左右，太祖使往绐王罕⑰，伪言哈萨儿欲降。王罕信之，遣亦秃儿干盛血于牛角，往与之盟。三人行至中途，太祖兵亦至。哈里兀答儿绐亦秃儿干下马，执献太祖。太祖付哈萨儿杀之。即日夜兼进，至彻彻儿温都尔，出不意攻之，尽俘其众。王罕方卓金帐⑱，酌马湩高会⑲，与桑昆率数骑突围走，仅以身免。行至中途，王罕曰："不应与离之人，我自离之。今遘此厄⑳，皆我一人之罪也。"至乃蛮界之捏坤乌孙，为守界将火力速八赤、腾喀沙儿所杀，送其首于太阳罕。

桑昆亡去，经亦即纳城，入波鲁土伯特，日剽掠以自给。部人逐之，逃于兀丹、乞思合儿近地曰苦先古察儿喀思每，为哈剌赤部酋克力赤哈剌获而杀之。桑昆本以父功，金人授为本部详稳官，语讹为桑昆。

王罕二子：长桑昆，次艾忽。艾忽子萨里哲。艾忽二女，嫁于皇孙旭烈兀。萨里哲女，嫁于诸王阿鲁浑。

王罕弟札合敢不，幼时尝为唐古特所虏。唐古特语谓"雄强"曰"赞"，"丈夫"曰"普"，故称君为"赞普"，语讹为札合敢不。札合敢不受唐古特封，而有是称，人遂呼以为名。太祖平乃蛮，札合敢不献二女以降。太祖纳其长女，以次女赐少子拖雷，即庄圣皇后也。札合敢不既降，以外戚之恩得自领部曲。已而叛去，术赤台以计诱执之。

乃蛮部，辽时始著，耶律太石西奔，自乃蛮抵畏吾儿，即此部也。基部初居于古谦河之傍，后益强盛，拓地至乌陇古河。乃蛮译义为"八"，所据之地：一阿而泰山，一喀喇和林山，一哀略以赛拉斯山，一阿而帖石湖，一阿而帖石河，一阿而帖石河与乞里吉思中间之地，一起夕耳塔实山，一乌陇古河。故称其部曰"乃蛮"。其北境为乞里吉思，东为克烈，南为回纥，西为康里。

其酋曰亦难察贝而喀布库罕，以兵力雄长漠北。客烈亦王罕之弟额而格合剌来奔，亦难察为出兵伐王罕，大破之。王罕奔西辽。亦难察卒，二子，一曰泰赤布喀，一曰古出古敦不月鲁克。初亦难察无子，祷于神而生泰赤布喀。亦难察嫌其阁弱㉑，谓不能保其部众，及卒，泰赤布喀与不月鲁克以争父妾相仇，不月鲁克北徙于起夕耳塔实山。泰赤布喀居其父旧地，后受封于金为大王。蒙古语讹大王为"太阳"，故称为"太阳罕"。

太祖与王罕知其兄弟有衅㉒，乘机攻不月鲁克至忽木升古儿、乌泷古河。不月鲁克之将也迪土卜鲁黑率百骑侦敌，马鞿断，为太祖兵所执。进至乞湿泐巴失之野，不月鲁克拒战，大败，奔于谦谦州。其骁将撒卜剌黑称曰可克薛兀，译言老病人也，以兵援之，遇于拜答剌黑巴勒赤列之地。战一日，无胜负。王罕夜引去，太祖亦退。可克薛兀追王罕至伊库鲁阿而台之地，王罕弟札合敢不殿后㉓，为所袭，辎重、妻子皆失。别遣一军至帖列格秃阿马撒剌，掠王罕部众。桑昆以中军追之，又为所败。流矢中桑昆马胯，桑昆坠马，几被执。太祖使博尔术等救之，可克薛兀始败去。

金泰和二年，不月鲁克与蔑儿乞、斡亦剌、泰亦兀赤、朵儿边、塔塔儿、合塔斤、撒勒只兀特诸部立札木合为罕，合兵攻太祖。太祖与王罕自兀而库夷河至喀剌温赤敦山，不月鲁克等从之，其部将能以术致风雨，欲顺风击我。忽风反，大雨雪，人马多冻死，遂大败而返。

又二年，太祖袭破王罕，王罕走至乃蛮界之捏坤乌孙，为守将火力速八赤腾喀沙儿所杀，白其事于太阳罕。太阳罕后母古儿别速，又为太阳罕可敦，闻之曰："脱斡邻勒是东邻老王罕，取彼头来视之，若信，当祭以礼。"头至，置白毡上。乃蛮人有识之者，果王罕也。乃陈乐以祭，其头忽有笑容。太阳罕以为不祥，蹴而碎之㉔。可克薛兀退谓诸将曰："割死王罕之头而蹴之，非义也。况近日狗吠声甚恶，事其殆乎。昔王罕尝指古儿别速言：'此妇人年少，吾老且死。泰赤布喀柔软，他日恐不能保我部众。'今古儿别速用法严，而我太阳罕顾性懦，舍飞猎外无他长。吾亡无日矣！"

太阳罕忌太祖势日强，欲用兵于蒙古。可克薛兀谏，不听。乃使其部将卓忽难告汪古部长曰："我闻有北边林木中之主，欲办大事。我知天上惟一日、一月，地下亦不得有两主。请汝助我为右手，我将夺其弓矢。"汪古部长遣使告于太祖，太祖议先攻之。

泰和五年春，会诸将于迭灭该河，众以方春，马瘦，俟马肥而后进。别勒古台请先发以制之，太祖从其言，进兵至乃蛮境外之哈剌河，乃蛮乐不至，不得战。

秋，再议进兵，以忽必来、哲别为前锋。时太阳罕亦遣兵为前锋，而自与蔑儿乞酋脱黑脱阿、客烈亦酋阿邻太石、卫拉特酋忽都哈别乞、札只剌酋札木合及朵儿奔、塔塔儿、哈答斤、撒儿助等部连合驻于阿勒台河、杭海山之间。

太祖营有自马，鞍翻而逸，突入乃蛮军中，乃蛮皆谓蒙古马瘦。太祖进至撒阿里客额儿之地，部将朵歹言于太祖曰："吾兵少。至夜，请使人各燃火五处为疑兵，以张声势。"太祖从之。乃蛮哨望者果疑蒙古兵大至，走告太阳罕。

太阳罕与诸将计曰："蒙古马虽瘦，然战士众，亦不易敌。今我退兵，彼必尾迫，则马力愈乏，我还而击之可以得志。"太阳罕子古出鲁克闻之，恚甚⑥，曰："吾父何畏葸如妇人㉛？达达种人吾知其数，大半从札木合在此，彼从何处增兵？吾父生长宫中，虽孕妇更衣、童牛啮草之地㉗，身所不至，故惧为此言耳。"其将火力速八赤亦曰："汝父亦难察从不以人背马尾响敌，汝恇怯如此，曷不使汝妇古儿别速来乎！惜可克薛兀者，吾兵纪律不严，得毋蒙古人应运将兴耶？"言毕叹息而出。太阳罕大怒曰："人各有一死，七尺之躯辛苦相等。汝辈言既如此，吾前迎敌可也。"遂决战，渡斡儿洹河至纳忽岭东崖察乞儿马兀惕之地。

太阳罕与札木合登高瞭敌，见太祖军容严整，有惧色，退至山上陈兵自卫。札木合谓其左右曰："乃蛮平日临敌，自谓如宰小牛羊，自头至足不留皮革，汝等今视其能否？"遂率所部先遁。是日战至晡，乃蛮兵大溃。太阳罕受重伤，卧于地。火力速八赤曰："今我等尚在山半，不如下为再战之计。"太阳罕不应。火力速八赤曰："汝妇古儿别速已盛饰待汝得胜而回，汝盍速起㉘。"亦不应。火力速八赤乃谓其部将十人曰："彼如有丝毫气力，必不如此。我等与其视彼死，不如使彼视我等之死。"遂与诸将下山力战。太祖欲生致之，而不从，皆死。太祖叹息曰："使吾麾下将士能如此，吾复何忧！"太阳罕既死，余众夜走纳忽岭，坠死崖谷者无算。太祖获古儿别速，诮之曰："汝谓蒙古人歹气息，今日何故至此？"遂纳之。朵儿奔、塔塔儿、哈答斤、撒儿助四部悉降。古出鲁克奔于不月鲁克。

太祖元年，亲征不月鲁克。不月鲁克方猎于兀鲁黑塔山，太祖兵奄至，杀之。古出鲁克与脱黑脱阿奔也儿的石河。

三年，太祖以卫拉特降酋忽都哈别乞为向导，至也儿的石河，阵斩脱黑脱阿。古出鲁克复奔西辽。

是时，西辽古儿罕为直鲁古，古出鲁克至西辽，将谒古儿罕，虑有变，令从者伪为己入谒㉙，自立于门外俟之。适古儿罕之女格儿八速自外至，见其状貌，伟之。后询得其实，乃以女晃忽妻古出鲁克。晃忽年十五，性慧黠㉚，以古儿罕喜谍，使古出鲁克迎合其意，古儿罕遂以国事任之。古出鲁克闻其父溃卒多藏匿于旧地，欲纠合部众，以夺古儿罕之国。乃言于古儿罕曰："蒙古方有事于乞磷，不暇西顾。若我往叶密里、哈押立克、别失八里，招集溃卒，众必响应，可藉其力以卫本国。"古儿罕从之。古出鲁克既东，乃蛮旧众果闻命附从。又遇货勒自弥使者，约东西夹攻古儿罕。西军胜，则拓地至阿力麻里、和阗、喀什噶尔，东军胜，则拓地至费那克特河。议定，古出鲁克即至鄂思恩，夺西辽之库藏，进攻八剌沙衮。古儿罕自出御之，古出鲁克败退。而货勒自弥之兵已至塔剌思，擒古儿罕之将塔尼古。八剌沙衮城守鄂思恩溃卒以象毁门而入，大掠三日。古出鲁克乘机再进，古儿罕战败，生获之。奉古儿罕为太上皇，篡其国而自立。越二年，古儿罕以忧卒。

古出鲁克既篡立，又纳西辽前宰相之女为妃，貌甚美，与正妃晃忽同信佛教。契丹本举国事佛，及耶律大石西迁，其地盛行回回教。大石听其信仰，不之禁，故上下相安。古出鲁克用其妃之言，定佛法为国教。谕其民奉佛，不得奉谟罕默德。自至和阗，招集天方教士辨论教理。有教士曰阿拉哀丁，与古出鲁克往复驳难，古出鲁克惭怒，晋而缚之，钉其手足于门。又赋敛苛重，每一乡长家置一卒监之。于是民心瓦解，惟望蒙古兵速至。

太祖亦闻之，使哲别伐古出鲁克。哲别入西辽境，谕民各奉旧教勿更易，各乡长皆杀监卒应之。古出鲁克在喀什噶尔，兵未至先遁。哲别追及于撒里黑库尔，古出鲁克匿于苇拉特尼之山谷。哲别遇牧羊人询知古出鲁克踪迹，获而杀之。古出鲁克自太祖三年奔西辽，六年篡直鲁古，十四年为哲别所杀，距太阳罕之死已十有一年。

古出鲁克有子敞温走死。敞温子抄思幼，从母康里氏间行归太祖，给事中宫。年二十五，出从征伐，破代、石二州，不避矢石。太宗四年，从皇帝拖雷败金师于钧州之三峰山。论功，赐汤阴黄招抚等百十有七户，不受；复赐俘口五十、宅一区，黄金鞶带、酒壶、杯、盂各一，再辞，不许，乃受之。擢副万户③，与忽都虎留抚河南，寻移随州。九年，签西京、大名、滨、棣、怀孟、真定、河间、邢、洺、磁、威、新、卫、保等路军，得四千有六十余人，以抄思统之。移镇颍州。卒。

子别的因，褓裸时鞠于祖母康里氏，留和林。稍长，给事乞儿吉思皇后。父卒，母张氏迎别的因南来。张贤明，尝从容训之曰："人之所以成立者，知恐惧、知羞耻、知艰难，否则禽兽而已。"

宪宗四年，以别的因袭父职副万户，镇随、颍二州。别的因身长七尺，多力，尤精骑射，士卒畏服之。

中统四年，入觐，赐金符为寿、颍二州屯田达鲁花赤。时州境有虎食人，别的因缚羊置槛中，诱虎杀之。至元十三年，授信阳府达鲁花赤。信阳亦多虎，别的因加马踢鞍上出猎，命左右燔山，虎出走，别的因掷以踢，虎搏踢，据地而吼，还马射这，立毙。十六年，进常德路副达鲁花赤。会同知李明秀作乱，别的因单骑往谕之降。事闻朝廷，诛明秀。三十一年，进池州路达鲁花赤。大德十一年，迁台州路。卒，年八十一。

子三人：不花，金岭南广西道肃政廉访司事；文圭，有隐德，赠秘书著作郎；延寿，汤阴县达鲁花赤。孙可恭，曾孙与权，皆进士。

史臣曰：王罕猜忌失众，赖烈祖父子亡而复存，乃听谗子之言，辜恩负德。太阳罕懦而无谋，横挑强敌。考其祸败之由，皆不量智力，轻于一举，身陨国灭，同趋覆辙，愚莫甚焉。古出鲁克乘机篡夺，民心未附，乃强其所不从，而淫刑以逼之。渊鱼丛爵，徒为吊伐之资而已。

---

① 春（chōng，音冲）碓（duì，音对）：将糙米中的粗皮去掉。

② 贽（zhì，音志）：古代初次拜见尊长时所送的礼物。

③ 谒（yè，音叶）：拜见，请见。

④ 堇（jǐn，音紧）。

⑤ 橐（tuó，音跎）驼：骆驼。

⑥ 眇（miǎo，音秒）：瞎了一只眼睛。

⑦ 淖（nào，音闹）。

⑧ 爇（ruò，音若）：点燃，焚烧。

⑨ 啻（chì，音斥）：仅，只。

⑩ 纛（dào，音到）：军中大旗。

⑪ 曩（nǎng）：从前、过去。

⑫遽（jù，音具）：急速。

⑬箠（chuí，音垂）：用鞭子打。

⑭辔（pèi，音配）：驾驭牲口用的缰绳。

⑮詈（lì，音立）：责备、骂。

⑯泐（lè，音乐）。

⑰绐（dài，音带）：哄骗、欺骗。

⑱卓：远去。

⑲湩（dòng，音动）：乳汁。

⑳遘（gòu，音够）：遭遇。

㉑阇（dū，音嘟）。

㉒衅（xìn，音信）：争端。

㉓殿后：行军时走在最后。

㉔蹴（cù，音促）：踏、踢。

㉕恚（huì，音会）：怨恨。

㉖葸（xǐ，音洗）：畏惧。

㉗啮（niè，音聂）：用牙啃或咬。

㉘盍（hé，音何）：何不。

㉙谒（yè，音页）：拜见、进见。

㉚黠（xiá，音霞）：狡猾。

㉛擢（zhuó，音灼）：提拔。

木华黎列传

木华黎，札益忒札剌儿氏。祖帖列格秃伯颜，父孔温窟洼。太祖征主儿乞，师还，帖列格秃伯颜使孔温窟洼率木华黎与其弟不合，谒太祖于行在①，自是，遂留事左右。孔温窟洼从太祖征蔑儿乞、乃蛮等部，数有功。太祖与乃蛮战，失利，率七骑走，饥不得食，孔温窟洼获一橐驼杀之②，炙其肉以献。追骑至，太祖马已惫，孔温窟洼以己马授太祖，身当追骑，死之。后追赠推忠效节保大佐运动臣、太师、开府仪同三司、上柱国、鲁国王，谥忠宣③。

孔温窟洼五子，木华黎其第三子也。生时有白气出帐中，神巫异之曰："此非常儿也。"及长，身七尺，虬须黑面④，沉毅多智略，猿臂善射。

太祖征塔塔儿，失道不知牙帐所在，夜卧泽中。大雨雪，木华黎与博尔术张毡裘⑤，蔽太祖，通夕侍立，足迹不移。一日，太祖从十余骑行山谷，顾谓木华黎曰："倘遇贼，奈何？"对曰："愿独当之。"已而，贼果自林中突出，矢如雨集，木华黎引满向贼，三发殪三人⑥。贼问："尔何人？"曰："我木华黎也。"徐解马鞯⑦，捍太祖出谷中，贼亦引去。

王罕为乃蛮所败，乞援于太祖曰："闻汝有四良将，能使助我否？"时木华黎与博尔术、博尔忽、赤老温俱以忠勇，号"掇里班曲律"，译言"四骏马"也。太祖乃遣木华黎等援之，与乃蛮战于按台山，大败之，返其所掠于王罕。

既而，王罕与太祖有隙，从太祖御王罕于合刺合勒，又从太祖袭王罕，兼程至彻彻儿温都尔，夜斫其营⑧，大破之。王罕走死，诸部皆闻风款服⑨。

太祖即位，以木华黎为左万户，东至合刺温山悉隶之，子孙世袭勿替。是时封功臣九十余人为千户，惟木华黎与博尔术为左、右万户，位诸将之上。太祖尝从容语之曰："吾有汝二人，犹车之两辕，身之两臂也。"

六年，从太祖伐金，渡漠而南。金主使其将独吉思忠将兵筑乌沙堡，欲以逼我。木华黎袭败之，思忠遁走。金将郭宝玉来降，从太祖克西京及昌、桓、抚等州。金兵号四十万，阵野狐岭北，木华黎进曰："彼众我寡，弗致死，未易破之。"遂率敢死士，大呼陷阵。太祖麾诸军继进，大败之。追至浍河堡，又败之，僵尸百里。是役也，金人之精锐歼焉，其后遂不能复振。

七年，从太祖攻德兴府。八年，从入紫荆关，败金兵于五回岭，拔涿、易等州。是时三路伐金，太祖与睿宗为中路，分遣木华黎拔益都、滨、棣等州县，又攻拔密州，屠之。还次霸州，史天倪、萧勃迭儿来降，承制授天倪万户，勃迭儿千户。

九年，从围中都，金主珣请和。太祖北还，命木华黎统诸军取辽西高州，守将卢琮、金朴以城降。初，高州富庶，寨将攸兴哥屡抗我军，木华黎下令，能斩攸兴哥首以献，则城人皆免死。兴哥挺身自归，诸将欲杀之，木华黎曰："壮士也，留麾下为吾用[11]。"后以功，太祖赐名攸哈喇拔都。

十年，进围北京。金守将奥屯襄率众二十万来拒，逆战破之，斩首八万余级。城中食尽，其裨将完颜习烈、高德玉等杀奥屯襄，推寅达虎为帅，以城降。木华黎怒其降迟，欲坑之。部将石抹也先进曰："北京为辽西重镇，今坑其众，后岂有降者乎？"从之。承制以寅达虎为北京守，以吾也而权兵马都元帅，抚定其地。又遣高德玉、刘蒲速窝儿招谕兴中府。同知兀里卜不从，杀薄速窝儿，德玉走免。已而城中杀兀里卜，推石天应为帅，以城降。承制授天应为兴中府尹，兼兵马都提控。

锦州张鲸聚众十余万，杀节度使，自称临海郡王，亦来降。承制以鲸总北京十提控兵，使从脱栾扯儿必南征，攻略未附州县。鲸怀反侧，木华黎觉之，以石抹也先监其军。鲸称疾，逗留不进，也先执送行在，诛之。鲸弟致据锦州叛，陷平、滦、瑞、利、义、懿、广宁等府州。木华黎率蒙古不花等讨之。进至红罗山，其将杜秀迎降，承制以秀为锦州节度使。又遣史进道攻广宁府，拔之。

十一年，致陷兴中府。木华黎使吾也而等先攻溜石山，谕之曰："今急攻，贼必赴援，我截其归路，致可擒也。"又遣蒙古不花屯永德县以邀之。致果遣鲸子东平将骑八千、步兵三万，援溜石山。木华黎引兵抵神水县东，与蒙古不花前后夹击。选善射者数千人，令曰："贼步兵无甲，疾射之！"又麾骑兵突阵，贼大败，阵斩东平及士卒万三千余级。拔开义县，进围锦州。致遣张太平、高益出战，又败之，斩首三千余级。围数月，高益缚致出降，伏诛。广宁刘炎、懿州田和尚亦来降，木华黎曰："此叛贼，不杀之无以惩后。"遂尽戮其众。进拔复州及化城县，斩完颜众家奴。咸平守将蒲鲜万奴等遁入海岛。辽东、西皆平。

十二年春，觐太祖于土拉河[11]。秋八月，诏封太师、国王、都行省承制行事。木华黎在金人境，金人咸呼为国王。太祖闻之曰："此喜兆也。"至是遂封国王，赐誓券、黄金印曰："子孙传国，世世不绝。"以汪古特万人、兀鲁特四千人为木华黎麾下亲军。亦乞剌思人三千，孛徒古儿干统之；忙兀特人一千，木勒格哈儿札统之；翁吉剌特人三千，阿勒赤诺延统之；札剌亦儿人二千，木华黎弟带孙统之；又契丹、女真兵，吾也与蒙古不花统之。皆受木华黎节制。谕曰："太行之北，朕自经略；太行以南，卿其勉之。"赐大驾所建九斿大旗[12]，仍谕诸将曰："木华黎建此旗以号令诸将，犹朕之号令也。"乃建行省于中都，以略中原。

进拔遂城县及蠡州[13]。蠡州力屈始降，大将石抹也先攻城，中炮死，木华黎欲屠之。蔚州人赵瑠从军，为署百户，泣请曰："母与兄在城中，乞以身赎一城之命。"木华黎义而免之。冬，攻拔大名府，复定益都、淄、登、莱、潍、密等州县。

十三年，自西京逾大和岭入河东，攻太原、忻、代、泽、潞、汾、霍等府州，悉降之。遂拔平阳府，以拓拔按札儿统蒙古军守之，又以义州监军李延桢之弟守忠权河东南路元帅府事。十四年，命萧勃迭儿等攻岢岚州火山军，谷里夹打攻石、隰、绛三州[14]，皆拔之。

十五年，木华黎以河东已下，复北徇燕、赵，至满城县。使蒙古不花将轻骑三千出倒马关，遇金将武仙遣葛铁枪攻台州，不花败之。武仙以真定降，承制以仙权知河北西路兵马事。史天倪进言曰："今中原粗定，而兵犹抄掠，非王者吊民伐罪之事也。"木华黎曰："善！"下令禁剽掠，所获老稚皆纵还乡里，军中肃然，民大悦。进至滏阳，金邢州守将武贵迎降。遣蒙古不花分兵略定怀、孟等州。木华黎自以轻骑至济南府，严实籍所隶相、魏、磁、洺等州户三十万诣军门降。

时金兵屯黄陵冈，号二十万，遣步卒二万来袭。木华黎以五百人击走之，遂进薄黄陵冈。金兵阵河南，示以必死。木华黎令骑卒下马，以短兵接战，大败之，溺死者众。复北攻卫州，严实率所部先登拔之。又拔单州，围东平府。承制以实权山东西路行省事，戒之曰："东平粮尽，其将必弃城走，汝即入城安辑之，慎勿暴苦郡县。"留梭鲁忽秃以蒙古兵三千守之。十六年四月，东平粮尽，其行省蒙古纲、监军王廷玉率众趋邳州[15]，梭鲁忽秃邀击之，斩首七千级。

先是，带孙攻洺州不下。至是，遣石天应拔之。宋将石珪来降，承制以珪为济、兖、单三州都总管，赉以绣衣、玉带[16]。张林来降，承制以林为行山东东路益都、沧、景、滨、棣等州都元帅。金将郑遵亦以枣乡、蓨县降[17]，升为完州，承制以遵为节度使，行元帅府事。

木华黎遂振旅北还，监国公主遣使来迎，以郊劳之礼待木华黎。初，木华黎受专征之命，攻拔七十余城来告捷，且问旋师之期。太祖谕以尽取金人之地而后返。使者回报，木华黎问："上意何如？"使者曰："惟伸拇指，以奖大王而已。"木华黎又问："果为吾否？"使者曰："然。"木华黎太息曰："上眷吾如此，吾效死宜矣！"是年，木华黎由东胜州渡河引兵而西，夏主闻之惧，遣其臣答海监府等宴木华黎于河南，且遣塔海甘卜将兵五万属焉。木华黎乃引兵东入葭州[18]，金将王公佐迎降。以石天应权行台兵马都元帅守葭州，而自将攻绥德。夏主复遣其臣述仆率兵会之。述仆问木华黎相见之礼，木华黎曰："汝见夏主之礼即是也。"术仆曰："未受主命，不敢拜。"乃引去。及木华黎进逼延安，术仆始赞马而拜。木华黎攻拔马蹄寨，距延安三十里。金延安守将合达率兵三万，阵于城东。蒙古不花轻骑觇之，驰报曰："彼见我兵少，轻我，当佯败以诱之，可以取胜。"从之。夜半，将士亟进，伏于城东十五里两谷中。次日，蒙古不花望见金人，即弃旗鼓佯走。金人果追之，伏发，万矢雨下，金人大败，斩首七千余级，获马八百匹。合达走入延安，坚壁不出。木华黎知城不易拔，乃南徇洛川，拔鄜州[19]，获金将完颜六斤、纥石烈鹤寿、蒲察娄室等。进至坊州，闻金复取隰州，木华黎遂自丹州渡河，攻隰州，拔之。获其守将轩成，以田雄权元帅府事。又攻拔代州，斩其守将奥敦丑和尚。

十七年，命蒙古不花引兵出秦陇，以张声势。自率大兵道云中，攻拔孟州四蹄寨、晋阳县义和寨，进拔三清岩及霍州山堡。金将胡天作拒守青龙堡，金主复命其将张开、郭文振等援之，次弹平寨东三十里不敢进。其裨将定住、提控王和执胡天作以降，迁天作于平阳。其后定住潜天作于郡王带孙杀之[20]。

八月，有星昼见，术士乔静真曰："观天象，未可进兵。"木华黎曰："上命我平定中原，今关中、河南均未下，若因天象而不进兵，天下何时定耶？"

冬十月，连拔荥州胡平堡、吉州牛心寨，遂进攻河中府。金将侯小叔婴城固守。会小叔出迎枢密院官，大军乘之而入，小叔奔中条山。木华黎召石天应曰："河中吾要害地，非君不能守。"乃以天应权河东南北路关西陕右行台，平阳守将李守忠、太原守将攸哈喇拔都、隰州守将田雄，并受天应节制。天应造浮桥以济师，木华黎乃渡河，拔同州、蒲城县，径趋长安。金将合达拥兵二十万坚守不下。命兀胡、太不花与合达相持。又遣按赤将兵塞潼关，而自率大军西围凤翔府，月余又不下。木华黎谓诸将曰："吾奉命征讨，不数年取辽东、西及山东、河北，不劳余力。前攻延安，今攻凤翔，皆不克，岂吾命当尽耶？"乃解围循渭水而南，遣蒙古不花出牛岭关，徇凤州。

时侯小叔伺我军既西，率轻骑袭河中府，石天应战死。小叔入城，即烧毁浮桥，以断援兵。会先锋元帅按察儿自平阳赴援，急攻之，复克河中。木华黎乃以天应子斡可为河中守将，仍督造浮桥。

十八年，师还，浮桥未就。木华黎顾谓诸将曰："桥工未毕，岂可坐待。"复攻拔河西十余堡。三月，渡河至闻喜县，疾笃，召其弟带孙，谓曰："我为国家佐成大业，东征西讨垂四十年，所恨者南京未下耳！汝其勉之。"卒，年五十四。后太祖亲攻凤翔，谓诸将曰："使木华黎在，朕不至此矣。"至治元年，赠体仁开国辅世佐命功臣太师、开府仪同三司、上柱国、鲁国王，谥忠武。子孛鲁。

史臣曰：木华黎经略中原，收金之降将而用之，知人善任，有太祖之风，其为功臣第一宜哉！子孙绳绳，世挺贤哲，自古功臣之冑，永保富贵者有之矣，未有将相名臣如札剌儿氏之盛者也。

孛鲁，通诸国语，善骑射。年二十七，觐见太祖于行在。会遭父丧，东归嗣国王。时西夏主李德旺与金连和，密诏孛鲁讨之。太祖十九年九月，克银州，斩首数万级，获生口马驼牛羊数十万，俘监府塔海。

明年春，太祖班师至自西域，孛鲁入朝和林。同知真定府事武仙杀都元帅史天倪，孛鲁承制命天倪弟天泽代领帅府事。

二十一年，宋将李全陷益都，执元帅张林送楚州。九月，郡王带孙帅兵围全于益都。十二月，孛鲁以大军继之，先遣李喜孙招谕。全欲降，部将田世荣等不从，杀喜孙。二十二年三月，全突围走，邀击败之，全仍入保城。四月，城中食尽，全乃降。诸将皆曰："全势穷而降，非心服，不诛且为后患。"孛鲁曰："诛一人易耳，山东诸城未下者多，全素得人心，杀之不足立威，徒失民望。"乃表全为山东淮南楚州行省，以全部将郑衍德、田世荣副之，郡县果闻风款附。

时滕州尚为金守，诸将以盛暑，欲缓进攻。孛鲁曰："主上亲征西域数年，未闻当暑不战，我等敢自逸乎！"促进兵。金兵屡战皆北，开门出降，以州属石天禄。分命先锋元帅萧乃台屯济、兖，阔阔不花屯潍、沂、莒，以备宋；按札儿屯河北，以备金。

九月，师还，至燕京，猎于昌平，民持牛酒以献，却之。及去，厚赐馆人。闻太祖崩，奔丧漠北。明年三月，卒于雁山，年三十有二。至治二年，赠纯诚开济保德辅运功臣，谥忠定，其余官爵如其父。六子：长塔思、次速浑察、次伯亦难、次野蔑干、次野不干、次阿里乞失。

塔思，一名查剌温。木华黎自幼器之。年十八，袭父孛鲁爵，镇西京。

武仙围潞州，太宗命塔思救之。仙闻之，退军十余里。时大兵未至，塔思帅十余骑觇敌形势，仙疑有伏，不敢犯。塔思曰："日暮矣，待明旦击之。"是夜，金将布哈来袭，我师不利，退守沁南。敌攻陷潞州，守将任志死之。太宗遣万户额勒知吉歹与塔思复取潞州，仙宵遁，邀击之，斩首七千余级。

太宗二年，伐金，将西攻凤翔，命塔思扼守潼关。

三年十二月，帝攻河中府，克之。金签枢草火讹可遁，为塔思所追斩。

四年春，皇弟拖雷与金兵相拒于邓州，太宗命塔思从亲王阿勒赤歹、口温不花渡河，以为声援。至三峰山，与拖雷兵合，大败金兵，事具《拖雷传》。四月，车驾北还，留塔思与忽都虎略地河南。金陈州防御使兀林答阿鲁兀剌守邳州，大军攻之不下。塔思临城，以国语谕之曰："河南、河北皆我家所有，汝邳州不过一掌大地，城破之日，男女龁龀不留[21]，徒死何益？"阿鲁兀剌遂以城降。时太宗以攻汴事委速不台，塔思请曰："臣之祖父，累著勋伐，自臣袭爵，曾无寸效。往岁潞州失利，罪当万死，愿分攻汴城一隅，以报陛下。"帝命卜之，不利，乃止。

五年九月，从皇子贵由征辽东，禽蒲鲜万奴。

明年秋七月，塔思入朝和林。时诸王百官大会于八里里答兰答八思之地，太宗曰："先帝创业，垂四十年。今河西、女直、高丽、回鹘诸国皆已臣附，惟宋人尚倔强不服。朕欲躬行天讨，卿等以为何如？"塔思对曰："臣不逮先臣武，然杖国威灵以行天讨，汎埽江淮，归我版籍，臣敢以死自力，不劳乘舆践卑湿之地。"帝说，赐黄金甲、玻璃带及良弓二十，命与皇子阔出总军南伐。

七年冬，拔枣阳。阔出别徇襄、邓。塔思攻郢。郢濒汉江，城坚固且多战舰。塔思结筏，命刘拔都儿将死士五百，乘以进攻。自引骑兵沿岸迎射之，宋兵溺死过半，余入城固守不下。俘生口马牛数万而还。

八年十月，复徇蕲、黄诸州。蕲守将来犒军[22]，遂去之。进拔符离、六安焦家寨。是岁，受拨东平岁赐五户丝三万九千有十九户。

九年，至汴京，守臣刘甫置酒大庆殿，塔思曰："此故金主所居，我入臣也，岂可处此？"遂移燕甫家。是年十月，复与口温不花攻光州，守将黄舜卿降。口温不花略黄州。塔思攻大苏山，多所斩获。

十年正月，至安庆，次北峡关，宋汪统制帅兵三千降，迁之尉氏。三月，入朝和林。九月，太宗宴群臣于万安宫，塔思大醉。帝语群臣曰："塔思神已逝矣，其能久乎？"十二月，还西京。明年三月，卒，年二十有八。

二子：硕笃儿、霸都鲁，皆幼；弟速浑察袭国王。硕笃儿既长，诏别赐民三千户为食邑，得建国王旗帜，降五品印一、七品印二，置官属如王府故事。硕笃儿子忽都华，孙忽都帖木儿，曾孙宝哥，玄孙道童，以次袭。

霸都鲁，从世祖伐宋，渡江围鄂，命以舟师趣岳州，遇宋将吕文德自重庆赴援，败之。

会宪宗崩，世祖以霸都鲁总军留戍，轻骑先还。既即位，定都燕京，曰："朕居此以临天下，用霸都鲁之言也。"先是，世祖在潜邸，尝从容与霸都鲁论天下形势，曰："今中原稍定，主上仍都和林，居回鹘故地，以休兵息民何如？"对曰："帝王必宅中以抚四方，朝觐会同道里惟均。中都负山襟海，南俯江淮，北连朔漠，右挟韩赵，左控齐鲁。大王必欲佐天子大一统，非都燕不可。"及是定都，故有此谕焉。

中统二年，卒于军。大德八年，赠推诚宣力翊卫功臣，追封东平王，谥武靖，余官如祖父。妻帖木伦，宏吉剌氏，世祖察必皇后同母女兄也。

四子：长安童，次定童，次霸虎带；次和童，袭国王。

安童。中统初，世祖召入长宿卫，年方十三，位在百僚上。母宏吉剌氏，通籍禁中。世祖一日见之，问及安童，对曰："安童虽幼，公辅器也。"世祖曰："何以知之？"对曰："每退朝必与老成人语，未尝接一年少，是以知之。"世祖悦。

四年，阿里不哥降，执其党千余人，将置之法。安童侍侧，谏曰："人各为其主，陛下甫定大难，遽以私憾杀人[23]，何以安反侧？"帝惊曰："卿少年，何从得老成语？此意正与朕合。"由是深重之。

至元二年秋八月，拜光禄大夫、中书右丞相，增食邑至四千户。辞曰："今三方虽定，江南未附，臣以年少，谬膺重任，恐四方有轻朝廷心。"帝动容有间曰："朕思之熟矣，无以逾卿。"冬十月，召许衡至，令入省议事。衡以疾辞，安童亲候之，与语良久，既还，累日念之不释。三年，帝谕衡曰："安童尚幼，未更事，善辅导之。汝有嘉谟，当先告安童，使达于朕。"衡对曰："安童聪敏，且有执守，告以古人所言，悉能领解，臣不敢不尽心。但虑中有人间之，则难行；外用势力纳入其中，则难行。臣入省之日浅，所见如此。"帝召安童以衡言告之，且加慰勉焉。四年三月，安童奏："宜令儒臣姚枢等入省议事。"帝从之。

五年，廷臣密议立尚书省，以阿合马领之，乃先奏安童宜位三公。事下诸儒议，商挺言曰："安童，国之柱石，若为三公，是崇以虚名而实夺之权也，不可。"众曰然，事遂罢。七年四月，奏曰："臣近言：'尚书省、枢密院各令奏事，并如常制；其大政，从臣等议定，然后上闻。'既得旨矣，今尚书省一切径奏，违前旨。"帝曰："岂阿合马以朕颇信之，故尔专权耶。不与卿议，非是。"敕如前旨。

八年，陕西省臣也速迭儿建言，比因饥馑，盗贼滋横，若不显戮一二②，无以示惩。敕中书详议，安童奏曰："强、窃均死，恐非所宜。罪至死者，宜仍旧待报。"

十年春三月，奏以玉册、玉宝上皇后宏吉剌氏；以玉册、金宝立燕王为皇太子，兼中书令，判枢密院事。冬十月，帝谕安童及伯颜等曰："近史天泽、姚枢纂定《新格》，朕已亲览，皆可行。汝等岂无一二可增减者？亦当一一留心参考。"时天下待报死囚五十人，安童奏其中十三人因斗殴杀人，余无可疑。于是诏以所奏十三人免死从军。十一年，奏阿合马蠹国害民数事；又奏各部与大都路官多非其人，乞加黜汰⑥。并从之。

十二年七月，诏以行中书省枢密院事，从北平王那木罕出镇北边。以阿合马之谮也。初，北平王奉命驻北边，御叛王海都，河平王昔里吉，诸王药木忽儿、撒里蛮、脱黑帖木儿各率所部以从。至是，复命安童辅之，遣昔班使于海都，谕使罢兵入朝。适安童袭破叛王禾忽部曲，获其辎重，海都惧而遁，谓昔班："汝归以安童之事告，非我不欲降也。"海都狡谲，盖籍此事以归过朝廷云。十三年十一月，安童饮诸王酒，不及脱黑帖木儿。脱黑帖木以为轻己，怒，与药木忽儿等劫北平王以叛，械系安童，事具《那木罕传》。

二十一年三月，始从王归，待罪阙下。帝召见，慰劳之。顿首谢曰："臣奉使无状，有累圣德。"遂留寝殿，语至四鼓乃出。冬十一月，和礼霍孙罢。复拜中书右丞相，加金紫光禄大夫。二十二年，右丞卢世荣以罪诛，诏与诸儒条其所用人及所为事，悉罢之。

二十三年夏，中书奏拟漕司诸官姓名，帝曰："如平章、右丞等，朕当亲择，余皆卿等职也。"安童奏曰："比闻圣意欲倚近侍为耳目，臣猥承任使，若所行非法，从其举奏，罪之轻重，陛下裁处。今近臣乃伺隙援引非类，曰某居某官、某居某职，以奏目付中书施行。臣谓铨选之法，自有定制，其尤无事例者。臣尝废格不行，虑其党有短臣者，幸陛下详察。"帝曰："卿言是也。今后若此者勿行，其妄奏者，即入言之。"

二十四年，宗王乃颜叛，世祖亲讨平之。宗室讦误者⑧，命安童按问，多所平反。尝退朝，自左掖门出，诸免死者争迎谢，或执辔扶之上马，安童毅然不顾。有乘间言于帝曰："诸王虽有罪，皆帝室近亲；丞相虽尊，人臣也，何悖慢如此⑫！"帝良久曰："汝等小人，岂知安童之意？特辱之使改过耳！"是年，复立尚书省，安童切谏曰："臣力不能回天，乞不用桑哥，别相贤者，犹不至虐民误国。"不听。二十五年，见天下大权尽归尚书，屡求退，不许。二十六年，罢相，仍领宿卫事。

先是，北安王遣使祀岳渎，时桑哥领功德使，给驿传。及桑哥平章尚书省事，忌安童，诬奏北安王以皇子谮祀岳渎，安童知之不以闻，指参知政事吕哈剌为证。世祖召问之，对曰："时桑哥主祠祭，北安王使者实与臣往来，安童未尝知其事也。"桑哥不能对。

安童天姿厚重，人莫能测。公退即引诸儒，讲经史，孜孜忘倦，二十余年未尝一日稍辍。所居堂庑卑陋㉘，或请建东西室，安童曰："屋可以蔽风雨足矣。置田宅以资不肖子弟，吾不为也。"闻者叹服。

三十年正月，卒，年四十九。雨木冰三日，世祖震悼曰："人言丞相病，朕固弗信，果丧予良弼。"诏大臣监护丧事。大德七年，赠推忠同德翊运功臣、太师、开府仪同三司、上柱国、东平王、谥忠宪。碑曰《开国元勋命世大臣之碑》。后加赠推忠守正同德翊运功臣，进封鲁王。后至元二年，又赠推忠佐运开国元勋，于所封地建祠，官为致祭。

初，安童过云州，闻道士祁志诚名，屏骑从见之。志诚语以修身治世之要。及复拜右丞相，力辞，帝不允，乃往决于志诚。志诚曰："昔与公同相者何人，今同列何人？"安童悟，见帝辞曰："臣前为相，年尚少，幸不偾陛下事者㉙，以执政皆臣师友。今事臣者，序进与臣同列，臣为政能加于昔乎？"帝曰："谁为卿言此？"安童以志诚对。帝称叹久之。故安童再相，屡求去，其声誉亦逊于前云。子兀都带。

史臣曰：世祖武功文德自比唐太宗，安童为相，庶几房、魏。观其尊崇儒术，汲引老成，君臣一德，信无愧于贞观之治矣！及为奸人谗构，未竟所施，惜哉！

兀都带，器度宏达，世祖时袭长宿卫。父殁㉚，凡赐赙之物，一无所受，以素车朴马归葬祗兰秃先茔。事母以孝闻。成宗即位，拜银青荣禄大夫、大司徒，领太常寺事。常侍掖庭，赞画大政，帝及中官咸以家人礼待之。

大德六年正月，卒，年三十一。至大二年，赠输诚保德翊运功臣、太师、开府仪同三司、上柱国、东平王、谥忠简。加赠宣力迪庆保德翊运功臣，进封兖王，余如故。子拜住。

拜住，五岁而孤，其母怯烈氏抚之成人。至大二年，袭为怯薛官。延祐二年，拜资善大夫、太常礼仪院使。年甫二十，吏就第白事，适拜住阅杂戏，出稍迟，怯烈氏厉色责之。后为宰相，侍英宗内宴。英宗素知其不饮，强以酒。及归，怯烈氏戒之曰："天子试汝酒量，汝当谨敕勿湎于酒㉛，以负上恩。"拜住之贤，皆其母教之也。太常事简，拜住退食后，辄延儒者咨访古今，竟日无惰容。尝曰："吏事可习而能，至于学问乃宰相之资，非受教于儒者不可。"

四年，进荣禄大夫、大司徒。五年，进金紫光禄大夫。六年，加开府仪同三司，余并如故。英宗在东宫，闻其贤，遣使召之。拜住谓使者曰："嫌疑之际，君子所慎。我为天子近臣而私与东宫来往，我固得罪，亦非东宫之福。"竟不往。

英宗即位，拜中书平章政事。会诸侯王于大明殿，诏读太祖金匮宝训，拜住音吐明畅，莫不竦听㉜。夏五月，宣徽使失列门与中书平章政事黑驴等谋逆，英宗御穆清阁，命拜住率卫士擒斩之，其党与皆伏诛。

进拜中书左丞相。自世祖建太庙，至是四十年，未举时享之礼。拜住奏曰："古云礼乐百年而后兴，郊庙祭享此其时矣。"英宗曰："朕能行之。"敕有司上亲享太庙礼仪。七年冬十月，有事于太庙。至治元年春正月孟享，始备法驾，设黄麾大仗。英宗服衮冕㉝，出崇天门，拜住摄太尉以从。礼毕，拜住率百僚称驾于大明殿。赐金帛有差。又奏建太庙前殿，议禘祫配享等礼㉞。

时国丧未除，元夕，英宗欲宴于禁中，张灯为鳌山。参议张养浩疏谏，拜住袖其疏入告，英宗立止之。仍赐养浩帛，以旌其直。三月，从幸上都，次察罕淖尔。英宗以行宫库隘㉟，欲广之。拜住奏曰："此地苦寒，入夏始种黍粟，今兴土木之工，恐夺农时，且陛下初登大宝，宜勤求民瘼，营造非所亟也㊱。"英宗亦从之。英宗尝谓拜住曰："朕委卿大任，卿宜念先世勋德，尽心国事。"拜住顿首曰："臣有所畏者三：畏辱祖宗；畏天下事大，识见小；畏年少不克负荷，无以报称。惟陛下时加训饬㊲，幸甚。"

延祐间，朔漠大风雪，驼马尽死，流民多鬻子女㊳。拜住请立宗仁侍卫司以收养之，英宗即以拜住领宗仁蒙古侍卫亲军都指挥司事，赐三珠虎符。或言佛教可治天下，英宗以问。拜住对曰："浮屠之法，自治可也。若治天下，舍仁义则纲纪乱矣。"英宗又问拜住曰："令有如唐魏征之敢谏者乎？"对曰："盘圆则水圆，盂方则水方。有唐太宗纳谏之君，则有魏征敢谏之臣。"英宗并嘉纳之。英宗性刚明，委任拜住，事无大小，咸咨访之。一日，侍坐便殿，拜住信手拈笔作古钱形，而以朱笔分为肉好。英宗览之，大悦，书皮日休诗："我爱房与杜，魁然真宰辅。黄阁三十年，清风一万古。"于其侧，以房、杜期拜住焉。

然拜住与铁木迭儿并相，铁木迭儿贪而谲险，其党与布列左右，拜住不能声其恶而去之。至铁木迭儿已死，罪状明白，英宗果于刑戮，奸党畏诛，煽构逆谋。而拜住以宰相兼宿卫大臣犹莫之知也，卒致英宗见弑，拜住亦不免于难，君子惜之㊳。

初，铁木迭儿恶平章政事王毅、右丞高昉，因大都诸仓粮储亏短，欲奏诛之。拜住密为营救，二人皆获免。铁木迭儿复引参知政事张思明为左丞，思明与铁木迭儿比以倾拜住。二年，英宗赐安童碑，诏拜住立于良乡。铁木迭儿久称疾，闻拜住行，将起视事，入朝至宫门。英宗遣速速劳以酒，谕使明年入朝。铁木迭儿怏怏而返。未几，拜住复从幸上都，奏召张思明至，数其罪，杖而罢之。铁木迭儿旋病死，拜住遂代为右丞相。

先是，司徒刘夔买失业民田㊵，赂宣政使八剌吉思矫诏出库钞六百五十万贯售为寺僧廪田，其实抵空券于寺僧而已。铁木迭儿及铁失等均取赂焉。真人蔡道泰杀人，又赂铁木迭儿，俾有司平反其狱。拜住举奏二事，命御史鞫之㊶，尽得其实。八剌吉思、刘夔、蔡道泰先后皆坐死，特宥铁失不问㊷。

三年夏五月，又夺铁木迭儿官谥，仆其碑，铁失等始惧。英宗在上都，夜不寐，命作佛事，拜住以国用不足谏止之。铁失等复诱群僧言：国有灾厄，非作佛事及大赦天下无以禳之㊸。拜住叱曰："尔等不过图得金帛，又欲庇罪人耶？"奸党知必不免，益萌逆志。八月，晋王猎于图喇之地，铁失遣斡罗思告曰："我与赤斤铁木儿、也先帖木儿、失秃儿谋已定，事成迎立大王。"又令斡罗思以其事告晋王内史倒剌沙。晋王命囚斡罗思，遣使赴上都告变。未至，车驾南还次南坡，铁失、也先帖木儿、失秃儿与前中书平章政事赤斤铁木儿、前云南行省平章政事完者、铁木迭儿之子前治书侍御史锁南、铁失之弟宣徽使锁南、典瑞院使托火赤、枢密院副使阿散、签书枢密院事章台、卫士秃满及诸王按梯不花、博罗、伊鲁帖木儿、曲吕不花、兀鲁思不花等以铁失所领阿速兵为外应，杀拜住，遂弑英宗于行幄。

晋王即位，铁失等伏诛。诏有司备仪卫，百官前导，舆拜住画相于法云寺，大作佛事，观者数万，有叹息泣下者。

拜住端亮有祖风。初拜左丞相，近侍传旨以姓名注选者六七百人，拜住奏阁之，除授依选格次第，奸吏束手。尤惩贪墨，按治不少贷。英宗尝语左右："汝辈慎之，苟罹国法，朕虽贳汝㊹，拜住不汝恕也。"及进右丞相，英宗遂不置左相，使拜住独任大政。拜住首荐张珪为平章政事，又荐侍讲学士赵居信、直学士吴澄，请不次用之。英宗以居信为翰林学士承旨，澄为翰林学士。自延祐末，水旱相仍，民不聊生，拜住振立纪纲，修举废坠，轻徭薄赋，以休息百姓，海内宴然，称为良相云。

泰定初，中书奏拜住尽忠效节，殒于群凶，乞赐褒崇，以光后世。诏赠清忠一德功臣、太师、开府仪同三司、上柱国，追封东平王，谥忠献。至正初，改至仁孚道一德佐运功臣，进封郓王，改谥文忠。

子：答剌麻硕理，宗仁蒙古卫亲军都指挥使；因牙纳失理，一名笃麟帖木儿，宗仁卫亲军都指挥使、大宗正府札鲁忽赤、宣徽使、知枢密院事。

史臣曰：春秋宋督弑其君与夷及其大夫孔父，穀梁子曰："督欲弑而恐不立，于是先杀孔父，孔父闲也。"是故铁失欲弑英宗，而恐不立，则先杀拜住，拜住闲也。比事而观之，如拜住之危身奉上，洵无愧于孔父者哉⑮！

---

①谒（yè，音叶）：请求。

②橐（tuó，音跎）驼：骆驼。

③谥（shì，音市）：古代帝王、贵族、大臣或其它有地位的人死后的封号。

④虬（qiú，音求）须：拳曲的胡子。

⑤毡裘（zhān qiú）：毛皮等压成的像厚呢子或粗毯子似的东西。

⑥殪（yì，音益）：杀死。

⑦鞯（jiān，音坚）：马鞍子和垫在马鞍子下面的东西。

⑧斫（zhuó，音浊）：用刀斧砍。

⑨款服：招待、服侍。

⑩麾（huī，音辉）下：指将帅的部下。

⑪觐（jìn，音进）：朝拜、拜见。

⑫斿（yóu，音游）：旌旗上面的飘带。

⑬蠡（lǐ，音里）州：在河北。

⑭隰（xí），音习。

⑮邳（pī，音批）州：县名，在苏州。

⑯赉（lài，音赖）：赏赐。

⑰蓨（tiáo，音条）县：古地名，在今河北。

⑱葭（jiā），音加。

⑲鄜（fū，音夫）州：在陕西，现改为富县。

⑳谮（zèn）：诬陷、中伤。

㉑韶（tiáo，音条）龀（chèn，音趁）：指儿童。

㉒蕲（qí，音齐）：旧州名，在今河北蕲春县南。

㉓遽（jù，音具）：匆忙。

㉔戮（lù，音路）：杀。

㉕黜（chù，音触）汰：罢免、除掉。

㉖诖（guà，音挂）误：被别人牵连而受到处分或损害。

㉗悖（bèi，音被）：相反、违背。

㉘庑（wǔ，音舞）：小屋子。

㉙偾（fèn，音奋）：毁坏、败坏。

㉚殁（mò，音莫）：死。

㉛湎（miǎn，音免）：沉湎、沉溺。

㉜竦（sǒng，音耸）：恭敬。

㉝衮（gǔn，音滚）冕：古代天子的礼服。

㉞禘（dì，音帝）祫（xiá，音侠）：古代太庙中合祭祖先。

㉟庳（bì，音毕）：低洼。

㊱民瘼（mò，音末）：人民的疾苦。

㊲饬（chì，音斥）：上级对下级的命令。

㊳鬻（yù，音玉）：卖。

㊴弑（shì，音是）：臣杀死君主或子女杀死父亲。

㊵夔（kuí，音葵）。

㊶鞫（jū，音居）：审问。

㊷宥（yòu，音右）：宽恕、原谅。

㊸禳（ráng，音瓤）：消除。

㊹贳（shì，音是）：宽纵、赦免。

㊺洵（xún，音旬）：诚然、实在。

博尔术 博尔忽 赤老温列传

博尔术，阿鲁剌特氏，与太祖同出于海都。海都三子，长曰伯升忽儿多黑申，太祖六世祖也；次曰察剌孩领忽，泰亦赤兀之祖也；次曰抄直斡儿帖该，生六子，其第三子曰阿鲁剌特，子孙以其名为氏，博尔术之祖也。父纳忽，以财雄于部中，人呼为纳忽伯颜。

太祖微时[1]，要儿斤部人盗太祖惨白色骟马八匹去，太祖自追之，见道傍马群中一少年挏马，问盗马者踪迹。少年曰："今晨日未出，有人驱马八匹过此，其毛色与公言合。"即以良马授太祖，自骑一马与太祖同往，告太祖曰："我父纳忽伯颜，我博尔术也。"及至盗马家，与太祖疾驱所失马而返。盗众来追，一人掣马竿居前，博尔术言："将弧矢来，吾为公返斗。"太祖谢曰："恐以吾事伤汝，或自当之。"遂弯弓注矢以向盗，盗手竿而立。相持至日暮，群盗趑趄，竟不敢前。遂夺马而返。时博尔术甫十三岁[2]。太祖欲分马与之，博尔术固辞。至其家，宰羊烹之，盛以革囊，赠太祖为行粮。太祖归，乃使别勒古台邀之。博尔术不告于父，而从太祖。自是，遂留事左右。

太祖称汗，命博尔术长众怯薛，仍以其弟斡歌连扯儿必为宿卫。时诸部未平，博尔术警夜，太祖寝必安枕。或与太祖论事，恒达旦不寐。君臣之分益密。

王罕子桑尼，为乃蛮骁将可克薛兀撒卜剌黑所袭败，辎重尽失，王罕气援于太祖，且曰："请以四良将助我。"太祖遣博尔术与木华黎等援之。博尔术乞太祖良马曰赤乞布拉，太祖戒之曰："是不可鞭，俗疾驰，以鞭拂其鬣可也[3]。"比至，桑昆已为乃蛮将所败，失马。博尔术以己马授之，而自乘赤乞布拉，鞭之不进，忽忆太祖言，横鞭拂鬣，即疾驰如电。大败乃蛮，尽返所夺于王罕。王罕大悦，又召博尔术往。时博尔术方宿卫行营，以弓箭付人，自谒王罕。王罕馈以衣一袭、金樽十，博尔术受之。归见太祖，自请擅离宿卫之罪。太祖使受王罕之馈，且奖其谨敕焉。

壬戌，从征塔塔儿，战于答兰捏木儿格思，下令跬步勿退。博尔术絷马腰间，跽而引弓[4]，分寸不离故处，太祖称其胆勇。太祖中流矢坠马，博尔术拥太祖累骑而行。夜卧泽中，遇大雪，博尔术与木华黎以毡裘覆太祖，烧石温其凝血，竟夕植立不移[5]。又尝失利，与大军相失，独博尔术与博尔忽从。太祖饥，博尔术以带钩钓大鱼烹以进，太祖叹息曰："吾异日当有以报汝也。"

其后，太祖与王罕战于合剌合勒只惕沙陀。翌日，简阅将士，失太宗、博尔术、博尔忽三人。又一日，博尔术始至，太祖曰："博尔术无恙，天赞我也。"博尔术曰："向者之战，臣马伤于矢，夺敌马始免于难。"未几，博尔忽与太宗亦至。博尔术曰："中道见敌尘高起，向卯危温都儿前忽剌安不鲁合惕去矣。"太祖乃率诸将徙帐于答兰捏木儿格思。

太祖即位，大封功臣，授博尔术右翼万户，属地西至阿尔泰山，与木华黎同为元功，位在诸将上。初，太祖叔父答阿儿台降于王罕，至是太祖欲诛之，博尔术力谏，始宥其罪。皇子察阔台分封西域，敕从博尔术受教，博尔术教以"涉历险阻，必择善地居之，勿任意留顿。"太祖闻之，谓察阔台曰："吾之教汝，亦不逾此矣。"博尔术以旧恩宿卫，未尝独将，故无方面之功。然太祖亲征，无役不从，为太祖所倚重。及卒，太祖痛惜之。

子孛蛮台，太宗赐广平路一万七千三百户为食邑，从宪宗伐蜀。大德五年，追赠博尔术推忠协谋佐运功臣、太师、开府仪同三司，封广平王，谥武忠；孛蛮台推诚宣力保顺功臣、太师、开府议同三司、广平王，谥忠定。孛蛮台子玉昔帖木儿。

玉昔帖木儿，弱冠袭万户，器量宏达，莫测其际。世祖闻其贤，驿召赴阙，解御服银貂赐之，并赐号"月吕鲁那颜"，译言"能官"也。国制重内膳之选，特命玉昔帖木儿领其事。侍宴内廷，玉昔帖木儿行酒，诏诸妃皆为答礼。

至元十年，拜御史大夫。江南既定，益封功臣，赐全州清湘县户为分地。时阿合马用事，并省内外诸司，援金制，并各道提刑按察司入转运司。监察御史姚天福谓玉昔帖木儿曰："按察司之设，所以广视听，备非常，虑至深远，不但绳有司而已；不宜罢。"玉昔帖木儿骇然曰："微公言，几失之。"夜入世祖卧内，白其事。世祖大悟，复立诸道提刑按察司。二十二年，中书省臣请以玉昔帖木儿为左丞相，御史中丞撒里蛮为御史大夫。世祖曰："此事朕当思之。"帝以风宪之长，难于得人，故独任玉昔帖木儿二十年，不以为相也。

二十四年，乃颜反，世祖亲征，分二军：蒙古兵以玉昔帖木儿统之，汉兵以李庭统之，战于辽河。蒙古骑兵三十营，间以汉兵步队，进退与骑兵共。骑一马，见敌则下骑先进。自晨至午，大破其众，获乃颜。诏选乘舆橐驼百蹄赐之。玉昔帖木儿谢曰："天威所临，风行草偃⑥，臣何力之有？"车驾还上都，命皇孙帖木儿与玉昔帖木儿剿乃颜余党，执其酋金家奴以献，戮同恶数十人于军前。

二十五年，哈丹秃鲁干复叛。命玉昔帖木儿及李庭等讨之，败其众于也烈河。哈丹秃鲁干遁。时已隆冬，声言俟明年进兵。乃倍道兼行，过黑龙江，捣其巢穴，斩馘无算。哈丹秃鲁干走高丽。诏赐内庭七宝带以旌之，加太傅开府仪同三司，移驻杭爱山，以御北边。二十九年，加录军国重事知枢密院事，特赐步辇入禁中。位望之崇，廷臣无出其右者。

三十年，成宗抚军北边，以玉昔帖木儿辅之，请授皇太子玉玺，从之。

三十一年，世祖崩，成宗奔丧至上都。诸王咸会。玉昔帖木儿谓晋王甘麻剌曰："大行宾天已逾三月，神器不可久旷。皇太子玉玺已授于皇孙，王为宗盟长，奚俟而不言？"甘剌麻曰："皇帝践祚，臣请北面事之。"于是宗王、大臣合辞劝进。玉昔帖木儿曰："大事已定，吾死无憾矣。"成宗即位。进秩太师，赐尚方玉带宝服，还镇北庭。

元贞元年冬，入朝。两宫赐宴如家人礼，赐其夫人秃忽鲁质孙服及他珍宝。十一月，卒，年五十四。大德五年，赠宣忠同德弼亮功臣，依前太傅、开府仪同三司、录军国重事、御史大夫，追封广平王，谥贞宪。

三子：曰木剌忽，袭封万户；次脱怜；次土土哈，袭封广平王。延祐六年，土土哈由中丞拜御史大夫，仁宗谕之曰："御史大夫职任至重，以卿勋旧之裔，故特授此官。卿当思祖父忠勤，仍以古名臣为法。"延祐七年五月，英宗即位，有告土土哈谋废立，坐诛，并籍其家。六月，收土土哈广平王印，诏木剌忽袭王封。天历二年，以木剌忽附上都，毁其广平王印，以哈班袭广平王。哈班，脱怜子也。哈班卒，木剌忽子阿鲁图袭。

阿鲁图，由经正监袭为怯薛官。拜翰林学士承旨，迁知枢密院事。至元三年，袭封广平王。

至元四年，脱脱罢相，帝问谁可代者，脱脱荐阿鲁图。五月，拜中书右丞相、监修国史，并录军国重事，时修辽、金、宋三史，阿鲁图代脱脱为总裁。书成，与平章政事帖木儿达识、太平奏上之，鼓吹导从进至宣文阁。帝具礼服迎之，因谓群臣曰："史既成书，前人善者可以为法，恶者可以为戒。非独为君者当然，人臣亦宜知之。"阿鲁图顿首谢。

右司郎中陈思谦条时政得失，阿鲁图曰："左右司之职，所以赞助宰相。郎中与我辈共议，自可见诸行事，何必别为文字自有所陈耶？郎中若居他官，可以建言，今居左右司而建言，将置我辈于何地耶？"思谦愧服。一曰，与同僚议除刑部尚书，宰执有所举，或难之曰："此人柔软，非刑部所宜。"阿鲁图曰："今选侩子耶？若选侩子，须强壮。尚书详谳刑狱，不枉人坏法，即是好官，何用强壮者？"其议论知大体，多如此。

先是，左丞相别儿怯不花欲与阿鲁图陷脱脱。阿鲁图曰："我等岂必久居此位，当有罢退之日，人将谓我何？"别儿怯不花屡以为言，终不从。六年，别儿怯不花乃讽御史劾奏阿鲁图不称职，阿鲁图即避于城外。亲旧皆为不平，请阿鲁图见上自陈，辨其是非。阿鲁图曰："我功臣世裔，岂以丞相为难得耶？但上命我，不敢辞。今御史劾我⑦，我宜自去。且御史台世祖所设置者，我抗御史，即与世祖抗矣。"阿鲁图遂罢去。十一年，复拜为太傅，出守和林，卒。

纽的该，博尔术四世孙，佚其祖父名。早入宿卫，累迁同知枢密院事。既而坐事罢官。后至元五年，奉使宣抚达达诸部，摘发有司不公不法者三十余事，擢知岭北行枢密院事⑧。

十五年，召拜中书平章政事，迁知枢密院事。十七年，诏纽的该讨山东诸贼，旋加太尉，总山东诸军，守东昌。十八年，田丰再陷济宁，进逼东昌。纽的该弃城走，退屯柏乡。俄召还京师，拜中书添没左丞相，与太平同居相位。

纽的该有识量。张士诚降，纽的该处置江南诸事，感得要领，士诚大服。已而罢知枢密院事，卧病，谓其所知曰："太平真宰相才，我病固不起，太平又不能久于其位，可叹也。"二十年，卒。

初，皇太子决意罢太平政事，纽的该闻之曰："善人，国之纪也，苟去之，国将何赖？"数于帝前左右太平，故皇太子之志不获逞。纽的该卒，皇太子竟逼令太平自杀。

博尔忽，许兀慎氏。太祖讨主儿气部，博尔忽尚幼，为部将者卜客所掠，归于诃额仑太后，抚以为子。既壮，有智勇，与木华黎、博尔术、赤老温齐名。又与汪古儿同典御膳。

太祖与王罕战失利，太宗陷阵，博尔忽从之。太宗项中矢创甚，博尔忽吮其血，与太宗共骑而返。太祖甚感之。

初，太祖灭蔑儿乞，其部人曰合儿吉勒失剌逸去。已而至诃额仑太后帐，诡言乞食。拖雷方五岁，为合儿吉勒失剌所持，拔刀欲杀之。博尔忽妻阿勒塔泥急出，提其发，刀坠于地。哲台、者勒蔑在帐外宰牛，闻阿勒塔泥呼，既入杀合儿吉勒失剌。论功，阿勒塔泥第一，哲台、者勒蔑次之。

及太祖即位，授博尔忽第一千户，且曰："博尔忽侍我左右，虽战事危急，或暮夜雨雪之时，必供我饮食，不使我空宿，其赦罪九次，以为恩赏。"

太祖十二年，秃马惕复叛。太祖遣纳牙阿与朵儿伯朵黑申讨之，纳牙阿以病不行，太祖踌躇良久，乃改命博尔忽。秃马惕部众素强，又道险，林木茂密，难于用兵，诸将皆惮往⑨。博尔忽问使者："此上意，抑他人所举？"使者曰："上意也。"博尔忽曰："如是，我必往，妻子惟上怜之。"时秃马惕酋都秃勒莎额里已死，其妻勃脱灰儿塔浑将其众拒险以守。闻博尔忽将兵至，使人伏于林中，狙击之。会日暮，博尔忽从左右三人离大军前行，伏发，遂为所害。博尔忽族人布而古儿勇敢亚于博尔忽，累擢万户，隶博尔忽，将右翼，太祖最爱之。与博尔忽同时战殁⑩。太祖闻博尔忽死，议亲征。木华黎、博尔术力谏乃止。复遣朵儿伯朵黑申讨平之，以秃马惕民百户赐博尔忽家为奴。后又以淇州为博尔忽食邑，复增赐沅州六千户。赠推忠佐命著节功臣、太师、上柱国、开府仪同三司，追封淇阳王。

二子：长脱欢，次塔察儿。脱欢与父同时封千户，扈宪宗亲征，屡有功。以蜀地暑湿，劝宪宗还军，不从，宪宗遂崩于合州。女乌式真为世祖皇后。脱欢子失里门，从世祖征云南，亦阵殁。失里门子月赤察儿。

月赤察儿，六岁而孤。事母石氏，以孝闻。世祖知其贤，且悯失里门死王事，年十六召见，奏对称旨。世祖叹曰："失里门有子矣！"即命领四怯薛。至元十七年，长一怯薛。明年，代线真为宣徽使，兼领尚膳院、光禄寺。

二十六年，世祖亲征海都。月赤察儿奏曰："丞相安童、伯颜，御史大夫月吕鲁，皆受命征讨，臣不可以后。"世祖曰："汝亲佩橐鞬为宿卫近臣⑪，功自不小，何必以先登陷阵为能，继祖父耶？"

二十八年，桑哥既立尚书省，杀异己者钳天下之口，纪钢大紊，平章政事也速答儿潜以其事白月赤察儿奏劾之。既而言者益众，桑哥遂伏诛。以首发大奸，赐没入桑哥黄金四百两、白金三千五百两及水田、水碨、别墅⑫。

是年，世祖令四怯薛人及诸府人凿渠，西导白浮诸水，经都城中，东入潞河，以达粮艘。度其长阔画地，分赋之。月赤察儿率其属著役者服，操畚插⑬，以为众先。渠成，赐名通惠河。世祖语左右曰："此渠非月赤察儿，不能速成如此。"

成宗即位，加开府仪同三司、太保、录军国重事，兼知枢密、宣徽院事。大德元年，拜太师。

初，叛王海都、笃哇据金山南北，再世为边患。常屯戍重兵，以防侵轶。五年，朝议以诸将纪律不严，命月赤察儿副晋王统防军。是年，海都、笃哇入寇。八月朔，战于铁坚古山。未几，海都悉众至，战于合剌合塔，我军失利。次日，复战。我军分五队，月赤察儿自将一队，率麾下力拒之，海都始却。后海都死，笃哇请降。时武宗亦在军中，月赤察儿遣使与武宗及诸王将帅议曰："笃哇降，为我大利。若待上命，往返阅两月，恐失事机。笃哇妻，我弟马兀合剌之妹，宜遣马兀合剌报之。"众以为然。既遣使，始以其事闻。成宗嘉奖之，不责其专擅之罪。既而，马兀合剌复命，笃哇遂降。

叛王灭里帖木儿屯于金山，武宗出其不意先逾金山待之，月赤察儿以诸军继进，灭里帖木儿亦降。是时，海都子察八儿与叛王秃苦灭俱奔于笃哇。至大元年，月赤察儿奏曰："诸王秃苦灭本怀携贰，而察八儿游兵近境，素无悛心，倘合谋致死，恐为国患。臣以为昔者笃哇首请降附，虽死，宜遣使安抚其子宽彻，使不我异。又诸部降人宜处于金山之南，吾军屯田于金山之北，就彼有谋，吾已捣其腹心。"奏入，命月赤察儿移军于阿答罕三撒海之地。其后察八儿、秃苦灭合谋攻怯伯，为所败，进退失据，果相率来降。于是北边始定怯伯，宽彻弟，笃哇之次子也。

武宗立和林等处行省，以月赤察儿为右丞相，依前太师、录军国重事，封淇阳王。四年，月赤察儿入朝，武宗宴于大明殿，眷礼优渥。寻以疾卒，年六十有三。赠宣忠安远佐运弼亮功臣，谥忠武。

初，世祖以湖广行省延袤数千里，内包番洞，外按安南，非贤能不足以镇抚之。月赤察儿举哈剌哈孙为湖广平章政事，凡八年，蛮夷服其威德，入为丞相，天下称贤。世以月赤察儿有知人之鉴。

七子：长塔剌海，次马剌，次佤头，次也先帖木儿，次奴剌丁，次伯都，次也逊真。

塔剌海，少侍皇太子真金于东宫。后佩虎符，为左都威卫使，兼宣徽、徽政二使。

武宗即位，五月，诏塔剌海曰："卿事裕宗皇帝、裕圣皇后，为善则多，不善则不闻也。卿其相朕。"塔剌海奏："中书大政所出，臣未尝学问，且枢密、宣徽、徽政三使所领已繁，又长怯薛，春秋扈跸[14]狝狩，诚不敢舍是以奸大政[15]。"固辞，不许。遂拜中书左丞相。

成宗时，尝赐塔剌海江南田六千亩，武宗又加赐田千亩。辞曰："万亩之田，岁入万石。臣待罪宰相，先规私利，人谓臣何？请入米万石于官，以苏江南百姓之困。"武宗嘉许之。进位太保、录军国重事，兼太子太师，又进阶开府仪同三司。未几迁右丞相、监修国史。

武宗尝手授太尉印于塔剌海，辞曰："世祖未尝以此官授人，臣请固辞。"许之。至大元年，加领中政使。是年四月，从幸上都，卒于怀来。赠智威怀忠昭德佐治功臣，追封淇阳王，谥辉武，改谥惠穆。塔剌海与父月赤察儿并为宰相，月赤察儿封淇阳王，亦追封塔剌海淇阳王云。

马剌，由内供奉为大宗正府也可札鲁忽赤。武宗时，奏曰："臣家以武显。臣方壮，不效命于仇敌，臣实愧赧[16]。"武宗大悦，遥授左丞相，行大宗正府也可札鲁忽赤，统岭北防军。卒。

马剌子完者帖木儿，御史大夫、太保，嗣淇阳王。后至元元年，监察御史言："完者帖木儿乃贼臣也先帖木儿骨肉之亲，不宜居大位。"诏安置完者帖木儿于广海。

狐头，又名脱儿赤颜。年六年，裕圣皇后命侍武宗。武宗抚军北边，以狐头领仁宗府四怯薛太官服奉御。是年，授宣徽使，复加仪同三司、右丞相，赐江南田万亩。辞不受。至大元年，拜太师，兼前卫亲军都指挥使。十一月，武宗面谕曰："公祖父宣力王家，公之辅朕，克谦克谨，翼翼小心。今旌德录功，爵公为郡王，已敕主者施行。"狐头固辞，乃赐海青、白鹘、文豹。二年，兼知枢密院事。三年，加录军国重事，又命为尚书省左丞相，狐头又辞。上鉴其诚，听焉。皇庆元年，命佩父印，嗣淇阳王，仍开府仪同三司。狐头缘潜邸旧恩，富贵震一时，虽无当时之誉，然谦谨自守，为朝廷所倚信。卒。

弟也先帖木儿嗣淇阳王，累官知枢密院事。铁失弑英宗，也先帖木儿预其谋。泰定帝即位，伏诛。

塔察儿，一名倚[17]盏，骁勇善战，幼直宿卫。

大兵略定燕、赵，命为燕南断事官。睿宗监国，以燕京盗贼横行，有司不能禁，遣塔察儿与耶律楚材穷治其事，诛首恶十六人，民始安堵。

太宗三年，拜行省兵马都元帅，分宿卫及诸王、驸马亲军，使塔察儿统之。自河中府渡河伐金，克潼关，取陕西。四年春，金西安节度使赵伟降。进克洛阳，金留守撒合辇投水死[18]，玭珉寨任元帅等皆率众迎降。时睿宗已败金兵于三峰山，诏塔察儿会诸将围汴京。塔察儿与金兵战于南薰门外[19]，败之。

金主奔归德，遂之蔡州。塔察儿复率师围蔡，筑长围困之。宋将孟珙以兵来会。蔡倚柴潭为固，珙决潭入汝，大兵亦决练江以泄潭水。冬十二月，堕其外城，复破其西城。塔察儿按兵缓进，欲生致金主。五年正月，金主自缢，其左右焚之，奉御绛山请瘗其遗骨[20]。塔察儿义而许之。

蔡州平，塔察儿奏："金人既灭，宋或迫我，何以抵御？请亘大河南北，东自曹、濮，西抵秦、陇，分兵镇戍，以遏宋寇。"诏从之。由是京兆、凤翔等路次第抚定。

六年秋，宋人入寇，诏塔察儿率所部南征。八年春，宋息州守将崔太尉来降，光、息诸州悉定。诏以息州及玭珉寨户口赐塔察儿为农田养老户。九年，围宋寿州，卒于军。

子别里虎台。宪宗二年，授行省兵马都元帅，率蒙古四万户及诸翼汉军，收淮南未附州县。七年，从诸王塔察儿攻樊城，战殁。长子密里察而，次宋都台。

密里察而，事世祖于潜邸。中统元年，授大河以南统军。五年，授保甲丁壮射生军达鲁花赤。至元四年，袭蒙古军万户，从攻樊城。卒。泰定元年，赠明威将军，洪泽屯田万户府达鲁花赤，追封平阳郡侯。长子阿鲁灰，次伯里阁不花。

宋都台，袭兄职，从取襄、樊。十一年，从平鄂、岳等州，授昭毅上将军。又攻拔归、峡等州，进克江陵，以兵镇潭州。十二年，克江州，授都元帅，佩虎符，兼领江东西大都督。进克南昌，获宋将万将军。次塔水，又获宋骁将熊飞。龙兴守将刘槃以城降。宋都台绥辑降众，秋毫无犯。南康、吉、赣、袁、瑞、临、抚等州，次第皆平。十三年，宋都台奏言："江西虽附，闽、广诸郡尚阻兵，乞增兵进讨。"诏以襄、汉兵四千，又益以安庆、蕲、黄等路戍兵，使宋都台统之。是年，卒于广东。

阿鲁灰袭领其军，至元十八年授江西道都元帅。卒。

伯里阁不花，十九年袭都元帅。峒獠董辉等叛，讨平之，授昭勇大将军、蒙古军万户，赐三珠虎符。三十年，以蒙古军戍湖广，从平章刘国杰讨叛寇，所至有功。元贞元年，率蒙古军二千人扈从上都，加镇国上将军，赐弓、刀、鞍、辔[21]。大德三年，从武宗北伐，诏以所部屯田称海。六年，授河南淮北蒙古军都万户府副都万户，仍屯田。九年，以北庭宁谧，诏有司资送伯里阁不花还河南。延祐元年，卒。泰定元年，赠辅国上将军、枢密副使、护军，追封云中郡公，谥襄愍[22]。

子昔里伯吉，袭明威将军、河南淮北蒙古军都万户府副都万户，累进昭颜大将军。性简重，善抚士卒。卒。子八撒儿袭。

赤老温，速勒都孙氏。父锁儿罕失剌，本泰亦兀赤部下人。太祖为泰亦兀赤酋塔儿忽台所执，命荷校徇军中。一夕，塔儿忽台等宴于斡难河上，使一童子监视太祖。太祖击童子眩仆，涌水而逸。比童子苏，大呼荷校者脱走，泰亦赤兀人分道追之。锁儿罕失剌见太祖仰面卧水中，即语太祖："汝慎自匿，吾不以告人也。"即搜太祖不获，锁儿罕失剌言于众曰："是荷校者焉往？明日再缉可也。"众散去，锁儿罕失剌复至太祖卧处，嘱太祖亟逃。太祖私念曩传宿锁儿罕失剌家，其子赤老温、沈伯俱怜我，夜脱我校，盍往投之[23]。昧爽，入门。锁儿罕失剌大惊，赤老温兄弟曰："鹯驱雀丛草[24]，犹能蔽之。彼窘而投我，而不之救，可乎？"乃脱太祖校，匿于羊毛车中，使其妹合答安守之。泰亦兀赤人大索部中，次第至锁儿罕失剌家，见羊毛车，欲搜之。锁儿罕失剌曰："酷暑如此，羊毛中有人安能禁受？"搜者始去。锁儿罕失剌赠太祖栗色马、火镰、弓矢、又煮羊羔盛之革囊，佐以马乳，为途中之食。太祖始得归。

及太祖败泰亦兀赤于斡难河岭上，有一妇人大哭，呼："帖木真救我！"太祖使问之，自言为合答安，其夫为兵所执，将见杀，故呼帖木真救之。太祖驰往，已无及。遂延见合答安，纳之。又明日，锁儿罕失剌亦至。太祖诘其来迟[25]，对曰："吾归心已久，但恐早来，妻子为泰亦兀赤所杀耳！"

太祖即位，大封功臣。锁儿罕失剌言，愿得薛凉格河边牧地。太祖从之。并赐号答剌罕，子孙世为豁儿赤，与大宴礼，赦罪九次。赤老温、沈伯并为千户。

赤老温与木华黎、博尔术、博尔忽齐名。一日，与敌战，坠马。敌将欲刺之，赤老温腾起，反刺杀敌将。太祖大悦。后从太祖平泰亦兀赤，以枪掷塔儿忽台，中之，遂为赤老温所杀。沈伯率右翼兵讨蔑儿乞酋带亦儿兀孙，亦有功。

赤老温早卒。二子：曰纳图儿，曰阿剌罕。

纳图儿，御位下必阇赤[26]。从伐金，数有功。后从攻西夏，战殁。

子察剌，从太祖征西域，以功授业里城子达鲁花赤。后事太宗于潜邸㉗；从太宗经略中原，赐金符，改授随州军民达鲁花赤。卒。

子忽纳，袭父职。以随州孤绝，改治南阳府之昆阳。至元十三年，以管军万户从大军伐宋渡江，后加金虎符，授湖广行省枢密院判官。宋平，擢江西湖东道肃政谦访使。卒。忽纳有惠政，民绘像祠之，赠通议大夫、佥枢密院事、上轻车都尉，追封陈留郡公，谥景桓㉘。子式列乌台，次脱帖穆儿。

脱帖穆儿，字可与。以勋家子入直宿卫。大德十年，用台臣荐，佩金符，为武德将军、东平管军上千户所达鲁花赤。泰定三年，移镇绍兴，摄军民万户府事。宋郡人蔡定父坐事系狱，定乞以身代，不许乃自沈于江。郡守为出其父，立庙卧龙山之阳，请敕额曰"悯孝祠"。岁久，居民侵其地，官不问。脱帖穆儿谓守令曰："承宣风教，郡县责也。"即日使归其侵地，庙复立。大军伐宋，至天台，民妇王氏为兵所获，至清风岭，啮指血题诗石上㉙，投崖死。脱帖穆儿移文郡县，立祠祀之。礼部侍郎泰不花出守绍兴，行乡饮酒礼，迎脱帖穆儿莅其事。脱帖穆儿有威仪，人望而敬之。至正四年卒，年八十四。

五子：曰大都，袭东平上千户所达鲁花赤；曰哈剌；曰月鲁不花；曰笃列图，至正五年进士，衡州路衡阳县丞；曰王者不花。

月鲁不花，字彦明。未冠，受学于绍兴韩性。为文援笔立就，中江浙省试右榜第一。元统元年，成进士，授台州路录事司达鲁花赤。州无学，月鲁不花首建孔子庙，延名儒以教学者，士论翕然㉚。丁忧归，服除，授行都水监经历。寻擢广东道廉访司经历，召为行水监丞，改集贤待制，迁吏部员外郎。奉使江浙，籴谷二十四万石㉛，第户产高下，以为籴之多寡，事立办。既而军饷绌，又奏命籴于江浙，召父老以大义谕之。民闻月鲁不花至，皆从命，不逾月而兵食足。

至正十三年，丞相脱脱南征，以月鲁不花督馈饷，擢吏部郎中。寻拜监察御史，奏言："天子宜躬祀南郊，殷祭太室。"又言："皇太子，天下之本，宜简老成为辅导，以成其德。"帝并嘉纳之。再擢吏部侍郎。时廷议欲设局长芦，造海船三百艘。月鲁不花言其不便，事获寝，然忤执政意，左迁工部侍郎。会重选守令，出为保定路达鲁花赤。保定岁输粮于新乡，民苦之。月鲁不花请改输于京仓，著为令。俄拜吏产尚书。父老数百人诣阙乞留监郡，以苏凋瘵㉜。诏以尚书仍知保定路事。

十七年，贼渡河，月鲁不花修城浚壕㉝，以备战守。奏请五省八卫兵出戍外镇者，宜留护本部。诏允之。遂兼统黑军及团结西山八十二寨民兵，声势大援。贼再犯保定，皆不利退走。进中奉大夫，赍上尊四、马百匹。顷之，召还为详定使。月鲁不花去一月，保定竟陷于贼。改大都路达鲁花赤。执政以耶律楚材墓地给番僧，月鲁不花持之，卒弗与。转吏部尚书。初，永平贼程思忠据府城。其党雷帖木儿伪降，事觉，为官军所杀。至是，诏月鲁不花招抚思忠，众皆危之。月鲁不花毅然曰："臣死君命，分也。奈何先计祸福？"竟入城谕贼。思忠感泣纳降。还拜翰林侍读学士。俄复授大都达鲁花赤。召见宣文阁，帝与皇后、皇太子皆遣使赐内酝㉞。

进资善大夫，拜江南行台御史中丞。陛辞，帝御嘉禧殿慰劳之，赐上尊、金、币。皇太子亦书"成德诚明"四字赐之。江南道梗，月鲁不花航海赴绍兴。顷之，进一品阶，改浙西肃政廉访使。已而张士诚据杭州，月鲁不花谓其侄同寿曰："吾家世受国恩，恨不能杀贼以图报，乃与贼同处耶！"使同寿具舟哉其孥㉟，而自匿柜中，以稿秸蔽之，脱走至庆元。士诚知之，遣铁骑百余，追至曹娥江，不及而返。

俄改山南道肃政廉访使，浮海北行，至铁山，遇倭船甚众。贼登舟，攫月鲁不花，令拜伏。骂曰："吾国家大臣，宁为贼拜乎！"遂遇害。家奴那海乘间刺贼首，杀之，与月鲁不花次子枢密院判官老哥、兄子百家奴，俱死。事闻，赠推忠宣武正宪徇义功臣、金紫光禄大夫、福建行省平章政事、上柱国、邓国公，谥忠肃。

阿剌罕，为老温第二子也。以恭谨事太祖。太祖尝被创甚，阿剌罕疗之七日而愈。

子锁兀都，太宗命侍阔端太子于河西。其妻为只必帖木儿王保母。

锁兀都一子曰唐台觿，领王府怯薛官及所属民匠户。

唐台觿诸子，知名者曰健都班，领王府怯薛官军民诸色人匠。至顺二年，授永昌路总管。泰定二年，迁本路达鲁花赤，阶中顺大夫。又迁王府中尉。天历二年，只必帖木儿入觐③，荐其从臣五十人为宿卫，以健都班为第一。奏对称旨，拜同金太常礼仪院。俄迁监察御史、中书省左司员外郎，累擢治书侍御史。卒。

史臣曰：太祖困约时，博尔术独慕义相从，赤老温则冒死以救之，博尔忽受命讨贼捐躯，眴而不悔，咸有国士之风。玉昔帖木儿、月赤察儿出入将相，为时名臣。月鲁不花尤以节义显《春秋》之法，善及子孙。贤者之宜有后，谅矣哉。

---

①微：卑贱。
②甫（fǔ，音府）：刚刚。
③鬣（liè，音列）：某些兽类颈上的长毛。
④跽（jì，音纪）：双膝着地上，上身挺直。
⑤植立：树立。
⑥偃（yǎn，音掩）：倒下。
⑦劾（hé，音和）：揭发罪状。
⑧擢（zhuó，音灼）：拔。
⑨惮（dàn，音但）：怕。
⑩殁（mò，音末）：死。
⑪橐（gāo，音高）：储藏。
⑫硙（wèi，音喂）：磨。
⑬畚（běn，音本）插：专用于撮东西的工具。
⑭跸（bì，音毕）：帝王出行时，开路清道，禁止通行。
⑮狝（xiǎn，音显）狩（shòu，音寿）：秋冬打猎。狝指秋天打猎，狩指冬天打猎。
⑯赧（nǎn）：羞愧脸红。
⑰倴（bèn），音笨。
⑱辇（niǎn），音撵。
⑲薰（xūn），音勋。
⑳瘗（yì，音益）：掩埋。
㉑辔（pèi，音配）：驾驭牲口用的嚼子和缰绳。
㉒懋（mào，音冒）：勤勉。
㉓盍（hé，音和）：何不。
㉔鹯（zhān）：一种似鹞鹰的猛禽。
㉕诘（jié，音节）：责问。
㉖阇（dū），音嘟。
㉗邸（dǐ，音底）：古时候王或朝见皇帝的官员在京城的住所。
㉘佥（qiān），音千。
㉙啮（niè，音聂）：咬。
㉚翕（xì，音细）：一致的样子。
㉛籴（dí，音敌）：买进粮食。

㉜瘵（zhài，音债）：病，多指痨病。

㉝浚（jùn，音俊）：疏通。

㉞酝（yùn，音运）：酒。

㉟孥（nú，音奴）：劣马。

㊱觐（jìn，音进）：拜见。

速不台列传

速不台，兀良合氏。兀良合为塔立斤八族之一。蒙古俗，闻雷匿不敢出，兀良合人闻雷则大呼与雷声相应，故人尤骁悍。

速不台远祖捏里必，猎于斡难河上，遇敦必乃汗，因相结为按答。捏里必生孛忽都，众目为"折里麻"，译语"有知略人"也。孛忽都孙合赤温，生哈班、哈不里。哈班二子：长忽鲁浑，次速不台，俱善骑射。太祖在巴勒诸纳，哈班驱群羊以献，遇盗被执。忽鲁浑兄弟继至，以枪刺一人杀之，余党逸去，遂免父难。忽鲁浑以百户从太祖，与乃蛮战于阔亦田之野，遇大风雪。忽鲁浑乘风射之，敌败走。

速不台，以质子事太祖，亦为百户。太祖即位，擢千户。七年，从太祖伐金，攻桓州，先登，拔其城，赐金帛一车。

十一年，太祖以蔑儿乞乘我伐金收合余烬，会诸将于和林，问："谁能为我征蔑儿乞者？"速不台请行，太祖壮而许之。山路险峻，命裹铁于车轮，以防摧坏。速不台选裨将阿里出领百人先行，觇蔑儿乞之虚实①，戒之曰："汝止宿必载婴儿具以行，去则遗之，使若挈家而逃者②。"蔑儿乞见之，果以为逃人，不设备。十三年，速不台进至吹河大破之，尽歼其众。

十四年，太祖亲征西域，命速不台与者别各率万人，追西域主阿剌哀丁，戒以"遇彼军多，则不与战，而俟后军。彼逃，则亟追勿舍。所过城堡降者，勿杀掠，不降则攻下之，取其民为奴；不易攻，则舍去，毋顿兵坚城下。"时西域主弃撒马尔罕远道，速不台、者别渡阿母河，分路追之。西域主逃入里海岛中，未几病死。尽获其珍宝以献。事具《西域传》。太祖曰："速不台枕戈血战，为我家宣劳，朕甚嘉之。"赐以大珠银瓮。速不台与者别遂入其西北诸部，诸酋皆望风纳款。

西域军事略定。十六年，太祖命速不台与者别进讨奇卜察克，循里海之西入高喀斯山，大破奇卜察克之众，杀其部酋之弟玉儿格。其子塔阿儿匿于林中，为奴所告，执而杀之。速不台纵奴为民，还以闻，太祖曰："奴不忠于主，肯忠事他人？"并戮之。奇卜察克酋逋入斡罗斯境，速不台、者别引兵至喀勒吉河，与斡罗斯战于孩儿桑之地，斩获无算。速不台奏以蔑儿乞、乃蛮、怯烈、康邻、奇卜察克诸部千户，通立一军。从之。初，太祖命速不台、者别以三年为期，由奇卜察克返至蒙古地，与太祖相见。至是，二将凯旋，遵太祖之命而返。

十九年，太祖亲征西夏，以速不台比年在外，恐其父母思之，遣归省。速不台奏，愿从西征，太祖命度大碛以往③。二十一年，破撒里畏兀、特勒、赤闵等部，及德顺、镇戎、兰、会、洮河诸州，得牝马五千匹，悉献于朝。二十二年，闻太祖崩，乃还。

太宗即位，尚秃灭干公主。从太宗伐金，围庆阳。我军及金人战于大昌原，败绩。命速不台援之。二年，速不台与金将完颜彝战于倒回谷，又失利，为太宗所责。睿宗曰："兵家胜负不常，宜令速不台立功自效。"遂命引兵从睿宗南伐。

三年冬，出牛头关，遇金将合达率步、骑十五万赴援。睿宗问以方略，速不台曰："城居之人，不耐劳苦。数挑战以劳之，乃可胜也。"睿宗从之。明年正月，大败金于三峰山，合达走钧州，追获之。合达问："速不台安在？愿识其人。"速不台出曰："汝须臾人耳，识我何为？"合达曰："人臣各为其主，我闻卿勇盖诸将，故欲见之。"其为敌国畏服如此。

三月，从太宗至汴。金人议守汴之策，舍里城而守外城。外城，周世宗所筑，坚不可攻。速不台以步、骑四万围之，又征沿河州县兵四万，募新兵二万，共十万人，分屯百二十里之内。大治攻具，驱降人负薪填堑，毂强弩百张④，攻城四隅，仍编竹络盛石投之，未几积石高与城等。守者亦仿制竹络，盛所投之石还击之，复以铁罐盛火药掷于下，爆发，声闻数十里，名曰震天雷，迸裂百步外。我军冒牛皮至城下，穴隧道。城人缚震天雷于铁絚，縋击之，又制喷火筒箭，激射十余步。我军惟畏此二器。攻十又六日，城不下，乃许金人和，纳其质曹王讹可。

四月，车驾北还，留速不台统所部兵镇河南。速不台谬为好语曰；"两国已讲好，尚相攻耶？"金人就应之，出酒炙犒师，且赂以金币。乃退驻汝州，托言避暑，掠其粮饷，俟饥疲自溃。已而金飞虎卫士杀使臣唐庆等三十余人，和议中败。速不台复帅师围汴，金主弃汴北走。明年正月，追败之于黄龙岗，金主南走归德。未几，又走蔡州。金崔立以汴降，速不台杀金荆、益二王及宗室近属，俘其后妃、宝器，献于行在。

七年，太宗以奇卜察克、斡罗斯诸部未定，命诸王拔都讨之，而以速不台为副。八年，速不台首入布而嘎尔部，太祖时其部降而复叛，至是悉平之。九年，入奇卜察克。奇卜察克别部酋八赤蛮数抗命，太宗遣速不台出帅，即曰："闻八赤蛮有瞻勇，速不台可以当之。"至是八赤蛮闻速不台至，大惧，遁入里海。速不台俘其妻子以献。十年，复从拔都入斡罗斯，悉取斡罗斯南北诸部，事具《拔都传》。

当拔都攻斡罗斯之属国马札儿部，速不台与诸王五道分进。马札儿酋贝拉军势盛，拔都退渡漷宁河，与贝拉夹水相持。上游水浅，易涉，复有桥，下游水深。速不台欲结筏潜渡，绕出敌后。诸王先济，拔都军争桥，反为敌乘，没甲士三十人并麾下将八哈秃。既济，诸王又以敌众，欲邀速不台返。速不台曰："王自返，我不至杜恼河马札剌城，不返也。"乃进至马札剌城，诸王继至，遂攻拔之。拔都与诸王言曰："漷宁河之战，速不台救迟，杀我八哈秃。"速不台曰："诸王惟知上游水浅，且有桥，遂渡而与战，不知我于下游结筏未成。今但言我迟，当思其故。"于是拔都亦悟。后大会，饮以马乳及葡萄酒，言征贝拉时事，推功于速不台。拔都与诸王饮酒先酌，诸王怒，拔都驰奏其事。时定宗先归，太宗切责之，谓诸王得有斡罗斯部众⑤，实速不台之力云。

太宗崩，诸王会于也只里河，拔都欲不往。速不台曰："大王于族属为兄，安得不往？"拔都卒不从其言。定宗即位，速不台俟朝会毕，遂请老，家于秃剌河上。定宗三年，卒，年七十三。至大三年，赠效忠宣力佐命功臣、开府仪同三司、上柱国，追封河南王，谥忠武。子兀良合台。

兀良合台，太祖时以功臣子，命监护皇孙蒙哥。后掌宪宗潜邸宿卫。太宗五年，从定宗擒布希万奴于辽东。又从诸王征奇卜察克、斡罗斯、孛烈儿诸部。定宗元年，又从拔都讨孛烈儿乃、捏迷思部，平之。定宗崩，拔都与诸王大将会于阿勒塔克之地，定议立宪宗。定宗皇后遣使告拔都，宜更议。兀良合台对曰；"议已定，不能复变。"拔都曰："兀良合台言是也。"宪宗遂即大位。

宪宗二年，命世祖讨西南夷诸部，以兀良合台总军事。三年，世祖师次塔拉，分三道而进。兀良合台由西道逾宴当岭，入云南境，分兵攻白蛮察罕章诸寨，皆下之。至阿塔剌所居半空和寨，倚山带江，地势峻险。兀良合台立炮攻之。阿塔剌自将来拒。兀良合台遣其子阿尥逆击之，阿塔剌败遁，并其弟阿叔城俱拔之。

是年十二月，世祖入大理都城，国王段兴智迎降，获大理将高祥于姚州，留兀良合台攻诸蛮之未下者，遂班师。四年，兀良合台攻乌蛮，次罗部府，败蛮酋高华，进至押赤城。城三面濒滇池，兀良合台以炮攻其北门，又纵火焚之，皆为克，乃鸣钲鼓震之⑥，使不知所为。凡七日，伺其惰，阿尥乘虚而入，遂克之。余众依阻山谷，命诸将掩捕之。围合，阿尥引善射者三百骑四面蹙之⑦。兀良合台先登陷阵，尽歼其众，又攻拔纤寨。至干德格城，环城立炮，以草填其堑而渡，阿尥率所部搏战城上，克之。

五年，攻不花合因、阿合阿因诸城，又攻赤秃哥寨及鲁鲁斯国塔浑城、忽兰城，皆克之。鲁鲁斯国请降。阿伯国有胜兵四万，负固不下。阿尥突其城而入，乃举国请降。又攻拔阿鲁山寨及阿鲁城，遇赤秃哥军于合打台山，大败之，杀获几尽。凡平大理五城八府四郡，及乌、白蛮三十七部。

六年征白蛮波丽部，其酋细蹉甫降，与段兴智同时入觐，云南平。诏以便宜取道，与铁哥带儿兵合，遂自乌蒙赴泸江，破秃剌蛮三城，击败宋兵，夺其船二百艘于马湖江，通道于嘉定、重庆，抵合州。

七年，献夷捷于朝，请依汉故事，以西南夷为郡县。从之。赐其军银五千两、彩币二万四千匹，授银印，进都元帅。还镇大理。

秋九月，遣使招降交趾，不报。遂伐之。其国主陈日煚，隔洮江，列象骑以拒。兀良合台分兵为三队济江，部将彻彻都从下游先济⑧。兀良合台居中，驸马怀都与阿尥殿后。仍授彻彻都方略曰："汝既济，勿与之战，蛮必逆我。俟其济江，我使怀都邀之，汝夺其船。蛮败而返走，无船以济，必为我擒。"彻彻都违命，登崖即纵兵击之，日煚虽大败，得乘舟逸去。兀良合台怒曰："先锋违我节制，国有常刑。"彻彻都惧，饮药死。兀良合台入交趾，日煚遁海岛。得前所遣使者于狱，以破竹钳其体入肤，一使死焉，兀良合台怒屠城人以报之。越七日，日煚请内附，乃大犒将士而还。

是年，宪宗大举伐宋。八年，侵宋播州。士卒遇炎瘴多病，兀良合台亦病，遂失利。诏兀良合台还军趋长沙。兀良合台率骑三千，蛮僰万人⑨，拔横山寨，入老苍关，徇宋内地。宋将以兵六万来拒。遣阿尥自间道袭败之。自贵州入静江府，连克辰、沅二州，直抵潭州。宋将向士璧固守不下。世祖遣铁迈赤迎兀良合台于岳州，乃解围引军而北。作浮桥于鄂州之新生州，以济师。宋将夏贵率舟师断我浮桥，进至白鹿矶，又获我殿兵七百人。兀良合台力战，始渡江，与世祖军合。

世祖中统元年夏四月，兀良合台至上都。至元九年，卒，年七十二。追封河南王，谥武毅。子阿尥。

初，兀良合台事宪宗于潜邸。及拔都议立宪宗，兀良合台实助之。世祖即位，宪宗诸子从阿里不哥于和林，兀良合台为宪宗旧臣，世祖疑而忌之。故讨阿里不哥、兀良合台以宿将，独摈而不用焉⑩。

阿尥，有智略，临阵勇决。从兀良合台征西南夷，率精兵为候骑，所向有功，平大理、乌白等蛮，及伐安南，阿尥出奇制胜，尤为诸将推服。兀良合台驻军押赤城，奉命会师于鄂州。濒行，阿尥战马五十匹为秃剌蛮所掠，侦之，有三蛮寨，匿马山巅。阿尥率健士攀崖而上，生获蛮酋，尽得前后所盗马一千七百匹，乃屠押赤城而去。宪宗劳之曰："阿尥未有名位，挺身许国，特赐黄金三百两，以勉将来。"

中统三年，从诸王拜出、帖哥征李璮有功。九月，授征南都元帅，治兵于汴。至元元年八月，略地两淮，军声大振。

四年八月，侵宋襄阳，取仙人、铁城等栅，俘生口五万。军还，宋兵邀于襄、樊。阿术乃自安阳滩济江，留精骑五千阵牛心岭，复立虚寨，燃火为疑兵。夜半，敌果至，斩首万余级。初，阿术过襄阳，驻马虎头山，指汉东白河口曰："若筑垒于此，襄阳粮道可断也。"五年，遂筑鹿门、新城等堡，又筑台汉水中，与夹江堡相应。自是宋兵援襄者不能进。

六年七月，大霖雨，汉水溢，宋将夏贵、范文虎相继率兵来援，复分兵出入两岸林谷间。阿术谓诸将曰："此张虚形，不可与战，宜整舟师备新堡。"诸将从之。明日宋兵果趋新堡。大破之，获战船百余艘。于是分水军筑圆城，以逼襄阳。文虎复率舟师来救，来兴国又以舟师侵百丈山，前后邀击于湍滩，俱败之。

九年三月，破樊城外郭①，增筑重围以困之。宋裨将张贵装军衣百船，自上流入襄阳，阿术要击之，贵仅得入城。九月，贵乘轮船顺流东走，阿术与元帅刘整分泊战船以待，燃薪两岸如昼。阿术追战至柜门关，擒贵，余众尽死。加同平章事。先是，宋兵植木江中，联以铁锁，中设浮梁以通襄、樊援兵，樊城恃此为固。至是，阿术以机锯断木，以斧断锁，焚其桥，襄兵不能援。十年，遂拔樊城，襄阳守将吕文焕惧而出降。

是年七月，奉命略淮东，抵扬州城下。守将千骑出战，阿术伏兵道左，佯北，宋兵遂之，伏发，擒其骑将王都统。

十一年正月，入觐，与参政阿里海牙奏请伐宋。帝命政府议，久不决。阿术进曰："臣久在行间，备见宋兵弱于往昔，失今不取，时不再来。"帝乃从其议，诏益兵十万，与丞相伯颜、参政阿里海牙等同伐宋。三月，进平章政事。

秋九月，师次郢之盐山，得俘民言："宋沿江九郡精锐，尽聚郢州东、西两城，今舟师出其间，骑兵不得护岸，此危道也。不若取黄家湾堡，东有河口，可拖船入湖，转入江中为便。"从之。遂舍郢州而去。行大泽中，忽宋兵千骑突至，时从骑才数十人，阿术即奋槊驰击②，所向畏避，追斩五百余级，生擒其将赵文义、范兴。进攻沙洋、新城，拔之。次复州，守将夏贵迎降。

时夏贵锁大舰扼江口，两岸备御坚严。阿术用裨将马福计，回舟沦河口，穿湖中，从阳罗堡西沙芜口入大江。十二月，军至阳罗堡，攻之不克，阿术谓伯颜曰："攻城，下策也。若分军船之半，循岸西上，对青山矶止泊，伺隙捣虚，可以得志。"从之。明日，阿术遥见南岸沙洲，即率众趋之，载马后随。宋将程鹏飞来拒，大战中流，鹏飞败走。诸军抵沙洲，攀岸步斗，开而复合者数四，敌稍却，出马于岸上骑之，宋兵大败，追击至鄂东门而还。夏贵闻阿术飞渡，大惊，引麾下兵三百艘先遁，余皆溃走，遂拔阳罗堡，尽得其军实。

伯颜议师所向，或欲先取蕲、黄，阿术曰："若赴下流，退无所据，上取鄂、汉，虽迟旬日，可以万全。"乃水陆并趋鄂、汉，焚其船三千艘，烟焰涨天，汉阳、鄂州大恐，相继降。

十二年正月，黄、蕲二州降。阿术率舟师趋安庆，范文虎迎降。继下池州。宋丞相贾似道拥重兵拒芜湖，遣宋京来请和。伯颜谓阿术曰："有诏令我军驻守，何如？"阿术曰："若释似道不击，恐已降州郡今夏难守，且宋无信，方遣使请和，而又射我军船，执我逻骑。今日惟当进兵，事若有失，罪归于我。"二月辛酉，师次丁家洲，与宋前锋孙虎臣对阵。夏贵以战舰二千五百艘横亘江中，似道将兵殿其后。时伯颜已遣骑兵夹岸而进，两岸树炮，击其中坚，宋军阵动，阿术挺身登舟，手自持舵，突入敌阵，诸军继进，宋兵遂大溃。似道东走扬州。

四月，命阿术分兵围扬州。庚申，次真州，败宋兵于珠金砂，斩首二千余级。既抵扬州，乃造楼橹战具于瓜洲，漕粟于真州③，树栅以断其粮道。宋都统姜才领步骑二万来攻栅，敌军夹河为阵，阿术麾骑士流河击之，战数合，坚不能却。众军佯北，才逐之，我军回击，万矢雨集，才军不能支，擒其副将张林，斩首万八千级。

七月庚午，宋将张世杰、孙虎臣以舟师万艘驻焦山东，每十船为一舫，联以铁锁，以示必死。阿术登石公山，望之，舳舻连接，旌旗蔽江，曰："可烧而走也。"遂选强健善射者千人，载以巨舰，分两翼夹射，阿术居中，合兵而进，以火矢烧其蓬樯⑭，烟焰涨天。宋兵既碇舟死战，至是欲走不能，前军争赴水死，后军散走。追至圌山，获黄鹄白鹞船七百余艘⑮，自是宋人不复能军。

十月，诏拜中书左丞相，仍谕之曰："淮南重地，李庭芝狡诈，须卿守之。"时诸军进取临安，阿术驻兵瓜洲，以绝扬州之援。伯颜兵不血刃入临安，以得阿术控制之力也。

十三年二月，夏贵率淮西诸城来附。阿术谓诸将曰："今宋已亡，独庭芝未下，以外助犹多故也。若绝其声援，塞其粮道，尚恐东走通、泰，逃命江海。"乃栅扬之西北丁村，以断高邮、宝应之馈运，贮粟湾头堡，以备捍御；留屯新城，以逼泰州。又遣千户伯颜察儿率甲骑三百助湾头兵势，且戒之曰："庭芝水路既绝，必从陆出，宜谨备之。如丁村烽起，当首尾相应，断其归路。"六月甲戌，姜才知高邮米运将至，果夜出步骑五千犯丁村栅。至晓，伯颜察儿来援，所将皆阿术麾下精兵，旗帜画双赤月。众军望其尘，连呼曰："丞相来矣！"宋军败遁，才脱身走，杀其骑兵四百，步卒免者不满百人。壬辰，李庭芝以朱焕守扬州，挟姜才东走。阿术率兵追袭，杀步卒千人，庭芝仅入泰州，遂筑垒以守之。七月乙巳，朱焕以扬州降。乙卯，泰州守将孙贵、胡惟孝等开北门纳降，执李庭芝、姜才，斩于扬州市。阿术申严士卒，禁暴掠。有武卫军校掠民二马，即斩以徇。两淮悉平，得府二、州二十二、军四、县六十七。九月辛酉，入见世祖于大明殿，陈宋俘。第功行赏，实封泰兴县二千户。

寻受命讨叛王昔剌木等。十七年，卒于别失八里军中，年五十四。赠开府仪同三司、太尉、并国公，谥武宣。加赠推诚宣力保大功臣、上柱国，追封河南王，改谥武定。子卜怜吉歹。

卜怜吉歹，至元二十七年为江浙行省平章政事。婺州贼叶万五寇武义县，卜怜吉歹将兵讨平之⑯。十一月，改江淮行省平章政事。二十八年，奏言："福建盗贼已平，惟浙东一道地极边，恶贼所巢穴。今复还三万户，以合剌带一军戍明、台，亦怯烈一军戍温、处，札忽带一军戍绍兴、婺州。其宁国、徽州，初用土兵，后皆与贼通。今以高邮、泰州两万户戍汉阳者易地戍之。扬州、建康、镇江三城跨据大江，人民繁会，置七万户府。杭州行省诸司府库所在，置四万户府。择濒海沿江要害二十二所，分兵阅习水战，何察盗贼。钱塘控扼海口，仅置战船二十艘，故海贼屡出夺船，请增置战船百艘、海船二十艘。"世祖俱从之。迁河南行省左丞相。延祐元年，封河南王。

卜怜吉歹性宽恕。一日掾吏田荣甫抱文牍请印⑰，卜怜吉歹命取印至，荣甫误触之坠地，印朱溅卜怜吉歹新衣，卜怜吉歹色不稍动。又郊行，左右捧笠侍，风吹笠坠，碎御赐玉顶，卜怜吉歹笑曰："是有数也。"谕使勿惧。论者拟之后汉刘宽云。

子童童，中奉大夫、集贤侍讲学士，累官江浙平章政事。

也速䚟儿，本名帖木儿，避成宗讳改名。忽鲁浑之孙，大宗正札鲁忽赤哈丹子也。雄毅有谋略，读书能知大意。幼事世祖于潜邸。

阿术伐宋，言于帝，以也速䚟儿为副，从阿术攻拔襄、樊。至元十一年，伯颜与阿术会于襄阳，分三道并进。阿术由中道将渡江，也速䚟儿献捣虚之计，夜半绝江径济。黎明，与宋将夏贵战于阳罗堡，败之，遂入鄂州。宋都督贾似道与大军相拒于丁家洲，其前锋孙虎臣来逆战。也速䚟儿乘高望之，见其阵势首尾横，决以战舰冲之。似道先遁，其众一时俱溃。十二年，阿术攻扬州，使也速觲儿与宋将战于扬子桥，出奇兵断真州运道。宋将张世杰以舟师屯扬子江中流，从阿尤击之，以火箭烧其船篷，大败世杰于焦山下。宋平，授行中书省断事官，阶怀远大将军。十五年，进昭勇大将军。

十六年，除淮东道宣慰使，迁镇国上将军，奉中书省檄奏报边事。也速觲儿入对便殿，出奏读于怀中。帝召近臣进读，适左右无其人，也速觲儿奏，臣亦粗知翰墨，乃诵其文，而以国语译之，敷陈明畅。帝悦，使纵横行殿中，以察之。命参知中书省事。二十二年，安童自北庭归，奏也速觲儿蒙古人，又通习汉文，久淹下位，宜加擢用。帝问："居其上者谁也？"对曰："参政郭佑，参议秃鲁花、拜降。"即日擢中奉大夫、中书参知政事，位郭佑上，仍敕之曰："自今事皆责成于汝。"二十三年，进资德大夫、中书左丞。二十四年，拜荣禄大夫、尚书省平章政事。从讨乃颜，复与诸将擒其将金家奴、塔不觲等。帝以也速觲儿家贫，赐钞五千锭。

二十七年，武平地震，奸人乘灾异相扇诱，有宗王三人皆为所诳。帝虑乃颜余党复为乱，遣也速觲儿率兵五百人镇抚之。以便宜蠲田租⑱、弛商税，运米万石以赈民灾，鞫三宗王⑲，谕以祸福轻重⑳，皆引伏。事闻，帝甚韪之㉑。自辽阳行省至上都，道路回远，也速觲儿奏请从高州以北开新道裁旧驿五，其三备他驿物力之乏绝，其二隶于虎贲司，给田宅为屯户，公私便之。

是时，桑哥秉政久，恣为贪虐，也速觲儿劾其奸，帝始悟㉒。后完泽等复相，继言之，桑哥竟伏诛。未几，拜江浙行省平章政事。大德二年卒，年四十五。也速觲儿喜荐士，凡所甄拔，多至通显。至正八年，赠推忠宣力守正佐理功臣、太傅、开府仪同三司、上柱国，追封安庆王，谥武襄。

三子：忽速觲，江浙行省平章政事；探进，御史中丞；木八剌沙，南阳府达鲁花赤。孙：脱因纳，陕西行台御史大夫；纽儿该，同知都护府事；古纳剌，上都留守。

史臣曰：速不台与者勒蔑、忽必来、者别齐名，太祖拟之四猎犬，常为军锋。者勒蔑等前卒，独速不台历事三朝，年逾耆艾㉓，子孙俱为名将，至其曾孙启王封。乃知道家三世之忌，非古今通论也。

---

①觇（chān，音搀）：偷看，侦察。

②挈（qiè，音切）：带领。

③碛（qì，音气）：水中沙滩。

④彀（gòu，音够）：把弓拉满。

⑤斡（wò），音握。

⑥钲（zhēng，音铮）：古代行军时用的一种乐器。

⑦蹙（cù，音促）：紧迫。

⑧济：渡河，过河。

⑨僰（bó，音伯）：我国古代西南的一个少数民族。

⑩摈（bìn，音膑）：排斥，抛弃。

⑪郛（fú，音扶）：外城。

⑫槊（shuò，音朔）：长矛。

⑬漕（cáo，音曹）：通过水道运送粮食。

⑭樯（qiáng，音强）：船上的桅杆。

⑮鹄（hú，音胡）：天鹅。鹞（Yào，音要）：鹞鹰，也叫老雕。

⑯婺（wù，音误）州：地名。

⑰掾（yuàn，音怨）：古代属官的通称。

⑱蠲（juān，音捐）：除去，免除。

⑲鞫（jū，音居）：审讯，审问。

⑳谕（yù，音玉）：告诉，使人知道。

㉑韪（wěi，音伟）：是、对。

㉒劾（hé，音和）：揭发罪状。

㉓耆（qí，音齐）：老。

者勒蔑 忽必来 者别列传

者勒蔑，兀良合氏。父札儿赤兀歹，与烈祖有旧。太祖初生，札儿赤兀歹以貂鼠里袱献。时者勒蔑亦在襁褓，言于烈祖，请俟长大为太祖服役。及太祖娶光献皇后，往见王罕于土兀剌河，归至不儿罕山，札儿赤兀歹率者勒蔑来附，者勒蔑与博尔术及太祖弟别勒古台从太祖避蔑儿乞之难，捍御甚力。后者勒蔑之弟察兀儿罕亦慕义归于太祖。

太祖称汗，命者勒蔑与博尔术为众怯薛长。太祖与泰亦兀赤战于斡难河，颈疮甚，者勒蔑吮其血。至夜半，太祖始苏，渴索饮。者勒蔑裸入敌营，挈一桶酪返①，来往无觉者。调酪饮太祖，遂愈。太祖问："何为裸入敌营？"者勒蔑曰："我如被擒，便谓本欲来降，事觉，解衣就戮，乘间得脱走。彼必信我言，而用我，可以盗马驰归。"太祖嘉叹之。自是人称为者勒蔑乌该。"乌该"者，译言"大胆贼"也。及王罕来袭，太祖分军于卯温都赤山，以者勒蔑为前锋，败之。太祖攻乃蛮太阳罕，以者勒蔑与者别、忽必来、速不台为前锋，一战擒之。

太祖即皇帝位，大封功臣，授者勒蔑千户，赦罪九次。其子也孙帖额为豁儿赤千人之长，者勒蔑弟察兀儿孩亦授千户，太祖使为哈萨儿使者，伪请降于王罕。事具《王罕传》。者勒蔑与者别、忽必来、速不台同以骁悍名，又归附独早，以先卒，故功名不及者别、速不台之著。

也孙帖额以附诸王为乱，为宪宗所诛。太祖尝谓："诸将之勇，无过也孙帖额，终日战而不疲，不饮、不食而不饥渴。然不可使为将，以其视人犹己，士卒疲矣，饥渴矣，而彼不知也。故为将必知己之疲、己之饥渴，而后能推之于人云。"

忽必来，巴鲁剌思氏，与族人忽都思同侍太祖左右，又与太祖弟合撒儿同为佩刀宿卫。太祖伐四种塔塔儿，誓师破敌勿掠弃物，俟军事毕散之。及战胜，阿勒坛、火察儿、答里台三人背约，帝怒，使忽必来与者别尽夺所获，分于军士，于是一军肃然。太祖伐乃蛮，遣忽必来与者别为前锋，至撒阿里客额儿，遇乃蛮哨探，游骑往来相逐。我队中羸马有逸入敌营者，太阳罕信为蒙古马瘦，利速战，遂进兵，为太祖所擒。事具《乃蛮传》。

太祖践尊位，谓忽必来曰："凡刚硬不服之种族，汝皆服之。汝与者勒蔑、者别、速不台四人，如我之猛犬，临阵以汝四人为前锋。博尔术、木华黎、博尔忽、赤老温随我主儿扯歹、亦勒答儿立我前，使我心安。以后军事汝皆长之。"又曰："别都温性执拗，汝怒之，吾亦知之，故不令其管兵，今试与汝同为千户，视其后效何如。"其见倚重如此。六年，命忽必来征合儿鲁兀惕部，降其部长阿儿思兰。未几卒。

者别，别速特氏。托迈力汗第九子钦达台之后也。国语"九"为"伊苏"，又转为"别速"。别速特人素附泰亦兀赤，与太祖交恶。太祖败泰亦兀赤等于阔亦田之野，别速特部众溃散，者别匿于林薮[②]。太祖出猎见之，令博尔术追捕，乘太祖战马而往。马口色白，国语名为"察罕忽失文秣骊[③]。"博尔术射者别不中，者别射其马殪之[④]，遂逸去。后与锁儿罕失剌来降。太祖问："阔亦田之战，自岭上射断我马项骨者为谁？"者别曰："我也。若赐死只污一掌地。若赦其罪，愿效命以报。"太祖嘉其不欺，遂赦而用之，先为什长，洊擢为千户[⑤]。

太祖即位五年，金人筑乌沙堡，命者别袭杀其众。六年，太祖自将伐金，以者别与亦古捏克为前锋，拔乌沙堡、乌月营。至居庸关，金人守御甚固，者别回军诱敌，金人悉出追之，大败，者别遂入居庸，抵中都城下。复攻东京，不拔，夜引去。时已岁除，金人谓大军已退，不设备。逾数日，者别倍道疾趋，突入其城，大掠而还。八年，金兵复守居庸，仍为者别所取。

十一年，太祖北还，时古出鲁克盗据西辽，命者别征之。明年，师至垂河，所过城邑望风降附，古出鲁克西奔。又明年，者别使曷思里逾葱岭追之，及诸撒里黑昆，斩其首以徇。诸部军中获马千匹，皆口白色者，归献于太祖曰："臣请偿昔者射毙之马。"十四年，太祖亲征西域，以者别为前锋，速不台为者别后援，脱忽察儿又为速不台后援，追西域主阿拉哀丁。西域主窜海岛而死。俘其母、妻及珍宝以献。复攻下西域各城，入其西北邻部曰阿特耳佩占，曰角儿只，曰失儿湾，皆望风款服[⑥]。

十六年，西域略定。太祖复命者别与速不台进军里海之西，以讨奇卜察克。军入高喀斯山，奇卜察克、阿速、撒耳柯思等部据险邀之。者别以众寡不敌，乃甘言诱奇卜察克谓[⑦]："我等皆同类，无相害意，何必助他族以伤同类？"奇卜察克信其言而退。者别引军出险败阿速等部，急追奇卜察克，纵兵奋击，杀其霍滩之弟玉儿格及其子塔阿儿，告捷于太子术赤，请济师。时术赤驻军于里海东，分兵助之。十七年冬，新军至，乘冰合，渡浮而嘎河，遂下阿斯塔拉干城。遇奇卜察克兵，又败之，军分为二，俱引而西：一军追败兵过端河，一军至阿索富海之东南，平撒耳柯思、阿速等部，遂自阿索富海履冰以至黑海，入克勒姆之地。两军复合。

霍滩遁入斡罗斯境，乞援于其婿哈力赤王穆斯提斯拉甫。哈力赤王集斡罗斯南部诸王于计掖甫，议出境迎击。者别、速不台遣使十人来告："蒙古所讨者奇卜察克，与斡罗斯无衅，必不相犯。奇卜察克素与贵国构兵，盍助我以攻仇敌[⑧]？"斡罗斯诸王谓："先以此言饵奇卜察克，今复饵我，不可信。"执十人杀之。者别、速不台复遣使谓："杀我行人，曲在汝。天夺汝魄，自取灭亡。请一战以决胜负！"库滩又欲杀之。斡罗斯人释之，约战期。哈力赤王先以万骑东渡帖尼博耳河，败前锋裨将哈马贝，获而杀之。诸王皆引兵从之。至喀勒吉河，与大军遇。时斡罗斯军分屯南北，南军为计掖甫、扯耳尼哥等部，北军为哈力赤等部及奇卜察克之兵。哈力赤王轻敌，独率北军渡河，战于孩儿桑之地。胜负未决，奇卜察克兵先遁，我军乘之，斡罗斯兵大溃。哈力赤王走渡河，即沉其舟，后至者不得渡，悉为我军所杀。南军不知北军之战，亦不知其败，我军猝至，围其垒，三日不下。诱令纳贿行成，俟其出，疾攻之，斩馘无算[⑨]。我军西至帖尼博河，北至扯耳尼哥城及诸拂敦罗特城、夕尼斯克城而止。捷书至太祖行在，诏以马十万匹犒师，封术赤于奇卜察克，以辖西北诸部。十九年，术赤西行，者别与速不台归术赤部兵，自率所部东返。中道卒。

初，者别名只儿豁忽阿歹，太祖以其射毙战马，赐名"者别"，国语"梅针箭"也。

子忽生孙，为千户。忽生孙子哈拉，从旭烈兀入西域。者别弟蒙都萨洼儿，侍拖雷左右。其子乌勒思，亦入西域。者别后，在西域者甚众。

史臣曰：者勒蔑、忽必来、者别，所谓熊罴之士，不二心之臣也。者勒蔑屡拯太祖所于患难，忽必来之勇素为太祖所知，其视者别奋自降虏者盖不侔矣。然其功名反出者勒蔑、忽必来之右。吾益叹太祖弃仇雠、任智勇，其雄略为不可及也。^⑩

---

①挈（qiè，音切）：提着，提起。

②薮（sǒu，音擞）：水少而草木茂盛的湖泽。

③秣（mò），音末。

④殪（yì，音易）：射死。

⑤洊（jiàn，音见）：再。擢（zhuó，音茁）：提拔，选拔。

⑥款服：归服、诚心归附。

⑦甘：美好、动听。

⑧盍（hé，音何）：何不。

⑨馘（guó，音国）：战争中割取的敌人的左耳。

⑩雠（chóu，音绸）：仇敌、仇人。

术赤台　畏答儿列传

术赤台，兀鲁特氏。其先纳臣拔都，太祖八世祖蔑年土敦第七子也，生二子：长曰兀鲁特、次曰忙兀特，子孙遂以名为氏。术赤台为兀鲁特之六世孙。兀鲁特与忙兀特、札剌儿、宏吉剌、亦乞列思，归附太祖最早，号为五投下。

术赤台，有胆略，勇冠一时。始附札木合，后见札木合残暴，与忙兀特部长畏答儿各率所部归于太祖。

王罕袭太祖于卯温都儿山，太祖仓卒闻变，阵于合剌合勒只沙陀。王罕问札木合："帖木真部下诸将，勇敢者为谁？"札木合曰："兀鲁特、忙兀特二部人健斗，兀鲁特花纛^①，忙兀特黑纛，当者慎之。"于是，王罕使其骁将合答黑失当二部，而以阿赤黑失伦、豁里失列门继之。是时，王罕之众数倍于我，其子桑昆有智勇，人畏之。将战，诸将见众寡不敌，言于太祖，请使术赤台为前锋，太祖从之。畏答儿亦愿为前锋。遂各率所部以进，败合答黑失等。阿赤黑失伦以土棉秃别干之众援之，剌畏答儿堕马，忙兀特人还救之。术赤台率兀鲁特一军转战而前，连败土棉秃别千、斡栾董合亦特及豁里失烈门所领护卫千人，直入王罕中军。桑昆见事亟，亲来搏战，术赤台射中其颊。桑昆创甚，王罕始敛兵而退。是役也，微术赤台力战，几败。

王罕已退，太祖引军至答兰捏木儿格，仅有二千六百骑。太祖自将其半循合泐合水西岸，术赤台与畏答儿将其半循东岸而行^②，使术赤台说宏吉剌部降之。太祖遂驻于董嘎淖尔、脱儿哈火鲁罕。后太祖袭王罕于彻彻儿温都尔，复以术赤台与阿儿孩合撒儿为前锋，昼夜兼行，出其不意攻之。王罕父子方酌马湩于金帐^③，不设备，其部众悉为太祖所俘，王罕父子走死。又从太祖伐乃蛮，术赤台为第二军队。乃蛮平，王罕之弟札合敢不降而复叛，术赤台以计诱执之。太祖尝谕之曰："朕望术赤台如高山前之日影。"其见重如此。

太祖称尊号，授千户，命统兀鲁特部，世世勿替，又赐宫嫔亦巴合以赏其功，即札合敢不之女也。仍命亦巴合位下之岁赐，依旧给之。太祖谓亦巴合曰："昔汝父媵汝二百人^④，且使阿失黑帖木儿、阿勒赤黑二人为汝主膳。今以其半从汝往兀鲁特氏，留阿失黑帖木儿及其余百人为记念。"或云太祖一日得恶梦，不怿⑤，遂以亦巴合赐术赤台云。

十一年，术赤台与合撒儿、脱仑徇女真故地⑥，攻大宁城克之。后卒。

弟察乃，亦封千户，为怯薛长，领侍卫千人。

术赤台子怯台，有才武，与父同时封千户。从太祖伐金与宏吉剌人薄察，别将疑兵屯居庸北口。者别绕攻南口，克之，遂入居庸。及攻中都，怯台与哈台将三千骑驻近郊，以断援兵之路。怯台以父佐命功封郡王。

二子：曰端真，曰哈答。

怯台卒，端真嗣封。太宗八年，赐端真德州二万户为食邑。至元十八年，又增二万一千户，肇庆路连州及德州属邑俱隶焉。

世祖讨阿里不哥，哈答与畏答儿之曾孙忽都忽跪言："臣祖父幸在先朝屡立战功。今北讨，臣等又幸少壮，愿如祖父以力战自效。"世祖允之。从诸王合丹、驸马纳陈为右翼，战于昔木土，又战于失烈延塔兀之地，以功赐黄金，将士受赏有差。李璮叛，世祖遣诸王哈必赤等讨之，哈答亦在军中。

哈答三子：曰脱欢，曰庆童，曰亦怜真班。

脱欢，从诸王彻彻讨宏吉剌叛者只儿瓦台，获之。又从破昔里吉、药木忽儿于野孙河。

世祖征乃颜，庆童扈从⑦，力疾以战，卒于军中。二子：曰塔失帖木儿，曰朵来。塔失帖木儿一子，曰匣剌不花。

自怯台以下，凡九人，皆袭爵，加封号为德清君王。

畏答儿，忙兀特氏。纳臣拔都次子忙兀特六世孙也。与兄畏翼俱事太祖。时泰亦兀赤部落强盛，与太祖有隙，畏翼率其众叛附泰亦赤兀。畏答儿力劝之，不听，追之，又不肯还，畏答儿乃还事太祖。太祖曰："汝兄去，汝何为独留？"畏答儿无以自明，取矢折而誓之。太祖遂与畏答儿约为按答，又呼为薛禅。

太祖拒王罕，虑众寡不敌，先谓术赤台曰："伯父，欲使汝为前锋，何如？"术赤台以鞭拂马鬣⑧，未及答。畏答儿自奋请行，谓："我犹凿，诸君犹斧，斧非凿不入，我请先之。当出敌背，树我帜于奎腾山上。不幸战殁，有三子，惟上怜之。"遂怒马陷阵，败王罕骁将合答黑失。其后援阿赤黑失伦骤至，刺畏答儿坠马。术赤台继进，大败之。畏答儿创甚，太祖亲为敷药，留宿帐中。后月余，自合浻合水移营⑨，资粮匮乏，畏答儿力疾出猎。太祖止之不可，遂创发而死。太祖痛惜之，葬于合浻合水上斡而讷兀山。太祖灭王罕，获其将合答吉，使领只儿斤降众百人，役属于畏答儿妻子。

太祖即位，大封功臣，追封千户。又别封其子忙哥合勒札为千户，命收集忙兀特族人之散亡者。太宗思其功，复以北方万户封忙哥合勒札为郡王。九年，大料汉民，分城邑以赐诸王、贵戚，失吉忽都虎主其事，定畏答儿薛禅位下岁赐五户丝，授忙哥合勒札泰安州万户。太宗讶其少，忽都虎对曰："臣今差次，惟视旧数多寡，忙哥合勒札旧裁八百户。"太宗曰："不然。畏答儿本户虽少，战功则多，其增封为二万户，与十功臣皆异其籍。"术赤台之孙端真争曰："忙哥合勒札旧兵不及臣家之半，今封户顾多于臣。"太宗曰："汝忘尔先人横鞭马鬣事耶？"端真遂不敢言。

忙哥合勒札卒，孙只里瓦觰、乞答觰鲁，曾孙忽都忽、兀乃忽里、哈赤，先后袭郡王。畏答儿曾孙博罗欢最知名。

博罗欢，畏答儿幼子醮木曷之孙[⑩]，琐鲁火都之子也。年十六，为本部札鲁忽赤。中统初，从世祖讨阿里不哥，以功赐马四百匹，金帛称是。寻诏入宿卫，逾近臣曰："是勋阀诸孙，从其出入禁闼，无禁止之。"

李璮反，命将忙兀特一军围济南，分兵略定益都、莱州。又奉诏谳狱燕南[⑪]。以明允，赐衣一袭。至元八年，皇子云南王忽哥赤为省臣宝合丁毒杀，事闻，敕中书省择治其狱者，凡奏四人，皆不称旨。丞相线真举博罗欢，且言："设败事，臣请从坐。"遂命之。博罗欢辞曰："臣不敢爱死，但年少目不知书。"乃以吏部尚书别帖木儿辅其行，谓博罗欢曰："别帖木儿知书，可使主簿，责其事，是否一以委卿，他日慎无归咎副使也。且闻卿不善饮，彼土多瘴[⑫]，宜少饮敌之。"未至四五驿，宝合丁迎馈金六巤[⑬]，博罗欢以云南去朝廷远，不安其心，将惧而生变，乃为好语遣之。既至，尽以金归行省，而竟其狱，论如法。归报，世祖顾线真曰："卿举得人。"诏凡忙兀部事无巨细，悉统于博罗欢，如札剌亦儿事统于安童者比。授右卫亲军都指挥使，赐虎符，大都则专右卫，上都则兼总三卫。

十一年，授中书右丞。伐宋，分军为二，诏右受伯颜、阿术节度，左受博罗欢节度。俄兼淮东都元帅，军下邳[⑭]，罢山东经略司，而以其军隶之。博罗欢召诸将谋曰："清河城小而固，与泗州、昭信、淮安相犄角，未易卒拔。海州、东海、石秋，至此数百里，守必懈，轻骑倍道袭之，其守将可擒也。"师至三城，果下，清河闻之，亦降。及宋主奉表内附、淮东诸州犹城守。诏博罗欢进军，拔淮安南堡，战白马湖，又战宝应，释高邮不攻，由西小河达漕河，据涛头堡，断通、泰援兵。遂拔扬州，淮东平。益封桂阳、德庆二万一千户，赐西域药及蒲桃酒、介胄、弓矢、鞍勒。

十四年，讨只儿瓦台于应昌，败之。赐玉鞶带、币帛[⑮]，与博罗同署枢密院事。以中书右丞行省北京，未几，召还。

时江南新附，尚多反侧，诏募民能从征讨者，使自为一军，其百户、千户惟听本万户节度，不役他军，制命、符节，一与正同。博罗欢方寝疾，闻之，附枢密董文忠奏言："今疆土寖广，胜兵百万，指挥可集，何假无赖侥幸之徒？此曹一践南土，肆为贪虐，斩刈平民[⑯]，奸其妇女，橐其货财[⑰]，贾怨益深，叛将滋众。非便。"召舆疾入对，赐座与语，帝悟。适常德人诉唐兀带一军残暴其境，如博罗欢所策。敕斩以徇[⑱]，凡所募军皆罢。

帝以哈剌思、博罗思、斡儿洹、薛凉格四水上屯田军，与戍军不相统属，遣博罗欢往监之。十八年，又以右丞行省甘肃。时西北防军仰哺于省者十数万人，十石不能致一，米石百缗[⑲]，博罗欢馈饷不绝[⑳]，军以无饥。

二十一年，拜龙虎卫上将军、御史大夫、江南诸道行御史台事。黄华反，征内地兵进讨平之。贼多虏良民，博罗欢令监察御史、提刑按察司随在检察，遣还故土。以疾罢归。

乃颜叛，帝将亲征。博罗欢曰："昔太祖分封东诸侯王，其地与户臣皆知之。以二十为率，彼得其九，忙兀、兀鲁、札剌亦儿、宏吉剌、亦乞列思五诸侯得其十一。幸较息耗，彼此宜同。然要其归，五部之力终赢彼二。今但征兵五部，自足当之，何烦乘舆，臣疾且愈，请事东征。"时帝计已决，赐博罗欢甲胄、弓矢、鞍勒，命督五诸侯兵从驾行。次撒里，秃鲁叛党塔不带逼行在。会久雨，王师乏食，诸将请退。博罗欢曰："两阵之间，勿作事先。"已而彼军先动，博罗欢悉众乘之，转战二日，身中三矢，斩其驸马忽伦，遂擒诛乃颜。既而哈丹复叛，诏与诸王乃蛮台讨之。从三骑轻出，遇敌游兵，返走。抵绝涧，广可二丈，深加广之半。追兵垂及，博罗欢跃过，三骑皆没。未几，哈丹自引去，斩其子老的于阵。往返凡四载，凯旋，俘其二妃。敕以一赐乃蛮台，一赐博罗欢。世祖陈金银器于延春阁，如东征诸侯王、将帅分赐之，博罗欢辞。帝曰："卿虽善让，岂可听徒手归。"始拜受。

河南宣慰司改行中书省，拜平章政事。濒行，赐以海东白鹘[21]。寻有诏括马，毋及勋臣家。博罗欢曰："吾家群牧连坰，不出马佐国，无以为方三千里官民倡。"乃先入马十有八匹。河流迁徙无常，民讼退滩，连岁不绝，或献诸王求为佃民自蔽。博罗欢奏正之，仍著为令。

元贞二年，改陕西行省平章政事，未行，奉命仍留河南。寻入朝，奏忙兀兀一军戍北，岁久衣敝，请以位下泰安州五户丝岁入一斤，积四千斤，输内库，易缯帛，分赍所部[22]。从之。敕递车送达军中。陛辞，赐世祖所佩弓矢、鞶带。中书平章刺真、宣政院使大食蛮合奏："往年伐宋，分军为二，右属伯颜、阿尤，左属博罗欢。今伯颜、阿尤皆有田民，而博罗欢独不及。"帝曰："胡久不言，岂彼耻于自白邪？"其于高邮州已籍之民赐五百户。以上中下率之，上一，而中下各二，并赐圈背银椅。

大德元年，叛王药木忽儿、兀鲁思不花来归。博罗欢闻之，遣使驰奏曰："诸王之叛，皆由其父，此辈幼弱，无所与知。今兹来归，宜弃其前恶，以劝未至。"成宗深然之。改湖广行省，赐鞍勒。行次汝宁，会并福建行省入江浙，在道授江浙行省平章政事，赐白玉带。部民张四省，恃富陵轹府县，肆为奸利，自刻木牌，与交钞杂行，又盗海堤石筑其私居。博罗欢欲斩之，中书刑曹当以杖。然由是豪姓始畏法敛迹。大德四年卒，年六十有五。累赠推忠宣力赞运功臣、太师、开府仪同三司、上柱国，追封泰安王，谥武穆。

四子：浑都，山东宣慰使；次伯都；次也先帖木儿，河南行省参知政事；次博罗。

伯都，幼颖悟嗜学，不以家世自矜。大德五年，擢江东道廉访副使[23]。十年，改江南行台侍御史。岁大饥，奏请以十道赃罚钞赈之。入为金书枢密院事，领食儿别赤[24]。至大二年，拜江南行台御史大夫。四年，换陕西行台，进阶荣禄大夫，赐玉带一、钞五万缗。

延祐元年，拜甘肃行省平章政事。时米价腾涌，陆挽每石费二百缗。伯都修除运道，省四百余万缗。诏赐名鹰、甲胄、弓矢及钞五千缗以劳焉。四年，换江浙行省，入为太子宾客。奏陈正心修身之道，帝嘉纳之。复除江南行台御史大夫，皇太后以东宫官留之。未几，以目疾告归寓于高邮。

至治元年，起为御史大夫，辞不拜。赐平章禄，养疾于家。敕内臣购空青于江南，治其疾。二年春，来朝，赐金纹衣及药。三年，赐钞五万缗及西域酒药，伯都辞，并归平章禄于有司。

泰定元年，再征入朝。卒。赠银青荣禄大夫、江浙行省左丞相、上柱国，追封鲁国公，谥元献。朝廷知其贫，赙钞二万五千贯[25]。御史台又奏赙三万五千贯，仍还其赐禄，伯都妻宏吉刺氏曰："始吾夫仕于朝，不敢虚受廪禄[26]。今没而受之，非吾夫意也。"卒辞之。子笃尔只，将作院判官。

史臣曰：太祖初兴，兵力尚弱，是以十三翼之战败于札木合。术赤台、畏答儿独不论胜败，诚心归附，可谓有择君之识矣。太祖拒王罕，术赤台、畏答儿俱为元功，不幸畏答儿以创死，人遂疑术赤台迁延不进。夫势有利钝，知兵者当因其势乘之，岂必以敢死为勇决乎？太宗誉术赤台横鞭马骦[27]，非知兵者之言也。

①纛（dào，音到）：军中大旗。

②循（xún，音寻）：顺着。

③酌（zhuó，音苗）：舀取。湩（dòng，音动）：乳汁。

④媵（yìng，音硬）：古代剥削阶级妇女出嫁时，随嫁的人或物品。

⑤怿（yì，音议）：喜欢。

⑥徇（xùn，音训）：带兵巡行占领的地方。

⑦扈（hù，音户）：随从。

⑧鬣（liè，单列）：某些兽类如马、狮子等颈上的长毛。

⑨溺（lè），音了。

⑩醮（jiào，音叫）。曷（hé，音和）。

⑪谳（yàn，音验）：审判定罪。

⑫瘅：疾病。

⑬籯（yíng，音营）：笼箱之类的竹器。

⑭下邳（pī，音批）：地名，在江苏。

⑮鞶（pán，音盘）：大带子。

⑯刈（yì，音义）：割。

⑰橐（tuó音驮）：骆驼。

⑱敕（chì，音翅）：皇帝的诏令。

⑲缗（mín，音民）：古代穿铜钱用的绳子。

⑳馈饩：馈赠。

㉑鹘（gǔ，音骨）：一种鸟。

㉒赉（lài，音赖）：赏赐。

㉓擢（zhuó，音灼）：提拔。

㉔佥（qiān），音千。

㉕赙（fù，音父）：送财物助人办丧事。

㉖廪（lǐn，音凛）：官方供给。

㉗訾（zǐ，音子）：毁谤，诋毁。

答阿里台 蒙力克 豁儿赤兀孙
察合安不洼 纳牙阿列传

　　答阿里台斡赤斤，把儿坛之少子，太祖季父也。答阿里台始从泰亦赤兀中归太祖，答兰捏木克格思之役与阿勒坛、忽察儿违命掠塔塔儿所弃辎重，太祖夺其所获，分给于众。三人怨望，叛附王罕。及王罕败亡，入乃蛮；乃蛮又灭，穷来归命。太祖怒其反复，密令诛之，毋使人见。博尔术、木华黎、忽都虎谏曰："骨肉相残如火自灭，额赤格之兄弟惟答阿里台在，宁忍废绝。愿以额赤格故，曲矜之。"太祖闻三人言，遂宥之①。

　　其后太祖以其子大纳耶耶及从人二百付皇侄阿勒赤歹，其后人常在阿勒赤歹后王部下。太宗时，以宁海、登、莱三州为答阿里台后人分地。至元九年八月，大纳耶耶之子阔阔出请以三州自为一路，与诸王比，岁赋惟入宁海，无输益都。从之。答阿里台四世孙拔都儿，延祐五年封宁海王，赐金印。五世孙买奴，泰定三年正月壬子，封宣靖王，镇益都。天历二年，文宗即位，入觐②，赐控鹤二十人。至顺二年，置王傅等官，立宫相都总管府，给银印。后至元二年，进封益王。至正十六年，毛贵陷益都，买奴遁走③。

答阿里台又有后人曰布儿罕，从旭烈兀征西域，不敢与诸王子抗礼。旭烈兀谓王子年少，许布儿罕与之并坐。布儿罕之子曰库鲁克。又有布剌儿赤乞颜惕者，仕于阿鲁浑，张大盖，亦答阿里台后人。

蒙力克，晃豁坛氏。父察剌合。烈祖崩，太祖母子寡弱，部众多叛附泰亦兀赤，察剌合劝阻之，脱朵延吉儿帖以枪刺察剌合背，不顾而去。察剌合创甚，太祖为之涕泣。蒙力克与烈祖相亲爱，烈祖临崩，以家事托之，又使召太祖于宏吉剌氏。太祖称之为额赤格。后太祖与札木合战于答兰巴泐渚纳④，蒙力克率其七子先后来归。癸亥，王罕子桑昆绐太祖议昏⑤，太祖以十骑往，中道过蒙力克家，白其事。蒙力克劝太祖勿往，以方春马瘦为辞，太祖从之。太祖称尊号，命蒙力克隅坐，论军国重事，与其子脱栾并封千户。

脱栾，蒙力克长子也。太祖伐乃蛮，大搜军实，以脱栾与朵歹、多豁勒忽、斡歌连、不只儿、速亦客秃六人，同为扯儿必。后从皇弟合撒儿取金辽西诸州。又奉命督蒙古、契丹军并张鲸所总北京十提控汉军南征，鲸中道叛诛。脱栾仍帅诸军进讨，降真定，克大名，至东平阻水，大掠而还。从驾征西域，又从征西夏。

先是，太祖将征西域，征兵西夏。西夏主李遵顼与廷臣议⑥，其臣阿沙敢不大言谓使者曰："汝主内度力不足，何以为汗？"于是定议不助兵。使者归报，太祖大怒，遂伐西夏，围其都城。遵顼先使其子德旺居守，奔西凉，太祖解围去。至是复征之。脱栾从驾至阿儿不合，地多野马，因纵猎。太祖骑为野马惊突，坠而伤股，驻跸搠斡儿合惕之地⑦。是夕，帝不豫。翌日，也遂皇后以告扈驾诸王、百官⑧，议进退之计。脱栾谓："唐兀惕，城郭之国，其民土著，不能转徙。今且退军，须圣躬康复，再讨之。"众然其议，入奏。太祖谓："唐兀见我退军，必以我为怯。不如于此养病，使人于唐兀，视彼如何复命，再为进止。"遂遣使责西夏主之抗命。时遵顼已内禅德旺，德旺不承侵蒙古之言，阿沙敢不自承言之，因谓使者曰："汝蒙古夙以善战名，我今驻营贺兰山，广张天幕，饶有橐驼⑨。汝与我战，胜则取之。若愿金银、币帛，请问中兴、西凉自取可也。"使还以闻，太祖大怒曰："彼如此狂言，我军安可径退！虽死必往证其言。"明年春，师入西夏，阿沙敢不走据山寨。我师仰攻破之，擒阿沙敢不，尽获营帐橐驼，杀其精壮，余听我军俘得者自分之。是夏，太祖避暑察速秃山，分遣诸将取甘、肃、西凉等府州，进逼中兴。是时李德旺已殂⑩，从子睍嗣位，遣使乞降。太祖令脱栾前往安抚。及西夏主朝行在，太祖已崩，遗诏秘不发丧，俟夏主来朝杀之，而灭其族。脱栾奉遗诏，手刃西夏主睍，尽杀其族人。以功赐西夏主行宫器皿。未几卒。脱栾子伯八儿。

伯八儿。世祖即位，以旧臣子孙擢为万户⑪，命戍欠欠州。至元十二年，诸王昔里吉、脱帖木儿叛，伯八儿以闻，且请讨之。未得命，为昔里吉、脱帖木儿所袭败，死之。脱帖木儿虏其二子八剌、不兰奚，分置左右岁余，待之颇厚。八剌险结脱帖木儿左右也伯秃，谋报父仇，后为也伯秃家人泄其谋。八剌知事不成，率家族南奔。脱帖木儿遣骑追之，兄弟俱被执。脱帖木儿责之曰："我待汝厚，汝反为此耶？"八剌曰："汝叛君之贼，害我父，掠我亲属。我誓将杀汝，以报君父之仇。今力穷就执，从汝所为。"逼令跪，不屈。以铁挝碎其膝⑫，终不跪。与不兰奚俱见杀。幼子阿都兀亦，官河北河南道肃政廉访使。

阔阔出，蒙力克第四子也。为巫，形如狂人。尝隆冬裸行风雪中，好言休咎，往往奇中。蒙古人号为"帖卜腾格里"，译言"天使"也。

太祖灭王罕，阔阔出即以符命之说进，谓："闻天语，将畀帖木真以天下，号曰'成吉思'。"丙寅，群臣议上尊号，以为札木合称"古儿罕"，不逾时而败，不祥，欲废之而别择美号。有请用阔阔出前说者，遂上尊号曰"成吉思可汗"。阔阔出即以符命被宠，又藉父劳，兄弟七人势倾一时。尝挞合撒儿，合撒儿诉于太祖，太祖不问也。阔阔出复潛之曰[13]："长生天有命，帖木真、合撒儿迭为百姓主，不除合撒儿，事未可知。"太祖惑其言，欲杀之，以太后救之获免，事具《合撒儿传》。

其后有九种言语之人，从阔阔出，聚于太祖群牧场。帖木格斡赤斤属人亦有往者。斡赤斤使部将莎豁儿往索逃人，反为阔阔出所殴，且缚马鞍于背，驱归以辱之，明日，斡赤斤自往，阔阔出兄弟七人群起欲殴之。斡赤斤惧不敌，婉词逊谢。阔阔出使长跽帐后[14]，以示罚。

斡赤斤归，愤甚。翌日，入谒太祖[15]，卧未起。斡赤斤直趋榻前，奏其事，且大哭。太祖未及言，光献皇后垂涕曰："晃豁坛之子何为者？曩既挞合撒儿[16]，今又辱斡赤斤。可汗见在，彼尚任意凌践诸弟。如不讳，其肯服汝弱小儿子约束耶？"语毕亦哭。于是太祖谓斡赤斤曰："阔阔出今日来，任汝处之。"

斡赤斤乃选三力士以待。既而蒙力克率七子入见，阔阔出甫坐[17]，斡赤斤与三力士搏阔阔出颠，而折其脊，弃于左厢车下。斡赤斤入奏："阔阔出偃卧不肯起[18]。"蒙力克知其已死，泣言："我佐可汗，创大业相从至今……。"辞未半，其六子攘袖塞户立，势汹汹。太祖遽起曰[19]："辟我即出，立帐外[20]！"佩弓箭者趋而环侍。太祖命以青庐覆阔阔出尸，严其扃鐍[21]。比三日，失尸所在。太祖曰："阔阔出挞吾弟，又无端从而潛之。皇天震怒，俾死无归骨地矣。"因切责蒙力克而释之。自阔阔出死，蒙力克父子之势遂衰。

豁儿赤兀孙，巴阿邻氏。始属札木合，而心归太祖。及太祖与札木合分牧而西，豁儿赤兀孙夜与阔阔搠思举族从之，谬言曰："昔我始祖孛端察儿所掠兀良合真妇人，先后生札木合之祖暨吾祖，是二祖者异父而实同母，则我于札木合诚不当背之他适。顾昨者神明示我，见有惨白乳牛触札木合牙帐若车，折去一角，其牛作人语曰：'札木合将我角来。'又见无角犍牛曳一大帐桯木，循帖木真所行辙迹而来，亦作人语曰：'长生天命帖木真为众达达主，我今载国往送之。'"部众以老人言必不谬，往往忻动，争附太祖。豁儿赤兀孙谓太祖曰："君他日得国，何以报我？"太祖曰："汝言若征，赐汝万户。"曰："万户何足道，容我取部中美妇人三十为妻。且我纵不择而言，言必见听。"

即而，部族果推太祖为可汗，上"成吉思"尊号，乃敕豁儿赤兀孙娶三十妻。巴阿邻部原有三千人，益之以迭该、阿失黑二人同管之阿答儿斤、赤那里、脱额列思、帖良古惕等四种民，以为万户。蒙古俗以"别乞"为尊，别乞者服白衣，骑白马，位在众人上，岁时主议。太祖以其为巴阿邻氏之长子，复赐"别乞"之号。

既而豁儿赤兀孙以秃马惕妇女最美，索取三十人。秃马惕人执之以叛。太祖使斡亦剌部长忽都合别乞就近招抚，亦被执。复杀大将博尔忽。最后遣朵儿伯朵黑申，讨平之，尽取其民。释豁儿赤兀孙、忽都合别乞以归，竟赐秃马惕妇女三十人酬其夙愿焉。

察合安不洼，捏古歹氏。早从太祖。札木合与太祖战于巴泐渚纳，我军失利，察合安不洼殁于阵。札木合悬其首于马尾而去。太祖即位，以其子纳邻脱斡邻为千户，受孤独之赏。纳邻脱斡邻言：有弟捏古思散在各部落内，愿收集其众，以觅之，太祖许之，命其子孙世袭捏古歹千户。

纳牙阿，巴阿邻氏。与太祖有旧。父失儿古额秃为巴阿邻部长，属于泰亦赤兀。太祖败泰亦赤兀于答兰巴泐渚纳，失儿古额秃率二子阿剌黑、纳牙阿，执泰亦兀赤酋塔儿忽台欲献之。纳牙阿曰："塔儿忽台吾父子之主人，若执而献之，帖木真将以叛上这罪先杀吾父子，不如纵之使去。"失儿古额秃从之。及归于太祖，且言纵塔儿忽台事。太祖甚嘉之，谓纳牙阿知义理，异日可任大事。

甲子，太祖灭乃蛮，蔑儿乞酋答亦儿兀孙惧，因纳牙阿献女请降，即忽兰皇后也，以道阻留纳牙阿营中三日。太祖疑纳牙阿有私，欲严诘之，先诘忽兰皇后[22]。皇后曰："向者之来，中道阻兵，遇纳牙阿，云是可汗腹心大官，暂住其营三日以避乱，否则事不可测。如可汗加恩，有全受于父母之遗体在，不可诬也。"既而太祖纳忽兰皇后，果处女也，由是益重纳牙阿。

及即位，以其父为本部左千户，而授纳牙阿中军万户，仅下木华黎一级。二年，秃马惕叛，命纳牙阿讨之，纳牙阿以病不行。太祖踌躇良久，改命博尔忽，竟战殁[23]。纳牙阿子阿里黑巴罢。孙阔阔出，从旭烈兀，仕于西域[24]。

---

①宥（yòu，音右）：宽容，饶恕。
②觐（jìn，音进）：古代诸侯秋天朝见帝王。
③遁：逃跑。
④泐（lè）：音乐。
⑤绐（dài，音带）：哄骗，欺骗。
⑥顼（xū）：音需。
⑦跸（bì），音毕。
⑧扈（hù，音户）：阻止。
⑨橐驼：骆驼。
⑩殂：死。
⑪擢（zhuó，音灼）：提拔，提升。
⑫挝（zhā，音扎）：击。
⑬谮（zèn，音怎去声）：说坏话诬陷别人。
⑭跽（jì，音记）：长跪。
⑮谒（yè，音叶）：告诉，陈述。
⑯曩（nǎng，音囊上声）：以往、过去。
⑰甫：刚刚，开始。
⑱偃（yǎn，音眼）：仰卧。
⑲遽（jù，音拒）：就。
⑳辟（bì，音毕）：躲开，离开。
㉑扃（jiōng，音迥阴平）门户。　　镢（jué，音珏）：有舌的环。
㉒诘（jié，音洁）：责问，追问。
㉓殁（mò，音莫）：死。
㉔仕（shì，音士）：做官。

忽都虎 察罕列传

忽都虎失吉，塔塔儿氏。太祖征塔塔儿，虏其部众，得一带金鼻圈之小儿，归于诃额伦太后，太后曰："是必贵种。"遂养以为子，赐名忽都虎。

十余岁即善射。一日，大雪，忽都虎见鹿群，逐而射之，至夜未返。太祖问古出古儿，对以射鹿未返。太祖不从，欲鞭古出古儿。未几，忽都虎至，云遇三十鹿，已射死二十七，皆在雪中。太祖大奇之。

太祖建号，命为断事官。凡经忽都虎科断之事，书之册以为律令，后世不得擅改。又以忽都虎为太后养子，恩赏视诸弟，赦罪九次。

太祖十一年，取金中都，命忽都虎与翁古儿、阿儿海合撒儿往中都检视府藏。金守藏官哈答、国和私献金帛，翁古儿、阿儿海合撒儿受之，忽都虎独不受，簿录府藏物，与哈答、国和俱诣行在。太祖问忽都虎："哈答曾馈汝否？"对曰："有之，特不敢受。"太祖问故，曰："城未下，一丝一缕皆阿勒坛汗物；城下，则为国家之物，岂敢私取！故不受。"太祖奖其知礼，厚赉之[①]，而责翁古儿、阿儿海合撒儿。

十七年，太祖征西域，至塔力堪。西域主札拉勒丁在嘎自尼，蔑而甫酉汗蔑力克以兵四万从之。太祖命忽都虎率谟喀哲、谟而哈尔、乌克儿古儿札、古都斯古儿札四将将兵三万进讨。初，汗蔑力克已降复叛，忽都虎不知也。迨汗蔑力克潜师会札拉勒丁[②]，忽都虎始觉，夜半追及之。忽都虎持重，不敢夜战，俟次日击之，汗蔑力克乘夜疾引去。比晓，札拉勒丁亦至。先是，谟喀哲、谟而哈尔分兵围斡里俺城，将下。札拉勒丁驰往救之，二将以众寡不敌退，与忽都虎军合。忽都虎仍前进，与札拉勒丁遇，交绥[③]，无胜负。忽都虎令军中缚毡象偶人列士卒后，以为疑兵。次日，又战，敌望见偶人，果疑援至。札拉勒丁呼曰："我众彼寡，不足畏也。"张两翼而进围。既合，札拉勒丁使其众下马，以待战酣，乃齐令上马冲突。我军大败，兵士死伤者众。败奏至，太祖曰："忽都虎素能战，特狃于常胜[④]，今有此败，当益精细增阅历矣。"忽都虎见太祖，极论乌克儿古儿札、古都斯古儿札二将不晓兵机，临敌无布置，以致覆败。太祖自将攻札拉勒丁，至忽都虎战处，问乌克儿二将列阵何地，札拉勒丁列阵何地，以二将择地不善切责之。

太宗即位，授中州断事官，诏括户口，命忽都虎领其事。忽都虎括中州户，得一百四万以上。七年，皇子阔出伐宋，以忽都虎副之，徇襄邓诸州虏人民牛马数万而还。

忽都虎年逾九十始卒。蒙古人祝福寿者，必曰"如忽都虎"云。国初设官至简，总裁庶政，悉由断事官，任用者必亲贵大臣。忽都虎为两朝断事官，恩眷尤渥[⑤]。世祖问典兵治民之要，张德辉对曰："使宗室之贤者如口温不花使典兵，勋旧如忽都虎者使主民，则天下均受其赐矣。"其为人所推重如此。

初，诃额伦太后养子四人：曰忽都忽、博尔忽、曲出、阔阔出。或云忽都忽为孛儿台皇后养子，称太祖为额怯，称孛儿台为赛因额格，座次在太宗之上。博尔忽自有传，曲出、阔阔出附著左方。

曲出，蔑儿乞氏。年五岁，太祖伐蔑儿乞得之，太后养以为子。太祖即位，分太后及皇弟斡真处一万户，委付四人，曲出居其一。后从太祖伐金，战于居庸北口。曲出与拖雷横冲其阵，大败金将亦列等，太祖厚赏之。

阔阔出，泰兀特氏，为太后养子。后从札木合叛附客烈亦王罕。王罕败，其子桑昆奔川勒地，无水。阔阔出与其妻从桑昆觅水，阔阔出窃桑昆马而走，其妻曰："桑昆父子以美衣食养汝，今汝弃之，不义孰甚！"留所赏金盂于道上，俾桑昆持以取饮。阔阔出来归，太祖怒其反复，戮阔阔出，而改嫁其妻⑥。

察罕，初名益德，唐兀乌密氏。乌密即"嵬名"之异译。西夏国族，或曰姓逸的氏，逸的又益德之异译以名为氏也。父曲也怯律，其妾怀察罕未娠，不容于嫡⑦，以配牧羊者。察罕稍长，其母以告，且曰："嫡母有弟矣。"

察罕幼武勇，牧羊于野，植其杖，脱帽置杖端而拜。太祖出猎，见而问之，对曰："二人行则年长者尊，独行则帽尊，故致敬。且闻有贵人至，故先习礼仪。"太祖异其言，挈之归⑧，语光献皇后曰："今日得佳儿，可善视之。"命给事内廷。及长，赐姓蒙古，更名察罕，妻以宫人宏吉刺氏。

六年，从太祖伐金。金将定薛以重兵守野狐岭。太祖使察罕觇虚实⑨，还言彼马足动，不足畏也。太祖遂鼓行而进，大破之。师还，以察罕为御帐第一千户。七年，太祖围西京，遣察罕攻奉圣州拔之。十二年，复破金监军爪尔佳于霸州，金遣使求和，乃还。十六年，从太祖征西域，攻拔布哈尔、撒马儿罕二城。西域主阿刺衰丁留兵扼铁门关不得进，察罕先驱开道，斩其将，余众悉降。二十一年，又从攻西夏，取甘、肃等州。察罕父曲也怯律为夏守甘州，察罕射书招之，且求见其弟。遣使谕城中早降⑩。会其副阿绰等三十六人袭杀曲也怯律父子，并杀使者，登陴拒守。城下，太祖欲尽坑之，察罕言百姓无罪，只戮三十六人。夏主坚守中兴，太祖遣察罕入城，谕以祸福。夏主请降。太祖崩，诸将受太祖遗命，诱夏主至而杀之。又议屠中兴，察罕力谏而止，全活无算。

太宗即位，从略河南北州县，赐马三百匹、珠衣、金带、鞍勒。七年，皇子阔出与忽都虎伐宋，命察罕为斥候。又从诸王口温不花南伐，克枣阳及光化军。分遣察罕攻真州，宋知州邱岳拒之，以强弩射杀致师者，察罕遂引去。九年，复与口温不花克光州。十年，察罕围庐州，欲造舟巢湖，以扰江淮。宋守将杜杲乘城力战，又以舟师扼淮水口，我军不得入，乃去庐州，攻拔天长县及滁、泗等州⑪。授马步军都元帅。

六皇后称制二年，察罕奏令万户张柔总诸军驻杞县。初，河决西南，入陈留，分为三道，杞县居中泮。宋人恃舟楫之利，由亳、泗以窥汴、洛。柔筑城，建浮桥，为进战退守之计，边圉始固⑫。四年，察罕率三万骑与柔攻宋寿州，进攻扬州。宋将赵葵请和，遂班师。定宗即位，赐黑貂裘一、镔铁刀十。

宪宗即位，召见，累赐金绮、珠衣，命以都元帅领尚书省事，赐开封、归德、河南、怀、孟、曹、濮、太原三千余户为食邑，及诸处草地一万四千五百余顷。五年卒，赠推忠开济翊运功臣、开府仪同三司、上柱国、太师，追封河南王，谥武宣⑬。

察罕尝脱靴藉草而寝，鸮鸣其旁⑭，心恶之，挞以靴，有蛇自靴中坠出。归，以其事闻太祖。太祖曰："鸮人所恶者，在尔则为喜神，宜戒子孙忽食鸮。"察罕子十人，长木华黎。

木华黎，事宪宗，直宿卫。从攻钓鱼山，以功授四斡耳朵怯怜口千户。世祖至元四年，都元帅阿尤攻宋襄阳，略地至安阳滩，宋兵扼我归路，木华黎击败之。阿尤坠马，木华黎挟以超乘，力战却敌，特赐金二百五十两，佩金虎符为蒙古军万户。五年，复从攻襄阳，卒于军。赠推诚宣力功臣、荣禄大夫、平章政事、柱国，追封梁国公，谥武毅。次布兀刺里辛子塔出，察罕弟阿波古子亦力撒合、立智理威，均有名。

塔出，幼孤⑮，长骑射。至元元年，入侍世祖。四年，给察罕食邑赋税之半，又还其逋户二十⑯。七年，降金虎符，授昭勇大将军、山东统军使，镇莒、密、胶、沂、郯、邳、宿、即墨等州县。统军司改枢密院，授金枢密院事⑰。略地涟、海，获人畜万计，表言降人蒋德胜，宜加赏赉，以劝来者。诏赐黄金五十两，白金倍之。十年，又改金淮西等处行枢密院事。城正阳，以扼淮海诸州，宋陈奕率安丰、庐、寿等州兵，数挠其役。塔出选精锐拒之，奕遁去。宋人复造战舰于六安，欲攻正阳。率骑兵焚其战舰，又败宋于横河口。

十一年，改淮西行枢密院为行中书省，以塔出为镇国上将军、淮西行省参知政事，略安丰、庐、寿等州，俘生口万余，赐葡萄酒二壶，仍以曹州官园为第宅，给城南牧地。宋夏贵帅舟师十万围正阳，决淮水灌城，几陷。诏塔出援之，道出颍州，遇宋兵。塔出发公库弓矢，驱市人出战。预度颍之北关攻易破，乃徙民入城，伏兵以待。是夜，宋人果焚北关，火光烛天。塔出率众从暗中射之，矢下如雨，宋军退走。至沙河，大破之。明日，长驱直入正阳。时方霖雨，坚壁不出。雨霁，与右丞阿塔海各帅所部渡淮，至中流，殊死战。宋军大溃，追奔数十里，夺战舰五百余艘，正阳围解。塔出乃上奏：“方事之殷，宜明赏罚，俾将士有所惩劝。”帝纳其言，颁赏有差。

十二年，从丞相伯颜败贾似道于丁家洲。顺流东下，至建康、丹徒、江阴、常州，皆望风迎降。时扬州未附，谍告扬州人将夜袭丹徒，守将乞援。塔出设伏以待。敌果夜至，塔出扼西津邀击之，斩获无算。入朝，赐玉带，旌其功，授淮东左副都元帅，仍佩金虎符。

十三年，改通奉大夫、参知政事，领淮西行中书省事。时沿淮诸州新附，塔出禁侵掠，抚疮痍，境内帖然。俄迁江西都元帅，征广东，宣布恩信，所至溪峒纳款，广东遂平。十四年，加赐双虎符，以参知政事行江西宣慰使。宋益王昰、广王昺走岭海。复改江西宣慰司为行中书省，迁治赣州，授资政大夫、中书右丞，行中书省事。

十五年，帝命张宏范、李恒总兵攻崖山，塔出留后以供军费。初江西甫定，帝命隳其城⑱。塔出表言：“豫章诸郡皆濒江为城，霖潦泛溢，无城必至垫溺，隳之不便。”帝从之。端州张公明诉左丞吕师夔谋为不轨⑲，塔出廉知其诬，曰：“狂夫欲胁求货耳！若遽闻之朝廷⑳，则大狱滋兴，连及无辜。且师夔既居相位，讵肯为狂悖之事㉑，迟疑不决，恐彼惊疑，反生异谋。”乃斩公明而后闻，帝韪之㉒。

十七年，入觐㉓，赐赉有加，复命行省江西。以疾卒于京师，时年三十七。妻默呼氏，以贞节称，旌其门闾。

二子：宰牙，袭中奉大夫、江西宣慰使；必宰牙，辽阳行中书省右丞。

亦力撒合，事诸王阿鲁忽，居西域。至元十年，召为速古儿赤，甚见亲幸。有大政时咨之，称以秀才而不名。

奉使河西，劾诸王只必帖木儿用人太滥，帝嘉之。擢河东提刑按察使，劾平阳路达鲁花赤泰不花。召还，赐黄金百两、银五百两，以旌其直。进江南行台御史中丞。帝出宝刀赐之曰：“以镇外台。”时阿合马子忽辛为江浙行省平章政事，亦力撒合发其奸赃，奏劾之。并劾江淮释教总摄杨琏真加诸不法事，诸道悚动。

二十一年，改北京宣慰使。诸王乃颜镇辽东，亦力撒合察其有异志，密请备之。二十三年，罢宣慰司，立辽阳行中书省，以亦力撒合为参知政事。已而乃颜果反，帝自将讨之。亦力撒合管馈运。辽东平，进行省左丞。二十七年，命尚诸算吉女，帝为亲制资装，并赐玉带一。改四川行省左丞。二十九年，再赐玉带。成宗即位，入觐，卒于京师。弟立智理威。

立智理威，为裕宗东宫必阇赤㉔。至元十八年，陈嘉定路达鲁花赤。时以垦田、均赋、弭盗、息讼诸事课守令⑥，立智理威课最，使者交荐之。会盗起云南，声言欲寇成都。立智理威入觐，白其事。执政疑为不然，帝曰："云南朕所经理，未可忽也。"乃赐御膳以劳之。又谓立智理威曰："汝归，以朕意告诸将，叛则讨之，服则舍之，毋多杀以伤生意，则人心定矣。"立智理威还，宣布上意，境内帖然。

俄召为泉府卿，迁刑部尚书。有小吏诬告漕臣刘献盗仓粟，宰相桑哥方事聚敛，众阿宰相意，锻炼其狱，献遂诬服。立智理威曰："刑部天下持平，今漕臣以冤死，何以正四方？"即以实闻，由是忤桑哥意，出为江东道宣慰使。

元贞二年，迁四川行省参知政事。有妇人弑其夫，狱数年不决，逮系数十人。立智理威至，考讯得实，尽释冤诬。

大德三年，以参知政事为湖南宣慰使，又改荆湖。部内公田为民累，随民所输租取之，虽水旱不免。立智理威问民所不便，凡十余事，上于朝，而言公田尤切。朝议遣使核之，卒不果行。七年，再迁四川行省参知政事。八年，进左丞云南王入朝，道中以驿马猎。立智理威曰："驿马所以传命令，非急事且不得驰驿，况猎乎！"王闻之，为之止猎。

十年，入觐，赐白金对衣，加资德大夫，改湖广行省左丞。湖广，贡织币，以省臣领作，买丝他郡，多为奸利，工官又加刻剥，故匠户日贫，造币益恶。立智理威不遣使，令工匠自买丝，工不告病，岁省费数万贯。他路仿其法，皆称便焉。

至大三年，卒，年五十七。赠资德大夫、陕西行省右丞、上护军、宁夏郡公，谥忠惠。再赠推诚亮节崇德赞治功臣、荣禄大夫、中书平章政事、柱国、秦国公。

二子：长买嘉奴，翰林学士承旨；次韩嘉讷，御史大夫。至正十二年有诬韩嘉讷与高昌王帖木儿补化谋害丞相脱脱，为脱脱所贬死，海内冤之。

史臣曰：太祖复仇，塔塔儿种人高如车辖者尽杀之。忽都虎独以仇种，收为太后养子。察罕见弃于父，邂逅兴王，得赐国姓，功名之立，殆有天幸欤？亦力撒合案赃吏、劾奸僧，立智理威辨漕臣之枉，当官奉法，棘棘不阿，贤矣哉！

---

①赉（lài，音赖）：赏赐。

②迨（dài，音带）：等到，到，及。

③绥（suí，音随）：临阵退却。

④狃（niǔ，音纽）：习以为常而不加以重视。

⑤渥（wò，音握）：优厚。

⑥戮（lù，音路）：杀，斩。

⑦嫡（dí，音迪）：正妻。

⑧挈（qiè，音切）：带着，领着。

⑨觇（chān，音搀）：偷看，侦察。

⑩谕（yù，音玉）：告诉，使人知道。

⑪滁（chú，音除）：地名，在安徽省。 泗（sì，音四）：地名。

⑫圉（yǔ，音雨）：边境，边疆。

⑬翊（yì，音义）。

⑭鸮（xiāo，音肖）：一种凶猛的鸟。

⑮幼孤（gū，音姑）：幼年死去父亲。

⑯逋（bū，音晡）：逃亡，逃跑。

⑰金（qiān），音千。

⑱隳（huī，音灰）：毁坏。

⑲夔（kuí），音葵。

⑳遽（jù，音具）：急速。

㉑讵（jù，音具）：难道。

㉒韪（wěi，音伟）：是、对。

㉓觐（jìn，音进）：古代诸侯秋天朝见帝王。

㉔闍（dū），音嘟。

㉕弭（mǐ，音米）：无，没有。

许衡 刘因 吴澄列传

许衡，字仲平，怀州河内人。生有异禀。与群儿嬉，即立进退周旋之节，群儿莫敢犯。年七八岁，受学于塾师，凡三易师，所授书辄不忘。其师辞于父母曰："此儿颖悟非常，他日必有过人者，吾非其师也。"有道士款其门①，谓父母曰："此儿气骨不凡，当谨视之，异日名冠天下，富贵不足道也。"金末，徭役繁兴，衡从其舅受吏事。久之，以应办宣宗山陵，州县追呼旁午②，衡叹曰："民不聊生，欲督责以自免，吾不为也！"遂不复诣县，决意求学。父母以世乱，欲衡习占候之术③，为避难计。于日者家见《尚书》疏，乃就宿其家手录之。由是知考求古学，一言一行，必质于书，时人亦稍从受学焉。

未几，避乱于徂徕山④，转徙大名。时窦默以经术得名，见衡敬礼之，相遇则危坐终日⑤，出入于经史百家之说，互相难问。姚枢以道学自任，闻衡苦学力行，过大名访之。枢隐居苏门山，传伊、洛之学于赵复，衡至苏门，见枢，得伊川《易传》，朱子《论孟集注》、《中庸大学章句》、或问、小学诸书，乃手写以归，谓学徒曰："昔所授殊孟浪，今始闻进学之序。若必欲相从，当悉弃前日所学章句之习，从事于小学，洒扫应对，以为进德之阶。"乃悉取旧书焚之，使门人自小学入。衡以身先之，家贫躬耕自养，年不熟则食糠茹菜，处之泰然。枢应世祖聘，衡独处苏门，始有任道之意。

及枢为劝农使，荐衡于世祖，以为京兆提学。世祖南征，衡复归怀州。

中统元年，召衡赴上都。入见，帝问所学，曰："孔子。"问所长，曰："虚名无实，误达圣听。"问科举之学，曰："不能。"帝曰："卿言务实，科举之学虚诞，朕所不取也。"明年三月，复召至上都。时王文统秉政，深忌枢、默等，疑衡附和之。五月，奏以枢为太子太师，默太子太傅，衡太子太保，阳尊之，实不欲其侍左右。默以屡言文统不中，欲倚东宫避之。衡以为不可，且曰："礼，师傅与太子位东西向，师傅坐，太子乃坐。公等能为此事否？不然，是师道自我而亡也。"枢然之，与默等怀制立殿下，五辞乃免。改授衡国子祭酒，既拜命，复以疾辞。九月，得请归，仍奉敕教授怀孟路弟子⑥。

三年九月，召至大都。中书左丞张文谦见衡，请执弟子礼，衡拒之。文谦数忤幸臣⑦，被谴责，请教于衡。衡贻书，教以存诚克己之学。至元元年，恳请返怀州，帝许之。六月，迅雷起于堂下，从者皆惊仆，衡独不为动。二年，帝复征之。衡至上都，即奏震雷之罚，不当入觐，帝不许。十二月，敕入中书省议事，衡以疾辞。丞相安童素慕衡名，谒于行馆，及还，谓左右曰：

"若辈自谓相去几何？盖什百而千万也，是岂缯缴之可及哉⑧！"

三年春，召至檀州。敕谕衡曰："窦汉卿独言王文统，当时汝何不言？岂孔子之教使汝如是乎？抑汝不遵孔子之教乎？往者不咎，今后毋然。省中事前虽命汝，汝意犹未悉，今再命汝。汝之名分，其斟酌在我。国事所以无失，百姓所以得安，其谟猷在汝⑨。正当黾勉从事，毋负平生所学。安童尚幼，未更事，汝其辅导之。"衡对曰："圣人之道至大且远，臣平生虽读其书，所得甚浅。既承特命，愿罄所知。安童聪明有执守，告以古人言语，悉能领解。但虑中有人间之，则难行矣。"是年夏，分省至上都，衡疏陈五事：

其一曰：自古立国，有大规模。规模既定，然后治功可期。昔子产相衰周之列国，孔明治西蜀之一隅，且有定论，终身由之；而堂堂天下，可无一定之制哉？前代北方之有中夏者，必行汉法乃可长久。故后魏十六帝，百七十年；辽九帝，二百有八年；金九帝，百二十年，皆历年最多。其他不行汉法，如刘、石、姚、符、慕容、赫连等，专尚威力劫持卤莽，皆不过二三十年而倾败相继。夫陆行宜车，水行宜舟，反之则不能行；幽燕食寒，蜀汉食热，反之则必有变。以是论之，国家既自朔漠入中原，居汉地，主汉民，其当用汉法无疑也。然万世国俗，累朝勋旧，一旦驱之下从臣仆之谋，改就亡国之俗，其势有甚难者。夫寒之与暑，固为不同。然寒之变暑也，始于微温，而热，而暑，积百有八十二日而寒始尽。暑之变寒，其势亦然，是亦积渐之验也。苟能渐之摩之，待以岁月，心坚而确，事易而常，未有不可变者。以北方之俗，改用中国之法，非三十年不可成功。在昔平金之日，即当议此，顾乃迁延岁月，养成尾大之势。祖宗失其机于前，陛下继其难于后。虽曰守成，实同创始，规模又难于曩时⑩。惟亟亟讲求得失而法戒之，不杂小人，不责近效，不恤流言⑪，则周、汉不难复，辽、金不难跻也。

其二曰：天下之务，萃于中书，不胜其烦，然大要用人、立法而已。人之贤否，未知其详，固不可遽用⑫。若或已知其为君子，为小人，而复迟疑两可，莫决进退，用君子恐其迂阔，用小人冀收其捷效，是徒曰知人，而实不能用人，亦何益哉！人莫不饮食也，独膳夫能调五味之和；莫不睹日月也，独星官能步亏食之数。今里巷之谈，动以古为诟戏⑬，不知今日口之所食，身之所衣，孰非古人遗法。岂天下之大，国家之重，而独无必然之成法乎？夫治人者法，守法者人。人法相维，上安下顺，而君相不劳。

今立法用人，纵未能遽如古昔，然已仕者当给俸以养其廉，未仕者当宽立条格，俾就叙用，则失职之怨少可舒矣。外设监司以察污滥，内专吏部以定资历，则非分之求渐可息矣。再任三任，抑高举下，则人才爵位略可平矣。至于贵家之世袭，品官之任子，版籍之数，续当议之，亦不可缓也。

其三曰：为君当知为君之难。盖上天为下民作之君师，非以安佚娱之⑭，乃以至难任之也。古帝明王，莫不兢兢业业，岂故为自苦哉！诚深知为君之难，则有一息，不敢暇逸者。请言其要。

曰践言难。知人难，用贤难，去邪难，得人心难，合天意难。何者？人君不患出言之难，而患践言之难。知践言之难，则其出言不容不慎。一日，二日，万几，人君以一身一心临断之，欲言之无失，岂易得哉！故有昔之所言，而今日忘之者；今之所命，而后日违之者，可否异同，纷更变易，纪纲不得布，法度不得立，臣下无所持循。此无他，至难之地不以难处，而以易处故也。苟从《大学》之道，以修身为本，凡一言一行，必求其所当然。不牵于爱憎，不激于喜怒，虚心端意，而审处之，鲜有不中者。奈何为上多乐舒肆，为下多事容悦。夫私心盛，则不畏人；欲心盛，则不畏天。以不畏天、不畏人之心，所日务者皆快心之事，则口欲言而言，身欲动而动，又安肯兢兢业业，熟思而审处之乎？此人君践言之难，又难于在下之人也。

　　人之情伪有易有险，险者难知，易者易知，且又有众寡之分焉。寡则易知，众则难知，故在上难于知下，而在下易于知上。处难知之地，御难知之人，欲其不见欺也难矣。人君处亿兆之上，操予夺进退赏罚生杀之权，不幸见欺，则以非为是，以是为非，其害可胜既乎？人君惟无喜怒也，有喜怒，则赞其喜以市恩，鼓其怒以张势；人君惟无爱憎也，有爱憎，则假其爱以济私，藉其憎以复怨。甚至本无喜也，诳之使喜[15]；本无怒也，激之使怒；本不足爱也，而誉之使爱；本无可憎也，短之使憎。若是，则进者未必君子，退者未必小人；予者未必有功，夺者未必有罪，赏罚生杀，鲜得其正。人君不悟其受欺也，而反任之以防天下之欺，患尚可言邪？大抵人君以知人为贵，以用人为急。用得其人，则无事于防。既不出此，则所近者争进之人耳，好利之人耳，无耻之人耳。彼挟诈用术，投间抵隙，以盅君心，欲防其欺，虽尧、舜不能也。此知人之难也。

　　能知贤则必任贤。贤者以公为心，以爱为心，不为利回，不为势屈，置之周行，则庶事得其正，天下被其泽，其于人国，重固如此也。然其人必难进易退，轻利重义。人君虽或知之而召之命之，泛如厮养，贤者有不屑也。虽或接之以貌，待之以礼，然而言不见用，贤者不处也。或用其言而复使小人参之，责小利，期近效，有用贤之名，无用贤之实，贤者亦岂肯尸位素餐以取讥天下后世哉[16]！且贤不惟难进也，而又难合。人君处崇高之地，大抵乐闻人过，而不乐闻己过；务快己心，而不务快民心。贤者欲匡而正之，扶而安之，如尧、舜而后已，故其势恒难合。况奸邪佞幸[17]，丑正恶直，肆为诋毁，多方以陷之，将见罪戾之不免[18]，又可望事得其正，而天下被其泽邪！此任贤之难也。

　　奸邪之人，其心险，其术巧。惟险，故千态万状而人莫能知；惟巧，故千蹊万径而人莫能御。其谄似恭，其讦似直[19]，其欺似可信，其佞似可近。势在近习，则结近习；势在宫闱，则媚宫闱。或以甘言诱人于过，而后发之，以示其无党，务窥人君之喜怒而迎合之，窃其势以立己之威，结其爱以济己之欲。爱隆于上，威擅于下，大臣不敢议，近亲不敢言，毒被天下，而上莫之知。所谓城狐社鼠而求去之，固已难矣。然此犹人主之不知者也。至若宇文士及之佞，太宗灼见其情而不能斥；李林甫妒贤嫉能，明皇洞见其奸而不能退。邪人惑人，有如此者，可不畏哉！此去邪之难也。

　　夫上以诚爱下，下以忠报上，感应之理则然。禹抑洪水以救民，启又能敬承继禹之道，其泽深矣，一傅而太康失道，则万姓仇怨而去者，何邪？汉高帝起布衣，天下景从，荥阳之难，纪信至捐生以赴急，则人心之归可见矣。及天下已定，而沙中有谋反者，又何邪？非戴上之心有时忽变，特由使之失望，使之不平，然后怨怒生焉。禹、启爱民如赤子，而太康逸豫以灭德，是以失望。汉高以宽仁得天下，及其已定，乃以爱憎行诛赏，是以不平。古今人君，凡有恩泽于民，而民怨且怒者，皆类此也。人君有位之初，既出美言而告天下矣，既而实不能副，故怨生焉。等人臣耳，无大相远，人君特以己之私而厚一人，则其薄者已觖望[20]，况于薄有功而厚有罪，人得不愤于心邪？得人心之道，不在于要结，而在于修身。诚使一言一动，必可为天下之法；一赏一罚，必求合天下之公，则亿兆之心，将不求自得，又岂有失望不平之累哉！此得人心之难也。

　　三代而下称盛治者，无如汉之文、景，然考之当时，天象数变，山崩地震未易遽数，是将小则有水旱之灾，大则有乱亡之应。而文、景克承天心，一以养民为务。今年劝农桑，明年减田租，恳爱如此，是以民心洽而和气应。臣窃见前年秋孛出西方[21]，彗出东方；去年冬彗见东方，复见西方，议者谓当除旧布新，以应天变。臣以为曷若直法文、景恭俭爱民[22]，为本原之治。《书》曰："天视自我民视，天听自我民听。"以是论之，则天之道恒在于下，恒在于不足也。君人者，不求之下，而求之高；不求之不足，而求之有余，斯其所以召天变也。其变已生，其象已著，乖戾之几已萌㉒，犹且因仍故习，抑其下而损其不足，谓之合天，不亦难乎？

此六者，皆难之目也。举其要，则修德、用贤、爱民三者而已。此谓治本。本立，则纪纲可布，法度可行，治功可必。否则爱恶相攻，善恶交病，生民不免于水火，以是为治，万不能也。

其四曰：农桑学校，治法之大纲也。古之贤君，莫如尧、舜，贤臣莫如稷、契，亦不过播百谷以厚民生，敷五教以善民心。此教养之道，民可使富，兵可使强，人才可使盛，国势可使重，必然之理也。今国家徒知敛财之巧，而不知生财之由，徒知防人之欺，而不知养人之善，徒患法令之难行，而不患法令无可行之地。诚能优重农民，勿扰勿害，驱游惰之人归之南亩，课之种艺，恳喻而督行之，十年已后，仓廪之积㉒，当非今日之比矣。自都邑而至州县，皆设学校，使皇子以下至于庶人之子弟，皆入于学，以明修己治人之要道。十年已后，人材之盛，风俗之美，又非今日之比矣。二纲既张，万目斯举，否则富强之效皆不可期也。

其五曰：天下所以定者，民志定，则士安于士，农安于农，工商安于为工商，而后在上之人始安如泰山。今民不安于白屋，必求禄仕；仕不安于卑位，必求尊荣。四方万里，辐辏并进㉒，各怀无耻之心，在上之人可不为寒心哉！臣闻取天下者尚勇敢，守天下者尚退让。各有其宜，不可不审。然欲民志之定者，必先定君志。君志之定，莫如慎喜怒，而修号令。古之帝王潜心恭默，不易喜怒，其未发也，虽至近莫能知其发也，虽至亲莫能移，喜怒发必中节，是以号令简而无悔也。

书奏，帝嘉纳之。衡多病，帝听五日一至省，时赐尚方名药美酒。四年，乃听其归。五年，复召见。

六年，命与太常卿徐世隆定朝仪。又诏与太保刘秉忠、左丞张文谦定官制。衡历考古今分并统属之序，定为图。七年，奏上之。

未几，阿合马为中书平章政事，领尚书省六部事，势倾朝野，一时大臣多附之。衡每与之议，必正言不少让。已而其子又有金枢密院之命，衡独执议曰："国家事权，兵民财三者而已。今其父典民与财，子又典兵，不可。彼虽不反，此反道也。"阿合马面质衡曰："汝何言吾反？汝实反耳。人所嗜好，权势、爵禄、声色，汝皆不好，惟欲得人心，非反而何？"衡曰："王平章不好权势、爵禄耶？何以反？"阿合马衔之，亟荐衡宜在中书，欲中以事。俄除左丞，衡屡入辞，帝命左右掖出之㉕。从幸上京，复论列阿合马专权罔上，蠹政害民若干事。不报。因谢病，请解机务。帝恻然，召其子师可入谕旨，且命举自代者。衡奏曰："用人，天子之大柄也。臣下泛论其贤否，则可。若授之以位，当断自宸衷㉗，不可使臣下有市恩之渐。"

帝久欲开太学，会衡求罢益力，乃从其请。八年，以为集贤大学士，兼国子祭酒，亲为择蒙古弟子使教之。衡闻命，喜曰："此吾事也。国人子太朴未散，视听专一，若置善类之中涵养数年，必为国用。"乃请征其弟子王梓、刘季伟、韩思永、耶律有尚、吕端善、姚燧㉒、高凝、白栋、苏郁、姚燉、孙安、刘安中十二人为伴读，分处各斋，以为斋长。时所选弟子皆幼稚，衡待之如成人。讲课少暇即习礼，或习书算。少者则令习拜跪揖让，进退应对，或射，或投壶，负者罚读书若干遍。久之，诸生人人自得，尊师敬业，下至童子，亦知礼节。

十年，阿合马屡毁汉法，诸生禀食或不继，衡固请退。帝命诸老臣议其去留，窦默亦为衡请，乃听衡归，以赞善王恂摄学事。刘秉忠等奏，乞以衡弟子耶律有尚、苏郁、白栋为助教，守衡规矩。从之。

十三年，诏王恂定新历。恂以为历家知历数而不知历理，宜得衡领之，乃以集贤大学士兼国子祭酒，领太史院事，召至京。十七年，历成，奏上之，赐名曰《授时历》，颁行天下。语详《郭守敬传》。

六月，以疾请归。皇太子为请于帝，授子师可为怀孟路总管以养之，且使东宫官谕衡曰："公毋以道不行为忧也。公安则道行有时矣，其善药自爱。"十八年，衡病革，逢家祭，扶起奠献如仪。既彻，馂而卒㉒，年七十三。是日，雷电，大风拔木。怀孟人无贵贱少长，皆哭于门。四方学士，不远数千里祭哭墓下。

北方文学自衡开之，当时名公卿多出其门。丞相安童事以师礼，卒称贤相。惟值王文统、阿合马相继用事，未获大行其志，论者惜之。大德元年，赠司徒，谥文正。至大三年，加赠正学垂宪佐运功臣、太傅、开府仪同三司，追封魏国公。皇庆二年，诏从祀孔子庙廷。延祐初，又诏立书院于京兆以祀之，给田奉祠事，赐名鲁斋书院。鲁斋，衡在大名时所署斋名也。

二子：师可，怀孟路总管；师敬，累官山东廉访使。泰定二年，奏请颁族葬制，禁用阴阳邪说。从之。入为中书参知政事，迁左丞，令与纽泽等编译《帝训》。书成，经筵进讲，仍令皇太子阅之。三年，帝幸上都，命师敬与兀伯都剌等居守。是年，译《帝训》成，更名《皇图大训》。后卒于官。孙从宣，河北河南道廉访使。元统二年，录衡孙从宗为异珍库提点。

刘因，字梦吉，保定容城人。世为儒家，父述，邃于性理之学㉖。中统初左三部尚书刘肃宣抚真定，辟武邑令，以疾辞归。年四十无子。因生之夕，述梦神人骑马载一儿至其家，曰："善养之。"乃名曰骃，字梦骥，后改今名及字。

因天资绝人，三岁识书，日记千百言，过目成诵，六岁能诗，七岁能属文，落笔惊人。甫弱冠，才器超迈，思得如古人者友之，作《希圣解》。国子司业砚弥坚教授真定，因从之游，同舍生皆不能及。初为经学，究训诂注疏之说㉗，辄叹曰："圣人精义，殆不止此。"及得周、程、张、邵、朱、吕之书，一见能发其微，曰："我固谓当有是也。"因早丧父，事继母孝。虽贫，非其义，一介不取。家居教授，师道尊严，弟子造其门者，随材器教之，皆有成就。尝爱诸葛孔明静以修身之语，表所居曰静修。

不忽木以因学行荐于朝。至元十九年，诏征因，擢右赞善大夫㉘。初，裕宗建学宫中，命赞善王恂教近侍子弟，恂卒㉙，乃命因继之。未几，以母疾辞归。明年，丁内艰。二十八年，复遣使者以集贤学士征因，以疾固辞，且上书宰相曰：

"因自幼读书，闻大人君子之余论㉚，虽他无所得，至如君臣之义，自谓见之甚明。如以日用近事言之，凡吾人所以得安居而暖食，以遂其生聚之乐者，是谁之力与？皆君上之赐也。是以凡我有生之民，或给力役，或出知能，亦必各有以自效焉。此理势之必然，亘万古而不可易，庄周氏所谓无所逃于天地之间者也。

因生四十三年，未尝效尺寸之力，以报国家养育生成之德，而恩命连至，因尚敢偃蹇不出，贪高尚之名以负我国家知遇之恩，而得罪于圣门中庸之教也哉！且因之立心，自幼及长，未尝一日敢为崖岸卓绝、甚高难继之行，平昔交友，苟有一日之雅者，皆知因之此心也。但或者得之传闻，不求其质，止于踪迹之近似者观之，是以有高人隐士之目，惟阁下亦知因之未尝以此自居也。

向者，先储皇以赞善之命来召，即与使者俱行，再奉令旨教学，亦即时应命。后以老母中风，请还家省视㉛，不幸弥留，竟遭忧制，遂不复出，初岂有意于不仕邪！今圣天子选用贤良，一新时政，虽前日隐晦之人，亦将出而仕矣，况因平昔非隐晦者邪！况加以不次之宠，处之以优崇之地邪！是以形留意往，命与心违，病卧空斋，惶恐待罪。

因素有羸疾㉜，自去年丧子，忧患之余，继以痁疟㉝，历夏及秋，后虽平复，然精神气血，已非旧矣。不图今岁五月二十八日，疟疾复作。至七月初二日，蒸发旧积，腹痛如刺，下血不已。至八月初，偶起一念，自叹旁无期功之亲，家无纪纲之仆，恐一旦身先朝露，必至累人，遂遣人于容城先人墓侧，修营一舍，倘病势不退，当居处其中以待尽。遣人之际，未免感伤，由是病势益增，饮食极减。至二十一日，使者持恩命至，因初闻之，惶怖无地，不知所措。徐而思之，窃谓供职虽未能扶病而行，而恩命则不敢不扶病而拜。因又虑，若稍涉迟疑，则不惟臣子之心有所不安，而踪迹高峻，已不近于人情矣。是以即日拜受，留使者，候病势稍退，与之俱行。迁延至今，服疗百至，略无一效。乃请使者先行，仍令学生李道恒纳上铺马圣旨，待病退，自备气力以行。望阁下俯加矜悯，曲为保全。因实疏远微贱之臣，与帷幄诸公不同，其进与退，非难处之事，惟阁下始终成就之。"

帝闻之，曰："古有所谓不召之臣，其斯人之徒欤㉘！"

三十年夏四月卒，年四十五。无子。延祐中，赠翰林学士、资善大夫、上护军，追封容城郡公，谥文靖。欧阳元赞因画像曰："微点之狂，而有沂上风雪之乐㉙；资由之勇，而无北鄙鼓瑟之声。于裕皇之仁，而见不可留之四皓；以世祖之略，而遇不能致之两生。呜乎！麒麟凤凰，固宇内之不常有也。然而一鸣而《六典》作，一出而《春秋》成。则其志不欲遗世而独往也明矣，亦将从周公、孔子之后，为往圣继绝学，为来世开太平者邪！"论者以为知言。吴澄于当时学者最慎许可，独推敬因，自谓不及云。

因所著有《四书精要》三十卷，诗文集二十二卷。门人新安人刘英、王纲、梁至刚，容城人梁师安，俱高尚不仕。

吴澄，字幼清，抚州崇仁人。幼颖异。五岁，日受千余言，夜读书达旦。母忧其过勤，不多与膏火。澄候母寝，燃膏复诵㊵。九岁，日诵《大学》二十过，次第读《论语》、《中庸》，如是者三年。

十九岁，著论曰："尧舜而上，道之元也。尧舜而下，其亨也。泗、洙、邹、鲁，其利也。濂、洛、关、闽，其贞也。分而言之，上古则羲皇其元，尧、舜其亨乎。禹汤其利，文、武、周公其贞乎？中古之统，仲尼其元，颜、曾其亨乎？子思其利，孟子其贞乎？近古之统，周子其元也，程、张其亨也，朱子其利也。孰为今日之贞，未之闻也。然则可以终无所归乎？"其以道统自任如此。

宋咸淳七年，试礼部不第。时宋亡征已见，澄以其学教授乡人，作草屋数间，题其楣曰㊶"抱膝《梁父吟》，浩歌《出师表》"。程钜夫与澄为同学，知其意，题之曰"草庐"，学生遂称之曰"草庐先生"。

至元十二年，抚州内附。乐安丞蜀人黄西卿不肯降，遁于穷山中，招澄教其子。澄从之。乐县人郑松又招澄居布水谷，乃著《孝经章句》，校定《易》、《书》、《诗》、《春秋》、《仪礼》及大、小《戴记》。二十三年，程钜夫奉诏求江南遗逸，强起澄至京师。未几，以母老辞归。二十五年，钜夫白于执政，吴澄不欲仕，所著《诗》、《书》、《春秋》诸书，得圣贤之旨，可以教国子，传之天下。敕江西行省缮录其书以进㊷，州县以时敦礼㊸。

元贞二年，董士选为江西行省左丞，雅敬澄。及拜行台御史中丞，入奏事，首以澄荐。未几，士选迁枢密副使，又荐之。一日，议事中书省，起立谓丞相完泽曰："士选所荐吴澄，经明行修，大受之才。"平章政事不忽木曰："枢密质实，所荐天下士也。"遂授应奉翰林文字、同知制诰兼国史馆编修官。有司敦劝久之，乃至，而代者已到官，澄即日南归。明年，除江西等处儒学副提举。三月，以疾辞。

至大元年，召为国子监丞。先是，许衡为祭酒，始以朱子小学等书授弟子，久之渐失其传。

澄广以经义，各因其材质，反覆训诱其学，诚笃不及衡，而淹博过之。

皇庆元年，迁司业，为教法四条：一曰经学，二曰行实，三曰文艺，四曰治事，未及行。又尝为学者言："朱子于道问学之功居多，而陆子静以尊德性为主。问学不本于德性，必偏于言语训释之末，故学必以德性为本，庶几得之。"议者遂以澄为陆氏之学，非衡尊信朱子本意云。澄一夕谢病南归，诸生有不谒告而从之者㉔。俄拜集贤直学士，特授奉议大夫，俾乘驿至京师，次真州，疾作不果行。

英宗即位，超迁翰林学士，进阶太中大夫。先是，诏集善书者，粉黄金为泥，写浮屠《藏经》。帝在上都，使左丞速速诏澄为序。澄曰："主上写经，为民祈福，若用以追荐，臣所未知。盖福田利益，虽人所乐闻，而轮回之事，彼习其学者，犹或不言。不过谓为善之人，死则上通高明，其极上则与日月齐光；为恶之人，死则下沦污秽，其极下则与沙虫同类。其徒遂为荐拔之说，以惑世人。今列圣之神，上同日月，何庸荐拔！且国初以来，凡写经追荐，不知凡几。若未效，是无佛法；若已效，是诬其祖也。撰为文辞，不可以示后世，请俟驾还奏之㉕。"会帝崩而止。

泰定元年，初开经筵，首命澄与平章政事张珪、国子祭酒邓文原为讲官。先是，至治末，作太庙，议者习见同堂异室之制，乃作十三室。未及迁奉，而英宗崩，有司疑于昭穆之次，命廷臣集议。澄议曰："世祖混一天下，悉改古制而行之。古者，天子七庙，庙各有宫，太祖居中，左三庙为昭，右三庙为穆，昭穆神主，各以次递迁。其庙之宫，如今之中书六部。夫省部之设，亦仿金、宋，岂宗庙叙次，而不考古制乎！"议上，有司以急于行事，竟如旧次云。时澄已有去志，会修《英宗实录》，命总其事。居数月，《实录》成，即移病不出。中书左丞许师敬奉敕赐宴国史院，仍致朝廷勉留之意。澄宴罢即出城登舟去。中书闻之，遣官乘驿追之，不及而还，言于帝曰："吴澄，国之名儒，朝之旧德，今请老而归，安忍重劳之，宜特加褒异"诏进资善大夫，仍以金织文绮二端及钞五千贯赐之。

初，延祐中籥虚增之税㉖，惟江西增税三万余缗不获免㉗，后又行包银法，民困益甚。泰定元年，澄白执政，免包银，独增税如故。至是，澄与宣抚副使齐履谦言之，始奏请籥免。

澄于《易》、《书》、《诗》、《春秋》、《礼记》各有纂言㉘，尽破传注穿凿之习，其书纂言只注今文二十八篇，不用伪孔古文，尤为绝识。又订《孝经》定本，合古、今文，分经一章，传十二章。校正《皇极经世书》及《老子》、《庄子》、《太元经》、《乐律》、《八阵图》、郭璞《葬书》，皆行于世。其《仪礼》逸经八篇、传十篇，危素得其稿本，补刊之。

澄卒于至顺元年，年八十五。赠江西行省左丞、上护军，追封临川郡公，谥文正。

五子：文，同知柳州路总管府事；京，翰林院典籍官。文子当。

当，字伯尚。侍澄至京师，补国子生。久之，澄既卒，从澄游者悉就当卒业。至正五年，以父荫授万亿四库照磨㉙，未上，用荐者改国子助教。诏修辽、金、宋三史，当预编纂。书成，除翰林修撰。七年，迁国子博士。明年，迁监丞。十年，擢司业。明年，迁翰林待制。又改礼部员外郎。十三年，擢监察御史。复为国子司业。累迁礼部郎中，除翰林直学士。

时江南兵起且五年，大臣有荐当世居江西，习民俗，且其才可任政事者。特授江西肃政廉访使，偕江西行省参知事政火你赤、兵部尚书黄昭，招捕江西群盗，便宜行事。当以朝廷兵力不给，既受命，至江南，即招募民兵。由浙入闽，至江西建昌，招安新城盗孙塔。道路既通，乃进攻南丰。

十六年，调检校章迪率本部兵，与黄昭夹攻抚州，复崇仁、宜黄，于是建、抚两郡悉定。是时，参知政事朵歹总兵积年无功，忌当屡捷，功在己上，又以为南人不宜总兵，构飞语，谓当与黄昭皆通寇。乃除当抚州路总管，昭临江路总管，并供亿平章火你赤军。火你赤杀当从事官范淳及章迪，将士皆愤怒不平。当谕之曰："上命不可违也。"火你赤又上章诬劾二人，诏当与昭皆罢总管，除名。

十八年，火你赤自瑞州还龙兴，当与昭皆留军中，不敢去。先是，当平贼功状自广东海道未达京师，而朵歹、火你赤等公牍先至⑳，故朝廷责当与昭，皆除名。及得当功状，始知其诬，拜当中奉大夫、江西行省参知政事，昭湖广行省参知政事。命未下，陈友谅已陷江西诸郡，火你赤弃城遁。当乃著道士服，杜门不出，日以著书为事。友谅遣人辟之，当卧床不食，以死自誓。乃舁床载送江州⑤。拘留一年，终不为屈，始得归隐。居贞陵吉水之谷坪，逾年以疾卒，年六十五。著有《周礼纂言》及《学言稿》。

史臣曰：许文正应召过真定，刘文靖谓之曰："公一聘而起，无乃太速乎？"文正曰："不如此则道不行。"乃文靖不受集贤之聘，或问之，曰："不如此则道不尊。"君子之道，或出或处，或默或语，恶可轩此而轾彼也㉜。自朱子以后，博通经术，未有及吴文正者。拟之四科，许德行，刘言语，吴其文学欤。

---

①款：通"叩"。敲。

②旁：同"傍"。

③占（zhān，音沾）：占卜。

④徂（cú，音殂）。

⑤危：端正。

⑥敕（chì，音赤）：皇帝的诏令。

⑦忤（wǔ，音午）：不顺从；不和睦。幸臣：帝王宠幸的臣子（贬义）。

⑧缯（zēng，音增）：古代对丝织品的总称。缴（zhuó，音苗）：系在箭上的丝绳。

⑨谟（mó，音磨）猷（yóu，音犹）：计划、谋划。

⑩曩（nǎng，音攮）：以往；以前；过去的。

⑪恤（xù，音叙）：顾虑；忧虑。

⑫遽（jù，音巨）：匆忙；急。

⑬诟（gòu，音垢）：耻辱。

⑭佚（yì，音议）：同"逸"，安乐；安闲。

⑮诳（kuáng，音狂）：骗人。

⑯尸位素餐：空占着职位，不做事而白吃饭。

⑰佞（nìng，音泞）：惯于用花言巧语谄媚人。

⑱戾（lì，音立）：罪过。

⑲讦（jié，音洁）：斥责别人的过失；揭发别人的隐私。

⑳觖（jué，音绝）望：因不满意而怨恨。

㉑孛（bèi，音备）：指光芒四射的彗星。

㉒曷（hé），音和。

㉓戾：乖张。

㉔廪（lǐn，音凛）：粮仓。

㉕辐辏（còu，音凑）：形容人或物聚集像车辐集中于车毂一样。

㉖掖（yè，音页）：用手搀扶别人的胳膊。

㉗宸（chén，音臣）：王位、帝王的代称。

㉘燧（suì，音碎）。

㉙馂（jùn，音竣）：吃剩下的食物。
㉚邃（suì，音岁）：精深。
㉛诂（gǔ，音估）：对古代语言文字的解释。
㉜擢（zhuó，音茁）：提拔；提升；选拔。
㉝眴：通“瞬”。瞬目；转眼。
㉞偃（yǎn，音奄）：停止；停息。 蹇（jiǎn，音检）：行动迟缓。
㉟省（xǐng，音醒）：探望；问候。
㊱羸（léi，音雷）：瘦。
㊲痁（shān，音山）疾：古书上指疟疾。
㊳欤（yú，音于）：古汉语助词，表示疑问。
㊴雩（yú，音于）：古代求雨的祭礼。
㊵膏火：油灯。膏，油脂；脂肪。
㊶牖（yǒu，音友）：窗户。
㊷缮（shàn，音善）：抄写。
㊸款：诚恳。
㊹谒（yè，音页）：谒见；进见。
㊺俟（sì，音似）：等待。
㊻蠲（juān，音捐）：免除。
㊼缗（mín，音民）：量词，用于成串的铜钱，每串一千文。
㊽纂（zuǎn，音缵）：编辑。
㊾荫（yìn，音印）：封建时代由于父祖有功而给予子孙入学或任官的权力。
㊿牍（dú，音独）：文件；书信。
(51)舁（yú，音鱼）：共同抬东西。
(52)轩轾（zhì，音至）：车前高后低叫轩，前低后高叫轾，比喻高低优劣。

李冶 杨恭懿 王恂 郭守敬 齐履谦列传

李冶，字仁卿，真定藁城人①。本名治，后改今名。登金进士第，辟知钧州事。大兵入钧州，治北渡河，侨寓忻、崞诸州②。

世祖在潜邸，闻其贤，遣使召之，且曰：“素闻仁卿学优才赡③，潜德不耀，久欲一见，其勿辞。”既至，问亡金居官者孰贤。对曰：“险夷一节，惟完颜仲德。”又问：“合达及布哈何如?”对曰：“二人短于将略，任之不疑，此金所以亡也。”又问魏征、曹彬。对曰：“谠言忠论，唐之诤臣，征为第一。彬伐江南，不妄杀一人，拟之方叔、召虎可也。”又问：“今有如魏征者乎?”对曰：“近世侧媚成风，欲求魏征之贤，实难其人。”又问人才贤否。对曰：“天下未尝无才，求则得之，舍则失之。如魏璠、王鹗、李献卿、蔺光庭、赵复、郝经、王约等，皆有用之才，又皆王所聘者，举而用之，何所不可？然四海之大，岂止此数子，诚能旁求于外，则人才汇进矣。”世祖嘉纳之。

中统元年，复聘之，欲处以清要，以老病，恳乞还山。至元二年，召为翰林学士、知制诰同修国史。就职期月，复以老病辞。

冶精于算法，著《测圆海镜》十二卷。其自序曰：“数本难穷，吾欲以力强穷之，不惟不能得其凡，而吾之力且惫矣。然则数果不可穷耶！既已名之数矣，则又何为而不可穷乎？故谓数为难穷，斯可；谓为不可穷，斯不可。何则？彼冥冥之中，固有昭昭者存。夫昭昭者，其自然之数也；非自然之数，其自然之理也。推自然之理，以明自然之数，则虽远而乾端坤倪幽，而神情鬼状未有不合者矣。予自幼喜算数，恒病考圆之术乖于自然，如古率、微率、密率之不同，截弧、截矢、截背之互见内外诸角，析剖支条，莫不各自名家。及反覆研究，而卒无以当吾心者。老大以来，得洞渊之术，日夕玩绎，而向之病我者始爆然落手而无遗。客有从余求其说者，于是又为衍之，遂累一百七十问。既成编，客复目之为测圆海镜。昔半山老人集唐百家诗选，自谓废日力于此，良可惜，明道以谢上蔡。记诵为玩物丧志，况九九之贱技乎？耆好酸碱④，平生每自戒约，竟莫能已。吾亦不知其然而然也。故尝为之解曰"由技兼乎事者言之，夷之、礼夔之、乐亦不免为一技。由技进乎道者言之，石之斤，扁之轮，非圣人之所与者乎。览吾之书，其悯我者，当以百数；笑我者，当以千数，乃吾之所得，则自得焉耳，宁复计人悯笑哉！"又著《益古演段》三卷，以发挥天元如积之术，与《测圆海镜》相表里。冶病且革，语其子克修曰："吾平生著述可尽燔⑤，独《测圆海镜》虽小术，吾尝精思致力，后世必有知者，庶可布广垂永乎。"卒年八十有八，谥文正⑥。冶之立天元术，在算学中为最精。

同时有朱世杰，充类尽义，演为四元，与冶并称绝学。世杰，字汉卿；寓大都，不知何许人。著《四元玉鉴》三卷，凡二百八十问，列开方演段诸图凡四：一曰今古开方会用之图，二曰四元自乘演段之图，三曰五和自乘演段之图，四曰五较自乘演段之图。谓算学精妙，无过演段，前明五和，后辩五较，自知优劣也。次则假令四问，其立天元曰一气混元，天地二元曰两仪象元，天地人三元曰三才运元，天地人物四元曰四象会元。法以元气居中，立天元一于下，地元一于左，人元一于右，物元一于上。乘除往来，用假像真，以虚问实，错综正负，分成四式，必以寄之剔之，余筹易位而和会，以成开方之式焉。又撰《算学启蒙》三卷，自乘除加减以至天元如积总二十门，较《四元玉鉴》为便于初学。世杰书之茭草形段如象招数果垜叠藏诸术，与郭守敬授时草平立定三差，所谓垜积招差者相通。故祖颐序世杰之书，谓与授时术相为表里焉。

杨恭懿，字元甫，奉元高陵人。父天德，金兴定进士，以安化令兼录事及州判官。金章宗南郊，太常卿孙通祥授币而立，御史将劾其不恭⑦，从天德问之，曰："授坐，不立。"御史惭而止，由是知名。

恭懿博学强记，通《易》、《礼》、《春秋》三经。年二十四，始得朱子集注章句及《太极图说》、小学、《近思录》诸书，叹曰："人伦日用之常，天道性命之妙，皆萃于此书矣。"许衡至陕西，恭懿敬事之，所造益深。丁父忧，水浆不入口者五日，杖而后起，斥浮屠法不用。衡会葬归，谓门人曰："杨君居丧尽礼，其功可当于肇修人纪也。"御史王恽荐其贤。

至元七年，与许衡俱被召。恭懿辞。衡拜中书左丞，与丞相安童共事，日誉恭懿贤，安童以闻。十年，帝遣协律郎申敬召之。以疾辞。十一年，裕宗教下中书，使如汉聘四皓者以聘恭懿。安童遣郎中张元智致裕宗命，恭懿始至京师。帝遣国王和童劳之，召见，询其先世及师承本末甚悉。恭懿退而呕血，帝复赐医药。侍讲学士徒单公履请设科取士，诏与恭懿议之。恭懿言："明诏有云：'士不治经学、孔孟之道，日为诗赋空文'，此言诚万世治安之本。今欲取士，宜敕有司举有行检、通经史之士⑧，使无投牒自荐⑨，试以五经四书大小义，史论、时务策。夫既从事实学，则士风纯，民俗厚，国家得识治之才矣。"奏入，帝善之。安童咨世务于恭懿，倚以自助，会其北征，恭懿遂乞病归。

十三年，诏修历法。或荐恭懿尝推历，终一甲子，得日月薄食者七十有奇⑩。十六年，召恭懿撰《历议》。十七年，《授时历》成，恭懿与许衡等上之。是日，诸臣方跪读奏，帝命衡与恭懿起曰："卿二老，毋自劳也。"授集贤学士，兼太史院事。明年，复告归。二十年，召为太子宾客。二十二年，召为昭文馆大学士，领太史院事。二十九年，召议中书省事。皆不行。三十一年卒，年七十。谥文康。

恭懿疾革，门人问之，忽太息曰："有是哉，国衰矣！"闻者乱以他言。后成宗登极，诏下，则世祖果以是日崩，人以为至诚所格云。子宙，莆城令。

王恂，字敬甫，中山唐县人。父良，金末为中山府掾①，时民遭寇乱，多以违误系狱②，良前后所活数百人。已而弃去吏业，潜心伊洛之学及天文、律历，无不精究，年九十二卒。

恂性颖悟。生三岁，家人示以书，辄识风、丁二字。母刘氏，授以《千字文》，再过目，即成诵。六岁就学，十三学九数，尽通其法。太保刘秉忠北上，过中山，见而奇之。及南还，从秉忠学于易州之紫金山。

秉忠荐之世祖，召见于六盘山，命辅导裕宗为太子伴读。中统二年，擢太子赞善③，时年二十八。三年，裕宗封燕王，守中书令，兼判枢密院事，敕两府大臣：凡有咨禀，必令王恂与闻。初，中书左丞许衡集唐、虞以来嘉言善政，为书以进。世祖尝令恂讲解，且命太子受业焉。又诏恂于太子起居饮食慎为调护，非所宜接之人，勿令得侍左右。恂言："太子，天下本，付托至重，当延名德与之居处。"帝深然之。

恂早以算术名，裕宗尝问焉。恂曰："算数，六艺之一。定国家，安人民，乃大事也。"每侍左右，必发三纲五常、为学之道及历代治忽兴亡之所以然。又以辽、金之事近接耳目者，论著其得失上之。裕宗问以心之所守，恂曰："许衡尝言，人心如印板，惟板本不差，则虽摹千万纸皆不差；本既差，则摹之于纸，无不差矣。"诏择勋戚子弟，使学于恂。及恂从裕宗抚军称海，及以诸生属之许衡。衡告老而去，复命恂领国子祭酒。国学之制，实始于此。

帝以金《大明历》岁久浸疏，欲厘正之，知恂精于算术，遂以命之。恂荐许衡能明历理，驿召衡赴阙④，命领改历事，官属悉听恂辟置。至元十六年，授嘉义大夫、太史令。十七年，历成，赐名《授时历》。

十八年卒，年四十七。初，恂病，裕宗屡遣医诊治，及葬，赙钞二千贯⑤。后帝思治历之功，以钞五十贯赐其家。延祐二年，赐推忠守正功臣、光禄大夫、司徒、上柱国、定国公，谥文肃。

子宽、宾，并从许衡游，得星历之传于家学。裕宗尝召见，语之曰："汝父起于书生，贫于赀蓄⑯，今赐汝五千贯钞，用尽可复以闻。"恩恤之厚如此。宽由保章正，历兵部郎中，知蠡州⑰。宾由保章副，累迁秘书监。

郭守敬，字若思，顺德邢台人。生有异禀，巧思绝人。祖父荣，通算学，习水利。时刘秉忠、张文谦、张易、王恂同学于易州紫金山，荣使守敬从秉忠受学。

中统三年，文谦荐守敬于世祖。召见，面陈水利六事：一，引中都玉泉水至通州，又于蔺榆河口开河，避浮鸡淘之险；二，引顺德达活泉灌田；三，开顺德澧河故道⑱；四，引漳滏二河入澧河灌田；五，引怀孟沁河入御河灌田；六，开黄河引河，由新、旧孟州至温县灌田。世祖叹曰："任事者如此，人不为素餐矣。"授提举诸路河渠。四年，授银符、河渠副使。

至元元年，从张文谦行省西夏。修中兴路唐来、汉延二渠，凡旧渠之壤废者，皆更立闸堰，以通灌溉，民便之。

二年，授都水少监。守敬言："京师西麻峪村，分引卢沟水东流，穿西山而出，是为金口，灌溉之利,不可胜言。兵兴以后,典守者以大石塞之。若按故积,使水通流,可以助京畿之漕运[19]。"又言:"当于金口西预开减水口,通大河,防涨水突入之患。"帝善之,而未施行。十二年,丞相伯颜伐宋,议立水站,命守敬按视。守敬自陵州至大名,又自济州至沛县,又南至吕梁,又自东平至纲城,又自东平清河逾旧黄河至御河,自卫州御河至东平,自东平西南水泊至御河,乃得汶、泗与御河相通形势,为图奏之。

初,秉忠以《大明历》自辽、金承用二百余年,浸已后天,议修正之,事未及行而秉忠卒。十三年,宋平,帝思用其言。遂以守敬与王恂率南北日官,分掌测验推步于下,而命文谦与枢密副使张易领之,左丞许衡以通算理,亦命参预其事。守敬以测验由于仪表,作简仪、仰仪、正方案、景符、阅几诸器,测验之精,不爽毫厘。是年,都水监并于工部;守敬除工部郎中。

十六年,改局为太史院,王恂为太史令,守敬为同知太史院事,赐印,立官署。及奏进仪表式,守敬当世祖前指陈算理,至于日昃[20],帝听之无倦容。奏请设监候官二十七所,立表取直测景,从之。自丙子之冬至日测晷景,得丁丑、戊寅、己卯三年冬至加时,减《大明历》十九刻二十分,又增损古岁余岁差法,上考春秋以来冬至,无不尽合。以月食术及金水二星距、冬至日躔[21],校旧历,退七十六分。以日转迟疾中平行度,验月离宿度,加旧历三十刻。以线代管窥测赤道宿度,以四正定气立损益,以定日之盈缩,分二十八限为三百六十六,以定月之迟疾;以赤道变九道定月行,以迟疾转定度分定朔,而不用平行度;以日月实合时刻定晦,而不用虚进法;以躔离朓朒定交食[22],其法视古皆密。又悉去诸历积年日月法之傅会,一本天道自然之数,可以施之永久。

十七年,新历成。守敬与诸臣奏上,赐名《授时历》,颁行天下。

十九年,王恂卒。时新历虽颁,然推步之式,与立成之数,皆未有定稿。守敬比次编类,整齐分秒,为《推步》七卷,《立成》二卷,《历议稿》三卷,《乾坤选释》二卷,《上中下三历法式》十二卷。二十年,守敬拜太史令,奏上之。又有《时候笺注》二卷,《修改源流》七卷,《仪象法式》二卷,《晷景考》二十卷,《五星细行考》五十卷,《古今交食考》一卷,《新测二十八舍杂坐诸星入宿去极》一卷,《新测无名诸星》一卷,《距离考》一卷,并藏之官。

二十八年,守敬建言引白浮泉水经瓮山泊,自西水门入城,汇于积水潭,复出南水门入旧运粮河,可省通州至大都陆运之费。从之。事具《河渠志》。

三十年,世祖还自上都,过积水潭,见舳舻蔽水,大悦,赐名通惠河,赐守敬钞一万二千五百贯,以旧职兼提调通惠河漕运事。三十一年,拜昭文馆大学士、知太史院事。

大德二年,召守敬至上都,议开铁幡竿渠。守敬奏:"山水频年暴下,非大为渠堰,广六七十步不可。"执政难之,缩其广三之一。明年大雨,山水下注,渠不能容,漂没人畜庐帐,几犯行宫。成宗谓左右曰:"郭太史神人也,惜其言不用耳。"七年,诏内外官年及七十,并听致仕,独守敬不允。自是翰林、太史院、司天台官不致仕,著为令。延祐三年卒。

其门人齐履谦谓守敬纯德实学,为世师法,其不可及者有三:一曰水利之学,二曰历数之学,三曰仪象制造之学。许衡尤推服守敬,以为异人云。

史臣曰:先正阮文达公有言,推步之要,测与算二者而已。郭守敬简仪、仰仪之制,前此言测候者未及也。垛积招差句股弧矢之法,前此言步算者弗知也。测之精,算之密,上考下求,若应准绳,可谓集古法之大成,为将来之典要者矣。

齐履谦,字伯恒,大名人。父义,通算术。履谦年十一,教以推步星历之法。

至元十六年,初立太史局,改治新历,履谦补星历生。太史王恂问以算数,履谦随问随答,恂大奇之。新历成，复预修《历经》、《历议》。二十九年，授星历教授。都城刻漏，旧以木为之，其形如碑，名碑漏，内设曲筒，铸铜为丸，自碑首转行而下、鸣铙以为节，久坏，晨昏失度。大德元年，中书省使履谦视之，因见刻漏旁有宋旧铜壶四，于是按图考定莲花、宝山等漏，命工改作。又请重建鼓楼，增置更鼓，当时遵用之。

二年，迁保章正，始专历官之政。三年八月朔，时加巳，依历，日蚀二分有奇，至其时不蚀，履谦曰：“当蚀不蚀，在古有之，矧时近午，阳盛阴微，宜当蚀不蚀。”遂考唐开元以来当蚀不蚀者凡十事以闻。六年六月朔，时加戌，依历，日蚀五十七秒。众以涉交既浅，且近浊，欲匿不报。履谦曰：“吾所掌者，常数也，其食与否，则系于天。”独以状闻，及其时，果食。众尝争没日不能决，履谦曰：“气本十五日，而间有十六日者，余分之积也。故历法以所积之日，命为没日，不出本气者为是。”众服其议。

七年，上以地震，诏问弭灾之道。履谦按《春秋》言：“地为阴而主静，妻道、子道、臣道也。三者失其道，则地为之弗宁。大臣当反躬责己，去专制之威，以答天变。”时成宗寝疾，宰相有专威福者，故履谦言及之。九年冬，始立南郊，祀昊天上帝，履谦摄司天台官。旧制，享祀，司天虽掌时刻，无钟鼓更漏，往往至旦始行事。履谦请用钟鼓更漏，俾早晏有节。从之。

至大二年，太常请修社稷坛及浚太庙庭中井。或以太岁所直，欲止其役。履谦曰：“国家以四海为家，岁君岂专在是耶！”三年，擢授时郎秋官正，兼领冬官正事。四年，仁宗即位，台臣言履谦有学行，可教国学子弟，擢国子监丞，改授奉直大夫、国子司业，与吴澄并命，时号得人。未几，复以履谦佥太史院事。

皇庆二年春，慧星出东井。履谦奏宜增修善政以答天意，因陈时务八事。仁宗为之动容，顾宰臣命速行之。延祐元年，复以履谦为国子司业。时初命国子生岁贡六人，以入学先后为次第。履谦曰：“不考其业，何以兴善得人。”乃酌旧制，立升斋、积分等法。每季考其学行，以次递升，既升上斋，又必逾再岁，始与私试。孟月、仲月试经疑、经义，季月试古赋诏诰章表策，蒙古色目试明经策问。辞理俱优者一分，辞平理优者为半分，岁终积至八分者充高等，以四十人为额。然后集贤、礼部定其艺业及格者六人以充岁贡。三年不通一经及在学不满一岁者，并黜之。帝从其议。五年，出为滨州知州，丁母忧，不果行。

至治元年，拜太史院使。泰定二年九月，以本官奉使宣抚江西、福建，黜罢官吏贪污者四百余人，州县有以先贤子孙充房夫诸役者悉遣之。福建宪司职田，每亩岁输米三石，民不胜苦。履谦命准令输之，由是召怨。及还都，宪司果以他事诬之。未几，皆坐事免，履谦始得直，复为太史院使。天历二年九月卒。

著《大学四传小注》一卷，《中庸章句续解》一卷，《论语言仁通旨》二卷，《书传详说》一卷，《易系辞旨略》二卷，《易本说》四卷，《春秋诸国统纪》六卷，《纪世书入式》一卷，《外篇微旨》一卷，《二至晷景考》二卷，《经串演操八法》一卷。

履谦以律本于气，气候之法具载前史，欲择僻地为密室，取金门之竹及河内葭莩①以候气，列其事上之。又得黑石古律管一，长尺有八寸，外方，内圆空，中有隔，隔中有小窍，隔上九寸，其空均直，约径三分，以应黄钟之数；隔下九寸，其空自小窍杀至管底，约径二寸余。其制与律家所说不同。盖古所谓玉律者也。适履谦迁他官，事遂寝，有志者深惜之。至顺三年五月，赠翰林学士、资善大夫、上护军，追封汝南郡公，谥文懿。

---

① 葭（gǎo），音搞。

②崞（guō），音锅。

③赡：丰富；充足。

④者（qí，音骑）；同"嗜"。

⑤燔（fán，音烦）：焚烧。

⑥谥（shì，音市）：古代帝王、贵族、大臣等有地位的人死后被加的带有褒或贬意义的称号。

⑦劾：揭发罪状。

⑧敕（chì，音斥）：皇帝的诏令。

⑨牒：文书。

⑩薄：迫近。

⑪掾（yuàn，音愿）：属员。

⑫诖（guà，音挂）误：被别人牵连而受到处分或损害。

⑬擢（zhuó，音苗）：提升；提拔。

⑭阙：指帝王的住所。

⑮赙（fù，音富）：送财物助人办丧事。

⑯赀（zī，音资）：同"资"；钱财。

⑰蠡（lí），音梨。

⑱澧（lǐ），音李。

⑲畿（jī，音机）：国都四周的广大地区。

⑳昃（zè，音仄）：太阳偏西。

㉑躔（chán，音缠）：日月等星经过天空某一区域的轨迹。

㉒朓（tiǎo，音窕）：古称夏历月底月亮在西方出现。　　胐（nǜ）：指初一月亮出现的东方。

察罕帖木儿列传

察罕帖木儿，字廷瑞，本乃蛮氏。曾祖阔阔台，元初从大军定河南。祖乃蛮台，父阿鲁温，遂家河南为颍州沈丘人①，改姓李氏。察罕帖木儿幼笃学②，应进士举，有时名。身长七尺，修眉覆目③，左颊有三毫，怒则竖立，慨然有当世之志。

至正十一年，盗发汝、颍④。不数月，江淮各路皆陷。朝廷征兵讨贼，无功。十二年，察罕帖木儿乃起义兵，从者数百人。与信阳罗山人李思齐合兵，复罗山。事闻，朝廷授察罕帖木儿汝宁府达鲁花赤，自为一军，屯沈丘，与贼战，辄克捷⑤。

十五年，贼陷邓、许诸州。察罕帖木儿转战而北，屯于虎牢，以遏贼锋。贼北渡盟津，掠怀州，河北震动。察罕帖木儿进讨，大败之，歼贼党栅河洲者。除中书刑部侍郎。苗军以荥阳叛⑥，察罕帖木儿夜袭之，虏其众几尽，乃东屯中牟。已而淮西贼号三十万，掠汴梁以西，直捣中牟。察罕帖木儿严陈待之⑦，以死生利害谕士卒，皆贾勇决死战⑧。会大风起⑨，察罕帖木儿乘风势，率锐卒冲贼中坚，贼遂披靡不能支，夜遁。军声益振。

十六年，擢兵部尚书⑩。贼入潼关，陷陕、虢二州。知枢密院事答失八都鲁节制河南诸军，调察罕帖木儿与李思齐赴援。察罕帖木儿西拔殽陵⑪，立栅于交口。陕州阻山带河，贼转南山粟给食以坚守，攻之猝不可拔。察罕帖木儿乃燔马矢营中⑫，如爨烟以疑贼⑬，夜率兵拔灵宝。城守既备，贼始觉，不敢动，乃渡河陷平陆，掠安邑，察罕帖木儿追袭之，蹙以铁骑⑭。贼回扼下阳津，溺死者众。相持数月，贼败遁。遂复陕州及虢州。以功加中奉大夫、金河北行枢密院事。

十七年贼出襄、樊，陷商州，攻武关，官军失利。直趋西安，至灞上⑮，分道掠同、华诸州，陕西省台来告急。察罕帖木儿与李思齐自陕、虢援西安，与贼遇，杀获万计，贼余党入兴元。朝廷嘉其功，进陕西行省左丞。未几，贼陷兴元，据巩昌，遂入凤翔。察罕帖木儿先分兵守凤翔，而遣谍者诱贼。贼果悉众来攻，察罕帖木儿自将铁骑，昼夜驰二百里赴之。去城里许，分军张左右翼掩击之，城兵亦开门，鼓噪而出，内外合击，呼声动天地。贼大溃，自相践蹂，伏尸百余里，余党皆奔溃。关中悉定。

十八年正月，诏察罕帖木儿屯陕西，李思齐屯凤翔。二月，复泾州、平凉，进保巩昌。三月，贼陷晋宁路，察罕帖木儿遣赛因赤等击败之，复其城。已而大同诸县相继陷，复遣关保击败之。四月，与李思齐会张良弼、郭择善、拜帖木儿、定住、汪长生奴等，共讨贼李喜喜于巩昌。李喜喜奔四川。五月，又遣董克昌复冀宁。拜陕西行省右丞，兼行台侍御史、同知河南枢密院事。诏察罕帖木儿守御关陕、晋、冀，便宜行阃外事[16]。察罕帖木儿益练兵训农，以平定四方为己任。

是年，安丰贼刘福通等陷汴梁，号召群贼。川、楚、江淮、齐鲁、辽东所在兵起，势相联络。察罕帖木儿乃北塞太行，南守巩、洛，而自将中军军沔池[17]，会叛将周全与福通合兵攻洛阳，察罕帖木儿以奇兵出宜阳，自率大军发新安来援。贼至城下，见坚不可攻，即引去。察罕帖木儿追至虎牢，塞成皋诸险而还。拜陕西行省平章政事[18]，仍兼同知行枢密院事。

十九年正月，察罕帖木儿遣枢密院判官陈秉直、八不沙将兵二万守冀宁。秉直分兵驻榆次，招抚太不花溃兵，遣部将屯田于河南。五月，察罕帖木儿率大军次虎牢[19]，游骑出汴梁，南略归、亳、陈、蔡，战舰浮于河，水陆并下。又大发秦兵出潼关，过虎牢；晋兵出太行，逾黄河，俱会汴梁城下。自将铁骑屯杏花营。诸将环城而垒，贼出战辄败，遂婴城固守。乃夜伏兵城南，旦日，遣苗军略城而过。贼易之，倾城以出，伏兵鼓噪起，大败之。又令弱卒立栅城外，以饵贼。贼攻之，弱卒佯走，薄城西[20]，因纵铁骑击之，悉擒其众。贼自是益不敢出。八月，谍知城中食且尽，乃与诸将阎思孝、李克彝、虎林赤、赛因赤、答忽、脱因不花、吕文、完哲、贺宗哲、安童、张守礼、伯颜、孙翥、姚守德、魏赛因不花、杨履信、关关等议，分门攻之。至夜，将士鼓勇登城，斩关而入。刘福通挟其伪主从数百骑出东门遁走。获伪皇后及贼妻子数万、伪官五千，符玺印章宝货无算。不旬日，河南悉定，献捷京师，欢声动中外。以功拜河南行省平章政事，兼知河南行枢密院事、陕西行台御史中丞，仍便宜行事，赐御衣、七宝腰带。

先是，中原乱，江南海漕不通[21]，京师苦饥。至是，河南既定，檄文达江浙，海漕复至。又请今年八月乡试河南举人，及他路儒士避乱者，不拘籍贯，依河南定额，就陕西置贡院考试。从之。

二十年正月，河南贼犯杞州，察罕帖木儿讨平之。遣兵复永城县。又复宿州，擒贼将梁绵住。察罕帖木儿既定河南，乃分兵守关陕、荆襄、河洛、江淮，而以重兵屯泽、潞，营垒旌旗千里相望。日修车船，缮兵甲，务农积谷，训练士卒，谋大举以复山东。

先是，山西晋、冀诸州，皆察罕帖木儿所定。而答失八都鲁之子孛罗帖木儿，以兵驻大同，欲并据晋、冀，遂与察罕帖木儿相争。诏以冀宁畀孛罗帖木儿[22]。察罕帖木儿以用兵数年，惟恃晋、冀两路供军饷，乃屯兵泽、潞以拒之，与孛罗帖木儿战于东胜州，又战于汾州。朝廷使中平章政事达实帖木儿、参知政事七十，谕二人罢兵。时搠思监当国，与宦者朴不花黩货无厌，视二人赂遗厚薄而左右之。由是构怨日深，兵连不解。八月，诏孛罗帖木儿守石岭关以北，察罕帖木儿守石岭以南，二人始奉诏罢兵。二十一年，察罕帖木儿谍知山东群贼相攻，六月，乃舆疾自陕西抵洛，大会诸将，议师期。发晋宁军出井陉，辽、沁军出邯郸，泽、潞军出磁州，怀、卫军出白马，及汴、洛军，分道并进。察罕帖木儿建大将旗鼓，渡孟津，鼓行而东。七月，复冠州，东昌。八月，师至盐河，遣其子扩廓帖木儿、阎思孝等，会关保、虎林赤，造浮桥以济。拔长清，进捣东平。田丰遣崔世英等拒战。大败之，斩首万余级，直抵城下。察罕帖木儿以田丰据山东久，军民服之，乃遗书谕以逆顺之理㉓。丰及王士诚、俞宝、杨诚等皆降，遂复东平、济宁。时群贼聚于济南，其贼首刘珪屯齐河、禹城以拒官军。察罕帖木儿分遣奇兵，间道出贼后㉔，南略泰安，逼益都，北徇济阳、章丘㉕，中循濒海郡县。自将大军渡河，与贼将战于分齐镇，大败之。进逼济南，齐河、禹城俱送款，南道诸将亦报捷。再败益都兵于好石桥，围济南。三月，刘珪出降，诏拜中书平章政事、知河南山东行枢密院事、陕西行台中丞如故。察罕帖木儿遂移兵围益都，大治攻具㉖，百道并进，复掘重堑，筑长围，遏南洋河以灌城中。

二十二年，山东俱定，独益都犹未下。六月，田丰、王士诚阴结城中贼㉗，图作乱。初，丰等降，察罕帖木儿推诚待之，数独入其营中。丰乃请察罕帖木儿巡营垒，众以为不可往。察罕帖木儿曰："吾推赤心待人，安得人人防之？"左右请以力士自卫，又不许。以十一骑从行，至王信营，又至丰营，遂为士诚所刺杀。事闻，帝震悼，京师及四方之士无不恸哭。

先是，有白气如索，长五百余丈，起危宿，扰太微垣。太史奏山东当大水，帝曰："不然，山东必失一良将。"即遣敕使戒察罕帖木儿勿轻举㉘，使未至而及于难。诏赠推诚定远宣忠亮节功臣、开府仪同三司、上柱国、河南行省左丞相，谥献武㉙。及葬，赐赙有加，改赠宣忠兴运弘仁效节功臣，追封颍川王，改谥忠襄，食邑沈丘县，所在立祠，岁时致祭。封其父阿鲁温汝阳王，后又进封梁王。

明太祖闻察罕帖木儿定山东，谓左右曰："田丰为人反复，察罕帖木儿待如腹心，是其阘也㉚。古之名将智谋宏远，使人不可测，察罕帖木儿岂足以知之！"后竟如明祖所料云。察罕帖木儿无子，以甥扩廓帖木儿为嗣㉛。

扩廓帖木儿，本王氏，小字保保，惠宗赐名扩廓帖木儿。察罕帖木儿既被刺，诏以扩廓帖木儿为银青光禄大夫、太尉、中书平章政事、知枢密院事、太子詹事，仍便宜行事，总其父兵㉜。扩廓帖木儿受命，即急攻益都，穴地以入，克之。戮田丰、王士诚，剖其心祭察罕帖木儿，而执送益都贼帅陈猱头等二百余人于京师㉝。乘胜，使关保东取莒州，山东复定。是时，东自淄、沂，西逾关陕，无一贼。扩廓帖木儿乃驻兵河南，朝廷倚以为重。孛罗帖木儿复以兵争晋、冀。扩廓帖木儿至太原，与孛罗帖木儿构兵。相持不解。

二十三年，御史大夫老的沙与知枢密院事秃坚帖木儿得罪于皇太子，奔大同，为孛罗帖木儿所匿。

二十四年，搠思监、朴不花诬孛罗帖木儿、老的沙谋为不轨，下诏罪状。孛罗帖木儿遂与老的沙合秃坚帖木儿兵同犯阙。扩廓帖木儿遣部将白锁住以万骑卫京师，驻于龙虎台，拒战不利，奉皇太子奔太原。白锁住仍屯保定，为朝廷声援。

二十五年，扩廓帖木儿先以兵捣大同，取之。皇太子乃大举讨孛罗帖木儿，自与扩廓帖木儿率兵抵京师。会孛罗帖木儿伏诛，诏皇太子还京师，扩廓帖木儿亦扈从入朝。九月，拜伯撒里右丞相，扩廓帖木儿左丞相。伯撒里累朝旧臣，而扩廓帖木儿以新进晚出，乃与并相。居两月，不自安，即请南还视师。

是时，中原虽定，而江以南皆非朝廷所有。皇太子累请出督师，帝难之，乃封扩廓帖木儿河南王，总天下兵马，代之行，官属之盛，几与朝廷等。

二十六年二月，扩廓帖木儿自京师还河南，欲庐墓终丧。左右咸谓，受命出师，不可中止。乃北渡居怀庆，又移居彰德。时明太祖已灭陈友谅，尽有楚地。张士诚据淮东、浙西。扩廓帖木儿知南军强，未可轻进，乃驻军河南，檄关中李思齐㉞、张良弼、脱列伯、孔兴四将会师大举。

思齐，故与察罕帖木儿齿位相埒^㉟，及是扩廓帖木儿为元帅，思齐心不平。而张良弼等亦各怀异见，得檄皆不听命。扩廓帖木儿使部将讨思齐等，思齐等亦会兵长安以拒之。扩廓帖木儿受命南征，而先攻思齐等，朝廷已疑之。皇太子之奔太原，欲用唐肃宗灵武故事自立，扩廓帖木儿不可。及还京师，皇后奇氏令扩廓帖木儿以重兵拥太子入城，意欲胁帝禅位。扩廓帖木儿知其意，比至京城三十里，即留军城外，自将数骑入朝。皇太子益衔之^㊱，至是屡促其南征。扩廓帖木儿乃遣弟脱因帖木儿及部将完哲等率兵东出，而陕西诸将终不用命。帝又下诏为之和解，扩廓帖木儿愤极，杀诏使天下奴等。于是廷臣哗然，言其跋扈。

二十七年八月，帝下诏以皇太子亲总天下兵马，命扩廓帖木儿及思齐、良弼等分道出兵，收江淮、四川，以戢其争^㊲。扩廓帖木儿不受分兵之命，皇太子亦止不行。而部将貊高叛^㊳，据彰德、卫辉，罪状扩廓帖木儿于朝。先是，关保、貊高为察罕帖木儿军中骁将，扩廓帖木儿之讨李思齐，使貊高从河中渡河，欲出不意覆思齐巢窟。貊高所将多孛罗帖木儿旧部，至卫辉而军变，胁貊高叛扩廓帖木儿。貊高奏至，皇太子乃立抚军院，总制天下兵马，以貊高知枢密院事，兼平章政事，领河北军事，赐号忠义功臣。十月，乃削扩廓帖木儿兵柄，落其太傅、左丞相。以河南王就食邑于汝州，以河南府为梁王食邑，使其弟脱因帖木儿自随其从行官属悉令还朝。所总诸军在帐前者，隶白锁住与虎林赤；在河南者，隶李克彝；在山东者，隶也速；在山西者，隶沙蓝答儿。扩廓帖木儿受诏至泽州，其将李景昌、关保亦自归于朝廷，皆封为国公。朝廷知扩廓帖木儿势孤，始诏秃鲁与关中四将东出关，合貊高之军，声罪讨扩廓帖木儿。

二十八年，诏左丞孙景益分省太原，关保以兵戍之。扩廓帖木儿遂遣兵据太原，尽杀朝廷所置官吏。帝下诏尽削扩廓帖木儿爵邑，将吏效顺者免罪。皇太子乃命魏赛因不花及关保，会李思齐等兵，夹攻泽州。二月，扩廓帖木儿退守平阳。关保进据泽、潞二州，与貊高军合。扩廓帖木儿势稍沮，而关中四将以明兵以尽取山东、河南地，察罕帖木儿父梁王阿鲁温又以汴梁降明兵，将入潼关，皆遣使诣扩廓帖木儿谢出师非本意，大掠而归。得关保、貊高进攻平阳，扩廓帖木儿坚壁不战。谍知貊高分军掠祁县，乃夜出师，薄其营，擒关保、貊高皆杀之。朝廷大震，罢抚军院，尽黜太子所用帖林沙、伯颜帖木儿、李国凤等，以谢扩廓帖木儿。扩廓帖木儿亦上疏自陈，诏复其官爵，令以兵会也速、思齐等南讨。甫一月，明兵陷大都，帝北奔。扩廓帖木儿自太原入援，不及。

十月，进封扩廓帖木儿为齐王。时明兵已定大都，使汤和徇山西，扩廓帖木儿拒之，败明兵于韩店。会帝命扩廓帖木儿收复大都，扩廓帖木儿奉诏北出雁门，将逐居庸比窥大都。明徐达、常遇春乘虚袭太原，扩廓帖木儿还师救之。部将豁鼻马潜约降于明，明兵夜劫其营，众溃。扩廓帖木儿仓卒将十八骑北走。明兵遂乘胜西入陕西，降李思齐等故臣，遗土皆入于明矣。惟扩廓帖木儿拥兵塞上，时时侵略西北边，明人患之。

二十九年正月，帝复拜扩廓帖木儿右丞相，欲以政事委之。十一月，扩廓帖木儿因陕西行省左丞王克勤赴行在，附奏请车驾速幸和林，勿以应昌为可恃之地。弗从。

明年，扩廓帖木儿围兰州，斩其援将于光。明将徐达出西安，以捣定西，扩廓帖木儿趋赴之，大败于沈儿峪，全军覆没，扩廓帖木儿独与妻子数人逃，乘断木济河，遂奔和林。

时惠宗已崩，昭宗复以扩廓帖木儿柄国事。明太祖使徐达将十五万兵，分道出塞，击扩廓帖木儿至岭北。扩廓帖木儿逆战，大败之，明师死者数万人，达等皆奔还。自是，明人有戒心，不敢轻出。是年，扩廓帖木儿攻雁门，明人严为之备。

宣光五年，扩廓帖木儿从昭宗徙金山。五月，卒于哈喇那，妻毛氏，自经以殉^㊴。

初，明太祖惮察罕帖木儿威名^㊵，遣使通好，以介于朝。会其被刺，事遂已。及扩廓帖木儿视师河南，明人复遣使修好，凡七致书，扩廓帖木儿辄留使者不遣。既出塞，又以书招之，亦不应。明祖由是敬其为人。刘基尝言于明祖曰："扩廓未可轻也。"及岭北之败，明祖思其言，恒举以为戒㊶。一日，大会诸将，问曰："方今天下，孰为奇男子？"皆对曰："常遇春，将不过万人，横行天下，可谓奇男子矣！"明祖笑曰："此固吾得而臣之，若王保保者，吾所不能臣，真天下奇男子也！"后册其妹为皇子妃。

扩廓帖木儿弟脱因帖木儿亦屡立战功，官至陕西平章政事。帝之北巡，脱因帖木儿从赴行在，后终于漠北。

史臣曰：察罕帖木儿，明太祖之所畏也。天下祚元㊷，陨身降贼。扩廓帖木儿才不及其父，然崎岖塞上，卒全忠孝，明太祖谓之奇男子，谅矣哉！

---

①颖（yǐng，音影）。

②笃（dǔ，音堵）学：专心好学。

③修：细长。

④发：发兵。

⑤辄（zhé，音折）：总是。

⑥荥（xíng，音行。）

⑦陈：同"阵"。

⑧贾（gǔ，音古）：卖力。

⑨会：恰巧；正好。

⑩擢（zhuó，音苗）：提拔，提升。

⑪殽（xiáo，音淆）。

⑫矢：同"屎"。

⑬爨（cuàn，音窜）：烧火煮饭。

⑭蹙（cù，音醋）：紧迫。

⑮灞（bà，音坝）。

⑯阃（kǔn，音捆）：统兵在外的将帅。

⑰沔（miǎn，音免）。

⑱拜：授与。

⑲次：临时驻扎和住宿。

⑳薄：迫近。

㉑漕（cáo，音曹）：通过水道运送粮食。

㉒畀（bì，音毕）。

㉓遗（wèi，音卫）：给予，送。

㉔间（jiàn，音见）：秘秘地；悄悄地。

㉕徇：带兵巡行占领地方。

㉖具：准备；备办。

㉗阴：暗中；暗地里。

㉘敕（chì，音赤）：皇帝的命令或诏书。

㉙谥（shì，音市）：古代帝王、贵族、大臣等有地位的人死后被加的带有褒贬意义的称号。

㉚阍（àn，音暗）：同"暗"。糊涂；不明智。

㉛嗣（sì，音肆）：继承人。

㉜总：统领。

㉝猱（náo，音挠。）

㉞檄（xí，音习）：古代用来征召、声讨的文书。

⑤埒（liè，音列）：相等。

⑥益：渐渐地。衔：怀恨。

⑦戢（jí，音集）：收敛。

⑧貊（mò，音莫）。

⑨经：上吊。

⑩惮（dàn，音弹）：畏惧；害怕。

⑪恒：经常；常常。

⑫祚（zuò，音作）：福。

阿合马 卢世荣 桑哥列传

阿合马，回鹘人①。幼为阿勒赤那颜家奴，阿勒赤女察必皇后以为媵臣②，执宫廷洒扫之役。世祖爱其干敏③，中统三年始命领中书左右部，兼诸路都转运使，委以财赋之任。四年，以河南钧、徐等州俱有铁冶，请给授宣牌，以兴鼓铸之利。帝升开平为上都，又以阿合马同知开平府事，领左右部如故。阿合马奏以礼部尚书马月合乃兼领已括户三千，兴煽铁冶，岁输铁一百三万七十斤，就铸农器二十万事，易粟输官者凡四万石④。

至元元年正月，阿合马奏言：“太原民煮小盐，越境卖，民贪其价廉，竞买食之，解盐以故不售，岁入课银止七千五百两。请自今岁增五千两，无问僧道军匠等户，均赋之，其民间通用小盐从便。”是年十一月，罢领中书左右部，并入中书，超拜阿合马中书平章政事，阶荣禄大夫。

三年正月，立制国用使司，阿合马又以平章政事领之。奏：“以东京岁赋布疏恶不堪用者，就市羊于彼⑤。真定、顺天金银不中程者，宜改铸。别怯赤山出石绒，织为布火不能燃，请遣官采取。”又言：“国家费用浩繁，今岁自车驾至都，已支钞四千锭，恐来岁度支不足，宜量节经用。”十一月，又奏：“桓州峪所采银矿，已十六万斤，百斤可得银三两、锡二十五斤。采矿之费，鬻锡足以给之⑥。”帝悉从其请。

七年正月，立尚书省，罢制国用使司，改阿合马平章尚书省事。阿合马以功利成效自负，众咸称其能。世祖急于富国，试以事，颇有成绩。又见其与丞相线真、史天泽争论，屡为所诎⑦，由是奇其才，授以政柄，言无不从。阿合马遂专愎益甚⑧。丞相安童言于帝曰：“臣近言尚书省、枢密院、御史台，宜各循常制奏事，其大者从臣等议定奏闻，已奉命俞允⑨。今尚书省一切以闻，似违前奏。”帝曰：“汝所言是。岂阿合马以朕信用，敢如是耶！不与卿等议非是，宜如卿言。”安童又言：“阿合马所用者，左丞许衡以为多非其人，然已奉命咨请宣付，如不与，恐异日有辞。宜试其能否，久当自见。”帝然之。五月，尚书奏括天下户口，既而御史台言：“所在捕蝗，百姓劳扰，括户事宜少缓。”遂止。

初立尚书省，时凡铨选各官⑩，吏部拟定资品，呈尚书省，由尚书咨中书闻奏。至是，阿合马用私人，不由部拟，亦不咨中书。丞相安童以为言，帝问阿合马。对以：“事无大小，皆委之臣，所用之人，臣宜自择。”安童因请：“自今惟重刑及迁上路总管⑪，属中书，余并付尚书省，庶事体明白。”帝从之。

八年三月，尚书省再以阅实户口事，奏条画诏谕天下。是岁，增太原盐课，以千锭为常额，仍令本路兼领。九年，并尚书入中书省，又以阿合马为中书平章政事。明年，以其子忽辛为大都路总管，兼大兴府尹。安童见阿合马擅权日甚，乃奏都总管以下多不称职，乞选人代之。又奏："阿合马挟宰相权为商贾，以网天下大利，民困无所诉。"阿合马曰："谁为此言？臣等与廷辩。"安童进曰："左司都事周祥，中木取利，罪状明白。"帝曰："若此者，征毕当显黜之。"既而枢密院奏以忽辛同签枢密院事。帝不允，曰："彼贾胡，不可以机务责之。"

十二年，伯颜伐宋，既渡江，捷报日至。帝命阿合马、姚枢、徒单公履、张文谦、陈汉归、杨诚等议行盐、钞法于江南，及鬻药材事。阿合马奏："枢云：'江南交会不行，必致小民失所。'公履云：'伯颜尝榜谕交会不换，今亟行之，失信于民。'文谦谓：'可行与否，当询伯颜。'汉归及诚皆言：'以中统钞易交会，事便可行。'"帝曰："枢与公履，不识时机。朕尝以此问陈岩，岩亦以交会速宜更换。今议已定，当依汝言行之。"阿合马又奏："北盐、药材，枢与公履皆言可使百姓从便贩鬻。臣等谓此事若小民为之，恐紊乱不一。拟于南京、卫辉等路，括药材，蔡州发盐十二万斤，禁诸人私相贸易。"帝从之。

十三年，阿合马奏："军兴之后，减免征税，又罢转运司官，令各路总管府兼领课程，以致国用不足。臣以为莫若验户口之多寡，远以就近，立都转运司，量增旧额，选廉干官分理其事。广行鼓铸，官为局卖，仍禁诸人毋私造铜器。如此，则民力不屈，而国用充矣。"乃奏立诸路转运司，尽以其私人为使。

十五年正月，帝以西京饥，发粟万石赈之。又谕阿合马宜广贮积，备缺乏。阿合马奏："自今御史台非白省，毋擅召仓库吏，毋究钱谷数。及集议中书不至者，罪之。"俱报可。四月，江淮行省中书左丞崔斌入观，奏曰："先以江南官冗[12]，委任非人，命阿里等前往察汰。今蔽不以闻，是为罔上[13]。杭州地大，委寄非轻，阿合马溺于私爱，以不肖子抹剌虎充达鲁花赤，佩虎符，此岂量才授任之道。"又言："阿合马先自陈乞免其子弟之任，今身为平章，而子若侄或为行省参政，或为礼部尚书、将作院达鲁花赤、领会同馆，一门悉处津要，自背前言，无以示天下。"诏并罢之，然终不以是为阿合马罪。

帝尝谓淮西宣慰使昂吉尔曰："宰相者，明天道，察地理，尽人事，兼此三者，乃为称职。阿里海牙、麦术丁等，亦未可为相，回人中阿合马才任宰相。"其为帝倚重如此。

十六年四月，中书奏立江西榷茶运司[14]，以卢世荣为使，又以诸路转运盐使司秩尊禄重，改宜课提举司。未几，以忽辛为潭州行省中书右丞。明年，中书省奏："阿塔海、阿里言，今立宜课提举司，官吏至五百余员。左丞陈岩、范文虎等言其扰民，且侵盗官钱，乞罢之。"阿合马奏言："立提举司未三月而请罢，必行省有奸弊，故先发制人。"乃诏御史台遣能臣往案其事，具以实闻。

未几，崔斌迁江淮行省右丞。阿合马修旧怨，乃奏理算江淮钱谷，遣李罗罕、刘思愈等往检覆之，诬构斌与平章阿里伯盗官粮四十万，擅易官八百余员，及铸铜印等事。二人竟坐诛。

阿合马在位日久，援引奸党郝祯、耿仁，聚升同列，罔上剥下以济其私。庶民有美田宅，辄攘为己有。内通货赂，外以威劫，群臣人人切齿恨之。皇太子尤恶阿合马，尝以弓击其颊。阿合马创甚，口张不能阖[15]，奏于帝，为马蹴伤[16]。皇太子适至，面诘其欺[17]。又尝于帝前殴之，帝不问。

十九年三月，帝在上都，皇太子从。有益都千户王著者，素任侠，因人心愤怨，密铸大铜锤，誓碎阿合马首。与妖僧高和尚合谋，以戊寅日，诈称皇太子还都作佛事，结八十余人，夜入京城。且遣二僧诣中书省，令市斋物。省中疑而讯之，不伏。及午，著又遣崔总理矫传令旨[18]，使枢密副使张易发兵，夜会东宫前。易不察，即命指挥使颜义以兵往。著自驰见阿合马，诡言太子将至，令省官候于宫前。阿合马遣右司郎中脱欢彻里等数骑出关北十余里，遇其众，伪太子责以无礼，尽杀之，夺其马，南入建德门。夜二鼓，至东宫前，其徒皆下马，独伪太子立马指挥，呼省官至前，责阿合马数语，即牵去，以所袖铜锤碎其脑⑲，立毙。继呼左丞郝祯至，又杀之。囚右丞张惠。时变起仓卒，枢密院、御史台、留守司皆莫知所为。尚书张九思觉其诈，大呼曰："此贼也！"留守司达鲁花赤博敦，持挺前⑳，击立马者坠地，弓弩乱发，众奔溃。高和尚等逃去，著挺身请囚。

中丞也先帖木儿驰奏，世祖时方驻跸察罕淖尔，闻之震怒，即日至上都，命枢密副使孛罗、司徒和礼霍孙、参政阿里等驰驿至大都，讨为乱者。庚辰，获高和尚于高梁河。壬午，诛王著、高和尚于市，皆醢之㉑，并杀张易。著临刑大呼："王著为天下除害，今死矣，异日必有为我书其事者。"

阿合马死，世祖犹不知其恶，令中书省毋问其妻子。及询孛罗，始尽得其罪状，大怒曰："王著杀之，诚是！"命发墓剖棺，戮尸于通玄门外，纵犬啖其肉。子侄皆伏诛，没入家属财产。其妾名引住者，籍其藏，得二熟人皮于柜中，两耳俱存，一阉监掌其扃钥㉒。讯之，云："诅咒时置神座于上，应验甚速。"又有绢二幅，画甲骑数重，围一幄殿，兵皆张弦挺刃内向。画者为陈甲。又有曹震圭，尝算阿哈马所生年月。王台判，妄引图谶㉓。皆言涉不轨。事闻，敕剥四人皮以徇㉔。

卢懋㉕，字世荣，以字行，大名人。阿合马专政，世荣以贿进，为江西榷茶运使，后以罪免。桑哥荐世荣能救钞法、增课额，世祖召见，奏对称旨。至元二十一年十一月辛丑，召中书省臣与世荣议所当行，右丞相和礼霍孙、右丞麦术丁，参政张雄飞、温迪罕皆罢，起安童为右丞相，以世荣为右丞。时左丞史枢，参政不鲁迷失海牙、撒的迷失，参议拜降，皆世荣所荐也。

世荣既擢用㉖，即日至中书理钞法，遍行中外，官吏奉法不虔者，加以罪。翌日，同右丞相安童奏："窃见老幼疾病之民，衣食不给，行乞于市，宜官给衣粮，委各路正官提举其事。"又奏怀孟竹园、江湖鱼课及襄淮屯田事。越三日，安童奏："世荣所陈数事，乞诏示天下。"帝曰："除给丐者衣食外，并依所陈。"既而奏："盐每引十五两，国家未尝多取，欲便民食。今权豪诡名罔利，停货待价，至一引卖八十贯，京师一百二十贯，贫民多淡食。宜以二百万引给商，一百万引散诸路，立常平盐局，或贩者增价，官平其直以善，庶民用给，而国计亦裕。又京师富民酿酒价高而味薄，且课不是输，宜一切禁之，官自酤卖㉗。"并从之。

世荣居中书未十日，御史中丞崔彧言其不可为相㉘，忤旨㉙，下彧吏按问㉚，免官。明年正月壬午，帝御香殿，世荣奏："臣言天下岁课钞九十三万二千六百锭之外，臣更经画㉛，不取于民，裁抑权势所侵，可增三百万锭。初未行下，而中外已非议，臣请与台省官面议上前。"帝曰："卿但言之。"世荣奏："古有榷酤之法，今宜立四品提举司，以领天下之课，岁可得钞千四百四十锭。自王文统诛后，钞法虚弊，为今之计，莫若依汉、唐故事，括铜铸至元钱，及制绫券，与钞参行。"因以所织绫券上之。帝曰："便益之事，当速行之。"

又奏："于泉、杭二州立市舶都转运司，造船给本，令人商贩，官有其利七，商有其三。禁私泛海者，拘其先所蓄宝货，官卖之；匿者，许告，没其财半给告者。今国家虽有常平仓，实无所蓄，臣将不费一钱，但尽禁权势所擅产铁之所，官立炉鼓采为器鬻之，以所得利合常平盐课，籴粟积于仓㉜，待时粜之㉝，必能均物价，而获厚利。国家虽立平准，然无晓规运者，以致钞法虚弊，诸物踊贵。宜令各路立平准周急库，轻其月息，以贷贫民，如此则贷者众，而本且不失。又，随朝官吏增俸，州郡未及，可于各都立市易司，领诸牙侩计物货㉞，四十分取一，以十为率，四给牙侩，六为官吏俸。国家以兵得天下，不藉粮馈，惟资羊马，宜于上都、隆兴等路，以官钱买币帛易羊马于北方，选蒙古人牧之，收其皮毛筋角酥酪等物，十分为率，官取其八，二与牧者。马以备军兴，羊以充赐予。"帝曰："汝先言数事皆善，宜速行。此事亦善，祖宗时亦欲行之而不果，朕当思之。"世荣因奏曰："臣之行事，多为人所怨，后必有谮臣者㉟，臣实惧焉，请先言之。"帝曰："汝言皆是，惟欲人无言，安有是理。疾足之犬，狐不爱焉，主人岂不爱之。朕自爱汝，彼奸伪者则不爱汝耳。汝之职分既定，其毋以一二人从行。"遂谕丞相安童增其导从以为护卫。

又十余日，中书省请罢行御史台，其所隶按察司隶内台。又请随行省所在立行枢密院。明日，奏升六部为二品。又奏令按察司总各路钱谷，择干济者用之，其刑名事上御史台，钱谷由部申省。帝曰："汝与老臣共议，然后行之可也。"

二月辛酉，御史台奏："中书省请罢行台，改按察为提刑转运司，俾兼钱谷。臣等窃惟：初置行台时，朝廷老臣集议以为有益，今无所损，不可辄罢。且按察司兼转运，则纠弹之职废。请右丞相复与朝廷老臣集议。"诏如所请。御史台又奏："前奉旨，令臣等议罢行台及兼转运事。世荣言按察司所任，皆长才举职之人，可兼钱谷。而廷臣皆以为不可，彼所取之人，臣不敢言，惟言行台不可罢者，众议皆然。"帝曰："世荣以为何如？"奏曰："欲罢之。"帝曰："其依世荣言。"

中书省奏立规措所，秩五品㊱，所司官吏以善贾者为之。帝曰："此何职？"世荣对曰："规画钱谷者。"帝从之。又奏："凡能规画钱谷者，向日在阿合马之门㊲，今籍录以为污滥。臣欲择其通才可用者，然惧有言臣用罪人。"帝曰："何必言此。可用者用之。"遂以前河间转运使张宏纲、撒都丁、不鲁合散、孙桓，并为河间、山东等路都转运盐使。余擢用者甚众。

世荣既以利自任，惧怨之者众，乃以九事说帝诏天下：其一，免民间包银三年；其二，官吏俸免民间带纳；其三，免大都地税；其四，江淮民失业贫困、鬻妻子以自给者，所在官为收赎，使为良民；其五，逃移复业者，免其差税；其六，乡民造醋者，免收课；其七，江南田主收佃客租课，减免一分；其八，添支内外官吏俸五分；其九，定百官考课升擢之法。大抵欲释憾要誉而已。

既而又奏："立真定、济南、江淮等处宣慰司兼都转运使，以治课程，仍禁诸司不得追摄管课官吏，及遣人辄至办课处沮扰㊳，按察司不得检察文卷。"又奏："大都酒课，日用米千石，以天下之众比京师，当居三分之二，酒课亦当日用米二千石。今各路但总计日用米三百六十石而已，其奸欺盗隐如此，安可不禁？臣等已责各官增旧课二十倍，后有不如数者，重其罪。"帝悉从之。

三月，世荣奏以宣德、王好礼并为浙西道宣慰使。帝曰："宣德，人多言其恶。"世荣奏："彼入状中书，能岁办钞七十五万锭，是以令往。"四月，世荣又奏曰："臣伏蒙圣眷㊴，事皆委臣。臣愚以为今日之事，如数万顷田，昔无田之者，草生其间。臣今创田之，已耕者有焉，未耕者有焉，或才播种，或既生苗，然不令人守之，为物蹂践则可惜也。方今丞相安童，督臣所行，是守田者也。然不假之力，则田者亦徒劳耳。守田者假之力矣，而天不雨，亦不能生稼穑。所谓天雨者，陛下与臣添力是也，惟陛下怜臣。"帝曰："朕知之矣。"令奏行事之目，皆从之。

世荣居中书才数月，恃委任之专，肆无忌惮，视丞相犹虚位。左司郎中周戭与世荣不合，坐以废格诏旨，奏杖一百，复斩之，百官凛凛㊵。监察御史陈天祥独上章，劾其"苛刻诛求㊶，为国敛怨，将见民间凋耗，天下空虚。考其所行与所言者，已不相副㊷：始言能令钞法如旧，今弊愈甚；始言能令百物自贱，今百物愈贵；始言课程增至二百万锭，不取于民，今迫胁诸路，勒令如数虚认而已；始言令民快乐，今所为无非扰民之事。若不早更张，待其自败，正犹蠹虽除而木已病矣。"帝时在上都，御史大夫玉昔帖木儿以状闻，帝大悟，即日遣唆都等还大都，命安童集诸司官吏，同世荣听天祥弹文，仍令世荣、天祥赴上都。

壬戌，御史中丞阿拉帖木儿、郭佑，侍御史白秃剌帖木儿，参政撒的迷失等，以世荣所伏罪状奏曰："不白丞相安童，支钞二十万锭，擅升六部为二品。效李璮令急递铺用红青白三色囊转行文字。不与枢密院议，调三行省万二千人置济州，委漕运使陈柔为万户管领。以沙全代万户宁玉戍浙西吴江。用阿合马党潘杰、冯圭为杭、鄂二行省参政，宣德为杭州宣慰，余分布中外者众。以钞虚，闭回易库，民间昏钞不可行。罢白酵课。立野面、木植、磁器、桑枣、煤炭、匹段、青果、油坊诸牙行。调出县官钞八十六万余锭。"丞相安童言："世荣昔奏，能不取于民，岁办钞三百万锭，令钞复贵，诸物悉贱，民得休息，数月即有成效。今已四阅月，所行不符所言，钱谷出者多于所入，引用憸人，紊乱选法。"

阿拉帖木儿、天祥等质世荣于帝前，世荣悉款伏。遣忽都答儿传旨中书省，丞相安童与诸老臣议，世荣所行，当罢者罢之，更者更之，所用人实无罪者，朕自裁处。下世荣于狱。十一月乙未，帝问忽剌出曰："汝于卢世荣有何言？"对曰："近汉人新居中书者，言世荣款伏，狱已竟矣，犹日豢之，徒费廪食。"诏诛世荣，剖其肉以食禽獭㊸。

桑哥，畏兀儿人，胆巴国师弟子也。能通诸国语，尝为西番译史。性狡黠，好言财利事。至元中，擢为总制院使。中书省尝令李留判市油，桑哥请以官铁往市，司徒和礼霍孙谓非汝所宜为，桑哥不服，至相殴，且曰："与其使它人侵盗，曷若与公家营利乎㊹？"乃以油万斤与之。桑哥后以所营息钱进，和礼霍孙曰："我初计不及此。"一日，桑哥在帝前论和雇、和买事，因语及之，帝大悦，始有大任之意。尝令桑哥具省臣姓名以进，省中建置及人才进退，桑哥咸得与闻。时桑哥与江南释教总统扬琏真伽相表里，请发宋诸陵，桑哥矫诏可其奏。

二十四年闰二月，复置尚书省，遂以桑哥与帖木儿为平章政事。诏天下，改行中书省为行尚书省，六部为尚书六部。三月，更定钞法，颁行"至元宝钞"于天下，"中统钞"通行如故。桑哥尝奉命检覆中书省事，凡校出亏欠钞四千七百七十锭、昏钞一千三百四十五锭，平章麦术丁即自伏，参政杨居宽谓实掌铨选，钱谷非所专任。桑哥令左右击其面，因问曰："既典铨事，果无黜陟失当者乎㊺？"寻亦引服。帝令丞相安童与桑哥共讯，且谕："毋令麦术丁等后得以胁问诬伏为辞，此辈固狡狯人也。"

数日，桑哥又奏："鞫中书参政郭佑㊻，多所逋负，尸位不言。臣谓中书之务，隳情如此㊼，汝力不能及，何不告之蒙古大臣？故殴辱之，今已款服。"帝益怒，命穷诘之。佑与居宽皆坐弃市。刑部尚书不忽木争之不得。台吏王良弼与江宁县尹吴德议尚书省政事，又言："尚书钩校中书，不遗余力，他日我曹得发尚书奸利，其诛籍无难。"桑哥闻之曰："若辈诽谤政事，不诛无以惩后。"遂并捕杀之。又有斡罗思者，以忤桑哥，被谗籍其家，惟金、玉带各一，黄金五十两，皆上所赐，乃以公用孳畜加之罪。帝曰："此口腹之事也。"释不问。

桑哥尝奏以沙不丁遥授江淮行省左丞，乌马儿参政，领泉府、市舶事，发钞千锭给行泉府司，岁输珍异物为息。又以拜降为福建行省平章。既得旨，乃言于帝曰："臣前言，凡任省臣与行省官，并与丞相安童议。今奏用沙不丁、乌马儿等，适丞相还大都，未与议，臣恐有以前奏为言者。"帝曰："安童不在，朕若主也。朕已允行，何言之有？"

时江南行台与行省，并无文移，事无巨细，必咨内台呈省闻奏。桑哥以其往复稽留误事，宜如内台例，分呈行省。又言："按察司文案，宜从各路民官检覆，递相纠举。自太祖时有旨，凡临官事者互相觉察，此故事也。"从之。

十月乙酉，诏问翰林诸臣："以丞相领尚书省，汉、唐有此制否？"咸对曰："有之。"翊日，左丞叶李以翰林诸臣言："桑哥秉政久，宜进位丞相，以协人望。"帝大悦，遂以为尚书右丞相，兼总制院使司事，进阶金紫光禄大夫。于是桑哥奏以平章帖木儿代其位，右丞阿尔浑撒里迁平章政事，叶李迁右丞，参政马绍迁左丞。

十一月，桑哥言："臣前以诸道宣慰司及路府州县官吏，稽缓误事，奉旨遣人笞责之。今真定宣慰使速哥、南京宣慰使答失蛮，皆勋旧之子，宜取圣裁。"敕罢其任。明年正月，以甘肃行尚书省参政铁木哥不任事，奏乞牙带代之。未几，又以江西行尚书省平章政事呼忽都铁木儿不职，奏罢之。兵部尚书忽都答儿不勤于政，桑哥殴罢之而后奏。帝曰："若辈不罢，汝事何由得行。"

自立尚书省，仓库诸司，无不钩考。先摘委六部官，复以为不专，乃置征理司，以治财谷之当追者。时桑哥以理算为事，毫分缕析，入仓库者，无不破产。及当更代，人皆弃家避之。十月，桑哥奏："湖广行省钱谷，已责平章要束木。外省欺盗必多，乞以参政忻都、户部尚书王巨济等十二人，理算江西、福建、四川、甘肃、安西五省，每省各二人，特给印章与之。省部官既去，事不可废，拟选人为代，听食原俸。理算之间，宜给兵以卫之。"帝皆从之。

是时天下骚然，江淮尤甚，谀佞之徒讽大兴民史吉等为桑哥立石颂德[48]。帝闻之曰："民欲立则立之，仍以告桑哥，使其喜也。"于是翰林官制文，题曰《王公辅政之碑》。时桑哥妇弟八吉为燕南道宣慰使，闻其事，亦讽属县为己立石颂德，使儒学教授张延撰文。延正色却之，即日谢病归，士论称之。桑哥又以总制院所统西番诸宣慰司，军民财谷，事体甚重，宜有以崇异之，奏改为宣政院，秩从一品，用三台印。帝问所用何人，对曰："臣与脱因。"于是命桑哥以开府仪同三司、尚书右丞相，兼宣政使，领功德使司事。脱因同为使。帝尝召桑哥谓曰："朕以叶李言，更至元钞，所用者法，所贵者信，汝无以楮视之[49]，其本不可失，汝宜识之。"

二十六年，桑哥请钩考甘肃行尚书省及益都淄莱淘金总管府，金省赵仁荣、总管明里等，皆以罪罢。帝幸上都[50]，桑哥言："去岁陛下幸上都，臣日视内帑诸库[51]，今岁欲乘小舆以行，人必窃议。"帝曰："听人议之，汝乘之可也。"桑哥又奏："近委省臣检责左右司文簿，凡经监察御史稽照者，遗逸尚多。自今当令监察御史即省部稽照，书姓名于卷末，苟有遗逸，易于归罪。仍命侍御史检视之，失则连坐。"帝从之，乃笞监察御史四人。是后，监察御史赴省部，掾令史与之抗礼[52]，但遣小吏持文簿置案而去，监察御史遍阅之，而台纲废矣。

桑哥又言："国家经费既广，岁入恒不偿所出。往岁计之，不足者余百万锭。自尚书省钩考天下财谷，赖陛下福，以所征补之，未尝敛及百姓。臣恐自今难用此法矣。何则？仓库可征者少，而盗者亦鲜，臣忧之。臣愚以为盐课每引今直中统钞三十贯，宜增为一锭；茶每引今直五贯，宜增为十贯；酒醋税课，江南宜增额十万锭，内地五万锭。协济户十八万，自入籍至今十三年，止输半赋，闻其力已完，增为全赋。如此，则国用可支，臣等免于罪矣。"帝曰："如所议行之。"

桑哥既专政，凡铨调内外官，皆由于己，而宣敕尚由中书，桑哥以为言。帝乃命宣敕并付尚书省。由是以刑赏为市，奸谀之徒奔走其门。入贵价以贾所欲，当刑者脱，求官者得，纲纪大坏，人心骇愕。

二十八年春，帝畋于柳林[53]，利用监彻里、浙西按察使千卢等劾奏桑哥专权黩货[54]。时不忽木出使，帝遣人趣召之至，觐于行殿。帝以问，不忽木对曰："桑哥壅蔽聪明，紊乱政事，有言者即诬以他罪而杀之。今百姓失业，盗贼蜂起，召乱在旦夕，非亟诛之，恐为陛下忧。"留守贺伯颜，亦为帝陈其奸恶。久之，言者益众，帝始决意诛之。

三月，帝谕大夫月儿鲁曰："屡闻桑哥沮抑台纲，杜言者之口；又尝捶挞御史，其所罪者何事，当与辨之。"桑哥等持御史李渠等已刷文卷至，令待御史杜思敬等勘验辩论，往复数四，桑哥等辞屈。明日，帝驻跸土口⑤，复召御史台暨中书、尚书两省官辩论。尚书省执卷奏曰："前浙西按察使只必，因监阅烧钞受赃至千锭，尝檄台征之，三年不报。"思敬曰："文之次第，尽在卷中，尚书省拆卷持对，其弊可见。"彻里抱卷至前奏曰："用朱印以封纸缝者，防欺弊也。若辈为宰相，乃拆卷破印与人辨，是教吏为奸。"帝是之，责御史台曰："桑哥为恶，始终四年，其奸赃暴著非一，汝台臣安得不知？"中丞赵国辅对曰："知之。"帝曰："知而不劾，何罪？"思敬等对曰："夺官追俸，惟上所裁。"数日不决。大夫月儿鲁奏："台臣久任者当斥罢，新者存之。"乃下桑哥于狱，仆其辅政碑。七月，伏诛。

监察御史言："沙不丁、纳速剌丁灭里、乌马儿、王巨济、杨琏真伽、沙的、教化的，皆桑哥党，今或系狱，或释之，臣所未谕。"帝曰："纳速剌丁灭里在狱，沙不丁朕姑释之耳。"

明年二月，玉昔帖木儿等言："纳速剌丁灭里、忻都、王巨济党比桑哥，恣为不法，楮币、铨选、盐课、酒税，无不更张变乱之。衔命江南理算者，皆严急输期，民至嫁妻卖女，祸及亲邻。维扬、钱塘受害最惨，无故而殒其生者五百余人。其始，士民犹疑事出朝廷。近者彻里按问，悉皆首实请死。乃知天子仁爱元元，而使之至此者，实桑哥及其凶党之为也，莫不愿食其肉。臣等议，此三人者既伏其辜，宜令省台从公论罪，以谢天下。"三人遂弃市。贷杨琏真伽死，其妻与沙不丁、乌马儿之妻，并没入官，送诣京师。乌马儿寻亦论死，唯沙不丁获免。

平章政事要束木者，桑哥之妻党，钩考荆湖钱谷，省臣拟授湖广平章政事。帝曰："要束木小人，事朕方五年，授一理算官足矣。览中书所奏，令人耻之。"及至湖广，即籍阿里海涯家赀以献㊱。正月朔，百官会，行省朝服以俟，要束木召至其家受贺毕，方诣省望阙贺如常仪。又阴召卜者，有不轨之言。中书省列其罪以闻，帝命械至湖广行省，戮之，籍其家，得黄金四千两。

史臣曰：司马迁以利为害之源，然懋迁有无，肇于有虞，管仲、范蠡用货殖伯齐、越二国，无他，利天下则为利，反是则为害也。世祖才阿合马，擢为宰相；阿合马死，卢世荣继之；世荣死，桑哥继之。三凶姝逆，病国厉民，厕酷吏以重位，陷正人以刑纲。视汉、唐聚敛之臣，其毒尤甚焉。呜乎！蒙古有中原五六十年，政无纪纲，遗黎殆尽。世祖践祚[57]，思大有为于天下，黔首喁喁，正延颈归命之时，乃用贪狠匹夫，钻膏剐髓，以剿民命，迨穷奸稔恶㊳，始婴显戮，而苍生之祸已烈矣。司马迁之言，岂不信欤！

---

① 鹘（gǔ），音古。

② 媵（yìng，音硬）：古代贵族妇女出嫁时，随嫁的人或物品。

③ 干（gàn，音淦）：才干。　　敏：聪明；机智。

④ 易：交换。

⑤ 市：交易。

⑥ 鬻（yù，音玉）：卖。

⑦ 诎（qū，音屈）：屈服。

⑧ 愎：任性；固执。

⑨ 俞：同意；许可。

⑩ 铨（quán，音全）：选择官吏。

⑪ 迁：调动官职。

⑫ 冗：闲散。

⑬ 罔：骗取；欺骗。

⑭榷（què，音却）：专营；专卖。

⑮阖（hé，音河）：关闭。

⑯蹂：踩、踏或踢。

⑰诘（jié，音杰）：责问；追问。

⑱矫：假传（命令）。

⑲袖：藏在袖子里。

⑳挺：通"梃"。棍棒。

㉑醢（hǎi，音海）：剁成肉酱。

㉒扃（jiōng，音坰）：门户。

㉓谶（chèn，音趁）：方士、巫师编造的隐语或预言。

㉔敕（chì，音赤）：皇帝的命令或诏书。　　徇：示众。

㉕懋（mào），音贸。

㉖擢（zhuó，音苗）：提拔；选拔。

㉗酤（gū，音姑）酒：买酒。

㉘彧（yù），音育。

㉙忤（wǔ，音午）：违反；抵触。

㉚按：于是，就。

㉛经：常规；原则。　　画：谋划；筹划。

㉜籴（dí，音迪）：买进（粮食）。

㉝粜（tiào，音跳）：卖出（粮食）。

㉞侩（kuài，音快）：旧时以拉拢买卖、从中牟利为职业的人。

㉟谮（zèn，音怎）：说坏话诬陷别人。

㊱秩：官吏的品级第次。

㊲向：从前；往昔。

㊳沮：阻止。

㊴伏：下对上（多用于对皇帝）陈述自己的想法时用的敬词。　　眷：宠爱。

㊵凛凛：恐惧的样子。

㊶劾：揭发罪状。

㊷副：相称；符合。

㊸刲（kuī，音亏）：刺；割。

㊹曷（hé，音河）：疑问代词。

㊺陟（zhì，音志）：提升；提拔。

㊻鞫（jū，音拘）：审讯；审问。

㊼隳（huī，音灰）：毁坏。

㊽佞（nìng，音泞）：能说会道，巧语谄媚。

㊾楮（chǔ，音储）：一种树，皮可造纸。

㊿幸：特指皇帝到某处去。

51帑（tǎng，音倘）：国家收藏钱材的仓库。

52掾（yuàn，音愿）：古代官属的通称。

53畋（tián，音田）：打猎。

54黩货：贪财。

55踵（bì），音毕。

56赀（zī，音咨）：计算；钱财。

57践阼：即位；登基。

58迨（dài，音代）：等到，趁着。　　稔（rěn，音忍）：庄稼成熟。

铁木迭儿 铁失 伯颜 哈麻列传

铁木迭儿，蒙古人。曾祖唆海，赠太尉，谥武烈①。祖不怜吉歹，宪宗时为大将，七年伐宋，自邓州略地至江汉，赠太尉，谥忠武。不怜吉歹二子：忽鲁不花，中统初为中书左丞相，兼中书省都断事官，赠太师，谥忠献；木儿火赤，赠太师，谥忠贞。三世并追封归德王。

铁木迭儿，木儿火赤之子也。大德间，为同知宣徽院事，兼通政院使。武宗即位，迁宣徽使，有宠于皇太后。至大元年，出为江西行省平章政事，拜云南行省左丞相，以擅赴阙②，为尚书省所劾③。诏诘问④，寻以皇太后旨贷之⑤。

武宗崩，仁宗在东宫，诛丞相脱虎脱等，用完泽及李孟为中书平章政事，更张庶务⑥。而皇太后已有旨，召铁木迭儿为中书右丞相。帝不得已相之。及幸上都⑦，命铁木迭儿留守大都。完泽等奏："故事，丞相留京师者，出入得张盖。今右丞相铁木迭儿，请得张盖如故事。"许之。

皇庆元年三月，铁木迭儿奏："臣误蒙圣恩，擢任中书⑧，年衰且病，虽未能深达政体，事有创行，敢不自勉，继今朝夕视事，左右司六部官有不尽心者，当论决，再不悛者⑨，黜勿叙⑩，其有托故侥幸他职者，亦不叙。"帝韪其言。二年，以病罢。

延祐改元，丞相合散奏："臣非世勋之胄⑪，不可居右相。"举铁木迭儿自代。帝令白皇太后，授以中书省印，拜开府仪同三司、监修国史录军国重事。居数月，复拜中书右丞相，合散为左丞相。铁木迭儿奏请："内侍毋隔越妄奏，中书政务，诸司毋辄干预。富民往诸番商贩⑫，率获厚利，商者益众，中国物轻，番货反重。请以江浙右丞曹立领其事，发舟十纲⑬，给牒以往⑭，归则征税如制；私往者，没其货。又以经用不给，请预买山东、河间运使来岁盐引及各冶铁货，以足今岁之用；并核江南田，令田主自实顷亩状入官，诸王、驸马、学校、寺观亦如之；仍禁私匿民田，贵戚势家毋得沮挠。"仁宗皆从之。寻遣使者分行各省，括田增税，苛急烦扰。江西蔡五九作乱，始罢其事。

二年七月，诏谕中外，命右丞相铁木迭儿总宣政院事。十月，进太师，十一月，大宗正府奏："累朝旧制，凡议重刑，必决于蒙古大臣，今宜听于太师右丞相。"从之。

铁木迭儿既再为首相，怙势贪虐⑮。平章政事萧拜住稍牵制之。而杨朵儿只自侍御史拜中丞，慨然以纠正其罪为己任。上都富人张弼杀人系狱⑯，铁木迭儿使家奴胁留守贺伯颜出之，伯颜不从。朵儿只廉得铁木迭儿所受张弼赂有显征，乃与拜住及伯颜奏之："内外监察御史凡四十余人，共劾铁木迭儿桀黠奸贪⑰，阴贼险狠，蒙上罔下，蠹政害民，布置爪牙，威慑朝野⑱，凡可以诬陷善人、要功利己者，靡所不至。取晋王田千余亩、兴教寺后墙园地三千亩⑲、卫兵牧地二千余亩。窃食郊庙供祀马。受诸王哈剌班第使人钞十四万贯，宝珠、玉带、氍毹⑳、币帛又计钞十余万贯。受杭州永兴寺僧章自福赂金一百五十两。取杀人囚张弼钞五万贯。既已位极人臣，又领宣政院事。诸子无功于国，尽居贵显。纵家奴凌虐官府，为害百端，以致阴阳不和，山移地震，灾异数见，百姓流亡，己乃恬然略无省悔。私家之富，在阿合马、桑哥之上。四海疾怨，咸愿车裂斩首，以快其心。如蒙早加显戮，庶使后之为臣者知所警戒。"奏既上，仁宗震怒，诏逮问。铁木迭儿匿皇太后近侍家，有司不敢捕。仁宗不乐者数月，又恐出皇太后意，不忍重咈之，乃罢其相位，余悉不问。

铁木迭儿家居未逾年，又起为太子太保，中外闻之惊骇，御史中丞赵世延率诸御史论其不法数十事，内外御史论其不可辅道东宫者又四十余人。然以皇太后故，终不能治其罪。

七年正月，仁宗崩。越四日，铁木迭儿以皇太后旨，复拜右丞相。又逾月，铁木迭儿宣皇太后旨，召萧拜住与杨朵儿只至徽政院，与徽政院使失列门等杂问之，责以前违皇太后旨，令伏罪。即入奏，执二人，弃市。是日，白昼晦冥，都人悯惧[21]。三月，英宗即位，中书省启："祖宗以来，皇帝登极，中书率百官称贺，班首惟上所命。"英宗曰："其以铁木迭儿为之。"是月，加铁木迭儿开府仪同三司、上柱国、太师。诏中外毋沮议铁木迭儿。五月，英宗在上都，铁木迭儿嫉留守贺伯颜不附己，诬其以便服迎诏为不敬，下五府杂治，竟杀之。都民为之流涕。

赵世延时为四川行省平章政事，铁木迭儿启英宗，遣使逮捕之。世延未至，铁木迭儿使讽世延，啖以美官[22]，令告引同时异己者。世延不肯从。至是，坐以违诏不敬，令法司穷治，请置极刑。英宗曰："彼罪在赦前，宜释免。"铁木迭儿对曰："昔世延与省台诸人谋害老臣，请究其姓名。"英宗曰："事皆在赦前矣，又焉用问？"数日，复奏世延当处死罪，又不允。

久之，帝觉其所谮毁者[23]，皆先朝旧人，滋不悦，乃任拜住为左丞相，委以腹心。铁木迭儿渐见疏外，因称疾不出。至治二年，拜住奉命至范阳立《安童碑》，铁木迭儿将莅省事，入朝，至宫门，帝遣内侍赐之酒曰："卿年老，宜自爱，待新年入朝未晚。"遂怏怏而返。是年八月卒，命给钞市葬地。

十二月，其子宣政院使八里吉思坐受刘夔冒献田亩[24]，伏诛，乃籍其家。三年五月，监察御史盖继元、宋翼言："铁木迭儿奸险贪污，请毁所立碑。"从之。仍追夺官爵及封爵制书。六月，毁铁木迭儿祖父碑，追收元降敕书[25]，告谕中外。七月，籍铁木迭儿家赀[26]。

泰定帝即位，御史言："铁木迭儿专政，诬杀杨朵儿只等，罢免王毅、高昉[27]、张志弼，请加昭雪。"诏有者召还录用，死者赠官有差。监察御史脱脱、赵成庆复言："铁木迭儿在先朝，包藏祸心，离间亲藩[28]，诛戮大臣，使先帝孤立，卒罹大祸[29]。其子锁南，亲与逆谋，久逭天宪[30]，乞正其罪，以快元元之心。"诏诛之。监察御史许有壬又言："铁木迭儿死有余辜，请剖棺戮尸，以谢天下。"帝不允。三年，礼部员外郎元永贞言："铁失弑逆[31]，皆由铁木迭儿始祸，宜明正其罪，宜付史馆，以为人臣之戒。"从之。

铁木迭儿五子：班丹，知枢密院事，坐赃杖免；锁南，治书侍御史，坐逆党诛；八里吉思，坐刘夔事诛；锁住，将作院使，明宗敕流于南荒。天历二年，丞相燕帖木儿言："锁住有劳于国，请召还。"从之。至顺元年，锁住与弟观音奴、姊婿太医使野里牙怨望，祭北斗咀咒。事觉，俱坐诛。

铁失，铁木迭儿义子也。其妹为英宗第二皇后。初以翰林学士承旨、宣徽院使为太医院使。未逾月，特命领中都威卫指挥使。

至治元年，赐珍珠燕服。三月，特授光禄大夫、御史大夫，仍金虎符、忠翊侍卫亲军都指挥使，依前太医院使。帝尝御孟顶殿[32]，谓铁失曰："宣徽虽隶太皇太后，朕视之与诸司同。凡簿书，宜悉令御史检核。"既而，又命领左右阿速卫。冬十月，帝亲祀太庙，以中书左丞相拜住为亚献官，铁失为终献官。

明年冬十月，江南行台御史大夫脱脱以疾上请，未得旨，辄去。铁失劾之，杖六十七，谪云南[33]。治书侍御史锁南，铁木迭儿之子也，改翰林侍讲学士，铁失奏复其职。帝不允。十二月，以铁失兼领广惠司事。英宗尝谓台臣曰："朕深居九重，臣下奸贪，民生疾苦，岂能周知？故用卿等为耳目。曩者[34]，铁木迭儿贪蠹无厌，汝等拱默不言。其人虽死，宜籍其家以惩后也。"

又明年三月，申命铁失振举台纲，诏谕中外。既而，御史台请开言路，帝曰："言路何尝不开？但卿等选人未当尔。监察御史尝举八里吉思可大受，未几以贪墨败㉝；若此者，言路选人当乎？否乎？"时铁木迭儿既死，罪恶日彰，帝委任拜住为右丞相，以进贤退不肖为急务。铁失不自安，遂潜蓄异图。

秋八月癸亥，帝自上都还，驻跸南坡。是夕，铁失与知枢密院事也先帖木儿、大司农失秃儿、前中书平章政事赤斤帖木儿、前云南行省平章政事完泽、前治书侍御史锁南、铁失之弟宣徽使锁南、典瑞院使脱火赤、枢密院副使阿散、金书枢密院事章台、卫士秃满及诸王按梯不花、孛罗、月鲁贴木儿、曲律不花、兀鲁思不花等，以铁失所领阿速卫兵为外应，杀右丞相拜住。铁失直犯禁幄，弑英宗于卧内；使赤斤帖木儿、帖木儿不花驰赴大都，召集百官，收其符印。时枢密院掾史王贞言于副使完颜乃丹曰："大行晏驾㊱，丞相、中书、枢密无至者，赤斤帖木儿累朝退黜之人，帖木儿不花亦为散官，谁使之来？兵权所在，岂可以印授之！"乃丹叹息曰："此御史大夫铁失所为也。"贞遍告枢府大臣，请急执赤斤帖木儿等㊲，与中书省同讯之。闻者皆不敢发。

九月，泰定帝即位，铁失及其党始伏诛。监察御史许有壬上言："铁失身领台端，妹为君配，先帝待之情逾骨肉，纵不思报效，忍为寇仇！自古宫闱之变，未有若是之惨者。宜戮其全家，潴其居室。铁失之妹，系是祸根，勿令污染宫围，即时逐出，从朝廷议拟区处。"奏上，事寝不报。

史臣曰："南坡之祸，铁木迭儿为之也。英宗知铁木迭儿之奸，而置其义子于左右，其反噬宜矣。自古母后淫恣，昵于权臣，未有不酿弑君之祸者。魏冯太后、元兴圣太后是已。仁宗考终，幸不为魏之献文。然铁木迭儿逆党，卒杀英宗。呜呼！何其酷也。

伯颜，蔑儿吉氏。年十五，奉成宗命，侍武宗于潜邸。

大德三年，从武宗北征海都。五年，从拒海都于迭怯里古之地，又战于哈剌答之地，皆有功。

十一年，武宗入继大统，伯颜扈从至上都㊳，赐号拔都儿。帝即位，授吏部尚书，改尚服院使，又拜御史中丞。至大二年，拜尚书平章政事，赐交龙虎符，领右卫阿速亲军都指挥使司达鲁花赤。三年，加特进。延祐三年，改周王常侍。四年，拜江南行台御史中丞。五年，迁御史大夫。六年，拜江浙行省平章政事。七年，又拜陕西行台御史大夫。至治二年，复迁南台。泰定二年，迁江西行省平章政事。三年，改河南行省。

致和元年，泰定帝崩。八月，燕铁木儿起兵于大都，遣明里董阿至江陵，迎文宗。道过河南，密告伯颜，伯颜叹曰："此吾君之子，吾夙荷武宗厚恩，曷敢观望㊴。"即集省官明告以故。于是会计乘舆供御及赏犒之用，靡不备至。即遣蒙哥不花驰告文宗，又使罗里报燕铁木儿曰："公为其内，河南事我当自效。"伯颜别募兵五千人，迎车驾于江陵，自勒所部兵以俟。参知政事脱别台曰："今蒙古兵与宿卫之士，皆在上都，而令探马赤军守诸隘，吾恐此事不易成也。"伯颜不听。是夜，脱别台欲杀伯颜，伯颜觉，拔剑杀之，夺其军，收马一千二百匹。文宗拜伯颜河南行省左丞相。车驾至，伯颜擐甲胄㊵，与百官导入，即俯伏称万岁劝进。帝脱御铠、宝刀及海青白鹘、文豹以赐之。明日，扈驾北行。

九月，文宗即位，加银青光禄大夫，仍领宿卫。寻加太尉，赐黄金二百五十两、白金一千两，楮币二十五万缗㊶，进开府仪同三司、录军国重事、御史大夫、中政院使。天历二年，拜太保，加储庆使，赐虎符，特授忠翊侍卫亲军都指挥使。明宗即位，文宗为皇太子，拜太子詹事。八月，拜中书左丞相。

明宗崩，文宗嗣立，加储政院使。至顺元年，拜知枢密院事。帝以伯颜功大，尚世祖女孙卜颜的斤公主，又赐黄金双龙符，文曰："广忠宣义正节振武佐运功臣。"又命宴饮视宗王礼。二年八月，进封浚仪王，加侍正府侍正，又加昭功宣毅万户、忠翊侍卫都指挥使。三年，拜太傅，加徽政院使。八月，文宗崩。伯颜与燕铁木儿，奉皇太后之命，立宁宗。十一月，宁宗又崩。

四年六月，惠宗即位，拜中书右丞相。元统二年，进太师、奎章阁大学士。十二月，进封秦王。至元元年六月，燕帖木儿子唐其势忿伯颜位己上，与其弟塔海谋杀伯颜，为伯颜所杀。遂执皇后废之。七月，鸩弑皇后于开平民舍[42]。帝为诏谕天下，赐伯颜答剌罕之号，太皇太后赐第时雍坊。三年，奏杀张、王、刘、李、赵五姓汉人，帝不从。四年，奏请解政务，三宫交勉慰留。诏立伯颜生祠于涿州。五年，诏为大丞相，加号元德上辅，赐七宝龙虎金符。

伯颜自杀唐其势之后，专权自恣，渐有奸谋，密与太皇太后议，废帝立燕帖古思，帝知之。初，伯颜养兄子脱脱为子，宿卫内廷，伺帝起居。脱脱见伯颜凶暴日甚，私忧之，乘间自陈忘家徇国之意，帝犹不之信。遣阿鲁、世杰班，日以忠义之言与之往复，知脱脱意无他，帝始与脱脱密谋讨之。是年，车驾至自上都，伯颜构杀郯王彻彻笃[43]。奏赐死，帝未允。辄传旨行刑，又杀其近属百余人。复奏贬宣让王帖木儿不花、威顺王宽彻不花，帝益忿。

六年二月，伯颜自率卫兵，请帝畋猎。脱脱告帝托疾不往。伯颜挟太子燕帖古思出次柳林。脱脱与世杰班等合谋，白于帝，请罢其政事。戊戌，脱脱悉收门钥，领卫兵，阿鲁、世杰班侍帝侧。是夜，帝御文德殿，遣太子怯薛丹月可察儿率三十骑抵太子营，与太子入城。夜半，命只儿瓦台奉诏往柳林，出伯颜为河南行省左丞相。诏曰：

朕践位以来，命伯颜为太师、秦王、中书大丞相，而伯颜不能安分，专权自恣，欺朕年幼，轻视太皇太后及朕弟燕帖古思，变乱祖宗成宪，贼害天下，加以极刑，允合舆论。朕念先朝之故，尚存悯恤。今出为河南行省左丞相，所有元领诸卫亲军并怯薛丹人等，诏到时，即许散还。

明日，伯颜遣人来城下问故。脱脱据城门上，宣言："有旨黜丞相一人，诸从官无罪，可各还本卫:"伯颜奏乞陛辞，不许，遂行。过真定，父老奉觞酒以进[44]。伯颜曰："尔曹见子杀父事耶?"父老曰："不曾见子杀父，惟见臣弑君耳。"伯颜俯首有惭色。三月辛未，诏徙南恩州阳春县安置，至龙兴路驿舍，饮乐死。

哈麻，字士廉，康里人。母为宁宗乳母。哈麻与其弟雪雪，早备宿卫，惠宗深宠之。哈麻有口辩，尤为帝所亲幸，累迁殿中侍御史。雪雪官集贤学士。帝与哈麻以双陆为戏。一日，哈麻服新衣侍侧，帝方啜茶，即噀茶于其衣上[45]。哈麻曰："天子固当如是耶!"帝一笑而已。

哈麻声势日盛，自藩王戚里，皆赂遗之。寻以罪，贬南安，复召为礼部尚书，俄迁同知枢密院事。初，脱脱为丞相，弟也先贴木儿为御史大夫，哈麻日趋其门。会脱脱罢相，而别怯儿不花为丞相，与脱脱有旧怨，欲中伤之，哈麻每于帝前力加营护。

未几，别怯儿不花罢，太平为左丞相，韩嘉纳为御史大夫，谋黜哈麻，讽监察御史斡勒海寿劾其受宣让王等驼马诸物，又设帐房于御幄后，无君臣之分，恃提调宁徽寺，出入脱忽思皇后宫闱，犯分之罪尤大。脱忽思皇后，帝之庶母也。海寿，字允常，渑池人，拜监察御史，慨然曰："张纲埋轮，先问豺狼之当道者，知所重也。台谏许风闻言事，况目击乎!"遂疏哈麻罪，对仗弹之。哈麻知其事，先于帝前辩析，谓皆为太平、韩嘉纳所摭拾[46]。及奏入，帝大怒，斥弗纳。明日章再上，帝不得已，仅夺哈麻、雪雪官，谪居草地。而斡勒海寿出为陕西廉访副使，太平罢为翰林学士承旨，韩嘉纳罢为宣政使，寻出为江浙行省平章政事。顷之，脱忽思皇后泣诉于帝，谓御史所劾哈麻事为侵己，帝益怒，乃诏夺海寿官，禁锢终身。已而脱脱复为丞相，也先帖木儿复为御史大夫，谪太平居陕西，加韩嘉纳以赃罪，杖流尼噜罕以死。

召哈麻为中书添设右丞。明年正月，除右丞。时脱脱方信任汝中柏，由郎中为中书参议，自平章政事以下，见其议事，皆让之。独哈麻与之争辩，中柏因潜哈麻于脱脱。八月，罢哈麻为宣政院使，位居第三。哈麻由是深衔脱脱。初，哈麻尝进西天僧运气术媚帝，帝习之，号"演揲儿法"④。演揲儿，译言"大喜乐"也。哈麻之妹嫁集贤学士秃鲁帖木儿，有宠于帝，与老的沙等十人俱号倚纳。秃鲁帖木儿性奸狡，帝尤爱之，荐西番僧伽怜真于帝。僧善秘密法，谓帝曰："陛下虽尊居万乘，富有四海，不过保有见世而已。人生几何，当受此秘密大喜乐禅定。"其法亦名"双修法"。曰演揲儿，曰秘密，皆房中术也。帝日从事其法，广选采女为十六天魔舞，甚至男女裸居，丑声流播，虽市井之人亦恶闻之。皇太子年日长，尤深疾秃鲁帖木儿等所为，欲去之未能也。

十四年秋，脱脱出师讨高邮，哈麻乘间复入中书为平章政事。汝中柏累言哈麻必为后患，宜黜之。也先帖木儿不从。哈麻恐终不自保，诉于皇后奇氏曰："皇太子既立，而册宝及郊庙之礼不行者，脱脱兄弟之意，留以待中宫生子也。"皇后颇信之。会也先帖木儿移疾家居，监察御史袁赛因不花等即承望哈麻风指，劾也先帖木儿罪恶。章三上，帝始允之。诏收御史台印，令也先帖木儿出都门待罪。以知枢密院事汪家奴为御史大夫。寻诏数脱脱老师费财之罪，即军中夺其兵柄，安置淮安。即以雪雪知枢密院事，代领其军。

至正十五年四月，雪雪由知枢密院事拜御史大夫。五月，哈麻遂拜中书左丞相，国家大柄，尽归其兄弟二人。是年十二月，哈麻矫诏鸩杀脱脱于阿轻乞之地。

十六年，哈麻兄弟密谋奉皇太子践位，废帝为太上皇。私语其父秃鲁曰："我兄弟位居宰辅，宜自惜声名。今秃鲁帖木儿专媚上以淫亵，为天下士大夫讥笑，我将除之。且上久不亲机务，四方盗日起，皇太子年长，聪明过人，不若立以为帝，而奉上为太上皇。"其妹素诡谲，闻之，归告其夫。秃鲁帖木儿恐皇太子为帝，则己必诛死，即奏其事于帝，然不敢斥言淫亵事，第曰："哈麻谓陛下年老。"帝大惊曰："朕头未白，齿未落，遽谓我老耶⑬！"遂与秃鲁帖木儿谋去哈麻、雪雪。计已定，秃鲁帖木儿走匿尼庵中。明日，遣使谕哈麻、雪雪毋入朝。御史大夫搠思监，因劾奏哈麻兄弟罪恶。帝曰："彼兄弟虽有罪，然侍朕日久，且与朕弟同乳，可姑缓其罚，令出征自效。"已而中书右丞相定住、平章政事桑哥失里，复执奏不已，乃诏哈麻于惠州安置，雪雪于肇州安置。比行，俱杖死。

---

①谥（shì，音市）：古代帝王、贵族、大臣等有地位的人死后被加的带有褒贬意义的称号。

②阙：过失。

③劾：揭发罪状。

④诘（jié，音杰）：责问；追问。

⑤贷：饶恕。

⑥庶务：旧时指衙门内的杂项事物或指担任庶务的人。

⑦幸：旧时指帝王到达某地。

⑧擢（zhuó，音茁）：提升；提拔。

⑨悛（quān，音圈）：悔改。

⑩叙：评议选择官吏等级第次。

⑪胄（zhòu，音昼）：古代称帝王或贵族的子孙。

⑫番：指外国或外族。

⑬纲：旧时成批运输货物的组织。

⑭牒：文书或证件。

⑮怙（hù，音互）：依靠。

⑯系：拘禁。

⑰桀（jié，音杰）：指暴君。.

⑱詟（zhé，音折）：惧怕。

⑲壖（ruán）：同"堧"，城郭旁或河边的空地。

⑳氍毹（qú shū，音渠书）：毛织的地毯。

㉑忷（xiōng，音胸）：恐惧。

㉒啖（dàn，音旦）：拿利益引诱人。

㉓谮（zèn，音怎）：诬陷；中伤。

㉔夔（kuí），音葵。

㉕敕（chì，音赤）：皇帝的命令或诏书。

㉖赀（zī，音资）：钱财。

㉗昉（fǎng），音仿。

㉘藩：封建王朝的属国或属地。

㉙卒：终于。　　罹（lí，音离）：遭遇。

㉚逭（huàn，音换）：逃；避。

㉛弑（shì，音示）：臣杀死君主或子女杀死父母。

㉜盝（lù，音录）：盒子。

㉝谪（zhé，音折）：被罚流放或贬职。

㉞曩（nǎng，音攮）：以往；过去。

㉟墨：沉默。

㊱晏驾：君主时代称帝王死。

㊲执：捉拿；拘捕。

㊳扈：随从。

㊴曷：怎么；岂，难道。

㊵擐（huàn，音换）：穿。

㊶缗（mín，音民）：量词。

㊷鸩（zhèn，音振）：用毒酒害人。

㊸郯（tán），音坛。

㊹觞（shāng，音伤）：古代称酒杯。

㊺噀（xùn，音训）：含在口中而喷出。

㊻摭（zhí，音执）拾：拾；捡。多指袭用现成的事例或词句。

㊼揲（dié），音谍。

㊽遽（jù，音巨）：匆忙；急。

明　史

（选录）

〔清〕张廷玉等　撰

太祖本纪一

太祖开天行道肇纪立极大圣至神仁文义武俊德成功高皇帝，讳元璋，字国瑞，姓朱氏。先世家沛，徙句容，再徙泗州。父世珍，始徙濠州之钟离。生四子，太祖其季也①。母陈氏。方娠，梦神授药一丸，置掌中有光，吞之寤②，口余香气。及产，红光满室。自是，夜数有光起，邻里望见，惊以为火，辄奔救，至则无有。比长③，姿貌雄杰，奇骨贯顶；志意廓然，人莫能测。

至正四年，旱蝗，大饥疫。太祖时年十七，父母兄相继殁④，贫不克葬。里人刘继祖与之地，乃克葬，即凤阳陵也。太祖孤无所依，乃入皇觉寺为僧。逾月，游食合肥。道病，二紫衣人与俱，护视甚至。病已，失所在。凡历光、固、汝、颖诸州。三年，复还寺。当是时，元政不纲，盗贼四起。刘福通奉韩山童假宋后起颖，徐寿辉僭帝号起蕲，李二、彭大、赵均用起徐。众各数万，并置将帅，杀吏，侵略郡县。而方国珍已先起海上。他盗拥兵据地，寇掠甚众。天下大乱。

十二年春二月，定远人郭子兴与其党孙德崖等起兵濠州。元将彻里不花惮，不敢攻，而日俘良民以邀赏。太祖时年二十五，谋避兵。卜于神，去留皆不吉。乃曰："得毋当举大事乎？"卜之吉，大喜，遂以闰三月甲戌朔入濠见子兴。子兴奇其状貌，留为亲兵，战辄胜，遂妻以所抚马公女，即高皇后也。子兴与德崖龃龉⑤，太祖屡调护之。

秋九月，元兵复徐州，李二走死。彭大、赵均用奔濠，德崖等纳之。子兴礼大而易均用⑥，均用怨之。德崖遂与谋，伺子兴出，执而械诸孙氏，将杀之。太祖方在淮北，闻难驰至，诉于彭大。大怒，呼兵以行，太祖亦甲而拥盾，发屋出子兴⑦，破械，使人负以归，遂免。

是冬，元将贾鲁围濠。太祖与子兴力拒之。

十三年春，贾鲁死，围解。太祖收里中兵得七百人。子兴喜，署为镇抚。时彭、赵所部暴横，子兴弱，太祖度无足与共事，乃以兵属他将。独与徐达、汤和、费聚等南略定远。计降驴牌寨民兵三千，与俱东。夜袭元将张知院于横涧山，收其卒二万。道遇定远人李善长，与语大悦，遂与俱攻滁州，下之。

是年，张士诚据高邮，自称诚王。

十四年冬十月，元丞相脱脱大败士诚于高邮。分兵围六合。太祖曰："六合破，滁且不免。"与耿再成军瓦梁垒，救之。力战，卫老弱还滁。元兵寻大至，攻滁⑧。太祖设伏诱败之。然度元兵势盛且再至，乃还所获马，遣父老具牛酒谢元将曰："守城备他盗耳，奈何舍巨寇戮良民。"元兵引去⑨，城赖以完。脱脱既破士诚，军声大振。会中谗⑩，遂解兵柄，江、淮乱益炽。

十五年春正月，子兴用太祖计，遣张天祐等拔和州，檄太祖总其军。太祖虑诸将不相下，秘其檄，期旦日会厅事。时席尚右⑪，诸将先入，皆踞右，太祖故后至，就左。比视事，剖决如流，众瞠目不能发一语，始稍稍屈。议分工甓城⑫，期三日。太祖工竣，诸将皆后。于是始出檄，南面坐曰："奉命总诸公兵，今甓城皆后期，如军法何。"诸将皆惶恐谢。乃搜军中所掠妇女，纵还家，民大悦。元兵十万攻和，拒守三月，食且尽。而太子秃坚、枢密副使绊住马、民兵元帅陈埜先分屯新塘、高望、鸡笼山以绝饷道。太祖率众破之。元兵皆走渡江。三月，郭子兴卒。时刘福通迎立韩山童子林儿于亳，国号宋，建元龙凤。檄子兴子天叙为都元帅，张天祐、太祖为左右副元帅。太祖慨然曰："大丈夫宁能受制于人耶?"遂不受。然念林儿势盛可倚藉，乃用其年号以令军中。

夏四月，常遇春来归。五月，太祖谋渡江，无舟。会巢湖帅廖永安、俞通海以水军千艘来附。太祖大喜，往抚其众。而元中丞蛮子海牙扼铜城闸、马场河诸隘，巢湖舟师不得出。忽大雨，太祖喜曰："天助我也。"遂乘水涨从小港系从舟还，因击海牙于峪溪口，大败之，遂定计渡江。诸将请直趋集庆。太祖曰："取集庆必自采石始。采石重镇，守必固，牛渚前临大江，彼难为备⑬，可必克也。"六月乙卯，乘风引帆，直达牛渚。常遇春先登，拔之。采石兵亦溃。缘江诸垒悉附。

诸将以和州饥，争取资粮谋归。太祖谓徐达曰："渡江幸捷，若舍而归，江东非吾有也。"乃悉断舟缆，放急流中。谓诸将曰："太平甚近，当与公等取之。"遂乘胜拔太平，执万户纳哈出⑭。总管靳义赴水死。太祖曰："义士也。"礼葬之。揭榜禁剽掠⑮。有卒违令，斩以徇⑯，军中肃然。改路曰府⑰。置太平兴国翼元帅府，自领元帅事，召陶安参幕府事，李习为知府。时太平四面皆元兵。右丞阿鲁灰、中丞蛮子海牙等严师截姑孰口，陈埜先水军帅康茂才以数万众攻城。太祖遣徐达、邓愈、汤和逆战，别将潜出其后，夹击之。擒埜先并降其众，阿鲁灰等引去。

秋九月，郭天叙、张天祐攻集庆，埜先叛，二人皆战死，于是子兴部将尽归太祖矣。埜先寻为民兵所杀，从子兆先收其众⑱，屯方山；与海牙掎角以窥太平。

冬十二月壬子，释纳哈出北归。

十六年春二月丙子，大破海牙于采石。三月癸未，进攻集庆，擒兆先，降其众三万六千人，皆疑惧不自保。太祖择骁健者五百人入卫，解甲酣寝达旦，众心始安。庚寅，再败元兵于蒋山。元御史大夫福寿力战死之，蛮子海牙遁归张士诚，康茂才降。太祖入城，悉召官吏父老谕之曰："元政渎扰，干戈蜂起，我来为民除乱耳，其各安堵如故。贤士吾礼用之，旧政不便者除之，吏毋贪暴殃吾民。"民乃大喜过望。改集庆路为应天府，辟夏煜、孙炎、杨宪等十余人⑲。葬御史大夫福寿，以旌其忠⑳。

当是时，元将定定扼镇江，别不华、杨仲英屯宁国，青衣军张明鉴据扬州，八思尔不花驻徽州，石抹宜孙守处州，其弟厚孙守婺州，宋伯颜不花守衢州，而池州已为徐寿辉将所据。张士诚自淮东陷平江，转掠浙西。太祖既定集庆，虑士诚、寿辉强，江左、浙右诸郡为所并。于是遣徐达攻镇江，拔之，定定战死。

夏六月，邓愈克广德。

秋七月己卯，诸将奉太祖为吴国公。置江南行中书省，自总省事，置僚佐。贻书张士诚㉑。士诚不报，引兵攻镇江，徐达败之。进围常州，不下。九月戊寅，如镇江，谒孔子庙㉒。遣儒士告谕父老，劝农桑，寻还应天㉓。

十七年春二月，耿炳文克长兴。三月，徐达克常州。

夏四月丁卯，自将攻宁国，取之。别不华降。五月，上元、宁国、句容献瑞麦。六月，赵继祖克江阴。

秋七月，徐达克常熟。胡大海克徽州，八思尔不花遁。

冬十月，常遇春克池州，缪大亨克扬州，张明鉴降。十二月己丑，释囚。

是年，徐寿辉将明玉珍据重庆路。

十八年春二月乙亥，以康茂才为营田使。三月己酉，录囚㉔。邓愈克建德路。

夏四月，徐寿辉将陈友谅遣赵普胜陷池州。是月，友谅据龙兴路。五月，刘福通破汴梁，迎韩林儿都之㉕。初，福通遣将分道四出，破山东，寇秦、晋，掠幽、蓟，中原大乱。太祖故得次第略定江表。所过不杀，收召才隽^㉕，由是人心日附。

冬十二月，胡大海攻婺州，久不下，太祖自将往击之。石抹宜孙遣将率车师由松溪来援。太祖曰："道狭，车战适取败耳。"命胡德济迎战于梅花门，大破之，婺州降，执厚孙。先一日，城中人望见城西五色云如车盖，以为异，及是乃知为太祖驻兵地。入城，发粟振贫民，改州为宁越府。辟范祖干、叶仪、许元等十三人，分直讲经史。戊子，遣使招谕方国珍。

十九年春正月乙巳，太祖谋取浙东未下诸路。戒诸将曰："克城以武，戡乱以仁^㉗。吾比入集庆，秋毫无犯，故一举而定。每闻诸将得一城不妄杀，辄喜不自胜。夫师行如火，不戢将燎原^㉘。为将能以不杀为武，岂惟国家之利？子孙实受其福。"庚申，胡大海克诸暨。是月，命宁越知府王宗显立郡学。三月甲午，赦大逆以下。丁巳，方国珍以温、台、庆元来献，遣其子关为质，不受。

夏四月，俞通海等复池州。时耿炳文守长兴，吴良守江阴，汤和守常州，皆数败士诚兵，太祖以故久留宁越，徇浙东^㉙。六月壬戌，还应天。

秋八月，元察罕帖木儿复汴梁，福通以林儿退保安丰。九月，常遇春克衢州，擒宋伯颜不花。

冬十月，遣夏煜授方国珍行省平章，国珍以疾辞。十一月壬寅，胡大海克处州，石抹宜孙遁。时元守兵单弱，且闻中原乱，人心离散。以故江左、浙右诸郡，兵至皆下，遂西与友谅邻。

二十年春二月，元福建行省参政袁天禄以福宁降。三月戊子，徵刘基、宋濂、章溢、叶琛至。

夏五月，徐达、常遇春败陈友谅于池州。闰月丙辰，友谅陷太平。守将朱文逊，院判花云、王鼎，知府许瑷死之。未几，友谅弑其主徐寿辉，自称皇帝，国号汉，尽有江西、湖广地。约士诚合攻应天，应天大震。诸将议先复太平以牵之。太祖曰："不可。彼居上游，舟师十倍于我，猝难复也。"或请自将迎击，太祖曰："不可。彼以偏师缀我^㉚，而全军趋金陵，顺流半日可达。吾步骑急难引还，百里趋战，兵法所忌，非策也。"乃驰谕胡大海捣信州牵其后，而令康茂才以书给友谅^㉛，令速来。友谅果引兵东。于是常遇春伏石灰山，徐达阵南门外，杨璟屯大胜港，张德胜等以舟师出龙江关，太祖亲督军卢龙山。乙丑，友谅至龙湾。众欲战，太祖曰："天且雨，趣食^㉜，乘雨击之。"须臾，果大雨。士卒竞奋，雨止合战，水陆夹击，大破之。友谅乘别舸走。遂复太平，下安庆，而大海亦克信州。

初，太祖令茂才给友谅，李善长以为疑。太祖曰："二寇合，吾首尾受敌。惟速其来而先破之，则士诚胆落矣。"已而士诚兵竟不出。丁卯，置儒学提举司，以宋濂为提举，遣子标受经学。六月，耿再成败石抹宜孙于庆元，宜孙战死。遣使祭之。

秋九月，徐寿辉旧将欧普祥以袁州降。

冬十二月，复遣夏煜以书谕国珍。

二十一年春二月甲申，立盐茶课。己亥，置宝源局。三月丁丑，改枢密院为大都督府。元将薛显以泗州降。戊寅，国珍遣使来谢，饰金玉马鞍以献。却之曰："今有事四方，所需者人材，所用者粟帛，宝玩非所好也。

秋七月，友谅将张定边陷安庆。八月，遣使于元平章察罕帖木儿^㉝。时察罕平山东，降田丰。军声大振，故太祖与通好。会察罕方攻益都未下，太祖乃自将舟师征陈友谅。戊戌，克安庆，友谅将丁普郎、傅友德迎降。壬寅，次湖口，追败友谅于江州。克其城，友谅奔武昌。分徇南康、建昌、饶、蕲、黄、广济皆下。

冬十一月己未，克抚州。

　　二十二年春正月，友谅江西行省丞相胡廷瑞以龙兴降。乙卯，如龙兴，改为洪都府。谒孔子庙。告谕父老，除陈氏苛政，罢诸军需，存恤贫无告者。民大悦。袁、瑞、临江、吉安相继下。二月，还应天，邓愈留守洪都。癸未，降人蒋英杀金华守将胡大海，郎中王恺死之，英叛降张士诚。处州降人李祐之闻变，亦杀行枢密院判耿再成反，都事孙炎、知府王道同、元帅朱文刚死之。三月癸亥，降人祝宗、康泰反。陷洪都，邓愈走应天，知府叶琛、都事万思诚死之。是月，明玉珍称帝于重庆，国号夏。

　　夏四月己卯，邵荣复处州。甲午，徐达复洪都。五月丙午，朱文正、赵德胜、邓愈镇洪都。六月戊寅，察罕以书来报，留我使人不遣。察罕寻为田丰所杀。

　　秋七月丙辰，平章邵荣、参政赵继祖谋逆，伏诛。

　　冬十二月，元遣尚书张昶航海至庆元，授太祖江西行省平章政事，不受。察罕子扩廓帖木儿致书归使者。

　　二十三年春正月丙寅，遣汪河报之。二月壬申，命将士屯田积谷。是月，友谅将张定边陷饶州。士诚将吕珍破安丰，杀刘福通。三月辛丑，太祖自将救安丰，珍败走。以韩林儿归滁州，乃还应天。

　　夏四月壬戌，友谅大举兵围洪都。乙丑，诸全守将谢再兴叛，附于士诚。五月，筑礼贤馆。友谅分兵陷吉安，参政刘齐、知府朱叔华死之。陷临江，同知赵天麟死之。陷无为州，知州董曾死之。

　　秋七月癸酉，太祖自将救洪都。癸未，次湖口，先伏兵泾江口及南湖觜，遏友谅归路。檄信州兵守武阳渡。友谅闻太祖至，解围，逆战于鄱阳湖。友谅兵号六十万，联巨舟为阵，楼橹高十余丈，绵亘数十里，旌旗戈盾㉞，望之如山。丁亥，遇于康郎山，太祖分军十一队以御之。戊子，合战。徐达击其前锋，俞通海以火炮焚其舟数十，杀伤略相当。友谅骁将张定边直犯太祖舟，舟胶于沙，不得退，危甚。常遇春从旁射中定边，通海复来援，舟骤进水涌㉟，太祖舟乃得脱。己丑，友谅悉巨舰出战，诸将舟小，仰攻不利，有怖色。太祖亲麾之，不前，斩退缩者十余人，人皆殊死战。会日晡㊱，大风起东北，乃命敢死士操七舟，实火药芦苇中，纵火焚友谅舟。风烈火炽，烟焰涨天，湖水尽赤。友谅兵大乱，诸将鼓噪乘之，斩首二千余级，焚溺死者无算，友谅气夺㊲。辛卯，复战，友谅复大败。于是敛舟自守，不敢更战。壬辰，太祖移军扼左蠡，友谅亦退保渚矶。相持三日，其左、右二金吾将军皆降。友谅势益蹙，忿甚，尽杀所获将士。而太祖则悉还所俘，伤者傅以善药，且祭其亲戚诸将阵亡者。八月壬戌，友谅食尽，趋南湖觜，为南湖军所遏，遂突湖口。太祖邀之㊳，顺流搏战，及于泾江。泾江军复遮击之，友谅中流矢死。张定边以其子理奔武昌。

　　九月，还应天，论功行赏。先是，太祖救安丰，刘基谏不听，至是谓基曰：“我不当有安丰之行，使友谅乘虚直捣应天，大事去矣。乃顿兵南昌，不亡何待？友谅亡，天下不难定也。”壬午，自将征陈理。是月，张士诚自称吴王。

　　冬十月壬寅，围武昌，分徇湖北诸路，皆下。十二月丙申，还应天，常遇春留督诸军。

　　二十四年春正月丙寅朔，李善长等率群臣劝进㊴，不允。固请，乃即吴王位，建百官。以善长为右相国，徐达为左相国，常遇春、俞通海为平章政事，谕之曰：“立国之初，当先正纪纲。元氏暗弱㊵，威福下移，驯至于乱，今宜鉴之。”立子标为世子。二月乙未，复自将征武昌，陈理降，汉、沔、荆、岳皆下。三月乙丑，还应天。丁卯，置起居注。庚午，罢诸翼元帅府，置十七卫亲军指挥使司，命中书省辟文武人材。

　　夏四月，建祠。祀死事丁普郎等于康郎山，赵德胜等于南昌。

秋七月丁丑，徐达克庐州。戊寅，常遇春徇江西。八月戊戌，复吉安，遂围赣州。达徇荆、湘诸路。九月甲申，下江陵，夷陵、潭、归皆降。

冬十二月庚寅，达克辰州，遣别将下衡州。

二十五年春正月己巳，徐达下宝庆，湖湘平。常遇春克赣州，熊天瑞降。遂趋南安，招谕岭南诸路，下韶州、南雄。甲申，如南昌，执大都督朱文正以归，数其罪，安置桐城。二月己丑，福建行省平章陈友定侵处州，参军胡深击败之，遂下浦城。丙午，士诚将李伯升攻诸全之新城，李文忠大败之。

夏四月庚寅，常遇春徇襄、汉诸路。五月乙亥，克安陆。己卯，下襄阳。六月壬子，朱亮祖、胡深攻建宁。战于城下，深被执，死之。

秋七月，令从渡江士卒被创废疾者养之，死者赡其妻子。九月丙辰，建国子学。

冬十月戊戌，下令讨张士诚。是时，士诚所据，南至绍兴，北有通、泰、高邮、淮安、濠、泗，又北至于济宁。乃命徐达、常遇春等先规取淮东。闰月，围泰州，克之。十一月，张士诚寇宜兴④，徐达击败之，遂自宜兴还攻高邮。

二十六年春正月癸未，士诚窥江阴，太祖自将救之。士诚遁，康茂才追败之于浮子门。太祖还应天。二月，明玉珍死，子升自立。三月丙申，令中书严选举。徐达克高邮。

夏四月乙卯，袭破士诚将徐义水军于淮安。义遁，梅思祖以城降。濠、徐、宿三州相继下，淮东平。甲子，如濠州省墓，置守冢二十家，赐故人汪文、刘英粟帛。置酒召父老饮极欢，曰：“吾去乡十有余年，艰难百战，乃得归省坟墓，与父老子弟复相见。今苦不得久留欢聚为乐。父老幸教子弟孝弟力田，毋远贾，滨淮郡县尚苦寇掠，父老善自爱。”令有司除租赋，皆顿首谢。辛未，徐达克安丰，分兵败扩廓于徐州。夏五月壬午，至自濠。庚寅，求遗书。

秋八月庚戌，改筑应天城，作新宫钟山之阳。辛亥，命徐达为大将军，常遇春为副将军，帅师二十万讨张士诚。御戟门誓师曰：“城下之日，毋杀掠，毋毁庐舍，毋发丘垄。士诚母葬平江城外，毋侵毁。”既而召问达、遇春，用兵当何先④。遇春欲直捣平江。太祖曰：“湖州张天骐、杭州潘原明为士诚臂指。平江穷蹙，两人悉力赴援，难以取胜。不若先攻湖州，使疲于奔命。羽翼既披，平江势孤，立破矣。”甲戌，败张天骐于湖州，士诚亲率兵来援，复败之于皂林。九月乙未，李文忠攻杭州。

冬十月壬子，遇春败士诚兵于乌镇。十一月甲申，张天骐降。辛卯，李文忠下余杭，潘原明降，旁郡悉下。癸卯，围平江。十二月，韩林儿卒。以明年为吴元年，建庙社宫室，祭告山川。所司进宫殿图，命去雕琢奇丽者。

是岁，元扩廓帖木儿与李思齐、张良弼构怨，屡相攻击，朝命不行，中原民益困。

二十七年春正月戊戌，谕中书省曰：“东南久罹兵革，民生凋敝，吾甚悯之。且太平、应天诸郡，吾渡江开创地，供亿烦劳久矣。今比户空虚④，有司急催科，重困吾民，将何以堪？其赐太平田租二年，应天、镇江、宁国、广德各一年。”二月丁未，傅友德败扩廓将李二于徐州，执之。三月丁丑，始设文武科取士。

夏四月，方国珍阴遣人通扩廓及陈友定，移书责之。五月己亥，初置翰林院。是月，以旱减膳素食，复徐、宿、濠、泗、寿、邳、东海、安东、襄阳、安陆及新附地田租三年④。六月戊辰，大雨，群臣请复膳。太祖曰：“虽雨，伤禾已多，其赐民今年田租。”癸酉，命朝贺罢女乐。

秋七月丙子，给府州县官之任费，赐绮帛及其父母妻长子有差，著为令④。己丑，雷震宫门兽吻，赦罪囚。庚寅，遣使责方国珍贡粮。八月癸丑，圜丘、方丘、社稷坛成。九月甲戌，太庙成。朱亮祖帅师讨国珍。戊寅，诏曰：“先王之政，罪不及孥④。自今除大逆不道，毋连坐。”辛巳，徐达克平江，执士诚，吴地平。戊戌，遣使致书于元主，送其宗室神保大王等北还。辛丑，论平吴功，封李善长宣国公，徐达信国公，常遇春鄂国公，将士赐赍有差⑭。朱亮祖克台州。癸卯，新宫成。

冬十月甲辰，遣起居注吴琳、魏观以币求遗贤于四方。丙午，令百官礼仪尚左。改李善长左相国，徐达右相国。辛亥，祀元臣余阙于安庆，李黼于江州。壬子，置御史台。癸丑，汤和为征南将军，吴祯副之，讨方国珍。甲寅，定律令。戊午，正郊社、太庙雅乐。

庚申，召诸将议北征。太祖曰："山东则王宣反侧，河南则扩廓跋扈，关、陇则李思齐、张思道枭张猜忌，元祚将亡⑬，中原涂炭。今将北伐，拯生民于水火，何以决胜？"遇春对曰："以我百战之师，敌彼久逸之卒，直捣元都，破竹之势也。"太祖曰："元建国百年，守备必固，悬军深入，馈饷不前，援兵四集，危道也。吾欲先取山东，撤彼屏蔽，移兵两河，破其藩篱，拔潼关而守之，扼其户槛，天下形胜入我掌握。然后进兵，元都势孤援绝，不战自克。鼓行而西，云中、九原、关、陇可席卷也。"诸将皆曰："善。"

甲子，徐达为征虏大将军，常遇春为副将军，帅师二十五万，由淮入河，北取中原。胡廷瑞为征南将军，何文辉为副将军，取福建。湖广行省平章杨璟、左丞周德兴、参政张彬取广西。己巳，朱亮祖克温州。十一月辛巳，汤和克庆元，方国珍遁入海。壬午，徐达克沂州，斩王宣。己丑，廖永忠为征南副将军，自海道会和讨国珍。乙未，颁《大统历》。辛丑，徐达克益都。十二月甲辰，颁律令。丁未，方国珍降，浙东平。张兴祖下东平，兖东州县相继降。己酉，徐达下济南，胡廷瑞下邵武。癸丑，李善长帅百官劝进，表三上，乃许。甲子，告于上帝。庚午，汤和、廖永忠由海道克福州。

---

①季：最小的。

②寤：睡醒。

③比：等到。

④殁（mò，音墨）：死亡。

⑤龃龉（jǔ yǔ，音举羽）：意见不合、不融洽。

⑥易：轻视。

⑦发：打开。

⑧寻：不久，随即。

⑨引：避开，退却。

⑩会中谗：恰被谗言中伤。

⑪尚右：以右方为上。

⑫甓（pì，音僻）：砖。

⑬彼：他们。

⑭执：捕捉，捉拿。　　万户：富户。

⑮揭：公布，披露。

⑯徇：向众宣示。

⑰路：元时的行政区域名。元代的路相当于今的"地区"。

⑱从子：侄子。

⑲辟：屏除，排除。

⑳旌：表彰。

㉑贻：致送，赠送。

㉒谒：进见。

㉓寻：随即，不久。

㉔录：审查并记录犯人的罪行。

㉕都之：以汴梁作为都城。

㉖隽：通"俊"。

㉗戡（kān，音刊）：平定。

㉘戢（jí，音集）：止息。

㉙徇：攻取（土地）。指率军巡行其地，使人降服。

㉚辍（chuò，音辍）：停止。

㉛绐（dài，音带）：哄骗，欺骗。

㉜趣（cù，音促）：赶快，急促。

㉝平章：平息，表彰。

㉞旂：（qí，音齐）：泛指旗帜。

㉟涌：水向上冒。

㊱晡（bū，音逋）：日落。

㊲夺：使丧失。

㊳邀：半路拦截。

㊴进：称王。

㊵暗：愚昧，糊涂。

㊶寇：侵犯。

㊷先：首要的事情。

㊸比户：每户。

㊹复：免除赋税徭役。

㊺著为：差使做。

㊻孥（nú，音奴）：儿女。

㊼赉（lài，音赖）：赏赐。

㊽祚（zuò，音做）：君位，国统。

太祖本纪二

洪武元年春正月乙亥，祀天地于南郊，即皇帝位。定有天下之号曰明，建元洪武。追尊高祖考曰玄皇帝①，庙号德祖；曾祖考曰恒皇帝，庙号懿祖；祖考曰裕皇帝，庙号熙祖；皇考曰淳皇帝，庙号仁祖；妣皆皇后②。立妃马氏为皇后，世子标为皇太子。以李善长、徐达为左、右丞相，诸功臣进爵有差。丙子，颁即位诏于天下。追封皇伯考以下皆为王。辛巳，李善长、徐达等兼东宫官。甲申，遣使覈浙西田赋③。壬辰，胡廷瑞克建宁。庚子，邓愈为征戍将军，略南阳以北州郡。汤和克延平，执元平章陈友定，福建平。是月，天下府州县官来朝。谕曰："天下始定，民财力俱困，要在休养安息。惟廉者能约己而利人，勉之。"二月壬寅，定郊社宗庙礼，岁必亲祀以为常。癸卯，汤和提督海运。廖永忠为征南将军，朱亮祖副之，由海道取广东。丁未，以太牢祀先师孔子于国学。戊申，祀社稷。壬子，诏衣冠如唐制。癸丑，常遇春克东昌，山东平。甲寅，杨璟克宝庆。三月辛未，诏儒臣修《女诫》，戒后妃毋预政。壬申，周德兴克全州。丁酉，邓愈克南阳。己亥，徐达徇汴梁，左君弼降。

夏四月辛丑，蕲州进竹簟，却之。命四方毋妄献。廖永忠师至广州，元守臣何真降，广东平。丁未，祫享太庙④。戊申，徐达、常遇春大破元兵于洛水北。遂围河南，梁王阿鲁温降，河南平。丁巳，杨璟克永州。甲子，幸汴梁。丙寅，冯胜克潼关，李思齐、张思道遁。五月己卯，廖永忠下梧州，浔、贵、容、郁林诸州皆降。辛卯，改汴梁路为开封府。六月庚子，徐达朝行在。甲辰，海南、海北诸道降。壬戌，杨璟、朱亮祖克靖江。

秋七月戊子，廖永忠下象州，广西平。庚寅，振恤中原贫民。辛卯，将还应天，谕达等曰："中原之民，久为群雄所苦，流离相望。故命将北征，拯民水火。元祖宗功德在人，其子孙罔恤民隐，天厌弃之。君则有罪，民复何辜？前代革命之际，肆行屠戮，违天虐民，朕实不忍。诸将克城，毋肆焚掠妄杀人。元之宗戚，咸俾保全⑤。庶几上答天心，下慰人望，以副朕伐罪安民之意。不恭命者罚无赦。"丙申，命冯胜留守开封。闰月丁未，至自开封。己酉，徐达会诸将兵于临清。壬子，常遇春克德州。丙寅，克通州，元帝趋上都。是月，征天下贤才为守令。免吴江、广德、太平、宁国、滁、和被灾田租。

八月己巳，以应天为南京，开封为北京。庚午，徐达入元都，封府库图籍，守宫门，禁士卒侵暴，遣将巡古北口诸隘。壬申，以京师火，四方水旱，诏中书省集议便民事。丁丑，定六部官制。御史中丞刘基致仕。己卯，赦殊死以下。将士从征者恤其家，逋逃许自首。新克州郡毋妄杀。输赋道远者，官为转运，灾荒以实闻。免镇江租税。避乱民复业者，听垦荒地，复三年。衍圣公袭封及授曲阜知县，并如前代制。有司以礼聘致贤士，学校毋事虚文。平刑，毋非时决囚。除书籍田器税，民间逋负免征⑦。蒙古、色目人有才能者，许擢用⑧。鳏寡孤独废疾者，存恤之。民年七十以上，一子复⑨。他利害当兴革不在诏内者，有司具以闻。壬午，幸北京。改大都路曰北平府。征元故臣。癸未，诏徐达、常遇春取山西。甲午，放元宫人。九月癸亥，诏曰："天下之治，天下之贤共理之。今贤士多隐岩穴，岂有司失于敦劝欤？朝廷疏于礼待欤？抑朕寡昧不足致贤，将在位者壅蔽使不上达欤？不然，贤士大夫，幼学壮行⑩，岂甘没世而已哉？天下甫定，朕愿与诸儒讲明治道。有能辅朕济民者，有司礼遣。"乙丑，常遇春下保定，遂下真定。

冬十月庚午，冯胜、汤和下怀庆，泽、潞相继下。丁丑，至自北京。戊寅，以元都平，诏天下。十一月己亥，遣使分行天下，访求贤才。庚子，始祀上帝于圜丘。癸亥，诏刘基还。十二月丁卯，徐达克太原，扩廓帖木儿走甘肃。山西平。己巳，置登闻鼓。壬辰，以书谕明升。

二年春正月乙巳，立功臣庙于鸡笼山。丁未，享太庙。庚戌，诏曰："朕淮右布衣，因天下乱，率众渡江，保民图治，今十有五年。荷天眷祐，悉皆戡定。用是命将北征⑪，齐、鲁之民馈粮给军，不惮千里。朕轸厥劳⑫，已免元年田租。遭旱民未苏，其更赐一年。顷者，大军平燕都，下晋、冀，民被兵燹⑬，困征敛。北平、燕南、河东、山西今年田租亦与蠲免⑭。河南诸郡归附，久欲惠之，西北未平，师过其地，是以未遑⑮。今晋、冀平矣，西抵潼关，北界大河，南至唐、邓、光、息，今年税粮悉除之。"又诏曰："应天、太平、镇江、宣城、广德供亿浩穰⑯。去岁蠲租，遇旱惠不及下。其再免诸郡及无为州今年租税。"庚申，常遇春取大同。是月，倭寇山东滨海郡县。二月丙寅朔，诏修元史。壬午，耕耤田。三月庚子，徐达至奉元，张思道遁。振陕西饥，户米三石。丙午，常遇春至凤翔，李思齐奔临洮。

夏四月丙寅，遇春还师北平。己巳，诸王子受经于博士孔克仁。令功臣子弟入学。乙亥，编《祖训录》，定封建诸王之制。徐达下巩昌。丙子，赐秦、陇新附州县税粮。丁丑，冯胜至临洮，李思齐降。乙酉，徐达袭破元豫王于西安。五月甲午朔，日有食之。丁酉，徐达下平凉、延安。张良臣以庆阳降，寻叛。癸卯，始祀地于方丘。六月己卯，常遇春克开平，元帝北走。壬午，封陈日煃为安南国王。

秋七月己亥，鄂国公常遇春卒于军，诏李文忠领其众。辛亥，扩廓帖木儿遣将破原州、泾州。辛酉，冯胜击走之。丙辰，明升遣使来。八月丙寅，元兵攻大同，李文忠击败之。己巳，定内侍官制。谕吏部曰："内臣但备使令，毋多人。古来若辈擅权，可为鉴戒。驭之之道，当使之畏法。勿令有功，有功则骄恣矣。"癸酉，《元史》成。丙子，封王颛为高丽国王。癸未，徐达克庆阳，斩张良臣，陕西平。是月，命儒臣纂礼书。九月辛丑，召徐达、汤和还，冯胜留总军事。癸卯，以临濠为中都。戊午，征南师还。

冬十月壬戌，遣杨璟谕明升。甲戌，甘露降于钟山，群臣请告庙，不许。辛卯，诏天下郡县立学。是月，遣使赍元帝书。十一月乙巳，祀上帝于圜丘，以仁祖配⑰。十二月甲戌，封阿答阿者为占城国王。甲申，振西安诸府饥，户米二石。己丑，大赉平定中原及征南将士⑱。庚寅，扩廓帖木儿攻兰州，指挥于光死之。

是年，占城、安南、高丽入贡。

三年春正月癸巳，徐达为征虏大将军，李文忠、冯胜、邓愈、汤和副之，分道北征。二月癸未，追封郭子兴滁阳王。戊子，诏求贤才可任六部者。是月，李文忠下兴和，进兵察罕脑儿，执元平章竹贞。三月庚寅，免南畿，河南，山东，北平，浙东，江西广信、饶州今年田租。

夏四月乙丑，封皇子樉为秦王，棡晋王，棣燕王，橚吴王，桢楚王，榑齐王，梓潭王，杞赵王，檀鲁王，从孙守谦靖江王。徐达大破扩廓帖木儿于沈儿峪，尽降其众，扩廓走和林。丙戌，元帝崩于应昌，子爱猷识理达腊嗣。是月，兹利土官覃垕作乱。五月己丑，徐达取兴元。分遣邓愈招谕吐蕃。丁酉，诏守令举学识笃行之士⑲。己亥，设科取士。甲辰，李文忠克应昌。元嗣君北走，获其子买的里八剌，降五万余人。穷追至北庆州，不及而还。丁未，诏行大射礼。戊申，祀地于方丘，以仁祖配。辛亥，徐达下兴元。邓愈克河州。丁巳，诏开国时将帅无嗣者禄其家。是月旱，斋戒，后妃亲执爨⑳，皇太子诸王馈于斋所㉑。六月戊午朔，素服草履，步祷山川坛，露宿凡三日，还斋于西庑。辛酉，赉将士，省狱囚，命有司访求通经术明治道者。壬戌，大雨。壬申，李文忠捷奏至，命仕元者勿贺。谥元主曰顺帝。癸酉，买的里八剌至京师，群臣请献俘。帝曰："武王伐殷用之乎？"省臣以唐太宗尝行之对。帝曰："太宗是待王世充耳，若遇隋之子孙，恐不尔也。"遂不许。又以捷奏多侈辞，谓宰相曰："元主中国百年，朕与卿等父母皆赖其生养，奈何为此浮薄之言？亟改之！"乙亥，封买的里八剌为崇礼侯。丙子，告捷于南郊。丁丑，告太庙，诏示天下。辛巳，徙苏州、松江、嘉兴、湖州、杭州民无业者田临濠，给资粮牛种，复三年。是月，倭寇山东、浙江、福建滨海州县。

秋七月丙辰，明升将吴友仁寇汉中，参政傅友德击却之。中书左丞杨宪有罪诛。八月乙酉，遣使瘗中原遗骸㉒。

冬十月丙辰，诏儒士更直午门，为武臣讲经史。癸亥，周德兴为征南将军，讨覃垕㉓，垕遁。辛巳，赍元嗣君书。十一月壬辰，北征师还。甲午，告武成于郊庙。丙申，大封功臣。进李善长韩国公，徐达魏国公，封李文忠曹国公，冯胜宋国公，邓愈卫国公，常遇春子茂郑国公，汤和等侯者二十八人。己亥，设坛亲祭战没将士。庚戌，有事于圜丘。辛亥，诏户部置户籍、户帖，岁计登耗以闻，著为令。乙卯，封中书右丞汪广洋忠勤伯，御史中丞刘基诚意伯。十二月癸亥，复赍元嗣君书，并谕和林诸部。甲子，建奉先殿。庚午，遣使祭历代帝王陵寝，并加修葺。己卯，赐勋臣田。壬午，以正月至是月，日中屡有黑子，诏廷臣言得失。

是年，占城、爪哇、西洋入贡。

四年春正月丙戌，李善长罢，汪广洋为右丞相。丁亥，中山侯汤和为征西将军，江夏侯周德兴、德庆侯廖永忠副之，率舟师由瞿塘，颍川侯傅友德为征虏前将军，济宁侯顾时副之，率步骑由秦、陇伐蜀。魏国公徐达练兵北平。戊子，卫国公邓愈督饷给征蜀军。庚寅，建郊庙于中都。

丁未，诏设科取士连举三年，嗣后三年一举。戊申，免山西旱灾田租。二月甲戌，幸中都。壬午，至自中都。元平章刘益以辽东降。是月，蠲太平、镇江、宁国田租。三月乙酉朔，始策试天下贡士，赐吴伯宗等进士及第、出身有差。乙巳，徙山后民万七千户屯北平。丁未，诚意伯刘基致仕。

夏四月丙戌，傅友德克阶州，文、隆、绵三州相继下。五月，免江西、浙江秋粮。六月壬午，傅友德克汉州。辛卯，廖永忠克夔州。戊戌，明升将丁世贞破文州，守将朱显忠死之。癸卯，汤和至重庆，明升降。戊申，倭寇胶州。是月，徙山后民三万五千户于内地，又徙沙漠遗民三万二千户屯田北平。

秋七月辛亥，徐达练兵山西。辛酉，傅友德下成都，四川平。乙丑，明升至京师，封归义侯。八月甲午，免中都、淮、扬及泰、滁、无为田租。己酉，振陕西饥。是月，高州海寇乱，通判王名善死之。九月庚戌朔，日有食之。

冬十月丙申，征蜀师还。十一月丙辰，有事于圜丘。庚申，命官吏犯赃者罪勿贷㉔，是月，免陕西、河南被灾田租。十二月，徐达还。

是年，安南、浡泥、高丽、三佛齐、暹罗、日本、真腊入贡。

五年春正月癸丑，待制王祎使云南㉖，诏谕元梁王把匝刺瓦尔密。祎至，不屈死。乙丑，徙陈理、明升于高丽。甲戌，魏国公徐达为征虏大将军，出雁门，趋和林，曹国公李文忠为左副将军，出应昌，宋国公冯胜为征西将军，取甘肃，征扩廓帖木儿。靖海侯吴祯督海运，饷辽东。卫国公邓愈为征南将军，江夏侯周德兴、江阴侯吴良副之，分道讨湖南、广西洞蛮。二月丙戌，安南陈叔明弑其主日煃自立。遣使入贡，却之。三月丁卯，都督佥事蓝玉败扩廓于土剌河。

夏四月己卯，振济南、莱州饥。戊戌，始行乡饮酒礼。庚子，邓愈平散毛诸洞蛮。五月壬子，徐达及元兵战于岭北，败绩。是月，诏曰："天下大定，礼仪风俗不可不正。诸遭乱为人奴隶者复为民。冻馁者里中富室假贷之㉗，孤寡残疾者官养之，毋失所。乡党论齿，相见揖拜，毋违礼。婚姻毋论财。丧事称家有无，毋惑阴阳拘忌，停枢暴露。流民复业者各就丁力耕种，毋以旧田为限。僧道齐醮杂男女，恣饮食，有司严治之。闽、粤豪家毋阉人子为火者，犯者抵罪。"六月丙子，定宦官禁令。丁丑，定宫官女职之制。戊寅，冯胜克甘肃，追败元兵于瓜、沙州。癸巳，定六部职掌及岁终考绩法。壬寅，吴良平靖州蛮。甲辰，李文忠败元兵于阿鲁浑河，宣宁侯曹良臣战没。乙巳，作铁榜诫功臣。是月，振山东饥，免被灾郡县田租。

秋七月丙辰，汤和及元兵战于断头山，败绩。八月丙申，吴良平五开、古州诸蛮。甲辰，元兵犯云内，同知黄里死之。九月戊午，周德兴平婪凤、安田诸蛮。

冬十月丁酉，冯胜师还。是月，免应天、太平、镇江、宁国、广德田租。十一月辛酉，有事于圜丘。甲子，征南师还。壬申，纳哈出犯辽东。是月，召徐达、李文忠还。十二月甲戌，诏以农桑学校课有司。辛巳，命百官奏事启皇太子。庚子，邓愈为征西将军，征吐番。壬寅，贻元嗣君书。

是年，琐里、占城、高丽、琉球、乌斯藏入贡。高丽贡使再至，谕自后三年一贡。

六年春正月甲寅，谪汪广洋为广东参政。二月乙未，谕暂罢科举，察举贤才。壬寅，命御史及按察使考察有司。三月癸卯朔，日有食之。颁《昭鉴录》，训诫诸王。戊申，大阅。壬子，徐达为征虏大将军，李文忠、冯胜、邓愈、汤和副之，备边山西、北平。甲子，指挥使于显为总兵官，备倭。

夏四月己丑，令有司上山川险易图。六月壬午，盱眙献瑞麦，荐宗庙㉘。壬辰，扩廓帖木儿遣兵攻雁门，指挥吴均击却之。是月，免北平、河间、河南、开封、延安、汾州被灾田租。

秋七月壬寅，命户部稽渡江以来各省水旱灾伤分数②，优恤之。壬子，胡惟庸为右丞相。八月乙亥，诏祀三皇及历代帝王。

冬十月辛巳，召徐达、冯胜还。十一月壬子，扩廓帖木儿犯大同，徐达遣将击败之，达仍留镇。甲子，遣兵部尚书刘仁振真定饥。丙寅冬至，帝不豫㉓，改卜郊。闰月乙亥，录故功臣子孙未嗣者二百九人。壬午，有事于圜丘。庚寅，颁定《大明律》。

是年，暹罗、高丽、占城、真腊、三佛齐入贡。命安南陈叔明权知国事。

七年春正月甲戌，都督佥事王简、王诚，平章李伯升，屯田河南、山东、北平。靖海侯吴祯为总兵官，都督于显副之，巡海捕倭。二月丁酉朔，日有食之。戊午，修曲阜孔子庙，设孔、颜、孟三氏学。是月，平阳、太原、汾州、历城、汲县旱蝗，并免租税。

夏四月己亥，都督蓝玉败元兵于白酒泉，遂拔兴和。壬寅，金吾指挥陆龄讨永、道诸州蛮，平之。五月丙子，免真定等四十二府州县被灾田租。辛巳，振苏州饥民三十万户。癸巳，减苏、松、嘉、湖极重田租之半。六月，陕西平凉、延安、靖宁、鄜州雨雹，山西、山东、北平、河南蝗，并蠲田租。

秋七月甲子，李文忠破元兵于大宁、高州。壬申，倭寇登、莱。八月甲午朔，祀历代帝王庙。辛丑，诏军士阵殁，父母妻子不能自存者，官为存养。百姓避兵离散或客死，遗老幼，并资遣还。远宦卒官，妻子不能归者，有司给舟车资送。庚申，振河间、广平、顺德，真定饥，蠲租税。九月丁丑，遣崇礼侯买的里八剌归，遗元嗣君书。

冬十一月壬戌，纳哈出犯辽阳，千户吴寿击走之。辛未，有事于圜丘。十二月戊戌，召邓愈、汤和还。

是年，阿难功德国、暹罗、琉球、三佛齐、乌斯藏、撒里、畏兀儿入贡。

八年春正月辛未，增祀鸡笼山功臣庙一百八人。癸酉，命有司察穷民无告者，给屋舍衣食。辛巳，邓愈、汤和等十三人屯戍北平、陕西、河南。丁亥，诏天下立社学。是月，河决开封，发民夫塞之。二月甲午，宥杂犯死罪以下及官犯私罪者③，谪凤阳输作屯种赎罪。癸丑，耕耤田。召徐达、李文忠、冯胜还、傅友德等留镇北平。三月辛酉，立钞法。辛巳，罢宝源局铸钱。

夏四月辛卯，幸中都。丁巳，至自中都。免彰德、大名、临洮、平凉、河州被灾田租。罢营中都。致仕诚意伯刘基卒。五月己巳，永嘉侯朱亮祖偕傅友德镇北平。六月壬寅，指挥同知胡汝平贵州蛮。

秋七月己未朔，日有食之。辛酉，改作太庙。壬戌，召傅友德、朱亮祖还。李文忠、顾时镇山西、北平。戊辰，诏百官奔父母丧不俟报。京师地震。丁丑，免应天、太平、宁国、镇江及蕲、黄诸府被灾田租。八月己酉，元扩廓帖木儿卒。

冬十月丁亥，诏举富民素行端洁、达时务者。壬子，命皇太子诸王讲武中都。十一月丁丑，有事于圜丘。十二月戊子，京师地震。甲寅，遣使振苏州、湖州、嘉兴、松江、常州、太平、宁国、杭州水灾。是月，纳哈出犯辽东，指挥马云、叶旺大败之。

是年，撒里、高丽、占城、暹罗、日本、爪哇、三佛齐入贡。

九年春正月，中山侯汤和，颍川侯傅友德，都督佥事蓝玉、王弼，中书右丞丁玉，备边延安。三月己卯，诏曰："比年西征敦煌，北伐沙漠，军需甲仗㉛，皆资山、陕，又以秦、晋二府宫殿之役，重困吾民。平定以来，闾阎未息㉜。国都始建，土木屡兴。畿辅既极烦劳㉝，外郡疲于转运。今蓄储有余，其淮、扬、安、徽、池五府及山西、陕西、河南、福建、江西、浙江、北平、湖广今年租赋，悉免之。"

夏四月庚戌，京师自去年八月不雨，是日始雨。五月癸酉，自庚戌雨，至是日始霁。六月甲午，改行中书省为承宣布政使司。辛丑，李文忠还。

秋七月癸丑朔，日有食之。是月，蠲苏、松、嘉、湖水灾田租，振永平旱灾。元将伯颜帖木儿犯延安，傅友德败降之。八月己酉，遣官省历代帝王陵寝，禁刍牧㉞，置守陵户。忠臣烈士祠，有司以时葺治。分遣国子生修狱镇海渎祠。西番朵儿只巴寇罕东，河州指挥宁正击走之。闰九月庚寅，以灾异诏求直言。

冬十月己未，太庙成，自是行合享礼。丙子，命秦、晋、燕、吴、楚、齐诸王治兵凤阳。十一月壬午，有事于圜丘。戊子，徙山西及真定民无产者田凤阳。十二月甲寅，振畿内、浙江、湖北水灾。己卯，遣都督同知沐英乘传诣陕西问民疾苦。

是年，览邦、琉球、安南、日本、乌斯藏、高丽入贡。

十年春正月辛卯，以羽林等卫军益秦、晋、燕三府护卫㉟。是春，振苏、松、嘉、湖水灾。

夏四月己酉，邓愈为征西将军，沐英为副将军，率师讨吐番，大破之。是月，振太平、宁国及宜兴、钱塘诸县水灾。五月庚子，韩国公李善长、曹国公李文忠总中书省、大都督府、御史台，议军国重事。癸卯，振湖广水灾。丙午，户部主事赵乾振荆、蕲迟缓，伏诛。六月丁巳，诏臣民言事者，实封达御前。丙寅，命政事启皇太子裁决奏闻。

秋七月甲申，置通政司。是月，始遣御史巡按州县。八月庚戌，改建大祀殿于南郊。癸丑，选武臣子弟读书国子监。九月丙申，振绍兴、金华、衢州水灾。辛丑，胡惟庸为左丞相，汪广洋为右丞相。

冬十月戊午，封沐英西平侯。辛酉，赐百官公田。十一月癸未，卫国公邓愈卒。丁亥，合祀天地于奉天殿。是月，免河南、陕西、广东、湖广田租。威茂蛮叛，御史大夫丁玉为平羌将军，讨平之。十二月乙巳朔，日有食之。丁未，录故功臣子孙五百余人，授官有差。

是年，占城、三佛齐、暹罗、爪哇、真腊入贡。高丽使五至，以嗣王未立，却之。

十一年春正月甲戌，封皇子椿为蜀王，柏湘王，桂豫王，楧汉王，植卫王。改封吴王橚为周王。己卯，进封汤和信国公。是月，征天下布政使及知府来朝。二月，指挥胡渊平茂州蛮。三月壬午，命奏事毋关白中书省㊱。是月，第来朝官为三等。

夏四月，元嗣君爱猷识理达腊殂，子脱古思帖木儿嗣。五月丁酉，存问苏、松、嘉、湖被水灾民㊲，户赐米一石，蠲逋赋六十五万有奇㊳。六月壬子，遣使祭故元嗣君。己巳，五开蛮叛，杀靖州指挥过兴。以辰州指挥杨仲名为总兵官，讨之。

秋七月丁丑，振平阳饥。是月，苏、松、扬、台海溢，遣官存恤。八月，免应天、太平、镇江、宁国、广德诸府州秋粮。九月丙申，追封刘继祖为义惠侯。

冬十月甲子，大祀殿成。十一月庚午，征西将军西平侯沐英率都督蓝玉、王弼讨西番。是月，五开蛮平。

是年，暹罗、阇婆、高丽、琉球、占城、三佛齐、朵甘、乌斯藏、彭亨、百花入贡。

十二年春正月己卯，始合祀天地于南郊。甲申，洮州十八族番叛，命沐英移兵讨之。丙申，丁玉平松州蛮。二月戊戌，李文忠督理河、岷、临、巩军事。乙巳，诏曰：“今春雨雪经旬，天下贫民困于饥寒者多有，其令有司给以钞。”丙寅，信国公汤和率列侯练兵临清。

夏五月癸未，蠲北平田租。六月丁卯，都督马云征大宁。

秋七月丙辰，丁玉回师讨眉县贼，平之。己未，李文忠还掌大都督府事。八月辛巳，诏凡致仕官复其家，终身无所与。九月己亥，沐英大破西番，擒其部长三副使。

冬十一月甲午，沐英班师，封仇成、蓝玉等十二人为侯。庚申，大宁平。十二月，汪广洋贬广南，赐死。征天下博学老成之士至京师。

是年，占城、爪哇、暹罗、日本、安南、高丽入贡。高丽贡黄金百斤、白金万两，以不如约，却之。

十三年春正月戊戌，左丞相胡惟庸谋反，及其党御史大夫陈宁、中丞涂节等伏诛。癸卯，大祀天地于南郊。罢中书省，废丞相等官，更定六部官秩，改大都督府为中、左、右、前、后五军都督府。二月壬戌朔，诏举聪明正直、孝弟力田、贤良方正、文学术数之士。发丹符，验天下金谷之数。戊辰，文武官年六十以上者听致仕，给以诰敕。三月壬辰，减苏、松、嘉、湖重赋十之二。壬寅，燕王棣之国北平。壬子，沐英袭元将脱火赤于亦集乃，擒之，尽降其众。

夏四月己丑，命群臣各举所知。五月甲午，雷震谨身殿。乙未，大赦。丙申，释在京及临濠屯田输作者。己亥，免天下田租。吏以过误罢者还其职。壬寅，都督濮英进兵赤斤站，获故元幽王亦怜真及其部曲而还㊴。是月，罢御史台。命从征士卒老疾者许以子代，老而无子及寡妇，有司资遣还。六月丙寅，雷震奉天门，避正殿省愆㊵。丁卯，罢王府工役。丁丑，置谏院官。

秋八月，命天下学校师生，日给廪膳。九月辛卯，景川侯曹震、营阳侯杨璟、永城侯薛显屯田北平。乙巳，天寿节。始受群臣朝贺，赐宴于谨身殿，后以为常。丙午，置四辅官，告于太庙。以儒士王本、杜佑、龚敩、杜斆、赵民望、吴源为春、夏官。是月，诏陕西卫军以三分之二屯田。安置翰林学士承旨宋濂于茂州，道卒。

冬十一月乙未，徐达还。丙午，元平章完者不花、乃儿不花犯永平。指挥刘广战没，千户王辂击败之，擒完者不花。十二月，天下府州县所举士至者八百六十余人，授官有差。南雄侯赵庸镇广东，讨阳春蛮。

是年，琉球、日本、安南、占城、真腊、爪哇入贡，日本以无表却之。

十四年春正月戊子，徐达为征虏大将军，汤和、傅友德为左、右副将军，帅师讨乃儿不花。命新授官者各举所知。乙未，大祀天地于南郊。壬子，罢天下岁造兵器。癸丑，命公侯子弟入国学。丙辰，诏求隐逸。二月庚辰，核天下官田㊶。三月丙戌，大赦。辛丑，颁《五经》、《四书》于北方学校。

夏四月庚午，徐达率诸将出塞，至北黄河，击破元兵。获全宁四部以归。五月，五溪蛮叛，江夏侯周德兴讨平之。

秋八月丙子，诏求明经老成之士，有司礼送京师。庚辰，河决原武、祥符、中牟。辛巳，徐达还。九月壬午朔，傅友德为征南将军，蓝玉、沐英为左、右副将军，帅师征云南。徐达镇北平。丙午，周德兴移师讨施州蛮，平之。

冬十月壬子朔，日有食之。癸丑，命法司录囚，会翰林院给事中及春坊官会议平允以闻㊷。甲寅，免应天、太平、广德、镇江、宁国田租。癸亥，分遣御史录囚。己卯，延安侯唐胜宗帅师讨浙东山寇，平之。十一月壬午，吉安侯陆仲亨镇成都。庚戌，赵庸讨广州海寇，大破之。十二月丁巳，命翰林春坊官考驳诸司章奏。戊辰，傅友德大败元兵于白石江，遂下曲靖。壬申，元梁王把匝剌瓦尔密走普宁自杀。

是年，暹罗、安南、爪哇、朵甘、乌斯藏入贡。以安南寇思明，不纳。

---

①考：死去的父亲。

②妣（bǐ，音比）：死去的母亲。

③覈（hé，音核）：考核。

④祫（xiá，音辖）：古代天子或诸侯把远近祖先的牌位集合在太祖庙举行大合祭的一种迷信活动。

⑤俾：使。

⑥副：符合，相称。

⑦逋负：拖欠。

⑧擢（zhuó，音灼）：提拔，选拔。

⑨复：免除徭役赋税。

⑩行：有所作为。

⑪用：遵奉。

⑫轸（zhěn，音诊）：悲痛。

⑬燹（xiǎn，音显）：野火，特指战火。

⑭蠲（juān，音捐）：除去，减免。

⑮遑（huāng，音黄）：闲暇，空闲。

⑯穰（ráng，音瓤）：多、盛。

⑰配：在祭祀时附带被祭。

⑱赉：赏赐。

⑲笃：忠诚，厚道。

⑳爨（cuàn，音窜）：烧火煮饭。

㉑馈：把食物送人。

㉒瘗：（yì，音易）：深埋入地，埋葬。

㉓覃垕（tán hòu，音覃厚）：人名。

㉔贷：宽恕，宽免。

㉕制：禁止，遏制。

㉖馁：饥饿。　　假：借。

㉗荐：献。

㉘分：土地面积单位。

㉙豫：快乐，欢乐。

㉚宥（yòu，音右）：宽容，饶恕。

㉛甲仗：兵器。

㉜闾阎：指民间。

㉝畿（jī，音机）辅：临近都城之地。

㉞刍牧：割草放牲口。

㉟益：补充，增加。

㊱关：牵连。

㊲存问：慰问。

㊳奇：零数。

㊴部曲：部下军队。

㊵愆（qiān，音牵）：过失，过错。

㊶核：核实。

㊷平允：公平适当。

太祖本纪三

　　十五年春正月辛巳，宴群臣于谨身殿，始用九奏乐。景川侯曹震、定远侯王弼下威楚路。①壬午，元曲靖宣慰司及中庆、澄江、武定诸路俱降，云南平。己丑，减大辟囚②。乙未，大祀天地于南效。庚戌，命天下朝觐官各举所知一人。二月壬子，河决河南，命驸马都慰李祺振之③。

甲寅，以云南平，诏天下。闰月癸卯，蓝玉、沐英克大理，分兵徇鹤庆、丽江、金齿，俱下④。三月庚午，河决朝邑。

夏四月甲申，迁元梁王把匝剌瓦儿密及威顺王子伯伯等家属于耽罗。丙戌，诏天下通祀孔子⑤。壬辰，免畿内、浙江、江西、河南、山东税粮。五月乙丑，太学成，释奠于先师孔子⑥。丙子，广平府吏王允道请开磁州铁冶⑦。帝曰："朕闻王者使天下无遗贤，不闻无遗利。今军器不乏，而民业已定，无益于国，且重扰民。"杖之，流岭南。丁丑，遣行人访经明行修之士。

秋七月乙卯，河决荥泽、阳武。辛酉，罢四辅官。乙亥，傅友德、沐英击乌撒蛮⑧，大败之。八月丁丑，复设科取士，三年一行，为定制。丙戌，皇后崩。己丑，延安侯唐胜宗、长兴侯耿炳文屯田陕西。丁酉，擢秀才曾泰为户部尚书⑨。辛丑，命征至秀才分六科试用⑩。九月己酉，吏部以经明行修之士郑韬等三千七百余人入见。令举所知，复遣使征之。赐韬等钞，寻各授布政使、参政等官有差⑪。庚午，葬孝慈皇后于孝陵。

冬十月丙子，置都察院。丙申，录囚。甲辰，徐达还。是月，广东群盗平，诏赵庸班师⑫。十一月戊午，置殿阁大学士，以邵质、吴伯宗、宋讷、吴沉为之。十二月辛卯，振北平被灾屯田士卒⑬。己亥，永城侯薛显理山西军务。

是年，爪哇、琉球、乌斯藏、占城入贡。

十六年春正月乙卯，大祀天地于南郊。戊午，徐达镇北平。二月丙申，初命天下学校岁贡士于京师⑭。三月甲辰，召征南师还，沐英留镇云南。丙寅，复凤阳、临淮二县民徭赋⑮，世世无所与。

夏五月庚申，免畿内各府田租⑯。六月辛卯，免畿内十二州县养马户田租一年，滁州免二年。

秋七月，分遣御史录囚。八月壬申朔，日有食之。九月癸亥，申国公邓镇为征南将军，讨龙泉山寇，平之。

冬十月丁丑，召徐达等还。十二月甲午，刑部尚书开济有罪，诛。

是年，琉球、占城、西番、打箭炉、暹罗、须文达那入贡。

十七年春正月丁未，大祀天地于南郊。戊申，徐达镇北平。壬戌，汤和巡视沿海诸城防倭。三月戊戌朔，颁科举取士式。曹国公李文忠卒。甲子，大赦天下。

夏四月壬午，论平云南功，进封傅友德颍国公，陈桓等侯者四人，大赉将士⑰。庚寅，收阵亡遗骸。增筑国子学舍。五月丙寅，凉州指挥宋晟讨西番于亦集乃，败之。

秋七月戊戌，禁内官预外事，敕诸司毋通内官监文移⑱。癸丑，诏百官迎养父母者，官给舟车。丁巳，免畿内今年田租之半。庚申，录囚。壬戌，盱眙人献天书，斩之。八月丙寅，河决开封。壬申，决杞县，遣官塞之。己丑，蠲河南诸省逋赋⑲。

冬十月丙子，河南、北平大水，分遣驸马都尉李祺等振之⑳。闰月癸丑，诏天下罪囚，刑部、都察院详议，大理寺覆谳后奏决㉑。是月，召徐达还。十二月壬子，蠲云南逋赋。

是年，琉球、暹罗、安南、占城入贡。

十八年春正月辛未，大祀天地于南郊。癸酉，朝觐官分五等考绩㉒，黜陟有差㉓。二月甲辰，以久阴雨雷雹，诏臣民极言得失。己未，魏国公徐达卒。三月壬戌，赐丁显等进士及第、出身有差。诏中外官父母殁任所者㉔，有司给舟车归其丧㉕，著为令㉖。乙亥，免畿内今年田租。命天下郡县瘗暴骨㉗。丙子，初选进士为翰林院、承敕监、六科庶吉士。己丑，户部侍郎郭桓坐盗官粮㉘，诛。

夏四月丁酉，吏部尚书余炝以罪诛。丙辰，思州蛮叛。汤和为征虏将军，周德兴为副将军，师师从楚王桢讨之。六月戊申，定外官三年一朝，著为令。

秋七月甲戌，封王祸为高丽国王。庚辰，五开蛮叛。八月庚戌，冯胜、傅友德、蓝玉备边北平。是月，振河南水灾。

冬十月己丑，颁《大诰》于天下。癸卯，召冯胜还。甲辰，诏曰："孟子传道，有功名教。历年既久，子孙甚微㉔。近有以罪输作者，岂礼先贤之意哉㉙？其加意询访㉚，凡圣贤后裔输作者，皆免之。"是月，楚王桢、信国公汤和讨平五开蛮。十一月乙亥，蠲河南、山东、北平田租。十二月丙午，诏有司举孝廉。癸丑，麓川平缅宣慰使思伦发反，都督冯诚败绩，千户王升死之。

是年，高丽、琉球、安南、暹罗入贡。

十九年春正月辛酉，振大名及江浦水灾。甲子，大祀天地于南郊。是月，征蛮师还。二月丙申，耕耤田㉜。癸丑，振河南饥。

夏四月甲辰，诏赎河南饥民所鬻子女㉝。六月甲辰，诏有司存问高年㉞。贫民年八十以上，月给米五斗，酒三斗，肉五斤；九十以上，岁加帛一匹，絮一斤；有田产者罢给米。应天、凤阳富民年八十以上赐爵社士，九十以上乡士；天下富民八十以上里士，九十以上社士。皆与县官均礼，复其家。鳏寡孤独不能自存者，岁给米六石。士卒战伤除其籍，赐复三年㉟。将校阵亡，其子世袭加一秩㊱。岩穴之士，以礼聘遣㊲。丁未，振青州及郑州饥。

秋七月癸未，诏举经明行修、练达、时务之士。年六十以上者，置翰林备顾问；六十以下，于六部、布按二司用之。八月甲辰，命皇太子修泗州盱眙祖陵，葬德祖以下帝后冕服。九月庚申，屯田云南。

冬十月，命官军已亡、子女幼，或父母老者皆给全俸，著为令。十二月癸未朔，日有食之。是月，命宋国公冯胜分兵防边。发北平、山东、山西、河南民运粮于大宁。

是年，高丽、琉球、暹罗、占城、安南入贡。

二十年春正月癸丑，冯胜为征虏大将军，傅友德、蓝玉副之，率师征纳哈出。焚锦衣卫刑具，以系囚付刑部㊳。甲子，大祀天地于南郊。礼成，天气清明。侍臣进曰："此陛下敬天之诚所致。"帝曰："所谓敬天者，不独严而有礼，当有其实。天以子民之任付于君，为君者欲求事天，必先恤民。恤民者，事天之实也。即如国家命人任守令之事㊴，若不能福民，则是弃君之命，不敬孰大焉。"又曰："为人君者，父天母地子民，皆职分之所当尽。祀天地，非祈福于己，实为天下苍生也。"二月壬午，阅武。乙未，耕耤田。三月辛亥，冯胜率师出松亭关，城大宁、宽河、会州、富峪。

夏四月戊子，江夏侯周德兴筑福建濒海城，练兵防倭。六月庚子，临江侯陈镛从征失道，战没。癸卯，冯胜兵逾金山㊵。丁未，纳哈出降。闰月庚申，师还次金山，都督濮英殿军遇伏，死之。

秋八月癸酉，收冯胜将军印，召还，蓝玉摄军事，景川侯曹震屯田云南品甸。九月戊寅，封纳哈出海西侯。癸未，置大宁都指挥使司。丁酉，安置郑国公常茂于龙州。丁未，蓝玉为征虏大将军，延安侯唐胜宗、武定侯郭英副之，北征沙漠。是月，城西宁㊶。

冬十月戊申，封朱寿为舳舻侯，张赫为航海侯。是月，冯胜罢归凤阳，奉朝请㊷。十一月壬午，普定侯陈桓、靖宁侯叶升屯田定边、姚安、毕节诸卫。己丑，汤和还，凡筑宁海、临山等五十九城。十二月，振登、莱饥。

是年，琉球、安南、高丽、占城、真腊、朵甘、乌斯藏入贡。

二十一年春正月辛巳，麓川蛮思伦发入寇马龙他郎甸，都督宁正击败之。辛卯，大祀天地于南郊。甲午，振青州饥，逮治有司匿不以闻者㊸。三月乙亥，赐任亨泰等进士及第、出身有差。

丙戌，振东昌饥。甲辰，沐英讨思伦发败之。

夏四月丙辰，蓝玉袭破元嗣君于捕鱼儿海，获其次子地保奴及妃主王公以下数万人而还。五月甲戌朔，日有食之。六月甲辰，信国公汤和归凤阳。甲子，傅友德为征南将军，沐英、陈桓为左、右副将军，帅师讨东川叛蛮。

秋七月戊寅，安置地保奴于琉球㊹。八月癸丑，徙泽、潞民无业者垦河南、北田，赐钞备农具，复三年。丁卯，蓝玉师还，大赉北征将士。戊辰，封孙恪为全宁侯。是月，御制八谕饬武臣。九月丙戌，秦、晋、燕、周、楚、齐、湘、鲁、潭九王来朝。癸巳，赵州蛮阿资叛，沐英会傅友德讨之。

冬十月丁未，东川蛮平。十二月壬戌，进封蓝玉凉国公。

是年，高丽、占城、琉球、暹罗、真腊、撒马儿罕、安南入贡。诏安南三岁一朝，象犀之属毋献。安南黎季犛弑其主炜。

二十二年春正月丙戌，改大宗正院曰宗人府。以秦王樉为宗人令，晋王㭎、燕王棣为左、右宗正，周王橚、楚王桢为左、右宗人。丁亥，大祀天地于南郊。乙未，傅友德破阿资于普安。二月己未，蓝玉练兵四川。壬戌，禁武臣预民事。癸亥，湖广千户夏得忠结九溪蛮作乱，靖宁侯叶升讨平之，得忠伏诛。是月，阿资降。三月庚午，傅友德帅诸将分屯四川、湖广，防西南蛮。

夏四月己亥，徙江南民田淮南，赐钞备农具，复三年。癸丑，魏国公徐允恭、开国公常升等练兵湖广。甲寅，徙元降王于眈罗。是月，遣御史按山东官匿灾不奏者㊺。五月辛卯，置泰宁、朵颜、福余三卫于兀良哈。

秋七月，傅友德等还。八月乙卯，诏天下举高年有德、识时务者。是月，更定《大明律》。九月丙寅朔，日有食之。

冬十一月丙寅，宣德侯金镇等练兵湖广。己卯，思伦发入贡谢罪，麓川平。十二月甲辰，周王橚有罪，迁云南，寻罢徙㊻，留居京师。定远侯王弼等练兵山西、河南、陕西。

是年，高丽、安南、占城、暹罗、真腊入贡。元也速迭儿弑其主脱古思帖木儿，而立坤帖木儿。高丽废其主禑，又废其主昌。安南黎季犛复弑其主日焜。

二十三年春正月丁卯，晋王㭎、燕王棣帅师征元丞相咬住、太尉乃儿不花，征虏前将军颍国公傅友德等皆听节制。己卯，大祀天地于南郊。庚辰，贵州蛮叛，延安侯唐胜宗讨平之。乙酉，齐王榑帅师从燕王棣北征。赣州贼为乱。东川侯胡海充总兵官，普定侯陈桓、靖宁侯叶升为副将，讨平之。唐胜宗督贵州各卫屯田。二月戊申，蓝玉讨平西番叛蛮。丙辰，耕耤田。癸亥，河决归德，发诸军民塞之。三月癸巳，燕王棣师次迤都㊼，咬住等降。

夏四月，吉安侯陆仲亨等坐胡惟庸党下狱㊽。丙申，潭王梓自焚死。闰月丙子，蓝玉平施南、忠建叛蛮。五月甲午，遣诸公侯还里，赐金币有差。乙卯，赐太师、韩国公李善长死，陆仲亨等皆坐诛。作《昭示奸党录》，布告天下。六月乙丑，蓝玉遣凤翔侯张龙平都匀、散毛诸蛮。庚寅，授耆民有才德、知典故者官㊾。

秋七月壬辰，河决开封，振之。癸巳，崇明、海门风雨海溢，遣官振之，发民二十五万筑堤。八月壬申，诏毋以吏卒充选举。蓝玉还。是月，振河南、北平、山东水灾。九月庚寅朔，日有食之。

冬十月己卯，振湖广饥。十一月癸丑，免山东被灾田租。十二月癸亥，令殊死以下囚输粟北边自赎㊿。壬申，罢天下岁织文绮。

是年，墨剌、哈梅里、高丽、占城、真腊、琉球、暹罗入贡。

二十四年春正月癸卯，大祀天地于南郊。戊申，颍国公傅友德为征虏将军，定远侯王弼、武定侯郭英副之，备北平边。丁巳，免山东田租。二月壬申，耕耤田。三月戊子朔，日有食之。魏国公徐辉祖、曹国公李景隆、凉国公蓝玉等备边陕西。乙未，靖宁侯叶升练兵甘肃。丁酉，赐许观等进士及第、出身有差。

夏四月辛未，封皇子㰘为庆王，权宁王，楩岷王，橞谷王，松韩王，模㳽王，楹安王，桱唐王，栋郢王，㰏伊王。癸未，燕王棣督傅友德诸将出塞，败敌而还。五月戊戌，汉、卫、谷、庆、宁、岷六王练兵临清。六月己未，诏延臣参考历代礼制，更定冠服、居室、器用制度。甲子，久旱，录囚。

秋七月庚子，徙富民实京师。辛丑，免畿内官田租之半。八月乙卯，秦王樉有罪，召还京师。乙丑，皇太子巡抚陕西。乙亥，都督佥事刘真、宋晟讨哈梅里，败之。九月乙酉，遣使谕西域。是月，倭寇雷州，百户李玉、镇抚陶鼎战死。

冬十月丁巳，免北平、河间被水田租。十一月甲午，五开蛮叛，都督佥事茅鼎讨平之。庚戌，皇太子还京师，晋王㭎来朝。辛亥，振河南水灾。十二月庚午，周王橚复国。辛巳，阿资复叛，都督佥事何福讨降之。

是年，天下郡县赋役黄册成，计户千六十八万四千四百三十五，丁五千六百七十七万四千五百六十一。琉球、暹罗、别失八里、撒马儿罕入贡。以占城有篡逆事，却之。

二十五年春正月戊子，周王橚来朝。庚寅，河决阳武，发军民塞之，免被水田租。乙未，大祀天地于南郊。何福讨都匀、毕节诸蛮，平之。辛丑，令死囚输粟塞下。壬寅，晋王㭎、燕王棣、楚王桢、湘王柏来朝。二月戊午，召曹国公李景隆等还京师。靖宁侯叶升等练兵于河南及临、巩、甘、凉、延庆。都督茅鼎等平五开蛮。丙寅，耕耤田。庚辰，诏天下卫所军以十之七屯田。三月癸未，冯胜等十四人分理陕西、山西、河南诸卫军务。庚寅，改封豫王桂为代王，汉王㮵为肃王，卫王植为辽王。

夏四月壬子，凉国公蓝玉征罕东。癸丑，建昌卫指挥月鲁帖木儿叛，指挥鲁毅败之。丙子，皇太子标薨。戊寅，都督聂纬、徐司马、瞿能讨月鲁帖木儿。俟蓝玉还，并听节制。五月辛巳，蓝玉至罕东，寇遁，遂趋建昌。己丑，振陈州原武水灾。六月丁卯，西平侯沐英卒于云南。

秋七月庚辰，秦王樉复国。癸未，指挥瞿能败月鲁帖木儿于双狼寨。八月己未，江夏侯周德兴坐事诛。丁卯，冯胜、傅友德帅开国公常升等分行山西，籍民为军，屯田于大同、东胜，立十六卫。甲戌，给公侯岁禄，归赐田于官。丙子，靖宁侯叶升坐胡惟庸党，诛。九月庚寅，立皇孙允炆为皇太孙。高丽李成桂幽其主瑶而自立[32]。以国人表来请命，诏听之，更其国号曰朝鲜。

冬十月乙亥，沐春袭封西平侯，镇云南。十一月甲午，蓝玉擒月鲁帖木儿，诛之，召玉还。十二月甲戌，宋国公冯胜、颍国公傅友德等兼东宫师保官。闰月戊戌，冯胜为总兵官，傅友德副之，练兵山西、河南，兼领屯卫。

是年，琉球中山、山南、高丽、哈梅里入贡。

二十六年春正月戊申，免天下耆民来朝[33]。辛酉，大祀天地于南郊。二月丁丑，晋王㭎统山西、河南军出塞，召冯胜、傅友德、常升、王弼等还。乙酉，蜀王椿来朝。凉国公蓝玉以谋反，并鹤庆侯张翼、普定侯陈桓、景川侯曹震、舳舻侯朱寿、东莞伯何荣、吏部尚书詹徽等皆坐诛。己丑，颁《逆臣录》于天下。庚寅，耕耤田。三月辛亥，代王桂率护卫兵出塞，听晋王节制。长兴侯耿炳文练兵陕西。丙辰，冯胜、傅友德备边山西、北平，其属卫将校悉听晋王、燕王节制。庚申，诏二王军务大者始以闻。壬戌，会宁侯张温坐蓝玉党，诛。

夏四月乙亥，孝感饥，遣使乘传发仓贷之。诏自今遇岁饥，先贷后闻，著为令。戊子，周王橚来朝。庚寅，旱，诏群臣直言得失，省狱囚[34]。丙申，以安南擅废立，绝其朝贡。

秋七月甲辰朔，日有食之。戊申，选秀才张宗浚等随詹事府官分直文华殿㊣，侍皇太孙。八月，秦、晋、燕、周、齐五王来朝。九月癸丑，代、肃、辽、庆、宁五王来朝。赦胡惟庸、蓝玉余党。

冬十月丙申，擢国子监生六十四人为布政使等官。十二月，颁《永鉴录》于诸王。

是年，琉球、爪哇、暹罗入贡。

二十七年春正月乙卯，大祀天地于南郊。辛酉，李景隆为平羌将军，镇甘肃。发天下仓谷贷贫民。三月庚子，赐张信等进士及第、出身有差。辛丑，魏国公徐辉祖、安陆侯吴杰备倭浙江。庚戌，课民树桑枣木棉㊱。甲子，以四方底平，收藏甲兵，示不复用。

秋八月甲戌，吴杰及永定侯张铨率致仕武臣，备倭广东。乙亥，遣国子监生分行天下，督吏民修水利。丙戌，阶、文军乱，都督宁正为平羌将军讨之。九月，徐辉祖节制陕西沿边诸军。

冬十一月乙丑，颍国公傅友德坐事诛。阿资复叛，西平侯沐春击败之。十二月乙亥，定远侯王弼坐事诛。

是年，乌斯藏、琉球、缅、朵甘、爪哇、撒马儿罕、朝鲜入贡。安南来贡，却之。

二十八年春正月丙午，阶、文寇平，宁正以兵从秦王樉征洮州叛番。丁未，大祀天地于南郊。甲子，西平侯沐春擒斩阿资，越州平。是月，周王橚、晋王枫率河南、山西诸卫军出塞，筑城屯田。燕王棣帅总兵官周兴出辽东塞。二月丁卯，宋国公冯胜坐事诛。己丑，谕户部编民百户为里。婚姻死丧疾病患难，里中富者助财，贫者助力。春秋耕获，通力合作，以教民睦。

夏六月壬申，诏诸土司皆立儒学。辛巳，周兴等自开原追敌至甫答迷城，不及而还。己丑，御奉天门，谕群臣曰："朕起兵至今四十余年，灼见情伪㊲，惩创奸顽，或法外用刑，本非常典。后嗣止循《律》与《大诰》，不许用黥刺、剕、劓、阉割之刑。臣下敢以请者，置重典。"又曰："朕罢丞相，设府、部、都察院分理庶政，事权归于朝廷㊳。嗣君不许复立丞相。臣下敢以请者置重典。皇亲惟谋逆不赦。余罪，宗亲会议取上裁。法司祇许举奏，毋得擅逮。勒诸典章㊴，永为遵守。"

秋八月丁卯，都督杨文为征南将军，指挥韩观、都督佥事宋晟副之，诸龙州士官赵宗寿。戊辰，信国公汤和卒。辛巳，赵宗寿伏罪来朝，杨文移兵讨奉议、南丹叛蛮。九月丁酉，免畿内、山东秋粮。庚戌，颁《皇明祖训条章》于中外："后世有言更祖制者，以奸臣论。"十一月乙亥，奉议、南丹蛮悉平。十二月壬辰，诏河南、山东桑枣及二十七年后新垦田，毋征税。

是年，朝鲜、琉球、暹罗入贡。

二十九年春正月壬申，大祀天地于南郊。二月癸卯，征虏前将军胡冕讨郴、桂蛮，平之。辛亥，燕王棣帅师巡大宁㊵，周世子有燉帅师巡北平关隘。三月辛酉，楚王桢、湘王柏来朝。甲子，燕王败敌于彻彻儿山，又追败之于兀良哈秃城而还。

秋八月丁未，免应天、太平五府田租。九月乙亥，召致仕武臣二千五百余人入朝，大赉之，各进秩一级。

是年，琉球、安南、朝鲜、乌斯藏入贡。

三十年春正月丙辰，耿炳文为征西将军，郭英副之，巡西北边。丙寅，大祀天地于南郊。丁卯，置行太仆寺于山西、北平、陕西、甘肃、辽东，掌马政。己巳，左都督杨文屯田辽东。是月，沔县盗起，诏耿炳文讨之。二月庚寅，水西蛮叛，都督佥事顾成为征南将军，讨平之。三月癸丑，赐陈䢷等进士及第、出身有差。庚辰，古州蛮叛，龙里千户吴得、镇抚井孚战死。

夏四月己亥，都指挥齐让为平羌将军，讨之。壬寅，水西蛮平。五月壬子朔，日有食之。乙卯，楚王桢、湘王柏帅师讨古州蛮。六月辛巳，赐礼部覆试贡士韩克忠等进士及第、出身有差。

己酉，驸马都尉欧阳伦有罪，赐死。

秋八月丁亥，河决开封。甲午，李景隆为征虏大将军，练兵河南。九月庚戌，汉、沔寇平。戊辰，麓川平缅土酋刀干孟逐其宣慰使思伦发以叛。乙亥，都督杨文为征虏将军，代齐让。

冬十月戊子，停辽东海运。辛卯，耿炳文练兵陕西。乙未，重建国子监先师庙成。十一月癸酉，沐春为征虏前将军，都督何福等副之，讨刀干孟。

是年，琉球、占城、朝鲜、暹罗、乌斯藏、泥八剌入贡。

三十一年春正月壬戌，大祀天地于南郊。乙丑，遣使之山东、河南课耕。二月乙酉，倭寇宁海，指挥陶铎击败之。辛丑，古州蛮平，召杨文还。甲辰，都督金事徐凯讨平么些蛮。

夏四月庚辰，延臣以朝鲜屡生衅隙请讨⑥，不许。五月丁未，沐春击刀干孟，大败之。甲寅，帝不豫。戊午，都督杨文从燕王棣，武定侯郭英从辽王植，备御开平，俱听燕王节制。

闰月癸未，帝疾大渐⑫。乙酉，崩于西宫，年七十有一。遗诏曰："朕膺天命三十有一年⑬，忧危积心，日勤不息，务有益于民。奈起自寒微，无古人之博知，好善恶恶，不及远矣。今得万物自然之理，其奚哀念之有⑭？皇太孙允炆仁明孝友，天下归心，宜登大位。内外文武臣僚同心辅政，以安吾民。丧祭仪物，毋用金玉。孝陵山川因其故，毋改作。天下臣民，哭临三日，皆释服，毋妨嫁娶。诸王临国中，毋至京师。诸不在令中者，推此令从事。"辛卯，葬孝陵。谥曰："高皇帝"，庙号太祖。永乐元年，谥圣神文武钦明启运俊德成功统天大孝高皇帝。嘉靖十七年，增谥开天行道肇纪立极大圣至神仁文义武俊德成功高皇帝。

帝天授智勇，统一方夏，纬武经文，为汉、唐、宋诸君所未及。当其肇造之初⑮，能沉几观变，次第经略⑯，绰有成算⑰。尝与诸臣论取天下之略，曰："朕遭时丧乱，初起乡土，本图自全。及渡江以来，观群雄所为，徒为生民之患，而张士诚、陈友谅尤为巨蠹。士诚恃富，友谅恃强，朕独无所恃。惟不嗜杀人，布信义，行节俭，与卿等同心共济。初与二寇相持，士诚尤逼近，或谓宜先击之。朕以友谅志骄，士诚器小，志骄则好生事，器小则无远图，故先攻友谅。鄱阳之役，士诚卒不能出姑苏一步以为之援。向使先攻士诚⑱，浙西负固坚守，友谅必空国而来，吾腹背受敌矣。二寇既除，北定中原，所以先山东、次河洛，止潼关之兵不遽取秦、陇者，盖扩廓帖木儿、李思齐、张思道皆百战之余，未肯遽下，急之则并力一隅，猝未易定，故出其不意，反旆而北。燕都既举，然后西征。张、李望绝势穷⑲，不战而克，然扩廓犹力抗不屈。向令未下燕都，骤与角力，胜负未可知也。"帝之雄才大略，料敌制胜，率类此⑳。故能戡定祸乱，以有天下。语云："天道后起者胜㉑"，岂偶然哉？

赞曰："太祖以聪明神武之资，抱济世安民之志，乘时应运，豪杰景从，戡乱摧强，十五载而成帝业。崛起布衣，奄奠海宇㉒，西汉以后所未有也。惩元政废弛，治尚严峻。而能礼致耆儒，考礼定乐，昭揭经义，尊崇正学，加恩胜国，澄清吏治，修人纪，崇风教，正后宫名义，内治肃清，禁宦竖不得干政，五府六部官职相维，置卫屯田。兵食俱足。武定祸乱，文致太平，太祖实身兼之。至于雅尚志节，听蔡子英北归。晚岁忧民益切，尝以一岁开支河暨塘，堰数万以利农桑、备旱潦。用此子孙承业二百余年，士重名义，闾阎充实㉓。至今苗裔蒙泽，尚如东楼，白马，世承先祀，有以哉。

---

① 下：攻下。

② 大辟：死刑。

③ 振：整顿。

④徇：攻取（土地）。指率军巡行（其地），使人降服。

⑤通：整个，普遍。

⑥释奠：祭奠。

⑦请开：请求开发。

⑧蛮：我国古代对南部民族称呼。

⑨擢（zhuó，音浊）：选拔，提拔。

⑩征：征召。

⑪寻：使用。

⑫班师：调回军队。

⑬振：救济。

⑭贡：推荐，选举。

⑮复：免除徭役赋税。

⑯畿内：京城所管辖的地区。

⑰赉：赏赐。

⑱文移：递送公文、奏章。

⑲蠲（juān，音捐）：除去，减免。 逋（bū，音捕阴平）：拖欠。

⑳振：振济。

㉑覆谳：再审。

㉒觐：(jìn音，晋)：晋见，会见。

㉓黜陟：废免，提拔。

㉔中外：中央与地方。 殁（mò，音陌）：死。

㉕归：返回。

㉖著：标举。

㉗瘗（yì，音易）：埋葬。

㉘坐：因犯……罪。

㉙微：微弱。

㉚礼：遵崇。

㉛加意：犹为注意。

㉜耤（jí，音及）田：名义由皇帝亲自耕种的田地。

㉝鬻（yù，音玉）：卖。

㉞存问：派使者前往问候。 高年：老年人。

㉟复：减免租税。

㊱秩：官职。

㊲岩穴：指隐居。

㊳系：捆，缚。

㊴即如：就像。

㊵逾：越过。

㊶城：修筑城墙。

㊷奉：敬受。

㊸匿：隐瞒。

㊹安置：贬谪。

㊺按：检举弹劾。

㊻寻：停止。

㊼次：停留，驻扎。

㊽坐：触犯。

㊾耆民：年老而有声望的人。

㊿殊死：斩首之刑。

(51)录囚：审察犯人看有无冤案。

(52)幽：囚禁。

(53)耆：指年老的人。六十岁为耆。

(54)省：审察。

(55)直：当值。

(56)课：按规定的数额和时间征收赋税。

(57)灼见：所见明切。

(58)事权：作事的职权。

(59)勒：治。

(60)帅：通"率"。

(61)衅（xìn，音信）：缝隙，裂痕。

(62)渐：加重。

(63)膺（yīng，音应）：受。

(64)奚：疑问词，何。

(65)肇造：开始建立。

(66)次第：头绪。

(67)绰：宽，舒缓。

(68)向使：假使。

(69)望绝势穷：希望破灭，势力穷尽。

(70)率：大致。

(71)天道后起者胜：天意让后举兵的人胜利。

(72)奄：覆盖，拥有。

(73)闾阎：民间。

成祖本纪一

　　成祖启天弘道高明肇运圣武神功纯仁至孝文皇帝讳棣，太祖第四子也。母孝慈高皇后。洪武三年，封燕王。十三年，之藩北平①。王貌奇伟，美髭髯，智勇有大略，能推诚任人。二十三年，同晋王讨乃儿不花。晋王怯不敢进，王倍道趋迤都山②，获其全部而还，太祖大喜。是后屡帅诸将出征，并令王节制沿边士马，王威名大振。

　　三十一年闰五月，太祖崩，皇太孙即位，遗诏诸王临国中，毋得至京师。王自北平入奔丧，闻诏乃止。时诸王以尊属拥重兵，多不法③。帝纳齐泰、黄子澄谋，欲因事以次削除之。惮燕王强，未发，乃先废周王橚，欲以牵引燕。于是告讦四起④，湘、代、齐、岷皆以罪废。王内自危，佯狂称疾。泰、子澄密劝帝除王，帝未决。

　　建文元年夏六月，燕山百户倪谅告变，逮官校於谅、周铎等伏诛。下诏让王，并遣中官逮王府僚，王遂称疾笃⑤。都指挥使谢贵、布政使张昺以兵守王宫。王密与僧道衍谋，令指挥张玉、朱能潜纳勇士八百人入府守卫。

　　秋七月癸酉，匿壮士端礼门，绐贵、昺入，杀之，遂夺九门⑥。上书天子指泰、子澄为奸臣，并援《祖训》："朝无正臣，内有奸恶，则亲王训兵待命，天子密诏诸王统领镇兵讨平之。"书既发，遂举兵。自署官属，称其师曰："靖难"。拔居庸关，破怀来，执宋忠；取密云，克遵化，降永平。二旬，众至数万。

八月，天子以耿炳文为大将军，帅师致讨。己酉，师至真定，前锋抵雄县。壬子，王夜渡白沟河，围雄，拔其城，屠之。甲寅，都指挥潘忠、杨松自鄚州来援，伏兵擒之，遂据鄚州，还驻白沟。大将军部校张保来降，言大将军军三十万，先至者十三万，半营滹沱河南，半营河北。王惧与北军战南军且乘之也，乃纵保归，俾扬言王帅兵且至，诱其军尽北渡河。壬戌，王至真定，与张玉、谭渊等夹击炳文军，大破之，获其副将李坚、宁忠及都督顾成等，斩首三万级。进围真定，二日不下，乃引去。天子闻炳文败，遣曹国公李景隆代领其军。九月戊辰，江阴侯吴高以辽东兵围永平。戊寅，景隆合兵五十万，进营河间。王语诸将曰："景隆色厉而中馁，闻我在必不敢遽来，不若往援永平以致其师。吴高怯不任战，我至必走。然后还击景隆。坚城在前，大军在后，必成擒矣。"丙戌，燕师援永平。壬辰，吴高闻王至，果走，追击败之。遂北趋大宁。

冬十月壬寅，以计入其城。居七日，挟宁王权，拔大宁之众及朵颜三卫卒俱南。乙卯，至会州。始立五军：张玉将中军⑦，郑亨、何寿副之；朱能将左军，朱荣、李浚副之；李彬将右军，徐理、孟善副之；徐忠将前军，陈文、吴达副之；房宽将后军，和允中、毛整副之。丁巳，入松亭关。景隆闻王征大宁，果引军围北平，筑垒九门，世子坚守不战。十一月庚午，王次孤山⑧。逻骑还报曰："白河流澌不可渡⑨。"王祷于神，至则冰合，乃济师。景隆遣都督陈晖侦敌，道左⑩，出王军后。王分军还击之，晖众争渡河，冰忽解，溺死无算。辛未，与景隆战于郑村坝。王以精骑先破其七营，诸将继至，景隆大败，奔还。乙亥，复上书自诉。十二月，景隆调兵德州，期以明年春大举。王乃谋侵大同，曰："攻大同，彼必赴救，大同苦寒，南军脆弱，且不战疲矣。"庚申，降广昌。

二年春正月丙寅，克蔚州。二月癸丑，至大同。景隆果由紫荆关来援。王已旋军居庸⑪，景隆兵多冻馁死者，不见敌而还。

夏四月，景隆进兵河间，与郭英、吴杰、平安期会白沟河⑫。乙卯，王营苏家桥。己未，遇平安兵河侧。王以百骑前，佯却，诱安阵动，乘之，安败走。遂薄景隆军⑬，战不利。暝收军⑭，王以三骑殿，夜迷失道，下马伏地视河流，乃辨东西，渡河去。庚申，复战。景隆横阵数十里，破燕后军。王自帅精骑横击之，斩瞿能父子。令丘福冲中坚，不得入。王荡其左，景隆兵乃绕出王后，大战良久，飞矢雨注。王三易马，矢尽挥剑，剑折走登堤，佯引鞭若招后继者。景隆疑有伏，不敢前，高煦救至，乃解。时南军益集，燕将士皆失色。王奋然曰："吾不进，敌不退，有战耳。"乃复以劲卒突出其背，夹攻之。会旋风起，折景隆旗⑮，王乘风纵火奋击，斩首数万，溺死者十余万人。郭英溃而西，景隆溃而南，尽丧其所赐玺书斧钺，走德州。五月癸酉，王入德州，景隆走济南。庚辰，攻济南，败景隆军城下。铁铉、盛庸坚守，不克。

秋八月戊申，解围还北平。九月，盛庸代李景隆将，复取德州，与吴杰、平安、徐凯相犄角，以困北平。时徐凯方城沧州，王佯出兵攻辽东，至通州，循河而南，渡直沽，昼夜兼行。

冬十月戊午，袭执徐凯，破其城，夜坑降卒三千人。遂渡河过德州。盛庸遣兵来袭，击败之。十一月壬申，至临清。十二月丁酉，袭破盛庸将孙霖于滑口。乙卯，及庸战于东昌，庸以火器劲弩歼王兵。会平安军至，合围数重，王大败。溃围以免，亡数万人，张玉战死。

三年春正月辛酉，败吴杰、平安于威县，又败之于深州，遂还北平。二月乙巳，复帅师南下。三月辛巳，与盛庸遇于夹河，谭渊战死。朱能、张武殊死斗⑯，庸军少却。会日暮，各敛兵入营。王以十余骑逼庸营野宿，及明起视，已在围中。乃从容引马，鸣角穿营而去。诸将以天子有诏，毋使负杀叔父名，仓卒相顾愕眙⑰，不敢发一矢。是日复战，自辰至未⑱，两军相胜负。东北风忽起，尘埃蔽天。燕兵大呼，乘风纵击，庸大败。走德州。吴杰、平安自真定引军与庸会，未至八十里，闻败引还⑲。王以计诱之，杰、安出兵袭王。闰月戊戌，遇于藁城。己亥，与战，大风拔木，杰、安败走，追至真定城下。癸丑，至大名，闻齐泰、黄子澄已罢，上书请召还吴杰、平安、盛庸兵。天子使大理少卿薛岩来报，谕王释甲，王不奉诏。

夏五月，杰、安、庸分兵断燕饷道，王遣指挥武胜上书，诘其故。天子怒，下胜狱。王遂遣李远略沛县②，焚粮舟万计。

秋七月己丑，掠彰德。丙申，降林县。平安乘虚捣北平，王遣刘江迎战，安败走。房昭屯易州西水寨，攻保定，王引兵围之。

冬十月丁巳；都指挥花英援昭，败之峨眉山下，斩首万级，昭弃寨走。己卯，还北平。十一月乙巳，王自为文祭南北阵亡将士。当是时，王称兵三年矣。亲战阵，冒矢石，以身先士卒，常乘胜逐北，然亦屡濒于危。所克城邑，兵去旋复为朝廷守，仅据有北平、保定、永平三府而已。无何，中官被黜者来奔，具言京师空虚可取状。王乃慨然曰："频年用兵，何时已乎？要当临江一决，不复返顾矣。"十二月丙寅，复出师。

四年春正月乙未，由馆陶渡河。癸丑，徇徐州。三月壬辰，平安以四万骑蹑王军㉑，王设伏淝河，大败之。丙午，遣谭清断徐州饷道，还至大店，为铁铉军所围。王引兵驰援，清突围出，合击败之。

夏四月丙寅，王营小河，为桥以济㉒，平安趋争桥，陈文战死。平安军桥南，王军桥北，相持数日。平安转战，遇王于北坂，王几为安骧所及㉓。番骑王骐跃入阵，掖王逸去。王曰："南军饥，更一二日饷至，猝未易破。"乃令千余人守桥，夜半渡河而南，绕出安军后。比旦，安始觉，适徐辉祖来会㉔。甲戌，大战齐眉山下。时燕连失大将，淮土盛暑蒸湿，诸将请休军小河东，就麦观衅。王曰："今敌持久饥疲，遮其饷道，可以坐困，奈何北渡懈将士心。"乃下令欲渡河者左，诸将争趋左。王怒曰："任公等所之。"乃无敢复言。丁丑，何福等营灵璧，燕遮其饷道，平安分兵六万人护之。己卯，王帅精锐横击，断其军为二。何福空壁来援㉕，王军少却，高煦伏兵起，福败走。辛巳，进薄其垒，破之，生擒平安、陈晖等三十七人，何福走免。五月己丑，下泗州，谒祖陵，赐父老牛酒。辛卯，盛庸扼淮南岸，朱能、丘福潜济袭走之，遂克盱眙。

癸巳，王集诸将议所向，或言宜取凤阳，或言先取淮安。王曰："凤阳楼橹完㉖，淮安多积粟，攻之未易下。不若乘胜直趋扬州，指仪真，则淮、凤自震。我耀兵江上，京师孤危，必有内变。"诸将皆曰："善。"己亥，徇扬州，驻军江北。天子遣庆成郡主至军中，许割地以和，不听。六月癸丑，江防都督金事陈瑄以舟师叛，附于王。甲寅，祭大江。乙卯，自瓜州渡，盛庸以海艘迎战，败绩。戊午，下镇江。庚申，次龙潭。辛酉，天子复遣大臣议割地，诸王继至，皆不听。乙丑，至金川门，谷王橞、李景隆等开门纳王，都城遂陷。是日，王分命诸将守城及皇城，还驻龙江，下令抚安军民。大索齐泰、黄子澄、方孝孺等五十余人，榜其姓名曰"奸臣"。丙寅，诸王群臣上表劝进。己巳，王谒孝陵。群臣备法驾，奉宝玺，迎呼万岁。王升辇，诣奉天殿即皇帝位。复周王橚、齐王榑爵。壬申，葬建文皇帝。丁丑，杀齐泰、黄子澄、方孝孺，并夷其族㉗。坐奸党㉘，死者甚众。戊寅，迁兴宗孝康皇帝主于陵园，仍称懿文太子。

秋七月壬午朔，大祀天地于南郊，奉太祖配㉙。诏："今年以洪武三十五年为纪㉚，明年为永乐元年。建文中更改成法，一复旧制。山东、北平、河南被兵州县㉛，复徭役三年，未被兵者与凤阳、淮安、徐、滁、扬三州蠲租一年㉜，余天下州县悉蠲今年田租之半。"癸未，召前北平按察使陈瑛为左副都御史，尽复建文朝废斥者官。甲申，复官制。癸巳，改封吴王允熥广泽王，衡王允熞怀恩王，徐王允熙敷惠王，随母妃吕氏居懿文太子陵园。癸卯，江阴侯吴高督河南、陕西兵备，抚安军民。甲辰，尚书严震直、王钝，府尹薛正言等巡视山西、山东、河南、陕西。

八月壬子，侍读解缙、编修黄淮入直文渊阁。寻命侍读胡广，修撰杨荣，编修杨士奇，检讨金幼孜、胡俨同入直，并预机务。执兵部尚书铁铉至，不屈，杀之。左军都督刘真镇辽东。丁巳，分遣御史察天下利弊。戊午，都督何福为征虏将军，镇宁夏，节制陕西行都司。都督同知韩观练兵江西，节制广东、福建。甲子，西平侯沐晟镇云南。九月甲申，论靖难功，封丘福淇国公，朱能成国公，张武等侯者十三人，徐祥等伯者十一人。论款附功㉝，封驸马都尉王宁为侯，茹瑺、陈瑄及都督同知王佐皆为伯。甲午，定功臣死罪减禄例。乙未，徙山西民无田者实北平，赐之钞，复五年。韩观为征南将军，镇广西。

冬十月丁巳，命北平州县叶官避靖难兵者朱宁等二百一十九人入粟免死，戍兴州。己未，修《太祖实录》。丙寅，镇远侯顾成镇贵州。壬申，徙封谷王橞于长沙。甲戌，诏从征将士掠民间子女者还其家。十一月壬辰，立妃徐氏为皇后。废广泽王允熥、怀恩王允熞为庶人。十二月癸丑，蠲被兵州县明年夏税。

①之藩北平：到他的属地北平，执掌军政大权。

②倍道：兼程而行。

③尊属：亲属中辈份较高的。

④告讦：检举。

⑤笃：指病重。

⑥绐（dài，音带）：哄骗，欺骗。

⑦将：统率。

⑧次：临时驻扎和住宿。

⑨逻骑：巡察的马队。

⑩道左：道路邪僻。

⑪旋：随即。

⑫期会：约期聚集。

⑬薄：侵入。

⑭暝：天黑。

⑮旂（qí，音齐）：旗帜。

⑯斗：争战。

⑰仓卒相顾愕眙：仓促中士兵相视愕然。

⑱未：十二时辰之一，等于现在的下午一时至三时。

⑲引：引导，率领。

⑳略：侵略，掠夺。

㉑蹑：追踪，跟踪。

㉒为桥以济：把占领桥作为胜利的标志。

㉓槊：（shuò，音硕）：长矛。

㉔适：恰好。

㉕空壁：空营，指全军出动。

㉖楼橹：戍守用来观察敌情的无顶盖的房屋。

㉗夷：铲平，消除。

㉘坐：定罪，入罪。

㉙配：在祭祀时附带被祭。

㉚为纪：为一代。

㉛被：蒙受，遭受。

㉜蠲（juān，音捐）：除去，免除。

㉝附：增益。

成祖本纪二

永乐元年春正月己卯朔，御奉天殿受朝贺，宴群臣及属国使。乙酉，享太庙。辛卯，大祀天地于南郊。复周王橚、齐王榑、代王桂、岷王楩旧封。以北平为北京。癸巳，保定侯孟善镇辽东。丁酉，宋晟为平羌将军，镇甘肃。二月庚戌，设北京留守行后军都督府、行部、国子监，改北平曰顺天府。乙卯，遣御史分巡天下，为定制。己未，徙封宁王权于南昌。贻书鬼力赤可汗，许其遣使通好。癸亥，耕耤田。乙丑，遣使征尚师哈立麻于乌斯藏。己巳，振北京六府饥。辛未，命法司五日一引奏罪囚。壬申，瘗战地暴骨①。甲戌，高阳王高煦备边开平。三月庚辰，江阴侯吴高镇大同。壬午，改北平行都司为大宁都司，徙保定，始以大宁地畀兀良哈②。戊子，平江伯陈瑄、都督佥事宣信充总兵官，督海运，饷辽东、北京，岁以为常。甲午，振直隶、北京、山东、河南饥。

夏四月丁未朔，安南胡奆乞袭陈氏封爵，遣使察实以闻。己酉，户部尚书夏原吉治苏、松、嘉、湖水患。辛未，岷王楩有罪，降其官属。甲戌，襄城伯李浚镇江西。五月丁丑，除天下荒田未垦者额税③。癸未，宥死罪以下④，递减一等。庚寅，捕山东蝗。丁酉，河南蝗，免今年夏税。是月，再论靖难功，封驸马都尉袁容等三人为侯，陈亨子懋等六人为伯。六月壬子，代王桂有罪，削其护卫。癸丑，遣给事中、御史分行天下，抚安军民。有司奸贪者逮治。丁巳，改上高皇帝、高皇后尊谥。戊辰，武安侯郑亨镇宣府。

秋七月庚寅，复贻书鬼力赤。八月己巳，发流罪以下垦北京田。甲戌，徙直隶苏州等十郡、浙江等九省富民实北京。九月癸未，命实源局铸农器，给山东被兵穷民。庚寅，初遣中官马彬使爪哇诸国。乙未，夺历城侯盛庸爵，寻自杀⑤。庚子，岷王楩有罪，削其护卫。

冬十一月乙亥朔，颁历于朝鲜诸国，著为令。壬辰，罢遣浚河民夫。甲午，北京地震。乙未，命六科办事官言事。丙申，韩观讨柳州山贼，平之。闰月丁卯，封胡奆为安南国王。

是年，始命内臣出镇及监京营军。朝鲜入贡者六，自是岁时贡贺为常。琉球中山、山北、山南，暹罗，占城，爪哇西王，日本，剌泥，安南入贡。

二年春正月乙卯，大祀天地于南郊。己巳，召世子高炽及高阳王高煦还京师。三月乙巳，赐曾棨等进士及第、出身有差。己酉，始选进士为翰林院庶吉士。庚戌，吏部请罪千户违制荐士者，帝曰："马周不因常何进乎⑥？果才，授之官，否则罢之可耳。"戊辰，改封敷惠王允熥瓯宁王，奉懿文太子祀。

夏四月辛未朔，置东宫官属。壬申，僧道衍为太子少师，复其姓姚，赐名广孝。甲戌，立子高炽为皇太子，封高煦汉王，高燧赵王。壬午，封汪应祖为琉球国山南王。五月壬寅，丰城侯李彬镇广东，清远伯王友充总兵官，率舟师巡海。六月丁亥，汰冗官。辛卯，振松江、嘉兴、苏州、湖州饥。甲午，封哈密安克帖木儿为忠顺王。

秋七月壬戌，鄱阳民进书毁先贤，杖之，毁其书。丙寅，振江西、湖广水灾。八月丁酉，故安南国王陈日煃弟天平来奔。九月丙午，周王橚来朝，献驺虞⑦，百官请贺。帝曰："瑞应依德而至，驺虞若果为祥，在朕更当修省。"丁卯，**徙山西民万户实北京。命自今御史巡行察吏毋得**撷拾人言⑧，贤否皆具实迹以闻。

冬十月丁丑，河决开封。乙酉，蒲城、河津黄河清。是月，籍长兴侯耿炳文家，炳文自杀。十一月甲辰，御奉天门录囚。癸丑，京师及济南、开封地震，敕群臣修省。戊午，蠲苏、松、嘉、湖、杭水灾田租。十二月壬辰，同州、韩城黄河清。是月，下李景隆于狱。

是年，占城，别失八里，琉球山北、山南，爪哇，真腊入贡。暹罗，日本，琉球中山入贡者再。

三年春正月庚戌，大祀天地于南郊。甲寅，遣使责谕安南。庚申，复免顺天、永平、保定田租二年。二月己巳，行部尚书雒佥以言事涉怨诽，诛。癸未，赵王高燧居守北京。三月甲寅，免湖广被水田租。

夏六月己卯，中官郑和帅舟师使西洋诸国。庚辰，中官山寿等帅兵出云州觇敌。甲申，夏原吉等振苏、松、嘉、湖饥。免天下农民户口食盐钞。庚寅，胡𡗨谢罪，请迎陈天平归国。

秋九月丁酉，蠲苏、松、嘉、湖水灾田租，凡三百三十八万石。丁巳，徙山西民万户实北京。

冬十月，盗杀驸马都尉梅殷。丁卯，齐王榑有罪，三赐书戒之。戊子，颁《祖训》于诸王。十二月戊辰，沐晟讨八百，降之。庚辰，都督金事黄中、吕毅以兵纳陈天平于安南。

是年，苏门答剌、满剌加、古里、浡泥来贡，封其长为王。日本贡马，并俘获倭寇为边患者。爪哇东、西，占城，碟里，日罗夏治，合猫里，火州回回入贡。暹罗，琉球山南、山北入贡者再，琉球中山入贡者三。

四年春正月丁未，大祀天地于南郊。丙辰，初御午朝，令群臣奏事得从容陈论。三月辛卯朔，释奠于先师孔子⑨。甲午，设辽东开原、广宁马市。乙巳，赐林环等进士及第、出身有差。丙午，胡𡗨袭杀陈天平于芹站，前大理卿薛岩死之，黄中等引兵还。

夏四月己卯，遣使购遗书。五月丁酉，振常州、庐州、安庆饥。庚戌，齐王榑有罪，削官属护卫，留之京师。六月己未朔，日当食，阴云不见，礼官请表贺，不许。丙寅，南阳献瑞麦，谕礼部曰："比郡县屡奏祥瑞，独此为丰年之兆。"命荐之宗庙⑩。

秋七月辛卯，朱能为征夷将军，沐晟、张辅副之，帅师分道讨安南，兵部尚书刘俊参赞军务，行部尚书黄福、大理卿陈洽督饷。诏曰："安南皆朕赤子，惟黎季犛父子首恶，必诛。他胁从者释之。罪人既得，立陈氏子孙贤者。毋养乱，毋玩寇，毋毁庐墓，毋害禾稼，毋攘财货掠子女⑪，毋杀降。有一于此，虽功不宥。"乙巳，申诽谤之禁。闰月壬戌，诏以明年五月建北京宫殿，分遣大臣采木于四川、湖广、江西、浙江、山西。八月丁酉，诏通政司，凡上书奏民事者，虽小必以闻。癸丑，齐王榑废为庶人。九月戊辰，振苏、松、常、杭、嘉、湖流民复业者十二万余户。

冬十月戊子，成国公朱能卒于军，张辅代领其众。乙未，克隘留关。庚子，沐晟率师会于白鹤。十一月己巳，甘露降孝陵松柏，醴泉出神乐观，荐之太庙，赐百官。十二月辛卯，赦天下殊死以下。张辅大破安南兵于嘉林江。丙申，拔多邦城。丁酉，克其东都。癸卯，克西都，贼遁入海。辛亥，瓯宁王允熞邸第火，王薨。

是年，暹罗，占城，于阗，浡泥，日本，琉球中山、山南，婆罗入贡。爪哇东、西，真腊入贡者再。别失八里入贡者三。琉球进阉人，还之。回回结牙曲进玉椀，却之。

五年春正月丁卯，大祀天地于南郊。己巳，张辅大败安南兵于木丸江。二月庚寅，出翰林学士解缙为广西参议⑫。三月丁巳，封尚师哈立麻为大宝法王。辛巳，张辅大破安南兵于富良江。

夏四月己酉，振顺天、河间、保定饥。五月甲子，张辅擒黎季犛、黎苍献京师，安南平。河南饥，逮治匿灾有司。敕都察院，凡灾伤不以实闻者罪之。六月癸未，以安南平，诏天下。置交阯布政司。己丑，山阳民丁珏讦其乡人诽谤⑬，擢为刑科给事中。甲午，诏自永乐二年六月后犯罪去官者，悉宥之。乙未，张辅移师会韩观讨浔、柳叛蛮。癸卯，命张辅访交阯人才，礼遣赴京师。

秋七月乙卯，皇后崩。丁卯，河溢河南。八月乙酉，左都督何福镇甘肃。庚子，录囚，杂犯死罪减等论戍，流以下释之。九月壬子，郑和还。乙卯，御奉天门，受安南俘，大赉将士。

冬十月，浔、柳蛮平。

是年，琉球中山、山南，婆罗，日本，别失八里，阿鲁，撒马儿罕，苏门答剌，满剌加，小葛兰入贡。

六年春正月丁巳，岷王楩复有罪，罢其官属。辛酉，大祀天地于南郊。二月丁未，除北京永乐五年以前逋赋，免诸色课程三年⑭。三月癸丑，宁阳伯陈懋镇宁夏。乙卯，除河南、山东、山西永乐五年以前逋赋。

夏四月丙申，始命云南乡试。五月壬戌夜，京师地震。六月庚辰，诏罢北京诸司不急之务及买办，以苏民困；流民来归者复三年。丁亥，张辅、沐晟还。

秋七月癸丑，论平交阯功，进封张辅英国公，沐晟黔国公，王友清远侯，封都督佥事柳升安远伯，余爵赏有差。八月乙酉，交阯简定反，沐晟为征夷将军，讨之，刘俊仍参赞军务。九月己酉，命刑部疏滞狱。癸亥，郑和复使西洋。

冬十一月丁巳，录囚。十二月丁酉，沐晟及简定战于生厥江，败绩，刘儁及都督佥事吕毅、参政刘昱死之。是月，柳升、陈瑄、李彬等率舟师分道沿海捕倭。

是年，鬼力赤为其下所弑，立本雅失里为可汗。浡泥国王来朝。瓦剌，占城，于阗，暹罗，撒马儿罕，榜葛剌，冯嘉施兰，日本，爪哇，琉球中山、山南入贡。

七年春正月癸丑，赐百官上元节假十日，著为令。乙卯，大祀天地于南郊。二月乙亥，遣使于巡狩所经郡县存问高年，八十以上赐酒肉，九十加帛。丙子，征致仕知府刘彦才等九十二人分署府州县。辛巳，以北巡告天地宗庙社稷。壬午，发京师，皇太子监国。张辅、王友率师讨简定。戊子，谒凤阳皇陵。三月甲辰，次东平州，望祭泰山。辛亥，次景州，望祭恒山。乙卯，平安自杀。壬戌，至北京。癸亥，大赉官吏军民。丙寅，诏起兵时将士及北京效力人民杂犯死罪咸宥之，充军者官复职，军民还籍伍。壬申，柳升败倭于青州海中，敕还师。

夏四月癸酉朔，皇太子摄享太庙。壬午，海寇犯钦州，副总兵李珪遣将击败之。闰月戊申，命皇太子所决庶务，六科月一类奏。丙辰，谕行在法司，重罪必五覆奏。五月己卯，营山陵于昌平，封其山曰天寿。乙未，封瓦剌马哈木为顺宁王，太平为贤义王，把秃孛罗为安乐王。六月壬寅，察北巡郡县长吏，擢汶上知县史诚祖治行第一，下易州同知张腾于狱。辛亥，给事中郭骥使本雅失里，为所杀。丁卯，斥御史洪秉等四人，诏自今御史勿用吏员。

秋七月癸酉，淇国公丘福为征虏大将军，武成侯王聪、同安侯火真副之，靖安侯王忠、安平侯李远为左、右参将，讨本雅失里。八月甲寅，丘福败绩于胪朐河，福及聪、真、忠、远皆战死。庚申，张辅败贼于咸子关。九月庚午朔，日有食之。张辅败贼于太平海口。甲戌，赠北征死事李远莒国公、王聪漳国公，遂决意亲征。丙子，武安侯郑亨率师巡边。壬午，成安侯郭亮备御开平。

冬十月丁未，削丘福封爵，徙其家于海南。十一月戊寅，张辅获简定于美良，送京师，诛之。十二月庚戌，赐济宁至良乡民频年递运者田租一年。乙丑，召张辅还。

是年，满剌加，哈烈，撒马儿罕，火州，古里，占城，苏门答剌，琉球中山、山南入贡。暹罗、榜葛剌入贡者再。

八年春正月辛未，召宁阳侯陈懋随征漠北。己卯，皇太子摄祀天地于南郊⑮。癸巳，免去年扬州、淮安、凤阳、陈州水灾田租，赎军民所鬻子女。二月辛丑，以北征诏天下，命户部尚书夏原吉辅皇长孙瞻基留守北京。乙巳，皇太子录囚，奏贷杂犯死罪以下⑯，从之。丁未，发北京。癸亥，遣祭所过名山大川。乙丑，大阅。三月丁卯，清远侯王友督中军，安远伯柳升副之，宁远侯何福、武安侯郑亨督左、右哨，宁阳侯陈懋、广恩伯刘才督左、右掖，都督刘江督前哨。甲戌，次鸣銮戌。乙亥，誓师。

夏四月庚申，次威虏镇，以橐驼所载水给卫士，视军士皆食，始进膳。五月丁卯，更名胪朐河曰饮马。甲戌，闻本雅失里西奔，遂渡饮马河追之。己卯，及于斡难河，大败之，本雅失里以七骑遁。丙戌，还次饮马河，诏移师征阿鲁台。丁亥，回回哈剌马牙杀都指挥刘秉谦，据肃州卫以叛，千户朱迪等讨平之。六月甲辰，阿鲁台伪降，命诸将严阵以待，果悉众来犯。帝自将精骑迎击，大败之，追北百余里。丁未，又败之。己酉，班师。

秋七月丁卯，次开平。帝在军，念士卒艰苦，每蔬食，是日宴赉，始复常膳。西宁侯宋琥镇甘肃。辛巳，振安庆、徽州、凤阳、镇江饥。壬午，至北京，御奉天殿受朝贺。甲午，论功行赏有差。八月壬寅，进封柳升安远侯。乙卯，何福自杀。庚申，河溢开封。九月己巳，幸天寿山。

冬十月丁酉，发北京。是月，倭寇福州。十一月甲戌，至京师。十二月癸巳，阿鲁台遣使贡马。戊午，陈季扩乞降，以为交阯右布政使，季扩不受命。

是年，失捏干寇黄河东岸，宁夏都指挥王俶败没。浡泥、吕宋、冯嘉施兰、苏门答剌、榜葛剌入贡。占城贡象。琉球山南、爪哇、暹罗贡马。琉球中山入贡者三。

九年春正月甲戌，大祀天地于南郊。丙子，柳升镇宁夏。己卯，张辅为征虏副将军，会沐晟讨交阯。丙戌，丰城侯李彬、平江伯陈瑄率浙江、福建兵捕海寇。二月辛亥，陈瑛有罪，下狱死。丙辰，诏赦交阯。丁巳，倭陷昌化千户所。己未，工部尚书宋礼开会通河。三月甲子，赐萧时中等进士及第、出身有差。壬午，浚祥符县黄河故道。戊子，刘江镇辽东。

夏六月乙巳，郑和还自西洋。是月，下交阯右参议解缙于狱。

秋七月丙子，张辅败贼于月常江。九月戊寅，谕法司，凡死罪必五覆奏。壬午，命屯田军以公事妨农务者，免征子粒，著为令。

冬十月乙未，宽北京谪徙军民赋役。癸卯，封哈密兔力帖木儿为忠义王。乙巳，复修《太祖实录》。十一月戊午，蠲陕西逋赋。癸亥，张辅败贼于生厥江。丁卯，立皇长孙瞻基为皇太孙。壬申，韩观为征夷副将军，改镇交阯，都指挥葛森镇广西。丙子，敕法司决遣罪囚毋淹滞。是月，遣使督瘗战场暴骨。十二月壬辰，敕宥福余、朵颜、泰宁三卫罪，令入贡。闰月丁巳，命府部诸臣陈军民利弊。

是年，浙江、湖广、河南、顺天、扬州水，河南、陕西疫，遣使振之。满剌加王来朝。爪哇、榜葛剌、古里、柯枝、苏门答剌、阿鲁、彭亨、急兰丹、南巫里、暹罗入贡。阿鲁台来贡马，别失八里献文豹。琉球中山入贡者三。

十年春正月己丑，命入觐官千五百余人各陈民瘼⑰，不言者罪之，言有不当勿问。丁酉，大祀天地于南郊。癸丑，振平阳饥，逮治布政使及郡县官不奏闻者。二月辛酉，蠲山西、河南逋赋。庚辰，辽王植有罪，削其护卫。三月丁亥，丰城侯李彬讨甘肃叛寇八耳思朵罗歹。戊子，赐马铎等进士及第、出身有差。甲辰，免北京水灾租税。

夏六月甲戌，谕户部，凡郡县有司及朝使目击民艰不言者，悉逮治。

秋七月癸卯，禁中官干预有司政事。八月癸丑，张辅大破交阯贼于神投海。己未，敕边将自长安岭迤西迄洗马林筑石垣，深濠堑。

冬十月戊辰，猎城南武冈。十一月壬午，侍讲杨荣经略甘肃。丙申，郑和复使西洋。

是年，浡泥、占城、暹罗、满剌加、榜葛剌、苏门答剌、南浡利、球琉山南入贡。

十一年春正月辛巳朔，日有食之，诏罢朝贺宴会。壬午，谕通政使、礼科给事中，凡朝觐官境内灾伤不以闻为他人所奏者，罪之。辛卯，大祀天地于南郊。辛丑，丰城侯李彬镇甘肃，召宋琥还。二月辛亥，始设贵州布政司。癸亥，令北京民户分养孳生马，著为令。甲子，幸北京，皇太孙从。尚书蹇义、学士黄淮、谕德杨士奇、洗马杨溥辅皇太子监国。乙丑，发京师，命给事中、御史所过存问高年，赐酒肉及帛。丙寅，葬仁孝皇后于长陵。辛未，次凤阳，谒皇陵。

夏四月己酉，至北京。五月丁未，曹县献驺虞，礼官请贺，不许。

秋七月戊寅，封阿鲁台为和宁王。八月甲子，北京地震。乙丑，镇远侯顾成讨思州、靖州叛苗。九月壬午，诏自今郡县官每岁春行视境内，蝗蝻害稼即捕绝之，不如诏者二司并罪[18]。

冬十月丙寅，以玺书命皇太子录囚。十一月戊寅，以野蚕茧为衾，命皇太子荐太庙。壬午，瓦剌马哈木兵渡饮马河，阿鲁台告警，命边将严守备。甲申，宁阳侯陈懋，都督谭青、马聚、朱崇巡宁夏、大同、山西边，简练士马。寻命陕西、山西及潼关等五卫兵驻宣府，中都、辽东、河南三都指挥使司及武平等四卫兵会北京。乙巳，应城伯孙岩备开平。十二月壬子，张辅、沐晟大败交阯贼于爱子江。

是年，马哈木弑其主木雅失里，立答里巴为可汗。别失八里、满剌加、占城、爪哇西王入贡。琉球中山入贡者四。琉球山南入贡者再。

---

①瘗（yì，音易）：埋葬。

②畀（bì，音必）：给与。

③额：规定的数目。

④宥（yòu，音右）：宽恕，饶恕。

⑤寻：不久。

⑥进：推荐。

⑦驺（zōu，音诹）虞：一种兽的名称。白虎黑文，不食生物。

⑧摭（zhé，音折）：拾取。

⑨释奠：祭祀。

⑩荐：献，进。

⑪攘：偷，窃取。

⑫出：使出。

⑬讦：攻击或揭发别人的短处。

⑭课程：赋税。

⑮摄：代理。

⑯贳（shì，音世）：赦免。

⑰瘼（mò，音莫）：病，疾苦。

⑱如：按照。

成祖本纪三

十二年春正月庚寅，思州苗平。辛丑，发山东、山西、河南及凤阳、淮安、徐、邳民十五万，运粮赴宣府。二月己酉，大阅。庚戌，亲征瓦剌，安远侯柳升领大营，武安侯郑亨领中军，宁阳侯陈懋、丰城侯李彬领左、右哨，成山侯王通、都督谭青领左、右掖，都督刘江、朱荣为前锋。庚申，振凤翔、陇州饥，按长吏不言者罪①。三月癸未，张辅俘陈季扩于老挝以献，交阯平。庚寅，发北京，皇太孙从。

夏四月甲辰朔，次兴和，大阅。己酉，颁军中赏罚号令。庚戌，设传令纪功官。丁卯，次屯云谷，孛罗不花等来降。五月丁丑，命尚书、光禄卿、给事中为督阵官，察将士用命不用命者。六月甲辰，刘江遇瓦剌兵，战于康哈里孩，败之。戊申，次忽兰忽失温，马哈木帅阿鲁台败瓦剌，来献捷。

夏四月壬申，礼部尚书吕震请封禅。帝曰："今天下虽无事，四方多水旱疾疫，安敢自谓太平？且《六经》无封禅之文，事不师古，甚无谓也。"不听。乙亥，胡广为文渊阁大学士。六月丁卯，都督同知蔡福等备倭山东。

秋七月丁酉，遣使捕北京、河南、山东州县蝗。壬寅，河决开封。乙巳，锦衣卫指挥使纪纲有罪，伏诛。八月癸酉旦，寿星见，礼臣请上表贺，不许。丁亥，作北京西宫。九月癸卯，京师地震。戊申，发北京。

冬十月丁丑，次凤阳，祀皇陵。癸未，至自北京，谒孝陵。十一月壬寅，诏文武群臣集议营建北京。丙午，召张辅还。戊申，汉王高煦有罪，削二护卫。徙山东、山西、湖广流民于保安州，赐复三年。十二月丁卯，郑和复使西洋。

是年，占城、古里、爪哇、满剌加、苏门答剌、南巫里、浡泥、彭亨、锡兰山、溜山、南渤利、阿丹、麻林、忽鲁谟斯、柯枝入贡。琉球中山入贡者再。

十五年春正月丁酉，大祀天地于南郊。壬子，平江伯陈瑄督漕，运木赴北京。二月癸亥，谷王橞有罪，废为庶人。丁卯，丰城侯李彬镇交阯。壬申，泰宁侯陈珪董建北京②，柳升、王通副之。三月丁亥，交阯始贡士至京师。丙申，杂犯死罪以下囚，输作北京赎罪。丙午，汉王高煦有罪，徙封乐安州。壬子，北巡，发京师，皇太子监国。

夏四月己巳，次邾城。申禁军士毋践民田稼，有伤者除今年租。或先被水旱逋租③，亦除之。癸未，西宫成。五月丙戌，至北京。六月丁酉，李彬讨交阯贼黎核，斩之。己亥，中官张谦使西洋还。败倭寇于金乡卫。

秋八月甲午，瓯宁人进金丹。帝曰："此妖人也。令自饵之，毁其方书。"九月丁卯，曲阜孔子庙成，帝亲制文勒石④。

冬十月，李彬败交阯贼杨进江，斩之。十一月癸酉，礼部尚书赵羾为兵部尚书，巡视塞北屯戍军民利弊。

是年，西洋苏禄东西峒王来朝。琉球中山、别失八里、琉球山南、真腊、浡泥、占城、暹罗、哈烈、撒马儿罕入贡。

十六年春正月甲寅，交阯黎利反，都督朱广击败之。甲戌，倭陷松门卫，按察司佥事石鲁坐诛。兴安伯徐亨、都督夏贵备开平。二月辛丑，交阯四忙县贼杀知县欧阳智以叛，李彬遣将击走之。三月甲寅，赐李骐等进士及第、出身有差。都督金事刘鉴备边大同。

夏五月庚戌，重修《太祖实录》成。丁巳，胡广卒。

秋七月己巳，敕责陕西诸司："此闻所属岁屡不登⑤，致民流莩⑥，有司坐视不恤，又不以闻，其咎安在。其速发仓储振之。"赞善梁潜、司谏周冕以辅导皇太子有阙，皆下狱死。

冬十二月戊子，谕法司："朕屡敕中外官洁己爱民⑦，而不肖官吏恣肆自若，百姓苦之。夫良农必去稂莠者⑧，为害苗也。继今，犯赃必论如法⑨。"辛丑，成山侯王通驰传振陕西饥。

是年，暹罗、占城、爪哇、苏门答剌、泥八剌、满剌加、南渤利、哈烈、沙哈鲁、千里达、撒马儿罕入贡。琉球中山入贡者再。

十七年春二月乙酉，兴安伯徐亨备兴和、开平、大同。

夏五月丙午，都督方政败黎利于可蓝栅。六月壬午，免顺天府去年水灾田租。戊子，刘江歼倭寇于望海埚，封江广宁伯。

秋七月庚申，郑和还。八月，中官马骐激交阯父安土知府潘僚反。九月丙辰，庆云见，礼臣请表贺，不许。

冬十二月庚辰，谕法司曰："刑者，圣人所慎。匹夫匹妇不得其死，足伤天地之和，召水旱之灾，甚非朕宽恤之意。自今，在外诸司死罪，咸送京师审录⑩，三覆奏然后行刑。"乙未，工部侍郎刘仲廉核实交阯户口田赋，察军民利病。

是年，哈密、土鲁番、失剌思、亦思弗罕、真腊、占城、哈烈、阿鲁、南渤利、苏门答剌、八答黑商、满剌加入贡。琉球中山入贡者四。

十八年春正月癸卯，李彬及都指挥孙霖、徐源败黎利于磊江。闰月丙子，翰林院学士杨荣、金幼孜为文渊阁大学士。庚辰，擢人材⑪，布衣马麟等十三人为布政使、参政、参议。二月己酉，蒲台妖妇唐赛儿作乱，安远侯柳升帅师讨之⑫。三月辛巳，败贼于卸石栅寨，都指挥刘忠战没，赛儿逸去⑬。甲申，山东都指挥金事卫青败贼于安丘，指挥王真败贼于诸城，献俘京师。戊子，山东布政使储埏、张海，按察使刘本等坐纵盗，诛。戊戌，以逗留征柳升下吏，寻释之。

夏五月壬午，左都督朱荣镇辽东。庚寅，交阯参政侯保、冯贵御贼，战死。六月丙午，北京地震。

秋七月丁亥，徐亨备开平。八月丁酉朔，日有食之。九月己巳，召皇太子。丁亥，诏自明年改京师为南京，北京为京师。

冬十月庚申，李彬遣指挥使方政败黎利于老挝。十一月戊辰，以迁都北京诏天下。是月，振青、莱饥。十二月己未，皇太子及皇太孙至北京。癸亥，北京郊庙宫殿成。

是年，始设东厂，命中官刺事⑭。古麻剌朗王来朝。暹罗、占城、爪哇、满剌加、苏门答剌、苏禄西王入贡。

十九年春正月甲子朔，奉安五庙神主于太庙。御奉天殿受朝贺，大宴。甲戌，大祀天地于南郊。戊寅，大赦天下。癸巳，郑和复使西洋。二月辛丑，都督金事胡原帅师巡海捕倭。三月辛巳，赐曾鹤龄等进士及第、出身有差。

夏四月庚子，奉天、华盖、谨身三殿灾，诏群臣直陈阙失。乙巳，诏罢不便于民及不急诸务，蠲十七年以前逋赋⑮，免去年被灾田粮。己酉，万寿节，以三殿灾止贺。癸丑，蹇义等二十六人巡行天下，安抚军民。五月乙丑，出建言给事中柯暹、御史何忠、郑维桓、罗通等为知州。庚寅，令交阯屯田。

秋七月己巳，帝将北征，敕都督朱荣领前锋，安远侯柳升领中军，宁阳侯陈懋领御前精骑，永顺伯薛斌、恭顺伯吴克忠领马队，武安侯郑亨、阳武侯薛禄领左右哨，英国公张辅、成山侯王通领左右掖。八月辛卯朔，日有食之。

冬十一月辛酉，分遣中官杨实、御史戴诚等核天下库藏出纳之数。丙子，议北征军饷，下户部尚书夏原吉、刑部尚书吴中于狱，兵部尚书方宾自杀。辛巳，下侍读李时勉于狱。甲申，发直隶、山西、河南、山东及南畿应天等五府，滁、和、徐三州丁壮运粮，期明年二月至宣府。

是年，瓦剌贤义王太平、安乐王把秃孛罗来朝。忽鲁谟斯、阿丹、祖法儿、剌撒、不剌哇、木骨都束、古里、柯枝、加异勒、锡兰山、溜山、南渤利、苏门答剌、阿鲁、满剌加、甘巴里、苏禄、榜葛剌、浡泥、古麻剌朗王入贡。暹罗入贡者再。

二十年春正月己未朔，日有食之，免朝贺，诏群臣修省。辛未，大祀天地于南郊。壬申，丰城侯李彬卒于交阯。二月乙巳，隆平侯张信、兵部尚书李庆分督北征军饷，役民夫二十三万五千有奇，运粮三十七万石。三月丙寅，诏有司遇灾先振后闻。乙亥，阿鲁台犯兴和，都指挥王唤战死。丁丑，亲征阿鲁台，皇太子监国。戊寅，发京师。辛巳，次鸡鸣山，阿鲁台遁。

夏四月乙卯，次云州，大阅，五月乙丑，猎于偏岭。丁卯，大阅。辛未，次西凉亭。壬申，大阅。乙酉，次开平。六月壬辰，令军行出应昌，结方阵以进。癸巳，谍报阿鲁台兵攻万全，诸将请分兵还击，帝曰："诈也。彼虑大军捣其巢穴，欲以牵制我师，敢攻城哉？"甲午，次阳和谷，寇攻万全者果遁去。

秋七月己未，阿鲁台弃辎重于阔栾海侧北遁，发兵焚之，收其牲畜，遂旋师。谓诸将曰："阿鲁台敢悖逆，恃兀良哈为羽翼也。当还师霸之。"简步骑二万，分五道并进。庚午，遇于屈裂儿河，帝亲击败之，追奔三十里，斩部长数十人。辛未，徇河西，捕斩甚众。甲戌，兀良哈余党诣军门降。是月，皇太子免南、北直隶、山东、河南郡县水灾粮刍共六十一万有奇。八月戊戌，诸将分道者俱献捷。辛丑，以班师诏天下。壬寅，郑亨、薛禄守开平。郑和还。九月壬戌，至京师。癸亥，下左春坊大学士杨士奇于狱。丙寅，下吏部尚书蹇义、礼部尚书吕震于狱，寻俱释之。辛未，录从征功，封左都督朱荣武进伯，都督金事薛贵安顺伯。

冬十月癸巳，分遣中官及朝臣八十人核天下仓粮出纳之数。十二月辛卯，朱荣镇辽东。闰月戊寅，乾清宫灾。

是年，暹罗、苏门答剌、阿丹等国遣使随贡方物。占城、琉球中山、卜花儿、哈密、瓦剌、土鲁番、爪哇入贡。

二十一年春正月乙未，大祀天地于南郊。癸卯，交阯参将荣昌伯陈智追败黎利于车来。二月己巳，都指挥使鹿荣讨柳州叛蛮，平之。三月庚子，御史王愈等会决重囚，误杀无罪四人，坐弃市。

夏五月癸未，免开封、南阳、卫辉、凤阳等府去年水灾田租。己丑，常山护卫指挥孟贤等谋逆，伏诛。六月庚戌朔，日有食之。

秋七月戊戌，复亲征阿鲁台，安远侯柳升、遂安伯陈英领中军，武安侯郑亨、保定侯孟瑛领左哨，阳武侯薛禄、新宁伯谭忠领右哨，英国公张辅、安平伯李安领左掖，成山侯王通、兴安伯徐亨领右掖，宁阳侯陈懋领前锋。庚子，释李时勉，复其官。辛丑，皇太子监国。壬寅，发京师。戊申，次宣府，敕居庸关守将止诸司进奉。八月己酉，大阅。庚申，塞黑峪、长安岭诸边险要。丁丑，皇太子免两京、山东郡县水灾田租。九月戊子，次西阳河。癸巳，闻阿鲁台为瓦剌所败，部落溃散，遂驻师不进。

冬十月甲寅，次上庄堡，迤北王子也先土干帅所部来降，封忠勇王，赐姓名金忠。庚午，班师。十一月甲申，至京师。

是年，锡兰山王来朝，又遣使入贡。占城、古里、忽鲁谟斯、阿丹、祖法儿、剌撒、不剌哇、木骨都束、柯枝、加异勒、溜山、南渤利、苏门答剌、阿鲁、满剌加、失剌思、榜葛剌、琉球中山入贡。

二十二年春正月甲申，阿鲁台犯大同、开平，诏群臣议北征，敕边将整兵俟命。丙戌，征山西、山东、河南、陕西、辽东五都司及西宁、巩昌、洮、岷各卫兵，期三月会北京及宣府。戊子，大祀天地于南郊。癸巳，郑和复使西洋。三月戊寅，大阅，谕诸将亲征。命柳升、陈英领中军，张辅、朱勇领左掖，王通、徐亨领右掖，郑亨、孟瑛领左哨，薛禄、谭忠领右哨，陈懋、金忠领前锋。己卯，赐邢宽等进士及第、出身有差。

夏四月戊申，皇太子监国。己酉，发京师。庚午，次隰宁，谍报阿鲁台走答兰纳木儿河，遂趋进师。五月己卯，次开平，使使招谕阿鲁台诸部。乙酉，瘗道中遗骸。丁酉，宴群臣于应昌，命中官歌太祖御制词五章，曰：“此先帝所以戒后嗣也，虽在军旅何敢忘。”己亥，次威远州。复宴群臣，自制词五章，命中官歌之。皇太子令免广平、顺德、扬州及湖广、河南郡县水灾田租。六月庚申，前锋至答兰纳木儿河，不见敌，命张辅等穷搜山谷三百里无所得，进驻河上。癸亥，陈懋等引兵抵白邙山，以粮尽还。甲子，班师，命郑亨等以步卒西会于开平。壬申夜，南京地震。

秋七月庚辰，勒石于清水源之崖。戊子，遣吕震以旋师谕太子，诏告天下。己丑，次苍崖戍，不豫[16]。庚寅，至榆木川，大渐[17]。遗诏传位皇太子，丧礼一如高皇帝遗制。辛卯，崩，年六十有五。太监马云密与大学士杨荣、金幼孜谋，以六军在外，秘不发丧，镕锡为椑以敛[18]，载以龙舆，所至朝夕上膳如常仪。壬辰，杨荣偕御马监少监海寿驰讣皇太子。壬寅，次武平镇，郑亨步军来会。八月甲辰，杨荣等至京师，皇太子即日遣太孙奉迎于开平。己酉，次雕鹗谷，皇太孙至军中发丧。壬子，及郊，皇太子迎入仁智殿，加殓纳梓宫。九月壬午，上尊谥曰“体天弘道高明广运圣武神功纯仁至孝文皇帝”，庙号太宗，葬长陵。嘉靖十七年九月，改上尊谥曰“启天弘道高明肇运圣武神功纯仁至孝文皇帝”，庙号成祖。

赞曰：文皇少长习兵，据幽、燕形胜之地[19]，乘建文孱弱，长驱内向，奄有四海[20]。即位以后，躬行节俭，水旱朝告夕振，无有壅蔽[21]。知人善任，表里洞达，雄武之略，同符高祖。六师屡出，漠北尘清。至其季年[22]，威德遐被，四方宾服，受朝命而入贡者殆三十国[23]。幅陨之广，远迈汉、唐。成功骏烈，卓乎盛矣。然而革除之际[24]，倒行逆施，惭德亦曷可掩哉？

---

①按：考察。

②董建：督建。

③逋：拖欠。

④勒：雕刻。

⑤登：成熟。

⑥流莩（piǎo，音漂上声）：流亡。

⑦中外：中央与地方。

⑧稂（láng，音狼）莠：害苗之草。

⑨如法：依法论处。

⑩咸：全部，都。

⑪擢：提拔，选拔。

⑫帅：通“率”。

⑬逸：逃跑。

⑭中官：宦官。　　刺：刺探。

⑮蠲（juān，音捐）：免除。

⑯豫：快乐。

⑰渐：病加重。

⑱椑：捣汁成漆。　　敛：装殓。

⑲据：占据。

⑳奄：覆盖。

㉑壅（yōng，音拥）：阻塞。

㉒季年：晚年。

㉓殆（dài，音带）：近于。

㉔革除：明成祖下诏除去建文年号，改称洪武。臣下嫌纪载麻烦，将这一年称革除。

太祖孝慈高皇后传

太祖孝慈高皇后马氏，宿州人。父马公，母郑媪，早卒。马公素善郭子兴，遂以后托子兴。马公卒，子兴育之如己女。子兴奇太祖，以后归焉。

后仁慈有智鉴①，好书史。太祖有札记②，辄命后掌之，仓卒未尝忘。子兴尝信谗，疑太祖。后善事其妻，嫌隙得释。太祖既克太平，后率将士妻妾渡江。及居江宁，吴、汉接境，战无虚日，亲缉甲士衣鞋佐军③。陈友谅寇龙湾，太祖率师御之④，后尽发宫中金帛犒士。尝语太祖，定天下以不杀人为本。太祖善之。

洪武元年正月，太祖即帝位，册为皇后。初，后从帝军中，值岁大歉，帝又为郭氏所疑，尝乏食。后窃炊饼，怀以进，肉为焦⑤。居常贮糗糒脯修供帝⑥，无所乏绝，而己不宿饱。及贵，帝比之“芜蒌豆粥”，“滹沱麦饭”，每对群臣述后贤，同于唐长孙皇后。退以语后。后曰：“妾闻夫妇相保易，君臣相保难。陛下不忘妾同贫贱，愿无忘群臣同艰难。且妾何敢比长孙皇后也？”

后勤于内治，暇则讲求古训。告六宫，以宋多贤后，命女史录其家法，朝夕省览。或言宋过仁厚，后曰：“过仁厚，不愈于刻薄乎⑦？”一日，问女史：“黄老何教也？而窦太后好之？”女史曰：“清净无为为本。若绝仁弃义，民复孝慈，是其教矣。”后曰：“孝慈即仁义也，讵有绝仁义而为孝慈者哉⑧？”后尝诵《小学》，求帝表章焉⑨。

帝前殿决事，或震怒。后伺帝还宫，辄随事微谏。虽帝性严，然为缓刑戮者数矣。参军郭景祥守和州，人言其子持槊欲杀父⑩，帝将诛之。后曰：“景祥止一子，人言或不实，杀之恐绝其后。”帝廉之⑪，果枉。李文忠守严州，杨宪诬其不法，帝欲召还。后曰：“严，敌境也，轻易将不宜。且文忠素贤，宪言讵可信。”帝遂已。文忠后卒有功。学士宋濂坐孙慎罪，逮至，论死，后谏曰：“民家为子弟延师⑫，尚以礼全终始，况天子乎？且濂家居，必不知情。”帝不听。会后侍帝食，不御酒肉。帝问故。对曰：“妾为宋先生作福事也。”帝恻然，投箸起⑬。明日赦濂，安置茂州。吴兴富民沈秀者，助筑都城三之一，又请犒军。帝怒曰：“匹夫犒天子军，乱民也，宜诛。”后谏曰：“妾闻法者，诛不法也，非以诛不祥。民富敌国，民自不祥。不祥之民，天将灾之，陛下何诛焉？”乃释秀，戍云南。帝尝令重囚筑城。后曰：“赎罪罚役，国家至恩。但疲囚加役，恐仍不免死亡。”帝乃悉赦之。帝尝怒责宫人，后亦佯怒，令执付宫正司议罪。帝曰：“何为？”后曰：“帝王不以喜怒加刑赏。当陛下怒时，恐有畸重⑭。付宫正，则酌其平矣。即陛下论人罪亦诏有司耳。"

一日，问帝："今天下民安乎？"帝曰："此非尔所宜问也。"后曰："陛下天下父，妾辱天下母，子之安否，何可不问？"遇岁旱，辄率宫人蔬食，助祈祷；岁凶，则设麦饭野羹。帝或告以振恤。后曰："振恤不如蓄积之先备也。"奏事官朝散，会食廷中，后命中官取饮食亲尝之。味弗甘，遂启帝曰："人主自奉欲薄，养贤宜厚。"帝为饬光禄官⑮。帝幸太学还，后问生徒几何，帝曰："数千。"后曰："人才众矣。诸生有廪食，妻子将何所仰给？"于是立红板仓，积粮赐其家。太学生家粮自后始。诸将克元都，俘宝玉至。后曰："元有是而不能守，意者帝王自有宝欤。"帝曰："朕知后谓得贤为宝耳。"后拜谢曰："诚如陛下言。妾与陛下起贫贱，至今日。恒恐骄纵生于奢侈，危亡起于细微，故愿得贤人共理天下。"又曰："法屡更必弊，法弊则奸生；民数扰必困，民困则乱生。"帝叹曰："至言也。"命女史书之册。其规正，类如此。

帝每御膳，后皆躬自省视。平居服大练浣濯之衣⑯，虽敝不忍易⑰。闻元世祖后煮故弓弦事，亦命取练织为衾裯，以赐高年茕独⑱。馀帛颣丝，缉成衣裳，赐诸王妃公主，使知蚕桑艰难。妃嫔宫人被宠有子者，厚待之。命妇入朝，待之如家人礼。帝欲访后族人官之，后谢曰："爵禄私外家，非法⑲。"力辞而止。然言及父母早卒，辄悲哀流涕。帝封马公徐王，郑媪为王夫人，修墓置庙焉。

洪武十五年八月寝疾。群臣请祷祀，求良医。后谓帝曰："死生，命也，祷祀何益？且医何能活人？使服药不效，得毋以妾故而罪诸医乎。"疾亟⑳，帝问所欲言。曰："愿陛下求贤纳谏，慎终如始，子孙皆贤，臣民得所而已。"是月丙戌崩，年五十一。帝恸哭，遂不复立后。是年九月庚午葬孝陵，谥曰"孝慈皇后"。宫人思之，作歌曰："我后圣慈，化行家邦。抚我育我，怀德难忘。怀德难忘，于万斯年。惄彼下泉㉑，悠悠苍天。"永乐元年上尊谥曰"孝慈昭宪至仁文德承天顺圣高皇后"。嘉靖十七年加上尊谥曰"孝慈贞化哲顺仁徽成天育圣至德高皇后"。

---

①鉴：审察的能力。

②札记：书信，笔记。

③缉（jī，音机）：把麻搓捻成线。

④御：抵御，抵挡。

⑤怀以进：揣在怀里拿给太祖。

⑥糗（qiǔ，音求上声）糒（bèi，音贝）：干粮。

⑦愈：胜过。

⑧讵（jù，音巨）：难道。

⑨章：同"彰"。

⑩稍（shuò，音硕）：长矛。

⑪廉：考察，查访。

⑫延：请。

⑬恻然：悲伤的样子。

⑭畸重：过重。

⑮饬（chì，音斥）：整顿，整治。

⑯练：把丝麻织品煮得柔软而洁白。　　浣濯：洗涤。

⑰敝：破旧。

⑱茕（qióng，音穷）：孤单。

⑲私：偏私，不公道。

⑳亟：急切。

㉑悴：劳。

郭子兴传

郭子兴，其先曹州人。父郭公，少以日者术游定远，言祸福辄中①。邑富人有瞽女无所归②，郭公乃娶之，家日益饶。生三子，子兴其仲也。始生，郭公卜之吉。及长，任侠，喜宾客。会元政乱，子兴散家资，椎牛酾酒③，与壮士结纳。至正十二年春，集少年数千人，袭据濠州。太祖往从之。门者疑其谍，执以告子兴。子兴奇太祖状貌，解缚，与语，收帐下，为十夫长，数从战有功。子兴喜，其次妻小张夫人亦指目太祖曰："此异人也。"乃妻以所抚马公女，是为孝慈高皇后。

始，子兴同起事者孙德崖等四人，与子兴而五，各称元帅不相下。四人者粗而戆④，日剽掠，子兴意轻之。四人不悦，合谋倾子兴⑤。子兴以是多家居不视事。太祖乘间说曰："彼日益合，我益离，久之必为所制。"子兴不能从也。

元师破徐州，徐帅彭大、赵均用帅余众奔濠。德崖等以其故盗魁有名，乃共推奉之，使居己上。大有智数，子兴与相厚而薄均用。于是德崖等潛诸均用曰⑥："子兴知有彭将军耳，不知有将军也。"均用怒，乘间执子兴，幽诸德崖家。太祖自他部归，大惊，急帅子兴二子诉于大。大曰："吾在，孰敢鱼肉而翁者。"与太祖偕诣德崖家，破械出子兴，挟之归。元师围濠州，乃释故憾，共城守五阅月⑦。围解，大、均用皆自称王，而子兴及德崖等为元帅如故。未几，大死，子早住领其众。均用专狠益甚，挟子兴攻盱眙、泗州，将害之。太祖已取滁，乃遣人说均用曰："大王穷迫时，郭公开门延纳，德至厚也。大王不能报，反听细人言图之⑧，自剪羽翼，失豪杰心，窃为大王不取。且其部曲犹众，杀之得无悔乎？"均用闻太祖兵甚盛，心惮之，太祖又使人赂其左右，子兴用是得免⑨，乃将其所部万余就太祖于滁。

子兴为人枭悍善斗⑩，而性悻直少容。方事急，辄从太祖谋议，亲信如左右手。事解，即信谗疏太祖⑪。太祖左右任事者悉召之去，稍夺太祖兵柄。太祖事子兴愈谨。将士有所献，孝慈皇后辄以贻子兴妻。子兴至滁，欲据以自王⑫。太祖曰："滁四面皆山，舟楫商旅不通，非可旦夕安者也。"子兴乃已。及取和州，子兴命太祖统诸将守其地。德崖饥，就食和境，求驻军城中，太祖纳之。有谗于子兴者。子兴夜至和，太祖来谒，子兴怒甚，不与语。太祖曰："德崖尝困公，宜为备。"子兴默然。德崖闻子兴至，谋引去。前营已发，德崖方留视后军，而其军与子兴军斗，多死者。子兴执德崖，太祖亦为德崖军所执。子兴闻之，大惊，立遣徐达往代太祖，纵德崖还。德崖军释太祖，达亦脱归。子兴憾德崖甚，将甘心焉，以太祖故强释之，邑邑不乐。未几，发病卒，归葬滁州。

子兴三子。长子前战死，次天叙、天爵。子兴死，韩林儿檄天叙为都元帅，张天祐及太祖副之。天祐，子兴妇弟也。太祖渡江，天叙、天祐引兵攻集庆，陈埜先叛，俱被杀。林儿复以天爵为中书右丞。已而太祖为平章政事。天爵失职怨望，久之谋不利于太祖，诛死，子兴后遂绝。有一女，小张夫人出者，事太祖为惠妃，生蜀、谷、代三王。

洪武三年追封子兴为滁阳王，诏有司建庙，用中牢祀，复其邻宥氏，世世守王墓。十六年，太祖手书子兴事迹，命太常丞张来仪文其碑。滁人郭老舍者，宣德中以滁阳王亲，朝京师。弘治中，有郭琥自言四世祖老舍，滁阳王第四子，予冠带奉祀。已，为宥氏所讦。礼官言："滁阳王祀典，太祖所定，曰："无后，庙碑昭然，老舍非滁阳王子。"夺奉祀。

---

①辄：总是。

②瞽：眼睛瞎的。

③椎：同"槌"。　　酾（shī，音师）：斟酒。

④戆（zhuàng，音壮）：刚直。

⑤倾：排挤。

⑥谮（zèn，音怎去声）：诬陷。

⑦阅：经历。

⑧细人：奸人。

⑨用：因为，由于。

⑩斗：争战。

⑪疏：疏远。

⑫据：凭借。

韩 林 儿 传

韩林儿，栾城人，或言李氏子也。其先世以白莲会烧香惑众，谪徙永年①。元末，林儿父山童鼓妖言，谓："天下当大乱，弥勒佛下生"。河南、江、淮间愚民多信之。颍州人刘福通与其党杜遵道、罗文素、盛文郁等复言："山童，宋徽宗八世孙，当主中国"。乃杀白马黑牛，誓告天地，谋起兵，以红巾为号。至正十一年五月，事觉，福通等遽入颍州反，而山童为吏所捕诛。林儿与母杨氏逃武安山中。福通据朱皋，破罗山、上蔡、真阳、确山，犯叶、舞阳，陷汝宁、光、息，众至十余万，元兵不能御。时徐寿辉等起蕲、黄，布王三、孟海马等起湘、汉，芝麻李起丰、沛，而郭子兴亦据濠应之。时皆谓之"红军"，亦称"香军"。

十五年二月，福通物色林儿，得诸砀山夹河；迎至亳，僭称皇帝②，又号小明王，建国曰宋，建元龙凤。拆鹿邑太清宫材，治宫阙于亳。尊杨氏为皇太后，遵道、文郁为丞相，福通、文素平章政事，刘六知枢密院事。刘六者，福通弟也。遵道宠用事。福通嫉之，阴命甲士挝杀遵道③，自为丞相，加太保，事权一归福通。既而元师大败福通于太康，进围亳，福通挟林儿走安丰。未几，兵复盛，遣其党分道略地。

十七年，李武、崔德陷商州，遂破武关以图关中，而毛贵陷胶、莱、益都、滨州，山东郡邑多下。是年六月，福通帅众攻汴梁④，且分军三道：关先生、破头潘、冯长舅、沙刘二、王士诚趋晋、冀；白不信、大刀敖、李喜喜趋关中；毛贵出山东北犯。势锐甚。田丰者，元镇守黄河义兵万户也，叛附福通，陷济宁，寻败走。其秋，福通兵陷大名，遂自曹、濮陷卫辉。白不信、大刀敖、李喜喜陷兴元，遂入凤翔，屡为察罕帖木儿、李思齐所破，走入蜀。

十八年，田丰复陷东平、济宁、东昌、益都、广平、顺德。毛贵亦数败元兵，陷清、沧，据长芦镇，寻陷济南。益引兵北，杀宣慰使董搏霄于南皮，陷苏州，犯漷州，略柳林以逼大都。顺帝征四方兵入卫，议欲迁都避其锋，大臣谏乃止。贵旋被元兵击败，还据济南。而福通出没河南北，五月攻下汴梁，守将竹贞遁去，遂迎林儿都焉。关先生、破头潘等又分其军为二，一出绛州，一出沁州。逾太行，破辽、潞，遂陷冀宁。攻保定不克，陷完州，掠大同、兴和塞外诸郡，至陷上都，毁诸宫殿，转掠辽阳，抵高丽。十九年陷辽阳，杀懿州路总管吕震。顺帝以上都宫阙尽废，自此不复北巡。李喜喜余党复陷宁夏，略灵武诸边地。

是时承平久⑤，州郡皆无守备。长吏闻贼来，辄弃城遁，以故所至无不摧破。然林儿本起盗贼，无大志，又听命福通，徒拥虚名。诸将在外者率不遵约束，所过焚劫，至啖老弱为粮，且皆福通故等夷，福通亦不能制。兵虽盛，威令不行。数攻下城邑，元兵亦数从其后复之，不能守。惟毛贵稍有智略。其破济南也，立宾兴院，选用元故官姬宗周等分守诸路。又于莱州立屯田三百六十所，每屯相距三十里，造挽运大车百辆，凡官民田十取其二。多所规画，故得据山东者三年。及察罕帖木儿数破贼，尽复关、陇，是年五月大发秦、晋之师会汴城下，屯杏花营，诸军环城而垒。林儿兵出战辄败，婴城守百余日，食将尽。福通计无所出，挟林儿从百骑开东门遁还安丰，后宫官属子女及符玺印章宝货尽没于察罕。时毛贵已为其党赵均用所杀，有续继祖者，又杀均用，所部自相攻击。独田丰据东平，势稍强。

二十年，关先生等陷大宁，复犯上都。田丰陷保定，元遣使招之，被杀。王士诚又蹸晋、冀。元将孛罗败之于台州，遂入东平与丰合。福通尝责李武、崔德逗挠，将罪之。二十一年夏，两人叛去，降于李思齐。时李喜喜、关先生等东西转战，已多走死，余党自高丽还寇上都，孛罗复击降之。而察罕既取汴梁，遂遣子扩廓讨东平，胁降田丰、王士诚，乘胜定山东。惟陈猱头者，独守益都不下，与福通遥为声援。

二十二年六月，丰、士诚乘间刺杀察罕，入益都。元以兵柄付扩廓，围城数重，猱头等告急。福通自安丰引兵赴援，遇元师于火星埠，大败走还。元兵急攻益都，穴地道以入，杀丰、士诚，而械送猱头于京师，林儿势大蹙。明年，张士诚将吕珍围安丰，林儿告急于太祖。太祖曰："安丰破则士诚益强。"遂亲帅师往救，而珍已入城杀福通。太祖击走珍，以林儿归，居之滁州。明年，太祖为吴王。又二年，林儿卒。或曰太祖命廖永忠迎林儿归应天，至瓜步，覆舟沉于江云。

初，太祖驻和阳，郭子兴卒，林儿牒子兴子天叙为都元帅⑥，张天祐为右副元帅，太祖为左副元帅。时太祖以孤军保一城，而林儿称宋后，四方响应，遂用其年号以令军中。林儿殁，始以明年为吴元年。其年，遣大将军定中原，顺帝北走，距林儿亡仅岁余。林儿僭号凡十二年。

赞曰：元之末季，群雄蜂起。子兴据有濠州，地偏势弱。然有明基业，实肇于滁阳一旅⑦。子兴之封王祀庙，食报久长，良有以也。林儿横据中原，纵兵蹂躏，蔽遮江、淮十有余年。太祖得以从容缔造者，藉其力焉。帝王之兴，必有先驱者资之以成其业，夫岂偶然哉？

---

①谪：降职远派。

②僭（jiàn，音剑）：超越本分。指下级冒用上级的名头。

③挝（zhuā，音抓）：击。

④帅：通"率"。

⑤承平：相承太平之世。

⑥牒：发文书。

⑦肇：开始。

陈友谅传

陈友谅，沔阳渔家子也。本谢氏，祖赘于陈，因从其姓。少读书，略通文义。有术者相其先世墓地，曰："法当贵"，友谅心窃喜。尝为县小吏，非其好也。徐寿辉兵起，友谅往从之，依其将倪文俊为簿掾[①]。

寿辉，罗田人，又名真一，业贩布。元末盗起，袁州僧彭莹玉以妖术与麻城邹普胜聚众为乱，用红巾为号，奇寿辉状貌，遂推为主。至正十一年九月陷蕲水及黄州路，败元威顺王宽彻不花。遂即蕲水为都，称皇帝，国号天完，建元治平，以普胜为太师。未几，陷饶、信。明年分兵四出，连陷湖广、江西诸郡县。遂破昱岭关，陷杭州。别将赵普胜等陷太平诸路。势大振。然无远志，所得不能守。明年为元师所破，寿辉走兔。已而复炽，迁都汉阳，为其丞相倪文俊所制。

十七年九月，文俊谋弑寿辉[②]，不克，奔黄州。时友谅隶文俊麾下，数有功，为领兵元帅。遂乘衅杀文俊，并其兵，自称宣慰使，寻称平章政事。

明年陷安庆，又破龙兴、瑞州，分兵取邵武、吉安，而自以兵入抚州。已，又破建昌、赣、汀、信、衢。

当是时，江以南惟友谅兵最强。太祖之取太平也，与为邻。友谅陷元池州，太祖遣常遇春击取之，由是数相攻击。赵普胜者，故骁将，号"双刀赵"。初与俞通海等屯巢湖，同归太祖，叛去归寿辉。至是为友谅守安庆，数引兵争池州、太平，往来掠境上。太祖患之，陷普胜客[③]，使潜入友谅军间普胜。普胜不之觉，见友谅使者辄诉功，悻悻有德色。友谅衔之[④]，疑其贰于己，以会师为名，自江州猝至。普胜以烧羊逆于雁汊。甫登舟，友谅即杀普胜。并其军。乃以轻兵袭池州，为徐达等击败，师尽覆。

始友谅破龙兴，寿辉欲徙都之，友谅不可。未几，寿辉遽发汉阳，次江州。江州，友谅治所也，伏兵郭外，迎寿辉入，即闭城门，悉杀其所部。即江州为都，奉寿辉以居，而自称汉王，置王府官属。遂挟寿辉东下，攻太平。太平城坚不可拔，乃引巨舟薄城西南。士卒缘舟尾攀堞而登[⑤]，遂克之。志益骄。进驻采石矶，遣部将阳白事寿辉前，戒壮士挟铁挝击碎其首。寿辉既死，以采石五通庙为行殿，即皇帝位，国号汉，改元大义，太师邹普胜以下皆仍故官。会大风雨，群臣班沙岸称贺，不能成礼。

友谅性雄猜，好以权术驭下。既僭号，尽有江西、湖广之地，恃其兵强，欲东取应天。太祖患友谅与张士诚合，乃设计令其故人康茂才为书诱之，令速来。友谅果引舟师东下，至江东桥，呼茂才不应，始知为所绐[⑥]。战于龙湾，大败。潮落舟胶，死者无算，亡战舰数百，乘轻舸走。张德胜追败之慈湖，焚其舟。冯国胜以五翼军蹙之，友谅出皂旗迎战，又大败。遂弃太平，走江州。太祖兵乘胜取安庆，其将于光、欧普祥皆降。明年，友谅遣兵复陷安庆。太祖自将伐之，复安庆，长驱至江州。友谅战败，夜挈妻子奔武昌[⑦]。其将吴宏以饶降，王溥以建昌降，胡廷瑞以龙兴降。

友谅忿疆土日蹙，乃大治楼船数百艘，皆高数丈，饰以丹漆，每船三重，置走马棚，上下人语声不相闻，橹箱皆裹以铁。载家属百官，尽锐攻南昌，飞梯冲车，百道并进。太祖从子文正及邓愈坚守，三月不能下，太祖自将救之。友谅闻太祖至，撤围，东出鄱阳湖，遇于康郎山。友谅集巨舰，连锁为阵，太祖兵不能仰攻，连战三日，几殆。已，东北风起，乃纵火焚友谅舟，其弟友仁等皆烧死。友仁号五王，眇一目⑧，有勇略，既死，友谅气沮。是战也，太祖舟虽小，然轻驶，友谅军俱艨艟巨舰，不利进退，以是败。

太祖所乘舟樯白，友谅约军士明日并力攻白樯舟。太祖知之，令舟樯尽白。翌日复战，自辰至午，友谅军大败。友谅欲退保鞵山，太祖已先扼湖口，邀其归路。持数日，友谅谋于众。右金吾将军曰："出湖难，宜焚舟登陆，直趋湖南图再举。"左金吾将军曰："此示弱也，彼以步骑蹑我，进退失所据，大事去矣。"友谅不能决，既而曰："右金吾言是也。"左金吾以言不用，举所部来降。右金吾知之，亦降。友谅益困。太祖凡再移友谅书，其略曰："吾欲与公约从，各安一方，以俟天命。公失计，肆毒于我。我轻师间出，奄有公龙兴十一郡⑨，犹不自悔祸，复构兵端。一困于洪都，再败于康郎，骨肉将士重罹涂炭。公即幸生还，亦宜却帝号，坐待真主，不则丧家灭姓，悔晚矣。"友谅得书忿恚，不报。久之乏食，突围出湖口。诸将自上流邀击之，大战泾江口。汉军且斗且走，日暮犹不解。友谅从舟中引首出，有所指挥⑩，骤中流矢，贯睛及颅死。军大溃，太子善儿被执。太尉张定边夜挟友谅次子理，载其尸遁还武昌。友谅豪侈，尝造镂金床甚工，宫中器物类是。既亡，江西行省以床进。太祖叹曰："此与孟昶七宝溺器何异！"命有司毁之。友谅僭号凡四年。

子理既还武昌，嗣伪位，改元德寿。是冬，太祖亲征武昌。明年二月再亲征。其丞相张必先自岳州来援，次洪山。常遇春击擒之，徇于城下。必先，骁将也，军中号"泼张"，倚为重。及被擒，城中大惧，由是欲降者众。太祖乃遣其故臣罗复仁入城招理。理遂降，入军门，俯伏不敢视。太祖见理幼弱，掖之起⑪，握其手曰："吾不汝罪也。"府库财物恣理取，旋应天，授爵归德侯。

友谅之从徐寿辉也，其父普才止之。不听。及贵，往迎之。普才曰："汝违吾命，吾不知死所矣。"普才五子：长友富，次友直，又次友谅，又次友仁、友贵。友仁、友贵前死鄱阳。太祖平武昌，封普才承恩侯，友富归仁伯，友直怀恩伯，赠友仁康山王，命所司立庙祀之，以友贵附。理居京师，邑邑出怨望语。帝曰："此童孺小过耳，恐细人蛊惑⑫，不克全朕恩，宜处之远方。"洪武五年，理及归义侯明升并徙高丽，遣元降臣枢密使延安答理护行。赐高丽王罗绮，俾善视之。亦徙普才等滁阳。

熊天瑞者，本荆州乐工，从徐寿辉抄略江、湘间。后受陈友谅命，攻陷临江、吉安，又陷赣州。友谅俾以参知政事，守赣，兼统吉安、南安、南雄、韶州诸路。久之，扬言东下。署其帜曰"无敌"，自称金紫光禄大夫、司徒、平章军国重事。友谅不能制。阴图取广东，造战舰于南雄，帅数万众趋广州。元将何真以兵迎于胥江。会天大雷雨，震其舰樯折，天瑞惧而还。太祖兵克临江，遣常遇春等攻赣，天瑞拒守五越月，二十五年正月，乃帅其养子元震肉袒诣军门降。太祖宥之⑬，授指挥使。明年从攻浙西，叛降于张士诚，教士诚飞炮击外军。城中木石俱尽，外军多伤者。士诚灭，天瑞伏诛。

有周时中者，龙泉人，尝为寿辉平章。后帅所部降，策天瑞必叛。后果如其言。时中累官吏部尚书，出为镇江知府，历福建盐运副使。

元震本姓田氏，善战有名。遇春之围赣也，元震窃出觇兵，遇春亦引数骑出，猝与遇。元震不知为遇春也，过之。及遇春还，始觉，遂单骑前袭遇春。遇春遣从骑挥刀击之，元震奋铁挝且斗且走。遇春曰："壮男子也。"舍之。由是喜其才勇。既从天瑞降，荐以为指挥使。天瑞诛，复故姓云。

①掾（yuàn，音怨）：古代属官的通称。

②弒：古称下级谋杀上级曰弒。

③啗（dàn，音旦）：引诱。

④衔：藏在心里。

⑤堞（dié，音谍）：矮墙。

⑥绐（dài，音带）：哄骗。

⑦挈：带领。

⑧眇（miǎo，音秒）：瞎了一只眼睛。

⑨奄：包围。

⑩扲（huī，音挥）：指挥。

⑪掖：扶持。

⑫细人：见识短浅的人。

⑬宥（yòu，音右）：宽恕。

张 士 诚 传

　　张士诚，小字九四，泰州白驹场亭人。有弟三人，并以操舟运盐为业，缘私作奸利①。颇轻财好施，得群辈心。常鬻盐诸富家②，富家多陵侮之，或负其直不酬③。而弓手丘义尤窘辱士诚甚。士诚忿，即帅诸弟及壮士李伯升等十八人杀义，并灭诸富家，纵火焚其居。入旁郡场，招少年起兵。盐丁方苦重役，遂共推为主，陷泰州。高邮守李齐谕降之，复叛。杀行省参政赵琏，并陷兴化，结寨德胜湖，有众万余。元以万户告身招之。不受。绐杀李齐，袭据高邮，自称诚王，僭号大周，建元天祐。是岁至正十三年也。

　　明年，元右丞相脱脱总大军出讨，数败士诚，围高邮，隳其外城④。城且下，顺帝信谗，解脱脱兵柄，削官爵，以他将代之。士诚乘间奋击，元兵溃去，由是复振。逾年，淮东饥，士诚乃遣弟士德由通州渡江入常熟。

　　十六年二月陷平江，并陷湖州、松江及常州诸路。改平江为隆平府，士诚自高邮来都之。即承天寺为府第，踞坐大殿中，射三矢于栋以识。是岁，太祖亦下集庆，遣杨宪通好于士诚。其书曰："昔隗嚣称雄于天水，今足下亦擅号于姑苏，事势相等，吾深为足下喜。睦邻守境，古人所贵，窃甚慕焉。自今信使往来，毋惑谗言，以生边衅。"士诚得书，留宪不报。已，遣舟师攻镇江。徐达败之于龙潭。太祖遣达及汤和攻常州。士诚兵来援，大败，失张、汤二将，乃以书求和，请岁输粟二十万石，黄金五百两，白金三百斤。太祖答书，责其归杨宪，岁输五十万石。士诚复不报。

　　初，士诚既得平江，即以兵攻嘉兴。元守将苗帅杨完者数败其兵。乃遣士德间道破杭州。完者还救，复败归。明年，耿炳文取长兴，徐达取常州，吴良等取江阴，士诚兵不得四出，势渐蹙。亡何，徐达兵徇宜兴，攻常熟。士德迎战败，为前锋赵德胜所擒。士德，小字九六，善战有谋，能得士心，浙西地皆其所略定。既被擒，士诚大沮。太祖欲留士德以招士诚。士德间道贻士诚书⑤，俾降元。士诚遂决计请降。江浙右丞相达识帖睦迩为言于朝，授士诚太尉，官其将吏有差。士德在金陵竟不食死。士诚虽去伪号，擅甲兵土地如故。达识帖睦迩在杭与杨完者有隙，阴召士诚兵。士诚遣史文炳袭杀完者，遂有杭州。顺帝遣使征粮，赐之龙衣御酒。士诚自海道输粮十一万石于大都，岁以为常。既而益骄，令其下颂功德，邀王爵。不许。

二十三年九月，士诚复自立为吴王，尊其母曹氏为王太妃，置官属，别治府第于城中，以士信为浙江行省左丞相，幽达识帖睦迩于嘉兴。元征粮不复与。参军俞思齐者，字中孚，泰州人，谏士诚曰："向为贼，可无贡；今为臣，不贡可乎！"士诚怒，抵案仆地，思齐即引疾去。当是时，士诚所据，南抵绍兴，北逾徐州，达于济宁之金沟，西距汝、颍、濠、泗，东薄海，二千余里，带甲数十万。以士信及女夫潘元绍为腹心，左丞徐义、李伯升、吕珍为爪牙，参军黄敬夫、蔡彦文、叶德新主谋议，元学士陈基、右丞饶介典文章。又好招延宾客，所赠遗舆马、居室、什器甚具。诸侨寓贫无籍者争趋之。

士诚为人，外迟重寡言，似有器量，而实无远图。既据有吴中，吴承平久，户口殷盛，士诚渐奢纵，怠于政事。士信、元绍尤好聚敛，金玉珍宝及古法书名画，无不充牣⑥。日夜歌舞自娱。将帅亦偃蹇不用命⑦，每有攻战，辄称疾，邀官爵田宅然后起。甫至军，所载婢妾乐器踵相接不绝，或大会游谈之士，樗蒲蹴踘⑧，皆不以军务为意。及丧师失地还，士诚概置不问。已，复用为将。上下嬉娱，以至于亡。

太祖与士诚接境。士诚数以兵攻常州、江阴、建德、长兴、诸全，辄不利去。而太祖遣邵荣攻湖州，胡大海攻绍兴，常遇春攻杭州，亦皆不能下。廖永安被执，谢再兴叛降士诚，会太祖与陈友谅相持，未暇及也。友谅亦遣使约士诚夹攻太祖，而士诚欲守境观变，许使者，卒不行。太祖既平武昌，师还，即命徐达等规取淮东，克泰州、通州，围高邮。士诚以舟师溯江来援，太祖自将击走之。达等遂拔高邮，取淮安，悉定淮北地。于是移檄平江，数士诚八罪。徐达、常遇春帅兵自太湖趋湖州，吴人迎战于毗山，又战于七里桥，皆败，遂围湖州。士诚遣朱暹⑨、五太子等以六万众来援，屯于旧馆，筑五砦自固。达、遇春筑十垒以遮之，断其粮道。士诚知事急，亲督兵来战，败于皂林。其将徐志坚败于东迁，潘元绍败于乌镇，升山水陆寨皆破，旧馆援绝，五太子、朱暹、吕珍皆降。五太子者，士诚养子，短小精悍，能平地跃丈余，又善没水，珍、暹皆宿将善战，至是降。达等以徇于湖州。守将李伯升等以城降，嘉兴、松江相继降。潘原明亦以杭州降于李文忠。

二十六年十一月，大军进攻平江，筑长围困之。士诚距守数月。太祖贻书招之曰："古之豪杰，以畏天顺民为贤，以全身保族为智，汉窦融、宋钱俶是也。尔宜三思，勿自取夷灭，为天下笑。"士诚不报，数突围决战，不利。李伯升知士诚困甚，遣所善客逾城说士诚曰："初公所恃者，湖州、嘉兴、杭州耳，今皆失矣。独守此城，恐变从中起，公虽欲死，不可得也。莫若顺天命，遣使金陵，称公所以归义救民之意，开城门，幅巾待命⑩，当不失万户侯。且公之地，譬如博者，得人之物而复失之，于公何损。"士诚仰观良久曰："吾将思之。"乃谢客，竟不降。士诚故有勇胜军号"十条龙"者，皆骁猛善斗，每被银铠锦衣出入阵中，至是亦悉败，溺万里桥下死。最后丞相士信中炮死，城中汹汹无固志⑪。二十七年九月，城破，士诚收余众战于万寿寺东街，众散走。仓皇归府第，拒户自缢。故部将赵世雄解之。大将军达数遣李伯升、潘元绍等谕意，士诚瞑目不答。舁出葑门⑫，入舟，不复食。至金陵，竟自缢死，年四十七。命具棺葬之。

方士诚之被围也，语其妻刘曰："吾败且死矣，若曹何为⑬？"刘答曰："君无忧，妾必不负君。"积薪齐云楼下。城破，驱群妾登楼，令养子辰保纵火焚之，亦自缢。有二幼子匿民间，不知所终。先是，黄敬夫等三人用事，吴人知士诚必败，有"黄菜叶"十七字之谣，其后卒验云。

莫天祐者，元末聚众保无锡州，士诚招之，不从。以兵攻之，亦不克。士诚既受元官，天祐乃降。士诚累表为同金枢密院事。及平江既围，他城皆下，惟天祐坚守。士诚破，胡廷瑞急攻之，乃降。太祖以其多伤我兵，诛之。

李伯升仕士诚至司徒，既降，命仍故官，进中书平章同知詹事府事。尝将兵讨平湖广慈利蛮，又为征南右副将军，同吴良讨靖州蛮。后坐胡党死。潘元明以平章守杭州降，仍为行省平章，与伯升俱岁食禄七百五十石，不治事。云南平，以元明署布政司事，卒官。

士诚自起至亡，凡十四年。

①缘：追随。

②鬻（yù，音玉）：卖。

③直：通"值"。工钱，钱。

④隳（huī，音灰）：毁坏。

⑤俾（bǐ，音彼）：使。

⑥牣（rèn，音任）：满。

⑦偃蹇：高傲的样子。

⑧樗（chū，已音出）蒲：古代赌博。

⑨暹（xiān），音先。

⑩幅巾：古以缣全幅所为之头巾。

⑪汹汹：纷乱的样子。

⑫舁（yú，音鱼）：抬。

⑬若曹：你们。

徐 达 传

徐达，字天德，濠人，世业农。达少有大志，长身高颧，刚毅武勇。太祖之为郭子兴部帅也，达时年二十二，往从之，一见语合。及太祖南略定远，帅二十四人往，达首与焉。寻从破元兵于滁州涧，从取和州，子兴授达镇抚。子兴执孙德崖，德崖军亦执太祖，达挺身诣德崖军请代，太祖乃得归，达亦获免。从渡江，拔采石，取太平，与常遇春皆为军锋冠。从破擒元将陈埜先，别将兵取溧阳、溧水，从下集庆。太祖身居守，而命达为大将，帅诸军东攻镇江，拔之。号令明肃，城中宴然。授淮兴翼统军元帅。

时张士诚已据常州，挟江东叛将陈保二以舟师攻镇江。达败之于龙潭，遂请益兵以围常州。士诚遣将来援。达以敌狡而锐，未易力取，乃离城设二伏以待，别遣将王均用为奇兵，而自督军战。敌退走遇伏，大败之，获其张、汤二将，进围常州。明年克之。进金枢密院事。继克宁国，徇宜兴，使前锋赵德胜下常熟，擒士诚弟士德。明年复攻宜兴，克之。太祖自将攻婺州，命达留守应天，别遣兵袭破天完将赵普胜，复池州。迁奉国上将军、同知枢密院事。进攻安庆，自无为陆行，夜掩浮山寨，破普胜部将于青山，遂克潜山。还镇池州，与遇春设伏，败陈友谅军于九华山下，斩首万人，生擒三千人。遇春曰："此劲旅也，不杀为后患。"达不可，乃以状闻。而遇春先以夜坑其人过半①，太祖不怿，悉纵遣余众。于是始命达尽护诸将。陈友谅犯龙江，达军南门外，与诸将力战破之，追及之慈湖，焚其舟。

明年，从伐汉，取江州。友谅走武昌，达追之。友谅出战舰沔阳，达营汉阳沌口以遏之。进中书右丞。明年，太祖定南昌，降将祝宗、康泰叛。达以沌口军讨平之。从援安丰，破吴将吕珍，遂围庐州。会汉人寇南昌，太祖召达自庐州来会师，遇于鄱阳湖。友谅军甚盛，达身先诸将力战，败其前锋，杀千五百人，获一巨舟。太祖知敌可破，而虑士诚内犯，即夜遣达还守应天，自帅诸将鏖战，竟毙友谅。

明年，太祖称吴王，以达为左相国。复引兵围庐州，克其城。略下江陵、辰州、衡州、宝庆诸路，湖、湘平。召还，帅遇春等徇淮东，克泰州。吴人陷宜兴，达还救复之。复引兵渡江，克高邮，俘吴将士千余人。会遇春攻淮安，破吴军于马骡港，守将梅思祖以城降。进破安丰，获元将忻都，走左君弼，尽得其运艘。元兵侵徐州，迎击。大破之，俘斩万计。淮南、北悉平。

师还，太祖议征吴。右相国李善长请缓之。达曰："张氏汰而苛，大将李伯升辈徒拥子女玉帛，易与耳。用事者，黄、蔡、叶三参军，书生不知大计。臣奉主上威德，以大军蹙之，三吴可计日定。"太祖大悦，拜达大将军，平章遇春为副将军，帅舟师二十万人薄湖州。敌三道出战，达亦分三军应之，别遣兵扼其归路。敌战败返走，不得入城。还战，大破之，擒将吏二百人，围其城。士诚遣吕珍等以兵六万赴救，屯旧馆，筑五寨自固。达使遇春等为十垒以遮之。士诚自以精兵来援，大破之于皂林，士诚走，遂拔升山水陆寨。五太子、朱暹、吕珍等皆降，以徇于城下，湖州降。遂下吴江州，从太湖进围平江。达军葑门[2]，遇春军虎丘，郭子兴军娄门，华云龙军胥门，汤和军阊门[3]，王弼军盘门，张温军西门，康茂才军北门，耿炳文军城东北，仇成军城西南，何文辉军城西北，筑长围困之。架木塔与城中浮屠等。别筑台三成，瞰城中，置弓弩火筒。台上又置巨炮，所击辄糜碎。城中大震。达遣使请事，太祖敕劳之曰："将军谋勇绝伦，故能遏乱略，削群雄。今事必禀命，此将军之忠，吾甚嘉之。然将在外，君不御。军中缓急，将军其便宜行之，吾不中制。"既而平江破，执士诚，传送应天，得胜兵二十五万人。城之将破也，达与遇春约曰："师入，我营其左，公营其右。"又令将士曰："掠民财者死，毁民居者死，离营二十里者死。"既入，吴人安堵如故。师还，封信国公。

寻拜征虏大将军，以遇春为副，帅步骑二十五万人，北取中原，太祖亲祃于龙江。是时称名将，必推达、遇春。两人才勇相类，皆太祖所倚重。遇春剽疾敢深入[4]，而达尤长于谋略。遇春下城邑不能无诛僇，达所至不扰，即获壮士与谍，结以恩义，俾为己用。由此，多乐附大将军者。至是，太祖谕诸将御军持重有纪律，战胜攻取得为将之体者，莫如大将军达。又谓达，进取方略，宜自山东始。师行，克沂州，降守将王宣。进克峄州，王宣复叛，击斩之。莒、密、海诸州悉下。乃使韩政分兵扼河，张兴祖取东平、济宁，而自帅大军拔益都，徇下潍、胶诸州县。济南降，分兵取登、莱，齐地悉定。

洪武元年，太祖即帝位，以达为右丞相。册立皇太子，以达兼太子少傅。副将军遇克东昌，会师济南，击斩乐安反者。还军济宁，引舟师溯河，趋汴梁，守将李克彝走，左君、竹贞等降。遂自虎牢关入洛阳，与元将脱因帖木儿大战洛水北，破走之。梁王阿鲁温以河南降，略定嵩、陕、陈、汝诸州，遂捣潼关。李思齐奔凤翔，张思道奔鄜城。遂入关，西至华州。

捷闻，太祖幸汴梁，召达诣行在所，置酒劳之，且谋北伐。达曰："大军平齐鲁，扫河洛，王保保逡巡观望；潼关既克，思齐辈狼狈西奔。元声援已绝，今乘势直捣元都，可不战有也。"帝曰："善。"达复进曰："元都克，而其主北走，将穷追之乎？"帝曰："元运衰矣。行自澌灭，不烦穷兵。出塞之后，固守封疆，防其侵轶可也。"达顿首受命。遂与副将军会师河阴，遣裨将分道徇河北地，连下卫辉、彰德、广平。师次临清，使傅友德开陆道通步骑，顾时浚河通舟师，遂引而北。遇春已克德州，合兵取长芦，扼直沽，作浮桥以济师。水陆并进，大败元军于河西务，进克通州。顺帝帅后妃太子北去。逾日，达陈兵齐化门，填濠登城。监国淮王帖木儿不花，左丞相庆童、平章迭儿必失、朴赛因不花，右丞张康伯，御史中丞满川等不降，斩之。其余不戮一人。封府库，籍图书宝物，令指挥张胜以兵千人守宫殿门，使宦者护视诸宫人、妃、主，禁士卒毋所侵暴。吏民安居，市不易肆。

捷闻，诏以元都为北平府，置六卫，留孙兴祖等守之，而命达与遇春进取山西。遇春先下保定、中山、真定，冯胜、汤和下怀庆，度太行，取泽、潞，达以大军继之。时扩廓帖木儿方引兵出雁门，将由居庸以攻北平。达闻之，与诸将谋曰："扩廓远出，太原必虚。北平有孙都督在，足以御之。今乘敌不备，直捣太原，使进不得战，退无所守，所谓批亢捣虚者也⑤。彼若西还自救，此成擒耳。"诸将皆曰："善。"乃引兵趋太原。扩廓至保安，果还救。达选精兵夜袭其营。扩廓以十八骑遁去。尽降其众，遂克太原。乘势收大同，分兵徇未下州县。山西悉平。

二年引兵西渡河。至鹿台，张思道遁，遂克奉元。时遇春下凤翔，李思齐走临洮，达会诸将议所向。皆曰："张思道之才不如李思齐，而庆阳易于临洮，请先庆阳。"达曰："不然。庆阳城险而兵精，猝未易拔也。临洮北界河、湟，西控羌、戎，得之，其人足备战斗，物产足佐军储。蘖以大兵⑥，思齐不走，则束手缚矣。临洮既克，于旁郡何有？"遂渡陇，克秦州，下优羌、宁远，入巩昌，遣右副将军冯胜逼临洮，思齐果不战降。分兵克兰州，袭走豫王，尽收其部落辎重。还出萧关，下平凉。思道走宁夏，为扩廓所执。其弟良臣以庆阳降。达遣薛显受之。良臣复叛，夜出兵袭伤显。达督军围之。扩廓遣将来援，逆击败去，遂拔庆阳。良臣父子投于井，引出斩之。尽定陕西地。诏达班师，赐白金文绮甚厚。

将论功大封，会扩廓攻兰州，杀指挥使。副将军遇春已卒。三年春，帝复以达为大将军，平章李文忠为副将军，分道出兵。达自潼关出西道，捣定西，取扩廓。文忠自居庸出东道，绝大漠，追元嗣主。达至定西，扩廓退屯沈儿峪，进军薄之。隔沟而垒，日数交。扩廓遣精兵从间道劫东南垒，左丞胡德济仓卒失措，军惊扰，达帅兵击却之。德济，大海子也。达以其功臣子，械送之京师，而斩其下指挥等数人以徇。明日，整兵夺沟，殊死战，大破扩廓兵。擒郯王、文济王及国公、平章以下文武僚属千八百六十余人，将士八万四千五百余人，马驼杂畜以巨万计。扩廓仅挟妻子数人奔和林。德济至京，帝释之，而以书谕达："将军效卫青不斩苏建耳，独不见穰苴之待庄贾乎？将军诛之，则已。今下廷议，吾且念其信州、诸暨功，不忍加诛。继自今，将军毋事姑息。"

达既破扩廓，即帅师自徽州南一百八渡至略阳，克沔州，入连云栈，攻兴元，取之。而副将军文忠亦克应昌，获元嫡孙妃主将相。先后露布闻，诏振旅还京师。帝迎劳于龙江。乃下诏大封功臣，授达开国辅运推诚宣力武臣，特进光禄大夫、左柱国、太傅、中书右丞相参军国事，改封魏国公，岁禄五千石，予世券。明年帅盛熙等赴北平练军马，修城池，徙山后军民实诸卫府，置二百五十四屯，垦田一千三百余顷。其冬，召还。

五年，复大发兵征扩廓。达以征虏大将军出中道，左副将军李文忠出东道，征西将军冯胜出西道，各将五万骑出塞。达遣都督蓝玉击败扩廓于土剌河。扩廓与贺宗哲合兵力拒，达战不利，死者数万人。帝以达功大，弗问也。时文忠军亦不利，引还。独胜至西凉获全胜，坐匿驼马，赏不行，事具《文忠、胜传》。明年，达复帅诸将行边，破敌于答剌海，还军北平，留三年而归。十四年，复帅汤和等讨乃儿不花。已，复还镇。

每岁春出，冬暮召还，以为常。还辄上将印，赐休沐，宴见欢饮，有布衣兄弟称，而达愈恭慎。帝尝从容言："徐兄功大，未有宁居，可赐以旧邸。"旧邸者，太祖为吴王时所居也。达固辞。一日，帝与达之邸，强饮之醉，而蒙之被，舁卧正寝。达醒，惊趋下阶，俯伏呼死罪。帝觇之，大悦。乃命有司即旧邸前治甲第，表其坊曰："大功"。胡惟庸为丞相，欲结好于达，达薄其人，不答。则赂达阍者福寿使图达。福寿发之，达亦不问。惟时时为帝言惟庸不任相。后果败，帝益重达。十七年，太阴犯上将，帝心恶之。达在北平病背疽，稍愈。帝遣达长子辉祖赍敕往劳，寻召还。明年二月，病笃，遂卒，年五十四。帝为辍朝，临丧悲恸不已。追封中山王，谥武宁，赠三世皆王爵。赐葬钟山之阴，御制神道碑文。配享太庙，肖像功臣庙，位皆第一。

达言简虑精。在军，令出不二。诸将奉持凛凛，而帝前恭谨如不能言。善抚循，与下同甘苦，士无不感恩效死，以故所向克捷。尤严戢部伍，所平大都二，省会三，郡邑百数，闾井宴然，民不苦兵。归朝之日，单车就舍；延礼儒生，谈议终日，雍雍如也。帝尝称之曰："受命而出，成功而旋，不矜不伐，妇女无所爱，财宝无所取，中正无疵，昭明乎日月，大将军一人而已。"

子四：辉祖、添福、膺绪、增寿。长女为文皇帝后，次代王妃，次安王妃。

辉祖，初名允恭，长八尺五寸，有才气，以勋卫署左军都督府事。达薨，嗣爵。以避皇太孙讳，赐今名。数出练兵陕西、北平、山东、河南。元将阿鲁帖木儿隶燕府，有异志，捕诛之。还领中军都督府。建文初，加太子太傅。燕王子高煦，辉祖甥也。王将起兵，高煦方留京师，窃其善马而逃。辉祖大惊，遣人追之，不及，乃以闻，遂见亲信。久之，命帅师援山东，败燕兵于齐眉山。燕人大惧。俄被诏还，诸将势孤，遂相次败绩。及燕兵渡江，辉祖犹引兵力战。成祖入京师，辉祖独守父祠弗迎。于是下吏命供罪状，惟书其父开国勋及券中免死语。成祖大怒，削爵幽之私第。永乐五年卒。万历中录建文忠臣，庙祀南都，以辉祖居首。后追赠太师，谥忠贞。

辉祖死逾月，成祖诏群臣："辉祖与齐、黄辈谋危社稷。朕念中山王有大功，曲赦之。今辉祖死，中山王不可无后。"遂命辉祖长子钦嗣。九年，钦与成国公勇、定国公景昌、永康侯忠等，俱以纵恣为言官所劾。帝宥勇等，而令钦归就学。十九年来朝，遽辞归。帝怒，罢为民。仁宗即位，复故爵，传子显宗、承宗。承宗，天顺初，守备南京，兼领中军府，公廉恤士有贤声。卒，子俌嗣。俌字公辅，持重，善容止。南京守备体最隆，怀柔伯施鉴以协同守备位俌上。俌不平，言于朝，诏以爵为序，著为令。弘治十二年，给事中胡易、御史胡献以灾异陈言下狱，俌上章救之。正德中，上书谏游畋，语切直。尝与无锡民争田，贿刘瑾，为时所讥。俌嗣五十二年而卒，赠太傅，谥庄靖。孙鹏举嗣，嬖其妾，冒封夫人，欲立其子为嫡，坐夺禄。传子邦瑞，孙维志，曾孙弘基。自承宗至弘基六世，皆守备南京，领军府事。弘基累加太傅，卒，谥庄武，子文爵嗣。明亡，爵除。

增寿以父任仕至左都督。建文帝疑燕王反，尝以问增寿。增寿顿首曰："燕王先帝同气，富贵已极，何故反？"及燕师起，数以京师虚实输于燕。帝觉之，未及问。比燕兵渡江，帝召增寿诘之，不对，手剑斩之殿庑下[7]。王入，抚尸哭。即位，追封武阳侯，谥忠愍[8]。寻进封定国公，禄二千五百石。以其子景昌嗣。骄纵，数被劾，成祖辄宥之[9]。成祖崩，景昌坐居丧不出宿，夺冠服岁禄，已而复之。三传至玄孙光祚，累典军府，加太师，嗣四十五年卒，谥荣僖。传子至孙文璧，万历中，领后军府。以小心谨畏见亲于帝，数代郊天，加太师。累上书请建储，罢矿税，释逮系。嗣三十五年卒，谥康惠。再传至曾孙允祯，崇祯末为流贼所杀。

洪武诸功臣，惟达子孙有二公，分居两京。魏国之后多贤，而累朝恩数，定国常倍之。嘉靖中诏裁恩泽世封[10]，有言定国功弗称者，竟弗夺也。

添福早卒。膺绪[11]，授尚宝司卿，累迁中军都督金事，奉朝请，世袭指挥使。

---

①坑：活埋。

②赟（fēng），音风。

③闿（chǎng，音昌）。

④勡：动作轻捷。

⑤批亢捣虚：攻打要害、虚弱部位。

⑥蹙：紧迫。

⑦庑（wǔ，音午）：高堂下周围的廊房。

⑧愍（mǐn），音敏。

⑨宥：宽恕。

⑩裁：删减，削减。

⑪膺（yīng），音应。

常遇春传

常遇春，字伯仁，怀远人。貌奇伟，勇力绝人，猿臂善射。初从刘聚为盗，察聚终无成，归太祖于和阳。未至，困卧田间，梦神人被甲拥盾呼曰："起！起！主君来。"惊寤①，而太祖适至，即迎拜。时至正十五年四月也。无何②，自请为前锋。太祖曰："汝特饥来就食耳，吾安得汝留也？"遇春固请。太祖曰："俟渡江，事我未晚也。"及兵薄牛渚矶③，元兵陈矶上，舟距岸且三丈余，莫能登。遇春飞舸至，太祖麾之前④。遇春应声，奋戈直前。敌接其戈，乘势跃而上，大呼跳荡，元军披靡。诸将乘之，遂拔采石，进取太平。授总管府先锋，进总管都督。

时将士妻子辎重皆在和州，元中丞蛮子海牙复以舟师袭据采石，道中梗⑤。太祖自将攻之，遣遇春多张疑兵分敌势。战既合⑥，遇春操轻舸，冲海牙舟为二。左右纵击，大败之，尽得其舟。江路复通。寻命守溧阳⑦，从攻集庆，功最。从元帅徐达取镇江，进取常州。吴兵围达于牛塘，遇春往援，破解之，擒其将，进统军大元帅。克常州，迁中翼大元帅。从达攻宁国，中流矢，裹创斗，克之。别取马驼沙，以舟师攻池州，下之，进行省都督马步水军大元帅。从取婺州，转同金枢密院事，守婺。移兵围衢州，以奇兵突入南门瓮城，毁其战具，急攻之，遂下，得甲士万人，进金枢密院事。攻杭州，失利，召还应天。从达拔赵普胜之水寨，从守池州，大破汉兵于九华山下，语具《达传》。

友谅薄龙湾，遇春以五翼军设伏，大破之，遂复太平，功最。太祖追友谅于江州，命遇春留守，用法严，军民肃然无敢犯。进行省参知政事。从取安庆。汉军出江游徼，遇春击之，皆反走，乘胜取江州。还守龙湾，援长兴，俘杀吴兵五千余人，其将李伯升解围遁。命愍安庆城⑧。

先是，太祖所任将帅最著者，平章邵荣、右丞徐达与遇春为三。而荣尤宿将善战，至是骄蹇有异志⑨，与参政赵继祖谋伏兵为变。事觉，太祖欲宥荣死，遇春直前曰："人臣以反名，尚何可宥，臣义不与共生。"太祖乃饮荣酒，流涕而戮之，以是益爱重遇春。

池州帅罗友贤据神山寨，通张士诚，遇春破斩之。从援安丰。比至，吕珍已陷其城，杀刘福通，闻大军至，盛兵拒守。太祖左右军皆败，遇春横击其阵，三战三破之，俘获士马无算。遂从达围庐州。城将下，陈友谅围洪都，召还。会师伐汉，遇于彭蠡之康郎山。汉军舟大，乘上流，锋锐甚。遇春偕诸将大战，呼声动天地，无不一当百。友谅骁将张定边直犯太祖舟，舟胶于浅，几殆⑩。遇春射中定边，太祖舟得脱，而遇春舟复胶于浅。有败舟顺流下，触遇春舟乃脱。转战三日，纵火焚汉舟，湖水皆赤，友谅不敢复战。诸将以汉军尚强，欲纵之去，遇春独无言。比出湖口，诸将欲放舟东下，太祖命扼上流。遇春乃溯江而上，诸将从之。友谅穷蹙^⑪，以百艘突围。诸将邀击之，汉军遂大溃，友谅死。师还，第功最^⑫，赉金帛土田甚厚。从围武昌，太祖还应天，留遇春督军困之。

明年，太祖即吴王位，进遇春平章政事。太祖复视师武昌。汉丞相张必先自岳来援。遇春乘其未集，急击擒之。城中由是气夺，陈理遂降。尽取荆、湖地。从左相国达取庐州，别将兵略定临江之沙坑、麻岭、牛陂诸寨，擒伪知州邓克明，遂下吉安。围赣州，熊天瑞固守不下。太祖使使谕遇春："克城无多杀。苟得地，无民何益？"于是遇春浚壕立栅以困之。顿兵六月^⑬，天瑞力尽乃降，遇春果不杀。太祖大喜，赐书褒勉。遇春遂因兵威谕降南雄、韶州，还定安陆、襄阳。复从徐达克泰州，败士诚援兵，督水军壁海安坝以遏之。

其秋拜副将军，伐吴。败吴军于太湖，于毗山，于三里桥，遂薄湖州。士诚遣兵来援，屯于旧馆，出大军后。遇春将奇兵由大全港营东阡，更出其后。敌出精卒搏战，奋击破之。袭其右丞徐义于平望，尽燔其赤龙船^⑭，复败之于乌镇，逐北至升山，破其水陆寨，悉俘旧馆兵，湖州遂下。进围平江，军虎丘。士诚潜师趋遇春，遇春与战北濠，破之，几获士诚。久之，诸将破葑门^⑮，遇春亦破阊门以入^⑯，吴平。进中书平章军国重事，封鄂国公。

复拜副将军，与大将军达帅兵北征。帝亲谕曰："当百万众，摧锋陷坚，莫如副将军。不虑不能战，虑轻战耳。身为大将，顾好与小校角，甚非所望也。"遇春拜谢。既行，以遇春兼太子少保，从下山东诸郡，取汴梁，进攻河南。元兵五万陈洛水北。遇春单骑突其阵，敌二十余骑攒槊刺之。遇春一矢殪其前锋^⑰，大呼驰入，麾下壮士从之。敌大溃，追奔五十余里。降梁王阿鲁温，河南郡邑以次下。谒帝于汴梁，遂与大将军下河北诸郡。先驱取德州，将舟师并河而进，破元兵于河西务，克通州，遂入元都。别下保定、河间、真定。

与大将军攻太原，扩廓帖木儿来援。遇春言于达曰："我骑兵虽集，步卒未至，骤与战必多杀伤，夜劫之可得志。"达曰："善。"会扩廓部将豁鼻马来约降，且请为内应，乃选精骑夜衔枚往袭。扩廓方燃烛治军书，仓卒不知所出，跣一足^⑱，乘骣马，以十八骑走大同。豁鼻马降，得甲士四万，遂克太原。遇春追扩廓至忻州而还。诏改遇春左副将军，居右副将军冯胜上。北取大同，转徇河东，下奉元路，与胜军合，西拔凤翔。

会元将也速攻通州，诏遇春还备，以平章李文忠副之。帅步骑九万，发北平，径会州，败敌将江文清于锦州，败也速于全宁。进攻大兴州，分千骑为八伏。守将夜遁，尽擒之，遂拔开平。元帝北走，追奔数百里。获其宗王庆生及平章鼎住等将士万人，车万辆，马三千匹，牛五万头，子女宝货称是。师还，次柳河川，暴疾卒，年仅四十。太祖闻之，大震悼。丧至龙江，亲出奠，命礼官议天子为大臣发哀礼。议上，用宋太宗丧韩王赵普故事。制曰："可。"赐葬钟山原，给明器九十事纳墓中。赠翊运推诚宣德靖远功臣、开府仪同三司、上柱国、太保、中书右丞相，追封开平王，谥忠武。配享太庙，肖像功臣庙，位皆第二。

遇春沉鸷果敢^⑲，善抚士卒，摧锋陷阵，未尝败北。虽不习书史，用兵辄与古合。长于大将军达二岁，数从征伐，听约束惟谨，一时名将称徐、常。遇春尝自言能将十万众，横行天下，军中又称"常十万"云。

遇春从弟荣，积功为指挥同知，从李文忠出塞，战死胪朐河。遇春二子，茂、升。

茂以遇春功，封郑国公，食禄二千石，予世券，骄稚不习事。洪武二十年命从大将军冯胜征纳哈出于金山。胜，茂妇翁也。茂多不奉胜约束，胜数诮责之。茂应之慢，胜益怒，未有以发也。会纳哈出请降，诣右副将军蓝玉营，酒次，与玉相失，纳哈出取酒浇地，顾其下咄咄语。茂方在坐，麾下赵指挥者，解蒙古语，密告茂："纳哈出将遁矣。"茂因出不意，直前搏之。纳哈出大惊，起欲就马。茂拔刀，砍其臂伤。纳哈出所部闻之，有惊溃者。胜故怒茂，增饰其状，奏茂激变，遂械系至京⑳。茂亦言胜诸不法事。帝收胜总兵印，而安置茂于龙州，二十四年卒。初，龙州土官赵贴坚死，从子宗寿当袭。贴坚妻黄以爱女予茂为小妻，擅州事，茂既死，黄与宗寿争州印，相告讦。或构蜚语㉑，谓茂实不死，宗寿知状。帝怒，责令献茂自赎，命杨文、韩观出师讨龙州。已而知茂果死，宗寿亦输欵，乃罢兵。

茂无子，弟升，改封开国公，数出练军，加太子太保。升之没，《实录》不载。其他书纪传谓：建文末，升及魏国公辉祖力战浦子口，死于永乐初。或谓升洪武中坐蓝玉党，有告其聚兵三山者，诛死。常氏为兴宗外戚，建文时恩礼宜厚，事遭革除，无可考，其死亦遂传闻异词。升子继祖，永乐元年迁云南之临安卫，时甫七岁。继祖子宁，宁子复。弘治五年诏曰："太庙配享诸功臣，其赠王者，皆佐皇祖平定天下，有大功。而子孙或不沾寸禄，沦于氓隶。朕不忍，所司可求其世嫡，量授一官，奉先祀。"乃自云南召复，授南京锦衣卫世指挥使。嘉靖十一年绍封四王后，封复孙玄振为怀远侯，传至曾孙延龄，有贤行。崇祯十六年，全楚沦陷，延龄请统京兵赴九江协守。又言江都有地名常家沙，族丁数千皆其始祖远裔，请鼓以忠义，练为亲兵。帝嘉之，不果行。南都诸勋戚多恣睢目肆，独延龄以守职称。国亡，身自灌园，萧然布衣终老。

赞曰：明太祖奋自滁阳，戡定四方，虽曰天授，盖二王之力多焉。中山持重有谋，功高不伐，自古名世之佐无以过之。开平摧锋陷阵，所向必克，智勇不在中山下；而公忠谦逊，善持其功名，允为元勋之冠。身依日月，剖符锡土，若二王者，可谓极盛矣。顾中山赏延后裔，世叨荣宠；而开平天不假年，子孙亦复衰替。贵匹勋齐，而食报或爽，其故何也？太祖尝语诸将曰："为将不妄杀人，岂惟国家之利？尔子孙实受其福。"信哉，可为为将帅者鉴矣。

①瘳：醒。

②无何：不久。

③薄：迫近。

④麾：指挥。

⑤梗：阻塞。

⑥合：两军交锋。

⑦㴉（lì），音力。

⑧甓（pì，音辟）：用砖修筑。

⑨蹇（jiǎn），音剪。

⑩殆：危险。

⑪蹙：紧迫。

⑫第：次序，次第。

⑬顿：守宿、停留。

⑭燔（fán，音凡）：焚烧。

⑮葑（fēng），音丰。

⑯阊（chāng），音昌。

⑰殪（yì，音义）：杀死。

⑱跣：光着脚。

⑲鸷（zhì，音至）：凶猛。

⑳械系：用镣铐拘禁。

㉑构：陷害。

李善长传

　　李善长，字百室，定远人。少读书有智计，习法家言，策事多中。太祖略地滁阳，善长迎谒。知其为里中长者，礼之，留掌书记。尝从容问曰："四方战斗，何时定乎？"对曰："秦乱，汉高起布衣，豁达大度，知人善任，不嗜杀人，五载成帝业。今元纲既紊，天下土崩瓦解。公濠产，距沛不远。山川王气，公当受之。法其所为，天下不足定也。"太祖称善。从下滁州，为参谋，预机画，主馈饷，甚见亲信。太祖威名日盛，诸将来归者，善长察其材，言之太祖。复为太祖布欵诚，使皆得自安。有以事力相龃龉者，委曲为调护。郭子兴中流言，疑太祖，稍夺其兵柄。又欲夺善长自辅，善长固谢弗往。太祖深倚之。太祖军和阳，自将击鸡笼山寨，少留兵佐善长居守。元将谋知来袭，设伏败之，太祖以为能。

　　太祖得巢湖水师，善长力赞渡江。既拔采石，趋太平，善长预书榜禁戢士卒①。城下，即揭之通衢，肃然无敢犯者。太祖为太平兴国翼大元帅，以为帅府都事。从克集庆。将取镇江，太祖虑诸将不戢下，乃佯怒欲置诸法，善长力救得解。镇江下，民不知有兵。太祖为江南行中书省平章，以为参议。时宋思颜、李梦庚、郭景祥等俱为省僚，而军机进退，赏罚章程，多决于善长。改枢密院为大都督府，命兼领府司马，进行省参知政事。

　　太祖为吴王，拜右相国。善长明习故事，裁决如流，又娴于辞命。太祖有所招纳，辄令为书。前后自将征讨，皆命居守。将吏帖服，居民安堵，转调兵饷无乏。尝请榷两淮盐②，立茶法，皆斟酌元制，去其弊政。既复制钱法，开铁冶，定鱼税，国用益饶，而民不困。吴元年九月论平吴功，封善长宣国公。改官制，尚左，以为左相国。太祖初渡江，颇用重典，一日，谓善长："法有连坐三条，不已甚乎？"善长因请自大逆而外皆除之，遂命与中丞刘基等裁定律令，颁示中外③。

　　太祖即帝位，追帝祖考及册立后妃太子诸王，皆以善长充大礼使。置东宫官属，以善长兼太子少师，授银青荣禄大夫、上柱国，录军国重事，余如故。已，帅礼官定郊社宗庙礼。帝幸汴梁，善长留守，一切听便宜行事。寻奏定六部官制，议官民丧服及朝贺东宫仪。奉命监修《元史》，编《祖训录》、《大明集礼》诸书。定天下狱渎神祇封号，封建诸王，爵赏功臣，事无巨细，悉委善长与诸儒臣谋议行之。

　　洪武三年大封功臣。帝谓："善长虽无汗马劳，然事朕久，给军食，功甚大，宜进封大国。"乃授开国辅运推诚守正文臣、特进光禄大夫、左柱国、太师、中书左丞相，封韩国公，岁禄四千石，子孙世袭。予铁券，免二死，子免一死。时封公者，徐达、常遇春子茂、李文忠、冯胜、邓愈及善长六人。而善长位第一，制词比之萧何，褒称甚至。

　　善长外宽和，内多忮刻④。参议李饮冰、杨希圣，稍侵善长权，即按其罪奏黜之。与中丞刘基争法而诟⑤。基不自安，请告归。太祖所任张昶、杨宪、汪广洋、胡惟庸皆获罪，善长事寄如故⑥。贵富极，意稍骄，帝始微厌之。四年以疾致仕，赐临濠地若干顷，置守冢户百五十，给佃户千五百家，仪杖士二十家。逾年，病愈，命董建临濠宫殿。徙江南富民十四万田濠州，以善长经理之，留濠者数年。七年擢善长弟存义为太仆丞，存义子伸、佑皆为群牧所官。九年以临安公主归其子祺，拜驸马都尉。初定婚礼，公主修妇道甚肃。光宠赫奕，时人艳之⑦。祺尚主后一月，御史大夫汪广洋、陈宁疏言："善长狎宠自恣，陛下病不视朝几及旬，不问候。驸马都尉祺六日不朝，宣至殿前，又不引罪，大不敬。"坐削岁禄千八百石。寻命与曹国公李文忠总中书省大都督府御史台，同议军国大事，督圜丘工。

丞相胡惟庸初为宁国知县，以善长荐，擢太常少卿，后为丞相，因相往来。而善长弟存义子佑，惟庸从女婿也。十三年，惟庸谋反伏诛，坐党死者甚众，善长如故。御史台缺中丞，以善长理台事，数有所建白。十八年，有人告存义父子实惟庸党者，诏免死，安置崇明。善长不谢，帝衔之。又五年，善长年已七十有七，耄不检下。尝欲营第，从信国公汤和假卫卒三百人，和密以闻。四月，京民坐罪应徙边者，善长数请免其私亲丁斌等。帝怒按斌，斌故给事惟庸家，因言存义等往时交通惟庸状。命逮存义父子鞫之，词连善长，云："惟庸有反谋，使存义阴说善长。"善长惊叱曰："尔言何为者！审尔，九族皆灭。"已，又使善长故人杨文裕说之云："事成当以淮西地封为王。"善长惊不许，然颇心动。惟庸乃自往说善长，犹不许。居久之，惟庸复遣存义进说，善长叹曰："吾老矣。吾死，汝等自为之。"或又告善长云："将军蓝玉出塞，至捕鱼儿海，护惟庸通沙漠使者封绩，善长匿不以闻。"于是御史交章劾善长。而善长奴卢仲谦等，亦告善长与惟庸通赂遗，交私语。狱具，谓善长元勋国戚，知逆谋不发举，狐疑观望怀两端，大逆不道。会有言星变，其占当移大臣。遂并其妻女弟侄家口七十余人诛之。而吉安侯陆仲亨、延安侯唐胜宗、平凉侯费聚、南雄侯赵庸、荥阳侯郑遇春、宜春侯黄彬、河南侯陆聚等，皆同时坐惟庸党死，而已故营阳侯杨璟、济宁侯顾时等追坐者又若干人。帝手诏条列其罪，傅著狱辞，为《昭示奸党三录》，布告天下。善长子祺与主徙江浦，久之卒。祺子芳、茂，以公主恩得不坐。芳为留守中卫指挥，茂为旗手卫镇抚，罢世袭。

善长死之明年，虞部郎中王国用上言："善长与陛下同心，出万死以取天下，勋臣第一，生封公，死封王，男尚公主，亲戚拜官，人臣之分极矣。藉令欲自图不轨，尚未可知，而今谓其欲佐胡惟庸者，则大谬不然。人情爱其子，必甚于兄弟之子，安享万全之富贵者，必不侥幸万一之富贵。善长与惟庸，犹子之亲耳，于陛下则亲子女也。使善长佐惟庸成，不过勋臣第一而已矣，太师国公封王而已矣，尚主纳妃而已矣，宁复有加于今日？且善长岂不知天下之不可幸取？当元之季，欲为此者何限，莫不身为齑粉，覆宗绝祀，能保首领者几何人哉？善长胡乃身见之，而以衰倦之年身蹈之也。凡为此者，必有深仇激变，大不得已，父子之间或至相挟以求脱祸。今善长之子祺备陛下骨肉亲，无纤芥嫌，何苦而忽为此。若谓天象告变，大臣当灾，杀之以应天象，则尤不可。臣恐天下闻之，谓功如善长且如此，四方因之解体也。今善长已死，言之无益，所愿陛下作戒将来耳。"太祖得书，竟亦不罪也。

---

①戢（jí，音及）：收敛，禁止。

②榷（què，音却）：专卖。

③中外：中央与地方。

④忮（zhì，音至）：嫉妒。

⑤诟（gòu，音构）：骂。

⑥寄：寄托。

⑦艳：羡慕；艳羡。

刘 基 传

　　刘基，字伯温，青田人。曾祖濠，仕宋为翰林掌书。宋亡，邑子林融倡义旅。事败，元遣使簿录其党①，多连染。使道宿濠家，濠醉使者而焚其庐，籍悉毁。使者计无所出，乃为更其籍，连染者皆得免。基幼颖异，其师郑复初谓其父爚曰："君祖德厚，此子必大君之门矣。"元至顺间，举进士，除高安丞，有廉直声。行省辟之②，谢去。起为江浙儒学副提举，论御史失职，为台臣所阻，再投劾归。基博通经史，于书无不窥，尤精象纬之学。西蜀赵天泽论江左人物，首称基，以为诸葛孔明俦也。

　　方国珍起海上，掠郡县，有司不能制。行省复辟基为元帅府都事。基议筑庆元诸城以逼贼，国珍气沮。及左丞帖里帖木儿招谕国珍，基言方氏兄弟首乱，不诛无以惩后。国珍请勿散其部曲。太祖有难色。基从后蹋胡床。太祖悟，许之。美降，江西诸郡皆下。

　　基丧母，值兵事未敢言，至是请还葬。会苗军反，杀金、处守将胡大海、耿再成等，浙东摇动。基至衢，为守将夏毅谕安诸属邑，复与平章邵荣等谋复处州，乱遂定。国珍素畏基，致书啗。基答书，宣示太祖威德，国珍遂入贡。太祖数以书即家访军国事，基条答悉中机宜。寻赴京，太祖方亲援安丰。基曰："汉、吴伺隙，未可动也。"不听。友谅闻之，乘间围洪都。太祖曰："不听君言，几失计。"遂自将救洪都，与友谅大战鄱阳湖，一日数十接。太祖坐胡床督战，基侍侧，忽跃起大呼，趣太祖更舟。太祖仓卒徙别舸，坐未定，飞炮击旧所御舟立碎。友谅乘高见之，大喜。而太祖舟更进，汉军皆失色。时湖中相持，三日未决，基请移军湖口扼之，以金木相犯日决胜，友谅走死。其后太祖取士诚，北伐中原，遂成帝业，略如基谋。

　　吴元年以基为太史令，上《戊申大统历》。荧惑守心③，请下诏罪己。大旱，请决滞狱。即命基平反，雨随注。因请立法定制，以止滥杀。太祖方欲刑人，基请其故，太祖语之以梦。基曰："此得土得众之象，宜停刑以待。"后三日，海宁降。太祖喜，悉以囚付基纵之。寻拜御史中丞兼太史令。

　　太祖即皇帝位，基奏立军卫法。初定处州税粮，视宋制亩加五合，惟青田命毋加，曰："惧，厚赂基。基不受。国珍乃使人浮海至京，贿用事者。遂诏抚国珍，授以官，而责基擅威福，羁管绍兴④，方氏遂愈横。亡何，山寇蜂起，行省复辟基剿捕，与行院判石抹宜孙守处州。经略使李国凤上其功，执政以方氏故抑之，授总管府判，不与兵事。基遂弃官还青田，著《郁离子》以见志。时避方氏者争依基，基稍为部署，寇不敢犯。

　　及太祖下金华，定括苍，闻基及宋濂等名，以币聘。基未应，总制孙炎再致书固邀之，基始出。既至，陈时务十八策。太祖大喜，筑礼贤馆以处基等，宠礼甚至。初，太祖以韩林儿称宋后，遥奉之。岁首，中书省设御座行礼，基独不拜，曰："牧竖耳，奉之何为！"因见太祖，陈天命所在。太祖问征取计，基曰："士诚自守虏，不足虑。友谅劫主胁下，名号不正，地据上流，其心无日忘我，宜先图之。陈氏灭，张氏势孤，一举可定。然后北向中原，王业可成也。"太祖大悦曰："先生有至计，勿惜尽言。"会陈友谅陷太平，谋东下，势张甚，诸将或议降，或议奔据钟山，基张目不言。太祖召入内，基奋曰："主降及奔者，可斩也。"太祖曰："先生计安出？"基曰："贼骄矣，待其深入，伏兵邀取之⑤，易耳。天道后举者胜，取威制敌以成王业，在此举矣。"太祖用其策，诱友谅至，大破之，以克敌赏赏基。基辞。友谅兵复陷安庆，太祖欲自将讨之，以问基。基力赞，遂出师攻安庆。自旦及暮不下，基请迳趋江州，捣友谅巢穴，遂悉军西上。友谅出不意，帅妻子奔武昌，江州降。其龙兴守将胡美遣子通款，"令伯温乡里世世为美谈也。"帝幸汴梁，基与左丞相善长居守。基谓宋、元宽纵失天下，今宜肃纪纲。令御史纠劾无所避，宿卫宦侍有过者，皆启皇太子置之法，人惮其严。中书省都事李彬坐贪纵抵罪，善长素暱之，请缓其狱。基不听，驰奏。报可。方祈雨，即斩之。由是与善长忤⑥。帝归，诉基僇人坛壝下⑦，不敬。诸怨基者亦交谮之。会以旱求言，基奏："士卒物故者，其妻悉处别营，凡数万人，阴气郁结。工匠死，胔骸暴露，吴将吏降者皆编军户，足干和气。"帝纳其言，旬日仍不雨，帝怒。会基有妻丧，遂请告归。时帝方营中都，又锐意灭扩廓。基濒行，奏曰："凤阳虽帝乡，非建都地。王保保未可轻也。"已而定西失利⑧，扩廓竟走沙漠，迄为边患。其冬，帝手诏叙基勋伐，召赴京，赐赍甚厚⑨，追赠基祖、父皆永嘉郡公。累欲进基爵，基固辞不受。

初，太祖以事责丞相李善长，基言："善长勋旧，能调和诸将。"太祖曰："是数欲害君，君乃为之地耶？吾行相君矣。"基顿首曰："是如易柱⑩，须得大木。若束小木为之，且立覆。"及善长罢，帝欲相杨宪，宪素善基，基力言不可，曰："宪有相才无相器。夫宰相者，持心如水，以义理为权衡，而己无与者也，宪则不然。"帝问汪广洋，曰："此褊浅殆甚于宪⑪。"又问胡惟庸，曰："譬之驾，惧其偾辕也⑫。"帝曰："吾之相，诚无逾先生。"基曰："臣疾恶太甚，又不耐繁剧，为之且孤上恩。天下何患无才，惟明主悉心求之，目前诸人诚未见其可也。"后宪、广洋、惟庸皆败。三年授弘文馆学士。十一月大封功臣，授基开国翊运守正文臣、资善大夫、上护军，封诚意伯，禄二百四十石。明年赐归老于乡。

帝尝手书问天象。基条答甚悉而焚其草。大要言霜雪之后，必有阳春，今国威已立，宜少济以宽大。基佐定天下，料事如神。性刚嫉恶，与物多忤。至是还隐山中，惟饮酒弈棋，口不言功。邑令求见不得，微服为野人谒基。基方濯足，令从子引入茆舍⑬，炊黍饭令。令告曰："某青田知县也。"基惊起称民，谢去，终不复见。其韬迹如此⑭，然究为惟庸所中。

初，基言瓯、括间有隙地曰谈洋，南抵闽界，为盐盗薮，方氏所由乱，请设巡检司守之。奸民弗便也。会茗洋逃军反，吏匿不以闻。基令长子琏奏其事，不先白中书省。胡惟庸方以左丞掌省事，挟前憾，使吏讦基，谓谈洋地有王气，基图为墓，民弗与，则请立巡检逐民。帝虽不罪基，然颇为所动，遂夺基禄。基惧入谢，乃留京，不敢归。未几，惟庸相，基大戚曰："使吾言不验，苍生福也。"忧愤疾作。八年三月，帝亲制文赐之，遣使护归。抵家，疾笃⑮，以《天文书》授子琏曰："亟上之，毋令后人习也。"又谓次子璟曰："夫为政，宽猛如循环。当今之务在修德省刑，祈天永命。诸形胜要害之地，宜与京师声势连络。我欲为遗表，惟庸在，无益也。惟庸败后，上必思我，有所问，以是密奏之。"居一月而卒，年六十五。基在京病时，惟庸以医来，饮其药，有物积腹中如拳石。其后中丞涂节首惟庸逆谋，并谓其毒基致死云。

基虬髯，貌修伟，慷慨有大节，论天下安危，义形于色。帝察其至诚，任以心膂⑯。每召基，辄屏人密语移时。基亦自谓不世遇，知无不言。遇急难，勇气奋发，计画立定，人莫能测。暇则敷陈王道⑰。帝每恭己以听，常呼为老先生而不名，曰："吾子房也。"又曰："数以孔子之言导予。"顾帷幄语秘莫能详，而世所传为神奇，多阴阳风角之说，非其至也。所为文章，气昌而奇，与宋濂并为一代之宗。所著有《覆瓿集》⑱，《犁眉公集》传于世。子琏、璟。

琏，字孟藻，有文行。洪武十年授考功监丞，试监察御史，出为江西参政。太祖常欲大用之，为惟庸党所胁，坠井死。琏子庑⑲，字士端，洪武二十四年三月嗣伯，食禄五百石。初，基爵止及身，至是帝追念基功，又悯基父子皆为惟庸所厄，命增其禄，予世袭。明年坐事贬秩归里。洪武末，坐事戍甘肃，寻赦还。建文帝及成祖皆欲用之，以奉亲守墓力辞。永乐间卒，子法停袭。景泰三年命录①基后，授法曾孙禄世袭《五经》博士。弘治十三年以给事中吴士伟言，乃命禄孙瑜为处州卫指挥使。

正德八年加赠基太师，谥文成。嘉靖十年，刑部郎中李瑜言，基宜侑享高庙②，封世爵，如中山王达。下廷臣议，金言："高帝收揽贤豪，一时佐命功臣并轨宣猷②。而帷幄奇谋，中原大计，往往属基，故在军有子房之称，剖符发诸葛之喻。基亡之后，孙廌实嗣，太祖召谕再三，铁券丹书，誓言世禄。廌嗣未几，旋即陨世，襁圭裳于末裔②，委带砺于空言。或谓后嗣孤贫，弗克负荷；或谓长陵绍统，遂至猜嫌。虽一辱泥涂，传闻多谬，而载书盟府，绩效具存。昔武王兴灭，天下归心，成季无后，君子所叹。基宜侑享太庙，其九世孙瑜宜嗣伯爵，与世袭。"制曰："可。"瑜卒，孙世延嗣。嘉靖末，南京振武营兵变，世延掌右军都督府事，抚定之。数上封事，不报，忿而恣横。万历三十四年，坐罪论死，卒。适孙莱臣年幼，庶兄荩臣借袭③。荩臣卒，莱臣当袭，荩臣子孔昭复据之。崇祯时，出督南京操江，福王之立，与马士英、阮大铖比，后航海不知所终。

璟，字仲璟，基次子，弱冠通诸经。太祖念基，每岁召璟同章溢子允载、叶琛子永道、胡深子伯机，入见便殿，燕语如家人。洪武二十三年命袭父爵。璟言有长兄子廌在。帝大喜，命廌袭封，以璟为阁门使，且谕之曰："考宋制，阁门使即仪礼司。朕欲汝日夕左右，以宣达为职，不特礼仪也。"帝临朝，出侍班，百官奏事有阙遗者，随时纠正。都御史袁泰奏车牛事失实，帝宥之，泰忘引谢。璟纠之，服罪。帝因谕璟："凡似此者，即面纠，朕虽不之罪，要令知朝廷纲纪。"已⑧，复令同法司录狱囚冤滞。谷王就封，擢为左长史。

璟论说英侃，喜谈兵。初，温州贼叶丁香叛，延安侯唐胜宗讨之，决策于璟。破贼还，称璟才略。帝喜曰："璟真伯温儿矣。"尝与成祖弈，成祖曰："卿不少让耶？"璟正色曰："可让处则让，不可让者不敢让也。"成祖默然。靖难兵起，璟随谷王归京师，献十六策，不听。令参李景隆军事。景隆败，璟夜渡卢沟河，冰裂马陷，冒雪行三十里。子貏自大同赴难，遇之良乡，与俱归。上《闻见录》，不省，遂归里。成祖即位，召璟，称疾不至。逮入京，犹称殿下。且云："殿下百世后，逃不得一'篡'字。"下狱，自经死。法官希旨，缘坐其家。成祖以基故，不许。宣德二年授貏刑部照磨。

①录：审查并记录。

②辟：排斥。

③荧惑：迷惑。

④羁（jī，音积）：作客在外。

⑤邀：半路拦截。

⑥忤：抵触。

⑦愬（sù，音诉）：同"诉"。　　僇（lù，音路）：杀戮。　　壝（wěi，音伟）：坛。

⑧已而：不久。

⑨赉：赏赐。

⑩易：换。

⑪殆：差不多。

⑫偾（fèn，音愤）：毁坏。

⑬茆（máo，音矛）：同"茅"。

⑭韬：用兵的谋略、韬略。

⑮笃：大病。

⑯膂（lǚ，音吕）：脊骨。

⑰敷陈：详细叙述。

⑱瓿（bù），音不。

⑲鸷（zhì），音至。

⑳侑（yòu，音右）：宽恕。

㉑猷（yóu，音由）：计划，谋划。

㉒褫（chǐ，音齿）：革除。

㉓荩（jìn），音进。

清 史 稿

（选录）

〔民国〕赵尔巽等　撰

太祖本纪

太祖承天广运圣德神功肇纪立极仁孝睿武端毅钦安弘文定业高皇帝，姓爱新觉罗氏，讳努尔哈赤。其先盖金遗部。始祖布库里雍顺，母曰佛库伦。相传感朱果而孕。稍长，定三姓之乱，众奉为贝勒，居长白山东俄漠惠之野俄朵里城，号其部族曰"满洲"。满洲自此始。元于其地置军民万户府，明初置建州卫。

越数世，布库里雍顺之族不善抚其众，众叛，族被戕，幼子范察走免。又数世，至都督孟特穆，是为肇祖原皇帝，有智略，谋恢复，歼其仇，且责地焉①。于是肇祖移居苏克苏浒河赫图阿喇。有子二：长充善，次褚宴。充善子三：长妥罗，次妥义谟，次锡宝齐篇古。

锡宝齐篇古子一：都督福满，是为兴祖直皇帝。兴祖有子六：长德世库，次刘阐，次索长阿，次觉昌安，是为景祖翼皇帝，次包朗阿，次宝实。

景祖承祖业，居赫图阿喇。诸兄弟各筑城，近者五里，远者二十里，环卫而居，通称宁古塔贝勒，是为六祖。景祖有子五：长礼敦，次额尔衮，次界堪，次塔克世，是为显祖宣皇帝，次塔察篇古。时有硕色纳、加虎二族为暴于诸部，景祖率礼敦及诸贝勒攻破之，尽收五岭东苏克苏浒河西二百里诸部，由此遂盛。

显祖有子五，太祖其长也。母喜塔喇氏，是为宣皇后。孕十三月而生。是岁己未，明嘉靖三十八年也。

太祖仪表雄伟，志意阔大，沉几内蕴，发声若钟，睹记不忘，廷揽大度。邻部古勒城主阿太为明总兵李成梁所攻。阿太，王杲之子，礼敦之女夫也。景祖挈子若孙往视。有尼堪外兰者，诱阿太开城，明兵入歼之，二祖皆及于难。太祖及弟舒尔哈齐没于兵间，成梁妻奇其貌，阴纵之归。途遇额亦都，以其徒九人从。

太祖既归，有甲十三。五城族人龙敦等忌之，以畏明为辞，屡谋侵害，遣人中夜狙击，侍卫帕海死焉。额亦都、安费扬古备御甚谨，尝夜获一人，太祖曰"纵之，毋植怨也。"使人愬于明曰②："我先人何罪而歼于兵？"明人归其丧。又曰："尼堪外兰，吾仇也，愿得而执之。"明人不许。会萨尔虎城主诺米纳、嘉木瑚城主噶哈善哈思虎、沾河城主常书率其属来归，太祖与之盟，并妻以女，于是有用兵之志焉。是岁癸未，明万历十一年也，太祖年二十五。

癸未夏五月，太祖起兵讨尼堪外兰，诺米纳兵不至，尼堪外兰遁之甲版。太祖兵克图伦城，尼堪外兰遁之河口台。兵逐之，近明边，明兵出，尼堪外兰遁之鹅尔浑。兵出无功，由于诺米纳之背约，且泄师期也。杀诺米纳及其弟奈喀达。五城族人康嘉、李岱等纠哈达兵来劫瑚济寨，太祖使安费扬古、巴逊率十二人追之，尽夺所掠而返。

甲申春正月，攻兆佳城，报瑚济寨之役也。途遇大雪，众请还，太祖曰："城主李岱，我同姓兄弟，乃为哈达导，岂可恕耶！"进之，卒下其城。先是龙敦唆诺米纳背约，又使人杀噶哈善哈思虎，太祖收其骨归葬。六月，讨萨木占，为噶哈善哈思虎复仇也。又攻其党讷申于马儿墩寨，攻四日，歼之。九月，伐董鄂部，大雪，师还。城中师出，以十二骑败之。王甲部乞师攻翁克洛城，中道赴之，焚其外郭③。太祖乘屋而射，敌兵鄂尔果尼射太祖，贯胄中首，拔箭反射，殪其一人④。罗科射太祖，穿甲中项，拔简镞卷⑤。血肉迸落，挂弓徐下，饮水数斗，创甚，驰归。既愈，复往攻，克之。求得鄂尔果尼、罗科。太祖曰："壮士也。"授之佐领，户三百。

乙酉春二月，太祖略界凡，将还。界凡、萨尔浒、东佳、把尔达四城合兵四百人来追，至太兰冈，城主讷申、巴穆尼策马并进，垂及，太祖返骑迎敌，讷申刃断太祖鞭，太祖挥刀斫其背坠马⑥，回射巴穆尼，皆殪之。敌不敢逼，徐行而去。夏四月，征哲陈部，大水，令诸军还，以八十骑前进。至浑河，遥见敌军八百凭河而阵。包朗阿之孙扎亲桑古里惧，解甲与人。太祖斥之曰："尔平日雄族党间，今乃畏葸如是耶⑦！"去之。独与弟穆尔哈齐、近侍颜布禄、武陵噶直前冲击，杀二十余人，敌争遁，追至吉林冈而还。太祖曰："今日之战，以四人败八百，乃天祐也。"秋九月，攻安土瓜尔佳城，克之，斩其城主诺一莫浑。

丙戌夏五月，征浑河部播一混寨，下之。秋七月，征服哲陈部托漠河城。闻尼堪外兰在鹅尔浑，疾进兵，攻下其城，求之弗获。登城遥望，一人毡笠青棉甲，以为尼堪外兰也，单骑逐之，为土人所围。被创力战，射杀八人，斩一人，乃出。既知尼堪外兰入明边，使人向边吏求之，使齐萨就斩之。以罪人斯得，始与明通贡焉。明岁犒银币有差。

丁亥春正月，城虎阑哈达南冈，始建宫室，布教令于部中。禁暴乱，戢盗窃，立法制。六月，攻哲陈部，克山寨，杀寨主阿尔太。命额亦都帅师取把尔达城。太祖攻洞城，城主扎海降。

戊子夏四月，哈达贝勒扈尔干以女来归，苏完部索尔果率其子费英东等、雅尔古寨扈拉虎率子扈尔汉、董鄂部何和礼俱率所部来归，皆厚抚之。秋九月，取完颜部王甲城。叶赫贝勒纳林布禄以女弟那拉氏来归，宴飨成礼⑧，是为孝慈高皇后。

己丑春正月，取兆佳城，斩其城主宁古亲。冬十月，明以太祖为建州卫都督佥事。

辛卯春正月，遣师略长白山诸路，尽收其众。叶赫求地，弗与。叶赫以兵劫我东界洞寨。

壬辰冬十月二十五日，第八子皇太极生，高皇后出也，是为太宗。

癸巳夏六月，叶赫、哈达、辉发、乌拉四部合兵侵户布察，遣兵击败之。秋九月，叶赫以不得志于我也，乃纠约扈伦三部乌拉、哈达、辉发，蒙古三部科尔沁、锡伯、卦尔察，长白二部讷殷、朱舍里，凡九部之兵三万来犯。太祖使武里堪侦敌，至浑河，将以夜渡河，踰岭驰以告⑨。太祖曰："叶赫兵果至耶？其语诸将以旦日战。"及旦，引兵出，谕于众曰："解尔蔽手，去尔护项，毋自拘絷，不便于奋击。"又申令曰："乌合之众，其志不一，败其前军，军必反走，我师乘之，靡弗胜矣。"众皆奋。太祖令额亦都以百人挑战。叶赫贝勒布齐策马拒战，马触木而蹄⑩，我兵吴谈斩之。科尔沁贝勒明安马陷淖中⑪，易骣马而遁⑫。敌大溃，我军逐北，浮获无算，擒乌拉贝勒之弟布占泰以归。冬十月，遣兵征朱舍里路，执其路长舒楞格，遣额亦都等攻讷殷路，斩其路长搜稳塞克什，以二路之助敌也。

甲午春正月，蒙古科尔沁贝勒明安、喀尔喀贝勒老萨遣使来通好，自是蒙古通使不绝。

乙未夏六月，征辉发，取多壁城，斩其城主。

丙申春二月，明使至，从朝鲜官二人，待之如礼。秋七月，遣布占泰归乌拉，会其贝勒为部人所杀，遂立布占泰为贝勒。

丁酉春正月，叶赫四部请修好，许之，与盟。九月，使弟舒尔哈齐贡于明。

戊戌春正月，命弟巴雅拉、长子褚英率师伐安褚拉库，以其二于叶赫也。冬十月，太祖入贡于明。十一月，布占泰来会，以弟之女妻之。

己亥春正月，东海渥集部虎尔哈路路长王格、张格来归，献貂狐皮，岁贡以为常。二月，始制国书。三月，开矿，采金银，置铁冶。哈达与叶赫构兵⑬，送质乞援，遣费英东、噶盖戍之。哈达又私于叶赫，戍将以告。秋九月，太祖伐哈达，攻城克之，以其贝勒孟格布禄归。孟格布禄有逆谋，噶盖未以告，并诛之。

辛丑春正月，明以灭哈达来责，乃遣孟格布禄之子吴尔古岱归主哈达。哈达为叶赫及蒙古所侵，使诉于明，明不应。又使哈达以饥告于明，亦不应。太祖乃以吴尔古岱归，收其部众，哈达亡。十二月，太祖复入贡于明。是岁定兵制，令民间养蚕。

癸卯春正月，迁于赫图阿拉，肇祖以来旧所居也。九月，妃那拉氏卒，即孝慈高皇后也。始妃有病，求见其母，其兄叶赫贝勒不许来，遂卒。

甲辰春正月，太祖伐叶赫，克二城，取其寨七。明授我龙虎将军。

乙巳，筑外城。蒙古喀尔喀巴约忒部恩格德尔来归。

丙午冬十二月，恩格德尔会蒙古五部使来朝贡，尊太祖为神武皇帝。是岁，限民田。

丁未春正月，瓦尔喀斐悠城长穆特黑来，以乌拉侵暴，求内附。命舒尔哈齐、褚英、代善及费英东、扬古利率兵徙其户五百。乌拉发兵一万遮击，击败之，斩首三千，获马五千匹。师还，优赉褚英等[14]。夏五月，命弟巴雅拉、额亦都、费英东、扈尔汉征渥集部，取二千人还。秋九月，太祖以辉发屡负约，亲征，克之，遂灭辉发。

戊申春三月，命褚英、阿敏等伐乌拉，克宜罕阿林城。布占泰惧，复通好，执叶赫五十人以来，并请婚[15]，许之。是岁，与明将盟，各守境，立石于界。

己酉春二月，遗明书，谓："邻朝鲜而居瓦尔喀者乃吾属也，其谕令予我。"明使朝鲜归千余户。冬十月，命扈尔汉征渥集呼野路，尽取之。

庚戌冬十一月，命额亦都率师招渥集部那木都鲁诸路路长来归。还击雅揽路，为其不附，又劫我属人也，取之。

辛亥春二月，赐国中无妻者二千人给配，与金有差。秋七月，命子阿巴泰及费英东、安费扬古取渥集部乌尔古宸、木伦二路。八月，弟舒尔哈齐卒。冬十月，命额亦都、何和里、扈尔汉率师征渥集部虎尔哈，俘二千人，并招旁近各路，得五百户。

壬子秋九月，太祖亲征乌拉，为其屡背盟约，又以鸣镝射帝女也[16]。布占泰御于河。驻师河东，克六城，焚积聚。布占泰亲出乞和。太祖切责之，许其纳质行成，而戍以师。师还。

癸丑春正月，布占泰复二于叶赫，率师往征。布占泰以兵三万来迎。太祖躬先陷阵，诸将奋击，大败之，遂入其城。布占泰至城，不得入，代善追击之，单骑奔叶赫，遂灭乌拉。使人索布占泰，叶赫不与。秋九月，起兵攻叶赫，使告明，降兀苏城，焚其十九城寨。叶赫告急于明，明遣使为解。师还，经抚顺，明游击李永芳来迎。与之书曰："与明无嫌也。"

甲寅夏四月，帝八子皇太极娶于蒙古，科尔沁部莽古思之女也，行亲迎礼。明使来，称都督。上语之曰："吾识尔，尔辽阳无赖萧子玉也。吾非不能杀尔，恐贻大国羞[17]。语尔巡抚，勿复相诈。"冬十一月，遣兵征渥集部雅揽、西临二路，得千人。

乙卯夏四月，明总兵张承胤使人来求地，拒之。令各佐领屯田积谷。秋闰八月，帝长子褚英卒。先是太祖将授政于褚英。褚英暴伉[18]，众心不附，遂止。褚英怨望，焚表告天，为人所告，自缢死。冬十月，遣将征渥集部东格里库路，得万人。是岁，厘定兵制[19]，初以黄、红、白、黑四旗统兵，至是增四镶旗，易黑为蓝。置理政德讼大臣五，以扎尔固齐十人副之。于是归来日众，疆域益广，诸贝勒大臣乃再三劝进焉。

天命元年丙辰春正月壬申朔，上即位，建元天命，定国号曰金。诸贝勒大臣上尊号曰覆育列国英明皇帝。命次子代善为大贝勒，弟子阿敏为二贝勒，五子莽古尔泰为三贝勒，八子皇太极为四贝勒。命额亦都、费英东、何和里、扈尔汉、安费扬古为五大臣，同听国政。论以秉志公诚，励精图治。扈尔汉巡边，执杀盗参者五十余人。明巡抚李维翰止我使者纲古里、方吉讷。乃取狱俘十人戮于境上，纲古里等得归。

秋七月，禁五大臣私家听讼。命扈尔汉、安费扬古伐东海萨哈连部，取三十六寨。

八月，渡黑龙江，江冰已合，取十一寨，徇使犬路、诺洛路、石拉忻路[20]，并取其人以归。

二年丁巳春正月，蒙古科尔沁贝勒明安来朝，待之有加礼。

是岁，遣兵取东海散居诸部负险诸岛，各取其人以归。

三年戊午二月，诏将士简军实[21]，颁兵法。壬寅，上伐明，以七大恨告天，祭堂子而行。分兵左四旗趋东州、马根单二城，下之。上帅右四旗兵趋抚顺。明抚顺游击李永芳降，以为总兵官，辖辑降人，毁其城。明总兵张承胤等来追，回军击斩承胤等，班师。

五月，复伐明，克抚安等五堡，毁城，以其粟归。

七月，入雅鹘关，明将邹储贤等战死。

冬十月，东海虎尔哈部部长纳哈哈来归，赐赉有差。使犬各部路长四十人来归，赐宴赏赉，并授以官。

四年己未春正月，伐叶赫，取二十余寨。闻有明师，乃还。明经略杨镐遣使来议罢兵，复书拒之。杨镐督师二十万来伐，并征叶赫、朝鲜之兵，分四路进。杜松军由东路渡浑河出抚顺、萨尔浒，刘𫄨军由南路入董鄂。侦者以告。上曰："明兵由南来者，诱我南也。其北必有重兵，宜先破之。"命诸贝勒先行。

三月甲申朔，清旦，师行。大贝勒代善议师行所向。四贝勒皇太极言："宜趋界凡，我有筑城万五千人，役夫多而兵少，虑为所乘。"额亦都曰："四贝勒之言是也。"遂趋界凡。向午，至太兰冈，望见明兵，分千人援界凡。界凡之骑兵已乘明师半渡谷口，击其尾，回守吉林崖。杜松留师壁萨尔浒，而自攻吉林崖。我军至，役夫亦下击，薄明军。是时，上至太兰察兵势，命大军攻萨尔浒，垂暮堕其垒，入夜夹攻松军。松不支，及其副王宣、赵萝麟等皆死。追北至勾琴山，西路军破。是日，马林军由东北清河、三岔至尚间崖。乙酉，代善闻报，以三百骑赴之。马林敛军入壕，外列火器，护以骑兵，别将潘宗颜屯飞芬山相犄角。上率四贝勒逐杜松后队，歼其军，闻马林军驰至。上趋登山下击，代善陷阵，阿敏、莽古尔泰麾兵继进，上下交击，马林遁，副将麻岩战死，全军奔溃。移攻飞芬，上率骑突入，斩宗颜，西北路军破，叶赫兵遁。是时刘𫄨南路之军由宽甸间道败我戍将五百人，乘势深入。上命扈尔汉将千兵往援，戍将托保以余兵会之。丙戌，复命阿敏将二千人继往。上至界凡，刲八牛祭纛[22]。丁亥，命大贝勒代善、四贝勒皇太极南御，遇𫄨精骑万余前进。四贝勒以突骑三十夺阿布达里冈，代善冒杜松衣帜入其军，军乱，四贝勒驰下会战，斩𫄨，又败其后军。乘胜至富察，𫄨监军道康应乾以火器迎战，大风起，烟焰返射[23]，复大破之，应乾遁，朝鲜兵降。凡四日而破三路明兵。其北路李如柏之军，为杨镐急檄引还，至虎栏，遇我游骑二十人，登山鸣螺，呼噪逐之。如柏军奔进，践毙又千余人。甲辰，释朝鲜降将姜弘立归，以书谕其国主。

四月，遂筑界凡，遣兵徇铁岭，略千人。

五月，朝鲜使来报谢。

六月，先是遣穆哈连收抚虎尔哈部遗民，至是得千户，上出城抚之，赐以田庐牛马。上率兵攻开原，克之。斩马林等，歼其军，还驻界凡。

秋七月，明千总王一屏等五人来降，暨前降守备阿布图，各予之官。上攻铁岭，克之。是夕，蒙古喀尔喀部来援叶赫，败之，追至辽河，擒其贝勒介赛。

八月己巳，征叶赫。叶赫有二城，贝勒金台什守东城，其弟布扬古、布尔杭古守西城。分军围之，隳其郛[24]，穴城，城摧，我军入城。命四贝勒领金台什之子德尔格勒谕降再四，金台什终不从，乃执而缢之。布尔杭古降。布扬古不逊，杀之。叶赫亡。师还驻界凡。

冬十月，蒙古察哈尔林丹汗使来，书辞多嫚㉕，执其使。喀尔喀五部来使约伐明，上使大臣希福等五人莅盟。旋有五部下属人来归，上却之。

是岁，明以熊廷弼为经略。

五年庚申春正月，上报书林丹汗，斥其嫚。执我使臣，上亦杀其使。

二月，赐介赛子克什克图、色特希尔裘马，令其更代为质。

三月，论功，更定武爵。丙戌，左翼都统总兵官、一等大臣费英东卒，上临哭之。

夏六月，谕树二木于门，欲诉者悬其辞于木，民情尽达。

秋八月，上伐明。略沈阳，明兵不战而退，乃还。

九月甲申，皇弟穆尔哈齐卒，车驾临奠，因遇费英东墓赐奠。

冬十月，自界凡迁于萨尔浒。

是岁，明神宗崩，光宗立，复崩。熹宗立，罢经略熊廷弼，以袁应泰代之。

六年辛酉春二月，上伐明，略奉集堡，至武靖营。

三月壬子，上大举攻明沈阳，以舟载攻具，自浑河下。沈阳守御甚备，环濠植签，我军拔签猛进，明军殊死战，阵斩总兵贺世贤以下。乙卯，入沈阳。复败其援军总兵陈策等于浑河，败总兵李秉诚于白塔铺，援军尽走。庚申，乘胜趋辽阳。袁应泰引水注濠，环城列砲㉖，督军出战，不支而退，守城楼。壬戌，我右翼军毁闸，左翼军毁桥，右翼傅西城升陴㉗，左翼闻之，毕登。明军犹列炬巷战，达旦皆溃。袁应泰自焚死，御史张铨被执，不屈死。癸亥，入辽阳。辽人具乘与鼓乐迎上，夹道呼万岁。命皇子德格类徇辽以南，所至迎降，兵宿城上，不入民舍。

六月，左翼总兵官、一等大臣额亦都卒，上临奠，哭之恸。

秋七月壬寅，宴有功将士，酌酒赐衣。镇江城人杀守将佟养真，降于明将毛文龙。

十一月乙卯，命阿敏击毛文龙，败之。喀尔喀部台吉古尔布什来降。明复以熊廷弼为经略。

七年壬戌春正月甲寅，上伐明，攻广宁。丙辰，克西平堡。明军三万来御，击败之。斩其总兵刘渠、祁秉忠，巡抚王化贞遁，游击孙得功以城降。庚申，上入广宁，降其城堡四十，进兵山海关，熊廷弼尽焚沿涂屯堡而走。乃移军北攻义州，克之，还驻广宁。蒙古厄鲁特部十七贝勒来附，上宴劳之，授职有差。喀尔喀五部同来归。

二月癸未，上还辽阳。辽阳城圮㉘，迁于太子河滨。

秋七月乙未朔，一等大臣安费扬古卒。

八年癸亥春正月壬辰朔，蒙古扎鲁特部巴克来朝，遣兴质子俱还。

夏四月癸酉，遣皇子阿巴泰、德格类、皇孙岳托率师讨扎鲁特贝勒昂安，以其杀我使人也。昂安携孥遁㉙，达穆布逐之，中枪卒。我军愤，进杀昂安父子，并以别部桑土妻子归。六月，戒诸女已嫁毋凌其夫，违者必以罪。

冬十月丁丑，一等大臣扈尔汉卒，上临哭之。

九年甲子春正月，喀尔喀贝勒恩克格尔来朝，求内迁，许之。以兵迁其民。

二月庚子，皇弟贝勒巴雅拉卒。上遣库尔缠等与科尔沁台吉奥巴盟，勿与察哈尔通。

四月，营山陵于东京城东北阳鲁山，奉景祖、显祖迁葬焉，是曰永陵。

五月，毛文龙寇辉发，戍将楞格礼、苏尔东安追击歼之。

秋八月壬辰，总兵官、一等大臣何和里卒，上闻之恸，曰："天何不遗一人送朕老耶！"毛文龙之众屯田于鸭绿岛，使楞格礼袭其众，歼之。

十年乙丑春正月癸亥，命皇子莽古尔泰率师至旅顺，击明戍兵，隳其城。

二月，科尔沁贝勒寨桑以女来归四贝勒皇太极为妃，大宴成礼。

三月庚午，迁都沈阳，凡五迁乃定都焉，是曰盛京。遣喀尔达等征瓦尔喀，归，降其众三百。

夏四月己卯，宗室王善、副将达朱户、车尔格征瓦尔喀，凯旋，宴劳备至。

六月癸卯，毛文龙兵袭耀州，戍将扬古利击败之。

秋八月，遣土穆布城耀州，明师来攻，击走之，获马七百。命博尔晋征虎尔哈，降其户五百，雅护征卦尔察部，获其众二千。毛文龙袭海州张屯寨，戍将戒沙击走之。上著《酒戒》颁于国中。

十月己卯，皇子阿拜、塔拜、巴布泰征虎尔哈，以千五百人归。

十一月庚戌，科尔沁奥巴告有察哈尔之师，遣四贝勒皇太极及阿巴泰以精骑五千赴之，林丹汗遁。

是年，明使高第为经略，驱锦西人民入山海关。宁前道袁崇焕誓守不去。

十一年丙寅春正月戊午，上起兵伐明宁远。至右屯，守将遁，收其积谷。至锦州，戍将俱先遁。丁卯，至宁远。宁前道袁崇焕偕总兵满桂、副将祖大寿婴城固守③。天寒土冻，凿城不隳，城上放西洋炮，颇伤士卒，乃罢攻。遣武讷格将蒙古兵攻觉华岛，夺舟二千，尽焚其军储，班师。

二月壬午，上还沈阳，语诸贝勒曰："朕用兵以来，未有抗颜行者。袁崇焕何人，乃能尔耶！"

夏四月丙子，征喀尔喀五部，为其背盟也，杀其贝勒囊奴克，进略西拉木轮，获其牲畜。

五月，毛文龙兵袭鞍山驿及萨尔浒，戍将巴布泰、巴笃礼败之，擒其将李良美。丁巳，科尔沁贝勒奥巴来朝，谢援师也。上优礼之，封为土谢图汗。

六月，上书训辞与诸贝勒。

秋七月，上不豫，幸清河汤泉。

八月丙午，上大渐⑪，乘舟回。庚戌，至爱难堡，上崩，入宫发丧。在位十一年，年六十有八。天聪三年葬福陵。初谥武皇帝，庙号太祖，改谥高皇帝，累谥承天广运圣德神功肇纪立极仁孝睿武端毅钦安弘文定业高皇帝。

论曰：太祖天锡智勇，神武绝伦。蒙难艰贞，明夷用晦。迨归附日众，阻贰潜消。自摧九部之师，境宇日拓。用兵三十余年，建国践祚⑫。萨尔浒一役，翦商业定。迁都沈阳，规模远矣。比于岐、丰，无多让焉。

---

①责：索取。

②愬（sù，音素。）：同"诉"。

③外郭：外城。

④殪（yì，同易）：杀死。

⑤镞（zú，音族）：箭头。

⑥斫（zhuó，音灼）：用刀斧砍。

⑦葸（xǐ，音喜）：畏惧。

⑧飨（xiǎng，音响）：用酒食款待别人。

⑨踰：越过。

⑩踣（bó，音博）：跌倒。

⑪淖（nào，音闹）：烂泥，泥坑。

⑫骣（chǎn，音产）：骑马不加鞍辔。

⑬构兵：交战。

⑭赉：赏赐。

⑮执：擒拿。

⑯鸣镝：军中发号令的响箭。

⑰贻：遗留。

⑱暴伉：残暴，专制。

⑲厘：治。

⑳徇：巡行。

㉑实：物资。

㉒刲（kuī，音亏）：刺；割。　纛（dào，音道）：古代军队或仪仗队用的旗帜。

㉓返：通"反"。

㉔隳（huī，音灰）：毁坏。　郛（fú，音浮）：外城。

㉕嫚（màn，音慢）：轻慢；侮辱。

㉖砲（pào，音炮）：古代用机械发射石头砸击敌人的武器。

㉗陴（pí，音皮）：城上的矮墙。

㉘圮（pǐ，音匹）：坍塌。

㉙孥（nú，音奴）：妻子和儿女。

㉚婴：围绕，缠绕。

㉛渐：病情加重。

㉜祚：通"阼"。帝位。

太宗本纪一

　　太宗应天兴国弘德彰武宽温仁圣睿孝敬敏昭定隆道显功文皇帝，讳皇太极，太祖第八子，母孝慈高皇后。上仪表奇伟，聪睿绝伦，颜如渥丹，严寒不栗。长益神勇，善骑射，性耽典籍，谘览弗倦，仁孝宽惠，廓然有大度。

　　天命元年，太祖以上为和硕贝勒，与大贝勒代善、二贝勒阿敏、三贝勒莽古尔泰为四大贝勒。上居四，称四贝勒。

　　太祖崩，储嗣未定。代善与其子岳托、萨哈廉以上才德冠世，与诸贝勒议请嗣位。上辞再三，久之乃许。

　　天命十一年丙寅九月庚午朔，即位于沈阳。诏以明年为天聪元年。初，太祖命上名，臆制之①，后知汉称储君曰："皇太子"，蒙古嗣位者曰："黄台吉"，音并暗合。及即位，咸以为有天意焉②。

　　辛未，誓告天地，以行其道。循礼义，敦友爱，尽公忠，勖诸大贝勒等③。甲戌，谕汉官民有私计遁逃、及令奸细往来者，虽首告勿论，后惟已逃被获者论死。丙子，谕曰："工筑之兴，有妨农务，前以城郭边墙，事关守御，有劳民力，良非得已。兹后止葺颓坏，不复兴筑。俾民专勤南亩④。满洲、汉人，毋或异视；讼狱差徭，务使均一。贝勒属下人，毋许边外行猎。市税为国费所出，听其通商贸易，私往外国及漏税者罪之。"丁丑，令汉人与满洲分屯别居。先是汉人十三壮丁为一庄，给满官为奴。至是，每备御止留八人，余悉编为民户，处以别屯，择汉官廉正者理之。设八固山额真，分领八旗。以纳穆泰为正黄旗固山额真，额驸达尔汉为镶黄旗固山额真，额驸和硕图为正红旗固山额真，博尔晋为镶红旗固山额真，额驸顾三泰为镶蓝旗固山额真，托博辉为正蓝旗固山额真，彻尔格为镶白旗固山额真，喀克笃礼为正白旗固山额真。又设十六大臣，赞理庶政⑤，听八旗讼狱。又设十六大臣，参理讼狱，行军驻防则遣之。乙未，蒙古科尔沁土谢图汗奥巴遣使来吊。

冬十月己酉，以蒙古喀尔喀札鲁特部败盟杀掠，私通于明，命大贝勒代善等率精兵万人讨之，先贻书声其罪，上送至蒲河山而还。癸丑，别遣楞额礼、阿山率轻兵六百入喀尔喀巴林地，以张军势。丙辰，科尔沁土谢图汗奥巴及代达尔汉等十四贝勒各遣使来吊。达朱户征卦尔察部，获其人口牲畜以归。明宁远巡抚袁崇焕遣李喇嘛及都司傅有爵等来吊，并贺即位。甲子，大贝勒代善等大破札鲁特，斩其贝勒鄂尔齐图，获贝勒巴克及其二子并拉什希布等十四贝勒而还。

十一月辛未，上发沈阳迎大贝勒代善，师次铁岭樊河界。癸酉，行饮至礼，论功，颁赉将士。戊寅，上还沈阳。察哈尔阿喇克绰忒部贝勒图尔济率百户来归。乙酉，遣方吉纳、温塔石偕李喇嘛往报袁崇焕，且遗书曰："顷停息干戈，遣使吊贺，来者以礼，故遣官陈谢。昔皇考往宁远时，曾致玺书言和，未获回答。如其修好，答书以实，勿事文饰。"崇焕不以闻，而令我使赍还。卓礼克图贝勒之子卫徵巴拜携其家属来归。科尔沁贝勒青巴图鲁桑阿尔齐、台吉满珠什哩各齐鞍马牛羊来吊。

十二月庚子，禁与蒙古诸藩售卖兵仗。壬戌，黑龙江人来朝贡。天聪元年春正月丙子，命二贝勒阿敏，贝勒济尔哈朗、阿济格、杜度、岳托、硕托率兵征朝鲜。上曰："朝鲜累世得罪，今明毛文龙近彼海岛，纳我叛民，宜两图之。"复遣方吉纳、温塔石遗书明袁崇焕，言兴师由七大恨，并约其议和，及每岁馈报之数⑥。

二月己亥，以书招谕蒙古奈曼部衮出斯巴图鲁。

三月壬申，阿敏等克朝鲜义州，别遣兵捣铁山，明守将毛文龙遁走。又克安州，进至平壤城，渡大同江。朝鲜国王李倧遣使迎师。阿敏等数其七罪，仍遣使趣和⑦。倧惧，率妻子遁江华岛，其长子李淐遁全州。阿敏复遣副将刘兴祚入岛面谕倧。倧遣其族弟原昌君李觉献马百匹、虎豹皮百、绵苎各四百、布一万五千。庚子，与朝鲜盟，定议罢兵。壬申，明袁崇焕遣杜明忠偕方吉纳等以书来，并李喇嘛书，欲释恨修好，惟请减金币之数，而以我称兵朝鲜为疑。辛巳，阿敏等遣使奏捷。乙酉，命留满洲兵一千、蒙古兵二千防义州，满洲兵三百、蒙古兵一千防镇江城。并谕李倧曰："我留兵义州者，防毛文龙耳。"阿敏等旋师，以李觉归。

夏四月申辰，遗袁崇焕书曰："释恨修好，固所愿也。朝鲜自尊轻我，纳我叛亡，我迟之数年⑧，彼不知悔，是以兴讨。天诱其衷，我军克捷。今已和矣，而尔诡言修好，仍遣哨卒侦视，修茸城堡。我国将帅，实以此致疑。夫讲信修睦，必藉物以成礼。我岂贪而利此，使尔国力不支？可减其半。岁时馈答，当如前议，则两国之福也。"书成，闻崇焕方筑塔山、大凌河、锦州等城，遂罢遣使，而以书付杜明忠还。更责崇焕曰："两国修好，当分定疆域。今又修茸城垣，潜图侵逼。倘战争不息，天以燕、云畀我⑨，尔主不幸奔窜，身败名裂，为何如也？自古文臣不更事者徒为大言，每丧师殃民，社稷倾覆。前者辽左任用非人，而河东西土地尽失，今尚谓不足戒而谋动干戈耶？"癸丑，阿敏等自朝鲜凯旋，上迎于武靖营，赐阿敏御衣一袭，余各赐马一匹。乙卯，谕征朝鲜将士功，擢赏有差⑩。戊辰，上还沈阳。乙丑，以书谕察哈尔台吉济农及奈曼衮出斯巴图鲁来和。

五月戊辰，遣朝鲜国王弟李觉归国，设宴饯之，并赐鞍马裘带等物。辛未，上闻明人于锦州、大凌河、小凌河筑城屯田，而崇焕无报书，亲率师往攻之。乙亥，至广宁，乘夜进兵。丙子，明大凌河、小凌河兵弃城遁，遂围锦州。明台堡兵二千余人来降，悉纵之归。丁丑，明镇守辽东太监纪用、总兵赵率教遣人诣师请命。上开诚谕之，并许纪用亲来定议。用不答，遂攻锦州。垂克，明援兵至，退五里而营，遣人调沈阳兵益师⑪。庚寅，固山额真博尔晋等以兵至。癸巳，攻宁远城，残其步卒千余人。既，明总兵满桂出城而阵，上欲击之，三大贝勒均谏止。上怒，趣诸将戴兜鍪⑫，率阿济格疾驰而进，败其前队，追至宁远城下，尽殪之⑬。诸贝勒不及胄而从⑭，济尔哈朗、萨哈廉、瓦克达俱被创。锦州守兵亦出城合战，我军复迎击之。游击觉罗拜山、备御巴希阵殁⑮，上临其丧，哭而酹之⑯。我军还驻双树铺。乙未，复至锦州。

六月己亥，攻锦州，值天溽暑⑰，士卒死伤甚众。庚子，班师。丁未，上还沈阳。是岁，大饥，斗米值银八两，银贱物贵，盗贼繁兴。上恻然曰："民饥为盗，可尽杀乎！"令鞭而释之，仍发帑赈民⑱。

秋七月己巳，蒙古敖汉琐诺木杜棱、塞臣卓礼克图、奈曼衮出斯巴图鲁举国来附。朝鲜国王李倧遣使报谢，并献方物，命阿什达尔汉等往报之，寻以义州归朝鲜。是月，明袁崇焕罢归。

八月辛亥，察哈尔阿喇克绰忒部贝勒巴尔巴图鲁、诺门达赉、吹尔扎木苏率众来归。是月，明熹宗崩，其弟信王嗣位，是为庄烈帝。

九月甲子朔，谕国家大祀大宴用牛外，其屠宰马、骡、牛、驴者悉禁之。

冬十一月庚午，察哈尔大贝勒昂坤杜棱来降。辛巳，萨哈尔察部来朝贡。

十二月甲午朔，察哈尔阿喇克绰忒贝勒图尔济伊尔登来降。

二年春正月戊子，格伊克里部长四人率其属来朝。

二月癸巳朔，以额亦都子图尔格、费英东子察哈尼俱为总兵官。朝鲜国王李倧遣其总兵官李兰等来献方物，并米二千石，更以一千石在中江平粜⑲。庚子，以往喀喇沁使臣屡为察哈尔多罗特部所杀，上率师亲征。丁未，进击多罗特部，败之。多尔济哈谈巴图鲁被创遁，获其妻子，杀台吉古鲁，俘万一千二百人还。丁巳，以战胜，用八牛祭天。

三月戊辰，上还沈阳，贝勒阿敏等率群臣郊迎，行抱见礼。以弟多尔衮、多铎从征有功，赐多尔衮号墨尔根戴青，多铎号额尔克楚虎尔。庚寅，以赐名之礼宴之。戊子，给国人无妻者金，使娶。以贝勒多尔衮为固山贝勒。

夏四月丙辰，巴林贝勒塞特尔，台吉塞冷、阿玉石、满朱习礼率众来归。明复以袁崇焕督师蓟、辽。崇焕素弗善毛文龙。时文龙据皮岛，招集辽民，有逃亡则杀以冒功，遂得擢总兵，便宜行事。后更致书与我通好。上遣科廓等赍书往报。既，文龙执科廓等送燕京。崇焕以文龙私通罪给杀之⑳。

五月辛未，明人弃锦州。贝勒阿巴泰等率兵三千略其地，隳锦州、杏山、高桥三城㉑，毁十三站以东墩台二十一。先是顾特塔布囊以其众自察哈尔逃匿蒙古地，遇归附者辄杀之。辛巳，命贝勒济尔哈朗、豪格率兵讨顾特塔布囊。乙酉，顾特伏诛，俘其人口牲畜以万计。长白山迤东滨海虎尔哈部头目里佛塔等来朝㉒。

八月辛卯，与喀喇沁部议和定盟。乙未，赐奈曼贝勒衮出斯号"达尔汉"，札鲁特喀巴海号"卫征。"乙卯，朝鲜来贡。

九月庚申，征外藩兵共征蒙古察哈尔。癸亥，上率大军西发。丙寅，次辽阳。敖汉、奈曼、喀尔喀、札鲁特、喀喇沁诸贝勒、台吉各以兵来会。己巳，驻师绰洛郭尔。甲戌，宴来会诸贝勒。科尔沁诸贝勒不至。土谢图汗额驸奥巴、哈谈巴图鲁、满朱习礼如约，请先侵掠而后合军。上怒，遣使趣之。时奥巴违命，径归。满朱习礼及台吉巴敦以所俘来献，上赐满朱习礼号"达尔汉巴图鲁"，巴敦号"达尔汉卓礼克图"，厚赉之。丙子，进兵击席尔哈、席伯图、英、汤图诸处，克之，获人畜无算。

冬十月辛卯，还师。丙申，谕敖汉、奈曼、巴林、札鲁特诸贝勒，毋得要杀降人，违者科罚。壬寅，上还沈阳。以刘兴祚诈称缢死，逃归明，系其母及妻子于狱㉓。

十二月丁亥朔，遗土谢图汗额驸奥巴书，数其罪。巴牙喇部长伊尔彪等来朝贡。蒙古郭界尔图、札鲁特贝勒塞本及其弟马尼各率部来归。

三年春正月庚申，土谢图汗奥巴来请罪，宥而遣之㉔。辛未，敕科尔沁、敖汉、奈曼、喀尔喀、喀喇沁诸部悉遵国制。丁丑，谕诸贝勒代理三大贝勒直月机务。

二月戊子，谕三大贝勒、诸贝勒、大臣毋得科敛民间财物，犯者治罪。己亥，合葬太祖高皇帝、孝慈高皇后于沈阳之石嘴头山，妃富察氏祔。喀尔喀札鲁特贝勒戴青、桑土、桑古尔、桑噶尔寨等率众来附。甲辰，上南巡，阅边境城堡，圮薄者修筑之㉕。戊申，次海州，有老人年一百三岁，妻一百五岁，子七十三岁，召见赐牛种。辛亥，上还沈阳。

三月戊午，申蒙古诸部军令。

夏四月丙戌朔，设文馆，命巴克什达海及刚林等翻译汉字书籍，库尔缠及吴巴什等记注本朝政事。

五月丁未，奈曼、札鲁特诸贝勒越界驻牧，自请议罚。上宥之。

六月乙丑，议伐明，令科尔沁、喀尔喀、札鲁特、敖汉、奈曼诸部会兵，并令预采木造船以备转饷。丁卯，喀喇沁布尔噶都戴青、台吉卓尔毕、土默特台吉阿玉石等遣使朝贡。辛巳，土默特台吉卓尔毕泰等来朝贡。

秋七月辛卯，喀尔喀台吉拜浑岱、喇巴泰、满朱习礼自科尔沁来朝。甲午，孟阿图率兵征瓦尔喀。乙未，库尔喀部来朝贡。

八月庚午，颁八旗临阵赏罚令。乙亥，谕曰："自古及今，文武并用，以文治世，以武克敌。今欲振兴文教，试录生员。诸贝勒府及满、汉、蒙古所有生员，俱令赴试。中式者以他丁偿之。"

九月壬午朔，初试生员，拔二百人，赏缎布有差，免其差徭。癸未，贝勒济尔哈朗等略明锦州、宁远诸路还，俘获以三千计。丙戌，阿鲁部杜思噶尔济农始遣使来通好。癸卯，喀剌沁布尔噶都来朝贡。

冬十月癸丑，上亲征明，征蒙古诸部兵以次来会。庚申，次纳里特河，察哈尔五千人来归。壬戌，次辽河。丙寅，科尔沁奥巴以二十三贝勒来会。上集诸贝勒大臣议征明与征察哈尔孰利，皆言察哈尔远，于是征明。辛未，次喀喇沁之青城。大贝勒代善、三贝勒莽古尔泰止诸贝勒帐外，入见密议班师。既退，岳托等入白诸将在外候进取㉖。上不怿㉗，因曰："两兄谓我兵深入，劳师袭远，若粮匮马疲，敌人环攻，无为归计。若等见及此，而初不言，朕既远涉，乃以此为辞。我谋且䟆，何候为！"岳托坚请进师。八固山额真诣代善、莽古尔泰议，夜半议定。谕曰："朕承天命，兴师伐明，拒者戮，降者勿扰。俘获之人，父母妻子勿使离散。勿淫人妇女，勿褫人衣服㉘，勿毁庐舍器皿，勿伐果木，勿酗酒。违者罪无赦。固山额真等不禁，罪如之。"乙亥，次老河，命济尔哈朗、岳托率右翼兵攻大安口，阿巴泰、阿济格率左翼兵攻龙井关。上与大贝勒代善、三贝勒莽古尔泰率大兵继之。丁丑，左翼兵克龙井关，明副将易爱、参将王遵臣来援，皆败死。汉儿庄、潘家口守将俱降。戊寅，上督兵克洪山口。辛巳，上至遵化。莽古尔泰率左翼兵自汉儿庄来会。遗书明巡抚王元雅劝降。

十一月壬午朔，右翼诸贝勒率师来会。先是济尔哈朗等克大安口，五战皆捷，降马兰营、马兰口、大安营三城，明罗文峪守将李思礼降。山海关总兵赵率教以兵四千来援，阿济格迎击斩之。甲申，诸贝勒攻遵化，正白旗小校萨木哈图先登，大兵继之，遂克其城。明巡抚王元雅自经死㉙。上亲酹金卮赐萨木哈图，擢备御，世袭罔替㉚，赐号"巴图鲁"，有遇赦免，家固贫，恤之。蒙古兵扰害罗文峪民。令曰："凡贝勒大臣有掠归降城堡财物者斩，擅杀降民者抵罪，强取民物，计所取倍偿之。"己丑，叙克城功，将士赏赉有差。壬辰，参将英俄尔岱、文馆范文程留守遵化，大军进逼燕京。有蒙古兵杀人而褫其衣，上命射杀之。甲午，徇蓟州。乙未，徇三河。丙申，左翼贝勒赴通州视渡口。明大同、宣府二镇援兵至顺义，贝勒阿巴泰、岳托击败之。顺义降。上至通州，谕明士民曰："我国夙以忠顺守边，叶赫与我同一国耳，明主庇叶赫而陵我，大恨有七。我知终不相容，故告天兴师。天直我国，赐我河东地。我太祖皇帝犹愿和好，与民休息。尔国不从，天又赐我河西地。及朕即位，复徇尔国之请，遂欲去帝称汗，趣制国印，而尔国不从。今我兴师而来，顺者抚，逆者诛。是尔君好逞干戈，犹尔之君杀尔也。天运循环，无往不复，有天子而为匹夫，亦有匹夫而为天子者。无既佑我，乃使我去帝号。天其鉴之！"辛丑，大军逼燕京。上营于城北土城关之东，两翼营于东北。明大同总兵满桂、宣府总兵侯世禄屯德胜门，宁远巡抚袁崇焕、锦州总兵祖大寿屯沙窝门。上率右翼大贝勒代善，贝勒济尔哈朗、岳托、杜度、萨哈廉等，领白甲护军、蒙古兵进击桂、世禄，遣左翼大贝勒莽古尔泰、阿巴泰、阿济格、多尔衮、多铎、豪格等，领白甲护军、蒙古兵迎击崇焕、大寿，俱败之。癸卯，遣明归顺王太监赍书与明议和。乙巳，屯南海子。戊申，袁崇焕、祖大寿营于城东南隅，树栅为卫，我军逼之而营。上率轻骑往视。诸贝勒请攻城，谕曰："路隘且险，若伤我士卒，虽得百城不足多也。"因止弗攻。初，获明太监二人，令副将高鸿中，参将鲍承先、宁完我等受密计。至是，鸿中、承先坐近二太监耳语云："今日撤兵，乃上计也。顷上单骑向敌，敌二人见上语良久乃去。意袁都堂有约，此事就矣。"时杨太监佯卧窃听。翌日纵之归，以所闻语明帝，遂下崇焕于狱。大寿惧，率所部奔锦州，毁山海关而出。诸贝勒大臣请攻城，上曰："攻则可克，但恐伤我良将劲卒，余不忍也。"遂止。

十二月辛亥朔，大军经海子而南，且猎且行，趣良乡，克其城。壬子，总兵吴讷格克固安。辛酉，遣贝勒阿巴泰、萨哈廉以太牢祀金太祖、世宗陵。丙寅，复趋燕京，败明兵于卢沟桥，残其众。明总兵满桂、孙祖寿、黑云龙、麻登云以兵四万栅永定门之南。丁卯黎明，师毁栅入，斩桂、祖寿及副将以下三十余人，擒黑云龙、麻登云，获马六千，分赐将士。戊辰，遣达海赍书与明议和。壬申，贝勒阿巴泰、济尔哈朗略通州，焚其舟，攻张家湾，克之。达海赍议和书二分置安定、德胜门外。乙亥，复遣人赍书赴安定门。俱不报。丙子，驻师通州。丁丑，岳托、萨哈廉、豪格率兵四千围永平。遂克香河、马兰峪诸城，复叛去。己卯，大军趣永平。

四年春正月辛巳朔，大军至榛子镇、沙河驿，俱降。壬午，至永平。先是，刘兴祚自我国逃归，匿崇焕所。至是，率所携满洲兵十五人、蒙古兵五百欲往守沙河。闻大兵至，改趣永平之太平寨，袭杀喀喇沁兵于途。上怒其负恩，遣贝勒阿巴泰等禽斩之，裂其尸以徇。癸丑，上授诸将方略，乘夜攻城。城中火药自发，敌军大乱，黎明克之。贝勒济尔哈朗等入城安抚。丙戌，上率诸将入城，官民夹道呼万岁。贝勒济尔哈朗、萨哈廉守永平。以降官白养粹为永平巡抚，孟乔芳、杨文魁为副将，纵乡民还其家。是日，上率大军趣山海关。敖汉、奈曼、巴林、札鲁特诸部兵攻昌黎，不克。台头营、鞍山堡、迁安、滦州以次降。建昌参将马光远来归。丁酉，明兵攻遵化，贝勒杜度击败之。明兵入三屯营，先所下汉儿庄、喜峰口、潘家口、洪家口复叛。庚子，达海等复汉儿庄，贝勒阿巴泰守之。辛丑，喀喇沁布尔噶都为明兵所围，遣军往救，未至，布尔噶都自击败之。其帅明兵部尚书刘之纶领兵至，树栅。我军炮毁其栅。之纶屯山中。大贝勒代善围之，劝之纶降，不从。破其营，之纶被箭死。壬寅，移师马兰峪，毁其近城屯堡。丙午，喀喇沁苏布地上书明帝，论和好之利，且劝以爱养边民、优恤属国之道。不报。乐亭复叛。

二月辛亥朔，谕贝勒诸臣，凡将士骁勇立功者，勿与攻城之役。甲寅，宴明降将麻登云等于御幄③，谓之曰："明主视尔等将士之命如草芥，驱之死地。朕屡遣使议和，竟无一言相报，何也?"登云对曰："明帝幼冲，大臣各图自保。议和之事，倘不见听，罪且不测，故惧不敢奏。"上曰："若然，是天赞我也，岂可弃之而归? 但驻兵屯守，妨农时为可悯耳。且彼山海关、锦州防守尚坚，今但取其无备成邑可也。"己未，遗书明帝②，仍申和好，并致书明诸臣，劝其急定和议，至是凡七致书矣。甲子，明榆林副将王世选来降。上班师，贝勒阿巴泰、济尔哈朗、萨哈廉及文臣索尼、宁完我等守永平，鲍承先守迁安，固山额真图尔格、那木泰等守滦州，察喀喇、范文程等守遵化。驻滦三日，论功行赏。壬申，谕曰："天以明土地人民予我，其民即吾民，宜饬军士勿加侵害③，违者治罪。"上至永平，降官郎中陈此心谋遁，事觉论斩，上赦之，听其所往。

三月壬午，上还沈阳。庚寅，遣二贝勒阿敏、贝勒硕托率兵五千往守永平四城，贝勒阿巴泰等还。庚子，阿鲁四子部遣使来盟。

夏四月壬子，明兵攻滦州，不克。己卯，贝勒阿巴泰、济尔哈朗等自永平还。上问是役俘获较前孰多，对曰："此行所获人口甚多。"上曰："财帛不足喜，惟多得人为可喜耳。"

五月己丑，谕诸臣厚抚俘众。壬辰，阿敏、硕托等弃永平四城归。时明监军道张春、锦州总兵祖大寿等合兵攻滦州。那穆泰、图尔格、汤古代等出战，屡败明兵。然兵少，阿敏、硕托畏不往援。明兵用炮攻滦州，那穆泰等不能支，弃城奔永平。会天雨，我军溃围出，无马被创者死四百余人。阿敏、硕托闻之恐，遂杀降官白养粹等，尽屠城中士民，收其金币，乘夜出冷口。察哈喇等亦弃遵化归。上方命贝勒杜度趋永平协守，且敕阿敏善抚官民，无侵暴，将整兵亲往。庚子，闻阿敏弃城，且大肆屠戮，乃止。

六月甲寅，收系弃城诸将④，数其罪。乙卯，御殿宣阿敏十六罪。众议当诛。上不忍致法，幽之。硕托、汤古代、那穆泰、巴布泰、图尔格等各夺爵、革职有差。诸将中有力战杀敌者释之。先是阿敏既屠永平官民，以其妻子分给士卒。上曰："彼既屠我归顺良民，又奴其妻子耶!"命编为民户，以房舍衣食给之。

秋九月戊戌，申谕诸大臣满、汉官各勤职业。

冬十月辛酉，谕编审各旗壮丁，隐匿者罚之。

十一月甲午，那堪泰部虎尔噶率家属来归，阿鲁四子部诸贝勒来归。壬寅，阿鲁伊苏忒部闻上善养民，留所部于西拉木轮河，而偕我使臣察汉喇嘛求朝。

十二月戊辰，科尔沁贝勒图美卫征来朝。

五年春正月庚辰，谕已故功臣无后者，家产给其妻自赡。壬午，铸红衣大炮成，镌曰："天祐助威大将军。"军中造炮自此始。乙未，以额驸佟养性总理汉人军民事，汉官听其节制。己亥，幸文馆，入库尔缠直房，问所修何书。对曰："记注所行政事。"上曰："如此，朕不宜观。"又览达海所译《武铨》，见投醪饮河事⑤，曰："古良将体恤士卒，三军之士乐为致死。若额驸顾三台对敌时，见战士殁者，以绳曳之归，安能得人死力乎!"庚子，朝鲜贡物不及额，却之，以书责其罪。

二月庚申，敕边臣谨斥堠⑥。甲戌，孟阿图征瓦尔喀，奏捷。

三月乙亥朔，镶蓝旗固山额真、额驸顾三台罢，以太祖弟之子篇古代之。书谕大贝勒代善、三贝勒莽古尔泰及贝勒诸大臣，求直言过失。丁亥，阅汉兵。甲午，诛刘兴祚、兴治家属，赦其母。丁酉，朝鲜复遣使来贡。辛丑，遣满达尔汉、董讷密遗朝鲜王书，索战船助攻明。不许。

六月癸亥，定功臣袭职例。黑龙江伊札讷、萨克提、伽期讷、俄力喀、康柱等五头目来朝。

秋七月甲戌，黑龙江虎尔哈部四头目来朝贡。庚辰，始设六部，以墨勒根戴青贝勒多尔衮，贝勒德格类、萨哈廉、岳托、济尔哈朗、阿巴泰等管六部事。每部满、汉、蒙古分设承政官，其下设参政各八员，启心郎各一员。改巴克什为笔帖式，其尚称巴克什者仍其旧。更定讦告诸贝勒者准其离主例，其以细事讦诉者禁之。谕贝勒审事冤抑不公者坐罪。除职官有罪概行削职律，嗣后有罪者，分别轻重降罚有差。并禁官民同族嫁娶，犯者男妇以女论。又谕贝勒诸大臣省过改行，求极谏。甲申，阔雷虎尔哈部四头目来朝贡。癸巳，定小事赏罚例，令牛录额真审理，大者送部。明总兵祖大寿等筑大凌河。檄诸蒙古各率所部来会征之。己亥，大军西发，命贝勒杜度、萨哈廉、豪格留守。庚子，渡辽河，申试诸将恤士卒。

八月壬寅朔，次旧辽河而营，蒙古诸部率兵来会。癸卯，集蒙古诸贝勒，申前令，无擅杀掠。于是分兵两路，贝勒德格类、岳托、阿济格以兵二万由义州入屯锦州、大凌河之间。上自白土场入广宁。丁未，会须大凌河，乘夜攻城。令曰："攻城恐伤士卒，当掘壕筑垒困之。彼若出，与之战，外援至，迎击之。"乃分八旗兵合围，令蒙古兵承其隙。辛亥，明马步兵五百人出城，达尔哈击败之。壬子，射书城中，招蒙古人出降。癸丑，明兵出城诱战。图赖先入，达尔哈继之，四面环攻，贝勒多尔衮亦率兵入。城内炮矢俱发，图赖被创，副将孟坦、屯布禄、备御多贝、侍卫戈里战殁。上以图赖等轻进，切责之。以红衣炮攻明台，兵降者相继。乙卯，遗祖大寿书曰："往者我欲和，尔国君臣以宋为鉴，不我应。尔国非宋，我亦非金，何不达若此？朕今厌兵革，更以书往，惟将军裁之。"大寿不答。丁巳，明松山兵二千来援，阿山、劳萨、土鲁什击败之。甲子，贝勒阿济格、硕托遮击明援兵。丁卯，明锦州兵六千来攻阿济格营。会大雾，觌面不相识。忽有青气冲敌营，辟若门。我军乘雾进，大战，败之，擒游击一，尽获其甲仗马匹。辛未，上诣贝勒阿济格营，酌金厄劳诸将。明兵突出，师夹击，又大败之。

九月丁亥，上以兵趋锦州，见尘起，上命诸军勿行，自率摆牙喇兵二百，与贝勒多铎缘山潜进。明锦州兵七千突出进上前。上甫擐甲㊲，从者不及二百人，渡河冲敌军。敌不能当，溃走，诸军继至，又大败之，斩一副将而还。己丑，复以书招祖大寿。庚寅，上设伏山内，诱大寿出，将擒之，大寿惊遁，自是闭城不出。时城中谷止百石，马死尽，煮马肉为食，以鞍代爨㊳。乙未，明太仆寺卿监军道张春，总兵吴襄、钟纬等，以马步兵四万来援，壁小凌河。戊戌，明援兵趋大凌河，距城十五里。上率两翼骑兵冲击之，不动。右翼兵猝入张春营，敌遂败，吴襄及副将桑阿尔寨先奔。张春等复集溃兵立营，会大风，敌乘风纵火，将及我军，天忽雨，反风，复战，遂大破之，生擒张春及副将三十三人。春不屈，乞死，上赦不杀。是役也，祖大寿仍以我为诱敌，故城中无应者。是夕黑云龙遁去。

冬十月丁未，以书招祖大寿、何可刚、张存仁。己酉，再遗大寿书。壬子，以红衣炮攻于子章台。台最固，三日台毁，守台将王景降，于是远近百余台俱下。甲寅，遣降将姜新招祖大寿。大寿亦遣游击韩栋来会。癸亥，议三贝勒莽古尔泰上前持刃罪，降贝勒，夺所属五牛录。乙丑，祖大寿约我副将石廷柱议降。丙寅，大寿遣其子可法为质。戊辰，大凌河举城降，独副将何可刚不从。大寿掖可刚至军前杀之。夜至御营，上优遇之，大寿遂献取锦州策。己巳，遣兵随大寿夜袭锦州，会大雾，失伍，还。

十一月庚午朔，纵大寿还锦州。戊寅，毁大凌河城。己卯，班师。乙酉，上还沈阳。丙戌，察哈尔侵阿鲁西拉木轮地，贝勒萨哈廉、豪格移师征之，会察哈尔已去，乃还。

闰十一月庚子朔，谕曰："我兵之弃永平四城，皆贝勒等不学无术所致。顷大凌河之役，城中人相食，明人犹死守，及援尽城降，而锦州、松、杏犹不下，岂非其人读书明理尽忠其主乎？自今凡子弟年十五岁以下、八岁以上，皆令读书。"遣库尔缠等责朝鲜违约罪。庚戌，禁国中不得私立庙寺，喇嘛僧违律者还俗，巫觋星士并禁止之。

十二月壬辰，参将宁完我请设言官，定服制。上嘉纳之。丙申，用礼部参政李伯龙言，更定元旦朝贺行礼班次。

六年春正月癸亥，阅汉兵。

二月壬申，定仪仗制。丁丑，谒太祖陵，行时享礼。戊子，谕海州等处城守官三年一赴沈阳考察。丁酉，谕户部贝勒德格类以大凌河汉人分隶副将以下，给配抚养。给还贝勒莽古尔泰所罚人口。

三月戊戌，赉大凌河诸降将有差。命达海分析国书音义。庚戌，定讦告诸贝勒者轻重虚实坐罪例㊴，禁子弟告父兄、妻告夫者，定贝勒大臣赐祭葬例。丁巳，征察哈尔，征蒙古兵，颁军令。

夏四月戊辰朔，上率大军西发，阿巴泰、杜度、杨古利、伊尔登、佟养性留守。己巳，次辽河。丙子，次西拉木轮河。己卯，次札滚乌达，诸蒙古部兵以次来会。乙酉，次哈纳崖。察哈尔汗林丹闻我师至，大惧，驱归化城富民牲畜渡河西奔，尽委辎重而去。庚寅，次都勒河，闻察哈尔林丹远遁，上趋归化城。丙申，大军自阿济格和尔戈还趋察哈尔。

五月癸卯，谕诸部贝勒大臣勿轻进，勿退缩，勿杀降，勿分散人妻子，勿夺人衣服财物。甲辰，次布龙图布喇克。丁未，劳萨奏报察哈尔遁去已久，逐北三日无所见。上自布龙图旋师。戊申，定议征明。丙辰，次朱儿格土。时粮尽，忽逢黄羊遍野，遂合围杀数万，脯而食之㊵。无水，以一羊易杯水而饮。上命各牛录持水迎给之。庚申，次木鲁哈喇克沁，贝勒阿济格率左翼略宣府、大同，贝勒济尔哈朗率右翼略归化城，上与大贝勒代善、贝勒莽古尔泰统大军继进。甲子，上至归化城，两翼兵来会。是日，大军驰七百里，西至黄河木纳汉山。东至宣府，自归化城南至明边境，所在察哈尔部民悉俘之。

六月丁卯朔，蒙古部民窜沙河堡，上以书谕明守臣索之。明归我男妇三百二十、牲畜千四百有奇。辛未，宁完我、范文程、马国柱合疏言：“伐明之策，宜先以书议和，俟彼不从，执以为辞，乘衅深入，可以得志。”上嘉纳之。甲戌，大军发归化城，趋明边。丁丑，明沙河堡守臣使赍牲币来献。己卯，库尔缠等自得胜堡，爱巴礼等由张家口，分诣大同、宣府议和。书曰：“我之兴兵，非必欲取明天下也。辽东守臣贪黩昏罔，劝叶赫陵我，遂婴七恨㊶。屡愬尔主㊷，而辽东壅不上闻㊸。我兵至此，欲尔主察之也。及攻抚顺，又因十三省商贾各遗以书。虑其不克径达，则各以书进其省官吏，冀有一闻。乃纵之使去，寂焉不复。语云：‘下情上达，天下罔不治；下情上壅，天下罔不乱’。今所在征讨，争战不息，民死锋镝㊹，虽下情不达之故，抑岂天意乎？我今开诚相告，国虽褊小㊺，惟欲两国和好，互为贸易，各安耕猎，以享太平。若言不由衷，天其鉴我。前者屡致书问，愤疾之词，固所不免。此兵家之常，不足道也。幸速裁断，实国之福。我驻兵十日以待。”庚辰，驻大同边外。库尔缠偕明得胜堡千总赍牲币来献。上不纳。复遗书明守臣曰：“我仰体天意，愿申和好。尔果爱民，宜速定议。若延时不报，纵欲相待，如军中粮尽何？至书中称谓，姑勿论，我逊尔国，我居察哈尔之上可耳。”癸未，趋宣府，守臣以明主所给察哈尔缎布皮币一万二千五百归我。庚寅，驻张家口外，列营四十里。癸巳，明巡抚沈棨、总兵董继舒遣人赍牛羊食物来献。上宴之，遂定和议，大市于张家口㊻。科尔沁部兵三人潜入明边，盗牛驴，斩其首者，鞭二人，贯耳以徇。甲午，明巡抚沈棨遣使来请盟。命大臣阿什达尔哈等莅之，刑白马乌牛，誓告天地。礼成，遣启心郎祁充格送明使归。明以金币来献。晋封皇子豪格为和硕贝勒。是月，辽东大水。

秋七月丁酉朔，复以书约明张家口守臣信誓敦好，善保始终。且谓和议辽东地方在内，尔须遣官往告。上率大军还。庚子，至上都河，明以和议成，来馈礼物，酌纳之。辛丑，蒙古诸贝勒辞归。庚戌，次摆斯哈儿。游击巴克什达海卒。庚申，上还沈阳。

八月丁卯，召明诸生王文奎、孙应时、江云入宫，问以和事成否。三人皆言，明政日紊，和议难必。且中原盗贼峰起，人氏离乱。劝上宣布仁义，用贤养民，乘时吊伐，以应天心。癸酉，六部署成，颁银印各一。甲午，命固山额真察民疾苦，清理刑狱。察哈尔机纳楚虎尔来归。

九月癸卯，修复盖州城，移民实之。甲寅，命户部贝勒德格类、兵部贝勒岳托展耀州旧界至盖州迤南。

冬十月乙丑朔，幸开原。甲戌，还沈阳。遣卫征襄苏喇嘛赴宁远，赍书致明帝曰："我国称兵，非不知足而冀大位。因边臣欺侮，致启兵衅。往征察哈尔时，遇宣府定和议，我遂执越境盗窃之人战之塞下，我之诚心可谓至矣。前边臣未能细述，今欲备言，又恐疑我不忘旧怨，如遣信使来，将尽告之。若谓已和，不必语及往事，亦惟命。"又与明诸臣书曰："宣府守臣与我盟时，约我毋侵辽东，誓诸天地。今尔乃有异议，天可欺乎？执政大臣宜通权变，慎勿徒事大言，坐失事机。若坚执不从，惟寻师旅，生灵荼毒，咎将谁归？"

十一月壬寅，明宁远守臣以我所遗书封固，不敢以陈，请露封，许之。辛亥，阿禄部都思噶尔济农所属祁他特吹虎尔台吉来附。壬子，遣使往朝鲜定岁贡额。

十二月乙丑，定朝服及官民常服制。三贝勒莽古尔泰卒。乙亥，吴巴海征兀札喇遣使告捷。

七年春正月庚子，谕各牛录额真以恤贫训农习射。辛丑，朝鲜来贡，不及额。丁未，复书责之。戊申，皇长女下嫁敖汉部贝勒都喇尔巴图鲁子台吉班第。乙卯，征兀札喇师还。

二月癸亥朔，阿鲁科尔沁汗车根率固木巴图鲁、达尔马代衮等举国来附。己卯，库尔缠有罪，诛。癸未，土鲁什、劳萨等略宁远。

三月丁酉，筑碱场、揽盘、通远堡、岫岩四城。辛丑，郭尔罗斯部台吉固木来朝。丙辰，明故总兵毛文龙部将孔有德、耿仲明遣使来约降。

夏四月乙丑，察哈尔两翼大总管塔什海虎鲁克寨桑来附。乙亥，使参将英俄尔岱等借粮朝鲜济孔有德军，不从。

五月乙未，吴喇忒台吉土门达尔汉等来朝。壬子，贝勒济尔哈朗、阿济格、杜度率兵迎孔有德、耿仲明于镇江，命率所部驻东京。

六月壬戌，谕将士毋侵扰辽东新附人民，违者孥戮之[47]。癸亥，召孔有德、耿仲明入觐，厚赉之。丙寅，遣英俄尔岱遗朝鲜王书曰："往之借粮，贵国王以孔有德等昔隶毛氏，无输粮养敌之理。今有德归我，粮已足给。惟兵卒守船，挽运维艰。近距贵国，以粮给之甚便。朕思王视明为父，视朕为兄，父兄相争数年，而王坐观成败，是外有父兄之名，而内怀幸祸之意。若力为解劝，息兵成好，不惟我国乐见太平，即贵国亦受其福。若仍以兵助明，合而御我，则构兵实自王始[48]。"己巳，谕官民遵制画一。癸酉，以孔有德为都元帅，耿仲明为总兵官，并赐敕印。戊寅，英俄尔岱奏报朝鲜用明人计，借兵倭国，又于义州南岭筑城备我。集诸贝勒大臣议之，皆言宜置朝鲜而伐明。己卯，贝勒岳托、德格类率右翼楞额礼、叶臣，左翼伊尔登、昂阿喇及石廷柱、孔有德、耿仲明将兵取明旅顺口。甲申，东海使犬部额驸僧格来朝贡。丁亥，谕曰："凡进言者，如朕所行未协于义，宜直言勿讳。政事或有愆忌[49]，宜开陈无隐。六部诸臣，奸伪贪邪，行事不公，宜行纠劾。诸臣有艰苦之情，亦据实奏闻。苟不务直言，远引曲喻，剿袭纷然[50]，何益于事？"

秋七月辛卯朔，谕满洲各户有汉人十丁者授棉甲一，以旧汉军额真马光远统之。壬辰，阿禄部孙杜棱子台吉古木思辖布，寨桑吴巴什、阿什图、巴达尔和硕齐等，吴喇忒部台吉阿巴噶尔代皆来朝贡。甲辰，贝勒岳托等奏克旅顺口。

八月庚申朔，英俄尔岱等自朝鲜还，以复书允粮济我守船军士。壬戌，贝勒阿巴泰、阿济格、萨哈廉、豪格等略明山海关外。庚辰，贝勒德格类、岳托师还。丁亥，以副将石廷柱为总兵官。

九月庚子，贝勒阿巴泰等师还。上以其不深入，责之。癸卯，英俄尔岱等往朝鲜互市。庚戌，明登州都司蔡宾等来降。

冬十月壬戌，遣使外藩蒙古各部，宣布法令。丙寅，大阅。丁卯，发帑赉八旗步兵。己巳，谕曰：“置官以来，吏、户、兵三部办事尽善。刑部讯狱稽延，罔得实情，礼部、工部皆有缺失。夫启心郎之设，欲其随事规谏，启乃心也。乃有差谬而不闻开道，何耶？”又曰：“尔等动以航海取山东攻山海关为言。航海多险，攻坚易伤，是以空言相赚，不啻为敌计耳。兵事无藉尔言，惟朕与诸贝勒有过，当极言耳。”又谕文馆诸儒臣曰：“太祖始命巴克什额尔德尼造国书，后库尔缠增之。虑有未合，尔等职司纪载，宜悉心订正。朕嗣大位，凡皇考行政用兵之大，不一一详载，后世子孙何由而知？岂朕所以尽孝道乎？”丙子，授明降将马光远为总兵官，王世选、麻登云为三等总兵官，马光先、孟乔芳等各授职有差。癸未，明广鹿岛副将尚可喜遣使来约降。

十一月甲辰，英俄尔岱复赉书往朝鲜，责以违约十事。戊申，遣季思哈、吴巴海往征朝鲜接壤之虎尔哈部。辛亥，上猎于叶赫。

十二月辛未，上还沈阳。

八年春正月庚寅，谕蒙古诸贝勒令遵我国定制。黑龙江羌图里、嘛尔干率六姓来朝贡。癸巳，诏宗人自兴祖直皇帝出者为六祖后，免其徭役。乙未，正黄旗都统、一等总兵官楞额礼卒。癸卯，汉备御诉汉人徭役重于满洲，户部贝勒德格类以闻。上命礼部贝勒萨哈廉集众谕其妄。汉总兵官石廷柱等执备御八人请罪，上曰：“若加以罪，则后无复言者。”并释之。戊申，塔布囊等征察哈尔溃众于席尔哈、席伯图。己酉，蒿齐忒部台吉额林臣来归。丁巳，免功臣身故无嗣者丁之半，妻故始应役，著为令。

二月壬戌，定丧祭例，妻殉夫者听，仍予旌表；逼妾殉者，妻坐死。遣贝勒多尔衮、萨哈廉往迎降将尚可喜，使驻海州。丁卯，都元帅孔有德劾耿仲明不法状，谕解之。戊辰，遣阿山等略锦州。

三月丁亥朔，日有食之，绿虹见。辛卯，命谭泰、图尔格略锦州。壬辰，副将尚可喜率三岛官民降，驻海州。己亥，大阅。甲辰，遣英俄尔岱往朝鲜互市。令孔有德、耿仲明、尚可喜帜用白镶皂，以别八旗。壬子，考试汉生员。

夏四月辛酉，升授太祖诸子汤古代等副将、参将、备御有差。又以哈达、乌喇二部之后无显职，授哈达克什内为副将，乌喇巴彦为三等副将。诏以沈阳为：“天眷盛京”，赫图阿喇城为“天眷兴京。”改定总兵、副将、参将、游击、备御满字官名。丁丑，尚可喜来朝，命为总兵官。乙亥，以太祖弟之子拜尹图为总管。辛巳，初命礼部考试满洲、汉人通满、汉、蒙古书义者，取刚林等十六人为举人，赐衣一袭，免四丁。乙酉，金继孟等自明石城岛来降，以隶尚可喜。

五月丙戌朔，黑龙江巴尔达齐来贡。庚寅，察哈尔台吉毛祁他特来朝。定满、汉马步军名。丙申，议征明，诸贝勒请从山海关入。上曰：“不然，察哈尔为我军所败，其贝勒大臣将归我，宜直趋宣、大以逆之。”乃集各都统部署军政，遣国舅阿什达尔哈征科尔沁兵，以书招抚遗众之在明境者。壬寅，定百官功次，赐敕书，其世袭及官止本身者，分别开载有差。甲辰，季思哈、吴巴海征虎尔哈部奏捷。命贝勒济尔哈朗留守盛京，贝勒杜度守海州，吏部承政图尔格等渡辽河，沿张古台河驻防，并扼敌兵，俱授方略。毕，上率大军前发。己酉，次都尔鼻，诸蒙古外藩兵以次来会。甲寅，次讷里特河。

六月辛酉，颁军令于蒙古诸贝勒及孔有德、耿仲明、尚可喜，曰："行军时勿离纛[51]，勿喧哗，勿私出劫掠。抗拒者诛之，归顺者字之[52]。勿毁庙宇，勿杀行人，勿夺人衣服，勿离人夫妇，勿淫人妇女。违者治罪。"先是，察哈尔林丹西奔图白特，其部众苦林丹暴虐，逃遁者什七八。食尽，杀人相食，屠劫不已，溃散四出。至是，络绎来附者前后数千户。辛未，次库黑布里都，议觉罗布尔吉、英俄尔岱擅杀察哈尔布颜图部众罪，并夺其赐。甲戌，次喀喇拖落木，命贝勒德格类率兵入独石口，侦居庸关，期会师于朔州。戊寅，谕蒙古诸贝勒曰："科尔沁、噶尔珠、塞特尔等叛往索伦，为其族兄弟等追获被杀，朕心恻然。朕欲宣布德化，使人民共登安乐。今诸贝勒虽以罪诛，亦朕教化所未洽也。"又命减阿鲁部达喇海等越界驻牧罪。壬午，察哈尔土巴济农率其民千户来归。喀尔喀部巴噶达尔汉来归。甲申，命大贝勒代善等率兵入得胜堡，略大同，西至黄河，副都统土鲁什、吴拜等径归化抚察哈尔逃民，俱会师朔州。

秋七月己丑，命贝勒阿济格、多尔衮、多铎等入龙门，会宣府，上亲统大军自宣府趋朔州，期四路兵克期并进[53]。辛卯，毁边墙。壬辰，入上方堡，至宣府右衞，以书责明守臣负盟之罪，仍谕其遣使议和。癸巳，驻城东南。时阿济格攻龙门，未下，今略保安。丁酉，营东城，遗明代王书，复约其遣使议和。代善攻得胜堡，克之。明参将李全自缢死。进攻怀仁、井坪，皆不克，遂驻朔州。丙午，上围应州，令代善等趣马邑。土鲁什至归化城，察哈尔林丹之妻率其八寨桑以一千二百户来降。庚戌，阿济格等攻保安州，克之。壬子，德格类入独石口，取长安岭，攻赤城，不克，俱会师于应州。

八月乙卯，命诸将略代州。萨哈廉袭崞县，拔之。丙辰，硕托入圆平驿。甲子，阿巴泰等取灵丘县之王家庄，克之。礼部承政巴都礼战殁。又攻应州之石家村堡，克之。丙寅，上发应州，闻明阳和总督张宗衡、大同总兵曹文诏驻怀仁，度是夜必奔大同，令土鲁什、吴拜伏兵邀之。师行迟，宗衡等逸去。上怒责之。戊辰，上至大同，遗书文诏，令赞和议。又遗书众官，索察哈尔余孽之在明者。文诏挑战，击败之。贝勒阿巴泰等拔灵丘。明代王母杨氏与张宗衡、曹文诏以书来请和。辛未，遣使以书报之。壬申，代善率师来会。癸酉，驻师大同，遣明宗室朱乃廷及俘获僧人入城。三索报书，俱不答。纵乃廷妻子及朱乃振还。丁丑，营四十里铺，得明间谍书北楼口，为书报之曰："来书以满洲为属国，即予亦未尝以为非也。惟辽东之官欺凌我国，皇帝惑于臣下之诳，虽干戈十数年来，无一言询及，使我国之情不达，若遣一信使判白是非，则兵戈早息矣。欲享太平，只旦暮间事。不然，尔国臣僚壅蔽欺罔[54]，虚报斩伐，以吾小国果受伤夷，讵能数侵，岂皇帝之聪明独不能一忖度耶？愿和之诚，黑云龙自知之，虑其恐结怨于大臣不尽告耳。"己卯，大军至阳和。明总兵曹文诏诡以书诳张宗衡，伪言炮伤我兵，得纛一杆等语，为我逻者所获。上乃遗宗衡书曰："予谓尔明当有忠臣、义士、实心谋国者，乃一旦虚诳至此，岂不愧于心乎？今与公等约，我兵以一当十，能约期出战，当勒兵以俟。若诳言欺君，贻害生灵，祸蘗将无穷矣。"壬午，次怀远。癸未，驻左卫。

闰八月丙戌，以书责明宣府太监欺君误国罪。丁亥，副都统土鲁什被创卒。攻万全左卫，克之。庚寅，班师。察哈尔噶尔马济农等遣使乞降，言其汗林丹病殂，汗子及国人皆欲来归，于是命阿什达尔哈等往侦之。丁酉，移军旧上都城。庚戌，移军克蚌。辛亥，察哈尔寨桑噶尔马济农等率其国人六千奉豆土门福金来归。

九月戊辰，留守贝勒济尔哈朗疏报季思哈、吴巴海征虎尔哈俘一千三百余人。阿鲁部毛明安举国来附。辛未，渡辽河。壬申，上还盛京。

冬十月己丑，建太祖陵寝殿，树松，立石兽。壬辰，论征宣、大将士功罪。己亥，科尔沁台吉吴克善来归其妹，纳之。庚戌，以八年征讨克捷，为文告太祖。壬子，朝鲜国王李倧遣使以书来。上以其言不逊，复书切责之。

十一月乙丑，六部官考绩升授有差。

十二月癸未朔，朝鲜国王以书来谢罪。壬辰，命副都统霸奇兰、参领萨木什喀征黑龙江未服之地。丙申，分定宗室、额驸等专管佐领有差。丁酉，墨勒根喇嘛以嘛哈噶喇金像来贡，遣使迎至盛京。癸卯，察哈尔祁他特车尔贝、塞冷布都马尔等各率所部人民来归。遣吴巴海、荆古尔代征瓦尔喀。甲辰，佐领刘学诚疏请立郊坛，勤视朝。上曰："疏中欲朕视朝勤政是也。至建立郊坛，未知天意所在，何敢遽行，果成大业，彼时议之未晚也。"

九年春正月丁卯，上亲送科尔沁土谢图济农等归国。癸酉，免功臣徭役。丁丑，诏太祖庶子称"阿格"，六祖子孙称"觉罗，"觉罗系红带以别之。有詈其祖父者罪至死⑤。

二月壬午，令诸臣荐举居心公正及通晓文艺、可任使者。丁亥，编喀喇沁部蒙古壮丁为十一旗，每旗设都统一员，下以副都统、参领二员统之。戊子，谕曰："迩来进言者皆请伐明，朕岂不以为念？然亦须相机而行。今察哈尔新附，人心未辑，城郭未修，而轻于出师，何以成大业？且大兵一举，明主或弃而走，或惧而请和，攻拒之策，何者为宜？其令高鸿中、鲍承先、宁完我、范文程等酌议以闻。"己丑，沈佩瑞请屯田广宁、闾阳，造舟挽粟，为进取计。上嘉纳之。乙未，范文程、宁完我请荐举不实宜行连坐法。丁未，命多尔衮、岳托、豪格、萨哈廉将精骑一万，收察哈尔林丹之子额尔克孔果尔额哲。

三月戊辰，谕曰："顷民耕耨愆期㊱，盖由佐领有事筑城，民苦烦役所致。嗣有滥役妨农者治其罪。"庚午，察哈尔寨桑巴赖都尔等一千四百余人来归。

五月乙卯，霸奇兰、萨木什喀征黑龙江虎尔哈部，尽克其地。编所获人口以归，论功升赏有差。癸亥，上以西征诸贝勒经宣、大境，度明必调宁、锦兵往援，遣贝勒多铎率师入宁、锦挠之。己巳，命文馆译宋、辽、金、元四史。壬申，贝勒多铎奏报歼明兵五百人于锦州松山城外，杀其副将刘应选。丙子，贝勒多尔衮、岳托、萨哈廉、豪格等奏报兵至西喇朱尔格，遇察哈尔囊囊太妃暨台吉琐诺木等以一千五百户降，遂抵额尔克孔果尔额哲所居，其母率额哲迎降。

六月乙酉，贝勒多铎凯旋，赐良马五，赏从征将士有差。丁酉，吴巴海、荆古尔代师还，论功亦如之。明登州黄城岛千总李进功来降。辛丑，谕曰："太祖以人民付朕，当爱养之。诸贝勒非时修缮，劳苦百姓，民不得所，寖以逃亡㊲，是违先志而长敌寇也。今朝鲜宾服、察哈尔举国来附，苟不能抚辑其众，后虽拓地，何以处之？贝勒大臣其各戢骄纵以副朕意㊳！"壬寅，察哈尔台吉琐诺木率其属六千八百人来归。癸卯，谕曰："太祖禁贝勒子弟郊外放鹰，虑其践田园、扰牲畜也。今违者日众。语曰：'涓涓不塞，将成江河。'其严禁之。"

秋七月癸酉，论汉人丁户增减，擢参领李思忠等六员官，高鸿中等十一员黜罚有差。

八月庚辰，贝勒多尔衮、岳托、萨哈廉、豪格以获传国玉玺闻。先是元顺帝北狩，以玺从，后失之。越二百余年，为牧羊者所获。后归于察哈尔林丹汗。林丹亦元裔也。玺在苏泰太妃所。至是献之。时岳托以疾留归化城，多尔衮等率兵略明山西，自平虏卫入边，毁长城，略忻州、代州、至崞县。甲申，绘《太祖实录图》成。乙巳，上率大贝勒代善及诸贝勒多尔衮等师次平虏堡。丁未，渡辽河，阅巨流河城堡。

九月癸丑，贝勒多尔衮等师还，献玉玺，告天受之。额尔克孔果尔额哲及其母来朝。庚午，上还宫。壬申，召诸贝勒大臣数代善罪。众议削大贝勒号及和硕贝勒，夺十佐领，其子萨哈廉夺二佐领，哈达公主降庶人，褫其夫琐诺木济农爵号㊴。上皆免之。

冬十月己卯，以明议和不成，将进兵，遣使赍书谕明喜峰口，董家口诸边将。管户部事和硕贝勒德格类卒。癸未，命吴巴海、多济里、札福尼、吴什塔分将四路兵征瓦尔喀。

十一月丁未朔，命额尔克孔果尔额哲奉母居孙岛习尔哈。

十二月辛巳，哈达公主莽古济之仆冷僧机首告贝勒莽古尔泰生时与女弟莽古济、弟德格类谋逆，公主之夫琐诺木及屯布禄、爱巴礼与其事。会琐诺木亦自首。讯得实，莽古济、莽古尔泰子额必伦及屯布禄、爱巴礼皆伏诛。莽古尔泰余子、德格类子俱为庶人。琐诺木自首免罪。授冷僧机三等副将。丁酉，谒太祖陵。甲辰，贝勒萨哈廉与诸贝勒及大贝勒代善盟誓，请上尊号。上不许。会蒙古贝勒复来请。上曰："朝鲜兄弟国，宜告之。"

十年春正月壬戌，皇次女下嫁额尔克孔果尔额哲。

二月丁丑，八和硕贝勒与外藩四十九贝勒各遗书朝鲜，约其国王劝进尊号。戊子，遣使至明边松棚路、潘家口、董家口、喜峰口、赍书致明帝，索其报书。定诸臣帽顶饰。庚寅，宁完我以罪免。

三月丙午朔，清明节，谒太祖陵。辛亥，改文馆为内国史、内秘书、内弘文三院。乙卯，遣贝勒阿济格、阿巴泰筑噶海城。庚申，吴什塔等征瓦尔喀，遣使奏捷。谕曰："蒙古深信喇嘛，实乃妄人。嗣后有悬转轮结布幡者，宜禁止之。"乙丑，英俄尔岱等自朝鲜还，言国王李倧不接见，亦不纳书，以其报书及所获偫谕边臣书进。诸贝勒怒，欲加兵。上曰："姑遣人谕以利害，质其子弟，不从，兴兵未晚也。"丁卯，外藩蒙古十六国四十九贝勒及孔有德、耿仲明、尚可喜俱以请上尊号至盛京。

夏四月己卯，大贝勒代善，和硕贝勒济尔哈朗、多尔衮、多铎、岳托、豪格、阿巴泰、阿济格、杜度率满、汉、蒙古大臣及蒙古十六国四十九贝勒以三体表文诣阙请上尊号曰："恭维我皇上承天眷祐，应运而兴。当天下昏乱，修德体天。逆者威，顺者抚，宽温之誉，施及万姓。征服朝鲜，混一蒙古。遂获玉玺，受命之符，昭然可见。上揆天意，下协舆情。臣等谨上尊号，仪物俱备，伏愿俞允。"上曰："尔贝勒大臣劝上尊号，历二年所。今再三固请，朕重违尔诸臣意，弗获辞。朕既受命，国政恐有未逮，尔等宜恪恭赞襄。"群臣顿首谢。庚辰，礼部进仪注。壬午，斋戒，设坛德盛门外。

---

①臆：主观想像和揣测。

②咸：全，都。

③勖（xù，音绪）：勉励。

④俾（bǐ，音彼）：使。

⑤赞：佐助。

⑥馈：馈赠。

⑦趣：同"趋"。趋向；意向。

⑧迟：等待。

⑨畀（bì，音必）：给予。

⑩擢：提拔；选拔。

⑪益：增加。

⑫兜鍪（móu，音谋）：古代一种头盔。

⑬殪：杀死。

⑭胄：头盔一种。

⑮殁（mò，音墨）：死。

⑯酹：把酒洒在地上表示祭奠。

⑰溽（rù，音入）：湿，闷热。

⑱帑（tǎng，音淌）：钱币；财物。

⑲粜（tiào，音跳）：卖出粮食。
⑳绐（dài，音待）：哄骗；欺骗。
㉑隳（huī，音灰）：毁坏。
㉒迤（yǐ，音椅）：斜延。
㉓系：拘囚。
㉔宥（yòu，音右）：宽恕。
㉕圮（pǐ，音皮上声）：毁坏。
㉖白：告诉。
㉗怿（yì，音易）：喜悦。
㉘褫（chǐ，音齿）：夺去衣服或带。
㉙经：上吊。
㉚罔（wǎng，音网）：无；没有。
㉛幄（wò，音我去声）：帐幕。
㉜遗：致；送。
㉝饬：整饬；整顿。
㉞系：拘禁。
㉟醪（láo，音劳）：醇酒。
㊱堠（hòu，音后）：古代了望敌方情况的土堡。
㊲擐（huán，音环）：穿。
㊳爨（cuàn，音窜）：烧火煮饭。
㊴讦（jié）告：揭发别人的阴谋。
㊵脯（fǔ，音腐）：干肉。
㊶婴：触犯；触动。
㊷愬（sù，音诉）：诽谤。
㊸壅（yōng，音拥）：阻塞。
㊹镝（dí，音迪）：箭头。
㊺褊（biǎn，音扁）：地方狭小。
㊻市：交易。
㊼孥戮：诛及子孙。
㊽构兵：交兵。
㊾愆（qiān，音迁）：过失；差错。
㊿剿袭：套用或窃取别人的文章或言行作为自己的话。
(51)纛（dào，音道）：古代军队或仪仗队所用的旗子。
(52)字：记录。
(53)克：约定或限期。
(54)壅：堵塞。
(55)詈（lì，音力）：骂
(56)耨（nòu）：锄草。
(57)寖（qīn，音亲）：逐渐。
(58)戢（jí，音及）：收藏兵器。
(59)褫（chǐ，音齿）：革除。

太宗本纪二

崇德元年夏四月乙酉，祭告天地，行受尊号礼，定有天下之号曰"大清"，改元崇德。群臣上尊号曰"宽温仁圣皇帝"，受朝贺。始定祀天太牢用熟荐。遣官以建太庙追尊列祖祭告山陵。丙戌，追尊始祖为泽王，高祖为庆王，曾祖为昌王，祖为福王，考谥曰"承天广运圣德神功肇纪立极仁孝武皇帝"，庙号太祖，陵曰福陵；妣谥曰孝慈昭宪纯德贞顺成天育圣武皇后。追赠族祖礼敦巴图鲁为武功郡王，追封功臣费英东为直义公，额亦都为弘毅公，配享。丁亥，群臣上表贺。谕曰："朕以凉德①，恐负众望。尔诸臣宜同心匡辅，各共厥职，正己率属，克殚忠诚，立纲陈纪，抚民恤众。使君明臣良，政治咸熙，庶克荷天之休命②。"群臣顿首曰："圣谕及此，国家之福也。"以受尊号礼成，大赦。己丑，多济里、扈习征瓦尔喀师还，赏赉有差。朝鲜使臣归国。初，上受尊号，朝鲜使臣罗德宪、李廓独不拜。上曰："彼国王将构怨，欲朕杀其使臣以为词耳，其释之。"至是遣归，以书谕朝鲜国王责之，命送子弟为质。丁酉，叙功，封大贝勒代善为和硕兄礼亲王，贝勒济尔哈朗为和硕郑亲王，多尔衮为和硕睿亲王，多铎为和硕豫亲王，豪格为和硕肃亲王，岳托为和硕成亲王，阿济格为多罗武英郡王，杜度为多罗安平贝勒，阿巴泰为多罗饶余贝勒；诸蒙古贝勒巴达礼为和硕土谢图亲王，吴克善为和硕卓礼克图亲王，固伦额驸额哲为和硕亲王，布塔齐为多罗札萨克图郡王，满朱习礼为多罗巴图鲁郡王，衮出斯巴图鲁为多罗达尔汉郡王，孙杜棱为多罗杜棱郡王，固伦额驸班第为多罗郡王，孔果尔为冰图王，东为多罗达尔汉戴青，俄木布为多罗达尔汉卓礼克图，古鲁思辖布为多罗杜棱，单把为达尔汉，耿格尔为多罗贝勒，孔有德为恭顺王，耿仲明为怀顺王，尚可喜为智顺王。辛丑，朝鲜使臣置我书于通远堡，不以归。札福尼征瓦尔喀师还。

五月丙午，以希福为内弘文院大学士，范文程、鲍承先俱为内秘书院大学士，刚林为内国史院大学士。壬子，贝勒萨哈廉卒，辍朝三日。癸丑，始荐樱桃于太庙。丁巳，设都察院，谕曰："朕或奢侈无度，误诛功臣；或畋猎逸乐③，不理政事；或弃忠任奸，黜陟未当；尔其直陈无隐。诸贝勒或废职业，黩货偷安，尔其指参。六部或断事偏谬，审谳淹迟④，尔其察奏。明国陋习，此衙门亦贿赂之府也，宜相防检。挟雠劾人⑤，例当加罪。余所言是，即行；所言非，不问。"壬戌，追封萨哈廉为和硕颖亲王。己巳，以张存仁为都察院承政，祖泽洪为吏部承政，韩大勋为户部承政，姜新为礼部承政，祖泽润为兵部承政，李云为刑部承政，裴国珍为工部承政，都统伊尔登罢。以图尔格为镶白旗都统。庚午，武英郡王阿济格、饶余贝勒阿巴泰、公扬古利等率师征明。上御翔凤阁面授方略，且诫谕之。癸酉，师行。

六月甲戌朔，授蒙古降人布尔噶都等世职有差。己卯，命豫亲王多铎管礼部事，肃亲王豪格管户部事。甲申，封萨哈廉子阿达礼为多罗郡王。丙戌，以国舅阿什达尔汉为都察院承政，尼堪为蒙古承政。

秋七月己未，檄外藩蒙古兵征明。辛酉，阿济格等会师出延庆州，俘人畜一万五千有奇。

八月丁丑，遣官祭孔子。辛巳，成亲王岳托、肃亲王豪格以罪降多罗贝勒。癸未，睿亲王多尔衮，豫亲王多铎，贝勒岳托、豪格举师征明。

九月戊申，明兵入碱场，命吴善、季思哈率兵御之。己酉，阿济格等奏我军经保定至安州，克十二城，五十六战皆捷，生擒总兵巢丕昌等人畜十八万。庚申，伊勒慎等追明兵至娘娘宫渡口，见敌船甚众，不敢进，奏闻。命宜苏往援，复遣杜度率师助之。辛酉，蒙古达赖、拜贺、拜音代等自塔山来降。己巳，阿济格等师还。

冬十月癸酉，多尔衮等师还。丁亥，遣大学士希福等往察哈尔、喀尔喀、科尔沁诸部稽户口⑥，编佐领，谳庶狱，颁法律，禁奸盗。戊戌，朝鲜国王李倧以书来，却之。

十一月戊申，复命岳托管兵部事，豪格管户部事。己酉，卫寨桑等自蒙古喀尔喀部还，偕其使卫征喇嘛等来贡。辛亥，征兵外藩。癸丑，谕曰："朕读史，知金世宗真贤君也。当熙宗及完颜亮时，尽废太祖、太宗旧制，盘乐无度⑦。世宗即位，恐子孙效法汉人，谕以无忘祖法，练习骑射。后世一不遵守，以讫于亡。我国娴骑射，以战则克，以攻则取。往者巴克什达海等屡劝朕易满洲衣服以从汉制。朕惟宽衣博袖⑧，必废骑射，当朕之身，岂有变更？恐后世子孙忘之，废骑射而效汉人，滋足虑焉⑨。尔等谨识之。"乙卯，《太祖实录》成。乙丑冬至，大祀天于圜丘。以将征朝鲜告祭天地、太庙。己巳，颁军令，传檄朝鲜。

十二月辛未朔，外藩蒙古诸王贝勒率兵会于盛京。郑亲王济尔哈朗留守，武英郡王阿济格驻牛庄备边，饶余贝勒阿巴泰驻噶海城收集边民防敌。壬申，上率礼亲王代善等征朝鲜，大军次沙河堡，睿亲王多尔衮、贝勒豪格分兵自宽甸入长山口。癸酉，遣马福塔等率兵三百为商贾装，潜往围朝鲜国都，多铎及贝子硕托、尼堪以兵千人继之，郡王满朱习礼、布塔齐引兵来会。己卯，贝勒岳托、公扬古利以兵三千助多铎军。上率大军距镇江三十里为营，令安平贝勒杜度、恭顺王孔有德等护辎重居后。庚辰，渡镇江至义州。壬午，上至郭山城。其定州游击来援，度不敌，自刎死。郭山降。癸未，至定州，定州亦降。乙酉，至安州，以书谕朝鲜守臣劝降。己丑，多铎等进围朝鲜国都。朝鲜国王李倧遁南汉山城。多铎等复围之，并败其诸道援兵。辛卯，瓦尔喀叶辰、麻福塔居朝鲜，闻大军至，以其众来归。丁酉，上至临津江，会天暖冰泮⑩，不可渡，忽骤雨，冰结，大军毕渡。己亥，命都统谭泰等搜剿朝鲜国都，留蒙古兵与俱。上以大军合围南汉城。

是岁，土默特部古禄格楚虎尔，鄂尔多斯部额林臣济农、台吉土巴等俱来朝。

二年春正月壬寅，朝鲜全罗道总兵来援，岳托击走之。遣英俄尔岱、马福塔齐敕谕朝鲜阁臣，数其前后败盟之罪。甲辰，大军渡汉江，营于江浒。丁未，朝鲜全罗、忠清二道合兵来援，多铎、扬古利击走之。扬古利被创卒。庚戌，多尔衮、豪格军克长山，连战皆捷，以兵来会，杜度等连炮车亦至。朝鲜势益蹙，李倧以书数乞和。上许其出降。倧上书称臣，逡巡不敢出。壬戌，多尔衮军入江华岛，得倧妻子，护至军前。复谕倧曰："来则室家可完，社稷可保，朕不食言，否则不能久待。"倧闻江华岛陷，妻子被俘，南汉城且夕且下，乃请降。庚午，朝鲜国王李倧率其子淏及群臣朝服出降于汉江东岸三田渡，献明所给敕印。上慰谕赐坐，还其妻子及群臣家属，仍厚赐之。命英俄尔岱、马福塔送倧返其国都，留其子淏、溟为质。

二月壬申，班师。贝子硕托、恭顺王孔有德等率朝鲜舟师取明皮岛。朝鲜国王李倧表请减贡额。诏免丁丑、戊寅两年贡物，自己卯秋季始，仍贡如额。甲戌，谕多尔衮等禁掠降民，违者该管官同罪。辛卯，上还盛京。癸巳，谕户部平粜劝农。

三月甲辰，杀朝鲜台谏官洪翼汉、校理尹集、修撰吴达济，以败盟故。丁未，武英郡王阿济格率师助攻皮岛。戊午，罢盖州城工。

夏四月己卯，睿亲王多尔衮以朝鲜质子李淏、李溟及朝鲜诸大臣子至盛京。辛巳，阿济格师克皮岛，斩明总兵沈世魁、金日观。甲申，安平贝勒杜度率大军后队还。丁酉，命固山贝子尼堪、罗托、博洛等预议国政。增置每旗议政大臣三人，集群臣谕之曰："向者议政大臣额少，或出师奉使，而朕左右无人。卑微之臣，又不可使参国议。今特择尔等置之议政之列，当以民生休戚为念，慎毋怠惰，有负朝廷。前蒙古察哈尔林丹悖谬不道，其臣不谏，以至失国。朕有过失，尔诸臣即当面诤。使面从而退有后言，委过于上①，非纯臣也。"又谕曰："昔金熙宗循汉俗，服汉衣冠，尽忘本国言语，太祖、太宗之业遂衰。夫弓矢我长技，今不亲骑射，惟耽宴乐，则武备寖驰⑫。朕每出猎，冀不忘骑射，勤练士卒。诸王贝勒务转相告诫，使后世无变祖宗之制。"

闰四月癸卯，蒙古贡异兽，名齐赫特。壬子，武英郡王阿济格师还。

五月庚午，朝鲜国王李倧遣使奉表谢恩赎俘获。丁亥，遣朝鲜从征皮岛总兵林庆业归国，以敕奖朝鲜王。丁酉，章京尼堪等征瓦尔喀，降之，师行迳朝鲜咸镜道，凡两月始达，至是还。

六月辛丑，授喀喇沁归附人阿玉石等官。明千总王国亮、都司胡应登、百总李忠国等自海岛来降。莽古尔泰子光衮获罪，伏诛。乙卯，谕曰："顷朝鲜之役，兵行无纪，见利即前，竟忘国宪。自今宜思所以宣布法纪修明典制者。"丙辰，以臣朝鲜，克皮岛，祭告太庙、福陵。丁己，朝鲜国王李倧请平值赎俘，不许。甲子，论诸将征朝鲜及皮岛违律罪。礼亲王代善论革爵，宥之。郑亲王济尔哈朗以下论罚有差。

秋七月己巳，遣喀凯等分道征瓦尔喀。癸酉，户部参政恩克有罪，伏诛。辛巳，诫谕汉官以空言欺饰者。智顺王尚可喜自皮岛师还。壬午，大赦。癸未，优恤朝鲜、皮岛阵亡将士扬古利等，赠官袭职有差。乙酉，明都司高继功等自石城岛来降。庚寅，追封皇后父科尔沁贝勒莽古思为和硕福亲王。壬辰，以朝鲜及皮岛之捷宣谕祖大寿。乙未，分汉军为两旗，以总兵官石廷柱、马光远为都统，分理左右翼。

八月丙朔，再恤攻皮岛、朝鲜阵亡将士洪文魁等，赠官袭职有差。癸丑，贝勒岳托以罪降贝子，罚金，解兵部任。丙辰，命睿亲王多尔衮、饶余贝勒阿巴泰筑都尔鼻城。己未，遣阿什达尔汉等往蒙古巴林、札鲁特、喀喇沁、土默特、阿鲁诸部会理刑狱。

九月辛未，出猎抚安堡，以书招明石城岛守将沈志祥。己丑，兵部参政穆尔泰以罪褫职⑬。贝勒豪格以逼勒蒙古台吉博洛罪，罚金，罢管部务。

冬十月乙未朔，初颁满洲、蒙古、汉字历。丙午，厄鲁特顾实车臣绰尔济遣使来贡，厄鲁特道远，以元年遣使，是年冬始至。庚申，遣英俄尔岱、马福塔、达云齐敕册封李倧为朝鲜国王。

十一月庚午，祀天于圜丘。朝鲜国王李倧遣使来贡，复表请归其世子，并陈国中灾变困穷状。上不许，敕谕赐赉之。丁丑，乌朱穆秦济农闻上善养民，率贝勒等举国来附。癸未，追封扬古利为武勋王。庚寅，出猎打草滩。

十二月甲辰，叶克书、星讷率师征卦尔察。癸丑，征瓦尔喀诸将奏捷。戊午，蒿齐忒部贝勒博罗特、托尼洛率属来归。阿济格遣丹岱等败明兵于清河。

是岁，虎尔哈部托科罗氏、克益克勒氏、耨野勒氏，黑龙江索伦部博穆博果尔，黑龙江巴尔达齐，精格里河扈育布禄俱来朝。

三年春正月辛未，命贝子岳托仍为多罗贝勒，管领旗务。丁亥，以德穆图为户部承政。甲午，皇第九子生，是为世祖章皇帝。

二月丁酉，亲征喀尔喀。豫亲王多铎、武英郡王阿济格从，礼亲王代善、郑亲王济尔哈朗、睿亲王多尔衮、安平贝勒杜度居守。丁未，次喀尔占，外藩诸王贝勒等以师来会。喀尔喀闻之，遁去。上行猎达尔那洛湖西，驻跸。乙卯，次奎屯布喇克。庚申，明东江总兵沈志祥率石城岛将佐军民来降。壬戌，遣劳萨以书告明宣府守臣趣互市，且以岁币归我。

三月甲子朔，次博硕堆，命留守诸王筑辽阳城。甲戌，次义奚里。庚辰，至登努苏特而还。壬午，次上都河源，河西平地涌泉高五尺。

夏四月甲午朔，次布克图里，叶克书等征黑龙江告捷。乙未，至辽河。丁酉，次杜棱城，明山海关太监高起潜遣人诡议和。戊戌，次札哈纳里忒。己亥，次察木哈。庚子，次俄岳博洛。都尔鼻城工竣。改名屏城。辛丑，杜尔伯特部卦尔察札马奈等来朝贡。壬寅，至辽阳，阅新城。乙巳，上还盛京。叶克书、星讷征黑龙江师还。癸丑，命明降将沈志祥以其众居抚顺。甲寅，尼噶里等征虎尔哈师还。

五月癸酉，修盛京至辽河道路，以睿亲王多尔衮、饶余贝勒阿巴泰董其役。乙亥，礼亲王代善属下人觉善有罪，郑亲王济尔哈朗等请诛之，议削代善爵。以细故不许，并贷觉善。

六月庚申，始设理藩院，专治蒙古诸部事。

秋七月壬戌朔，谕诸王大臣曰："自古建国，皆立制度，辨等威。今亲王、郡王、贝勒、贝子、公主、额驸名号等级，均有定制，乃皆不遵行。违弃成宪，诚何心耶？昔金太祖、太宗兄弟一心，克成大统。朕当创业之时，尔等顾不能同心体国恪守典常乎？"诸王皆引罪。丁卯，喀尔喀使臣达尔汉囊苏喇嘛归，谕之曰："朕以兵讨不庭，以德抚有众。天以蒙古诸部与朕，尔喀尔喀乃兴兵犯归化，甚非分也。尔不获已，有逃窜偷生耳。尔所能至，我军岂不能至？其速悔罪来归，否则不尔宥也。"壬申，达雅齐等往明张家口议岁币及互市。丁丑，谕礼部曰："凡有不遵定制变乱法纪者，王、贝勒、贝子议罚，官系三日，民枷责乃释之。出入坐起违式，及官阶名号已定而仍称旧书名者，戒饬之。有效他国衣冠、束发裹足者，治重罪。"又谕大学士希福等曰："朕不尚虚文，惟务实政。今国家殷富。政在养民。凡新旧人内穷困无妻孥马匹者，或勇敢可充伍，以贫不能披甲者，许各陈诉，验实给与。"禁以阵获良家子女鬻为乐户者[14]。丙戌，更定部院官制，专设满洲承政，以阿拜为吏部承政，英俄尔岱为户部承政，满达尔汉为礼部承政，宜荪为兵部承政，郎球为刑部承政，萨木什喀为工部承政，贝子博洛为理藩院承政，阿什达尔汉为都察院承政。命布颜为议政大臣。

八月甲午，礼部承政祝世昌以罪褫职，谪戍边外。丙申，吴拜、沙尔虎达连击败明兵于红山口、罗文峪，又败其密云兵，歼之。丁酉，地震。戊申，授中式举人罗硕等十名佐领品级，免四丁，一等至三等秀才授护军校品级，免二丁，各赐朝衣绸布有差；未入部者免一丁。庚戌，阿鲁阿霸垓部额齐格诺颜等、嵩齐忒部博洛特诺木齐等并来朝贡。癸丑，以睿亲王多尔衮为奉命大将军，统左翼兵，贝勒豪格、阿巴泰副之，贝勒岳托为扬武大将军，统右翼兵，贝勒杜度副之，分道伐明。谕之曰："主帅为众所瞻，自处以礼，而济之以和，则蒙古、朝鲜、汉人之来附者，自心悦而诚服。若计一己之功，而不恤国之名誉，非所望焉。"丁巳，岳托、杜度师行。己未，以巴图鲁准塔为蒙古都统。

九月癸亥，多尔衮、豪格、阿巴泰师行。壬申，上亲向山海关以挠明师。征孔有德、耿仲明、尚可喜兵。丁丑，定优免人丁例。丁亥，幸演武场，阅兵较射。

冬十月丁酉，岳托师自墙子岭入，遇明兵。明总兵官吴国俊败走。戊戌，多尔衮军入青山关。己亥，上统大军发盛京。甲辰，次浑河，科尔沁、喀喇沁各率兵来会。丙午，遣沙尔虎达等率师趣义州。己酉，命济尔哈朗、多铎各率师分趣前屯卫、宁远、锦州，上亲向义州。辛亥，索海率师围大凌河两岸十四屯堡。壬子，上次义州，遣孔有德、耿仲明、尚可喜、石廷柱、马光远以炮克其五台。乙卯，次锦州。丙辰，多铎克桑噶尔寨堡，杀其守将。孔有德等攻石家堡、戚家堡，并克之。戊午，孔有德等攻锦州西台，台中炮药自发，台坏，克之。

十一月己未朔，多铎将与济尔哈朗合师径中后所。会祖大寿往援北京，乘夜袭我师。庚申，多铎、济尔哈朗还至中后所。大寿惧，不敢出。石廷柱、马光远攻李云屯、柏士屯、郭家堡、开州、井家堡，俱克之。孔有德招降大福堡，又攻大台，克之。辛酉，大军入山海关。壬戌，上次连山。癸亥，攻五里河台，明守备李计友等率众降。丁卯，上至中后所，遇祖大寿收兵入城。使告之曰："别将军数载，甚思一见。至于去留，终不相强。将军与我角胜，为将之道应尔。朕不以此介意，亦愿将军勿疑。"戊辰，再遣使谕大寿，皆不答。己巳，济尔哈朗克摸龙关及五里堡屯台。庚午，班师。庚辰，次图尔根河，遣蒙古军各归其部。丙戌，上还京。丁亥，地震。

十二月戊戌，刑部承政郎球有罪解任，以都察院参政索海代之。

是岁，土默特部古禄格、杜尔伯特部卦尔察札马奈、席北部阿拜、阿闵、兀札喇部井瑠、马考、札奈、桑吉察、鄂尔多期部额林臣济农、阿鲁阿霸垓部额齐格诺颜、嵩齐忒部博洛特诺木齐、黑龙江博穆博果尔、瓦代噶凌阿均来朝贡。

四年春正月乙丑，贝子硕托以罪降辅国公。甲戌，皇第三女固伦公主下嫁科尔沁额驸祁他特。己卯，封沈志祥为续顺公。蒙古喇克等自锦州来归。丁亥，苏尼特部台吉噶布褚等率部人来归。是月，明以洪承畴总督蓟、辽。

二月丁酉，命武英郡王阿济格率师征明。壬寅，上亲统大军继之。丙午，次翁启尔浑。阿济格遣使奏捷。蒙古奈曼等部率十三旗兵来会。庚戌，营松山。孔有德、耿仲明、尚可喜、石廷柱、马光远以炮击城外诸台，克之，遣塔布囊布颜率师防乌欣河口。壬子，上登松山南冈，授诸将方略。癸丑，列炮攻城，雉堞悉毁⑮。明副将金国凤拒守不下。上命坚云梯急攻之。代善请俟明日，上从之。明人复完城堞，我军不得入。乙卯，命阿济格、尼堪、罗托等师围塔山、连山。

三月戊午朔，明军援杏山，我兵邀击之⑯，斩五十人。己未，穿地道攻松山城。乙丑，命纳海等驰略杏山。石廷柱、马光远攻观民山台，降之。丙寅，多尔衮、杜度等疏报自北京至山西界，复至山东，攻济南府破之，蹂躏数千里。明兵望风披靡，克府一州三县五十七，总督宣、大卢象升战死，擒德王朱由枢、郡王朱慈领、奉国将军朱慈党、总督太监冯允升等，俘获人口五十余万，他物称是。是役也，扬武大将军贝勒岳托、辅国公玛瞻卒于军。上闻震悼，辍饮食三日。乙亥，多尔衮、杜度又报自迁安县出青山关，遇明兵，二十四战皆胜。己卯，复攻松山城。明太监高起潜、总兵祖大寿自宁远遣副将祖克勇、徐昌永等率兵趋锦州。阿尔萨兰等击败之。上闻，驰赴锦州督师，斩徐昌永于阵，擒祖克勇。甲申，解松山围。乙酉，驻锦州。多尔衮等师还盛京。

夏四月戊子朔，阿济格略连山。壬辰，会于锦州，癸巳，渡大凌河驻跸⑰。己亥，杜度等师还。辛丑，上还盛京，哭岳托而后入，辍朝三日。戊申，以库鲁克达尔汉阿赖、马喇希为蒙古都统。甲寅，以索浑、萨壁翰为议政大臣。丙辰，追封多罗贝勒岳托为多罗克勤郡王。

五月戊午，以贝子篇古有罪，削爵。己未，郑亲王济尔哈朗率兵略锦州、松山、杏山。辛酉，苏尼特台吉莽古斯、俄尔寨率众来归。丁卯，席特库、沙尔虎达等败明兵于锦州。辛未，济尔哈朗奏入明边，九战皆捷。丙子，济尔哈朗师还。庚辰，以镇国公艾度礼为都统。辛巳，如豫亲王多铎数其罪，宥之。惟坐其征明失利，及不亲送睿亲王出师，降多罗贝勒。

六月戊子，蒙古阿兰柴、桑噶尔寨等告岳托生前与其妻父琐诺木谋不轨。代善、济尔哈朗、多尔衮皆请穷治。上以岳托已死，不问，并贷琐诺木勿治⑱。庚寅，遣马福塔、巴哈纳册封朝鲜国王李倧妻赵氏为朝鲜王妃，其长子淐为世子。丙申，分汉军为四旗，以石廷柱、马光远、王世选、巴颜为都统，改纛色⑲。辛亥，焚哈达、叶赫、乌喇、辉发前所受明敕书于笃恭殿。壬子，以伊尔登、噶尔马为议政大臣，星讷兼议政大臣。

秋七月丁巳，遣官赍书与明帝议和，并今朱由枢等各具疏进，许其义成释还。辛未，朝鲜国王李倧克熊岛，执加哈禅来献。乙亥，谕满、汉、蒙古有能冲锋陷阵、先登拔城者，以马给之。

八月己丑，授宗室固山贝子、镇国公、辅国公、镇国将军、奉国将军等爵有差。甲午，命贝勒豪格管户部事，杜度管礼部事，多铎管兵部事，萨尔纠等率兵征库尔喀部。乙巳，归化城土默特诸章京以所得明岁币来献。

九月乙卯朔，以孙达理等八十三人从睿亲王入关有功，各授官有差，赐号巴图鲁。乙丑，都统杜雷有罪，褫职。己巳，复封贝勒豪格为和硕肃亲王，癸酉，阿济格、阿巴泰、杜度率兵略锦州、宁远。甲戌，封岳托子罗洛宏为多罗贝勒。丙子，以宗室赖慕布、杜沙为议政大臣，英俄尔岱为都统，马福塔为户部承政。

冬十月丙戌，豪格、多铎率兵复略锦州、宁远。庚寅，苏尼特部墨尔根台吉腾机思等率诸贝勒、阿霸垓部额齐格诺颜等各率部众，自喀尔喀来归。辛卯，出猎哈达。癸丑，以刘之源为都统，喀济海为议政大臣。

十一月甲寅朔，豪格疏报参领阿蓝泰率蒙古人来归，遇明兵于宁远北冈，击败之，斩明总兵金国凤。辛酉，遣索海、萨木什喀等征索伦部。丁卯，出猎叶赫。

十二月甲午，上还京。

是岁，黑龙江额纳布、墨音、额尔盆等，喀尔喀部土谢图、俄木布额尔德尼等，喀尔喀、苏尼特、乌朱穆秦、科尔沁、克西克腾、土默特诸部，遣使俱来朝贡。

五年春正月甲子，命朝鲜质子李㴜归省父疾，仍令遣别子及㴜子来质。遣翁阿岱、多济里等戍锦州。

闰正月癸未朔，令各旗都统分巡所属屯堡，察穷民，理冤狱。

二月丙辰，遣多济里以宁古塔兵三百往征兀札喇部。丁巳，户部承政马福塔卒，以车尔格代之，觉罗锡翰为工部承政。丙寅，朝鲜国王第三子湭来质。

三月丙戌，遣劳萨、吴拜等略文宁。己丑，劳萨、吴拜以逗遛议罚有差。萨木什喀等征虎尔哈部，克雅克萨城。己亥，命济尔哈朗、多铎筑义州城，驻兵屯田，进逼山海关。辛丑，户部参政硕詹征朝鲜水师粮米赴大凌、小凌二河。乙巳，索海、萨木什喀征索伦部奏捷。

夏四月壬子朔，罢元旦、万寿诸王贝勒献物。乙亥，索海、萨木什喀征索伦师还，上宴劳于实胜寺。庚辰，上视师义州。

五月癸未，渡辽河。乙酉，硕詹以朝鲜水师至。癸巳，上至义州。丁酉，蒙古多罗特部人苏班代等自杏山遣人约降。上命济尔哈朗等率军迎之，戒曰："此行勿领多人，敌见我兵少，必来拒战[22]。我分兵为三，以前队拒战，后二队为援。"至杏山，祖太寿果遣刘周智、吴三桂列阵逼我。济尔哈朗等伪却，纵兵反击，大败之。戊戌，命劳萨、吴拜等略海边。索伦部三百三十七户续来降。壬寅，上率师攻克五里台。乙巳，以红衣炮攻锦州。丁未，刈其禾而还[23]。庚戌，驾还京。

六月乙丑，多尔衮、豪格、杜度、阿巴泰、济尔哈朗等屯田义州。戊辰，朝鲜世子李㴜至。先是，朝鲜遣总兵官林庆业等载米同我使洪尼喀等自大凌河连三山岛，遇风，覆没者半，与明兵战又失利，乃命陆挽至盖州、耀州，留其兵千五百人于海州。癸酉，多济里、喀柱征兀札喇部师还。遣朝鲜王次子李淏归省。

秋七月庚辰朔，叙征索伦功，索海等赏赉进秩有差。癸未，定征索伦违律罪，萨木什喀等黜罚有差。乙酉，多尔衮等奏克锦州十一台，请分兵为两翼屯驻。癸巳，明总督洪承畴以兵四万壁杏山[23]，遣骑挑战，多尔衮等击败之。乙未，遣吴拜往助多尔衮军。丙午，席特库、济席哈等率师征索伦部。上幸安山温泉。己酉，多尔衮奏败明兵于锦州，杜度又败之宁远。

八月己未，遣希福等至张家口互市。乙亥，多尔衮奏败明兵于锦州，又败之大凌河。

九月乙酉，上还宫。丙戌，命济尔哈朗、阿济格、阿达礼、多铎、罗洛宏代围锦州、松山。

辛卯，多尔衮奏败明兵于松山。癸卯，重修凤凰城。

冬十月壬戌，遣英俄尔岱等往朝鲜责罪。壬申，万寿节，大赦。

十一月戊寅朔，诏免朝鲜岁贡米十之九。乙酉，济尔哈朗奏败明兵于塔山、杏山及锦州城下。癸巳，阿敏卒于幽所。戊戌，朝鲜国王次子李淏来质。

十二月庚戌，命多尔衮、豪格、杜度、阿巴泰代围锦州。己未，遣朝鲜国王三子李溶归。席特库、济席哈征索伦部，擒博穆博果尔，俘九百余人。壬申，英俄尔岱等至自朝鲜，械系其尚书金声黑尼等四人以归。

是岁，喀尔喀部查萨克图遣使来朝贡。

六年春正月庚辰，朝鲜国王李倧上表谢罪。壬辰，席特库、济席哈等师还。癸巳，晋席特库为三等总兵官。甲午，皇四女固伦公主雅图下嫁科尔沁卓礼克图亲王吴克善子弼尔塔噶尔额驸。丁酉，二等副将劳萨有罪，革硕翁科罗巴图鲁号，降一等参将。

二月己未，以八旗佐领下人多贫乏，令户部察明奏闻。谕佐领毋沈湎失职。其有因饮酒失业者四十八人并解任。谕诸王大臣教子弟习射。丙寅，多尔衮等奏败明兵。

三月己卯，济尔哈朗等代围锦州。丁酉，降和硕睿亲王多尔衮、肃亲王豪格为多罗郡王，多罗贝勒阿巴泰、杜度以下罚银有差。是时，祖大寿为明守锦州，屡招之不应。上令诸王迭出困之。而多尔衮等驻营锦州三十里外，又时遣军士还家，故有是命。己亥，遣朝鲜总兵柳琳等率兵助济尔哈朗军。壬寅，济尔哈朗奏克锦州外城。初，我军环锦州而营，深沟高垒，绝明兵出入，城中大惧。蒙古贝勒诺木齐、台吉呈巴什等请降，且约献东关为内应。祖大寿觉之，谋执吴巴什等。于是诸蒙古大噪，与明兵搏战。我军自外应之，遂克其外城。大寿退保内城。甲辰，诺木齐、吴巴什等以蒙古六千余人来归，至盛京。

夏四月丁未，遣阿哈尼堪等率兵诣锦州助济尔哈朗军。齐尔哈朗奏败明援兵于松山。庚戌，遣孔有德尚可喜助围锦州。多尔衮等闻锦州蒙古降，请效力赎罪。不许。

五月丁丑，明总督洪承畴以兵六万援锦州，屯松山北冈。济尔哈朗等击走之，斩首二千级。丁亥，索伦部巴尔达齐降。己丑，遣希福等阅锦州屯濠堑。壬寅，谕驻防归化城都统古禄格等增筑外城，建敌楼，浚深濠，以备守御。

六月丁未，命多尔衮、豪格代围锦州。辛酉，济尔哈朗、多尔衮等合军败明援兵于松山。丙寅，遣学士罗硕以祖泽润书招祖大寿。庚午，多尔衮等又奏败明援兵于松山。

秋七月戊寅，赐中式举人满洲鄂漠克图、蒙古杜当、汉人崔光前等朝衣各一袭，一二三等生员缎布有差。甲申，遣孔有德、耿仲明、尚可喜下副都统率兵助围锦州。乙酉，议围锦州功罪，亲王以下赏罚有差。

八月甲辰朔，叙克锦州外城诸将功，晋鳌拜、劳萨、伊尔登等秩，复劳萨硕翁科罗巴图鲁号。乙巳，我军与明合战，明阳和总兵杨国柱败死。祖大寿自锦州分所部为三，突围不得出。丁未，封乌朱穆秦部多尔济济农为和硕苏勒亲王，阿霸垓部多尔济额齐格诺颜为卓礼克图郡王。丁巳，上以明洪承畴、巡抚邱民仰等援锦州兵号十三万，壁松山，上亲率大军御之。济尔哈朗留守。诸王、贝勒、大臣以明兵势众，劝上缓行。上笑曰："但恐彼闻朕至，潜师遁耳。若不去，朕破之如摧枯拉朽也。"遂疾驰而进。戊午，渡辽河。洪承畴以兵犯我右翼，豪格击败之。壬戌，上至戚家堡，将赴高桥，召多尔衮以兵来会。多尔衮请驻跸松、杏间。上从之，幸松山。明以一军驻乳峰山，由乳峰至松山，列步军七营，骑兵则环城东西北，壁垒甚坚。我师自乌欣河南山至海，横截大路而军。上谓诸将曰："敌众，食必不足，见我断其饷道，必无固志，设伏待之，全师可覆也。"癸亥，明兵来犯，击却之。又败之塔山，获其积粟十二屯。甲子，明兵再犯，又却之。时承畴以饷乏，欲就食宁远。上知其将遁，分路设伏，戒诸将严阵以待，扼其归宁远及奔塔山、锦州路。是夜，明吴三桂等六总兵果潜师先奔，昏黑中为我伏兵所截，大溃。惟曹变蛟、王廷臣返松山。乙丑，又克其四台。王朴、吴三桂奔杏山。曹变蛟弃乳峰山，乘夜袭上营，力战，变蛟中创走。己巳，吴三桂、王朴自杏山奔宁远，遇我伏兵，又大败之，三桂、朴仅以身免。是役也，斩首五万，获马七千，军资器械称是。承畴收败兵万余人入松山，婴城守[22]，不能战。我军遂掘壕围之。是日，札鲁特部桑噶尔以兵至。

九月乙亥，科尔沁卓礼克图亲王吴克善以兵至。命多尔衮、豪格分兵还守盛京。戊寅，略宁远。乙酉，关雎宫宸妃疾。上将还京，留杜度、阿巴泰等围锦州，多铎、阿达礼等围松山，阿济格等围杏山。丙戌，驾还。庚寅，宸妃薨。辛卯，上还京。

冬十月癸卯朔，日有食之。甲辰，遣阿拜驻锦州南乳峰山。丁未，遣孔有德、耿仲明、尚可喜等助围锦州。己巳，追封宸妃为元妃，谥敏惠恭和。壬申，对苏尼特墨尔根台吉腾机思为多罗墨尔根郡王。

十一月乙亥，命多尔衮、罗托、屯齐驻锦州，豪格、满达海等驻松山。

十二月甲寅，济尔哈朗、多尔衮奏败洪承畴于松山。

七年春二月癸卯，上出猎叶赫。戊申，明德王朱由楫卒，以礼葬之。戊午，阿济格奏败明兵于宁远。辛酉，豪格、阿达礼、多铎、罗洛宏奏拔松山，擒明总督洪承畴，巡抚邱民仰，总兵王廷臣、曹变蛟、祖大乐，游击祖大名、大成等。先是，承畴援绝，屡突围不得出，其副将夏承德约降，且请为内应，以子夏舒为质。戊午夜半，豪格等梯城破之。捷闻，上以所俘获分赉官军，收军器贮松山城。壬戌，上还宫。

三月癸酉，杀邱民仰、王廷臣、曹变蛟。谕洪承畴、祖大乐来京，而纵大名、大成入锦州。己卯，克锦州，祖大寿以所部七千余人出降。乙酉，阿济格等奏明遣职方朗中马绍愉来乞和，出明帝敕兵部尚书陈新甲书为验。上曰："明之笔札多不实，且词意夸大，非有欲和之诚。然彼真伪不可知，而和好固朕夙愿。朕为百万生灵计，若事果成，各君其国，使民安业，则两国俱享太平之福。尔等以朕意传示之。"乙未，谕多尔衮、豪格驻杏山、塔山，济尔哈朗、阿济格、阿达礼等还京。

夏四月丁未，敕谕吴三桂等降。庚戌，大小二日并出，大者旋没。辛亥，济尔哈朗、多尔衮、豪格等奏克塔山。甲子，奏克杏山。毁松山、杏山、塔山三城。济尔哈朗等班师。以阿巴泰守锦州。

五月己巳朔，济尔哈朗等奏明遣马绍愉来议和，遣使迓之[24]。癸酉，洪承畴、祖大寿等至，入见请死。上赦之，谕以尽忠报效，承畴等泣谢。上问承畴曰："明帝视宗室被俘，置若罔闻。阵亡将帅及穷蹙降我者，皆孥戮之[25]。旧规乎？抑新例乎？"承畴对曰："昔无此例，近因文臣妄奏，故然。"上曰："君暗臣蔽，枉杀至此。夫将士被擒乞降，使其可赎，犹当赎之，奈何戮其妻子！"承畴曰："皇上真仁主也。"戊寅，禁善友邪教，诛党首李国梁等十六人。壬午，明使马绍愉等始至。

六月辛丑，都察院参政祖可法、张存仁言："明寇盗日起，兵力竭而仓廪虚，征调不前，势如瓦解。守辽将帅丧失八九，今不得已乞和，计必南迁。宜要其纳贡称臣，以黄河为界。"上不纳。以书报明帝曰："向屡致书修好，贵国不从，事属既往，其又何言？予承天眷，自东北海滨以迄西北，其间使犬、使鹿产狐产貂之地，暨厄鲁特部、斡难河源，皆我臣服，蒙古、朝鲜尽入版图，用是昭告天地，正位改元。迩者兵入尔境，克城陷阵，乘胜长驱，亦复何畏？余特惓惓为百万生灵计，若能各审祸福，诚心和好，自兹以往，尽释宿怨，尊卑之分，又奚较焉？古云：

'情通则明，情蔽则暗'。使者往来，期以面见，情不壅蔽。吉凶大事，交相庆吊。岁各以地所产互为馈遗，两国逃亡亦互归之。以宁远变树堡为贵国界，塔山为我国界，而互市于连山适中之地。其自海中往来者，则以黄城岛之东西为界。越者各罪其下。贵国如用此言，两君或亲誓天地，或遣大臣莅盟，唯命之从。否则后勿复使矣。"遂厚赍明使臣及从者，遣之。后明议中变，和事竟不成。癸卯，谕诸王贝勒，凡行兵出猎，践田禾者罪之。甲辰，设汉军八旗，以祖泽润等八人为都统。以贝子罗托为都察院承政，吴达海为刑部承政，朗球为礼部承政。乙巳，多罗安平贝勒杜度卒。

秋七月庚午，谕诸王、贝勒、大臣曰："尔等于所属贤否，当已详悉。知而不举。何以示劝？太祖时，苏完札尔固齐费英东等见人有善，先自奖励，然后举之；见人不善，先自斥责，然后劾之。故人无矜色，无怨言。今未有若斯之公直者矣。"王贝勒等皆谢罪。辛未，承政索海以罪褫职。壬申，以纽黑为议政大臣。丙子，叙功，晋多罗睿郡王多尔衮、肃郡王豪格复为和硕亲王，多罗贝勒多铎为多罗郡王，郑亲王济尔哈朗以下赏赉有差。戊寅，遣辅国公博和托代戍锦州。乙酉，议济尔哈朗以下诸将征锦州违律罪。上念其久劳，悉宥之。谕刑部慎谳狱。己丑，命多罗郡王阿达礼管礼部事。

八月己亥，铸炮于锦州。癸卯，镇国将军巴布海有罪，废为庶人。癸丑，论克锦州、松山、杏山、塔山诸将功，晋秩有差。

九月，叙外藩诸王、贝勒、尔大臣从征锦州功，赏赉有差。丁丑，遣贝子罗托等代戍锦州。壬午，命沙尔虎达等征虎尔哈部。

冬十月癸卯，遣英俄尔岱等鞫朝鲜阁臣崔鸣吉等罪㉖。辛亥，以阿巴泰为奉命大将军，与图尔格率师伐明。壬子，师行。丁巳，上不豫，赦殊死以下。己未，令多铎、阿达礼驻兵宁远。以敕谕吴三桂降。又命祖大寿以书招之。三桂，大寿甥也。甲子，命郑亲王济尔哈朗、睿亲王多尔衮、肃亲王豪格、武英郡王阿济格裁决庶政，其不能决者奏闻。

十一月丁丑，多铎奏击败吴三桂兵。丙申，阿巴泰奏自墙子岭入克长城，败明兵于蓟州。

闰十一月甲辰，上还京。己酉，沙尔虎达等降虎尔哈部一千四百余人。丙辰，遣巴布泰等更戍锦州。己未，以宗室韩岱为兵部承政。定围猎误射人马处分例。

十二月丁卯，上出猎叶赫。乙亥，遣金维城率师戍锦州。丁丑，驻跸开库尔。上不豫㉗，诸王贝子请罢猎，不许。丙戌，月晕生三珥。丁亥，日晕生三珥。癸巳，上还京。

是岁，杜尔伯特部札萨克塞冷来朝。

八年春正月丙申朔，上不豫，命和硕亲王以下，副都统以上，诣堂子行礼。辛亥，沙尔虎达等师还，论功赏赉有差。甲寅，明宁远总兵吴三桂答祖大寿书，犹豫未决，于是复降敕谕之。乙卯，遣谭布等更戍锦州。辛酉，多罗贝勒罗洛宏以罪削爵。

二月乙丑朔，日有食之。甲戌，葬敏惠恭和元妃。庚寅，禁建寺庙。

三月丙申，敕朝鲜臣民毋与明通。丙午，地震，自西隅至东南有声。庚戌，上不豫，赦死罪以下。遣阿尔津等征黑龙江虎尔哈部，叶臣等更戍锦州。辛酉，更定六部处分例。

夏四月癸酉，遣金维城等更戍锦州。甲戌，多铎请暂息军兴，辍工作，务农业，以足民用。

五丙申，复封罗洛宏为多罗贝勒。先是，图白忒部达赖喇嘛遣使修聘问礼，留京八月，至是，遣还，并赍其来使。庚子，努山败明兵界岭口。癸卯，阿巴泰奏我军入明，克河间、顺德、兖州三府、州十八、县六十七，降州一、县五，与明大小三十九战，杀鲁王朱衣佩及乐陵、阳信、东原、安丘、滋阳五郡王，暨宗室文武凡千余员，俘获人民、牲畜、金币以数十万计，籍数以闻。丁巳，阿尔津征虎尔哈奏捷。

六月癸酉，多罗饶余贝勒阿巴泰师还，郑亲王济尔哈朗、睿亲王多尔衮、武英郡王阿济格郊迎之。甲戌，赐阿巴泰及从征将士银缎有差。己卯，谕诸王贝勒曰："治生者务在节用，治国者重在土地人民。尔等勿专事俘获以私其亲。其各勤农桑以敦本计。"艾度礼代戍锦州。丁亥，朝鲜国王李倧请戍锦州兵岁一更。庚寅，谕户、兵二部清察蒙古人丁，编入佐领，俱令披甲。

秋七月戊戌，阿尔津等师还，论功赏赉有差。谕诸王勿以黄金饰鞍勒。定诸王、贝勒、贝子、公第宅制。壬寅，定诸王贝勒失误朝会处分例。丙辰，定外藩王、贝勒、贝子、公等与诸王、贝勒、贝子、公相见礼。丁巳，以征明大捷，宣谕朝鲜。辛酉，命满达海掌都察院事。

八月丙寅，贝子罗托有罪论辟㉖，免死，幽之。戊辰，以宗室巩阿岱为吏部承政，郎球为礼部承政，星讷为工部承政。庚午，上御崇政殿。是夕，亥时，无疾崩，年五十有二，在位十七年。九月壬子，葬昭陵。冬十月丁卯，上尊谥曰："应天兴国弘德彰武宽温仁圣睿孝文皇帝"，庙号太宗，累上尊谥曰："应天兴国弘德彰武宽温仁圣睿孝敬敏昭定隆道显功文皇帝。"

论曰：太宗允文允武，内修政事，外勤讨伐，用兵如神，所向有功。虽大勋未集，而世祖即位期年，中外即归于统一，盖帝之诒谋远矣㉘。明政不纲，盗贼凭陵，帝固知明之可取，然不欲亟战以剿民命，七至书于明之将帅，屈意请和。明人不量强弱，自亡其国，无足论者。然帝交邻之道，实与汤事葛、文王事昆夷无以异。呜呼，圣矣哉！

---

①凉：少；薄。

②休：美善。

③畋（tián，音田）：打猎。

④谳（yàn，音艳）：审判；定罪。　淹迟：迟延。

⑤雠（chóu，音愁）：仇恨。

⑥稽：考核，考证。

⑦盘：乐。

⑧褎（xiù，音秀）：同"袖"。

⑨滋：更加。

⑩泮（bàn，音半）：冰化开。

⑪委：推卸。

⑫浸（qīn，音亲）：逐渐。

⑬褫（chǐ，音齿）：革除。

⑭鬻（yù，音玉）：卖。

⑮雉堞：城墙。

⑯邀：半路拦截。

⑰驻跸（bì，音必）：帝王出行时沿途停留暂住。

⑱贷：宽恕；宽免。

⑲纛（dào，音到）：古代军队里的大旗。

⑳拒：抵御；抵抗。

㉑刈（yì，音义）：割。

㉒壁：驻军营。

㉓婴：环绕；围绕。

㉔迓（yá，音牙）：迎接。

㉕孥（nú，音奴）：妻子、儿子的统称。

㉖鞫（jū，音居）：审讯，审问。

㉗豫：出游。特指帝王秋日出巡。

㉘辟：法度；法律。
㉙诒：遗留。

世祖本纪一

　　世祖体天隆运定统建极英睿钦文显武大德弘功至仁纯孝章皇帝，讳福临，太宗第九子。母孝庄文皇后方娠，红光绕身，盘旋如龙形。诞之前夕，梦神人抱子纳后怀曰："此统一天下之主也。"寤，以语太宗。太宗喜甚，曰："奇祥也，生子必建大业。"翌日，上生，红光烛宫中，香气经日不散。上生有异禀，顶发耸起，龙章凤姿，神智天授。

　　八年秋八月庚午，太宗崩，储嗣未定。和硕礼亲王代善会诸王、贝勒、贝子、文武群臣定议，奉上嗣大位，誓告天地，以和硕郑亲王济尔哈朗、和硕睿亲王多尔衮辅政。丙子，阿济格尼堪等率师防锦州。丁丑，多罗郡王阿达礼、固山贝子硕托谋立和硕睿亲王多尔衮。礼亲王代善与多尔衮发其谋。阿达礼、硕托伏诛。乙酉，诸王、贝勒、贝子、群臣以上嗣位期祭告太宗。丙戌，以即位期祭告郊庙。丁亥，上即皇帝位于笃恭殿。诏以明年为顺治元年，肆赦常所不原者。颁哀诏于朝鲜、蒙古。

　　九月辛丑，地震，自西北而南有声。壬寅，济尔哈朗、阿济格征明，攻宁远卫。丙午，颁即位诏于朝鲜、蒙古。以太宗遗诏减朝鲜岁贡。辛亥，昭陵成。乙卯，大军攻明中后所，丁巳拔之。庚申，攻前屯卫。

　　冬十月辛酉朔，克之。阿济格尼堪等率师至中前所，明总兵官黄色弃城遁。丁丑，济尔哈朗、阿济格师还。壬午，篇古、博和托、伊拜、杜雷代戍锦州。

　　十二月壬戌，明守备孙友白自宁远来降。辛未，朝鲜来贺即位。乙亥，罢诸王、贝勒、贝子管部院事。鄂罗塞臣、巴都礼率师征黑龙江。壬午，谭泰、准塔代戍锦州。

　　是岁，朝鲜暨土默特部章京古禄格，库尔喀部赖达库及炎楮库牙喇氏二十六户，索伦部章京崇内，喀尔喀部土谢图汗、马哈撒嘛谛塞臣汗、查萨克图汗，图白忒部甸齐喇嘛俱来贡。顺治元年春正月庚寅朔，御殿受贺，命礼亲王代善勿拜。甲午，沙尔虎达率师征库尔喀。己亥，来达哈巴图鲁等代戍锦州。郑亲王济尔哈朗谕部院各官，凡白事先启睿亲王，而自居其次。

　　二月辛巳，艾度礼戍锦州。戊子，祔葬太妃博尔济锦氏于福陵，改葬妃富察氏于陵外。富察氏，太祖时以罪赐死者。

　　三月丙申，地震。戊戌，复震。甲寅，大学士希福等进删译辽、金、元《史》。是月，流贼李自成陷燕京，明帝自经①。自成僭称帝，国号大顺，改元永昌。

　　夏四月戊午朔，固山额真何洛会等讦告肃亲王豪格悖妄罪。废豪格为庶人，其党俄莫克图等皆论死。己未，晋封多罗饶余贝勒阿巴泰为多罗饶余郡王。辛酉，大学士范文程启睿亲王入定中原。甲子，以大军南伐祭告太祖、太宗。乙丑，上御笃恭殿，命和硕睿亲王多尔衮为奉命大将军，赐敕印便宜行事，并赐王及从征诸王、贝勒、贝子等服物有差。丙寅，师行。壬申，睿亲王多尔衮师次翁后，明山海关守将吴三桂遣使致书，乞师讨贼。丁丑，师次连山，三桂复致书告急，大军疾驰赴之。戊寅，李自成率众围山海关，我军逆击之，败贼将唐通于一片石。己卯，师至山海关，三桂开关出迎，大军入关。自成率众二十余万，自北山横亘至海，严阵以待。是日，大风，尘沙蔽天。睿亲王多尔衮命击贼阵尾，以三桂居右翼，大呼薄之。风旋定，贼兵大溃，追奔四十余里，自成遁还燕京。封三桂为平西王，以马步军一万隶之，直趋燕京。誓诸将勿杀不辜，掠财物，焚庐舍，不如约者罪之。谕官民以取居者一年，大军所过州县田亩税之半，河北府州县三之一。丁卯，睿亲王多尔衮及诸王、贝勒、贝子、大臣定议建都燕京，遣辅国公屯齐喀、和托、固山额真何洛会奉迎车驾。庚午，遣固山额真叶臣率师定山西。甲戌，故明三边总督李化熙降。壬午，上遣使劳军。癸未，艾度礼有罪，伏诛。甲申，迁故明太祖神主于历代帝王庙。乙酉，铸各官印兼用国书。

秋七月丁亥，考定历法，为时宪历。戊子，巴哈纳、石廷柱会叶臣军定山西。壬辰，以吴孳昌为宣大山西总督，方大猷为山东巡抚。癸巳，以迁都祭告上帝、陵庙。丁酉，故明德王朱由弼降。时故明福王朱由崧即位江南，改元弘光，以史可法为大学士，驻扬州督师，总兵刘泽清、刘良佐、黄得功、高杰分守江北。己亥，山东巡按朱朗镁启新补官吏仍以纱帽圆领临民莅事。睿亲王多尔衮谕："军事方殷，衣冠礼乐未遑制定[②]。近简各官，姑依明式。"庚子，设故明长陵以下十四陵官吏。辛丑，免盛京满、汉额输粮草布疋。壬寅，大赦，除正额外一切加派。癸卯，罢内监征收涿州、宝坻皇庄税粮。甲辰，以杨方兴为河南总督，马国柱为山西巡抚，阵锦为登莱巡抚。免山东税，如河北例。壬子，睿亲王以书致史可法，劝其主削号归藩。可法答书不屈。以王文奎为保定巡抚，罗肃锦为河南巡抚。裁六部蒙古侍郎。癸丑，雨雹。是月，建乾清宫。

八月丙辰朔，日有食之。丁巳，以何洛会为盛京总管，尼堪、硕詹统左右翼，镇守盛京。残不杀之意，民大悦。窜匿山谷者争还乡里迎降。大军所过州县及沿边将吏皆开门款附。乙酉，自成弃燕京西走，我军疾追之。

五月戊子朔，以捷书宣示朝鲜、蒙古。己丑，大军抵燕京，故明文武诸臣士庶郊迎五里外。睿亲王多尔衮入居武英殿。令诸将士乘城，厮养人等毋入民家，百姓安堵如故。庚寅，令兵部传檄直省郡县，归顺者官吏进秩，军民免迁徙，文武大吏，籍户口钱粮兵马亲赍至京，观望者讨之。故明诸王来归者，不夺其爵。在京职官及避贼隐匿者，各以名闻录用，卒伍欲归农者听之。辛卯，令官吏军民为明帝发丧，三日后服除，礼部太常寺具帝礼以葬。壬辰，俄罗塞臣、巴都礼、沙尔虎达等征黑龙江师还。故明山海关总兵官高第来降。癸巳，令故明内阁、部院诸臣以原官同满洲官一体办理。乙未，阿济格等追击李自成于庆都，败之。谭泰、淮塔等追至真定，又破走之。燕京迤北各城及天津、真定诸郡县皆降。辛丑，征故明大学士冯铨至京。己酉，葬故明庄烈帝后周氏、妃袁氏，熹宗后张氏，神宗妃刘氏，并如制。

六月丁巳朔，令洪承畴仍以兵部尚书同内院官佐理机务。己未，以骆养性为天津总督。庚申，遣户部右侍郎王鳌永招抚山东、河南。壬戌，故明大同总兵官姜瓖斩贼首柯天相等，以大同来降。丙寅，遣巴哈纳、石廷柱率师定山东。免京城官用庐舍赋税三年，与同辛酉，大学士希福有罪，免。癸亥，行总甲法。戊辰，免景州、河间、阜城、青县本年额赋。己巳，定在京文武官薪俸。乙亥，车驾发盛京。庚辰，次苏尔济，察哈尔固伦公主及蒙古王贝勒等朝行在。壬午，征故明大学士谢升入内院办事。癸未，次广宁，给故明十三陵陵户祭田，禁樵牧。

九月甲午，车驾入山海关。丁酉，次永平。始严稽察逃人之令。己亥，建堂子于燕京。庚子，贼将唐通杀李自成亲族乞降。辛丑，遣和托、李率泰、额孟格等率师定山东、河南。癸卯，车驾至通州。睿亲王多尔衮率诸王、贝勒、贝子、文武群臣朝上于行殿。甲辰，上自正阳门入宫。己酉，太白昼见。庚戌，初定郊庙乐章。睿亲王多尔衮率诸王及满、汉官上表劝进。故明福王遣其臣左懋第、马绍愉、陈洪范赍白金十余万两、黄金千两、币万匹求成。壬子，奉安太祖武皇帝、孝慈武皇后、太宗文皇帝神主于太庙。

冬十月乙卯朔，上亲诣南郊告祭天地，即皇帝位，遣官告祭太庙、社稷。初颁时宪历。丙辰，以孔子六十五代孙允植袭封衍圣公，其《五经》博士等官袭封如故。丁巳，以睿亲王多尔衮功最高，命礼部建碑纪绩。辛酉，上太宗尊谥，告祭郊庙社稷。壬戌，流贼余党赵应元伪降，入青州，杀招抚侍郎王鳌永，和托等讨斩之。甲子，上御皇极门，颁诏天下，大赦。诏曰："我国家受天眷佑，肇造东土。列祖创兴宏业。皇考式廓前猷，遂举旧邦，诞膺新命。追朕嗣服，越在冲龄，敬念绍庭，永绥厥位。顷缘贼氛涨炽③，极祸中原，是用倚任亲贤，救民涂炭。方驰金鼓，旋奏澄清，用解倒悬，非富天下。而王公列辟文武群臣暨军民耆老合词劝进，恳请再三。乃以今年十月乙卯朔，祗告天地宗庙社稷，定鼎燕京，仍建有天下之号曰大清，纪元顺治。缅维峻命不易，创业尤艰。况当改革之初，爰沛维新之泽。亲王佐命开国。济世安民，有大勋劳，宜加殊礼。郡王子孙弟侄应得封爵，所司损益前典以闻。满洲开国诸臣，运筹帷幄，决胜庙堂，汗马著功，开疆拓土，应加公、侯、伯世爵，锡以诰券。大军入关以来，文武官绅，倡先慕义，杀贼归降，亦予通行察叙。自顺治元年五月朔昧爽以前，官吏军民罪犯，非叛逆十恶死在不赦者，罪无大小，咸赦除之。官吏贪贿枉法，剥削小民，犯在五月朔以后，不在此例。地亩钱粮，悉照前《明会计禄》，自顺治元年五月朔起，如额征解。凡加派辽饷、新饷、练饷、召买等项，俱行蠲免。大军经过地方，仍免正粮一半，归顺州县非经过者，免本年三分之一。直省起存拖欠本折钱粮，如金花、夏税、秋粮、马草、人丁、盐钞、民屯、牧地、宠课、富户、门摊、商税、鱼课、马价、柴直、棘株、钞贯、果品及内供颜料、蜡、茶、芝麻、棉花、绢、布、丝绵等项，念小民困苦已极，自顺治元年五月朔以前，凡属通征，概予豁除。兵民散居京城，实不获已，其东中西三城已迁徙者，准免租赋三年；南北二城虽未迁徙，亦免一年。丁银原有定额，年来生齿凋耗，版籍日削，孤贫老弱，尽苦追呼，有司查覈④，老幼废疾，并与豁免。军民年七十以上者，许一丁侍养，免其徭役；八十以上者，给与绢绵米肉；有德行著闻者，给与冠带；鳏寡孤独、废疾不能自存者，官与给养。孝子顺孙义夫节妇，有司谘访以闻。故明建言罢谪诸臣及山林隐逸、怀才抑德、堪为世用者，抚按荐举，来京擢用。文武制科，仍于辰戌丑未年举行会试，子午卯酉年举行乡试。前明宗室首倡投诚者，仍予禄养。明国诸陵，春秋致祭，仍用守陵员户。帝王陵寝及名臣贤士坟墓毁者修之，仍禁樵牧。京、外文武职官应得封诰廕叙⑤，一体颁给。北直、河南、山东节裁银，山西太原、平阳二府新裁银，前明已经免解，其二府旧裁银，与各府新旧节裁银两，又会同馆马站、驴站馆夫及递运所车站夫价等银，又直省额解工部四司料银、匠价银、瓦料银、荷麻银、车价银、苇夫银、苇课银、渔课银、野味银、翎毛银、活鹿银、大鹿银、小鹿银、羊皮银、弓箭撒袋折银、扣剩水脚银、牛角牛筋银、鹅翎银、天鹅银、民夫银、椿草子粒银、状元袍服银、衣粮银、砍柴夫银、搬运木柴银、抬柴夫银、芦课等折色银，盔甲、腰刀、弓箭、弦条、胖袄、裤、鞋、狐麂兔狸皮、山羊毛课、铁、黄栌、榔、桑、胭脂、花梨、南枣、紫榆、杉条等木、椴木、桐木、板枋、冰窖物料、芦席、蒲草、榜纸、瓷缸、槐花、乌梅、栀子、笔管、芒帚、竹扫帚、席草、粗细铜丝、铁线、镀白铜丝、铁条、碌子、青花棉、松香、光叶书籍纸、严漆、罩漆、桐油、毛、笙、紫、水斑、等竹、实心竹、棕毛、白圆藤、翠毛、石磨、川二朱、生漆、沙叶、广胶、焰硝、螺壳等本色钱粮，自顺治元年五月朔以前通欠在民，尽予蠲免，以苏民困。后照现行事例，分别蠲除。京师行商车户等役，每遇金役，顿至流离，嗣后永行豁除。运司监法，递年增加，有新饷、练饷杂项加派等银，深为厉商，尽行豁免，本年仍免额引三分之一。关津抽税，非欲困商，准免一年，明末所增，并行豁免。直省州县零星税目，概行严禁。曾经兵灾地方应纳钱粮，已经前明全免者，仍与全免，不在免半、免一之例。直省报解屯田司助工银两，亦出加派；准予豁除。直省领解钱粮被贼劫失，在顺治元年五月朔以前，一并豁免。山、陕军民被流寇要挟，悔过自新，概从赦宥，胁从自首者前罪勿论。巡按以访拿为名，听信衙蠹，诬罚良民，最为弊政，今后悉行禁革。势家土豪，重利放债，致民倾家荡产，深可痛恨，今后有司勿许追比。越诉诬告，败俗伤财，大赦以后，户婚小事，俱就有司归结，如有讼师诱陷愚民入京越诉者，加等反坐。赎锾之设，劝人自新，追比伤生，转为民害，今后并行禁止，不能纳者，速予免追。惟尔万方，与朕一德。播告遐迩，咸使闻知。"加封和硕睿亲王多尔衮为叔父摄政王。乙丑，以雷兴为天津巡抚。丁卯，加封和硕郑亲王济尔哈朗为信义辅政叔王，复封豪格为和硕肃亲王，进封多罗武英郡王阿济格为和硕英亲王，多罗豫郡王多铎为和硕豫亲王，贝勒罗洛宏为多罗衍禧郡王，封硕塞为多罗承泽郡王。叶臣等克太原。故明副将刘大受自江南来降。辛未，封贝子尼堪、博洛为多罗贝勒，辅国公满达海、吞齐、博和托、吞齐喀、和托、尚善为固山贝子。定诸王、贝勒、贝子岁俸。癸酉，以英亲王阿济格为靖远大将军，率师西讨李自成。戊寅，定摄政王冠服宫室之制。己卯，以豫亲王多铎为定国大将军，率师征江南。檄谕故明南方诸臣，数其不能灭贼复雠⑥，拥众扰民，自生反侧，及无明帝遗诏擅立福王三罪。

十一月乙酉朔，设满洲司业、助教，官员子孙有欲习国书、汉书者，并入国子监读书。故明福王使臣陈洪范南还，中途密启请留左懋第、马绍愉，自欲率兵归顺，招徕南中诸将。许之。壬辰，石廷柱、巴哈纳、席特库等败贼于平阳，山西悉平。庚子，封唐通为定西侯。甲辰，罢故明定陵守者，其十二陵仍设太监二名，量给岁时祭品。丁未，祀天于圜丘。庚戌，封勒克德浑为多罗贝勒。遣朝鲜质子李淐归国，并制减其岁贡。

十二月丁巳，出故明府库财物，赏八旗将士及蒙古官员。叶臣等大军平直隶、河南、山西府九、州二十七、县一百四十一。丁卯，以太宗第六女固伦公主下嫁固山额真阿山子夸扎。戊辰，多铎军至孟津，贼将黄士欣等遁走，滨河十五寨堡望风纳款，睢州贼将许定国来降。己巳，多铎军至陕州，败贼将张有会于灵宝。丁丑，谕户部清查无主荒地给八旗军士。己卯，遣何洛会等祭福陵，巩阿岱等祭昭陵，告武成。辛巳，有刘姓者自称明太子，内监杨玉引入故明嘉定侯周奎宅，奎以闻。故明宫人及东宫旧僚辨视皆不识。下法司勘问，杨玉及附会之内监常进节、指挥李时荫等十五人皆弃市。仍谕中外，有以故明太子来告得给赏，太子仍加恩养。

是岁，朝鲜暨虎什喀里等八姓部，鄂尔多斯部济农，索伦部章京敖尔拖木尔，归化城土默特部古禄格，喀尔喀部塞臣绰尔济、古伦地瓦胡土克图、余古折尔喇嘛、土谢图汗，苏尼特部腾机思阿喇海，乌朱穆秦部台吉满瞻俱来贡。

二年春正月戊子，图赖等破李自成于潼关，贼倚山为阵，图赖率骑兵百人掩击，多所斩获。至是，自成亲率马步兵迎战，又数败之，贼众奔溃。己未，大军围潼关，贼筑重壕，坚壁以守。穆成格、俄罗塞臣先登，诸军继进，复大败之。自成遁走西安。丙申，阿济格、尼堪等率师抵潼关，贼将马世尧降，旋以反侧斩之。丁酉，命多罗饶余郡王阿巴泰为总统，固山额真淮塔为左翼，梅勒章京谭泰为右翼，代豪格征山东。庚子，以太宗第七女固伦公主下嫁内大臣鄂齐尔桑子喇玛思。河南孟县河清二日。壬寅，多铎师至西安，自成奔商州。癸卯，大学士谢升卒。乙巳，真定、大名、顺德、广平山贼悉平。丙午，命房山县岁以太牢祭金太祖、世宗陵。丁未，免山西今年额赋之半。更国子监孔子神位为大成至圣文宣先师孔子。庚戌，禁包衣大等私收投充汉人，冒占田宅，违者论死。壬子，免济源、武陟、孟、温四县今年额赋及磁、安阳等九州县之半。癸丑，免修边民壮八千余人。

二月丙辰，阿巴泰败贼于徐州。己未，修律例。以李鉴为宣大总督，冯圣兆为宣府巡抚。降将许定国袭杀明兴平伯高杰于睢州。辛酉，谕豫亲王多铎移师定江南，英亲王阿济格讨流寇余党。丙寅，禁管庄拨什库毁民坟茔。己巳，以祁充格为内弘文院大学士。庚午，阿济格剿陕西余寇，克四城，降三十八城。丁丑，多铎师至河南，贼将刘忠降。

三月甲申朔，始祀辽太祖、金太祖、世宗、元太祖、明太祖于历代帝王庙，以其臣耶律曷鲁、完颜粘没罕、斡离不、木华黎、伯颜、徐达、刘基从祀。庚寅，多铎师出虎牢关，分遣固山额真拜伊图等出龙门关，兵部尚书韩岱、梅勒章京宜尔德、侍朗尼堪等由南阳合军归德，所过迎降，河南悉平。辛卯，免山东荒赋。庚子，故明大学士李建泰来降。乙巳，遣八旗官军番戍济宁。丙午，朝鲜国王次子李淏归。己酉，免蓟州元年额赋。壬子，太行诸贼悉平。

夏四月丙辰，遣汉军八旗官各一员驻防盛京。辛酉，以王文奎为陕西总督，焦安民为宁夏巡抚，黄图安为甘肃巡抚，故明尚书张忻为天津巡抚，郝晋为保定巡抚，雷兴为陕西巡抚。甲子，葬故明殉难太监王承恩于明帝陵侧，给祭田，建碑。己丑，多铎师至泗州。阿山等取泗北淮河桥，明守将焚桥遁，我军遂夜渡淮。丁卯，谕曰："流贼李自成杀君虐民，神人共愤。朕诞膺天命，抚定中华，尚复窃据秦川，抗阻声教。受命和硕豫亲王移南伐之众，直捣崤、函，和硕英亲王秉西征之师，济自绥德，旬月之间，全秦底定。悯兹黎庶，咸与维新。其为贼所胁误者，悉赦除之，并蠲一切逋赋。大军所遇，免今年额赋之半，余免三之一。"庚午，豫亲王多铎师至扬州，谕故明阁部史可法、翰林学士卫胤文等降。不从。甲戌，以孟乔芳为陕西三边总督。以太宗第八女固伦公主下嫁科尔沁土谢图亲王巴达礼子巴雅斯护朗。丁丑，拜尹图、图赖、阿山等克扬州，故明阁部史可法不屈，杀之。辛巳，初行武乡试。

五月壬午朔，河道总督杨方兴进瑞麦。上曰："岁丰民乐，即是祯祥，不在瑞麦。当惠养元元，益加抚辑。"癸未，以旱谕刑部虑囚。命内三院大学士冯铨、洪承畴、李建泰、范文程、刚林、祁充格等纂修《明史》。丙戌，多铎师至扬子江，故明镇海伯郑鸿逵等以舟师分守瓜洲、仪真，我军在江北，拜尹图、图赖、阿山率舟师自运河潜济，梅勒章京李率泰乘夜登岸。黎明，我军以次毕渡，敌众咸溃。丁亥，以王志正为延绥巡抚。免高密元年额赋。赐诸王以下及百官冰，著为令。己丑，宣府妖民刘伯泗谋乱伏诛。庚寅，以王文奎为淮扬总督，赵福星为凤阳巡抚。丙申，多铎师至南京，故明福王朱由崧及大学士马士英遁走太平，忻城伯赵之龙、大学士王铎、礼部尚书钱谦益等三十一人以城迎降。兴平伯高杰子元照、广昌伯刘良佐等二十三人率马步兵二十三万余人先后来降。丁酉，以郝晋为保定巡抚。免平度、寿光等六州县元年额赋。戊戌，命满洲子弟就学，十日一赴监考课，春秋五日一演射。故明中书张朝聘输木千章助建宫殿，自请议叙。谕以用官惟贤，无因输纳授官之理，令所司给直。庚子，免章丘、济阳京班匠价，并令直省除匠籍为民。甲辰，定叔父摄政王仪注，凡文移皆曰皇叔父摄政王。乙巳，免皇后租，并崇文门米麦税。庚戌，宣平定江南捷音。乾清宫成，复建太和殿、中和殿、位育宫。

六月癸丑，免兴济县元年额赋。甲寅，免近畿圈地今年额赋三之二。乙卯，以丁文盛为山东巡抚。丙辰，谕南中文武军民薙发⑦，不从者治以军法。是月，始谕直省限旬日薙发如律令。辛酉，豫亲王多铎遣军追故明福王朱由崧于芜湖。明靖国公黄得功逆战，图赖大败之，得功中流矢死。总兵官田雄、马得功执福王及其妃来献，诸将皆降。免永宁等四县元年荒赋。丙寅，申薙发之令。免深、衡水等七州县元年荒赋。丁卯，陕西妖贼胡守龙倡乱，孟乔芳讨平之。戊辰，皇太妃薨。辛未，何洛会率师驻防西安。命江南于十月行乡试。己卯，诏曰："本朝立国东陲，历有年所，幅员既广，无意并兼。昔之疆场用兵，本冀言归和好。不幸寇凶极祸，明祚永终，用是整旅入关，代明雪愤。犹以贼渠未殄⑧，不遑启居，爰命二王，誓师西讨。而南中乘隙立君，妄窃尊号，亟行乱政，重虐人民。朕夙夜祇惧，思拯穷黎，西贼既摧，乃事南伐。兵无血刃，循汴抵淮。甫克维扬，遂平江左。金陵士女，昭我天休。既俘福藩，南服略定，特弘大赉，嘉与维新。其河南、江北、江南官民绁误，咸赦除之。所有横征逋赋，悉与蠲免。大军所遇，免今年额赋之半，余免三之一。"

闰六月甲申，阿济格败李自成于邓州，穷追至九江，凡十三战，皆大败之。自成窜九宫山，自缢死，贼党悉平。故明宁南侯左良玉子梦庚、总督袁继咸等率马步兵十三万、船四万自东流来降。丙戌，定群臣公以下及生员耆老顶戴品式。己丑，河决王家圆。庚寅，诏阿济格等班师。辛卯，改江南民解漕、白二粮官兑官解。壬辰，谕曰："明季台谏诸臣，窃名贪利，树党相攻，眩惑主心，驯致丧乱。今天下初定，百事更始，诸臣宜公忠体国，各尽职业，毋蹈前辙，自贻颠越。"定满洲文武官品级。癸巳，命大学士洪承畴招抚江南各省。甲午，定诸王、贝勒、贝子、宗室公顶戴式。乙未，除割脚筋刑。癸卯，命吴惟华招抚广东，孙之獬招抚江西，黄熙允招抚福建，江禹绪招抚湖广，丁之龙招抚云、贵。多铎遣贝勒博洛及拜尹图、阿山率师趣杭州，故明潞王出降，淮王自绍兴来降。嘉兴、湖州、严州、宁波诸郡悉平。分遣总兵官吴胜兆克庐州、和州。乙巳，改南京为江南省，应天府为江宁府。命陕西于十月行乡试。

秋七月庚戌朔，享太庙。壬子，命贝勒勒克德浑为平南大将军，同固山额真叶臣等往江南代多铎。设明太祖陵守陵太监四人，祀田二千亩。癸丑，故明东平侯刘泽清率所部降。乙卯，以刘应宾为安庐巡抚，土国宝为江宁巡抚。丙辰，命谢弘仪招抚广西。戊午，禁中外军民衣冠不遵国制。己未，以何鸣銮为湖广巡抚，高斗光为偏沅巡抚，潘士良抚治郧阳。甲子，上太祖武皇帝、孝慈武皇后、太宗文皇帝玉册玉宝于太庙。乙丑，免西安、延安本年额赋之半，余免三之一。戊辰，西平贼首刘洪起伏诛，汝宁州县悉平。河决兖西新筑月堤。己巳，诏自今内外章奏由通政司封进。丁丑，以陈锦提督操江，兼管巡抚。故明总漕田仰陷通州、如皋、海门，凤阳巡抚赵福星、梅勒章京谭布等讨平之。己卯，以杨声远为登莱巡抚。

八月辛巳，免霸、顺义等八州县灾赋。乙酉，免彰德、卫辉、怀庆、河南各府荒赋。己丑，英亲王阿济格师还，赐从征外藩王、台吉、将佐金帛有差。癸巳，免真定、顺德、广平、大名灾额赋。丙午，降将金声桓讨故明益王，获其从官王养正等诛之，并获钟祥王朱蕴岩等九人。丁未，以英亲王阿济格出师有罪，降郡王。谭泰削公爵，降昂邦章京，鳌拜等议罚有差。

九月庚戌，故明鲁王将方国安、王之仁犯杭州，张存仁击走之。癸丑，命镇国公傅勒赫、辅国公札喀纳等率师协防江西。丁巳，故明怀安王来降。辛酉，故明新昌王据云台山，攻陷兴化，淮塔讨斩之。甲子，以河间、滦州、遵化荒地给八旗耕种，故明勋戚内监余地并分给之。庚午，田仰寇福山，土国宝击败之。丁丑，江西南昌十一府平。

冬十月癸未，以马国柱为宣大总督。戊子，故明翰林金声受唐王敕起兵于徽州[9]，众十余万。洪承畴遣提督张天禄连破之于绩溪，获金声，不屈，杀之。是时，故明唐王朱聿钊据福建，鲁王朱彝垓据浙江，马士英等兵渡钱塘结营拒命。庚寅，免宝坻县荒赋。壬辰，免太原等府州灾赋。癸巳，豫亲王多铎师还，上幸南苑迎劳之。丙申，以苗胙土为南赣巡抚，乙巳，以太宗次女固伦公主下嫁察哈尔汗子阿布鼐，丙午，以申朝纪为山西巡抚，李翔凤为江西巡抚，萧起元为浙江巡抚。戊申，加封和硕豫亲王多铎为和硕德豫亲王，赐从征王、贝勒、贝子、公及外藩台吉、章京金币有差。命孔有德、耿仲明还盛京。

十一月壬子，以张存仁为浙闽总督，罗绣锦为湖广、四川总督。癸丑，故明大学士王应熊、四川巡抚龙文光请降。甲寅，以吴景道为河南巡抚，命巴山、康喀赖为左右翼，同洪承畴驻防江宁，朱玛喇驻防杭州，贝勒勒克德浑率巩阿岱、叶臣讨湖广流贼二只虎等。己未，朝鲜国王李倧请立次子淏为世子，许之，丁卯，朱玛喇败马士英于余杭，和托败方国安于富阳。士英、国安复窥杭州，梅勒章京济席哈等击走之。戊辰，以何洛会为定西大将军，遣巴颜、李国翰帅师会之，讨四川流贼张献忠。戊寅，以陈之龙为凤阳巡抚。

十二月己卯朔，日有食之。乙酉，故明阁部黄道周寇徽州，洪承畴遣张天禄击败之。故明总兵高进忠率所部自崇明来降。癸巳，佟养和、金声桓进讨福建，分兵攻南赣，败故明永宁王、罗川王、阁部黄道周等数十万众。丙午，更定朝仪，始罢内监朝参。丁未，朱玛喇等败方国安、马士英于浙东。固原贼武大定作乱，总兵官何世元等死之。

是岁，朝鲜，归化城土默特部章京古禄格，鄂尔多斯部喇嘛塔尔尼齐，乌朱穆秦部车臣亲王，席北部额尔格讷，喀尔喀部土谢图汗、古伦迪瓦胡土克图喇嘛、石勒图胡土克图、嘛哈撒马谛塞臣汗，厄鲁特部顾实汗子多尔济达赖巴图鲁台吉及回回国，天方国俱来贡。朝鲜四至。

三年春正月戊午，贝勒勒克德浑遣将败流贼于临湘，进克岳州。辛酉，固山额真阿山、谭泰有罪，阿山免职，下谭泰于狱。流贼贺珍、孙守法、胡向化犯西安，何洛会等击败之。金声桓遣将攻故明永宁王于抚州，获之，并获其子朱挈荣等，遂平建昌，丙寅，故明潞安王、瑞昌王率众犯江宁，侍郎巴山等击败之。戊辰，以宋权为国史院大学士。己巳，以肃亲王豪格为靖远大将军，暨多罗衍禧郡王罗洛宏、贝勒尼堪、贝子屯齐喀、满达海等帅师征四川。故明唐王朱聿钊兵犯徽州，洪承畴遣张天禄等击败之，获其阁部黄道周杀之，进克开化。

二月己卯，贝勒勒克德浑破流贼于荆州，奉国将军巴布泰等追至襄阳，斩获殆尽。大军进次夷陵，李自成弟李孜等以其众来降。辛巳，免密云荒贼。甲申，罢江南旧设部院，差在京户、兵、工三部满、汉侍郎各一人驻江宁，分理部务。乙酉，明鲁王将刘福援抚州，梅勒章京屯泰击败之。何洛会遣将破流贼刘文炳于蒲城，贼渠贺珍奔武功。戊子，以柳寅东为顺天巡抚。命肃亲王豪格分兵赴南阳，讨流贼二只虎、郝如海等。丙申，遣侍郎巴山、梅勒章京张大猷率师镇守江宁，甲喇章京傅夸蟾、梅勒章京李思忠率师镇守西安。潜山、太湖贼首石应琏拥故明樊山王朱常水为乱，洪承畴遣将击斩之。丙午，命贝勒博洛为征南大将军，同图赖帅师征福建、浙江。

三月辛亥，译《洪武宝训》成，颁行中外。乙卯，免近京居民田宅圈给旗人别行拨补者租赋一年。丁巳，何洛会败贼刘体纯于山阳。己未，以王来用总督山、陕、四川粮饷，马鸣佩总督江南诸省粮储。乙丑，赐傅以渐等进士及第出身有差。己巳，何洛会击贼二只虎于商州，大败之。昌平民王科等盗发明帝陵，伏诛。壬申，多罗饶余郡王阿巴泰薨。癸酉，封乌朱穆秦部塞冷、蒿齐忒部薄罗特为贝勒，阿霸垓部多尔济为贝子。豪格师抵西安，遣工部尚书兴能败贼于邠州，固山额真杜雷败贼于庆阳。故明大学士张四知自江南来降。

夏四月己卯，诏贝勒勒克德浑班师，孔有德、耿仲明、尚可喜、沈志祥各统所部来京。甲申，免钱塘、仁和间架税。乙酉，命今年八月再行乡试，明年二月再行会试。丁亥，免睢州、祥符等四州县灾赋。戊子，除贯耳穿鼻之刑。癸巳，降明季加征太平府姑溪桥米税、金柱山商税、安庆府盐税。乙未，免静海、兴济、青县荒赋。丙申，江西浮梁、余干贼合闽贼犯饶州，副将邓云龙等击败之。戊戌，摄政王多尔衮谕停诸王大臣启本。己亥，以张尚为宁夏巡抚。罢织造太监。辛丑，谕曰："比者蠲除明季横征苛税，与民休息。而贪墨之吏，恶其害己而去其籍，是使朝廷德意不下究，而明季弊政不终厘也。兹命大臣严加察核，并饬所司详定《赋役全书》，颁行天下。"谕汰府县冗员。甲辰，修盛京孔子庙。

五月丁未，苏尼特部腾机思、腾机特、吴班代、多尔济思喀布、蟒悟思、额尔密克、石达等各率所部叛奔喀尔喀部硕雷。命德豫亲王多铎为扬威大将军，同承泽郡王硕塞等率师会外藩蒙古兵讨之。四子部温卜、达尔汉卓礼克图、多克新等追斩吴班代等五台吉。庚戌，申隐匿逃人律。戊午，金声桓克南赣，获其帅刘广胤。辛酉，豪格遣巴颜、李国翰败贼于延安。壬戌，故明鲁王、荆王、衡王世子等十一人谋乱，伏诛。癸亥，以叶克书为昂邦章京，镇守盛京。豪格遣贝勒尼堪等败贼贺珍于难头关，遂克汉中，珍走西乡。乙丑，贝勒博洛遣图赖等击败故明鲁王将方国安于钱塘。鲁王朱彝垓遁保台州。庚午，官军至汉阴，流贼二只虎奔四川，孙守法奔岳科寨。巴颜、李国翰追延安贼至张果老崖败之。辛未，免沛、萧二县元、二年荒赋之半。

六月戊寅，免怀柔县荒赋。丙戌，禁白莲、大成、混元、无为等教。壬辰，以高士俊为湖广巡抚。乙未，张存仁遣将擒故明大学士马士英及长兴伯吴日生等斩之。

秋七月甲寅，贝勒勒克德浑师还。丁巳，多铎破腾机思等于殴特克山，斩其台吉毛害，渡土喇河击斩腾机思子多尔济等，尽获其家口辎重。又败喀尔喀部土谢图汗二子于查济布喇克上游。戊午，硕雷子阵查济布喇克道口，贝子博和托等复大败之。硕雷以余众走塞冷格。庚申，李国翰、图赖等拔张果老崖。壬戌，江西巡抚李翔凤进正一真人符四十幅。谕曰："致福之道，在敬天勤民，安所事此，其置之。"戊辰，豪格遣贝子满达海、辅国公哈尔楚浑、固山额真淮塔趋徽州、阶州分讨流贼 武大定、高如砺、蒋 登雷、石国玺、王可臣等，破之。如砺遁，登雷、国玺、可臣俱降。

八月丙子，多罗衍禧郡王罗洛宏薨于军。丁丑，豪格遣矗章京哈宁阿攻武大定于三台山[10]，拔之。丁亥，博洛克金华、衢州，杀故明蜀王朱盛浓、乐安王朱谊石及其将吴凯、项鸣斯等，其大学士谢三宾、阁部宋之普、兵部尚书阮大铖、刑部尚书苏壮等降。浙江平。戊子，以孔有德为平南大将军，同耿仲明、沈志祥、金砺、佟代率师征湖广、广东、广西。免太湖、潜山二年及今年荒赋。癸巳，命尚可喜率师从孔有德南讨。

九月己酉，故明瑞昌王朱谊汸谋攻江宁，官兵讨斩之。甲子，免夷陵、石首等十三州县荒赋十之七，荆门、江陵等四州县十之五，兴国、广济等十六州县十之三。丙寅，故明崇阳王攻歙县，副将张成功等败之。丁卯，故明督师何腾蛟等攻岳州，官军击败之。

冬十月丙子，郑四维等克夷陵、枝江、宜都，改湖广承天府为安陆府。己卯，和硕德豫亲王多铎师还，上郊劳之。辛巳，金声桓遣将擒故明王朱常淲及其党了悟等，诛之。甲申，以胡全才为宁夏巡抚，章于天为江西巡抚，金声桓遣将克赣州，获故明阁部杨廷麟杀之。癸巳，以李栖凤为安徽巡抚。丁酉，免怀宁等四县灾赋。己亥，免延绥、庄浪灾赋。壬寅，太和宫、中和宫成。

十一月癸卯朔，贝勒博洛自浙江分军进取福建，图赖等败故明阁部黄鸣骏于仙霞关，遂克浦城、建宁、延平。故明唐王朱聿钊走汀州，阿济格尼堪等追斩之，遂定汀州、漳州、泉州、兴化，进克福州，悉降其众。福建平。癸丑，免河间、任丘及大同灾赋。丁巳，祀天于圜丘。己巳，豪格师至南部，时张献忠列寨西充，鳌拜等兼程进击，大破之，斩献忠于阵，复分兵击余贼，破一百三十余营。四川平。

十二月癸酉朔，故明遂平王朱绍鲲及其党杨权等拥兵太湖，结海寇为乱，副将詹世勋等讨斩之。庚戌，山东贼谢迁攻陷高苑，总兵官海时行讨平之。壬午，故明高安王朱常淇及其党江于东等起兵婺源，张天禄讨平之。丙戌，以于清廉为保定巡抚，刘武元为南赣巡抚，免蓟、丰润等五州县灾赋。甲午，位育宫成。庚子，明金华王朱由桦起兵饶州，官军击斩之。

是岁，朝鲜，蒙古及归化城土默特部古禄格，厄鲁特部多尔济达来巴图鲁、顾实汗，喀尔喀部买达里胡土图、额尔德尼哈谈巴图鲁、戴青哈谈巴图鲁、青台吉，科尔沁部多尔冰图郡王塞冷，蒿齐忒部多罗贝勒额尔德尼，索伦部、使鹿部喇巴奇，鄂尔多斯部济农台吉查木苏，库尔喀部赖达库及达赖喇嘛，吐鲁番俱来贡。朝鲜、厄鲁特顾实汗、达赖喇嘛皆再至。

四年春正月戊申，辅国公巩阿岱、内大臣吴拜等征宣府。壬子，命副都统董阿赖率师驻防杭州。兴国州贼柯抱冲结故明总督何腾蛟攻陷兴国。总兵官柯永盛遣将擒抱冲及其党陈珩玉斩之。乙卯，以杨声远为淮扬总督，黄尔性为陕西巡抚。辛酉，以朱国柱为登莱巡抚。壬戌，陕西官军击延庆贼郭君镇、终南贼孙守法，败之。洪承畴遣将击贼帅赵正，大破之。

二月癸酉，以张儒秀为山东巡抚。乙亥，佟养甲平梧州。丁丑，副将王平等击贺珍、刘二虎贼党于兴安，败之。癸未，诏曰："朕平定中原，惟浙东、全闽尚阻声教，百姓辛苦垫隘，无所控诉，爰命征南大将军贝勒博洛振旅而前。既定浙东，遂取闽越。先声所至，穷寇潜遁。大军掩追，及于汀水。津钊授首，列郡悉平。顾惟僭号阻兵，其民何罪？用昭大赉，嘉与维新。一切官民罪犯，咸赦除之。横征通赋，概予豁免。山林隐逸，各以名闻录用。民年七十以上，给绢米有差。"己丑，洪承畴擒故明瑞昌王朱议贵及湖贼赵正，斩之。乙未，朱津钊弟津奥僭号绍武，据广州，佟养甲、李成栋率师讨之，斩津镆及周王肃罘、益王思炎、辽王术雅、邓王器鼎、钜野王寿锏、通山王蕴越、高密王弘倚、仁化王慈鲔、鄢陵王肃汭、南安王企垄等。广州平。戊戌，以佟国鼎为福建巡抚。

三月戊午，赐吕宫等进士及第出身有差。己未，以耿焞为顺天巡抚，周伯达为江宁巡抚，赵兆麟抚治郧阳。庚申，谕京安三品以上及督、抚、提、镇各送一子入朝侍卫，察才任使，无子者以弟及从子代之。壬戌，免崇明县盐课、马役银。乙丑，《大清律》成。丙寅，佟养甲克高、雷、廉三府。丁卯，命祀郊社太牢仍用腥。己巳，禁汉人投充满洲。庚午，罢圈拨民间田宅，已圈者补给。

夏四月丁丑，田仰率所部降。己卯，高士俊克长沙，昂邦章京傅喀蟾讨刘文炳、郭君镇，歼之。乙酉，贝勒博洛班师。是役也，贝子和托、固山额真公图赖皆卒于军。甲午，陕西官军斩孙守法。

五月壬寅，舟山海贼沈廷扬等犯崇明，官军讨擒之。己酉，故明在籍通政使侯峒曾遣谍致书鲁王，伪许洪承畴、土国宝以公、侯，共定江南，为反间计，柘林游击获之以闻。上觉其诈，命江宁昂邦章京巴山等同承畴穷治其事。庚戌，免兴国、江夏等十州县上年灾赋。癸丑，以佟养甲为两广总督，兼广东巡抚。辛酉，投诚伯常应后、总兵李际遇等坐通贼，伏诛。癸亥，上幸南苑。乙丑，班代、峨齐尔、胡巴津自苏尼特来降。

六月壬申、免成安等七县上年灾赋。丙子，朝鲜国王李倧遣其子滀来朝。庚辰，故明赵王朱由棪来降。戊子，免绥德卫上年灾赋。己丑，封贝勒博洛为多罗郡王。癸巳，陕西贼武大定陷紫阳，总兵官任珍击败之。湖广官军克衡州、常德及安化、新化等县。甲午，苏松提督吴胜兆谋叛，伏诛。丁酉，免山东上年荒赋。

秋七月辛丑，加封和硕德豫亲王多铎为辅政叔德豫亲王。癸卯，建射殿于左翼门外。甲辰，免徐州上年荒赋。己酉，封敖汉部额驸班第子墨尔根巴图鲁为多罗郡王。癸丑，以申朝纪为宣大总督。丁巳，郧阳贼王光代用永历年号，聚众作乱，命侍郎喀喀木等剿之。戊午，改马国柱为江南江西河南总督。甲子，诏曰："中原底定，声教遐敷。惟粤东尚为唐藩所阻，岭海怨咨，已非一日。用移南伐之师，席卷惠、潮，遂达省会。念尔官民，初非后至，一切罪犯，咸赦除之。通赋横征，概与豁免。民年七十以上，加锡粟帛。所在节孝者旌，山林有才德者录用。南海诸国能向化者，待之如朝鲜。"丙寅，以祝世昌为山西巡抚。丁卯，上幸边外阅武。是日，驻沙河。

八月庚午，金声桓擒故明宗室麟伯王、霭伯王于泸溪山，诛之。甲戌，次西巴尔台。丙子，次海流土河口。壬午，次察汉诺尔。乙酉，豪格遣贝勒尼堪等先后克遵义、夔州、茂州、内江、荣昌、富顺等县，斩故明王及其党千余人。四川平。丙戌，次胡苏台。辛卯，以张文衡为甘肃巡抚。丙申，上还宫。

九月辛丑，京师地震。辛亥，淮安贼张华山等用隆武年号，啸聚庙湾。丁巳，以李犹龙为天津巡抚。辛酉，官军讨庙湾贼，破之。

冬十月庚午，以王鏎为安徽巡抚。壬申，喀喇沁部卓尔弼等率所部来降。癸未，以吴惟华为淮扬总督，綫缙为偏沅巡抚。戊子，定直省官三年大计。壬辰，以广东采珠病民，罢之。

十一月庚戌，以陈泰为靖南将军，同梅勒章京董阿赖征福建余寇。辛亥，免山西代、静乐等十四州县，宁化等六所堡，山东德、历城等十五州县灾赋。裁山东明季牙、杂二税。戊午，五凤楼成。癸亥，祀天于圜丘。

十二月戊辰，免保定、河间、真定、顺德灾赋。壬申，以陈锦为闽浙总督。己卯，以太宗十一女固伦公主下嫁喀尔吗索纳木。甲申，苏尼特部台吉吴巴什等来归。丙戌，大军自岳州收长沙，故明总督何腾蛟等先期遁。次湘潭，败桂王将黄朝选众十三万于燕子窝，又败之于衡州，斩之，遂克宝庆，斩鲁王朱鼎兆等。进击武冈，桂王由榔走，追至靖州，下其城。复克沅州，岷王朱埏峻以黎平降。湖南平。庚寅，故明将郑彩犯福州，副将邹必科等败走之。

是岁，科尔沁、喀喇沁、乌朱穆秦、敖汉、翁牛特、苏尼特、札鲁特、郭尔罗斯、蒿齐忒、阿霸垓诸部来朝。朝鲜暨喀尔喀部札萨克图汗、墨尔根绰尔济、额尔德尼绰尔济、迈达礼胡土克图、额尔德尼顾锡、伊拉古克三胡土克图、嘛哈撒马谛塞臣汗、俄木布额尔德尼、塞勒胡土克图、满朱习礼胡土克图、札萨克图汗下俄木布额尔德尼、巴颜护卫、舍晋班第、迈达礼胡土克图、诺门汗下丹津胡土克图、土谢图汗下泽卜尊丹巴胡土克图、硕雷汗下伊赫额木齐格隆、额参德勒哈谈巴图鲁、厄鲁特部台吉吴霸锡、顾实汗，罗布藏胡土克图下巴汉格隆、盆苏克扎穆苏、阿布赉诺颜下讷门汗、巴图鲁诺颜、达云绰尔济、鄂济尔图台吉，苏尼特部台吉魏正，札鲁特部台吉桑图、鄂尔多斯部济农、归化城土默特部章京托博克、诺尔布，唐古忒部及喇布札木绰尔济、喇嘛班第达等俱来贡。

五年春正月辛亥，故明宜春王朱议衍据汀州为乱，总兵官于永绶擒斩之。癸丑，免太原、平阳、潞安三府，泽、沁、辽三州灾赋。癸亥，和硕肃亲王豪格师还。衍禧郡王罗洛宏卒于军，至是丧归，辍朝二日。

二月甲戌，金声桓及王得仁以南昌叛。辛巳，江南官军复无为州，福建 官军复连城、顺昌、将乐等县。癸未，免济南、兖州、青州、莱州上年灾赋。辛卯，以固伦公主下嫁巴林部塞卜腾。壬辰，以昌逢春为山东巡抚，李鉴为宁夏巡抚。故明贵溪王朱常彪、恢武伯向登位寇沅州，赣章京綫国安等讨斩之。

三月己亥，贝子吞齐、尚善等讦告和硕郑亲王济尔哈朗，罪连莽加、博博尔岱、鳌拜、索尼等，降济尔哈朗为多罗郡王，莽加等降革有差。辛丑，和硕肃亲王豪格有罪，论死。上不忍置之法，幽系之。庚戌，命谭泰为征南大将军，同何洛会讨金声桓。辛酉，以耿焞为宣大山西总督。甲子，武大定犯宁羌，游击张德俊等大破之。

四月丁卯，以杨兴国为顺天巡抚。戊辰，免渭原、金县、兰州卫灾赋。壬申，官军复建宁，斩故明郧西王朱常湖等。己卯，封科尔沁杜尔伯特镇国公色冷为贝子。庚辰，遣固山额真阿赖等驻防汉中。壬午，大军克辰州，遂破永宁，至全州，故明督师何腾蛟遁，获贵溪王朱长标、南威王朱寅卫、长沙王朱由枏等。铜仁、兴安、关阳诸苗、瑶来降。丙戌，命刘之源、佟图赖为定南将军，驻防宝庆，李国翰为定西将军，驻防汉中。丁亥，吴三桂自锦州移镇汉中。

闰四月戊戌，复济尔哈朗爵为和硕郑亲王。癸卯，以李国英为四川巡抚。己未，以迟日益为湖广巡抚。癸亥，命贝子吞齐为平西大将军，同韩岱讨陕西叛回。

五月己丑朔，日有食之。戊辰，官军破叛回于巩昌，复临洮、兰州。辛未，游击张勇破叛回于马家坪，获故明延长王朱识鐕，斩之。壬午，以赵福星为凤阳巡抚。癸未，以朱延庆为江西巡抚。甲申，官军破金声桓，复九江、饶州。己丑，以刘弘遇为安徽巡抚。

六月甲午朔，免西安、延安、平凉、临洮、庆阳、汉中上年灾赋。癸卯，以周文业为甘肃巡抚。甲辰，额塞等大破叛回于兰州，余党悉平。丙辰，京师地震有声。癸亥，太庙成。

秋七月丁丑，初设六部汉尚书、都察院左都御史，以陈名夏、谢启光、李若琳、刘余祐、党崇雅、金之俊为六部尚书，徐起元为左都御史。

八月癸巳朔，金声桓、王得仁寇赣州，官军击走之。己亥，陈泰、李率泰等败郑彩于长乐，又败之于连江，复兴化。己巳，命和硕英亲王阿济格、多罗承泽郡王硕塞等讨天津土贼。丁未，禁民间养马及收藏军器。己酉，以王一品为凤阳巡抚。壬子，令满、汉官民得相嫁娶。乙卯，以夏玉为天津巡抚，张学圣为福建巡抚。

九月壬戌朔，官军获故明巡抚吴江等于南康湖口，斩之。甲子，和硕英亲王阿济格讨曹县土贼，平之。己巳，封贝勒勒克德浑为多罗顺承郡王，博洛为多罗端重郡王，壬申，和硕郑亲王济尔哈朗为定远大将军，讨湖广贼李锦。丁丑，封贝勒尼堪为多罗敬谨郡王。

冬十月壬寅，和硕礼亲王代善薨。甲辰，佟图赖复宝庆。丙辰，降将刘泽清结曹县贼叛，泽清及其党李洪基等俱伏诛。

十一月甲子，广东叛将李成栋据南雄，结峒蛮犯赣州⑪，巡抚刘武元等击走之。丙寅，总兵官任珍击贺珍，破之。戊辰，祀天于圜丘，以太祖武皇帝配。追尊太祖以上四世：高祖泽王为肇祖原皇帝，曾祖庆王为兴祖直皇帝，祖昌王为景祖翼皇帝，考福王为显祖宣皇帝。妣皆为皇后。上诣太庙上册宝。辛未，以配天及上尊号礼成，御殿受贺，大赦。辛未，和硕英亲王阿济格、多罗端重郡王博洛、多罗承泽郡王硕塞等帅师驻大同，备喀尔喀。

十二月辛卯朔，命郡王瓦克达，贝子尚善、吞齐等诣阿济格军。调八旗游牧蒙古官军之半，戍阿尔齐土苏门哈达。癸巳，姜环以大同叛，总督耿焞走阳和。丙申，免平山、隆平、清丰灾赋。戊戌，阿济格围大同。辛丑，复遣梅勒章京阿喇善、侍郎噶达浑诣阿济格军。癸卯，免大同灾赋。壬子，杨捷等复都昌，获故明兵部尚书余应桂，斩之。丁巳，以佟养量为宣大总督。

是岁，苏尼特、扎鲁特等部来朝。朝鲜，喀尔喀部俄木布额尔德尼、戴青讷门汗喇嘛、塞尔济额尔德尼魏正、硕雷汗、迈达理胡土克图、扎萨克图汗下额尔德尼哈谈巴图鲁，厄鲁特部顾实汗、锡勒图绰尔济、诺门汗，索伦部阿济布，鄂尔多斯部单达，苏尼特部腾机忒，科尔沁贝勒张继伦，归化城固伦第瓦胡土克图、丹津喇嘛额尔德尼寨桑，土默特部古禄格，乌思藏阐化王王舒克，汤古特达赖喇嘛俱来贡。朝鲜、厄鲁特顾实汗、汤古特达赖喇嘛再至。

六年春正月壬戌，官军复罗源、永春、德化等县。癸亥，命多罗敬谨郡王尼堪等征太原。戊辰，谕曰："朕欲天下臣民共登衽席⑫，日夕图维，罔敢怠忽。往年流寇作乱，惨祸已极，入关讨贼，士庶归心。乃迩年不轨之徒，捏作洗民讹言。小民无知轻信，惶惑逃散，作乱者往往而有。朕闻不嗜杀人，能一天下。《书》云：'众非元后何戴，后非众罔与守邦。'君残其民，理所蔑有。自元年来，今六年矣，宁有无故而屠戮民者？民苟思之，疑且冰释。至于自甘为贼，乐就死地，必有所迫以致此。凯督、抚、镇、按不得其人，有司胺削⑬，民难自存欤？将蠲免赋税，有名无实欤？内外各官其确议兴利除弊之策，朕次第酌行。"辛未，姜环党姚举等杀冀宁道王昌龄，陷忻州，固山额真阿赖破走之。乙亥，谕曰："设关征税，原以讥察奸宄⑭，非与商贾较锱铢也。其各以原额起税，毋得横征以充私囊⑮，违者罪之。"谕山西大同军民，无为姜瓖胁诱，来归者悉予矜免。戊寅，行保举连坐之法。庚辰，谕言官论事不实者，廷臣集议，毋辄下刑部。辛巳，以金廷献为偏沅巡抚。壬午，谭泰、何洛会复南昌，金声桓投水死，王得仁伏诛，九江、南康、瑞州、临江、袁州悉平。癸未，山西贼党刘迁寇代州，阿济格遣军破走之。

二月癸卯，摄政王多尔衮征大同。免直隶省六年以前荒赋、四川商民盐课。辛亥，故明宗室朱森釜等犯阶州，吴三桂击斩之。

三月癸亥，多尔衮拔浑源州。丙寅，汉羌总兵官张天福平贼渠罩一涵，获故明山阴王等斩之。丁卯，土贼王永强陷延安、榆林等十九州县，延绥巡抚王正志等死之。己巳，应州、山阴降，多尔衮旋师，留阿济格于大司。辛未，进封多罗承泽郡王硕塞、多罗端重郡王博洛、多罗敬谨郡王尼堪为亲王。王永强陷同官。壬申，广信府知府杨国桢等复玉山县。宁夏官军克临河等堡。乙亥，甘、凉逆回米喇印、丁国栋复作乱，甘肃巡抚张文衡等死之。丁丑，辅政和硕德豫亲王多铎薨，摄政王多尔衮师次居庸，还京临丧。甲申，减隐匿逃人律。谭泰、何洛会破贼于南康，进克信丰，叛将李成栋走死，复抚州、建昌。江西平。丙戌，博洛遣鳌拜等大破姜环于大同北山。吴三桂击败王永强，复宜君、同官。

夏四月庚寅，遣罗硕、卦喇驻防太原。癸巳，阿济格复左卫。乙未，命贝子吴达海等代征大同。丙申，吴三桂克蒲县。癸卯，福建官军复平和、诏安、漳平、宁洋。甲辰，赐刘子壮等进士及第出身有差。乙巳，皇太后崩。壬子，谕曰：："兵兴以来，地荒民逃，流离无告。其令所在有司广加招徕，给以荒田，永为口业，六年之后，方议征租。各州县以招民劝耕之多寡、道府以责成催督之勤惰为殿最。岁终，抚按考核以闻。"癸丑，以董宗圣为延绥巡抚。官军克福宁，福建平。乙卯，贼党陷汾州，命和硕端重亲王博洛为定西大将军，帅师讨之。和硕敬谨亲王尼堪移师大同。丁巳，封贝子满达海为和硕亲王。

五月辛酉，遣屠赖率师赴太原军。丙子，以李栖凤为广东巡抚，郭肇基为广西巡抚。免太原、平阳、汾州三府，辽、泽二州灾赋。丁丑，改封孔有德为定南王，耿仲明为靖南王，尚可喜为平南王。命孔有德征广西，耿仲明、尚可喜征广东，各挈家驻防。裁直隶、江南、山东、浙江、陕西同知十，直隶、江南、河南、湖广、江西、浙江通判二十一。免宝坻、顺义五年灾赋。辛巳，吴三桂、李国翰复延安。壬午，四川边郡平。乙酉，和硕端重亲王博洛复清源、交城、文水、徐沟、祁等县。

六月庚子，朝鲜国王李倧薨。壬子，免沧州、清苑六年以前荒赋。癸丑，封张应京为正一嗣教大真人。乙卯，免江西四年、五年逋赋。

秋七月戊午朔，摄政王多尔衮复征大同。乙丑，满达海、瓦克达征朔州、宁武。丁卯，免开封等府灾赋。辛未，多尔衮至阿鲁席巴尔台，校猎而还。遣纛章京索洪等益满达海军。癸酉，官军平黄州贼三百余砦，斩故明王朱蕴严等。甲申，广东余寇犯南赣，官军击却之。丙戌，吴三桂、李国翰复延绥镇城。

八月癸巳，摄政王多尔衮还京。山西贼党陷蒲州及临晋、河津，孟乔芳讨平之。甲午，免真定、顺德、广平、大名灾赋。满达海复朔州、马邑。丁酉，端重亲王博洛拔孝义。丙午，郑亲王济尔哈朗等克湘潭，获何腾蛟，不屈，杀之。辰州、宝庆、靖州、衡州悉平。进克全州。丁未，封朝鲜世子李淏为朝鲜国王。辛亥，以张孝仁为直隶山东河南总督。壬子，遣英亲王阿济格、贝子巩阿岱等征大同。癸丑，梅勒章京根特等拔猗氏。乙卯，大同贼被围久，饥死殆尽，伪总兵杨震威斩姜环及其弟琳来献。丙辰，宁武关伪总兵刘伟等率众降，静乐、宁化山寨悉平。

九月戊午，封鄂穆布为多罗达尔汉卓礼克图郡王，苏尼特部噶尔麻为多罗贝勒。甲子，鄂尔多斯部额林臣、布达岱、顾禄、阿济格札穆苏等来降，封额林臣为多罗郡王，布达岱子伊禀臣、顾禄子色冷为固山贝子，阿济格札穆苏为镇国公。丙寅，以夏玉为山东巡抚。癸酉，封固伦额驸祁他特为多罗郡王。甲戌，满达海、博洛克汾州、平阳。

冬十月戊子，封多尼为和硕亲王，杰书为多罗郡王。壬辰，京师地震。甲午，封劳亲为亲王。官军复郓城。戊戌，降将杨登州叛，陷山阴。己亥，免山东东平、长山等十八州县五年灾赋，江西六年以前明季辽饷。辛丑，摄政王多尔衮征喀尔喀部二楚虎尔。乙巳，陕西总兵官任珍击故明将唐仲亨于屠油霸，斩之，并诛故明王朱常溇、朱由杠等。丙午，官军复潞安。丁未，官军克榆林。己酉，满达海等拔沁、辽二州。庚戌，命满达海还京，留瓦克达等定山西。

十一月丙寅，免直隶开、元城等县徭赋，陕西岷州灾赋。甲戌，多尔衮自喀吞布喇克旋师。免宣府灾赋。壬午，耿仲明军次吉安，畏罪自杀。

十二月乙酉朔，山西兴、芮城、平陆三县平。戊子，故明桂王将焦琏寇全州，勒克德浑等击败之，进克道州。努山等拔乌撒城。宜尔都齐等克黎平。己酉，官军复邻水、大竹二县。庚戌，宁波、绍兴、台州土寇平。

是年，朝鲜、阿霸垓、乌朱穆秦、土默特诸部，厄鲁特部阿巴赖诺颜、绩克什虎巴图鲁台吉、顾实汗子下达赖乌巴什温布塔布囊，鄂尔多斯部郡王额林臣，喀尔喀部土谢图汗、硕雷汗、戴青诺颜，归化城土默特部古禄格等，伊喇古克三胡土克图下戴青温布达尔汉囊苏及达赖喇嘛俱来贡。朝鲜、喀尔喀土谢图汗再至。

七年春正月庚申，官军复永宁、宁乡。壬戌，官军复南雄。癸酉，对鄂尔多斯部单达为贝勒，沙克查为贝子。甲戌，故明德化王朱慈业、石城王朱议溇陷大田，官军讨平之。丁丑，和硕郑亲王济尔哈朗师还。

二月丁亥，上太后谥曰孝端正敬仁懿庄敏辅天协圣文皇后。甲午，以刘弘遇为山西巡抚，王一品为广西巡抚。李建泰据太平叛。官军围之，出降，伏诛。平阳、潞安、泽州属境俱平。

三月己未，日赤色如血。

夏四月甲午，孔有德擒故明将黄顺、林国瑞于兴宁，降其众五万。丙申，封科尔沁贝勒张继伦为郡王。甲辰，多罗谦郡王瓦克达师还。

六月乙酉，保德州民崔耀等擒故明将牛化麟，斩之，以城降。癸卯，官军复宁都、石城。

秋七月壬子朔，享太庙。乙卯，摄政王多尔衮议建边城避署，加派直隶、山西、浙江、山东、江南、河南、湖广、江西、陕西九省钱粮二百五十万两有奇。辛酉，幸摄政王多尔衮第。多尔衮以贝子锡翰等擅请临幸，下其罪，贝子锡翰降镇国公，冷僧机、鳌拜等黜罚有差。壬戌，以马之先为陕西巡抚。辛未，免西宁各堡寨五年灾赋。

八月丁亥，降和硕端重亲王博洛、和硕敬谨亲王尼堪为多罗郡王。己丑，封巴林部塞卜腾、蒿齐忒部孛罗特为多罗郡王，科尔沁国顾穆、喀喇沁部古禄思喜布为多罗贝勒，改承泽亲王硕塞、亲王劳亲为多罗郡王。

九月甲寅，故明将郑成功寇潮州，总兵官王邦俊击走之。丙子，免蕲、麻城等七州县五、六两年荒赋。

冬十月辛巳朔，日有食之。己亥，定陕西茶马例。庚子，官军克邵武，获故明阁部揭重熙等，斩之。己酉，免桐城等六县荒赋。

十一月甲寅，免甘肃去年灾赋。乙卯，吴三桂复府谷，斩故明经略高友才等，余众降。壬戌，摄政王多尔衮有疾，猎于边外。乙丑，尚可喜复广州，余众降。戊寅，祀天于圜丘。

十二月戊子，摄政和硕睿亲王多尔衮薨于喀喇城。壬辰，赴闻，上震悼，臣民为制服。丙申，丧至，上亲奠于郊。己亥，诏曰："太宗文皇帝升遐，诸王大臣吁戴摄政王。王固怀扰让，扶立朕躬，平定中原，至德丰功，千古无二。不幸薨逝，朕心摧痛。中外丧仪，合依帝礼。"庚子，收故摄政王信符，贮内库。甲辰，尊故摄政王为懋德修道广业定功安民立政诚敬义皇帝，庙号成宗。乙巳，谕曰：："国家政务，悉以奏闻。朕年尚幼，暗于贤否，尚书缺员，其会推贤能以进。若诸细务，理政三王理之。"

是年，喀尔喀、厄鲁特、乌斯藏诸部巴朗和罗齐、达尔汗囊素、盆挫坚挫等来朝。朝鲜，喀尔喀部硕雷汗、札萨克图汗、土谢图汗、绰克图魏正诺颜、戴青诺颜、那穆齐魏正诺颜、察哈尔墨尔根台吉、索那穆，厄鲁特部巴图鲁贝勒、台吉鄂齐尔图、干布胡土克图、噶木布胡土克图、舒虎儿戴青，乌斯藏部阐化王，索伦、使鹿诸部，归化城土默特部古禄格俱来贡。朝鲜再至。

---

①自经：上吊。

②遑：闲暇；空闲。

③洊（jiàn，音见）：再。

④覈（hé，音和）：核实。

⑤廕（yìn，音印）：荫庇。

⑥雠（chóu，音愁）：仇恨。

⑦薙（tì，音替）：通"剃"。

⑧殄（tiǎn，音腆）：消灭；灭绝。

⑨敕（chì，音斥）：告诫；嘱咐。

⑩纛（dào），音到。

⑪峒（dòng，音洞）：苗、侗、壮族聚居地区的泛称。

⑫衽（rèn，音任）：寝休的地方。

⑬朘（juān，音捐）：缩；减少。

⑭宄（guǐ，音鬼）：内乱。

⑮橐（tuó，音驼）：口袋。

世祖本纪二

八年春正月己酉朔，蒿齐忒部台吉噶尔马撒望、储护尔率所部来归。辛亥，以布丹为议政大臣。甲寅，和硕英亲王阿济格谋乱，幽之。其党郡王劳亲降贝子，席特库等论死。乙卯，以苏克萨哈、詹岱为议政大臣。丙辰，罢汉中岁贡柑及江南橘、河南石榴。戊午，罢诸处织造督进官役及陕西岁贡绒褐皮革。命和硕睿亲王多尔衮子多尔博袭爵。己未，罢临清岁造城砖。庚申，上亲政，御殿受贺，大赦。诏曰："朕躬亲大政，总理万机。天地祖宗，付托甚重。海内臣庶，望治甚殷。自惟凉德，夙夜祇惧。天下至大，政务至繁，非朕躬所能独理。凡我诸王贝勒及文武群臣，其各殚忠尽职，洁己爱人，利弊悉以上闻，德意期于下究。百姓亦宜咸体朕心，务本乐业，共享泰宁之庆。"孔有德克桂林，斩故明靖江王及文武官四百七十三人，余党悉降。壬戌，罢江西岁进龙碗。丙寅，以夏一鹗为江西巡抚。丁卯，升祔孝端文皇后于太庙。追尊故摄政王多尔衮为成宗义皇帝，祔于太庙。移内三院于禁城。己巳，以伊图为议政大臣。免安州芝棉税。丁丑，复封端重郡王博洛、敬谨郡王尼堪为和硕亲王。以巩阿岱、鳌拜为议政大臣。戊寅，以巴图鲁詹、杜尔玛为议政大臣。

二月庚辰，进封满达海为和硕巽亲王，多尼为和硕信亲王，罗可铎为多罗平郡王，瓦克达为多罗谦郡王，杰书为多罗康郡王。更定钱制，每百文准银一钱。辛巳，免朔州、浑源、大同荒赋。癸未，罗什、博尔惠有罪，论死。上欲宥其死，群臣执奏不可，遂伏诛。戊子，上昭圣慈寿皇太后尊号。己丑，大赦。免汶上等五县六、七两年灾赋。辛卯，罢边外筑城之役，加派钱粮准抵八年正赋，官吏捐输酌给议叙并免之。癸巳，苏克萨哈、詹岱、穆济伦首告故摄政王多尔衮逆节皆实，籍其家①，诛其党何洛会、胡锡。甲午，免山西荒赋。戊戌，封贝勒岳乐为多罗安郡王。己亥，暴多尔衮罪于中外，削其尊号及母妻追封，撤庙享。庚子，调陈泰为吏部尚书，以韩岱为刑部尚书。辛丑，上幸南苑。壬寅，命孔有德移驻桂林。癸卯，上还宫。乙巳，封和硕肃亲王豪格子富寿为和硕显亲王。

闰二月戊申朔，湖南余寇牛万才率所部降。庚戌，封和硕郑亲王济尔哈朗子济度为多罗简郡王，勒度为多罗敏郡王。甲寅，谕曰："国家纪纲，首重廉吏。迩来有司贪污成习，百姓失所，殊违朕心。总督巡抚，任大责重，全在举劾得当，使有司知所劝惩。今所举多冒滥，所劾多微员，大贪大恶乃徇纵之，何补吏治？吏部其详察以闻。"调党崇雅为户部尚书，金之俊为兵部尚书，刘余祐为刑部尚书，谢启光为工部尚书。免祥符等六县七年灾赋。乙卯，进封硕塞为和硕承泽亲王。谕曰："榷关之设，国家藉以通商，非苦之也。税关官吏，扰民行私，无异劫夺。朕灼知商民之苦。今后每关设官一员，悉裁冗滥，并不得妄咨勤劳，更与铨补。"丙辰，谕督抚甄别有司才德，并优兼通文义者擢之，不识文义任役作奸者黜之，吏部授官校试文义不通者除名。己未，总兵官许尔显克肇庆、罗定，徐成功克高州。禁喇嘛贡佛像、铜塔及番犬。壬戌，幽阿济格于别室，籍其家，削贝子劳亲爵为庶人。乙丑，大学士冯铨、尚书谢启光等以罪免。谕曰："国家设官，必公忠自矢，方能裨益生民，共襄盛治。朕亲政以来，屡下诏令，嘉与更始。乃部院诸臣因仍前弊，持禄养交。朕亲行黜陟，与天下见之。自今以后，其淬砺前非，各尽厥职。若仍上下交欺，法必不贷。"丙寅，谕曰："各省土寇，本皆吾民，迫于饥寒，因而为乱。年来屡经扑剿。而管兵将领，杀良冒功，真盗未歼，民乃荼毒，朕深痛之。嗣后各督抚宜剿抚并施，勿藉捕扰民②，以称朕意。"丁卯，孔有德克梧州、柳州。戊辰，大学士洪承畴兼都察院左都御史，陈之遴为礼部尚书，张凤翔为工部尚书。己巳，裁江南、陕西督饷侍郎，淮安总理漕连侍郎。庚午，固山额真阿喇善等剿山东贼。壬申，免涿、良乡等十三州县圈地。乙亥，定阿附多尔衮诸臣罪，刚林、祁充格俱坐罪。丁丑，谕曰："故明宗藩，前以恣行不轨，多被诛戮。朕甚悯焉。自后有流移失所、甘心投诚者，有司礼送京师，加恩蓄养。镇国将军以下，即其地占籍为民，各安厥业。"免宛平灾赋。

三月壬午，端重亲王博洛、敬谨亲王尼堪以罪降郡王。癸未，命诸王、贝勒、贝子分管六部、理藩院、都察院事。乙酉，湖南保、靖、永顺等土司来归。丙戌，免武强上年灾赋。己丑，以希福为弘文院大学士，陈泰为国史院大学士。改李率泰为弘文院大学士，宁完我为国史院大学士。以噶达浑为都察院承政，朱玛喇为吏部尚书，雅赖为户部尚书，谭布为工部尚书，蓝拜为镶蓝旗满洲固山额真。辛卯，定王公朝集例。壬辰，定袭爵例。癸巳，谕曰："御史巡方，职在安民察吏。向来所差御史，苟且请托，身已失检，何由察吏？吏不能察，民何以安？今后各宜洗濯自新，务尽职事。并许督抚纠举，都察院考核以闻③。癸卯，定齐戒例。丙午，许满洲、蒙古、汉军子弟科举，依甲第除授。

夏四月庚戌，诏行幸所过，有司不得进献。遣官祭狱镇海渎、帝王陵寝、先师孔子阙里。土贼罗荣等犯虔州，副将杨遇明讨擒之。乙卯，幸沙河。辛酉，次赤城。以王文奎总督漕运。甲子，次上都。丙寅，翁牛特部杜棱郡王等来朝。己巳，次俄尔峒。庚午，免朝鲜岁贡柑、柚、石榴。巴林部固伦额驸色布腾郡王等来朝。命故靖南王耿仲明子继茂袭爵。辛未，还次上都河。壬申，次俄尔峒河。

五月丁丑朔，次谟护里伊札里河。夏一鹗击明唐王故将傅鼎铨等。追入福建，擒鼎铨等斩之。辛巳，次库尔奇勒河。壬午，乌朱穆秦部贝勒塞稜额尔德尼等来朝。乙酉，次西喇塔。调噶达浑为户部尚书。以觉善为都察院承政，绰贝为镶白旗蒙古固山额真。壬辰，次孙河。癸巳，还宫。丙申，免英山五年至七年荒逋赋。庚子，复博洛、尼堪亲王爵。甲辰，御史张煊以奏劾尚书陈名夏论死。

六月丙午朔，幸南苑。官军破陕西贼何柴山等于洛南。丁巳，阿喇善击山东盈河山贼，平之。壬戌，罢太和山贡符箓、黄精。乙丑，定诸陵坛庙祀典。庚午，谕曰："朕以有司贪虐，命督抚察劾。乃阅四、五月之久而未奏闻。毋乃受赇徇私④，为有司所制。或势要挟持，不敢弹劾欤？此盗贼所由滋，而黎民无起色也。其即奉行前诏，直陈无隐。"辛未，诏故明神宗陵如十二陵，以时致祭，仍设守陵户。广东官军复廉州及永安等十二县。壬申，命修缮祖陵，设守户，定祭礼，复朝日、夕月礼。

秋七月丙子朔，谕曰："比者投充汉人，生事害民，朕甚恨之。夫供赋役者，编氓也，投充者奴隶也。今反厚奴隶而薄编氓，如国家元气及法纪何？其自朕包衣牛录，下至王公诸臣投充人，有犯法者，严治其罪，知情者连坐。前有司责治投充人，至获罪谴。今后与齐民同罚，庶无异视。使天下咸知朕意。"又谕曰："大小臣工，皆朝廷职官，待之以礼，则朝廷益尊。今在京满、汉诸臣犯罪，有未奉旨革职、辄提取审问者，殊乖大体⑤。嗣后各衙门遇官员有犯，或被告讦，皆先请旨革职，然后送刑部审问，毋得径行提审，著为令。"戊子，大学士陈泰、李率泰以罪免。以雅秦为内国史院大学士，杜尔德为议政大臣，乙未，幸南苑。己亥，以陈名夏为内弘文院大学士。

八月丙午朔，上还宫。丁未，科尔沁卓礼克图亲王吴克善来朝。己酉，副将许武光请括天下藏金充饷。上曰："帝王生财之道，在节用爱民。掘地求金，自古未有。"命逐去之。乙卯，以赵开心为左都御史。定顺天乡试满洲、蒙古为一榜，汉军、汉人为一榜，会试、殿试如之。戊午，册立科尔沁卓礼克图亲王吴克善女博尔济锦氏为皇后。壬戌，更定马步军经制。吏部尚书谭泰有罪，伏诛，籍其家。乙酉，大婚礼成，加上太后尊号为昭圣慈寿恭简皇太后。丙寅，御殿受贺，颁恩赦。戊辰，追复肃亲王豪格爵。己巳，诏天下岁贡物产不便于民者悉罢之。癸酉，陈锦、金砺等追故明鲁王于舟山，获其将阮进。

九月庚辰，定朝仪。壬午，命平西王吴三桂征四川。陈锦、金砺克舟山，故明鲁王遁走。丙戌，雅赖、谭布、觉善免，以卓罗为吏部尚书，军克为户部尚书，蓝拜为工部尚书，俄罗塞臣为都察院左都御史，赵国祚为镶红旗汉军固山额真。封阿霸垓部都司噶尔为郡王。固山额真噶达浑征鄂尔多斯部多尔济。丁亥，除永平四关荒屯赋。壬辰，改承天门为天安门。癸巳，上猎于近郊。辛丑，还宫。癸卯，喀尔喀部土谢图汗、车臣汗、塞臣汗等来贡。

冬十月己酉，以和硕承泽亲王硕塞、多罗谦郡王瓦克达为议政王。辛亥，免宣府灾赋。丁巳，以额色黑为国史院大学士。庚申，赐阿济格死。辛酉，李国翰会吴三桂征四川。以马光辉为直隶山东河南总督。甲子，免诸王三大节进珠、貂、鞍马及衍圣公、宣、大各镇岁进马。乙丑，封肇祖、兴祖陵山曰启运山，景祖、显祖陵山曰积庆山，福陵山曰天柱山，昭陵山曰隆业山。是日，启运山庆云见。

十一月乙亥朔，皇第一子牛钮生。丙子，于大海率所部至夷陵请降。丙戌，尚可喜克雷州。乙未，免平阳、潞安二府，泽、辽、沁三州上年灾赋。戊戌，以伊尔德为正黄旗满洲固山额真，佟图赖为正蓝旗汉军固山额真。庚子，免阳曲等四县上年灾赋。壬寅，免宁晋荒赋。

十二月丙午，免桐城等四县上年荒赋。丁卯，以周国佐为江宁巡抚。

是年，朝鲜，厄鲁特部额尔德尼台吉、昆都伦吴巴什、阿巴赖，喀尔喀部土谢图汗、车臣汗、塞臣汗、顾实汗、台吉吴巴什，达赖喇嘛俱来贡。

九年春正月癸酉朔，上幸南苑。辛巳，以陈泰为礼部尚书。壬午，大学士陈名夏以罪免。雪张煊冤，命礼部议恤。京师地震。乙酉，以陈维新为广西巡抚。壬寅，皇第一子牛钮薨。

二月丁未，以祜锡布为镶红旗满洲固山额真。噶达浑等讨鄂尔多斯部多尔济等于贺兰山，歼之。戊申，和硕巽亲王满达海薨，追封和硕简亲王。庚戌，颁六谕卧碑文于天下。庚申，加封郑亲王济尔哈朗为叔和硕郑亲王。辛酉，以陈之遴为弘文院大学士，孙茂兰为宁夏巡抚。

三月乙亥，以王铎为礼部尚书，房可壮为左都御史。赠张煊太常寺卿，仍录其子如父官。庚辰，定官员封赠例。丙戌，罢诸王、贝勒、贝子管理部务。追降和硕豫亲王多铎为多罗郡王。丁亥，和硕端重亲王博洛薨，追封和硕定亲王。己丑，以陈泰为镶黄旗满洲固山额真。癸巳，以遏必隆、额尔克戴青、赵布泰、赖塔库、索洪为议政大臣，觉罗郎球、胡世安为礼部尚书。巩阿岱、锡翰、西讷布库、冷僧机以罪伏诛，籍其产。拜尹图免死，幽系。戊戌，多罗顺承郡王勒克德浑薨，追封多罗恭惠郡王。己亥，赐满洲、蒙古贡士麻勒吉，汉军及汉贡士邹忠倚等进士及第出身有差。

夏四月丙午，以蔡士英为江西巡抚。丁未，裁登莱、宣府巡抚。乙卯，以韩岱为吏部尚书，蓝拜为刑部尚书，星讷为工部尚书，阿喇善为都察院左都御史。戊午，孔有德克广西南宁、庆远、思恩，故明将陈邦傅以浔州降。己未，免府州县官入觐。庚申，定诸王以下官名舆服之制。乙丑，允礼部议，一月三朝，春秋一举经筵。设宗人府官。

五月丁丑，诏京察六年一举行。己卯，免江阴、青浦牛税。壬午，以喀喀木为昂邦章京，镇守江宁。庚子，幸南苑。

六月丁未，裁并直隶诸衙所。戊申，上还宫。庚戌，以和硕敬谨亲王尼堪掌宗人府事，贝勒尚善、贝子吴达海为左右宗正。官军讨肇庆、高州贼，平之。丁巳，诏军政六年一举行。丙寅，设詹事府官。追谥图尔格为忠义公，图赖为昭勋公，配享太庙。

秋七月癸酉，故明将孙可望陷桂林，定南王孔有德死之。丙子，名皇城北门为地安门。浙闽总督陈锦征郑成功，至漳州，为其下所杀。庚辰，免淮安六年、七年牙行遗税。甲申，以和硕敬谨亲王尼堪为定远大将军，征湖南、贵州。定满官丧制。丁亥，以巴尔处浑为镶红旗满洲固山额真。免磁、祥符等八州县及怀庆卫上年灾赋。吴三桂、李国翰定漳腊、松潘、重庆。遣梅勒章京戴都围成都，故明帅刘文秀举城降。己丑，免临邑四县荒徭赋。辛卯，天全六番、乌思藏等土司来降。戊戌，以祖泽远为湖广四川总督。

八月乙巳，更定王公以下婚娶礼。丙午，多罗谦郡王瓦克达薨。丁巳，命尼堪移师讨广西余寇。

九月庚午朔，以朱孔格、阿济赖、伊拜为议政大臣。辛巳，更定王以下祭葬礼。癸未，以章京阿尔津为定南将军，同马喇希征广东余寇。甲申，以刘清泰为浙江福建总督，王来用为顺天巡抚。辛卯，幸太学释奠。癸巳，赍衍圣公、五经博士、四氏子孙、祭酒、司业等官有差。敕曰："圣人之道，如日中天，上之赖以致治，下之资以事君。学官诸生当共勉之。"

冬十月庚子，免沛县六年至八年灾赋。尚可喜、耿继茂克钦州、灵山，故明西平王朱聿𨫡缚贼渠李明忠来降，高、雷、廉、琼诸郡悉平。壬寅，官军复梧州。癸卯，以岁饥，诏所在积谷，禁遏籴，旌输粟。丙午，免三水等三县六年灾赋。壬子，以刘余祐为户部尚书。癸丑，免霸州、东安、文安荒赋。甲寅，孙可望寇保宁，吴三桂、李国翰大败之。以希福、范文程、额色黑、车克、觉罗郎球、明安达礼、济席哈、星讷为议政大臣，巴哈纳为刑部尚书，蓝拜罢。戊午，命和硕郑亲王世子济度，多罗信郡王多尼，多罗安郡王岳乐，多罗敏郡王勒都，贝勒尚善、杜尔祜、杜兰议政。辛酉，以阿尔津为安西将军，同马喇希移镇汉中。丙寅，以李化熙为刑部尚书。丁卯，尊太宗大贵妃为懿靖大贵妃，淑妃为康惠淑妃。

十一月庚午，以卓罗为靖南将军，同蓝拜等征广西余寇。己丑，祀天于圜丘。庚寅，故明将白文选寇辰州，总兵官徐勇、参议刘昇祚、知府王任杞死之。辛卯，尼堪抵湘潭，故明将马进忠等遁宝庆，追至衡山，击败之。又败之于衡州。尼堪薨于军。追封尼堪为和硕庄亲王。乙未，免忻、乐平等州县灾赋。

十二月辛丑，免太原、平阳、汾州、辽、沁、泽灾赋。壬寅，诏还清苑民三百余户所拨投充人地，仍免地租一年。官军复安福、永新。丙午，撤卓罗等军回京。庚戌，幸南苑。戊午，还宫。广东贼犯香山，官军讨平之。己未，复命阿尔津为定南将军，同马喇希等讨辰、常余寇。甲子，免长武灾赋。

是年，达赖喇嘛来朝。朝鲜，厄鲁特部顾实汗、巴图鲁诺颜，喀尔喀部土谢图汗下戴青诺颜、喇吗达尔达尔汉诺颜，索伦部索郎阿达尔汉及班禅胡土克图、第巴、巴喀胡土克图喇嘛俱来贡。厄鲁特顾实汗三至。

十年春正月庚午，谕曰："朕自亲政以来，但见满臣奏事。大小臣工，皆朕腹心。嗣凡章疏，满、汉侍郎、卿以上会同奏进，各除推诿，以昭一德。"辛未，谕："言官不得捃摭细务[6]，朕一日万机，岂无未合天意、未顺人心之事？诸臣其直言无隐。当者必旌，戆者不罪[7]。"癸酉，免庄浪、红城堡、洮州衞灾赋。丁丑，改洪承畴为弘文院大学士，陈名夏为秘书院大学士。庚辰，以贝勒吞齐为定远大将军，统征湖南军，授以方略。丙戌，以多罗额驸内锋为议政大臣。诏三品以上大臣各举所知，仍严连坐法。庚寅，调金之俊为左都御史，以刘昌为工部尚书。癸巳，更定多罗贝勒以下岁俸。丙申，幸内苑，阅《通鉴》。上问汉高祖、文帝、光武及唐太宗、宋太祖、明太祖孰优。陈名夏对曰："唐太宗似过之。"上曰："不然，明太祖立法可垂永久，历代之君皆不及也。"

二月庚子，封蒿齐忒部台吉噶尔玛萨望为多罗郡王。壬子，大学士陈之遴免。甲寅，以陈之遴为户部尚书。乙卯，以沈永忠为剿抚湖南将军，镇守湖南，己未，裁各部满尚书之复者。庚申，以高尔俨为弘文院大学士，费扬古为议政大臣。辛酉，明安达礼、刘余祐有罪，免。甲子，喀尔喀部土谢图汗下贲塔尔、衮布、奔巴世希、扎穆苏台吉率所部来归。

三月戊辰，幸南台较射。上执弓曰："我朝以此定天下，朕每出猎，期练习骑射。今综万机，日不暇给，然未尝忘也。"赐太常寺卿汤若望号通玄教师。免山西岢岚、保德七十四州县六年逋赋，代、榆次十二州县十之七。己巳，封喀尔喀部贲塔尔为和硕达尔汉亲王，衮布为卓礼克图郡王，奔巴世希为固山贝子。免蓟、丰润等十一州县九年灾赋。庚午，幸南苑。甲戌，免五台县逋赋及八年额赋之半。己卯，免江西六年荒地逋赋。辛巳，设宗学，亲王、郡王年满十岁，并选师教习。乙酉，还宫。丙戌，济席哈免，以噶达浑为兵部尚书。甲午，复以冯铨为弘文院大学士。

夏四月丁酉，亲试翰林官成克巩等。庚子，御太和殿，免见朝觐官，谕遣之。谕曰："国家官人，内任者习知纪纲，外任者谙于民俗。内外扬历，方见真才。今亲试词臣，其未留任者，量予改授，照词臣外转旧例，优予司、道各官。"始谕吏部、都察院举京察。甲辰，免湖南六年至九年逋赋，山西夏县荒赋。丙午，以佟国器为福建巡抚。丁未，以图海为弘文院大学士。壬子，以旱。下诏求直言，省刑狱。甲寅，命提学御史、提学道清厘学政。定学额，禁冒滥。改折民间充解物料，行一条鞭法。丁巳，定满官离任持服三年例。己未，以成克巩为吏部尚书。癸亥，免福州等六府九年以前荒赋三之一。

五月甲戌，停御史巡按直省。免祥符等七县九年灾赋，沔阳、潜江、景陵八年灾赋。乙亥，封郑芝龙为同安侯，子成功为海澄公，弟鸿逵为奉化伯。以喀喀木为靖南将军，征广东余寇。免历城等六十九州县八、九年灾赋。丁丑，定旌表宗室节孝贞烈例。己卯，诏曰："天下初定，疮痍未复，频年水旱，民不聊生，饥寒切身，迫而为盗。魁恶虽多，岂无冤滥，胁从沉陷，自拔无门。念此人民，谁非赤子？摧残极易，生聚綦难⑧，概行诛锄，深可悯恻。兹降殊恩，曲从宽宥，果能改悔，咸与自新。所在官司，妥为安插。兵仍补伍，民即归农，不愿还乡，听其居住，勿令失所。咸使闻知。"庚辰，定热审例。乙酉，追封舒尔哈齐为和硕亲王，额尔衮、界堪、雅尔哈齐、祐塞为多罗郡王。免武昌、汉阳、黄州、安陆、德安、荆州、岳州九年灾赋。庚寅，加洪承畴太保，经略湖广、广东、广西、云南、贵州。壬辰，以张秉贞为刑部尚书。甲午，免霸、保定等三十一州县九年灾赋。

六月乙未朔，追封塔察篇古、穆尔哈齐为多罗贝勒。丁酉，谕曰："帝王化民以德，齐民以礼，不得已而用刑。法者天下之平，非徇喜怒为轻重也。往者臣民获罪，必下部议，以士师之任，职在明允。乃或私心揣度，事经上发，则重拟以待亲裁；援引旧案，又文致以流刻厉。朕群生在宥，临下以宽。在饥寒为盗之民，尚许自首，退方未服之罪，亦予招携。况于氓庶朝臣，岂忍陷兹冤滥？自后法司务得真情，引用本律，钩距罗织，悉宜痛革，以臻刑措。"大学士高尔俨免。癸卯，复秋决朝审例。乙巳，命祖泽远专督湖广，孟乔芳兼督四川。丙午，免慈溪等五县八年灾赋。辛亥，赐故明殉难大学士范景文、户部尚书倪元璐等及太监王承恩十六人谥，并给祭田，所在有司致祭。改折天下本色钱粮，行一条鞭法。癸丑，贝勒吞齐等败孙可望于宝庆。庚申，以李率泰为两广总督。慈宁宫成。辛酉，增置内三院汉大学士，院各二人。癸亥，谕曰："唐、虞、夏、商未用寺人，至周仅具其职，司阍阃洒扫、给令而已。秦、汉以来，始假事权，加之爵禄，典兵干政，贻祸后代。小忠小信，固结主心；大憝大奸⑨，潜持国柄。宫庭邃密，深居燕闲，淆是非以溷贤奸，刺喜怒而张威福，变多中发，权乃下移。历览覆车，可为鉴戒。朕酌古准今，量为设置，级不过四品。非奉差遣，不许擅出皇城。外官有与交结者，发觉一并论死。"

闰六月丙寅，以成克巩为秘书院大学士，张端为国史院大学士，刘正宗为弘文院大学士。乙亥，以金之俊为吏部尚书。庚辰，谕曰："考之《洪范》，作肃为时雨之征，天人感应，理本不爽。朕朝乾夕惕，冀迓天休⑩。乃者都城霖雨匝月，积水成渠，坏民庐舍，穷黎垫居艰食，皆朕不德有以致之。今一意修省，只惧天戒。大小臣工，宜相儆息。"

秋七月甲午朔，上以皇太后谕，发节省银八万两赈兵民潦灾。辛丑，以宜永贵为南赣巡抚。庚戌，皇第二子福全生。辛酉，以安郡王岳乐为宣威大将军，率师驻防归化城。

八月壬午，以太宗十四女和硕公主下嫁平西王吴三桂子应熊。尚可喜克化州、吴川。甲申，定武职品级。丙戌，以雷兴为河南巡抚。己丑，废皇后为静妃。辛卯，李定国犯平乐，府江道周永绪，知府尹明廷，知县涂起鹏、华钟死之。

九月壬子，复刑部三覆奏例。丙辰，耿继茂、喀喀木克潮州。丁巳，孟乔芳讨故明宜川王朱敬𤫽于紫阳，平之。

冬十月癸亥朔，命田雄移驻定海。乙丑，马光辉等讨叛将海时行于永城，时行伏诛。丙寅，遣济席哈讨山东土寇。乙酉，设粥厂赈京师饥民。免通、密云等七州县灾赋。戊子，命大学士、学士于太和门内更番入直。

十一月甲午，祀天于圜丘。戊戌，郑成功不受爵，优谕答之。戊申，以亢得时为河南巡抚。己酉，官军讨西宁叛回，平之。乙卯，朱玛喇、金之俊免。丙辰，免江南灾赋。戊午，刘清泰剿九仙山贼，平之。己未，免江西五十四州县灾赋。

十二月丙寅，以陈泰为宁南靖寇大将军，同蓝拜镇湖南。丁卯，以吕宫为弘文院大学士，博博尔代为议政大臣，冯圣兆为偏沅巡抚。辛未，幸南苑。甲戌，免金华八县九年灾赋。癸未，设兵部督捕官。以罗毕为议政大臣。甲申，免开封、彰德、卫辉、怀庆、汝宁九年、十年灾赋。丙戌，郑成功犯吴淞，官军击走之。丁亥，还宫。是夜，地震有声。

是年，朝鲜，琉球，喀尔喀部土谢图汗下索诺额尔德尼、额尔德尼哈谈巴图鲁，厄鲁特部顾实汗、顾实汗下台吉诺穆齐，索伦部巴达克图，富喇村宜库达，黑龙江乌默忒、额尔多科，乌思思达赖喇嘛俱来贡。朝鲜再至。

十一年春正月辛丑，罢织造官。戊申，免江宁、安徽、苏、松、常、镇、卢、凤、淮、徐、滁上年灾赋。己酉，以袁廓宇为偏沅巡抚，胡全才抚治郧阳。庚戌，广东仁化月峒贼平。癸丑，郑成功犯崇明、靖江、泰兴，官军击走之。甲寅，以金砺为川陕三边总督。乙卯，郑成功犯金山。丁巳，免顺德、广平、大名、天津、蓟州上年灾赋。辛酉，官军击贼于桃源，诛伪总兵李阳春等。

二月癸亥，朝日于东郊。丙寅，谕曰："言官为耳目之司，朕屡求直言，期遇謇切。乃每阅章奏，实心为国者少，比党徇私者多，朕甚不取。其涤肺肠以新政治。"以金之俊为国史院大学士。庚午，甄别直省督抚，黜陟有差。丙子，始耕耘田。戊寅，免江西缺额丁赋。辛巳，命尚可喜专镇广东，耿继茂移驻桂林。壬午，以马鸣佩为宣大山西总督，耿焞为山东巡抚，陈应泰为山西巡抚，林天擎为湖广巡抚，黄图安为宁夏巡抚。癸未，官军复平远县。甲申，谕曰："比年以来，军兴未息，供亿孔殷，益以水旱，小民艰食，有司失于拊循①，流离载道。朕心恻然，不遑寝处。即核库储，亟图赈抚。"己丑，免河南州县卫所十年灾赋。庚寅，以李荫祖为直隶山东河南总督。

三月壬辰，官军击桂东贼，擒其渠赖龙。戊戌，免湖广襄阳、黄州、常德、岳州、永州、荆州、德安及辰、常、襄三卫，山东济南、东昌十年灾赋。辛丑，宁完我劾陈名夏罪，鞫实，伏诛。乙巳，以王永吉为左都御史。戊申，皇第三子玄烨生，是为圣祖。以蒋赫德为国史院大学士。乙卯，以多罗慧哲郡王额尔衮、多罗宣献郡王界堪、多罗通达郡王雅尔哈齐配享太庙。以孟明辅为兵部尚书。

夏四月壬戌，贼渠曹志攀犯饶州，官军击败之，志攀降。庚午，四川贼魏勇犯顺庆，官军击败之。壬申，地震。官军击故明将张名振等于崇明，败之。癸酉，免洛南上年灾赋三之一。己卯，幸南苑，赉所过农民金。乙酉，免保康等四县上年被寇灾赋。丁亥，以王永吉为秘书院大学士，秦世桢为浙江巡抚。戊子，江南寇徐可进、朱元等降。

五月壬辰，上还宫。甲午，幸西苑，赐大臣宴。庚子，以胡图为议政大臣。甲辰，免平凉卫上年灾赋。丙午，起党崇雅为国史院大学士。以龚鼎孳为左都御史。丁未，遣官录直省囚。庚戌，免兴安、汉阴、平利等州县上年灾赋。辛亥，太白昼见。丙辰，以杨麒祥为平南将军，驻防杭州。

六月己未朔，河决大王庙。丙寅，陕西地震。丁卯，以朱玛喇为靖南将军，征广东余寇。甲戌，立科尔沁镇国公绰尔济女博尔济锦氏为皇后。庚辰，大赦。

秋七月戊子朔，封琉球世子尚质为中山王。壬辰，免秦州、朝邑、安定灾赋。戊申，免镇原、广宁二县灾赋。丙辰，以佟代为浙闽总督。

八月戊午朔，免延安府荒赋。己未，官军剿瑞金余寇，诛伪都督许胜可等。庚申，罢直省恤刑官，命巡抚虑囚。辛酉，免真宁县十年灾赋。壬戌，山东濮州、阳谷等县地震有声。甲戌，以张中元为江宁巡抚。丙子，以张秉贞为兵部尚书。庚辰，以傅以渐为秘书院大学士，任睿为刑部尚书。壬午，故明乐安王朱议溯谋反，伏诛。

九月己丑，范文程以病罢。免西安、平凉、凤翔三府十年灾赋。庚寅，封缐国安为三等伯。壬辰，申严隐匿逃人之禁。癸巳，免宣府、万全右卫灾赋。丙申，以董天机为直隶巡抚。壬子，以冯圣兆为延绥巡抚。

冬十月丁巳朔，享太庙。辛未，免卢、凤、淮、扬四府，徐、滁、和三州灾赋。丁丑，命重囚犯罪三法司进拟，仍令议政王、贝勒、大臣详议。壬午，赈畿辅被水州县。免祁阳等七县逋赋。李定国陷高明，围新会，耿继茂请益师。

十一月丁亥，以陈泰为吏部尚书，阿尔津为正蓝旗满洲固山额真。尚可喜遣子入侍。壬寅，诏曰："朕缵承鸿绪，十有一年。治效未臻，疆圉多故⑫，水旱叠见，地震屡闻，皆朕不德之所致也。朕以眇躬托于王公臣庶之上⑬，政教不修，疮痍未复，而内外章奏，辄以'圣'称，是重朕之不德也。朕方内自省抑，大小臣工亦宜属守职事，共弭灾患。凡章奏文移，不得称'圣'。大赦天下，咸与更始。"癸卯，幸南苑。甲辰，耿继茂遣子入侍。

十二月辛酉，和硕承泽亲王硕塞薨。戊辰，免荆门、钟祥等六州县灾赋。己巳，免磁、祥符等三十六州县灾赋。壬申，以济度为定远大将军，征郑成功。尚可喜、耿继茂、朱玛喇败李定国于新会，定国遁走。乙亥，郑成功陷漳州，围泉州。丁丑，命明安达礼征罗刹。免西安五卫荒赋。江西贼霍武等率众降。

是年，朝鲜，琉球，厄鲁特部阿巴赖诺颜、诺门汗、额尔德尼达云绰尔济，索伦部索朗噶达尔汉，汤古忒部达赖喇嘛、谛巴班禅胡土克图均来贡。

十二年春正月戊子，官军败贼于玉版巢，又击藤县贼，破之。庚寅，免东平、济阳等十八州县上年灾赋。乙未，免直隶八府，河南彰德、衞辉、怀庆上年灾赋。戊戌，诏曰："亲政以来，五年于兹。焦心劳思，以求治理。日望诸臣以嘉谟入告，匡救不逮。乃疆圉未靖，水旱频仍，吏治堕污，民生憔悴，保邦制治，其要莫闻。诸王大臣皆亲见祖宗创业艰难，岂无长策？而未有直陈得失者，岂朕听之不聪，虚怀纳谏有未尽欤？天下之大，机务之繁，责在一人，而失所辅导。朕虽不德，独不念祖宗培养之泽乎！其抒忠荩，以慰朕怀。"辛丑，以韩岱为吏部尚书，伊尔德、阿喇善为都统。癸卯，以于时跃为广西巡抚。甲辰，命在京七品以上，在外文官知府、武官副将以上，各举职事及兵民疾苦，极言无隐。辛亥，修《顺治大训》。

二月庚申，复遣御史巡按直省。壬戌，大学士吕宫以疾免。癸亥，免成安等六县上年灾赋。己巳，赈旗丁。免平凉、汉阴二县上年灾赋。丙子，封博穆博果尔为和硕襄亲王。免滨、宁阳等二十一州县上年灾赋。己卯，免滁、和二州上年灾赋。庚辰，以陈之遴为弘文院大学士，王永吉为国史院大学士。癸未，耿继茂、尚可喜败李定国于兴业。广东高、雷、廉三府，广西横州平。

三月戊子，免湖广石门县上年灾赋。以戴明说为户部尚书。庚子，以佟国器为南赣巡抚，宜水贵为福建巡抚。壬寅，免郧阳、襄阳二府上年被寇荒赋。甲辰，赐图尔宸、史大成等进士及第出身有差。丁未，削续顺公沈永忠爵。壬子，谕曰："自明末扰乱，日寻干戈，学问之道，缺焉弗讲。今天下渐定，朕将兴文教，崇儒术，以开太平。直省学臣，其训督士子，博通古今，明体达用。诸臣政事之暇，亦宜留心学问，佐朕右文之治。"癸丑，设日讲官。

夏四月乙丑，免沈丘及怀庆卫上年灾赋。丁丑，进封尼思哈为和硕敬谨亲王，齐克新为和硕端重亲王。癸未，诏修《太祖、太宗圣训》。

五月乙酉，以图海兼刑部尚书。辛卯，和硕郑亲王济尔哈朗薨，辍朝七日。丁酉，以石廷柱为镇海将军，驻防京口。戊戌，以胡沙为镶黄旗固山额真。庚子，以觉罗巴哈纳为弘文院大学士。辛丑，灵丘县地震有声。乙巳，以觉罗郎球为户部尚书。丙午，以李际期为兵部尚书。丁未，以恩格德为礼部尚书。己酉，以卫周祚为工部尚书。

六月甲寅，免杭州、宁波、金华、衢州、台州灾赋。丁卯，谕曰："朕览法司章奏，决囚日五、六人、或十余人。念此愚氓，兵戈灾祲之后，复罹法网，深可悯恻。有虞之世，民不犯于有司。汉文帝、唐太宗亦几致刑措。今犯法日众，岂风俗日偷欤？抑朝廷德教未敷，或谳狱者有失入欤？嗣后法司其明慎用刑，务求平允。"戊辰，免房山县上年灾赋。桂王将刘文秀寇常德，遣其党犯岳州、武昌，官军击走之。己卯，封博果铎为和硕庄亲王。辛巳，命内十三衙门立铁牌。谕曰："中官之设，自古不废。任使失宜，即贻祸乱。如明之王振、汪直、曹吉祥、刘瑾、魏忠贤辈，专权擅政，陷害忠良，出镇典兵，流毒边境，煽党颂功，谋为不轨，覆败相寻，深可鉴戒。朕裁定内官职掌，法制甚明。如有窃权纳贿，交结官员，越分奏事者，凌迟处死。特立铁牌，俾世遵守[14]。"

秋七月癸未朔，日有食之。壬辰，复遣廷臣恤刑。辛亥，命直省绘进舆图。

八月丙辰，免灵丘县灾赋。癸亥，以阿尔津为宁南靖寇大将军，同卓罗驻防荆州，祖泽润防长沙。乙丑，以多罗安郡王岳乐为左宗正，贝勒杜兰为右宗正。癸酉，谕曰："畿辅天下根本，部臣以运河决口，议征逋赋。朕念畿内水旱相仍，人民荼苦，复供旧税，其何以堪。今悉与蠲免。工筑之费，别事筹画。"免曹、城武等七州县及临清卫、齐河屯上年灾赋。

九月癸未，免凤阳灾赋。壬寅，定武会试中式殿试如文进士。朱玛喇、敦拜师还。丙午，颁御制《资政要览》、《范行恒言》、《劝善要言》、《儆心录》，异姓公以下，文三品以上各一部。戊申，免两当、宁远二县灾赋。

冬十月辛亥朔，设尚宝司官。壬子，免蔚州及阳和、阳高二卫灾赋。己未，免甘州、肃州、凉州、西宁灾赋。辛酉，命每年六月虑囚，七月覆奏，著为令。癸亥，免磁、获嘉等八州县灾赋。甲子，免隆平十一年以前逋赋、淄川等八县灾赋。丙寅，免宣府、大同灾赋。戊辰，诏曰："帝王以德化民，以刑辅治。苟律例轻重失宜，官吏舞文出入，政平讼理，其道曷由。朕览谳狱本章，引用每多未惬。其以现行律例缮呈，朕将亲鉴更定之。"辛未，以祝世允为镶红旗满洲固山额真。癸酉，以孙廷铨为兵部尚书。乙亥，修玉牒。丙子，龚鼎孳以罪免。

十一月壬午，免滨、堂邑等十三州县灾赋。癸未，郑成功将犯舟山。乙酉，巡按御史顾仁坐纳贿，弃市。丁亥，谕曰："国家设督抚巡按，振纲立纪，剔弊发奸，将令互为监察。近来积习，乃彼此容隐。凡所纠劾止末员，岂称设官之意。嗣有瞻顾徇私者，并坐其罪。"郑成功将陷舟山，副将把成功降于贼。戊子，幸南苑。免郧阳、襄阳逋赋，汲、淇、胙城等县灾赋。戊申，免临漳灾赋。

十二月丙辰，免耀州、同官、雒南灾赋。癸亥，免安吉、仁和等十州县，宣化八卫灾赋。乙丑，颁《大清满字律》。免临清、齐河等十州县，东昌卫灾赋。丙寅，于时跃、祖泽远平九团两都瑶、僮一百九十二寨。己巳，多罗敏郡王勒度薨。癸酉，免涿、庆云等三十三州县，永平卫灾赋。甲戌，以宜尔德为宁海大将军，讨舟山寇。以秦世祯为安徽巡抚，提督操江，陈应泰为浙江巡抚，白如梅为山西巡抚。免临海等十八县，祥符、兰阳二县，怀庆、群牧二卫灾赋。

是年，喀尔喀部额尔德尼诺穆齐台吉、门章墨尔根楚虎尔台吉、伊世希布额尔德尼台吉、额尔克戴青台吉来朝。朝鲜，喀尔喀部毕席勒尔图汗、俄木布额尔德尼、泽卜尊丹巴胡土克图、丹津喇嘛、车臣汗、土谢图汗、土谢图汗下喇嘛塔尔达尔汉诺颜，厄鲁特部杜喇尔浑津台吉、都喇尔浑津阿里录克三拖因、阿巴赖诺颜、鄂齐尔图台吉、噶尔丹霸，索伦部马鲁凯，讷墨礼河头目伊库达，黑龙江头目库拜，班禅胡土克图，俄罗斯察罕汗遣使均来贡。朝鲜三至。厄鲁特阿巴赖、鄂齐尔图台吉再至。

十三年春正月庚辰朔，幸南苑。癸未，谕修《通鉴全书》、《孝经衍义》。丙申，免汉中、凤翔、西安上年灾赋。己亥，郑成功将犯台州，副将马信以城叛，降于贼。庚子，免广德上年灾贼十之一。甲辰，免富阳等六县上年灾赋。乙巳，免江西八年逋赋。

二月戊午，免荆州、安陆、常德、武昌、黄州上年灾赋。庚申，免广平上年灾赋。丙寅，免岢岚、五台上年灾赋。戊辰，命两广总督移驻梧州。官军败李定国于南宁。庚午，定部院满官三年考满六年京察例。以李率泰为浙闽总督，王国光为两广总督。甲戌，以赵布泰为镶黄旗固山额真。丙子，幸南苑，较射。免东平、濮、长山上年灾赋。己卯，大学士冯铨致仕。

三月庚辰，幸瀛台。癸未，免景陵等九县上年灾赋。癸巳，以费雅思哈为议政大臣，马之先为川陕三边总督。乙未，陈之遴有罪，以原官发盛京闲住。癸卯，谕曰："朝廷立贤无方，比来罢遣虽多南人，皆以事论斥，非有所左右也。诸臣毋歧方隅，毋立门户，毋挟忿肆诬，毋撼嫌苛讦，庶还荡平之治。"丙午，谕曰："朕亲政以来，夙夜兢业，每期光昭祖德，蚤底治平，克当天心，以康民物。方睿王摄政，斥忠任奸，百姓怨嗟，望朕亲政。乃者冬雷春雪，陨石雨土，所在见告。六载之中，康乂未奏⑮，灾祲时闻。是朕有负于百姓也。用是恐惧靡宁，冀昭告于上帝祖宗，实图省戒，有司其涓日以闻。"

夏四月辛亥，广西故明永安王朱华壔及土司等来降。乙卯，以灾变祭告郊庙。辛酉，官军破贼姚黄于夷陵。壬戌，太原阳曲地震。丁卯，以觉罗科尔坤为吏部尚书。庚午，免麟游荒赋。壬申，以梁清标为兵部尚书。丁丑，尚可喜复揭阳、普宁、澄海三县。

五月辛卯，免大宁荒赋。癸巳，幸南苑。己亥，以罗托为镶蓝旗满洲固山额真。觉罗郎球免。命明安达礼为理藩院尚书。以张悬锡为宣大总督。免荆门、京山等十一州县，襄阳卫上年灾赋。

闰五月戊申，幸瀛台。丙辰，广西都康等府土官来降。己未，乾清宫、坤宁宫、交泰殿及景仁、永寿、承乾、翊坤、钟粹、储秀宫成。以郎廷佐为江南江西总督，刘汉祚为福建巡抚。丙寅，以张朝璘为江西巡抚。

六月己丑，谕曰："满洲家人皆征战所得，故立严法以徼逋逃。比年株连无已，朕心恻焉。念此仆隶，亦皆人子。苟以恩结，宁不知感。若任情困辱，虽严何益？嗣后宜体朕意。"壬辰，莒州地震有声。庚子，免桃源上年荒赋。辛丑，容美土司田吉麟降。癸卯，命固山额真郎赛驻防福建。撤直省督催税粮满官。宁化贼帅黄素禾来降。

秋七月丁未朔，享太庙。戊申，官军败明桂王将龙韬于广西，斩之。己酉，和硕襄亲王博穆博果尔薨。庚戌，郑成功将黄梧等以海澄来降。壬子，上初御乾清宫。癸丑，大赦。戊午，以佟延年为甘肃巡抚。

八月戊寅，免广信、饶州、吉安上年灾赋。己丑，免莆田、仙游、兴平卫十一、十二两年灾赋。辛卯，赈畿辅。壬辰，封黄梧为海澄公。停满官榷关。癸巳，郑成功军陷闽安镇，进围福州，官军击却之。丁酉，免顺天比年灾赋。己亥，免靖远、洮岷等卫灾赋。辛丑，命三年大阅，著为令。乙巳，免大同上年灾赋。

九月丙午，官军败郑成功将于夏关，又败之于衡水洋，遂复舟山。癸亥，郑成功将官顾忠来降。壬申，追封和硕肃亲王豪格为和硕武肃亲王。

冬十月丁丑，以蒋国柱为安徽巡抚，提督操江。戊寅，设登闻鼓。己卯，免宣府灾赋，延绥镇神木县十之三。庚辰，四川贼帅邓希明、张元凯率众降。甲午，以胡全才为湖广总督。乙未，幸南苑。丙申，以张尚抚治郧阳。辛丑，官军复辰州。壬寅，免和顺县灾赋十之三。永顺土司彭弘澍率所属三州六司三百八十峒来降。癸卯，命陈之遴还京。

十一月丙午，还宫，丁未，兴京陵工成。庚戌，祀天于圜丘。辛亥，幸南苑。申严左道之禁。戊午，免清水县、凤翔所灾赋。丙寅，以张长庚为湖广巡抚。免海州荒赋。辛未，免洛川灾赋。

十二月己卯，册内大臣鄂硕女董鄂氏为皇贵妃，颁恩赦，戊子，还宫。己丑，封盆挫监挫为阐化王。乙未，以李荫祖为湖广总督。丁酉，加上皇太后尊号曰昭圣慈寿恭简安懿章庆皇太后。戊戌，颁恩赦。

是年，土谢图亲王巴达礼、卓礼克图亲王吴克善、达尔汉巴图鲁郡王满朱习礼、固伦额驸阿布鼐亲王来朝。朝鲜，荷兰，吐鲁番，乌斯藏阐化王，喀尔喀部索特拔、宜尔登诺颜、喇嘛塔尔多尔济达尔汉诺颜、车臣汗、土谢图汗、土谢图汗下丹津喇嘛、戴青、额尔德尼喇嘛，厄鲁特部达赖吴巴什台吉、讷穆齐台吉、阿巴赖诺颜、察罕台吉、马赖台吉、什虎儿戴青、额尔德尼台吉、顾实汗下色稜诺颜，索伦部达尔巴均来贡。喀尔喀土谢图汗、宜尔登诺颜再至。

十四年春正月辛亥，祈谷于上帝，以太祖武皇帝配。癸丑，以魏裔介为左都御史。甲寅，宜尔德师还。乙卯，以张悬锡为直隶山东河南总督。官军败郑成功将于乌龙江，又败之于惠安县。戊午，谕曰：“制科取士，计吏荐贤，皆朝廷公典。臣子乃以市恩，甚无谓也。师生之称，必道德相成，授受有自，方足当之。岂可攀援权势，无端亲昵。考官所得，及荐举属吏，辄号门生。贿赂公行，径窦百出，钻营党附，相煽成风。朕欲大小臣工杜绝弊私，恪守职事，犯者论罪。”修金陵寝。庚申，以卢崇峻为宣大总督。甲子，谕曰：“我国家之兴，治兵有法。今八旗人民，怠于武事，遂至军旅骚敝，不及曩时。皆由限年定额，考取生童，乡会两试，即得录用，及各衙门考取他赤哈哈番、笔帖式，徒以文字得官，迁转甚速，以故人乐趋之。其一切停止。”丁卯，封猛峨、塔尔纳为多罗郡王，多尔博为多罗贝勒，皇贵妃父鄂硕为三等伯。

二月戊寅，祭社稷。命儒臣纂修《易经》。癸未，故明崇阳王朱蕴钤等来降。丁酉，祭历代帝王庙。己亥，宽隐匿逃人律。以赛音达理为正白旗汉军固山额真。壬寅，山西云镇地震有声。癸卯，免沔阳、益阳上年灾赋。

三月己酉，奉太宗文皇帝配享圜丘及祈谷坛。多罗郡王塔尔纳薨。壬子，奉太祖武皇帝、太宗文皇帝配享方泽。癸丑，以配享礼成，大赦天下。甲寅，诏求遗书。丙辰，复孔子位号曰至圣先师。丁卯，定远大将军济度师还。

夏四月甲戌，兴宁县雷连十二峒瑶官庞国安等来降。丁丑，流郑芝龙于宁古塔。癸未，四川保宁府威、茂二州地大震。乙酉，以济席哈为正红旗满洲都统。丁亥，以久旱，恤刑狱。辛卯，祷雨于郊坛，未还宫，大雨。丁酉，幸南苑。戊戌，置盛京奉天府。

五月癸卯朔，日有食之。丙午，以道喇为正红旗蒙古固山额真。甲寅，封济度为和硕简亲王。丁巳，以觉罗伊图为兵部尚书。戊午，还宫。

六月辛巳，免彰德、卫辉二府上年灾赋。壬午，免武陵县上年灾赋。辛丑，洪承畴以疾解任。

秋七月丙辰，削左都御史魏裔介职，仍戴罪办事。庚申，以朱之锡为河道总督。

八月壬申，命敦拜为总管，驻防盛京，己丑，免山西荒地逃丁徭赋。丙申，郑成功犯台州，绍台州，绍台道蔡琼枝叛，降于贼，丁酉，赉八旗贫丁。

九月辛丑，以亢得时为漕运总督，李国英为川陕三边总督。丙午，初御经筵。以贾汉复为河南巡抚。癸丑，以高民瞻为四川巡抚。停直省秋决。丙寅，官军复闽安镇。丁卯，京师地震有声。戊辰，诏曰：“自古变不虚生，率由人事。朕亲政七载，政事有乖，致灾谴见告，地震有声。朕躬修省，文武群臣亦宜协心尽职。朕有阙失，辅臣陈奏毋隐。”

冬十月壬申，以开日讲祭告先师孔子于弘德殿。免新乐上年灾赋。癸酉，命固山额真赵布泰驻防江宁。丙子，皇第四子生。修《赋役全书》。辛巳，幸南苑。乙酉，阅武。丁亥，修孔子庙。戊子，还宫。庚寅，改梁化凤为水师总兵官，驻防崇明。甲午，顺天考官李振邺、张我朴等坐受贿弃市。乙未，昭事殿、奉先殿成。

十一月壬寅，幸南苑。皇第五子常宁生。丙午，进安郡王岳乐为亲王。庚戌，免吉水等八县灾赋。戊午，免霸、宝坻等二十八州县，保安等四卫灾赋。辛酉，荆州贼田国钦等来降。壬戌，明桂王将孙可望来降。固山贝子吞齐喀以罪削爵。

十二月癸酉，复命洪承畴经略五省，同罗托等取贵州。免新建、丰城灾赋。甲戌，封孙可望为义王。癸未，命吴三桂自四川，赵布泰自广西，罗托自湖南取贵州。丙戌，明桂王将谭新傅等降。丙申，以皇太后疾愈，赉旗兵，赈贫民。

是年，朝鲜，喀尔喀部毕席勒尔图汗、冰图台吉、额尔德尼韦征诺颜、吴巴什诺颜、土谢图汗下完书克诺颜，厄鲁特部敖齐尔图台吉子伊拉古克三、斑第大胡土克图、绰克图台吉、巴图鲁台吉、达赖乌巴什台吉，索伦部马鲁喀、虎尔格吴尔达尔汉，东夷托科罗氏、南迪欧，达赖喇嘛、班禅胡土克图均来贡。朝鲜三至。

十五年春正月庚子，大赦。诏曰：“帝王孝治天下，礼莫大乎事亲。比者皇太后圣躬违和，朕夙夜忧惧。赖荷天眷，今已大安。遭兹大庆，宜沛殊恩。其自王公以下，中外臣僚，并加恩赉。直省逋赋，悉与豁免。吏民一切诖误⑯，咸赦除之。”壬寅，停祭堂子。以多罗信郡王多尼为安远靖寇大将军，率师征云南。戊午，祀圜丘。己未，祀方泽。辛酉，祀太庙社稷，以太后疾愈故。皇第四子薨。丙寅，以周召南为延绥巡抚。

二月甲戌，赈畿辅。甲申，免武清、淳上年灾赋。己丑，减辽阳税额。辛卯，川东贼帅张京等来降。甲午，命部院官各条陈事宜。乙未，御经筵。

三月辛丑，李定国党闫维龙等陷横州，官军击走之。甲辰，内监吴良辅以受贿伏诛。壬子，免襄阳、郧阳荒赋。戊午，追封科尔沁巴图鲁王女为悼妃。甲子，追封皇第四子为和硕荣亲王。

夏四月辛未，赐孙承恩等进士及第出身有差。丙子，官军败贼于合州，克重庆。癸未，免江夏等七县十三年灾赋。丙戌，较射于景山。辛卯，免淳化荒赋。大学士王永吉以罪免。壬辰，大学士陈之遴复以罪流盛京。

五月丁酉朔，日有食之。癸卯，调卫周祚为吏部尚书。戊申，以刘昌为工部尚书。更定铨选法。辛亥，郑成功将犯澄海，游击刘进忠以城叛，降于成功。壬子，免山东十一年以前宠丁通课。己未，较射于景山。辛酉，裁詹事府官。壬戌，广西贼将贺九仪犯宾州，官兵击败之。癸亥，以胡世安、卫周祚、李霨为内院大学士。甲子，官军复沅清，进取贵阳、平越、镇远等府，南丹、那地、独山等州，抚宁土司俱降。

六月戊辰，吴三桂等败李定国将刘正国于三坡，克遵义，拔开州。辛未，以赵廷臣为贵州巡抚。壬申，以佟国器为浙江巡抚，苏弘祖为南赣巡抚。丙子，官军败海寇于白沙。辛巳，以李栖凤为两广总督。甲申，以王崇简为礼部尚书。壬辰，免靖、沅陵等十五州县及平溪九卫所额赋。癸巳，郑成功犯温州，陷平阳、瑞安。

秋七月己亥，裁宣大总督。己酉，以潘朝选为保定巡抚。庚戌，沙尔虎达击罗刹，败之。改内三院大学士为殿阁大学士。设翰林院及掌院学士官。增各道御史三十人。己未，免桂阳、衡阳等十州县上年灾赋。甲子，以巴哈、费扬古、郭迈、屠禄会、马尔济哈、鄂莫克图、坤巴图鲁、邬布格德墨尔根袍、啼兰图、鄂塞、博洛塞冷、巴特玛、巴泰俱为内大臣，赵国祚为浙江总督，李率泰专督福建。

八月癸酉，以李显贵为镶白旗汉军固山额真。丙子，敕谕多尼等，授以方略。李定国将王兴及水西宣慰使安坤等来降。癸巳，御经筵。

九月丁酉，以孙塔为镶蓝旗蒙古固山额真。庚戌，更定理藩院大辟条例。己酉，以能图为左都御史。壬子，赐镶黄、正黄、正白三旗官校金。甲寅，改内院大学士觉罗巴哈纳、金之俊为中和殿大学士，额色黑、成克巩为保和殿大学士，蒋赫德、刘正宗为文华殿大学士，洪承畴、傅以渐、胡世安为武英殿大学士，卫周祚为文渊阁大学士，李霨为东阁大学士。己未，免福州、兴化、建宁三府，福宁州十二、十三两年荒赋。癸亥，发帑赐出征军士家。

冬十月壬午，以祖重光为顺天巡抚。荆州、襄阳、安陆霪雨，江溢，漂没万余人。

十一月甲午朔，海寇犯洛阳内港，官军击败之。乙未，免郧阳、襄阳荒赋。庚子，定宫中女官员额品级。辛丑，免林县灾赋十之三。江南考官方犹、钱开宗等坐纳贿弃市。

十二月壬申，以索浑为镶白旗满洲固山额真。甲戌，免五台灾赋。壬午，故明宗室朱议㴆率众降。乙酉，以邬赫为礼部尚书。免山阴等八县上年灾赋。戊子，以明安达礼为安南将军，率师驻防贵州。己丑，谕曰："川、湖、云、贵之人，皆朕臣庶。寇乱以来，久罹汤火。今大军所至，有来归者，加意拊循，令其得所。能效力建功者，不靳爵赏。"

是年，朝鲜，喀尔喀部窦尔格齐诺颜、噶尔当台吉、土谢图汗、毕席勒尔图汗、丹津喇嘛，厄鲁特部阿巴赖诺颜，车臣台吉下车臣俄木布、鄂齐尔图台吉，索伦部达把代，库尔喀部塔尔善，使犬国头目替尔库，达赖喇嘛俱来贡。朝鲜、喀尔喀土谢图汗、厄鲁特阿巴赖诺颜再至。

十六年春正月甲午，桂王将谭文犯重庆，其弟谭诣杀之，及谭弘等来降。丁酉，以徐永正为福建巡抚。庚子，多尼克云南，以捷闻。初，多尼、吴三桂、赵布泰会师于平越府之杨老堡，分三路取云南。多尼自贵阳入，渡盘江至松岭卫，与白文选遇，大败之。三桂自遵义至七星关，不得进，乃由水西间道趋乌撒。赵布泰自都匀至盘江之罗颜渡，败守将李成爵于山谷口，又败李定国于双河口，所向皆捷，遂俱抵云南，入省城。李定国、白文选奉桂王奔永昌。癸卯，以林天擎为云南巡抚。甲辰，以巴海为昂邦章京，驻防宁古塔。辛亥，赐外藩蒙古诸王贫乏者马牛羊。癸丑，以赵廷臣为云贵总督，卞三元为贵州巡抚。

二月丙寅，免潼关卫辛庄等屯上年灾赋。丁卯，海寇犯温州，官军击败之。庚午，以云、贵荡平，命今秋举会试。辛未，免荆州、潜江等九州县及沔阳、安陆二卫上年灾赋。丙子，命罗托等班师，明安达礼驻防荆州。壬午，以许文秀为山东巡抚。

三月丙申，以蒋国柱为江宁巡抚。己亥，以张仲第为延绥巡抚。戊申，以朱衣助为安徽巡抚。郑成功犯浙江太平县，官军击败之。己酉，御经筵。甲寅，命吴三桂镇云南，尚可喜镇广东，耿继茂镇四川。丁巳，免襄阳等六县灾赋。

闰三月壬戌，大学士胡世安以疾解任。丁卯，定犯赃例，满十两者流席北，应杖责者不准折赎。甲申，免钟祥县上年灾赋。图海有罪，免。丙戌，封谭弘为慕义侯，谭诣为乡化侯。丁亥，以张自德为陕西巡抚。

夏四月甲寅，多尼、吴三桂军克镇南州，白文选纵火烧澜沧江铁桥遁走。我军进克永昌，李定国奉桂王走腾越，伏兵于磨盘山，我军力战，复克腾越。

五月壬戌，广西南宁、太平、思恩诸府平。己巳，以刘秉政为宁夏巡抚。晋封满朱习礼为和硕达尔汉巴图鲁亲王。戊寅，官军击成功于定关，败之，斩获甚众。辛巳，发内帑银三十万两，以其半赈云、贵穷黎，其半给征兵饷。

六月庚子，朝鲜国王李淏薨。壬子，郑成功陷镇江府。

秋七月丁卯，以达素为安南将军，同索洪、赖塔等率师征郑成功。丙子，郑成功犯江宁。庚辰，幸南苑。甲申，还宫。

　　八月己丑朔，江南官军破郑成功于高山，擒提督甘辉等，烧敌船五百余艘。成功败遁，我军追至瓜州，敌兵大溃。先是，成功拥师十余万，战舰数千，抵江宁城外，列八十三营，络绎不绝，设大炮、地雷、云梯、木栅，为久困之计，军容甚盛。我军噶褚哈、马尔赛等自荆州以舟师来援，会苏松水师总兵官梁化凤及游击徐登第、参将张国俊等各以军至，总督朗廷佐合军会战，水陆并进，遂以捷闻。庚寅，御经筵。癸巳，幸南苑。以刘之源为镇海大将军，同梅勒章京张元勋等驻防镇江。以蔡士英为凤阳巡抚，总督漕运；宜永贵为安徽巡抚，提督操江。丙申，安南国都将武公悫遣使纳款于洪承畴军前。戊戌，还宫。甲辰，郑成功复犯崇明，官军击败之。乙巳，幸南苑。丙午，还宫。

　　九月庚申，免台州四年至十年被寇税赋。乙亥，赐陆元文等进士及第出身有差。丁丑，以杜立德为刑部尚书。戊寅，予故朝鲜国王李淏谥，封世子棩为国王。庚辰，以海尔图为镶蓝旗汉军固山额真。辛巳，尊兴京祖陵为永陵。甲申，幸南苑。

　　冬十月庚戌，洪承畴以疾解经略任。甲寅，奈曼部达尔汉郡王阿汉以罪削爵为庶人。

　　十一月己未，论故巽亲王满 达海、端重亲王博洛、敬谨亲王尼堪前罪，削巽亲王、端重亲王爵，降其子为多罗贝勒。敬谨亲王独免。壬戌，以公渥赫、公朴尔盆为内大臣。丙寅，上猎于近畿。壬申，次昌平州，上酹酒明崇祯帝陵，遣学士麻勒吉祭王承恩墓。甲戌，遣官祭明帝诸陵，并增陵户，加修葺，禁樵采。戊寅，皇第六子奇授生。己卯，次汤泉。甲申，次三屯营。追谥明崇祯帝为庄烈愍皇帝。丙戌，吴三桂取沅江。

　　十二月戊戌，还京。乙巳，定世职承袭例。庚戌，加公主封号。壬子，命耿继茂移驻广西。

　　是年，朝鲜，喀尔喀部丹津喇嘛、土谢图汗、车臣汗、毕席勒尔图汗、鲁布臧诺颜、东臣济农、昆都伦托音、土谢图汗下多尔济台吉，厄鲁特部阿布赖诺颜、达来吴霸西诺颜、俄齐尔图台吉、黑龙江能吉勒屯头目韩批理，索伦部胡尔格乌尔达尔汉俱来贡。朝鲜，喀尔喀部土谢图汗、丹津喇嘛再至。

　　十七年春正月丙寅，以朱国治为江宁巡抚。庚辰，京师文庙成。以能图为刑部尚书。辛巳，诏曰："自古帝王，统御寰区，治效已臻，则乐以天下。化理未奏，则罪在朕躬。敬天勤民，道不越此。朕续承祖宗鸿绪，兢兢图治，十有七年。乃民生犹未尽遂，贪吏犹未尽除，滇、黔伏戎未靖，征调时闻。反复思维，朕实不德。负上天之简畀[17]，忝祖宗之寄托，虚太后教育之恩，孤四海万民之望。每怀及此，罔敢即安。兹以本年正月，祭告天地、太庙、社稷，抒忧引责。自今以后，元旦、冬至及朕寿令节庆贺表章，俱行停止。特颁恩赦，官民除十恶死罪外，悉减一等，军流以下，咸赦除之。直省逋赋，概予豁免。有功者录，孝义者旌。诞告中外，咸使闻知。"免洮州卫上年灾赋。甲申，免莒、宁阳十二州县上年灾赋。

　　二月戊子，诏京官大学士、尚书自陈。其三品以下，亲加甄别。吴三桂军破贼于普洱。征南将军赵布泰师还。壬辰，尚书刘昌自陈年老，致仕。癸巳，免贵阳等六府及土司上年灾赋。复设凤阳巡抚，驻泰州。戊戌，甄察直省督抚及京职三品以上汉官，石申、冯溥等录叙黜降有差。壬寅，以林起龙为凤阳巡抚。免淮、扬、凤三府，徐州上年灾赋。定每年孟春合祭天地日月及诸神于大享殿。癸卯，谕礼部："向来孟春祈谷礼于大享殿举行，今即行合祭礼于大享殿，以后祈谷礼于圜丘举行。"壬子，免梁城所上年灾赋。

　　三月癸亥，定平西、靖南二藩兵制。甲子，以史纪功为浙江巡抚。辛未，谕礼部："朕载稽旧制，岁终袷祭之外[18]，有奉先殿合祭之礼。自后元旦、皇太后万寿及朕寿节，合祀于奉先殿。其详议礼仪以闻。"论陷镇江罪，革巡抚蒋国柱、提督管效忠职，免死为奴，协领费雅柱等弃市。甲戌，定固山额真汉称曰都统，梅勒章京曰副都统，甲喇章京曰参领，牛录章京曰佐领，昂邦章京曰总管。满仍其旧。以袁懋功为云南巡抚。丙子，御经筵。癸未，定王、贝勒、贝子、公妻女封号。甲申，更定民公、侯、伯以下，章京以上盔缨制。

夏四月丙戌，免宝坻、丰润、武清上年灾赋。甲午，以张长庚为湖广总督。丙申，以刘祚远为保定巡抚，张椿为陕西巡抚。辛丑，诏定匿灾不报罪。癸卯，以白秉贞抚治郧阳。丙午，皇第七子隆禧生。己酉，合祀天地于大享殿。

五月乙卯朔，以觉罗伊图为吏部尚书。庚申，免绥德、卢施五州县上年灾赋。甲子，以阿思哈为兵部尚书，苏纳海为工部尚书，甲戌，以佟壮年为正蓝旗汉军都统，郭尔泰为镶白旗蒙古都统。免沅州、镇远二卫上年灾赋。己卯，诏曰："前者屡诏引咎责躬，由今思之，皆具文而鲜实益。且十二、十三年间，时有过举，经言官指陈，虽加处分，而此心介然未释。今上天示儆，亢旱疾疫，灾眚叠至⑲。寇盗未息，民生困悴。用是深自刻责，夙夜靡宁。从前以言获罪者，吏部列名具奏。凡国计民生利害，及朕躬阙失，各直言无隐。"庚辰，以张天福为正黄旗汉军都统。壬午，觉罗巴哈纳等以旱引罪自陈。上曰："朕以旱灾迭见，下诏责躬。卿等合辞引罪，是仍视为具文，非朕实图改过意也。卿等职司票拟，仅守成规，未能各出所见，佐朕不逮。是皆朕不能委任大臣之咎矣。自后专加委任，其殚力赞襄，秉公持正，以副朕怀。"多罗信郡王多尼师还。癸未，云南土司那岜来降。

六月乙酉，始命翰林官于景运门入直。以阿思哈兼摄左都御史事。戊子，遣官省狱。以杨茂勋为湖广巡抚。免澧、巴陵十二州县及岳州等卫上年灾赋。己丑，增祀商中宗、高宗、周成王、康王、汉文帝、宋仁宗、明孝宗于历代帝王庙。罢辽太祖、金太祖、元太祖庙祀及宋臣潘美、张浚从祀。以苏纳海为兵部尚书。癸巳，以穆里玛为工部尚书，白色纯署河道总督。丙申，上以祷雨步至南郊齐宿。是日，大雨。戊戌，祀天于圜丘，又雨。己亥，大学士刘正宗、成克巩、魏裔介以罪免。辛丑，命修举天下名山大川、古帝王圣贤祀典。

秋七月甲寅朔，以霍达兼摄左都御史事。和硕简亲王济度薨。戊午，编降兵为忠勇、义勇等十营，隶吴三桂，以降将马宝等统之。丁卯，移祀北岳于浑源州。己巳，免荆州、祁阳十三州县及衡州等卫上年灾赋。庚午，免均、保康七州县及郧、襄二卫上年荒赋。以杨义为工部尚书。丁丑，命耿继茂移驻福建。宁古塔总管巴海败罗刹于使犬部地，招抚费牙喀十五村一百二十余户。改徙席北流犯于宁古塔。庚辰，停遣御史巡按直省。壬午，以罗托为安南将军，率师征郑成功。癸未，能图免。

八月丁亥，以彭有义为河南巡抚。己丑，免化、茂名四州县及高州所上年灾赋。庚寅，免武冈上年灾赋。丙申，云南车里土司刀木祷来降。戊戌，以沈永忠为挂印将军，镇守广东。辛丑，以爱星阿为定西将军，征李定国。壬寅，皇贵妃董鄂氏薨，辍朝五日。甲辰，追封董鄂氏为皇后。己酉，降将郝承裔叛，陷邛州，围嘉定，官军击败之。辛亥，以穆里玛为镶黄旗满洲都统。

九月癸丑朔，安南国王黎维祺奉表来降。甲子，以佟凤彩为四川巡抚。丁卯，伪将邓耀据海康，官军击走之。壬申，以王登联为保定巡抚。甲戌，免保昌六县及南、韶二所十四年灾赋。戊寅，幸昌平，观故明诸陵。己卯，还宫。

冬十月丁亥，以觉罗雅布兰为刑部尚书。戊子，罢朝鲜贡鹰。辛卯，幸近郊。甲午，还宫。己亥，以郭科为工部尚书。丁未，免睢、商丘十一州县及归德、睢阳二卫上年灾赋。

十一月甲寅，免赵、柏乡四州县及真定卫上年灾赋。乙卯，免宁、上饶四十六州县上年灾赋。丁巳，撤直省恤刑官。安南将军明安达礼师还。辛酉，大学士刘正宗以罪免。壬戌，复遣御史巡按直省。乙丑，敬谨亲王尼思哈薨。戊寅，免睢、虞城六州县灾赋。庚辰，免五河、安东上年灾赋。

十二月癸巳，免邳、宿迁四州县灾赋。戊戌，免庆都灾赋。甲辰，皇第八子永干生。

是岁，朝鲜，喀尔喀部丹津喇嘛，土谢图汗下万舒克诺颜、七旗，厄鲁特部鄂齐里汗，达赖喇嘛、班禅胡土克图，阿里禄克山托因，虎尔哈部宜讷克，俄罗斯部察罕汗，使鹿索伦部头目布勒、苏定噶、索朗阿达尔汉子查木苏来贡。朝鲜再至。

十八年春正月壬子，上不豫。丙辰，大渐。赦死罪以下。丁巳，崩于养心殿，年二十四。遗诏曰："朕以凉德，承嗣丕基，十八年于兹矣。自亲政以来，纪纲法度，用人行政，不能仰法太祖、太宗谟烈，因循悠忽，苟且目前。且渐习汉俗，于淳朴旧制，日有更张。以致国治未臻，民生未遂，是朕之罪一也。朕自弱龄，即遇皇考太宗皇帝上宾，教训抚养，惟圣母皇太后慈育是依。隆恩罔极，高厚莫酬，朝夕趋承，冀尽孝养。今不幸子道不终，诚恫未遂⑳，是朕之罪一也。皇考宾天，朕止六岁。不能服衰经行三年丧，终天抱憾。惟侍奉皇太后顺志承颜，且冀万年之后，庶尽子职，少抒前憾。今永违膝下，反上廑圣母哀痛，是朕之罪一也。宗室诸王贝勒等，皆太祖、太宗子孙，为国藩翰，理宜优遇，以示展亲。朕于诸王贝勒，晋接既疏，恩惠复鲜，情谊睽隔，友爱之道未周，是朕之罪一也。满洲诸臣，或历世竭忠，或累年效力，宜加倚托，尽厥猷为。朕不能信任，有才莫展。且明季失国，多由偏用文臣。朕不以为戒，委任汉官，即部院印信，间亦令汉官掌管。致满臣无心任事，精力懈驰，是朕之罪一也。朕夙性好高，不能虚己延纳。于用人之际，务求其德与己侔，未能随才器使，致每叹乏人。若舍短录长，则人有微技，亦获见用。岂遂至于举世无才？是朕之罪一也。设官分职，惟德是用，进退黜陟，不可忽视。朕于廷臣，明知其不肖，不即罢斥，仍复优容姑息。如刘正宗者，偏私躁忌，朕已洞悉于心，乃容其久任政地。可谓见贤而不能举，见不肖而不能退，是朕之罪一也。国用浩繁，兵饷不足。而金花钱粮，尽给宫中之费，未尝节省发施。及度支告匮，每令诸王大臣会议，未能别有奇策，止议裁减俸禄，以赡军饷。厚己薄人，益上损下，是朕之罪一也。经营殿宇，造作器具，务极精工。无益之地，糜费甚多，乃不自省察。罔体民艰，是朕之罪一也。端敬皇后于皇太后克尽孝道，辅佐朕躬，内政聿修。朕仰奉慈纶，追念贤淑，丧祭典礼，过从优厚。不能以礼止情，诸事太过，逾滥不经，是朕之罪一也。祖宗创业，未尝任用中官。且明朝亡国，亦因委用宦寺。朕明知其弊，不以为戒。设立内十三衙门，委用任使，与明无异。致营私作弊，更逾往时，是朕之罪一也。朕性耽闲静，常图安逸。燕处深宫，御朝绝少。致与廷臣接见稀疏，上下情谊否塞，是朕之罪一也。人之行事，孰能无过？在朕日理万机，岂能一无违错？惟听言纳谏，则有过必知。朕每自恃聪明，不能听纳。古云：'良贾深藏若虚，君子盛德，容貌若愚。'朕于斯言，大相违背。以致臣工缄默，不肯进言，是朕之罪一也。朕既知有过，每自刻责生悔。乃徒尚虚文，未能省改，过端日积，愆戾愈多，是朕之罪一也。太祖、太宗创垂基业，所关至重。元良储嗣，不可久虚。朕子玄烨，佟氏妃所生，岐嶷颖慧，克承宗祧，兹立为皇太子。即遵典制，持服二十七日，释服即皇帝位。特命内大臣索尼、苏克萨哈、遏必隆、鳌拜为辅臣。伊等皆勋旧重臣，朕以腹心寄托。其勉矢忠荩，保翊冲主，佐理政务。布告中外，咸使闻知。"

三月癸酉，上尊谥曰体天隆运英睿钦文大德弘功至仁纯孝章皇帝，庙号世祖，葬孝陵。累上尊谥曰体天隆运定统建极英睿钦文显武大德弘功至仁纯孝章皇帝。

论曰："顺治之初，睿王摄政。入关定鼎，奄宅区夏。然兵事方殷，休养生息，未遑及之也。迨帝亲总万机，勤政爱民，孜孜求治。清赋役以革横征，定律令以涤冤滥。蠲租贷赋，史不绝书。践阼十有八年，登水火之民于衽席。虽景命不融，而丕基已巩。至于弥留之际，省躬自责，布告臣民。禹、汤罪己，不啻过之。《书》曰："亶聪明作元后，元后为民父母。"其世祖之谓矣。

①籍：登记。

②藉：欺凌；践踏。

③覈：考核。

④赇（qiú，音求）：贿赂。

⑤乖：违背。

⑥捃（jùn，音俊）摭（zhí，音直）：拾取。

⑦戆（zhuàng，音壮）：愚直。

⑧綦（qí，音奇）：极。

⑨憝（duì，音对）：奸恶。

⑩迓（yá，音牙）：迎接。

⑪拊：抚慰；安抚。

⑫圉（yǔ，音与）：边境；边疆。

⑬眇：微小。

⑭俾：使。

⑮乂：安定。

⑯诖（guà，音挂）误：牵累；连累。

⑰畀（bì，音必）：给与。

⑱祫（xiá，音霞）：一种祭祀活动。

⑲眚（shěng，音省）：灾祸。

⑳悃（kǔn，音捆）：诚恳；诚实。

圣祖本纪一

　　圣祖合天弘运文武睿哲恭俭宽裕孝敬诚信功德大成仁皇帝，讳玄烨，世祖第三子也。母孝康章皇后佟佳氏，顺治十一年三月戊申诞上于景仁宫。天表英俊，岳立声洪。六龄，偕兄弟问安。世祖问所欲。皇二子福全言：“愿为贤王。”帝言：“愿效法父皇。”世祖异焉。

　　顺治十八年正月丙辰，世祖崩，帝即位，年八岁，改元康熙。遗诏索尼、苏克萨哈、遏必隆、鳌拜四大臣辅政。

　　二月癸未，上释服。乙未，诛有罪内监吴良辅，罢内官。丙申，以嗣简亲王济度子德塞袭爵。

　　三月丙寅，诏曰：“国家法度，代有不同。太祖、太宗创制定法，垂裕后昆。今或满、汉参差，或前后更易。其详考成宪，勒为典章，集议以闻。”

　　四月，予殉葬侍卫傅达理祭葬。甲申，命湖广总督驻荆州。乙酉，命将军线国安统定南部军镇广西。丙戌，以拉哈达为工部尚书。癸卯，安南国王黎维祺遣使入贡。丙午，大学士洪承畴乞休，允之，予三等轻车都尉世职。戊申，赐马世俊等三百八十三人进士及第出身有差。

　　五月，罢各省巡按官。己巳，以高景为工部尚书，刘良佐为江安提督。乙亥，安南叛臣莫敬耀来归，封归化将军。

　　六月己卯，江苏巡抚朱国治疏言苏省逋赋绅衿一万三千五百十七人①，下部斥黜有差。辛巳，黑龙江飞牙喀部十屯来归。庚寅，以嗣信郡王铎尼子鄂扎袭爵。癸巳，大学士傅以渐乞休，允之。丁酉，罢内阁，复内三院。戊戌，吴三桂进驯象五，却之。诏停直省进献。

闰七月庚辰，以车克为吏部尚书，阿思哈为户部尚书。甲午，以傅维鳞为工部尚书。壬寅，予苏松提督梁化凤男爵。

八月甲寅，达赖喇嘛请通市，许之。

九月丁未，以卞三元为云南总督，李栖凤为广东总督，朗廷佐为江南总督，梁化凤为江南提督。

十月己酉，以林起龙为漕运总督。诛降将郑芝龙及其子世恩、世荫。辛酉，裁顺天巡抚。山东民于七作乱，逮问巡抚许文秀，总兵李永盛、范承宗，命靖东将军济世哈讨平之。

十一月丙子朔，上亲祀天于圜丘。己亥，世祖章皇帝升祔太庙②。甲辰，湖南巡按御史仵劭昕坐赃，弃市。

十二月丙午，平西王吴三桂、定西将军爱星阿会报大军入缅，缅人执明永历帝朱由榔以献。明将白文选 降。班师。丁卯，宗人府进玉牒。

是岁免直隶、江南、河南、浙江、湖广、陕西各州县被灾额赋有差。朝鲜遣使进香入贡。康熙元年壬寅春正月乙亥朔。乙酉，享太庙。庚寅，录大学士范文程等佐命功，官其子承谟等俱内院学士。

二月壬子，太皇太后万寿节，上率群臣朝贺。

三月，以滇南平，告庙祭陵，赦天下。辛卯，万寿节。己亥，遣官安辑浙江、福建、广东新附官民。

夏四月丙辰，上太祖、太宗尊谥。

五月戊寅，夏至，上亲祭地于方泽。

六月丁未，命礼部考定贵贱等威。

秋七月壬申朔，以车克为大学士，宁古礼为户部尚书，张杰为浙江提督，施琅为福建提督。

八月辛丑朔，大学士金之俊罢。

九月，裁延绥巡抚。

冬十月壬寅，以成克巩为大学士。癸卯，尊皇太后为太皇太后。尊皇后为仁宪皇太后，母后为慈和皇太后。

十一月辛巳，冬至，祀天于圜丘，免朝贺。

十二月辛酉，命吴三桂总管云南、贵州两省。

是岁，天下户丁一千九百一十三万七千六百五十二，征银二千五百七十二万四千一百二十四两零。盐课银二百七十二万一千二百一十二两零。铸钱二万九千万有奇。免直隶、江南各州县灾赋有差。朝鲜入贡。

二年癸卯春正月己亥，广东总督卢崇峻请封民船济师，斥之。

二月庚戌，慈和皇太后佟佳氏崩。

三月，荷兰国遣使入贡，请助师讨台湾，优赉之。

五月丙子，以孙廷铨为大学士。乙酉，云南开局铸钱。丙戌，诏天下钱粮统归户部。部寺应用，俱向户部关领，著为令。戊子，以魏裔介为吏部尚书。甲午，恭上大行慈和皇太后尊谥曰孝康慈和庄懿恭惠崇天育圣皇后。

六月，葬世祖章皇帝于孝陵，孝康皇后、端敬皇后祔焉。戊申，以龚鼎孳为左都御史。乙卯，故明将李定国子嗣兴来降。乙丑，以哈尔库为浙江提督。

八月癸卯，诏乡、会试停制义，改用策论，复八旗翻译乡试。甲寅，命穆里玛为靖西将军，图海为定西将军，率禁 旅会四川、湖广、陕西总督讨郧阳逋贼李来亨、郝摇旗等。

冬十月壬寅，耿继茂、施琅会荷兰师船剿海寇，克厦门，取浯屿、金门二岛，郑锦遁于台湾。

十一月，诏免诸国贡使土物税。乙酉，冬至，祀天于圜丘。

十二月壬戌，祫祭太庙。

是岁，免直隶、江南、江西、河南、陕西、浙江、湖广、四川、云南、贵州等省二百七十余州县灾赋。朝鲜入贡进香。

三年甲辰春正月，赐朝正外藩银币鞍马。

二月壬寅，巡盐御史张吉午请增长芦盐引。斥之。

三月丙子，耿继茂等拔铜山。丙戌，赐严我斯等一百九十九人进士及第出身有差。

夏四月己亥，辅臣等诬奏内大臣飞扬古子、侍卫倭赫擅骑御马，飞扬古怨望，并弃市。籍其家，鳌拜以予其弟穆里玛。遣尚书喀兰图赴科尔沁四十七旗莅盟。戊申，裁郧阳抚治。

五月甲子，诏州县私派累民，上官容隐者并罪之。

六月庚申，诏免顺治十五年以前逋赋。

闰六月乙酉，以王弘祚为刑部尚书。丙戌，以汉军京官归入汉缺升转。

秋七月丁未，以施琅为靖海将军，征台湾。

八月甲戌，浙江总督赵廷臣疏报擒获明臣张煌言。己卯，穆里玛、图海疏报进剿郧阳茅麓山李来亨、郝摇旗，俱自焚，贼平。

九月癸丑，发仓粟赈给八旗庄田。乙卯，以查克旦为领侍卫内大臣。

十一月壬辰，冬至，祀天于圜丘。丁未，以魏裔介为大学士，杜立德为吏部尚书，王弘祚为户部尚书，龚鼎孳为刑部尚书。

十二月戊午朔，日有食之。丙戌，祫祭太庙③。是月，慧星见张宿、井宿、胃宿、奎宿，金星见，给事中杨雍建请修省。

是岁，免直隶、江南、江西、山东、陕西、浙江、福建、湖广、贵州等省一百二十一州县被灾额赋有差。朝鲜入贡。

四年乙巳春正月壬辰，以郝惟讷为左都御史。己亥，停榷关溢额奖叙。辛丑，封承泽亲王硕色子博翁果诺为惠郡王。致仕大学士洪承畴卒，予祭葬，谥文襄。

二月乙丑，太皇太后圣寿，免朝贺。己巳，吴三桂疏报剿平水西乌撒土司，擒其酋安坤、安重圣。丙戌，以星变诏臣工上言阙失。御史董文骥疏言大臣更易先皇帝制度，非是，宜一切复旧。

三月戊子，京师地震有声。辛卯，金星昼见。以星变地震肆赦，免逋赋。山西旱，有司不以闻，下吏部议罪，免其积逋及本年额赋。壬辰，诏禁州县预征隔年税粮。丙申，诏曰："郡县灾荒，有司奏请蠲赋，而小民先期已完，是泽不下逮也。自今被灾者，预缓征额赋十之三。"甲辰，万寿节，免朝贺。丙午，修历代帝王庙。太常寺少卿钱绽请简老成耆德博通经史者数人，出入侍从，以备顾问。

夏四月丙寅，诏凡灾伤免赋者并免丁徭。戊辰，诏卿贰督抚员缺，仍廷推。

五月丁未，置直隶总督，兼辖山东、河南。裁贵州总督归云南，广西总督归广东，江西总督归江南，山西总督归陕西，凤阳、宁夏、南赣巡抚悉裁之。

六月乙丑，诏父子兄弟同役，给复一年。

秋七月己酉，吏部以山西征粮如额，请议叙。诏曰："曩以太原诸处旱灾饥馑④，督抚不以闻，议罪。会赦得原。岂可仍以催科报最？惟未被灾之地方官，仍予纪录。"

八月庚午，诏赃官遇赦免罪者，不许复职。

九月辛卯，册赫舍里氏为皇后，辅臣索尼之孙女也。上太皇太后、皇太后尊号，加恩中外。

冬十月癸亥，上幸南苑校射行围。甲戌，还宫。

十一月丁酉，祀天于圜丘。

十二月庚辰，祫祭太庙。

是岁，免直隶、江南、江西、山东、河南、浙江、广东、贵州等省一百二十一州县卫灾赋有差。朝鲜、琉球、暹罗入贡。索伦、飞牙喀人来归。

五年丙午春正月庚寅，以广东旱，发仓谷七万石赈之。以承泽亲王硕色子恩克布嗣爵。

二月壬子朔，置平远、大定、黔西三府。丁巳；以十二月中气不应，诏求明历法者。乙丑，诏自今汉军官丁忧，准解任持三年丧。

三月，以胡拜为直隶总督。

五月丙午，以孙延龄为广西将军，接统定南部军驻桂林。

六月庚戌朔，日有食之。癸酉，傅维麟病免，以郝惟讷为工部尚书。辛未，诏崇文门凡货物出京者驰其税。

秋七月庚辰朔，以朱之弼为左都御史。辛巳，琉球来贡，并补进漂失前贡。上嘉其恭顺，命还之。自今非其国产勿以贡。

八月己酉，给事中张维赤疏请亲政。

九月丁亥，上行围南苑。癸卯，还宫。礼部尚书沙澄免。以梁清标为礼部尚书，龚鼎孳为兵部尚书，郝惟讷为刑部尚书，朱之弼为工部尚书。

冬十月，诏起范承谟为秘书院学士。

十一月丙申，辅臣鳌拜以改拨圈地，诬奏大学士管户部尚书苏纳海、直隶总督朱昌祚、巡抚王登联等罪，逮下狱。四大臣之辅政也，皆以勋旧。索尼年老，遏必隆暗弱，苏克萨哈望浅，心非鳌拜所为而不能争。鳌拜横暴，又宿将多战功，叙名在末。而遇事专横，屡兴大狱，虽同列亦侧目焉。

十二月丙寅，鳌拜矫旨杀苏纳海、朱昌祚、王登联。甲戌，祫祭太庙。

是岁，免直隶、江南、江西、河南、陕西、浙江、湖广等省八十六州县灾赋有差。朝鲜、琉球入贡。

六年丁未春正月己丑，封世祖第二子福全为裕亲王。丁酉，上幸南苑行围。以明安达礼为礼部尚书。

二月癸亥，晋封故亲王尼堪子贝勒兰布为郡王。丁卯，以宗室公班布尔善为大学士。起图海复为大学士。锡故总督李率泰一等男爵。

三月己亥，赐缪彤等一百五十人进士及第出身有差。

夏四月甲戌，加索尼一等公。甲子，江南民人沈天甫撰逆诗诬告人，诛之。被诬者皆不论。御史田六善言奸民告讦，于南人不曰"通海"，则曰"逆书"，北人不曰"于七党"，则曰"逃人"，请鞫诬反坐，从之。

五月辛酉，吴三桂疏辞 总理云南、贵州两省事。从之。

六月己亥，禁 采办楠木官役生事累民。

秋七月己酉，上亲政。御太和殿受贺，加恩中外，罪非殊死，咸赦除之。是日，始御乾清门听政。甲寅，命武职官一体引见。己未，辅臣鳌拜擅杀辅臣苏克萨哈及其子姓。癸亥，赐辅臣遏必隆、鳌拜加一等公。

九月丙午，命修《世祖实录》。

冬十月己卯，盛京地震有声。

十一月丁未，冬至。祀天于圜丘。奉世祖章皇帝配飨。丁巳。加上太皇太后、皇太后徽号。

十二月丙戌，以塞白理为广东水师提督。戊子，以马尔赛为户部增设尚书。戊戌，祫祭太庙。

是岁，免直隶、江南、江西、山东、山西、陕西、甘肃、浙江、福建、湖广等省一百六十州县灾赋有差。朝鲜、荷兰入贡。

七年戊申春正月戊申，以莫洛为山西、陕西总督，刘兆麒为四川总督。戊午，加鳌拜、遏必隆太师。

二月辛卯，上幸南苑。

三月丁未，诏部院官才能卓越，升转毋拘常调。

夏四月庚辰，浙江嘉善民郁之章有罪遣戍，其子褒、广叩阍请代。上并宥之。

五月壬子，以星变地震，下诏修省，谕戒臣工。

六月癸酉，金星昼见。丁亥，平南王尚可喜遣子之信入侍。

秋七月戊午，前漕运总督吴维华请征市镇间架钱，洲田招民出钱佃种。上恶其言利，下刑部议罪。庚申，以夸岱为满洲都统。

八月壬申，户部尚书王弘祚坐失察书吏伪印盗帑，免。

九月庚子，以吴玛护为奉天将军，额楚为江宁将军，瓦尔喀为西安将军。壬寅，上将巡边，侍读学士熊赐履、给事中赵之符疏谏。上为止行，仍令遇事直陈。

冬十月，定八旗武职人员居丧百日。释缟任事，仍持服三年，庚午，上幸南苑。

十一月癸丑，冬至，祀天于圜丘。

十二月癸酉，以麻勒吉为江南总督，甘文昆为云南贵州总督，范承谟为浙江巡抚。癸巳，祫祭太庙。

是岁，免奉天、直隶、江南、山东、河南、浙江、陕西、甘肃等省二百十六州县灾赋有差。朝鲜、安南、暹罗入贡。

八年己酉春正月戊申，修乾清宫，上移御武英殿。

二月庚午，命行南怀仁推算历法。庚午，上巡近畿。

三月辛丑，以直隶废藩田地予民。

夏四月癸酉，卫周祚免，以杜立德为大学士。丁丑，上幸太学，释奠先师孔子，讲《周易》、《尚书》。丁巳，给事中刘如汉请举行经筵。上嘉纳之。

五月乙未，以黄机为吏部尚书，郝惟讷为户部尚书，龚鼎孳为礼部尚书，起王弘祚为兵部尚书。戊申，诏逮辅臣鳌拜交廷鞫⑤。上久悉鳌拜专横乱政，特虑其多力难制。乃选侍卫、拜唐阿年少有力者为扑击之戏。是日，鳌拜入见，即令侍卫等掊而絷之⑥。于是有善扑营之制，以近臣领之。庚申，王大臣议鳌拜狱上，列陈大罪三十，请族诛。诏曰：“鳌拜愚悖无知，诚合夷族。特念效力年久，迭立战功，贷其死，籍没拘禁。”其弟穆里玛、塞本得，从子讷莫，其党大学士班布尔善，尚书阿思哈、噶褚哈、济世，侍郎泰璧图，学士吴格塞皆诛死。余坐遣黜。其弟巴哈宿卫淳谨，卓布泰有军功，免从坐。嗣敬谨亲王兰布降镇国公。褫遏必隆太师、一等公。

六月丁卯，诏曰：“朕夙夜求治，念切民依。迩年水旱频仍，盗贼未息，兼以贪吏朘削，民力益殚，朕甚悯焉。部院科道诸臣，其以民间疾苦，作何裨益，各抒所见以闻。”戊辰，敕改造观象台仪器，壬申，诏复辅臣苏克萨哈官及世职，其从子白尔图立功边徼，被枉尤酷，复其世职，均令其子承袭。戊寅，诏满兵有规占民间房地者，永行禁止，仍还诸民。以米思翰为户部尚书。戊子，诏宗人有罪，遽绝属籍，心有不忍。自顺治十八年以来，宗人削籍者，宗人府详察以闻。

秋七月壬辰朔，裁直隶山东河南总督。壬寅，诏复大学士苏纳海、总督朱昌祚、巡抚王登联原官，并予谥。

八月甲申，以索额图为大学士，明珠为左都御史。

九月甲午，京师地震有声。丁未，以勒贝为满洲都统，塞白理为浙江提督，毕力克图为蒙古都统。

冬十月甲子，上幸南苑，诏行在勿得借用民物。卢沟桥成，上为文勒之石。

十一月己亥，先是山西陕西总督莫洛、陕西巡抚白清额均坐鳌拜党罢。至是，西安百姓叩阍称其清廉，乞还任。诏特许之。壬子，太和殿、乾清宫成。上御太和殿受贺，入居乾清宫。

十二月己卯，显亲王福寿薨。丁亥，祫祭太庙。

是岁，免直隶、江南、河南、山西、陕西、湖广等省四十五州县灾赋有差。朝鲜、琉球入贡。

九年庚戌春正月丙申，予宋儒程颢、程颐后裔《五经》博士。丁酉，飨太庙。辛丑，祈谷于上帝，奉太祖高皇帝、太宗文皇帝、世祖章皇帝配飨。起遏必隆公爵，宿卫内廷。己酉，诏明藩田赋视民田输纳。壬子，上幸南苑。

二月癸酉，以金光祖为广东广西总督，马雄镇为广西巡抚。癸未，诏尚阳堡、宁古塔流徙人犯，值十月至正月俱停发。

三月辛酉，赐蔡启僔等二百九十二人进士及第出身有差。

夏四月己丑，以蔡毓荣为四川湖广总督。己亥，上幸南苑。

五月丙辰朔，加上孝康章皇后尊谥，升祔太庙。颁发恩诏，访隐逸，赐高年，赦殊死以下。丙子，纂修《会典》。

六月丙戌朔，以席卜臣为蒙古都统。丁酉，以故显亲王福寿子丹臻袭爵。己酉，命大学士会刑部录囚。

秋七月丁巳，以王辅臣为陕西提督。丁巳，奉祀孝康章皇后于奉先殿。

八月戊子，祭社稷坛。诏都察院纠察陪祀王太臣班行不肃者。乙未，复内阁，复翰林院。丁酉，上奉太皇太后、皇太后有事于孝陵。壬子，车驾还宫。

九月庚申，以简亲王济度子喇布袭爵。

冬十月庚巳，颁《圣谕》十六条。甲午，改内三院，复中和殿、保和殿、文华殿大学士。丁酉，谕礼部举经筵。

十一月癸酉，以艾元征为左都御史。壬午，以中和殿大学士魏裔介兼礼部尚书。

十二月癸卯，以莫洛为刑部尚书。辛亥，祫祭太庙。

是岁，免河南、湖广、江南、福建、广东、云南等省二百五十三州县卫灾赋有差。朝鲜入贡。

十年辛亥春正月丁卯，蒙古苏尼特部、四子部大雪饥寒，遣官赈之。癸酉，封世祖第五子常宁为恭亲王。庚辰，大学士魏裔介罢，以曹申吉为贵州巡抚。

二月丁酉，以冯溥为大学士，以梁清标为刑部尚书。乙巳，召宗人觉罗年七十以上赵班等四人入见，赐朝服银币。戊申，命编纂《孝经衍义》。庚戌，以尼雅翰为满洲都统。

三月壬子朔，诰诚年幼诸王读书习骑射，勿恃贵纵恣。癸丑，置日讲官。庚午，以无雨风霾，下诏修省。

夏四月乙酉，命纂修《太祖、太宗圣训》。诏宗人闲散及幼孤者，量予养赡，著为令。丙戌，诏清理庶狱，减矜疑一等。辛卯，始开日讲。壬辰，上诣天坛祷雨。甲午，雨。

五月庚申，理藩院尚书喀兰图乞休，加太子太保，以内大臣奉朝请。癸酉，上幸南苑。

六月丁亥，以靳辅为安徽巡抚。甲午，金星昼见。是月，靖南王耿继茂卒，子精忠袭封，仍镇福建。

八月己卯朔，日有食之。丁未，上御经筵。戊申，以王之鼎为江南提督。

九月庚戌，上以寰宇一统，告成于二陵。辛亥，上奉太皇太后、皇太后启銮。蒙古科尔沁、喀喇沁、土默特、敖汉诸部王、贝勒、公朝行在。丁卯，谒福陵、昭陵。戊辰，祭福陵，行告成礼。庚午，祭昭陵，行告成礼。辛未，上幸盛京，御清宁宫，赐百官宴，八十以上召前赐酒。大赉奉天、宁古塔甲士，及于伤废老病者白金，民间高年亦如之。曲赦死罪减一等，军流以下释之。山海关外跸路所经，勿出今年明年租赋。遣官祭诸王、诸大臣墓。壬申，上自盛京东巡。

冬十月辛巳，驻跸爱新。召宁古塔将军巴海，谕以新附瓦尔喀、虎尔哈宜善抚之。己丑，上回跸盛京，再赐老人金。辛卯，谒福陵、昭陵。命文武官较射。命来朝外藩较射。壬辰，上奉太皇太后、皇太后回銮。

十一月庚戌，还京。壬申，以明珠为兵部尚书。

十二月丙午，祫祭太庙。

是岁，免直隶、江南、江西、浙江、山东、河南、陕西、湖广等省三百二州县卫灾赋逋赋有差。朝鲜、琉球入贡。

十一年壬子春正月辛未，上奉太皇太后幸赤城汤泉，过八达岭，亲扶慈辇，步行下山。

二月戊寅，奉太皇太后至汤泉，辛卯，上回京。丙申，亲耕耤田。丁酉，朝日于东郊。戊戌，上诣赤城。

三月戊辰，上奉太皇太后还宫。

夏四月乙巳，命侍卫吴丹、学士郭廷祚巡视河工。

五月乙丑，《世祖实录》成。丙寅，上出德胜门观麦。

六月庚寅，命更定《赋役全书》。

秋七月己酉，论征缅甸、云南、贵州功，予何建忠等一百二十七人世职。丙辰，上观禾。御史孟雄飞疏言孙可望穷蹙来归，滥膺王封。及伊身死，已袭二次。今孙征淳死，宜令降袭。诏降袭慕义公。

闰七月，复封尚善为贝勒。丁亥，诏治狱勿用严刑轻毙人命，违者罪之。

八月壬子，上幸南苑行围。癸丑，诏曰："帝王致治，在维持风化，辨别等威。比来官员服用奢僭，竞相效尤。其议禁之。"庚申，上御经筵。壬戌，上奉太皇太后幸遵化汤泉。甲子，阅蓟州官兵较射。丁卯，上谒孝陵。

九月丁丑，阅遵化兵、三屯营兵。

冬十月甲辰，上奉太皇太后还宫。壬子，命范承谟为福建总督。

十一月辛丑，上幸南苑，建行宫。

十二月丁未，裕亲王福全、庄亲王博果铎、惠郡王博翁果诺、温郡王孟峨疏辞议政，允之。戊午，上召讲官谕曰："有人请令言官风闻言事。朕思切中事理之言，患其不多。若借端生事，倾陷扰乱，深足害政。与民休息，道在不扰。虚耗元气，则民生蹙矣。"己未，康亲王杰书、安亲王岳乐疏辞议政。不许。庚午，祫祭太庙。

是岁，免直隶、江南、浙江、山东、山西、河南、湖广等省一百四十一州县卫灾赋有差。朝鲜人贡。

十二年癸丑春正月庚寅，上幸南苑，大阅。

二月辛亥，以吴正治为左都御史。壬子，上御经筵，命讲官日直。戊辰，赐八旗官学翻译《大学衍义》。

三月丁丑，上视麦。壬午，平南王尚可喜请老，许之。请以其子之信嗣封镇粤，不许，令其撤藩还驻辽东。癸巳，赐韩菼等一百六十六人进士及第出身有差。

夏四月丁巳，遣官封暹罗国王。

五月壬申，学士傅达礼等请以夏至辍讲。上曰："学问之道，宜无间断。其勿辍。"

六月壬寅，起张朝珍为湖广巡抚，李之芳为浙江总督。丁未，上御瀛台，召郡臣观荷赐宴。乙卯，禁八旗以奴仆殉葬。

秋七月庚午，平西王吴三桂疏请撤藩，许之。丙子，嗣靖南王耿精忠疏请撤藩，许之。壬午，命重修《太宗实录》。

八月丁未，试汉科道官于保和殿，不称职者罢。壬子，遣侍郎折尔肯、学士傅达礼往云南，尚书梁清标往广东，侍朗陈一炳往福建，经理撤藩。丁巳，谕礼部："祭祀大典，必仪文详备，乃可昭格。其稽古典礼酌议以闻。"

九月戊辰，礼部尚书龚鼎孳乞休，允之。乙亥，京师地震，诏修省。

冬十月壬寅，以王之鼎为京口将军。己酉，上幸南苑行围。

十一月丁卯，故明宗室朱议澴以蓄发，论死。得旨免死入旗。给与妻室房地。庚午，诏民间垦荒田亩，以十年起科。

十二月壬子，以姚文然为左都御史。吴三桂反，杀云南巡抚朱国治，贵州提督李本深、巡抚曹申吉俱降贼，总督甘文焜死之。丙辰，反问至，命前锋统领硕岱率禁旅守荆州。丁巳，召梁清标、陈一炳还，停撤二藩。命加孙延龄抚蛮将军，线国安为都统，镇广西。命西安将军瓦尔喀进守四川。京师民杨起隆伪称朱三太子，图起事。事发觉，起隆逸去。捕诛其党。诏奸民作乱已平，勿株连，民勿惊避。已未，命顺承郡王勒尔锦为宁南靖寇大将军，讨吴三桂。执三桂子额驸吴应熊下之狱。庚申，命副都统马哈达帅师驻衮州，扩尔坤驻太原，备调遣。辛酉，命直省巡抚仍管军务。壬戌，诏削吴三桂爵，宣示中外。命都统赫业为安西将军，会瓦尔喀守汉中。以倭内为奉天将军。天三桂陷辰州。甲子，祫祭太庙。

是岁，免直隶、山东、安徽、浙江、湖广等省二十六州县卫灾赋有差。朝鲜、安南人贡。

十三年甲寅春正月乙亥，勒尔锦师行。庚辰，吴三桂陷沅州。丁亥，偏沅巡抚卢震弃长沙遁。己丑，以提督佟国瑶守郧阳。总兵吴之茂以四川叛，巡抚罗森、提督郑蛟麟降之。命总兵徐治都还守夷陵。庚寅，封世祖第七子隆禧为纯亲王。以席卜臣为镇西将军，守西安。

二月乙未朔，太皇太后颁内帑犒军。丁酉，钦天监新造仪象成。壬寅，贼犯沣州，守卒以城叛，提督桑峨退荆州，陷常德。命镇南将军尼雅翰率师守武昌。癸丑，上御经筵。以赵赖为贵州提督。甲寅，吴三桂陷长沙，副将黄正卿叛应之，旁陷衡州。命都统觉罗朱满守岳州。未至，岳州失。辛酉，命刑部尚书莫洛加大学士衔，经略陕西。孙延龄以广西叛，杀都统王永年，执巡抚马雄镇幽之。

三月乙丑，命整饬驿站，每四百里置一笔帖式，接递军报，探发塘报。命左都御史多诺等军前督饷。戊辰，吴三桂将犯夷陵，勒尔锦遣兵击败之。庚午，以额驸华善为安南将军，镇京口。庚辰，耿精忠反，执福建总督范承谟幽之，巡抚刘秉政降贼。癸未，郧阳副将洪福叛，提督佟国瑶击败之。壬辰，襄阳总兵杨来嘉以谷城叛。命希尔根为定南将军，尚书哈尔哈齐副之。命舒恕、桑遏、根特、席布率师赴江西。甲午，西安将军瓦尔喀克阳平关。

夏四月癸卯，调西安副都统德业立守襄阳。丁未，吴三桂子应熊、孙世霖伏诛。初，三桂仓卒起兵，而名义不扬，中悔。至沣州，颇前却。至是，方食闻报，惊曰："上少年乃能是耶？事决矣！"推食而起。诏削孙延龄职。以阿密达为扬威将军，驻江宁，赖塔为平南将军，赴杭州。甲寅，潮州总兵刘进忠以城叛。戊午，以根特为平寇将军，赴广西讨孙延龄。河北总兵蔡禄谋叛，命阿密达袭诛之。辛酉，诏削耿精忠爵。癸亥，诏以分调禁旅遣将分防情形寄示平南王尚可喜。

五月丙寅，皇子胤礽生，皇后赫舍里氏崩。戊寅，安西将军赫业等败吴之茂于扎阁堡，复朝天关。壬午，浙江平阳兵变，执总兵蔡朝佐，应耿精忠将曾养性，围瑞安。命赖塔进兵讨之。壬辰，副都统德业立败洪福于武当。

六月丙午，命贝勒尚善为安远靖寇大将军，率师赴岳州，贝子准达赴荆州。庚戌，总兵祖弘勋以温州叛。金华副将牟大寅败耿精忠将于常山。壬子，命将军喇哈达守杭州。乙卯，命康亲王杰书为奉命大将军赴浙江，贝勒洞鄂为定西大将军赴四川。浙江温州、黄岩、太平诸营相继叛。命喇哈达守台、宁。

七月辛未，以郎廷佐为福建总督，段应举为提督。癸酉，赖塔败耿精忠将于金华。是时精忠遣其大将马九玉、曾养性犯浙江，白显忠犯江西，所至土匪蜂应，江西尤甚。南瑞总兵杨富应贼，董卫国诛之。丁亥，贝勒察尼大战贼将吴应麒于岳州七里山，败之。

八月壬寅，平寇将军根特卒于军，以哈尔哈齐代之。海澄公黄梧卒，子芳度袭爵，守漳州。乙巳，金光祖报孙延龄陷梧州，督兵复之。丙午，上幸南苑。

九月壬戌，上御经筵，命第日进讲如常。耿精忠将以土寇陷清溪、徽州，江宁将军额楚、统领巴尔堪击走之，连战入江西，复乐平等县。命硕塔等驻安庆。辛未，麻城土寇邹君升等作乱，知府于成龙讨平之。命简亲王喇布为扬威大将军，率师赴江西。侍卫坤为振武将军副之。广西提督马雄叛，命安亲王岳乐为定远平寇大将军，率师赴广东，宗室瓦山，党罗画特副之。

冬十月壬辰，喇布师行。丙申，岳乐师行。壬寅，上奉太皇太后幸南苑。辛亥，还宫。

十一月庚申朔，莫洛报吴之茂兵入朝天关，让路中阻，洞鄂退守西安。命移西安军守汉中，河南军守西安。

十二月庚寅朔，杰书大败曾养性于衢州，又败之于台州。王辅臣叛，经略莫洛死之。上议亲征。王大臣以京师根本重地，太皇太后年高，力谏乃止。征盛京兵、蒙古兵分诣军前。丁未，命尚可喜节制广东军事。戊午，袷祭太庙。

是岁，免直隶、江南、山东、河南、陕西等省七十八州县灾赋有差。朝鲜、琉球入贡。

十四年乙卯春正月辛酉，尚可喜报贼犯连州，官兵击败之。戊辰，晋封尚可喜平南亲王，命其子之孝佩大将军印讨贼。

二月癸巳，下诏切责贝勒洞鄂退缩失机。饬令速定平凉、秦州以通栈道。乙巳，康亲王杰书遣兵复处州，进复仙居。王辅臣陷兰州。西宁总兵王进宝大战于新城，围兰州。洞鄂复陇州关山关。

三月己未朔，叛将杨来嘉犯南漳，总兵刘成龙击走之。戊辰，饶州贼犯祁门，巡检张行健被执不屈，死之。丁丑，命张勇为靖逆将军，会总兵孙思克等讨王辅臣。贼陷定边城，命提督陈福驻宁夏讨贼。丁亥，蒙古布尔尼反，命信郡王鄂扎为抚远大将军，大学士图海为副将军，讨平之。戊子，以熊赐履为大学士。

夏四月己丑，以勒德洪为户部尚书。署护军统领郎肃等剿耿寇于五桂寨，斩级二万，复余干。乙未，封张勇靖逆侯，王进宝一等男。戊戌，以左都督许贞镇抚州、建昌、广信。戊申，王辅臣遣兵援秦州，官兵迎击败之。辛亥，上谕："侍臣进讲，朕乃覆讲。互相讨论，庶有发明。"癸丑，王进宝复临洮，孙思克复靖远。戊午，绍兴知府许弘勋招抚降众五万人

五月庚午，察哈尔左翼四旗来归。庚辰，命毕力克图援榆林。王辅臣兵陷延安、绥德。甲申，张勇复洮、河二州。

闰五月癸巳，上幸玉泉山观禾。杨来嘉、洪福陷谷城。斩守城不力之副将马郎阿以徇，削总兵金世需职，随军效力。壬子，额楚复广信。乐平土寇复陷饶州，将军希尔根击之，复饶州。

六月，毕力克图复吴堡，复绥德。丁丑，命将军舒恕援广东。己卯，命振武将军佛尼勒开栈道援汉中。庚辰，上幸南苑行围。壬午，张勇攻巩昌。江西官军攻石峡，失利。副都统雅赖战死。甲申，克兰州。毕力克图复延安。以军兴停陕西、湖广乡试。

七月乙巳，陈福剿定边，斩贼将朱龙。庚戌，江西官兵复浮梁、乐平、宜黄、崇仁、乐安诸县。

八月戊午，上幸南苑行围。洞鄂、毕力克图、阿密达会攻王辅臣，斩贼将郝天祥。傅喇塔复黄岩。壬申，上奉太皇太后幸汤泉。甲申，上还京，御经筵。

九月，上次昌平。诣明陵，致奠长陵，遣官分奠诸陵。丙申，上奉太皇太后还宫。辛丑，诏每岁正月停刑，著为令。

冬十月癸亥，康亲王兵复太平、乐清诸县。丙寅，上谒孝陵。戊辰，祭孝陵。乙亥，还宫。陈福及王辅臣战于固原，不利，副将太必图战没。论平布尔尼功，封赏有差，及助顺蒙古王贝勒沙津以次各晋爵，罚助逆奈曼等部。

十一月癸巳，贝勒察尼复兴山。丁酉，复设詹事府官。壬寅，叛将马雄纠吴三桂兵犯高州，连陷廉州。命简亲王喇布自江西援广东。是月，郑锦攻陷漳州，海澄公黄芳度死之，戕其家。

十二月丙寅，立皇子胤礽为皇太子，颁诏中外，加恩肆赦。乙亥，以勒尔锦师久无功，夺其参赞巴尔布以下职。宁夏兵变，提督陈福死之。壬午，祫祭太庙。

是岁，免湖广、河南七府五州县灾赋有差。朝鲜入贡。

十五年丙辰春正月丁亥，以王进宝为陕西提督，驻秦州。甲午，以建储恭上太皇太后、皇太后徽号。乙未，升宁夏总兵官为提督，以赵良栋为之。辛丑，上幸南苑行围。

二月丁巳，诏军中克城禁杀掠。壬戌，命大学士图海为抚远大将军，统辖全秦，自贝勒洞鄂以下咸受节制。癸酉，上如巩华城，谕扈从勿践春田。乙亥，吴三桂将高大杰陷吉安。戊寅，安亲王岳乐击三桂将于萍乡，败之，复萍乡。辛巳，上御经筵。赠死事副将张国彦太子太保，予世职。

三月癸未，赠海澄公黄芳度郡王。丙戌，王进宝、佛尼勒大败吴之茂于北山。庚寅，傅喇塔围温州，曾养性、祖弘勋悉众来犯，副都统纪尔他布击走之。辛卯，岳州水师克君山。庚子，勒尔锦渡江与三桂之众战，迭败之。乙巳，赐彭定求等二百九人进士及第出身有差。己酉，勒尔锦与三桂之众战于太平街，不利，退守荆州。壬子，移赵赖提督江西。

夏四月辛丑，马雄、祖泽清纠滇贼犯广东。尚可喜老病不能军，屡疏告急，援兵不时至。至是，贼逼广州，尚之信劫其父以降贼。总督金光祖，巡抚佟养钜、陈洪明，提督严自明俱从降。福建巡抚杨熙、总兵拜音达夺门出。舒恕、莽依图退至江西。上闻广东变作，命移兵益江西。

五月壬午朔，日有食之。乙酉，复设郧阳抚治，以杨茂勋任之。丙戌，鄂罗斯察汉汗使人来贡。己亥，抚远大将军图海败王辅臣于平凉。

六月壬子朔，王辅臣降，图海以闻。诏复其官，授靖寇将军，立功自效，诸将弁皆原之。己卯，耿继善弃建昌遁。上谕杰书曰："耿精忠自撤其兵，显为海寇所逼。其乘机速进。"

七月辛巳朔，赐鄂罗斯使臣鞍马服物。大学士熊赐履免。以慕天颜为江苏巡抚。庚子，以姚文然为刑部尚书，郎廷相为福建总督。振武将军佛尼勒会张勇、王进宝击吴之茂于秦州，大败之，贼众宵遁。

八月甲寅，穆占复礼县。壬戌，上奉太皇太后幸汤泉。乙亥，赖塔击马九玉于衢州，复江山，九玉弃军遁。

九月庚辰朔，赖塔进击马九玉，破之，复常山。进攻仙霞关，贼将金应虎迎降，复浦城，连下建宁。癸未，张勇复阶州。乙未，耿精忠戕前总督范承谟。山西巡抚达尔布有罪、免。丙午，命穆占为征南将军，移军湖广。

冬十月辛酉，上奉太皇太后还宫。乙丑，康亲王杰书师次延平，贼将耿继美以城降。耿精忠遣子显祚献伪印乞降，杰书入福州，疏闻。上命复其爵，从征海寇自效。其将曾养性、叛将祖弘勋俱降。浙江官兵复温、处二府。撤衮州屯兵。癸酉，命讲官进讲《通鉴》。

十一月丙戌，海寇犯福州，都统喇哈达击败之。丙申，官兵围长沙。宁海将军贝子傅拉塔卒于军。

十二月壬子，遣耿昭忠为镇平将军，驻福州，分统靖南藩军。叛将严自明犯南康，舒恕击走之。丁巳，尚之信使人诣简亲王军前乞降，且乞师。疏闻，许之。吴三桂将吴世琮杀孙延龄，踞桂林。庚申，海澄公黄芳世自贼中脱归。上嘉之，加太子太保，与其弟黄蓝并赴康亲王大军讨贼。建威将军吴丹复山阳。辛未，颁赏诸军军士金帛。丙子，祫祭太庙。耿继善弃邵武，海寇据之。副都统穆赫林击之，贼将彭世勋以城降。

是岁，免直隶、江南、江西、陕西各省三十四州县灾赋有差。朝鲜入贡。

十六年丁巳春正月丙申，将军额楚攻吉安失利，命侍郎班迪驰勘军状。

二月己未，上幸南苑行围。甲子，大阅于南苑。免福建今年租赋，招集流亡。丙寅，以鄂内为讨逆将军，赴岳州。丁卯，康亲王杰书败郑锦于兴、泉，贼弃漳州遁，复海澄。遣郎中色度劳军岳州，察军状。辛未，以靳辅为河道总督。癸酉，论花马池剿寇功，蒙古鄂尔多斯贝勒索诺木等晋爵有差。乙亥，上御经筵。是月江西官军复瑞金、铅山。

三月甲申，以莽依图为镇南将军，督兵广东。己丑，谕礼部："帝王克谨天戒，凡有垂象，皆关治理。设立专官，谨司占候。今星辰凌犯，霜露非时，钦天监不以实告，有辜职掌。其察议以闻。"庚寅，命翰林长于词赋书法者，以所业进呈。乙未，原任总兵刘进忠、苗之秀诣康亲王军降，命随大军剿贼。癸未，诏："军兴以来，文武官身殉封疆，克全忠节，其有旅榇不能归[7]，妻子不得养者，深堪轸恻[8]。所在疆吏察明，妥为资送，以昭褒忠至意。"甲辰，含誉星见，庆云见。乙巳，吴三桂聚兵守长沙。命勒尔锦进临江，图海守汉中，喇布镇吉安，莽依图进韶州，额楚驻袁州，舒恕防赣州。

夏四月己未，康亲王杰书疏言处州府庆元县民人吴臣任等不肯从贼，结寨自固，守义杀贼，实为可嘉。已交浙江督抚，效力者录用，归农者奖赏，其陈亡札委守备吴受南等并请恩恤。从之。辛酉，上幸霸州行围。以伊桑阿为工部尚书，宋德宜为左都御史。丁卯，提督赵赖败土寇于泰和，擒贼目萧元。戊辰，予死事温处道陈丹赤等官荫。辛未，上制《大德景福颂》，书屏，上太皇太后。乙亥，莽依图师至南安，严自明以城降，遂克南雄，入韶州。

五月己卯，尚之信降，命复其爵，随大军讨贼。特擢谪戍知府傅弘烈为广西巡抚。先是，弘烈以首吴三桂反状谪梧州。及兵起，弘烈上书陈方略，故有是命。旋加授抚蛮灭寇将军，与莽依图规取广西。甲午，额鲁特噶尔丹攻败喀尔喀车臣汗，来献军实，却之。

六月丁巳，祖泽清以高州降。

秋七月庚子，郑锦将刘国轩自惠州犯东莞，尚之信大败之，贼将陈琏以惠州降。甲辰，上御便殿，召大学士等赐坐，论经史，因及前代朋党之弊，谕加警戒。以明珠、觉罗勒德洪为大学士。

八月丁未，明宗人朱统锠起兵陷贵溪、泸溪。己未，上御经筵。丙寅，册立贵妃钮祜禄氏为皇后，佟佳氏为贵妃。戊辰，傅弘烈等复梧州。

九月丙子，命宗室公温齐、提督周卜世赴湖广协剿。癸未，命额驸华善率师益简亲王军，科尔科代接驻江宁。丁亥，上发京师，谒孝陵，巡近边。丙申，次喀拉河屯。庚子，次达希喀布秦昂阿，近边蒙古敖汉部札穆苏等朝行在，献驼马，赐金币。吴三桂将胡国柱、马实寇韶州，将军莽依图、额楚夹击破之。贼遁，追之过乐昌，复仁化。

冬十月甲辰，上次汤泉。癸丑，还宫。傅弘烈败吴世琮于昭平，复浔州。福建按察使吴兴祚败朱统锠于光泽，其党执统锠降。癸亥，始设南书房，命侍讲学士张英、中书高士奇入直。

十一月己卯，吴三桂将韩大任陷万安，护军统领哈克山击败之。庚子，封长白山神，遣官望祭。是月，官兵复茶陵、攸县。

十二月乙巳，海寇犯泉州，提督段应举等御之。辛亥，海寇犯钦州，游击刘士贵击败之。命参赞勒贝、将军额楚进取郴、永。己巳，以冯更生为刑部侍郎。辛酉，金星昼见。辛未，祫祭太庙。

是岁，免直隶、江南、江西、陕西、湖广等省七十州县灾赋有差。朝鲜入贡。

十七年戊午春正月己丑，副都统哈当、总兵许贞击韩大任于宁都，大任遁之汀州，诣康亲王军前降，命执送京师。壬辰，以郭四海为左都御史。乙未，诏曰："一代之兴，必有博学鸿儒振起文运，阐发经史，以备顾问。朕万机余暇，思得博通之士，用资典学。其有学行兼优、文词卓越之士，勿论已仕未仕，中外臣工各举所知，朕将亲试焉。"于是大学士李蔚等荐曹溶等七十一人，命赴京齐集请旨。

二月甲辰，傅弘烈疏言吴三桂兵犯广西，诏额楚、勒贝守梧州。己未，上御经筵，制《四书讲疏义序》。丁卯，皇后钮祜禄氏崩，谥曰孝昭皇后。辛未，莽依图及吴世琮战于平乐，失利，退守梧州。命尚之信及都统马九玉会师守梧州。

三月丙子，湖广官兵击杨来嘉、洪福、败之，复房县。丁丑，海寇犯石门，黄芳世击败之。癸巳，祖泽清复叛应吴三桂。

闰三月癸卯，上巡近畿。乙丑，命内大臣喀代、尚书马喇往科尔沁四十九旗莅盟。丁卯，吴三桂将林兴珠诣安亲王军前降，诏封建义侯，随军剿贼。逮问副都统甘度海、阿进泰，以在江西剿贼失机也。

夏四月庚午，海寇蔡寅陷平和，进逼潮洲，甲戌，祖泽清犯电白，尚之信、额楚击之，泽清遁。庚寅，庆阳土贼袁本秀作乱，官兵击斩之。

五月庚子朔，海澄公黄芳世卒于军，命其弟芳泰袭爵。戊申，福建总督郎廷相、巡抚杨熙、提督段应举俱免，以姚启圣为福建总督，吴兴祚为福建巡抚，杨捷为福建水陆提督。甲寅，上幸西郊观禾。额鲁特部济农为噶尔丹所逼，入边，张勇逐出之。

六月壬申，尚善遣林兴珠败三桂舟师于君山。丁亥，上以盛夏亢旱，步祷于天坛。是日，大雨。壬辰，吴三桂将犯永兴，都统伯宜理布、统领哈克山与战，败殁⑨。海寇犯廉州，总兵班绍明等击走之。吴三桂兵犯郴州，副都统硕岱与战，不利，奔永兴。丁酉，诏曰："军兴以来，将士披坚执锐，盛暑祁寒，备极劳苦，朕甚悯焉。其令兵部察军中有负债责者，官为偿之，战殁及被创者恤其家。"

秋七月，郑锦陷海澄，前锋统领希佛、副都统穆赫林、提督段应举死之。甲辰，郑锦犯泉州。甲寅，以安珠护为奉天将军。壬戌，以魏象枢为左都御史。丙寅，召翰林院学士陈廷敬、侍读学士叶方蔼入直南书房。是月，吴三桂僭号于衡州。

八月己卯，安远靖寇大将军、贝勒尚善卒于军，命贝勒察尼代之。庚午，西洋国王阿丰肃使臣入贡。癸未，上御经筵，以《御制诗集》赐陈廷敬等。乙未，吴三桂死，永兴围解。颁行《康熙永年历》。丙申，诏曰："逆贼倡乱，仰服天诛。絓误之徒⑩，宜从宽典。其有悔悟来归者，咸与勿治。"

九月，上奉太皇太后幸汤泉，晋谒孝陵。姚启圣、拉哈达大败海寇于蜈蚣山，刘国轩遁，泉州围解。

冬十月癸未，上巡近边，次滦河，阅三屯营兵。己丑，将军鄂内败吴应麒于石口。丁酉，皇四子胤禛生，是为世宗，母曰吴雅氏。

十一月己亥，拉哈达疏言海贼断江东桥，兵援泉州难进。在籍侍读学士李光地为大军向导，修通险路，接济军需，请议叙。得旨："李光地前当变乱之初，密疏机宜。兹又迎接大兵，备办粮米，深为可嘉。即升授学士。"辛酉，上奉太皇太后还宫。癸亥，命福建陆路提督杨捷加昭武将军，王之鼎为福建水师提督。

十二月丁亥，额楚、傅弘烈及吴世琮战于藤县，不利，退守梧州。乙未，祫祭太庙。

是岁，免直隶、江南、江西、湖广等省七十州县灾赋有差。朝鲜、西洋入贡。

十八年己未春正月戊申，遣官分赈山东、河南。甲寅，贝勒察尼督水师围岳州，贼将吴应麒遁，复岳州。上御午门宣捷。设随征总兵官以处降将，旋裁之。壬戌，刘国轩犯长乐，总督姚启圣偕纪尔他布、吴兴祚击败之。甲子，岳乐复长沙。

二月丙寅，傅弘烈战吴世琮于梧州，贼遁。己巳，诏数江西奸民从逆之罪，仍免其逋赋。甲戌，顺承郡王勒尔锦督兵过江，分复松滋、枝江、宜都、沣州，叛将洪福以舟师降。戊寅，简亲王喇布遣前锋统领希佛复衡州，贼将吴国贵、夏国相遁。庚辰，诏军前王大臣议进取云、贵事宜。以周有德为云贵总督，桑峨为云南提督，赵赖为贵州提督，并随王师进讨。以杨雍建为贵州巡抚。癸未，以夸扎为蒙古都统。

三月丙申朔，御试博学鸿词于保和殿，授彭孙遹等五十人侍读、侍讲、编修、检讨等官。修《明史》，以学士徐元文、叶方蔼、庶子张玉书为总裁。丁酉，上幸保定县行围。甲辰，以徐治都为湖广提督。将军穆占击吴国贵于永州，败之。复永州、道州、永明。己酉，上还宫。戊午，赐归允肃等百五十一人进士及第出身有差。庚申，岳州阵殁诸将丧至，遣侍卫迎奠。福建阵没将士丧至亦如之。

夏四月丙寅，以杨茂勋为四川总督，驻郧阳。戊辰，以万正色为福建水师提督。己卯，旱甚，上步祷于天坛。是日，大雨，莽依图击吴世琮于浔州，败走之。壬寅，上出阜成门观禾。

五月庚戌，刘国轩犯江东桥，赖塔大战败之。

六月辛未，诏曰："盛治之世，余一余三。盖仓禀足而礼教兴，水旱乃可无虞。比闻小民不知积蓄，逢歉岁，率致流移。夫兴俭化民，食时用礼，惟良有司是赖。督抚等其选吏教民，用副朕意。己卯，以希佛为蒙古都统。

秋七月甲午，靳辅疏报淮扬坝工成，涸出田地，招民种之。丁未，上视纯亲王隆禧疾。隆禧薨。乙卯，额楚败吴世琮于南宁，世琮遁。庚申，京师地震。诏发内帑十万赈恤，被震卢舍官修之。壬戌，召廷臣谕曰："朕躬不德，政治未协，致兹地震示警。悚息靡宁，勤求致灾之由。岂牧民之官苛取以行媚欤？大臣或朋党比周引用私人欤？领兵官焚掠勿禁欤？蠲租给复不以实欤？问刑官听讼或枉平民欤？王公大臣未能束其下致侵小民欤？有一于此，皆足致灾。惟在大法而小廉，政平而讼理，庶几仰格穹苍，弭消沴戾①。用是昭布朕心，愿与中外大小臣工共勉之。"

八月癸亥朔，将军穆占复新宁。甲子，傅弘烈复柳城、融县。庚辰，提督赵国祚、将军林兴珠大破吴国贵于武冈，国贵死，复武冈州。

九月庚戌，以地震祷于天坛。辛亥，命简亲王喇布守桂林。甲寅，金光祖执叛镇祖泽清送京，及其子良楩磔诛之。

冬十月辛未，诏将军张勇、王进宝，提督赵良栋、孙思克取四川。王进宝、赵良栋行。癸未，王进宝克武关，复凤县。赵良栋复两当。

十一月戊戌，王进宝击叛将王屏藩，遁之广元，复汉中。庚子，赵良栋复略阳，进克阳平关。丁酉，以许贞为江西提督。

十二月壬戌，以蔡毓荣为绥远将军，进定云、贵。将军佛尼勒、吴丹克梁河关，贼将韩晋卿遁，复兴安、平利、紫阳、石泉、汉阴、洵阳、白河及郧阳之竹山、竹溪。丁卯，上幸南苑。辛未，诏安亲王岳乐率林兴珠班师。壬午，授赵良栋勇略将军。乙丑，祫祭太庙。

是岁，免顺天、江南、山东、山西、河南、浙江、湖广等省二百六十一州县灾赋有差。朝鲜、琉球、安南入贡。

十九年庚申春正月甲午，赵良栋复龙安府，进至绵竹，伪巡抚张文等迎降，遂入成都。诏以良栋为云贵总督。王进宝克朝天关，复广元，王屏藩缢死，生擒吴之茂。壬子，上幸巩华城，遣内大臣赐奠昭勋公图赖墓。

二月辛酉朔，诏吴丹会赵良栋进取云南，王进宝镇四川，勒尔锦取重庆，徐治都守荆州。乙丑，佛尼勒收顺庆府，潼川、中江、南部、蓬县、广安、西充诸县悉下。丁卯，诏莽依图督马九玉、金光祖、高承荫进兵云南。己巳，上幸南苑。丙子，大阅。以于成龙为直隶巡抚。徐治都大败叛将杨来嘉，复巫山，进取夔州。杨茂勋复大昌、大宁。癸未，万正色败海寇于海坛。

三月辛卯，吴丹复重庆，达州、奉乡诸州县悉定。杨来嘉降，送京。乙未，以伊辟为云南巡抚。丁酉，安亲王岳乐师旋，上劳于卢沟桥。辛丑，马承荫诱执傅弘烈。先是，马雄踞柳州，死，其子承荫以柳州降。至是，复叛，执弘烈送贵阳，不屈，死之。平南将军赖塔复铜山，命守潮州备承荫。万正色击海寇于平海奥，克之，进克湄州、南日、崇武诸奥。朱天贵降。拉哈达击刘国轩，败之，遁厦门。伪将苏堪迎降，进平玉洲、石马、海澄、马州等十九寨，复偕吴兴祚取金门。己酉，察尼下辰龙关，蔡毓荣复铜仁。

夏四月庚申朔，以赖塔为满洲都统。癸亥，穆占、董卫国败吴应麒，复沅州、靖州，进复黎平。丁卯，上以学士张英等供奉内廷，日备顾问，下部优叙，高士奇、杜讷均授翰林官。己巳，命南书房翰林每日晚讲《通鉴》。丙子，上祈雨天坛，翌日，雨。己卯，颁行《尚书讲义》。王进宝以病回固原，以其子总兵用予统军驻保宁。庚辰，宗人府进玉牒。

五月壬辰，命甘肃巡抚治兰州。乙巳，莽依图会军讨马承荫，复降，命执送京师。己酉，山海关设关收税。

六月甲子，蔡毓荣复思南。丁丑，命五城粥厂再展三月，遣太医官三十员分治饥民疾疫。壬午，副都统马尔哈齐、营总马顺德以纵兵杀人论罪。

秋七月甲午，停捐纳官考选 科道。褒恤福建总督范承谟、广西巡抚马雄镇，赠官予谥荫。乙巳，以折尔肯为左都御史。己酉，解顺承郡王勒尔锦大将军，撤还京。

八月戊辰，上御经筵。己巳，命赖塔移驻广州，以博济军益之。戊寅，大学士索额图免。壬午，将军莽依图卒于军。以勒贝代之。甲申，尚之信以属人王国光讦告其罪，擅杀之，诏赐之信死。其弟之节，其党李天植，皆伏诛，家口护还京师。

闰八月乙未，命各将帅善抚绿旗军士。壬子，以王永誉为广东将军。

九月癸亥，吴世璠使其将夏国柱、马宝潜寇四川，谭弘复叛应之，连陷泸州、永宁，夔州土匪应之。命将军吴丹、噶尔汉，提督范达理、徐治都分道讨之。乙丑，以赖塔为平南大将军，率师进云南。戊寅，吴丹复泸州。

冬十月，仁怀失守，罢吴丹，以鄂克济哈领其军。戊戌，以阿密达为蒙古都统。噶尔汉复巫山。壬寅，大将军康亲王 杰书师旋，上郊劳之。戊申，彰泰、穆占败吴世璠于镇还。噶尔汉击谭弘于铁开峡，败之。是月，王大臣议上师行玩误之王贝勒大臣罪。得旨，勒尔锦革去王爵，籍没羁禁。尚善、察尼均革去贝勒。兰布革去镇国公。朱满革去都统，立绞。余各褫官、夺世职、鞭责、籍没有差。

十一月丙辰朔；冬至，祀天于圜丘。彗星见，诏求直言。甲子，贝子彰泰进复平越，遂入贵阳。逆渠吴世璠及吴应麒等夜遁。安顺、石阡、都匀三府皆下。庚午，以达哈里为蒙古都统。丙子，川北总兵高孟败彭时亨于南溪桥，复营山，进围灵鹫寨，斩伪将魏卿武。甲申，提督周卜世复思南。

十二月壬辰，以徐元文为左都御史。甲午，高孟复渠县。乙未，提督桑峨大败吴世璠于永宁，追至铁索桥，贼焚桥遁。土官龙天佑、沙起龙造盘江浮桥济天军。壬寅，高孟复广安州。庚戌，以郝浴为广西巡抚。癸丑，祫祭太庙。

是岁，免直隶、江南、山东、山西、陕西、江西、福建、湖广等省一百八十六州县灾赋有差，朝鲜、琉球入贡。

二十年辛酉春正月壬申，叛将李本深降，械送京师。癸酉，总兵高孟复达州。甲戌，将军噶尔汉复云阳，谭弘死，进复忠州、万县、开县。乙亥，命侍郎温代治通州运河。丙子，将军穆占、提督赵赖击夏国相等，走之，复平远。辛巳，增置讲官。诏法司慎刑。是月，郑锦死，其子克爽继领所部。

二月己丑，贝子彰泰师至安南卫，击贼将线绒于江西坡。贼列象阵拒战。官兵分三队奋击，大破之。贼遁，公图、达汉泰追击，复败之，复普安州、新兴所。壬辰，副都统莽奕禄败贼张足法等于三山。甲午，诏凡三藩往事为民害者悉除之。蠲奉天盐引。大将军赖塔师至广西，大破贼于黄草霸，复安笼，入曲靖。高孟复东乡，败彭时亨于月城寨，戊戌，增钦天监满监副一员。都统希福、马绪、硕塔复马龙州、杨林城，入嵩明州，贼遁。穆占复黔西、大定，斩其伪将张维坚。乙巳，贝子彰泰、大将军赖塔、将军蔡毓荣先后入滇。贼将胡国柄、刘起龙迎拒，官军分击败之，斩国柄、起龙。辛亥，谒孝陵。

三月甲辰，宣威将军鄂克济哈以失援建昌自劾。诏以觉罗纪哈里代之。辛酉，葬仁孝皇后、孝昭皇后于昌瑞山陵。诏行在批阅章奏，令大学审校。壬戌，胡国柱犯建昌，将军佛尼勒击走之，复马湖。癸亥，马宝弃遵义，犯泸、叙。诏佛尼勒、赵良栋急击滇贼，勿令回援。丙寅，赠恤福建死事运使高天爵、知府张瑞午等官荫。戊辰，土官陆道清以永宁降。癸酉，上奉太皇太后幸遵化汤泉。

夏四月甲辰朔，王用予复纳溪、江安、仁怀、合江。己酉，贝子彰泰遣使招抚诸路，武定、大理、临安、永顺、姚安皆降。壬子，上奉太皇太后还宫。

五月癸丑朔，提督周卜世取遵义，降伪官金仕俊等，复真安州、仁怀、桐梓、绥阳等县。己未，遣官察阅蒙古苏尼特等旗被旱灾状。乙丑，诏行取州县曾陷贼中者勿选科道。辛巳，大将军贝子彰泰报抵云南省城，伪将李发美以鹤庆、丽江二府降。

六月戊子，除山西、陕西房号银。

秋七月丁巳，以礼部尚书郭四海兼管刑部。庚申，诏四川民田为弁兵所占者察还之。辛酉，都统希福、提督桑峨击马宝于乌木山，大败之。马宝降，械送京师诛之。乙丑，赵良栋遣总督兵李芳述击败胡国柱，复建昌，入云南。戊辰，诏图海率王辅臣还京。壬申，赐宴瀛台，员外郎以上皆与焉，赐采币。己卯，以施琅为福建水师提督，规取台湾，改万正色陆路提督。

八月辛巳朔，日有食之。乙巳，上御经筵。

九月辛亥，上巡幸畿甸。故平南王尚可喜丧至通州，赐银八千两，遣官奠茶果。戊午，上次雄县。召见知州吴鉴，问浑河水决居民被灾状。丙寅，上还京。诏停本年秋决。壬申，复运丁工银。

冬十月癸未，偏沅巡抚韩世琦败贼将黄明于古州。甲申，额鲁特噶尔丹入贡。乙酉，大学士图海师旋，上嘉劳之。壬辰，诏撤平南、靖南两藩弁兵还京。癸卯，诏免吐鲁番悉贡犬马。

十一月辛亥，诏从贼诸人，除显抗王师外，余俱削官放还。以诺迈为汉军都统。癸亥，定远平寇大将军贝子彰泰、平南大将军都统赖塔、勇略将军总督赵良栋、绥远将军总督蔡毓荣疏报王师于十月二十八日入云南城，吴世璠自杀，传首。吴三桂析骸，示中外。诛伪相方光琛，余党降，云南平。是日，以昭告孝陵，车驾次蓟州。丁卯，祭孝陵。辛未，召贝子彰泰、将军赵良栋还京。乙亥，上猎于南山，发矢殪三虎⑫。己卯，回銮。

十二月戊子，设满洲将军驻荆州，汉军将军驻汉中。癸巳，群臣请上尊号。敕曰："自逆贼倡乱，莠民响应。师旅疲于征调，闾阎敝于转输。加以水旱频仍，灾异叠见。此皆朕躬不德所致。赖宗社之灵，削平庶孽。方当登进贤良，与民休息。而乃侈然自足，为无谓之润色，能勿恧乎⑬！其勿行。"补广西乡试。戊戌，大学士图海卒。己亥，上御太和门受贺，宣捷中外。癸卯。加上太皇太后、皇太后徽号，颁发恩诏，赐宗室，赉外藩，予封赠，广解额，举隐逸，旌节孝，恤孤独，罪非常赦不原者悉赦除之。以于成龙为江南、江西总督，吴兴祚为广东、广西总督。丁未，祫祭太庙。

是岁，免直隶、江南、江西、山东、山西、浙江、福建等省七十五州县灾赋有差。丁户一千七百二十三万，征银二千二百一十八万三千七百六十两有奇。盐、茶课银二百三十九万九千四百六十八两。铸钱二万三千一百三十九万。朝鲜、厄鲁特入贡。

---

①逋：拖欠。

②祫：祭名。

③祫（xiá，音霞）：古代天子或诸侯把远近祖先的牌位集合在太祖庙举行大合祭的活动。

④曩（nǎng，音囊上声）：以往；从前。

⑤鞫（jū，音拘）：审讯；审问。

⑥掊（póu，音剖阳平）：击。 絷：拘禁；束缚。

⑦櫬（chèn，音衬）：棺材。

⑧轸（zhěn，音诊）：悲痛。

⑨殁：死。

⑩绖（guà，音挂）：阻碍；拌住。

⑪沴（lì，音立）：灾气；恶气。

⑫殪：射死。

⑬恧：惭愧。

圣祖本纪二

二十一年壬戌春正月壬戌，上元节。赐廷臣宴，观灯，用柏梁体赋诗。上首唱云："丽日和风被万方。"廷臣以次属赋。上为制《升平嘉宴诗序》，刊石于翰林院。丙寅，调蔡毓荣为云贵总督。戊辰，王大臣奏曰："耿精忠累世王封，甘心叛逆。分扰浙、赣，及于皖、徽，设非师武臣力，蔓延曷极。李本深、刘进忠等多年提镇，高官厚禄，不能革其鸮音，俯首从贼，抑有何益？均宜从严惩治，大为之防，以为世道人心之范。谨拟议请旨。"得旨：耿精忠、曾养性、白显中、刘进忠、李本深均磔死枭首①；耿精忠之子耿继祚，李本深之孙李象乾、李象坤，其侄李济祥、李济民，暨祖弘勋等俱处斩。为贼绐误之陈梦雷、李学诗、金境、田起蛟均减死一等②。己巳，特封安亲王岳乐子岳希为僖郡王。

二月庚辰，以达都为左都御史。癸未，以平滇遣官告祭狱渎、古帝陵、先师阙里。甲申，上御经筵。丙戌，以佟国维为领侍卫内大臣。辛卯，上斋居景山，为太皇太后祝釐。癸巳，上东巡，启銮。皇太子胤礽从。蒙古王贝勒等请上尊号，不许。以穆占为蒙古都统。妖人朱方旦伏诛。戊戌，次山海关，遣大臣祭伯夷、叔齐庙。

三月壬子，上谒福陵、昭陵，驻跸盛京。甲寅，告祭于福陵。丙辰，告祭于昭陵。大赉将军以下，至守陵官、年老致仕官及甲兵废闲者。曲赦盛京、宁古塔。蠲跸路所过租税。己未，上谒永陵，行告祭礼。上具启太皇太后、皇太后进奉鲢鱼、鳟鱼。庚申，上由山道幸乌拉行围。辛酉，望祭长白山。乙亥，泛舟松花江。

夏四月辛巳，上回銮。赐宁古塔将军、副都统宴，赍致仕官及甲士。乙巳，次中后所。流人王廷试子德麟叩阍，乞代父戍，部议不准。上谕："王德麟所言情甚可悯。遇朕来此，亦难得之遭。其父子俱读书人，可均释回。"

五月辛亥，上还京。壬子，诏宁古塔地方苦寒，流人改发辽阳。己未，大学士杜立德乞休，温旨允之。丙寅，免吉林贡鹰，减省徭役。戊辰，以王熙为大学士。

六月乙酉，以佟国瑶为福州将军。庚寅，以公倭赫为蒙古都统。甲辰，大学士冯溥乞休，温旨允之，差官护送，驰驿回籍。

秋七月庚戌，以杭艾为左都御史。甲寅，命刑部尚书魏象枢、吏部侍郎科尔坤巡察畿辅，豪强虐民者拘执以闻。乙卯，以三逆荡平宣示蒙古。

八月丙子，诏内阁学士参知政事。癸卯，谭弘之子谭天秘、谭天伦伏诛。

九月戊申，赐蔡升元等一百七十六人进士及第出身有差。甲子，诏每日御朝听政，春夏以辰初，秋冬以辰正。

冬十月甲申，定远大将军贝子彰泰、征南大将军都统赖塔凯旋，上郊劳之。己丑，以黄机、吴正治为大学士。辛卯，诏重修《太祖实录》，纂修《三朝圣训》、《平定三逆方略》。

十一月甲寅，以李之芳为兵部尚书，希福为西安将军，瓦岱为江宁将军。戊午，诏广西建双忠祠，祀巡抚马雄镇、傅弘烈。庚申，以赵赖为汉军都统。戊辰，以施维翰为浙江总督，以噶尔汉为满洲都统。

十二月己卯，前广西巡抚陈洪起从贼论死，命流宁古塔。癸未，以许贞为广东提督。戊子，录达海之孙陈布禄为刑部郎中。癸巳，论行军失律罪，简亲王喇布夺爵，余遣戍降黜有差。庚子，郎谈使黑龙江还，上罗刹犯边事状。命宁古塔将军巴海、副都统萨布素率师防之。建木城于黑龙江、呼马尔，分军屯田。

是岁，免直隶、江南、江西、山东、山西、浙江、湖广等省七十八州县卫被灾额赋有差。朝鲜、安南入贡。二十二年癸亥春正月乙卯，宴赉廷臣。己未，上阅官校较射。二月癸酉，帅颜保罢，以介山为礼部尚书，喀尔图为刑部尚书。甲申，上幸五台山。三月戊申，还京。戊午，以噶尔汉为荆州将军，彭春为满洲都统。夏四月乙亥，命提镇诸臣以次入觐。庚辰，命巴海回驻乌拉，萨布素、瓦礼祜帅师驻额苏里备边。辛卯，以公坡尔盆为蒙古都统。五月丙午，设汉军火器营。甲子，命施琅征台湾。六月丁丑，上阅内库，颁赉廷臣币器。戊寅，以伊桑阿为吏部尚书，杭艾为户部尚书。癸未，上奉太皇太后避暑古北口。闰六月戊午，施琅克澎湖。庚申，谕饬刑官勘狱勿淹系。秋七月，车驾次胡图克图，赐随图蒙古王公冠服，兵士银币。甲午，上奉太皇太后还宫。八月庚子，命经筵大典，大学士以下侍班。戊申，以哈占为兵部尚书，科尔坤为左都御史。戊辰，施琅疏报师入台湾，郑克爽率其属刘国轩等迎降，台湾平。诏锡克爽、国轩封爵，封施琅靖海侯，将士擢赉有差。

九月癸酉，以丁思孔为偏沅巡抚。己卯，上奉太皇太后幸五台山。壬辰，次长城岭，太皇太后以道险回銮。上如五台山。限额鲁特入贡人数。

冬十月，上至五郎河行宫，奉太皇太后还京。丁未，群臣以台湾平，请上尊号，不许。癸亥，以萨布素为新设黑龙江将军。乙丑，诏沿海迁民归复田里。

十一月癸未，授罗刹降人宜番等官。戊子，上以海寇平，祭告孝陵。癸巳，上巡幸边界。

十二月甲辰，上还京。丁未，从逆土司陆道清伏诛。壬子，以纪尔他布为蒙古都统。乙卯，《易经日讲》成，上制序颁行。尚书朱之弼、左都御史徐元文以荐举非人，免。乙丑，祫祭太庙。

是岁，免山东、山西、甘肃、江西、湖广、广西等省二十州县灾赋有差。朝鲜、琉球入贡。

二十三年甲子春正月辛巳，上幸南苑行围。丙戌，加封安亲王岳乐子袁端为勤郡王。壬辰，命整肃朝会礼仪。罗刹踞雅克萨、尼布潮二城，饬断其贸易，萨布素以兵临之。

二月乙巳，上御经筵。癸丑，上巡幸畿甸。丙寅，还驻南苑。大学士黄机罢。乙丑，给事中王承祖疏请东巡，命查典礼以闻。

三月壬申，以刘国轩为天津总兵官，陛辞。赐白金二百、缎匹三十、内厩鞍马一。丁亥，上制五台山碑文，召示廷臣。谕之曰："近人每一文出，不乐人点窜，此文之所以不工也。"

夏四月己酉，设台湾府县官，隶福建行省。壬子，刑部左侍郎宋文运乞休，命加太子少保致仕。庚申，谕凡一事经关两部，俱会同具奏。乙丑，谕讲官："讲章以精切明晰为尚，毋取繁衍。朕阅张居正《尚书、四书直解》，义俱精实，无泛设之词，可为法也。"江南江西总督于成龙卒，予祭葬，谥清端。

五月丁卯，裁浙江总督。以公瓦山为满洲都统。己巳，修《大清会典》。丙子，以孙思克为甘肃提督。辛巳，命廷臣察举清廉官。九卿举格尔古德、苏赫、范承勋、赵仑、崔华、张鹏翮、陆陇其。癸未，起巴海为蒙古都统。甲申，上幸古北口，诏跸路所经勿践田禾。乙未，惠郡王博翁果诺坐陪祀不谨，削爵。王大臣议奏侍郎宜昌阿、巡抚金俊查看尚之信家产，隐蚀银八十九万，并害杀商人沈上达，应斩。郎中宋俄托、员外朗卓尔图及审谳不实之侍朗禅塔海，应绞。从之。诏追银勿入内务府，交户部充饷。

六月丁未，琉球请遣子弟入国子监读书，许之。甲寅，暹罗国王森列拍腊照古龙拍腊马呼陆坤司由提呀菩挨遣陪臣言贡船到虎跳门，阻滞日久，每致损坏。乞谕粤省官吏准其放入河下，早得登岸，贸易采办，勿被拦阻。从之。谕一等侍卫阿南达曰："朕视外旗蒙古与八旗一体。今巡行之次，见其衣食困苦，深用恻然。尔即传谕所过地方蒙古无告者，许其来见，询其生计。"于是蒙古扶老携幼，叩首行宫门。上详问年齿生计，给与银两布匹。乙卯，上阅牧群，赐从臣马。刑部尚书魏象枢再疏乞休，允之。丁巳，以汤斌为江苏巡抚。

七月乙亥，以宋德宜为大学士。辛巳，上驻跸英尼汤泉。以佟佳为蒙古都统。

八月戊申，上还京。甲寅，大学士李霨卒，遣官奠茶酒，赐祭葬，谥文勤。甘肃提督靖逆侯张勇卒，予祭葬，谥襄壮。

九月甲子朔，停本年秋决。丙寅，以张士甄为刑部尚书，博济为满洲都统。以钱贵，更铸钱，减四分之一。听民采铜铅，勿税。丁卯，改梁清标为兵部尚书，余国柱为户部尚书。庚午，以蒙古都统阿拉尼兼理藩院尚书。癸酉，以陈廷敬为左都御史，莽奕禄为蒙古都统。丁亥，诏南巡车驾所过，赐复一年。辛卯，上启銮。

冬十月壬寅，上次泰安，登泰山，祀东岳。辛亥，次桃源，阅河工，慰劳役夫，戒河吏勿侵渔。临视天妃闸。与河臣靳辅论治河方略。壬子，上渡淮。甲寅，次高邮湖，登岸行十余里，询耆老疾苦。丙辰，上幸焦山、金山，渡扬子江，舟中顾侍臣曰："此皆战舰也。今以供巡幸，然艰难不可忘也。"丁巳，弛海禁。戊午，上驻苏州。庚申，幸惠山。谕巡抚："百姓远道来观，其不能归者资遣之。

十一月壬戌朔，上驻江宁。癸亥，诣明陵致奠。乙丑，回銮。泊舟燕子矶，读书至三鼓。侍臣高士奇请曰："圣躬过劳，宜少节养。"上曰："朕自五龄受书，诵读恒至夜分，乐此不为疲也。"丁卯，命伊桑阿、萨穆哈视察海口。谕曰："海口沙淤年久，遂至壅塞。必将水道疏通，始免昏垫。即多用经费，亦所不惜。"辛未，临阅高家堰。次宿迁。过白洋河，赐老人白金。戊寅，上次曲阜。己卯，上诣先师庙，入大成门，行九叩礼。至诗礼堂，讲《易经》。上大成殿，瞻先圣像，观礼器。至圣迹殿，览图书。至杏坛，观植桧。入承圣门，汲孔井水尝之。顾问鲁壁遗迹，博士孔毓圻占对甚详，赐官助教。诣孔林墓前酹酒。书"万世师表"额。留曲柄黄盖。赐衍圣公孔毓埏以次日讲诸经各一。免曲阜明年租赋。庚寅，上还京。以马哈达为满洲都统。

十二月壬辰朔，以石文炳为汉军都统。癸卯，命公瓦山视师黑龙江，佟宝、佛可托副之，备罗刹。甲辰，赐公郑克塽、伯刘国轩、冯锡范田宅，隶汉军。丙午，命流人值冬令，过严寒时乃遣。丙辰，上谒陵，赐守陵官兵牛羊。己未，还宫。

是岁，免直隶、江南、江西、河南、湖广等省二十六州县灾赋有差。朝鲜、暹罗入贡。

二十四年乙丑春正月癸酉，享太庙。谕曰："赞礼郎读祝，读至朕名，声辄不扬，失父前子名之义。自今俱令宣读。"癸未，命公彭春赴黑龙江督察军务。命侯林兴珠率福建藤牌兵从之。以班达尔沙、佟宝、马喇参军事。乙丑，试翰詹官于保和殿，上亲定甲乙，其不称者改官。戊子，命蒙古科尔沁十旗所贡牛羊送黑龙江军前。

二月庚子，命周公后裔东野氏为《五经》博士，予祀田。以额赫纳为满洲都统。癸卯，上御经筵。乙卯，上巡幸畿甸。庚申，还京。再赐刘国轩第宅。以范承勋为广西巡抚。

三月壬戌，上撰孔子庙碑文成，亲书立碑。重修《赋役全书》。辛巳，赐陆肯堂等一百二十一人进士及第出身有差。

夏四月辛卯，予宋儒周敦颐裔孙《五经》博士。丙申，授李之芳轻车都尉世职。戊戌，马喇以所俘罗刹上献，命军前纵遣之。辛丑，诏以直隶连年旱灾，逋赋六十余万尽免之，并免今年正赋三分之一。诏医官博采医林载籍，勒成一书。庚戌，设内务府官学。

五月癸未，诏厄鲁特济农违离本部，向化而来，宜加爱养，予之田宅。修《政治典训》。甲申，以原广西巡抚郝浴历官廉洁，悉免应追帑金。彭春等攻雅克萨城，罗刹来援，林兴珠率藤牌兵迎击于江中，破之，沈其船，头人额里克舍乞降。

六月庚寅朔，上巡幸塞外，启銮。戊戌，上还京。癸卯，诏曰："鄂罗斯入我边塞，侵扰鄂伦春、索伦、赫哲、飞牙喀等处人众，盘踞雅克萨四十年。今克奏厥绩，在事人员，咸与优叙。应于何地永驻官兵，即会议具奏。"上试汉军笔帖式、监生，曳白八百人，均斥革，令其读书再试。乙巳，上巡幸塞外。

秋七月壬申，设吉林、黑龙江驿路，凡十九驿。

八月丙午，上驻跸拜巴哈昂阿，赐朝行在蒙古王贝勒冠服银币。

九月戊午朔，上闻太皇太后违豫③，回銮。己未，上驰回京，趋侍医药，旋即康复。辛巳，陕西提督王进宝卒，赠太子太保，予祭葬，谥忠勇。甲申，命副都统温代、纳秦驻防黑龙江，博定修筑墨尔根城，增给夫役，兼令屯田。乙酉，以吴英为四川提督。

冬十月甲午，上幸南苑。戊戌，厄鲁特使人伊特木坐杀人弃市。己亥，以瓦代为满洲都统。庚子，定外藩王以下，岁贡羊一只、酒一瓶。丙午，庆云见。己酉，靳辅请下河涸出田亩，佃民收价偿工费。上曰："如是则累民矣。其勿取。"甲寅，以博霁为江宁将军。

十一月丁巳朔，日有食之。庚申，以莽奕禄为满洲都统，塔尔岱为蒙古都统。甲戌，上大阅于卢沟桥。丙子，靳辅、于成龙遵召至京，会议治河方略。靳辅议开六河建长堤。于成龙请开浚海口故道。大学士以闻。上云："二说俱有理，可询高、宝七州县京官，孰利民。"侍读乔莱奏，从于成龙议，则工易成，而百姓有利。上令于成龙兴工。旋以民情不便而止。己卯，上赐鄂内、坤巴图鲁散秩大臣，听其家居，二人皆太宗朝旧臣也。乙酉，诏曰："日蚀于月朔，越十六日月食。一月之中，薄蚀互见。天象示儆，宜亟修省。廷臣集议以闻。"

十二月庚寅，以察尼为奉天将军。己亥，谒孝陵。癸卯，上还宫。甲寅，祫祭太庙。

是岁，免江南、江西、山东、山西、湖广等省七十四州县卫灾赋有差。朝鲜、琉球、噶尔丹入贡。

二十五年丙寅春正月丙申，命马喇督黑龙江屯田。鄂罗斯复据雅克萨，命萨布素率师逐之。

二月甲辰，重修《太祖实录》成。丁未，诏曰："国家削平逆孽，戡定遐荒。惟宜宣布德意，动其畏怀。近见云、贵、川、广大吏，不善抚绥，颇行苛虐，贪黩生事，假借邀功。朕思土司苗蛮，即归王化，有何杌陧④，格斗靡宁。其务推示诚信，化导安辑，以副朕抚驭遐荒至意。"停四川采运木植。己酉，文华殿成。壬子，告祭至圣先师于传心殿。癸丑，上御经筵。以津进为领侍卫内大臣。

三月戊午，命修栖流所。己未，命篆修《一统志》。甲戌，以汤斌为礼部尚书，兼管詹事府。

夏四月乙酉朔，命阿拉尼往喀尔喀七旗莅盟。庚寅，诏曰："赵良栋前当逆贼盘踞汉中，首先入川；功绩懋著⑤。复领兵直抵云南，攻克省城之后，独能恪守法纪，廉洁自持，深为可嘉。今已衰老解任，应复其勇略将军、兵部尚书、总督以示眷注。"命郎谈、班达尔沙、马喇赴黑龙江参赞军务。赠平西死事平逆将军毕力克图、参赞阿尔瑚世职。甲午，诏求遗书。戊申，调万正色云南提督，以张云翼为福建陆路提督。辛亥，始令顺天等属旗庄屯丁，编查保甲，与民户同。

闰四月辛未，以范承勋为云南、贵州总督。

五月丁亥，诏毁天下淫祠。

六月乙亥，录平南大将军赖塔、都统赵赖以次功，各予世职有差。戊寅，以阿兰泰为左都御史。

秋七月己酉，锡荷兰国王耀汉连氏甘勃氏文绮曰金，命其使臣赍书致鄂罗斯。吏部奏定侍读、庶子以下各官学问不及者，以同知、运判外转。从之。辛亥，上巡幸塞外。

八月辛未，上驻跸乌尔格苏台。丙子，上还京。以索额图为领侍卫内大臣。丁丑，诏萨布素围雅克萨城，遏其援师，以博定参军事。戊辰，诏天下学宫崇祀先儒。庚辰，诏增孔林地十一顷有奇，从衍圣公孔毓埏请也。除其赋。

九月己丑，以班达尔沙为蒙古都统。乙巳，以图纳为四川陕西总督。丁未，以陈廷敬为工部尚书，马齐为山西巡抚。己酉，鄂罗斯察汉汗使来请解雅克萨之围。许之。是月，内大臣拉笃祜奉诏与罗卜藏济农及噶尔丹定地而还。

冬十月丙辰，调张士甄为礼部尚书，以胡昇猷为刑部尚书。

十一月庚子，上谒孝陵。赏蒙古喀喇沁兵征浙江、福建有功者。

十二月癸丑，上还宫。丙辰，命侍郎萨海督察凤凰城屯田。癸亥，谕："纠仪御史纠察必以严，设朕躬不敬，亦当举奏。"戊寅，祫祭太庙。

是岁，免直隶、江南、浙江、湖广、甘肃等省二十七州县被灾额赋有差。朝鲜、安南、荷兰、吐鲁番入贡。

二十六年丁卯春正月戊子，遣医官往治雅克萨军士疾，罗刹愿就医者并医之。丙申，蒙古土谢图汗、车臣汗及济农合疏请上尊号。不许。乙巳，大学士吴正治乞休。允之。

二月癸丑，上大阅于卢沟桥。原任湖广总督蔡毓荣隐藏吴三桂孙女为妾，匿取逆财，减死鞭一百，枷号三月，籍没。并其子发黑龙江。原谳尚书禧佛等坐隐庇，黜革有差。甲寅，以余国柱为大学士。庚申，命八旗都统、副都统更番入值紫禁城。丁卯，以张玉书为刑部尚书。壬申，户部奏浒墅关监督桑额溢征银二万一千余两。得旨："设立榷关，原为稽察奸宄⑤。桑额多收额银，乃私封便民桥，以致扰害商民。著严加议处。嗣后司榷官有额外横征者，该部其严饬之。"

三月己丑，以董讷为江南江西总督。癸巳，以王鸿绪为左都御史。癸卯，上御太和门视朝，谕大学士等详议政务阙失，金以无弊可陈封。上曰："尧、舜之世，府修事和，然且兢兢业业，不敢谓已治已安。汉文帝亦古之贤主，贾谊犹指陈得失，直言切谏。今但云主圣臣贤，政治无阙，岂国家果无一事可言耶？大小臣工，各宜尽心职业，视国事如家事，有所见闻，入陈无隐。"以马世济为贵州巡抚。

夏四月己未，上谕大学士曰："纂修《明史》诸臣，曾参看前明实录否？若不参看实录，虚实何由悉知。《明史》成日，应将实录并存，令后世有所考证。"丙寅，以田雯为江苏巡抚。癸酉，罢科道侍班。

五月己亥，宗人府奏平郡王纳尔都打死无罪属人，折伤手足，请革爵圈禁。得旨："革爵，免圈禁。"庚辰，诏曰："今兹仲夏，久旱多风，阴阳不调，灾孰大焉。用是减膳撤乐，斋居默祷。虽降甘霖，尚未沾足。皆朕之凉德，不能上格天心。政令有不便于民者更之。罪非常赦不原者咸赦除之。"戊子，上召陈廷敬、汤斌十二人各试以文。谕曰："朕闲与熊赐履讲论经史，有疑必问。继而张英、陈廷敬以次进讲，大有裨益。德格勒每好评论时人学问，朕心以为不然，故兹召试，兹判然矣。"壬辰，上制周公、孔子、孟子庙碑文，御书勒石。

六月丁酉，上素服步行，祈雨于天坛。是夜，雨。辛丑，改祀北海于混同江。以杨素蕴为安徽巡抚。

秋七月戊子，鄂罗斯遣使议和，命萨布素退兵。丙午，户部请裁京员公费。得旨勿裁。

八月己酉，上巡幸塞外。癸丑，次博洛和屯行围。甲戌，赐外藩银币。

九月己卯，上还京。辛巳，于成龙进嘉禾。上曰："今夏干旱，幸而得雨，未足为瑞也。"壬午，以李之芳为大学士。乙未，调汤斌为工部尚书。起徐元文为左都御史。

冬十月癸丑，上巡幸畿甸。甲子，上还驻畅春园。

十一月甲申，以李正宗为汉军都统。丙申，太皇太后不豫。上诣慈宁宫侍疾。

十二月乙巳朔，上为太皇太后不豫，亲制祝文，步行祷于天坛。癸亥，以王永誉为汉军都统。乙丑，湖广巡抚张汧为御史陈紫芝劾其贪婪，侍郎色楞额初按不实。至是，命于成龙、马齐、开音布驰往提拿，究拟论死，陈紫芝内升。己巳，太皇太后崩。上哭踊视殓，割辫服衰，居慈宁宫庐次。甲戌除夕，群臣请上还宫，不允。

是岁，免直隶、山东、山西、江西等省四州县灾赋有差。朝鲜入贡。

二十七年戊辰春正月戊子，上居乾清门外左幕次。乙未释服。丁酉听政。

二月壬子，大学士勒德洪、明珠、余国柱有罪免，李之芳罢御史，郭琇具疏论列也。尚书科尔昆、佛伦、熊一潇俱罢。甲寅，以梁清标、伊桑阿为大学士，李天馥为工部尚书，张玉书为兵部尚书，徐乾学为刑部尚书。定宗室袭封年例。

三月乙亥，以马齐为左都御史。辛巳，上召廷臣及董讷、靳辅、于成龙、佛伦、熊一潇等议河务。次日亦如之。乙酉，色楞额以按张汧狱欺罔论死，总督徐国相以徇庇，侍郎王遵训等以滥举，俱免官。己丑，以王新命为河道总督。辛卯，裁湖广总督。丁酉，论河工在事互讦诸臣，董讷、熊一潇、靳辅、慕天颜、孙在丰俱削官，并赵吉士、陈潢罪之。己亥，增遣督捕理事官张鹏翮、兵科给事中陈世安，会内大臣索额图与鄂罗斯议约定界。壬寅，赐沈廷文等一百四十六人进士及第出身有差。李光地坐妄举德格勒议处。得旨："李光地前于台湾一役有功，仍以学士用。"

夏四月癸卯朔，日有食之。戊申，以傅拉塔为江南、江西总督。己酉，上躬送太皇太后梓宫奉安暂安奉殿。其后起陵，是曰昭西陵。回跸至蓟州除发。甲寅，以厄鲁特侵喀尔喀，使谕噶尔丹。戊辰，上还宫。庚午，命侍郎成其范、徐廷玺查阅河工。

五月己卯，吏部尚书陈廷敬、刑部尚书徐乾学以疾罢。甲午，以纪尔他布为兵部尚书。丙申，上谒祭暂安奉殿。

六月甲辰，湖广督标裁兵夏逢龙作乱，踞武昌，巡抚柯永昇投井死，署布政使粮道叶映榴骂贼遇害。命瓦岱佩振武将军印讨之。庚申，阿喇尼奏噶尔丹侵厄尔德尼招，哲卜尊丹巴、土谢图汗遁。发兵防边。戊辰，起熊赐履为礼部尚书，徐元文为左都御史。以翁叔元为工部尚书。

秋七月癸酉，以辅国公化善为蒙古都统。乙酉，湖广提督徐治都大败夏逢龙于应城，于鲤鱼套焚贼舟，贼遁黄冈。丙戌，上巡幸塞外。戊子，南阳总兵史孔华复汉阳。庚寅，瓦岱复黄州，获夏逢龙，磔诛之，贼平。壬午，云南提督万正色侵冒兵饷，按律论死。上念其前陷贼时，抗志不屈，行间血战劳绩甚多，免死，革提督，仍留世职。壬辰，上驻喀尔必哈哈达，有峰旧名纳哈里，高百数十丈，上发数矢皆过峰顶，赐今名。

八月癸卯，上驻巴颜沟行围。叶映榴遗疏至，赠工部侍郎，下部优恤。乙卯，张玉书奏查阅河工，多用靳辅旧议。

九月壬申，遣彭春、诺敏率师驻归化城防边。是时喀尔喀为噶尔丹攻破，徙近边内。遣阿喇尼往宣谕之，并运米赈抚。辛卯，上还京。癸巳，复设湖广总督，以丁思孔为之。

冬十月癸卯，移杨素蕴为湖广巡抚。庚戌，以辅国公绰克托为奉天将军。乙卯，上大行太皇太后尊谥曰："孝庄文皇后。"辛酉，升祔太庙，颁诏中外。

十一月辛卯，荆州将军噶尔汉等坐讨贼逗留，夺职，鞭一百，官吏从贼受官者逮治，余贷之。

十二月庚子，以希福为蒙古都统。甲辰，建福陵、昭陵圣德神功碑，御制碑文。上谒孝庄山陵。乙巳，以尼雅翰为西安将军。己酉，进张玉书为礼部尚书；徐元文刑部尚书，再进户部尚书。丙寅，上还京。兵部、工部会疏福建前造炮船核减工料银二万余两，应著落故总督姚启圣名下追赔。上以姚启圣经营平台甚有功绩，毋庸著追。

是岁，免江南、江西、湖广、云南、贵州等省三十三州县灾赋有差。朝鲜、琉球入贡。

二十八年己巳春正月庚午，诏南巡临阅河工。丙子启銮。诏所过勿令民治道。献县民献嘉禾。壬午，诏免山东地丁额赋。甲申，上驻济南。乙酉，望祀泰山。庚寅，次剡城，阅中河。壬辰，次清河。癸巳，诏免江南积欠二十余万。乙未，上驻扬州。诏曰："朕观风问俗，卤薄不设，扈从仅三百人。顷驻扬州，民间结彩盈衢，虽出自爱敬之诚，不无少损物力。其前途经过郡邑，宜悉停止。

二月辛丑，上驻苏州。丁未，驻杭州。诏广学额，赉军士，复因公降谪官，赐扈从王大臣以次银币，赐驻防者民金。辛亥，渡钱塘江，至会稽山麓。壬子，祭禹陵，亲制祭文，书名，行九叩礼，制颂刊石，书额曰"地平天成"。癸丑，上还驻杭州。阅骑射，赐将军以及官兵大酺⑤。丁巳，次苏州。故湖广粮道叶映榴之子敫迎銮，为其父请谥。上书"忠节"二大字赐之。松江百姓建碑祈寿，献进碑文。江南百姓吁留停跸，献土物为御食，委积岸上。令取米一撮，果一枚，为留一日。浙江巡抚金铉有罪，削职遣戍。以张鹏翮为浙江巡抚。增设武昌、荆州、常德、岳州水师。癸亥，上驻跸江宁。甲子，祭明陵。赐江宁、京口驻防高年男妇白金。乙丑，上阅射，赐酺。上诣观星台，与学士李光地咨论星象，参宿在觜宿之先，恒星随天而动，老人星合见江南，非隐见也。江宁士民吁留圣驾。为留二日。

三月戊辰朔，发江宁。甲戌，阅高家堰，指授治河方略。丙戌，上还京。闻安亲王岳乐之丧，先临其第哭之，乃还宫。丁亥，命八旗科举先试骑射。戊子，诏靳辅治河劳绩昭然，可复原官。丁酉，增设八旗火器营，副都统领之。

闰三月壬子，予安亲王岳乐祭葬立碑，谥曰和。己未，上谒陵。丙午，谒孝庄皇后山陵，谒孝陵。辛酉，上还京。

夏四月乙亥朔，上制《孔子赞序》及颜、曾、思、孟四赞，颁于学宫。壬辰，复命索额图等赴尼布楚，与鄂罗斯定边界。喀尔喀外蒙古内附告饥。命内大臣伯费扬古往赈抚之。命台湾铸钱。

五月乙巳，以阿兰泰、徐元文为大学士，顾八代为礼部尚书，郭琇为左都御史。壬戌，颁行《孝经衍义》。癸亥，命归化城屯兵备边。

六月乙亥，以佟宝为宁古塔将军。两广总督吴兴祚以鼓铸不实黜官。

秋七月，以石琳为两广总督。癸卯，册立贵妃佟氏为皇后。甲辰，皇后崩，谥曰孝懿。

八月癸酉，上巡幸边外。戊寅，驻博洛和屯，赐居民银米。

九月癸卯，上还京。戊午，以倭赫为蒙古都统，额驸穆赫为汉军都统。

冬十月丙寅，以郎谈为满洲都统。辛未，增设喀尔喀两翼扎萨克。招集流亡，编置旗队。癸酉，左都御史郭琇以致书本省巡抚请托降官。甲戌，葬孝懿皇后，上临送。是月，岷州生番内附。

十一月丙申，上还宫。辛酉，孝懿皇后祔奉先殿。

十二月乙丑，诏免云南二十一年至二十三年民欠。丙寅，上朝皇太后于慈宁新宫。戊辰，以张英为工部尚书。乙亥，内大臣索额图疏报与鄂罗斯立约，定尼布楚为界，立碑界上，以五体文书碑。

是岁，免直隶、浙江、湖北等省十一州县灾赋有差。朝鲜入贡。

二十九年庚午春正月癸丑，上幸南苑。庚申，遣官赈蒙古喀尔喀。

二月甲子，以岳乐子马尔浑嗣封安郡王。乙丑，遣大臣巡视直隶灾区流民。五城粥厂宽期，倍发银米，增置处所。己巳，上谒孝庄山陵，谒孝陵。庚午，大雨。癸酉，上还京。甲戌，上御经筵。戊子，起陈廷敬为左都御史。

三月壬辰朔，除长芦新增盐课。乙未，诏修三朝国史。癸卯，命都统额赫纳、护军统领马赖、前锋统领硕鼎率师征厄鲁特。先是，噶尔丹兵侵喀尔喀，迭诏谕解不从，兵近边塞。至是，命额赫纳等莅边御之。辛亥，除云南黑井加增盐课。以张思恭为京口将军。

夏四月丁丑，以旱赦殊死以下系囚。甲申，建子思子庙于阙里。《大清会典》成。

五月辛卯朔，命九卿保举行取州县堪为科道者。

六月癸酉，大学士徐元文免。戊寅，噶尔丹追喀尔喀侵入边。命内大臣苏尔达赴科尔沁征蒙古师备御。命康亲王杰书、恪慎郡王岳希师驻归化城。

秋七月庚寅朔，以张英为礼部尚书，以董元卿为京口将军。辛卯，噶尔丹入犯乌珠穆秦。命裕亲王福全为抚远大将军，皇子胤褆副之，出古北口。恭亲王常宁为安远大将军，简亲王喇布、信郡王鄂扎副之，出喜峰口。内大臣佟国纲、索额图、明珠、彭春等俱参军事，阿密达、阿拉尼、阿南达俱会军前。己亥，以陈廷敬为工部尚书，于成龙为左都御史。癸卯，上亲征，发京师。己酉，上驻博洛和屯，有疾回銮。

八月乙未朔，日有食之。抚远大将军裕亲王福全大败噶尔凡于乌阑布通，噶尔凡以喇嘛济隆来请和，福全未即进师。上切责之。乙丑，上还京。丙子，噶尔凡以誓书来献。上曰："此虏未足信也。其整师待之。"

九月癸巳，先是，乌兰布通之战，内大臣公佟国纲战殁于阵。至是，丧还，命皇子率大臣迎之。凡阵亡官咸赐奠赐恤有差。戊申，停今年秋决。壬子，驰民间养马之禁。

冬十月己未，上疾少愈，召大学士诸臣至乾清宫轮封。乙亥，以鄂伦岱为汉军都统。辛巳，领翰林院学士张英失察编修杨瑄撰拟佟国纲祭文失当，削礼部尚书，杨瑄褫官戍边入旗。

十一月己亥，以熊赐履为礼部尚书。甲辰，达赖喇嘛请上尊号。不许，并却其贡。己酉，裕亲王福全等至京听勘。王大臣议上。上薄其罪，轻罚之。将士仍叙功。

十二月丁丑，上谒陵，行孝庄文皇后三年致祭礼。庚辰还京。

是岁，免直隶、江南、浙江、甘肃等省三十二州县衙灾赋有差。朝鲜入贡。

三十年辛未春正月戊申，封阿禄科尔沁贝勒楚依为郡王，以与厄鲁特力战受伤被执不屈而脱归也。其十二旗阵亡台吉俱赠一等台吉，赐号达尔汉，子孙承袭。噶尔丹复掠喀尔喀。命瓦岱为定北将军，驻张家口，郎谈为安北将军，驻大同，川陕总督会西安将军驻兵宁夏备之。命在籍勇略将军赵良栋参军事。乙卯，以马齐为兵部尚书。

二月丁巳朔，日有食之。乙丑，上御经筵。命步军统领领巡捕三营，兼辖五城督捕。戊午，厄鲁特策旺阿拉布坦使来，噶尔丹之侄也，厚赉其使，比旋，遣郎中桑额护其行。

三月戊子，翻译《通鉴纲目》成，上制序文。己酉，赐戴有祺等一百四十八人进士及第出身有差。

夏四月戊午，左都御史徐乾学致私书于山东巡抚钱钰，事发，并褫职。丁卯，上以喀尔喀内附，躬莅边外抚绥。是日，启銮。

五月丙戌，上驻多罗诺尔。喀尔喀来朝。先是，喀尔喀土谢图汗听哲卜尊丹巴唆，杀其同族扎萨克图汗得克和黑墨尔根阿海，内乱迭兴，为厄鲁特所乘。至是，遣大臣按其事。土谢图汗、哲卜尊丹巴具疏请罪。上赦之。以扎萨克图汗，七旗之长，饬其弟策旺扎布袭汗号，封为亲王。丁亥，上御行幄，土谢图汗、哲卜尊丹巴入觐，俯伏请罪。大臣宣赦，泣涕谢恩。赐茶赐宴赐坐，大合乐，九叩首而退。戊子，复召土谢图汗、哲卜尊丹巴、策旺扎布、车臣汗及喀尔喀诸部济农、伟征、诺颜、阿玉锡诸大台吉三十五人赐宴。谕曰："朕欲熟识尔等，故复飨宴。"赐之冠服。策旺扎布年幼，以皇子衣帽数珠赐之。以车臣汗之叔扎萨克济农纳穆扎尔前劝车臣汗领十万众归顺，身为之倡，请照四十九旗一例，殊为可嘉，许照旧扎萨克，去其济农之号，封为郡王。余各封爵有差。傅谕喀尔喀曰："尔等困穷至极，互相偷夺，朕已拯救爱养。今与四十九旗一体编设各处扎萨克，管辖稽察，其各遵守。如再妄行，则国法治之矣。"已丑，上御甲胄乘马，遍阅各部。下马亲射，十矢九中。次大阅满洲兵、汉军兵、古北口兵，列陈鸣角，鸟枪齐发，声动山谷。众喀尔喀环瞩骇叹曰：真神威也！"科尔沁喀尔喀各蒙古王贝勒请上尊号，不许。庚寅，上按阅喀尔喀营寨，赉牛羊及其穷困者。辛卯，遣官往编喀尔喀佐领，予之游牧。乌珠穆秦台吉车根等以降附厄鲁特，按实罪之。壬辰，上回銮。癸卯，还京。辛亥，分会试中卷南左、南右、北左、北右、中左、中右，从御史江蘩之言也。壬子，群臣请上尊号，不许。

六月乙卯，以李天馥为吏部尚书，陈廷敬为刑部尚书，高尔位为工部尚书。

秋七月甲申，西安将军尼雅翰奉诏督兵迁巴图尔额尔克济农于察哈尔，济农惮行遁去，尼雅翰追之不及，按问论死。命总督葛思泰追讨之。朝鲜使人以买《一统志》发其国论罪。致仕大学士杜立德卒，予祭葬，谥文端。

闰七月丙辰，葛思泰疏报济农之弟博济在昌宁湖，经总兵柯彩派兵剿败，生擒博济及前禁之格隆等，均斩之。乙亥，上巡幸边外。

九月辛酉，上回銮，道遵化，谒孝庄山陵，谒孝陵。乙丑，还京。庚午，以公阿灵阿为蒙古都统。甲戌，命侍郎博济、李光地、徐廷玺偕靳辅视河。

冬十月庚寅，谢尔素番盗杀参将朱震，西宁总兵官李芳述擒盗首华木尔加，诛之。癸巳，以巴德浑为满洲都统，杭奕禄为荆州将军。丁未，甘肃提督孙思克讨阿奇罗卜藏，斩之。先是，使于厄鲁特之侍读学士达虎还及嘉峪关，为阿奇罗卜藏所害，命思克讨之。至是，捷闻。

十一月丁巳，以索诺和、李振裕为工部尚书，以伊勒慎为满洲都统。己未，诏曰："朕崇尚德教，蠲涤烦苛。大小诸臣，咸被恩礼。即因事罢退，仍令曲全乡里。近来交争私怨，纠结不已，颇有党同伐异之习，岂欲酿明季门户之祸耶？其各蠲私忿，共矢公忠。有怙终者⑥，朕必穷治之。"是时徐元文、徐乾学、王鸿绪既罢，而傅腊塔等抉摘琐隐，钩连兴狱，故特诏儆饬焉。甲戌，诏曰："钦天监奏来岁正月朔日食。天象示儆，朕甚惧焉。其罢元日筵宴诸礼。诸臣宜精白供职，助朕修省。"

十二月甲申，诏曰："朕抚驭区宇，惟以爱养苍生，俾臻安阜为念。比岁地丁额赋，迭经蠲免，而岁运漕米，尚在输将，时切轸念。除河南已经蠲免外，其湖广、江苏、浙江、安徽、山东漕米，以次各免一年，用纾民力⑦。"丁亥，移旗庄壮丁赴古北口外达尔河垦田。遣侍郎阿山、德珠等往陕西临赈。壬辰，谕督、抚、提、镇保举武职堪任用及曾立功者，在内八旗旗员，令都统等举之。

是岁，免直隶、江南、江西、河南、山东、陕西、湖广、云南等省一百八十八州县灾赋有差。朝鲜、安南、琉球入贡。

三十一年壬申春正月辛亥朔，日有食之，免朝贺。甲寅，上御乾清门，出示《太极图》、《五音八声八风图》，因言："《律吕新书》径一围三之法，用之不合。径一尺围当三尺一寸四分一厘，积至百丈，所差至十四丈外矣。宁可用邪？惟隔八相生之说，试之悉合。"又论河道闸口流水，昼夜多寡，可以数计。又出地测日晷表，画示正午日影至处，验之不差。诸臣皆服。庚午，上幸南苑行围。

二月辛巳，以靳辅为河道总督。乙酉，以陕西旱灾，发山西帑银、襄阳米石赈之。丁亥，上巡幸畿甸。辛卯，陕西巡抚萨弼以赈灾不实褫职。戊戌，上还京。己亥，上御经筵。乙巳，以马齐为户部尚书。

三月丙辰，遣内大臣阿尔迪、理藩院尚书班迪赴边外设立蒙古驿站。乙丑，命府丞徐廷玺协理河工。加甘肃提督孙思克太子少保，予世职。致仕大学士冯溥卒，予祭葬，谥文敏。以阿席坦为满洲都统。置云南永北镇。

夏四月庚辰朔，以希福为满洲都统，护巴为蒙古都统。己丑，发帑银百万赈陕西，尚书王骘、沙穆哈往视加赈。戊戌，上幸瀛台，召近臣观稻田及种竹。河道总督靳辅请建新庄、仲家浅各一闸，下部议行。

五月庚寅，谕户部，山西平阳丰收，要遣官购买备荒。命王维珍董其事。癸卯，定喀尔喀部为三路，土谢图为北路，车臣为东路，扎萨克图为西路，属部各从其分地画为左右翼。

六月庚辰，以宋荦为江宁巡抚。乙未，蒙古科尔沁进献锡伯、卦尔察、打虎尔一万余户，给银酬之。

秋七月乙亥，上巡幸塞外。

八月己丑，以翁叔元为刑部尚书，以博济为西安将军，李林隆为固原提督，李芳述为贵州提督。

九月戊申，噶尔丹属人执我使臣马迪戕之。庚戌，上还次汤泉。己未，还京。丁卯，上御经筵。壬申，上大阅于玉泉山。

冬十月己卯，诏曰："秦省比岁凶荒，加以疾疫，多方赈济，未生积困。所有明年地丁税粮，悉予蠲免。从前逋欠，一概豁除。用称朕子惠元元至意。"庚辰，以李天馥为大学士。壬午，上谒陵。曲赦陕西，非十恶及军前获遣者，皆免死减一等。以佛伦为川陕总督，宗室董额为满洲都统。庚寅，上还京。癸巳，以熊赐履为吏部尚书，张英为礼部尚书。庚子，停直省进鲜茶暨赍送表笺。

十一月庚戌，以阿灵阿为满洲都统。甲寅，命熊赐履勘察淮、扬滨河涸田。丙寅，加孙思克振武将军。以觉罗席特库为蒙古都统。

十二月壬午，河道总督靳辅卒，予祭葬，谥文襄。以于成龙为河道总督，董讷为左都御史。壬辰，以郎化麟为汉军都统。辛丑，以西安饥，运襄阳米平粜。加希福建威将军，移戍右卫。召科尔沁蒙古王沙津入京，面授机宜，使诱噶尔丹。

是岁，免陕西、江南、四川等省十三州县灾赋有差。朝鲜入贡。

三十二年癸酉春正月甲子，诏朝鲜岁贡黄金木棉永行停止。

二月乙亥朔，发帑金，招商贩米西安平市价。丙子，遣内大臣坡尔盆等往督归化城三路屯田。诏修南河周桥堤工，往年靳辅与陈潢所经度者，至是阅河大臣绘图进呈，特诏修之。策旺阿拉布坦遣使入贡，报告使臣马迪被害及噶尔丹密事，以彩缎赍之。癸未，上御经筵。改宣府六厅十卫为一府八县。戊子，命郎谈为昭武将军，偕阿南达、硕鼐帅师赴宁夏，将军博济、孙思克参军事。庚寅，上巡幸畿甸，阅霸州苑家口堤工，谕巡抚郭世隆修之。庚子，上还京。贵州巡抚卫既齐疏报剿办土司失实，夺职戍黑龙江。

三月丙午，遣皇子胤禔祭华山。丁未，移饶州府驻景德镇。乙卯，置广东运司、潮州运同。庚午，诏赵良栋系旧臣，可暂领宁夏总兵。

夏四月丙戌，喀尔喀台吉车凌扎布自鄂罗斯来归，赉之袍服，赐克鲁伦游牧。癸巳，命检直省解送物料共九十九项，减去四十项免解。丁酉，以心裕为蒙古都统。

五月庚戌，命内大臣伯费扬古为安北将军，驻归化城。

六月乙亥，广八旗乡、会中额。

八月甲戌，免广西、四川、贵州、云南四省明年地丁税粮。癸未，上巡幸塞外行围。蒙古科尔沁诸部朝行在，赐冠服银币。

九月丁未，修盛京城。丙寅，琉球来贡，遣其质子还国。丁卯，上还京。

冬十月壬申，诏曰："给事中彭鹏奏劾顺天考官，请朕亲讯，是大臣皆不可信矣。治天下当崇大体，若朕事事躬亲，则庶务何由毕理乎？"壬辰，上大阅于玉泉山。丁酉，鄂罗斯察汉汗来贡。上谕大学士曰："外藩朝贡，固属盛事。传至后世，未必不因而生事。惟中国安宁，则外患不生，当培养元气为根本耳。"

十一月辛丑，上奉皇太后谒孝庄山陵、孝陵。庚申，还宫。甲子，诏免顺天、河间、保定、永平四府明年税粮。

十二月辛未，以宗室公杨岱为蒙古都统。丁亥，上幸南苑行围。谕："满洲官兵近来不及从前之精锐，故比年亲加校阅，间以行围，顷见诸士卒行列整齐，进退娴熟，该军校等赏给一个月钱粮，该管官赏给缎疋，以激戎行。"丁酉，祫祭太庙。

是岁，免直隶、江南、江西、浙江、山西、湖广等省六十九州县灾赋有差。朝鲜、琉球入贡。

三十三年甲戌春正月乙卯，盛京歉收，命马齐驰往，以仓谷支给兵丁，海运山东仓谷济民食。丙辰，召见河道总督于成龙，问曰："尔前言减水坝不宜开，靳辅糜费钱粮，今竟何如？"成龙曰："臣前诚妄言。今所办皆照靳辅而行。"上曰："然则尔所言之非，靳辅所行之是，何以不明白陈奏，尚留待排陷耶？"因谕大学士曰："于成龙前奏靳辅未曾种柳河堤，朕南巡时，指河干之柳问之，无辞以对。又奏靳辅放水淹民田，朕复至其地观之，断不至淹害麦田。而王骘、董讷等亦附和于成龙言之。"下部议，将于成龙革职枷责。上曰："伊经手之工未完，应革职留任。"王骘休致，董讷革职。

二月辛未，上御经筵。癸酉，大学士请间三、四日一御门听政。上曰："昨谕六十以上大臣间日奏事，乃优礼老臣耳。若朕躬岂敢暇逸？其每日听政如常。"丁丑，以诺穆图为汉军都统。庚辰，上巡幸畿甸。敕修通州至西沽两岸堤工。

三月辛丑，上还京。礼部尚书沙穆哈以议皇太子祀奉先殿仪注不敬，免官。辛酉，赐胡任舆等一百六十八人进士及第出身有差。以范承勋为左都御史。

夏四月庚午，理藩院奏编审外藩蒙古四十九旗人丁二十二万六千七百有奇。辛巳，以查木扬为杭州将军。

五月戊寅，步军统领凯音布奏天坛新修之路，勿令行人来往。上曰："修路以为民也。若不许行，修之何益？后若毁坏，令步兵随时葺治。"顺天学政李光地丁母忧，令在京守制。甲辰，命翰林院、詹事府、国子监日轮四员入直南书房。辛亥，以纪尔他布为满洲都统，噶尔玛为蒙古都统。甲寅，诏修《类函》。丁巳，上巡幸畿甸，阅视河堤，谕扈从卫士鱼贯而行，勿践田禾。戊午，上阅龙潭口。己未，阅化家口、黄须口、八百户口、王家甫口、筐儿港口、白驹场口，薄弱之处，咸令增修。庚申，阅桃花口、永安口、李家口、信艾口、柳滩口等处新堤。上曰："观新堤甚属坚固，百姓可免数年水患矣。"壬戌，上还京。

闰五月庚午，上试翰林出身官于丰泽园。

六月辛丑，加湖广提督徐治都镇平将军。丙辰，以范承勋为江南江西总督。

秋七月丁卯，以蒋弘道为左都御史，转王士禛户部左侍郎，王掞户部右侍郎。巴图尔额尔克济农奏报降人祁齐克逃遁，遣兵追斩之。丁亥，上求文学之臣。大学士举徐乾学、王鸿绪、高士奇及韩菼、唐孙华以对。上曰："韩菼非谪降之人，当以原官召补。徐乾学、王鸿绪、高士奇可起用修书。并召徐秉义来。"他日试唐孙华诗佳，授礼部主事、翰林院行走。己丑，江南江西总督傅拉塔卒，赠太子太保，予祭葬，谥清端。庚寅，上巡幸塞外。

八月己未，上驻跸拜巴哈昂阿。喀尔喀哲布尊丹巴来朝，赐之冠服。

九月己巳，广八旗入学学额。己卯，上还京。壬午，以石文炳为汉军都统，以王继文为云南贵州总督。

冬十月丙申，以吴赫为四川陕西总督。乙巳，以金世荣为福州将军。

十一月丁卯，温僖贵妃钮祜禄氏薨。癸酉，以张旺为江南提督。戊寅，起陈廷敬为户部尚书。

十二月庚戌，以觉罗席特库为满洲都统，杜思噶尔为蒙古都统。

是岁，免直隶、山东等省十二州县灾赋有差。朝鲜入贡。

三十四年乙亥春正月丁亥，以护巴为满洲都统。

二月己亥，以郭世隆为浙江福建总督。丁巳，太和殿工成。休致大学士李之芳卒，予祭葬，谥文襄。

三月丙戌，以石文英为汉军都统。

夏四月丁酉，平阳府地震。甲辰，遣使册立班禅胡土克图。己酉，追叙赵良栋平蜀、滇功，授一等子世职。其部将升赏有差。己未，以李辉祖为河南巡抚。

五月壬寅朔，遣尚书马齐察赈地震灾民。巡抚噶世图以玩灾免。辛未，命在京八旗分地各造屋二千间住兵。壬申，上巡幸畿甸，阅新堤及海口运道，建海神庙。戊子，还京。

六月丁酉，策封皇太子胤礽妃石氏。庚子，以久雨诏廷臣陈得失，礼部祈晴。庚申，漕运总督王梁奏参衙千总杨奉漕船装带货物。谕曰："商人装带货物，于运何妨。王梁乃将货物搜出弃置两岸，所行甚暴，即解任。"

秋七月己丑，以觉罗舒恕为宁夏将军，鄂罗顺为江宁将军。赵良栋告赴江南就医，命给与南巡旧船。

八月壬辰，上巡幸塞外。辛丑，博济奏报噶尔丹属下回子五百人阑入三岔河汛界，肃州总兵官潘育龙尽俘之，拘于肃州。丙午，次克勒和洛。命宗室公苏努、都统阿席坦、护巴领兵备噶尔丹。己酉，次克勒乌理雅苏台。调董安国为河道总督，桑额为漕运总督。

九月辛巳，上还京。癸未，诏顺天、保定、河间、永平四府水潦伤稼，免明年地丁钱粮，仍运米四万石前往平粜。

冬十月丁未，命内大臣索额图、明珠视察噶尔丹。

十一月己未朔，日有食之。壬戌，命大军分三路备噶尔丹，裹八十日粮，其驼马米粮，令侍郎陈汝器、前左都御史于成龙分督之。丙寅，停今年秋决。庚午，命李天馥复为大学士。庚辰，上大阅于南苑。戊子，命安北将军伯费扬古为抚远大将军。遣大臣如蒙古征师，示师期。

十二月己亥，命将军博济、孙思克师出镇彝。乙巳，平阳地震，命蠲本年粮额，并免山西、陕西、江南、浙江、江西、湖广、广东、福建等省逋赋，赦殊死以下，其政令有不便于民者，令督抚以闻。以齐世为满洲都统。

是岁，免直隶、山西、江西、福建、广东等省十二州县灾赋有差。朝鲜、琉球入贡。

　　三十五年丙子春正月甲午，下诏亲征噶尔丹。赉随征大臣军校宴。甲申，命公彭春参赞西路军务。

　　二月丁亥朔，上谒陵。辛卯，上还京。壬辰，以硕鼐为蒙古都统。癸丑，告祭郊庙社稷。甲寅，命皇太子胤礽留守。丙辰，上亲统六师启行。

　　三月戊辰，上出行宫观射。辛未，次滚诺，大雨雪，上露立，俟军士结营毕，乃入行幄。军中毕炊，乃进膳。以行帐粮薪留待后至者。庚辰，予故巡抚王维珍祭葬，谥敏悫。

　　夏四月辛卯，上次格德尔库。壬辰，上驻塔尔奇拉。谕："兹已抵边界，自明日始，均列环营。前哨报噶尔丹在克鲁伦，命蒙古兵先进据河。

　　五月丙辰朔，上驻跸拖陵布拉克。辛酉，次枯库车尔。壬戌，侦知噶尔丹所在，上率前锋先发，诸军张两翼而进。至燕图库列图驻营。其地素乏水，至是山泉涌出，上亲临视。癸亥，次克鲁伦河。上顾大臣曰："噶尔丹不知据河拒战，是无能为矣。"前哨中书阿必达探报噶尔丹不信六师猝至。登孟纳尔山，望见黄幄网城，大兵云屯，漫无涯际，大惊曰："何来之易耶！"弃其庐帐宵遁。验其马矢，似遁二日矣，上率轻骑追之。沿途什物、驼马、妇孺委弃甚众。上顾谓科尔沁王沙津曰："虏何仓皇至是？"沙津曰："为逃生耳。"喀尔喀王纳木扎尔曰："臣等当日逃难，即是如此。"上上书皇太后，备陈军况，并约期回京。追至拖纳阿林而还，令内大臣马思喀追之。戊辰，上班师。是日晨，五色云见。癸酉，次中拖陵。抚远大将军伯费扬古大败噶尔丹于昭莫多，斩级三千，阵斩其妻阿奴。噶尔丹以数骑遁。癸未，次察罕诺尔。召见蒙古诸王，将以修道凿井监牧之劳，各赐其人白金。

　　六月癸巳，上还京。是役也，中路上自将，走噶尔丹，西路费扬古大败噶尔丹，唯东路萨布素以道远后期无功。甲午，论喀尔喀郡王善巴尽以马匹借军功，晋封亲王，贝子盆楚克侦敌有劳，封为郡王。诸臣行庆贺礼。乙未，赐察哈尔护军月饷加一金，喀尔喀人六金，限给三年。诏停本年秋审。壬子，以吴琠为左都御史，调张旺为福建水师提督，张云翼为江南提督。

　　秋七月戊午，以平定朔漠勒石太学。以李辉祖为湖广总督。癸亥，广直省乡试解额。戊辰，改吴英福建陆路提督，岳升龙为四川提督。

　　八月丁酉，索诺和以乏军需免，以凯音布为兵部尚书。

　　九月甲寅朔，回回国王阿卜都里什克奏："臣仗天威，得以出降。遣臣回国叶尔钦，请敕策旺阿拉布坦勿加虐害。"乙卯，赐厄鲁特降人官秩衣粮。壬申，上巡幸塞外。丙子，次沙城。诏："年来宣化所属牧养军马，供亿甚繁，深劳民力，其悉蠲明年额赋。"丁丑，副都统祖良璧败噶尔丹部人丹济拉于翁金。"

　　冬十月甲申朔，遣官齐赐西路军士衣裘牛羊。丁亥，次昭哈。赐右卫、大同阵亡军士白金。庚寅，大将军费扬古献俘至。赐银赎出，令其完聚。戊申，上临视右卫军士，赐食。传谕曰："昭莫多之役，尔等乏粮步行而能御敌，故特赐食。悉免所借库银。其伤病之人，另颁赐之。"众叩首欢谢。庚戌，上驻跸丽苏。上皇太后书，谢赐裘服。

　　十一月戊寅，噶尔丹遣使乞降。其使格垒沽英至，盖微探上旨也。上告之曰："俟尔七十日，过此即进兵矣。"庚辰，回銮。

　　十二月壬寅，上还京。以宗室费扬固为右卫将军，祁布为满洲都统，雷继尊为汉军都统。庚戌，诏："陕、甘沿边州县卫所，当师行孔道，供亿繁多，闾阎劳苦，其明年地丁银米悉行蠲免。"

　　是岁，免江南、江西等省三十二州县灾赋有差。朝鲜入贡。

　　三十六年丁丑春正月丙辰，上幸南苑行围。戊辰，哈密回部擒噶尔丹之子塞卜腾巴尔珠尔来献。己巳，遣官存问勇略将军赵良栋，赐人参鹿尾。甲戌，谕："朕观明史，一代并无女后预政，以臣陵君之事。我朝事例，因之者多。朕不似前人辄讥亡国也。现修《明史》，其以此谕增入敕书。"

二月丁亥，上亲征噶尔丹，启銮。是日，次昌平。阿必达奏哈密擒获厄鲁特人土克齐哈什哈，系害使臣马迪之首犯。命诛之，子女付马迪之家为奴。戊戌，上驻大同。丁未，次李家沟。戊申，诏免师行所过岢岚、保德、河曲等州县今年额赋。是日，次辇鄯村，山泉下涌，人马沾足。庚戌，遣官祭黄河之神。

三月丙辰，上驻跸屈野河。厄鲁特人多尔济、达拉什等先后来降。赐哈密回王金币冠服。丁巳，赵良栋卒，上闻之，嗟悼良久，语近臣曰："赵良栋，伟男子也。"辛酉，次榆林。戊辰，次安边城。宁夏总兵王化行请上猎于花马池。上曰："何如休养马力以猎噶尔丹乎？"辛未，次花马池。丙子，上自横城渡河。遣皇长子胤禔赐奠赵良栋及前提督陈福。丁丑，上驻跸宁夏。察恤昭莫多、翁金阵亡弁兵。己卯，祭贺兰山。庚辰，上阅兵。命侍卫以御用食物均赐战士。

闰三月辛巳朔，日有食之。庚寅，康亲王杰书薨。宁夏百姓闻上将行，恳留数日。上曰："边地硗瘠，多留一日，即多一日之扰。尔等诚意，已知之矣。"

夏四月辛亥，上次狼居胥山。甲寅，回銮。庚申，命直省选文行兼优之士为拔贡生，送国子监。甲子，费扬古疏报闰三月十三日噶尔丹仰药死，其女钟齐海率三百户来降。上率百官行拜天礼。敕诸路班师。是日，大雨。厄鲁特降人请庆贺，止之。先是，上将探视宁夏黄河，由横城乘舟行，至湖滩河朔。登陆步行，率侍卫行猎，打鱼射水鸭为粮，至包头镇会车骑。

五月乙未，上还京。丁酉，以傅拉塔为刑部尚书，席尔达左都御史，翁叔元罢，以吴琠为刑部尚书，张鹏翮左都御史。癸卯，礼部请上尊号。不许。

六月甲寅，礼部请于师行所过名山磨崖纪功，从之。予故勇略将军一等子赵良栋祭葬，谥襄忠。

秋七月癸未，群臣请上皇太后徽号，三上，不允。乙未，以朔漠平定，遣官祭告郊庙、陵寝、先师。赐李蟠等一百五十人进士及第出身有差。晋封大将军伯费扬古一等公，参赞以下各授世职。辛丑，免旗兵借帑。乙巳，遣官赉外藩四十九旗兵。丁未，上巡幸塞外。

八月乙亥，上驻巴图舍里，赐蒙古王、公、台吉银币。

九月癸未，厄鲁特丹济拉来归。上独御氍毹召见之。丹济拉出语人曰："我罪人也，上乃不疑，真神人也。"甲午，上还京。庚子，以都统凯音布兼步军统领。壬寅，上御经筵。乙巳，振平将军、湖广提督徐治都卒，赠太子少保，予祭葬，谥襄毅。赈黑龙江被水居民。以席尔达为兵部尚书，哈雅尔为左都御史。

冬十月己巳，始令宗室应乡、会试。壬戌，诏曰："比年师行出入，皆经山西地方，有行赏居送之劳。其免山西明年额赋。"叙从征镇国公苏努功，晋封贝子。庚午，上谒陵，甲戌，内监刘进朝以讹诈人，论死。

十一月辛巳，上还京。丙戌，和硕恪靖公主下嫁喀尔喀郡王敦多布多尔济。戊戌，朝鲜告祟，命运米三万石往赈。甲辰，诏直省报灾，即察实以闻。

十二月丁卯，改宗室董额为满洲都统。乙亥，祫祭太庙。

是岁，免直隶、江南、安徽、江西等省五十九州县灾赋有差。朝鲜、琉球、安南入贡。

三十七年戊寅春正月庚寅，策旺阿拉布坦奏陈第巴匿达赖喇嘛圆寂之事，斥班禅而自尊，恳请睿鉴。上答之曰："朕曾敕责第巴具奏认罪，若怙终不悛，朕不轻恕也。"并遣侍读学士伊道等赍敕往。癸卯，上巡幸五台山。甲辰，次涿州。命皇长子胤禔、大学士伊桑阿祭金太祖、世宗陵。

二月辛亥，诏免山西三十六年逋赋。癸丑，上驻跸菩萨顶。乙丑，遣官赈山东。戊辰，上还京。

三月丙子朔，上御经筵。丁丑，封皇长子胤禔为直郡王，皇三子胤祉为诚郡王，皇四子胤禛、皇五子胤祺、皇七子胤祐、皇八子胤禩俱为贝勒。戊子，禁造烧酒。辛卯，直隶巡抚于成龙奏偕西洋人安多等履勘浑河，帮修挑浚，绘图呈进。得旨："于六月内完工。"

夏四月癸亥，减广东海关税额。己巳，诏温郡王延寿行止不端，降为贝勒，贝子袁端削爵。壬申，以贝子苏努管盛京将军。癸酉，上阅漕河。

五月甲戌，武清民请筑外堤。上曰："筑外堤巩损民田。"民曰："河决之害，更甚于损田。"上曰："水潦将降，暂立木樁护堤，开小河泄水，俟明春雨水前，为尔等成之。"癸未，上还京。壬寅，裁上林苑。以李林盛为陕西提督，张旺为广西提督。是月，策旺阿拉布坦上言与哈萨克构兵，及将丹津鄂木布拘禁各缘由。命示议政大臣。

六月辛亥，移吴英为福建水师提督。丁巳，改四川梁万营为化林营，设参将以下官。己未，云南巡抚石文晟奏三藩属人奉旨免缉者，准其垦田应试，从之。

秋七月癸酉朔，张玉书丁母忧，以吴琠为大学士，王士禛为左都御史。辛卯，命吏部月选同、通、州、县官引见。癸巳，霸州新河成，赐名永定河，建河神庙。己亥，以卢崇耀为广州将军，殷化行为广东提督。庚子，以苏尔发为满洲都统。辛丑，上奉皇太后东巡，取道塞外。

八月癸丑，上奉皇太后临幸喀拉沁端静公主第，赐金币及其额驸噶尔臧。甲子，皇太后望祭父母于发库山。己巳，赐端敏公主及其额驸达尔汉亲王班第金币。湖南山贼黄明犯靖州，陈丹书犯茶陵州，官兵讨平之。

九月壬申，上次克尔苏，临科尔沁故亲王满珠习礼墓前酹酒，孝庄皇后之父也。癸巳，上驻扎星阿。赐黑龙江将军萨布素等金币冠服。庚子，停盛京、乌拉本年决囚。

冬十月癸卯，上行围，射殪二虎[8]，其一虎，隔涧射之，穿其胁。丁未，上行围，枪殪二熊。是日，驻跸辉发。己酉，裁云南永宁府，置永北府。癸巳，上驻跸兴京。甲寅，上谒永陵。遣官赐奠武功郡王礼敦墓。改贵州水西土司，置大定、平远、黔西三流官。丁巳，上谒福陵、昭陵，临奠武勋王扬古利、直义公费英东、弘毅公额亦都墓。免奉天今年米豆。壬戌，上奉皇太后回銮。

十一月癸未，上奉皇太后还宫。丙戌，诏曰："朕巡幸所经，敖汉、奈曼、阿禄科尔沁、扎鲁特诸蒙部水草甚佳，而生计窘迫，盖因牲畜被盗，不敢夜牧耳。朕即遣郎中李学圣等往为料理，盗窃衰止。其他处蒙古亦宜照此差遣。旗员有愿往蒙古教导者，准其前往。命盗各案，同听决之。"庚寅，以张鹏翮为江南江西总督。

十二月辛丑朔，命徐廷玺协理河务，命尚书马齐，侍郎喻成龙、常绶察视河工。庚戌，谕宗人府："闲散宗室，材力干济，精于骑射，及贫无生计者，各察实以闻。"诏官民妻女缘事牵连，勿拘讯，著为令。改四川东川土司为东川府，设知府以下官。戊午，诏八旗察访孝子节妇。己未，以巴锡为云南贵州总督，马自德为京口将军。己巳，祫祭太庙。

是岁，免直隶、江南、福建、浙江、湖广等省三十五州县灾赋有差。朝鲜入贡。

三十八年己卯春正月辛卯，诏："朕将南巡察阅河工，一切供亿，由京备办。预饬官吏，勿累闾阎[9]。"

二月壬寅，詹事尹泰以不职解任。癸卯，上奉皇太后南巡启銮。戊申，以天津总兵潘育龙训练有方，赐御服貂裘。

三月庚午，上次清口，奉皇太后渡河。辛未，上御小舟，临阅高家堰、归仁堤。烂泥浅等工，截漕粮十万石，发高邮、宝应等十二州县平粜。壬申，上阅黄河堤。丙子，车驾驻扬州。谕随从兵士勿践麦禾。壬午，诏免山东、河南逋赋，曲赦死罪以下。癸未，车驾次苏州。辛卯，车驾驻杭州。丙申，上阅兵较射。戊戌，上奉皇太后回銮。

夏四月庚子朔，回次苏州。诏免盐课、关税加增银两，特广江、浙二省学额。乙巳，以丹岱为杭州将军。己酉，车驾次江宁。上阅兵。庚申，次扬州。辛酉，以彭鹏为广西巡抚。丙寅，渡黄河，上乘小舟阅新埽⑩。

五月辛未，次仲家闸。书"圣门之哲"额，悬先贤子路祠。乙酉，上奉皇太后还宫。丁亥，以马尔汉为左都御史，王鸿绪工部尚书。

六月戊戌朔，起郭琇为湖广总督，以镇国公英奇为蒙古都统。

秋七月甲申，河决淮、扬。

闰七月戊戌，敏妃张佳氏薨。诚郡王胤祉其所出也，不及百日薙发⑪，降贝勒。癸丑，先是，苗贼黄明屡报获报死，仍报犯事。至是，遣官按鞫，并其夥陈丹书、吴思先等三十余人诛之。其奏报不实之督抚麻勒吉等降黜有差。上巡幸塞外。

九月丙午，上还京。丙辰，上御经筵。改扬岱为满洲都统，鲁伯赫、拖伦、崇古礼俱为蒙古都统。戊午，大学士阿兰泰卒，上悼惜之。遣皇长子胤禔视疾，赐奠加祭，谥文清。

冬十月癸酉，上巡社永定河工。庚辰，上还宫。大学士李天馥卒，予祭葬，谥文定。

十一月乙巳，上谒陵。壬辰，以马齐、佛伦、熊赐履、张英为大学士，陈廷敬为吏部尚书，李振裕为户部尚书，杜臻为礼部尚书，马尔汉、范承勋为兵部尚书，王士禛为刑部尚书。壬寅，命满、汉给事中各四员侍班。丙午，令宝源局收买废钱。

十二月戊辰，上还京。癸巳，祫祭太庙。

是岁，免直隶、江南、江西、浙江、福建、陕西、湖广等省七十三州县灾赋有差。朝鲜、琉球入贡。

三十九年庚辰春正月己未，朝鲜国王李焞以遣回难民进方物，上还之。癸亥，上阅永定河工。

二月甲戌，上乘舟阅郎城、柳岔诸水道，水浅，易艇而前，指示修河方略。壬午，还京。己丑，命内大臣费扬古、伊桑阿考试宗室子弟骑射。

三月甲午，上御经筵。吏部奏安徽巡抚李钠被参一案，请交将军、提督查按。上曰："将军、提督不与民事，部议不合。"严饬之。尚书库勒纳旋罢。癸卯，改张鹏翮为河道总督。鹏翮请撤协理官及效办员，部臣宽文法，以责成功。从之。甲寅，以宗室特克新为蒙古都统。丙辰，赐汪绎等三百一人进士及第出身有差。四川巡抚于养志、提督岳昇龙互讦，遣官按鞫⑫，俱削职。

夏四月庚辰，上阅永定河。命八旗兵丁协助开河，以直郡王胤禔领之，僖郡王岳希等五人偕往。壬午，上阅子牙河。壬辰，还京。

五月丁未，以阿山为江南、江西总督。甲寅，以阿灵阿为蒙古都统。

六月癸亥，张鹏翮报修浚海口工成，河流畅遂。改拦黄坝为大通口，建海神庙。杜臻罢，以王泽弘为礼部尚书，李柟为左都御史。丁亥，停宗室科举。

秋七月甲午，理藩院议覆喇嘛商南多尔济所奏策旺阿拉布坦遣兵往青海一事，毋庸议。上曰："此事目前甚小，将来关系甚大。该部拟以勿庸议，倘青海问商南多尔济，何以答之？策旺阿拉布坦 为人狡猾，素行奸恶，邻近诸部，俱与仇雠。其称往征第巴，道远险多，或虚张声势以恫吓青海，未可知也。要使不敢构衅为是，乙巳，定翰林官编、检、庶吉士月给银三两例，学道缺出，较俸派出。壬子，故振武将军孙思克卒，命皇长子胤禔奠酒，赐鞍马二匹，银一千两，谥襄武。丁巳，上巡幸塞外。命李光地、张鹏翮、郭琇、彭鹏详议科场事宜。

八月辛未，上次齐老图。

九月癸巳，停今年秋决。诏张鹏翮专理河工，范成勋等九人撤回。给事中穆和伦请禁服用奢侈，阁臣票拟申饬。上曰："言官耳目之职，若因言而罪之，谁复言者？惟其言奢侈在康熙十年后则非，乃在辅臣时耳，今少息矣。"

冬十月辛酉，皇太后六旬万寿节，上制《万寿无疆赋》，亲书围屏进献。癸酉，上巡阅永定河。戊寅，上还京。己卯，命本年行取科道未补官者，作为额外御史，随班议事。

十一月庚寅，命青海鄂尔布图哈滩巴图尔移驻宁夏。诏侍郎温达查视陕、甘驿站。王泽弘免，以韩菼为礼部尚书。命大臣及清要官子弟应试者，编为官号，限额取中。辛亥，上巡幸边外。命卓异官如行取例引见。戊午，四川打箭炉土蛮作乱，遣侍郎满丕偕提督唐希顺讨之。

十二月己未朔，上驻跸煖泉，赐外藩王以下至官兵白金。戊辰，上还京。癸酉，移萧永藻为广西巡抚，彭鹏为广东巡抚。壬午，故安亲王岳乐坐前审拟贝勒诺尼一案失入，追降郡王，子僖郡王岳希、贝子吴尔占俱降镇国公。丁亥，祫祭太庙。

是岁，免直隶、江南、安徽、陕西、浙江等省五十七州县灾赋有差。朝鲜入贡。

四十年辛巳春，正月辛亥，以河伯效灵，封金龙四大王。甲寅，以心裕为满洲都统。

二月己未朔，上巡阅永定河。谕李光地曰："河水涸必致淤塞，此甚难治，当徐议之。"乙丑，满丕、唐希顺讨打箭炉土蛮平之，蛮民万二千户内附。庚辰，上还宫。

三月戊子，上御经筵。丁酉，张鹏翮请以治河方略纂集成书。上斥之曰："朕于河务之书，罔不披阅，大约坐言则易，实行则难。河性无定，岂可执一法以绳之？编辑成书，非但后人难以仿行，即揆之己心，亦难自信。张鹏翮试编辑之！"给事中马士芳劾湖北布政使任风厚年老。调来引见，年尚未衰。上因谕曰："坐而办事，必得老成练达者，方能得当。州县官则不可耳。"

夏四月己未，调李林盛为甘肃提督，擢潘育龙为固原提督，移蓝理为天津总兵官，以曹秉桓为汉军都统。丙子，刑部尚书王士禛请假回籍。上谕大学士曰："山东人性多偏执，好胜寻仇，惟王士禛无之。其诗甚佳，居家惟读书。若令回籍，殊为可惜。给假五月，不必开缺。"丁丑，上阅永定河，谕李光地："隆冬冰结，可照常开泄。清水流于冰下，为冰所逼，冲刷河底愈深。"阅大湾口，谕："石堤尚未兴工，可以南来杉木排椿，尔等勿忽。"阅子牙河。乙酉，上还京。

五月癸巳，黑龙江管水手官员缺，部臣拟补遣戍道员周昌。上曰："周昌即遣戍矣，又补官乌拉，是终身不得归也。可令八旗官愿效力者为之。"戊申，御史张瑗请毁前明内监魏忠贤墓。从之。丙辰，上巡幸塞外。

六月庚辰，授宋儒邵雍后裔"五经博士"。

秋七月丁亥，领侍卫内大臣公费扬古随扈患病，上为停銮一日，亲往视疾。随以不起闻，赐鞍马三匹，散马四匹，银五千两，遣大臣护送还京，予祭葬，谥襄庄。

八月乙丑，上幸索岳尔济山。诏曰："此山形势崇隆，允称名胜。嗣后此处禁断行围。"甲申，上次马尼图行围，一矢穿两黄羊，并断拉哈里木，蒙古皆惊。

九月辛丑，简亲王雅布随扈薨，命大臣送还京，皇长子胤禔、皇三子胤祉出迎，遣官治丧，赐银四千两，皇子合助银三千两。发引时，皇子侍卫往送，予祭葬立碑，谥曰修。乙巳，上还京。庚戌，上御经筵。大学士王熙以衰疾乞休，温旨慰谕，加少傅致仕。噶尔丹之女钟齐海到京，命与其兄一等侍卫色卜腾巴尔珠尔同居，配二等侍衙蒙古沙克都尔。

　　冬十月戊午，以宗室特克新为满洲都统，迓图布尔塞为蒙古都统。己未，召大学士张玉书还朝。诏免甘肃来年额赋。庚申，以梁鼐为福建陆路提督。辛酉，免江苏明年额赋。起岳升龙为四川提督。辛未，改普奇为满洲都统，孙渣齐为蒙古都统，以华显为四川陕西总督。癸酉，大学士张英乞休，温旨慰谕令致仕。御史靳让疏言为州县者，须令家给人足，方为良吏。命改靳让通州知州。诏总督郭琇、张鹏翮、桑额、华显，巡抚李光地、彭鹏、徐潮各举贤能。平悼郡王讷尔福薨，子讷尔素袭爵。

　　十一月甲午，诏：“朕详阅秋审重案，字句多误。廷臣竟未察出一二，刑部尤为不慎，其议罚之。”

　　十二月壬申，广东连山瑶匪作乱，命都统嵩祝讨之。辛巳，祫祭太庙。

　　是岁，免直隶、江南、河南、陕西、广东等省四十二州县灾赋有差。朝鲜、琉球入贡。

---

①磔：一种分裂肢体的刑罚。

②绖：阻碍；拌住。

③违豫：不快乐；不舒服。

④杌（wù，音勿）陧：不安定。

⑤酺（pú，音仆）：聚会饮酒。

⑥怙（hù，音互）：凭借；凭仗。

⑦纾：延缓；缓。

⑧殪：射死。

⑨闾阎（yán，音严）：民间。

⑩埽（sào，音臊）：把树枝、石头等用绳子捆紧做成的圆柱形东西。从前治理黄河时用它保护堤岸防水冲刷。

⑪薙（tì，音惕）：通“剃”。

⑫鞫：审问；审讯。

圣祖本纪三

　　四十一年壬午春正月壬寅，诏修国子监。丙午，诏系囚经缓决者减一等。以雅尔江阿袭封简亲王。庚戌，上巡幸五台山。

　　二月庚申，次射虎川。上民请于菩萨顶建万寿亭祝釐。不许。丁卯，上巡视子牙河。

　　三月壬午，上还京。以瓦尔岱为满洲都统，吴达禅、马思哈、满丕为蒙古都统。丁亥，上御经筵。

　　夏四月甲戌，赐致仕大学士王熙御书匾对，传旨曰：“卿先朝旧臣，其强餐食，慎医药，以慰朕念。”

　　五月癸巳，定发配人犯归籍金遣，流犯死配所，妻子许还乡里。辛丑，显亲王丹臻薨。遣皇子及大臣治丧，赐银万两，谥曰密，子衍璜袭。壬寅，先是，廉州府连山瑶人作乱，御史参奏，命都统嵩祝率禁旅会讨，并命尚书范承勋勘状。至是，嵩祝奏官兵一到，瑶人乞降，先后投出瑶人一万九千余名。献出戕官黎贵等九人，即于军前正法。降瑶安插，交总督料理。范承勋奏瑶人滋事，副将杜芳伤死，总兵刘虎先行退回，应拟斩，提督殷化行应革职。得旨：“殷化行有战功，改原品致仕。刘虎免死。"丙午，召廷臣至保和殿，颁赐御书。

六月壬子，贵州葛彝寨苗人为乱，官军讨平之。戊午，上制《训饬士子文》，颁发直省，勒石学宫。乙未，上奉皇太后幸热河。乙丑，四川提督岳升龙疏报大凉山倮目马比必率众内附，请授土千户，给印信。

闰六月辛丑，木鸦番民万九千余户内附，请置安抚使、副使、土百户等职，均从之。

八月庚辰朔，增顺天、浙江、湖广乡试中额。戊申，上奉皇太后还宫。

九月辛亥，以李正宗、卢崇耀、冯国相为汉军都统。壬子，定《五经》中式例。癸丑，停本年秋决。辛酉，以齐世、嵩祝为满洲都统，莽喀为汉军都统，车纳福为蒙古都统。甲子，诏："南巡阅河，所过停供张，禁科敛。官吏无相馈遗，百姓各守本业。督抚布告，使明知朕意。"己巳，以席哈纳为大学士，敦拜为吏部尚书，席尔达为礼部尚书，温达为左都御史，管源忠为广州将军。镇篁诸生李丰等叩阍言红苗杀人①，有司不问。诏侍郎传继祖、甘国枢，巡抚赵申乔驰驿按问。癸酉，上南巡启銮。

冬十月壬午，次德州。皇太子胤礽有疾，上回銮。癸卯，上还宫。丙午，以郭世隆为广东广西总督，金世荣为浙江福建总督。

十一月丙辰，诏免陕西、安徽明年额赋。甲子，大学士伊桑阿乞休，命致仕。壬申，广西巡抚萧永藻疏劾布政使教化新亏空仓谷，应令赔补。上曰："米谷必有收贮之地，乃可经久。若无仓廒，积于空野，难免朽烂，况南方卑湿之地乎？其别定例以闻。"命修禹陵。

十二月壬辰，廷臣以明年五旬万寿，请上尊号。上不许。户部议驳奉天报灾。上曰："晴雨原无一定，始者雨水调和，其后被灾，亦常事耳。可准其奏。"乙未，改赵申乔为偏沅巡抚，以赵弘灿为广东提督，王世臣为浙江提督，孙征灏为汉军都统。壬寅，厄鲁特丹津阿拉布坦来朝，厚赉之，封为郡王，赐地游牧。

是岁，免江南、河南、浙江、湖广、甘肃等省十州县灾赋有差。朝鲜、琉球入贡。

四十二年癸未春正月壬子，大学士诸臣贺祝五旬万寿，恭进"万寿无疆"屏。却之，收其写册。壬戌，上南巡阅河。丁卯，以俞益谟为湖广提督。庚午，次济南，观珍珠泉，赋《三渡齐河诗》。壬申，次泰安，登泰山。诏免跸路所经及歉收各属去年逋赋②。

二月丁丑，运漕米四万石赈济宁、泰安。阅宿迁堤工。己卯，自桃源登舟，偏阅河堤。甲申，渡江登金山。丙戌，次苏州。遣官奠大学士宋德宜墓。庚寅，上驻杭州阅射。辛丑，次江宁。

三月戊申，上阅高家堰、翟家霸堤工。己酉，上阅黄河南龙窝、烟墩等堤。庚申，上还京。癸亥，万寿节。上朝皇太后宫，免廷臣朝贺。颁恩诏，锡高年，蠲额赋，察孝义，恤困穷，举遗逸，罪非常赦所不原者，咸赦除之。颁赐亲王、郡王以下文武百官有差。庚午，以洞鄂袭封信郡王。辛未，上御经筵。赐内廷修书举人江灏、何焯、蒋廷锡进士，一体殿试。

夏四月辛巳，赐王式丹等一百六十三人进士及第出身有差。四川威州龙溪十八寨生番归化纳粮。丁亥，大学士熊赐履乞休，命解官食俸，留备顾问。傅继祖等察审湖广红苗抢掠一案。得旨："总督郭琇、提督杜本植隐匿不报，均革职。巡抚金玺降官。"以喻成龙为湖广总督。癸巳，致仕大学士王熙卒，予祭葬，谥文靖。丙申，以陈廷敬为大学士兼吏部尚书。戊戌，诏原任侍郎任克溥年逾九十，洵为耆硕，加尚书衔。以李光地为吏部尚书，仍巡抚直隶。以莽喀为荆州将军，诺罗布为杭州将军，宗室爱音图为汉军都统，孙渣齐、翁俄里为蒙古都统。己亥，谕八旗人等："朕不惜数百万帑金为旗丁偿逋赎地，筹画生计。尔等能人人以孝弟为心，勤俭为事，则足仰慰朕心矣。倘不知爱惜，仍前游荡饮博，必以严法处之。亲书宣谕，其尚钦遵！"

五月壬子，裕亲王福全有疾，上连日视之。癸亥，内大臣索额图有罪，拘禁于宗人府。己巳，上巡幸塞外。

六月辛巳，恭亲王常宁薨，命皇子每日齐集，赐银一万两，遣官造坟建碑。壬寅，裕亲王福全薨，上闻之，兼程回京。

秋七月乙巳朔，上临裕亲王丧，哭之恸，自苍震门入居景仁宫。王大臣请还乾清宫，上曰："居便殿乃只遵成宪也。"居五日，命皇长子等持服，命御使罗占造坟建碑，谥曰宪。子保泰嗣爵。戊申，以山东大雨，遣官分赈。庚戌，上巡幸塞外。己巳，发帑金三十万两，截漕五十万石赈山东。山东有司不理荒政，停其升转。

八月癸巳，停本年秋审。

九月壬子，予故侍郎高士奇、励杜讷祭葬。己巳，命尚书席尔达督办红苗。

冬十月癸未，上西巡启銮。命给事中满普、御史顾素在后行，查仆从生事，即时锁拿。庚寅，喇嘛请广洮州卫庙，上曰："取民地以广庙宇，有碍民生。其永行禁止。"癸巳，过井陉，次柏井驿。驿向乏泉，至是井泉涌溢。丁酉，驻太原。戊戌，诏免山西逋赋。百姓集行宫前吁留车驾，上为再停一日。

十一月乙巳，上次洪洞。遣官祭女娲陵。壬子，渡黄河，次潼关。遣官祭西岳。赐迎驾百岁老人白金。甲寅，次渭南。阅固原标兵射，赐提督潘育龙以下加一级。丙辰，上驻西安。丁巳，阅驻防官兵射。遣官祭周文王、武王，祭文书御名。遣官奠提督张勇、梁化凤墓。己未，上大阅于西安，赐将军博济御用弓矢。赐官兵宴。军民集行宫前吁留，上为留一日。赐盩厔征士李颙御书"操志清洁"匾额。免陕、甘逋赋。癸亥，上回銮。己巳，次陕州。命皇三子胤祉往阅三门底柱。

十二月乙亥，上次修武。阅怀庆营伍不整，逮总兵官王应统入京论死。庚辰，次磁州。御书"贤哲遗休"额悬先贤子贡墓。庚寅，上还京。辛卯，定外任官在本籍五百里内者回避。封常宁子海善为贝勒。

是岁，免直隶、江南、山东、河南、陕西、浙江、湖广等省九十一州县灾赋有差。朝鲜、琉球、安南入贡。

四十三年甲申春正月辛酉，诏曰："朕谘访民瘼[3]，深悉力作艰难。耕三十亩者，输租赋外，约余二十石。衣食丁徭，取给于此。幸逢廉吏，犹可有余。若诛求无艺[4]，则民无以为生。是故察吏所以安民，要在大吏实心体恤也。"戊辰，诏汉军一家俱外任者，酌改京员。己巳，上谒陵。

二月甲戌，封淮神为长源佑顺大淮之神，御书"灵渎安澜"额悬之。癸巳，上还宫。以李基和为江西巡抚，能泰为四川巡抚。

三月辛丑，卜御经筵。己酉，诏停热审[5]。辛酉，以吴洪为甘肃提督。资送山东饥民回籍。丙寅，以温达为工部尚书。

夏四月癸酉，命侍卫拉锡察视河源。己卯，幸𩰚髻山，遂阅永定河、子牙河。丙申，上还京。

五月辛酉，以于准为贵州巡抚。

六月乙亥，上巡幸塞外。

秋九月癸卯，诏督抚调员违例者罪之。侍郎常授招抚广东海盗阿保位等二百三十七名，就抚为兵。戊午，刑部尚书王士禛以失出降官。癸亥，上还宫。丁卯，侍卫拉锡察视河源，还自星宿海，绘图以进。

冬十月戊辰朔，浚杨村旧河。甲戌，诏免顺天、河间二府及山东、浙江二省明年税粮。庚辰，以李振裕为礼部尚书，徐潮为户部尚书，屠粹忠为兵部尚书，王掞为刑部尚书，吴涵为左都御史。癸未，颁内制铜斗铜升于户部，命以铁制颁行。戊子，以赵弘燮为河南巡抚。己丑，命浚汾、渭、贾鲁诸河。辛卯，上阅永定河。

十一月丁酉朔，日有食之。上还宫。上以仪器测验与七政历不符，钦天监官请罪，免之。郎中费仰硍以贪婪弃市。辛亥，定吏部行取知县例，停督抚保荐。戊午，湖广巡抚刘殿衡建御书楼，上斥其糜费，并严禁藉修建侵帑累民者。四川陕西总督博霁疏参凉州总兵官魏勋年老，上曰："魏勋前有军功，兵民爱戴，与师帝宾、麦良玺、潘育龙俱系旧臣，难得，保可参耶？"壬戌，诫修《明史》史臣核公论，明是非，以成信史。

十二月乙酉，天津总兵官蓝理请沿海屯田，从之。甲午，以御制诗集赐廷臣。

是岁，免直隶、江南、山东、湖广、广东等省一百九州县灾赋有差。朝鲜入贡。

四十四年乙酉春正月戊午，《古文渊鉴》成，颁赐廷臣，及于官学。癸亥，上幸汤泉。

二月乙丑朔，上还宫。癸酉，上南巡阅河。诏曰："朕留意河防，屡行阅视，获告成功。兹黄水畅流，尚须察验形势，即循河南下。所至勿缮行宫，其有科敛累民者，以军法治罪。"壬午，次静海。遣官奠故侍郎励杜讷墓，予谥文恪。

三月己亥，谕山东抚臣曰："百姓欢迎道左者日数十万人，计日回銮，正当麦秀，其各务稼穑，毋致妨农。"乙巳，上驻扬州。授河臣张鹏翮方略。辛亥，上驻苏州。命选江南、浙江举、贡、生、监善书者入京修书。赐公福善，大学士张玉书、陈廷敬，在籍大学士张英，都统爱音图白金。赐大学士马齐等《皇舆表》。己未，次松江阅射。上书"圣迹遗徽"额赐青浦孔氏。赐故侍郎高士奇谥文恪。

夏四月丙寅，上驻杭州阅射。庚午，诏赦山东、江苏、浙江、福建死罪减一等。戊寅，御书"至德无名"额悬吴太伯祠，并书季札、董仲舒、焦先、周敦颐、范仲淹、苏轼、欧阳修、胡安国、米芾、宗泽、陆秀夫各匾额悬其祠。乙酉，上驻江宁。

闰四月癸卯，上阅高家堰堤工。辛酉，上还京。

五月戊寅，上亲鞫郎中陈汝弼一案，原汝弼罪。刑部尚书安布禄、左都御史舒辂以失狱免职。庚辰，以贝和诺为云南贵州总督。丙戌，上巡幸塞外。

六月甲午，命行取知县非再任者不得考选科道。庚戌，停广东开矿。丙辰，上驻跸热河。

秋七月壬申，河决清水沟、韩庄，命河臣察居民田舍以闻。

八月甲午，免八旗借支兵饷银七十万两。戊午，喻成龙免，以石文晟为湖广总督。庚申，上发博洛河屯，阅牧群。

九月己巳，进张家口。丙子还京。甲申，以希福纳为左都御史，达佳为江宁将军。

冬十月辛卯朔，重修华阴西岳庙成，上制碑文。丙午，以富宁安为汉军都统。

十一月辛酉，命蒙古公丹济拉备兵推河，察视策旺阿拉布坦。己巳，以李光地为大学士，宋荦为吏部尚书，调赵弘燮为直隶巡抚。癸酉，诏免湖广明年额赋及以前逋赋。甲戌，国子监落成，御书"彝伦堂"额。庚辰，以汪灏为河南巡抚。乙酉，上谒陵。巡幸近塞。戊子，设云南广南、丽江二府学官，许土人应试。

十二月壬寅，上临裕亲王福全葬。以阿灵阿兼理藩院尚书。乙酉，上还宫。丙辰，以祖良璧为福州将军。

是岁，免直隶、江南、湖广、广东等省四十六州县灾赋有差。朝鲜、琉球入贡。

四十五年丙戌春正月乙酉，命孙渣齐、徐潮督浚淮扬引河。顺天考官户部侍郎汪霖赞善姚士蕃以取士不公褫职。

二月癸巳，上巡幸畿甸。丁未，次静海，阅子牙河。壬子，还驻南苑。以诸满为江宁将军。以王然为浙江巡抚。江南、江西总督阿山劾江宁知府陈鹏年安奉《圣训》不敬，部议应斩。先是，乙酉年南巡，陈鹏年遵旨不治行宫，阿山故假他事劾之。上使入京修书。戊午，上还宫。

三月庚申，上御经筵。辛巳，赐施云锦等二百八十九人进士及第出身有差。诏直省建育婴堂。

夏四月戊子朔，日有食之。加贵州提督李芳述镇远将军。乙未，吴涵罢，以梅鋗为左都御史。

五月己未，以金世荣为兵部尚书。甲戌，诏免直隶、山东逋赋。丁丑，以梁鼐为福建浙江总督。戊寅，上巡幸塞外。

六月丁亥朔，诏修《功臣传》。癸巳，命梅鋗、二鬲按容美土司田舜年狱。壬寅，命凡部寺咨取钱粮非由奏请者，户部月会其数以闻。以蓝理为福建陆路提督。辛亥。四川巡抚能泰疏报安乐铁索桥告成，移化林营千总驻守。

秋七月庚申，上驻跸热河。甲子，以德昭嗣封信郡王。

八月壬辰，高家堰车逻坝涧河河堤告成。

九月己亥，上还京。

冬十月乙酉朔，敦拜罢，以温达为吏部尚书，希福纳为工部尚书。庚寅，武殿试。谕曰："今天下承平日久，曾经战阵大臣已少，知海上用兵者益少。他日台湾不无可虑。朕甲子南巡，由江宁登舟，至黄天荡，江风大作，朕独立船头射江豚，了不为意。迨后渡江，渐觉心动。去岁渡江，则心悸矣。皆年为之也。问之宿将亦然。今使高年奋勇效命，何可得耶？"壬寅，命大学士席哈纳、侍郎张廷枢、萧永藻覆按土司田舜年狱。丁未，以逿图为满洲都统。己酉，诏免山西、陕西、江苏、安徽、江西、浙江、福建、湖北、湖南、广东十省逋赋。

十一月癸酉，命尚书金世荣、侍郎巴锡、范承烈督浚清河。免八旗官兵贷官未归银三百九十五万六千六百两有奇。甲戌，以阿山为刑部尚书。庚辰，上谒陵。辛巳，以邵穆布为江南江西总督。癸未，以山东私铸多，听以小钱完正赋，责有司运京鼓铸。甲申，上巡幸塞外。西藏达赖喇嘛卒，其下第巴匿之，又立伪达赖喇嘛。拉藏汗杀第巴而献其伪喇嘛。西宁喇嘛商南多尔济以闻。

十二月壬寅，上还宫。诏罪囚缓决至三、四年者减一等。辛亥，郭世隆罢，以赵弘灿为广东广西总督。

是岁，免直隶、江南、福建、江西、湖广等省三十二州县灾赋有差。朝鲜入贡。

四十六年丁亥春、正月丁卯，诏："南巡阅河，往返舟楫，不御室庐。所过勿得供亿。"丁巳，梅鋗免，以萧永藻为左都御史。

二月戊戌，次台庄，百姓来献食物。召耆老前，详询农事生计，良久乃发。癸卯，上阅溜淮套，由清口登陆，如曹家庙，见地势毗连山岭，不可疏凿。而河道所经，直民庐舍坟墓，悉当毁坏。诘责张鹏翮等，遂罢其役，道旁居民欢呼万岁。命别勘视天然坝以下河道。

三月己未，上驻江宁。乙巳，上驻苏州。

夏四月甲申，上驻杭州。诏曰："朕顷因视河，驻跸淮上。江、浙二省官民吁请临幸，朕勉徇群情，涉江而南。方今二麦垂熟，百姓沿河拥观，不无践踏。其令停迎送，示朕重农爱民至意。"戊申，以鄂克逊为江宁将军，殷泰为甘肃提督。

五月壬子朔，上次山阳，示河臣方略。癸酉，上还京。丙子，解阿山尚书，削张鹏翮宫保。戊寅，赠故河道总督靳辅太子太保，予世职。加福建提督吴英威略将军。赠死难运司高天爵官，予谥忠烈。以达尔占为荆州将军。

六月丁亥，上巡幸塞外。以巢可托为左都御史，起郭世隆为湖广总督。

七月壬子，上驻跸热河。丁卯，车驾发喀拉河屯，巡幸诸蒙古部落。外藩来朝，各赐衣币。

八月甲辰，次洮尔毕拉，赐迎驾索伦总管塞音察克、杜拉图及打牲人银币。贵州三江苗人作乱，讨平之。

九月癸亥，上驻和尔博图噶岔。甲子，阅察哈尔、巴尔虎兵丁射。

冬十月辛巳，以江苏、浙江旱。发帑市米粜，截漕放赈，免逋赋。外藩献驼马，却之。戊戌，上还京。己亥，户部议增云南矿税，命如旧额。庚子，金世荣免，以萧永藻为兵部尚书。

十一月己酉朔，诏曰："顷以江、浙旱灾，随命减税、蠲逋、截漕。其江、浙两省明年应出丁钱，悉予蠲免。被灾之处，并免正赋。使一年之内，小民绝迹公庭，优游作息，副朕惠爱黎元至意。"己未，诏台湾客民乏食，愿归者听附公务船内渡。以汪悟礼为汉军都统。己亥，诏江、浙诸郡县兴修水利备旱涝。

十二月丙戌，以温达为大学士，马尔汉为吏部尚书，耿额为兵部尚书，巢可托为刑部尚书，富宁安、王九龄为左都御史。丙午，赐亲王以次内大臣、侍卫白金有差。

是岁，免直隶、江南、江西、福建、湖广等省三十二州县卫灾赋有差。朝鲜、琉球入贡。

四十七年戊子春正月庚午，浙江大岚山贼张念一、朱三等行劫慈谿、上虞、嵊县，官兵捕平之。辛未，重修南岳庙成，御制碑文。以觉罗孟俄洛为奉天将军。乙亥，诏截留湖广、江西漕粮四十万石，留于江南六府平粜。

二月庚寅，上御经筵。壬辰，遣侍郎穆丹按大岚山狱，学士二鬲按红苗狱。甲午，上巡畿甸。丙午，诏暹罗使臣挈带土货，许随处贸易，免征其税。

三月丙辰，上还驻畅春园。戊午，以希思哈、李绳宗为汉军都统。

闰三月戊寅朔，重修北镇庙成，御制碑文。乙未，以施世骠为广东提督，席柱为西安将军。

夏四月己酉，宋荦罢，以徐潮为吏部尚书，以齐世武为四川陕西总督。戊午，山东巡抚赵世显报捕获朱三父子，解往浙江。上曰："朱三父子游行教书，寄食人家。若因此捕拿，株连太多，可传谕知之。"辛酉，湖广提督俞益谟密请剿除红苗。上以红苗无大罪，不许。以阿喇衲为蒙古都统，李林盛为汉军都统。内大臣明珠卒，命皇三子胤祉奠茶酒，赐马四匹。

五月甲申，以王鸿绪为户部尚书，富宁安为礼部尚书，穆和伦为左都御史。丙戌，上巡幸塞外。乙未，诏免大岚山贼党太仓人王昭骏伯叔兄弟连坐罪。

六月丁未，上驻跸热河。丁巳，九卿议覆大岚山狱上，得旨："诛其首恶者，朱三父子不可宥，缘坐可改流徙。巡抚王然、提督王世臣俱留任，受伤官兵俱议叙。"丁卯，《清文鉴》成，上制序文。

秋七月丁丑，谕刑部，免死流人在配犯罪者按诛之。癸未，《平定朔漠方略》成，上亲制序文。壬辰，上行围。二鬲奏按红苗杀人之廖老宰等斩枭，擅自遣兵前往苗寨之守备王应瑞遣戍，从之。

八月甲辰朔，日有食之。壬戌，上回銮，驻永安拜昂阿。

九月乙亥，上驻布尔哈苏台。丁丑，召集廷臣行宫，宣示皇太子胤礽罪状，命拘执之，送京幽禁。己丑，上还京。丁酉，废皇太子胤礽，颁示天下。

冬十月甲辰，削贝勒胤禩爵。乙卯，以王掞为工部尚书，张鹏翮为刑部尚书。辛酉，上幸南苑行围。以辛泰为蒙古都统。

十一月癸酉朔，削直郡王胤禔爵，幽之。己卯，致仕大学士张英卒，予祭葬，谥文端。辛巳，副都御史劳之辨奏保废太子，夺职杖之。丙戌，召集廷臣议建储贰。阿灵阿、鄂伦岱、揆叙、王鸿绪及诸大臣以皇八子胤禩请，上不可。戊子，释废太子胤礽。己丑，王大臣请复立胤礽为皇太子。丙申，以宗室发度为黑龙江将军。庚子，复胤禩贝勒。

十二月甲辰，褒恤死难生员嵇永仁、王龙光、沈天成、范承谱，附祀范承谟祠，承谟子巡抚范时崇请之也。丁巳，以陈诜为湖广巡抚，蒋陈锡为山东巡抚，黄秉中为浙江巡抚，刘荫枢为贵州巡抚。

是岁，免山东、福建、湖广等省六十州县灾赋有差。朝鲜入贡。

四十八年己丑春正月癸巳，召集廷臣问举立胤禩，孰为倡议者。群臣皇恐莫敢对，乃进大学士张玉书而问之，对曰："先闻之马齐。"上切责之。次日，列马齐罪状，宥死拘禁。已而上徐察其诬，释之。丙申，上幸南苑。己亥，命侍郎赫寿驻藏，协办藏事。初拉藏汗与青海争立达赖喇嘛，不决，特命大臣往监临之。王鸿绪、李振裕免。

二月己酉，上巡幸畿甸。以宗室杨福为黑龙江将军，觉罗孟俄洛为宁古塔将军，王文义为贵州提督。戊午，以嵩祝署奉天将军。戊辰，上还宫。庚午，以张鹏翮为户部尚书，张廷枢为刑部尚书。

三月辛巳，复立胤礽为皇太子，昭告宗庙，颁诏天下。甲午，赐赵熊诏等二百九十二人进士及第出身有差。

夏四月甲辰，以富宁安为吏部尚书，穆和伦为礼部尚书，穆丹为左都御史。移禁胤禔于公所，遣官率兵监守。丁卯，上巡幸塞外。

五月甲戌，上驻跸热河。

六月戊午，康亲王椿泰薨，谥曰悼，子崇安袭封。

秋七月庚寅，以殷泰为四川陕西总督，噶礼为江南江西总督，江琦为甘肃提督，师懿德为江南提督。戊戌，上行围。

八月己亥朔，日有食之。加陕西提督潘育龙镇绥将军。

九月庚寅，上还京。以年羹尧为四川巡抚。

冬十月壬寅，诏福建、广东督抚保举深谙水性、熟知水师者。戊午，册封皇三子胤祉诚亲王，皇四子胤禛雍亲王，皇五子胤祺恒亲王，皇七子胤祐淳郡王，皇十子胤祇敦郡王，皇九子胤禟、皇十二子胤裪、皇十四子胤禵俱为贝勒。壬戌，诏免江苏被灾之淮、扬、徐，山东之兖州，河南之归德明年地丁额赋。

十一月丙子，诏各省解部之款过多，可酌量截留，以备急需。安郡王马尔浑薨，谥曰悫，子华玘袭。己卯，加漕运总督桑额太子太保。庚寅，上与大学士李光地论水脉水源，泰、岱诸山自长白山来。沛水伏流，黄河未到积石亦是伏流，蒙古人有书言之甚详。江源亦自昆仑来，至于岷山乃不伏流耳。遣张鹏翮、噶敏图按江南宜思恭亏帑狱。

十二月己亥，上谒陵。己未，上还宫。命马齐管鄂罗斯贸易事。刑部尚书巢可托免。

是岁，免直隶、江苏、安徽、山东、河南、湖广等省五十三州县灾赋有差。朝鲜、琉球入贡。

四十九年庚寅春正月庚寅，命修《满蒙合璧清文鉴》。

二月丁酉，上巡幸五台山。吏部尚书徐潮乞休，允之。

三月己巳，上还京。乙亥，命编纂《字典》。诏以故大学士李霨嫡孙主事李敏启擢补太常寺少卿。戊寅，敕封西藏胡必尔汗波克塔为六世达赖喇嘛。辛巳，诏免浙江杭、湖二府未完漕米三万九千余石。

夏四月乙巳，调萧永藻为吏部尚书，王掞为兵部尚书。

五月己酉朔，上巡幸塞外。癸酉，次花峪沟。阅吉林、黑龙江官兵。丁丑，上驻跸热河。

六月己亥，命诸皇子恭迎皇太后至热河避暑。戊午，刑部尚书张廷枢免。

秋七月壬午，按事湖南尚书萧永藻等疏报巡抚提督互讦案，查审俱实。得旨："俞益谟休致，赵申乔革职留任。"

闰七月甲寅，上行围。

八月乙亥，诏福建漳、泉二府旱，运江、浙漕粮三十万石赈之，并免本年未完额赋。丙戌，上还驻热河。庚寅，以范时崇为福建浙江总督，额伦特为湖南提督。

九月辛丑，上奉皇太后还宫。辛亥，希福纳免。时户部亏蚀购办草豆银两事觉，积十余年，历任尚书、侍郎凡百二十人，亏蚀至四十余万，上宽免逮问，责限偿完。希福纳现任尚书，特斥之。以穆和伦为户部尚书，贝和诺为礼部尚书。

冬十月甲子，诏曰："朕临御天下垂五十年，诚念民为邦本，政在养民。迭次蠲租数万万，以节俭之所余，为涣解之弘泽。惟体察民生，未尽康阜⑥，良由生齿日繁，地不加益。宜沛鸿施，藉培民力。自康熙五十年始，普免天下钱粮，三年而遍。直隶、奉天、浙江、福建、广东、广西、四川、云南、贵州九省地丁钱粮，察明全免。历年逋赋，一体豁除。其五十一年、五十二年应蠲省分，届时候旨。地方大吏以及守令当体朕保义之怀⑦，实心爱养，庶几昇平乐利有可征矣。文到，其刊刻颁布，咸使闻知。"丁卯，谕外藩已朝行在，勿庸朝正。丙子，以郭瑮为云南贵州总督，以郭世隆为刑部尚书，鄂海为湖广总督。癸未，谕大学士："江南亏空钱粮多至数十万两，此或朕数次南巡，地方挪用。张鹏翮谓俸工可心抵补。牧令无俸，仍以累民，莫若免之为善。其会议以闻。"

十一月辛卯朔，诏凡遇蠲赋之年，免业主七分，佃户三分，著为令。大学士陈廷敬以老乞休，温旨慰谕，命致仕。乙巳，上谒陵。以萧永藻为大学士，王掞为礼部尚书，徐元正为工部尚书。丁未，以孙徵灏为兵部尚书。乙卯，以桑额为吏部尚书。

十二月癸酉，以赫寿为漕运总督。戊寅，上还京。辛巳，诏曰："朕因朝列旧臣渐次衰谢，顺治年间进士去职在籍者，已无多人。王士禛、江皋、周敏政、叶矫然、徐淑嘉皆以公过屏废，俱复还原官。"以赵申乔为左都御史。

是岁，免直隶、江南等省七州县灾赋有差。朝鲜、安南入贡。

五十年辛卯春正月癸丑，上巡畿甸，视通州河堤。

二月辛酉，以班迪为满洲都统，善丹为蒙古都统。丁卯，阅筐儿港，命建挑水坝。次河西务，上登岸步行二里许，亲置仪器，定方向，钉椿木，以纪丈量之处。谕曰："用此法可以测量天地、日月交食。算法原于《易》。用七、九之奇数，不能尽者，用十二、二十四之偶数，乃能尽之，即取象十二时、二十四气也。"庚午，上还京。辛巳，上御经筵。

三月庚寅，王大臣以万寿节请上尊号。自平滇以来，至是凡四请矣。上谦挹有素⑧，终不之许。

夏四月庚申，徐元正养亲回籍，以陈诜为工部尚书。庚辰，上奉皇太后避暑热河。乙未，命礼部祈雨。庚子，大雨。丙午，留京大学士张玉书卒。上悼惜，赋诗一篇，遣官治丧，赐银一千两，加祭葬，谥文贞。己酉，诏免江苏无著银十万两有奇。丙辰，召致仕大学士陈廷敬入阁办事。增乡、会试《五经》中额。

六月戊辰，设广西西隆州儒学训导。

秋七朋丙辰，上行围。

八月庚午，高宗纯皇帝生。以王原祁为掌院学士。设先贤子游后裔《五经》博士。

九月戊申，上奉皇太后还宫。蓝理有罪免，以杨琳为福建陆路提督，马际伯为四川提督。停本年秋决。

冬十月丙辰，诏免台湾五十一年应征稻谷。贝和诺免，以嵩祝为礼部尚书。戊午，诏前旨普免天下钱粮，五十一年轮及山西、河南、陕西、甘肃、湖北、湖南六省，地丁钱粮及逋欠俱行蠲免。庚午，以硕鼎为满洲都统，瑚世巴、马尔赛为蒙古都统。戊寅，免朝鲜白金豹皮岁贡。庚辰，诏举孝义。辛巳，命张鹏翮置狱扬州，按江南科场案。壬午，鄂缮、耿额、齐世武、悟礼等有罪，褫职拘禁。赵申乔疏劾新科编修戴名世恃才放荡，语多悖逆，下部严审。

十一月丙戌，以殷特布为汉军都统，隆科多为步军统领，张谷贞为云南提督。丁未，上谒陵，赐守陵官役马匹白金。

十二月癸酉，上还宫。癸未，祫祭太庙。

是岁，免直隶、安徽等省储备州县灾赋有差。朝鲜、琉球入贡。丁户二千四百六十二万一千三百二十四，田地六百九十三万三百四十四顷三十四亩，征银二千九百九十万四千六百五十二两八钱。盐课银三百七十二万九千二百二十八两。铸钱三万七千四百九十三万三千四百有奇。

五十一年壬辰春正月丙午，擢编修张逸少为翰林院侍读学士，故大学张玉书之子也。壬子，命内外大臣具折陈事。折奏自此始。癸丑，上巡幸畿甸。诏右卫将军宗室费扬古办事诚实，供职年久，且系王子，可封为辅国公。

二月丁巳，诏宋儒朱子配享孔庙，在十哲之次。江苏巡抚张伯行与总督噶礼互讦，俱解任，交张鹏翮、赫寿查审。福建浙江总督范时崇疏陈沿海渔船，只许单桅，不许越省行走，交地方文武钤束。上曰："此事不可行。渔户并入水师营，则兵弁侵欺之矣。盗贼岂能尽除，窃发何地无之？只视有益于民者行之，不当以文法为捕具也。"戊寅，命卓异武官照文职引见。庚辰，上还京。壬午，诏曰："承平日久，生齿日繁。嗣后滋生户口，勿庸更出丁钱，即以本年丁数为定额，著为令。"

三月辛卯，谕大学士："翻译本章，甚有关系。昨见本内'假官'二字，竟译作'伪官'，舛错殊甚。其严饬之。"丁酉，上御经筵。

夏四月丁巳，赐王世琛等百七十七人进士及第出身有差。甲子，以康泰为四川提督。定会试分省取中例。壬申，谕："故大学士熊赐履凤学旧臣，身殁以后，时轸于怀。闻其子已长成，可令来京录用。"壬戌，予故一等待卫海青副都统衔，予祭葬，谥果毅。致仕大学士陈廷敬卒，命皇三子奠茶酒，御赋挽诗，命南书房翰林励廷仪、张廷玉赍焚，予治丧银一千，谥文贞。诏明年六旬万寿，二月特行乡试，八月会试。以嵩祝为大学士，黑硕咨为礼部尚书，满笃为工部尚书，以王掞为大学士，陈诜为礼部尚书，起张廷枢为工部尚书。丙子，上奉皇太后避暑热河，启銮。壬午，上驻跸热河。

五月壬寅，命有司稽察流民徙边种地者。以穆丹为左都御史，鄂代为蒙古都统。

六月癸丑朔，日有食之。丁巳，命穆和伦、张廷枢覆按江南督抚互讦案。湖广镇筸红苗吴老化率毛都塘等五十二寨内附。辛酉，以张朝午为广西提督。

秋八月癸丑，上行围。戊寅，诏朝鲜遇有中国渔船违禁至界汛，许拘执以闻。镇筸苗民续内附八十三寨。

九月庚戌，上奉皇太后还宫。皇太子胤礽复以罪废，锢于咸安宫。

冬十月壬戌，穆和伦等覆按江南狱上，上命夺噶礼职，张伯行复任。以揆叙为左都御史，赫寿为江南江西总督。

十一月乙酉，前福建提督蓝理狱上，应死。上念征台湾功，特原之。己亥，群臣以万寿六旬请上尊号，不许。丁未，以复废皇太子胤礽告庙，宣示天下。己酉，上谒陵，赐守陵大臣白金。

十二月甲戌，上还京。

是岁，免直隶、江南、山东、浙江等省二十三州县灾赋有差。朝鲜入贡。

五十二年癸巳春正月戊申，诏封后藏班禅胡土克图喇嘛为班禅额尔得尼。

二月庚戌，赵申乔疏言太子国本，应行册立。上以建储大事，未可轻定，宣谕廷臣，以原疏还之。乙卯，上巡幸畿甸。编修戴名世以著述狂悖弃市。进士方苞以作序干连，免死入旗，旋赦出之。乙亥，上还驻畅春园。

三月戊寅朔，谕王大臣："朕昨还京，见各处为朕保釐乞福者，不计其数，实觉愧汗。万国安，即朕之安。天下福，即朕之福。祝延者当以兹为先。朕老矣，临深履薄之念，与日俱增，敢满假乎？"又谕："各省祝寿老人极多，倘有一二有恙者，可令太医看治。朕于十七日进宫经棚，老人已得从容瞻觐。十八日正阳门行礼，不必再至龙棚。各省汉官传谕知悉。"甲午，上还宫，各省臣民夹道俯伏观迎，上驻辇慰劳之。乙未，万寿节，上朝慈宁宫，御太和殿受贺，颁诏覃恩。锡高年，举隐逸，旌孝义，蠲逋负，鳏寡孤独无告者，官为养之，罪非殊死，咸赦除焉。壬寅，召直省官员士庶年六十五以上者，赐宴于畅春园，皇子视食，宗室子执爵授饮。扶掖八十以上老人至前，亲视饮酒。谕之曰："古来以养老尊贤为先，使人人知孝知弟，则风俗厚矣。尔耆老当以此意告之乡里。昨日大雨，田野需足。尔等速回，无误农时。"是日，九十以上者三十三人，八十以上者五百三十八人，各赐白金。加祝釐老臣宋荦太子少师、田种玉太子少傅。甲辰，宴八旗官员、兵丁、闲散于畅春园，视食授饮、视饮赐金同前。是日，九十以上者七人，八十以上者一百九十二人。

夏四月甲寅，以鄂海为陕西四川总督，额伦特为湖广总督，高其位为湖广提督。四川提督岳昇龙请入籍四川，许之。丁卯，遣官告祭山川、古陵、阙里。五月丙戌，上奉皇太后避暑热河。调张廷枢为刑部尚书，王顼龄为工部尚书。颁赉蒙古老人白金。辛丑，诏停本年秋决。

闰五月乙卯，赉热河老人白金。御史陈汝咸招抚海寇陈尚义入见，询海上情势及洋船形质，命于金州安置，置水师营。

六月丁丑，修律算书。

秋七月壬子，诏宗人削属籍者，子孙分别系红带、紫带，载名玉牒。丙寅，上行围。

八月丁丑，蒙古鄂尔多斯王松阿拉布请于察罕托灰游牧，不许。命游牧以黄河为界，从总兵范时捷请也。

九月甲子，上奉皇太后还宫。辛未，以江南漕米十万石分运广东、福建平粜。

冬十月丙子，以张鹏翮为吏部尚书。乙酉，赐王敬铭等一百四十三人进士及第出身有差。

十一月己酉，诏免广东、福建、甘肃二十一州县卫明年税粮。癸亥，上谒陵。

十二月己卯，以赫奕为工部尚书。辛卯，令文武科目愿兼应者，许改试一科。壬辰，上还京。甲午，以五哥为蒙古都统。辛丑，祫祭太庙。

是岁，免浙江十州县灾赋有差。朝鲜、琉球入贡。

五十三年甲午春正月己未，命修坛庙殿廷乐器。癸亥，户部请禁小钱。上曰："凡事必期便民，若不便于民，而惟言行法，虽厉禁何益？"戊辰，上巡幸畿甸。丁卯，以何天培为京口将军。

二月甲戌，诏停今年秋审，矜疑人犯，审理具奏。配流以下，减等发落。乙酉，上还京。癸丑，命侍郎常泰、少卿陈汝咸赴甘肃赈抚灾民。丁巳，前尚书王鸿绪进《明史列传》二百八十卷，命付史馆。

夏四月戊子，改师懿德为甘肃提督。辛卯，上奉皇太后避暑热河。六月乙亥，诏："拉藏汗年近六十，二子在外，宜防外患，善自为谋。"癸未，以炎暑免从臣晚朝。

秋七月辛卯，诏以江南暵旱，浙江米贵，河南歉收，截漕三十万石，分运三省平粜。

八月乙亥，上行围。

九月丙寅，上奉皇太后还宫。

冬十月己巳朔，命张鹏翮、阿锡鼐往按江南牟钦元狱。己丑，命大学士、南书房翰林考定乐章。

十一月，敕户部截漕三十余万石，于江南、浙江备赈。戊申，免甘肃靖边二十八州县衙明年额赋。诚亲王胤祉等以御制《律吕正义》进呈，得旨："律吕、历法、算法三书共为一部，名曰《律历渊源》"。甲寅，冬至，祀天于圜丘，奏新乐。丙辰，上巡幸塞外。贝勒胤禩属下人雅齐布有罪伏诛。遣何国栋测量广东、云南等省北极出地及日景。

十二月癸酉，上驻特布克，赐随围蒙古兵银币。己丑，上还京。辛卯，洮、岷边外生番喇子等一十九族内附。

是岁，免江南、河南、甘肃、浙江、湖广等省百二十二州县灾赋有差。朝鲜入贡。

五十四年乙未春正月甲子，停《五经》中式例。封阿巴垓台德木楚克为辅国公。诏贝勒胤禩、延寿溺职，停食俸。

二月戊辰朔，张伯行缘事解任，交张鹏翮审理。己巳，以施世纶为漕运总督。辛未，上巡幸畿甸，谕巡抚赵弘燮曰："去年腊雪丰盈，今年春雨应节，民田想早播种。但虑起发太盛，或有二疸之虞。可示农民芸耨宜疏，以防风霾。"又谕："朕时巡畿甸，见民生差胜于前。但诵读者少，风俗攸关。宜令穷僻乡壤广设义学，劝令读书。尔有司其留意。"甲午，以杜呈泗为江南提督，穆廷栻为福建陆路提督。

三月己亥，以蒙古吴拉忒等部十四旗雪灾，命尚书穆和伦运米往赈，教之捕鱼为食。庚子，以赵弘变为直隶总督，任巡抚事。以睦森为宁古塔将军。

夏四月庚午，赐徐陶璋等一百九十人进士及第出身有差。己卯，师懿德奏策旺阿拉布坦兵掠哈密，游击潘至善击败之。命尚书富宁安、将军席柱率师援剿，祁里备赴推河，谕喀尔喀等备兵。庚辰，征外藩兵集归化城，调打牲索伦兵赴推河。己丑，谕议政大臣："朕会出塞亲征，周知要害。今讨策旺阿拉布坦进兵之路有三：一由噶斯直抵伊里河源，趋其巢穴；一越哈密、吐鲁番，深略敌境；一取道喀尔喀，至博克达额伦哈必尔汉，度岭扼险。三路并进，大功必成。"壬午，漕运总督郎廷极卒，上称其抚恤运丁，历运无阻，予祭葬，谥温勤。辛卯，上奉皇太后避暑热河。乙未，命富宁安分戍噶斯口，总兵路振声驻防哈密。

五月丙午，黑龙江将军宗室杨福卒，赐银一千两，命侍卫尚崇义、傅森驰驿赐奠，谥襄毅，命其子三官保暂署父任。戊午，内阁侍读图理琛使于鄂罗斯，使备兵。

六月壬申，命都统图斯海等赴湖滩河朔运粮。甲戌，富宁安、席柱疏报进兵方略。得旨，明年进兵。丁亥，兵部尚书孙征灝卒，赐鞍马二、散马二、银五百两，谥清端。

秋七月甲午朔，命和托辉特公博贝招抚乌梁海。辛酉，命公傅尔丹往乌兰古等处屯田。

八月辛未，大学士李光地乞假归，上赋诗送之。癸酉，上行围。壬辰，撤噶斯口戍兵还肃州。

九月己酉，博贝招抚乌梁海部来归。

冬十月丙寅，上谕大学士：“朕右手病不能写字，用左手执笔批答奏折，期于不泄漏也。”辛巳，上奉皇太后还宫。诏顺天、保定、河间、永平、宣化今岁雨溢，谷耗不登，所有五府应完五五十年税粮，悉蠲除之。

十一月甲午，以范时崇为左都御史，觉罗满保为浙江福建总督，宗室巴塞为蒙古都统。庚子，停京师决囚。辛丑，以宋臣范仲淹从祀孔庙。己未，冬至，祀天于圜丘，始用御定雅乐。

十二月己巳，以塔拜为杭州将军。命护军统颂晏布帅师驻西宁。甲申，张伯行以疑赃诬参论罪应死，上原之，起为仓场侍郎。

是岁，免江南、湖南二省二十四州县衙灾赋有差。朝鲜、琉球入贡。

五十五年丙申春正月壬子，上幸汤泉。

二月乙丑，命副都统苏尔德经理圆呼鲁克等处屯田。癸酉，上还驻畅春园。丙子，诏免安南岁贡犀角、象牙。己卯，上巡幸畿甸。庚寅，定丁随地出例。

三月丁酉，恤赠广西右江剿瑶伤亡参将王启云官荫。庚子，上还宫。乙巳，召席柱还，以晏布代之，路振声参军事。癸丑，蒙古圆尔胡特贝勒珠尔请从军。命率蒙古兵戍噶斯口。贵州巡抚刘荫枢疏请罢兵，命乘传诣军周阅议奏。

闰三月癸亥，以额伦特署西安将军，满丕署湖广总督。丁丑，以左世永为广西提督。壬午，发京仓米二十万石赈顺天、永平。五城粥厂展期至秋。命礼部祈雨。

夏四月癸卯，上奉皇太后避署热河。

五月庚申，上驻热河，斋居祈雨。起马齐为大学士，穆和伦为户部尚书。壬戌，发仓米平粜。预发八旗兵粮。甲子，雨。上曰：“宋儒云：‘求雨得雨，旱岂无因’。此言可味也。”己巳，京师远近雨足，上复常膳。乙酉，赫奕免，以孙渣齐为工部尚书。

六月丙辰，上幸汤泉。

秋七月辛未，命移噶斯口防军分戍察罕乌苏、噶顺。癸未，上行围。

八月乙卯，前奉天府尹董弘毅坐将承德等九州县米豆改征银两，致仓储缺乏，黜官。

九月庚午，以蒋陈锡为云南贵州总督。甲申，上奉皇太后还宫。

冬十月丁亥朔，诏刑部积岁缓决长系人迎别减释之。停本年秋决。戊子，以托留为黑龙江将军，赵弘灿为兵部尚书。癸巳，诏：“近以策旺阿拉布坦侵入哈密，征兵备边，一切飞刍、挽粟经过边境，不无借资民力。所有山西、陕西、甘肃四十八州县衙应征明年银米谷草及积年逋欠，悉与蠲除。”丁酉，诏肃州与布隆吉尔毗连迤北西吉木、达里图、金塔寺等处，招民垦种。以杨琳为广东广西总督。以宗室巴赛为满洲都统，晏布为蒙古都统。丙午，策旺阿拉布坦执青海台吉罗卜藏丹济布，犯噶斯口，官兵击走之。命额伦特驻师西宁，分兵戍噶斯口，布隆吉尔散秩大臣阿喇衲赴巴尔库尔参赞军事。

十一月乙丑，以傅尔丹、额尔锦为领侍卫内大臣。戊辰，上谒陵。甲申，上巡行塞外。盗发明陵，命置之法。

十二月己酉，上还京。诏免顺天、永平三十五州县明年地丁税粮，其积年逋赋并除之。

是岁，免直隶、江南、山东、浙江、江西、湖广等省六十三州县灾赋有差。朝鲜、安南入贡。

五十六年丁酉春正月丁卯，修《周易折中》成，颁行学宫。壬午，以徐元梦为左都御史，朱轼为浙江巡抚。

二月丙戌朔，上巡幸畿甸。乙未，征奉天、吉林兵益祁里德军。癸卯，上还驻畅春园。丁未，定盗案法无可宽、情有可原例。顺承郡王诺罗布薨，谥曰忠，子锡保袭封。左都御史揆叙卒，予祭葬，谥文端。

三月丁巳，上御经筵。戊寅，以富宁安为靖逆将军，傅尔丹为振武将军，祁里德为协理将军，视师防边。壬午，上巡视河西务堤。

夏四月乙酉，上还驻畅春园。乙未，发通州仓米分贮直隶州县备赈。丙申，碣石镇总兵陈昂奏天主教堂各省林立，宜行禁止，从之。以孙柱、范时崇为兵部尚书。辛丑，上奉皇太后避暑热河。

五月庚申，九卿议王贝勒差人出外，查无勘合，即行参究。

六月壬子，傅尔丹袭击厄鲁特博罗布尔哈苏，斩俘而还。兵部尚书赵弘灿卒，予祭葬，谥清端。

秋七月丙辰，策旺阿拉布坦遣其将策零敦多布侵掠拉藏。癸亥，富宁安袭击厄鲁特于通俄巴锡，进及乌鲁木齐，毁其田禾，还军遇贼毕留图，击败之。阵亡灰特台吉扎穆毕，追封辅国公。

八月壬午朔，上行围。

九月辛未，以路振扬署四川提督。河南奸民亢珽滋事，官兵捕之，珽走死。命尚书张廷枢、学士勒什布往鞫，得前巡抚李锡贪虐激变状以闻。李锡褫职论死，贼党伏诛。

冬十月乙酉，命侍郎梁世勋、海寿往督巴尔库尔屯田。庚子，上奉皇太后还宫。乙巳，命内大臣公策旺诺尔布、将军额伦特、侍卫阿齐图等率师戍青海。以宗室公吞珠为礼部尚书，蔡升元为左都御史。

十一月壬子，命停决囚。乙丑，皇太后不豫，上省疾慈宁宫。辛未，诏曰："帝王之治，必以敬天法祖为本。合天下之心以为心，公四海之利以为利，制治于未乱，保邦于未危，夙夜兢兢，所以图久远也。朕八龄践祚，在位五十余年，今年近七旬矣。当二十年时，不敢逆计至三十。三十年时，不敢逆计至四十。赖宗社之灵，今已五十七年矣，非凉德所能致也。齿登耆寿，子孙众多。天下和乐，四海乂安。虽未敢谓家给人足，俗易风移，而欲使民安物阜之心，始终如一。殚竭思虑；耗敝精力，殆非劳苦二字所能尽也。古帝王享年不永，书生每致讥评。不知天下事烦，不胜其劳虑也。人臣可仕则仕，可止则止，年老致仕而归，犹得抱子弄孙，优游自适。帝王仔肩无可旁委，舜殁苍梧，禹殂会稽，不遑宁处，终鲜止息。《洪范》五福，终于考终命，以寿考之难得也。《易遯》六爻，不及君主，人君无退藏之地也。岂当与臣民较安逸哉！朕自幼读书，寻求治理。年力胜时，挽强决拾。削平三藩，绥辑漠北，悉由一心运筹，未尝妄杀一人。府库帑金，非出师赈饥，未敢妄费。巡狩行宫，不施采缋。少时即知声色之当戒，佞幸之宜远，幸得粗致谧安。今春颇苦头晕，形渐羸瘦。行围塞外，水土较佳，体气稍健，每日骑射，亦不疲乏。复以皇太后违和，头晕复作，步履艰难。倘一时不讳，不得悉朕衷曲。死者人之常理，要当于明爽之时，举平生心事一为吐露，方为快耳。昔人每云帝王当举大纲，不必兼综细务。朕不谓然。一事不谨，即贻四海之忧；一念不谨，即贻百年之患。朕从来莅事无论钜细，莫不慎之又慎。惟年既衰暮，祗惧五十七年忧勤惕励之心，隳于末路耳。立储大事，岂不在念？但天下大权，当统于一，神器至重，为天下得人至难，是以朕垂老而惓惓不息也。大小臣工能体朕心，则朕考终之事毕矣。兹特召诸子诸卿士详切言之。他日遗诏，备于此矣。"甲戌，免八旗借支银二百万两。丙子，诏免直隶、安徽、江苏、浙江、湖广、陕西、甘肃等省积年逋赋，江苏、安徽并免漕项银米十分之五。

十二月甲申，皇太后病势渐增，上疾七十余日矣，脚面浮肿，扶掖日朝宁寿宫。丙戌，皇太后崩，颁遗诰，上服衰割辫，移居别宫。己酉，上还宫。

是岁，朝鲜入贡。

五十七年戊戌春正月乙卯，上有疾，幸汤泉。戊寅，赐防边军士衣二万袭。

二月庚寅，拉藏乞师，命侍卫色楞会青海兵往援。癸卯，以路振声为甘肃提督。检讨朱天保上疏请复立胤礽为皇太子，上于行宫亲讯之曰："尔何知而违旨上奏？"朱天保曰："臣闻之臣父，臣父令臣言之。"上曰："此不忠不孝之人也。"命诛之。丁未，上还宫。碣石镇陈昂疏请洋船入港，先行查取大炮，方许进口贸易。部议不行。

三月癸丑，减大兴、宛平门厂房税。辛酉，上大行皇后谥曰孝惠仁宪端懿纯德顺天翊圣章皇后。丙寅，以颜寿为右卫将军，黄秉钺为福州将军。戊辰，裁起居注官。甄别不职学政丛澍等七员，俱褫职。丁丑，命浙江南北新关税交同知管理。戊寅，浙江巡抚朱轼请修海宁石塘。从之。

夏四月乙酉，葬孝惠章皇后于孝东陵。丁亥，赐汪应铨等一百七十一人进士及第出身有差。辛卯，上幸热河。穆和伦免，以孙渣齐为户部尚书。

五月癸丑，以徐元梦为工部尚书。丁巳，额伦特奏拉藏汗被陷身亡，二子被杀，达赖、班禅均被拘。己未，浙江福建总督满保疏台湾一郡有极冲口岸九处，次冲口岸十五处，派人修筑，酌移员弁，设淡水营守备。从之。

六月壬辰，遣使册封琉球故王曾孙尚敬为中山王。己丑，大学士李光地卒，命皇五子恒亲王胤祺往奠茶酒，赐银一千两，徐元梦还京护其丧事，谥文贞。丁未，赐哈密军士衣四百袭。

秋七月己未，打箭炉外墨裹喇嘛内附。甲戌，修《省方盛典》。

八月壬子，索伦水灾，遣官赈之。孟光祖伏诛。戊子，上行围。甲午，礼部尚书吞珠卒，予祭葬，谥恪敏。总兵官仇机有罪伏诛。

闰八月戊辰，诏曰："夷虏跳梁，大兵远驻西边。一切征缮，秦民甚属劳苦。所有陕西、甘肃明年地丁粮税俱行蠲免，历年逋赋亦尽除之。"

九月己卯，命都统阿尔纳、总兵李耀率师赴噶斯口、柴旦木驻防。丙戌，以王顼龄为大学士，陈元龙为工部尚书。甲辰，上还京。将军额伦特、侍卫色楞会师喀喇乌苏，屡败贼，贼愈进，师无后继，矢竭力战，殁于阵。

冬十月甲寅，停本年决囚。丙辰，命皇十四子贝子胤禵为抚远大将军，视师青海。命殉难总督甘文焜、知府黄庭柏建祠列祀。甲子，诏四川巡抚年羹尧，军兴以来，办事明敏，即升为总督。命翰林、科道轮班入直。戊辰，上驻汤泉。命皇七子胤祐、皇十子胤䄉、皇十二子胤祹分理正黄、正白、正蓝满、蒙、汉三旗事务。

十一月丙子，上还驻畅春园。福建巡抚陈瑸卒，赠礼部尚书，谥清端。以宜兆熊为汉军都统。

十二月丙辰，上谒陵。己未，孝惠章皇后升祔太庙，位于孝康章皇后之左，颁诏天下。云南撒甸苗人归顺。己巳，上还宫。

是岁，免江南、福建、甘肃、湖广等省二十六州县衙灾赋有差。朝鲜、琉球、安南入贡。

五十八年己亥春正月甲戌朔，日有食之，诏曰："日食三始，垂象维昭。宜修人事，以儆天戒。臣工其举政事过失以闻。"乙未，上幸汤泉。庚子，上还驻畅春园。辛丑，诏立功之臣退间，世职准子弟承袭。若无应袭之人，给俸终其身。壬寅，命截漕米四十三万石，留江苏、安徽备荒。

二月己巳，上巡幸畿甸。己卯，学士蒋廷锡表进《皇舆全览图》，颁赐延臣。庚申，上还驻畅春园。辛未，命都统法喇抚辑裹塘、巴塘，护军统领噶尔弼同理军事。

三月乙未，侍郎色尔图以运馕迟延罢，命巡抚噶什图接管。

夏四月乙巳，命抚远大将军胤禵驻师西宁。癸丑，上巡幸热河。

五月戊寅，以麦大热，命民间及时收贮。庚辰，以扬都为蒙古都统。浙江正考官索泰贿卖关节，在籍学士陈恂说合，陈凤墀夤缘中式，均论死，并罪其保荐索泰为考官者。南阳标兵执辱知府沈渊，总兵高成革职，游击王洪道论死，兵处斩。

六月甲辰，以贝勒满笃祜为满洲都统。丁未，年羹尧、噶尔弼、法喇先后奏副将岳钟琪招辑里塘、巴塘就抚。命法喇进驻巴塘，年羹尧拨兵接应。丙寅，以马见伯为固原提督。

秋七月癸未，以宗查木为西安将军。

八月庚戌，上行围。庚申，振威将军傅尔丹奏鄂尔斋图二处筑城设站。命尚书范时崇往董其役。

九月乙未，谕西宁现有新胡毕勒罕，实系达赖后身，令大将军遣官带兵前往西藏安禅。戊戌，安郡王华圮薨，谥曰节。

冬十月丁未，上还京。壬子，命蒙养斋举人王兰生修《正音韵图》。甲寅，固原提督潘育龙卒，赠太子少保，予祭葬，谥襄勇。

十一月丙子，礼部尚书陈诜致仕。庚寅，增江西解额。

十二月壬寅，以蔡升元为礼部尚书，田从典为左都御史。戊申，西安将军额伦特之丧至京，命皇五子恒亲王胤祺、皇十二子贝子胤祹迎奠。庚申，命截湖广漕粮十万石留于本省备荒。辛酉，诏曰："比年兴兵西讨，远历边陲，居送行赍，民力劳瘁。所有沿边六十六州县卫所明年额征银米，俱行蠲免。"

是岁，免江苏、安徽等省十三州县灾赋有差。朝鲜、琉球入贡。

五十九年庚子春正月丁酉，命抚远大将军胤禵移师穆鲁斯乌苏。以宗室延信为平逆将军，领兵进藏，以公策旺诺尔布参赞军务。命西安将军宗查木驻西宁，平郡王讷尔素驻古木。

二月甲辰，上巡幸畿甸。癸丑，命噶尔弼为定西将军，率四川、云南兵进藏，册封新胡毕勒罕为六世达赖喇嘛。辛酉，上还驻畅春园。

三月己丑，命云南提督张谷贞驻防丽江、中甸。丙申，命靖逆将军富宁安进师乌鲁木齐，散秩大臣阿喇衲进师吐鲁番，祁里德领七千兵从布娄尔，傅尔丹领八千兵从布拉罕，同时进击准噶尔。

夏四月戊申，上巡幸热河。

五月辛巳，以旱求言。壬午，雨。

六月己亥，陕西饥，运河南积谷往赈。丙辰，保安、怀来地震，遣官赈之。

秋七月丙寅朔，日有食之。癸酉，富宁安击贼于阿克塔斯、伊尔布尔和韶，败之，擒其台吉垂木拍尔。阿喇衲师至齐克塔木，遇贼，击破之，尽虏其众。进击皮禅城，降之。师至吐鲁番，番酋阿克苏尔坦率众迎降。丙戌，傅尔丹击贼于格尔厄尔格，斩获六百，阵擒寨桑贝肯，焚其积聚而还，贝肯送自。祁里德败贼于铿额尔河，降其寨桑色布腾等二千余人。

八月戊戌，上行围。庚子，琉球请令其陪臣子弟入国子监读书，许之。癸丑，平逆将军延信连败贼众于卜克河。丁巳，又败贼众于绰马喇，贼将策零敦多布遁。定西将军噶尔弼率副将岳钟琪自拉里进兵。戊午，克西藏，执附贼喇嘛百余，斩其渠五人，抚谕唐古特、土伯特，西藏平。以高其倬为广西巡抚。

九月壬申，平逆将军延信以兵送达赖喇嘛入西藏坐床。富宁安兵入乌鲁木齐，哈西哈回人迎降，军回至乌兰乌苏。戊寅，云贵总督蒋陈锡、巡抚甘国璧以馈饷后期褫职，仍令运米入藏。

冬十月癸卯，上还京。诏再以河南积谷运往陕西放赈。明年，河南漕粮照数补还仓谷，其余

漕粮留贮河南。甲辰，朝鲜国王李焞薨。诏曰："李焞袭封五十年，奉藩恭谨，抚民慈爱。兹闻
溘逝，恻悼实深，即令王子李昀袭封。所进贡物悉数带回，仍查恤典具奏。"诏陕西、甘肃两省
康熙六十年地丁银一百八十八万两零，通行蠲免。沿边歉收，米价昂贵，兵力拮据，并豫发本年
兵饷。赍进藏官兵。甲寅，户部尚书赵申乔卒，予祭葬，谥恭毅。丁巳，诏抚远大将军胤禵会议
明年师期。戊午，以陕西、甘肃歉收，命银粮兼赈，以麦收为止。

十一月辛未，遣官致祭朝鲜国王李焞，特谥僖顺，册封世子李昀为朝鲜国王。戊寅，以田从
典为户部尚书，朱轼为左都御史，以杨名时为云南巡抚。辛巳，诏："大兵入藏，其地俱入版图，
山川名号番、汉异同，应即考订明核，传信后世。"上因与大学士讲论河源、江源，及于禹贡三
危。庚寅，以隆科多为理藩院尚书，仍兼步军统领。

十二月甲辰，廷臣再请行六十年庆贺礼。不允。壬子，授先贤子夏后裔《五经》博士。甲
寅，以诚亲王胤祉子弘晟、恒亲王胤祺子弘昇为世子。辛酉，祫祭太庙。

是岁，免直隶、江苏、陕西、浙江、四川等五十六州县卫灾赋有差。朝鲜、琉球入贡。

六十年辛丑春正月乙亥，上以御极六十年，遣皇四子胤禛、皇十二子胤裪、世子弘晟告祭永
陵、福陵、昭陵。

二月乙未，上谒孝庄山陵、孝陵、孝东陵，行告祭礼。遣官告祭郊庙社稷。乙卯，上还京。
山东盐徒王美公等作乱，捕斩之。己未，命公策旺诺尔布驻防西藏。论取藏功，封第巴阿尔布
巴、康济鼐为贝子，第巴隆布奈为辅国公。

三月乙丑，群臣请上万寿节尊号，上不许，曰："加上尊号，乃相沿陋习，不过将字面上下
转换，以欺不学之君耳。本朝家法，惟以爱民为事，不以景星、庆云、芝草、甘露为瑞，亦无封
禅改元之举。现今西陲用兵，兵久暴露，民苦转输。朕方修省经营之不暇，何贺之有？"庚午，
赐举人王兰生、留保进士，一体殿试。甲戌，先是，大学士王掞密疏复储。至是御史陶彝、任
坪、范长发、邹圆云、陈嘉猷、王允晋、李允符、范允锴、高玢、高怡、赵成穮、孙绍会疏请建
储，上不悦，并掞切责之，命其子詹事王奕清及陶彝等十二人为额外章京，军前效力。

夏四月甲午，以李麟为固原提督。乙未，赐邓钟岳等一百六十三人进士及第出身有差。丙
申，诏厘定历代帝王庙崇祀祀典。丁酉，命张鹏翮、陈鹏年赴山东阅河。以赖都为礼部尚书，托
赖为刑部尚书。丙午，上幸热河。戊午，命定西将军噶尔弼驻藏。

五月壬戌，命抚远大将军胤禵移师甘州。丙寅，台湾奸民朱一贵作乱，戕总兵官欧阳凯。癸
酉，以署参将管永宁协副将岳钟琪为四川提督。乙亥，改思明土州归广西太平府。戊寅，诏停本
年进兵。以常授为理藩院额外侍郎，办事西宁。乙酉，以年羹尧为四川陕西总督，赐弓矢。发帑
金五十万赈山西、陕西，命朱轼、卢询董其事。

六月壬辰，改高其位为江南提督，魏经国为湖广提督。丙申，诏曰："平逆将军延信，朕之
侄也。统兵历从古未到之烟瘴绝域，歼灭巨虏，平定藏地，允称不辱宗支，可封为辅国公。"乙
卯，吐鲁番回人拖克拖麻穆克等来归，命散秩大臣阿喇衲率兵护之。福建水师提督施世骠平台湾，
擒朱一贵解京。诏将淡水营守备陈策固守功，超擢台湾总兵。

闰六月庚申朔，日有食之。丙寅，令刑部驰轻系。戊辰，以噶尔弼为蒙古都统。

秋七月乙酉，上行围。

八月甲戌，命副都统庄图率兵二千进驻吐鲁番，益阿喇衲军。丙戌，河决武陟入沁水。

九月辛卯，命副都统穆克登将军兵二千赴吐鲁番。甲午，噶尔弼以病罢，命公策旺诺尔布署
定西将军，驻藏，以阿宝、武格参军事。丙申，策旺阿拉布坦犯吐鲁番，阿喇衲击走之。丙午，
赈河南、山东、直隶水灾。乙卯，上还京。丙辰，命副御史牛钮、侍讲齐苏勒、员外郎马泰筑黄

河决口，引沁水入运河。丁巳，以阿喇衲为协理将军。上制平定西藏碑文。

冬十月壬戌，置巡察台湾御史。诏："本年秋审俱已详览，其直省具题缓决之案，九卿已加核定，朕不忍覆阅，恐审求之或致改重也。"丙寅，召抚远大将军胤禵来京。辛未，诏："大学士熊赐履服官清正，学问博通，朕久而弗忘，常令周恤其家。今其二子来京，观其气质，尚可读书，宜加造就，可传谕九卿知之。"以钟世臣为浙江提督，姚堂为福建水师提督，冯毅署广东提督。

十一月辛卯，以陈鹏年署河道总督。戊戌，以马武、伊尔哈岱为蒙古都统。己酉，上幸南苑。诏将军额伦特、侍卫色楞、副都统查礼浑、提督康泰等，杀敌殉国，俱赐恤。

十二月壬申，四川提督岳钟琪征郭罗克番人，平之。丁丑，上还驻畅春园。遣鄂海、永泰往视吐鲁番屯田。

是岁，免江南、河南、陕西、甘肃、福建、浙江、湖广等省一百二十三州县灾赋有差。朝鲜、琉球、安南入贡。丁户二千九百一十四万八千三百五十九，又永不加赋后滋生人丁四十六万七各八百五十，征银二千八百七十九万零。盐课银三百七十七万二千三百六十三两零。铸钱四万三千七百三十二万五千八百有奇。

六十一年壬寅春正月戊子，召八旗文武大臣年六十五以上者六百八十人，已退者咸与赐宴，宗室授爵劝饮。越三日，宴汉官年六十五以上三百四十人亦如之。上赋诗，诸臣属和，题曰《千叟宴诗》。戊上巡幸畿甸。

二月庚午，以高其倬署云南贵州总督。丙子，上还驻畅春园。

三月丙戌，以阿鲁为荆州将军。

夏四月甲子，遣使封朝鲜国王李昀弟昑为世弟。丁卯，上巡幸热河。己巳，抚远大将军胤禵复莅军。癸未，福州驻防兵诈，将军黄秉钺不能约束，褫职，斩为首者。

五月戊戌，施世纶卒，以张大有署漕运总督。

六月，以奉天连岁丰稔，驰海禁。暹罗米贱，听入内地，免其税。辛未，命直隶截漕二十万石备赈。丙子，赵弘燮卒。以其史子郎中赵之垣加金都御史衔，署直隶巡抚。

秋七月丁酉，征西将军祁里德上言乌兰古木屯田事宜，请益兵防守。命都统图拉率兵赴之。壬寅，命色尔图赴西藏统四川防兵。戊申，以蔡珽为四川巡抚。予故直隶总督赵弘燮祭葬，谥肃敏。

八月丙寅，停今年决囚。故提督蓝理妻子先以有罪入旗。至是，上念平台湾功，贳还原籍，交款免追。己卯，上驻跸汗特木尔达巴汉昂阿。赐来朝外藩银币鞍马，随围军士银币。

九月甲申，上驻热河。乙酉，谕大学士曰："有人谓朕塞外行围，劳苦军士。不知承平日久，岂可遂忘武备？军旅数兴，师武臣力，克底有功，此皆勤于训练之所致也。"甲午，年羹尧、噶什图请量加火耗，以补有司亏帑。上曰："火耗只可议减，岂可加增？此次亏空，多由用兵。官兵过境，或有馈助。其始挪用公款，久之遂成亏空，昔年曾有宽免之旨。现在军需正急，即将户部库帑拨送西安备用。"戊戌，上回銮。丁未，次密云，阅河堤。庚戌，上还京。

冬十月辛酉，命雍亲王胤禛、弘昇、延信、孙渣齐、隆科多、查弼纳、吴尔占察视仓廒。壬戌，以觉罗德尔金为蒙古都统，安鲐为杭州将军。辛未，以查弼纳为江南江西总督。癸酉，上幸南苑行围。以李树德为福州将军，黄国材为福建巡抚。

十一月戊子，上不豫，还驻畅春园。以贝子胤祹，辅国公吴尔占为满洲都统。庚寅，命皇四子胤禛恭代祀天。甲午，上大渐，日加戌，上崩，年六十九。即夕移入大内发丧。雍正元年二月，恭上尊谥。九月丁丑，葬景陵。

论曰：圣祖仁孝性成，智勇天锡。早承大业，勤政爱民。经文纬武，寰宇一统，虽曰守成，实同开创焉。圣学高深，崇儒重道。几暇格物，豁贯天人，尤为古今所未觏。而久道化成，风移俗易，天下和乐，克致太平。其雍熙景象，使后世想望流连，至于今不能已。《传》曰："为人君，止于仁。"又曰："道盛德至善，民之不能忘。"于戏，何其盛欤！

---

①阊：宫门。

②跸：帝王出行时开路清道，禁止他人通行。

③瘼（mò，音莫）：病；疾苦。

④艺：限度。

⑤热审：明清时暑期审讯犯人的一种制度。

⑥阜：盛；大。

⑦乂：治理。

⑧挹：谦退。

文宗孝钦显皇后列传

·

孝钦显皇后，叶赫那拉氏，安徽徽宁池广太道惠征女。咸丰元年，后被选入宫，号懿贵人。四年，封懿嫔。六年三月庚辰，穆宗生，进懿妃。七年，进懿贵妃。十年，从幸热河。十一年七月，文宗崩，穆宗即位，与孝贞皇后并尊为皇太后。

是时，怡亲王载垣、郑亲王端华、协办大学士尚书肃顺等以文宗遗命，称"赞襄政务王大臣"，擅政。两太后患之。御史董元醇请两太后权理朝政，两太后召载垣等入议，载垣等以本朝未有皇太后垂帘，难之。侍郎胜保及大学士贾桢等疏继至。恭亲王奕䜣留守京师，闻丧奔赴，两太后为言载垣等擅政状。九月，奉文宗丧还京师，即下诏罪载垣、端华、肃顺，皆至死，并罢黜诸大臣预赞襄政务者。授奕䜣议政王，以上旨命王大臣条上垂帘典礼。

十一月乙酉朔，上奉两太后御养心殿，垂帘听政。谕曰："垂帘非所乐为，惟以时事多艰，王大臣等不能无所禀承，是以姑允所请。俟皇帝典学有成，即行归政。"自是，日召议政王、军机大臣同入对。内外章奏，两太后览讫，王大臣拟旨，翌日进呈。阅定，两太后以文宗赐同道堂小玺钤识，仍以上旨颁示。旋用御史徐启文奏，令中外臣工于时事阙失，直言无隐；用御史钟佩贤奏，论崇节俭，重名器；用御史卞宝第奏，谕严赏罚，肃吏治，慎荐举。命内直翰林辑前史帝王政治及母后垂帘事迹可为法戒者以进。同治初，寇乱未弭，兵连不解，两太后同心求治，登进老成，倚任将帅，粤、捻荡平，滇、陇渐定。十二年二月，归政于穆宗。

十三年十二月，穆宗崩，太后定策立德宗，两太皇复垂帘听政。谕曰："今皇帝绍承大统，尚在冲龄，时事艰难，不得已垂帘听政。万几综理，宵旰不遑，矧当民生多瘼①，各省水旱频仍。中外臣工、九卿、科道有言事之责者，于用人行政，凡诸政事当举，与时事有裨而又实能见施行者，详细敷奏。至敦节俭，祛浮华，宜始自宫中，耳目玩好，浮丽纷华，一切不得上进。""封疆大吏，当勤求闾阎疾苦，加意抚恤；清讼狱，勤缉捕。办赈积谷，饬有司实力奉行；并当整饬营伍，修明武备，选任贤能牧令，与民休息。"用御史陈彝奏，黜南书房行走、侍讲王庆祺用御史孙凤翔等奏，黜总管内务府大臣贵宝、文锡。又罪宫监之不法者，戍三人，杖四人。一时宫府整肃。

光绪五年，葬穆宗惠陵。吏部主事吴可读从上陵，自杀，留疏乞降明旨，以将来大统归穆宗嗣子。下大臣王议奏。王大臣等请毋庸议，尚书徐桐等，侍读学士宝廷、黄体芳，司业张之洞，御史李端棻，皆别疏陈所见。谕曰："我朝未明定储位，可读所请，与家法不合。皇帝受穆宗付托，将来慎选元良，缵承统绪，其继大统者为穆宗嗣子，守祖宗之成宪，示天下以无私，皇帝必能善体此意也。"

六年，太后不豫，上命诸督抚荐医治疾。八年，疾愈。孝贞皇后既崩，太后独当国。十年，法兰西侵越南，太后责恭亲王奕䜣等因循贻误，罢之，更用礼亲王世铎等，并谕军机处，遇紧要事件，与醇亲王奕譞商办。庶子盛昱、锡珍，御史赵尔巽各疏言醇亲王不宜参豫机务，谕曰："自垂帘以来，揆度时势，不能不用亲藩进参机务。谕令奕譞与军机大臣会商事件，本专指军国重事，非概令与闻。奕譞再四恳辞，谕以俟皇帝亲政，再降谕旨，始暂时奉命。此中委曲，诸臣不能尽知也。"是年，太后五十万寿。

十一年，法兰西约定。醇亲王奕譞建议设海军。十三年夏，命会同大学士、直隶总督李鸿章巡阅海口，遣太监李莲英从。莲英侍太后，颇用事。御史朱一新以各直省水灾，奏请修省，辞及莲英。太后不怿，责一新覆奏。一新覆奏，言鸿章具舟迎王，王辞之，莲英乘以行，遂使将吏迎者误为王舟。太后诘王，王遂对曰："无之。"遂黜一新。

太后命以次年正月归政，醇亲王奕譞及王大臣等奏请太后训政数年，德宗亦力恳再三，太后乃许之。王大臣等条上训政典礼，命如议行。请上徽号，坚不许。十五年，德宗行婚礼。二月己卯，太后归政。御史屠仁守疏请太后归政后，仍批览章奏，裁决施行。太后不可，谕曰："垂帘听政，本万不得已之举。深宫远鉴前代流弊，特饬及时归政。归政后，惟醇亲王单衔具奏，暂须径达。醇亲王密陈：'初裁大政，军国重事，定省可以禀承。'并非著为典常，使训政永无底止。"因斥仁守乖谬，夺官。

同治间，穆宗议修圆明园，奉两太后居之，事未行。德宗以万寿山大报恩延寿寺，高宗奉孝圣宪皇太后三次祝釐于此，命葺治，备太后临幸，并更"清漪园"为"颐和园"。太后许之。既归政，奉太后驻焉。岁十月十日，太后万寿节，上率王大臣祝嘏，以为常。十六年，醇亲王奕譞薨。二十年，日本侵朝鲜，以太后命，起恭亲王奕䜣。是年，太后六十万寿，上请在颐和园受贺，仿康熙、乾隆间成例，自大内至园，跸路所经，设彩棚经坛，举行庆典。朝鲜军事急，以太后命罢之。二十四年，恭亲王奕䜣薨。

上事太后谨，朝廷大政，必请命乃行，顾以国事日非，思变法救亡，太后意不谓然，积相左。上期以九月奉太后幸天津阅兵，讹言谓太后将勒兵废上；又谓有谋围颐和园劫太后者。八月丁亥，太后遽自颐和园还宫，复训政，以上有疾，命居瀛台养疴②。二十五年十二月，立端郡王载漪子溥俊继穆宗为皇子。

二十六年，义和拳事起。载漪等信其术，言于太后，谓为"义民"，纵令入京师，击杀德意志使者克林德及日本使馆书记，围使馆。德意志、奥大利亚、比利时、日斯巴尼亚、美利坚、法兰西、英吉利、意大利、日本、荷兰、俄罗斯十国之师来侵。七月，逼京师。太后率上出自德胜门，道宣化、大同。八月，驻太原。九月，至西安。命庆亲王奕劻、大学士总督李鸿章与各国议和。二十七年，各国约成。八月，上奉太后发西安。十月，驻开封。时端郡王载漪以庇义和拳得罪废，溥俊以公衔出宫。十一月，还京师。上仍居瀛台养疴。太后屡下诏："母子一心，励行新政。"三十二年七月，下诏预备立宪。

三十四年十月，太后有疾，上疾益增剧。壬申，太后命授醇亲王载沣摄政王。癸酉，上崩于瀛台。太后定策立宣统皇帝，即日尊为太皇太后。甲戌，太后崩，年七十四，葬定陵东普陀峪，曰定东陵。初尊为皇太后，上徽号。国有庆，累加上，曰慈禧端佑康颐昭豫庄诚寿恭钦献崇熙皇太后。及崩，即以徽号为谥。子一，穆宗。

---

①矧：况且；何况。
②疴：病。

鳌 拜 列 传

鳌拜，瓜尔佳氏，满洲镶黄旗人，卫齐第三子，初以巴牙喇壮达从征，屡有功。天聪八年，授牛录章京世职，任甲喇额真。崇德二年，征明皮岛，与甲喇额真准塔为前锋，渡海搏战，敌军披靡，遂克之。命优叙，进三等梅勒章京，赐号“巴图鲁”。六年，从郑亲王济尔哈朗围锦州，明总督洪承畴赴援，鳌拜辄先陷阵，五战皆捷，明兵大溃，追击之，擒斩过半，功最，进一等，擢巴牙喇纛章京。八年，从贝勒阿巴泰等败明守关将，进薄燕京，略地山东，多斩获。凯旋，败明总督范志完、总兵吴三桂军。叙功，进三等昂邦章京，赉赐甚厚。

顺治元年，随大兵定燕京。世祖考诸臣功绩，以鳌拜忠勤戮力，进一等。二年，从英亲王阿济格征湖广，至安陆，破流贼李自成。进征四川，斩张献忠于阵。下遵义、夔州、茂州诸郡县。五年，坐事，夺世职。又以贝子屯齐讦告谋立肃亲王，私结盟誓，论死，诏宥之，罚锾自赎①。是年，率兵驻防大同，击叛镇姜瓖，迭败之，克孝义。七年，复坐事，降一等阿思哈尼哈番。

世祖亲政，授议政大臣，累进二等公，予世袭。擢领侍卫内大臣，累加少傅兼太子太傅。十八年，受顾命辅政。既受事，与内大臣费扬古有隙，又恶其子侍卫倭赫及侍卫西住、折克图、觉罗塞尔弼同直御前，不加礼辅臣。遂论倭赫等擅乘御马及取御用弓矢射鹿，并弃市。又坐费扬古怨望，亦论死，并杀其子尼侃、萨哈连，籍其家，以与弟都统穆里玛。

初入关，八旗皆有分地。睿亲王多尔衮领镶黄旗，定分地在雄、大城、新安、河间、任丘、肃宁、容城诸县。至是已二十年，旗、民相安久。鳌拜以地确，倡议八旗自有定序，镶黄旗不当处右翼之末，当与正白旗蓟、遵化、迁安诸州县分地相易。正白旗地不足，别圈民地补之。中外皆言不便。苏克萨哈为正白旗人，与相抗尤力。鳌拜怒，悉逮苏纳海等，弃市。事具《苏克萨哈传》。又追论故户部尚书英俄尔岱当睿亲王摄政时阿王意，授分地乱序，并及他专擅诸事，夺世职。时有窃其马者，鳌拜捕斩之，并杀御马群牧长。怒蒙古都统俄讷、喇哈达、宜理布于议政时不附己，即令蒙古都统不与会议。

鳌拜受顾命，名列遏必隆后。自索尼卒，班行章奏，鳌拜皆首列。日与弟穆里玛、侄塞木特、讷莫及班布尔善、阿思哈、噶褚哈、玛尔赛、泰必图、济世、吴格塞等党比营私，凡事即家定议，然后施行。侍读熊赐履应诏陈时政得失，鳌拜恶之，请禁言官不得陈奏。上亲政，加一等公。其子纳穆福袭二等公。世祖配天，加太师，纳穆福加太子少师，鳌拜益专恣。户部满尚书缺员，欲以命玛尔赛。上别授玛希纳，鳌拜援顺治间故事，户部置满尚书二，强请除授。汉尚书王弘祚领部久，玛尔赛不得自擅，乃因事齮而去之②。卒，又擅予谥忠敏。工部满尚书缺员，妄称济世才能，强请推补。

康熙八年，上以鳌拜结党专擅，勿思悛改，下诏数其罪，命议政王等逮治。康亲王杰书等会谳③，列上鳌拜大罪三十，论大辟，并籍其家，纳穆福亦论死。上亲鞫俱实，诏谓："效力年久，不忍加诛，但褫职籍没。"纳穆福亦免死，俱予禁锢。鳌拜死禁所，乃释纳穆福。

五十二年，上念其旧劳，追赐一等阿思哈尼哈番，以其从孙苏赫袭。苏赫卒，仍以鳌拜孙达福袭。世宗立，赐祭葬，复一等公，予世袭，加封号曰超武。乾隆四十五年，高宗宣谕群臣，追核鳌拜功罪，命停袭公爵，仍袭一等男，并命当时为鳌拜诬害诸臣有褫夺世职者，各旗察奏，禄其子孙。

---

①罚锾：罚金。锾：古代称量铜的单位。
②齮：毁伤；倾轧。
③谳：审判定案。

曾国藩列传

曾国藩，初名子城，字涤生，湖南湘乡人。家世农。祖玉屏，始慕向学。父麟书，为县学生，以孝闻。

国藩，道光十八年进士。二十三年，以检讨典试四川，再转侍读。累迁内阁学士、礼部侍郎，署兵部。时太常寺卿唐鉴讲学京师，国藩与倭仁、吴廷栋、何桂珍严事之，治义理之学。兼友梅曾亮及邵懿辰、刘传莹诸人，为词章考据，尤留心天下人材。

咸丰初，广西兵事起，诏群臣言得失。奏陈今日急务，首在用人，人才有转移之道，有培养之方，有考察之法。上称其剀切明辨。寻疏荐李棠阶、吴廷栋、王庆云、严正基、江忠源五人。寇氛益炽，复上言："国用不足，兵伍不精，二者为天下大患。于岁入常额外，诚不可别求搜刮之术，增一分则民受一分之害。至岁出之数，兵饷为巨。绿营兵额六十四万，常虚六七万以资给军用。自乾隆中增兵议起，岁糜币二百余万。其时大学士阿桂即忧其难继，嘉、道间两议裁，不及十之四，仍宜汰五万，复旧额。自古开国之初，兵少而国强，其后兵愈多则力愈弱，饷愈多则国愈贫。应请皇上注意将才，但使七十一镇中有十余镇足为心腹，则缓急可恃矣。"又深痛内外臣工诣谀欺饰，无陈善责难之风。因上《敬陈圣德预防流弊》一疏，切指帝躬，有人所难言者。上优诏答之。历署刑部、吏部侍郎。

二年，典试江西，中途丁母忧归。

三年，粤寇破江宁，据为伪都，分党北犯河南、直隶，天下骚动，而国藩已前奉旨办团练于长沙。初，国藩欲疏请终制，郭嵩焘曰："公素具澄清之抱，今不乘时自效，如君父何？且墨绖从戎，古制也。"遂不复辞。取明戚继光遗法，募农民朴实壮健者，朝夕训练之。将领率用诸生，统众数不逾五百，号"湘勇"。腾书遴迩，虽卑贱与钧礼。山野材智之士感其诚，莫不往见，人人皆以曾公可与言事。四境土匪发，闻警即以湘勇往。立三等法，不以烦府县狱。旬月中，菁民猾胥，便宜捕斩二百余人。谤讟四起①，自巡抚司道下皆心诽之，至以盛暑练操为虐士。然见所奏辄得褒答受主知，未有以难也。一日标兵与湘勇哄②，至阑入国藩行台③，国藩亲诉诸巡抚，巡抚漫谢之，不为理。即日移营城外避标兵。或曰："曷以闻？"国藩叹曰："大难未已，吾人敢以私愤渎君父乎？"

尝与嵩焘、忠源论东南形势多阻水，欲剿贼非治水师不可，乃奏请造战舰于衡州。匠卒无晓船制者，短桡长桨，出自精思，以人力胜风水，遂成大小二百四十舰。募水陆万人，水军以褚汝航、杨载福、彭玉麟领之，陆军以塔齐布、罗泽南领之。贼自江西上窜，再陷九江、安庆。忠源战殁庐州，吴文镕督师黄州亦败死。汉阳失，武昌戒严，贼复乘势扰湖南。国藩锐欲讨贼，率水陆军东下。舟师初出湖，大风，损数十艘。陆师至岳州，前队溃退，引还长沙。贼陷湘潭。邀击靖港，又败，国藩愤投水，幕下士章寿麟掖起之，得不死。而同时塔齐布大破贼湘潭。国藩营长沙高峰寺，重整军实，人人揶揄之④。或请增兵，国藩曰："吾水陆万人非不多，而遇贼即溃。岳州之败，水师拒战者惟载福一营；湘潭之战，陆师塔齐布、水师载福各两营：以此知兵贵精不贵多。故诸葛败祁山，且谋灭兵损食，勤求己过，非虚言也。且古人用兵，先明功罪赏罚。今世乱，贤人君子皆潜伏，吾以义声倡导，同履危亡。诸公之初从我，非以利动也，故于法亦有难施，其致败由此。"诸将闻之皆服。

陆师既克湘潭，巡抚、提督上功，而国藩请罪。上诘责提督鲍起豹，免其官，以塔齐布代之。受印日，士民聚观，叹诧国藩为知人，而天子能明见万里也。贼自岳州陷常德，旋北走，武昌再失。国藩引兵趋岳州，斩贼枭将曾天养，连战，下城陵矶。会师金口，谋取武昌。泽南沿江东岸攻花园寇屯，塔齐布伏兵洪山，载福舟师深入寇屯，士皆露立，不避铅丸。武昌、汉阳贼望见官军盛，宵遁。遂复二郡。国藩以前靖港败，自请夺官，至是奏上。诏署湖北巡抚，寻加兵部侍郎衔，解署任，命督师东下。

当是时，水师奋厉无前，大破贼田家镇，毙贼数万，至于九江，前锋薄湖口⑤。攻梅家洲贼垒不下，驶入鄱湖。贼筑垒湖口断其后，舟不得出，于是外江、内湖阻绝。外江战船无小艇，贼乘舴艋夜袭营，掷火烧坐船，国藩跳而免，水师遂大乱。上疏请罪，诏旨宽免，谓于大局无伤也。五年，贼再陷武汉，扰荆襄。国藩遣胡林翼等军还援湖北，塔齐布留攻九江，而躬至南昌抚定水师之困内湖者。泽南从征江西，复弋阳，拔广信，破义宁，而塔齐布卒于军。国藩在江西与巡抚陈启迈不相能，泽南奔命往来，上书国藩，言东南大势在武昌，请率所部援鄂，国藩从之。幕客刘蓉谏曰："公所恃者塔、罗。今塔将军亡；罗又远行，脱有急，谁堪使者？"国藩曰："吾计之熟矣。东南大局宜如是，俱困于此无为也。"嵩焘祖饯泽南曰："曾公兵单，奈何？"泽南曰："天苟不亡本朝，公必不死。"九月，补授兵部侍郎。

六年，贼酋石达开由湖北窜江西，连陷八府一州。九江贼踞自如，湖南北声息不相闻。国藩困南昌，遣将分屯要地，羽檄交驰，不废吟诵，作《水陆师得胜歌》，教军士战守技艺、结营布陈之法。歌者咸感奋，以杀贼敢死为荣。顾众寡，终不能大挫贼。议者争请调泽南军，上以武汉功垂成，不可弃。泽南督战益急，卒死于军。玉麟闻江西警，芒鞋走千里⑥，穿贼中，至南昌助守。林翼已为湖北巡抚，国藩弟国华、国葆用父命乞师林翼，将五千人攻瑞州。湖南巡抚骆秉章亦资国荃兵援吉安，兄弟皆会行间。而国藩前所遣援湖北诸军，久之再克武汉，直下九江，李续宾八千人军城东。续宾者，与弟续宜皆泽南高第弟子也。载福战船四百泊江两岸，江宁将军都兴阿马队、鲍超步队驻小池口，凡数万人。国藩本以尤惧治军，自南昌迎劳，见军容甚盛，益申儆告诫之。而是时江南大营溃，督师向荣退守丹阳，卒。和春为钦差大臣，张国樑总统诸军攻江宁。

七年二月，国藩闻父忧，遂归。给三月假治丧，坚请终制，允开侍郎缺。林翼既定湖北，进围九江，破湖口，水师绝数年复合。载福连拔望江、东流，扬舲过安庆，克铜陵泥汊，与江南军通，由是湘军水师名天下。林翼以此军创始国藩，杨、彭皆其旧部，请起国藩视师。会九江克复，石达开窜浙江，浸及福建，分股复犯江西，朝旨诏国藩出办浙江军务。

国藩至江西，屯建昌，又诏援闽。国藩以闽贼不足虑，而景德地冲要，遣将援赣北，攻景德。国荃追贼至浮梁，江西列城次第复。时石达开复窜湖南，围宝庆。上虑四川且有变，林翼亦以湖北饷倚川盐，而国藩又久治兵，无疆寄，乃与官文合疏请国藩援蜀。会贼窜广西，上游兵事解，而陈玉成再破庐州，续宾战殁三河。林翼以群盗蔓庐、寿间，终为楚患，乃改议留国藩合谋皖。军分三道，各万人：国藩由宿松、石牌规安庆，多隆阿、鲍超出太湖取桐城，林翼自英山向舒、六。多隆阿等既大破贼小池，复太湖、潜山，遂军桐城。国荃率诸军围安庆，与桐城军相犄角。安庆未及下，而皖南贼陷广德，袭破杭州。

李秀成大会群贼建平，分道援江宁。江南大营复溃，常州、苏州相继失，咸丰十年闰三月也。左宗棠闻而叹曰："此胜败之转机也！江南诸军，将塞兵疲久矣⑦，涤而清之，庶几后来可藉手乎？"或问："谁可当者？"林翼曰："朝廷以江南事付曾公，天下不足平也。"于是天子慎选帅，就加国藩兵部尚书衔，署理两江总督。旋即真，授钦差大臣。是时江、浙贼氛炽，或请撤安庆围先所急。国藩曰："安庆一军为克金陵张本，不可动也。"遂南渡江，驻祁门。江、浙官绅告急书日数十至，援苏、援沪、援皖、援镇江诏书亦叠下。国藩至祁门未数日，贼陷宁国，陷徽州。东南方困兵革，而英吉利复失好，以兵至。僧格林沁败绩天津，文宗狩热河。国藩闻警，请提兵北上，会和议成，乃止。

其冬，大为贼困，一出祁门东陷婺源，一出祁门西陷景德，一入羊栈岭攻大营。军报绝不通，将吏慄然有忧色，固请移营江干就水师。国藩曰："无故退军，兵家所忌。"卒不从。使人间行檄鲍超、张运兰亟引兵会。身在军中，意气自如，时与宾佐酌酒论文。自官京朝，即日记所言行，后履危困无稍间。国藩驻祁门，本资饷江西，及景德失，议者争言取徽州通浙米，乃自将大军次休宁。值天雨，八营皆溃，草遗嘱寄家，誓死守休宁。适宗棠大破贼乐平，运道通，移驻东流；多隆阿连败贼桐城；鲍超一军游击无定居，林翼复遣将助之。十一年八月，国荃遂克安庆。捷闻，而文宗崩，林翼亦卒。穆宗即位，太后垂帘听政，加国藩太子少保衔，命节制江苏、安徽、江西、浙江四省。国藩惶惧，疏辞，不允，朝有大政，咨而后行。

当是时，伪天王洪秀僭号踞金陵；伪忠王李秀成等犯苏、沪；伪侍王李世贤等陷浙杭；伪辅王杨辅清等屯宁国；伪康王汪海洋窥江西；伪英王陈玉成屯庐州；捻首苗霈霖出入颍、寿，与玉成合，图窜山东、河南；众皆号数十万。国藩与国荃策进取，国荃曰："急捣金陵，则寇必以全力护巢穴，而后苏、杭可图也。"国藩然之，乃以江宁事付国荃，以浙江事付宗棠，而以江苏事付李鸿章。鸿章故出国藩门，以编修为幕僚，改道员，至是令从淮上募勇八千，选良将付之，号"淮军"。同治元年，拜协办大学士，督诸军进讨。于是国荃有捣金陵之师，鸿章有征苏、沪之师，载福、玉麟有肃清下游之师；大江以北，多隆阿有取庐州之师，续宜有援颍州之师；大江以南，鲍超有攻宁国之师，运兰有防剿徽州之师，宗棠有规复全浙之师，十道并出，皆受成于国藩。

贼之都金陵也，坚筑壕垒，饷械足，猝不可拔。疾疫大作，将士死亡山积，几不能军，国藩自以德薄，请简大臣驰赴军，俾分己责。上优诏慰勉之，谓："天灾流行，岂卿一人之咎？意者朝廷政多缺失，我君臣当勉图禳救，为民请命。且环顾中外，才力、气量无逾卿者！时势艰难，无稍懈也。"国藩读诏感泣。时洪秀全被围久，召李秀成苏州，李世贤浙江，悉众来援，号六十万，围雨花台军。国荃拒战六十四日，解去。三年五月，水师克九洑洲，江宁城合围。十月，鸿章克苏州。四年二月，宗棠克杭州。国藩以江宁久不下，请鸿章来会师，未发，国荃攻益急，克之。江宁平，天子褒功，加太子太傅，封一等毅勇侯，赏双眼翎。开国以来，文臣封侯自是始。朝野称贺，而国藩功成不居，粥粥如畏⑧。穆宗每简督抚，辄密询其人，未敢指缺疏荐，以谓疆臣既专征伐，不当更分黜陟之柄，外重内轻之渐，不可不防。

初，官军积习深，胜不让，败不救。国藩练湘军，谓必万众一心乃可办贼，故以忠诚倡天下。其后又谓淮上风气劲，宜别立一军。湘勇利山径，驰骋平原非所长，且用武十年，气亦稍衰矣，故欲练淮士为湘勇之继。至是东南大定，裁湘军，进淮军，而捻匪事起。

捻匪者，始于山东游民相聚，其后剽掠光、固、颍、亳、淮、徐之间，捻纸燃脂，故谓之"捻"。有众数十万，马数万，蹂躏数千里，分合不常。捻首四人，曰张总愚、任柱、牛洪、赖文光。自洪寇、苗练尝纠捻与官军战，益悉攻斗，胜保、袁甲三不能御。僧格林沁征讨数年，亦未能大创之。国藩闻僧军轻骑追贼，一日夜三百余里，曰："此于兵法，必蹶上将军。"未几而王果战殁曹州。上闻大惊，诏国藩速赴山东剿捻，节制直隶、山东、河南三省，而鸿章代为总督。廷旨日促出师，国藩上言："楚军裁撤殆尽，今调刘松山一军及刘铭传淮勇尚不足。当更募徐州勇，以楚军之规模，开齐、兖之风气；又增募马队及黄河水师，皆非旦夕可就。直隶宜自筹防兵，分守河岸，不宜令河南之兵兼顾河北。僧格林沁尝周历五省，臣不能也。如以徐州为老营，则山东之兖、沂、曹、济，河南之归、陈，江苏之淮、徐、海，安徽之庐、凤颍、泗，此十三府州责之臣，而以其余责各督抚。汛地有专属，则军务乃渐有归宿。"又奏："扼要驻军临淮关、周家口、济宁、徐州，为四镇。一处有急，三处往援。今贼已成流寇，若贼流而我与之俱流，必致疲于奔命。故臣坚持初议，以有定之兵，制无定之寇；重迎剿，不重尾追。"然督师年余，捻驰突如故。将士皆谓不苦战而苦奔逐，乃起张秋抵清江筑长墙，凭运河御之。未成，而捻窜襄、邓间，因移而西，修沙河、贾鲁河，开壕置守。分地甫定，而捻冲河南汛地，复突而东。时议颇咎国藩计迂阔，然亦无他术可制捻也。

山东、河南民习见僧格林沁战，皆怪国藩以督兵大臣安坐徐州，谤议盈路。国藩在军久，益慎用兵。初立驻军四镇之议，次设扼守黄运河之策，既数为言路所劾，亦自以防河无效，朝廷方起用国荃，乃奏请鸿章以江督出驻徐州，与鲁抚会办东路；国荃以鄂抚出驻襄阳，与豫抚会办西路；而自驻周家口策应之。或又劾其骄妄，于是国藩念权位不可久处，益有忧谗畏讥之心矣。丐病假数月，继请开缺，以散员留军效力，又请削封爵。皆不许。

五年冬，还任江南，而鸿章代督军。时牛洪死，张总愚窜陕西，任柱、赖文光窜湖北，自是有东、西捻之号。六年，就补大学士，留治所。东捻由河南窜登、莱、青，李鸿章、刘长佑建议合四省兵力堵运河。贼复引而西，越胶、莱、河南入海州。官军阵斩任柱，赖文光走死扬州。以东捻平，加国藩云骑尉世职。西捻入陕后，为松山所败。乘坚冰渡河，窜山西，入直隶，犯保定、天津。松山绕出贼前，破之于献县。诸帅勤王师大至，贼越运河，窜东昌、武定。鸿章移师德州，河水盛涨，扼河以困之。国藩遣黄翼升领水师助剿，大破贼于荏平。张总愚赴水死，而西捻平。凡防河之策，皆国藩本谋也。是年授武英殿大学士，调直隶总督。

国藩为政务持大体，规全势。其策西事，议先清陇寇而后出关；筹滇、黔，议以蜀、湘二省为根本。皆初立一议，后数年卒如其说。自西人入中国，交涉事日繁。金陵未下，俄、美、英、法皆请以兵助，国藩婉拒之。及廷议购机轮，置船械，则力赞其成。复建议选学童习艺欧洲。每定约章，辄诏问可许不可许，国藩以为争彼我之虚仪者可许，其夺吾民生计者勿许也。既至直隶，以练兵、饬吏、治河三端为要务，次第兴革，设清讼局、礼贤馆，政教大行。

九年四月，天津民击杀法领事丰大业，毁教堂，伤教民数十人。通商大臣崇厚议严惩之，民不服。国藩方病目，诏速赴津，乃务持平保和局，杀十七人，又遣戍府县吏。国藩之初至也，津民谓必反崇厚所为，备兵以抗法。然当是时，海内初定，湘军已散遣，天津咫尺京畿，民、教相哄，此小事不足启兵端，而津民争怨之。平生故旧持高论者，日移书谯让，省馆至毁所署楹帖，而国藩深维中外兵势强弱，和战利害，惟自引咎，不一辩也。丁日昌因上奏曰："自古局外议论，不谅局中艰苦，一唱百和，亦足以荧上听，挠大计。卒之事势决裂，国家受无穷之累，而局外不与其祸，反得力持清议之名，臣实痛之！"

国藩既负重谤，疾益剧，乃召鸿章治其狱，逾月事定，如初议。会两江缺出，遂调补江南，而以鸿章督直隶。江南人闻其至，焚香以迎。以乱后经籍就燔，设官书局印行，校刊皆精审。礼聘名儒为书院山长，其幕府亦极一时之选，江南文化遂比隆盛时。

国藩为人威重，美须髯，目三角有棱。每对客，注视移时不语，见者竦然，退则记其优劣，无或爽者。天性好文，治之终身不厌，有家法而不囿于一师。其论学兼综汉、宋，以谓先王治世之道，经纬万端，一贯之以礼。惜秦蕙田《五礼通考》阙食货，乃辑补盐课、海运、钱法、河堤为六卷。又慨古礼残阙无军礼，军礼要自有专篇，如戚敬元所纪者。论者谓国藩所订营制、营规，其于军礼庶几近之。晚年颇以清静化民，俸入悉以养士。老儒宿学，群归依之。尤知人，善任使，所成就荐拔者，不可胜数。一见辄品目其材，悉当。时举先世耕读之训，教诫其家。遇将卒僚吏若子弟然，故虽严惮之，而乐为之用。居江南久，功德最盛。

同治十三年，薨于位，年六十二。百姓巷哭，绘像祀之。事闻，震悼，辍朝三日。赠太傅，谥文正，祀京师昭忠、贤良祠，各省建立专祠。子纪泽袭爵，官至侍郎，自有传；纪鸿赐举人，精算，见《畴人传》。

论曰：国藩事功本于学问，善以礼运。公诚之心，尤足格众。其治军行政，务求蹈实。凡规画天下事，久无不验，世皆称之，至谓汉之诸葛亮、唐之裴度、明之王守仁，殆无以过，何其盛欤！国藩又尝取古今圣哲三十三人，画像赞记，以为师资，其平生志学大端，具见于此。至功成名立，汲汲以荐举人才为己任，疆臣阃帅[9]，几遍海内。以人事君，皆能不负所知。呜呼！中兴以来，一人而已。

---

①谯：诽谤；怨言。

②标兵：即绿营兵。清代常备军之一。

③阑：擅自出入。

④揶揄：戏弄；侮弄。

⑤薄：迫近。

⑥芒鞋：一种草鞋。

⑦蹇：跛足。

⑧粥粥：谦卑的样子。

⑨阃帅：领兵在外的将军。

李鸿章列传

　　李鸿章，字少荃，安徽合肥人。父文安，刑部郎中。其先本许姓。鸿章，道光二十七年进士，改庶吉士，授编修。从曾国藩游，讲求经世之学。洪秀全据金陵，侍郎吕贤基为安徽团练大臣，奏鸿章自助。咸丰三年，庐州陷，鸿章建议先取含山、巢县图规复。巡抚福济授以兵，连克二县；逾年，复庐州。累功，用道员，赏花翎。久之，以将兵淮甸遭众忌，无所就，乃弃去。从国藩于江西，授福建延建邵道，仍留军。

　　十一年，国藩既克安庆，谋大举东伐。会江苏缺帅，奏荐鸿章可大用。江、浙士绅亦来乞师。同治元年，遂命鸿章召募淮勇七千人，率旧部将刘铭传、周盛波、张树声、吴长庆，曾军将程学启，湘军将郭松林，霆军将杨鼎勋，以行。又奏调举人潘鼎新、编修刘秉璋，檄弟鹤章总全军营务。时沿江贼屯林立，乃赁西国汽舟八，穿贼道二千余里，抵上海，特起一军，是为淮军。外国人见其衣装朴陋，辄笑之。鸿章曰："军贵能战，非徒饰观美。迨吾一试，笑未晚也。"旋诏署江苏巡抚。

　　是时上海有英、法二国军。美国华尔募洋兵数千，攻克松江、嘉定、青浦、奉贤，号南路军；学启等将湘、淮人攻南汇，号北路军。四月，贼悉众战败南路军，嘉定、奉贤再陷，华尔弃青浦走保松江。学启将千五百人屯新桥，贼围之数十重，践尸进。学启开壁突击，贼骇却。鸿章亲督军来援，贼大奔，乘胜攻泗泾，解松江围。外国军见其战，皆惊叹。自此湘、淮军威始振。诏促移师镇江，鸿章请先图沪而后出江。既定浦东厅县，伪慕王谭绍光来援，败之北新泾，贼走嘉定。九月，进克其城。谭绍光率数十万众，连营江口，犯黄渡。诸将分攻，简精卒逾壕伏而前[①]，毙数人，贼阵动。学启乘之，裹创噪而进，贼大溃。捷入，授江苏巡抚。

　　初，美人华尔所将兵名"常胜军"，慈溪之役殁于阵，其副白齐文怀异志，闭松江城索饷。鸿章裁其军，易以英将戈登，常胜军始复听节制。命出海攻福山，不克而还。二年正月，兼署五口通商大臣。初，常熟守贼骆国忠、董正勤举城降，福山诸海口俱下。伪忠王李秀成悉众围常熟，江阴援贼复陷福山。鸿章牒谕国忠固守待援，而檄鼎新、铭传攻福山，夺石城。国忠知援至，开城猛击，俘斩殆尽，遂解常熟围，进复太仓、昆山。因疏陈贼情地势，建三路进军之策：学启由昆山攻苏州；鹤章、铭传由江阴进无锡，淮、扬水军辅之；太湖水军将李朝斌由吴江进太湖，鼎新等分屯松江，常胜军屯昆山为前军援。

　　李秀成纠合伪纳王郜云官等水陆十万，逼大桥角而营，鹤章击之，败走。九月，复集，连营互进。鹤章立八营于大桥角，与之持。鸿章以贼麇集西路，志在保无锡、援苏州，乃令鹤章、铭传守后路，抽锐卒会学启合破贼屯，苏、锡之贼皆大困。贼陷江宁、苏、杭为三大窟，而苏则其脊膂也，故李秀成百计援之。谭绍光尤凶狡，誓死守，附城筑长墙石垒，坚不可猝拔。十月，鸿章亲视师，以炮毁之。城贼争权相猜，谋反正，刺杀谭绍光，开门纳军。时降酋八人皆拥重兵，号十万，歃血誓共生死，要显秩。学启言不杀八人，后必为患。鸿意意难之，学启拂衣出，鸿章笑语为解。明日，八人出城受赏，留饮，即坐上数其罪，斩之。学启入城谕定其众，搜杀悍党二千余人。捷闻，赏太子太保衔、黄马褂。十一月，鹤章等复无锡，进攻常州，以应江宁围军。学启出太湖，图嘉兴，以应浙军，鼎新等军先入浙，收平湖、海盐，贼争应官军，所至辄下。三年二月，学启急攻嘉兴，亲搏战，登城，克之，中弹死。四月，克常州，擒斩伪护王陈坤书。赏骑都尉世职。常胜军惭无功，戈登辞归国，乃撤其军。

廷议江宁久未下，促鸿章会攻。鸿章以金陵破在旦夕，托辞延师。六月，曾军克江宁，捷书至。鸿章遂分军令铭传、盛波由东坝取广德，鼎新、秉璋由松江攻湖州，松林、鼎勋由沪航海援闽。贼平，封一等肃毅伯，赏戴双眼花翎。

四年四月，科尔沁亲王僧格林沁战殁曹州，以曾国藩为钦差大臣，督其军。鸿章署两江总督，命率所部驰防豫西，兼备剿京东马贼、甘肃回匪。鸿章言：“兵势不能远分，且筹饷造械，臣离江南，皆无可委托。为今日计，必先图捻而后图回。赴豫之师，必须多练马队，广置车骡，非可猝办。”诏寝其行。时曾国藩督军剿捻久无功，命回两江，而以鸿章署钦差代之，败东捻任柱、赖文光于湖北。

六年正月，授湖广总督。贼窜河南，渡运河，济南戒严。初，曾国藩议凭河筑墙，遏贼奔窜。鸿章守其策，而注重运西。饬豫军提督宋庆、张曜及周盛波、刘秉璋分守山东东平以上，自靳口至济宁；杨鼎勋分守赵村、石佛至南阳湖；李昭庆会守摊上、黄林壮至韩壮、八牌；皖军黄秉钧等分守宿迁、运河上下游：互为策应，使贼不得出运。六月，抵济宁，贼由潍县趋窜登、莱。鸿章复议逼入海隅聚歼之，乃创胶、莱河防策，令铭传、鼎新筑长墙二百八十余里，会合豫军、东军分汛设守。时贼集莱阳、即墨间，屡扑堤墙不得出。七月，贼由海神庙潜渡潍河，山东守将王心不及御，胶、莱防溃。朝旨切责，将罢防，鸿章抗疏言：“运河东南北三面贼氛蹂躏，其受害者不过数府州县，若驱过运西，则江、皖、东、豫、楚数省之地，流毒无穷。”乃坚持前议，严扼运防。令铭传、松林、鼎勋三军往来蹀击。十月，追至赣榆，降酋潘贵升毙任柱于阵，捻势渐衰。赖文光挈众窜山东，战屡败，遁入海滨。官军围击之，斩获三万，赖文光走死扬州。东捻平，赏加一骑都尉世职。

七年正月，西捻张总愚由山右渡河，北窜定州，京师大震。诏夺职，鸿章督军入直，疏言：“剿办流寇，以坚壁清野为上策。东捻流窜豫东、淮北，所至民筑圩寨，深沟高垒以御之，贼往往不得一饱，故其畏圩寨甚于畏兵。河北平原千里，无险可守，截此则窜彼，迎左则趋右，纵横驰突，无处不流。且自渡黄入晋，沿途掳获骡马愈众，步贼多改为骑，趋避捷，肆扰尤易。自古办贼，必以彼此强弱饥饱为定衡。贼未必强于官军，但彼骑多而我骑少。今欲绝贼粮、断贼骑，惟有严谕绅民坚筑圩寨，一闻警信，即收粮草牲畜老弱壮丁于内。贼至无所掠食，兵至转可买食。贼虽流而其计渐穷，或可克期扑灭也。”二月，鸿章督军进德州，败贼安平、饶阳。三月，贼窜晋州，渡滹沱河，南入豫，复折窜直隶，扑山东东昌；四月，趋茌平、德平，出德州，西奔吴桥、东光，逼天津。下部议处，命总统北路军务，限一月殄灭。

鸿章以捻骑久成流寇，非就地圈围，终不足制贼之命。三口通商大臣崇厚及左宗棠皆以为言。而直隶地平旷，无可圈围；欲就东海南河形势，必先扼西北运河，尤以东北至津、沽，西南至东昌、张秋为锁钥。乃掘沧州迤南捷地坝，洩运水入减河。河东筑长墙，断贼窜津之路。东昌运防，则淮军自城南守至张秋，东、皖诸军自城北守至临清，并集民团协防。闰四月，以剿贼逾限，予严议。时贼为官军所逼，奔突不常。以北路军势重，锐意南行，回翔陵县、临邑间，旁扰茌平、德平，犯临清运防。鸿章虑久晴河涸，民团不可恃，且昼夜追奔疲士卒，议乘黄河伏汛，缩地札圈，以运河为外围，以马颊河为里围。其时官军大败贼于德州扬丁庄，又追败之商河。张总愚率悍党遁济阳，沿河北出德州犯运防，上窜盐山、沧州。官军扼截之，不得出，转趋博平、清平。适黄、运暨徒骇交涨，东昌、临清、张秋、闸河水深不可越。河西北岸长墙绵亘，贼窜地迫狭，势益困。鸿章增调刘铭传军，期会前敌。分屯茌平之桃桥、南镇，至博平、东昌，圈贼徒骇、黄、运之内，而令马队周回兜逐，贼无一生者。张总愚投水死，西捻平。诏复原官，加太子太保衔，以湖广总督协办大学士。八月入觐，赐紫禁城内骑马。

八年二月，兼署湖北巡抚。十二月，诏援黔。未行，改援陕。九年七月，剿平北山土匪。值天津教堂滋事，命移军北上。案结，调直隶总督兼北洋通商事务大臣。十月，日本请通商，授全权大臣，与定约。十二年五月，授 大学士，仍留总督任。六月，授武英殿大学士。十三年，调文华殿大学士。

国家旧制，相权在枢府。鸿章与国藩为相，皆总督兼官，非真相，然中外系望，声出政府上，政府亦倚以为重。其所经画，皆防海交邻大计，思以西国新法导中国以求自强，先急兵备，尤加意育才。初，与国藩合疏选幼童送往美国就学，岁百二十人。期以二十年学成岁归为国效用，乃未及终学而中辍，鸿章争之不能得，随分遣生徒至英、德、法诸国留学。及建海军，将校尽取才诸生中。初在上海奏设外国学馆，及范天津，奏设武备海陆军，又各立学堂，是为中国讲求兵学之始。尝议制造轮船，疏言："西人专恃其炮轮之精利，横行中土，于此而曰攘夷，固虚妄之论。即欲保和局，守疆土，亦非无具而能保守之也。士大夫囿于章句之学，苟安目前，遂有停止轮船之议。臣愚以为国家诸费皆可省，惟养兵设防、练习枪炮，制造兵轮之费万不可省。求省则必屏除一切，国无与立，终无自强之一日矣。"

光绪元年，台湾事变，王大臣奏筹善后海防六策。鸿章议曰："历代备边多在西北，其强弱之事，主客之形，皆适相埒[2]，且犹有中外界限。今则东南海疆万余里，各国通商传教，往来自如，阳托和好，阴怀吞噬，一国生事，诸国构煽，实为数千年来未有之变局。轮船电报，瞬息千里；军火机器，工力百倍，又为数千年来未有之强敌。而环顾当世，饷力人才，实有未逮，虽欲振奋而莫由。《易》：'穷则变，变则通。'盖不变通，则战守皆不足恃，而和亦不可久也。近时拘谨之儒，多以交涉洋务为耻，巧者又以引避自便。若非朝廷力开风气，破拘牵之故习，求制胜之实际，天下危局，终不可支。日后乏才，且有甚于今日者。以中国之大，而无自强自立之时，非惟可忧，抑亦可耻。"

鸿章持国事，力排众议；在畿疆三十年；晏然无事。独究讨外国政学、法制、兵备、财用、工商、艺业。闻欧美出一新器，必百方营购以备不虞。尝设广方言馆、机器制造局、轮船招商局；开磁州、开平煤铁矿、漠河金矿；广建铁路、电线及织布局、医学堂；购铁甲兵舰；筑大沽、旅顺、威海船坞台垒；遴武弁送德国学水陆军械技艺；筹通商日本，派员往驻；创设公司船赴英贸易。凡所营造，皆前此所未有也。初，鸿章办海防，政府岁给四百万，其后不能照拨，而户部又奏立限制，不令购船械。鸿章虽屡言，而事权不属，盖终不能竟厥功焉。

三年，晋、豫旱灾，鸿章力筹赈济。时直隶亦患水，永定河居五大河之一，累年漫决，害尤甚。鸿章修复金门闸及南、上、北三灰坝。卢沟桥以下二百余里，改河筑堤，缓其溜势。别浚大清河、滹沱河、北运河、减河，以资宣泄，自是水患稍纾[3]。

五年，命题穆宗毅皇帝、考哲毅皇后神主，赏加太子太傅衔。六年，巴西通商，以全权大臣定约。八年，丁母忧，谕俟百日后以大学士署理直隶总督。鸿章累辞，始开缺，仍驻天津督练各军，并署通商大臣。朝鲜内乱，鸿章时在籍，趣赴天津，代督张树声饬提督吴长庆率淮军定其乱，鸿章策定朝鲜善后事宜。九年，复命署总督，累乞终制，不允。

十年，法、越构兵，云贵总督岑毓英督师援越。法乃自请讲解，鸿章与法总兵福禄诺议订条款。既竣，而法人伺隙陷越谅山，薄镇南关，兵舰驰入南洋，分扰闽、浙、台湾，边事大棘。北洋口岸，南始烟台，北迄山海关，延袤几三千里，而旅顺口实为首冲。乃檄提督宋庆、水师统领提督丁汝昌守旅顺，副将罗荣光守大沽，提督唐仁廉守北塘，提督曹克忠、总兵叶志超守山海关内外，总兵全祖凯守烟台，首尾联络，海疆屹然。十一年，法大败于谅山，计穷，复寻成。授全权大臣，与法使巴德纳增减前约。事平，下部议叙。是年朝鲜乱党入王宫，戕执政大臣六人。提督吴兆有以兵入护，诛乱党，伤及日本兵。日人要索议统将罪，鸿章严拒之，而允以撤兵寝其事。九月，命会同醇亲王办理海军。

十二年，以全权大臣定《法国通商滇粤边界章程》。十三年，会订《葡萄牙通商约》。十四年，海军成船二十八，檄饬海军提督丁汝昌统率全队，周历南北印度各海面，习风涛，练阵技，岁率为常。十五年，太后归政，赏用紫缰。十七年，平热河教匪，议叙。十九年正月，鸿章年七十，两宫赐"寿"。二十年，赏戴三眼花翎，而日朝变起。

初，鸿章筹海防十余年，练军简器，外人震其名，谓非用师逾十万，不能攻旅顺，取天津、威海。故俄、法之警，皆知有备而退。至是，中兴诸臣及湘、淮军名将皆老死，鲜有存者。鸿章深知将士多不可恃，器械缺乏不应用，方设谋解纷难，而国人以为北洋海军信可恃，争起言战，廷议遂锐意用兵，初败于牙山，继败于平壤，日本乘胜内侵，连陷九连、凤凰诸城，大连、旅顺相继失。复据威海卫、刘公岛，夺我兵舰，海军覆丧殆尽。于是议者交咎鸿章，褫其职，以王文韶代督直隶，命鸿章往日本议和。二十一年二月，抵马关，与日本全权大臣伊藤博文、陆奥宗光议，多要挟。鸿章遇刺伤面，创甚，而言论自若，气不少衰。日皇遣使慰问谢罪，卒以此结约解兵。会订条款十二，割台湾界之④，日本悉交还侵地。七月，回京，入阁办事。

十二月，俄皇加冕，充专使致贺，兼聘德、法、英、美诸国。二十二年正月，陛辞，上念垂老远行，命其子经方、经述侍行。外人夙仰鸿章威望，所至礼遇逾等，至称为"东方毕士马克"。与俄议新约，由俄使经总署订定，世传《中俄密约》。七阅月，回京复命。两宫召见，慰劳有加，命直总理各国事务衙门。

二十三年，充武英殿总裁。二十四年，命往山东查勘黄河工程。疏称迁民筑堤，成工匪易，惟择要加修两岸堤埝，疏通海口尾闾，为救急治标之策。下其奏，核议施行。

十月，出督两广。二十六年，赏用方龙补服。拳匪肇乱，八国联军入京，两宫西狩。诏鸿章入朝，充议和全权大臣，兼督直隶，有"此行为安危存亡所系，勉为其难"之语。鸿章闻警兼程进，先以兵剿畿甸匪，孑身入京。左右前后皆敌军，日与其使臣将帅争盟约，卒定和约十二款。二十七年七月，讲成，相率退军。

大乱之后，公私荡然。鸿章奏陈善后诸务，开市肆，通有无，施粥散米，中外帖然。并奉诏行新政，设政务处，充督办大臣，旋署总理外务部事。积劳呕血薨，年七十有九。事闻，两宫震悼，赐祭葬，赠太傅，晋封一等侯，谥文忠。入祀贤良祠，安徽、浙江、江苏、上海、江宁、天津各建祠以祀，并命于京师特建专祠。汉臣祀京师，盖异数也。

鸿章长躯疏髯，性恢廓，处荣悴显晦及事之成败，不易常度，时以诙笑解纷难；尤善外交，阴阳开阖，风采凛然，外国与共事者，皆一时伟人。及八国定盟，其使臣大将多后进，视鸿章皆丈人行也，故兵虽胜，未敢轻中国。闻其薨，咸集吊唁，曰："公所定约不敢渝。"其任事持大体，不为小廉曲谨。自壮至老，未尝一日言退。尝以曾国藩晚年求退为无益之请，受国大任，死而后已。马关定约还，论者未已，或劝之归，鸿章则言："于国实有不能恝然之谊⑤，今事败求退，更谁赖乎？"其忠勤皆类此。居恒好整以暇，案上置宋搨《兰亭》，日临摹百字，饮食起居皆有恒晷。长于奏牍，时以曾、李并称云。鸿章初以兄子经方为子，后生子经述，赏四品京堂，袭侯爵；经迈，侍郎。

论曰：中兴名臣，与兵事相终始，其勋业往往为武功所掩。鸿章既平大难，独主国事数十年，内政外交，常以一身当其冲；国家倚为重轻，名满全球，中外震仰，近世所未有也。生平以天下为己任，忍辱负重，庶不愧社稷之臣。惟才气自喜，好以利禄驱众，志节之士多不乐为用，缓急莫恃，卒致败误。疑谤之起，抑岂无因哉？

---

①简：选择。

②埒：相等。

③纾：解除。

④畀：给予。

⑤恝：不经心；无动于衷。

左宗棠列传

左宗堂，字季高，湖南湘阴人。父观澜，廪生①，有学行。宗棠，道光十二年举人，三试礼部不第，遂绝意仕进，究心舆地、兵法。喜为壮语惊众，名在公卿间。尝以诸葛亮自比，人目其狂也。胡林翼亟称之，谓"横览九州，更无才出其右者"。年且四十，顾谓所亲曰："非梦卜复求，殆无幸矣！"

咸丰初，广西盗起，张亮基巡抚湖南，礼辟，不就。林翼敦劝之，乃出。叙守长沙功，由知县擢同知直隶州。亮基移抚山东，宗棠归隐梓木洞。骆秉章至湖南，复以计劫之出佐军幕，倚之如左右手。僚属白事，辄问："季高先生云何？"由是忌者日众，谤议四起，而名日闻。同里郭嵩焘官编修，一日，文宗召问："若识举人左宗棠乎？何久不出也？年几何矣？过此精力已衰，汝可为书谕吾意，当及时出为吾办贼。"林翼闻而喜曰："梦卜复求时至矣！"

六年，曾国藩克武昌，奏陈宗棠济师、济饷功，诏以兵部郎中用，俄加四品卿衔。会秉章劾罢总兵樊燮，燮构于总督官文，为蜚语上闻，召宗棠对簿武昌，秉章疏争之不得。林翼、国藩皆言宗棠无罪，且荐其才可大用。詹事潘祖荫亦诵言总督惑于浮辞，故得不逮。俄而朝旨下，命以四品京堂从国藩治军。初，国藩创立湘军，诸军遵其营制，独王鑫不用。宗棠募五千人，参用鑫法，号曰"楚军"。十年八月，宗堂既成军而东，伪翼王石达开窜四川，诏移师讨蜀。国藩、林翼以江、皖事急，合疏留之。时国藩进兵皖南，驻祁门，伪侍王李世贤、忠王李秀成纠众数十万围祁门。宗棠率楚军道江西，转战而前，遂克德兴、婺源。贼趋浮梁景德镇，断祁门饷道。宗堂还师击之，大战于乐平、鄱阳，僵尸十余万，世贤易服逃，而徽州贼亦遁浙江。自是江、皖军势始振。

十一年，诏授太常寺卿，襄办江南军务。乃率楚军八千人东援浙。朝命国藩节制浙江，国藩荐宗棠足任浙事。宗棠部将名者，刘典、王开来、王文瑞、王沐，数军单薄，不足资战守，乃奏调蒋益沣于广西，刘培元、魏喻义于湖南，皆未至，而宗棠以数千人策应七百余里，指挥若定，国藩服其整暇。已而，杭州陷，复疏荐之，遂授浙江巡抚。

时浙地唯湖、衢二州未陷贼，国藩与宗棠计，以保徽州，固饶、广为根本。奏以三府属县赋供其军，设婺源、景德、河口三税局畀之，三府防军悉隶宗棠。贼大举犯婺源，亲督军败之。同治元年正月，诏促自衢规浙。宗棠奏言："行军之法，必避长围，防后路。臣军入衢，则徽、婺疏虞，又成粮尽援绝之势。今由婺源攻开化，分军扼华埠，收遂安。使饶、广相庇以安，然后可以制贼而不为贼制。"二月，克遂安。世贤自金华犯衢州，连击败之。而皖南贼复陷宁国，遣文瑞往援，克绩溪。十一月，喻义克严州。二年正月，益沣及高连陞、熊建益、王德榜、余佩玉等克金华、绍兴，浙东诸郡县皆定。

杭州贼震怖，悉众拒富阳。时诸军争议乘胜取杭城，宗棠不喜攻坚，谓皖南贼势犹盛，治寇以殄灭为期，勿贪近功。乃自金华进军严州，令刘典将八千人会文瑞防徽州，以培元、德榜驻淳安、开化，而益沣攻富阳。劾罢道府及失守将吏十七人，举浙士吴观礼等赈荒招垦，足裕军食。四月，授浙闽总督，兼巡抚事。刘典军既至皖南，遂留屯。益沣攻富阳，军仅万余人，皆病疫，宗棠亦患瘅困惫，富阳围久不下，乃简练旧浙军，兼募外国军助之攻。七月，李鸿章江苏军入浙攻嘉善，嘉兴寇北援，于是水陆大举攻富阳，克之。益沣等长驱捣杭州，魏喻义、康国器攻余杭。宗棠以杭贼恃余杭为犄角，非先下余杭，收海宁，不能断嘉、湖援济，躬至余杭视师，是时皖贼古隆贤反正，官军连下建平、高淳诸邑。金陵贼呼秀成入谋他窜，独世贤踞溧阳，与广德贼比，中梗官军。鸿章既克嘉善，上言当益军攻嘉兴。会浙师取常州，而广德贼已由宁国窜浙。宗堂虑贼分扰江西、福建，乃檄张运兰率所部趋福建，召刘典防江西。海宁贼蔡元隆以城降，更名元吉，后遂为骁将。三年二月，元吉会江苏军克嘉兴。杭州贼陈柄文势蹙约降，犹虑计中变，乘雨急攻之，夜启门遁，杭州复，余杭贼江海洋亦东走。捷闻，加太子少保衔，赐黄马褂。

移驻省城，申军禁，招商开市，停杭关税，减杭、嘉、湖税三之一。益沣为布政使，亦轻财致士，一时翕然称之。群贼聚湖州，乃移军合围，先攻菱湖。三月，江苏军克常州，贼败窜徽、婺，趋江西，世贤踞宗仁，海洋踞东乡。宗堂以贼入江西为腹心患，奏请杨岳斌督江西、皖南军，以刘典副，从之。六月，曾国荃克江宁，洪秀全子福瑱奔湖州，俄复溃走，磔于南昌。七月，克湖州，尽定浙地。论功，封一等恪靖伯。

余贼散走徽、宁、江西、广东，折入汀州，福建大震。乃奏请之总督任，以益沣护巡抚，增调德榜军至闽。四年三月，江苏军郭松林来会师，贼弃漳州出大埔。五月，进攻永定。世贤、海洋既屡败，伤精锐过半，归诚者三万。宗堂进屯漳州，蹴贼武平。于是贼窜广东之镇平，而福建亦定。

乃檄康国器、关镇平两军入粤，王开琳一军入赣防江西，刘典军趋南安防湖南，留高连陞、黄少春军武平，伺贼进退。六月，贼大举犯武平，力战却之。世贤投海洋，为所戕，贼党益猜贰。诏以宗堂节制三省诸军。十月，贼陷嘉应，宗棠移屯和平琯溪。德榜虑帅屯孤悬，自请当中路。刘典闻德榜军趋前，亦引军疾进，猝遇贼，败。贼追典，掠德榜屯而过，枪环击之，辄反走。是夜降者逾四万，言海洋中炮死矣，士气愈奋。时鲍超军亦至，贼出拒，又大败之。合闽、浙、江粤军围嘉应。十二月，贼开城遁，扼诸屯不得走，跪乞免者六万余，俘斩贼将七百三十四，首级可计数者万六千。诏赐双眼花翎。

五年正月，凯旋。宗棠以粤寇既平，首议减兵并饷，加给练兵，又以海禁开，非制备船械不能图自强，乃创船厂马尾山下，荐起沈葆桢主其事。会王师征西陲回乱久无功，诏宗棠移督陕、甘。十月，简所部三千人西发，令刘典别募三千人期会汉口，中途以西捻张总愚窜陕西，命先入秦剿贼。

陕、甘回众数至百万，与捻合。宗棠行次武昌，上奏曰："臣维东南战事利在舟，西北战事利在马。捻、回马队驰骋平原，官军以步队当之，必无幸矣。以马力言，西产不若北产之健。捻马多北产，故捻之战悍于回。臣军止六千，今拟购口北良马习练马队，兼制双轮炮车。由襄、邓出紫荆关，径商州以赴陕西。经营屯田，为久远之规。是故进兵陕西，必先清关外之贼；进兵甘肃，必先清陕西之贼；驻兵兰州，必先清各路之贼。然后馈运常通，师行无阻。至于进止久速，随机赴势，伏乞假臣便宜，宽其岁月，俾得从容规画，以要其成。"

六年春，提兵万二千以西，议以炮车制贼马，而以马队当步贼。捻倏见炮车，皆不战狂奔。时陕西巡抚刘蓉已解任，总督杨岳斌请归益急。诏宁夏将军穆图善署总督，宗棠以钦差大臣督军务。分军三道入关，而皖南镇总兵刘松山率老湘军九千人援陕，山西按察使陈湜主河防，其军皆属焉。松山既屡败捻，又合蜀军将黄鼎、皖军将郭宝昌，大破之富平。捻掠三原，沿渭北东趋，回则分党西犯，麇集北山。宗棠以捻强于回，当先制捻。檄诸军凭河结营，期麋而歼之泾、洛间。捻乘军未集，又折而西渡泾、涓，窥豫、鄂，已而大军进逼，势不复能南，乃趋白水，乘大风雨，铤走入北山。宗棠防捻、回合势，且北山荒瘠，师行粮不继，因急扼耀州。十月，捻败走宜川，别党果窜耀州，合回匪攻同官。留防军不能御，典、连陡军驰救，大破之。诸军将虽屡败捻，终牵于回，师行滞；而捻大众在宜州者益北扰延长，掠绥德，趋葭州，回亦自延安出陷绥德，宗棠自以延、绥迭失，上书请罪，部议革职。时北山及扶、岐、汧、陇、邠、凤诸回，所在响应。捻自南而北，千有余里；回自西而东，亦千有余里。陕西主客军能战者不及五万，然回当之辄败。松山等克绥德，回走米脂，捻复分道南窜。于是刘厚基出东北追回，松山等循西岸要捻。师抵宜川，回大出遮官军，留战一日，破之。而捻遂取间道逾山至壶口，乘冰桥渡河。宗棠奉朝旨，山右毗连畿辅，令自率五千人赴援，以刘典代督陕、甘军。

是年十二月，捻自垣典入河南，益北趋定州，游骑犯保定，京师戒严。诏切责督兵大臣，自宗棠、鸿章及河南巡抚李鹤年、直隶总督官文，皆夺职。宗棠至保定，松山等连破贼深、祁、饶、晋。当是时，捻驰骛数百里间，由直隶窜河南、山东，已复渡运越吴桥，犯天津。鸿章议筑长围制贼，宗棠谓当且防且剿，西岸固守，必东路有追剿之师，乃可掣其狂奔之势。上两从其议。于是勤王师大集，宗棠驻军吴桥，捻徘徊陵邑、济阳。合淮、豫军迭败之，总愚走河滨以死，西捻平。入觐，天语褒嘉，且询西陲师期。宗棠对以五年，后卒如其言焉。

七年十月，率师还陕，抵西安。时东北土寇董福祥等众十余万，扰延安、绥德，西南陕回白彦虎等号二十万，踞甘肃董志原。松山至，破土寇，降福祥；而回益四出剿掠，其西南窜出者，并力扰秦川，黄鼎破之。宗棠进军乾州，谍报回巢将徙金积堡，分军击之，遂下董志原，连复镇原、庆阳。回死者至三万。督丁壮耕作，教以区田、代田法。择嶮荒地，发帑金巨万，悉取所收饥民及降众十七万居焉。遂以八年五月进驻泾州。

甘回最著者，西曰马朵三，踞西宁；南曰马古鳌，踞河州；北曰马化隆，踞宁夏、灵州。化隆以金积堡为老巢，堡当秦、汉两渠间，扼黄河之险，擅盐、马、茶大利。环堡五百余寨，党众啸聚，掠取汉民产业子女。陕回时时与通市，相为首尾。化隆以新教煽回民，购马造军械，而阳输诚给穆图善。董志原既平，陕回窜灵州，化隆上书为陕回乞抚。宗棠察其诈，备三月粮，先攻金积堡，以为收功全陇之基。及松山追陕回至灵州，扼永灵洞。化隆惧，仍代陕回乞抚，谋缓兵。穆图善信之，日言抚，绥远城将军至劾松山滥杀激变。然化隆实无意降也，密召诸回并出劫军饷。十一月，宗棠进驻平凉。九年，松山阵殁，以其兄子锦棠代之，战屡捷，而中路、南路军亦所向有功，陕回受抚者数千人。及夺秦坝关，化隆益窘，诣军门乞降，诛之，夷其城堡。迁甘回固原、平凉，陕回化平，而编管钤束之，宁、灵悉定。奏言进规河、湟，而是时有伊犁之变，诏宗棠分兵屯肃州，乃遣徐占彪将六千人往。

十年七月，自率大军由平凉移驻静宁。八月，至安定。寇聚河州，其东出，必绕洮河三甲集，集西太子寺，再西大东乡，皆险要。诸将分击，悉破平之。时回酋朵三已死，占鳌见官军深入，西宁回已归顺，去路绝，遂亦受抚。河州平。

十一年七月，移驻兰州。占彪前以伊犁之变率师而西也，于时肃州阻乱，回酋马文禄先已就抚，闻关外兵事急，复据城叛。及占彪军至，乃婴城固守②，而乞援西宁。陕回白彦虎、禹得彦亦潜应文禄。会锦棠率军至，西宁土回及陕回俱变，推马本源为元帅。西宁东北阻湟水，两山对峙，古所称湟中也。贼据险而屯，俄败走，遗弃马骡满山谷，窜巴燕戎格。大通都司马寿复嗾向阳堡回杀汉民以叛。十二年正月，锦棠攻向阳堡，夺门入，斩马寿，遂破大通，捣巴燕戎格，诛本源，河东、西诸回堡皆降。文禄踞肃州，诡词求抚，益招致边外回助城守，连攻未能下。八月，宗棠来视师，文禄登城见帅旗，夺气。请出关讨贼自效，不许。金顺、锦棠军大集，文禄穷蹙出降，磔之。白彦虎窜遁关外，肃州平。以陕甘总督协办大学士，加一等轻车都尉。奏请甘肃分闱乡试，设学政。十三年，晋东阁大学士，留治所。自咸丰初，天下大乱，粤盗最剧，次者捻逆，次者回。宗棠既手戡定之，至是陕、甘悉靖，而塞外平回，朝廷尤矜宠焉。

塞外回酋曰帕夏，本安集延部之和硕伯克也。安集延故属敖罕，敖罕为俄罗斯所灭，安集延独存。帕夏畏俄逼，阑入边③。据喀什噶尔，稍蚕食南八城，又攻败乌鲁木齐所踞回妥明。妥明者，西宁回也，初以新教游关外。同治初，乘陕甘汉、回构变倡乱，据乌城。帕夏既攻败妥明降之，遂并有北路伊犁诸城，收其赋入。妥明旋被逐，走死，而白彦虎窜处乌城，仍隶帕夏。帕夏能属役回众，通使结援英、俄，购兵械自备。英人阴助之，欲令别立为国，用捍蔽俄。当是时，俄以回数扰其边境，遽引兵逐回，取伊犁，且言将代取乌鲁木齐。

光绪元年，宗棠既平关陇，将出关，而海防议起。论者多言自高宗定新疆，岁糜数百万，此漏卮也。今至竭天下力赡西军，无以待不虞，尤失计。宜徇英人议，许帕夏自立为国称藩，罢西征，专力海防。鸿章言之尤力。宗棠曰："关陇新平，不及时规还国家旧所没地，而割弃使别为国，此坐自遗患。万一帕夏不能有，不西为英并，即北折而入俄耳，吾地坐缩，边要尽失，防边兵不可减，糜饷自若。无益海防而挫国威，且长乱。此必不可！"军机大臣文祥独善宗棠议，遂决策出塞，不罢兵。授宗棠钦差大臣，督军事，金顺副之。

二年三月，次肃州。五月，锦棠北逾天山，会金顺军先攻乌鲁木齐，克之。白彦虎遁走托克逊。九月，克玛纳斯南城，北路平，乃规南路。令曰："回部为安酋驱迫，厌乱久矣。大军所至，勿淫掠，勿残杀。王者之师如时雨，此其时也。"三年三月，锦棠攻克达坂城，悉释所擒缠回，纵之归。南路恟惧，翼日，收托克逊城，而占彪及孙金彪两军亦连破诸城隘，合罗长祜等军收吐鲁番，降缠回万余。帕夏饮药死，其子伯克胡里戕其弟，走喀什噶尔。

白彦虎走开都河，宗棠欲遂擒之，奏未上，适库伦大臣上言西事宜画定疆界，而廷臣亦谓西征费巨，今乌城、吐鲁番既得，可休兵。宗棠叹曰："今时有可乘，乃为画地缩守之策乎？"抗疏争之，上以为然。时俄方与土耳其战，金顺请乘虚袭伊犁。宗棠曰："不可！师不以正，彼有辞矣。"八月，锦棠会师曲会，遂由大道向开都河为正兵，余虎恩等奇兵出库尔。白彦虎走库车，趋阿克苏，锦棠遮击之，转遁喀什噶尔。大军还定乌什，遂收南疆东四城，何步云以喀什汉城降。伯克胡里既纳白彦虎，乃并力攻汉城。大军至，复遁走俄。西四城相继下，宗棠露布以闻，诏晋二等侯。布鲁特十四部争内附。

四年正月，条上新疆建行省事宜，并请与俄议还伊犁、交叛人二事。诏遣全权大臣崇厚使俄。俄以通商、分界、偿款三端相要。崇厚遽定约，为朝士所纠，议久不决。宗棠奏曰："自俄踞伊犁，蚕食不已，新疆乃有日蹙百里之势，俄视伊犁为外府，及我索地，败索偿卢布五百万元。是俄还伊犁，于俄无损，我得伊犁，仅一荒郊。今崇厚又议界俄陬尔界斯河及帖克斯河；是划伊犁西南之地归俄也。武事不竞之秋，有割地求和者矣。兹一矢未加，遽捐要地，此界务之不可许者也。俄商志在贸易，其政府即广设领事，欲藉通商深入腹地，此商务之不可许者也。臣维俄人包藏祸心，妄忖吾国或厌用兵，遂以全权之使臣牵制疆臣。为今之计，当先之以议论，委婉而用机，次决之以战阵，坚忍而求胜。臣虽衰惫无似，敢不勉旃。"上壮其言，嘉许之。崇厚得罪去。命曾纪泽使俄，更前约。于是宗棠乃自请出屯哈密，规复伊犁。以金顺出精河为东路，张曜沿特克斯河为中路，锦棠经布鲁特游牧为西路，而分遣谭上连等分屯喀什噶尔、阿克苏、哈密为后路声援，合马步卒四万余人。

六年四月，宗棠舆榇发肃州。五月，抵哈密。俄闻王师大出，增兵守伊犁、纳林河，别以兵船翔海上，用震撼京师，同时天津、奉天、山东皆警。七月，诏宗棠入都备顾问，以锦棠代之。而俄亦慑我兵威，恐事遂决裂。明年正月，和议成，交还伊犁，防海军皆罢。

宗棠用兵善审机，不常其方略。筹西事，尤以节兵裕饷为本谋。始西征，虑各行省协助饷不时至，请一借贷外国。沈葆桢尼其议④。诏曰："宗棠以西事自任，国家何惜千万金！为拨款五百万，敕自借外国债五百万。"出塞凡二十月，而新疆南北城尽复者，馈运饶给之力也。初议西事，主兴屯田，闻者迁之；及观宗棠奏论关内外旧屯之弊，以谓挂名兵籍，不得更事农，宜画兵农为二，简精壮为兵，散愿弱使屯垦，然后人服其老谋。既入觐，赐紫禁城骑马，使内侍二人扶掖上殿，授军机大臣，兼值译署。国家承平久，武备弛不振，而海外，诸国争言富强，虽中国屡平大难，彼犹私议以为脆弱也。及宗棠平帕夏，外国乃稍稍传说之。其初入京师，内城有教堂高楼，俯瞰宫殿，民间喧言左侯至，楼即毁矣，为示谕晓，乃止，其威望在人如此。然值军机、译署，同列颇厌苦之。宗棠亦自不乐居内，引疾乞退。九月，出为两江总督、南洋通商大臣。尝出巡吴淞，过上海，西人为建龙旗，声炮，迎导之维谨。

九年，法人攻越南，自请赴滇督师。檄故吏王德榜募军永州，号"恪靖定边军"。法旋议和，止其行。十年，滇、越边军溃，召入都，再直军机。法大举内犯，诏宗棠视师福建，檄王鑫子诗正潜军渡台湾，号"恪靖援台军"。诗正至台南，为法兵所阻，而德榜会诸军大捷于琼山。和议成，再引疾乞退。七月，卒于福州，年七十三，赠太傅，谥文襄。祀京师昭忠祠、贤良祠，并建专祠于湖南及立功诸省。

宗棠为人多智略，内行甚笃，刚峻自天性。穆宗尝戒其褊衷。始未出，与国藩、林翼交，气陵二人出其上。中兴诸将帅，大率国藩所荐起，虽贵，皆尊事国藩，宗棠独与抗行，不少屈，趣舍时合时不合⑤。国藩以学问自敛抑，议外交常持和节；宗棠锋颖凛凛向敌矣，士论以此益附之。然好自矜伐，故出其门者，成德达材不及国藩之盛云。子四人：孝威，举人，以荫为主事，先卒，旌表孝行；孝宽，郎中；孝勋，兵部主事；孝同，江苏提法使。孙念谦，袭侯爵，通政司副使。

论曰：宗棠事功著矣，其志行忠介，亦有过人。廉不言贫，勤不言劳；待将士以诚信相感。善于治民，每克一地，招徕抚绥，众至如归。论者谓宗堂有霸才，而治民则以王道行之。信哉！宗棠初出治军，胡林翼为书告湖南曰："左公不顾家，请岁筹三百六十金以赡其私。"曾国藩见其所居幕狭小，为别制二幕贻之，其廉俭若此。初与国藩论事不洽，及闻其薨，乃曰："谋国之忠，知人之明，自愧不如。"志益远矣。

---

①廪生：科举制度中生员名目之一。其职责主要是具结保证应考的童生无身家不清及冒名顶替等弊。

②婴城：据城。

③阑：擅自出入。

④尼：阻止。

⑤趣舍：取舍。

张之洞列传

　　张之洞，字香涛，直隶南皮人。少有大略，务博览为词章，记诵绝人。年十六，举乡试第一。同治二年，成进士，廷对策不循常式，用一甲三名授编修。六年，充浙江乡试副考官，旋督湖北学政。十二年，典试四川，就授学政。所取士多隽才，游其门者，皆私自喜得为学途径。光绪初，擢司业，再迁洗马。之洞以文儒致清要，遇事敢为大言。俄人议归伊犁，与使俄大臣崇厚订新约十八条。之洞论奏其失，请斩崇厚，毁俄约。疏上，乃褫崇厚职治罪，以侍郎曾纪泽为使俄大臣，议改约。六年，授侍讲，再迁庶子。复论纪泽定约执成见，但论界务，不争商务，并附陈设防、练兵之策。疏凡七八上。往者词臣率雍容养望，自之洞喜言事，同时宝廷、陈宝琛、张佩纶辈崛起，纠弹时政，号为“清流”。七年，由侍讲学士擢阁学，俄授山西巡抚。当大祲后，首劾布政使葆亨、冀宁道王定安等黩货，举廉明吏五人，条上治晋要务。未及行，移督两广。

　　八年，法、越事起，建议当速遣师赴援，示以战意，乃可居间调解。因荐唐炯、徐延旭、张曜材任将帅。十年春，入觐。四月，两广总督张树声解任专治军，遂以之洞代。当是时，云贵总督岑毓英、广西巡抚潘鼎新皆出督师，尚书彭玉麟治兵广东。越将刘永福者，故中国人，素骁勇，与法抗。法攻越未能下，复分兵攻台湾，其后遂据基隆。朝议和战久不决，之洞至，言战事气自倍，以玉麟夙著威望，虚己听从之。奏请主事唐景崧募健卒出关，与永福相犄角。朝旨因就加永福提督、景崧五品卿衔，炯、延旭亦皆已至巡抚，当前敌，被劾得罪去，并坐举者。之洞独以筹饷械劳，免议。广西军既败于越，朝旨免鼎新，以提督苏元春统其军，而之洞复奏遣提督冯子材、总兵王孝祺等，皆宿将。于是滇、越两军合扼镇南关，殊死战，遂克谅山。会法提督孤拔攻闽、浙，炮毁其坐船，孤拔殪，而我军不知，法愿停战，廷议许焉。授李鸿章全权大臣，定约，以北圻为界。叙克谅山功，赏花翎。

　　之洞耻言和，则阴自图强，设广东水陆师学堂，创枪炮厂，开矿务局。疏请大治水师，岁提专款购兵舰，复立广雅书院，武备文事并举。十二年，兼署巡抚。于两粤边防控制之宜，辄多更置。著《沿海险要图说》上之。在粤六年，调补两湖。

　　会海军衙门奏请修京通铁路，台谏争陈铁路之害，请停办。翁同龢等请试修边地，便用兵；徐会沣请改修德州济宁路，利漕运。之洞议曰：“修路之利，以通土货、厚民生为最大，征兵、转饷次之。今宜自京外卢沟桥起，经河南以达湖北汉口镇，此干路枢纽，中国大利所萃也。河北路成，则三晋之辙接于井陉，关陇之骖交于洛口；自河以南，则东引淮、吴，南通湘、蜀，万里声息，刻期可通。其便利有数端：内处腹地，无虑引敌，利一；原野广漠，坟庐易避，利二；厂盛站多，役夫贾客可舍旧图新，利三；以一路控八九省之衢，人货辐辏，足裕饷源，利四；近畿有事，淮、楚精兵崇朝可集[①]，利五；太原旺煤铁，运行便则开采必多，利六；海上用兵，漕运无梗，利七。有此七利，分段分年成之。北路责之直隶总督，南路责之湖广总督，副以河南巡抚。”得旨报可，遂有移楚之命。大冶产铁，江西萍乡产煤，之洞乃奏开炼铁厂汉阳大别山下，资路用，兼设枪炮钢药专厂。又以荆襄宜桑棉麻枲而饶皮革，设织布、纺纱、缫丝、制麻革诸局，佐之以堤工，通之以币政。由是湖北财赋称饶，土木工作亦日兴矣。

　　二十一年，中东事棘，代刘坤一督两江。至则巡阅江防，购新出后膛炮，改筑西式炮台，设专将专兵领之。募德人教练，名曰"江南自强军"。采东西规制，广立武备、农工商、铁路、方言、军医诸学堂。寻还任湖北。时国威新挫，朝士日议变法，废时文，改试策论。之洞言："废时文，非废《五经》、《四书》也，故文体必正，命题之意必严，否则国家重教之旨不显，必致不读经文，背道忘本，非细故也。今宜首场试史论及本朝政法，二场试时务，三场以经义终焉。各随场去留而层递取之，庶少流弊。"又言："武科宜能骑射、刀石，专试火器。欲挽重文轻武之习，必使兵皆识字，励行伍以科举。"

二十四年，政变作，之洞先著《劝学篇》以见意，得免议。

二十六年，京师拳乱，时坤一督两江，鸿章督两广，袁世凯抚山东，要请之洞，同与外国领事定保护东南之约。及联军内犯，两宫西幸，而东南幸无事。明年，和议成，两宫回銮。论功，加太子少保。以兵事粗定，乃与坤一合上变法三疏，其论中国积弱不振之故，宜变通者十二事，宜采西法者十一事。于是停捐纳，去书吏，考差役，恤刑狱，筹八旗生计，裁屯卫，汰绿营，定矿律、商律、路律、交涉律，行银圆，取印花税，扩邮政。其尤要者，则设学堂，停科举，奖游学。皆次第行焉。

二十八年，充督办商务大臣，再署两江总督。有道员私献商人金二十万为寿，请开矿海州，立劾罢之。考盐法利弊，设兵轮缉私，岁有赢课。明年，入觐，充经济特科阅卷大臣，厘定大学堂章程，毕，仍命还任。陛辞奏对，请化除满、汉畛域，以彰圣德，遏乱萌，上为动容。旋裁巡抚，以之洞兼之。三十二年，晋协办大学士。未几，内召，擢体仁阁大学士，授军机大臣，兼筦学部。三十四年，督办粤汉铁路。

德宗暨慈禧皇太后相继崩，醇亲王载沣监国摄政。之洞以顾命重臣晋太子太保。逾年，亲贵浸用事，通私谒。议立海军，之洞言海军费绌可缓立，争之不得。移疾，遂卒，年七十三，朝野震悼。赠太保，谥文襄。

之洞短身巨髯，风仪峻整。莅官所至，必有兴作。务宏大，不问费多寡。爱才好客，名流文士争趋之。任疆寄数十年，及卒，家不增一亩云。

---

①崇朝：终朝；一个早晨。